D1921973

HENRY FIELDING

TOM JONES

Die Geschichte eines Findlings

WINKLER JUBILÄUMSBIBLIOTHEK

Vollständige Ausgabe. Aus dem Englischen übertragen
von Siegfried Lang.
ISBN 3 538 06961 1

ERSTES BUCH

Enthält von der Geburt des Findlings so viel, wie nötig und geziemend ist, dem Leser zu Beginn dieser Geschichte anzuvertrauen.

1. Kapitel

Einführung in das Werk oder Speisekarte zu diesem Schmaus.

Ein Schriftsteller sollte sich selbst nicht als einen Herrn betrachten, der aus Wohltätigkeit oder geheim zu einer Mahlzeit einlädt, vielmehr als einen, der offene Wirtstafel hält, an der jeder für sein Geld willkommen ist. Im ersten Falle, das ist allbekannt, wird der Gastgeber Speisen vorsetzen nach seinem Belieben. Mag das für den Geschmack seiner Tischgenossen auch sehr reizlos und äußerst unangenehm sein, sie dürfen darin nichts Ungehöriges sehen; nein, im Gegenteil, ihre Wohlerzogenheit zwingt sie, was immer ihnen aufgetragen wird, nach außen hin gut zu finden und zu loben. Davon das Umgekehrte erfährt der Wirt einer allgemeinen Gasttafel. Leute, die für das, was sie essen, bezahlen, werden darauf halten, ihrem Geschmack Genüge zu tun, wie wählerisch und launisch er sich auch erweise. Und wenn irgend etwas ihrem Gaumen nicht behagt, werden sie das Recht der Kritik beanspruchen, des Schimpfens, des rücksichtslosen Verwünschens ihrer Mahlzeit.

Um daher allen Enttäuschungen ihrer Gäste vorzubeugen, haben redliche und wohlmeinende Wirte sich zur Regel gemacht, sich mit einer Speisekarte zu versehen, die alle Personen bei ihrem ersten Eintritt in das Haus durchlesen können. Und also über die Bewirtung, die sie hier zu erwarten hätten, unterrichtet, mögen sie bleiben und sich an dem, was für sie in Aussicht steht, gütlich tun oder einen andern Wirtstisch aufsuchen, der ihrem Geschmacke besser entspricht.

Da wir es nicht verschmähen, Geist oder Weisheit von einem jeden zu entleihen, der imstande ist, uns das eine oder andere zu borgen, haben wir geruht, einen Wink dieser ehrenhaften Lieferanten zu benutzen, und wir werden nicht allein eine Speisekarte unserer Hauptmahlzeit aufstellen, sondern gleicherweise dem Leser zu jedem einzelnen Gang, der in diesem und den folgenden Büchern serviert wird, eine besondere Aufstellung geben.

Das Gericht nun, das wir hier zubereitet haben, ist kein anderes als die menschliche Natur. Ich befürchte auch nicht, mein empfindlicher Leser, wenn auch noch so anspruchsvoll in seinem Geschmack, werde sich abwenden, mäkeln oder beleidigt sein, weil ich ihm nur einen einzigen Gegenstand genannt habe. Die Schildkröte – wie der im Essen so wohlbewanderte Alderman von Bristol aus reicher Erfahrung weiß – enthält neben dem köstlichen Calipash und Calipee* eine Menge verschiedener Nährstoffe. Auch kann dem unterrichteten Leser nicht unbekannt sein, daß die menschliche Natur, obgleich sie hier unter einem Generalnenner zusammengefaßt wird, so erstaunlich vielfältig ist, daß ein Koch eher alle die verschiedenen Arten tierischer und pflanzlicher Eßwaren der Welt durchgeprobt haben wird, als ein Schriftsteller imstande wäre, ein so umfassendes Thema zu erschöpfen.

Von den zarter Besaiteten wäre vielleicht der Einwand zu gewärtigen, diese Speise sei zu gewöhnlich und alltäglich; was anderes sei denn der Gegenstand der Romane, Novellen, Spiele und Gedichte, mit denen die Marktbuden vollgestopft sind? Der Feinschmecker müßte dann freilich manch vorzügliche Fleischsorte zurückweisen, fände er Anlaß genug, sie als gewöhnlich und alltäglich abzutun, in dem Umstand, daß etwas unter dem gleichen Namen fast überall in den ärmlichsten Gäßchen zu finden sei. In Wahrheit ist unverfälschte Natur bei den Schriftstellern so schwierig aufzufinden wie Schinken aus Bayonne oder Bologneser Wurst in den Kaufläden.

Doch alles in allem, um bei diesem Bild zu bleiben, kommt es auf die Kochkunst des Verfassers an, denn, wie Herr Pope uns sagt:

Geist ist Natur, bekömmlich aufgeschmückt,
Das oft Gedachte treffend ausgedrückt.

Dasselbe Tier, dem die Ehre widerfährt, daß ein Teil seines Fleisches auf der Tafel eines Herzogs verspeist wird, erleidet vielleicht an einem andern Körperteil die schmählichste Entwürdigung, und einzelne von seinen Gliedern mögen in der übelsten Gasse der Stadt aufgehängt zu sehen sein. Worin besteht denn nun der Unterschied zwischen der Speise des Edel-

* Calipash und Calipee: gallertartige Masse im Innern der Schildkröte, die als Leckerbissen geschätzt wird (Anmerkung des Übersetzers).

manns und der des Hausknechts, da sie beide bei ihrem Mahl von demselben Ochsen oder Kalb zehren, wenn nicht in der Würze, der Zurichtung, der Garnierung und im Auftragen? Daher erweckt und reizt die eine den mattesten Appetit, und die andere dämpft und stillt den noch so heftigen und wachen.

Gleichermaßen beruht die Vorzüglichkeit der geistigen Nahrung weniger in ihrem Stoff als in des Verfassers Geschick bei dessen Zubereitung. Wie erfreut wird darum der Leser sein, wenn er gewahrt, daß wir uns in dem folgenden Werk streng an die höchsten Prinzipien des besten Kochs gehalten haben, den dieses Zeitalter oder auch das des Heliogabalus hervorgebracht hat. Dieser große Mann, wie alle Liebhaber einer gewählten Tafel wissen, macht den Anfang damit, seinen hungrigen Gästen einfache Dinge vorzusetzen, um dann in dem Maße, wie er annehmen kann, daß ihre Mägen beschwichtigt seien, zu der wahren Quintessenz von Brühen und Würzen aufzusteigen. Auf solche Art wollen wir dem wachen Appetit des Lesers die Menschennatur zuerst in der schlichteren und einfacheren Beschaffenheit vorsetzen, wie sie auf dem Lande anzutreffen ist, und sie darauf zu einem Gehäck und Ragout vermengen, mit allen den starken französischen und italienischen Gewürzen des Lasters und der Leidenschaft, wie sie Höfe und Städte zu bieten haben.

Und damit – wir zweifeln nicht daran – werden wir in unserem Leser die Begierde des Immer-weiter-Lesens stacheln, gleichwie die obenerwähnte bedeutende Persönlichkeit andere Personen zum Weiteressen angeregt haben soll.

Nachdem wir so viel vorausgeschickt haben, wollen wir die, denen unsere Speisekarte zusagt, nicht länger vom Genuß abhalten; wir machen uns unverzüglich daran, ihnen zu ihrer Erbauung mit dem ersten Gang unserer Geschichte aufzuwarten.

2. Kapitel

Kurze Beschreibung des Junkers Allworthy und ein längerer Bericht über Fräulein Bridget, seine Schwester.

In jener westlichen Gegend unseres Landes, die gewöhnlich Somersetshire genannt wird, lebte vor nicht langem – und vielleicht lebt er noch – ein Edelmann mit Namen Allworthy, den man mit vollem Recht einen Liebling sowohl der Natur wie des Glückes heißen konnte, denn diese beiden schienen ihn um die Wette mit Gunst und Reichtum beschenkt zu haben. In diesem Wettstreit, so mochte es einigen scheinen, war die Natur Siegerin, da sie ihn mit so mancherlei Gaben bedachte, indessen das Glück nur über eine einzige gebot; doch ging es damit so verschwenderisch um, daß andere vielleicht denken mögen, diese eine Gabe wiege die verschiedenen Segnungen, so er von der Natur empfangen, mehr als auf. Von dieser hatte er eine ansprechende Gestalt, eine gute Gesundheit, einen tüchtigen Verstand und ein wohlwollendes Herz; das Glück hatte ihn zum Erben eines der größten Landgüter in der Grafschaft gemacht.

Dieser Edelmann hatte in seiner Jugend eine würdige und schöne Frau geheiratet, und er hatte sie innig geliebt. Sie hatte ihm drei Kinder geschenkt, die jedoch alle in früher Jugend starben. Gleicherweise wollte es das Unglück, daß er seine geliebte Gattin selbst begraben mußte, etwa fünf Jahre vor dem Zeitpunkt, von dem diese Geschichte ihren Ausgang zu nehmen beliebt. Wie schwer dieser Verlust ihn auch traf, er ertrug ihn als ein vernünftiger und standhafter Mann, obgleich wir sagen müssen, daß er sich über das ihm Widerfahrene oft etwas seltsam zu äußern pflegte; er bemerkte zuweilen, er betrachte sich stets noch als verheiratet und seine Frau habe nur ein wenig vor ihm die Reise angetreten, auf der er ihr gewiß früher oder später folgen werde; nicht den geringsten Zweifel hege er, sie an einem Ort wieder zu treffen, von dem er sich nie mehr wegbegeben werde – Gefühlsäußerungen, deretwegen ein Teil seiner Nachbarn seinen Verstand, ein anderer seine Religion und ein dritter seine Aufrichtigkeit mit Verdacht belegte.

Er lebte nun zumeist in ländlicher Zurückgezogenheit, zusammen mit einer Schwester, für die er eine zärtliche Bruderliebe hegte. Dieses Fräulein hatte das dreißigste Jahr bereits um einiges überschritten, stand also in einem Alter, das nach Ansicht Boshafter durchaus dazu berechtigt, sich den Titel der „alten Jungfer“ zuzulegen. Sie gehörte zu jener Frauengattung, die man mehr ihrer guten Eigenschaften als ihrer Schönheit halber lobt und die allgemein von ihren Geschlechtsgenossinnen als gutgeartet bezeichnet wird – so gutartig, Madam, wie Sie sich nur eine zu kennen wünschen mögen. Wirklich lag es ihr so durchaus fern, den Mangel an Schönheit zu bedauern, daß sie diese Vollkommenheit, wenn man sie als solche bezeichnen kann, nie anders als mit Verachtung erwähnte. Oft dankte sie Gott dafür, daß sie nicht so hübsch sei wie Fräulein Soundso, das seine Schönheit vielleicht zu Verirrungen verleitet habe, die es anders hätte vermeiden können. Fräulein Bridget Allworthy – denn so hieß die Dame – erkannte sehr richtig in den persönlichen Reizen einer Frau nichts Besseres als Fallstricke für sie selbst wie für andere; gleichwohl war sie so vorsichtig in ihrem ganzen Betragen, daß ihre achtsame Klugheit ständig wachte, als wäre sie von allen Fallstricken bedroht, die je ihrem ganzen Geschlecht gelegt wurden. Tatsächlich habe ich, so unbegreiflich das dem Leser scheinen mag, bemerkt, daß diese Wache der vorsichtigen Bedenklichkeit, gleich der Londoner Stadtwehr, stets am bereitwilligsten dort ihren Dienst versieht, wo die Gefahr für sie am geringsten ist. Feigen und niedrigen Sinnes flieht sie oft jene Muster der Vollkommenheit, nach denen Männer sich sehnen, seufzen, um die sie sterben und nach denen sie jedes ihnen zu Gebote stehende Fangnetz auswerfen; und stets bleibt sie einer höheren Frauenart zugetan, für die das andere Geschlecht eine mehr zurückhaltende und ehrerbietige Achtung empfindet und der es – am Erfolg verzweifelnd, denke ich – sich niemals zu nähern unternimmt.

Werter Leser, ich erachte es für angemessen, ehe wir gemeinsam um etliches weiterschreiten, dir die Mitteilung zu machen, daß ich willens bin abzuschweifen, sooft ich im Verlaufe dieser Geschichte Gelegenheit dazu finde, und darüber bin ich selbst ein besserer Richter als irgendein armseliger Kritikus. Und hier muß ich all diesen Kritikern nahelegen, sich um ihre eigenen Angelegenheiten zu kümmern und sich nicht in Dinge oder Werke einzumischen, die sie nichts angehen; denn bevor sie nicht ihre richterliche Legitimation vorlegen, werde ich mich gegen ihre Rechtsprechung zur Wehr setzen.

3. Kapitel

Ein sonderbarer Zufall, der Herrn Allworthy bei seiner Heimkehr begegnete. Jungfer Deborahs anständiges Verhalten, nebst einigen geziemenden Betrachtungen über Bankerte.

Ich habe meinem Leser im vorigen Kapitel erzählt, daß Herr Allworthy ein großes Vermögen erbte, daß er ein gutes Herz und keine Familie hatte. Zweifellos wird mancher daraus schließen, daß er wie ein Ehrenmann lebte, niemandem einen Schilling schuldete, nichts nahm, was ihm nicht gehörte, ein gutes Haus führte, seine Nachbarn mit herzlichem Willkommen zu Tisch lud und mildtätig gegen Arme war, das heißt gegen solche, die lieber betteln als arbeiten mochten, indem er ihnen die Abfälle seiner Tafel darreichte; daß er unermeßlich reich starb und ein Spital erbaute.

Und wahr ist es, daß er mancherlei von diesen Dingen tat; doch hätte er nicht mehr getan, so hätte ich es ihm überlassen, seine eigenen Verdienste in einem schönen Sandstein über dem Portal des Spitals zu verewigen. Es müssen schon weit ungewöhnlichere Dinge sein, die das Thema für diese Geschichte abgeben, sonst hätte ich meine Zeit, die ich für ein so voluminöses Werk aufgewandt habe, schmählich vertan; und du, mein scharfsinniger Freund, könntest mit gleichem Nutzen und Vergnügen jene Bände durchwandern, die gewisse drollige Autoren höchst spaßhaft „Die Geschichte Englands" zu nennen beliebt haben.

Herr Allworthy war ein ganzes Vierteljahr in London gewesen in besonderen Geschäften, über die ich indessen nichts weiß; doch schließe ich auf ihre Wichtigkeit aus dem Umstand, daß sie ihn so lange von seinem Haus fernhielten, das er doch während eines Zeitraums von manchen Jahren nie auch nur für einen Monat verlassen hatte. Er kam an einem späten Abend daheim an, und nach einer kurzen Mahlzeit in Gesellschaft seiner Schwester zog er sich ermüdet in sein Zimmer zurück. Als er hier, gemäß einem Brauche, von dem er auf keinen Fall je abließ, einige Minuten auf den Knien zugebracht hatte und sich anschickte, ins Bett zu steigen, erblickte er beim Zurückschlagen der Decke zu seinem größten Erstaunen ein in grobe Leinwand gewickeltes Kind, das zwischen seinen Bettüchern ruhig und friedlich schlief. Bei diesem Anblick stand er eine Weile in tiefem Staunen da; da jedoch in seiner Gesinnung die Gutherzigkeit allezeit überwog, fühlte er bald, wie sich die Empfindung des Mitleids mit dem armen Geschöpf in ihm regte. Er schellte und gab Befehl, daß eine ältere Hausangestellte sogleich aufstehen und zu ihm hereinkommen solle; mittlerweile überließ er sich so sehr der Betrachtung der Schönheit dieser Unschuld, die hier in den lebhaften Farben erschien, mit denen Kindheit und Schlaf sie stets beschenken, daß seine Gedanken zu sehr beschäftigt waren, um sich zu vergegenwärtigen, daß er im Hemde dastand, als die Matrone eintrat. Sie hatte ihrem Herrn allerdings reichlich Zeit gelassen, etwas anzuziehen; denn aus Respekt vor ihm und in Rücksicht auf den Anstand hatte sie lange Minuten mit dem Ordnen ihres Haares vor dem Spiegel verbracht, ungeachtet der drängenden Eile, in der der Diener sie gerufen hatte, und wiewohl sie nicht wissen konnte, ob nicht ihr Herr, von einem Schlagfluß oder einem andern Anfall getroffen, bereits im Sterben liege.

Man wird sich kaum wundern, daß eine Person, die, was sie selbst betraf, so sehr auf Anstand hielt, über die geringste Abweichung davon bei andern außer Fassung geriet. Und kaum hatte sie die Tür geöffnet und ihren Herrn, im Hemd neben dem Bett stehend, mit einem Leuchter in der Hand erblickt, als sie in tödlichem Schrecken zurückfuhr; und sie wäre vielleicht ohnmächtig hingesunken, hätte er sich jetzt nicht erinnert, daß er unbekleidet war, und ihrer Bestürzung ein Ende gesetzt, indem er ihr bedeutete, sie möge vor der Tür bleiben, bis er etwas übergeworfen habe und dadurch nicht mehr in der Lage wäre, die reinen Augen der Jungfer Deborah Wilkins zu kränken, die, obzwar im zweiundfünfzigsten Jahr ihres Alters stehend, schwor, sie habe noch nie einen Mann anders als mit seinem Rock bekleidet gesehen. Spötter und Niedrigdenkende mögen ihren ersten Schrecken belächeln, doch der ernsthafte Leser, wenn er die nächtliche Stunde bedenkt, die Art, wie sie aus ihrem Bett gerufen wurde, den Zustand, in dem sie ihren Herrn antraf, wird ihr Verhalten höchlich loben und gerechtfertigt finden, nur daß die Vorsicht, die man für Mädchen als geboten erachtet, auf der von Jungfer Deborah erreichten Lebensstufe ihm um eine Spur weniger bewundernswert erscheinen könnte.

Als Jungfer Deborah wieder hereinkam und durch ihren Herrn von dem Vorhandensein des kleinen Kindes erfuhr, war ihre Bestürzung noch größer, als es die seine gewesen war; sie konnte sich auch nicht enthalten, mit ebensoviel Abscheu in der Stimme wie im Blick auszurufen: „Mein gütiger Herr, was sollen wir da nun tun?“ Herr Allworthy antwortete, sie müsse für diesen Abend nach dem Kinde sehen und am Morgen werde er anordnen, daß man ihm eine Amme besorge. „Ja, Herr“, sagte sie, „und ich hoffe, Euer Gnaden werden Vollmacht erteilen, die Schlampe von seiner Mutter zu fassen, denn es muß eine aus der Nachbarschaft sein; und mich wird's freuen, wenn sie nach Bridewell* gebracht und dort mit dem Staupbesen

* Zucht- und Arbeitshaus (Anmerkung des Übersetzers).

traktiert wird. Wahrhaftig, solch lasterhafte Dirnen können nicht streng genug bestraft werden. Ich wette, es ist nicht ihr erstes, da sie die Frechheit hat, es Euer Gnaden unterzuschieben." – „Mir unterschieben, Deborah!" erwiderte Herr Allworthy. „Ich kann nicht glauben, daß das ihre Absicht war. Vermutlich griff sie zu dieser Methode, damit ihr Kind versorgt sei; und wirklich bin ich froh, daß sie nichts Schlimmeres getan hat." – „Ich wüßte nichts Schlimmeres von derart gottlosen Huren, als wenn sie ihre Sündenfrucht auf honetter Männer Schwellen legen; und obschon Euer Gnaden Ihre eigene Unschuld am besten kennen werden, ist die Welt voller Schmähsucht. Manch ehrlicher Mann mußte schon für den Vater von Kindern gelten, die nicht seine waren; und wenn Euer Gnaden für das Kind etwas tun, so glauben es die Leute um so mehr; und außerdem, was sollten Euer Gnaden für etwas sorgen, das aufzuziehen dem Kirchspiel obliegt? Ich für mein Teil, wäre es eines ehrlichen Mannes Kind, nun ja – doch für mein Teil, es geht mir wider den Strich, solche Ausgeburten anzurühren und als meine Mitgeschöpfe zu betrachten. Puh! Wie es stinkt! Es riecht nicht wie ein Christenmensch. Hätte ich die Freiheit, einen Rat zu geben, so wäre es der, es in einen Korb zu tun und wegzutragen und vor des Kirchenvorstehers Tür zu legen. Es ist eine milde Nacht, bloß ein wenig regnerisch und windig; und gut eingewickelt und in einen warmen Korb gelegt – das wette ich zwei gegen eins –, wird es so lange leben, bis man's morgen in der Frühe findet. Wenn aber nicht, so haben wir doch unsere Pflicht getan, indem wir es ordentlich betreut haben; und vielleicht ist es für solche Geschöpfe besser, sie sterben im Unschuldsstand, als daß sie großwachsen und es ihrer Mutter nachmachen; denn etwas Besseres ist von ihnen nicht zu erwarten."

Es gab ein paar Wendungen in dieser Rede, die Herrn Allworthy vielleicht hätten verletzen können, hätte er nur besser zugehört; doch nun war einer seiner Finger in das Händchen des Kindes geraten, das durch seinen zarten Druck seine Hilfe anzuflehen schien und sicherlich Jungfer Deborahs Beredsamkeit besiegt haben würde, wäre sie auch zehnmal mächtiger gewesen. Er gab nun Jungfer Deborah den bündigen Befehl, das Kind in ihr eigenes Bett mitzunehmen, eine Magd heraufzurufen, die ihm Brei und anderes bereiten sollte, sobald es erwache. Auch sollte es am Morgen, mit passender Kleidung versehen, zu ihm gebracht werden, sobald er aufstünde.

Jungfer Wilkins besaß einen so hellen Kopf, und sie hatte zugleich so viel Respekt vor ihrem Herrn, unter dem sie sich der Vorteile einer beneidenswerten Stellung erfreute, daß ihre Bedenken bei seinen entschiedenen Anweisungen sie verließen. Sie nahm also das Kind in ihre Arme, ohne sichtbaren Abscheu vor seiner unehelichen Geburt; und mit der Erklärung, es sei doch ein süßes kleines Ding, ging sie damit in ihre eigene Schlafkammer.

Allworthy überließ sich darauf jenem erquickenden Schlummer, dem ein Herz, das nach Guttaten hungert, wenn es satt geworden, sich mit solchem Genusse hinzugeben vermag. Da dieser Schlummer möglicherweise süßer ist als der, den irgendeine andere reichliche Mahlzeit herbeiführt, wollte ich keine Mühe scheuen, mich hier darüber vor dem Leser zu verbreiten, wüßte ich nur, welche Luft ich ihm zur Anregung eines solchen Hungers empfehlen könnte.

4. Kapitel

Des Lesers Hals wird durch eine Beschreibung in Gefahr gebracht; seine Rettung und die große Herablassung des Fräuleins Bridget Allworthy.

Der gotische Baustil hätte nichts Vornehmeres hervorbringen können als Herrn Allworthys Wohnhaus. Es bot den Anblick der Größe und erfüllte mit Ehrfurcht, und es konnte mit den Schönheiten der besten griechischen Baukunst wetteifern; sein Inneres war in dem Maße behaglich, wie sein Äußeres ehrwürdig erschien.

Es lag auf der Südostseite eines Hügels, doch näher seinem Fuß als seinem Gipfel, und war demnach durch einen Bestand alter Eichen, der sich in stufenartigem Aufstieg fast eine Meile über ihm erhob, vor dem Nordost geschützt, aber doch war es hoch genug, um den Blick durch eine höchst anmutige Aussicht in das sich unten öffnende Tal zu erfreuen.

In der Mitte des Gehölzes zog sich ein schöner Rasen gegen das Haus herab, nahe der Anhöhe, auf der eine Quelle entsprang, deren Wasser aus einem mit Tannen bewachsenen Felsen sprudelte, als ständiger Sturzbach mehr als vierzig Fuß niederfiel und seinen Lauf nicht in regelmäßiger Stufung nahm, sondern in natürlichem Fall über zerklüftete und moosbewachsene Steine, bis er den Fuß des Felsens erreichte. Hierauf eilte er in einem kiesigen Bett mit vielen Windungen weiter, das viele kleinere Wasser mit sich nahm und schließlich etwa eine Viertelmeile südlich, unterhalb des Hauses, in einen See mündete, der von jedem Frontzimmer aus zu erblicken war. Aus diesem See, der die Mitte einer prächtigen Ebene ausfüllte, die Buchen- und Ulmengruppen verschönten und wo Schafe weideten, trat ein Fluß heraus, den man mehrere Meilen weit durch eine erstaunliche Vielfalt von Grasland und Wäldern sich hinschlängeln sehen konnte, bis er sich ins Meer ergoß, von dem ein breiter Arm, mit einer Insel dahinter, die Aussicht begrenzte.

Zur Rechten dieses Tals öffnete sich ein anderes, nicht so ausgedehntes; ein paar Dörfer bildeten seinen Schmuck und seinen Abschluß einer der Türme einer alten zerfallenen Abtei, mit Efeu überwuchert, und ein Teil ihrer noch aufrechten Frontmauer.

Die Szenerie zur Linken bot sich dar als der Anblick eines sehr schönen Parks von ungleicher Bodenhöhe, mit der reizenden Abwechslung von Hügeln, Rasen, Wald und Wasser, in der Anlage von höchstem Geschmack, aber doch noch mehr der Natur als der Kunst verpflichtet. Und allmählich ging diese Landschaft in einen wilden Berggrat über, dessen Gipfel bis in die Wolken reichten.

Es war nun Mitte Mai und ein Morgen von ungewöhnlicher Klarheit, als Herr Allworthy auf die Terrasse hinaustrat, wo die Dämmerung mit jeder Minute die anmutige Aussicht, die wir eben beschrieben haben, vor seinem Blick erweiterte; und jetzt, nachdem sie Lichtströme vorangeschickt, die das blaue Firmament vor ihm als Herolde ihrer Pracht erstiegen, erhob sich im vollen Glanz ihrer Majestät die Sonne; nur ein Gegenstand allein in dieser niedrigeren Schöpfung konnte herrlicher sein, und ihn stellte Herr Allworthy selbst dar: ein von wohltätiger Gesinnung erfülltes Menschenwesen, das sich fragt, wie es sich durch Güte seinen Mitgeschöpfen gegenüber dem Schöpfer am angenehmsten erweisen könne.

Leser, sei vorsichtig. Ich habe dich unbedacht in eine Höhe hinaufgeführt, so hoch wie Herrn Allworthys Hügel, und ich weiß nicht recht, wie ich dich, ohne daß du dir das Genick brichst, wieder herunterbringen werde. Versuchen wir nun eben gemeinsam hinabzurutschen; denn Fräulein Bridget schwingt die Glocke, und Herr Allworthy wird zum Frühstück gerufen, bei dem ich aufzuwarten habe und, wenn es dir gefällt, mich gerne deiner Gesellschaft erfreuen möchte.

Nachdem dann die üblichen Höflichkeiten zwischen Herrn Allworthy und Fräulein Bridget ausgetauscht waren und der Frühstückstee eingeschenkt worden war, ließ er Jungfer Wilkins kommen und erklärte seiner Schwester, er habe ein Geschenk für sie. Sie dankte ihm und dachte sich vermutlich, es sei ein Kleid oder sonst ein persönlicher Schmuck. Er machte ihr tatsächlich sehr oft solche Geschenke, und sie verwendete ihm zu Gefallen viel Zeit darauf, sich zu putzen. Ich sage, aus Gefälligkeit für ihn, da sie jederzeit für Kleiderputz und für solche Frauen, die daraus ein Studium machten, die größte Verachtung an den Tag legte.

Doch wie sehr war sie nach solcher Erwartung enttäuscht, als Jungfer Wilkins gemäß ihres Herrn Befehl das kleine Kind zum Vorschein brachte. Große Überraschungen, wie man bemerkt hat, machen die Menschen oft stumm; und stumm blieb Fräulein Bridget, bis ihr Bruder zu reden anhob und ihr von dem Begebnis alles erzählte, was wir nicht wiederholen, weil es der Leser schon kennt.

Fräulein Bridget hatte stets allem, was die Damen Tugend zu nennen belieben, große Achtung bezeigt und sich selbst einer so strengen Lebensführung beflissen, daß man, und vor allem Jungfer Wilkins, erwarten durfte, sie werde sich bei dieser Gelegenheit in bitteren Ausfällen Luft machen und dafür stimmen, daß man das Kind gleich einem schädlichen Tier ungesäumt aus dem Haus bringe; doch im Gegenteil nahm sie die Angelegenheit mehr von der guten Seite, äußerte sogar einiges Mitleid mit dem hilflosen kleinen Geschöpf und lobte ihren Bruder für sein mildtätiges Verhalten.

Der Leser mag dieses Betragen ihrer Nachgiebigkeit gegen Herrn Allworthy zuschreiben, wenn wir ihm gesagt haben, daß der gute Mann seinen Bericht mit der Erklärung schloß, er habe die feste Absicht, für das Kind zu sorgen und es aufzuziehen, als wäre es sein eigenes; denn, um die Wahrheit zu sagen, sie war stets bereit, ihrem Bruder zu willfahren, und selten, wenn überhaupt, widersprach sie seiner Meinung. Freilich bemerkte sie hin und wieder etwa, Mannsbilder seien doch immer starrköpfig und müßten ihren Willen haben. Wäre sie doch nur mit eigenem Vermögen gesegnet, um unabhängig leben zu können! Aber dergleichen äußerte sie nur mit leiser Stimme und ging höchstens so weit, es vor sich hinzumurmeln.

Jedoch was sie dem Kind nicht antat, das ließ sie die arme unbekannte Mutter im Übermaß entgelten. Sie nannte sie ein unverschämtes Luder, eine liederliche Metze, eine freche Dirne, eine üppige Vettel und bedachte sie mit all den Bezeichnungen, an denen es tugendhaften Zungen nie gebricht, wenn es gilt, die zu züchtigen, die ihr Geschlecht in Verruf bringen.

Nun wurde eine Beratung darüber abgehalten, was man unternehmen sollte, um die Mutter herauszufinden. Zuerst wurde eine Untersuchung über den Charakter der weiblichen Hausangestellten eingeleitet, die jedoch alle von Fräulein Wilkins freigesprochen wurden, und offenbar mit Recht, denn sie hatte sie selbst ausgesucht, und es dürfte schwerfallen, nochmals eine solche Garnitur von Vogelscheuchen zusammenzubringen.

Der nächste Schritt war der, unter den Mitgliedern des Kirchspiels zu forschen, und diese Aufgabe wurde Jungfer Wilkins übertragen, die ihre Erkundigungen mit der äußersten Sorgfalt einziehen und das Ergebnis am Nachmittag mitteilen sollte.

Nachdem die Dinge also eingefädelt waren, zog sich Herr Allworthy nach seiner Gewohnheit in sein Arbeitszimmer zurück und überließ das Kind seiner Schwester, die auf sein Verlangen dessen Pflege übernommen hatte.

5. Kapitel

Enthält einige gewöhnliche Gegenstände sowie sehr ungewöhnliche Bemerkungen darüber.

Als ihr Herr weggegangen war, verharrte Jungfer Deborah in Schweigen, da sie von Fräulein Bridget das Stichwort erwartete; denn auf das, was von ihrem Herrn gesagt worden war, verließ sich die kluge Haushälterin nicht. Gar zu oft hatte sie erlebt, daß die Gesinnung der Dame in Abwesenheit ihres Bruders sehr verschieden war von dem, was sie in seiner Gegenwart geäußert hatte. Fräulein Bridget ließ sie indessen nicht lange in dieser zweifelhaften Verfassung; denn nachdem sie das Kind, wie es so in Jungfer Deborahs Schoß schlafend dalag, eine Weile ernsthaft betrachtet hatte, konnte die gute Lady sich nicht enthalten, ihm einen herzhaften Kuß zu geben; gleichzeitig versicherte sie, sie empfinde an seiner Schönheit und Unschuld ein großes Wohlgefallen. Jungfer Deborah hatte dies nicht so bald vernommen, als sie es zu küssen und zu drücken begann in einem Entzücken, wie solches zuweilen eine reife

Dame von fünfundvierzig beim Anblick ihres jugendlichen und kräftigen Bräutigams ergreifen mag, und dazu schrie sie mit schriller Stimme: „Oh, das liebe kleine Wesen! Das liebe, süße, reizende Geschöpf! Gewiß, ein so feines Bübchen, wie ich nur je eines gesehen!"

Diese Ausrufe folgten einander so lange, bis sie durch die Lady unterbrochen wurden, die nun zur Ausführung des Auftrags schritt, den sie von ihrem Bruder erhalten hatte. Sie befahl, daß alles Nötige für das Kind beschafft werden solle, und bezeichnete ein sehr gutes Zimmer im Haus als die künftige Kinderstube. Ihre Anweisungen waren wirklich so großzügig, daß sie diese, wäre es ihr eigenes Kind gewesen, nicht hätte überbieten können; doch damit die tugendhafte Leserin sie nicht etwa verdamme, als hätte sie zuviel Sorgfalt für ein in Unehre geborenes Kind aufgewendet, dem Barmherzigkeit zu erweisen das Gesetz für irreligiös erklärt, scheint uns die Bemerkung angebracht, daß sie das Ganze mit dem Schlußwort beendete: Da es nun einmal ihres Bruders Grille sei, den Balg an Kindes Statt anzunehmen, so müsse man den kleinen Herrn wohl recht zärtlich behandeln. Sie für ihr Teil könne nicht umhin, das für eine Ermutigung des Lasters zu halten; doch kenne sie des Mannes Starrsinn viel zu gut, um sich den lächerlichen Launen dieser Menschenart zu widersetzen.

Mit derartigen Überlegungen begleitete sie, wie wir bereits angedeutet haben, jedesmal ihre Nachgiebigkeit gegen die Neigungen ihres Bruders; und sicherlich konnte nichts mehr dazu beitragen, das Verdienst dieser Gefälligkeit zu erhöhen, als die gleichzeitige Erklärung, sie sei sich der Torheit und Sinnwidrigkeit dieser von ihr geduldeten Neigungen durchaus bewußt. Schweigende Willfährigkeit schließt keine Nötigung des Willens in sich und wird folglich leicht und schmerzlos ertragen; wenn jedoch eine Frau, ein Kind, ein Verwandter, ein Freund das, was wir von ihnen wünschen, mürrisch und widerstrebend, mit dem Ausdruck der Unzufriedenheit und Abneigung verrichten, so muß die offenbare Schwierigkeit, gegen die sie ankämpfen, ihre Leistung beträchtlich vermehren.

Da dies nun eine von den tiefgründigen Beobachtungen ist, die vermutlich nur wenige Leute selbst anzustellen vermögen, schien es mir ein Gebot, ihnen meinen Beistand zu leihen; nur sollten sie solche Vergünstigung im Laufe meines Werkes nicht zu oft erwarten. Sicherlich werde ich ihnen selten oder nie mehr so weit entgegenkommen, es sei denn unter solchen

Umständen, unter denen allein die Eingebung, mit der wir Schriftsteller begnadet sind, jemandem möglicherweise zu jener Entdeckung verhelfen kann.

6. Kapitel

Jungfer Deborah wird durch ein Gleichnis in die Pfarrgemeinde eingeführt. Kurzer Bericht über Jenny Jones und über die Schwierigkeiten und Entmutigungen, denen junge Frauen auf dem Weg zur Gelehrsamkeit begegnen können.

Als Jungfer Deborah, dem Willen ihres Herrn gemäß, alles für das Kind besorgt hatte, schickte sie sich an, jene Wohnungen zu besuchen, von denen zu vermuten war, sie könnten seine Mutter verborgen halten.

Nicht anders, als wenn das gefiederte Geschlecht den Weih, den schrecklichen Vogel, in die Lüfte steigen und über seinen Häuptern schweben sieht und die sanfte Taube und alle unschuldigen Vögelchen die Kunde davon in die Weite rufen und in ihre Verstecke fliehen – er aber schwingt dort stolz in der Luft, im Gefühl seiner Würde und Unheil sinnend –, also flohen auf das Gerücht von Jungfer Deborahs Ankunft alle Einwohner zitternd in ihre Häuser, und jede Matrone fürchtete, sie könnte als Ziel dieses Besuches ausersehen sein. Jene aber kam mit großen Schritten und stolz über das Feld und immer näher; sie trug den Kopf hoch, erfüllt von dem Gefühl ihrer Vortrefflichkeit und den Plänen für die beabsichtigte Entdeckung.

Der wohlweise Leser wird nach diesem Bilde nicht den Eindruck erhalten, daß diese armen Leute von der Absicht, mit der Jungfer Wilkins zu ihnen herausgekommen war, etwas ahnten. Da jedoch die große Schönheit unseres Gleichnisses vielleicht während der nächsten hundert Jahre schlummern wird, bis einmal ein künftiger Kommentator zu diesem Werke greift, halte ich es für richtig, dem Leser hier ein wenig zu Hilfe zu kommen.

Ich habe somit die Absicht darzutun, daß so, wie es in der Natur des Weihs liegt, kleine Vögel abzuwürgen, es gleicherweise in der Natur solcher Personen wie Jungfer Wilkins liegt, kleine Leute zu beleidigen und zu tyrannisieren. Das ist für sie tatsächlich das Mittel, sich für ihre Sklavendemut und Selbsterniedrigung vor ihren Gebietern zu entschädigen; denn nichts könnte folgerichtiger sein, als daß Sklaven und Schmeichler von allen, die unter ihnen stehen, dieselben Taxen erheben, die sie den Übergeordneten entrichten.

Wann immer Jungfer Deborah Gelegenheit hatte, sich vor Fräulein Bridget mehr als gewöhnlich zu erniedrigen, und somit ihre natürliche Anlage noch etwas mehr verbittert war, pflegte sie zu diesen Leuten hinauszuwandern, um dort ihre Stimmung zu verbessern, indem sie sich Luft machte und sozusagen alle üble Laune von sich gab; weshalb sie denn keineswegs als willkommener Gast begrüßt wurde. Die Wahrheit zu sagen, war sie überall von allen gefürchtet und gehaßt.

Am Orte angekommen, steuerte sie augenblicklich auf die Wohnung einer ältlichen Matrone zu. Da diese den Vorzug hatte, ihr an äußerer Anmut wie an Alter zu gleichen, hatte sie ihr im allgemeinen mehr Gunst bezeigt als den übrigen allen. Dieser Frau teilte sie mit, was geschehen und in welcher Absicht sie an diesem Morgen herausgekommen war. Und die beiden begannen alsbald, die Eigenschaften der verschiedenen jungen Mädchen, die in den umliegenden Häusern wohnten, durchzuhecheln, und zuletzt blieb der stärkste Verdacht haften an einer gewissen Jenny Jones, die, nach der übereinstimmenden Meinung beider, diese Tat am ehesten begangen haben konnte.

Diese Jenny Jones war kein besonders hübsches Mädchen, weder von Gesicht noch von Gestalt; doch den Mangel an Schönheit hatte die Natur einigermaßen wettgemacht durch etwas, was im allgemeinen von Damen, die mit den Jahren die volle Reife ihres Urteils erlangt haben, höher geschätzt wird; sie hatte ihr in ungewöhnlichem Maße Verstandesgaben zuerteilt. Und dieses Geschenk hatte Jenny durch ihr Bildungsstreben zur Entfaltung gebracht. Sie hatte mehrere Jahre als Magd im Haus eines Schulmeisters gelebt, der an dem Mädchen eine große geistige Regsamkeit und seltene Lernbegier entdeckte – denn in allen ihren Mußestunden fand man sie in Lehrbücher vertieft – und den guten oder närrischen Einfall hatte – wie es der Leser nennen will –, ihr durch Unterricht so viel beizubringen, daß sie eine ziemliche Fertigkeit im Lateinischen erlangte und vielleicht ebenso gelehrt war wie in unserer Zeit die meisten jungen Männer von Stand. Dieser Vorzug war jedoch, wie die meisten außergewöhnlichen Eigenschaften, von ein paar kleinen Unbequemlichkeiten begleitet; denn wie es nicht verwundern kann, daß eine so wohlunterrichtete junge Frau wenig Geschmack findet an der Gesellschaft von Leuten, deren Lebenslage der ihren zwar gleich, deren Bildungsstand aber mit dem ihrigen nicht zu vergleichen ist, so kann es auch nicht Gegenstand der Verwunderung sein, daß Jennys Überlegenheit, zusammen mit ihrem Benehmen, deren sicherer Folge, unter den andern eine Art Neid und Mißgunst erweckte; und das hatte vielleicht in den Busen ihrer Nachbarinnen schon heimlich geglommen, seit sie aus ihrem Dienst zurückgekehrt war.

Ihr Neid brach indessen nicht früher öffentlich aus, als bis die arme Jenny zu jedermanns Überraschung und zum Ärger aller jungen Weiber der Gegend an einem Sonntag vor aller Augen in der Pracht eines neuen Seidenkleides erschien, mit einer Spitzenhaube und andern dazu passenden Sachen.

Die bis dahin geduckte Flamme schoß nun hoch. Jenny hatte mit ihrem Wissen auch ihr Selbstgefühl gesteigert, doch keine von den Nachbarinnen war so freundlich, ihr die Ehren zu erweisen, die sie zu verlangen schien; und jetzt erntete sie durch ihren Putz statt Respekt und Bewunderung nur Haß und Übelwollen. Das ganze Kirchspiel vertrat die Ansicht, solche Dinge könne sie nicht ehrlich erworben haben; und Eltern, statt für ihre Töchter das gleiche zu wünschen, priesen sich glücklich, daß ihre Kinder derartiges nicht besäßen.

Daher mochte es kommen, daß die gute Frau zuerst vor Jungfer Wilkins' Ohren den Namen dieses armen Mädchens nannte; doch da war auch noch ein anderer Umstand, der die Wilkins in ihrem Verdacht bestärkte: Jenny war in der letzten Zeit sehr oft in Herrn Allworthys Haus gewesen. Sie hatte Fräulein Bridget in einem heftigen Krankheitsanfall als Wärterin gepflegt; manche Nacht hatte sie bei der Dame zugebracht und mit ihr gewacht; zudem hatte Jungfer Wilkins selbst sie noch am Tag von Herrn Allworthys Heimkehr dort gesehen, doch hatte diese so umsichtige Person zuerst in dieser Hinsicht keinerlei Verdacht gegen sie gefaßt. Denn wie sie selbst sagte, hatte sie Jenny immer für ein besonnenes Mädchen gehalten (tatsächlich wußte sie sehr wenig von ihr) und würde ihren Argwohn eher gegen jene liederlichen Schlumpen gerichtet haben, die sich Allüren gaben, weil sie sich wahrhaftig für schön hielten.

Jenny wurde nun aufgefordert, in Person vor Jungfer Deborah zu erscheinen, und kam dieser Aufforderung sogleich nach. Darauf hüllte Jungfer Deborah sich in den gewichtigen Ernst eines Richters, und mit etwas mehr als richterlicher Strenge begann sie ihre Rede mit den Worten: „Ihr dreiste

Dirne!" womit sie denn eher ein Urteil über die Gefangene auszusprechen als ihre Anklage vorzubringen schien.

Obgleich Jungfer Deborah aus den obengenannten Gründen von Jennys Schuld hinlänglich überzeugt war, so wäre es doch möglich, daß Herr Allworthy zu ihrer Überführung stärkere Beweise verlangt hätte; Jenny jedoch ersparte ihren Anklägerinnen jede weitere Mühe, indem sie die Tat, deren sie bezichtigt wurde, frei bekannte.

Dieses Geständnis, wiewohl, so schien es, in Ausdrücken reumütiger Gesinnung abgelegt, erweichte Jungfer Deborah durchaus nicht, sie sprach vielmehr in noch schimpflicheren Worten ein zweites Urteil gegen sie aus; bei den Umstehenden, deren Zahl nun sehr beträchtlich angewachsen war, erging es ihr nicht besser. Manche von diesen schrien, sie hätten es sich wohl gedacht, daß Madams seidenes Kleid da hinausführe; andere sprachen sarkastisch von ihrer Gelehrsamkeit.

Nicht ein einziges weibliches Wesen war zugegen, das nicht auf seine Art seinen Abscheu vor der armen Jenny bekundet hätte, die alles ganz geduldig ertrug, ausgenommen die Bosheit eines Weibes, das auf ihr Äußeres anspielte und, ihre Nase emporreckend, sagte: „Einen guten Appetit mußte der Mann haben, der für diesen Brocken ein Seidenkleid geben konnte!" Auf das erwiderte Jenny mit einer Bitterkeit, die einen urteilsfähigen Menschen hätte befremden können, wenn er zugleich Zeuge der Gelassenheit gewesen wäre, mit der sie alle Beschimpfungen ihrer Keuschheit hinnahm; aber vielleicht war ihre Geduld nun erschöpft, denn das ist eine Tugend, die durch Übung bald erschöpft werden kann.

Jungfer Deborah, die mit ihren Untersuchungen soviel mehr Erfolg gehabt hatte, als sie erwarten konnte, kam in vollem Triumph zurück, und zur festgesetzten Stunde erstattete sie Herrn Allworthy, der von ihrer Erzählung höchlich überrascht war, getreuen Bericht; denn er hatte von den ungewöhnlichen Fähigkeiten und Kenntnissen dieses Mädchens gehört und darum beabsichtigt, es mit einem benachbarten Pfarrer zu verheiraten und etwas zu beider Existenz beizutragen. Seine Bestürzung bei der Gelegenheit kam daher der Genugtuung, die Jungfer Deborah an den Tag legte, wenigstens gleich; und das mag manchen Lesern viel begründeter erscheinen.

Fräulein Bridget bekreuzte sich und sagte, nie mehr wolle sie hinfort von einem Weib eine gute Meinung fassen. Bis dahin nämlich hatte Jenny sich auch ihrer Gunst erfreut.

Die kluge Haushälterin wurde zum zweiten Male fortgeschickt, um die unglückliche Sünderin zu Herrn Allworthy heraufzuführen, nicht damit sie, wie einige erhofften und alle erwarteten, in ein Zuchthaus geschickt werde, sondern bloß, um einige heilsame Verweise und Ermahnungen zu empfangen. Diejenigen, die Geschmack an derartigen erbaulichen Sätzen finden, mögen sich solche im nächsten Kapitel zu Gemüte führen.

7. Kapitel

Enthält so ernsthafte Dinge, daß der Leser das ganze Kapitel hindurch nicht ein einziges Mal zu lachen vermag, es sei denn, er wollte über den Verfasser lachen.

Als Jenny erschien, nahm Herr Allworthy sie in sein Arbeitszimmer und sprach zu ihr das Folgende: „Ihr wißt, Kind, als Magistratsperson steht es in meiner Macht, Euch für das, was Ihr getan habt, sehr streng zu bestrafen; und Ihr werdet vielleicht um so mehr fürchten, daß ich von dieser Macht Gebrauch mache, als Ihr sozusagen Eure Sünde auf meiner Schwelle niedergelegt habt.

Aber vielleicht ist dies einer der Gründe, die mich bewegen, mit Euch milder zu verfahren; da nämlich kein persönlicher Groll jemals einen Richter beeinflussen darf, will ich die Tatsache, daß Ihr das Kind in meinem Hause niedergelegt habt, durchaus nicht als erschwerenden Umstand betrachten, will vielmehr zu Euren Gunsten annehmen, daß Ihr nur aus der natürlichen Liebe zu Eurem Kind so weit gegangen seid, da Ihr hoffen konntet, daß es hier besser als in Eurem eigenen Gewahrsam oder in dem seines ruchlosen Vaters versorgt sein könnte. Wirklich wäre ich sehr erbost auf Euch gewesen, wenn Ihr das arme kleine Geschöpf nach Art solch gottloser Mütter, die sich ihrer Menschlichkeit ebenso wie ihrer Keuschheit begeben haben, ausgesetzt hättet. Das ist nun der andere Teil Eurer Sünde, die mich zu Ermahnungen zwingt, ich meine die Verletzung Eurer Keuschheit; ein Verbrechen, das, so leicht es von verderbten Personen genommen werden mag, an sich doch verabscheuungswürdig ist und einfach furchtbar in seinen Folgen.

Die abscheuliche Natur dieses Vergehens liegt für jeden Christenmenschen offenbar, insofern als es eine Herausforderung der Gesetze unserer Religion bedeutet und der ausdrücklichen Gebote dessen, der diese Religion gestiftet hat.

Und hier ist nun zu erörtern, warum die Folgen furchtbar sein müssen; denn was kann schlimmer sein, als sich das göttliche Mißfallen durch das Durchbrechen der göttlichen Gebote zuzuziehen, und zwar durch ein Vergehen, das die höchste Rache mit ganz besonderer Strafe bedroht?

Doch diese Dinge, wenn man ihnen auch, wie ich fürchte, nicht genug Rechnung trägt, liegen so klar zutage, daß die Menschen, wie ungern sie sich darauf besinnen, über diesen Punkt keiner Auskunft bedürfen. Ein Wink wird darum genügen, in dieser Beziehung Euer Gewissen wachzurufen; ich möchte Euch ja nur reuig sehen, nicht Euch zur Verzweiflung treiben.

Es gibt auch noch andere Folgen, die freilich nicht so beängstigend und furchtbar sind wie diese, doch müßten auch sie, recht erwogen, so sollte man meinen, eine jede Eures Geschlechtes von der Begehung dieses Verbrechens abschrecken.

Denn Ihr macht Euch dadurch ehrlos und werdet, wie ehemals die Aussätzigen, aus der menschlichen Gesellschaft verbannt; wenigstens aus der Gesellschaft der Ehrbaren und Anständigen, und Euch bleibt nur der Verkehr mit den Schlechten und Verworfenen.

Wenn Ihr Vermögen habt, so wird es Euch unmöglich gemacht, es auf rechte Art zu genießen; habt Ihr keins, so werdet Ihr verhindert, ein solches zu erwerben, ja auch nur das Nötige zu verdienen, denn kein Mensch von Ehre wird Euch in sein Haus aufnehmen. Oft werdet Ihr von der Not selbst in einen Zustand der Schande und des Elends hineingestoßen, der unvermeidbar mit der Zerstörung des Leibes wie der Seele enden muß.

Kann irgendeine Lust solche Übel aufwiegen? Kann irgendeine Versuchung Überredungs- und Verführungskraft genug besitzen, Euch zu einem so kläglichen Handeln zu bewegen? Oder vermag irgendein Drang des Fleisches Eure Vernunft so zu überwältigen oder so völlig einzuschläfern und Euch damit zu verhindern, daß Ihr voller Abscheu und Schrecken ein Laster flieht, dem solche Strafe immer auf dem Fuße folgt?

Wie niedrig, wie gemein muß eine Frau sein, wie bar jener würdigen Gesinnung und des sittsamen Stolzes, ohne die wir nicht wert wären, den Namen menschlicher Geschöpfe zu tragen, die sich auf die Stufe des niedrigsten Tiers begibt und alles, was groß und edel an ihr ist, ihr ganzes himmlisches Teil, einer Begierde opfert, die sie mit dem geringsten Glied der Schöpfung gemein hat! Denn sicherlich wird keine Frau die Leidenschaft der Liebe als Entschuldigungsgrund angeben. Das hieße sich selbst zum bloßen Werkzeug und Spielball des Mannes erklären. Da jedoch Liebe, wie barbarisch wir auch ihren Sinn verderben und verdrehen mögen, eine löbliche, eine vernünftige Leidenschaft ist, kann sie nie gewaltsam sein, sie sei denn gegenseitig; denn wenn die Schrift uns auch gebietet, unsere Feinde zu lieben, so meint sie damit nicht die innige Empfindung, die wir natürlicherweise unsern Freunden entgegenbringen; und noch viel weniger fordert sie, daß wir ihnen unser Leben und, was uns noch teurer sein muß, unsere Unschuld zum Opfer bringen. Denn was anders als einen Feind kann eine vernünftige Frau in dem Manne sehen, der von ihr verlangt, all das Elend, das ich Euch schilderte, auf sich zu nehmen, und der für sich selbst ein kurzes, ordinäres, verächtliches Vergnügen erlangen will, für das sie einen solchen Preis bezahlen soll! Denn nach dem Gewohnheitsrecht fällt die ganze Schande mit allen ihren furchtbaren Folgen allein auf sie. Kann Liebe, die stets nur das Beste ihres Gegenstandes sucht, es über sich bringen, eine Frau in einen Handel hineinzulocken, in dem sie in solchem Maße der verlierende Teil sein muß? Sollte ein Verführer jedoch so unverschämt sein, wirkliche Liebe für sie zu heucheln, würde ihn die Frau dann nicht mit Recht nicht nur als einen Feind, nein, als den schlimmsten aller Feinde, als falschen, hinterlistigen, tückischen Heuchelfreund betrachten, der nicht nur ihren Leib, sondern auch ihren Verstand zu verführen sich müht?“

Jenny zeigte sich jetzt sehr bekümmert. Allworthy schwieg eine Weile und fuhr dann fort: „Ich habe Euch das sagen wollen, Kind, nicht um Euch wegen des unwiderruflich Geschehenen zu kränken, sondern Euch für die Zukunft zu warnen und zu stärken. Und ich würde mir diese Mühe auch nicht gegeben haben, hätte ich nicht ungeachtet des furchtbaren Fehltritts, den Ihr begangen, eine gute Meinung von Eurem Verstande und baute ich nun nicht meine Zuversicht auf Eure herzliche Reue, auf die ich aus der Offenheit und Aufrichtigkeit Eures Geständnisses schließe. Ist dies kein Irrtum, so will ich danach trachten, Euch von dem Schauplatz Eurer Schande fortzuhelfen an einen andern Ort, wo Ihr unbekannt die Strafe vermeiden könnt, die, wie gesagt, in dieser Welt Eurem Verbrechen zugemessen wird, und ich hoffe, durch Reue werdet Ihr den viel härteren Urteilsspruch, der in der andern Welt darüber ausgesprochen würde, von Euch abwenden. Seid also fortan ein Mädchen auf dem guten Weg, und kein Mangel soll Euch wieder davon abbringen; und glaubt mir das: Schon in dieser Welt erwächst uns mehr Freude aus einem unschuldigen und tugendhaften Leben als aus einem ausschweifenden und lasterhaften.

Was Euer Kind betrifft, so laßt Euch seinetwegen durch keine Gedanken beunruhigen. Ich lasse ihm bessere Sorge angedeihen, als Ihr das je zu tun hoffen könntet. Und nun bleibt nichts mehr übrig, als daß Ihr mir bekennt, wer der schlechte Mensch war, der Euch verführte; denn mein Zorn auf ihn wird weit größer sein als mein Unwille gegen Euch, den Ihr erfahren habt."

Jenny erhob ihre Augen, und mit bescheidenem Blick und in ehrerbietigem Ton begann sie also: „Sie zu kennen, Herr, und Ihre Güte nicht zu lieben, das wäre bei jedem ein Beweis von völligem Mangel an Verstand oder empfänglichem Herzen. Bei mir jedoch wäre es der Gipfel der Undankbarkeit, wenn ich durch den hohen Grad der Güte, den Sie geruht haben, mir bei dieser Gelegenheit zu zeigen, mich nicht im Innersten bewegt fühlte. Was mich angeht, so weiß ich, Sie werden mir die Beschämung eines nochmaligen Aufrufens des Vergangenen ersparen. Mein künftiges Verhalten wird über meine Gesinnung mehr Aufschluß geben, als das jetzt irgendein Versprechen vermöchte. Erlauben Sie mir aber, bester Herr, Ihnen zu versichern, daß Ihre Ermahnung mir noch viel mehr zu Herzen geht als das edelmütige Anerbieten, mit dem Sie diese beschlossen. Denn wie Sie zu sagen belieben, Herr, zeugt sie dafür, daß Sie von meinem Verstand eine gute Meinung haben" – und jetzt strömten ihre Tränen, und sie hielt ein paar Augenblicke inne, um dann fortzufahren: „In der Tat, Herr, überwältigt mich Ihre Güte; ich will aber alles daransetzen, mir Ihre gute Meinung zu verdienen; denn wenn ich den Verstand besitze, den Sie mir so gütig zugestehen wollen, dann können diese Ermahnungen nicht in den Wind gesprochen sein. Ich danke Ihnen herzlich, Herr, für alle Wohltaten, die Sie meinem armen, hilflosen Kind erweisen wollen. Es ist unschuldig, und ich hoffe, es wird lange genug leben, um sich für jede Gunst, die es durch Sie erfährt, dankbar zu erweisen. Aber nun, Herr, muß ich Sie auf meinen Knien anflehen: Bestehen Sie nicht darauf, daß ich Ihnen den Vater meines Kindes nenne. Ich verspreche Ihnen heilig, daß Sie ihn eines Tages erfahren sollen; ich bin aber unter dem feierlichsten Ehrenwort, unter Zusagen und Versprechungen sowie unter den Gelübden und Eiden der Religion gebunden, seinen Namen jetzt noch zu verschweigen. Und ich denke von Ihnen zu hoch, als daß ich glauben könnte, Sie wollten mich dazu bringen, meine Ehre oder meine Religion Ihrem Wunsch zu opfern."

Herr Allworthy, den die geringste Erwähnung solcher heiligen Dinge bedenklich machen konnte, zögerte einen Augenblick, ehe er antwortete; dann sagte er zu ihr, sie habe unrecht getan, einem Schurken solches zu geloben; doch da dem so sei, bestehe er nicht darauf, daß sie ihr Wort nun breche. Er sagte auch, keine bloße Neugier habe ihn zu seiner Frage bewogen, sondern die Absicht, den Burschen zu strafen; oder wenigstens möchte er nicht in Unwissenheit Unwürdigen Wohltaten erweisen.

Über diesen Punkt beruhigte ihn Jenny durch die ernsthaftesten Versicherungen, daß der Mann sich völlig außerhalb seiner Reichweite befinde, daß er weder seiner Macht unterworfen sei noch aller Wahrscheinlichkeit nach je der Gegenstand seiner Mildtätigkeit werden könnte.

Durch ihr freimütiges Betragen hatte Jenny bei dem würdigen Manne so viel Vertrauen gewonnen, daß er leicht alles glaubte, was sie ihm sagte; denn da sie es verschmäht hatte, sich durch eine Lüge zu entschuldigen, und in ihrer gegenwärtigen Lage lieber seine weitere Mißbilligung auf sich nehmen als ihre Ehre und ihr Versprechen verwirken wollte, indem sie einen andern verriet, befürchtete er kaum, daß sie sich ihm gegenüber einer Falschheit schuldig machen könnte.

Er entließ sie daher mit der Versicherung, er werde sie sehr bald aus dem Ort, wo sie sich viele Schmähreden zugezogen habe, wegbringen; dann schloß er mit zusätzlichen Ermahnungen zur Reue und mit den Worten: „Seht, mein Kind, es gibt noch einen Höheren, dessen Gnade Ihr erbitten müßt, und dessen Gunst für Euch viel mehr bedeuten muß als die meine."

8. Kapitel

Ein Gespräch zwischen den Damen Bridget und Deborah; es ist ergötzlicher, doch nicht so lehrreich wie das Vorangegangene.

Als Herr Allworthy sich, wie wir sahen, mit Jenny Jones in sein Arbeitszimmer begeben, hatte sich Fräulein Bridget mit der guten Haushälterin als Posten in einem an besagtes Arbeitszimmer angrenzenden Raum aufgestellt; von hier sogen sie auf dem Weg durch das Schlüsselloch mit gespitzten Ohren die von Herrn Allworthy vorgebrachten belehrenden Ermahnungen zusammen mit Jennys Antworten auf und jede andere Einzelheit aus dem vorangegangenen Kapitel.

Dieses Schlüsselloch in der Tür von ihres Bruders Arbeitsraum war Fräulein Bridget überhaupt so wohlbekannt, und sie hatte davon ebenso häufig Gebrauch gemacht wie vorzeiten Thisbe von dem berühmten Loch in der Wand. Es diente ihr zu manchem schönen Zweck, denn auf diese Art wurde Fräulein Bridget mit vielen Gewohnheiten ihres Bruders vertraut, und er war der Mühe häufiger Wiederholungen enthoben. Gewisse Nachteile waren allerdings mit diesem Horchverkehr verbunden, und sie hatte manchmal Grund, mit Shakespeares Thisbe auszurufen: „O schlimme, schlimme Wand!" Denn da Herr Allworthy Friedensrichter war, kamen bei den Untersuchungen gewisse Dinge, die Bankerte betreffend, zur Sprache, Dinge, die geeignet sind, die keuschen Ohren der Jungfrauen gröblich zu verletzen, um so mehr wenn diese, wie in Fräulein Bridgets Fall, sich dem vierzigsten Jahre nähern. Indessen hatte sie bei solchen Gelegenheiten ja den Vorteil, daß ihr Erröten den Augen der Männer verborgen blieb, und *de non apparentibus et non existentibus eadem est ratio* – auf deutsch: Wenn das Erröten einer Frau nicht gesehen wird, so errötet sie überhaupt nicht!

Die beiden guten Frauen bewahrten während der ganzen Szene, die sich zwischen Herrn Allworthy und dem Mädchen abspielte, striktes Schweigen. Sobald sie aber beendet und der Junker außer Hörweite war, vermochte Jungfer Deborah sich nicht zu enthalten, gegen die Milde ihres Herrn aufzubegehren, und besonders dagegen, daß er damit einverstanden war, daß des Kindes Vater nicht genannt werde; sie schwor, daß sie imstande sei, diesen noch vor Sonnenuntergang aus ihr herauszubringen.

Bei diesen Worten verzog Fräulein Bridget ihr Gesicht zu

einem Lächeln – etwas bei ihr sehr Ungewöhnliches. Nicht daß ich wünschte, mein Leser denke an ein leichtfertiges Lächeln, wie es, was Homer uns glauben machen will, von der Venus Lippen kommt, wenn er sie die „das Lachen liebende Göttin“ nennt; auch war es nicht das Lächeln, das Lady Seraphina auf der Bühne sehen ließ und für das Venus, wenn sie über ein gleiches Lächeln verfügte, ihre Unsterblichkeit hingäbe. Nein, es war eher ein Lächeln, wie man es sich auf den Grübchenwangen der erhabenen Tisiphone oder einer von ihren Fräulein Schwestern vorstellt.

Mit einem solchen Lächeln also und einer Stimme, süß wie der Abendhauch des Boreas im angenehmen Monat November, tadelte Fräulein Bridget sanft Jungfer Deborahs Neugier; ein Gebrechen, mit dem diese nur zu sehr behaftet schien und gegen das die erstere nun mit zunehmender Heftigkeit loszog, und schließlich fügte sie hinzu, daß, so zahlreich auch ihre eigenen Fehler sein möchten, selbst ihre Feinde ihr, Gott sei Dank, nicht vorwerfen könnten, sie mische sich in anderer Leute Angelegenheiten ein.

Hierauf ging sie dazu über, das Ehrgefühl und die Gesinnung, aus der heraus Jenny gehandelt habe, zu loben. Sie sagte, sie könne nicht anders als die Ansicht ihres Bruders teilen, der etwas Verdienstliches in der Aufrichtigkeit ihrer Beichte und in ihrem ehrenhaften Verhalten gegenüber ihrem Liebhaber erblickte. Sie habe sie schon immer als ein rechtschaffenes Mädchen eingeschätzt, und sie zweifle nicht daran, daß sie von einem Halunken verführt worden sei, der unendlich mehr Schuld trage als sie, und höchstwahrscheinlich habe er sie durch ein Heiratsversprechen oder andere betrügerische Vorspiegelungen überredet.

Dieses Verhalten von Fräulein Bridget überraschte Jungfer Deborah; denn wohlerzogen, wie sie war, öffnete sie in Gegenwart ihres Herrn oder seiner Schwester kaum je die Lippen, ohne zuvor nach jener beider Neigung geforscht zu haben, mit der dann ihre Gefühle jedesmal zusammenstimmten. Hier jedoch hatte sie geglaubt, sich unbedenklich Luft machen zu können; und der verständige Leser wird ihr vielleicht nicht Mangel an Überlegung vorwerfen, weil sie das tat, viel eher wird er die erstaunliche Raschheit bewundern, mit der sie zu lavieren verstand, sobald sie erkannt hatte, daß sie einen unrichtigen Kurs eingeschlagen.

„Nein, Madam“, sagte diese gewandte und wahrhaft diplomatische Person, „ich muß gestehen, daß ich dieses Mädchens Gesinnung, ganz so wie Euer Gnaden das tun, hochschätze. Und wie Lady sagt: wenn sie von einem schlechten Menschen betrogen wurde, dann verdient das arme Geschöpf unser Mitleid. Und ganz gewiß, wie Euer Gnaden das gesagt, das Mädchen hat sich stets als gut, ehrlich und tüchtig gezeigt und war niemals eitel auf sein Aussehen, wie manche von den Weibsbildern in der Gegend."

„Das ist ganz richtig, Deborah", antwortete Fräulein Bridget, „wäre das Mädchen eine von diesen gefallsüchtigen Weibern gewesen, wie wir deren im Kirchspiel nur zu viele haben, so würde ich meinen Bruder wegen seiner Milde verurteilen. Kürzlich sah ich in der Kirche zwei Pächterstöchter mit entblößten Hälsen. Ich muß gestehen, daß sie mich angewidert haben. Wenn Dirnen ihre Reize für die Burschen aushängen wollen, so ist es gleichgültig, was sie dafür leiden müssen. Ich verabscheue solche Geschöpfe; es wäre für sie besser, wenn ihre Gesichter von den Blattern gesprenkelt würden. Doch ich muß gestehen, daß ich an Jenny nie etwas von solchem zuchtlosen Benehmen bemerkt habe; ich bin überzeugt, daß irgendein durchtriebener Schurke sie verlockte, ja vielleicht vergewaltigte, und ich bedaure die Ärmste von ganzem Herzen."

Jungfer Deborah äußerte sich beifällig zu allen diesen Gefühlen, und das Gespräch schloß mit einer allgemeinen und bitteren Schmähung der Schönheit und mit vielen mitfühlenden Betrachtungen über alle rechtschaffenen Mädchen, die durch die argen Künste betrügerischer Männer verführt werden.

9. Kapitel

Enthält Dinge, die den Leser überraschen werden.

Jenny begab sich wieder nach Hause, wohlzufrieden mit der Aufnahme, die sie bei Herrn Allworthy gefunden hatte, dessen gütige Nachsicht, die sie an sich erfahren, sie überall mit Eifer bekanntmachte; zum Teil war das vielleicht ein Opfer für ihren eigenen Stolz, zum andern Teil bewog sie dazu die klügere Absicht, ihre Nachbarn zu versöhnen und ihr Getratsche zum Verstummen zu bringen.

Wenn nun diese zweite Absicht, wofern sie solche wirklich hatte, vernünftig genug scheinen kann, so entsprach der

Erfolg durchaus nicht ihrer Erwartung. Nahm man, als sie vor den Friedensrichter geführt wurde, allgemein an, daß sie im Zuchthaus landen werde, und schrien auch ein paar von den jungen Weibern, damit geschehe ihr schon recht, und freuten sich in der Vorstellung, wie ihr zumut wäre, wenn sie in einem seidenen Kleid Hanf klopfen müsse, so gab es doch viele andere, die anfingen sie wegen ihres Loses zu bedauern. Als jedoch bekannt wurde, wie Herr Allworthy sich verhalten hatte, da wandte sich die Flut gegen sie. Die eine sagte: „Wahrhaftig, Madam hat Glück!“ Eine zweite rief: „Ja, das heißt man in der Gunst stehen!“ Eine dritte: „So weit bringt's die Gelehrsamkeit!“ Jedermann machte seine hämischen Glossen, und alle rügten des Richters Parteilichkeit.

Der Leser, der an die Macht und an die Wohltätigkeit Herrn Allworthys denkt, mag das Betragen dieser Leute undankbar und ungebührlich finden. Indessen, was seine Macht betrifft, so machte er von ihr niemals Gebrauch, und seine Wohltätigkeit übte er in einem solchen Maße, daß er dadurch alle seine Nachbarn gegen sich aufgebracht hatte; denn es ist ein großen Herrn wohlbekanntes Geheimnis, daß sie, indem sie einen Gefallen erweisen, nicht immer einen Freund gewinnen, sicher aber sich Feinde machen.

Jenny jedoch wurde durch Herrn Allworthys Vorsorge und Güte bald an einen Ort geführt, wo sie das Geschwätz der schlimmen Mäuler nicht erreichte. Doch als die Bosheit nicht länger ihre Wut an ihr auslassen konnte, begann sie einen andern Gegenstand ihrer Grausamkeit zu suchen, und das war kein Geringerer als Herr Allworthy selbst; denn bald ging ein Geflüster um, er selbst sei des Kindes Vater.

Diese Vermutung vertrug sich nach der allgemeinen Ansicht so gut mit seinem Betragen, daß sie überall Glauben fand; und das Geschrei gegen seine Milde begann eine andere Richtung zu nehmen und verwandelte sich in Schmähreden auf seine Grausamkeit gegen das arme Mädchen. Sehr ernsthafte und gute Frauen schalten auf Männer, die Kinder zeugten und sie dann verleugneten. Auch fehlte es nicht an solchen, die nach Jennys Abreise munkelten, sie sei weggeschafft worden in einer Absicht, zu finster, als daß man sie nenne; und die häufigen Anspielungen machten, daß die ganze Angelegenheit nach einer gerichtlichen Untersuchung verlange und daß gewisse Personen mit Gewalt dazu gezwungen werden müßten, das Mädchen wieder zum Vorschein zu bringen.

Diese Verleumdungen hätten wahrscheinlich für einen zweifelhafteren und weniger vertrauenswürdigen Charakter als den Herrn Allworthys schlimme Folgen haben können, oder wenigstens hätten sie Unruhe und Verwirrung verursacht, aber in diesem Falle blieben sie ohne eine derartige Wirkung; und weil er sie gründlich verachtete, so dienten sie bloß den guten Plaudertaschen in der Nachbarschaft zum unschuldigen Zeitvertreib.

Da wir nun aber nicht zu erraten vermögen, von welcher Gemütsart unser Leser sein kann, und da einige Zeit verstreichen wird, bevor wir von Jenny wieder etwas hören werden, so halten wir es für angebracht, ihm hier in Eile zu verraten, daß Herr Allworthy, wie es sich in der Folge noch deutlicher zeigen wird, nicht der geringsten strafbaren Absicht schuldig war. Er hatte allerdings nichts weiter als einen politischen Irrtum begangen, indem er die Gerechtigkeit durch Barmherzigkeit linderte und es ablehnte, die gutherzige Neigung des Pöbels* zufriedenzustellen, indem er ihm die Person der armen Jenny als Gegenstand des Mitleids preisgab. Denn um sie bemitleiden zu können, hätte diese Sorte gewünscht, daß sie durch eine schimpfliche Strafzeit in Bridewell in die äußerste Schmach und Not gebracht worden wäre.

Sehr weit davon entfernt, dieser Neigung Genüge zu tun, wodurch jede Hoffnung auf Besserung vernichtet, ja selbst das Tor der Hoffnung für sie verschlossen worden wäre, wenn je ihr eigener Wunsch sie später wieder auf den Weg der Tugend hätte leiten wollen, entschied sich Herr Allworthy dafür, durch die einzig möglichen Mittel das Mädchen zu dieser Rückkehr zu ermuntern. Denn ich fürchte, es ist nur allzu wahr, daß manche Frau nur deshalb jeden Halt verloren hat und bis auf die tiefste Stufe des Lasters hinabgesunken ist, weil sie nicht imstande war, ihren ersten Fehltritt wiedergutzumachen. Das wird, fürchte ich, immer der Fall sein, solange solche Unglücklichen unter ihren frühern Bekannten bleiben. Von Herrn Allworthy war es daher nur weise gehandelt, daß er Jenny an einen Ort schaffte, wo sie sich eines guten Leumundes erfreuen konnte, nachdem sie die Erfahrung gemacht hatte, wie bitter es ist, ihn verloren zu haben.

Nach diesem Ort (wo er auch liegen mag) wollen wir ihr

* Wo immer dieses Wort in unseren Schriften gebraucht wird, bezeichnet es Menschen ohne Tugend oder Verstand aus allen Ständen; selbst manche von höchstem Range werden damit bezeichnet.

eine gute Reise wünschen und nehmen vorläufig Abschied von ihr und dem kleinen Findling, ihrem Kinde, da wir dem Leser Dinge von größter Wichtigkeit mitzuteilen haben.

10. Kapitel

Allworthys Gastlichkeit; kurze Skizze der Wesensart zweier Brüder, eines Arztes und eines Hauptmanns, für deren Unterhalt dieser Edelmann aufkam.

Weder Herrn Allworthys Haus noch sein Herz waren gegen irgendeinen Teil der Menschheit verschlossen; doch besonders standen sie Männern von Verdienst offen. Die Wahrheit zu sagen, war dies das einzige Haus im Königreich, wo man damit rechnen konnte, eine Mahlzeit zu erhalten, nur weil man ihrer würdig war.

Vor allen andern teilten Männer von Begabung und Gelehrsamkeit den vornehmsten Platz in seiner Gunst, und hier verstand er sehr wohl zu unterscheiden; denn obgleich er den Vorteil einer gelehrten Erziehung entbehrte, so hatte er doch, mit natürlichen Fähigkeiten ausgestattet, durch tüchtigen, wenn auch späten Fleiß und durch vielfachen Verkehr mit ausgezeichneten Männern es so weit gebracht, daß er selbst auf den meisten Gebieten der Literatur als ein sachkundiger Richter gelten konnte.

Es kann daher nicht wundernehmen, daß in einer Zeit, da diese Art Verdienst so wenig Beachtung und so spärlich Unterstützung findet, Leute, die damit ausgestattet waren, voller Eifer an einem Orte zusammenströmten, wo sie gewiß sein konnten, einen freundlichen Empfang zu finden; wo sie sicher beinah die gleichen Vorteile eines großen Vermögens genießen durften, wie wenn sie dazu von Rechts wegen ermächtigt wären. Denn Herr Allworthy gehörte nicht zu jener Art von Wohltätern, die Männern von Geist und Wissen bereitwillig Speise, Trank und Obdach gewähren, ohne dagegen anderes als Unterhaltung, Belehrung, Schmeichelei und Aufmerksamkeit zu erwarten; mit einem Wort, daß solche Personen in die Zahl der Hausangestellten eingereiht blieben, ohne ihres Herrn Livree zu tragen oder Lohn zu empfangen.

Im Gegenteil, in diesem Haus war jeder vollkommen Herr seiner Zeit. Und wie er nach Belieben, nur unter Berücksichtigung der Schranken von Gesetz, Sitte und Religion, alle seine

Bedürfnisse frei befriedigen konnte, so stand ihm auch frei, falls seine Gesundheit dies erforderte oder sein Temperament zur Mäßigkeit oder sogar zur Enthaltsamkeit neigte, allen Mahlzeiten fernzubleiben oder, wenn er dazu Neigung verspürte, sich zurückzuziehen, ohne eine Bitte zum Bleiben befürchten zu müssen; solche Bitten Hochgestellter schmecken immer deutlich nach Befehl. Doch hier hatte keiner unter solchen Anmaßungen zu leiden, nicht allein diejenigen, deren Gesellschaft an jedem andern Ort ihres gleichrangigen Vermögens halber als eine Gunst geschätzt wird, sondern selbst jene, die bei ihren dürftigen Verhältnissen in solch mildtätiger Zuflucht das für sie Gegebene sehen, die folglich an eines großen Herrn Tisch weniger willkommen sind – eben weil sie dessen bedürfen.

Zu den Leuten dieser Art gehörte auch Dr. Blifil, ein Herr, der das Unglück gehabt hatte, der Vorteile, welche die Entfaltung großer Talente ihm hätte verschaffen können, verlustig zu gehen, dank dem Eigensinn eines Vaters, der ihn für einen Beruf erziehen wollte, den er nicht liebte. Diesem hartnäckigen Willen gehorsam, hatte sich der Doktor in seiner Jugend dazu bequemt, Arzneikunde zu studieren oder vielmehr zu sagen, daß er sie studiere; denn in Wahrheit waren Bücher über diesen Gegenstand beinah die einzigen, von denen er keine Kenntnis besaß; und so, zu seinem Unglück, war der Doktor in jeder andern Wissenschaft Meister, nur nicht in der, die ihm sein Brot verschaffen sollte; das Ergebnis war, daß der Doktor mit vierzig Jahren kein Brot zu essen hatte.

Ein Mann wie er durfte gewiß sein, an Herrn Allworthys Tafel einen Platz zu finden, denn für diesen waren Mißgeschicke immer eine Empfehlung, wenn Torheit oder Böswilligkeit anderer sie verschuldet hatten und nicht die benachteiligte Person selbst. Neben diesem negativen Verdienst hatte der Doktor etwas Positives, das ihn empfahl. Das war das ausdrucksvolle Zurschautragen seiner religiösen Gesinnung. Ob dieses Religiöse echt war oder bloß ein Gehabe, das werde ich mich zu beantworten nicht unterfangen, denn ich bin nicht im Besitze eines Prüfsteins, der hier das Echte vom Falschen unterscheiden könnte.

Wenn dieser Zug in seinem Charakter Herrn Allworthy gefiel, so war Fräulein Bridget davon entzückt. Sie verwickelte ihn in viele Gespräche über religiöse Streitfragen. Bei solchen Gelegenheiten gab sie stets ihrer großen Zufriedenheit über des Doktors Beschlagenheit Ausdruck und nicht weniger über die Anerkennung, die er ihrem eigenen Wissen zollte. Die Wahrheit zu sagen, hatte sie viele Bücher der englischen Gottesgelahrtheit gelesen und mehr als einen von den benachbarten Pfarrherren in Staunen versetzt. Wirklich, ihre Rede war so rein, ihr Aussehen so weise, ihr ganzes Betragen so ernst und feierlich, daß sie den Namen der Heiligen nicht minder wie ihre Namensschwester oder eine andere von den frommen Frauen im Römischen Kalender zu verdienen schien.

Wenn eine jede Art der Sympathie Liebe erwecken kann, so lehrt uns die Erfahrung, daß keiner andern eine stärkere Macht innewohnt als der religiös gefärbten zwischen Personen verschiedenen Geschlechts. Der Doktor fand sich selbst so zu Fräulein Bridget passend, daß er jetzt begann, ein unglückliches Ereignis, das ihm freilich schon vor etwa zehn Jahren zugestoßen war, tief zu beklagen, nämlich seine Heirat mit einer andern Frau, die nicht nur noch am Leben war, sondern, noch schlimmer, um deren Dasein Herr Allworthy wußte. Das war ein arges Hindernis, das sich dem Glück entgegenstellte, das ihm sonst, wie ihn dünkte, sehr wahrscheinlich von der jungen Dame hätte gewährt werden können; denn was strafwürdige Vertraulichkeit anbelangt, so hatte er daran bestimmt nie gedacht. Das mag nun entweder seiner religiösen Gesinnung zuzuschreiben sein oder der Reinheit seiner Leidenschaft, die sich nur an solche Dinge halten konnte, deren Besitz – oder wenigstens den Anspruch darauf – allein die Ehe ihm verschaffen konnte, nicht aber ein unerlaubtes Verhältnis.

Er hatte über diese Dinge noch nicht lange nachgesonnen, als ihm einfiel, daß er ja einen Bruder besaß, über den keine so mißliche Unfreiheit verhängt war. Dieser Bruder würde zweifelsohne Erfolg haben; eine Neigung zur Ehe, so schien ihm, hatte er bei der Dame wahrgenommen; und der Leser wird ihn vielleicht, wenn er von den Eigenschaften des Bruders hört, wegen des Vertrauens, das er in diesen setzte, nicht tadeln.

Dieser Herr war ungefähr fünfunddreißig Jahre alt. Er war von mittlerer Größe und das, was man wohlgestalt heißt. Er trug eine Narbe an der Stirn, die seiner Schönheit weniger Eintrag tat, als sie seine Tapferkeit bezeugte (denn er war Offizier auf Halbsold). Er hatte gute Zähne und, wenn es ihm paßte, etwas Freundliches in seinem Lächeln. Obgleich seine Erscheinung, seine Miene und Stimme von Natur eher rauh waren, konnte er das alles jederzeit ablegen und ganz Artigkeit und Frohsinn sein. Es gebrach ihm nicht an guter Lebensart und nicht völlig an Witz, und in seiner Jugend war er von einer sprühenden Lustigkeit gewesen. Und wenn er seit kurzem auch ernster geworden war, so vermochte er doch diesen Ernst leicht mit Fröhlichkeit zu vertauschen.

Er hatte, ebenso wie der Doktor, einen akademischen Bildungsgang hinter sich, denn sein Vater hatte ihn kraft derselben Machtbefugnis, die wir erwähnten, zum geistlichen Stand bestimmt. Da jedoch der alte Herr starb, bevor sein Sohn ordiniert war, entschied dieser sich statt für die Kirche für die militärische Laufbahn und zog eine Offiziersstelle dem Amt eines Bischofs vor.

Er hatte sich den Posten eines Leutnants der Dragoner gekauft und brachte es in der Folge bis zum Hauptmann; da er jedoch mit seinem Obersten in Streit geriet, war er genötigt, seine Kompanie zu verkaufen. Von dieser Zeit an lebte er ein zurückgezogenes Leben und verlegte sich auf das Studium der Heiligen Schrift; man verdächtigte ihn sogar eines Hanges zur Methodistenlehre.

Es schien darum nicht unmöglich, daß ein so beschaffener Mann bei einer Dame von so frommer Anlage, deren Neigungen auf nichts gerichtet waren als auf den gottgewollten Ehestand, Erfolg haben würde; warum aber der Doktor, der gegen seinen Bruder sicher nicht sehr freundschaftlich gesinnt war, darauf verfiel, um seiner selbst willen Herrn Allworthy seine Gastfreundschaft auf eine so üble Art heimzuzahlen, läßt sich nicht so leicht erklären.

Verhält es sich so, daß gewisse Naturen ihre Freude am Bösen haben, so wie man von andern weiß, daß ihre Freude die Tugend ist? Oder liegt ein Vergnügen darin, bei einem Diebstahl, den wir selbst nicht zu begehen wagen, Helfershelfer zu sein? Oder endlich (was die Erfahrung zu bestätigen scheint), verschafft es uns eine Genugtuung, unsere Familien zu vergrößern, selbst wenn wir für sie nicht im geringsten Liebe und Achtung empfinden?

Welcher von diesen Beweggründen auf den Doktor einwirkte, will ich nicht entscheiden, doch die Tatsache bleibt unverändert: Er ließ seinen Bruder kommen, und es fiel ihm nicht schwer, ihn bei Allworthy einzuführen als einen Besucher, der ihm lediglich eine kurze Visite abstatten wolle.

Der Hauptmann hatte sich noch keine Woche im Hause aufgehalten, als der Doktor allen Grund fand, sich zu seiner

Voraussicht zu beglückwünschen. Der Hauptmann war in der Tat ein so großer Meister in der Liebeskunst wie weiland Ovid. Er hatte zudem von seinem Bruder besondere Winke erhalten, die richtig sich zunutze zu machen er nicht verfehlte.

11. Kapitel

Enthält viele Regeln und einige Beispiele für Liebesleute: Beschreibung der Schönheit und anderer, mehr den Verstand ansprechender Verlockungen zum Ehestande.

Von weisen Männern oder Frauen, ich vergaß von wem, wurde die Bemerkung gemacht, daß alle Menschen dazu verurteilt seien, sich einmal in ihrem Leben zu verlieben. Keine besondere Zeit, soviel ich mich erinnere, ist dafür bezeichnet, doch das Alter, welches Fräulein Bridget erreicht hatte, scheint mir für dieses Ereignis ein so passender Zeitpunkt wie irgendeiner. Oft freilich trifft es viel früher ein; wenn aber nicht, so wird es in diesem Zeitraum, wie ich erfahren habe, selten oder niemals ausbleiben. Außerdem wäre noch zu sagen, daß auf dieser Lebensstufe die Liebe von ernsterer und stetigerer Natur ist als jene, die sich zuweilen in jüngeren Jahren hervorwagt. Die Liebe junger Mädchen ist schwankend, launisch und so töricht, daß wir nicht immer herausbringen können, was die junge Person eigentlich will; ja man muß wohl daran zweifeln, daß sie selbst es weiß.

Darüber sind wir hingegen niemals im Ungewissen bei einer Frau von vierzig Jahren; denn da solche bedächtigen, erfahrenen und ernsthaften Damen sehr wohl wissen, was sie wollen, so ist es auch für einen Mann von mäßigem Scharfsinn sehr leicht, solches mit voller Gewißheit zu erkennen.

Fräulein Bridget ist ein Beispiel für alle diese Beobachtungen. Sie war erst ein paarmal in des Hauptmanns Gesellschaft gewesen, als sie von dieser Leidenschaft befallen wurde. Sie ging auch nicht lange schmachtend und trübselig im Haus umher, gleich einem haltlosen närrischen Mädchen, das nicht weiß, wie ihm geschieht. Sie fühlte, sie erkannte und sie genoß die erfreuliche Empfindung, die sie so wenig fürchtete, wie sie sich ihrer schämte, da sie doch wußte, daß sie nicht nur unschuldig, sondern auch lobenswert sei.

Um die Wahrheit zu sagen, ein großer Unterschied besteht in jedem Betracht zwischen der vernünftigen Neigung, die

Frauen dieses Alters zu Männern fassen, und dem müßigen und kindischen Geliebel zwischen einem jungen Mädchen und einem Jüngling, das sich häufig nur ans Äußere hält, an Dinge von geringem Wert und kurzer Dauer, als wie Kirschenwangen, kleine lilienweiße Hände, schlehenschwarze Augen, flutende Locken, flaumweiches Kinn, behende Gestalt, ja mitunter an noch wertlosere und weniger echte Reize; solche sind der äußere Zierschmuck der Person, für den die Menschen dem Schneider verpflichtet sind, dem Spitzenklöppler, dem Perükkenmacher, dem Hutmacher und der Modistin, doch nicht der Natur. Solche Leidenschaft sich selbst oder anderen einzugestehen, mögen sich die Mädchen wohl schämen, wie es auch meistens geschieht.

Fräulein Bridgets Liebe war von anderer Art. Der Hauptmann schuldete diesen Geckenlieferanten nichts für seine Kleidung, und seine Gestalt war der Natur kaum zu mehr verpflichtet. Beides, seine Kleidung sowohl wie seine Erscheinung, wären sie in einer Gesellschaft oder in einem Salon aufgetaucht, würden zum Gegenstand der Verachtung und des Spottes der dort versammelten Damen geworden sein. Was das erste betrifft, so war seine Kleidung zwar reinlich, aber farblos, grob, von schlechtem Geschmack und altmodisch. Das zweite haben wir oben ausdrücklich beschrieben. So wenig von Kirschrot war auf seiner Haut zu entdecken, daß die ursprüngliche Farbe seiner Wangen sich nicht feststellen ließ, denn sie waren vollständig von einem schwarzen Bart überwuchert, der bis unter seine Augen hinaufreichte. Seine Figur und seine Glieder standen im richtigen Verhältnis zueinander, doch alles war so wuchtig, daß man am ehesten an die Kraft eines Pflügers erinnert wurde. Seine Schultern erschienen übermäßig breit und seine Waden dicker als die eines ordinären Lastträgers. Kurz, seiner Person gebrach es durchaus an jener Eleganz und Schönheit, die das wahre Gegenteil der plumpen Kraft sind und welche die Mehrzahl von unsern vornehmen Herren in ein so angenehmes Licht rücken; das hat zum Teil seinen Grund in dem erlauchten Blut ihrer Ahnen – nämlich einem Blut, das aus würzigen Soßen und edlen Weinen entstanden ist –, zum andern Teil in der frühen städtischen Erziehung.

Obwohl Fräulein Bridget eine Dame von höchst wählerischem Geschmack war, unterlag sie doch dem Reiz von des Hauptmanns Rede in solchem Grade, daß sie die Fehler seiner äußern Erscheinung völlig übersah. Sie bildete sich ein – und das war vielleicht ganz weise –, daß sie mit dem Hauptmann mehr angenehme Minuten genießen würde, als mit einem viel hübscheren jüngeren Menschen; und sie verzichtete auf einen erfreulichen Anblick, um sich dafür eine Zufriedenheit auf viel festerer Grundlage zu verschaffen.

Der Hauptmann war Fräulein Bridgets Neigung kaum gewahr geworden – er war sehr schnellsichtig in solchen Dingen –, als er sie auch schon treulich erwiderte. Die Dame war durch Schönheit nicht mehr ausgezeichnet als ihr Liebhaber. Ich möchte gerne versuchen, ihr Bildnis zu zeichnen, aber das besorgte bereits ein geschickterer Meister, Herr Hogarth selbst, dem sie vor mehreren Jahren saß; kürzlich wurde diese Zeichnung durch ein Blatt von ihm, das „Der Wintermorgen" heißt, bekanntgemacht; sie stellt diesen in der Tat recht glücklich dar. Man sieht sie auf diesem Blatt, wie sie zur Covent-Garden-Kirche geht (denn sie ist gehend wiedergegeben), einen halbverhungerten Diener hinter sich, der ihr Gebetbuch trägt.

Der Hauptmann, mit nicht minderer Weisheit, gab ebenso den dauerhafteren Freuden, wie er sie von dieser Dame erhoffte, vor den vergänglichen körperlichen Reizen den Vorzug. Er gehörte zu jenen verständigen Männern, die Schönheit beim andern Geschlecht als völlig wertlose und überflüssige Eigenschaft betrachten oder, um der Wahrheit näher zu bleiben, die lieber alle Annehmlichkeiten des Lebens mit einer häßlichen Frau als eine schöne Ehehälfte ohne jene Annehmlichkeiten besitzen möchten. Und da er mit einem sehr guten Appetit ausgestattet und nicht heikel war, stellte er sich vor, er könne beim Ehestandsmahle seine Rolle trefflich spielen, ohne nach der Schönheitstunke zu fragen.

Um gegen den Leser ganz ehrlich zu sein, verraten wir ihm: Der Hauptmann hatte sich gleich nach seiner Ankunft oder wenigstens von dem Augenblick an, da sein Bruder ihm seinen Vorschlag gemacht, und lange bevor er günstige Anzeichen bei Fräulein Bridget entdecken konnte, nachhaltig verliebt – nämlich in Herrn Allworthys Haus und Gärten, Landbesitz, Meiereien und Erbgüter; das alles erfüllte den Hauptmann mit so leidenschaftlicher Liebe, daß er sie höchstwahrscheinlich erheiratet hätte, wäre er auch genötigt gewesen, die Hexe von Endor mit in Kauf zu nehmen.

Als daher Herr Allworthy dem Doktor erklärt hatte, es sei nicht seine Absicht, eine zweite Frau zu nehmen, und da seine Schwester seine nächste Verwandte war und der Doktor aus ihm herausbekommen hatte, er gedenke, falls seine Schwester ein Kind bekäme, dieses zu seinem Erben einzusetzen, was freilich das Gesetz auch ohne seine Beihilfe für ihn getan hätte, so hielten es der Doktor und sein Bruder für eine wohltätige Handlung, ein menschliches Geschöpf ins Dasein zu rufen, das mit den wesentlichsten Erfordernissen zur Glückseligkeit so reichlich versehen sein würde. Das ganze Trachten der beiden Brüder war fortan darauf gerichtet, die Neigung dieser liebenswerten Dame festzuhalten.

Doch Fortuna, die für ihre Lieblingskinder eine so zärtliche Mutter ist und für sie oft mehr tut, als jene verdienen oder wünschen, hatte bereits so fleißig zugunsten des Hauptmanns gewirkt, daß, während er Pläne zur Ausführung seiner Absicht schmiedete, die Lady ganz den gleichen Wunsch in sich empfand und ihrerseits darüber nachdachte, wie sie dem Hauptmann auf schickliche Art Hoffnung machen könnte, ohne dabei selbst zu bereitwillig zu erscheinen; denn sie beobachtete alle Regeln des Anstands auf das strengste. Dies gelang ihr nun aber ohne große Mühe, denn da der Hauptmann beständig auf dem Auslug war, entging ihm kein Blick, keine Gebärde.

Die Genugtuung, die der Hauptmann über Fräulein Bridgets freundliches Betragen empfand, wurde entschieden herabgemindert durch seine Befürchtungen, die im Hinblick auf Herrn Allworthy in ihm aufstiegen; denn trotz seinen selbstlosen Worten, so dachte der Hauptmann, würde er, wenn es zum Handeln käme, dem Beispiel der übrigen Welt folgen und seine Zustimmung zu einer in Anbetracht der Einkünfte für seine Schwester so unvorteilhaften Partie verweigern. Was für ein Orakel dem Hauptmann diese Meinung eingeflüstert hatte, das festzustellen überlasse ich dem Leser; doch wie immer er dazu gekommen war, er geriet in eine seltsame Verlegenheit, wie er durch sein Benehmen seiner Neigung zu Fräulein Bridget Ausdruck geben und sie gleichzeitig vor ihrem Bruder verhehlen sollte. Er entschied sich endlich dafür, jede Zusammenkunft zu zweien dazu zu benützen, um ihr den Hof zu machen, in Herrn Allworthys Gegenwart jedoch so zurückhaltend und auf der Hut zu sein wie nur möglich – ein Vorgehen, das seines Bruders vollen Beifall fand.

Er entdeckte bald Mittel und Wege, sich seiner Erwählten eindeutig zu erklären, worauf er in gehöriger Form eine Antwort erhielt, nämlich die Antwort, wie sie zuerst vor einigen tausend Jahren gegeben wurde und wie sie seitdem durch die

Überlieferung immer wieder von den Müttern den Töchtern angeraten worden ist. Müßte ich sie ins Lateinische übersetzen, so würde ich sie durch die beiden Worte *nolo episcopari* wiedergeben: eine Formel, die bei einer ähnlichen Gelegenheit ebenfalls seit undenklicher Zeit im Gebrauch ist.

Der Hauptmann, von wo ihm nun dieses Wissen kommen mochte, verstand die Dame durchaus richtig; er wiederholte bald darauf seine Werbung mit mehr Wärme und Nachdruck und wurde wiederum in der schicklichen, gehörigen Form abgewiesen; doch in dem Maße, wie die Heftigkeit seines Verlangens immer dringender wurde, verminderte nun die Dame in aller Schicklichkeit die Heftigkeit ihrer Weigerung.

Doch um den Leser nicht damit zu langweilen, daß wir ihn durch jeden Auftritt dieses Liebeswerbens hindurchführen (das zwar nach der Meinung eines gewissen großen Schriftstellers für die handelnde Person die vergnüglichste Szene des Lebens darstellt, vielleicht aber für die Zuschauer so schal und ermüdend ist wie irgendeine beliebige), hier nur noch so viel: Der Hauptmann bestürmte die Festung in gehöriger Form; die Zitadelle wurde in gehöriger Form verteidigt; sie ergab sich endlich in guter Form auf Gnade und Ungnade.

Während dieser ganzen Zeit, die etwa einen Monat dauerte, hielt der Hauptmann große Distanz in seinem Benehmen der Dame gegenüber in Anwesenheit ihres Bruders; und je mehr Erfolg er im geheimen bei ihr hatte, desto zurückhaltender gab er sich in der Öffentlichkeit. Und was die Dame betraf, so hatte sie ihren Verehrer nicht so bald sicher, als sie ihn in Gesellschaft mit einem Höchstmaß von Gleichgültigkeit zu behandeln begann, so daß Herr Allworthy den Scharfblick des Teufels (oder vielleicht eine von seinen übleren Charaktereigenschaften) hätte haben müssen, um nur den geringsten Verdacht zu schöpfen über das, was da vorging.

12. Kapitel

Enthält, was der Leser vielleicht darin zu finden erwarten könnte.

Zu einem jeden Handel, sei es nun Streit oder Heirat oder ein ähnliches Geschäft, bedarf es einer vorhergehenden kleinen Zeremonie, um die Sache zu einem guten Ausgang zu bringen, wenn es beiden Beteiligten wirklich darum zu tun ist. Das war hier nun der Fall, und in weniger als einem Monat waren der Hauptmann und seine Dame Mann und Frau.

Das große Problem war jetzt, den Sachverhalt Herrn Allworthy zu unterbreiten; und das nahm der Doktor auf sich.

Eines Tages, als Allworthy sich in seinem Garten erging, kam der Doktor auf ihn zu, und mit tiefernster Miene und der ganzen Feierlichkeit, die er zur Schau tragen konnte, begann er: „Ich komme, Herr, um Ihnen etwas höchst Folgenschweres mitzuteilen; aber wie soll ich das vorbringen, da nur daran zu denken mich ganz verwirrt!" Er erhob nun die bittersten Schmähungen sowohl gegen die Männer als auch gegen die Frauen; die ersten klagte er an, lieblos nur auf ihren Eigennutz bedacht zu sein, die zweiten, lasterhaften Neigungen so anzuhängen, daß einer vom andern Geschlecht sich nie mit Sicherheit auf sie verlassen könne. „Wäre ich, Herr, je auf die Vermutung gekommen", sagte er, „daß eine so kluge, urteilsfähige, gebildete Dame einer so unbedachten Leidenschaft nachgeben würde, oder hätte ich mir vorzustellen vermocht, daß mein Bruder – warum nenne ich ihn noch so? Er ist nicht länger mein Bruder –"

„Aber gewiß ist er das", erwiderte Allworthy, „und mein Bruder dazu." – „Gott im Himmel, Herr!" rief der Doktor, „so wissen Sie von der beschämenden Geschichte?" – „Sehn Sie, Herr Blifil", antwortete ihm der treffliche Mann, „ich hab es mir in meinem Leben zum Grundsatz gemacht, jedem Ereignis das Beste abzugewinnen. Meine Schwester, obwohl um vieles jünger als ich, hat schließlich das Alter der Besonnenheit erreicht. Hätte er sich an ein Kind herangemacht, so würde ich ihm nicht so leicht verziehen haben; doch von einer Frau über dreißig darf man bestimmt annehmen, daß sie weiß, was ihr zum Glück gereicht. Sie hat sich einem Edelmann versprochen, wenn auch einem, der ihr an Vermögen nicht ganz ebenbürtig ist; und wenn er in ihren Augen Vorzüge besitzt, die diesen Fehler wettmachen können, sehe ich keinen Grund, mich dem von ihr selbstgewählten Glück zu widersetzen, das ich so wenig wie sie allein im gewaltigen Reichtum erblicken kann. Ich hätte vielleicht nach meinen häufigen Erklärungen, daß ich geneigt wäre, fast jedem Antrag zuzustimmen, erwarten dürfen, daß man mich bei dieser Gelegenheit um meine Meinung frage; doch es handelt sich tatsächlich um äußerst delikate Dinge, und vielleicht sind die Bedenken der Bescheidenheit unüberwindlich.

Was Ihren Bruder betrifft, so hege ich gegen ihn wahrhaftig nicht den geringsten Groll. Er ist mir zu nichts verpflichtet, und ich denke, es bestand für ihn keine Notwendigkeit, um meine Zustimmung nachzusuchen, denn die Frau ist, wie gesagt, *sui juris* in einem Alter, in dem sie für ihr Verhalten nur sich selbst verantwortlich ist."

Der Doktor zieh Herrn Allworthy der allzu großen Milde, wiederholte die Anklagen gegen seinen Bruder und erklärte, nichts werde ihn künftig dazu bringen, mit ihm Verkehr zu pflegen oder ihn weiter als Verwandten zu betrachten. Hierauf stimmte er einen Lobgesang auf Allworthys Güte an, ein überschwengliches Preislied auf seine Freundschaft, und er schloß mit der Versicherung, er werde es seinem Bruder nie vergeben, daß er den Platz, den er in dieser Freundschaft genossen, zu einem Glücksspiel mißbraucht habe.

Allworthy antwortete folgendermaßen: „Hätte Ihr Bruder mir irgendwie mißfallen, so würde ich dem Unschuldigen doch niemals so gegrollt haben; doch ich versichere Ihnen, es war für mich kein Anlaß des Mißfallens. Ihr Bruder scheint mir ein Mann von Verstand und Ehrgefühl zu sein. Ich mißbillige den Geschmack meiner Schwester durchaus nicht; auch möchte ich nicht bezweifeln, daß sie im selben Grad der Gegenstand seiner Neigung ist. Ich habe immer in der Liebe den einzigen sicheren Grund für das Glück im Ehestand gesehen, da sie allein die hohe und zarte Freundschaft bewirken kann, die stets das Band dieser Vereinigung ausmachen sollte; und nach meiner Meinung sind alle aus anderen Beweggründen geschlossenen Ehen in hohem Grade verbrecherisch; sie sind die Entwürdigung eines geheiligten Brauches und enden gewöhnlich in Unruhe und Not. Denn ganz gewiß müssen wir es eine Entwürdigung nennen, wenn diese geheiligte Institution zum schnöden Opfer der Lust und Habgier wird; und was kann Besseres von solchen Verbindungen gesagt werden, zu denen Menschen nur durch den Gedanken an eine schöne Gestalt oder an ein großes Vermögen veranlaßt werden?

Es wäre falsch und töricht, zu bestreiten, daß Schönheit das Auge erfreut und selbst einiger Bewunderung wert ist. Schön ist ein Beiwort, das in der Heiligen Schrift häufig und immer in ehrenhaftem Sinn erwähnt wird. Ich selbst hatte das Glück, eine Frau zu heiraten, die von der Welt für schön gehalten wurde, und ich darf ehrlich sagen, ich liebte sie dafür um so mehr. Aber das allein nur für eine Heirat als ausschlaggebend erachten, so heftig danach begehren, daß man darüber alle Unvollkommenheiten vergißt, oder so ganz nur nach dem verlangen, daß man dafür Eigenschaften, denen an sich ein viel höherer Rang zukommt, wie Religion, Tugend und Verstand, geringschätzt und verwirft, nur weil eine hübsche Erscheinung uns erregt: solches steht wahrhaftig zu einem Weisen ebenso wie zu einem Christenmenschen im Widerspruch. Und es wäre vielleicht allzu nachsichtig, wenn wir den Schluß zögen, daß solche Leute noch einen andern Zweck in ihrer Ehe sehen als die Stillung ihres fleischlichen Gelüstens; dazu jedoch, so lehrt man uns, wurde sie nicht geschaffen.

Und nun, an zweiter Stelle, was das Vermögen angeht: Weltläufige Klugheit verlangt vielleicht, daß man diesem Gegenstand Bedeutung beimesse; ich will sie deshalb nicht durchaus und ohne Vorbehalt verurteilen. So, wie die Welt beschaffen ist, bedarf sie des Ehestandes, und die Sorge für die Nachkommenschaft verlangt einige Rücksichtnahme auf das, was wir die äußeren Umstände nennen. Nun wird aber diese Vorsorge weit über das wirklich Notwendige hinausgetrieben durch Torheit und Eitelkeit, die unendlich viel mehr Bedürfnisse hervorrufen als die Natur. Die Ausstattung für die Frau, ansehnliche Vermögen für die Kinder werden meist zu den Notwendigkeiten gerechnet, aber alles wirklich Gediegene und Schätzenswerte sowie die Tugend und die Religion vernachlässigt oder nicht beachtet.

Und das in verschiedenen Graden, von denen der letzte und äußerste sich kaum mehr von der Tollheit abgrenzen läßt; ich meine, wo Leute mit ungeheuren Vermögen sich mit solchen zusammentun, die ihnen widerwärtig sind und sein müssen – mit Schurken und Narren –, zum Behuf der Vergrößerung eines Besitzes, der bereits ansehnlicher ist, als er zu sein braucht, um allen ihren Ansprüchen zu genügen. Sicherlich müssen solche Menschen, wenn man sie nicht für wahnsinnig halten soll, entweder bekennen, daß sie unfähig sind, die Anmut der zartesten Freundschaft zu genießen, oder daß sie das größte Glück, zu dem sie fähig wären, den eitlen, unbeständigen, albernen Gesetzen der Pöbelmeinung opfern, die ihre Stärke wie ihre Begründung der gleichen Torheit verdankt."

Hier endete Allworthy seine Rede, die Blifil mit gespanntester Aufmerksamkeit angehört hatte, obwohl er sich hin und wieder Zwang antun mußte, eine leichte Bewegung seiner Muskeln zu unterdrücken. Nun lobte er jede Einzelheit von dem, was er vernommen, mit der Wärme eines jungen Geistlichen, der die Ehre hat, mit einem Bischof an demselben Tag zu speisen, da Seine Lordschaft die Kanzel bestiegen hat.

13. Kapitel

Womit das erste Buch abschließt; mit einem Beispiel von Undankbarkeit, die man, so hoffen wir, unnatürlich finden wird.

Der Leser mag sich nach dem Gesagten vorstellen, daß die Wiederversöhnung (wenn man sie wirklich so nennen kann) nur eine Sache der Form war; wir übergehen sie darum und beeilen uns, zu dem zu kommen, was man zweifelsohne als eine Sache des Gehaltes betrachten muß.

Der Doktor hatte seinen Bruder mit dem, was zwischen ihm und Herrn Allworthy vorgefallen, bekanntgemacht und lächelnd hinzugefügt: „Ich versichere dir, ich habe dich angeschwärzt; ja ich beschwor den guten Mann, dir nicht zu verzeihen, denn nachdem er sich zu deinen Gunsten geäußert hatte, durfte ich ruhig an eine Person von seiner Gemütsart dieses Ansuchen stellen, und ich war bereit, zu unser beider Heil auch der geringsten Möglichkeit eines Verdachtes zuvorzukommen."

Hauptmann Blifil schenkte dieser Rede jetzt keine Beachtung; später freilich machte er davon einen höchst bemerkenswerten Gebrauch.

Einer von den Grundsätzen, welche der Teufel bei seinem letzten Besuch auf Erden seinen Schülern hinterlassen hat, ist der: „Bist du einmal aufgestanden, so gib dem Stuhl unter dir einen Tritt." In verständlichem Deutsch: „Hast du dein Glück gemacht dank den guten Diensten eines Freundes, so laß dir raten, schaff ihn dir vom Hals, sobald du kannst."

Ob der Hauptmann diesen Grundsatz befolgte, will ich nicht als verbürgt bejahen; doch so viel können wir im Vertrauen sagen, daß seine Handlungen sehr wohl von diesem teuflischen Prinzip geleitet sein könnten; und es wäre wahrhaftig schwierig, einen andern Beweggrund für sie nachzuweisen. Denn kaum war er im Besitz von Fräulein Bridget und mit Allworthy ausgesöhnt, als er seinem Bruder gegenüber eine mit jedem Tag zunehmende Kälte zu zeigen begann, die schließlich zur Grobheit wurde und für jedermann erkennbar war.

Der Doktor beschwerte sich unter vier Augen bei ihm über dieses Benehmen, doch erhielt er keine andere Genugtuung als die folgende unschöne Erklärung: „Wenn Ihnen in meines Schwagers Haus irgend etwas nicht paßt, mein Herr, so wissen Sie, daß es Ihnen freisteht, es zu verlassen." Diese merkwürdige, grausame und fast unverständliche Undankbarkeit des Hauptmanns brach dem armen Doktor geradezu das Herz, denn nie verwundet Undankbarkeit das Menschenherz so tief, als wenn sie von denen ausgeht, zu deren Gunsten wir uns eines Vergehens schuldig machten. Wohingegen die Gedanken an große und gute Taten, wie immer sie auch von den Empfängern aufgenommen und vergolten wurden, uns stets etwelchen Trost gewähren. Was jedoch könnte uns tröstlich sein in einem so schmerzlichen Mißgeschick, wie es das undankbare Verhalten unseres Freundes ist, wenn unser verletztes Gewissen uns gleichzeitig schamrot macht durch den Vorwurf, daß wir es, um einem Unwürdigen zu dienen, befleckten.

Herr Allworthy selbst redete mit dem Hauptmann seines Bruders wegen und verlangte zu wissen, was der Doktor denn Unrechtes begangen hätte. Und der hartherzige Schurke war niedrig genug zu erklären, daß er ihm nie verzeihen werde, wie beleidigend sich jener über ihn geäußert habe, um sich bei ihm in Gunst zu setzen; er habe ihn darüber ausgeforscht, es sei das eine Grausamkeit, die man niemandem vergeben könne.

Auf das hin erwiderte ihm Allworthy in sehr kräftigen Ausdrücken, daß so zu denken keinem Menschen anstehe. Er bezeigte gegen eine unversöhnliche Gesinnung einen solchen Widerwillen, daß der Hauptmann schließlich vorgab, durch seine Argumente überzeugt worden zu sein, und sich äußerlich stellte, als sei er versöhnt.

Was die junge Frau betrifft, so war sie jetzt in ihrem Honigmond und so leidenschaftlich in ihren Gatten verliebt, daß er in ihren Augen nie im Unrecht sein konnte; und sein Mißfallen an einer Person war für sie ein zureichender Grund, selbiger gleichfalls abgeneigt zu sein.

Der Hauptmann hatte sich auf Herrn Allworthys Zuspruch äußerlich, wie wir sagten, mit seinem Bruder versöhnt; doch in seinem Herzen hegte er noch weiter seinen Groll, und er fand so oft Gelegenheit, es ihn merken zu lassen, daß für den armen Doktor der Aufenthalt im Hause schließlich nicht mehr zu ertragen war; er zog vor, lieber jedes Ungemach, dem er in der Welt begegnen könnte, zu erdulden, als länger die grausamen und undankbaren Verhöhnungen durch einen Bruder hinzunehmen, für den er so viel getan hatte.

Einmal hatte er die Absicht, Allworthy mit dem ganzen Sachverhalt bekanntzumachen; dann aber konnte er sich doch nicht zu dem Bekenntnis zwingen, bei dem er einen so großen Teil der Schuld sich selbst hätte zuschreiben müssen. Außerdem, je schlechter er seinen Bruder hinstellte, um so schlimmer würde sein eigenes Vergehen Allworthy erscheinen und um so größer – er hatte Grund, dies anzunehmen – wäre dessen Groll.

Er schützte darum für seine Abreise dringende Geschäfte vor und versprach, bald wiederzukommen; von seinem Bruder nahm er mit so zufriedener Miene Abschied, daß Allworthy, da der Hauptmann seine Rolle mit der gleichen Vollkommenheit spielte, von der Echtheit ihrer Versöhnung durchaus überzeugt war.

Der Doktor fuhr geradewegs nach London, wo er bald darauf an gebrochenem Herzen starb – einer Krankheit, die mehr Menschen den Tod bringt, als man sich das im allgemeinen vorstellt, und die im Sterberegister einen beträchtlichen Rang einnähme, wenn sie sich nicht von allen andern Krankheiten durch die Eigentümlichkeit unterschiede, daß kein Arzt sie zu heilen vermag.

Nun finde ich aber nach den fleißigsten Forschungen in der Vergangenheit der beiden Brüder außer der obenerwähnten verfluchten und satanischen politischen Maxime noch einen andern Grund für des Hauptmanns Betragen; der Hauptmann war, abgesehen von dem, was wir früher über ihn sagten, ein sehr stolzer und heftiger Mann; er hatte seinen andersgearteten Bruder, dem es an diesen Eigenschaften nur zu sehr gebrach, stets mit der äußersten Herablassung behandelt. Der Doktor hingegen besaß ein viel größeres Wissen und, nach der Schätzung mancher, den tüchtigeren Verstand. Und das wußte der Hauptmann und konnte es nicht ertragen; denn ist der Neid an sich schon eine bösartige Leidenschaft, so erhält er, mit Verachtung gegen den Beneideten gemischt, seine bitterste Schärfe; und ich fürchte sehr, wenn sich zu diesen beiden das Gefühl einer Verpflichtung gesellt, so wird das Ergebnis aus allen dreien Ärger, nicht Dankbarkeit sein.

ZWEITES BUCH

Enthält Bilder ehelicher Glückseligkeit auf verschiedenen Lebensstufen und mancherlei andere Vorkommnisse während der beiden ersten Jahre nach der Heirat von Hauptmann Blifil und Fräulein Bridget Allworthy.

1. Kapitel

Zeigt, was dies für eine Art von Geschichte ist, welcher sie gleicht und welcher sie nicht gleicht.

Wiewohl wir ganz richtig dieses unser Werk als Geschichte bezeichnet haben, nicht als Lebensbeschreibung oder als Apologie eines Lebens, weil solches jetzt mehr im Schwange ist, beabsichtigen wir eher die Methode jener Schriftsteller zu verfolgen, die den Grund der Umwälzungen in den Ländern bloßlegen, als den peinlichen, bändereichen Historiker nachzuahmen, der, um den Anschein der Vollständigkeit zu bewahren, sich verpflichtet glaubt, ebenso viel Papier mit den Einzelheiten von Monaten und Jahren auszufüllen, in denen sich nichts Nennenswertes ereignet hat, wie er für die denkwürdigen Epochen verwendet, in denen sich die größten Szenen auf dem Theater der Menschheit abspielten.

Derartige Geschichten ähneln einer Zeitung, die immer die gleiche Anzahl Wörter enthält, mögen darin nun Neuigkeiten mitgeteilt sein oder nicht. Man könnte sie auch einer Postkutsche vergleichen, die beständig, ob besetzt oder leer, die gleiche Fahrt ausführt. Der Schriftsteller scheint sich sogar genötigt zu fühlen, mit der Zeit, deren Schreibgehilfe er ist, Schritt zu halten; und er reist wie seine Herrin gleich langsam durch Jahrhunderte mönchischen Trübsinns, während deren die Welt in Schlaf versunken scheint, wie durch dieses aufgeklärte und geschäftige Alter, das der treffliche lateinische Dichter verherrlichte:

Ad confligendum venientibus undique poenis,
Omnia cum belli trepido concussa tumultu
Horrida contremuere altis aetheris auris;
In dubioque fuit sub utrorum regna cadendum
Omnibus humanis esset, terraque marique.

Davon wir wünschten unsern Lesern eine angemessenere Übersetzung bieten zu können als die des Herrn Creech:

Als Punier-Heermacht sich vor Rom gereckt,
Zutiefst die Welt mit Kriegsgedröhn erschreckt;
Indes noch unentschieden, wem der Kranz
Und welcher Volkschaft Herr der Welten-Glanz...

Nun haben wir die Absicht, auf den folgenden Seiten eine gegenteilige Methode anzuwenden. Wenn eine ungewöhnliche Szene sich meldet (was, wie wir hoffen, häufig eintreffen wird), so werden wir die Mühe und das Papier nicht scheuen, um sie geräumig vor dem Leser aufzubauen; sollten dagegen ganze Jahre verfließen, ohne daß etwas einer Betrachtung Wertes geschieht, so werden wir vor einer Lücke in unserer Geschichte uns nicht bedenken, sondern zu den folgenschweren Ereignissen weitereilen und jene Zeitspannen gänzlich unbeachtet lassen.

Sie sind auch wirklich als Nieten in der großen Lotterie der Zeit anzusehen. Wir, die wir die Buchhalter dieser Lotterie sind, werden uns daher an das Beispiel jener scharfsinnigen Leute halten, welche an der Lotterie beteiligt sind, die im Rathaus ausgespielt wird und bei der die Öffentlichkeit nie mit den dort gezogenen Nieten belästigt wird; wenn jedoch ein großer Gewinn herauskommt, dann sind die Zeitungen gleich voll davon, und die Welt wird ganz gewiß davon unterrichtet, in wessen Büro das Los gekauft wurde: ja, gewöhnlich nehmen zwei oder drei verschiedene Lotteriebüros die Ehre in Anspruch, es verkauft zu haben; wodurch, wie ich annehme, den Glücksjägern zu verstehen gegeben werden soll, daß gewisse Lotterieeinnehmer in die Geheimnisse Fortunas eingeweiht sind und bestimmt zu ihrem Kabinettsrat gehören.

Den Leser kann es darum nicht überraschen, wenn er im Verlauf dieses Werkes manche sehr kurze und andere eher lang zu nennende Kapitel findet, solche, die bloß die Zeit eines einzigen Tages, und andere, die ein Jahr umfassen, kurz, wenn meine Geschichte bald stillzustehen, dann wieder hinzufliegen scheint. Für all das erachte ich mich selbst als keinerlei kritischem Schiedsgericht gegenüber verantwortlich; denn da ich in Wahrheit der Gründer einer neuen Provinz der Schriftstellerei bin, so steht es mir frei, hier Gesetze nach Gutdünken zu erlassen. Und diesen Gesetzen müssen meine Leser, die ich als meine Untertanen betrachte, beipflichten und sie befolgen.

Damit sie sich darein bereitwillig und freudig fügen, versichere ich ihnen hiermit, daß ich bei allen derartigen Institutionen hauptsächlich nur ihr Behagen und ihren Vorzug im Auge habe; denn ich bilde mir nicht wie ein *jure divino* Tyrann ein, sie seien meine Sklaven oder meine Handelsware. Ich bin tatsächlich nur zu ihrem Besten über sie gesetzt, und ich wurde zu ihrem Nutzen geschaffen und nicht zu dem meinen. Ich zweifle auch nicht daran, daß sie, da ich ihren Vorteil zur Richtlinie meines Schreibens mache, mich in voller Übereinstimmung in meiner Würde bestätigen und mir alle die Ehre erzeigen werden, die ich verdiene und nach der ich verlange.

2. Kapitel

Fromme Warnungen vor weitgehender Begünstigung der Bankerte und eine von Jungfer Deborah Wilkins gemachte große Entdeckung.

Acht Monate nach feierlich eingegangener Ehe des Hauptmanns Blifil mit Fräulein Bridget Allworthy, einer jungen Dame von großer Schönheit, Verdienst und Reichtum, wurde diese, zufolge eines Schrecks, von einem strammen kleinen Buben entbunden. Wohl war das Kind allem Anschein nach vollkommen; aber die Hebamme entdeckte, daß es einen Monat vor der Zeit geboren wurde.

Obgleich die Geburt eines Erben durch seine geliebte Schwester für Herrn Allworthy ein Anlaß zu großer Freude war, so änderte das doch nichts an seiner Liebe zu dem kleinen Findling, dem er Pate gestanden, seinen eigenen Namen Thomas gegeben und den in seiner Kinderstube wenigstens einmal im Tage aufzusuchen er bis dahin selten unterlassen hatte.

Er sagte seiner Schwester, wenn es ihr so gefalle, könne das neugeborene Kind mit dem kleinen Tommy zusammen aufgezogen werden, welchem Vorschlag sie – zwar etwas widerwillig – zustimmte, denn sie war wirklich sehr gefällig gegen ihren Bruder; und darum hatte sie sich auch dem Findling gegenüber stets viel freundlicher gezeigt, als Damen von strenger Tugend das manchmal über sich zu gewinnen vermögen, da solche Kinder, wenngleich unschuldig, mit Recht lebende Denkmäler der Unenthaltsamkeit genannt werden können.

Der Hauptmann brachte es nicht so leicht über sich, das zu

dulden, was er als einen Fehler bei Herrn Allworthy verdammte. Er gab ihm oftmals Winke, daß, wer Früchte der Sünde aufnehme, die Sünde gutheiße. Er führte verschiedene Textstellen an (denn in der Heiligen Schrift war er wohlbewandert), wie: „Er sucht der Väter Sünden heim an den Kindern", und: „Die Väter haben Herlinge gegessen, und den Kindern sind die Zähne stumpf geworden", und so weiter. Daraus wollte er das Recht ableiten, das Verbrechen des Vaters an dem Bankert zu bestrafen. Er sagte, obgleich das Gericht nicht ausdrücklich erlaube, die Geburten solcher Schmach zu vernichten, so betrachte es sie doch als Niemandskinder, die Kirche sehe sie ebenso an und im besten Falle dürfe man sie zu den niedrigsten und verächtlichsten Dienstleistungen in der bürgerlichen Gesellschaft heranziehen.

Herr Allworthy antwortete auf alles das und auf noch weiteres mehr, worüber der Hauptmann sich zu diesem Gegenstand ausgelassen hatte: Wie strafbar man die Eltern auch fände, so seien die Kinder doch gewiß unschuldig. Was die von ihm angeführten Textstellen betreffe, so sei die erste eine ausdrücklich an die Juden gerichtete Rüge wegen der Sünde ihrer Abgötterei, da sie ihren himmlischen König verließen und haßten; die zweite sei ein Gleichnis, mehr in der Absicht vorgebracht, die sicheren und notwendigen Folgen der Sünde aufzuzeigen, als über diese das Urteil zu fällen. Den Allmächtigen jedoch als Rächer hinzustellen, der die Unschuldigen die Sünden der Schuldigen entgelten lasse, sei ungehörig, wenn nicht gar lästerlich, denn es wäre damit von Gott gesagt, er handle gegen die ersten Prinzipien der natürlichen Gerechtigkeit und gegen die ursprünglichen Begriffe von Recht und Unrecht, die Er selbst unsern Seelen eingepflanzt habe; nach ihnen aber müßten wir nicht nur alle nicht geoffenbarten Dinge, sondern die Wahrheit der Offenbarung selbst beurteilen. Er sagte, er wisse, daß manche mit dem Hauptmann in den Grundsätzen übereinstimmten, doch er selbst sei vom Gegenteil fest überzeugt und er gedenke in derselben Art für dieses arme Kind zu sorgen, wie wenn ein legitimes das Glück gehabt hätte, an ebendiesem Ort aufgefunden zu werden.

Während der Hauptmann jede Gelegenheit ergriff, diesen und ähnlichen Gründen noch mehr Gewicht zu geben, um den kleinen Findling aus Herrn Allworthys Haus zu verdrängen, auf dessen Liebe zu dem Kind er eifersüchtig zu werden begann, hatte Jungfer Deborah eine Entdeckung gemacht, die in ihren Folgen dem armen Tommy noch viel verhängnisvoller zu werden drohte als alle Vorstellungen des Hauptmanns.

Ob dieses braven Frauenzimmers unersättliche Neugier sie zu dem Geschäfte angetrieben, oder ob sie es tat, um sich in der Gunst von Frau Blifil festzusetzen, die, ungeachtet ihres äußern Verhaltens zu dem Findling, doch im geheimen oft auf das Kind schalt und ebenso auf ihren Bruder wegen seiner Liebe zu jenem, das will ich nicht entscheiden; aber sie hatte nun, davon war sie überzeugt, unbezweifelbar des Findlings Vater entdeckt.

Da dies nun eine Entdeckung von großer Tragweite war, dürfte es nötig sein, sie bis auf ihre erste Quelle zurückzuverfolgen. Wir wollen darum die vorangegangenen Geschehnisse, die zu ihr geführt haben, genau erzählen; das nötigt uns jedoch, alle Geheimnisse einer kleinen Familie aufzudecken, mit der mein Leser bisher völlig unbekannt geblieben und deren Haushalt so seltsam und verwunderlich war, daß ich befürchte, es werde selbst die bereitwilligste Gutgläubigkeit mancher verheirateten Personen daran schwer zu verdauen haben.

3. Kapitel

Beschreibung einer häuslichen Regierungsform, fußend auf Regeln, die denen des Aristoteles geradewegs zuwiderlaufen.

Der Leser möge die Güte haben, sich daran zu erinnern, wie ihm berichtet wurde, daß Jenny während einiger Jahre bei einem gewissen Schulmeister gelebt hatte, der auf ihr ernstliches Verlangen sie im Latein unterrichtet hatte, worin sie es, um gegen ihr Genie gerecht zu sein, später für sich selbst so weit gebracht hatte, daß sie ihren Lehrer übertraf.

Und wirklich, wiewohl dieser arme Mann sich einen Beruf erwählt hatte, für den Gelehrsamkeit erforderlich ist, so war diese doch die geringste seiner empfehlenswerten Eigenschaften. Er war einer der artigsten Gesellen von der Welt; gleichzeitig hatte er so viel Witz und Humor, daß er als der Schöngeist der Gegend bekannt war; und alle benachbarten Landedelleute waren auf seine Gesellschaft so begierig, daß er, da Absagen nicht seine Stärke war, viel Zeit in ihren Häusern verplauderte, die er in seiner Schule nutzbringender hätte verwenden können.

Man kann sich denken, daß ein Herr von solchen Eigenschaften und Neigungen nicht Gefahr lief, den gelehrten Seminarien von Eton oder Westminster zur Bedrohung zu werden. Um ganz offen zu sein: seine Schüler waren auf zwei Klassen verteilt. In der obern saß ein junger Herr, der siebzehnjährige Sohn eines benachbarten Landjunkers, der eben mit seiner Syntax begonnen hatte, in der untern ein zweiter Sohn dieses selben Landjunkers, der, zusammen mit sieben Buben aus dem Kirchspiel, lesen und schreiben lernte.

Der Ertrag aus dieser Lehrtätigkeit würde dem Schulmeister kaum zu den Genüssen des Lebens verholfen haben, hätte er außer diesem Amt nicht auch noch das des Küsters und des Barbiers versehen und hätte nicht Herr Allworthy zu dem Ganzen ein Jahresgehalt von zehn Pfund hinzugefügt, das der arme Mann an jeder Weihnacht empfing und wodurch er in den Stand gesetzt war, diese Zeit der heiligen Feste fröhlichen Herzens zu verbringen.

Unter anderen Schätzen besaß der Pädagog ein Weib, das er aus Herrn Allworthys Küche heraus geheiratet hatte, wegen ihres Vermögens, nämlich zwanzig Pfund, die sie dort zusammengespart hatte.

Diese Ehehälfte war nicht eben eine sehr liebenswürdige Erscheinung. Ob sie wirklich meinem Freund Hogarth zu seiner Zeichnung saß oder nicht, das versuche ich hier nicht zu ermitteln; doch glich sie durchaus der jungen Frau, die ihrer Herrin auf dem dritten Blatt des „Dirnenlebens" den Tee einschenkt. Sie war außerdem eine erklärte Anhängerin jener edlen, in alter Zeit von Xanthippe gestifteten Sekte; dadurch gewann sie in der Schule ein furchterregendes Ansehen, weit mehr als ihr Gatte. Denn die Wahrheit zu gestehen, war er dort so wenig der Herr wie irgendwo sonst in ihrer Gegenwart.

Obgleich ihr Gesicht wenig genug von natürlicher Sanftmut verriet, so mochte ihr Sinn noch bitterer geworden sein durch einen Umstand, der gemeinhin das eheliche Glück zu vergiften pflegt, denn Kinder werden mit Recht die Pfänder der Liebe genannt, und ihr Gatte, obwohl sie nun schon neun Jahre verheiratet waren, hatte ihr noch kein solches Pfand gegeben – ein Fehler, den er mit nichts entschuldigen konnte, nicht mit Alter und nicht mit Krankheit, denn er war noch nicht dreißig, dabei das, was man einen prächtigen, lebhaften jungen Mann nennt.

Daraus erwuchs nun ein anderes Übel, das dem armen Pädagogen nicht wenig Pein verursachte, denn sie war auf ihn so eifersüchtig, und zwar so ohne Unterlaß, daß er kaum mit weiblichen Wesen im Kirchspiel ein Wort reden durfte; die geringste Höflichkeitsbezeigung oder gar eine freundliche Unterhaltung bewirkte unfehlbar, daß seine Frau beiden Teilen gleich aufsässig wurde.

Um sich im eigenen Haus gegen Verletzungen ihres Ehestandes zu sichern, trug sie, da sie ein Dienstmädchen hielt, stets Sorge, es aus jener Klasse von weiblichen Geschöpfen zu wählen, deren Gesichter man für eine Bürgschaft ihrer Tugend nehmen kann; und eines aus dieser Zahl, wie der Leser sich erinnern wird, war Jenny Jones.

Da das Gesicht dieses jungen Mädchens eine vertrauenswürdige Bürgschaft im obenerwähnten Sinne genannt werden konnte und ihr Betragen stets äußerst zurückhaltend gewesen war – was bei Frauen stets die Folge eines überlegenden Verstandes ist –, so hatte sie über vier Jahre im Hause Partridges (so hieß der Schullehrer) verbracht, ohne bei ihrer Herrin den geringsten Verdacht zu erregen. Ja, man war ihr sogar mit ungewöhnlicher Güte entgegengekommen, und ihre Gebieterin hatte ihrem Gatten erlaubt, ihr jenen Unterricht zu erteilen, dessen bereits gedacht worden ist.

Doch mit der Eifersucht verhält es sich wie mit der Gicht. Steckt diese Krankheit einmal im Blut, so ist man niemals vor ihrem Ausbruch sicher; der geringste Anlaß kann ihn ganz unerwartet hervorrufen.

Also geschah es Frau Partridge, die es vier Jahre lang geduldet hatte, daß ihr Gatte dem jungen Ding Unterricht gab, dem sie es oft nicht nachtrug, wenn es seine Arbeit versäumte, um sich der Gelehrsamkeit zu widmen. Denn als sie eines Tages an dem Zimmer vorbeiging, als das Mädchen las und ihr Lehrer über es gebeugt dort stand, sprang es, ich weiß nicht, aus welchem Grund, plötzlich von seinem Stuhle auf; da regte sich zum erstenmal im Kopf ihrer Brotherrin der Verdacht.

Freilich offenbarte sich dies zuerst nur lauernd in ihrem Gemüt, gleich einem versteckten Feind, der noch Verstärkung erwartet, ehe er sich zu erkennen gibt und zur bösen Tat übergeht; und diese Verstärkung langte bald an, um sie in ihrem Verdacht zu unterstützen; denn nicht lange darauf, als Mann und Frau beim Mittagessen saßen, sagte der Herr zur Magd: „*Da mihi aliquid potum*"*, worauf das arme Kind lächelte, viel-

* Gib mir etwas zu trinken (Anmerkung des Übersetzers).

leicht wegen dieses schlechten Lateins, und, als ihre Gebieterin den Blick auf sie warf, errötete, vielleicht weil sie sich der Schuld bewußt wurde, über ihren Lehrer gelacht zu haben. Auf das hin geriet Frau Partridge sogleich in wilde Wut und warf der armen Jenny den hölzernen Teller, von dem sie aß, an den Kopf und schrie: „Du unverschämte Hure, willst du dein Spiel mit meinem Mann vor meinen Augen treiben?“ und erhob sich von ihrem Stuhl, ein Messer in der Hand, mit dem sie sehr wahrscheinlich eine höchst tragische Rache genommen haben würde, hätte das Mädchen nicht den Vorteil, daß es der Tür näher als seine Herrin war, benützt und sich ihrer Wut durch die Flucht entzogen. Denn der arme Ehemann, sei's, daß ihn das Erstaunen gelähmt hatte, oder (was ebenso wahrscheinlich ist), daß Furcht ihn von dem geringsten Widerstand abhielt, saß mit aufgesperrten Augen und zitternd in seinem Stuhl; auch machte er nicht Anstalt, sich zu rühren oder zu sprechen, bis seine Lebensgefährtin, von ihrer Jagd auf Jenny zurückgekehrt, einige Maßnahmen zu seiner eigenen Selbsterhaltung nötig machte und er es gleichfalls für geraten hielt, sich nach dem Beispiel der Dienstmagd zurückzuziehen.

Diese gute Frau war so wenig wie Othello dazu geartet,

> . . . ein Leben voller Eifersucht zu leben,
> Und zu verfolgen bis zum Wechselmond
> Erneuerten Verdacht . . .

auf sie sowohl wie auf ihn.

> . . . Einmal im Zweifel sein,
> Hieß sogleich sich entschließen . . .

Sie befahl darum Jenny, augenblicklich ihre Sachen zu packen und abzuziehen; sie sei entschlossen, sie diese Nacht nicht mehr unter ihrem Dache schlafen zu lassen.

Herr Partridge war durch Erfahrungen zu gewitzigt, um in eine Angelegenheit wie diese einzugreifen. Er hielt sich an sein gewöhnliches Rezept, die Geduld; denn, war er auch kein großer Kenner des Lateinischen, den in den folgenden Worten enthaltenen Rat hatte er sich gemerkt und wohl begriffen:

> . . . *Leve fit, quod bene fertur onus,*

auf deutsch:

> Dem, der gut trägt, wird seine Bürde leicht . . .

ein Spruch, den er stets im Munde führte und dessen Richtigkeit zu erproben, um die Wahrheit zu sagen, er häufig Gelegenheit fand.

Jenny erbot sich, ihre Unschuld zu beweisen, doch der Sturm tobte zu gewaltig, und sie kam nicht zu Gehör. Sie begann also zu packen und brauchte für dieses Geschäft nur wenig Papier; und nachdem sie ihr bißchen kargen Lohn erhalten hatte, kehrte sie heim.

Der Schulmeister und seine Gemahlin verbrachten einen recht unangenehmen Abend; doch noch vor dem nächsten Morgen geschah das eine oder andere, was die Wut der Frau Partridge ein wenig besänftigte; sie gestattete ihrem Gatten schließlich, seine Entschuldigung vorzubringen. Sie glaubte ihm diese um so eher, als er, statt Jennys Zurückberufung zu verlangen, sich mit ihrer Entlassung ganz einverstanden erklärte und meinte, als Magd sei sie nur noch von geringem Nutzen gewesen, da sie ihre ganze Zeit aufs Lesen verwandt habe; zu allem sei sie naseweis und eigensinnig. Wirklich hatten sie und ihr Herr in der jüngsten Zeit häufig über literarische Dinge disputiert, worin sie es inzwischen, wie schon erwähnt, zu einer beträchtlichen Überlegenheit gebracht hatte. Das jedoch wollte er unter keinen Umständen zugeben; und da er es Eigensinn nannte, wenn sie etwas behauptete, worin sie im Recht war, so begann er sie ziemlich nachdrücklich zu hassen.

4. Kapitel

Enthält die Beschreibung einer der blutigsten Schlachten oder vielmehr Zweikämpfe, die je in einer Familiengeschichte geliefert worden sind.

Aus Gründen, die in dem vorangegangenen Kapitel genannt wurden, und noch andern ehelichen Zugeständnissen, die den meisten Gatten wohlbekannt sind und die, ähnlich den Geheimnissen der Freimaurerei, nur denen mitgeteilt werden sollten, die Mitglieder dieser ehrenwerten Bruderschaft sind, war Frau Partridge höchst zufrieden, daß sie ihren Mann grundlos verurteilt hatte, und sie unternahm es, ihn durch allerlei Artigkeiten für ihren ungerechtfertigten Verdacht zu entschädigen. Ihre Leidenschaften waren tatsächlich, nach welcher Richtung sie auch neigten, gleich heftig; und so wie sie in den äußersten

Zorn geraten konnte, so vermochte sie fast im selben Grade liebreich zu sein.

Nun pflegen aber diese Leidenschaften meist einander zu folgen, und kaum je vergingen vierundzwanzig Stunden, in denen der Pädagog nicht bis zu einem gewissen Grade der Gegenstand von beiden geworden wäre. In außerordentlichen Fällen jedoch, wenn die Zornleidenschaft gar hoch gewogt hatte, dauerte die Entspannung gewöhnlich länger, und dies war jetzt der Fall, denn nach jenem Ausbruch der Eifersucht verharrte sie länger in einem Zustand der Leutseligkeit, als ihr Gatte das je zuvor erlebt hatte, und abgesehen von einigen kleinen Exerzitien, die alle Nachfolgerinnen Xanthippes täglich auszuführen verpflichtet sind, würde sich Herr Partridge während mehrerer Monate einer vollkommenen Gemütsheiterkeit erfreut haben.

Vollkommene Meeresstille hat der erfahrene Seemann stets im Verdacht, Vorläuferin eines Sturmes zu sein, und ich kenne Leute, die zwar sonst kaum dem Aberglauben frönen, doch von der Furcht heimgesucht werden, daß einer ungewohnten Stille oder Friedenszeit das Gegenteil folgen müsse – aus welchem Grunde denn die Alten der Göttin Nemesis opferten, einer Gottheit, von der sie dachten, daß sie neidischen Blickes auf das menschliche Glück hinsehe und sich eine besondere Freude durch dessen Umkehr bereite.

Da es uns fernliegt, an eine solche Gottheit zu glauben oder irgendeinem Aberglauben beizupflichten, wünschten wir, Herr John Fr . . . oder ein anderer Philosoph nähme sich die Mühe, ein wenig nach der wahren Ursache eines so schnellen Glücksumschlages zu suchen, der so oft schon bemerkt worden ist und von dem wir ein Beispiel geben wollen; denn unser Amt ist es, Tatsachen zu berichten. Die Ursachen zu ergründen, überlassen wir Männern von viel höherer Geisteskraft.

Den Menschenkindern gewährte es von jeher große Lust, das Tun anderer auszuspüren und zu bereden. Daher hat man zu allen Zeiten und bei allen Völkern gewisse Orte als öffentliche Treffpunkte ausersehen, wo die Neugierigen sich zusammenfinden und ihre gegenseitige Neugier befriedigen können. Unter diesen Orten haben die Barbierstuben mit gutem Grund den Vorrang behauptet. Bei den Griechen waren Barbierneuigkeiten eine sprichwörtliche Redensart, und Horaz tut in einer seiner römischen Episteln der Barbiere in demselben Lichte ehrenvoll Erwähnung.

Von Englands Barbieren heißt es, daß sie ihren griechischen und römischen Vorgängern durchaus nicht nachstehen. Bei ihnen wird über Angelegenheiten verhandelt in einer Weise, die sich wenig unterscheidet von der, wie man in den Kaffeehäusern sich darüber auszulassen pflegt; häusliche Vorfälle werden in jenen ausführlicher und ungescheuter vorgenommen als in diesen. Doch sind die beiden im Grunde nur für Männer da. Da aber die Frauen dieses Landes, und vorweg die der unteren Klassen, sich viel häufiger zusammenfinden als die anderer Nationen, wären unsere bürgerlichen Einrichtungen höchst fehlerhaft, wenn ihnen nicht gleicherweise ein Ort vorbehalten würde, wo sie ihre Neugier stillen können, in Anbetracht dessen, daß sie mit dieser Eigenschaft in nicht minderem Maße ausgestattet sind als die andere Hälfte unserer Spezies.

Indem die britischen Schönen sich also eines solchen Versammlungsortes erfreuen, können sie sich glücklicher schätzen als irgendwelche ihrer ausländischen Schwestern; wie ich mich denn nicht erinnere, in den Geschichtsbüchern von etwas Derartigem gelesen oder auf meinen Reisen davon gehört zu haben.

Dieser Ort nun ist kein anderer als der Krämerladen, der bekannte Sitz aller Neuigkeiten oder, derber gesagt, des Gevatterinnentratsches in jedem Kirchspiel Englands.

Als Frau Partridge eines Tages dieser Versammlung beiwohnte, wurde sie von einer ihrer Nachbarinnen gefragt, ob sie in jüngster Zeit nichts Neues von Jenny Jones erfahren habe. Sie antwortete darauf verneinend. Und die andere bemerkte nun mit einem Lächeln, das Kirchspiel sei ihr überaus dankbar dafür, daß sie Jenny, so wie sie es getan, den Laufpaß gegeben habe.

Frau Partridge, die, wie der Leser weiß, von ihrer Eifersucht seit langem geheilt war und die weiter über ihre Magd nicht zu klagen hatte, antwortete ganz kühn, sie wisse nicht, was das Kirchspiel ihr in dieser Angelegenheit zu danken habe; Jenny dürfte, so glaube sie, schwerlich ihresgleichen hinterlassen haben.

„Nein, freilich nicht“, erwiderte die Base, „ich hoffe nicht, wenngleich mir scheint, wir hätten der Schlumpen noch genug am Orte. So habt Ihr, allem Anschein nach, nichts davon gehört, daß sie mit zwei Wechselbälgen niedergekommen ist? Doch da sie nicht hier geboren wurden, sagen mein Mann und der andere Armenpfleger, sind wir nicht gehalten, sie bei uns aufzunehmen.“

„Zwei Bankerte!" rief Frau Partridge hastig. „Ihr macht mich staunen! Ich weiß nicht, ob wir sie hier aufnehmen müssen; aber ich bin sicher, sie hat die Ware hier bezogen, denn das Luder ist noch keine neun Monate von hier fort."

Nichts kann so rasch und plötzlich vor sich gehen wie die Arbeit der Einbildungskraft, zumal wenn Hoffnung oder Furcht oder Eifersucht, der die beiden andern nur Handlangerdienste leisten, sie in Schwung bringen. Es kam ihr augenblicklich in den Sinn, daß Jenny während der Zeit, da sie bei ihr diente, kaum jemals das Haus verlassen hatte. Das Lehnen über den Stuhl, das plötzliche Aufspringen, das Latein, das Lächeln, das Erröten und manche andere Dinge, alles zusammen schoß in ihr hoch. Die Zufriedenheit, die ihr Mann über Jennys Weggang ausdrückte, erschien ihr jetzt als bloß geheuchelt, dann im nächsten Augenblick wieder als echt und wiederum, um ihre Eifersucht zu bekräftigen, aus Überdruß entstanden und aus hundert andern häßlichen Ursachen mehr. Mit einem Wort, sie war von ihres Gatten Schuld überzeugt, und in voller Verwirrung verließ sie die Versammlung.

So wie die hübsche Katze, die, obwohl der jüngste Sproß der Familie, an Wildheit den ältern Zweigen ihrer Gattung nicht nachsteht und, wenn auch an Kraft ihm nicht gleich, doch an Heftigkeit mit dem edlen Tiger selbst sich messen kann, wenn eine kleine Maus, die sie lange zum Spiel gequält, ihren Klauen für eine Weile entschlüpft ist, schilt, tobt, murrt, schimpft; doch, wenn die Truhe oder Kiste, dahinter die Maus sich verbarg, weggerückt ist, schießt sie auf ihre Beute wie der Blitz, und mit verschärfter Wut beißt, kratzt, kneift und zerrt sie an dem kleinen Tier.

Mit keiner geringeren Wut stürzte Frau Partridge sich auf den armen Pädagogen. Mit Zunge, Zähnen und Händen zugleich fiel sie über ihn her. Im Augenblick war ihm seine Perücke vom Kopf gerissen, sein Hemd vom Rücken, und fünf Blutbäche strömten von seinem Gesicht und bezeichneten die Anzahl der Klauen, mit denen die Natur den Feind unglücklicherweise ausgestattet hatte.

Eine Zeitlang kämpfte Herr Partridge nur in der Defensive; tatsächlich versuchte er nur, sein Gesicht mit den Händen zu schützen; als er jedoch fand, daß seine Gegnerin von ihrer Wut nicht abließ, dachte er daran, sie zu entwaffnen oder vielmehr sich ihrer Waffen zu bemächtigen; und während er also ihre Arme festhielt, verlor sie in dem Kampf ihre Haube, und ihr

Haar, zu kurz, um auf die Schultern herabzureichen, sträubte sich auf ihrem Kopf; ihr Schnürleibchen, das nur unten durch ein einziges Band befestigt war, barst auf; ihre Brüste, mit denen sie viel reichlicher als mit Kopfhaar versehen war, hingen ihr bis zur Mitte des Leibes hinab, ihr Gesicht war gleicherweise mit dem Blut ihres Eheherrn befleckt; ihre Zähne knirschten vor Wut; Feuer, wie es aus der Esse eines Grobschmieds sprüht, schoß aus ihren Augen, so daß, alles in allem, diese amazonische Heldin für einen viel Mutigeren als Herrn Partridge zum Gegenstand des Schreckens hätte werden können.

Er hatte endlich das Glück, indem er ihre Arme festhielt, die Waffen, die sie am Ende ihrer Finger trug, unbrauchbar zu machen. Sie hatte das kaum bemerkt, als die Sanftheit ihres Geschlechts schon ihren Zorn besiegte und sie in Tränen zerschmolz; bald darauf endigte der Sturm in einer Ohnmacht.

Das wenige an Besinnung und Verstand, das Herrn Partridge während dieses Ausbruchs, dessen Ursache ihm gänzlich unbekannt war, blieb, verließ ihn nun vollends. Er lief augenblicklich auf die Straße und lamentierte, seine Frau sei in Todesnot, und flehte die Nachbarn an, ihr doch eilig zu Hilfe zu kommen. Verschiedene gute Frauen folgten seinem Ruf, gingen in sein Haus und wandten die in solchen Fällen gebräuchlichen Mittel an und brachten sie zu ihres Gatten großer Freude wieder zu sich selbst.

Sobald sie ihrer Sinne wieder ein wenig mächtig war und sich durch eine Herzstärkung ermuntert hatte, begann sie die Gesellschaft von den mancherlei Beleidigungen, die sie von ihrem Manne erfahren habe, zu unterrichten. Nicht zufrieden damit, ihr Ehebett zu schänden, habe er sie, als sie deswegen aufbegehrte, auf die grausamste Weise, die man sich nur vorstellen könne, mißhandelt, ihr Haube und Haar vom Kopf, ihre Schnürbrust vom Leibe gerissen und ihr zu gleicher Zeit Schläge versetzt, deren Mäler sie wohl mit ins Grab nehmen werde.

Der arme Mann, der auf seinem Gesicht viel deutlichere Zeichen des Unwillens seiner Frau trug, stand in wortlosem Staunen über diese Anklage da, die – der Leser kann es wohl bezeugen – weit über die Wahrheit hinausging, denn er hatte ihr auch nicht einen einzigen Schlag versetzt. Doch dieses Schweigen wurde von der ganzen Gerichtsversammlung als Eingeständnis seines Verbrechens gedeutet; alle begannen *una voce* ihn zu schelten und auszuschreien, und sie wiederholten des öftern, nur ein Feigling könne ein Weib schlagen.

Herr Partridge ertrug dies alles mit Geduld; doch als seine Frau das Blut in ihrem Gesicht als Zeugnis seiner Wildheit anrief, konnte er sich nicht enthalten, das Blut als sein eigenes zu beanspruchen. Es dünkte ihn höchst unnatürlich, daß dieses sein Blut (wir wissen, es war seines) die Stimmung gegen ihn erheben und um Rache schreien sollte (wie es das Blut der Ermordeten gegen den Täter tun soll).

Auf diese Beteuerung fanden die Weiber nur die Antwort, es sei schade, daß das Blut nicht aus seinem Herzen stamme statt aus seinem Gesicht; und alle erklärten, sie wollten ihren Männern, würden diese nur die Hand gegen sie aufheben, das Herzblut aus dem Leibe quetschen.

Nach manchem Tadel wegen des Vergangenen und manchem guten Rat für sein künftiges Verhalten ging die Gesellschaft endlich auseinander und ließ Mann und Weib beisammen zu einer persönlichen Besprechung, in der dann Herr Partridge bald die Ursache aller seiner Leiden erfuhr.

5. Kapitel

Enthält viele Dinge, an denen der Leser seine Denk- und Urteilskraft erproben möge.

Ich glaube, es ist eine richtige Beobachtung, daß wenige Geheimnisse nur einer einzigen Person anvertraut werden; aber es würde wahrhaft einem Wunder sehr nah kommen, wenn eine Tatsache dieser Art einem ganzen Kirchspiel bekannt geworden wäre und sich nicht weiter verbreiten würde.

Und wirklich waren nur wenige Tage vergangen, als die Gegend, um mich eines volksmäßigen Ausdrucks zu bedienen, wider den Schulmeister von Little Baddington die Schandglocke zog, denn man sagte von ihm, er habe seine Frau greulich verprügelt. Ja, an einigen Orten wurde herumgeboten, er habe sie ermordet; an andern, er habe ihr die Arme gebrochen; an wieder andern, er habe ihr die Beine zerschmettert. Kurz, es gab kaum eine Kränkung des Menschenleibes, von der nicht irgendwo versichert wurde, sie sei Frau Partridge von ihrem Gatten zugefügt worden.

Auch über die Ursache des Streites waren die verschiedensten

Gerüchte im Umlauf. Wenn einige Leute berichteten, Frau Partridge habe ihren Mann mit ihrer Magd im Bett ertappt, so nannten andere durchaus andere Gründe. Einige sprachen sogar die Schuld der Frau zu und dem Ehemann die Eifersucht.

Jungfer Wilkins hatte schon längst von diesem Zank gehört. Da aber eine von der wahren abweichende Ursache ihr zu Ohren gekommen war, hielt sie es für geraten, darüber zu schweigen; das um so mehr vielleicht, als die Schuld fast durchweg Herrn Partridge zugeschoben wurde und seine Frau, als sie noch in Herrn Albworthys Haus Magd war, Jungfer Wilkins durch irgend etwas beleidigt hatte, und diese war nicht gerade versöhnlicher Natur.

Doch Jungfer Wilkins, deren Augen manche Dinge aus der Weite sehen und die sehr wohl ein paar Jahre in die Zukunft voraussehen konnte, hatte als sehr wahrscheinlich erkannt, daß der Hauptmann Blifil später ihr Brotherr werden dürfte; und da sie deutlich gewahr geworden war, daß der Hauptmann dem kleinen Findling nicht eben gutgesinnt war, dachte sie, sie könnte jenem einen willkommenen Dienst leisten, indem sie etwas herausfände, wodurch die Zuneigung verringert würde, die Herr Allworthy zu diesem Kind gefaßt zu haben schien und die dem Hauptmann ersichtlich so großes Unbehagen bereitete, daß er es selbst vor Allworthy nicht völlig zu verbergen verstand, obgleich seine Gattin, die ihre Rolle nach außen viel besser spielte, ihn oft auf das Beispiel verwies, das sie ihm selbst gab, scheinbar Nachsicht zu üben gegen ihres Bruders Narrheit, die sie, so sagte sie, ebensogut erkenne und als Ärgernis empfinde wie irgendeiner.

Als darum Jungfer Wilkins zufällig der Wahrheit in dem oben Erzählten auf die Spur gekommen war, wenn auch lange nach dem Vorfall, verfehlte sie nicht, sich genau nach allen Einzelheiten zu erkundigen, und berichtete sodann dem Hauptmann, daß sie nun endlich den wahren Vater des kleinen Bankerts ausfindig gemacht habe; sie bedaure, sagte sie, daß ihr Herr dadurch an Ansehen im Lande einbüße, weil er sich aus dem Geschöpf so viel mache.

Der Hauptmann tadelte den Schluß ihrer Rede als eine unangebrachte Beurteilung von ihres Herrn Handlungsweise; denn hätten des Hauptmanns Ehre und sein Verstand es auch zugelassen, daß er mit Jungfer Wilkins ein Bündnis einging, sein Stolz würde es doch nimmer gebilligt haben. Und wahrhaftig kann es keine schlechtere Politik geben, als sich mit der

Dienerschaft eines Freundes gegen ihren Meister zu verschwören, denn auf diese Art wird man später zum Sklaven ebendieser Dienerschaft und ist ständig der Gefahr des Verrats ausgesetzt. Vielleicht war es diese Überlegung, die Hauptmann Blifil davon abhielt, sich mit Jungfer Wilkins weiter einzulassen oder der Schmähung, mit der sie Allworthy bedacht hatte, beizustimmen.

Doch wenn er auch keineswegs seiner Zufriedenheit über Jungfer Wilkins' Entdeckung Ausdruck gab, so freute er sich im stillen darüber nicht wenig, und er beschloß, davon einen so guten Gebrauch wie nur möglich zu machen.

Lange verbarg er sein Wissen um diese Sache in seiner Brust, in der Hoffnung, Herr Allworthy werde von anderer Seite davon erfahren; doch Jungfer Wilkins, ob sie nun des Hauptmanns Benehmen verdroß oder ob sie seine Schlauheit nicht durchschaute und wirklich fürchtete, er könnte ihr die Enthüllung verargen, äußerte in der Folge kein Wort mehr zu der Angelegenheit.

Wenn ich es mir überlegte, fand ich es wohl etwas merkwürdig, daß die Haushälterin auch Frau Blifil von diesen Neuigkeiten nie etwas anvertraute, da Frauen doch dazu neigen, jede Art Kenntnis eher ihrem eigenen Geschlecht als dem unsern mitzuteilen. Der einzige Weg, diese Schwierigkeit aufzulösen, dürfte sich finden, wenn wir bedenken, was für ein Abstand sich allmählich zwischen Herrin und Hausmagd ergeben hatte; es mochte das einer in Frau Blifil erwachten Eifersucht zuzuschreiben sein, weil die Wilkins zuviel Teilnahme für den Findling an den Tag legte. Denn während sie auf die Vernichtung des Kindes sann, um selbst des Hauptmanns Gunst zu gewinnen, lobte sie es vor Allworthy von Tag zu Tag immer mehr, in dem Maße, wie dessen Liebe zu dem Kleinen noch ständig zunahm. Daß sie, ungeachtet all der Mühe, die sie sich zu andern Zeiten gab, das genaue Gegenteil vor Frau Blifil zum Ausdruck brachte, mochte diese empfindliche Dame verstimmt haben, die Jungfer Wilkins nun sicherlich haßte. Und wenn sie diese auch von ihrem Platz nicht verdrängte, was sie vielleicht auch nicht zu tun vermochte, so wußte sie ihr das Leben doch recht unerträglich zu gestalten. Darüber wurde Jungfer Wilkins schließlich so erbost, daß sie nun in offenem Gegensatz zu Frau Blifil jede Art von Rücksichtnahme und Zärtlichkeit für den kleinen Tommy zur Schau trug.

Der Hauptmann, der befürchtete, die Geschichte könne in

Vergessenheit geraten, ergriff am Ende eine Gelegenheit, sie selbst zu offenbaren.

Eines Tages führte er mit Herrn Allworthy ein Gespräch über die Nächstenliebe, indem er ihm mit viel Gelehrsamkeit bewies, daß das Wort Nächstenliebe in der Heiligen Schrift durchaus nicht Wohltun oder Freigebigkeit bedeute.

„Die christliche Religion", sagte er, „wurde zu weit höheren Zwecken gestiftet, als um uns eine Moral nochmals einzuprägen, die uns lange vorher schon manche heidnischen Philosophen gelehrt haben und die, wenn man sie vielleicht auch Tugend heißen kann, nur wenig von jener erhabenen christlichen Gesinnung verrät, jener Höhe des Gedankens, der in Reinheit nach der Vollkommenheit strebt, die zu erreichen, zum Ausdruck zu bringen, zu empfinden die Gnade allein uns befähigt. Jene", sagte er, „kommen dem Sinn der Schrift näher, die ihn in der Aufrichtigkeit des Herzens sehen oder darin, daß wir uns über unsere Mitbrüder eine günstige Meinung bilden und ihr Tun und Lassen wohlwollend beurteilen; dies ist eine höhere und nach ihrem Wesen umfassendere Tugend als klägliches Almosenspenden, das, wenn wir auch unsere Familien nicht benachteiligen oder gar zugrunde gehen lassen wollen, doch niemals viel auszurichten vermag; wohingegen Nächstenliebe in jenem andern, wahreren Sinne sich auf die ganze Menschheit ausdehnen kann."

Er sagte, in Anbetracht dessen, was die Jünger waren, schien die Annahme, daß die Lehre von der Freigebigkeit und vom Almosenspenden für sie gemeint gewesen sei, doch widersinnig. Und wenn wir uns nicht gut vorstellen könnten, dieses Gebot sei von seinem göttlichen Urheber solchen Menschen gepredigt worden, die es nicht auszuüben vermochten, so könnten wir noch weniger denken, daß es von denen verstanden werde, die ihm gemäß handeln könnten, das aber nicht tun.

„Denn", fuhr er fort, „wenn auch, wie ich befürchte, dieser Art Wohltätigkeit nur wenig Verdienst zukommt, so dürfte sie, ich muß das gestehen, doch einem rechtschaffenen Gemüte eine innere Genugtuung gewähren, wenn diese nur nicht durch *eine* Erwägung alsbald herabgesetzt würde. Ich meine, daß wir die Neigung haben, uns hintergehen zu lassen und unsere besten Wohltaten oft den Unwürdigen erweisen, wie das, Sie werden mir das zugeben müssen, mit Ihrer Güte gegen den unwürdigen Partridge der Fall ist. Denn zwei oder drei derartige Beispiele müssen die innere Befriedigung, die ein guter Mann sonst im

Wohltun finden würde, beträchtlich vermindern, ja sie könnten ihn sogar im Geben ängstlich machen, da er doch nicht die Schuld auf sich laden möchte, das Laster zu fördern und die Übeltäter zu ermutigen, was ein wahrhaft düsteres Verbrechen wäre und sich durchaus nicht triftig damit entschuldigen ließe, daß eine solche Ermutigung nicht in unserer Absicht lag – es wäre denn, wir hätten bei der Wahl der Nutznießer unserer Hilfsbereitschaft die äußerste Vorsicht walten lassen: eine Erwägung, die, daran zweifle ich nicht, manches würdigen und frommen Mannes Freigebigkeit Einhalt getan hat."

Herr Allworthy antwortete, er könne sich mit dem Hauptmann in keinen gelehrten Streit in griechischer Sprache einlassen und somit nichts über den wahren Sinn des Wortes sagen, das man mit „Nächstenliebe" übersetzt habe; er habe aber stets geglaubt, daß es eine Handlung ausdrücke und Almosenspenden wenigstens einen Teil der Tugend ausmache.

Was das Verdienst betreffe, erklärte er, so stimme er mit dem Hauptmann überein; denn worin könnte das Verdienst einer bloßen Pflichterfüllung beruhen? Welchen Sinn man dem Wort Nächstenliebe zu geben habe, das gehe aus dem ganzen Ton des Neuen Testamentes zur Genüge hervor. Und da er es für eine unumgängliche Pflicht halte, die sowohl durch das Gesetz des Christentums wie auch durch das Naturgesetz selbst geboten sei, so erfülle sie obendrein den, der sie befolge, mit solcher Freude, daß, wenn von irgendeiner Pflicht gesagt werden könne, sie sei ihr eigener Lohn oder sie beschenke uns, indem wir sie erfüllen, so sei es diese.

„Die Wahrheit zu gestehen", sagte er, „es gibt eine Stufe der Freigebigkeit (der Nächstenliebe, möchte ich hier sagen), die einen Anschein von Verdienst tragen kann, wenn wir nämlich aus einem Prinzip des Wohlwollens und der christlichen Liebe einem andern das hingeben, dessen wir selbst bedürften; wo wir, um die Not eines andern zu lindern, so weit gehen, einen Teil davon auf uns zu nehmen, indem wir ihm überlassen, was wir selbst nicht wohl entbehren können. Dies scheint mir verdienstlich zu sein. Doch unsern Brüdern nur von unserm Überfluß zu spenden, barmherzig zu sein (ich muß dieses Wort gebrauchen) mehr auf Kosten unserer gefüllten Truhen als unserer Person, lieber ein paar Familien vor dem Elend zu bewahren, statt ein seltenes Gemälde in unserm Hause aufzuhängen oder sonst ein lächerliches Gelüst unserer Eitelkeit zu befriedigen – das will mir noch nicht mehr als menschlichem Wesen gemäß erscheinen. Ja, ich finde es sogar in gewissem Grade genußvoll. Denn was könnte sich der größte Genießer Besseres wünschen, als mit vielen Mündern, statt nur mit einem einzigen, essen zu können? Das aber, denke ich, kann man von jedem behaupten, der weiß, daß viele ihr Brot seiner offenen Hand verdanken.

Nun zu Eurer Befürchtung, daß Güte an solche verschwendet werden könnte, die sich später als unwürdig erweisen, weil manche sich so erwiesen haben, so kann das einen rechtgesinnten Mann sicher nicht vom Wohltun abschrecken. Ich glaube nicht, daß einzelne oder auch viele Beispiele von Undankbarkeit einen Mann dazu berechtigen, sein Herz gegen das Unglück seiner Mitmenschen zu verhärten, noch kann ich glauben, daß es je auf ein wahrhaft teilnehmendes Gemüt solchen Einfluß haben kann. Es bedürfte schon der Überzeugung von einer die ganze Welt umfassenden Schlechtigkeit, um das Herz eines guten Menschen abzuriegeln; und diese Überzeugung müßte ihn, glaube ich, entweder zum Atheismus oder zur Schwärmerei führen. Doch ist es sicher ungerecht, von einigen wenigen verdorbenen einzelnen auf eine derartige allgemeine Schlechtigkeit zu schließen; noch konnte, scheint mir, jemals ein Mann, der sein eigenes Gemüt durchforschte, darauf verfallen, denn er mußte doch zum mindesten *eine* Ausnahme von der allgemeinen Regel finden." Er schloß seine Rede mit der Frage, wer jener Partridge sei, den er einen nichtswürdigen Kerl genannt hatte.

„Ich meine", sagte der Hauptmann, „Partridge, den Barbier, den Schulmeister und was sonst noch. Partridge, den Vater des kleinen Kindes, das Sie in Ihrem Bett fanden."

Herr Allworthy zeigte sich höchlich erstaunt über diese Auskunft, und der Hauptmann im selben Grade verwundert darüber, daß jener den Tatbestand noch nicht kannte, denn er sagte, er habe es schon seit etwa einem Monat gewußt; schließlich vermochte er sich mit vieler Mühe zu entsinnen, daß Jungfer Wilkins es war, die ihn darüber belehrt hatte.

Auf das hin wurde die Wilkins sogleich herbeigerufen. Nachdem sie das, was der Hauptmann gesagt, bestätigt hatte, wurde sie auf dessen Rat von Herrn Allworthy nach Little Baddington entsandt, um sich nach dem wahren Sachverhalt zu erkundigen. Denn der Hauptmann war durchaus gegen ein hastiges Vorgehen in Kriminalfällen und sagte, er möchte ja nicht, daß Herr Allworthy zum Nachteil des Kindes oder seines Vaters irgendeinen Beschluß fasse, bevor er von des letzteren Schuld überzeugt sei, denn wenn er selbst auch auf dem Privatwege durch einen von Partridges Nachbarn überzeugt worden sei, so verbiete ihm doch seine Großmut, Herrn Allworthy ein solches Zeugnis auszuliefern.

6. Kapitel

Das Verhör des Schulmeisters Partridge wegen Unenthaltsamkeit; das Zeugnis seiner Frau; eine kurze Bemerkung über die Weisheit der Gesetze; dazu andere ernsthafte Dinge, die denen am meisten gefallen werden, die sie am besten verstehen.

Man mag sich darüber wundern, daß eine so weit bekannte Geschichte, die so viel Gesprächsstoff abgegeben hatte, nie vor Herrn Allworthy selbst erwähnt worden war, der vielleicht als der einzige Mensch in der Gegend nichts davon gehört hatte.

Um dies dem Leser halbwegs verständlich zu machen, wird es gut sein, wenn wir ihm sagen, daß niemand im Königreich weniger darauf bedacht war, sich jener die Bedeutung des Wortes Nächstenliebe betreffenden Lehre, die man aus dem vorangegangenen Kapitel kennt, zu widersetzen, als unser guter Herr. Tatsächlich durfte er diese Tugend in jedem Sinn die seine nennen; denn da nie jemand für die Bedürfnisse mehr Verständnis aufbrachte oder bereitwilliger war, ihrer Not abzuhelfen, so konnte auch niemand ihren Charakter milder beurteilen oder zögernder etwas Unvorteilhaftes von ihnen glauben als er.

Verleumdung fand niemals Zutritt zu seinem Tische. Und wie es vor alters gesagt wurde, man werde einen Mann an seinem Umgang erkennen, so wage ich zu sagen, daß man, wenn man dem Tischgespräch eines großen Mannes beiwohnt, sich damit begnügen möge, auf seine religiösen und politischen Ansichten, seinen Geschmack und natürlich in vollem Umfang auf sein Befinden einzugehen. Denn wenn auch ein paar närrische Gesellen ihren eigenen Gefühlen an jedem Ort ihren Lauf lassen, so hat doch der größere Teil der Menschheit genügend vom Höfling in sich, um sein Gespräch dem Geschmack und den Neigungen des Höherstehenden anzupassen.

Doch um auf Jungfer Wilkins zurückzukommen. Nachdem sie ihren Auftrag, obwohl sie einen Weg von fünfzehn Meilen machen mußte, in großer Eile ausgeführt hatte, brachte sie eine so schwerwiegende Bestätigung von des Schulmeisters Verbrechen mit zurück, daß Herr Allworthy beschloß, den Schuldigen rufen zu lassen und ihn *viva voce* zu vernehmen. Herr Partridge wurde also vorgeladen, um seine Verteidigungsgründe (wenn er solche hätte) gegen die Anklage aufzuführen.

Zur anberaumten Zeit erschienen somit vor Herrn Allworthy zu Paradise-Hall sowohl der besagte Partridge mit Ann, seiner Gattin, als auch Jungfer Wilkins, seine Anklägerin.

Und als Herr Allworthy sich in seinen Richterstuhl gesetzt hatte, wurde Herr Partridge ihm vorgeführt. Nachdem er die Anklage aus Jungfer Wilkins' Munde vernommen hatte, erklärte er sich für nicht schuldig, und das unter vielen heftigen Beteuerungen.

Darauf wurde Ann Partridge vernommen, die nach einigen Klagen darüber, daß sie genötigt sei, gegen ihren Ehemann die Wahrheit auszusagen, alle die Umstände, mit denen der Leser bereits bekannt ist, erzählte und damit schloß, daß ihr Mann die Tat gestanden habe.

Ob sie ihm verziehen hatte oder nicht, das bleibe hier unentschieden, doch gewiß ist, daß sie in dieser Sache kein williger Zeuge war; und es läßt sich aus gewissen andern Gründen schließen, daß sie sich nie dazu verstanden hätte, vor Gericht gegen ihn aufzutreten, hätte nicht Jungfer Wilkins in ihrem eigenen Hause mit großer Kunst alles aus ihr herausgeholt und hätte sie nicht in Herrn Allworthys Namen versprochen, die Bestrafung ihres Gatten werde nicht von solcher Härte sein, daß seine Familie irgendwie darunter zu leiden hätte.

Partridge beharrte dabei, seine Unschuld zu behaupten, obgleich er zugab, das obenerwähnte Geständnis gemacht zu haben. Er suchte dies zu erklären, indem er versicherte, er sei durch ihre anhaltenden Quälereien dazu gezwungen worden; zudem habe sie geschworen, da sie ihn mit Gewißheit schuldig wisse, werde sie ihn ohne Unterlaß weiterquälen, bis er gestanden hätte. Dazu habe sie ihm auf Ehre versprochen, sie werde in diesem Fall die Angelegenheit nie wieder erwähnen. Und so, sagte er, sei er fälschlich dazu verleitet worden, sich schuldig zu bekennen, obgleich er doch unschuldig sei; er glaube, man hätte ihn auf diese Weise sogar zum Geständnis eines Mordes bringen können.

Frau Partridge konnte diese Anschuldigung nicht geduldig ertragen; da sie sich jedoch an dem Ort, wo sie sich jetzt befand, keiner andern Hilfsmittel bedienen konnte als der Tränen, so rief sie davon eine gewaltige Flut zu ihrem Beistand hervor.

Dann wandte sie sich an Herrn Allworthy und sagte (oder schrie unter Schluchzen): „Glauben mir, Euer Gnaden, noch nie ist eine arme Frau so mißhandelt worden wie ich von diesem niedrigen Menschen; denn dies ist ja nicht das einzige Mal, daß er mir untreu war. Nein, mit Euer Gnaden Verlaub, oft und häufig hat er mein Bett entehrt. Sein Saufen und die Vernachlässigung seiner Amtspflichten hätte ich hingehen lassen, hätte er nicht eines der heiligen Zehn Gebote übertreten. Hätte er's noch außer dem Hause getrieben, ich hätt es nicht so schwergenommen; doch mit meiner eigenen Magd, in meinem eigenen Haus, unter meinem eigenen Dach mein eigenes keusches Ehebett zu beschmutzen, und das hat er freilich getan mit seinen gemeinen stinkenden Huren. Ja, du Schurke, mein eigenes Bett hast du besudelt, das hast du getan! Und da behauptest du noch, ich hätte dich in Grund und Boden geschwatzt, bis du die Wahrheit bekanntest. Sieht er so aus, Euer Gnaden, daß ich ihn niederschwatzen könnte? Ich hab Mäler genug an meinem Leib, um damit seine Grausamkeit zu beweisen. Wärst du ein Mann gewesen, du Lump, du hättest dich geschämt, eine Frau auf die Art zu behandeln. Aber du bist ja nicht einmal ein halber Mann, das weißt du! Und für mich bist du nicht mal ein halber Gatte gewesen. Hast's wohl nötig, den Huren nachzulaufen, hast's wohl nötig, nun, ich weiß . . . Und da er mich reizt, bin ich bereit, wenn's Euer Gnaden recht ist, einen körperlichen Eid darauf zu leisten, daß ich sie beisammen im Bett gefunden habe. Du hast's wohl vergessen, denk ich, als du mich, bis ich ohnmächtig war, verprügeltest, daß mir das Blut über die Stirn rann, weil ich dir in aller Sanftmut deine Ehebrecherei vorwarf! Aber ich kann's durch alle meine Nachbarn bezeugen lassen. Du hast mir fast das Herz gebrochen, das hast du, hast du!"

Hier fiel ihr Herr Allworthy ins Wort und bat sie, sich zu zu beruhigen; er versprach, ihr solle Gerechtigkeit werden. Darauf wandte er sich an Partridge, der sprachlos dastand – die eine Hälfte seiner Sinne war ihm vor Bestürzung, die andere vor Furcht abhanden gekommen –, und sagte, es schmerze ihn zu sehen, daß ein so schlimmer Mensch in der Welt lebe. Er versicherte ihm, seine Ausflüchte, seine Lügen rückwärts und vorwärts erschwerten bedenklich seine Schuld; nur durch aufrichtiges Bekenntnis und Reue vermöchte er etwas davon wiedergutzumachen. Er ermahne ihn darum, unverzüglich zu beginnen, indem er seine Schandtat gestehe und sich nicht länger darauf versteife, ein Vergehen abzustreiten, dessen ihn seine eigene Frau schon so deutlich überführt habe.

Hier, Leser, muß ich für einen Augenblick deine Geduld anrufen, indem ich der großen Weisheit und Klugheit der Gesetze unseres Landes eine Verbeugung mache, weil sie sich weigern, das Zeugnis einer Ehefrau für oder gegen ihren Mann als rechtsgültig zu erklären. Das nämlich, sagt ein gewisser gelehrter Autor, der, glaube ich, bis dahin in keinem andern als in einem juristischen Buche zitiert wurde, würde nur geeignet sein, ewige Uneinigkeit zwischen ihnen zu stiften. Es würde viele Meineide, Prügelstrafen, Geldbußen, Einkerkerungen, Landesverweisungen und vieles Hängen zur Folge haben.

Partridge stand eine Weile stumm da, bis er, nachdem man ihm zu reden geboten, beteuerte, er habe bereits die Wahrheit gesagt, und den Himmel zum Zeugen seiner Unschuld anrief; auch berufe er sich auf das Mädchen selbst, und er bitte seinen Richter, es sogleich vorzuladen; denn es war ihm nicht bekannt, oder er gab es wenigstens vor, daß sie diese Gegend verlassen hatte.

Herr Allworthy, den seine angeborene Gerechtigkeitsliebe in Verbindung mit seiner kühlen Gemütsart stets zu einem sehr geduldigen Richter machte, der bereit war, alle Zeugen, die eine angeklagte Person zu ihrer Entlastung heranziehen konnte, anzuhören, willigte ein, sein Endurteil in dieser Sache bis zu Jennys Ankunft, zu der sogleich ein Bote abgesandt wurde, hinauszuschieben. Dann gebot er Partridge und seiner Frau, jetzt Frieden zu halten (wobei er sich allerdings hauptsächlich an die unrichtige Person wandte); er bestimmte, daß sie am dritten Tage wieder vor ihm erscheinen sollten, denn er hatte Jenny eine ganze Tagesreise weit von seinem Hause fortgeschickt.

Zur genannten Zeit erschienen die Parteien, doch der Bote hatte nur zu melden, daß Jenny Jones nicht zu finden sei, sie habe vor wenigen Tagen ihre Wohnung in Gesellschaft eines Werbeoffiziers verlassen.

Darauf erklärte Herr Allworthy, das Zeugnis einer so liederlichen Frauensperson, die sie zu sein schiene, hätte auf keinen Fall Glauben verdient; doch, so meinte er, er müsse wohl glauben, wäre sie anwesend und hätte sie die Wahrheit ausgesagt, so hätte sie nur bestätigen können, was so viele Umstände zusammen mit Partridges eigenem Bekenntnis und der Aussage seiner Ehefrau, daß sie ihren Gatten über der Tat ertappt habe, genügend bewiesen hätten. Er ermahnte also Partridge noch einmal, sein Verbrechen zu gestehen. Da der jedoch weiterhin seine Unschuld beteuerte, erklärte Herr Allworthy, er sei von seiner Übeltat überzeugt und Partridge sei ein zu trauriger Kumpan, um noch ferner seine Unterstützung zu verdienen. Also entzog er ihm sein Jahresgehalt, empfahl ihm im Hinblick auf eine künftige Welt Reue und in dieser Fleiß, damit er sich und seine Frau durchzubringen vermöchte.

Es gab vielleicht wenig unglücklichere Menschen als den armen Partridge. Er hatte dank dem Zeugnis seines Weibes den größten Teil seiner Einkünfte verloren, und doch warf sie ihm täglich neben vielen andern Dingen vor, es sei seine Schuld, daß sie diese Wohltat entbehren müsse; doch so war nun sein Schicksal, und er war gezwungen, sich dareinzufinden.

Wiewohl ich ihn eben den armen Partridge genannt habe, wünschte ich doch, daß der Leser dieses Beiwort eher aus dem Mitleid meines Herzens verstehe, als daß er es für eine Erklärung seiner Unschuld halte. Ob er unschuldig war oder nicht, das wird sich vielleicht in der Folge zeigen; denn wenn die Muse der Geschichte mir irgendwelche Geheimnisse anvertraute, so soll man mich nicht des Vergehens zeihen können, daß ich sie preisgab, ehe sie mich dazu ermächtigte.

Der Leser möge darum jetzt seine Neugier zügeln. Gewiß ist – was auch die Wahrheit sein mochte –, daß die Beweise mehr als ausreichend waren, um ihn vor Allworthy als überführt erscheinen zu lassen; und viel weniger würde zweifellos genügt haben, einen Gerichtshof für Ehebruchsachen zur Verurteilung zu bewegen. Und doch, ungeachtet Ann Partridges standhafter Aussage, auf die sie das Abendmahl zu nehmen bereit war, ist die Möglichkeit von des Schulmeisters vollkommener Unschuld nicht ausgeschlossen; denn wenn es auch ganz klar scheint, wenn man die Zeit, da Jenny Jones Little Baddington verließ, mit der Zeit ihrer Niederkunft vergleicht, daß sie dort ihr Kind empfangen hat, so folgt daraus doch keineswegs, daß Partridge sein Vater sein müsse. Denn von andern Nebenumständen abgesehen, lebte in demselben Haus ein Bursche von fast achtzehn Jahren. Zwischen ihm und Jenny bestand Vertrautheit genug, um darauf einen nicht unvernünftigen Verdacht zu gründen, und doch – so blind ist die Eifersucht – kam dieser Umstand dem rasenden Weib auch nicht *einmal* in den Sinn.

Ob Partridge nach Herrn Allworthys Rat bereute oder nicht,

wurde nicht bekannt. Doch ist gewiß, daß seine Frau ihr Zeugnis gegen ihn heftig bereute, besonders als sie fand, daß Jungfer Deborah sie betrogen hatte und sich weigerte, bei Herrn Allworthy ein Wort für sie einzulegen. Etwas bessern Erfolg hatte sie hingegen bei Frau Blifil, die, wie der Leser bemerkt haben muß, von viel menschenfreundlicherer Anlage war und es mit aller Güte unternahm, ihren Bruder zu bitten, ihr das frühere Jahresgehalt wieder zu bewilligen. An diesem Mitleid mochte ihre Gutherzigkeit einigen Anteil haben, doch ein stärkerer und natürlicherer Beweggrund wird im nächsten Kapitel an den Tag treten.

Diese Bitten waren indessen erfolglos; denn wenngleich Herr Allworthy nicht, wie einige neuere Schriftsteller, dachte, daß Gnade nur in der Bestrafung der Verbrecher bestehe, so lag ihm doch auch der Gedanke fern, daß es zu dieser trefflichen Eigenschaft passe, großen Übeltätern aus bloßer Laune, ohne allen Grund, zu verzeihen. Jeder Zweifel an der Tatsache oder jeder Milderungsgrund wurde stets wohl erwogen; doch die Bitten des Schuldigen oder die Fürsprachen anderer konnten ihn nicht im geringsten wankend machen. Mit einem Wort, er verzieh niemals, weil der Rechtsbrecher selbst oder dessen Freunde über seine Strafe unwillig waren.

Also waren Partridge und seine Frau genötigt, sich in ihr Schicksal zu finden, das denn wirklich kein leichtes war. Denn so wenig lag ihm im Hinblick auf die verringerten Einkünfte daran, seinen Fleiß zu verdoppeln, daß er sich gewissermaßen der Verzweiflung überließ; und da er von Natur träge war, so nahm dieser Fehler bei ihm immer mehr überhand, und so verlor er schließlich die kleine Schule, die er hatte. Weder seine Frau noch er hätten nun noch Brot gehabt ohne das Eingreifen irgendeines guten Christen, der sie mit dem Allernötigsten versorgte.

Da diese Unterstützung ihnen von unbekannter Hand gewährt wurde, bildeten sie sich ein, und zweifellos tut das auch der Leser, daß Herr Allworthy ihr heimlicher Wohltäter gewesen sei; dieser, wenn er auch nicht offen das Laster ermuntern wollte, konnte doch heimlich die Not selbst lasterhafter Personen lindern, wenn sie zu drückend geworden war und im Verhältnis zu ihrem Vergehen zu groß. Und so erschien ihr Elend auch dem Schicksal selbst; es erbarmte sich schließlich dieses unglücklichen Paares und erleichterte Partridge seine sorgenvolle Lage sehr beträchtlich, denn es setzte dem Leben seiner Gattin, die bald darauf an den Pocken erkrankte und starb, ein Ziel.

Das Urteil, das Herr Allworthy an Partridge vollzogen, hatte zuerst allgemeinen Beifall gefunden; doch kaum hatte Partridge dessen Folgen an sich verspürt, als auch schon seine Nachbarn über seinen Fall milder sprachen und sein Los beklagten, um endlich, was sie zuvor Gerechtigkeit genannt hatten, als allzu große Strenge und Härte zu tadeln. Und jetzt wetterten sie gegen das kaltblütige Abstrafen und sangen das Lob der Gnade und der Verzeihung.

Dieses Geschrei wuchs beträchtlich an durch den Tod von Frau Partridge, der, obwohl er nur der obenerwähnten Krankheit zuzuschreiben war, die keine Folge von Armut oder Not ist, von manchem schamlos auf Herrn Allworthys Strenge oder, wie sie es jetzt nannten, seine Grausamkeit zurückgeführt wurde.

Partridge, der seine Frau, seine Schule, sein Jahrgeld verloren hatte, entschloß sich, da auch die unbekannte Person die letzterwähnte Mildtätigkeit nicht fortsetzte, den Schauplatz zu wechseln; zum Bedauern aller seiner Nachbarn verließ er das Land, wo er in Gefahr war, Hungers zu sterben.

7. Kapitel

Eine kleine Skizze jener Glückseligkeit, die kluge Ehepaare aus dem Haß zu gewinnen vermögen; dazu eine kurze Verteidigung solcher Personen, die über die Unvollkommenheiten ihrer Freunde hinweggehen.

Obwohl der Hauptmann den armen Partridge wirklich zugrunde gerichtet hatte, erntete er doch nicht den Ertrag, auf den er gehofft hatte, nämlich die Hinausbeförderung des Findlings aus Herrn Allworthys Haus.

Ganz im Gegenteil gewann der Junker den kleinen Tommy mit jedem Tag lieber, als wollte er seine Strenge gegen den Vater durch außerordentliche Güte und Zärtlichkeit, die er dem Sohn erwies, ausgleichen.

Das verbitterte des Hauptmanns Gemüt nicht weniger als alle die täglichen Beweise von Herrn Allworthys Freigebigkeit, denn in solchen Ausgaben sah er eine Verminderung seines eigenen Reichtums.

Hierin, wie bereits gesagt, stimmte er mit seiner Gattin, wie freilich auch in allen andern Dingen, nicht überein, denn wenn eine auf den Verstand gegründete Neigung vielen weisen Personen als dauerhafter gilt als die durch Schönheit geweckte Empfindung, so verhielt es sich in unserem Falle gerade umgekehrt. Ja, der Verstand war für dieses Ehepaar der eigentliche Zankapfel und die eine große Ursache mancher Zwistigkeiten, die von Zeit zu Zeit unter ihnen ausbrachen; er führte schließlich seitens der Dame zu einer völligen Verachtung ihres Eheherrn, seitens des Gatten zum äußersten Abscheu vor seiner Frau.

Da sie beide ihren Scharfsinn hauptsächlich im Studium der Gottesgelahrtheit geübt hatten, so war diese vom ersten Augenblick ihrer Bekanntschaft an der bevorzugte Gegenstand ihrer Unterhaltung gewesen. Der Hauptmann, als Mann von guten Manieren, hatte vor ihrer Heirat in seinen Ansichten seiner Dame gegenüber stets klein beigegeben, das freilich nicht in der plumpen, ungeschickten Art eines selbstgefälligen Dummkopfes, der, während er der Beweisführung eines Höherstehenden höflich beistimmt, doch darauf brennt, merken zu lassen, daß er seine eigene Meinung für die richtige hält. Ganz im Gegenteil: Der Hauptmann, obwohl so hochmütig wie kaum einer, räumte seiner Partnerin stets so rückhaltlos den Sieg ein, daß sie, seine Aufrichtigkeit nicht im geringsten anzweifelnd, aus seinem Meinungskampf meist in Bewunderung ihres eigenen Verstandes und voller Liebe für den seinen hervorging.

Obwohl solche Nachgiebigkeit einer Person gegenüber, die der Hauptmann so gründlich verachtete, ihn weniger hart ankam, als wenn er in der Hoffnung auf Beförderung die gleiche Unterwürfigkeit einem Hoadley oder einer andern Größe der Wissenschaft hätte bezeigen müssen, so war sie ihm doch auf die Dauer lästig genug. Als dann durch die Heirat alle Beweggründe für eine solche Haltung dahinfielen, wurde er dieser Herablassung müde und fing an, in dem hochfahrenden und beleidigenden Ton auf die Meinungsäußerungen seiner Gattin zu erwidern, den nur die, die selbst Verachtung verdienen, gebrauchen und den allein die, die keine Verachtung verdienen, ertragen können.

Als der erste Sturm der Zärtlichkeit vorüber war und als in der Stille und den langen Pausen zwischen den einzelnen Anfällen die Vernunft der Lady die Augen öffnete und sie sich von dem veränderten Betragen des Hauptmanns Rechenschaft gab, der schließlich auf ihre Äußerungen nur noch mit Bah!

und Puh! antwortete, lag es ihr fern, diese Beschimpfung demütig hinzunehmen. Sie war anfangs in der Tat so empört, daß daraus wohl ein tragisches Geschehnis hätte entstehen können, hätte die Sache nicht bald eine weniger gefährliche Wendung genommen. Die Empfindung, die sie jetzt beherrschte, war die der äußersten Geringschätzung für ihres Gatten Verstand, was ihren Haß einigermaßen rechtfertigte, wennschon sie selbst mit Verstandesgaben eher bescheiden ausgestattet war.

Der Haß des Hauptmanns gegen sie war eindeutiger, denn außer den Lücken ihres Wissens und ihres Verstandes verachtete er am meisten an ihr, daß ihre Körperlänge nicht einmal sechs Fuß betrug. In seinem Urteil über das weibliche Geschlecht übertraf er sogar des Aristoteles Grämlichkeit. Er betrachtete eine Frau als ein nützliches Tier für den Hausgebrauch, dem etwas mehr Schätzung gebühre als einer Katze, da ihre Leistungen doch um einiges höher anzuschlagen seien; gleichwohl war nach seiner Meinung der Unterschied zwischen den beiden so gering, daß es ziemlich gleichgültig gewesen wäre, ob diese oder jene in den Ehevertrag über Herrn Allworthys Haus und Ländereien als Dreingabe einbezogen wurde. Immerhin war sein Stolz so verletzlich, daß er die Verachtung, die seine Frau ihm nun zu zeigen begann, tief empfand; und das, zusammen mit dem Umstand, daß er ihrer Liebe schon früher überdrüssig geworden war, steigerte seinen Widerwillen und Abscheu in einem schwer noch zu überbietenden Grade.

Nur ein Zustand in der Ehe schließt die Freude vollkommen aus, und das ist der Zustand der Gleichgültigkeit. Wie aber viele von meinen Lesern, so hoffe ich, wissen, welch köstliches Vergnügen es gewährt, einem geliebten Gegenstand Freude zu bereiten, so, fürchte ich, dürften auch einige wenige aus Erfahrung die Freude kennen, jemanden zu quälen, den man haßt. Und ich fürchte auch, um sich diese zweite Freude zu verschaffen, sehen wir die beiden Geschlechter oft jenes eheliche Behagen, das sie genießen könnten, aufgeben, mochte der Lebensgefährte auch gar nicht so unausstehlich sein. So heuchelt die Frau oft Ausbrüche der Liebe und Eifersucht, ja sie versagt sich selbst jede Freude, um ihren Mann um die seine zu bringen. Und er wiederum legt sich häufige Einschränkungen auf, und bleibt in ärgerlicher Gesellschaft zu Hause, um seine Frau in einer Umgebung festzuhalten, die sie gleicherweise verabscheut. Und darum werden wohl auch jene Tränen fließen, die eine Witwe so reichlich über der Asche eines Gatten vergießt, mit dem sie ein Leben steten Zankes und heftigen Streites verbracht hat und den noch weiter zu drangsalieren sie nun nicht mehr hoffen kann.

Wenn aber je dieses Vergnügen von einem Ehepaar ausgekostet wurde, so genossen es jetzt der Hauptmann und seine Dame bis zur Neige. Für beide war es stets ein zureichender Grund, hartnäckig auf einer Meinung zu beharren, wenn der andere Teil zuvor das Gegenteil behauptet hatte; nie liebten, haßten, lobten oder tadelten sie dieselbe Person. Und da der Hauptmann den kleinen Findling nicht mit freundlichen Augen ansah, war das für seine Gattin Grund genug, ihn fast mit der gleichen Hingebung zu liebkosen wie ihr eigenes Kind.

Der Leser dürfte begreifen, daß dieses Verhältnis zwischen Ehegatte und Gattin nicht eben viel zu Herrn Allworthys Ruhe beitrug, da es so gar nicht auf jenen Zustand eines heitern Glückes gerichtet war, den er sich von dieser Verbindung für alle drei versprochen hatte; doch die Wahrheit ist, daß er, wenn auch in seinen hoffnungsfreudigen Erwartungen ein wenig enttäuscht, doch bei weitem nicht die Sachlage überblickte; denn wie der Hauptmann aus gewissen einleuchtenden Gründen beständig vor ihm auf der Hut war, so sah seine Gemahlin, aus Furcht vor ihres Bruders Mißfallen, sich zu einem ähnlichen Betragen genötigt. Tatsächlich ist es möglich, daß eine dritte Person einem verheirateten Paar sehr nahesteht, ja lange Zeit mit ihm in demselben Haus zusammen wohnt, ohne daß sie, wenn jene beiden sich der Zurückhaltung befleißigen, etwas von den bittern Gefühlen gewahrt, die sie gegeneinander hegen mögen. Mag auch die Dauer des Tages für Bekundungen des Hasses wie der Liebe oft zu kurz sein, so werden doch die vielen Stunden, die sie ganz natürlich gemeinsam und unbeobachtet verbringen, Leuten von leidlicher Mäßigung so reichlich Gelegenheit zum Genusse beider Leidenschaften bieten, daß, wenn sie einander lieben, sie es wohl eine Anzahl Stunden in Gesellschaft auszuhalten vermögen ohne kindisches Getändel oder, wenn sie einander hassen, ohne sich gegenseitig ins Gesicht zu speien.

Möglich ist indessen, daß Herr Allworthy genug bemerkte, um darob ein wenig besorgt zu sein; denn wir dürfen nicht immer annehmen, daß ein geprüfter und weiser Mann sich nicht verletzt fühle, weil er nicht wie kindische und weibische Naturen jammert und klagt. Doch ist es auch möglich, daß er an dem Hauptmann einige Fehler entdeckt haben könnte, ohne im geringsten daran Anstoß zu nehmen, denn wahrhaft einsichtige und gütige Menschen begnügen sich, Menschen und Dinge zu nehmen, wie sie sind, ohne sich über ihre Unvollkommenheiten aufzuhalten oder zu versuchen, sie zu verbessern. Sie können einen Freund, einen Verwandten oder Bekannten mit einem Fehler behaftet sehen, ohne es dem Betreffenden oder irgendwem zu verstehen zu geben, und dabei verringert sich oft ihre Neigung nicht im geringsten.

Und wirklich, wenn wir nicht eine bedeutende Urteilskraft mit einem alles mildernden Weitblick verbinden, sollten wir niemals Freundschaft schließen, wenn wir nicht auch auf gewisse Enttäuschungen gefaßt sind. Ich hoffe, meine Freunde werden mir verzeihen, wenn ich erkläre, daß ich von ihnen keinen ohne Fehler weiß; und es täte mir leid, wenn ich denken müßte, ich hätte einen Freund, der meine Fehler nicht sähe. Auf diese Art verzeihen wir und erwarten wir, daß uns verziehen werde. Das ist eine Freundschaftsübung, und vielleicht gar nicht die am wenigsten vergnügliche. Und Verzeihung müssen wir gewähren, ohne Besserung zu erwarten. Es gibt wohl kein so sicheres Zeichen der Unvernunft, als wenn wir die natürlichen Schwächen derer, die wir lieben, zu berichtigen versuchen. Das edelste Gebilde der Menschennatur mag, wie das feinste chinesische Porzellan, einen Fleck aufweisen, und der ist, fürchte ich, in beiden Fällen nicht zu heilen; dessenungeachtet kann die Gesamtform von höchstem Werte sein.

Im ganzen also war Herr Allworthy gewiß einiger Mängel an dem Hauptmann gewahr geworden; da dieser jedoch ein sehr schlauer Mensch und ihm gegenüber stets höchst vorsichtig war, so erschienen sie ihm nur als kleine Unvollkommenheiten eines sonst trefflichen Charakters, Fehler, die seine Güte ihn übersehen ließ und auf die den Hauptmann selbst aufmerksam zu machen ihm seine Klugheit verbot. Ganz andere Gefühle würden sich in ihm geregt haben, hätte er das Verhältnis in vollem Umfang durchschaut. Dazu wäre es in absehbarer Zeit vielleicht gekommen, wenn sich Gatte und Gattin noch viel länger auf dieselbe Art gegeneinander verhalten hätten, doch gebrauchte das Schicksal das geeignete Mittel, um dies zu verhindern, indem es den Hauptmann zu tun zwang, was ihn seiner Frau wieder lieb machte und deren ganze Zärtlichkeit und Neigung ihm gegenüber wiederherstellte.

8. Kapitel

Ein Rezept, wie man die Liebe einer Frau zurückzugewinnen vermag, das auch in den verzweifeltsten Fällen nie versagt haben soll.

Der Hauptmann hielt sich reichlich schadlos für die unerquicklichen Minuten, die er im Umgang mit seiner Frau verbrachte (und deren Zahl er möglichst einschränkte), durch die heiteren Betrachtungen, denen er sich überließ, wenn er allein war.

Diese Betrachtungen galten einzig Herrn Allworthys Vermögen. Zum ersten übte er seine Gedankenkraft damit, so gut es ihm möglich war, den ganzen Betrag in Zahlen herauszubringen, welche Schätzung zu seinen Gunsten zu ändern er oft Gelegenheit hatte. Zum zweiten und hauptsächlich machte er sich ein Vergnügen daraus, sich Änderungen in Haus und Gärten auszudenken und manche anderen Pläne sowohl für die Verbesserung des Grundstücks wie auch für die Pracht des Wohnsitzes zu entwerfen. Zu diesem Zweck betrieb er eifrig Studien der Architektur und der Gartenbaukunst und las viele Bücher über diese beiden Gebiete; denn diese Wissenschaften füllten nun tatsächlich seine ganze Zeit aus und waren sein einziges Vergnügen. Endlich brachte er einen ausgezeichneten Plan zustande. Und sehr leid tut es uns, daß es nicht in unserer Macht steht, ihn dem Leser vorzulegen, zumal selbst die Prachtliebe unseres Zeitalters, so glaube ich, kaum etwas Gleichartiges aufweisen könnte. Wirklich besaß dieser Plan in höchstem Grade die beiden Eigenschaften, durch die sich alle großen und edlen Entwürfe dieser Art empfehlen; denn es bedurfte eines unmäßigen Aufwandes, ihn auszuführen, und einer weiten Zeitspanne, um ihn einigermaßen zu vollenden. Das erste von beiden, den großen Geldaufwand, glaubte der Hauptmann aus dem unermeßlichen Reichtum, in dessen Besitz er Herrn Allworthy vermutete und den er zu erben gewiß war, hinlänglich beschaffen zu können. Auch um das zweite sorgte er sich nicht: Seine gute Gesundheit und sein Alter, das die sogenannten mittleren Jahre noch nicht überschritten hatte, enthoben ihn der Befürchtung, er könnte die Ausführung des Geplanten nicht mehr erleben.

Nichts war weiter nötig, um ihm den Beginn seines Werkes zu erlauben, als Herrn Allworthys Tod; diesen zu berechnen, hatte er sein ganzes algebraisches Können angestrengt, dazu noch jedes vorhandene Buch gekauft, das über die Werteskala der Leibrenten, Anwartschaften und so weiter geschrieben worden war. Aus all dem gewann er die Überzeugung, daß er die Aussicht hatte, der Tod, den er für Herrn Allworthy erwartete, könne jeden Tag eintreten, und mit noch größerer Sicherheit durfte er dies Ereignis für die nächsten Jahre erhoffen.

Doch während der Hauptmann eines Tages tief in derartigen Betrachtungen versunken war, wurde er von einem der unglücklichsten und ungelegensten Zufälle heimgesucht. Die äußerste Tücke Fortunas hätte wirklich nichts so Grausames, so *mal a propos*, für alle seine Pläne so vollkommen Vernichtendes ersinnen können. In Kürze und um den Leser nicht hinzuhalten: Gerade in dem Augenblick, da sein Herz in der Betrachtung der Herrlichkeit, die ihm durch Herrn Allworthys Tod zufallen müßte, vor Jubel heftig pochte – starb er selbst am Schlage.

Solches befiel den Hauptmann beklagenswerterweise, als er sich eben auf seinem Abendspaziergang im Garten erging, so daß niemand zugegen war, der ihm hätte beistehen können, wenn irgendeine Hilfe ihn zu retten vermocht hätte. Er bequemte sich also in das Maß jenes Teils Erde, der nun für alle seine künftigen Unternehmungen ausreichte, und lag ausgestreckt auf dem Grund als ein großes (wenn auch nicht lebendiges) Beispiel für die Wahrheit jener Bemerkung des Horaz:

Tu secanda marmora
Locas sub ipsum funus; et sepulchri
Immemor, struis domos.

Welcher Empfindung ich für den Leser so Ausdruck gebe: „Du verschaffst dir das kostbarste Material zum Bauen, wo es nur der Hacke und des Spatens bedarf, baust Häuser, hundert Fuß lang und hundert breit, und vergissest jenes, das sechs Fuß zu zwei mißt."

9. Kapitel

Ein Beweis für die Unfehlbarkeit vorgenannten Rezeptes in den Klagen der Witwe; mit anderem geziemendem Totengepränge wie Ärzten usw. und einer Grabschrift im gehörigen Stil.

Herr Allworthy, seine Schwester und eine andere Dame waren zur gewohnten Zeit im Eßzimmer versammelt, wo, nachdem sie beträchtlich länger gewartet als gewöhnlich, Herr Allworthy als erster erklärte, das Ausbleiben des Hauptmanns fange an ihn zu beunruhigen (denn er pflegte zu den Mahlzeiten stets sehr pünktlich zu erscheinen), und er befahl, daß man vor dem Hause mit der Glocke läute, besonders in der Richtung von des Hauptmanns gewohnten Spazierwegen.

Als diese Glockenrufe ohne Wirkung blieben (denn durch eine Laune des Zufalls hatte sich der Hauptmann an diesem Abend für einen neuen Weg entschieden), gestand Frau Blifil, nun wirklich ängstlich zu sein. Auf das hin sagte die andere Dame, die zu ihren vertrautesten Bekannten gehörte und wohl wußte, wie es tatsächlich um ihre Neigung stand, indem sie sie auf jede Weise zu beruhigen suchte, es sei ganz verständlich, daß sie besorgt sei, aber man wolle doch das Beste hoffen; etwa, daß der milde Abend den Hauptmann zu einem weitern Spaziergang als gewöhnlich verlockt habe; oder er könnte von Nachbarn aufgehalten worden sein. Frau Blifil erwiderte mit einem Nein; sicher sei ihm etwas zugestoßen, denn er bliebe niemals aus, ohne ihr eine Nachricht zu geben, da er ja wisse, wie sie um ihn in Sorge sei. Die andere Dame, der es an Überredungskunst bereits gebrach, begnügte sich mit den in solchen Fällen üblichen Trostworten, bat sie, sich nicht übermäßig zu ängstigen; das könne für ihre Gesundheit von schlimmen Folgen sein. Sie füllte ein sehr großes Glas mit Wein und redete ihr schließlich dringend zu, es zu trinken.

Jetzt kehrte Herr Allworthy ins Eßzimmer zurück, denn er war mittlerweile selbst auf der Suche nach dem Hauptmann gewesen. Seine Haltung verriet zur Genüge seine Bestürzung; diese ließ ihn sogar eine Zeitlang nicht zu Worte kommen. Doch wie der Kummer auf die verschiedenen Gemüter ganz verschieden wirkt, so löste die gleiche Befürchtung, die Herrn Allworthy zum Verstummen brachte, Frau Blifils Stimme. Sie klagte nun in den schmerzlichsten Worten, und ihre Klagen waren von Tränenströmen begleitet, was die Dame, ihre Freundin, nicht tadeln wollte; doch riet sie ihr davon ab, sich so ihrer

Empfindung hinzugeben. Sie versuchte jetzt, den Kummer der andern durch philosophische Bemerkungen über die mancherlei Enttäuschungen, denen das menschliche Leben täglich ausgesetzt ist, zu besänftigen; diese Überlegung, sagte sie, genüge, unser Gemüt gegen alle noch so plötzlichen oder schrecklichen Unglücksfälle widerstandsfähig zu machen. Ihres Bruders Beispiel, meinte sie, könne sie Geduld lehren; er werde ja, müsse man annehmen, nicht ganz so schmerzlich getroffen worden sein wie sie selbst, doch zweifelsohne sei auch er tief betrübt, wiewohl seine Ergebung in den göttlichen Willen seinen Kummer in den schicklichen Grenzen zurückhalte.

„Reden Sie nicht von meinem Bruder", rief Frau Blifil; „ich allein verdiene Ihr Mitleid. Was ist der Kummer eines Freundes im Vergleich mit dem, was ein Weib in solchen Augenblicken fühlt? Oh, er ist verloren! Jemand hat ihn ermordet – ich werde ihn nie wiedersehen!" Und jetzt hatte ein Tränenbach die gleiche Folge wie das, was Herrn Allworthy zum Schweigen angehalten hatte, und sie blieb stumm.

Während dieser Redepause kam ein Diener atemlos gelaufen und verkündete, der Hauptmann sei gefunden; und noch ehe er mehr berichten konnte, folgten ihm zwei andere, die den toten Körper zwischen sich trugen.

Der interessierte Leser mag hier einen anderen Unterschied in den Auswirkungen des Schmerzes beobachten, denn wenn Herr Allworthy geschwiegen hatte aus derselben Ursache, die seine Schwester gesprächig machte, so setzte der gegenwärtige Anblick, der des Herrn Augen mit Tränen füllte, dem Weinen der Dame sogleich ein Ende; sie stieß einen lauten Schrei aus und fiel dann in Ohnmacht.

Der Raum war bald von den Hausangestellten erfüllt, von denen einige, mit ihnen die befreundete Besucherin, sich um die Hausfrau bemühten; andere, mit ihnen Herr Allworthy, halfen, den Hauptmann in ein warmes Bett zu bringen, wo alles versucht wurde, ihn wiederzubeleben.

Und glücklich wären wir, wenn wir dem Leser mitteilen könnten, daß diese beiden Körper mit dem gleichen Erfolg behandelt worden seien; denn jene, die der Frau des Hauses beistanden, hatten einen so guten Erfolg, daß diese, nachdem der Anfall eine gebührliche Zeit gedauert, wieder zu sich kam, zur großen Befriedigung aller; doch beim Hauptmann erwiesen sich alle Versuche des Schröpfens, Reibens, Tropfens und so weiter als wirkungslos. Der Tod, dieser unerbittliche Richter, hatte sein Urteil über ihn gesprochen und ließ sich zu keinem Aufschub bewegen, obgleich zwei inzwischen eingetroffene und augenblicklich honorierte Ärzte nun ihren Rat erteilten.

Diese beiden Doktoren, die wir, damit sie meine boshafte Anspielung nicht benachteilige, mit den Namen Dr. Y und Dr. Z bezeichnen, stimmten, nachdem sie seinen Puls gefühlt, nämlich Dr. Y am rechten Arm und Dr. Z am linken, darin überein, daß er vollkommen tot sei; doch über seine Krankheit oder die Todesursache gingen ihre Meinungen auseinander. Dr. Y war der Ansicht, daß er an Apoplexie, Dr. Z, daß er an Epilepsie verschieden sei.

Daraus ergab sich zwischen den gelehrten Männern ein Redekampf, in dem jeder die Gründe für seine Meinung darlegte. Diese waren auf jeder Seite von gleichem Gewicht, wodurch jeder von den Doktoren in seiner eigenen Auffassung bestärkt wurde und auf seinen Gegner auch nicht den geringsten Eindruck machte.

Die Wahrheit gesagt, hat fast jeder Arzt seine Lieblingskrankheit, der er sämtliche Siege über die menschliche Natur zuerkennt. Gicht, Rheumatismus, Stein, Blasengrieß und Schwindsucht, sie alle haben in der Fakultät ihre verschiedenen Schutzheiligen, und die meisten das Nervenfieber oder die Gehirnentzündung. Und hier wollen wir Rechenschaft ablegen von solchen Meinungsverschiedenheiten über eines Patienten Tod, wie sie mitunter zwischen den gelehrtesten Männern des Kollegiums ausgetragen werden und wie sie jenen Teil der Welt, dem die von uns oben behaupteten Tatsachen unbekannt geblieben waren, auf das höchste überrascht haben.

Der Leser mag vielleicht erstaunt sein, daß die gelehrten Herren, statt am Patienten Wiederbelebungsversuche vorzunehmen, sogleich in ihren Disput über die Todesursache verfielen, doch hatte man wirklich vor ihrer Ankunft schon alles versucht. Der Hauptmann war in ein erwärmtes Bett gebracht worden, man hatte seine Venen geschröpft, seine Stirn gerieben, seine Lippen und Nüstern mit starken Tropfen aller Art besprengt.

Als daher die Ärzte sahen, daß ihnen in allem, was sie hätten anordnen können, vorgegriffen worden war, wußten sie nicht, wie die Zeit, die sie, ihrem Honorar entsprechend, üblicher- und schicklicherweise hier verbringen sollten, anzuwenden sei, und waren daher genötigt, nach dem Gegenstand für ein

Gespräch zu suchen; und welches hätte sich hier natürlicher einfinden können als das obenerwähnte?

Unsere Doktoren waren im Begriff, sich zu verabschieden, als Herr Allworthy, der den Hauptmann nun aufgegeben und sich selbst in den göttlichen Willen gefügt hatte, sich nach seiner Schwester erkundigte, denn er wünschte, daß die Herren sie vor ihrer Abfahrt noch untersuchten.

Die Dame hatte sich jedoch von ihrem Anfall erholt und befand sich, um eine allgemeine Redensart anzuwenden, so wohl, wie man es bei jemandem in ihrer Lage erwarten konnte. Die Doktoren begaben sich also nach Erledigung aller gebührenden Förmlichkeiten – denn dies war ein neuer Patient – wunschgemäß zu ihr und ergriffen jeder eine von ihren Händen, so wie sie es zuvor mit denen der Leiche getan hatten.

Der Fall der Dame stellte das andere Extrem zu dem ihres Gatten dar; denn wie er jetzt aller ärztlichen Hilfe enthoben war, so bedurfte sie in Wahrheit deren nicht.

Nichts ist ungerechter als jene volkstümliche Meinung, nach der die Ärzte als Freunde und Helfer des Todes hingestellt werden. Ich glaube im Gegenteil, könnte man die Zahl derer, die sich dank der Arztkunst erholen, der ihrer Märtyrer entgegenstellen, so würde die erste Zahl die zweite beträchtlich übersteigen. Ja, manche von den Heilkünstlern sind so vorsichtig, daß sie, um die Möglichkeit zu vermeiden, den Patienten zu töten, von allen Methoden des Kurierens abstehen und nur solche Mittel verschreiben, die weder nützen noch schaden können. Ich hörte einige mit tiefem Ernst als ihren Grundsatz verkünden, daß man die Natur ihr Werk verrichten lassen solle; der Arzt aber stehe neben ihr, gleichsam um ihr, wenn sie ihre Sache recht mache, ermunternd auf den Rücken zu klopfen.

So wenig Vergnügen am Tode bezeigten unsere beiden Ärzte, daß sie nach einer einzigen Honorierung von dem Leichnam wegtraten; doch nicht den gleichen Widerwillen verrieten sie angesichts ihrer lebenden Patientin. Was deren Fall betraf, so waren sie sich sogleich einig und gaben nun mit großem Eifer ihre Anweisungen.

Ob nun zuerst die Dame ihre Ärzte glauben gemacht hatte, daß sie krank sei, und diese nun ihrerseits sie überredeten, sich krank zu glauben, will ich nicht entscheiden, doch sie verlebte einen vollen Monat mit allem äußern Gehaben des Krankseins. Während dieser Zeit wurde sie von den Ärzten besucht, von

Krankenschwestern betreut, und beständig kamen Anfragen ihrer Bekannten, die sich teilnehmend nach ihrem Befinden erkundigten.

Als endlich die geziemende Zeit für Krankheit und unmäßiges Herzeleid verflossen war, wurden die Ärzte entlassen, und die Lady ließ sich wieder in Gesellschaft sehen. Verändert erschien sie gegen früher bloß durch die Trauerfarbe ihres Gesichtes und ihrer Kleider.

Der Hauptmann war begraben und würde vielleicht schon einen langen Weg auf die Vergessenheit zu zurückgelegt haben, wäre nicht Herrn Allworthys Freundschaft darauf bedacht gewesen, sein Andenken zu erhalten durch die folgende Grabschrift, verfaßt von einem Manne von ebenso großer Geisteskraft wie Lauterkeit, der den Hauptmann durch und durch kannte:

Hier ruht
Und harrt einer freudigen Auferstehung
Der Leib von
HAUPTMANN JOHN BLIFIL.

London
wurde die Ehre seiner Geburt zuteil,
Oxford
die seiner Erziehung.
Seine Leistungen
waren eine Ehre für seinen Beruf
und für sein Land:
Sein Leben für seine Religion
und die menschliche Natur.
Er war ein pflichttreuer Sohn,
ein zärtlicher Gatte,
ein liebevoller Vater,
ein gütiger Bruder,
ein aufrichtiger Freund,
ein gläubiger Christ
und ein guter Mensch.
Seine untröstliche Witwe
hat diesen Stein errichtet,
das Denkmal
seiner Tugenden
und ihrer Liebe.

DRITTES BUCH

Verzeichnet die merkwürdigsten Begebenheiten, die sich in Herrn Allworthys Familie ereigneten nach der Zeit, da Tommy Jones sein vierzehntes Jahr erreicht hatte, bis zu seinem neunzehnten Altersjahr. Diesem Buch kann der Leser einige Fingerzeige über die Erziehung der Kinder entnehmen.

1. Kapitel

Enthält wenig oder nichts.

Der Leser wird sich mit Vergnügen daran erinnern, daß wir am Beginn des zweiten Buches dieser Geschichte angedeutet haben, wir hätten die Absicht, verschiedene beträchtliche Zeiträume zu übergehen, in denen sich nichts ereignete, das wert wäre, in einer Chronik wie dieser erwähnt zu werden.

Indem wir solches tun, haben wir nicht nur unsere eigene Würde und Bequemlichkeit im Auge, wir sind auch auf das Wohl und den Vorteil des Lesers bedacht. Denn außer daß wir ihn so davor bewahren, Zeit zu vergeuden damit, daß er ohne Freude und Nutzen weiterliest, bieten wir ihm für jede dieser Fristen eine Gelegenheit, den wundervollen Scharfsinn, über den er verfügt, darauf zu verwenden, besagte leere Zeiträume mit seinen eigenen Vermutungen auszufüllen; für diesen Zweck versuchten wir ihn in den vorangegangenen Seiten mit Umsicht vorzubereiten.

Zum Beispiel: Welcher Leser weiß nicht, daß Herr Allworthy zuerst beim Verlust seines Freundes jenen heftigen Kummer empfand, der bei solchen schmerzlichen Ereignissen jedermann ergreift, dessen Herz nicht aus Kiesel und dessen Kopf nicht aus noch härterem Stoff geschaffen ist? Und welcher Leser wiederum weiß nicht, daß Philosophie und Religion mit der Zeit diesen Kummer gemäßigt und schließlich getilgt haben? Das erste lehrt uns, wie töricht und eitel diese Empfindung ist, das zweite zeigt sie im richtigen Licht als unstatthaft und lindert sie gleichzeitig, indem es Hoffnungen und Gewißheiten in uns aufruft, die ein standhaftes und religiöses Gemüt befähigen, sich von einem Freund auf dem Totenbett fast mit derselben Gelassenheit zu verabschieden, als würde er nur eine lange

Reise antreten, freilich kaum mit viel Hoffnung auf ein Wiedersehen.

Auch kann der urteilsfähige Leser nicht in größerer Ungewißheit sein in bezug auf Frau Bridget Blifil, die sich, er sei dessen versichert, während der ganzen Zeit, da Trauer sichtbar am Körper zur Schau getragen werden soll, der genauen Befolgung aller Regeln des Brauchs und des Anstandes befliß und den Gesichtsausdruck stets in Übereinstimmung mit den verschieden abgestuften Veränderungen ihres Kleides hielt, denn wie dieses von der Witwentrauer zu Schwarz, von Schwarz zu Grau, von Grau zu Weiß wechselte, so auch der Ausdruck ihrer Miene von der Verzweiflung zum Schmerz, vom Schmerz zur Trauer, von der Trauer zum Ernst, bis zu dem Tag, da ihr erlaubt war, zu ihrer früheren Heiterkeit zurückzukehren.

Wir haben diese zwei Beispiele nur erwähnt, um darzutun, was für eine Aufgabe sich der Leser der untersten Klasse stellen dürfte. Viel höhere und schwierigere Übungen der Urteilskraft und des Scharfsinns darf man verständlicherweise von den obern Stufen der Kritik erwarten. Zweifelsohne werden diese weit bemerkenswertere Entdeckungen machen hinsichtlich der Dinge, die während all der Jahre, die zu übergehen uns richtig schien, in der Familie unseres ehrenwerten Mannes sich ereignet haben mochten. Denn geschah auch während dieser Zeit nichts, das wert wäre, einen Platz in dieser Erzählung einzunehmen, so spielten sich doch verschiedene Vorkommnisse von gleicher Wichtigkeit in ihr ab wie die, von denen die Tages- und Wochenchronisten des Zeitalters berichten. Auf das Lesen dieser Berichte verwenden eine große Anzahl Personen einen ansehnlichen Teil ihrer Zeit, allerdings, fürchte ich, nur mit sehr wenig Gewinn. Nur dürfte bei solchen Mutmaßungen, wie sie hier angedeutet wurden, einige von den höchsten geistigen Fähigkeiten vorteilhaft zur Anwendung kommen, denn nützlicher ist es, wenn einer die Handlungen des Menschen bei jeder Art von Umständen aus ihrem Charakter vorherzusagen vermag, als wenn er bloß auf ihren Charakter aus ihren Handlungen schließt. Ich gebe zu, das erste verlangt mehr durchdringenden Verstand, doch wird es wirklichem Scharfsinn mit nicht geringerer Sicherheit als das zweite gelingen.

Da wir überzeugt sind, daß der weitaus größere Teil unserer Leser diese Eigenschaft in ungewöhnlichem Maße besitzt, haben wir ihnen als Tummelplatz dafür einen Zeitraum von zwölf Jahren überlassen; und jetzt werden wir unsern Helden im Alter von vierzehn Jahren ans Licht ziehen, denn ohne Frage haben manche schon lange ungeduldig darauf gewartet, daß er ihnen vorgestellt werde.

2. Kapitel

Der Held dieser großen Geschichte erscheint unter sehr schlimmen Vorzeichen. Eine kleine Erzählung so gewöhnlicher Art, daß manche sie nicht der Beachtung wert finden werden. Ein paar Worte, die einen Landjunker betreffen, und einige mehr, die sich auf einen Wildhüter und einen Schulmeister beziehen.

Da wir uns, als wir uns niedersetzten, um diese Geschichte aufzuschreiben, sogleich vornahmen, keinem Menschen zu schmeicheln, sondern unsere Feder durchweg nach den Anweisungen der Wahrheit zu führen, so sind wir genötigt, unsern Helden auf eine viel weniger vorteilhafte Weise auf die Bühne zu bringen, als wir das wohl gewünscht hätten, und gleich bei seinem ersten Auftritt ehrlich zu erklären, daß es unter Herrn Allworthys Hausbewohnern nur eine Meinung über ihn gab: er sei gewißlich zum Galgen geboren.

Wahrhaftig – es tut mir leid, es zu sagen – gab es nur zu viele Gründe für diese Vermutung. Schon früh hatte der Bub einen Hang zu manchen Lastern bekundet, vor allem zu einem, das ebenso gerade wie alle andern zu jenem Ende hinführt, das ihm, wie wir eben bemerkten, in prophetischem Geiste geweissagt wurde. Er war allbereits dreier räuberischer Handlungen überführt worden: der Plünderung eines Obstgartens, des Diebstahls einer Ente aus dem Hofe eines Pächters und des Mausens eines Balls aus des kleinen Blifil Tasche.

Die Laster dieses jungen Mannes erschienen indessen noch schwärzer durch das ungünstige Licht, das auf sie fiel, wenn sie den Tugenden Master Blifils, seines Spielkameraden, gegenübergestellt wurden, eines Jünglings so völlig anderer Artung als der kleine Jones, daß nicht allein seine Familie, sondern die ganze Nachbarschaft sein Lob verkündete. Er war wirklich ein Junge von hervorragenden Charakteranlagen, über seine Jahre hinaus nüchtern, verständig und fromm – Eigenschaften, die ihm die Liebe eines jeden gewannen, der ihn nur kannte –, während Tom Jones allgemein mißbeliebt war und manch einer seine Verwunderung äußerte, daß Herr Allworthy zustimmen konnte, einen solchen Jungen mit seinem Neffen zusammen erziehen zu lassen, da doch dessen Sitten durch jenes Beispiel verdorben werden könnten.

Ein Vorfall, der sich ungefähr um diese Zeit ereignete, wird dem einsichtigen Leser die Charaktere der beiden jungen Menschen richtiger darstellen, als es durch die längste Abhandlung möglich wäre.

Tom Jones, der, so schlimm er ist, unserer Geschichte zum Helden dienen muß, hatte unter der Dienerschaft des Hauses nur einen einzigen Freund; Jungfer Wilkins nämlich hatte ihn schon seit langem aufgegeben und sich mit ihrer Herrin wieder völlig ausgesöhnt. Dieser Freund war der Wildhüter, ein Bursche von ziemlich lockeren Sitten, der im Rufe stand, zwischen mein und dein keinen viel größeren Unterschied zu machen als der junge Herr selbst. Diese Freundschaft gab darum dem Hausgesinde zu vielen gewürzten Bemerkungen Anlaß, von denen die meisten bereits schon Sprichwörter waren oder doch später zu geflügelten Worten wurden; den Witz aller könnte man in der Tat in den kurzen lateinischen Spruch zusammenfassen: *Noscitur a socio*, dessen Sinn wir so auszudrücken pflegen: Sage mir, mit wem du umgehst, und ich sage dir, wer du bist.

Die Wahrheit zu sagen, mochte wohl etwas von Jones' abscheulicher Ruchlosigkeit, für die wir eben drei Beispiele angeführt haben, den Ermunterungen zu verdanken sein, die er von diesem Kerl erhielt, der in zwei oder drei Fällen das, was das Gesetz einen Helfershelfer nach der Tat nennt, gewesen sein dürfte. Denn die ganze Ente und ein großer Teil der Äpfel wurden zum Nutzen des Wildhüters und seiner Angehörigen verwendet, und doch hatte Jones, der arme Junge, da er allein entdeckt wurde, nicht nur den ganzen Schmerz, sondern auch den Schimpf allein zu tragen; beides wurde ihm bei der folgenden Gelegenheit nochmals zum Schicksal. Ganz in der Nähe von Herrn Allworthys Landgütern lag der Wohnsitz eines jener Landjunker, die man Wildheger nennt. Von diesen Herren möchte man wegen der großen Strenge, mit der sie den Tod eines Hasen oder Rebhuhns rächen, fast glauben, sie frönten dem gleichen Aberglauben wie die Sekte der Bannianen in Indien, von denen manche, wie man uns erzählt, ihr ganzes Leben dem Schutz und der Erhaltung bestimmter Tierarten widmen; freilich können unsere englischen Bannianen, die, während sie solche verteidigen, selbst unbarmherzig ganze

Pferdeladungen von ihnen niedermetzeln, wohl von diesem heidnischen Aberglauben freigesprochen werden.

Wirklich habe ich von diesen Männern eine viel bessere Meinung, als manche sie aufrechterhalten wollen, denn mir scheint, daß sie dem Naturgebot entsprechen und dem guten Zweck, zu dem sie bestimmt wurden, und zwar auf viel großzügigere Weise als manche anderen. Wenn Horaz uns also von einem Teil der Menschheit sagt, diese seien

fruges consumere nati,

„geboren, um die Früchte der Erde zu essen", so hege ich keinerlei Zweifel, andere seien

feras consumere nati,

„geboren, um die Tiere des Feldes zu essen", oder, wie solche allgemein bezeichnet werden, das Wild. Und ich glaube, niemand wird bestreiten, daß solche Edelleute diese Aufgabe ihres Daseins erfüllen.

Der kleine Jones ging eines Tages mit dem Wildhüter auf die Jagd, als zufällig hart an der Grenze jenes Wohnsitzes, über den Fortuna, die weisen Absichten der Natur zu erfüllen, einen jener Wildverzehrer gesetzt hatte, eine Kette Feldhühner hochging. Die Vögel flogen über die Grenze und wurden von den beiden Jägersleuten in einem Ginstergebüsch, etwa dreihundert Schritt hinter Herrn Allworthys Gebiet, markiert (wie der Ausdruck heißt).

Herr Allworthy hatte dem Wildhüter bei Verlust seiner Stellung streng verboten, je seiner Nachbarn Gebiet zu betreten; auch nicht das jener, die in diesen Dingen lange nicht so heikel waren wie der Herr des eben erwähnten Gutes. Was die andern betrifft, so waren allerdings die Befehle nicht immer sehr gewissenhaft befolgt worden; da jedoch die Gemütsart des Junkers, zu dem die Feldhühner ihre Zuflucht genommen, allbekannt war, hatte der Wildhüter bis dahin noch nicht gewagt, in dessen Bezirk einzudringen. Er würde es auch jetzt nicht getan haben, hätte ihn nicht der jugendliche Weidmann, der darauf brannte, das Flügelwild zu verfolgen, dazu überredet. Da Jones so dringend war, der andere jedoch auf die Jagd begierig, gab er seinen Bitten nach, betrat den fremden Grund und schoß eines von den Feldhühnern.

Der Junker selbst saß eben nicht weit von ihnen entfernt zu Pferde; als er den Schuß hörte, ritt er stracks auf die Stelle zu und entdeckte den armen Tom; der Wildhüter nämlich hatte sich in das dichteste Ginstergebüsch geflüchtet, wo er sich glücklich verborgen hielt.

Als der Junker den Jungen durchsucht und das Feldhuhn bei ihm gefunden hatte, drohte er ihm, sich bitter zu rächen, und schwor, es Herrn Allworthy anzuzeigen. Und er hielt Wort, denn sogleich ritt er zu dessen Haus und beklagte sich über den Einfall in sein Besitztum mit so starken Worten und in so bittern Ausdrücken, als wäre man in sein Haus eingebrochen und hätte das wertvollste Möbelstück daraus entwendet. Er fügte hinzu, es sei noch eine andere Person bei ihm gewesen, nur habe er diese nicht entdecken können; denn fast im selben Augenblick seien zwei Gewehre abgeschossen worden. „Und", sagte er, „gefunden haben wir nur dies eine Rebhuhn, doch Gott weiß, welches Unheil sie sonst noch angerichtet haben."

Bei seiner Heimkehr wurde Tom augenblicklich vor Herrn Allworthy gerufen. Er gestand die Tat und brachte nichts weiter zur Entschuldigung vor, als was wirklich wahr war: daß das Hühnervolk von Herrn Allworthys eigenem Boden aufgeflogen sei.

Tom wurde hierauf gefragt, wer noch bei ihm gewesen sei; das wünschte Herr Allworthy unbedingt zu wissen. Er erinnerte den Übeltäter daran, daß zwei Schüsse gefallen seien, worüber der Nachbar und seine beiden Bediensteten ausgesagt hätten, doch Tom beharrte standhaft dabei, er sei allein gewesen; nur zögerte er anfangs ein wenig mit dem Herausrücken der Tatsachen, was Herrn Allworthy in seinem Glauben bestärkt haben würde, hätte das Zeugnis des Junkers und seiner beiden Bediensteten einer weitern Bekräftigung bedurft.

Der Wildhüter, eine allen verdächtige Person, wurde jetzt geholt und ausgefragt; doch da er sich auf das Versprechen verließ, das Tom ihm gegeben hatte, alles auf sich zu nehmen, leugnete er ganz unverfroren, in der Gesellschaft des jungen Herrn gewesen zu sein oder ihn an diesem ganzen Nachmittag überhaupt gesehen zu haben.

Hierauf wandte sich Herr Allworthy mit ganz ungewöhnlich zornigem Gesicht an Tom und riet ihm zu bekennen, wer bei ihm gewesen sei; und er wiederholte, er bestehe darauf, dies zu erfahren. Aber der Junge blieb fest bei seinem Entschluß und wurde von Herrn Allworthy in großem Zorn entlassen; dieser sagte ihm noch, er habe Zeit bis zum nächsten Morgen, sich zu besinnen, dann werde er von einer andern Person und auf andere Weise verhört werden.

Der arme Jones verbrachte eine sehr melancholische Nacht; das um so mehr, als er seinen gewohnten Kameraden vermißte; denn Master Blifil war von seiner Mutter zu einem Besuch mitgenommen worden. Furcht vor der zu erwartenden Strafe bedrückte ihn bei dieser Gelegenheit am wenigsten; doch war er in großer Angst, daß seine Standhaftigkeit ihn verlassen und er alsdann dazu gebracht werden könnte, den Wildhüter zu verraten, was diesen, wie er wußte, völlig ins Unglück stürzen würde.

Der Wildhüter seinerseits war während dieser Zeit auch nicht viel ruhiger; er fürchtete das gleiche wie der junge Mensch, an dessen Ehre ihm viel mehr gelegen war als an seiner eigenen Haut.

Am folgenden Morgen, als Tom seiner Ehrwürden, Herrn Thwackum, dem Manne, dem Herr Allworthy den Unterricht der beiden Buben anvertraut hatte, seine Aufwartung machte, wurden ihm von diesem Herrn dieselben Fragen gestellt, die er am Abend zuvor anhören mußte und auf die er jetzt die gleiche Antwort gab. Die Folge war eine tüchtige Tracht Prügel, die vielleicht kaum weniger schmerzlich war als die Tortur, mit der man in einigen Ländern den Verbrechern das Geständnis abzwingt.

Tom erduldete diese Züchtigung mit großer Standhaftigkeit, und obgleich sein Lehrer ihn nach jedem Hieb fragte: „Wirst du bekennen?“ wollte er sich doch lieber die Haut abziehen lassen als seinen Freund verraten oder sein Wort brechen.

Der Wildhüter war nun von seiner Angst befreit, und Herr Allworthy selbst fühlte Mitleid mit Tom und dessen Schmerzen. Denn abgesehen davon, daß Herr Thwackum in seiner Wut, weil er den Knaben nicht dazu bringen konnte zu sagen, was er zu hören wünschte, viel weiter gegangen war, als es in des guten Mannes Absicht lag, begann letzterer auch zu ahnen, der Nachbar könne sich geirrt haben, was gerade dessen unsinniger Ärger und Eifer wahrscheinlich zu machen schienen. Dem Zeugnis der Bedienten, das die Aussagen ihres Herrn bekräftigte, mochte er nicht viel Gewicht beimessen. Da nun aber Grausamkeit und Ungerechtigkeit zwei Vorstellungen waren, die sein Gewissen nicht einen Augenblick ertragen konnte, ließ er Tom zu sich rufen, und nach mancher milden und freundlichen Ermahnung sagte er zu ihm: „Ich bin überzeugt, liebes Kind, daß ich dir mit meinem Verdacht Unrecht getan habe; es tut mir leid, daß du deswegen so hart bestraft worden bist." Und um doch etwas wiedergutzumachen, schenkte er ihm zuletzt ein kleines Pferd; und er sprach nochmals sein Bedauern über das Vorgefallene aus.

Doch nun setzte Tom das Schuldgefühl weit schlimmer zu, als alle Strenge das vermocht hätte. Des ehrwürdigen Thwackum Hiebe waren für ihn leichter zu ertragen als Herrn Allworthys Güte, Tränen strömten aus seinen Augen, er fiel auf die Knie und rief: „Ach, Herr, Sie sind zu gütig gegen mich. Das sind Sie gewiß. Und ich, ich bin's wirklich nicht wert." Und in diesem selben Augenblick hätte er aus überquellendem Herzen fast sein Geheimnis verraten; doch der gute Genius des Wildhüters raunte ihm zu, die Folgen zu bedenken, die das über ihn, den armen Menschen, bringen müßte, und die Rücksicht darauf versiegelte ihm die Lippen.

Thwackum wandte seine ganze Überredungskunst auf, um Allworthy abzuraten, dem Jungen gegenüber Güte oder Mitleid zu zeigen; er sagte, er habe in der Unwahrheit beharrt, und deutete an, eine weitere Tracht Prügel würde voraussichtlich den Sachverhalt ans Licht bringen.

Doch Herr Allworthy weigerte sich mit Entschiedenheit, diesem Experiment zuzustimmen. Er meinte, der Knabe habe für sein Verschweigen der Wahrheit schon genug gelitten, selbst wenn er schuldig wäre; man könne nur annehmen, er habe aus einem falsch verstandenen Ehrbegriff so gehandelt.

„Ehrbegriff!" rief Thwackum nicht ohne Erregung, „nichts als störrischer Eigensinn! Kann Ehre einen lügen heißen, oder kann Ehre unabhängig von der Religion existieren?"

Dieses Gespräch wurde bei Tisch geführt, als die Mahlzeit eben beendet war; anwesend waren Herr Allworthy, Herr Thwackum und ein dritter Herr, der jetzt in die Debatte eingriff und den wir, bevor wir fortfahren, unsern Lesern kurz vorstellen wollen.

3. Kapitel

Der Charakter des Herrn Square, des Philosophen, und des Herrn Thwackum, des Geistlichen; dazu ein Streitgespräch über . . .

Der Name dieses Herrn, der schon einige Zeit in Allworthys Haus zugebracht hatte, war Herr Square. Von der Natur war er nicht besonders gut bedacht worden, doch hatte er das durch eine gelehrte Bildung in bedeutendem Maße wettgemacht. Er war außerordentlich belesen in den Schriften des Altertums und ein guter Kenner aller Werke von Plato und Aristoteles. Nach diesen beiden großen Vorbildern hatte er sich hauptsächlich gebildet, indem er bald mit der Meinung des einen, bald mit der des andern übereinstimmte. In der Moral war er ein erklärter Platoniker, und in der Religion neigte er zu Aristoteles' Anschauungen.

Doch obgleich er, wie gesagt, seine Moral nach platonischem Muster gebildet hatte, so ging er mit Aristoteles vollkommen einig, insofern er diesen großen Mann mehr in seiner Eigenschaft als Philosoph und Denker denn als Gesetzgeber betrachtete. Das führte ihn ordentlich weit, und zwar so weit, daß er alle Tugend nur als einen Gegenstand der Theorie bewertete. Es ist wahr, daß er, soviel ich gehört habe, das nie jemandem ausdrücklich erklärte; aber doch mußte ich schließen, sobald ich meine Aufmerksamkeit im geringsten auf sein Verhalten richtete, daß dies seine wirkliche Auffassung sei; einzig so können gewisse Widersprüche in seinem Charakter als vereinbar erscheinen.

Dieser Herr und Herr Thwackum trafen kaum je zusammen, ohne daß sie in einen Meinungsstreit gerieten, denn ihre Grundsätze waren einander in der Tat gerade entgegengesetzt. Square sah in der menschlichen Natur die Möglichkeit zur Erreichung der höchsten Stufe der Tugend; das Laster sei eine Abirrung von unserer wahren Natur, etwa wie eine Mißbildung unseres Körpers. Thwackum dagegen vertrat die Ansicht, der menschliche Geist sei seit dem Sündenfall im Begriff, tiefer und tiefer in Sündhaftigkeit zu versinken, bis er durch die Gnade gereinigt und erlöst werde. Nur in einem Punkt waren sie einig, nämlich darin, in allen ihren Gesprächen über Moral das Wort Güte nie zu gebrauchen. Der Lieblingssatz des ersten war der von *der natürlichen Schönheit der Tugend*, der des zweiten der *von der göttlichen Macht der Gnade*. Der erste maß alle Handlungen an *dem unabänderlichen Gesetz des Rechtes* und *der ewigen Angemessenheit der Dinge*, der zweite entschied in allem auf Grund der Autorität; doch indem er dies tat, bezog er sich immer auf die Heilige Schrift und ihre Ausleger, gleichwie der Rechtsanwalt es mit seinem Coke über Lyttleton* hält, wo die Auslegung von der gleichen Autorität ist wie der Text.

* Lyttleton, ein berühmter Rechtsgelehrter des 15. Jahrhunderts, dessen Hauptwerk „Tenuris“ von Coke, einem namhaften Juristen des 17. Jahrhunderts, kommentiert wurde (Anmerkung des Übersetzers).

Nach dieser kurzen Vorstellung wird der Leser sich gern daran erinnern, daß der Gottesmann seine Rede mit einer triumphierenden Frage geendet hatte, auf die er keine Antwort erwartete, nämlich: „Kann Ehre unabhängig von der Religion existieren?"

Darauf antwortete ihm nun Square, es sei unmöglich, philosophisch über Ausdrücke zu disputieren, bevor man deren Sinn festgelegt habe, und es gebe kaum zwei Wörter von unbestimmterer und schwankenderer Bedeutung als die beiden erwähnten; denn fast ebenso viele verschiedene Meinungen seien über den Begriff der Ehre wie über den der Religion im Umlauf. „Aber", sagte er, „versteht Ihr unter Ehre die wahre natürliche Schönheit der Tugend, dann möchte ich behaupten, daß sie unabhängig von irgendeiner Religion bestehen könne. Ja", fügte er hinzu, „Ihr selbst werdet zugeben, sie könnte unabhängig bestehen von jeder außer einer, und so würde auch ein Mohammedaner denken, ein Jude und die Anhänger all der verschiedenen Sekten in der ganzen Welt."

Thwackum entgegnete, dies seien die üblichen boshaften Argumente, deren sich alle Feinde der wahren Kirche bedienten. Er zweifle nicht, daß sämtliche Ungläubigen und Ketzer auf Erden, wenn sie könnten, das Wort Ehre auf eigene alberne Irrtümer und verdammenswerte Auffassungen zurückführen würden. „Doch Ehre", sagte er, „ist darum noch nichts Vielfältiges, weil es vielerlei törichte Meinungen über sie gibt, noch ist sie Religion, weil mancherlei Sekten und Irrlehren in der Welt sind, vielfältig. Wenn ich Religion sage, so meine ich die christliche Religion, und nicht nur die christliche Religion, sondern die protestantische Religion, und nicht nur die protestantische Religion, sondern die Englische Hochkirche. Und wenn ich Ehre sage, dann meine ich jene Form der göttlichen Gnade, die nicht nur mit dieser Religion übereinstimmt, sondern von ihr abhängt und die mit keiner sonst übereinstimmt noch von einer andern abhängt. Nun zu sagen, daß die Ehre, die ich hier meine und die, glaube ich, das ist, was ich einzig und allein im Sinne haben konnte, eine Lüge stützen oder gar befehlen könne, das heißt doch eine Widersinnigkeit behaupten, die auszudenken man sich sträubt."

„Ich vermied es absichtlich", antwortete Square, „eine Schlußfolgerung zu ziehen aus dem, was mir einleuchtend genug schien. Hättet Ihr das bemerkt, so würdet Ihr darauf gewiß nichts erwidert haben. Indessen, um das Thema Religion auf sich beruhen zu lassen, denke ich: aus dem, was Ihr sagtet, geht klar hervor, daß wir von der Ehre verschiedene Vorstellungen haben. Oder warum stimmt Ihr nicht, indem Ihr sie bezeichnet, in den Ausdrücken mit mir überein? Ich hielt dafür, daß wahre Ehre und wahre Tugend sich in der Bedeutung fast gleichkommen, und sie beide gründen in dem unveränderlichen Gesetz des Rechts und der ewigen Angemessenheit der Dinge, der ein unwahres Wesen widerstrebt und rein entgegengesetzt ist. Also steht fest: wahre Ehre verträgt sich nicht mit Unwahrheit. Hierin, glaube ich, sind wir einig. Nun aber, daß man sagen könne, daß die Ehre auf der Religion begründet sei, der sie doch vorangeht, wenn nämlich unter Religion irgendein bestimmtes Gesetz verstanden wird . . ."

„Ich einig", rief Thwackum, sich ereifernd, „mit einem Manne, der behauptet, daß Ehre der Religion vorangehe! Herr Allworthy, habe ich dem beigestimmt?"

Er redete noch weiter, da schnitt ihm Herr Allworthy das Wort ab. In recht kühlem Ton sagte er ihnen, sie hätten ihn beide mißverstanden, denn er habe von wahrer Ehre nicht gesprochen. Es ist indessen möglich, daß er die zwei nun gleich erhitzten Kampfhähne nicht sogleich zu beschwichtigen vermocht hätte, wäre nicht etwas vorgefallen, das die gegenwärtige Unterhaltung endgültig zum Verstummen brachte.

4. Kapitel

Enthält eine notwendige Verteidigung des Verfassers und eine kindische Begebenheit, die vielleicht gleicherweise einer Verteidigung bedarf.

Ehe ich in meiner Erzählung fortfahre, nehme ich mir die Freiheit, mit ein paar Mißdeutungen aufzuräumen, zu denen der Eifer einzelne von meinen Lesern verführt haben könnte, denn um keinen Preis möchte ich jemandem ein Ärgernis geben, und schon gar nicht Männern, die sich für Tugend und Religion erwärmen.

Ich hoffe darum, niemand werde durch gröbliches Mißverständnis oder Verdrehen meiner Meinung mich als jemanden hinstellen, der die größten Vollkommenheiten der Menschennatur ins Lächerliche zu ziehen versuche, die doch wirklich allein das Herz des Menschen läutern und veredeln und ihn über das rohe Tier erheben. Dieses, Leser, wage ich auszusprechen (und ein wie besserer Mensch du selber bist, um so leichter wirst du geneigt sein, mir zu glauben), daß ich lieber die Gefühle dieser zwei Personen in ewige Vergessenheit versenkt wissen als eine von diesen beiden erhabenen Mächte gekränkt haben wollte.

Ganz im Gegenteil hatte ich die Absicht, ihnen zu dienen, wenn ich es auf mich nahm, vom Leben und von den Taten zweier ihrer falschen Vorkämpfer zu berichten. Ein verräterischer Freund ist der gefährlichste aller Feinde; und ich behaupte kühn, daß die beiden Begriffe Religion und Tugend durch Heuchler in schlimmeren Verruf gekommen sind, als das die geistreichsten Bösewichter und Abtrünnigen je hätten bewirken können. Ja, mehr noch: Wenn Religion und Tugend in ihrer Reinheit mit Recht die Bande der zivilisierten Gesellschaft heißen können und für sie tatsächlich die größten Segnungen sind, so wurden sie, durch Betrug, Anmaßung und Heuchelei vergiftet und verdorben, zum schlimmsten Fluch des Gemeinschaftslebens und ermächtigten die Menschen, an ihresgleichen die größten Schandtaten zu verüben.

Ich zweifle wirklich nicht daran, daß dieser Spott hier im allgemeinen erlaubt ist, doch was ich hauptsächlich befürchte, ist dies: obgleich auch viele wahre und richtige Äußerungen aus dem Munde jener Personen kamen, könnte man alles in einen Topf werfen und von mir glauben, ich verspottete alles ohne Unterschied. Der Leser sei jedoch so freundlich und erwäge: Da keiner von diesen Männern ein Dummkopf war, kann man von ihnen nicht annehmen, sie hätten sich an lauter falsche Prinzipien gehalten und nichts geredet als ungereimtes Zeug; doch wie sehr hätte ich ihrem Charakter Unrecht getan, hätte ich nur das Schlimme aus ihrem Gespräch hervorgehoben! Und wie schrecklich entstellt und verstümmelt müßten ihre Beweisführungen erschienen sein!

Alles in allem werden hier nicht Religion und Tugend, sondern der Mangel an beiden ins Licht gerückt. Hätte Thwackum nicht zu sehr die Tugend, Square nicht die Religion im Aufbau seines Systems vernachlässigt und hätten beide nicht aller natürlichen Herzensgüte im höchsten Maße abgesagt, so wären sie niemals in dieser Geschichte als Gegenstand des Gespöttes vorgeführt worden. Und nun fahren wir in unserer Erzählung fort.

Der Vorfall also, der dem im vorigen Kapitel geschilderten Wortstreit ein Ende setzte, war kein anderer als ein Zweikampf zwischen dem jungen Master Blifil und Tom Jones, in dem jener eine blutige Nase davontrug; denn wenn auch Master Blifil trotz seiner größeren Jugend den andern an Wuchs weit überragte, so war doch Tom Jones in der edlen Kunst des Faustkampfs sein Meister.

Tom vermied es indessen in aller Vorsicht, mit diesem Jungen in Streit zu geraten; denn abgesehen davon, daß Tommy Jones trotz aller Lausbüberei ein friedfertiger Geselle war, der Blifil wirklich liebte, war Herr Thwackum allezeit als des letztern Sekundant furchtbar genug, ihn abzuschrecken.

Aber sehr richtig bemerkt ein gewisser Schriftsteller: „Kein Mann ist weise zu jeder Zeit", so ist es kein Wunder, wenn ein Knabe das auch nicht immer ist. Ein Zank war beim Spiel zwischen den beiden Jungen ausgebrochen; Blifil nannte Tommy einen armseligen Bastard. Auf das hin rief sein Partner, der von einer etwas leidenschaftlichen Anlage war, alsbald in des ersteren Gesicht jenes Phänomen hervor, das wir oben zur Kenntnis gebracht haben.

Nun erschien Blifil mit blutüberströmter Nase und tränenströmenden Augen vor seinem Onkel und dem schrecklichen Thwackum. Vor dieser Instanz wurde augenblicklich ein Urteil wegen Angriffs, Gewalttat und Körperverletzung über Tom gefällt, der zu seiner Entschuldigung nichts weiter vorbringen konnte, als daß er herausgefordert worden sei, was freilich der einzige Umstand war, den Master Blifil zu erwähnen vergessen hatte.

Es ist sehr wohl möglich, daß dieser Umstand seinem Gedächtnis entschlüpft war, denn in seiner Antwort bestand er darauf, daß er keinen derartigen Ausdruck gebraucht hätte; er setzte hinzu: „Gott bewahre mich, daß jemals so häßliche Worte aus meinem Munde kommen!"

Tom wiederholte, obgleich das gegen alle gesetzliche Formalität verstieß, seine erste Behauptung. Worauf Master Blifil erwiderte: „Es ist kein Wunder – hat einer einmal mit einer Lüge begonnen, dann fällt ihm die andere nicht schwer! Hätte ich meinem Lehrer eine so üble Lüge aufgetischt wie du, ich könnte vor Scham meine Augen nicht mehr aufschlagen."

„Was für eine Lüge, Kind?" fragte Thwackum ganz begierig.

„Nun, er hat Ihnen doch gesagt, daß niemand mit ihm auf die Jagd gegangen sei, als er das Feldhuhn abknallte; er weiß aber doch" – hier brach er in Tränen aus –, „ja, er weiß recht gut, denn er hat es mir gestanden, daß Black George, der Wildhüter, bei ihm war; ja, er sagte – leugne es, wenn du kannst! –

hast du nicht gesagt, daß du die Wahrheit nicht gestanden hättest, wenn dich auch der Lehrer in Stücke gehauen hätte?"

Jetzt sprühten Thwackums Augen Feuer; triumphierend rief er aus: „Ho! ho! Da haben wir die mißverstandenen Ehrbegriffe! Da haben wir den Burschen, der nicht wieder geschlagen werden durfte!" Doch mit einer milderen Miene wandte sich Herr Allworthy an den Knaben: „Ist dies wahr, Kind?" fragte er. „Wie kamst du dazu, so hartnäckig auf einer Unwahrheit zu bestehen?"

Tom sagte, er verabscheue eine Lüge so sehr wie irgendeiner, doch er habe geglaubt, ihn verpflichte seine Ehre, so zu handeln, wie er getan; denn er habe dem armen Menschen versprochen, ihn nicht zu verraten; wozu, sagte er, er sich um so mehr verpflichtet gefühlt, als ihn der Wildhüter so ernstlich ersucht habe, nicht des Nachbarn Grundstück zu betreten, und schließlich habe sich George nur aus Gefälligkeit überreden lassen, mit ihm zu gehen. Und dies, sagte er, sei die volle Wahrheit in dieser Sache, und darauf könne er einen Eid schwören. Und er schloß damit, daß er Herrn Allworthy inständig bat, mit des armen Kerls Familie Mitleid zu haben, da ja doch er allein der Schuldige gewesen, der andere aber zu dem, was er getan, nur mit großer Schwierigkeit zu überreden gewesen sei. „Wirklich, Herr", betonte er, „was ich gesagt habe, kann kaum eine Lüge genannt werden, denn der arme Mann war ganz ohne Schuld! Ich wäre den Hühnern allein nachgegangen, ja ich ging zuerst voran, und er folgte mir bloß, um größeres Unheil zu verhüten. Tun Sie's, bester Herr, lassen Sie mich bestrafen, nehmen Sie mir mein kleines Pferd wieder weg; aber bitte vergeben Sie dem armen George!"

Herr Allworthy ging ein paar Augenblicke mit sich zu Rat und entließ dann die beiden Knaben mit der Ermahnung, freundschaftlicher und friedlicher miteinander zu leben.

5. Kapitel

Die Meinungen des Geistlichen und des Philosophen über diese beiden Knaben mit einigen Gründen für ihre Meinungen, und anderes mehr.

Sehr wahrscheinlich hatte der junge Blifil durch die Preisgabe dieses Geheimnisses, das ihm unter dem Siegel des tiefsten Vertrauens mitgeteilt worden war, seinem Kameraden eine tüchtige Tracht Prügel erspart, denn die Untat des Blutigschlagens der Nase wäre für Herrn Thwackum allein ein zureichender Grund zur Züchtigung gewesen; doch verlor das nun seine ganze Bedeutung angesichts der andern, wichtigeren Sache; und Herr Allworthy ließ sich vertraulich darüber aus, er finde, der Junge habe eher Lohn als Strafe verdient. So waren Herrn Thwackums Hände durch einen Generalpardon gebunden.

Thwackum, in dessen Erwägungen die Rute die erste Rolle spielte, eiferte gegen diese schwächliche und, wie er noch lieber gesagt hätte, verderbliche Mildherzigkeit. Für solche Vergehen die Strafe erlassen heiße dazu ermutigen. Er verbreitete sich über die Besserungsmethoden an Kindern und führte viele Worte Salomonis an und andere. Da solche aber in so manchen anderen Büchern zu finden sind, sollen sie nicht auch noch hier stehen. Er erging sich hierauf über das Laster des Lügens, in welchem Gegenstand er sich ebenso erfahren zeigte wie in jenem ersten.

Square sagte, er habe versucht, Toms Betragen mit seinem Begriff von der vollkommenen Tugend in Einklang zu bringen, doch sei ihm dies nicht gelungen. Er gab zu, daß etwas in Toms Verhalten auf den ersten Blick wie Tapferkeit aussehen könne; da aber Tapferkeit eine Tugend und Lüge ein Laster sei, könnten sie niemals übereinstimmen oder sich zusammenfinden. Er meinte dazu noch, da es sich hier gewissermaßen um eine Verwirrung der Begriffe Tugend und Laster handle, sei das wohl der Mühe wert, daß Herr Thwackum reiflich überlege, ob nicht eine nachdrückliche Züchtigung in Betracht zu ziehen sei.

So wie diese beiden gelehrten Männer in ihrem Urteil über Jones übereinstimmten, so waren sie auch einig im Lobe Master Blifils. Die Wahrheit ans Licht zu bringen, versicherte der Geistliche, sei die Pflicht eines jeden religiösen Menschen; und der Philosoph erklärte, dies entspreche in hohem Grade dem Gesetz des Rechts und der ewigen und unabänderlichen Zweckbestimmung der Dinge.

All dies war jedoch für Herrn Allworthy von sehr geringem Gewicht. Er ließ sich nicht zur Erteilung der Vollmacht für Jones' Züchtigung überreden. Irgend etwas in seiner eigenen Brust fühlte sich von der unerschütterlichen Treue, die der Junge bewiesen hatte, weit mehr angezogen als von Thwackums Religion oder Squares Tugend. Er befahl darum dem ersten von diesen Herren auf das entschiedenste, sich einer peinlichen Bestrafung Toms wegen des Vorgefallenen zu enthalten. Der Pädagog war gezwungen, dem Befehl zu gehorchen, wenn auch widerwillig und mit der mürrischen Bemerkung, daß der Junge so sicherlich verdorben würde.

Gegen den Wildhüter verfuhr der gute Mann mit mehr Strenge. Er ließ den armen Burschen vor sich rufen, und nach vielen bitteren Vorwürfen bezahlte er ihm seinen rückständigen Lohn und entließ ihn aus seinem Dienst. Denn Herr Allworthy bemerkte durchaus richtig, es bestehe ein Unterschied darin, ob man eine Falschheit begehe, um sich selbst reinzuwaschen oder um einen andern zu entschuldigen. Als hauptsächlichen Beweggrund für seine unerbittliche Strenge gegen diesen Menschen führte er an, er habe es in niedriger Weise zugelassen, daß Jones seinetwegen eine so harte Züchtigung erhielt, was er hätte durch das Geständnis seiner Mitschuld verhindern müssen.

Als diese Geschichte ruchbar wurde, wich das Urteil mancher Leute über das Betragen der beiden Jungen sehr weit von der Meinung Squares und Thwackums ab. Master Blifil hieß allgemein ein kriecherischer Lump, ein kleinmütiger Wicht und wurde noch mit andern ähnlichen Namen bezeichnet, während man Tom mit Titeln wie braver Junge, famoser Kerl, ehrlicher Bursche bedachte. Sein Verhalten gegen Black George hatte ihm die Herzen aller Bedienten gewonnen. Denn wenngleich jener früher von niemandem geliebt wurde, so bedauerte jetzt jeder den Entlassenen. Die Freundschaft und die Standhaftigkeit von Tom Jones wurden überall mit dem höchsten Beifall gerühmt, und alle tadelten den jungen Blifil so unverhohlen und laut, wie sie sich nur getrauen konnten, ohne Gefahr zu laufen, seine Mutter zu kränken. Für all das jedoch hatte der arme Tom seine Schmerzen an seinem Fleisch zu erdulden; denn obgleich Thwackum strikt untersagt worden war, wegen des Vergangenen an Tom seinen Arm zu üben, so sagt doch das Sprichwort: Wer gern klopft, der hat den Stock zur Hand. So war denn auch ein Grund stets leicht zu finden, und nur die Unmöglichkeit, einen zu finden, hätte Thwackum länger abhalten können, den armen Tom seine Kraft fühlen zu lassen.

Wäre die bloße Lust zu dieser Übung das einzige gewesen, das den Pädagogen antrieb, so würde wahrscheinlich der junge Blifil auch sein Teil abbekommen haben; sooft ihn auch Herr Allworthy angewiesen hatte, keinen Unterschied zwischen den beiden Knaben zu machen, so verhielt sich doch Thwackum gegen den einen so freundlich und artig wie hart und barbarisch gegen den andern. Die Wahrheit zu sagen, hatte Blifil in hohem Maß des Lehrers Gunst erworben, teils durch den tiefen Respekt, den er ihm stets bezeigte, mehr noch durch die bescheidene Ehrfurcht, mit der er seine Lehrsätze aufnahm, denn er hatte seine Phrasen auswendig gelernt und wiederholte sie oft in seinen Gesprächen, und er hatte sich alle seine Religionsprinzipien zu eigen gemacht, mit einem Eifer, der bei einem so jungen Menschen wohl in Erstaunen setzen konnte; und das machte ihn seinem würdigen Präzeptor lieb und wert.

Tom Jones dagegen ließ es nicht allein häufig an den äußern Bekundungen des Respektes fehlen, indem er seinen Hut zu ziehen oder beim Eintreten des Lehrers sich zu verbeugen vergaß; er war auch völlig unachtsam auf dessen Lehren und Beispiel. Wirklich war er ein gedankenloser, leichtsinniger Junge, ohne Haltung in seinen Manieren und noch mehr in seinem Betragen, der oft über seines Gefährten gesetztes Benehmen unverschämt und unanständig zu lachen pflegte.

Herr Square hatte den gleichen Grund, den ersten Jungen vorzuziehen, denn Tom Jones zeigte nicht mehr Aufmerksamkeit für die gelehrten Reden, die dieser Herr zuweilen an ihn verschwendete, als für Thwackums Zusprüche. Einmal machte er einen Witz über das Gesetz des Rechtes; und ein andermal sagte er, er glaube, kein Gesetz in der Welt vermöchte einen solchen Mann hervorzubringen wie seinen Vater (denn Herr Allworthy litt es, daß er ihn so nannte).

Der junge Blifil hingegen besaß mit seinen sechzehn Jahren Lebensgewandtheit genug, um sich gleichzeitig dem einen wie dem andern Vertreter dieser Gegensätze durch sein Verhalten zu empfehlen. Mit dem einen war er ganz Religion, mit dem andern war er ganz Tugend. Und waren beide anwesend, so bewahrte er die tiefste Stille, was sie dann zu seinen und zu ihren eigenen Gunsten deuteten.

Doch Blifil begnügte sich nicht damit, diesen zwei Herren ins Gesicht zu schmeicheln. Sehr häufig ergriff er die Gelegenheit, sie hinter ihrem Rücken Herrn Allworthy gegenüber zu loben. Wenn sie beide allein waren und sein Onkel eine religiöse Äußerung (und es kamen deren viele ständig von seinen Lippen) lobte, unterließ er es selten, sie den guten Belehrungen zuzuschreiben, die er von Thwackum oder Square empfangen habe; denn er wußte sehr wohl, daß sein Onkel alle derartigen Komplimente vor den Ohren derer, für die sie bestimmt waren, wiederholte. Und er hatte durch Versuche herausgefunden, welchen Eindruck sie auf den Philosophen wie auf den Geistlichen machten; denn in Wahrheit ist keine Art der Schmeichelei so unwiderstehlich wie die aus zweiter Hand.

Der junge Herr erkannte auch bald, wie äußerst angenehm diese Belobigungen seiner Lehrer Herrn Allworthy selber waren, da sie so kräftig den Preis des einzigartigen Erziehungsplanes, den er entworfen hatte, widertönten. Denn dieser treffliche Mann, der die Unvollkommenheit unserer öffentlichen Schuleinrichtungen erfaßt hatte und auch die mancherlei Gefahren der Verführung, denen die jungen Menschen dort ausgesetzt sind, hatte beschlossen, seinen Neffen mit dem andern Jungen, den er an Kindesstatt angenommen hatte, in seinem eigenen Hause zu erziehen. Hier glaubte er ihre Sitten vor dem Verderben, dem sie auf öffentlichen Schulen oder Universitäten unvermeidlich ausgeliefert würden, gesichert.

Nachdem er also beschlossen hatte, die Knaben der Aufsicht eines Hauslehrers zu unterstellen, wurde ihm für dieses Amt Herr Thwackum von einem sehr guten Freunde empfohlen, von dessen Verstand Herr Allworthy eine hohe Meinung hatte und in dessen Rechtschaffenheit er volles Vertrauen setzte. Dieser Thwackum lebte seit einiger Zeit als Kollegiat fast völlig auf einer Universität; er erfreute sich dort des besten Rufes wegen seiner Gelehrsamkeit, seiner Religiosität und seiner zuchtvollen Sitten. Und das waren ohne Zweifel die Eigenschaften, die Herrn Allworthys Freund bewogen hatten, ihn zu empfehlen. Freilich hatte dieser Freund einige Verbindlichkeiten gegen Thwackums Familie, die sich aus den angesehensten Personen eines kleinen Wahlfleckens zusammensetzte, den jener Herr im Parlament vertrat.

In der ersten Zeit nach seiner Ankunft gefiel Thwackum Herrn Allworthy in hohem Grade; und wirklich schien sein Charakter durchaus dem zu entsprechen, was von ihm gesagt worden war. Nach einer etwas längeren Bekanntschaft jedoch und einigen vertiefteren Gesprächen entdeckte der würdige Herr an dem Pädagogen gewisse Schwächen, von denen er wohl wünschen konnte, sie hätten ihm nicht angehaftet. Da sie jedoch durch seine guten Eigenschaften mehr als ausgeglichen wurden, dachte Herr Allworthy nicht daran, ihn zu entlassen; sie hätten ein solches Vorgehen auch gewiß nicht gerechtfertigt. Der Leser irrt nämlich durchaus, wenn er sich vorstellt, daß Thwackum Herrn Allworthy in demselben Licht erschienen sei, wie er *ihm* in dieser Geschichte erscheint; und im gleichen Maße irrt er sich, wenn er glaubt, daß eine noch so vertraute Bekanntschaft mit diesem geistlichen Herrn ihm zur Kenntnis dieser Dinge hätte verhelfen können, die wir kraft unserer Eingebung zu offenbaren und entdecken imstande sind. Lesern, die aus solchen Gründen die Weisheit oder den Scharfblick Herrn Allworthys beargwöhnen, stehe ich zu sagen nicht an, daß sie von dem, was wir ihnen mitgeteilt haben, einen sehr schlechten und undankbaren Gebrauch machen.

Diese sichtbaren Irrtümer in Thwackums Lehre trugen bedeutend dazu bei, die entgegengesetzten Irrtümer in der Lehre von Square geringer erscheinen zu lassen, die unser guter Lord nichtsdestoweniger bemerkte und verurteilte. Er dachte wirklich, die verschieden gearteten Überschwenglichkeiten der beiden Herren würden ihre verschiedenen Unvollkommenheiten ausgleichen; von beiden aber könnten die Jungen, besonders mit seiner Beihilfe, genügend Unterweisung in wahrer Religion und Tugend empfangen. Sollte der Erfolg sich zu dieser Erwartung gegenteilig erweisen, so wäre das vielleicht auf einen Fehler im Erziehungsplan selbst zurückzuführen – mag der Leser dies nun selbst herausbekommen, wenn er es vermag. Wir erheben nämlich nicht den Anspruch, völlig fehlerlose Charaktere in dieser Geschichte auftreten zu lassen; vielmehr hoffen wir, es werde sich nichts darin finden, was bis dahin als der menschlichen Natur eigentümlich nicht schon bekannt geworden wäre.

Doch nun zur Sache: Der Leser wird sich, glaube ich, kaum wundern, daß die verschiedene Art des Benehmens der beiden Jungen die verschiedenen Auswirkungen hatte, von denen er bereits ein Beispiel gesehen hat. Außerdem gab es für das Verhalten des Philosophen und des Pädagogen noch einen andern Grund. Da es sich aber hier um eine Angelegenheit von großer Tragweite handelt, werden wir sie im folgenden Kapitel dem Leser verraten.

6. Kapitel

Enthält eine noch bessere Begründung für die früher geäußerten Meinungen.

Es sei also bekanntgegeben, daß diese zwei gelehrten Häupter, die seit kurzem auf der Bühne dieser Geschichte ansehnliche Figur gemacht haben, seit ihrer Ankunft in Herrn

Allworthys Haus eine so tiefe Zuneigung gefaßt hatten, der eine zu seiner Tugend, der andere zu seiner Religion, daß sie nur von einem Wunsch und Gedanken beseelt waren, sich mit ihm auf das innigste zu verbinden.

In dieser Absicht hatten sie ihre Augen auf jene liebenswürdige Witwe geworfen, die der Leser, obgleich wir ihrer hier seit längerer Zeit nicht gedachten, gewiß nicht vergessen haben wird. Frau Blifil war das Ziel, dem sie beide zustrebten.

Es könnte merkwürdig scheinen, daß von vier Personen, die wir in Herrn Allworthys Haus auftreten lassen, drei ihre Neigungen einer Dame zuwandten, die nicht gerade im Ruf großer Schönheit stand und die nun auch schon ein wenig zu den älteren Leuten gehörte; doch in Wirklichkeit haben enge Freunde und nahe Bekannte einen natürlichen Hang zu bestimmten Damen im Hause eines Freundes – das heißt zu seiner Großmutter, Mutter, Schwester, Tochter, Tante, Nichte oder Base, wenn diese reich sind; oder zu seiner Frau, Tochter, Nichte, Base, Geliebten oder seinem Dienstmädchen, falls diese hübsch sein sollten.

Wir möchten indessen nicht, daß unser Leser sich dächte, Charaktere wie die, mit denen Thwackum und Square ausgestattet waren, hätten sich mit einer solchen Absicht getragen – die von strengen Moralisten ein wenig gerügt worden ist –, ohne daß sie zuvor gründlich geprüft und erwogen hätten, ob sie (wie Shakespeare sich ausdrückt) „Sache des Gewissens“ sei oder nicht. Thwackum fühlte sich zu der Unternehmung ermutigt, nachdem er überlegt hatte, daß seines Nachbarn Schwester zu begehren nirgendwo verboten sei; und er wußte, es war eine Regel für die Auslegung aller Gesetze, daß *expressum facit cessare tacitum*. Was sagen will: Wenn ein Gesetzgeber seine Meinung klar dargelegt hat, ist es uns versagt, ihr einen uns beliebenden Sinn unterzuschieben. Da nun einige Beispiele von Frauen in dem Gebot der Schrift erwähnt sind, das uns verbietet, unseres Nachbars Besitz zu begehren, den der Schwester jedoch übergeht, schloß er auf gesetzliche Zulässigkeit. Was Square betrifft, der persönlich ein lebensfroher Bursche war oder, wie man sagt, ein Mann für Witwen, so war es diesem leicht, seine Wahl mit der ewigen Zweckmäßigkeit der Dinge in Einklang zu bringen.

Da beide Herren gleich eifrig bemüht waren, sich bei jeder Gelegenheit bei der Witwe in empfehlende Erinnerung zu bringen, dachten sie, es sei ein wirksames Mittel, ihrem Sohn vor jenem andern Jungen den Vorzug zu geben; und da sie wohl bemerkten, wieviel Güte und Zuneigung Herr Allworthy diesem zweiten bezeigte, mußte er ihr in hohem Grade widerwärtig sein. Sie zweifelten nicht, ihr zu gefallen, wenn sie jede Gelegenheit benützten, ihn zu verunglimpfen und herabzusetzen; da sie den Jungen haßte, mußte sie jeden lieben, der ihm ein Leid zufügte. Thwackums Stellung war hier die vorteilhaftere. Denn während Square nur des armen Buben Ruf zu schmälern vermochte, konnte er ihm seine Haut bläuen; und so betrachtete er denn auch jeden Hieb, den er ihm versetzte, als ein Kompliment, das er seiner Geliebten gemacht habe, so daß er mit voller Berechtigung die alte Prügelmaxime für sich beanspruchen konnte: *Castigo te, non quod odium habeam, sed quod amem.* „Ich züchtige dich nicht aus Haß, sondern aus Liebe.“ Diese Maxime führte er wirklich häufig im Munde oder vielmehr, dem alten Satz entsprechend, der nie richtiger angewendet worden ist, in seinen Fingern.

Aus diesem Grunde hauptsächlich stimmten die beiden Herren, wie wir oben sahen, in ihrem Urteil über die beiden Jungen überein, und das war freilich fast der einzige Punkt, in dem sie jemals einig waren; denn abgesehen von der Verschiedenheit ihrer Prinzipien, beargwöhnte einer des andern Absichten, und sie haßten einander mit einem lange genährten Haß.

Diese Feindseligkeit wurde noch um ein beträchtliches durch ihre wechselnden Erfolge verstärkt, denn Frau Blifil wußte, wie sie mit den beiden dran war, noch ehe diese es vermuten konnten; oder sie glaubte es zu wissen, denn sie gingen mit großer Vorsicht zuwege, aus Furcht, sie könnte beleidigt sein und Herrn Allworthy ins Vertrauen ziehen. Doch gab es keinen Grund zu dieser Besorgnis; sie hatte nur ihren richtigen Spaß an einer Leidenschaft, von der sie allein die Früchte zu ernten beabsichtigte. Und die einzigen Früchte, die sie für sich erwartete, waren Schmeichelei und sie umwerbende Redensarten. Für solchen Gewinn machte sie bald dem einen, bald dem andern und längere Zeit beiden gelinde Hoffnung. Insgesamt neigte sie eher dazu, des Geistlichen Prinzipien zu begünstigen, doch Squares Erscheinung bot ihrem Auge mehr, denn er war ein stattlicher Mann, während der Pädagog äußerlich mehr Ähnlichkeit hatte mit jenem Herrn, der im „Dirnenleben“ die Damen zu Bridewell unterweist.

Ob Frau Blifil mehr von den Süßigkeiten der Ehe übersättigt oder von ihren Bitterkeiten angewidert worden war oder ob irgendein anderer Grund vorlag, das möchte ich nicht entscheiden; doch sie wollte nie von einem zweiten Heiratsantrag hören. Jedoch verkehrte sie schließlich mit Square in so vertraulichem Ton, daß böse Zungen Dinge über sie zu zischeln begannen, denen wir sowohl zum Besten der Lady als auch darum, weil sie gar sehr gegen die Regel des Rechts und die Zweckmäßigkeit der Dinge verstießen, keinen Glauben schenken, und darum wollen wir unser Papier nicht damit besudeln. Der Pädagog freilich prügelte weiter, ohne dem Ziel seiner Bestrebungen einen Schritt näher zu rücken.

Er hatte zweifellos einen großen Fehler begangen, und Square hatte das viel eher bemerkt als er selbst. Frau Blifil aber (was der Leser vielleicht bereits früher erraten haben könnte) war von dem Betragen ihres Gatten nicht so durch und durch erbaut; ja, ehrlich gesprochen, haßte sie ihn gründlich, bis sein Tod ihr schließlich ein wenig von ihrer Liebe zu ihm zurückgab. Es ist daher auch nicht besonders verwunderlich, daß sie keine gar heftige Liebe zu dem Sprößling, den sie von ihm hatte, empfand. Wirklich schenkte sie ihm so geringe Beachtung, daß sie ihn in seiner frühesten Jugend nur sehr selten sah und sich kaum um ihn kümmerte. Daher ließ sie sich nach einigem Widerstreben alle die Gunstbezeigungen, mit denen Herr Allworthy den Findling überschüttete, gefallen. Ihn nannte der gute Mann seinen Sohn und stellte ihn in allen Dingen Master Blifil vollkommen gleich. Die Nachbarn sahen in Frau Blifils Zustimmung nur ihre Nachgiebigkeit gegenüber den Launen ihres Bruders, und alle zusammen, mit ihnen Thwackum und Square, waren der Überzeugung, daß sie den Findling in tiefster Seele haßte. Ja, je freundlicher sie ihm entgegenkam, um so mehr, dachten sie, müsse sie ihn verabscheuen und um so gewisser werde sie den Plan zur Ausführung bringen, den sie zu seinem Untergang ersonnen habe. Denn da sie dachten, sie müsse ihn ihres Vorteils wegen hassen, werde es ihr sehr schwerfallen, jemanden von etwas anderem zu überzeugen.

Thwackum fühlte sich um so mehr in seiner Meinung bestätigt, als sie mehr als einmal ihn recht schlau in Herrn Allworthys Abwesenheit, der ein Gegner dieser Behandlungsweise war, veranlaßt hatte, Tom Jones zu schlagen, während sie niemals eine solche Anweisung für den jungen Blifil gab. Und das hatte auch seinen Eindruck auf Square nicht verfehlt. In Wirklichkeit, wenn sie auch sicherlich ihren eigenen Sohn haßte – und so ungeheuerlich man das auch finden mag, glaube ich fest, daß dieses Beispiel nicht das einzige ist –, schien sie, ungeachtet all ihrer äußerlich gezeigten Nachgiebigkeit, in ihrem Herzen gehörig verärgert wegen Herrn Allworthys fortgesetzter Gunstbeweise gegenüber Tom Jones. Häufig beklagte sie sich hinter dem Rücken ihres Bruders darüber, und sowohl vor Thwackum als auch vor Square verurteilte sie ihn deswegen sehr hart; ja sie sagte es zuweilen Allworthy selbst ins Gesicht, wenn sich ein kleiner Streit oder Krach, wie man volkstümlich sagt, zwischen ihnen erhob.

Als jedoch Tom nun heranwuchs und Zeichen jener ritterlichen Neigungen verriet, die bei den Frauen solchen Eindruck machen, da fühlte sie jene Abneigung, die sie für ihn empfand, solange er ein Kind war, mehr und mehr schwinden. Und schließlich zeigte es sich deutlicher als deutlich, daß sie mehr Liebe für ihn fühlte als für ihren eigenen Sohn. So begierig war sie darauf, ihn um sich zu haben, und solches Vergnügen machte ihr seine Gesellschaft, daß er, bevor er noch sein achtzehntes Jahr erreicht hatte, zum Nebenbuhler Squares und Thwackums geworden war. Und das Schlimmste war: die ganze Nachbarschaft begann nun ebenso laut von ihrer Neigung zu Tom zu sprechen wie zuvor von der, die sie für Square bekundet hatte; wofür denn der Philosoph unsern armen Helden mit gnadenlosem Haß verfolgte.

7. Kapitel

In dem der Verfasser in eigener Person auf der Bühne erscheint.

Wenn es auch Herr Allworthy von Natur nicht eilig hatte, die Dinge in einem unvorteilhaften Licht zu sehen, und das allgemeine Gerede nicht zu ihm drang, das einen Bruder oder Ehemann ja selten erreicht, wiewohl es in den Ohren der ganzen Umwelt widerhallt, so wurde doch diese Neigung der Frau Blifil zu Tom und die Bevorzugung, die sie ihm allzu sichtbar vor ihrem Sohn zuteil werden ließ, für Tom in bedenklichem Maße schädlich.

Denn das Mitleid, das Herrn Allworthys Gemüt innewohnte, war so stark, daß es nur durch das Schwert der Gerechtigkeit besiegt werden konnte. In irgendeinem Sinne unglücklich zu sein, wenn dem nicht ein Vergehen das Gegengewicht hielt, genügte, um die Schale des Mitleids des gütigen Mannes zu senken und seine Freundschaft und sein Wohlwollen zu gewinnen.

Als er daher gewahr geworden war, daß Master Blifil von seiner Mutter eindeutig gehaßt wurde (denn das wurde er), begann er allein aus diesem Grunde, ihn mit mitleidigen Augen zu betrachten, und welche Wirkungen das Mitleid in gutherzigen und wohlwollenden Gemütern hervorruft, das brauche ich der Mehrzahl meiner Leser hier nicht erst zu erklären.

Von nun an sah er jeden schwachen Schimmer einer Tugend in diesem Jungen durch die vergrößernde Seite seines Fernglases und alle seine Fehler durch die verkleinernde, so daß sie kaum zu bemerken waren. Und das mag vielleicht in Anbetracht der Liebenswürdigkeit eines mitleidigen Gemütes noch zu loben sein. Doch den nächsten Schritt kann nur die Schwäche der menschlichen Natur entschuldigen. Denn sobald er sich vergewissert hatte, daß Frau Blifil Tom den Vorzug gab, begann dieser arme (und doch unschuldige) Junge seine Neigung zu verlieren, während er die ihre immer mehr gewann. Dies allein freilich hätte Tom niemals seinem Herzen zu entreißen vermocht, doch war es für diesen sehr verderblich und bereitete Herrn Allworthys Gemüt auf jene Eindrücke vor, die die großen Ereignisse hervorbrachten, die später in dieser Geschichte enthalten sein werden und zu denen, wie ich gestehen muß, der unglückliche junge Mensch durch seine Ausschweifungen, seine Wildheit und seinen Mangel an Vorsicht nur allzuviel beitrug.

Indem wir nun einige Beispiele davon mitteilen, werden wir, wenn man uns richtig versteht, einer wohlgesinnten Jugend, die später einmal zu unserer Leserschaft gehören wird, eine sehr nützliche Lehre erteilen; denn sie wird hier erfahren, daß Herzensgüte und Offenheit des Gemüts, obgleich sie ihr einen großen inneren Trost gewähren und ihr Bewußtsein mit einem edlen Stolz erfüllen können, doch leider keineswegs ihr Fortkommen in der Welt verbürgen. Klugheit und Umsicht sind auch den besten Menschen unentbehrlich. Sie sind sozusagen die Leibwache der Tugend, ohne die sie sich nicht sicher fühlen kann. Es ist nicht genug, daß unsere Absichten, ja unsere Handlungen innerlich gut sind; wir müssen darauf bedacht sein, daß sie auch so scheinen. Mag es in unserm Innern auch schön aussehen, wir müssen zugleich für ein schönes Äußeres sorgen. Und darauf muß man ständig achten, auf daß nicht Bosheit und Neid es so anzuschwärzen unternehmen, daß selbst eines Allworthys Einsicht und Güte es nicht zu durchschauen und die Schönheit im Innern zu erkennen vermöchten. Laßt dies, meine jungen Leser, euern steten Grundsatz sein: Kein Mensch kann so gut sein, daß ihn dies der Regeln der Klugheit zu entraten ermächtigt; auch wird seine Tugend nicht in ihrer vollen Schönheit erscheinen, wenn sie nicht die äußere Zierde des Anstandes und der Schicklichkeit aufweist. Und diese Lehre werdet ihr, meine würdigen Schüler, wenn ihr sie mit der gebührenden Aufmerksamkeit lest, so hoffe ich, auf den folgenden Seiten durch Beispiele genügend bekräftigt finden.

Ich bitte wegen dieses kurzen Erscheinens nach Art eines Chors auf der Bühne um Verzeihung. Es geschah wirklich meiner selbst wegen, auf daß man mich, wenn ich die Klippen entdecke, an denen Unschuld und Güte so oft scheitern, nicht mißverstehe, als wollte ich den werten Lesern gerade die Mittel empfehlen, mit denen ich beabsichtige ihnen zu zeigen, daß sie ins Verhängnis führen. Und da ich keine von meinen handelnden Personen dazu überreden konnte, das auszusprechen, war ich genötigt, diese Erklärung selbst auf mich zu nehmen.

8. Kapitel

Ein kindischer Zwischenfall, aus dem man jedoch bei Tom Jones dessen gutmütige Anlage erkennen wird.

Der Leser wird sich erinnern, daß Herr Allworthy Tom Jones als eine Art Schmerzensgeld für die Strafe, die er, wie er dachte, ohne Schuld erlitten hatte, ein kleines Pferd schenkte. Dieses Pferd behielt Tom etwa ein halbes Jahr, dann ritt er darauf zu einem benachbarten Markt und verkaufte es.

Als er nach seiner Heimkehr von Thwackum gefragt wurde, was er mit dem aus dem Verkauf des Pferdes gelösten Geld angefangen habe, erklärte er frei heraus, das wolle er ihm nicht sagen.

„Oho!“ sagte Thwackum. „Man will nicht! Unser Vermittler Haselstock wird es am bewußten Ort erfahren.“ In jedem Zweifelsfall pflegte er sich seine Auskünfte dort zu holen.

Tom wurde über den Rücken eines Dienstmanns gelegt, und alles war zur Exekution bereit, als Herr Allworthy ins Zimmer trat, dem Sünder einen Aufschub gewährte und ihn mit sich in ein anderes Zimmer nahm; mit ihm allein, stellte er ihm nun dieselbe Frage wie kurz zuvor Thwackum.

Tom antwortete, er könne ihm seiner Pflicht gemäß nichts verschweigen, dem tyrannischen Schuft jedoch wolle er nie anders antworten als mit der Reitpeitsche, und er hoffe recht bald imstande zu sein, ihm damit alle seine Grausamkeiten heimzuzahlen.

Herr Allworthy verwies dem Jungen streng, in solch ungebührlichen und unehrerbietigen Ausdrücken über seinen Lehrer zu reden, vor allem seine Äußerung, daß er die Absicht habe, sich zu rächen. Er drohte ihm mit dem vollständigen Verlust seiner Gunst, falls er wieder ein ähnliches Wort aus seinem Munde vernähme, denn der Freund und die Stütze eines Taugenichts wolle er nicht sein. Durch diese und ähnliche Bemerkungen nötigte er Tom ein Reuebekenntnis ab, womit es dem Jungen jedoch nicht ernst war; denn er brütete wirklich über dem Gedanken, wie er dem Pädagogen seine schmerzhaften Freundschaftsbezeigungen erwidern könnte. Er wurde jedoch durch Herrn Allworthy dazu gebracht, sein Bedauern wegen seiner Rachegefühle gegen Thwackum auszusprechen, und darauf erlaubte ihm der gute Mann nach ein paar heilsamen Ermahnungen, in seiner Rede fortzufahren, was er denn auch folgendermaßen tat: „Es ist die reine Wahrheit, mein Herr und Vater, ich liebe und verehre Sie mehr als alles in der Welt; ich weiß, wie sehr ich Ihnen verpflichtet bin, und ich müßte mich selbst verabscheuen, wenn ich mein Herz der Undankbarkeit für fähig hielte. Könnte das kleine Pferd, das Sie mir geschenkt haben, reden, ich bin gewiß, es könnte Ihnen sagen, wie teuer mir Ihr Geschenk war, denn ich hatte größere Freude daran, es zu füttern als es zu reiten. Wirklich, Herr, es griff mir ans Herz, mich von ihm zu trennen; aus keinem andern Grund hätte ich es je verkauft als aus dem, der mich nun dazu gebracht hat. Sie selbst, Herr, davon bin ich überzeugt, würden in meinem Fall nicht anders gehandelt haben, denn niemand hat je die Not der andern so heftig mitempfunden wie Sie. Aber was müßten Sie erst fühlen, lieber Herr, wenn Sie sich selbst für ihre Ursache halten müßten? Wirklich, kein Elend könnte größer sein als das ihrige."

„Als wessen, Kind?" fragte Allworthy. „Was willst du damit sagen?"

„Ach, Herr!" antwortete Tom. „Ihr armer Wildhüter, mit seiner ganzen großen Familie! Seit Sie ihn entlassen haben, sind sie vor Not und Hunger fast umgekommen. Ich konnte es nicht ertragen, diese armen Geschöpfe so nackt und elend zu sehen und dabei zu wissen, daß ich es bin, der alle ihre Leiden verschuldet hat. Ich konnte es nicht ertragen, Herr; bei meiner Seele, ich konnte es nicht." (Hier rannen ihm die Tränen über die Wangen, während er fortfuhr.) „Um sie vor dem völligen Untergang zu retten, mußte ich mein Geschenk hingeben, das mir doch so unendlich lieb war. Für sie habe ich das Pferd verkauft, und sie haben das Geld bis zum letzten Heller bekommen."

Herr Allworthy stand eine Weile in Gedanken da, ehe er zu sprechen begann, und Tränen quollen aus seinen Augen. Er entließ schließlich Tom mit einem sanften Tadel und gab ihm den Rat, sich künftig in solchen Notfällen lieber an ihn zu wenden, statt zu so ungewöhnlichen Mitteln der Abhilfe zu greifen.

Dieser Vorfall war später für Thwackum und Square der Anlaß zu einem ausgiebigen Meinungsstreit. Thwackum hielt dafür, daß dies, und wenn es sich auch um Herrn Allworthy handle, ein Auskneifen sei, denn er habe die Absicht gehabt, den Jungen für seinen Ungehorsam zu strafen. Er sagte, in manchen Fällen erscheine ihm das, was die Menschen Mildtätigkeit nennen, als ein Widerspruch zum Willen des Allmächtigen, der gewisse Personen zum Untergang bestimmt habe; und das sei ebenso gegen den Sinn von Herrn Allworthys Absicht. Wie gewöhnlich schloß er mit einer entschiedenen Empfehlung der Prügelstrafe.

Square äußerte sich mit Nachdruck im entgegengesetzten Sinn, vielleicht im Widerspruch zu Thwackum oder Herrn Allworthy zu Gefallen, der Toms Handlungsweise durchaus gutzuheißen schien. Mitzuteilen, was er bei der Gelegenheit vorbrachte, das wäre wohl ein wenig anmaßend, denn ich zweifle nicht, die meisten meiner Leser würden sich als viel tüchtigere Verteidiger für den armen Jones erweisen. Wirklich war es auch nicht schwer, eine Handlung mit der Norm des Rechts in Übereinstimmung zu bringen, die man unmöglich von der Norm des Unrechts herleiten konnte.

9. Kapitel

Enthält einen Zwischenfall schändlicherer Art sowie Thwackums und Squares Bemerkungen dazu.

Ein Mann, der für seine Weisheit viel berühmter war, als ich das bin, hat die Bemerkung gemacht, ein Unglück komme selten allein. Ein Beispiel dafür kann man, glaube ich, an solchen Herren sehen, denen das Mißliche passiert, daß eine von ihren Schwindeleien aufgedeckt wird; denn hier hört es mit der Entdeckung selten auf, bis alles an den Tag gekommen ist. So geschah es auch dem armen Tom. Kaum hatte er für den Verkauf des Pferdes Verzeihung erlangt, als auch schon aufkam, daß er vor nicht langer Zeit eine schöne Bibel, Herrn Allworthys Geschenk, verkauft hatte; das aus diesem Handel gewonnene Geld hatte er auf die gleiche Art wie im ersten Falle verwendet. Diese Bibel hatte der junge Blifil erworben, wiewohl er bereits eine von der gleichen Art besaß, teils aus Ehrfurcht vor diesem Buch, teils aus Freundschaft für Tom, denn er wollte nicht, daß die Bibel zu halbem Preis aus der Familie weggegeben werde. Er bezahlte darum den genannten halben Preis selbst, denn er war ein sehr kluger Junge, und mit seinem Geld ging er so vorsichtig um, daß er fast jeden Penny, den er von Herrn Allworthy erhalten, auf die Seite gelegt hatte.

Bestimmte Leute sind dafür bekannt geworden, daß sie in keinem andern Buch zu lesen vermochten als in ihrem eigenen. Nicht so Master Blifil; von der Zeit an, da er im Besitz dieser Bibel war, benützte er nie mehr eine andere. Ja, man sah ihn darin viel häufiger lesen als früher in der seinen. Und da er Thwackum oft um die Erklärung schwieriger Textstellen bat, bemerkte dieser Herr unglücklicherweise Toms Namen, der an vielen Stellen des Buches eingetragen war. Das führte zu einer Untersuchung, und der junge Blifil war genötigt, den ganzen Handel ans Licht zu bringen.

Thwackum war entschlossen, ein derartiges Verbrechen, das er ein Sakrileg nannte, nicht ungestraft zu lassen. Er schritt augenblicklich zur Züchtigung; damit nicht zufrieden, unterrichtete er bei der nächsten Begegnung Herrn Allworthy von diesem, wie es ihm schien, ungeheuerlichen Verbrechen. Er erging sich über Tom in den schärfsten Ausdrücken und verglich ihn mit den Käufern und Händlern, die aus dem Tempel getrieben wurden.

Square sah die Angelegenheit in einem andern Licht. Er sagte, er könne im Verkauf dieses Buches kein größeres Verbrechen sehen als im Verkauf irgendeines andern. Bibeln zu verkaufen sei nach göttlichem wie nach menschlichem Gesetz erlaubt und folglich sei nichts Unrechtes daran. Er bemerkte zu Thwackum, seine große Bestürzung über diese Sache erinnere ihn an die Geschichte von einer sehr frommen Frau, die aus rein religiösem Antrieb einer Dame aus ihrer Bekanntschaft Tillotsons Predigten gestohlen habe.

Diese Geschichte ließ eine große Menge Blut im Gesicht des Geistlichen aufsteigen, das an sich schon nicht von der blassesten Färbung war; und er würde weiter mit heftigem Eifer geantwortet haben, hätte sich nicht Frau Blifil, die bei dem Disput zugegen war, ins Mittel gelegt. Die Dame erklärte, sie sei durchaus der gleichen Meinung wie Square. Sie stützte wirklich seine Ansicht mit großem Geschick und schloß mit der Versicherung, wenn Tom eines Vergehens schuldig sei, so wäre ihrem eigenen Sohn die gleiche Schuld zuzumessen, das müsse sie gestehen; denn sie vermöge zwischen Käufer und Verkäufer keinen Unterschied zu erkennen: beide seien gleicherweise aus dem Tempel vertrieben worden.

Nachdem Frau Blifil ihre Meinung kundgegeben, schloß sie damit die Auseinandersetzung. Squares Triumph würde Thwackum fast das Wort abgeschnitten haben, wenn dieser der Worte noch bedurft hätte; Thwackum, der aus früher erwähnten Gründen die Dame nicht zu verstimmen wagte, erstickte fast vor Zorn. Und Herr Allworthy sagte, da der Junge bereits seine Strafe erhalten habe, wolle er selbst in diesem Falle seinen Gefühlen nicht Luft machen, und ob er dem Knaben grollte oder nicht, muß ich des Lesers Beurteilung überlassen.

Bald danach wurde von dem Junker Western (dem Herrn, auf dessen Boden das Rebhuhn getötet worden war) wegen ähnlichen Frevels eine Klage gegen den Wildhüter eingebracht. Das war für den Ärmsten ein großes Unglück, da es ihn nicht allein mit verderblichen Folgen bedrohte, sondern Herrn Allworthy jetzt auch verhinderte, ihn wieder in seine Gunst aufzunehmen. Denn eines Abends, als dieser mit Master Blifil und dem jungen Jones spazierenging, wurde er von Tom verstohlen zu Black Georges Wohnung hingeführt, wo sie die Familie des armen Kerls, nämlich seine Frau und seine Kinder, in dem ganzen Elend, in das Kälte, Hunger und Blöße menschliche Geschöpfe hineinbringen können, vorfanden. Das Geld, das sie von Jones erhalten hatten, war fast ganz für die Abzahlung früherer Schulden verwendet worden.

Ein solcher Anblick konnte nicht verfehlen, Herrn Allworthys Herz zu ergreifen. Sogleich gab er der Mutter ein paar Goldstücke, damit sie ihren Kindern Bekleidung verschaffe. Die gute Frau brach über seine Güte in Tränen aus, und während sie ihm dankte, konnte sie sich nicht enthalten, auch Tom Worte des Dankes zu sagen, der sie und die Ihrigen schon seit langem vor dem Verhungern bewahrt habe. „Wir hatten", sagte sie, „keinen Bissen zu essen, und diese armen Kinder hatten keinen Lappen anzuziehen, den wir nicht seiner Güte zu verdanken hätten." Denn tatsächlich hatte Tom außer dem Pferd und der Bibel auch einen Schlafrock und anderes mehr zum Nutzen dieser bedrängten Familie geopfert.

Auf dem Heimweg bot Tom seine ganze Beredsamkeit auf, um das Elend dieser Leute und Black Georges Reue anschaulich zu schildern, und das gelang ihm so gut, daß Herr Allworthy nun zu dem Schluß kam, der Mann habe für das, was geschehen war, genug gelitten; er verzeihe ihm und wolle an seine und der Seinigen Versorgung denken.

Jones war über diesen Entschluß so entzückt, daß er, obwohl es schon dunkel war, als sie den Heimweg antraten, sich nicht enthalten konnte, eine ganze Meile durch einen Regenschauer zurückzulaufen, um der armen Frau diese frohe Nachricht zu überbringen; jedoch gleich andern allzu eiligen Verkündern hatte er sich nur die Mühe aufgeladen, widerrufen zu müssen, denn Black Georges widriges Geschick ergriff die Gelegenheit des Fernseins seines Freundes, um alles über den Haufen zu werfen.

10. Kapitel

In dem Master Blifil und Tom Jones in verschiedenem Licht erscheinen.

Master Blifil stand in der liebenswerten Eigenschaft des Erbarmens mit fremder Not ziemlich weit hinter seinem Gefährten zurück; um so mehr übertraf er ihn in einer andern, weit höheren, der Gerechtigkeitsliebe. Er folgte hier durchaus den Lehren und dem Beispiel Thwackums und Squares. Denn wiewohl sie beide das Wort Barmherzigkeit häufig gebrauchten, so war doch klar, daß Square diese in Wahrheit mit der Weltgerechtigkeit für nicht vereinbar hielt; und Thwackum war dafür, Gerechtigkeit auszuüben, das Erbarmen aber dem Himmel zu überlassen. Die beiden Herren gingen in ihrer Auffassung vom Wesen dieser erhabenen Tugend tatsächlich auseinander; Thwackum würde wahrscheinlich in ihrem Namen die eine Hälfte der Menschheit vernichtet haben und Square die andere.

Obwohl Master Blifil in Jones' Anwesenheit geschwiegen hatte, konnte er nach reiflicher Überlegung des Tatbestandes den Gedanken doch nicht ertragen, daß seines Onkels Wohltaten einem Unwürdigen zukommen sollten. Er entschloß sich daher, jenen sogleich mit der Tatsache, die wir oben nebenbei angedeutet haben, bekanntzumachen, mit der es sich aber wie folgt verhielt:

Als der frühere Wildhüter etwa ein Jahr, nachdem ihn Herr Allworthy aus seinem Dienst entlassen und noch bevor Tom sein Pferd verkauft hatte, ohne einen Bissen Brot für sich und die Seinigen war, erblickte er, als er eben durch ein dem Junker Western gehörendes Feld ging, einen Hasen in seinem Lager. Diesen Hasen hatte er roh und niederträchtig, gegen alle Gesetze des Landes und des Weidmannsbrauchs, hinter die Löffel geschlagen.

Der Wildhehler, dem er den Hasen verkauft hatte, wurde unglücklicherweise einige Monate darauf mit einer ziemlichen Ladung seiner Ware gefaßt und war genötigt, wenn er bei dem Junker einigermaßen Gnade finden wollte, ein paar von den Wilddieben zu verraten. Er verfiel auf Black George als auf einen Kerl, der Herrn Western bereits verdächtig war und der sich in der Gegend keines guten Rufs erfreute. Er war zudem das beste Opfer, das der Hehler wählen konnte, da er ihm seither keine Ware mehr angeboten; so hatte der Angeber eine gute Gelegenheit, seine bessere Kundschaft hinter die Schutzwand zu stellen, denn der Junker, voller Freude, daß er Black George strafen konnte, den eine einzige Übertretung zu verderben vermochte, stellte keine weiteren Nachforschungen an.

Wären die Tatsachen Herrn Allworthy der Wahrheit gemäß unterbreitet worden, so würde dies dem Wildhüter wahrscheinlich nicht viel geschadet haben. Aber kein Eifer ist blinder als der, den die Gerechtigkeitsliebe gegen Übeltäter entflammt. Master Blifil hatte vergessen, wann sich alles abgespielt hatte. Er wich auch in den Einzelheiten vom wirklich Geschehenen ab; und dadurch, daß er das einzige Wort *einen* ausließ, gab er der Geschichte ein ganz anderes Gesicht, denn er sagte, George habe *Hasen* abgewürgt. Diese Abweichung von der Wahrheit wäre vermutlich berichtigt worden, hätte Master Blifil nicht unglücklicherweise Herrn Allworthy das Versprechen, darüber zu schweigen, abgenötigt, bevor er ihm die Sache enthüllte; so wurde der arme Wildhüter verurteilt, ohne auch nur eine Gelegenheit zu seiner Verteidigung zu haben; denn mit der Tatsache des Hasenmordes und der Wilddieberei hatte es seine Richtigkeit, und über alles andere kamen Herrn Allworthy keine Zweifel.

Die Freude dieser armen Leute war also von kurzer Dauer; denn am folgenden Tage erklärte Herr Allworthy, er habe neue Gründe für seinen Unwillen (ohne diese zu nennen), und er verbot Tom auf das strikteste, George je wieder vor ihm zu erwähnen. Zwar, sagte er, werde er sehen, daß seine Familie nicht verhungere; den Burschen selbst aber wolle er den Gesetzen überlassen; nichts werde ihn dazu bringen, diesen Abbruch zu tun.

Tom konnte durchaus nicht erraten, was Herrn Allworthy so in Harnisch gebracht hatte, denn gegen Master Blifil war er ohne jeden Argwohn. Da jedoch seine Freundschaft wegen des einen oder andern mißlungenen Versuches nicht so leicht erlahmte, entschloß er sich jetzt, ein anderes Mittel anzuwenden, um den armen Wildhüter vor dem Untergang zu bewahren.

Jones war in jüngster Zeit mit dem Junker Western sehr gut bekannt geworden. Er hatte sich diesem Herrn durch Sprünge über hohe Gittertore und andere Sportleistungen so sehr empfohlen, daß der Junker es als seine Überzeugung aussprach, Tom werde sicher noch ein großer Mann, wenn man ihm nur tüchtig unter die Arme greife. Er wünschte oft, selbst einen so begabten Sohn zu haben; und eines Tages versicherte er bei einem Zechgelage, Tom solle um tausend Pfund von seinem eigenen Gelde mit jedem Jäger in der Gegend eine Koppel Hunde um die Wette hetzen.

Durch Gaben solcher Art also war er dem Junker so lieb und teuer geworden, daß er ein höchst willkommener Gast an seiner Tafel und sein bevorzugter Jagdgefährte wurde. Alles, was der Junker am höchsten hielt, nämlich seine Flinten, Hunde, Pferde, stand Jones zur Verfügung, als wäre es sein Eigentum. Daher faßte er jetzt den Entschluß, diese Gunst zum Besten seines Freundes auszunutzen; er hoffte, Black George in derselben Stellung im Dienste Junker Westerns unterzubringen, die er früher bei Herrn Allworthy eingenommen hatte.

Wenn der Leser bedenkt, daß dieser Mensch bei Herrn Western schon länger im Verdachte gestanden hatte, und ferner, durch welch schwerwiegende Angelegenheit der Unwillen dieses Herrn hervorgerufen worden war, so wird er das vielleicht als törichtes und verzweifeltes Unterfangen verurteilen. Wenn er aber deshalb den jungen Jones nicht ganz verurteilt, wird er ihm gewiß großes Lob zollen, weil er sich so mit allem erdenklichen Eifer in dieser Sache bemühte.

Zu diesem Zweck also wandte Tom sich an Herrn Westerns Tochter, eine junge Dame von etwa siebzehn Jahren, die ihr Vater nächst den obenerwähnten, zum Jagdsport nötigen Gerätschaften mehr als alles in der Welt schätzte und liebte. Wie sie nun einigen Einfluß auf den Junker hatte, so hatte Tom einigen Einfluß auf sie selbst. Doch da sie zur Heldin dieser Geschichte ausersehen und ein Mädchen ist, in das wir selbst nicht wenig verliebt sind und in das sich wahrscheinlich auch mancher von unsern Lesern verlieben wird, ehe wir uns trennen, wäre es durchaus unschicklich, wenn wir sie hier am Ende eines Buches zum erstenmal wollten in Erscheinung treten lassen.

VIERTES BUCH

Umfaßt die Zeit eines Jahres.

1. Kapitel

Enthält fünf Seiten Papier.

Da unsere Schriften sich von jenen eitlen Romanen unterscheiden, die mit Ungeheuern angefüllt sind, Erzeugnissen nicht der Natur, sondern aus dem Gleichgewicht geratener Gehirne, und die darum ein hervorragender Kritiker dem Pastetenbäcker zum ausschließlichen Gebrauch empfohlen hat, so möchten wir andererseits jede Ähnlichkeit mit jener Art Historie vermeiden, von der ein berühmter Dichter anzunehmen scheint, sie sei zur Bereicherung des Bierbrauers erfunden, da man ihre Lektüre stets bei einem Humpen guten Biers vornehmen müsse:

Da Geschichte, mit dem Gefährten Bier vereint,
In ihrem traurigen Bericht gemildert scheint.

Denn da dies der Trank zeitgenössischer Geschichtsschreiber ist, ja vielleicht sogar ihre Muse, wenn wir der Meinung Butlers glauben können, der dem Bier die Inspiration zuschreibt, so sollte es ebenso das Getränk ihrer Leser sein, weil ein jedes Buch im gleichen Geist und auf die gleiche Art gelesen werden sollte, wie es geschrieben wurde. So erklärte der berühmte Verfasser des „Hurlothrumbo" einem gelehrten Bischof, der Grund, warum Seine Lordschaft die Vortrefflichkeit seines Stückes nicht zu würdigen verstehe, sei der, daß er es nicht mit der Fiedel in der Hand gelesen habe, welches Instrument er stets in der seinen zu halten pflegte, als er das Stück geschrieben habe.

Auf daß nun aber unser Werk nicht Gefahr laufe, mit den Arbeiten jener Geschichtsschreiber verglichen zu werden, haben wir jede Gelegenheit wahrgenommen, überall durch das Ganze mancherlei Vergleiche, Beschreibungen und andern dichterischen Schmuck einzustreuen. All dies ist dazu bestimmt, die Wirkung besagten Bieres auszuüben und den Geist zu ermuntern, wann immer sich jene Schläfrigkeit einstellt, die bei einem umfangreichen Werke den Leser wie den Autor wohl überkommen mag. Ohne Unterbrechungen dieser Art muß die beste Erzählung tatsächlichen Geschehens jeden Leser zu Tode ermüden; denn nur die nimmer nachlassende Wachsamkeit, die Homer einzig Zeus selber zuschreibt, kann einem Bericht von vielen Bänden widerstehen.

Wir wollen es dem Leser überlassen festzustellen, mit wieviel Geschmack und Urteil wir jeweils die Gelegenheit für die Einfügung solcher schmückenden Partien in unserem Werke aufgespürt haben. Gewiß aber wird man zugeben, daß keine dafür geeigneter sein kann als die gegenwärtige, da wir uns anschicken, einen bedeutenden Charakter auftreten zu lassen; keinen geringern nämlich als die Heldin dieser heroisch-historisch-prosaischen Dichtung. Wir hielten es darum für angemessen, des Lesers Sinn hier auf ihren Empfang vorzubereiten, indem wir ihn mit jedem erfreulichen Anblick erfüllen, den wir dem Antlitz der Natur nachzuzeichnen vermögen. Für diese Methode können wir uns auf manches Exempel früherer Zeit berufen. Zunächst ist das ein wohlbekannter und von unsern tragischen Dichtern häufig angewandter Kunstgriff; sie unterlassen es ja kaum je, ihre Zuschauer auf die Ankunft ihrer Hauptfiguren vorzubereiten.

So wird der Held stets mit einem Tusch von Trommeln und Trompeten angekündigt, um dadurch im Publikum einen kriegerischen Geist zu wecken und sein Ohr für den Schwulst und Bombast empfänglich zu machen, den Herrn Lockes blinder Mann nicht ganz irrtümlich mit dem Schall einer Trompete verglichen hätte. Und wiederum: Wenn Liebende aufzutreten haben, so begleitet ihr Erscheinen auf der Bühne oft sanfte Musik, entweder um die Zuschauer selbst in die Stimmung der zärtlichen Leidenschaft zu versetzen oder um sie einzulullen und sie jenem milden Schlaf entgegenzuführen, der sie höchstwahrscheinlich bei der nun folgenden Szene in seine Ruhe aufnehmen wird.

Und nicht allein die Dichter, sondern auch die Herren dieser Dichter, die Theaterdirektoren, scheinen in dieses Geheimnis eingeweiht zu sein, denn außer den vorhin erwähnten Kesselpaukern und so weiter, die des Helden Erscheinen vorausmelden, kündigt ihn auf der Bühne gewöhnlich ein Trupp von einem halben Dutzend Kulissenschiebern an; und wie nötig diese sind, das mag man aus der folgenden Theatergeschichte schließen.

König Pyrrhus saß in einem an das Theater angrenzenden Bierhaus beim Abendessen, als er auf die Bühne gerufen wurde. Der Held, nicht gewillt, von seiner Hammelkeule zu lassen, und ebensowenig gesonnen, sich den Unwillen des Herrn Wilks (seines Direktors) zuzuziehen, indem er das Publikum auf sich warten ließ, hatte diese seine Vorläufer bestochen, daß sie sich nicht blicken lassen sollten. Während also Herr Wilks mit Donnerstimme rief: „Wo sind die Zimmerleute, die vor König Pyrrhus hergehen sollen?" aß dieser Herrscher ruhig seinen Hammel, und die Zuschauer, bei all ihrer Ungeduld, mußten sich während seiner Abwesenheit mit musikalischer Unterhaltung zufriedengeben.

Um ehrlich zu sein, frage ich mich, ob der Politiker, der im allgemeinen keine schlechte Nase hat, nicht etwas von der Nützlichkeit dieser Praxis gerochen hat. Ich bin überzeugt, dieser gefürchtete Richter, der Oberbürgermeister, schuldet einen großen Teil der Ehrerbietung, die ihm das Jahr hindurch erwiesen wird, dem Gepränge, das seinem Auftreten vorangeht. Ja, ich muß gestehen, daß ich selbst, der ich nicht gar so leicht durch Schaustellungen zu fesseln bin, doch von manchem derartigen Prunkzug mir habe Eindruck machen lassen. Sah ich einen Mann in einem Zuge einherstolzieren, hinter ein paar andern, deren einziges Geschäft es war, ihm voranzugehen, so faßte ich sogleich eine viel höhere Meinung von seiner Würde, als wenn ich ihn unter gewöhnlichen Umständen erblickt hätte. Aber da gibt es ein Beispiel, das meiner Absicht gerade entgegenkommt. Das ist der Brauch, dem Pomp eines Krönungszuges eine Frau mit einem Korb voranzuschicken, den Schauplatz mit Blumen zu bestreuen, ehe die großen Persönlichkeiten ihre Prozession beginnen. Die Alten würden zweifelsohne zu diesem Zweck die Göttin Flora aufgerufen haben, und es wäre für ihre Priester und Politiker ein leichtes gewesen, das Volk an die tatsächliche Anwesenheit der Göttin glauben zu machen, wiewohl eine einfache Sterbliche sie verkörperte und ihr Amt ausübte. Doch wir haben keine derartige Absicht auf unsern Leser; darum mögen solche, denen heidnische Theologie ein Greuel ist, wenn es ihnen gefällt, an Stelle unserer Göttin die obenerwähnte Korbträgerin walten lassen. Was wir vorhaben, ist, kurz gesagt, unsere Heldin so feierlich, wie wir das nur vermögen, einzuführen, mit einer Erhabenheit des Stils und all den andern Umständen, die geeignet sind, im Leser anbetende Bewunderung zu erwecken. Tatsächlich wollten wir aus bestimmten Gründen denjenigen unter unsern männlichen Lesern, die ein fühlendes Herz besitzen, den Rat geben, nicht weiterzulesen, hätten wir nicht die volle Gewißheit, daß, so liebenswürdig auch das Bild unserer Heldin, als wirkliche Zeichnung nach der Natur, erscheinen mag, doch gar viele von unsern schönen Landsmänninnen zu finden wären, wert, jeder Leidenschaft zu genügen und jeder Vorstellung weiblicher Vollkommenheit zu entsprechen, die unser Stift hervorzurufen vermöchte.

Und jetzt, ohne ein weiteres Vorwort, tun wir den Schritt zu unserem nächsten Kapitel.

2. Kapitel

Eine kurze Probe dessen, was wir im Erhabenen zu leisten vermögen, und eine Beschreibung des Fräuleins Sophia Western.

Schweige jeder rauhere Hauch! Möge der heidnische Herrscher der Winde die ungebärdigen Glieder des lärmenden Boreas und den spitznäsigen, scharfbeißenden Eurus an eiserne Ketten legen. Du, sanfter Zephyr, erhebe dich von deinem duftigen Lager, ersteige den westlichen Himmel, und führe uns heran jenes köstliche Wehen, dessen Zauber die liebliche Flora aus ihrer von Perlentau durchströmten Kammer hervorruft, wenn sie am Ersten des Juni, ihrem Geburtstage, die Blütengleiche, im leichten Gewande sacht hintänzelt über die grünende Au, wo jede Blume sich aufreckt, sie zu grüßen, bis alle Felder unter buntem Schmelze liegen und die Farben mit Wohlgerüchen sich streiten, wer sie am meisten zu entzücken vermöge.

In so holder Anmut soll sie nun erscheinen! Und ihr, gefiederte Sänger der Natur, deren süßeste Weisen selbst ein Händel nicht übertrifft, stimmt eure tonreichen Kehlen an und feiert ihr Erscheinen. Der Liebe entspringt euer Lied und ruft wieder Liebe. Erweckt dieses zarte Gefühl in jedes Jünglings Gemüt, denn sieh! Geschmückt mit jedem Reiz, mit dem Natur begaben kann, geziert mit Schönheit, Jugend, lebhaftem Geist, Unschuld, Bescheidenheit, Innigkeit, von ihren rosigen Lippen wie Blumendüfte atmend, ihre funkelnden Augen vom Lichte strahlend, so lieblich kommt sie daher – Sophia!

Leser, du hast vielleicht die Statue der Mediceischen Venus

gesehen. Vielleicht auch sahst du die Sammlung schöner Frauenbilder zu Hampton Court. Du erinnerst dich von deinen Reisen aller Schönheiten, denen zugetrunken wurde. Oder, wenn die gemalten Schönheiten nicht deiner Zeit angehörten, so hast du wenigstens ihre Töchter, die nicht weniger blendenden Schönheiten unseres Zeitalters, gesehen, deren Namen, wollten wir sie hier aufzählen, vermutlich den ganzen Band füllen würden.

Hast du all das gesehen, so erschrick nicht vor der ungeschliffenen Antwort, die einst Lord Rochester einem Manne gab, der viele Dinge gesehen hatte. Nein! Wenn du alles jenes gesehen hast und weißt nicht, was Schönheit ist, so hast du keine Augen; sahst du's, ohne ihre Macht zu empfinden, so hast du kein Herz.

Gleichwohl, mein Freund, ist es möglich, daß du das alles gesehen hast und doch nicht imstande bist, dir eine zutreffende Vorstellung von Sophia zu machen; denn eine genaue Ähnlichkeit hatte sie mit keiner von ihnen allen. Am ähnlichsten jedoch war sie dem Bildnis der Lady Ranelagh, mehr noch, so sagte man mir, der berühmten Herzogin von Mazarine. Am meisten aber glich sie doch einem Mädchen, dessen Bild nimmer aus meinem Herzen schwinden wird; wenn du dich dessen, mein Freund, erinnerst, so hast du eine gute Vorstellung von Sophia.

Solltest du jedoch das Glück nicht gehabt haben, so wollen wir nach bestem Vermögen hier dieses Muster der Vollkommenheit zu beschreiben versuchen, obwohl wir uns bewußt sind, daß unsere höchsten Fähigkeiten der Aufgabe sehr wenig gewachsen sind.

Nun denn: Sophia, Herrn Westerns einzige Tochter, war von mittlerer Größe, doch eher etwas mehr als das. Ihre Gestalt war nicht nur ebenmäßig, sondern überaus fein; und die hübschen Verhältnisse ihrer Arme versprachen das wahrhafte Gleichmaß der Glieder. Ihr Haar war schwarz und so üppig, daß es ihr bis zu den Hüften reichte, bevor sie es, um der neuen Mode zu genügen, hatte schneiden lassen; und jetzt lockte es sich ihr so *anmutig um* den Nacken, daß nur ganz wenige es für ihr eigenes Haar halten wollten. Wenn der Neid einen Teil des Gesichtes weniger lobenswert finden könnte als das übrige, so mag er vielleicht denken, es würde ihr nicht zum Nachteil gereichen, wenn ihre Stirn höher wäre. Ihre Brauen waren dicht, gleichmäßig und so hochgeschwungen, wie Kunst sie nicht nachzubilden vermöchte. Ihre schwarzen Augen hatten einen Glanz, den alle ihre Sanftheit nicht besiegen konnte. Ihre Nase war vollkommen regelmäßig, und ihr Mund, mit den zwei Elfenbeinstreifen, entsprach genau Sir John Sucklings Beschreibung in diesen Zeilen.

Ihre Lippen waren rot, und eine war dünn,
mit der verglichen nächst dem Kinn.

Ihre Wangen hatten die ovale Form; in der rechten hatte sie ein Grübchen, das beim leisesten Lächeln zum Vorschein kam. Ihr Kinn trug sicher viel zur schönen Bildung ihres Gesichtes bei; doch war es schwer zu sagen, ob es breit war oder schmal; vielleicht war es aber doch eher das erste. Ihre Gesichtsfarbe hatte mehr von der Lilie als von der Rose; doch wenn Anstrengung oder Verschämtheit ihre natürliche Färbung erhöhte, kam ihr kein Scharlach gleich. Dann hätte man wirklich mit dem berühmten Dr. Donne ausrufen mögen:

Ihr reines und beredtes Blut
in ihren Wangen sprach und so verständlich macht,
was, wie zu glauben war, ihr Leib gedacht.

Ihr Hals war schlank und fein gedrechselt; und damit möchte ich sagen, wenn ich nicht befürchten müßte, ihr Zartgefühl zu verletzen, übertraf sie die höchsten Schönheiten der Mediceischen Venus. Hier war eine Weiße, mit der weder Lilien noch Elfenbein noch Alabaster sich messen konnten. Der feinste Batist, so konnte man vermuten, mochte vom Neid dazu getrieben worden sein, diesen Busen zu verhüllen, der weißer war als er selbst. Er war wirklich

Nitor splendens Pario marmore purius.
Ein Glanz, heller als Parischen Marmors hellester Schein.

Also war das Äußere von Sophia; auch wurde diese schöne Gestalt von keiner unwürdigen Seele bewohnt. Ihre Seele war in allem dem Körper gleich, ja dieser entlieh noch einige Reize von der ersten, denn wenn sie lächelte, verbreitete die Milde ihres Herzens jenen Schimmer über ihr Gesicht, den keine Regelmäßigkeit der Züge einem Antlitz verleihen kann. Doch da es keine innere Vollkommenheit gibt, die sich nicht in dem vertrauten Umgang mit diesem anmutigen Geschöpf, zu dem wir unserm Leser *verhelfen wollen*, von selbst enthüllen wird, ist es unnötig, ihrer hier zu gedenken. *Ja, es* wäre eine Art schweigender Beleidigung von unseres Lesers Verstand und könnte ihn auch des Vergnügens berauben, sich über ihren Charakter sein eigenes Urteil zu bilden.

Hingegen könnte es angebracht sein zu sagen, daß all die Geistesgaben, die sie von der Natur empfangen hatte, noch durch Kunst verbessert und weiter ausgebildet waren; sie war nämlich unter Aufsicht einer Tante erzogen, einer Dame von großer Klugheit und vollendeter Weltkenntnis, denn sie hatte in ihrer Jugend am Hofe gelebt, diesen aber vor einigen Jahren verlassen, um sich auf das Land zurückzuziehen. Dank den Gesprächen mit ihr und ihrem Unterricht hatte Sophia sich eine vollkommene Lebensart angeeignet, nur daß es ihr vielleicht noch ein wenig an jener Leichtigkeit des Benehmens gebrach, die sich allein durch die Gewohnheit und den Verkehr in den sogenannten feinen Kreisen erwerben läßt. Doch wird diese Leichtigkeit, die Wahrheit zu sagen, oft ein wenig teuer erkauft; und obgleich sie einen so unsäglichen Zauber ausübt, den die Franzosen vielleicht, unter andern Eigenschaften, mit ihrem „Ich weiß nicht, was es ist" auch zu bezeichnen meinen, so wird ihr Mangel doch durch die Unschuld sehr wohl ersetzt; auch können rechter Sinn und natürlicher Anstand sie durchaus entbehren.

3. Kapitel

In dem die Geschichte zurückgreift, um einen geringfügigen Vorfall aufzurufen, der sich vor einigen Jahren zutrug, der aber, so unbedeutend er war, später einige Folgen hatte.

Die liebenswürdige Sophia stand in ihrem achtzehnten Jahr, da sie in diese Geschichte eingeführt wird. Ihr Vater, wie gesagt, liebte sie mehr als irgendein anderes menschliches Wesen. An sie also wandte sich Tom Jones, um ihre Teilnahme zugunsten seines Freundes, des Wildhüters, zu wecken.

Doch ehe wir zu dieser Angelegenheit kommen, wird die kurze Wiederholung einiger früherer Begebenheiten nötig sein.

Obwohl die verschieden gearteten Charaktere des Herrn Western und des Herrn Allworthy kein allzu freundschaftliches Verhältnis zuließen, lebten sie doch miteinander, wie man zu sagen pflegt, auf freundschaftlichem Fuße; demzufolge waren die jungen Leute beider Familien von Jugend auf miteinander bekannt gewesen, und da alle ungefähr das gleiche Alter hatten, waren sie auch häufige Spielkameraden gewesen.

Toms fröhliche Art vertrug sich besser mit Sophia als die ernste und nüchterne des jungen Herrn Blifil; und daß sie jenem vor diesem den Vorzug gab, das zeigte sich oft so deutlich, daß ein leidenschaftlicherer Junge, als Master Blifil es war, wohl seine Ungehaltenheit darüber gezeigt haben würde.

Da er jedoch äußerlich kein solches Mißfallen verriet, so wäre es ein ungebührliches Unterfangen, wenn wir den innern Tiefen seines Wesens einen Besuch abzustatten versuchten, so wie manche schändliche Leute sich in die geheimsten Angelegenheiten ihrer Freunde einmischen, oft ihre Nase in deren Kasten und Schränke stecken und damit einzig ihre eigene Armseligkeit und Gemeinheit vor der Welt enthüllen.

Wie indessen Leute, die vermuten, daß sie andern Anlaß zum Ärgernis gegeben haben, den Schluß ziehen können, sie selbst seien beleidigt, so schrieb Sophia eine Handlung Master Blifils seinem Ärger zu, welche die höhere Weisheit von Thwackum und Square auf ein viel besseres Prinzip zurückführen wollten.

Tom Jones hatte, als er noch sehr jung war, Sophia einen kleinen Vogel geschenkt, den er aus seinem Neste genommen, aufgezogen und singen gelehrt hatte.

Die damals etwa dreizehnjährige Sophia liebte diesen Vogel so über alles, daß es ihre Hauptbeschäftigung war, ihn zu füttern und zu pflegen, und ihr größtes Vergnügen, mit ihm zu spielen. Auf diese Art war Tommy, denn so wurde der Vogel genannt, so zahm geworden, daß er seiner Herrin aus der Hand fraß, sich auf ihren Finger setzte und ganz zufrieden an ihrem Busen lag, wo er sich seines Glückes fast bewußt zu sein schien, obwohl sie ihn stets an einem dünnen Faden an seinem Fuße festgebunden hielt und sich nie getraute, ihn frei herumfliegen zu lassen.

Eines Tages, als Herr Allworthy mit seiner ganzen Familie bei Herrn Western zum Mittagessen eingeladen war, befand sich Master Blifil mit der kleinen Sophia im Garten, und als er bemerkte, wie überaus lieb ihr der kleine Vogel war, bat er sie, ihm diesen doch für einen Augenblick in seine Hände zu geben. Sophia kam dem Wunsch ihres Spielgefährten sogleich nach, und mit einer Mahnung zur Vorsicht übergab sie ihm das Tierchen; kaum war er dessen habhaft geworden, als er den Faden von seinem Bein streifte und es in die Luft warf.

Kaum fühlte das dumme Geschöpf sich in Freiheit, so vergaß

es alle Gunst, die Sophia ihm erwiesen hatte, flog von ihr fort und setzte sich in einiger Entfernung auf einen Zweig.

Als Sophia ihren Vogel entwichen sah, erhob sie ein so lautes Geschrei, daß Tom Jones, der in der Nähe war, augenblicklich zu ihrer Hilfe herbeieilte.

Als er hörte, was geschehen war, schalt er Blifil einen heimtückischen Schurken, warf seinen Rock hin und machte sich daran, den Baum, auf den der Vogel sich gerettet hatte, zu erklettern.

Beinahe hätte er seinen kleinen Namensvetter wieder erwischt, als der Zweig, auf dem der Vogel saß und der über einem Kanal hing, brach und der arme Junge kopfüber ins Wasser stürzte.

Sophias Besorgnis änderte nun den Gegenstand; da sie für des Knaben Leben fürchtete, schrie sie noch zehnmal lauter als zuvor; und wirklich half ihr jetzt Master Blifil beim Schreien aus allen Kräften.

Die Gesellschaft, die in einem am Garten gelegenen Zimmer versammelt war, schreckte auf und lief vollzählig herbei; doch eben als sie den Kanal erreichte, kam Tom (denn das Wasser war glücklicherweise an dieser Stelle ziemlich seicht) heil ans Ufer.

Thwackum fiel heftig über den armen Tom her, der da triefend und schaudernd vor ihm stand, doch Herr Allworthy mahnte ihn zur Geduld, und, sich an seinen Neffen Blifil wendend, fragte er: „Sprich, Kind, was bedeutet dieser ganze Aufruhr? Was ist geschehen?"

Und Master Blifil antwortete: „Ach, bester Onkel, es tut mir wirklich leid, was ich angerichtet habe; ich bin unglücklicherweise an allem schuld gewesen. Ich hielt Fräulein Sophias Vogel in der Hand, und da schien es mir, das arme Geschöpf sehne sich so nach Freiheit. Ich gestehe, ich konnte mich nicht halten, ich gab ihm, wonach ihn verlangte; denn ich dachte immer, es sei etwas sehr Grausames, ein lebendes Geschöpf einzusperren. Es schien mir gegen das Gesetz der Natur, nach dem jedem Wesen seine Freiheit zukommt; ja es ist sogar unchristlich, denn es heißt nicht so tun, wie wir wünschen, daß uns getan werde. Doch hätte ich gedacht, das Fräulein würde darüber so bestürzt sein, dann hätte ich es gewiß unterlassen. Ja, ich hätte es nicht getan, wenn ich nur gewußt hätte, wie es dem Vogel selbst ergehen würde; denn als Tom, der auf den Baum geklettert war, ins Wasser fiel, flog der Vogel zum zweitenmal auf, und sogleich schoß ein häßlicher Habicht herzu und trug ihn davon.“

Die arme Sophia, die erst jetzt von dem Schicksal ihres Tommy erfuhr (denn die Angst um Jones hatte sie abgehalten, auf anderes zu achten), vergoß einen Strom von Tränen. Die suchte Herr Allworthy dadurch zu stillen, daß er ihr einen viel schöneren Vogel versprach, doch sie erklärte, nie mehr einen haben zu wollen. Ihr Vater tadelte sie, weil sie wegen eines albernen Vogels so heule, konnte sich aber nicht enthalten, dem jungen Blifil zu sagen, wäre er sein Sohn, er wollte ihm gehörig den Rücken gerben.

Sophia zog sich in ihr Zimmer zurück, die beiden jungen Herren wurden nach Hause geschickt, und die übrige Gesellschaft suchte ihre Gläser wieder auf. Dort begann sich nun über den Vorfall mit dem Vogel eine Unterhaltung anzuspinnen, so merkwürdig, daß wir glauben, sie dürfte ein eigenes Kapitel beanspruchen.

4. Kapitel

Enthält dermaßen tiefe und ernste Dinge, daß einzelne Leser vielleicht keinen Geschmack daran finden werden.

Square hatte kaum seine Pfeife angezündet, als er, zu Allworthy gewandt, begann: „Sir, ich kann nicht umhin, Ihnen zu Ihrem Neffen zu gratulieren, der in einem Alter, wo die wenigsten Buben andere als sinnliche Vorstellungen in ihren Köpfen haben, die Fähigkeit besitzt, zwischen Recht und Unrecht zu unterscheiden. Ein lebendes Geschöpf einzusperren scheint mir gegen das Gesetz der Natur, nach dem jedem Wesen seine Freiheit zukommt. Dies waren seine Worte; und der Eindruck, den sie in mir hinterließen, kann nie wieder ausgetilgt werden. Kann irgend jemand eine höhere Auffassung vom Gesetz des Rechtes und der ewigen Zweckmäßigkeit der Dinge haben? Ich kann nicht anders, ich muß mir aus einer solchen Entwicklung versprechen, daß die Mittagshöhe dieses Jünglings der des älteren oder des jüngeren Brutus gleich sein wird.“

Hier fiel ihm Thwackum hastig ins Wort; er verschüttete dabei etwas Wein, während er den Rest gierig trank, und erwiderte: „Durch einen andern Ausdruck, den er gebraucht hat, wird er, hoffe ich, viel besseren Männern gleichen. Das Gesetz der Natur ist eine Phrase, die nichts besagt. Ich weiß nichts von einem solchen Gesetz noch von irgendeinem Recht, das davon abzuleiten wäre. Zu tun, wie wir wünschen, daß uns getan werde, das allerdings ist ein christlicher Beweggrund, wie der Junge sich sehr richtig ausgedrückt hat; und ich bin erfreut zu sehen, daß meine Lehren so gute Frucht getragen haben."

„Würde Eitelkeit mir anstehen", gab Square zurück, „so könnte ich wohl bei dieser selben Gelegenheit meinen Lehren schmeicheln; denn woher allein er seinen Begriff von Recht und Unrecht bezogen haben kann, das ist wohl ziemlich offenkundig. Gibt es kein Naturgesetz, so gibt es auch weder Recht noch Unrecht."

„Wie?" rief der Geistliche, „so wollen Sie die Offenbarung ausschalten? Spreche ich mit einem Deisten oder Atheisten?"

„Wein drauf", sagte Western. „Die Pest über eure Gesetze der Natur! Weiß nicht, was ihr beide mit Recht und Unrecht meint. Meinem Mädchen den Vogel wegzunehmen war nach meiner Meinung ein Unrecht, und mein Nachbar Allworthy mag tun, was ihm gefällt; aber – Jungen in solchen Praktiken ermuntern heißt sie für den Galgen vorbereiten."

Allworthy gab zur Antwort, es tue ihm leid, was sein Neffe getan habe, doch könne er seiner Bestrafung nicht zustimmen, denn er habe eher aus einem edelmütigen als einem unwürdigen Antrieb so gehandelt. Hätte der Junge den Vogel gestohlen, dann würde niemand entschiedener als er sich für eine harte Züchtigung ausgesprochen haben. Nun sei es aber klar, daß er keine diebische Absicht gehabt habe; und das lag für Herrn Allworthy so offen zutage, daß er an eine andere Auffassung überhaupt nicht denken konnte. (Denn jene bösartige Absicht, die Sophia vermutete, kam Herrn Allworthy niemals in den Sinn.) Er schloß seine Rede wiederum mit dem Tadel einer Handlung, die er als unüberlegt betrachtete und die man nur einem Kind verzeihen könne.

Square hatte seine Meinung so offen preisgegeben, daß er, wenn er jetzt schwieg, wohl eine Rüge seines Urteils hätte auf sich nehmen müssen. Er erklärte darum mit einiger Wärme, daß Herr Allworthy der unsauberen Rücksicht auf das Privateigentum zuviel Bedeutung beimesse; daß wir über die Beurteilung großer und machtvoller Taten alle Privatrücksichten beiseite lassen müßten, denn das Kleben an jenen engen Regeln habe dem jüngeren Brutus die Verurteilung wegen Undankbarkeit zugezogen und dem älteren die wegen Verwandtenmordes.

„Und wenn sie für diese Verbrechen gehängt worden wären, so hätten sie das nur verdient", rief Thwackum. „Ein paar heidnische Halunken! Dem Himmel sei gedankt, daß wir heute keine Brutusse haben! Ich wünschte, Herr Square, Sie würden davon ablassen, die Köpfe meiner Schüler mit solch antichristlichem Zeug zu füllen, denn die Folge, solange sie unter meiner Aufsicht stehen, wird ja sein, daß dies wieder aus ihnen herausgeprügelt werden muß. Ihr Schüler Tom ist bereits ziemlich gründlich verdorben. Ich belauschte ihn jüngst, als er Master Blifil erklärte, im Glauben allein, ohne gute Werke, liege kein Verdienst. Ich weiß, das ist einer Ihrer Lehrsätze, und ich nehme an, er hat ihn von Ihnen."

„Beschuldigen Sie mich nicht, daß ich ihn verderbe", entgegnete Square. „Wer hat ihn gelehrt, über alles zu lachen, was tugendhaft und anständig und passend und recht in der Natur der Dinge ist? Er ist Ihr Schüler, auf den ich verzichte. Nein, nein, Master Blifil ist mein Junge. So jung er ist, die Auffassungen dieses Knaben von sittlicher Redlichkeit, so behaupte ich, werden Sie niemals ausrotten."

Thwackum rümpfte auf das hin höhnisch die Nase und antwortete: „Ja, ja, wir wollen es drauf ankommen lassen. Er ist zu wohl gewappnet, als daß Ihr philosophisches Gewäsch ihm etwas anhaben könnte. Nein, nein, ich habe Sorge getragen und ihm solche Prinzipien beigebracht . . ."

„Und auch ich habe ihm Prinzipien beigebracht", rief Square. „Was anders als die erhabene Idee der Tugend konnte ein menschliches Gemüt zu dem edelmütigen Gedanken begeistern, einem lebenden Geschöpf die Freiheit zu geben? Und ich wiederhole Ihnen nochmals: wäre Einbildung etwas, was mir anstünde, so dürfte ich mir die Ehre zuerkennen, ihm jene Idee vermittelt zu haben."

„Und wenn sich mir Stolz nicht verböte", gab Thwackum zurück, „dürfte ich mich rühmen, ihn jene Pflicht gelehrt zu haben, die er selbst als den Beweggrund seiner Handlung bezeichnete."

„Also von euch beiden", sagte der Junker, „hat der junge Mann die Anweisung erhalten, meine Tochter ihres Vogels zu berauben. Mir scheint, ich werde gut daran tun, auf meine Rebhühner achtzugeben. Irgendein tugendhafter, religiös gesinnter Mensch könnte allem meinem Geflügel zur Freiheit verhelfen." Dann klopfte er einem anwesenden Rechtsgelehrten auf den Rücken und rief: „Was sagt Ihr dazu, Herr Justizrat? Geht solches nicht wider das Gesetz?"

Mit viel Gewicht und Ernst ließ sich der Jurist folgendermaßen aus: „Handelte es sich im fraglichen Falle um ein Rebhuhn, so läge zweifelsohne eine strafbare Handlung vor; denn obgleich *ferae naturae*, beansprucht man es doch als verliehenes Gut; doch wir haben es mit einem Singvogel zu tun, der, wiewohl ein Geschöpf der niederen Natur, zu betrachten ist als *nullius in bonis*. In diesem Fall erachte ich den Kläger als für nicht voll versehen und würde davon abraten, eine solche Handlung vor Gericht zu bringen."

„Gut", sagte der Junker, „ist es *nullus bonus*, so trinken wir darauf und unterhalten uns über den Zustand der Nation oder über irgend etwas, was wir alle verstehen; denn ich verstehe jedenfalls von all dem kein Wort. Für irgendwen mag es sehr gelehrt und sinnvoll sein; doch mich werden Sie davon niemals überzeugen. Zum Henker! Keiner von euch hat diesen armen Jungen auch nur erwähnt, der doch verdient, daß man seiner gedenkt. Einen gebrochenen Nacken meinem Mädchen zu Gefallen zu riskieren, das war eine vom Edelmut eingegebene Tat; dies einzusehen bin ich gelehrt genug. Verdammt noch mal, ich trinke auf Toms Wohl! Dafür werde ich den Jungen mein Lebtag lieben."

So war der Redekampf abgebrochen; doch wäre er wahrscheinlich bald wieder aufgenommen worden, hätte jetzt nicht Herr Allworthy nach seiner Kutsche gerufen und die beiden Kämpfer mit sich weggeführt.

Das war das Ende dieses Abenteuers mit dem Vogel und des dadurch verursachten Zwiegespräches, das dem Leser zu wiederholen wir nicht unterlassen konnten, wennschon es einige Jahre vor dem Zeitpunkt sich ereignet hatte, an dem unsere Geschichte nun angelangt ist.

5. Kapitel

Enthält Dinge, die eines jeden Geschmack angepaßt sind.

Parva leves capiunt animos – kleine Dinge nehmen den leichten Sinn gefangen –, das war der Ausspruch eines großen Meisters in der Leidenschaft der Liebe. Es ist gewiß, daß Sophia von diesem Tage an eine kleine Neigung für Tom Jones und eine nicht geringe Abneigung gegen seinen Schulkameraden zu empfinden begann.

Verschiedene Vorfälle verstärkten von Zeit zu Zeit diese Leidenschaften in ihrer Brust; das wird der Leser auch ohne unsere Erzählung aus dem schließen, was wir früher über die verschiedene Gemütsart dieser Jungen angedeutet haben und wieviel mehr der eine mit ihrer eigenen Beschaffenheit übereinstimmte als der andere. Die Wahrheit zu sagen, schon in ihrer frühen Jugend hatte Sophia herausgefunden, daß Tom, obgleich er ein nichtsnutziger, unbesonnener, großtuender Geselle war, niemandes Feind sein konnte als nur sein eigener und daß Master Blifil, obgleich ein kluger, vorsichtiger, gesetzter Jüngling, doch zugleich auf den Vorteil einer einzigen Person auf das äußerste bedacht war; und wer diese einzige Person war, das wird der Leser auch ohne unsern Beistand erraten.

Diese beiden Charaktere werden in der Welt nicht immer mit der unterschiedlichen Achtung aufgenommen, die jedem von ihnen zu gebühren scheint und die, wie man glauben sollte, die Menschheit ihnen aus eigenem Interesse bezeigen müßte. Doch vielleicht gibt es dafür einen politischen Grund: Wenn die Leute einen Menschen von wahrhaft wohlwollender Gesinnung finden, so mögen sie begreiflicherweise glauben, einen Schatz gefunden zu haben, und wünschen ihn wie andere gute Dinge für sich zu behalten. Und so werden sie denken, das Lob einer solchen Person auszuposaunen komme, grob gesagt, einer Einladung zum Braten gleich und würde Teilnehmer anlocken zu dem, was sie bloß für ihren eigenen Gebrauch zu nützen dachten. Wenn diese Begründung den Leser nicht befriedigt, so wüßte ich keine andere Erklärung für den geringen Respekt, der, wie ich sah, im allgemeinen einem Charakter erwiesen wird, welcher der menschlichen Natur wirklich zur großen Ehre gereicht und der Gesellschaft im hohen Grade förderlich ist. Doch anders verhielt es sich mit Sophia. Sie blickte mit großer Achtung auf Tom Jones und mit Verachtung auf Master Blifil, fast schon, seit sie die Bedeutung dieser beiden Begriffe verstehen gelernt hatte.

Sophia war über drei Jahre mit ihrer Tante abwesend gewesen; während dieser ganzen Zeit hatte sie nur selten einen von den beiden jungen Leuten gesehen. Sie speiste jedoch einmal zusammen mit ihrer Tante bei Herrn Allworthy zu Mittag. Es war dies wenige Tage nach der Begebenheit mit dem getöteten Feldhuhn. Sophia hörte die ganze Geschichte bei Tisch, wobei sie kein Wort sagte. Auch als sie nach Hause fuhren, konnte ihre Tante nur wenige Worte aus ihr herausbringen; als aber ihr Kammermädchen sie beim Auskleiden beiläufig fragte: „Nun, Fräulein, heute haben Sie wohl den jungen Herrn Blifil gesehen?“ da rief sie leidenschaftlich: „Ich hasse den Namen Blifil wie alles, was niedrig und verräterisch ist, und ich wundere mich, daß Herr Allworthy es zuläßt, daß ein alter barbarischer Schulmeister einen armen Jungen so grausam für etwas züchtigen darf, was doch nur die Wirkung seines guten Herzens war.“ Darauf erzählte sie dem Mädchen die ganze Geschichte und sagte zum Schluß: „Was glaubst du, ist er nicht ein edelgesinnter Junge?“

Die junge Dame war nun zu ihrem Vater zurückgekehrt, der ihr die Führung seines Hauses anvertraute; auch ließ er sie am oberen Ende seiner Tafel sitzen, an der Tom (der seiner großen Liebe zur Jagd wegen des Junkers Freund geworden war) so oft gespeist hatte. Junge Leute von offener, freier Gemütsanlage neigen von Natur zur Galanterie, die sich, wenn sie guten Verstand besitzen, was bei Tom wirklich zutraf, in einem gefälligen, verbindlichen Betragen gegen Frauen im allgemeinen äußert. Dadurch unterschied sich Tom ganz beträchtlich von den lärmenden und rohen Landjunkern wie von dem feierlichen und etwas finsteren Gehabe Master Blifils. Und er galt nun in seinem zwanzigsten Jahre bald bei allen Frauen in der Gegend als ein artiger junger Mann.

Tom zeigte in seinem Betragen gegenüber Sophia nichts Besonderes, außer vielleicht, daß er ihr mit mehr Achtung begegnete als irgendeiner von den andern Damen. Diese Auszeichnung schienen ihre Schönheit, ihr Vermögen, ihr Verstand und ihre liebenswürdige Art zu verlangen; doch Absichten auf ihre Person hatte er nicht. Wir müssen es wohl dulden, daß ihm der Leser dies als Unempfindlichkeit ankreidet, doch vielleicht werden wir später dafür eine andere Erklärung zu geben haben.

Sophia war bei einem höchsten Grad von Unschuld und Bescheidenheit sehr lebhaften Gemüts. Und diese Lebhaftigkeit steigerte sich, sobald sie sich in der Gesellschaft Toms befand, so merklich, daß er es, wäre er nicht so jung und gedankenlos gewesen, hätte gewahren müssen oder daß Herrn Western, wären seine Gedanken nicht meist auf dem Feld, im Pferde- oder Hundestall gewesen, diese Tatsache doch wohl aufgefallen wäre. Aber so weit war der gute Junker davon entfernt, einen solchen Verdacht zu hegen, daß er Tom jede Gesellschaft verschaffte, die ein Liebhaber sich nur hätte wünschen können, mit seiner Tochter allein zu sein; und in aller Unschuld machte Tom sich das besser zunutze, dabei nur seinem natürlichen Hang zur Galanterie und seinem guten Herzen folgend, als er das vielleicht getan, wenn er sich mit den tiefsten Plänen zur Eroberung des Herzens der jungen Lady getragen hätte.

Doch kann es gewiß nicht verwundern, daß dieser Umstand der Beobachtung anderer entging, da die arme Sophia selbst nichts davon wußte, und ihr Herz war unwiederbringlich verloren, bevor sie von der Gefahr auch nur etwas ahnte.

So standen die Dinge, als Tom eines Nachmittags, während er mit Sophia allein war, nach einer kurzen Entschuldigung sehr ernsten Gesichtes damit begann, daß er eine Gunst von ihr zu erbitten habe und hoffe, sie werde sie ihm in ihrer Güte nicht versagen.

Wenn nun auch weder des jungen Mannes Betragen noch die Art, wie er sein Anliegen einleitete, im geringsten geeignet waren, ihr einen berechtigten Grund zum Verdacht zu geben, als wollte er mit einem Liebesantrag herausrücken, so mußten doch – ob nun die Natur ihr etwas ins Ohr geflüstert hatte, oder welch andere Ursache solches bewirkte – etwelche derartige Ideen in ihr erweckt worden sein, denn ihre Wangen verloren die Farbe, ihre Glieder zitterten, und ihre Zunge würde gestottert haben, falls Tom auf eine Antwort gewartet hätte. Doch bald erlöste er sie von ihrer Verwirrung, indem er fortfuhr und sie mit dem Inhalt seines Gesuches bekannt machte, das darin bestand, sie um eine Fürsprache für den Wildhüter zu bitten, der mit seiner ganzen Familie dem Verderben ausgeliefert wäre, wenn Herr Western ihn gerichtlich verfolgen ließe.

Sophia erholte sich im Augenblick von ihrer Verwirrung und sagte mit dem lieblichsten Lächeln: „Ist dies die große Gunst, um die Sie mit solchem Ernst baten? Ich will es von Herzen gern tun. Der arme Mensch tut mir wirklich leid; erst gestern habe ich seiner Frau eine Kleinigkeit geschickt.“ Diese Kleinigkeit bestand aus einem ihrer Kleider, etwas Wäsche und zehn Schilling Bargeld. Tom hatte davon gehört, und gerade dies hatte ihn auf den Gedanken gebracht, Sophia um ihre Vermittlung anzugehen.

Unser junger Mann, durch diesen Erfolg kühner gemacht, beschloß, die Sache noch weiter zu treiben, und er wagte es sogar, sie zu bitten, Black George für die Arbeit bei ihrem Vater vorzuschlagen. Er beteuerte, er halte ihn für einen der ehrlichsten Kerle im ganzen Land und für überaus geeignet, die Stelle eines Wildhüters zu versehen, die zum Glück bei ihrem Vater frei geworden sei.

Sophia antwortete: „Nun wohl, auch das will ich versuchen; ich kann Ihnen aber nicht versprechen, daß mir dieses ebensogut gelingen wird wie das erste, doch ich versichere Ihnen, ich werde meinen Vater nicht verlassen, ehe er mir das bewilligt hat. Indessen will ich für den armen Mann tun, was ich kann, denn ich betrachte ihn mit seiner ganzen Familie aufrichtig als Gegenstand des Mitleids. Und jetzt, Herr Jones, muß ich auch Sie um einen Gefallen bitten."

„Einen Gefallen, Fräulein?" rief Jones. „Wüßten Sie, welches Vergnügen Sie mir bereiten durch die Hoffnung, von Ihnen einen Befehl zu erhalten, so wären Sie darüber nicht im Zweifel, daß Sie mir durch die bloße Erwähnung dieses Befehls die größte Gunst erweisen; denn bei dieser lieben Hand schwöre ich, mein Leben gäbe ich hin, um Ihnen gefällig zu sein."

Er ergriff ihre Hand und küßte sie innig, und das war das erstemal, daß seine Lippen sie berührten. Das Blut, das vorher ihre Wangen verlassen hatte, suchte diesen Verrat nun gutzumachen, indem es ihr Gesicht und Hals mit solcher Heftigkeit durchströmte, daß beide scharlachrot gefärbt wurden. Zum erstenmal verspürte sie eine Empfindung, die ihr bis dahin fremd gewesen und die sie, als sie die Muße fand, darüber nachzudenken, mit Geheimnissen bekannt machte, die der Leser, wenn er sie nicht bereits erraten hat, zur gebührenden Zeit erfahren wird.

Sophia belehrte ihn, sobald sie wieder zu reden vermochte (und das vermochte sie nicht sogleich), die Gunst, die sie von ihm zu erbitten habe, sei die, er möge ihren Vater bei der Jagd nicht in so viele Gefahren bringen; denn nach dem, was sie gehört habe, sei sie, wenn sie zusammen ausritten, ständig in der größten Angst und erwarte täglich, daß ihr Vater mit gebrochenen Gliedern heimkehre. Darum bitte sie ihn um ihretwillen, vorsichtig zu sein und, da er wohl wisse, daß Herr Western auf ihn höre, nicht mehr so toll zu reiten und künftig nicht mehr so gewagte Sprünge über Hecken und Gräben zu vollführen.

Tom versprach, ihren Wünschen getreulich nachzukommen;

und nachdem er ihr für die gütige Gewährung seiner Bitte gedankt hatte, verabschiedete er sich von ihr, hochbeglückt über seinen Erfolg.

Die arme Sophia war gleichfalls entzückt, nur in anderer Weise. Ihre Empfindungen wird sich jedoch des Lesers Herz (wenn er oder sie eines hat) viel besser vorstellen können, als ich dies zu beschreiben vermöchte, und hätte ich auch so viele Zungen, wie nur je ein Dichter sich gewünscht hat, um die vielen Leckerbissen zu kosten, mit denen man ihn so reichlich versorgt.

Herr Western hatte die Gewohnheit, jeden Nachmittag, sobald ihm der Wein ein wenig zu Kopf gestiegen war, seine Tochter auf dem Spinett spielen zu lassen; er war nämlich ein großer Liebhaber der Musik und würde vielleicht, wenn er in einer Stadt gelebt hätte, für einen Kenner gegolten haben, denn stets hätte er auch an den vollkommensten Kompositionen des Herrn Händel noch etwas auszusetzen gehabt. Er billigte allein die Musik, die leicht und singbar war. Daher liebte er auch vor allem solche Stücke wie „Der alte Herr Simon, der König", „Sankt Georg, der war für England", „Die lockige Johanna" und derartiges.

Seine Tochter war eine ausgezeichnete Spielerin, und sie würde von sich aus nie etwas anderes als Musik von Händel gespielt haben, doch war sie so bedacht auf ihres Vaters Vergnügen, daß sie ihm zu Gefallen auch jene Melodien erlernt hatte. Doch mitunter versuchte sie, ihn zu ihrem eigenen Geschmack herüberzuziehen; und wenn er die Wiederholung jener Schauerballaden verlangte, wagte sie es wohl zu antworten: „Ach nein, lieber Herr Vater!" und bat ihn, ihr zu erlauben, daß sie ihm etwas nach eigener Wahl vorspiele.

An diesem Abend jedoch, als der Junker mit seiner Flasche zu Ende war, spielte sie ihm alle seine Lieblingslieder, ohne sich bitten zu lassen, dreimal nacheinander vor. Dem guten Vater gefiel das so sehr, daß er aufsprang, ihr einen Kuß gab und schwor, ihre Hand habe bedeutend an Gewandtheit gewonnen. Sie ergriff die Gelegenheit, das Tom gegebene Versprechen auszurichten; und das gelang ihr so wohl, daß der Junker erklärte, wenn sie ihm den „Alten Herrn Simon" noch einmal spiele, dann solle dem Wildhüter schon am folgenden Morgen sein neues Amt zuerteilt werden. „Herr Simon" wurde also wieder und wieder gespielt, bis der Zauber der Musik Herrn Western in Schlaf wiegte. Am Morgen versäumte Sophia nicht, ihren Vater an sein Versprechen zu erinnern. Sogleich wurde nach Westerns Sachwalter geschickt, und dieser erhielt Befehl, die gerichtliche Verfolgung einzustellen und die Amtsverleihung auszufertigen.

Toms Erfolg in dieser Angelegenheit erscholl bald über die Ortschaften des Landes, und sehr verschieden waren darüber die Urteile. Manche sahen in seiner Tat beifällig den Beweis eines guten Herzens, andere höhnten: „Kein Wunder, daß ein Taugenichts dem andern den Korb hält." Der junge Blifil platzte fast vor Wut. Er hatte Black George in solchem Grade gehaßt, wie Tom ihm günstig gesinnt war; nicht, daß er von ihm je gekränkt worden wäre, sondern aus großer Liebe zu Religion und Tugend; Black George stand nämlich im Ruf allzu lockerer Gesinnung. Blifil sah darum in Toms Handlungsweise eine offene Beleidigung Herrn Allworthys; er erklärte mit kummervoller Miene, es sei unmöglich, einen andern Beweggrund für eine diesem Schurken erwiesene Guttat zu finden.

Thwackum und Square sangen die gleiche Melodie. Sie betrachteten jetzt (besonders der zweite) den jungen Jones, der Witwe halber, mit scheelen Blicken; denn er ging nun gegen sein zwanzigstes Jahr und war wirklich ein hübscher Jüngling, und diese Dame schien das täglich mehr zu erkennen, nach den Ermunterungen zu schließen, mit denen sie ihm gegenüber nicht zurückhielt.

Allworthy hingegen blieb von ihren mißgünstigen Reden unberührt. Er erklärte, er sei mit Toms Handlungsweise recht zufrieden. Er sagte, die Beständigkeit und Redlichkeit seiner Freundschaft sei höchst lobenswürdig, und er wünschte nur, daß er öfter Beispiele dieser Tugend sehen könnte.

Allein Fortuna, die solch leichtsinnigen Gesellen, wie mein Freund Tom einer war, selten wohlgesinnt ist, vielleicht, weil sie sich nicht eifriger um ihre Gunst bemühen, gab nun allen seinen Handlungen eine ganz andere Wendung und zeigte sie Herrn Allworthy in einem viel unangenehmeren Licht, als dieser Herr in seiner Güte sie bis dahin gesehen hatte.

6. Kapitel

Rechtfertigung der Unempfindlichkeit des Herrn Jones gegen alle Reize der liebenswerten Sophia; in welchem Kapitel wir möglicherweise auch in beträchtlichem Grade seinen Charakter in der Schätzung jener klugen und galanten Leute herabwürdigen werden, welche die Helden in der Mehrzahl unserer modernen Komödien beklatschen.

Es gibt zwei Arten von Leuten, die unsern Helden, so fürchte ich, wegen seines Betragens gegenüber Sophia bereits mit einiger Verachtung ansehen. Die ersten werden ihn töricht schelten, weil er die Gelegenheit versäumte, sich den Besitz von Herrn Westerns Vermögen zu sichern; und die zweiten werden nicht minder seine Blödigkeit gegenüber einem so hübschen Mädchen verächtlich finden, das bereit zu sein schien, sich in seine Arme zu werfen, wenn er sie nur auftun wollte, um sie zu empfangen.

Wenn ich nun vielleicht auch nicht imstande bin, ihn von beiden Vorwürfen völlig freizusprechen (denn Mangel an Klugheit läßt keine Entschuldigung zu, und was ich gegen den zweiten Vorwurf vorbringen werde, das, fürchte ich, würde kaum befriedigend sein), so will ich doch, da zuweilen ein Zeugnis zur Milderung eines Fehltritts abgelegt werden kann, den ganzen Sachverhalt unumwunden darstellen und der Entscheidung des Lesers überlassen.

Herr Jones hatte so etwas in sich, was, wenn auch die Schriftsteller, wie ich glaube, in seiner Bezeichnung nicht übereinstimmen, dennoch in einigen menschlichen Herzen Wohnung findet und dessen Gebrauch nicht so sehr darin besteht, Recht von Unrecht zu unterscheiden, als vielmehr zum ersten anzutreiben und vom zweiten abzuhalten.

Dieses Etwas mag man mit Recht mit dem berühmten Kistenmacher im Schauspielhaus vergleichen; denn sooft jemand, der es besitzt, etwas tut, was recht ist, ist kein entzückter oder wohlwollender Zuschauer so eifrig oder so laut mit seinem Beifall; tut er hingegen etwas Unrechtes, ist kein Kritiker so geneigt, ihn auszupfeifen und auszuzischen.

Um von diesem Prinzip, das ich meine, eine noch höhere und dem gegenwärtigen Zeitalter geläufigere Vorstellung zu geben, so mag man es sich im Geiste auf einem Thron sitzend denken gleich dem Lordkanzler dieses Königreiches, der in seinem Gerichtshof den Vorsitz führt, regiert, bestimmt, richtet, freispricht und verurteilt nach Verdienst und Gerechtigkeit, mit einem Wissen, dem nichts entgeht, einer Urteilskraft, die nichts täuschen, einer Redlichkeit, die nichts bestechen kann.

Von dieser als Prinzip wirkenden Empfindung kann man vielleicht sagen, sie stelle die wesentliche Grenze dar zwischen uns und unsern Nachbarn, den Tieren. Denn wenn sich ein paar Wesen in Menschengestalt fänden, die sich seiner Gerichtsbarkeit nicht unterziehen wollten, so möchte ich sie lieber als Überläufer von uns zu ebenjenen Nachbarn ansehen, unter denen sie das Schicksal aller Überläufer haben und nicht ins erste Glied gestellt werden.

Unser Held – ob das nun Thwackum oder Square anzurechnen sei, untersuche ich nicht – stand in hohem Grade unter dem Einfluß jenes Prinzips. Denn obgleich er nicht immer richtig handelte, so verstieß er doch nie gegen die Mahnung dieser Stimme, ohne das schmerzlich zu empfinden und darunter zu leiden. Sie lehrte ihn, daß einer, der Artigkeit und Gastfreundschaft damit bezahlt, daß er das Haus bestiehlt, das ihn freundlich aufgenommen, der gemeinste und niederträchtigste aller Diebe ist. Er war nicht der Meinung, daß die Niedrigkeit dieses Vergehens durch die Größe des begangenen Raubes vermindert würde. Im Gegenteil: wenn jemand, der ein Silbergerät gestohlen, einen schimpflichen Tod verdiente, so schien es ihm schwer, eine Strafe auszudenken für den, der einem Manne sein ganzes Vermögen geraubt hatte und sein Kind noch obendrein.

Dieses sichere Gefühl also hielt ihn von jedem Gedanken zurück, sein Glück durch solche Mittel zu versuchen (denn, wie gesagt, es ist ein kräftig wirkendes Gefühl, das sich nicht mit dem bloßen Wissen oder Glauben zufriedengibt). Wäre er sehr heftig in Sophia verliebt gewesen, so würde er vielleicht anders gedacht haben; doch erlauben Sie mir, dies zu sagen: Es ist ein großer Unterschied, ob man aus Liebe mit der Tochter eines Mannes davonläuft oder ob man das nur um des Raubes willen tut.

Wenn nun unser junger Herr für Sophias Reize auch nicht unempfindlich war, wenn ihm gleich ihre Schönheit gefiel und er alle ihre übrigen Eigenschaften hochschätzte, so hatte sie doch keinen besonders tiefen Eindruck auf sein Herz gemacht. Wir wollen, da ihm dies den Vorwurf der Stumpfheit oder wenigstens des mangelnden Geschmackes zuzuziehen scheint, nun versuchen, dafür eine Erklärung zu geben.

Die Wahrheit also ist die: Sein Herz gehörte bereits einer

andern Frau. Ich zweifle nicht, der Leser wird hier erstaunen, daß wir so lange darüber geschwiegen haben, und in Verlegenheit sein, wie er ergründen könnte, wer diese Frau war, zumal wir bis dahin auch nicht das geringste angedeutet haben über ein Geschöpf, das mit einiger Wahrscheinlichkeit als Nebenbuhlerin Sophias auf dem Plan erscheinen könnte. Denn was Frau Blifil betrifft, so haben wir, wiewohl wir den Verdacht erwähnen mußten, daß sie Tom sehr gewogen war, bis zur Stunde nicht der Vermutung Raum gegeben, er könne eine Neigung zu ihr gefaßt haben. Und wirklich, zu meinem Leidwesen muß ich es gestehen, aber die Jugend beider Geschlechter hält es nun einmal so: Zu leicht läßt sie es an Dankbarkeit fehlen, wenn Personen, die etwas älter an Jahren sind, ihnen in gütigem Sinn ein wenig Achtung beweisen.

Damit den Leser nicht länger Ungewißheit quäle, bitten wir ihn, sich zu erinnern, daß wir des öftern die Familie des George Seagrim (für gewöhnlich Black George, der Wildhüter, genannt) erwähnt haben, die jetzt aus einer Frau und fünf Kindern bestand.

Von diesen Kindern war das zweite eine Tochter; sie hieß Molly und wurde für eines der hübschesten Mädchen in der ganzen Gegend gehalten.

Congreve sagt richtig: „In der wahren Schönheit liegt etwas, was gemeine Seelen nicht bewundern können“; doch weder Schmutz noch Lumpen können dieses Etwas vor solchen Seelen verbergen, die nicht von gewöhnlichem Schlage sind.

Die Schönheit dieses Mädchens machte jedoch keinen Eindruck auf Tom, bis es nahezu sein sechzehntes Jahr erreicht hatte. Erst da begann er, der fast drei Jahre älter war, sie mit liebendem Blick zu betrachten. Doch diese Liebe hatte er schon lange für das Mädchen empfunden, bevor er es über sich brachte, einen Versuch um seinen Besitz zu wagen; denn obwohl sein Leib gewaltig danach verlangte, so hielten ihn doch seine Grundsätze ebenso kräftig davon zurück. Eine junge Frauensperson zu verführen, mochte sie noch so untergeordneten Standes sein, das erschien ihm als ein abscheuliches Verbrechen; und das Wohlwollen, das er für den Vater, und das Mitleid, das er mit dessen Familie empfand, bestärkten ihn in solchen enthaltsamen Vorsätzen. So beschloß er einst, seinen *Neigungen überhaupt nicht* mehr nachzugeben, und versagte es sich drei Monate lang, Seagrim aufzusuchen oder seine Tochter zu sehen.

Obgleich nun Molly, wie gesagt, allgemein als ein sehr hübsches Mädchen galt und das auch wirklich war, so war doch ihre Schönheit nicht von der anmutigsten Art. Sie hatte tatsächlich sehr wenig Weibliches und hätte ebensogut ein Mann werden können wie eine Frau; denn, die Wahrheit zu sagen, Jugend und blühende Gesundheit machten in hohem Grade ihre körperliche Schönheit aus.

Auch ihr Gemüt war nicht viel weiblicher als ihre äußere Gestalt. So wie diese groß und derb, war jenes keck und kühn. Weibliche Zurückhaltung lag ihr so fern, daß Jones mehr Achtung vor ihrer Tugend hatte als sie selbst. Und da sie wahrscheinlich Tom ebenso gern hatte wie er sie, so wurde sie, als sie seine Blödigkeit wahrnahm, in entsprechendem Maße dreist und vorlaut. Und als sie sah, daß er ihr Haus mit Vorbedacht mied, fand sie die Mittel, sich ihm in den Weg zu stellen, und benahm sich auf eine Weise, daß der Junge sehr viel oder auch sehr wenig von einem Helden hätte haben müssen, wenn ihr ihre Absicht nicht gelungen wäre. Mit einem Wort, sie siegte bald über alle tugendhaften Entschlüsse Toms; denn wenn sie sich auch zuletzt in gebührender Art schamhaft wehrte, möchte ich den Sieg doch lieber ihr zuschreiben, da es ja doch in Wahrheit ihr Plan war, der zur Ausführung gelangte.

Bei dieser Ausführung spielte indessen Molly ihre Rolle so gut, daß Jones die Eroberung allein sich selbst zuschrieb und in dem Mädchen die Beute des heftigsten Ansturms seiner Leidenschaft sehen wollte. Ihr Nachgeben, dachte er, habe freilich auch ihre unzähmbare Liebe mitbewirkt; und der Leser wird zugeben, daß dies eine ganz natürliche und annehmbare Vermutung sein könnte, nachdem wir mehr als einmal auf die ungewöhnliche Anmut seines Äußern hingewiesen haben; und ganz gewiß war Tom einer der hübschesten Jünglinge, denen man begegnen konnte.

So wie es Gemüter gibt, wie zum Beispiel das Master Blifils, die ihre Liebe nur einer einzigen Person zuwenden, deren Wohlergehen und Interesse allein sie bei jeder Gelegenheit verfolgen, während sie, was andern Gutes und Schlimmes geschieht, nur so weit in Betracht ziehen, als es dieser einen Person Vergnügen oder Vorteil verschafft, so gibt es Leute von einer andern Gemütsart, die sogar der Selbstliebe einen Grad von Tugend abgewinnt. Ein solcher Mensch kann niemals von einem andern Gutes empfangen, ohne die Person, der er dies verdankt, zu lieben und ohne deren Wohlergehen gewissermaßen als eine Voraussetzung für sein eigenes Behagen zu betrachten.

Zu dieser zweiten Art gehörte der Held unserer Geschichte. Er sah in dem armen Mädchen ein Geschöpf, dessen Glück oder Elend er von sich abhängig gemacht hatte. Ihre Schönheit war noch immer der Gegenstand seiner Begierde, wenn auch größere Schönheit oder ein frischerer Gegenstand es noch mehr gewesen wären; doch die kleine Entspannung, die der Genuß seinem Verlangen gebracht hatte, wurde durch die Rücksicht auf die Anhänglichkeit, mit der sie ihm so sichtbar ergeben war, und durch die Lage, in die er sie versetzt hatte, bei weitem aufgewogen. Die erste, die Anhänglichkeit, erzeugte Dankbarkeit, die zweite Mitleid, und beide in Verbindung mit dem Begehren nach ihrem Besitz erregten in ihm eine Leidenschaft, die man, ohne dem Wort viel Gewalt anzutun, jetzt gewiß Liebe nennen konnte, wenn dieses Wort früher vielleicht auch nicht richtig angewendet worden ist.

Das also war die wahre Ursache jener Unempfindlichkeit, die er Sophias Reizen gegenüber gezeigt hatte, und ebenso ihres Verhaltens, das man mit gutem Grund als eine Ermunterung zur Werbung hätte auslegen dürfen. Denn wie er nicht daran hätte denken können, seine Molly, arm und hilflos, wie sie war, zu verlassen, so wenig war für ihn der andere Gedanke faßbar, ein Wesen wie Sophia zu hintergehen. Und wahrhaftig, hätte er das geringste unternommen, um in dieser jungen Dame eine Leidenschaft für sich zu erwecken, so hätte er sich unbedingt des einen oder andern jener Verbrechen schuldig gemacht, von denen ein jedes allein schon nach meiner Meinung genügt hätte, ihn mit vollem Recht jenem Schicksal zu unterwerfen, das ihm, wie ich bei seiner ersten Einführung in diese Geschichte erwähnte, als sein gewisses Lebensende vorausgesagt worden war.

7. Kapitel

Welches das kürzeste Kapitel in diesem Buche ist.

Die Veränderung von Mollys Gestalt wurde zuerst von ihrer *Mutter bemerkt*, und um sie vor ihren Nachbarn zu verbergen, kleidete sie ihre Tochter recht töricht in den Überwurf, den Sophia ihr geschickt hatte; das Fräulein hatte freilich kaum daran gedacht, daß die arme Frau so schwach sein könnte, ihn einer ihrer Töchter in dieser Form zum Tragen zu geben.

Molly war entzückt von dieser ersten ihr vergönnten Gelegenheit, ihre Schönheit in vorteilhaftem Gewande zu zeigen; denn wenn sie es auch ganz gut ertragen konnte, sich, selbst wenn sie in Lumpen gekleidet war, im Spiegel zu sehen, und obgleich sie in solcher Kleidung Jones' Herz (und vielleicht noch das anderer) erobert hatte, so dachte sie doch, ein Zusatz von feinerem Putz würde ihre Reize erhöhen und ihre Eroberungen vermehren.

Als Molly sich also mit diesem Überwurf, einer neuen Spitzenhaube und anderem Zierat, den Tom ihr geschenkt hatte, herausgeputzt hatte, begab sie sich an einem Sonntag mit dem Fächer in der Hand zur Kirche. Die großen vornehmen Leute täuschen sich, wenn sie glauben, Ehrgeiz und Eitelkeit seien ihr ausschließliches Vorrecht. Diese edlen Eigenschaften blühen ebenso üppig und erstaunlich in einer Dorfkirche und auf einem Landfriedhof wie in den Salons und Putzgemächern. In den Sakristeien ländlicher Kirchen sind oft Pläne geschmiedet worden, deren sich ein Kardinalskollegium nicht zu schämen brauchte. Hier finden sich Minister und Opposition. Hier gibt es Listen und Komplotte, Parteikämpfe und Intrigen, ganz wie an den Höfen.

Auch sind hier die Weiber nicht weniger erfahren in den höchsten weiblichen Künsten als ihre vornehmen Genossinen von Stand und Vermögen. Auch hier gibt es Spröde und Kokette. Hier gibt es Kleiderputz und Liebäugelei, Falschheit, Neid, Bosheit, Verleumdung, kurz alles, was in den glänzendsten politischen Kreisen gang und gäbe ist. Darum denn die Vornehmen nicht länger der Unwissenheit der Niedern spotten noch die Niedern über die Laster der Höhern schmähen sollten.

Molly hatte schon eine Zeitlang auf ihrer Bank gesessen, bevor ihre Nachbarinnen sie erkannten. Da lief ein Geflüster durch die ganze Versammlung der Andächtigen: „Wer ist das?“ Als sie aber erkannt wurde, erfolgte ein solches Naserümpfen, Grinsen, Kichern und Lachen unter den Frauen, daß Herr Allworthy genötigt war, sein ganzes Ansehen in die Waagschale zu werfen, um Ärgernis zu verhüten.

8. Kapitel

Ein Kampf, von der Muse im homerischen Stil besungen, woran nur der klassische Leser Genuß haben kann.

Herr Western hatte in dieser Pfarrgemeinde ein Landgut; und da sein Haus von dieser Kirche nur ein wenig entfernter lag als von jenem Gut, kam er sehr oft zum Gottesdienst hierher; und der Zufall wollte es, daß beide, er und die reizende Sophia, an diesem Tage in der Kirche waren.

Sophia war über die Schönheit des Mädchens erfreut; sie bedauerte, daß es sich in seiner Einfalt auf diese Art gekleidet hatte, denn sie bemerkte wohl, daß sie damit unter ihresgleichen neidische Gefühle wachgerufen hatte. Kaum nach Hause zurückgekehrt, ließ sie den Wildhüter rufen und hieß ihn, seine Tochter zu ihr zu bringen; sie sagte, sie möchte für sie etwas tun, möglicherweise könnte sie das Mädchen für ihren persönlichen Dienst anstellen, wenn ihre Kammerjungfer, die zu gehen beabsichtige, sie verlassen haben werde.

Der arme Seagrim war wie vom Donner gerührt, denn er war über den Fehler in seiner Tochter Gestalt nicht in Unkenntnis geblieben. Er antwortete mit stotternder Stimme, er fürchte, Molly sei viel zu ungeschickt, um dem gnädigen Fräulein aufzuwarten. „Keine Sorge“, erwiderte Sophia, „sie wird bald alles besser machen, und ich bin entschlossen, es mit ihr zu versuchen.“

Black George kehrte heim zu seiner Frau; er baute darauf, daß ihr kluger Rat ihm aus dieser Klemme helfen werde. Doch in seinem Hause angelangt, fand er dort eine beträchtliche Verwirrung; denn so groß war der Neid, den jener Überwurf zum Ausbruch gebracht hatte, daß, als Herr Allworthy und die übrigen Landedelleute die Kirche verlassen hatten, die bis dahin verhaltene Wut sich in hellem Aufruhr Luft machte; und nachdem man sich erst nur in Schimpfworten, Gelächter, Zischen und Gebärden ausgetobt, griff man endlich zu Wurfgeschossen. Waren diese auch nicht von so massiver Beschaffenheit, daß sie Glieder und Leben bedrohen konnten, so schienen sie für eine gutgekleidete Dame doch bedrohlich genug. Molly hatte zu heißes Blut, um so etwas geduldig hinzunehmen. Als sie darum – doch halt! Da wir unseren eigenen Fähigkeiten mißtrauen, laßt uns eine höhere Macht um ihren Beistand anrufen.

Ihr Musen denn, wo ihr euch auch befindet, die ihr die Schlachten zu besingen liebt, und vor allem du, die du weiland die Kämpfe in jenen Gefilden, wo Hudibras und Trulla fochten, erzähltest, wenn du nicht mit deinem Freunde Butler verhungert bist, bei dieser großen Gelegenheit steht mir bei. Denn nicht ein jeder vermag ja alles.

So wie eine große Kuhherde in eines reichen Landmanns Hof, wenn sie während des Melkens in der Ferne ihre Kälber hört, klagend über den Raub, der an ihnen begangen wird, brüllt und muht, also erhob der Pöbel von Somersetshire ein Hallo, bestehend aus fast ebensoviel Geschrei, Gekreisch und den verschiedensten andern Lauten, wie er Personen zählte oder erwachte Leidenschaften. Einige beseelte die Wut, andere waren von Furcht besessen, und wieder andere hatten nichts in ihren Köpfen, verlangten bloß nach einem Spaß; doch trieb sich Neid, des Satans Bruder und ständiger Begleiter, in der Menge um und fachte den Zorn der Frauen an, die nicht so bald bei Molly anlangten, als sie sie schon mit Schmutz und Unrat bewarfen.

Nachdem Molly umsonst versucht hatte, einen ehrenvollen Rückzug zu gewinnen, wandte sie sich um; sie faßte die zerlumpte Beß, die der feindlichen Bande voran war, beim Kragen und fällte sie mit einem einzigen Hieb. Die ganze Feindesschar (obwohl gegen hundert an der Zahl), als sie sah, wie es ihrem General erging, begann zu weichen und zog sich hinter ein frisch geöffnetes Grab zurück; der Kampfplatz war der Friedhof, wo am Abend dieses Tages eine Beerdigung stattfinden sollte. Molly nützte ihren Sieg aus, sie ergriff einen Totenschädel, der da neben dem Grab lag, und warf ihn mit voller Wucht einem Schneider an den Kopf; die beiden Schädel gaben bei ihrem Zusammenprall einen gleicherweise hohlen Laut von sich, und der Schneider konnte nun seine eigene Länge auf dem Erdgrund messen, wo die beiden Schädel Seite an Seite lagen; man konnte im Zweifel sein, welcher von beiden der wertvollere war. Molly nahm jetzt einen Oberschenkelknochen in die Hand, fiel in die fliehenden Reihen ein und teilte ringsum in reichlichem Ausmaß ihre Schläge aus und überrannte die mächtigsten Leiber manches Helden und mancher Heldin.

Zähle sie auf, o Muse, die Namen derer, die an diesem verhängnisvollen Tag gefallen sind. Als erster fühlte Jimmy Tweedle auf seinem Hinterhaupt das schreckliche Stück Gebein. Ihn hatten die anmutigen Ufer des von sanftem Wind umfächelten Flusses Stour aufgezogen, wo er zuerst die Kunst des Gesanges erlernte, mit der er, zur Zeit der Kirchmessen und Jahrmärkte herumwandernd, die ländlichen Nymphen und Schäfer erfreute, wenn sie im Grünen sich im muntern Tanz umschlangen, während er selbst fiedelnd dabeistand und zu seiner eigenen Musik hüpfte. Wie wenig nützte ihm jetzt seine Fiedel! Sein Körper schlägt hin auf den blühenden Rasen. Nach ihm erhielt der alte Echepole, der Schweineverschneider, von unserer Amazone einen Schlag vor die Stirn und sackte augenblicklich zusammen. Er war ein dicker Bursche und machte bei seinem Fall fast soviel Lärm wie ein zusammenstürzendes Haus. Gleichzeitig fiel ihm seine Tabaksdose aus der Tasche, die Molly als gerechte Beute für sich aufhob. Dann stolperte Kate of the Mill unglücklicherweise über einen Grabstein, der, ihren unbefestigten Strumpfhalter festhaltend, die Ordnung der Natur verkehrte und ihren Fersen den Vorrang vor ihrem Kopfe gab. Betty Pippin und ihr junger Liebhaber Roger fielen beide zu Boden, wo jedoch – o Tücke des Geschicks! – sie die Erde und er den Himmel begrüßte. Tom Freckle, der Sohn des Schmieds, war das nächste Opfer ihrer Wut. Er war ein ausgezeichneter Arbeiter und stellte vorzügliche Holzschuhe her; ja, der Holzschuh, mit dem er niedergeschlagen wurde, war das Werk seiner Hand. Hätte er zu dieser Zeit, den Choral singend, in der Kirche gesessen, er würde ein Loch in seinem Kopf vermieden haben. Fräulein Graw, eine Pächterstochter, John Giddish, ein Pächter selbst, Nan Slouch, Esther Codling, Will Spray, Tom Bennet, die drei Fräulein Potter, deren Vater das Wirtshaus zum Roten Löwen hat, Betty Chambermaid, Jack Ostler und noch viele andere von geringerer Bedeutung wälzten sich zwischen den Gräbern.

Nicht, daß diese alle von Mollys tüchtigem Arm getroffen worden wären; manche von ihnen waren auf der Flucht übereinandergepurzelt.

Aber jetzt wandte sich Fortuna, die fürchtete, daß sie ungemäß gehandelt und schon zu lange der einen Seite gedient habe, zumal diese die rechte war, von ihr ab: Da war nämlich Goody Brown, die Zekiel Brown zärtlich liebte, freilich nicht er allein, sondern außer ihm noch das halbe Kirchspiel, so erfahren war sie auf dem Schlachtfeld der Venus und nicht weniger auf denen des Mars. Die Trophäen beider trug ihr Gatte stets an Gesicht und Händen; denn wenn je ein menschlicher Kopf auf seinen Hörnern den Liebesruhm einer Frau zur Schau trug, so war es der Zekiels. Und nicht weniger bekundete sein nachdrücklich zerkratztes Gesicht wiederum andere ihrer Talente.

Diese Amazone konnte die schändliche Flucht ihrer Partei nicht länger ertragen. Sie stand still und rief schallend über die Fliehenden hin: „Ihr Männer oder besser Weiber von Somersetshire, schämt ihr euch nicht, so vor einem einzigen Weibe auszureißen? Wenn aber sonst keiner ihr widersteht, so wird mir selbst und Joan Top hier die Ehre des Sieges zufallen." So gesagt, stürzte sie sich auf Molly Seagrim los und entwand ihr leicht die Knochenwaffe, und gleichzeitig riß sie ihr die Haube vom Kopf. Darauf hielt sie Molly mit der Linken an den Haaren fest und zerschlug ihr mit der Rechten das Gesicht, und bald rann ihr das Blut aus der Nase. Aber Molly war währenddessen nicht faul. Sie riß Goody Brown den Lappen vom Kopf, bemächtigte sich mit der einen Hand ihres Haars, und mit der andern entfesselte sie einen zweiten Blutstrom, der nun aus den Nüstern der Feindin hervorbrach.

Als jede von den beiden Kämpferinnen Beute genug unter den Haarbeständen der andern gemacht hatte, richtete sich die gegenseitige Wut auf die Kleidung. Bei diesem Angriff entfalteten sie eine solche Heftigkeit, daß sie in wenigen Minuten halb nackt dastanden.

Ein Glück für die Frauen, daß sie sich zum Ziel ihrer Schläge beim Faustkampf nicht dieselbe Stelle wählen wie die Männer; denn obwohl sie, wenn sie zum Kampf übergehen, ihr Geschlecht ein wenig zu vergessen scheinen, so habe ich doch bemerkt, daß sie sich nie so weit vergessen, ihren Angriff gegen die Brüste ihrer Gegnerin zu richten, was nach wenigen Schlägen für die meisten von ihnen verhängnisvolle Folgen haben müßte. Ich weiß, man gab dafür die Erklärung, sie seien blutdürstiger als die Männer und zielten darum auf die Nase, also auf denjenigen Körperteil, der am leichtesten zum Bluten gebracht werden kann. Dies will mir jedoch wie eine ebenso weit hergeholte wie boshafte Annahme vorkommen.

Goody Brown war Molly gegenüber, was diese Einzelheit betrifft, durchaus im Vorteil, denn sie besaß keine Brüste; ihr Busen (wenn man das so nennen kann) glich an Farbe sowohl wie in mancher andern Eigenschaft genau einem Stück alten Pergamentes, auf dem ein jeder eine beträchtliche Weile hätte trommeln können, ohne damit großen Schaden anzurichten.

Molly, wenn wir von ihrer gegenwärtigen betrüblichen Verfassung absehen, war in dieser Körpergegend anders ausgestattet und könnte wohl den Neid der Brown verursacht haben, ihr einen vielleicht tödlichen Schlag zu versetzen, hätte nicht zum Glück in diesem Augenblick die Ankunft von Tom Jones der blutigen Szene ein sofortiges Ende bereitet.

Dieser erwünschte Zufall war Herrn Square zu verdanken, denn er, Master Blifil und Jones hatten nach der Kirche, um Luft zu schöpfen, ihre Pferde bestiegen; sie waren etwa eine Viertelmeile geritten, als Square, seinen Plan ändernd (nicht aus müßiger Laune, sondern aus einem Grund, den wir, sobald wir dazu Zeit finden, darlegen werden), wünschte, daß die jungen Herren mit ihm einen andern Weg, als man sich anfangs vorgenommen hatte, einschlügen. Da sie dieser Anregung zustimmten, kamen sie notwendig gegen den Friedhof zurück.

Als Master Blifil, der an der Spitze ritt, eine solche Menschenmenge versammelt sah und dort zwei Frauen in der Stellung, in der wir sie verlassen haben, erblickte, hielt er sein Pferd an und fragte, was da los sei. Ein Bauernkerl gab, seinen Kopf kratzend, zur Antwort: „Ich weiß nicht, Master, weiß nicht; doch, mit Euer Gnaden Verlaub, gab's da wohl einen Krach zwischen Goody Brown und Molly Seagrim."

„Wer, wer?" schrie Tom; doch ohne auf eine Antwort zu warten, da er jetzt Mollys Gesichtszüge erkannte, so entstellt sie auch durch die jetzigen Umstände waren, stieg er hastig ab, gab sein Pferd frei, sprang über die Mauer und lief auf Molly zu. Unter Tränen erzählte sie ihm, wie barbarisch man sie behandelt hatte. Auf das hin, da er vielleicht nicht an das Geschlecht Goody Browns dachte oder es in seiner Wut nicht erkannte – denn wirklich war so gar nichts Weibliches an ihr außer einem Unterrock, den er aber vielleicht nicht bemerkte –, gab er ihr zuerst einen oder zwei Hiebe mit der Reitpeitsche, dann stürzte er sich auf die Menge, die von Molly samt und sonders beschuldigt worden war, und nun hagelten seine Hiebe nach allen Seiten, so daß ich, es wäre denn, ich wollte die Muse nochmals anflehen (was der gutgeartete Leser für sie doch ein wenig zuviel finden dürfte, da sie erst kürzlich so heftig in Schweiß versetzt wurde), unmöglich die Leistung der Reitpeitsche an diesem Tage zu schildern vermöchte.

Nachdem er das ganze Gelände vom Feind gesäubert hatte, wie das nur je irgendeiner von Homers Helden oder Don *Quijote oder sonst ein* fahrender Ritter getan haben könnte, kehrte er zu Molly zurück, die er in einem Zustand vorfand, dessen Beschreibung hier für mich wie für den Leser schmerzlich sein müßte. Tom tobte wie ein Verrückter, schlug sich die Brust, raufte sich das Haar, stampfte den Boden mit den Füßen und schwor allen an der Schandtat Beteiligten grimmigste Rache. Hierauf zog er seinen Rock aus und knöpfte ihn Molly um die Schultern, stülpte ihr seinen Hut über den Kopf, wischte ihr, so gut es ging, mit seinem Taschentuch das Blut aus dem Gesicht und rief dem Knecht zu, so eilig wie möglich heimzueilen und einen Damensattel oder ein Reitkissen zu holen.

Master Blifil war gegen die Entsendung des Reitknechts, da sie ja nur diesen einen bei sich hätten; doch Square unterstützte Jones' Befehl, und Blifil mußte sich fügen.

Bald kehrte der Knecht mit dem Reitkissen zurück, und Molly, die ihre Fetzen zusammengerafft hatte, wurde hinter ihm auf das Pferd gesetzt. Und also wurde sie nach ihrem Haus geführt, begleitet von Square, Blifil und Jones.

Hier gab ihr Jones, nachdem er seinen Rock wieder an sich genommen hatte, verstohlen einen Kuß und flüsterte ihr zu, er komme am Abend wieder, nahm Abschied und ritt seinen Gefährten nach.

9. Kapitel

Enthält Dinge von nicht sehr friedfertigem Aussehen.

Molly hatte sich kaum erst wieder mit ihren gewöhnlichen Lumpen bekleidet, da fielen ihre Schwestern schon weidlich über sie her, besonders die älteste Schwester, die meinte, ihr sei ganz recht geschehen. „Wie konnte sie die Frechheit haben, ein Kleid zu tragen, das Madam Western Mutter geschenkt hat! Wenn eine von uns, dann hätte ich es tragen dürfen", sagte sie, „ich hätte das beste Recht darauf; doch ich wette, du denkst, es passe zu deiner Schönheit. Du meinst wohl, du seist hübscher als eine von uns." – „Gib ihr das Stück Spiegel dort über dem Schrank", rief eine andere; „ich würd mir das Blut aus 'm Gesicht waschen, ehe ich von Schönheit schwatzte." – „Hättest du dir lieber gemerkt, was der Pfarrer sagt", rief die Älteste, „statt auf das Mannsvolk zu hören." – „Jawohl, Kind, das hat sie getan", sagte die Mutter und schluchzte, „sie hat Schande über uns alle gebracht. Sie ist die erste in der Familie, die zur Hure wurde." – „Dafür braucht Ihr mich nicht zu schelten, Mutter", erwiderte Molly. „Euch hat man wegen dieser Schwester da wenige Wochen nach der Hochzeit ins

Bett gelegt." – „Ja, du Mensch", schrie die erzürnte Mutter, „so war's, und aus welchem triftigen Grund? Ich bin dadurch zu einer anständigen Frau geworden; und wenn du eine anständige Frau würdest, hätt ich nichts zu schelten; aber du mußt es mit einem Herrn zu tun haben, du garstige Schlumpe; wirst einen Bankert haben, Mensch, das wirst du; und das wird niemand von mir sagen können."

In dieser Verfassung traf Black George seine Familie, als er in der obenerwähnten Absicht nach Hause kam. Da seine Frau und die drei Töchter alle zugleich redeten und die Mehrzahl von ihnen schreiend, dauerte es einige Zeit, bevor er die Gelegenheit fand, sich Gehör zu verschaffen; doch sobald eine Pause eintrat, machte er die Gesellschaft mit dem, was Sophia ihm gesagt hatte, bekannt.

Mutter Seagrim begann darauf ihre Tochter aufs neue zu schmähen. „Da", rief sie, „hast du uns in eine nette Patsche gebracht. Was wird die Dame zu deinem dicken Bauch sagen? Ach, daß ich diesen Tag erleben mußte!"

Molly antwortete mit großer Lebhaftigkeit: „Was ist das für eine prächtige Stelle, Vater, die man Euch für mich angeboten hat?" (Er hatte den Satz, in dem Sophia sich über sie geäußert, nicht so recht verstanden). „Ich vermute, unter dem Koch; ich werde aber für niemanden Teller waschen. Mein Edelmann wird besser für mich sorgen. Seht, was er mir heute nachmittag gegeben hat. Er hat mir versprochen, es werde mir nie an Geld fehlen; und auch Euch wird es nicht daran fehlen, Mutter, wenn Ihr nur den Mund halten wollt und versteht, wenn's Euch gut geht." Mit diesen Worten zog sie einige Guineen hervor und reichte eine davon ihrer Mutter.

Die gute Frau fühlte kaum das Goldstück in ihrer Hand, da begann ihre Erregung sich zu vermindern (so groß ist die Wirkung dieses Allheilmittels). „Nun, Mann", sagte sie, „würde ein anderer als ein Dickkopf wie du unterlassen haben zu fragen, was denn in dieser Stelle zu tun sei, bevor er sie annahm? Vielleicht ist's, wie Molly sagt, für die Küche; doch ich leg keinen Wert darauf, meine Tochter als Küchenmagd zu sehen; denn bin ich auch arm, so bin ich doch eine Frau aus guter Familie. Und war ich auch genötigt, da mein Vater, ein Geistlicher, in größter Armut starb und mir nicht einen Schilling geben konnte, um Medizin zu holen, unter meinen Wert hinabzusteigen und einen armen Mann zu heiraten, so sollt ihr wissen, daß mein Geist mich über alles das hinausträgt. Hinaufheiraten! Madam Western würd es besser anstehn, sich bei sich selber umzuschauen und sich zu erinnern, wer ihr eigener Großvater war. Einige aus meiner Familie, soviel ich weiß, dürften in Kutschen gefahren sein, als die Großväter gewisser Leute noch zu Fuß gingen. Ich wette, sie glaubte was zu tun, als sie uns dieses alte Kleid geschickt hat; einige aus meiner Familie würden solche Fetzen nicht von der Straße aufgehoben haben; aber arme Leute werden ja immer mit Füßen getreten. Das Dorf brauchte sich wegen Molly nicht so aufzuregen. Du hättest ihnen sagen können, Kind, eure Großmutter trug bessere Sachen, und neu aus dem Laden."

„Nun gut, aber besinn dich", rief George, „welche Antwort soll ich dem Fräulein bringen?" „Ich weiß nicht, welche Antwort", sagte sie, „immer bringst du deine Familie in irgendeine Verlegenheit. Dachtest du daran, als du das Feldhuhn schossest, die Ursache aller unserer Mißgeschicke? Habe ich dir nicht geraten, nie in Junker Westerns Gehege zu gehen? Habe ich dir nicht schon vor Jahren gesagt, was daraus entstehen könnte? Doch du willst, daß es nach deinem eigenen halsstarrigen Willen geht; ja, das möchtest du, du Schurke."

Black George war zumeist ein friedliebender Geselle und weder aufbrausend noch jähzornig; aber etwas in ihm neigte doch zur Zornwut, wie es die Alten nannten, und seine Frau hätte das, wenn sie wirklich klug gewesen wäre, fürchten müssen. Er hatte schon lange die Erfahrung gemacht, daß, wenn der Strom sehr hoch ging, Einwände wie der Wind waren, der die Wogen weniger beschwichtigt als ihre Bewegung noch erhöht. Er war darum fast stets mit einer kleinen Gerte versehen, einem erstaunlich wirkungskräftigen Mittel, wie er oft erprobt hatte, das anzuwenden das Wort Schurke für ihn ein Wink war.

Sobald das Wort gefallen war, pflegte er darum seine Zuflucht zu diesem Mittel zu nehmen, das freilich wie die meisten heftig wirkenden Arzneien das Übel zuerst zu steigern und noch größere Erhitzung hervorzurufen schien, bald aber eine vollkommene Beruhigung eintreten ließ und den Kranken in Schweigen und reines Behagen versetzte.

Das ist allerdings eine Art Roßkur, die auszuhalten es einer sehr robusten Konstitution bedarf und die daher nur auf Leute niedrigen Standes anwendbar ist, außer in einem einzigen besondern Falle, nämlich wenn das Gefühl höheren Geburtsranges zum Vorschein kommt; in welchem Falle wir jedem

Ehemann ihre Anwendung zugestehen, wenn die Anwendung selbst nicht auf so niedrige Art vollzogen wird, daß sie – wie gewisse ärztliche Applikationen, die zu nennen hier nicht nötig ist – die damit beschäftigte Hand so entwürdigt und befleckt, daß kein gesitteter Mensch den Gedanken an etwas so Niedriges und Verächtliches ertragen könnte.

Die ganze Familie befand sich bald im Zustand der vollkommenen Ruhe; denn die Kraft dieser Arznei, gleich der der Elektrizität, wird oft von der einen Person auf viele andere übertragen, die mit dem Instrument nicht in Berührung gekommen sind. Die Wahrheit zu sagen, da sie beide durch Reibung wirken, darf man sich fragen, ob zwischen ihnen nicht eine Verwandtschaft besteht. Herr Freke täte gut daran, darüber Nachforschungen anzustellen, bevor er die zweite Auflage seines Buches erscheinen läßt.

Eine Beratung wurde jetzt abgehalten, und Molly, nach vielem Reden, blieb dabei, daß sie nicht als Magd in jenes Haus gehen werde. Schließlich beschloß man, Mutter Seagrim selbst solle Miß Western ihre Aufwartung machen und versuchen, jene Anstellung für ihre älteste Tochter zu erhalten, die sich mit großem Eifer bereit erklärte, sie anzunehmen; doch Fortuna, die der kleinen Familie nun einmal feindlich gesinnt war, wußte diese Beförderung später zu vereiteln.

10. Kapitel

Herr Supple, der Pastor, erzählt eine Geschichte. Junker Westerns Scharfsinn. Seine große Liebe zu seiner Tochter, und wie sie diese erwiderte.

Am nächsten Morgen ritt Tom Jones mit Herrn Western auf die Jagd und wurde, als sie wieder nach Hause kamen, von diesem Edelmann zum Mittagessen eingeladen.

Die liebreizende Sophia sprühte an diesem Tag noch mehr als gewöhnlich von Witz und Munterkeit; ihre Batterie war ganz ersichtlich auf unsern Helden gerichtet; ich glaube jedoch, daß sie sich ihrer Absicht noch kaum bewußt war. Wollte sie ihn jedoch bezaubern, so hatte sie heute Erfolg.

Herr Supple, der Prediger von Herrn Allworthys Pfarrkirche, gehörte mit zu der Tischgesellschaft. Er war ein gutmütiger, würdiger Mann, der sich hauptsächlich durch seine große Schweigsamkeit während des Tafelns auszeichnete, obwohl dabei sein Mund nie untätig war. Er hatte, kurz gesagt, den beneidenswertesten Appetit von der Welt. Kaum war jedoch das Tischtuch wieder entfernt, so holte er das Versäumte jedesmal nach, denn er war ein munterer Geselle, und sein Gespräch war oft unterhaltend, nie verletzend.

Gleich bei seiner Ankunft – und er war gekommen, kurz ehe man den Rindsbraten auftrug – gab er zu verstehen, daß er Neuigkeiten zu berichten habe, und er wollte gerade erzählen, daß er soeben von Herrn Allworthy komme, als ihn der Anblick des Bratens verstummen ließ und ihm nur noch erlaubte, das Tischgebet zu sprechen und zu erklären, er müsse dem Herrn Baron (so nannte er das Lendenstück) seine Ehrfurcht bezeigen.

Nach dem Mahl, als Sophia ihn an seine Neuigkeiten erinnerte, begann er also: „Ich glaube, gnädiges Fräulein, Euer Gnaden werden gestern in der Kirche beim Abendgebet eine junge Person bemerkt haben, die in ein Stück Ihres ausländischen Feststaates gekleidet war; ich habe Euer Gnaden solchen tragen sehen, denn hier auf dem Lande ist diese Gewandung

Rara avis in terris, nigroque simillima cygno.

Das heißt, gnädiges Fräulein: ‚Ein seltener Vogel auf Erden, dem schwarzen Schwan vergleichbar.' Der Vers steht im Juvenal. Doch nun zu dem zurück, was ich erzählen wollte. Solche Gewandung ist in der Gegend ein seltsamer Anblick; vielleicht wurde sie auch in Anbetracht des Frauenzimmers, das sie trug, für noch seltsamer gehalten. Es ist, so hörte ich, die Tochter von Black George, Euer Gnaden Wildhüter, den Leid und Elend Besseres gelehrt haben sollten als seine Dirnen in solchem Aufputz zu zeigen. Die Person erregte solche Verwirrung in der versammelten Gemeinde, daß der Gottesdienst gestört worden wäre, hätte nicht Junker Allworthy zur Ruhe gemahnt; ich war nahe daran, in der Mitte meiner Predigt zu stocken. Nichtsdestoweniger, als ich mich nach dem Gottesdienst auf den Heimweg machte, verursachte das auf dem Kirchhof noch eine Prügelei, wo, abgesehen von andern Gewalttaten, einem reisenden Musikanten der Kopf übel zugerichtet wurde. Heute morgen kam der Musikant zu Junker Allworthy, um zu klagen, und die Dirne wurde sogleich vor Gericht geholt. Der Junker war geneigt, die Sache gütlich beizulegen; aber sieh da, als sie erschien, ward offenbar, daß diese Dirne (ich bitte Euer Gnaden um Vergebung) sozusagen nicht weit davon war, ein Hurenkind in die Welt zu setzen. Der Junker fragte sie, wer der Vater sei, doch halsstarrig verweigerte sie jede Antwort. Und als ich wegging, war er gerade dabei, ihr eine Empfehlung für Bridewell niederzuschreiben."

„Ist also eine Dirne, die ein Hurenkind haben soll, Ihre ganze Neuigkeit, Herr Magister?" rief Western. „Ich dachte, es wär etwas von allgemeinem Belang, etwas über die Lage der Nation."

„Ich fürchte, daß es leider etwas ganz Gewöhnliches ist", antwortete der Pfarrer; „doch ich meinte, die ganze Geschichte wäre wohl des Erzählens wert. Die Lage der Nation verstehen Euer Gnaden zu beurteilen. Mein Gebiet ist bloß das Seelenheil meiner Pfarrkinder."

„Nun freilich", sagte der Junker, „so ein wenig glaube ich, wie Sie sagen, von der Sache zu verstehen. Aber komm, Tommy, schenk ein; die Flasche steht neben dir."

Tom bat, man möge ihn entschuldigen, er habe noch eine dringende Besorgung; damit stand er auf und entwischte dem Zugriff des Junkers, der sich erheben und ihn zurückhalten wollte, und ging ohne weiteren Gruß davon.

Der Junker begleitete seinen Abgang mit einem kräftigen Fluch; darauf wandte er sich an den Pfarrer und rief: „Ich rieche es, ich riech etwas! Tom ist der Vater dieses Bastards. Verflixt, Pfarrer, wissen Sie noch, wie er ihren Vater vor mir herausstrich? Hol ihn der Teufel! Was das für ein Schlaufuchs ist. Ja, ja, so gewiß wie zweimal zwei vier ist: Tom ist der Vater von diesem Bastard."

„Das sollte mir von Herzen leid tun", erwiderte der Pfarrer.

„Warum leid?" rief der Junker, „was wär denn Scheußliches dabei? Was, Er will mir weismachen, Er habe nie 'nen Bastard in die Welt gesetzt? Die Pest! ich halt Ihn für tüchtiger als so! Grad darum will ich wetten, Er hat es mehr als einmal besorgt."

„Euer Gnaden belieben zu scherzen", antwortete der Pfarrer, „doch ich wollte nicht allein das Sündhafte dieser Tat hier rügen, obgleich es sicherlich sehr zu tadeln ist; ich fürchte vor allem, sein Vergehen könne ihm bei Herrn Allworthy zum Schaden gereichen. Und gewiß, ich muß gestehen, obwohl man ihn für etwas wild halten kann, so habe ich doch nie etwas Schlimmes an dem jungen Mann bemerkt; auch habe ich nichts dergleichen über ihn gehört, ausgenommen das, was der Herr Junker eben vorgebracht hat. Ich möchte wohl, daß er sich in der Kirche etwas regelmäßiger an den Responsorien beteiligte; doch alles in allem scheint er

Ingenui vultus puer ingenuique pudoris.

Dies ist ein klassischer Satz, meine junge Dame; und in unsere Sprache übersetzt würde er heißen: ‚Ein Jüngling von geistreichem Antlitz und kluger Bescheidenheit.‘ Denn solches war bei Lateinern und Griechen eine vielberühmte Tugend. Ich muß sagen, der junge Herr (denn so darf ich ihn, glaube ich, trotz seiner Geburt nennen) erscheint mir als sehr bescheidener Junge, und es würde mir leid tun, wenn er sich selbst in Herrn Allworthys guter Meinung herabsetzte."

„Puh!" sagte der Junker, „herabsetzen in Allworthys Meinung! Nanu! Allworthy hat auch nichts gegen die Dirnen. Weiß nicht die ganze Nachbarschaft, wessen Sohn Tom ist? Das müssen Sie einem andern sagen. Ich kannte Allworthy auf der Universität."

„Ich dachte", bemerkte der Pfarrer, „er hätte nie eine Universität besucht."

„Doch, doch, das hat er!" versicherte der Junker. „Und manches Mädchen haben wir zusammen gehabt. Der war hinter den Weibern her wie nur einer weit und breit in der Gegend. Ach nein! bei ihm wird ihm das nicht schaden, da können Sie ganz beruhigt sein, noch bei irgendwem sonst. Fragen Sie nur Sophia – hast du von einem jungen Kerl eine schlechte Meinung, Kind, wenn er unzeitig Vater wird? Nein, nein, die Weiber haben sie darum nur um so lieber."

Das war für Sophia eine grausame Frage. Sie hatte bemerkt, wie Tom bei der Erzählung des Pfarrers die Farbe wechselte; dies, zusammen mit seinem plötzlichen, überhasteten Aufbruch, war für sie Ursache genug, ihres Vaters Argwohn nicht für unbegründet zu halten. Ihr Herz entdeckte ihr nun auf einmal das große Geheimnis, das es ihr seit so langer Zeit nach und nach enthüllt hatte, und sie fand, daß diese Angelegenheit ihr sehr naheging. In dieser Lage rief die zudringliche Frage ihres Vaters, mit der er sie so unverhofft überfallen hatte, auf ihren Wangen einige Erscheinungen hervor, die ein leicht zum Verdacht geneigtes Herz hätten beunruhigen können; doch, um gegen den Junker gerecht zu sein, diesen Fehler hatte er nicht. Als sie daher von ihrem Sessel aufstand und sagte, ein Wink von ihm genüge stets, um sie zu entfernen, da stimmte er ihrem Aufbruch zu, nur bemerkte er mit tiefernstem Gesicht, es sei besser, eine allzu bescheidene als eine vorwitzige Tochter zu haben – eine Ansicht, die Pfarrer Supple beifällig aufnahm.

Und nun entspann sich zwischen Junker und Magister ein vortrefflicher politischer Diskurs, der aus Zeitungen und politischen Streitschriften geschöpft war und bei dem sie ein Trankopfer von vier Flaschen Wein auf die Wohlfahrt des Landes darbrachten; und hernach, als der Junker in tiefen Schlaf gesunken war, zündete der Geistliche seine Pfeife an, bestieg sein Pferd und ritt heim.

Als der Junker nach einem halbstündigen Nachmittagsschlaf aufwachte, rief er seine Tochter zum Spinett; doch sie bat ihn, er möge sie für diesen Abend wegen ihres heftigen Kopfwehs entschuldigen. Das Spiel wurde ihr augenblicklich erlassen; sie brauchte ihn wirklich kaum je zweimal um etwas zu bitten, denn er liebte sie mit so großer Zärtlichkeit, daß, wenn er ihr irgendeine Freude bereitete, seine eigene Freude darüber meist die größte war. Sie war, wie er sie häufig nannte, sein kleiner Liebling, und sie hatte diese Auszeichnung wohl verdient, denn sie vergalt ihm seine Liebe in reichlichem Maße. Sie bewies ihm in allen Dingen ein unverletzbares Pflichtgefühl. Und das machte ihre Liebe nicht nur leicht, sondern zu einem solchen Vergnügen, daß Sophia, als eine ihrer Bekannten sie auslachte, weil sie ein solches Verdienst in diesem peinlichen Gehorsam sehe, wie die junge Dame es nannte, ihr antwortete: „Sie irren sich, Madam, wenn Sie glauben, ich tue mir darauf etwas zugut; denn abgesehen davon, daß ich damit nur meine Pflicht erfülle, erfreue ich damit gleicherweise mich selbst. Ich darf, ohne zu lügen, sagen: etwas Vergnüglicheres gibt es für mich nicht, als zu dem Glück meines Vaters etwas beizutragen; und wenn ich dabei etwas in mir schätze, meine Beste, so ist es die Kraft, dies zu tun, und nicht das, was ich damit vollbringe."

Das war indessen eine Genugtuung, die sich die arme Sophia an diesem Abend nicht zu verschaffen vermochte. Sie bat darum nicht allein um Entschuldigung, daß sie nicht am Spinett aufwarten könne, sondern ebenso um Erlaubnis, beim Abendessen nicht erscheinen zu müssen. Der Junker, wenn auch nicht ohne Zögern, gestattete ihr auch das, denn sehr ungern ließ er sie aus den Augen, es sei denn, daß ihn seine Pferde, seine Hunde oder seine Weinflaschen beschäftigten. Gleichwohl gab er dem Wunsche seiner Tochter nach, wennschon der arme Mann sich zugleich genötigt sah, wollte er seine eigene Gesellschaft vermeiden (wenn ich mich so ausdrücken darf), nach einem der benachbarten Pächter zu schicken, um den Abend mit diesem zu verbringen.

11. Kapitel

Wie Molly Seagrim mit knapper Not dem Arbeitshaus entging; dazu einige Beobachtungen, derenthalben wir gezwungen waren, sehr tief in die menschliche Natur hinabzusteigen.

Tom Jones hatte an diesem Morgen auf der Jagd eines von Herrn Westerns Pferden geritten, so daß er, da er kein eigenes Pferd in des Junkers Stall stehen hatte, genötigt war, zu Fuß nach Hause zu gehen; er tat das in solcher Eile, daß er in einer halben Stunde mehr als drei Meilen zurücklegte.

Als er eben am äußersten Tor von Herrn Allworthys Landsitz ankam, begegnete er dem Konstabler mit seinen Begleitern, die Molly in Gewahrsam hatten und sie nach jenem Hause führten, wo Menschen niedriger Klasse doch eine gute Lektion erhalten können, nämlich im Respekt und Gehorsam gegen die Obrigkeit; denn sie müssen hier den großen Unterschied erfahren, den das Glück zwischen solchen Personen, die wegen ihrer Fehler gezüchtigt beziehungsweise nicht gezüchtigt werden sollen, zu machen beliebt. Wenn sie diese Lektion nicht lernen, so fürchte ich, werden sie selten eine andere lernen oder in einem solchen Hause ihre Sitten bessern.

Ein Jurist mag vielleicht denken, Herr Allworthy habe seine Amtsgewalt bei dieser Gelegenheit etwas überschritten. Und die Wahrheit zu sagen, so scheint es mir fraglich, ob sein Verfahren ganz und gar ordnungsgemäß war, da ja keine förmliche Klage eingebracht worden war. Doch in Anbetracht seiner aufrichtig guten Absicht muß man ihn *in foro conscientiae* entschuldigen, da doch täglich so manche obrigkeitliche Personen willkürliche Entscheidungen treffen, die jene Entschuldigung für sich gewiß nicht anführen könnten.

Tom hatte kaum vom Konstabler erfahren, wohin diesen der Weg führte (in Wahrheit hatte er es bereits ziemlich richtig selbst erraten), als er Molly in seine Arme schloß und sie vor aller Augen zärtlich an sich drückte; und er schwor, er werde den ersten, der Hand an sie lege, ermorden. Zu ihr sagte er, sie solle sich die Tränen trocknen und guten Mutes sein; denn wohin sie auch ginge, dahin werde er mit ihr gehen. Darauf wandte er sich an den Konstabler, der mit gezogenem Hute zitternd dastand, und verlangte von ihm mit sanfter Stimme, daß er mit ihm für einen Augenblick in das Haus seines Vaters (so nannte er Herrn Allworthy jetzt) zurückkehre; denn, sagte er, er könne ihm versichern, sobald er jenem mitgeteilt habe, was er zu seinen Gunsten vorbringen könne, würde dieses arme Mädchen freigesprochen werden.

Der Konstabler, der seine Gefangene losgegeben haben würde, wenn Tom sie von ihm gefordert hätte, willigte sogleich ein. So betraten sie alle zusammen wieder Herrn Allworthys Halle, wo Tom sie bleiben hieß, bis er wiederkäme, und dann ging er selbst, um den guten Mann aufzusuchen. Sobald er ihn fand, warf er sich ihm zu Füßen, flehte, er möge ihn geduldig anhören, und bekannte sich als den Vater des Kindes, mit dem Molly schwanger ging. Er bat ihn, mit dem armen Mädchen doch Mitleid zu haben und zu bedenken, daß, wenn ein Verbrechen dabei sei, es hauptsächlich vor seine Tür zu legen wäre.

„Ein Verbrechen dabei wäre!" erwiderte Allworthy ziemlich hitzig. „Bist du denn ein so ruchloser und eingefleischter Wollüstling, daß du zweifeln kannst, ob die Mißachtung göttlicher und menschlicher Gesetze, die Verführung und Vernichtung eines Mädchens ein Verbrechen sei? Ich gebe freilich zu, daß es hauptsächlich auf dir lastet; und so schwer ist es, daß du fürchten solltest, es werde dich völlig niederdrücken."

„Welches Los ich auch zu gewärtigen habe", sagte Tom, „lassen Sie mich nur mit meiner Fürbitte für das arme Geschöpf noch Glück haben. Ich bekenne, sie wurde von mir verführt! Doch ob sie gänzlich verkommen soll, das steht bei Ihnen. Um Gottes willen, Herr, widerrufen Sie Ihren Haftbefehl, schicken Sie sie nicht an einen Ort, wo sie unvermeidlich der Vernichtung ausgeliefert wäre."

Allworthy bat ihn, sogleich einen Diener herbeizurufen. Tom antwortete, das sei nicht nötig, da er den Trupp glücklicherweise am äußern Tor angetroffen und im Vertrauen auf seine Güte sämtliche Personen in die Halle zurückgeführt habe, wo sie nun seinen endgültigen Beschluß abwarteten, der, er flehe ihn auf den Knien an, für das Mädchen günstig ausfallen möge. Er solle ihr erlauben, zu ihren Eltern zurückzukehren, und nicht mehr Schande und Spott über sie verhängen, als sie sich selbst ganz natürlich zugezogen habe. „Ich weiß", sagte er, „das ist zuviel. Ich weiß, daß ich der gottlose Urheber von allem bin. Ich will mich bemühen, wenn möglich, etwas wiedergutzumachen; und wollten Sie später die Güte haben, mir zu verzeihen, so hoffe ich, es zu verdienen."

Allworthy überlegte eine Weile und sagte endlich: „Nun wohl, ich werde meinen Haftbefehl zurücknehmen. Schick mir den Konstabler herauf." Dieser wurde sofort gerufen und, ebenso wie das Mädchen, entlassen.

Man wird uns glauben, daß Herr Allworthy es nicht unterließ, Tom bei dieser Gelegenheit eine strenge Bußpredigt zu halten; doch es ist unnötig, sie hier einzurücken, da wir getreulich aufgeschrieben haben, was er im ersten Buch zu Jenny Jones gesagt hatte, und da das meiste davon ebensowohl auf Männer wie auf Frauen anzuwenden ist. Und diese Vorwürfe machten auf den jungen Mann, der ja kein hartgesottener Sünder war, einen so tiefen Eindruck, daß er sich in sein Zimmer zurückzog, wo er den ganzen Abend in melancholischen Betrachtungen verweilte.

Allworthy verargte Jones diese Übertretung gehörig; denn, ungeachtet Herrn Westerns Behauptungen ist es doch gewiß, daß dieser würdige Mann sich in seinem Leben keinerlei leichtsinniges Vergnügen mit Frauen erlaubt hatte und das Laster der Unenthaltsamkeit an andern ernstlich verurteilte. Und gewiß hat man allen Grund zu glauben, daß an Herrn Westerns Behauptungen kein wahres Wort war, zumal er den Schauplatz solcher Ungehörigkeiten auf die Universität verlegte, wo Herr Allworthy nie gewesen war. Der wackere Squire war allzusehr geneigt, einem Hang zu jenen Scherzen nachzugeben, die für gewöhnlich Rodomontaden genannt werden, die jedoch auch mit einem viel kürzeren Wort richtig bezeichnet wären. Doch vielleicht geben wir andern selbst zu häufig Anlaß zum Gebrauch dieses kleinen Zweisilbers; denn gar manches von dem, was gewöhnlich unter den Leuten für Witz und Humor ausgegeben wird, sollte nach dem strengsten Wortsinn jene kurze Benennung erhalten, die ich hier, in Übereinstimmung mit den Gesetzen des gebildeten Geschmacks, verschweige.

Wie sehr aber auch Herr Allworthy dieses wie jedes andere Laster verabscheute, so war er dadurch doch nicht so verblendet, daß er in der schuldigen Person nicht jede Tugend erkennen konnte, und das so deutlich, als wäre jener Charakter überhaupt nicht durch das Laster getrübt. Während er also Jones wegen dessen Unenthaltsamkeit zürnte, so war er nicht weniger über seine Ehrenhaftigkeit und sein aufrichtiges Schuldbekenntnis erfreut. Er fing nun an, sich von dem jungen Manne dieselbe Meinung zu bilden, die, wie wir hoffen, der Leser sich bereits zu eigen gemacht hat. Und indem er seine Fehler abwog gegen seine Vorzüge, schienen diese eher zu überwiegen.

Es war somit zwecklos, daß Thwackum, dem durch Master Blifil augenblicklich die ganze Geschichte hinterbracht worden war, seinem ganzen Groll auf den armen Tom Luft machte. Allworthy lieh diesen Schimpfereien ein geduldiges Ohr und antwortete dann kalt, daß junge Männer von Toms Aussehen im allgemeinen zu solchen Ausschweifungen neigten. Er glaube indessen, der Jüngling sei von den Vorstellungen, die er ihm gemacht, aufrichtig ergriffen gewesen, und so hoffe er, er werde nun nicht wieder über die Stränge schlagen. Da die Tage des Prügelns vorüber waren, wußte der Schulmeister für seine Galle keinen andern Ausweg als das übliche armselige, ohnmächtige Racheschnauben.

Square jedoch, der nicht so heftig, dafür aber um so listiger war und der Jones vielleicht noch mehr haßte als selbst Thwackum, sann darauf, wie er ihn in Herrn Allworthys Gunst auf eine ganz andere Weise herabsetzen könnte.

Der Leser muß sich hier an die verschiedenen kleinen Begebenheiten mit dem Feldhuhn, dem Pferd und der Bibel erinnern, die wir im zweiten Buch zur Kenntnis gebracht haben. Durch alles das hatte Jones die Liebe, die Allworthy für ihn zu empfinden geneigt war, eher zu verstärken als abzuschwächen vermocht. Ebenso, glaube ich, wäre es ihm bei jedem anderen Menschen ergangen, in dem er etwas von der Idee der Freundschaft, des Edelmuts, der Seelengröße bemerkt, das heißt, in dessen Gemüt er Spuren von Güte wahrgenommen hätte.

Square war es nicht entgangen, welchen Eindruck diese verschiedenen Kundgebungen eines guten Herzens auf den ausgezeichneten Junker Allworthy zu machen pflegten; denn der Philosoph wußte gar wohl, was Tugend war, wenn er selbst auch in deren Ausübung sich nicht immer stetig zeigte. Was aber Thwackum angeht, so tauchten, ich weiß nicht warum, solche Gedanken in seinem Kopf überhaupt niemals auf. Er sah Jones in einem schlechten Licht und stellte sich vor, daß *auch* Allworthy ihn so sehe, jedoch aus Stolz und Eigensinn entschlossen sei, den Jungen, dem er einmal seine Neigung geschenkt hatte, nicht aufzugeben; denn damit hätte er schweigend anerkannt, daß seine frühere Meinung von ihm eine Selbsttäuschung gewesen sei.

Square ergriff also die Gelegenheit, Jones an der empfindlichsten Stelle zu treffen, indem er den eben erwähnten Vorfällen eine schlimme Auslegung gab. „Es tut mir leid“, sagte er, „daß ich gestehen muß, ich bin nicht weniger enttäuscht worden als Sie selbst. Ich konnte, das gebe ich zu, nicht anders, als mich freuen an dem, was ich Motiven der Freundschaft zuschrieb, obgleich das bis zum Übermaß getrieben wurde, und Übermaß ist in jedem Fall ein Fehler und ein Verstoß; doch in Anbetracht der Jugend übte ich hier Nachsicht. Denn es wäre mir nicht in den Sinn gekommen, daß das Opfer der Wahrheit, das wir beide der Freundschaft dargebracht glaubten, in Wirklichkeit deren Preisgabe an eine verdorbene und ausschweifende Begier war. Sie sehen jetzt mit aller Klarheit, woher all die scheinbare Großmut des jungen Mannes gegenüber der Familie des Wildhüters stammte. Er unterstützte den Vater in der Absicht, die Tochter zu verführen, und rettete die Familie vor dem Verhungern, um Schande und Verderben über eines ihrer Glieder zu bringen. Das ist Freundschaft! Das ist Großmut! Wie Sir Richard Steele sagt: ‚Schlemmer, die für Leckerbissen hohe Preise zahlen, verdienen durchaus großmütig genannt zu werden.‘ Kurz, ich bin nach diesem Beispiel entschlossen, den Schwächen der menschlichen Natur nie wieder Rechnung zu tragen noch irgend etwas für Tugend zu halten, was sich nicht mit dem niemals irrenden Gesetz der Tugend deckt.“

In seiner Güte hatte Allworthy solchen Gedanken den Zutritt zu sich verwehrt, doch waren sie zu einleuchtend, als daß er sie eilig und vollständig hätte zurückweisen können, wenn ein anderer sie so vor ihm ausbreitete. Wirklich, was Square ihm sagte, das grub sich ihm sehr tief ins Gemüt, und das Unbehagen, das es dort hervorrief, war für den andern sichtbar genug; doch der treffliche Mann wollte das nicht eingestehen; er antwortete nur leichthin und lenkte die Unterhaltung auf einen andern Gegenstand. Für den armen Tom war es vielleicht gut, daß keine solchen Andeutungen gemacht worden waren, bevor er Verzeihung erhalten hatte; denn sicherlich waren es Squares Worte, die nun zum erstenmal in Allworthys Gemüt einen schlechten Eindruck von Jones hinterließen.

12. Kapitel

Enthält viel klarere Dinge, die jedoch mit denen im vorigen Kapitel aus derselben Quelle fließen.

Der Leser wird erfreut sein, glaube ich, mit mir zu Fräulein Sophia zurückzukehren. Sie verbrachte jene Nacht, nachdem wir sie zuletzt gesehen, keineswegs angenehm. Der Schlaf erwies ihr wenig Freundschaft, noch weniger taten es die Träume. Am Morgen, als Jungfer Honoria, ihr Zimmermädchen, zur gewohnten Stunde bei ihr eintrat, war sie schon auf und fertig angekleidet.

Leute, die auf dem Lande in der Entfernung von einigen Meilen verstreut wohnen, werden als nahe Nachbarn betrachtet, und die Nachrichten von den Vorgängen in einem Haus fliegen mit unglaublicher Geschwindigkeit zum andern. Jungfer Honoria hatte also die ganze Geschichte von Mollys Schande erfahren; sehr redselig von Natur, hatte sie kaum das Zimmer ihrer Herrin betreten, da begann sie ihre Erzählung folgendermaßen: „Ha, Madam, was denkt Euer Gnaden? Das Mädchen, das Euer Gnaden letzten Sonntag in der Kirch gesehn und so hübsch fanden, obwohl Sie sie nicht ganz so hübsch gefunden, wenn Sie sie näher gesehn hätten; aber wahrhaftig, sie hab'n sie vorn Richter geholt, weil sie ein Kind kriegen soll. Mir kam sie vor wie 'ne dreiste Schlumpe; und bei der Aussag hat sie den jungen Herrn Jones angegeben. Und das ganze Kirchspiel sagt, Herr Allworthy ist so böse auf den jungen Herrn Jones, daß er ihn nicht mehr sehen mag. Meiner Treu, mit dem jungen Mann muß man Mitleid haben, und doch verdient er's eigentlich nicht, da er sich mit so einer Plunderdirn abgeben konnte. Und doch ist er ein so hübscher Herr; es tät mir leid, wenn er fortgeschickt würde. Schwören wollt ich, das Mensch war so willig wie er, denn sie war doch schon immer eine freche, fürwitzige Metze. Wenn aber die Weiber so willig sind, so sind die jungen Männer auch nicht gar so zu tadeln, denn, meiner Treu! tun sie doch nur, was natürlich ist. Eine Schande freilich ist's, daß sie sich mit solch schmutzigen Misthühnern einlassen, und recht geschieht ihnen, was ihnen auch geschieht. Und doch hat diese Weiberbagasche immer am meisten Schuld. Von Herzen wünschte ich, daß sie alle am Pranger gehörig gestäupt würden; denn 's ist ein Jammer, daß sie so'n netten jungen Herrn in Not und Elend bringen sollen; und es kann doch niemand leugnen, daß Herr Jones einer der schönsten jungen Männer ist, die man je . . ."

So plapperte sie weiter, als Sophia ihr mit einer unmutigeren Stimme, als sie je hatte hören lassen, zurief: „Ich bitte dich, so schweig doch endlich! Was soll ich mit dem? Was geht es mich an, was Herr Jones tut? Ich denke, eine ist so gut wie die andre! Du scheinst dich zu ärgern, daß nicht du die Erwählte warst!"

„Ich, Madam, ich!" antwortete Jungfer Honoria. „Das wär mir leid, wenn Euer Gnaden so eine Meinung von mir hätten. So was kann mir gewiß niemand nachsagen. Meinetwegen können alle jungen Kerle in der Welt zum Teufel fahren. Weil ich sagte, er ist ein hübscher Mensch? Nun, jeder sagt das, so gut wie ich. Ja, wahrhaftig, ich hätt doch nicht gedacht, daß das was Schlimmes sei, zu sagen, ein junger Mann sei hübsch; aber freilich, ich werd's nun nicht mehr glauben; denn hübsch ist, wer sich hübsch benimmt. Eine Betteldirne . . ."

„Hör endlich auf mit deinem unverschämten Geschwätz!" rief Sophia. „Und frag, ob mein Vater mich beim Frühstück zu sehen verlangt!"

Jungfer Honoria ging zum Zimmer hinaus und murmelte etwas zwischen den Zähnen, wovon man nur etwas verstehen konnte wie: „Was mich zwickt, das brennt dich."

Ob Jungfer Honoria wirklich den in der Anspielung ihrer Herrin geäußerten Verdacht verdiente, mit der Lösung dieser Frage wollen wir unseres Lesers Neugier nicht auf die Probe stellen. Dafür werden wir ihm offenbaren, was in Sophias Gemüt vorging.

Der Leser habe die Gefälligkeit, sich zu erinnern, daß sich eine heimliche Neigung für Tom Jones ganz unbemerkt in den Busen dieser jungen Dame eingeschlichen hatte und daß sie dort bis zu einer ziemlichen Höhe angewachsen war, ehe Fräulein Sophia dessen gewahr wurde. Als sie die ersten Anzeichen bemerkte, verursachte ihr das eine so süße und angenehme Empfindung, daß sie sich nicht entschließen konnte, sie zu unterdrücken oder auch nur zu zähmen; und so fuhr sie fort, eine Leidenschaft zu nähren, deren Folgen sie nicht einmal erwägen mochte.

Das Ereignis mit Molly öffnete ihr zum erstenmal die Augen. Erst jetzt erkannte sie, welche Schwäche sie sich hatte zuschulden kommen lassen; und obgleich es in ihr die größte Verwirrung anrichtete, hatte es doch die gleiche Wirkung wie andere widerliche Arzneien und vertrieb ihre Verstimmung für einige Zeit. Und das ging wirklich wundervoll rasch, und in den paar Minuten, da ihre Jungfer abwesend war, waren alle

Symptome verschwunden. Als Honoria mit der Aufforderung ihres Vaters zurückkam, fühlte Sophia sich vollkommen ruhig und empfand gegen Herrn Jones nichts als Gleichgültigkeit.

Die Krankheiten des Gemüts verhalten sich fast in jeder Einzelheit wie die des Leibes; aus welchem Grund wir hoffen, die gelehrte Fakultät, von der wir eine so hohe Achtung haben, werde uns die Willkür verzeihen, mit der wir uns verschiedener Ausdrücke und Wendungen bedienten, die Rechtens ihrem Gebiet angehören, denn ohne sie wäre unsere Darstellung oft unverständlich geblieben.

Nun gibt es aber keinen Umstand, in dem die Krankheiten des Gemüts mehr Ähnlichkeit mit jenen haben, die man körperliche nennt, als die Neigung beider zu Rückfällen. Dies wird deutlich in den heftigen Krankheiten der Ehrsucht und des Geizes.

In den Dingen der Liebe, die wir in genauer Übereinstimmung mit der stoischen Philosophie hier als eine Krankheit behandeln müssen, zeigt sich die Bereitschaft zum Rückfall nicht weniger deutlich. So erging es der armen Sophia. Schon das nächste Mal, als sie den jungen Jones erblickte, kehrten bei ihr alle früheren Symptome zurück, und von der Zeit an bestürmten ihr Herz abwechselnd Frost und Hitze.

Die Lage dieser jungen Dame war jetzt ganz verschieden von der, in der sie sich je zuvor befunden hatte. Diese Leidenschaft, die früher für sie so köstlich süß gewesen war, wurde nun zum Skorpion in ihrer Brust. Sie widersetzte sich ihr daher aus allen Kräften und bot alle Gründe auf, die ihre Vernunft (die für ihr Alter ganz ungewohnt stark war) ihr nur eingeben konnte, um sie niederzuzwingen und aus ihrem Herzen zu verbannen. Das gelang ihr so weit, daß sie begann, von Zeit und Entfernung ihre völlige Heilung zu erhoffen. Sie beschloß demgemäß, Tom Jones soviel wie möglich zu meiden, in welcher Absicht sie sich den Plan ausdachte, ihre Tante zu besuchen; sie zweifelte nicht, daß sie ihres Vaters Zustimmung zu diesem Plan erhalten werde.

Doch Fortuna, die andere Pläne im Kopfe hatte, gebot einem jeden solchen Vorhaben unvermutet Halt, indem sie einen Unfall verursachte, der im nächsten Kapitel erzählt werden soll.

13. Kapitel

Sophia begegnet ein schrecklicher Unfall. Jones' ritterliches Betragen und die noch schrecklicheren Folgen dieses Betragens für die junge Dame; mit einer kurzen Abschweifung zugunsten des weiblichen Geschlechts.

Junker Western gewann Sophia mit jedem Tag lieber und lieber, in solchem Maß, daß seine geliebten Hunde ihr fast in seiner Neigung weichen mußten; da er es jedoch nicht über sich bringen konnte, diese zu verlassen, so verfiel er auf den schlauen Gedanken, sich ihrer Gesellschaft zusammen mit der seiner Tochter zu erfreuen; er bat sie also dringend, mit ihm auf die Jagd zu reiten.

Sophia, für die ihres Vaters Wort ein Gesetz war, ließ sich nicht lange bitten, obwohl sie nicht die geringste Freude an einer Belustigung empfand, die zu viel Rauhes und Männliches aufwies, um ihrer Anlage zu entsprechen. Indessen gab es für sie außer dem Gehorsam noch einen andern Beweggrund, den alten Herrn auf seinem Jagdritt zu begleiten; denn durch ihr Dabeisein hoffte sie, sein Ungestüm bis zu einem gewissen Grade mäßigen zu können und ihn daran zu hindern, seinen Hals so häufig der äußersten Gefahr auszusetzen.

Das Unangenehmste dabei war nun allerdings das, was ehedem für sie das Anlockendste gewesen wäre, nämlich die häufige Begegnung mit dem jungen Jones, den sie beschlossen hatte zu meiden. Da jedoch das Ende der Jagdzeit herannahte, so hoffte sie sich durch einen kurzen Aufenthalt bei ihrer Tante völlig aus ihrer unglücklichen Leidenschaft herauszuvernünfteln; sie zweifelte nicht daran, daß sie, wenn die nächste Jagdzeit begönne, imstande wäre, ihm ohne Gefahr im freien Felde zu begegnen.

Als sie an ihrem zweiten Jagdtag auf der Rückkehr von der Hatz heimritt und nur noch eine kleine Strecke von Herrn Westerns Haus entfernt war, begann ihr Gaul, dessen tatenlustiges Wesen einen besseren Reiter erfordert hätte, so zu kurbettieren und zu kapriolieren, daß sie in unmittelbarer Gefahr war, abgeworfen zu werden. Tom Jones, der in einiger Entfernung hinter ihr ritt, sah dies und sprengte sogleich zu ihrem Beistand heran. Sobald er bei ihr war, sprang er von seinem Pferd und griff dem ihrigen in die Zügel. Das ungebärdige Tier bäumte sich jetzt hoch und warf seine schöne Last von seinem Rücken, und Jones fing sie in seinen Armen auf.

Sophia war so heftig erschrocken, daß sie Jones, der sie ängstlich fragte, ob sie Schaden genommen hätte, nicht sogleich antworten konnte. Doch sie faßte sich bald, versicherte ihm, sie sei unverletzt, und dankte ihm für seine Hilfe und Mühe. Jones antwortete: „Wenn ich Sie gerettet habe, mein Fräulein, so bin ich reichlich belohnt; denn ich versichere Ihnen, ich hätte Sie aus der geringsten Gefahr befreien wollen, und hätte mir das auch ein weit größeres Unglück eingetragen, als es mir bei dieser Gelegenheit zuteil geworden ist."

„Was für ein Unglück?" rief Sophia lebhaft; „ich hoffe doch nicht, daß Sie verletzt worden sind?"

„Seien Sie ohne Sorge, Fräulein", antwortete Jones. „Dem Himmel sei Dank, daß Sie so gut davongekommen sind, wenn wir die Gefahr bedenken, in der Sie schwebten. Daß ich mir den Arm gebrochen habe, ist keine große Sache im Vergleich mit dem, was ich für Sie befürchtete."

Sophia schrie laut auf: „Ihren Arm gebrochen? Da sei Gott davor!"

„Ich glaube, es ist so, mein Fräulein", sagte Jones, „doch erlauben Sie mir, daß ich mich zuerst um Sie kümmere. Ich habe eine rechte Hand, um Ihnen zu dienen und Ihnen auf das nächste Feld hinüberzuhelfen, von wo wir bis zu Ihres Vaters Haus nur noch einen kurzen Weg haben."

Sophia, die seinen linken Arm schlaff an seiner Seite hängen sah, während er vom andern Gebrauch machte, um sie zu führen, zweifelte nicht länger an der Wahrheit. Sie erbleichte jetzt viel mehr, als vorher die Furcht sie hatte erblassen lassen. Ihre Glieder befiel ein heftiges Zittern, so daß Jones sie kaum zu stützen vermochte; und da ihre Gedanken in keiner geringeren Bewegung waren, konnte sie sich nicht enthalten, Tom einen Blick so voller Zärtlichkeit zuzuwerfen, daß man aus ihm auf ein weit stärkeres Gefühl schließen mußte, als es der Dank, sogar im Verein mit dem Mitleid, ohne das Hinzutreten einer dritten, mächtigeren Leidenschaft in der edelsten weiblichen Brust erwecken kann.

Herr Western, der, als dieser Unfall sich ereignete, eine Strecke vorausritt, war wie alle übrigen Reiter umgekehrt. Sophia berichtete ihnen sogleich, was Tom zugestoßen war, und bat sie, sich um ihn zu bemühen. Western, den große Angst erfaßt hatte, als er seiner Tochter Pferd ohne Reiterin erblickte, und den jetzt die Freude überwältigte, als er sie heil wiederfand, rief: „Gut, daß es nicht ärger ist. Hat Tom seinen

Arm gebrochen, so lassen wir einen Tischler kommen, der leimt ihn wieder an."

Der Junker stieg vom Pferd und machte sich mit seiner Tochter und mit Jones zu Fuß auf den Heimweg. Ein unbeteiligter Zuschauer, der ihnen auf dem Wege begegnet wäre, würde nach dem Anblick der verschiedenen Gesichter vielleicht geschlossen haben, Sophia allein sei Gegenstand des Bedauerns, denn was Jones anging, so war er überglücklich, weil er der jungen Dame wahrscheinlich das Leben gerettet und ihn das nichts weiter gekostet hatte als einen Knochenbruch. Und Herr Western, wenngleich ihn der Unfall, der Jones zugestoßen war, nicht gleichgültig ließ, war doch in weit höherem Grade beglückt über die Rettung seiner Tochter.

In ihrer großmütigen Denkart legte Sophia dies Betragen Tom Jones als große Tapferkeit aus, und es machte tiefen Eindruck auf ihr Herz; denn eines ist gewiß, daß es keine andere Eigenschaft gibt, die den Männern so allgemein die Achtung des andern Geschlechts einträgt. Wenn wir der Durchschnittsmeinung glauben sollen, ergibt sich das aus der angeborenen Furchtsamkeit dieses Geschlechtes. Sie ist, wie Osborne sagt, „so groß, daß man ein Weib als das feigste aller von Gott erschaffenen Geschöpfe betrachten muß" – ein Satz, der minder wahr als wegen seiner Grobheit beachtenswert ist. Aristoteles wird ihnen in seiner Politik, glaube ich, eher gerecht, wenn er sagt: „Die Sittsamkeit und Tapferkeit der Männer ist etwas anderes als diese selben Tugenden bei der Frau, denn die Tapferkeit, die einem Weib ansteht, wäre beim Mann Feigheit; und die Sittsamkeit, die einem Manne ansteht, wäre Keckheit bei der Frau." Auch dürften jene kaum der Wahrheit viel näher kommen, welche die Vorliebe, die Frauen für den Tapfern zeigen, aus ihrer übermäßigen Furchtsamkeit herleiten. Bayle (ich glaube, in seiner Abhandlung über Helena) schreibt, mit größerer Wahrscheinlichkeit, jene Neigung ihrer heftigen Ruhmesliebe zu; und dafür haben wir das Zeugnis dessen, der am *tiefsten von allen in die* menschliche Natur geblickt hat und der die Heldin der Odyssee, das große Vorbild ehelicher Liebe und Treue, den Ruhm ihres Gatten als die einzige Quelle ihrer Liebe zu ihm bezeichnen läßt.

Wie dem nun sei, gewiß ist, daß jenes Ereignis sehr stark auf Sophia einwirkte; und nachdem ich mich in dieser Sache auf allen Seiten erkundigt habe, bin ich wirklich zu glauben geneigt, daß zu derselben Zeit die reizende Sophia nicht weniger Eindruck auf das Herz von Tom Jones machte. Die Wahrheit zu sagen, hatte er schon eine Weile die unwiderstehliche Macht ihrer Reize empfunden.

14. Kapitel

Die Ankunft eines Wundarztes. Seine Operationen und ein langes Zwiegespräch zwischen Sophia und ihrem Kammermädchen.

Als sie alle in Herrn Westerns Wohnsitz angelangt waren, ließ sich Sophia, die mit Mühe den Weg hereingeschwankt war, in einen Lehnstuhl fallen; doch mit Hilfe von Wasser und Essenzen wurde sie vor einer Ohnmacht bewahrt, und sie hatte sich schon ordentlich erholt, als der Wundarzt, nach dem man Jones' wegen geschickt hatte, ankam. Herr Western, der die Symptome seiner Tochter ihrem Sturz zuschrieb, riet ihr, sich vorsichtshalber eine Ader öffnen zu lassen. In seiner Auffassung wurde er vom Wundarzt unterstützt, der so viele Gründe für den Aderlaß anführte und so manchen Fall erzählte von Leuten, die dafür büßen mußten, weil sie es versäumt hatten, daß der Junker immer dringender wurde und mit Entschiedenheit darauf bestand, daß seine Tochter zur Ader gelassen werde.

Sophia gab den Befehlen ihres Vaters bald nach, wiewohl durchaus wider ihre eigene Neigung, denn sie befürchtete, so glaube ich, weit weniger Gefahr von ihrem Schrecken als der Junker und der Wundarzt. So hielt sie denn ihren schönen Arm hin, und der Wundarzt bereitete sich vor auf sein Werk.

Während die Diener geschäftig die erforderlichen Gegenstände herbeiholten, redete der Wundarzt, der ihr Widerstreben für Ängstlichkeit hielt, ihr beruhigend zu und versicherte, es bestehe nicht die geringste Gefahr. Kein Unglück, so erklärte er, könne je beim Aderlassen entstehen, es sei denn durch die scheußliche Unwissenheit jämmerlicher Pfuscher in der Chirurgie, doch dies, so gab er deutlich zu verstehen, sei gegenwärtig nicht zu befürchten. Sophia versicherte, sie sei nicht ängstlich, und fügte hinzu: „Wenn Sie auch eine Arterie träfen, so versprech ich, ich will's Ihnen verzeihen." – „Willst du!" rief Western. „Ich will verdammt sein, wenn ich's will. Wenn er dir das geringste antut, verdammt, dann lasse ich dafür sein

Herzblut fließen!“ Der Wundarzt willigte ein, ihr unter diesen Bedingungen die Ader zu öffnen, und schritt zur Operation, die er mit all der Geschicklichkeit ausführte, die er versprochen hatte, und auch in großer Geschwindigkeit, denn er nahm ihr nur wenig Blut, weil es, wie er sagte, besser sei, öfter zur Ader zu lassen, als zuviel Blut auf einmal wegzunehmen.

Sophia begab sich, sobald ihr Arm verbunden war, in ihr Zimmer, denn sie mochte nicht (und vielleicht wäre das auch nicht ganz schicklich gewesen) der Operation an Jones beiwohnen. Tatsächlich war einer der Gründe, warum sie den Aderlaß hatte umgehen wollen (obgleich sie es dann nicht tat), die Verzögerung gewesen, die die Einrichtung von Toms Arm erleiden mußte. Denn sobald es um Sophia ging, hatte Western für nichts mehr Gedanken als für sie; was Jones selbst anbelangt, so saß er da „wie die Geduld, die auf einem Monument dem Gram zulächelt“. In Wahrheit dachte er, als er das Blut aus Sophias lieblichem Arm springen sah, kaum mehr an das, was ihm selbst widerfahren war.

Der Wundarzt befahl nun, daß man seinen Patienten bis aufs Hemd entkleide; nachdem er selbst den Arm völlig entblößt hatte, fing er an, ihn zu recken und genau zu untersuchen, so daß die Schmerzen Tom mehrmals veranlaßten, gehörig Gesichter zu schneiden. Als der Chirurg dies bemerkte, wunderte er sich höchlich und rief: „Was hat der Herr denn nur? Ich bin doch gewiß, es ist unmöglich, daß ich ihm weh getan habe.“ Dann hielt er den Anwesenden den gebrochenen Arm hin und begann dabei eine lange, überaus gelehrte anatomische Vorlesung, in der er die einfachen und doppelten Knochenbrüche sowie die verschiedenen Brucharten der Betrachtung unterzog; auch Anmerkungen wurden gegeben, die dartun sollten, wie viele von diesen besser oder schlimmer gewesen seien als der vorliegende Fall.

Als er seine kunstvolle Ansprache beendet hatte, von der die Zuhörer, obgleich sie Aufmerksamkeit und Bewunderung erregte, nicht sonderlich erbaut waren, da sie von seinem ganzen Vortrag nicht eine Silbe verstanden, machte er sich an sein Geschäft, das durchzuführen ihm denn auch rascher gelang, als er damit begonnen hatte.

Jones erhielt den Befehl, sofort zu Bett zu gehen, und Herr Western nötigte ihn, eines in seinem Hause zu beziehen; hierauf wurde er zur Hafersuppe verurteilt.

Bei der guten Gesellschaft, die im Saal dem Armschienen

beigewohnt hatte, befand sich auch Jungfer Honoria; sobald die Operation beendet war, lief sie auf das Glockenzeichen zu ihrem Fräulein hinauf, das sie fragte, wie es dem jungen Herrn Jones gehe. Sogleich erging sich das Mädchen in übertriebenen Lobpreisungen der „heldenhaften Haltung", mit der er alles ertragen habe und die, sagte sie, „einem so liebenswerten Wesen auf das anmutigste ansteht". Dann fand sie noch wärmere Lobsprüche für die Schönheit seiner Gestalt, wobei sie manche Einzelheiten aufzählte und mit der weißen Farbe seiner Haut schloß.

Dieses Gespräch hatte auf Sophias Gemütszustand eine Wirkung, die vielleicht dem Scharfblick ihrer Kammerjungfer nicht entgangen wäre, hätte sie während der ganzen Zeit, da sie sprach, ihrer Herrin nur ein einziges Mal ins Gesicht gesehen. Doch ein Spiegel, der ihr gar bequem gegenüberhing, bot ihr Gelegenheit, diejenigen Gesichtszüge zu betrachten, die ihr von allen die erfreulichsten waren; so hatte sie während ihrer ganzen Rede die Augen nicht ein einziges Mal von diesem liebenswürdigen Gegenstand abwenden können.

Mit dem, was ihre Zunge bewegte, und mit dem geliebten Bild vor Augen war Jungfer Honoria so anhaltend beschäftigt, daß sie dem Fräulein Zeit ließ, seine Verwirrung zu unterdrükken, worauf dieses, als es damit so weit war, ihrer Jungfer lächelnd sagte, sie sei in den jungen Menschen gewiß verliebt! „Ich verliebt, gnädiges Fräulein?" antwortete sie. „Auf mein Wort, gnädiges Fräulein, ich versichere Ihnen, bei meiner Seel, Euer Gnaden, ich bin's nicht." – „Nun", sagte ihre Herrin, „und wenn du's nun wärst? Ich sehe nicht, warum du dich dessen schämen solltest, denn er ist ja wirklich ein hübscher Mann." – „Ja gewiß", meinte die andere, „das ist er, der schönste Mann, den ich meiner Lebtag gesehen. Ja, das ist gewiß wahr. Und wie gnädiges Fräulein sagt, was sollt ich mich schämen, wenn ich ihn liebte, obgleich er höher steht als ich. Und sicher, Edelleut sind auch nur Fleisch und Blut wie wir Diener. Und dann, was Herrn Jones betrifft, wenn Junker Allworthy einen Edelmann aus ihm gemacht hat, von Geburt war er nicht so gut wie ich; denn bin ich auch ein armes Ding, so bin ich ehrlicher Leute Kind, und Vater und Mutter waren verheiratet, was mehr ist, als manche Leute sagen können, wie hoch sie auch die Nase tragen. Und ist seine Haut noch so weiß, und 's ist gewiß die weißeste, die man je gesehn, so bin ich ein Christenmensch so gut wie er, und niemand kann sagen, ich sei von gemeiner Geburt; mein Großvater war ein Geistlicher* und würde sich bedankt haben, hätte eines von unserer Familie mit Molly Seagrims schmutziger Hinterlassenschaft zu tun gehabt.“

Sophia hätte vielleicht ertragen, daß das Mädchen in diesem Ton drauflosschwatzte, da sie nicht recht wußte, wie sie seine Zunge zum Stehen bringen sollte, was, wie sich der Leser wohl denken kann, keine leichte Aufgabe war. Allerdings waren in diesen Reden verschiedene Bemerkungen gefallen, die für das Ohr der Dame sehr wenig angenehm klangen. Da es mit dieser Redeflut jedoch kein Ende nehmen wollte, gebot sie dem Geplätscher nun Halt. „Ich bin erstaunt“, sagte sie, „daß du es wagen kannst, mit solcher Frechheit über einen von meines Vaters Freunden zu reden. Was jene Dirne betrifft, so verbiete ich dir, ihren Namen nochmals vor mir zu nennen. Und im Hinblick auf des jungen Herrn Abkunft mögen diejenigen, die nichts anderes zu seinem Nachteil vorbringen können, über diesen Punkt schweigen, so wie ich verlange, daß du künftig darüber schweigst.“

„Es tut mir leid, daß ich Euer Gnaden gekränkt habe“, antwortete Jungfer Honoria. „Ganz gewiß hasse ich Molly Seagrim so sehr, wie das Fräulein das tut; und wegen der Reden über Junker Jones – da kann ich die ganze Dienerschaft des Hauses zu Zeugen aufrufen, daß ich, wenn immer das Gespräch um Bankerts ging, auf seiner Seite gewesen bin. ‚Denn wer von euch‘, sag ich zum Hausknecht, ‚wollte nicht, wenn er könnte, ein Bankert sein, wenn man später einen Edelmann aus ihm machte? Und‘, sag ich, ‚ich bin überzeugt, daß er ein sehr nobler Herr ist, und er hat wohl die weißesten Hände von der Welt. Und‘, sag ich, ‚einer von den freundlichsten, bestgearteten Menschen, die es gibt, ist er; und‘, sag ich, ‚die ganze Dienerschaft und die Nachbarn im Land herum haben ihn gern.‘ Und, meiner Treu, Euer Gnaden könnt ich Dinge erzählen, doch da hab ich Angst, daß Sie mir deswegen zürnten!“ – „Was denn könntest du mir erzählen, Honoria?“ fragte Sophia. „Ach, Madam, Böses meinte er damit nicht, gewiß nicht, darum wollt ich auch nicht, daß Euer Gnaden sich darüber

* Dieses ist die zweite Person niedrigen Standes, von der wir in unserer Geschichte erzählen, sie stamme von einem Geistlichen ab. Es steht zu hoffen, daß in künftigen Zeiten, wenn für die Familien der niedrigen Geistlichkeit einigermaßen gesorgt sein wird, solche Beispiele als etwas Befremdlicheres erscheinen werden als in unsern Tagen.

kränkten." – „Willst du nun reden, Honoria? Auf der Stelle will ich's wissen", sagte Sophia. „Also denn", begann Jungfer Honoria ihre Erzählung, „an einem Tag der letzten Woche, als ich bei der Arbeit war, kam er zu mir ins Zimmer, und da lag Euer Gnaden Muff auf einem Stuhl, und wahrhaftig, da fuhr er mit den Händen hinein – der Muff, den Euer Gnaden mir erst gestern geschenkt haben. ‚Aber lassen Sie', sag ich, ‚Herr Jones, Sie verderben meines Fräuleins Muff und weiten ihn aus', doch er ließ seine Hände drinnen, und dann küßte er ihn – ja, in meinem Leben hab ich nie einen so küssen sehn." „Ich denke doch, er wußte nicht, daß es meiner war", erwiderte Sophia. „Da hören Euer Gnaden: er küßte ihn wieder und wieder, sagt, es wär der hübscheste Muff von der Welt. ‚Lassen Sie doch, Herr', sag ich; ‚den haben Sie ja schon hundertmal gesehn.' – ‚Ja, Jungfer Honoria', ruft er, ‚wer kann aber was Hübsches sehn, wenn Euer Fräulein dabei ist, und denkt nachher nicht an sie?' Nun, das ist aber noch nicht alles; ich hoff nur, Euer Gnaden werden nicht beleidigt; denn bös war's ja nicht gemeint. Eines Tags, als Euer Gnaden dem Herrn auf dem Cembalo vorspielten, saß Master Jones im Zimmer nebenan und schien mir schwermütig auszusehen. ‚Nu', sag ich, ‚Herr Jones, wo fehlt's? Über was grübeln Sie nach', sag ich. ‚Was denn, Mädel', sagt er und fährt auf wie aus 'm Traum, ‚an was kann ich denken, wenn dieser Engel, Eure Herrin, spielt?' Und dann preßt er meine Hand und sagt: ‚Oh, Jungfer Honoria, wie glücklich wird der Mann sein . . .', und dann seufzt er. Meiner Treu, sein Atem duftet wie ein Blumenstrauß. Doch sicher meinte er nichts Böses. Drum hoff ich, Euer Gnaden werden darüber schweigen, denn er gab mir eine Krone, daß ich nie etwas davon sagen sollt, und ließ mich auf ein Buch schwören, doch ich glaub, die Bibel war's nicht."

Solange kein schöneres Rot als Scharlach erfunden ist, werde ich nichts über Sophias Gesichtsfarbe bei dieser Gelegenheit aussagen. „Hon-o-ria", sagte sie, „wenn du's unterlassen willst, davon je wieder etwas zu mir oder zu jemandem sonst zu sagen, so werde ich dich nicht verraten – ich meine, ich will dir nicht böse sein; doch bin ich erschrocken über deine Zunge. Warum, mein Kind, erlaubst du ihr solche Freiheiten?" „Nein, Fräulein", antwortete sie, „ich wollt mir gewiß eher die Zung verschneiden als Euer Gnaden beleidigen. Auf Ehre, nie werd ich ein Wort fallen lassen, das Euer Gnaden nicht genehm ist." – „Nun also, ich möchte, daß du von dieser Sache nie mehr das geringste verlauten läßt", sagte Sophia, „denn es könnte meinem Vater zu Ohren kommen und ihn gegen Herrn Jones aufbringen, wenn ich auch glaube, wie du sagtest, daß er nichts Schlimmes meinte. Ich wäre aber selbst ernstlich böse, müßte ich denken ..." – „Nein, Euer Gnaden", rief Honoria, „da sag ich, ich glaube, er meinte nichts. Ich denk, er redete wie von Sinnen; ja, er sagte selbst, er glaube, als er so sprach, wär er nicht bei Troste gewesen. ‚Ja, Herr', sagte ich, ‚das glaub ich auch.' ‚Ja, Honoria', sagte er. Doch ich bitt Euer Gnaden um Verzeihung; die Zung könnt ich mir ausreißen, wenn die Sie ärgert." – „Nun weiter", ermunterte sie Sophia; „erzähl mir alles, was du mir bis dahin noch nicht gesagt hast." – „‚Ja, Honoria', sagt er (das war einige Zeit, nachdem er mir die Krone gegeben), ‚ich bin nicht Narr und nicht Schurke genug, um in ihr etwas anderes zu sehen als meine Göttin; als solche werde ich sie immer verehren und anbeten, solang ich atme.' Das, Madam, war alles, ich will's beschwören, soweit meine Erinnerung reicht. Ich war selbst zornig auf ihn, bis ich verstand, er meinte nichts Schlimmes." – „Honoria", versetzte Sophia, „ich glaube, du hast zu mir eine wirkliche Zuneigung. Vor ein paar Tagen, als ich dir gekündigt hatte, da war ich gereizt; doch wenn du den Wunsch hast, bei mir zu bleiben, sollst du bleiben." „Aber gewiß, Fräulein", antwortete Jungfer Honoria, „ich werde nie wünschen, Euer Gnaden zu verlassen. Hab mir wahrhaftig fast die Augen ausgeweint, weil Sie mir gekündigt haben. Es wär auch sehr undankbar von mir, wenn ich Euer Gnaden zu verlassen wünschte; denn ich würd auch nie mehr eine so gute Stelle finden. Ganz gewiß möcht ich bei Euer Gnaden leben und sterben; denn, wie der arme Herr Jones sagt, glücklich ist der Mann ..."

Hier unterbrach die Glocke aus dem Eßzimmer eine Unterhaltung, die auf Sophia eine solche Wirkung hatte, daß sie vielleicht ihrem Aderlaß am Morgen nun mehr zu verdanken hatte, als sie damals hätte vermuten können. Was ihren gegenwärtigen Gemütszustand betrifft, so will ich mich an des Horaz Regel halten und nicht versuchen, ihn zu beschreiben, da ich am Erfolg zweifeln müßte. Die meisten meiner Leser werden ihn sich leicht vorstellen können; die wenigen, denen das nicht gelingt, würden das Gemälde nicht verstehen oder wenigstens leugnen, daß es natürlich sei, sollte es auch noch so trefflich ausgeführt sein.

FÜNFTES BUCH

Umfaßt einen Zeitraum von etwas mehr als einem halben Jahr.

1. Kapitel

Über das Ernsthafte in der Schriftstellerei, und zu welchem Zwecke es eingeführt wird.

Vielleicht gibt es keine Stellen in diesem erstaunlichen Werk, die dem Leser bei der Lektüre weniger Vergnügen bereiten werden als die, welche den Verfasser beim Schreiben die größte Mühe gekostet haben. Darunter werden vermutlich jene Einführungen zu rechnen sein, die wir dem Stück Geschichte, das jedes Buch enthält, vorangesetzt haben und die wir für die Art Schriftstellerei, die wir zu unserer Angelegenheit machen, als wesentlich notwendig zu betrachten beschlossen haben.

Für diesen unsern Beschluß glauben wir nicht eigentlich verpflichtet zu sein unsere Gründe anzugeben; es genügt vollkommen, daß wir ihn als notwendige Regel in allem prosaisch-komisch-epischen Schrifttum festgestellt haben. Wer fragte denn je nach einer Begründung für diese hübsche Einheit von Zeit und Ort, die nun für die dramatische Dichtung als wesentlich gefordert wird? Welchem Kritiker stellte man die Frage, warum ein Stück statt einen nicht ebenso gut zwei Tage ausfüllen sollte? Oder warum die Zuschauer (vorausgesetzt, sie reisten wie Wahlmänner kostenlos) nicht ebensowohl fünfzig statt fünf Meilen weit befördert werden könnten? Hat irgendein Kommentator triftige Gründe für die Begrenzung des Dramas genannt, das, nach einem Kritiker des Altertums, weder mehr noch weniger als fünf Akte haben dürfe? Oder hat schon irgendeiner heute den Versuch gemacht zu erklären, was unsere modernen Theaterkritiker unter dem Wort *gemein* verstehen, mit dessen Hilfe es ihnen glücklich gelang, allen Humor von den Bühnen zu verbannen, wodurch denn das Theater so trübselig wie eine gute Stube geworden ist? Bei allen diesen Gelegenheiten scheint sich die Welt an eine Maxime unseres Rechts gehalten zu haben, nämlich: *Cuicunque in arte sua perito* *credendum est.** Denn es wäre vielleicht schwierig zu verstehen, daß einer die Frechheit hätte, für irgendeine Kunst oder Wissenschaft dogmatische Regeln aufzustellen ohne die geringste Begründung dafür. In solchen Fällen jedoch sind wir geneigt, auf triftige und gute Gründe zu schließen, die jedoch nicht an der Oberfläche liegen, weshalb wir sie leider in ihrer Tiefe nicht erkennen können.

Nun hat die Welt aber in Wirklichkeit den Kritikern zu große Aufmerksamkeit erwiesen und sie für Männer von viel tieferem Geist gehalten, als sie das tatsächlich sind. Diese Verbindlichkeit und Achtung hat sie so kühn gemacht, sich eine diktatorische Macht anzumaßen, und sie hatten insofern Erfolg, als sie nun die Meister geworden sind und die Vollmacht besitzen, jenen Schriftstellern Gesetze zu geben, von deren Vorgängern sie diese ursprünglich erhielten.

Der Kritiker, richtig betrachtet, ist nicht mehr als der Schreiber, dessen Amt es war, die Abschriften der Regeln und Gesetze zu besorgen, die jene großen Richter aufstellten, die ihre weite, umfassende Geisteskraft in den Rang von Gesetzgebern auf den verschiedenen Wissensgebieten, denen sie vorstanden, erhoben hat. Und mehr als dieses Amt haben die Kritiker der Vorzeit auch nicht angestrebt. Auch wagten sie niemals ein Urteil, ohne es durch die Autorität des Richters, von dem sie es entliehen hatten, zu stützen.

Doch im Verlauf der Zeit und in Zeiten der Unwissenheit begann der Schreiber die Macht zu ergreifen und sich die Würde seines Meisters anzumaßen. Die Gesetze des Schreibens gründeten nun nicht mehr auf das Schaffen des Schriftstellers, sondern auf die Vorschriften des Kritikers. Der Schreiber wurde zum Gesetzgeber, und mit großer Entschiedenheit erließen diejenigen nun unumstößliche Gesetze, deren Geschäft es einst war, solche lediglich abzuschreiben.

Hieraus ergab sich ein offensichtlicher und vielleicht unvermeidlicher Irrtum, denn diese Kritiker, Leute von seichter Denkart, verfielen gar leicht darauf, Form für Substanz zu halten. Sie handelten, wie es ein Richter täte, der sich an den toten Buchstaben des Gesetzes hielte, den Geist jedoch verabschiedete. Kleine Nebendinge, die bei einem großen Schriftsteller vielleicht nur etwas Zufälliges sind, wurden von diesen Kritikern als sein Hauptverdienst angesehen und als etwas

* Dem in seiner Kunst Erfahrenen soll man trauen (Anmerkung des Übersetzers).

Wesentliches weitergegeben, das von allen seinen Nachfolgern zu beachten sei. Zeit und Unwissenheit, die starken Stützen des Betruges, verhalfen jenen Übergriffen zu Ansehen; und so wurde denn eine Menge Regeln des guten Schreibens eingesetzt, für die man weder in der Natur noch in der Wahrheit die geringste Berechtigung finden kann und die meist nur den Zweck haben, dem Genie einen Zaum anzulegen und es zu bändigen. Gleichermaßen müßte sich der Tanzmeister behindert fühlen, wenn die vielen ausgezeichneten Schriften über seine Kunst es zur maßgebenden Regel machen wollten, daß jedermann in Ketten tanzen müsse.

Um daher jedem Vorwurf zu begegnen, daß wir für die Nachwelt eine Regel aufstellen wollten, gegründet einzig auf die Autorität des *ipse dixit* – für die wir, offen gesagt, keine allzu große Verehrung empfinden –, lassen wir hier das oben umstrittene Vorrecht auf sich beruhen und gehen dazu über, dem Leser die Gründe auseinanderzusetzen, die uns veranlaßt haben, solche verschiedenen abschweifenden Betrachtungen im Verlauf unserer Erzählung einzustreuen.

Und da werden wir nun mit Notwendigkeit dazu gebracht, eine neue Ader der Erkenntnis zu öffnen, die, wenn sie auch bereits entdeckt worden sein mag, unseres Wissens weder von einem Schriftsteller des Altertums noch von einem modernen angegriffen worden ist. Diese Ader ist die des Gegensatzes, die sich durch alle Werke der Schöpfung hinzieht und die in bedeutendem Maße daran beteiligt sein dürfte, die Idee jeder Art Schönheit, der natürlichen wie der künstlerischen, in uns herauszubilden: denn was führt uns die Schönheit und Vortrefflichkeit eines Dinges vor Augen, wenn nicht seine Kehrseite? So wird die Schönheit des Tags oder die des Sommers durch die Schrecken der Nacht und des Winters hervorgehoben. Und ich glaube, wäre es möglich, daß ein Mensch nur die beiden ersten gesehen hätte, so würde er von ihrer Schönheit nur einen unvollständigen Begriff erhalten haben.

Doch um den Anschein tiefsinnigen Ernstes zu erreichen: Kann man daran zweifeln, daß die allerschönste Frau den ganzen Vorteil ihrer Reize einbüßen würde in den Augen eines Mannes, der niemals eine von anderer Körpergestalt gesehen hätte? Die Damen selbst haben dafür so einen sichern Sinn – sie alle sind bemüht, sich Folien zu schaffen. Ja, sie machen sich selbst zur Folie; ich habe beobachtet (besonders in Bath), daß sie es darauf abgesehen haben, am Morgen so häßlich wie nur möglich zu erscheinen, um dem dann die Schönheit gegenüberzustellen, die sie am Abend zu zeigen gesonnen sind.

Die meisten Künstler machen sich in ihrer Praxis dieses Geheimnis zunutze, wenngleich vielleicht einige über seine Theorie nie viel nachgedacht haben. Der Juwelier weiß, daß der schönste Brillant eine Folie benötigt, und der Maler, der seine Gestalten in gehörigen Kontrast zu bringen weiß, erntet großen Beifall.

Ein großer Genius unter uns wird diese Sache deutlich machen. Ich kann ihn freilich nicht den gewöhnlichen Künstlern zureihen, da er seinem Rang nach zu denen gehört,

Inventas qui vitam excoluere per artes,

die durch erfundene Künste das Leben verschönern.

Ich meine damit den Erfinder jener köstlichen Unterhaltung, genannt die englische Pantomime.

Diese Unterhaltung bestand aus zwei Teilen, die der Erfinder durch die zwei Bezeichnungen *ernst* und *komisch* unterschied. Der erste stellte eine bestimmte Anzahl heidnischer Götter und Heroen zur Schau, die sicherlich die schlechteste und dümmste Gesellschaft ausmachten, die je einem Publikum vorgestellt wurde; und (dieses Geheimnis war nur wenigen bekannt) das war in bewußter Absicht als Kontrast zum komischen Teil des Spiels, damit die Späße des Harlekins um so besser zur Geltung kämen.

Es war vielleicht nicht sehr höflich, von diesen Gestalten einen solchen Gebrauch zu machen, aber der Kunstgriff war nichtsdestoweniger sinnreich und tat seine Wirkung. Und um so einleuchtender wird das erscheinen, wenn wir für ernst und komisch die Worte langweilig und langweiliger setzen, denn dieses Komische war wahrhaftig langweiliger als alles, was zuvor auf der Bühne gezeigt worden war, und konnte allein durch jenen Steigerungsgrad von langweilig hervorgehoben werden, der den ernsten Teil ausmachte. Wahrhaftig, so unerträglich ernsthaft waren diese Götter und Heroen, daß Harlekin (denn der englische Herr dieses Namens ist keineswegs verwandt mit der französischen Familie; er ist von weit ernsterer Charakteranlage) bei seinem Auftreten auf der Bühne stets willkommen war, da er die Zuschauer von einer schlimmeren Gesellschaft befreite.

Kluge Schriftsteller haben diese Kunst der Kontraste stets mit großem Erfolg angewandt. Ich war erstaunt, zu sehen, daß

Horaz diesen Kunstgriff bei Homer bekrittelte. Freilich widerspricht er sich schon in der zweiten Zeile:

Indignor quandoque bonus dormitat Homerus;
Verum opere in longo fas est obrepere somnum.
Ich zürne, wenn je den guten Homer der Schlaf erreicht;
Doch recht ist's, daß Schlummer ein langes Werk beschleicht.

Denn wir dürfen das hier nicht (was einige vielleicht bereits getan) so verstehen, daß ein Schriftsteller während des Schreibens einschläft. Es ist freilich wahr, daß Leser sich mitunter vom Schlaf übermannen lassen; wäre das Werk aber auch so lang wie eines von Oldmixoni, der Schriftsteller selbst unterhält sich zu gut bei seiner Arbeit, als daß ihn darüber die leiseste Schläfrigkeit überkäme. Er ist, wie Herr Pope bemerkt,

Selbst schlaflos, seinen Lesern Schlaf zu geben.

Die Wahrheit zu sagen, sind diese einschläfernden Stellen ebenso viele kunstvoll eingeflochtene ernsthafte Szenen, die zum übrigen im Kontrast stehen und dieses ins Licht rücken sollen. Und so ist die wahre Meinung die eines jüngst verstorbenen witzigen Schriftstellers, der seiner Leserschaft sagte, wo immer er langweilig werde, stecke Absicht dahinter.

In solchem Lichte also, oder vielmehr in solchem Dunkel, möchte ich den Leser diese einführenden Partien betrachten lassen. Und wenn er nach solcher Warnung der Meinung sein sollte, er werde in andern Teilen dieser Geschichte noch genug des Ernsthaften finden, so mag er die, in denen wir mit Überlegung langweilig sein wollen, überschlagen und die folgenden Bücher mit dem zweiten Kapitel beginnen.

2. Kapitel

Tom Jones erhält während seiner Krankenhaft manchen freundlichen Besuch. Einige feine Pinselstriche an der Darstellung der Leidenschaft der Liebe, die dem unbewaffneten Auge kaum sichtbar sein dürften.

Tom empfing während seiner Zimmerhaft manchen Besuch, obgleich ihm vielleicht einige davon nicht gar angenehm waren. Herr Allworthy besuchte ihn fast täglich. Aber wenn er auch Tom wegen seiner Schmerzen bemitleidete, sein ritterliches Verhalten jedoch, durch das er sie sich zugezogen, höchlich guthieß, so hielt er dies nun doch für eine günstige Gelegenheit, ihm wegen seiner früheren Torheiten in ernüchternden Worten zuzusprechen. Und heilsamer Rat hätte sich zu keiner gelegeneren Zeit anbringen lassen als jetzt, da das Gemüt durch Schmerzen und Krankheit erweicht, von Gefahr verängstigt und seine Aufmerksamkeit nicht von jenen ungestümen Leidenschaften verwirrt war, die uns zwingen, dem Vergnügen nachzujagen.

Sooft daher der gute Mann mit dem Jüngling allein war, vornehmlich wenn dieser sich im Zustand völliger Ruhe befand, benützte er die Gelegenheit, ihn an seine früheren Fehltritte zu erinnern, freilich auf die mildeste und zärtlichste Weise und nur in der Absicht, den Warnungen, die er ihm für sein zukünftiges Benehmen erteilte, Gehör zu verschaffen; von welchem Benehmen allein, wie er ihm versicherte, sein eigenes Glück, und was er an Güte noch von seinem Pflegevater erwarten dürfe, abhingen, wenn er sich dessen gute Meinung nicht völlig verscherzen wolle. Was das Vergangene betreffe, sagte er, so solle das verziehen und vergessen sein. Deswegen riet er ihm, von seinem Unfall einen guten Gebrauch zu machen, damit er sich schließlich als eine Heimsuchung zu seinem eigenen Besten erweisen möge.

Thwackum war gleicherweise ein ziemlich fleißiger Besucher; und auch ihm schien ein Krankenbett der geeignete Hintergrund für Ermahnungen. Sein Stil war jedoch strenger als der von Herrn Allworthy. Er sagte seinem Schüler, er solle in seinem gebrochenen Arm ein Urteil des Himmels über seine Sünden sehen. Es stünde ihm wohl an, täglich auf seinen Knien dafür zu danken, daß er nur den Arm und nicht den Hals gebrochen habe, der, sagte er, vielleicht nur verschont worden wäre, um bei einer späteren Gelegenheit dranzukommen, in einer vermutlich nicht gar so fernen Zukunft. Er selbst, so sagte er, habe sich oft gewundert, daß irgendeine Art Vergeltung ihn nicht schon früher erreicht habe; doch lasse sich aus diesem Fall immerhin erkennen, daß die göttliche Strafe, wenn sie auch manchmal zögere, doch sicher über den Sünder komme. Darum ermahnte auch er ihn jetzt, noch größerer Übel mit Bestimmtheit gewärtig zu sein, die im Hintergrund lauerten und ihn so gewiß wie dieses in seinem Zustand der Unbußfertigkeit heimsuchen würden. „Diese Übel“, sagte er, „können nur durch eine so vollkommene und aufrichtige Reue abgewendet werden, wie man sie nicht erwarten kann von einem, der in seiner Jugend auf solche Abwege geriet und dessen Sinn, wie ich fürchte, bis in den Grund verderbt ist. Indessen ist es meine Pflicht, Sie zu solcher Reue zu ermahnen, wenn ich auch nur zu gut weiß, daß alle Ermahnungen vergeblich und fruchtlos sein werden. Doch *liberavi animam meam*. Ich kann mein Gewissen keiner Unterlassung anklagen. Doch zugleich muß ich mit dem größten Kummer sehen, wie Sie dem sicheren Unglück in dieser und der ebenso gewissen Verdammnis in der nächsten Welt entgegentreiben.“

Square redete in einem ganz anderen Ton; er sagte, solchen Zufälligkeiten wie einem Knochenbruch werde ein weiser Mann keine Beachtung schenken. Es genüge durchaus, daß sich der Geist mit dieser Art Mißgeschick abfinde und sich klarmache, daß so etwas auch dem klügsten aller Menschen zustoßen könne und daß sie zweifelsohne zum Besten des Ganzen dienten. Er sagte, es sei reiner Wortmißbrauch, solche Dinge Übel zu heißen, die keinen Verstoß gegen das Moralische mit sich brächten. Schmerz, die schlimmste Folge solcher Zufälle, sei das Verächtlichste in der Welt; dem folgten noch mehr solcher Spruchweisheiten, ausgezogen aus dem zweiten Band von Ciceros Tusculaner-Fragen und aus dem großen Lord Shaftesbury. Während er diese Sentenzen aussprach, geriet er eines Tages in solchen Eifer, daß er sich unglücklicherweise in die Zunge biß, und zwar so heftig, daß damit nicht allein seiner Rede Abbruch geschah; er wurde auch in eine nicht geringe Erregung versetzt und veranlaßt, einen oder zwei Flüche hervorzuknurren. Doch das Schlimmste von allem: dieser Vorfall war für den anwesenden Thwackum, der alle derartigen Lehren für heidnisch und atheistisch hielt, eine Gelegenheit, ihm beifällig auf den Rücken zu klatschen. Das geschah aber unter einem so schadenfrohen Grinsen, daß es die Gemütsruhe des Philosophen (wenn ich so sagen darf) völlig aus den Angeln hob, die durch den Zungenbiß bereits ein wenig aus dem Gleichgewicht geraten war. Verhindert, seinem Zorn durch die Sprache Luft zu machen, würde er vielleicht auf eine gewaltsamere Methode, sich zu rächen, verfallen sein, hätte sich nicht der Wundarzt, der zum Glück im Zimmer war, ganz gegen seinen eigenen Vorteil ins Mittel gelegt und den Frieden gerettet.

Herr Blifil besuchte seinen Freund nur selten und niemals allein. Dieser würdige junge Mann bekundete ihm jedoch die größte Aufmerksamkeit und ebensoviel Teilnahme an seinem

Mißgeschick, doch vorsichtig vermied er jede Vertraulichkeit, damit er, wie er häufig zu verstehen gab, seinen eigenen unbescholtenen Charakter nicht mit einem Makel behafte; in welcher Absicht er denn auch ständig jenen salomonischen Spruch im Munde führte, der gegen schlechten Umgang gerichtet ist. Nicht daß er sich mit ähnlicher Schärfe wie Thwackum geäußert hätte, denn immer wieder gab er der Hoffnung auf die moralische Umkehr Toms Ausdruck, welche, sagte er, die unvergleichbare Güte, die ihm sein Onkel in diesem Falle wieder bewiesen habe, in einem nicht gänzlich Verlorenen sicher bewirken müsse. Aber er schloß mit den Worten: „Wenn Herr Jones später wieder auf schlechten Wegen geht, dann wird es mir unmöglich sein, auch nur eine Silbe zu seinen Gunsten zu sagen."

Junker Western dagegen entfernte sich nur aus der Krankenstube, wenn er entweder gegen das Wild zu Felde zog oder die Weinflasche ihm zu schaffen machte. Ja, er zog sich mitunter hierher zurück, um sein Bier zu vertilgen, und nicht leicht war er davon abzuhalten, daß er Jones nötigte mitzuzechen; denn kein Marktschreier gab je sein Gebräu für ein so umfassendes Allheilmittel aus wie er sein Bier, das, wie er meinte, mehr Kraft enthielt als der ganze Inhalt eines Apothekerladens. Er ließ sich jedoch durch vieles Bitten dazu bewegen, sich der Anwendung dieser Arznei zu enthalten. Nicht verwehren aber konnte man ihm, dem Patienten allmorgendlich unter dessen Fenster mit seinem Jagdhorn ein Ständchen zu bringen; auch verzichtete er niemals auf sein Hallo, mit dem er in jede Gesellschaft eintrat, wenn er Jones besuchte, ohne auch nur darauf zu achten, ob der Kranke wachte oder schlief.

Wie bei diesem lärmenden Gebaren keine böse Absicht war, so hatte es zum Glück auch nichts Böses zur Folge, und alles wurde für Jones, sobald er wieder sitzen konnte, mehr als gutgemacht durch die Gesellschaft von Sophia, die der Junker von da ab zum Besuch mitbrachte. Auch währte es nicht mehr lange, bis Jones, wenn sie sich an das Cembalo setzte, selbst sitzend zuhören konnte. Und sie ließ sich herbei, ihn stundenlang mit der bezauberndsten Musik zu unterhalten, wenn es dem Junker nicht einfiel, sie zu unterbrechen und auf seinem „Alten Herrn Simon" oder einem andern von seinen Lieblingsliedern zu bestehen.

Ungeachtet der genauesten Überwachung ihres Betragens, die sich Sophia angelegen sein ließ, konnte sie es doch nicht verhindern, daß sie mitunter durch etwas in ihrer Haltung verriet, was in ihr vorging. Denn die Liebe läßt sich darin wiederum mit einer Krankheit vergleichen, daß sie, wenn man ihr an einem Teil des Körpers auszubrechen verwehrt, sicher an einem andern den Durchbruch findet. Was darum ihre Lippen verschwiegen, gestanden ihre Augen, ihr Erröten und manche unfreiwillige Gebärde.

Eines Tages, als Sophia spielend am Clavicembalo saß und Jones aufmerksam lauschte, kam der Junker ins Zimmer und schrie: „Da, Tom, da hab ich da unten deinetwegen mit dem dicken Pfaffen Thwackum einen Strauß gehabt. Da sagt er vor meinem Gesicht zu Allworthy, der Armbruch wär ein himmlisches Strafgericht über dich. ‚Verdammt', sag ich, ‚wie sollte es das sein? Er kam doch dazu, als er einem jungen Mädchen das Leben rettete. Strafgericht, wahrhaftig! Die Pest! Wenn er nie Ärgeres tut, kommt er eher in den Himmel als alle Pfaffen im Land. Hat mehr Grund, sich zu rühmen, als sich zu schämen.'"

„Sicherlich, Herr", bemerkte Jones, „ich hätte Grund weder zum einen noch zum andern; wenn ich aber Fräulein Sophia dadurch gerettet habe, werde ich es immer für den glücklichsten Zufall meines Lebens halten." – „Und doch wollte dir dafür dieser Thwackum bei Allworthy böses Wetter machen! Verdammt, hätt er nur nicht seinen Pfaffenunterrock angehabt, dann hätt ich ihn drangenommen, denn ich hab dich lieb, mein Junge; und hol mich der Teufel, wenn ich für dich nicht alles tue, wenn ich's nur im geringsten vermag. Sollst dir morgen unter meinen Gäulen im Stall einen aussuchen, welchen du willst, nur nicht den Chevalier und die Miß Slouch." Jones dankte ihm, lehnte das Geschenk jedoch ab. „Ja", fuhr der Junker fort, „sollst sogar die Fuchsstute haben, die Sophia ritt. Hat mich fünfzig Guineen gekostet und wird nächste Graszeit sechs Jahr." „Und hätte sie mich tausend gekostet", rief Jones heftig, „ich hätte sie längst vor die Hunde geschickt!" – „Puh! puh!" antwortete Western. „Wie das? Weil sie dir den Arm zerschlug? Sollst vergessen und vergeben. Ich dachte, du wärst mehr Manns gewesen, als einer stummen Kreatur was nachzutragen." Hier mischte sich Sophia ein und machte diesem Gespräch dadurch ein Ende, daß sie den Vater um Erlaubnis bat, ihm etwas vorspielen zu dürfen, eine Bitte, die er niemals abschlug.

Das Gesicht Sophias hatte sich während des vorangegangenen Gesprächs mehr als einmal verändert. Wahrscheinlich erklärte sie sich den Eifer, mit dem Jones gegen die Fuchsstute geredet hatte, aus anderer Ursache als ihr Vater. Ihr Gemüt war sichtlich in Erregung, und sie spielte so unerträglich falsch, daß Western es gemerkt haben müßte, wenn er nicht alsbald in Schlaf gefallen wäre. Jones dagegen, der vollkommen wach geblieben war und dem es weder an den Augen noch an den Ohren gebrach, machte einige Beobachtungen, die im Verein mit dem, was, wie der Leser sich erinnern wird, sich früher zugetragen hatte, ihm ziemlich sichere Gewißheit gaben, daß um Sophias Herz nicht alles wohl bestellt sei. Und zweifelsohne wird mancher junge Herr sich höchlich wundern, daß er in dieser Meinung nicht schon seit langem bestätigt war. Doch die Wahrheit zu sagen, hatte er zu viel Mißtrauen gegen sich selbst und nicht den nötigen Spürsinn, um das Entgegenkommen einer jungen Dame zu bemerken, ein Unglück, dem nur durch eine frühe Stadterziehung, wie sie jetzt so allgemein Mode ist, abgeholfen werden könnte.

Als diese Gedanken sich Toms völlig bemächtigt hatten, entstand in seinem Gemüt eine Verwirrung, die bei einem weniger reinen und festen Charakter als dem seinigen und in solchem Alter sehr gefährliche Folgen haben könnte. Sein Sinn erfaßte wirklich Sophias großen Wert. Er hatte ihre Erscheinung außerordentlich lieb, bewunderte ihre Vollkommenheiten gleichermaßen und wurde von der Güte ihres Herzens auf das innigste berührt. Da er den Gedanken, sie zu besitzen, nie genährt noch seiner Neigung in der Vorstellung geschmeichelt hatte, war seine Leidenschaft für sie jetzt weit stärker, als er sich dessen bewußt wurde. Sein Herz legte ihm nun das ganze Geheimnis an den Tag, zu eben der Zeit, da es ihm versicherte, der verehrungswürdige Gegenstand erwidere seine Liebe.

3. Kapitel

Hier werden alle, die kein Herz haben, nichts anderes finden als viel Lärm um nichts.

Der Leser stellt sich vielleicht vor, die in Jones erwachten Gefühle seien so süß und lieblich gewesen, daß sie in seinem Gemüt eher einen Zustand froher Heiterkeit verbreiteten als irgend etwas von jenen erwähnten gefährlichen Auswirkungen. Doch in Wirklichkeit sind derartige Empfindungen, wie köstlich sie uns, wenn wir sie zuerst erkannt haben, auch erscheinen, von gar stürmischer Natur und haben sehr wenig von einem Einschläferungsmittel an sich. Sie waren in unserm Falle zudem durch gewisse Umstände verbittert, die, wiederum mit süßeren Bestandteilen vermischt, zusammen einen Trank ergaben, den man hätte als bittersüß bezeichnen können, welches denn, wie nichts dem Gaumen unangenehmer sein könnte, in bildlichem Sinn gleich widerwärtig wäre für den Geist.

Zunächst: Wenn er auch Grund hatte, sich auf das, was er bei Sophia bemerkt, etwas zugute zu halten, so war er doch nicht ohne alle Zweifel, ob er nicht aus einem etwas wärmeren Blick fälschlich Leidenschaft oder bestenfalls Hochschätzung herausgelesen habe. Er war weit entfernt von der hoffnungsfrohen Zuversicht, Sophia könnte für ihn eine solche Leidenschaft empfinden, die seinen Gefühlen jene Ernte in Aussicht stellte, die sie, ermutigt und erstarkt, schließlich verlangen würden. Wenn er außerdem auch hoffen könnte, keinem Hindernis zu seinem Glück bei Sophia zu begegnen, so glaubte er doch sicher zu sein, bei ihrem Vater auf kräftigen Widerstand zu stoßen. Denn dieser, wenngleich in seinen Vergnügungen ein Landjunker, war doch in allem, was seinen Besitz betraf, durchaus ein Mann von Welt, liebte seine einzige Tochter auf das zärtlichste und hatte in seiner Bezechtheit oft genug angedeutet, mit welcher Freude er daran denke, sie mit einem der reichsten Männer des Landes verheiratet zu sehen. Jones war kein so eitler und unverständiger Tor, aus irgendwelchen Aufmerksamkeiten, die Western ihm erwiesen hatte, zu schließen, daß er je dazu gebracht werden könnte, die Aussicht, seine Tochter in die günstigsten Verhältnisse zu befördern, außer acht zu lassen. Er wußte recht gut, daß Vermögen allgemein der hauptsächlichste, wenn nicht der einzige Gesichtspunkt ist, der in solchen Dingen die besten Eltern bestimmt. Denn Freundschaft läßt uns zwar warm für die Interessen anderer eintreten, doch handelt es sich um die Befriedigung ihrer Leidenschaften, dann bleibt sie kühl. Und freilich, um das Glück zu empfinden, das sich daraus ergeben könnte, müßten wir selbst von der gleichen Leidenschaft ergriffen sein. Da keine Hoffnung auf ihres Vaters Einwilligung für ihn bestand, dachte er daran, sein Glück ohne sie zu versuchen. Auf solche Art das große Ziel von Herrn Westerns Leben zu vereiteln, hieße jedoch einen üblen Gebrauch von dessen Gastfreundschaft zu machen und wäre ein sehr schlechter Dank für die vielen kleinen Gunstbezeigungen, die er (wenn auch in derber Form) aus dessen Hand empfangen hatte. Er konnte hier die Folgen nur mit Widerwillen und Abscheu überdenken; doch wieviel abschrekkender war für ihn der Gedanke an Herrn Allworthy! Ihm gegenüber hatte er mehr als verwandtschaftliche Verpflichtungen, und er empfand für ihn mehr als die Pietät eines Sohnes. Er wußte, wie sehr dem Wesen dieses guten Mannes alles Niedrige und jede Verräterei zuwider waren, so daß der geringste Versuch in dieser Richtung den Anblick der schuldigen Person seinen Augen verhaßt, den Klang ihres Namens seinen Ohren unerträglich machen würde. Das Auftauchen solch unübersteiglicher Schwierigkeiten genügte, ihn mit Verzweiflung zu erfüllen, so glühend eben noch seine Wünsche gewesen waren. Doch wurden auch diese noch vom Mitleid mit einer andern Frau beherrscht. Das Bild der liebreizenden Molly tauchte nun ganz von selbst vor ihm auf. Er hatte ihr in ihren Armen ewige Treue geschworen, und sie hatte ebensooft gelobt, nicht mehr leben zu wollen, wenn er sie verließe. Er sah sie nun unter all den schrecklichen Vorstellungen des Todes, ja er erwog das ganze Elend der Prostitution, dem sie ausgesetzt und dessen Veranlasser er in doppeltem Sinne wäre: einmal indem er sie verführt, dann indem er sie sitzengelassen hätte, denn er wußte sehr wohl, wie ihre Nachbarn und ihre eigenen Schwestern sie haßten und wie bereit sie alle waren, sie in Stücke zu reißen. Sicher hatte er sie mehr dem Neid als der Schande ausgeliefert, oder vielmehr eher der zweiten durch Erweckung des ersten, denn viele Weiber schmähten sie eine Hure, während sie sie um ihren Liebhaber und ihren Putz beneideten und recht froh gewesen wären, sich beides um den gleichen Preis erkaufen zu können. Das Verderben jedoch des armen Mädchens, so sah er voraus, mußte unabwendbar sich einstellen, wenn er es verließ, und dieser Gedanke brannte ihm in der Seele. Armut und Not schienen ihm keineswegs das Recht zu geben, dieses Unglück noch zu vermehren. Die Niedrigkeit ihrer Geburt ließ in seinen Augen ihr Elend nicht als etwas von geringer Bedeutung erscheinen, noch konnte sie seine Schuld, dieses Elend über sie gebracht zu haben, rechtfertigen oder gar beschönigen. Doch was rede ich von Rechtfertigung? Sein eigenes Herz hätte es nicht ertragen können, ein menschliches Geschöpf zu vernichten, das ihn, wie er glaubte, liebte und dieser Liebe seine

Unschuld zum Opfer gebracht hatte. Sein eigenes gutes Herz verteidigte ihre Sache, nicht als ein kühler, feiler Advokat, sondern als ein an den Ereignissen Beteiligter, der auf das tiefste alle Seelenpein mitempfindet, die er über einen andern gebracht hat. Nachdem dieser mächtige Fürsprecher Jones' Mitleid genugsam erregt hatte, indem er die arme Molly inmitten der Armseligkeit ihrer Lebensumstände schilderte, rief er listig den Beistand einer andern Leidenschaft an und zeigte das Mädchen in den liebenswürdigen Farben seiner Jugend, Gesundheit und Schönheit als Gegenstand des Begehrens, aber gleichzeitig noch viel mehr als das, wenigstens für ein rechtschaffenes Gemüt, nämlich als Gegenstand des Mitgefühls.

Unter solchen Gedanken verbrachte der arme Jones eine lange schlaflose Nacht, und am Morgen war das Ergebnis der Entschluß, Molly treu zu bleiben und nicht mehr an Sophia zu denken.

In diesem tugendhaften Entschluß verharrte er den nächsten Tag bis zum Abend, dachte liebevoll an Mollys Bild und verbannte Sophia aus seinen Gedanken. Doch an dem verhängnisvollen Abend ließ eine ganz geringfügige Begebenheit seine ganzen Leidenschaften wieder hochbranden und bewirkte eine so vollständige Umwandlung in seinem Gemüt, daß wir es für angebracht halten, in einem besondern Kapitel darüber zu berichten.

4. Kapitel

Ein kleines Kapitel, das von einer kleinen Begebenheit erzählt.

Unter andern Besuchern, die dem jungen Herrn in seiner Gefangenschaft ihre Höflichkeit bezeigten, war auch Jungfer Honoria. Der Leser mag vielleicht, wenn er an einige Ausdrücke zurückdenkt, die ihr früher entschlüpft waren, glauben, sie selbst habe für Herrn Jones eine ganz besondere Neigung gefaßt; doch im Ernst, es war nichts daran. Tom war ein hübscher junger Bursche und Jungfer Honoria fand an dieser Sorte von Männern Gefallen, doch das ganz im allgemeinen, ohne Unterschied. Denn da sie in ihrer Liebe zu eines gewissen Edelmannes Lakaien enttäuscht worden war, der sie schmählich verlassen hatte, nachdem er ihr die Ehe versprochen, hatte sie die Trümmer ihres zerbrochenen Herzens so sorglich behütet, daß seither kein Mann auch nur einen einzigen Splitter hatte in seinen Besitz bringen können. Sie betrachtete alle hübschen Männer mit der gleichen Aufmerksamkeit und dem gleichen Wohlwollen, die ein züchtiger und tugendsamer Sinn allem Guten entgegenbringt. Man hätte sie allerdings eine Liebhaberin der Männer heißen können, so wie Sokrates ein Liebhaber der Menschheit war, denn sie zog den einen dem andern wegen körperlicher Vollkommenheiten vor, so wie er das wegen geistiger Vollkommenheiten tat, ohne je in dieser Vorliebe so weit zu gehen, daß die philosophische Gelassenheit ihres Gemütes dadurch gestört wurde.

An dem Tag, nachdem Herr Jones jenen Kampf mit sich ausgefochten, wie wir das im letzten Kapitel gesehen haben, kam Jungfer Honoria in sein Zimmer, und da sie ihn allein fand, begann sie das Gespräch mit folgenden Worten: „Na, Herr, wo glauben Sie, daß ich gewesen bin? Ich wette, Sie werden's in fünfzig Jahren nicht herausbringen; doch täten Sie's auch erraten, so darf ich's doch nicht sagen." – „Nun, wenn es etwas ist, das Ihr nicht sagen dürft", sagte Jones, „so wird meine Neugier schon danach fragen müssen, und so barbarisch seid Ihr nicht, mir die Antwort zu verweigern." – „Ich weiß nicht", rief sie, „warum ich mich weigern sollt, der Sach wegen; denn Sie werden's gewiß nicht weitersagen. Und, wegen der Sach – wenn Sie wüßten, wo ich gewesen bin, aber nicht, was ich gemacht hab, so wär's nicht eben viel. Doch nein, ich weiß nicht, warum ich daraus ein Geheimnis machen soll, denn wahrhaftig, 's ist das beste Fräulein von der Welt." Auf das hin bat Jones sie nun sehr ernstlich, sie möchte ihm das Geheimnis anvertrauen, und er versprach ihr heilig, davon nichts weiterzusagen. Und so fuhr sie denn fort: „So mögen Sie wissen, Herr, mein junges Fräulein hat mich hingeschickt, nach Molly Seagrim zu fragen und zu sehn, ob das Mensch irgendwas braucht. Freilich, mich trieb's nicht hin, doch Dienerschaft hat zu gehorchen. Aber, Herr Junker Jones, wie konnten Sie sich so wegwerfen? Mein Fräulein hieß mich also gehn und ihr Leinen bringen und anderes. Sie ist zu gut. Wenn solch unverschämte Weibsbilder nach Bridewell getan würden, 's wär für sie besser. Ich sagte zur Dame: ‚Madam', sag ich, ‚Euer Gnaden stärkt die Liederlichkeit.'" – „Ach, war meine Sophia so gütig?" sagte Jones. „Meine Sophia, wahrhaftig, was mich da beißt!" antwortete Honoria. „Aber dann, wenn Sie alles wüßten – wahrhaftig, wenn ich Herr Jones wär, wollt ich ein bißchen höher blinzeln als nach solchem Packzeug, einer Molly Seagrim." – „Was wollt Ihr mit diesen Worten sagen", antwortete Jones, „wenn Sie alles wüßten?" – „Ich weiß, was ich weiß", sagte Honoria. „Wissen Sie noch, als Sie einmal die Hände in Fräuleins Muff steckten? Auf Ehre, 's könnt mich ankommen, alles zu erzählen, wär ich gewiß, dem Fräulein wollt's niemand vor die Ohren bringen." Tom gab ihr die feierlichsten Versprechungen, und Honoria fuhr fort: „Nun, wie gesagt, denn mein Fräulein gab mir diesen Muff, und hernach, als sie erfuhr, was Sie getan ..." – „Ihr habt ihr gesagt, was ich getan habe?" unterbrach sie Jones. „Und ob ich's gesagt habe, Herr Junker!" antwortete sie. „Sie brauchen mir darob nicht bös zu sein. Mancher Mann hätt seinen Kopf dafür gegeben, wenn ich's meiner Herrin gesagt hätt, hätten sie's gewußt; ja, der größte Herr im Land könnt stolz sein – aber jetzt hätt ich wahrhaft Lust, es Ihnen nicht zu sagen." Jones verlegte sich wieder aufs Bitten und erreichte bald, daß sie fortfuhr: „Meinetwegen. Sie müssen wissen, daß das Fräulein mir den Muff gegeben hatte; doch einen Tag oder zwei, nachdem ich ihr die Geschichte erzählt, spricht sie ärgerlich über ihren neuen Muff; und der ist sicher der prächtigste, den man je gesehen hat. ‚Honoria', sagt sie zu mir, ‚das ist ein alberner Muff; er ist mir zu weit, ich kann ihn nicht tragen. Bis ich einen andern habe, gib mir den alten wieder; du kannst dafür diesen haben.' Sie ist ein gutes Fräulein, das nicht gibt und wieder nimmt, das ist gewiß. Also holte ich ihr den Muff, und ich glaub, sie hat ihn seither fast ständig auf ihrem Arm getragen, und ich steh dafür, sie hat ihm manchen Kuß gegeben, wenn's niemand gesehen hat."

Hier wurde das Gespräch durch Herrn Western unterbrochen, der kam, um Jones zum Cembalo zu rufen, wohin ihm der arme junge Mensch ganz blaß und zitternd folgte. Western bemerkte dies, doch da er Jungfer Honoria hier sah, gab er dem eine unrichtige Deutung; und nachdem er Jones halb im Ernst, halb im Scherz einen Fluch zugeworfen, sagte er ihm, er solle ein ehrlicher Jäger sein und nicht in seinem Gehege wildern.

Sophia erschien an diesem Abend noch viel schöner als gewöhnlich, und wir dürfen glauben, in Jones' Augen erhöhte es *nicht wenig* ihre Reize, daß sie nun ebenjenen Muff am rechten Arme trug.

Sophia spielte eines von ihres Vaters Lieblingsstücken, und

Jones lehnte sich an ihren Stuhl, als der Muff über ihre Finger hinabglitt und sie am Spielen hinderte. Das brachte den Junker so sehr auf, daß er ihr den Muff wegriß und mit einem derben Fluch ins Kaminfeuer warf. Sophia sprang augenblicklich auf, und mit dem größten Eifer rettete sie ihn vor den Flammen.

Obgleich diese Begebenheit vielen von unsern Lesern vermutlich recht unerheblich erscheinen wird, so hatte sie doch bei aller Geringfügigkeit eine so heftige Wirkung auf den armen Jones, daß wir es für unsere Pflicht hielten, sie zu erzählen. In Wahrheit werden manche kleine Umstände nur zu häufig von gedankenlosen Schriftstellern übergangen, Umstände, die in der Folge von der größten Tragweite sein können. Die Welt kann mit Recht als eine riesige Maschine betrachtet werden, in der die großen Räder ihren ursprünglichen Antrieb von solchen erhalten, die winzig klein und fast nur für das allerschärfste Auge bemerkbar sind.

Und so waren alle Reize der unvergleichlichen Sophia, aller blendende Glanz und das sehnsüchtige Schmachten ihrer Augen, die Harmonie ihrer Stimme und ihrer Gestalt, ihr Witz, ihre frohe Laune, ihre Seelengröße oder ihre Milde und Sanftmut nicht vermögend gewesen, das Herz des armen Jones so vollkommen zu besiegen und zu unterjochen wie diese kleine Begebenheit mit dem Muff. Darum singt der Dichter gar lieblich von Troja:

– – – – – *Captique dolis lachrymisque coacti*
Quos neque Tydides, nec Larissaeus Achilles
Non anni domuere decem, non mille carinae.
Nicht tausend Schiffe, nicht zehen Jahre,
Nicht des Achilles und des Tydiden Stärke
Vermochten, was Listen, vereint mit Tränen.

Jones' Zitadelle war nun durch einen Überraschungsangriff genommen worden. Alle jene Überlegungen der Ehre und Klugheit, die unser Held vor kurzem mit so viel strategischer Weisheit als Wächter an der Straße zu seinem Herzen aufgestellt hatte, liefen von ihren Posten fort, und der Gott der Liebe zog ein im Triumph.

5. Kapitel

Ein sehr langes Kapitel, das eine sehr große Begebenheit enthält.

Wenn aber auch jene siegreiche Gottheit ihre erklärten Feinde leicht aus Jones' Herzen vertrieb, so fand er es viel schwieriger, die Besatzung, die er selbst dort aufgestellt hatte, zu verdrängen. Um alle Allegorie beiseite zu lassen: die Sorge, was aus der armen Molly werden sollte, quälte und beunruhigte den Kopf des würdigen Jünglings gar sehr. Die unerreichbaren Vorzüge Sophias verdunkelten, ja verlöschten die Schönheit des armen Mädchens. Doch auf die Liebe folgte nun statt Verachtung das Mitleid. Er war überzeugt, das Mädchen liebe ihn allein von ganzer Seele und habe alle Hoffnungen auf sein künftiges Glück nur auf ihn gebaut. Dazu hatte er ihr, wie er wohl wußte, Anlaß genug gegeben durch verschwenderische Zärtlichkeiten, Beteuerungen, daß seine Liebe ewig dauern werde, was er ihr durch alle erdenklichen Mittel einzureden versucht hatte. Sie ihrerseits hatte ihn ihres festen Vertrauens in seine Versprechungen versichert und unter den feierlichsten Gelübden erklärt, von der Erfüllung oder dem Bruch seines Versprechens hänge es ab, ob sie die glücklichste oder die elendeste unter allen Frauen werden sollte. Doch der Urheber dieses äußersten Elendes für ein menschliches Wesen zu sein, diesen Gedanken ertrug er keinen Augenblick. Er betrachtete das arme Mädchen so, als habe es ihm alles geopfert, was in seinen schwachen Kräften stand, und sich auf seine eigenen Kosten zum Gegenstand seines Vergnügens gemacht; und er glaubte, daß es noch in diesem Augenblick nach ihm verlangte und seufzte. Soll denn, so sagte er sich, meine Genesung, die sie so glühend wünscht, soll meine Gegenwart, die sie so sehnsüchtig erwartet, statt ihr jene Freude zu bringen, mit der sie sich geschmeichelt hat, sie auf einmal in Elend und Verzweiflung stürzen? Kann ich ein solcher Schurke sein? Wenn hier der gute Geist der armen Molly zu siegen schien, so bemächtigte sich seines Herzens alsbald wieder die Liebe Sophias, an der er nun nicht mehr zweifeln konnte, und beseitigte jedes Hindernis, das er vor sich sah.

Schließlich fiel ihm ein, er möchte vielleicht imstande sein, Molly auf eine andere Weise schadlos zu halten, nämlich indem er ihr eine beträchtliche Summe Geldes gäbe. Doch freilich verzweifelte er fast daran, daß sie das annehmen würde, wenn er sich der häufigen und so leidenschaftlichen Versicherungen erinnerte, die er von ihr erhalten hatte: daß die ganze Welt, gegen ihn auf die Waage gelegt, ihr seinen Verlust nicht ersetzen könnte. Ihre außerordentliche Armut indessen und vor allem ihre grenzenlose Eitelkeit (von der wir den Leser bereits einiges haben merken lassen) gaben ihm doch ein wenig Hoffnung, sie könne ungeachtet aller Liebesbeteuerungen mit der Zeit dazu bewogen werden, sich mit einem Glück zu begnügen, das ihre Erwartungen überstieg und ihrer Eitelkeit Genüge tat, indem es sie über alle ihresgleichen emporhob. Er beschloß also, bei der ersten Gelegenheit ihr einen derartigen Vorschlag zu machen.

Eines Tages, als sein Arm so weit geheilt war, daß er, ihn in einer Binde tragend, gemächlich gehen konnte, zu einer Zeit, da der Junker seinem Jagdvergnügen frönte, stahl er sich aus dem Haus und ging seine Schöne besuchen. Ihre Mutter und ihre Schwester, die eben Tee tranken, berichteten ihm zuerst, Molly sei nicht zu Hause. Doch später sagte ihm die älteste Schwester mit boshaftem Lächeln, sie liege im obern Stockwerk im Bett. Tom trug dieser Lage seiner Geliebten Rechnung und stieg augenblicklich die Leiter hinauf, die zu ihrer Schlafkammer führte; doch als er oben angelangt war, fand er zu seinem Erstaunen die Tür zugeriegelt; auch konnte er eine Weile keine Antwort von innen erhalten, denn Molly lag, wie sie ihm später selbst sagte, in festem Schlaf.

Der tiefste Kummer und die höchste Freude, so hat man bemerkt, bringen ähnliche Wirkungen hervor; und wenn eines von beiden uns unverhofft heimsucht, so kann davon die Folge wohl eine solche Bestürzung und Verwirrung sein, daß wir dadurch oft des Gebrauchs aller unserer Sinne verlustig gehen. Man kann sich demnach nicht darüber wundern, daß der unerwartete Anblick von Herrn Jones so heftig auf Mollys Gemüt einwirkte und sie so aus aller Fassung brachte, daß sie während einiger Minuten nicht imstande war, den Entzückungen, die sie, wie der Leser sich leicht denken kann, bei dieser Gelegenheit hinrissen, Ausdruck zu geben. Jones seinerseits war von der Gegenwart des geliebten Geschöpfes so erfüllt oder bezaubert, daß er Sophia für eine kurze Weile vergaß und damit auch den Hauptzweck seines Besuches.

Dieser jedoch stellte sich bald wieder in seinem Geiste ein, und nachdem das erste Entzücken über ihr Wiedersehen vorüber war, fand er Mittel und Wege, das Gespräch allmählich auf die verhängnisvollen Folgen zu lenken, die ihrer Liebe drohten, wenn Herr Allworthy, der ihm den weitern Umgang mit ihr strikt verboten habe, die Entdeckung machte, daß sie ihren Verkehr fortsetzten. Eine solche Entdeckung müsse er, wenn er an seine Feinde denke, für unvermeidlich halten, und sie müsse, sagte er, sein Verderben und folglich auch das ihrige nach sich ziehen. Da also ihr hartes Geschick doch beschlossen habe, daß sie sich trennen müßten, so rate er ihr, es standhaft zu ertragen, und er schwor, er werde, solange er lebe, keine Gelegenheit versäumen, ihr die Aufrichtigkeit seiner Liebe zu beweisen, indem er in einer Art für sie sorgen wolle, die ihre höchste Erwartung oder selbst ihre höchsten Wünsche übertreffen dürfte, sobald solches nur in seiner Macht stünde; und er fügte noch hinzu, daß sie bald einen Mann finden möchte, der sie heiraten und glücklicher machen würde, als sie das werden könnte, wenn sie ihr tadelnswertes Leben mit ihm fortsetzte.

Molly verharrte ein paar Augenblicke in Schweigen; dann brach sie in eine Tränenflut aus und überhäufte ihn mit Vorwürfen, die sie mit den folgenden Worten begann: „Also das ist Ihre Liebe zu mir, mich auf die Art sitzenzulassen, nun Sie mich ruiniert haben! Wie oft, wenn ich Ihnen gesagt habe, daß die Männer falsch sind und meineidig und alle gleich und uns satt bekommen, sobald sie nur ihren sündhaften Willen mit uns gehabt – wie oft haben Sie mir nicht geschworen, daß Sie mich nimmer verlassen wollten! Und nach all dem können Sie so meineidig sein? Was sollen mir alle Schätze der Welt ohne Sie, nachdem Sie mir nun das Herz gestohlen, und das haben Sie! Ich kann niemals einen andern Mann lieben, solang ich lebe. Alle andern Männer sind nichts für mich. Käm der größte Junker im ganzen Land morgen zu mir her, um mich zu freien, ich verweigerte ihm Gehör und Gesellschaft. Nein, ich werd das ganze Mannsgeschlecht ewig hassen und verachten, aus Liebe zu Ihnen!“

Sie war noch im besten Zug ihrer leidenschaftlichen Anklagen, als ein Zufall ihrer Zunge Einhalt tat, noch bevor sie die Hälfte ihres Laufes zurückgelegt hatte. Das Zimmer, besser die kleine Dachkammer, in der Mollys Bett stand, lag eine Treppe hoch, das heißt im obersten Stockwerk des Hauses, und hatte einen oben sich verengenden Querschnitt, der dem großen Delta des griechischen Alphabetes glich. Doch der Leser wird sich vielleicht eine richtigere Vorstellung davon machen, wenn wir ihm sagen, daß man nur in seiner Mitte aufrecht stehen konnte. Und da nun dieser Raum der Bequemlichkeit eines Alkovens entbehrte, hatte Molly, um diesen Mangel auszugleichen, eine alte Haardecke an die Sparren des Hauses genagelt, die einen winzigen Raum abschloß, worin ihre besten Sachen hingen, so die Reste des Überwurfs, den wir erwähnt hatten, ein paar Hauben und andere Dinge, die sie sich kürzlich angeschafft hatte und die hier vor dem Staube geschützt waren.

Dieser abgetrennte Raum lag genau dem Fußende des Bettes gegenüber, und die Decke hing ihm so nahe, daß sie gewissermaßen den Bettvorhang ersetzte. Ob nun Molly in der Erregung ihrer Wut mit den Füßen gegen diese Decke gestoßen, ob Jones sie berührt hatte oder ob die Stifte der Nägel sich von selbst gelöst hatten oder herabfielen, dessen bin ich nicht gewiß. Doch als Molly die letzten Worte sprach, die wir oben angeführt haben, da riß die tückische Decke sich von ihrer Befestigung los und enthüllte alles, was sich hinter ihr verbarg. Da zeigte sich denn unter andern weiblichen Geräten (voller Scham schreibe ich es nieder, und mit Betrübnis wird man es lesen) – der Philosoph Square, in einer Haltung (denn der Raum ließ das Aufrechtstehen nicht zu), wie man sie sich lächerlicher nicht denken könnte.

Diese Haltung war der eines Soldaten nicht unähnlich, dem man Hals und Fersen zusammengeschlossen hat; oder vielmehr glich sie der von Personen, wie wir sie oft in den Straßen Londons sehen, die noch nicht leiden, aber Strafe zu erwarten haben. Auf dem Kopf hatte er eine von Mollys Nachthauben, und seine beiden großen Augen starrten, als der Vorhang fiel, gerade auf Tom Jones, so daß es, wenn einer die Begriffe der Philosophie mit dieser eben enthüllten Gestalt in Übereinstimmung zu bringen versucht hätte, jedem Zuschauer wohl schwer geworden wäre, sich eines schallenden Gelächters zu enthalten.

Ich zweifle nicht, daß die Überraschung des Lesers der von Tom Jones gleichkommen wird, da der Verdacht, den das Erscheinen dieses weisen und ernsten Mannes an einem solchen Orte erwecken muß, so völlig unvereinbar erscheinen dürfte mit dem Charakter, den er bis dahin zweifelsohne in jedermanns Vorstellung zur Schau getragen hatte.

Doch, um die Wahrheit zu gestehen, ist diese Unvereinbarkeit mehr ein Erzeugnis der Phantasie als eine wirkliche

Erfahrung. Philosophen sind so gut wie andere menschliche Geschöpfe aus Fleisch und Blut geschaffen; und wie verfeinert und erhaben ihre Theorien auch sein mögen, ein wenig Schwäche im praktischen Verhalten findet man bei ihnen so gut wie bei andern Sterblichen. Der Unterschied besteht, wie wir bereits angedeutet haben, nur in der Theorie, nicht in der Praxis. Denn obgleich diese erlauchten Wesen viel besser und weiser denken, so handeln sie doch stets genau wie andere Menschen. Sie wissen sehr wohl, wie alle Begierden und Leidenschaften zu unterdrücken und wie beides, Schmerzen wie Lust, zu verachten wären, und dieses Wissen gewährt die Freuden mancher angenehmen Betrachtung und ist leicht zu erwerben, doch die praktische Ausführung wäre qualvoll und beschwerlich; und folglich lehrt sie dieselbe Weisheit, die ihnen zu jenem Wissen verhilft, seine praktische Ausführung zu vermeiden.

Herr Square war zufällig an jenem Sonntag in der Kirche, als – der Leser habe die Güte, sich zu erinnern – Mollys Erscheinen in ihrem Überwurf jenen ganzen Aufruhr verursacht hatte. Hier betrachtete er sie zum erstenmal und fand solchen Gefallen an ihrer Schönheit, daß er die jungen Herren zu bewegen unternahm, auf ihrem Abendritt einen andern Weg einzuschlagen, damit es ihm möglich wäre, an Mollys Wohnung vorüberzukommen und sie vielleicht ein zweites Mal zu sehen. Doch da er über diesen Beweggrund damals zu niemandem etwas sagte, so hielten auch wir es damals nicht für nötig, davon dem Leser gegenüber etwas verlauten zu lassen.

Unter andern Eigentümlichkeiten, die nach Herrn Squares Meinung die Unzweckmäßigkeit der Dinge ausmachten, waren diese beiden: Gefahr und Schwierigkeit. Die Schwierigkeit, die er befürchten zu müssen glaubte, wenn er diese junge Dirne verführen wollte, und die Gefahr für seinen Ruf, die ihm aus einer Entdeckung erwachsen würde, schienen ihm so kräftig zu widerraten, daß man annehmen muß, er wollte sich zuerst mit dem Anblick der Bilder, mit denen uns die Erscheinung der Schönheit versorgt, begnügen. Diese Freude gestatten sich oft die ernsthaftesten Männer, als Nachtisch zu einer tiefgründigen Gedankenmahlzeit, darum denn gewisse Bücher und Bilder ihren Weg in die geheimsten Schlupfwinkel ihrer Studierstuben finden und ein gewisser leckerer Teil der Natur*philosophie oft* den bevorzugten Gegenstand ihrer Unterhaltung ausmacht.

Als der Philiosoph jedoch einen oder zwei Tage später vernahm, daß die Festung der Tugend bereits bezwungen war, fing er an, seinen Wünschen mehr Raum zu gönnen. Sein Appetit war nicht von der zimperlichen Art, daß er von etwas Schmackhaftem nicht hätte essen mögen, weil ein anderer zuvor davon gekostet. Kurz, er liebte das Mädchen seiner verlorenen Keuschheit wegen nur um so mehr; denn hätte es diese noch besessen, so wäre das ein Hindernis für seine Freude gewesen. Jetzt ging er ihr nach und gewann sie.

Der Leser irrt sich, wenn er glaubt, Molly habe Square den Vorzug vor dem jüngeren Liebhaber gegeben. Durchaus nicht. Wäre sie mit Gewalt gezwungen worden, einen von beiden zu wählen, so wäre ohne Zweifel Jones der Sieger geblieben. Auch war es nicht nur die Überlegung, daß zwei besser seien als nur einer (obgleich dies an sich schon etwas auf sich hatte), der Herr Square seinen Erfolg verdankte. Jones' Abwesenheit während der Pflege seines Armbruchs war ein unglücklicher Umstand; und in dieser Zwischenzeit besänftigten und beruhigten einige glücklich gewählte Geschenke des Philosophen das wehrlose Herz des Mädchens, so daß eine günstige Gelegenheit sich als unwiderstehlich erwies und Square die wenigen schwachen Reste von Mollys Tugend völlig besiegte.

Etwa vierzehn Tage waren seit dieser Eroberung vergangen, als Jones den obenerwähnten Besuch bei seiner Geliebten abstattete, zu einer Zeit, da sie und Square sich zusammen im Bett befanden. Das war der wahre Grund, warum die Mutter sie, wie wir gesehen haben, verleugnete. Denn da die alte Frau an dem Gewinn, den dieses schändliche Gewerbe ihrer Tochter eintrug, teilhatte, unterstützte und schützte sie deren Tun aus allen Kräften. Doch so groß waren Haß und Neid bei Mollys ältester Schwester, obzwar auch dieser von der Beute etwas zufiel, daß sie darauf zu verzichten bereit war, wenn sie nur ihre Schwester kleinkriegen und ihr das Geschäft verderben konnte. Darum hatte sie Jones die Auskunft gegeben, daß Molly sich oben im Bett befinde, in der Hoffnung, er werde sie in Squares Armen erblicken. Das jedoch hatte Molly durch Abriegelung der Tür zu verhindern gewußt; was ihr wiederum die Möglichkeit gab, ihren Liebhaber hinter der Decke oder dem Vorhang zu verbergen, wo er nun unglücklicherweise entdeckt worden war.

Square war kaum in Erscheinung getreten, als Molly sich in ihrem Bett zurückwarf, weinend ausrief, sie sei verloren, und sich ganz der Verzweiflung überließ. Das arme Mädchen, erst eine Anfängerin in ihrem Gewerbe, hatte noch nicht jenen Grad der Selbstsicherheit erreicht, mit der eine Stadtdame sich aus jeder äußersten Verlegenheit zu helfen versteht und die ihr nun entweder eine Entschuldigung an die Hand gibt oder ihr die eiserne Unverschämtheit einflößt, die Sache mit ihrem Gatten auszumachen, der dann um des Friedens willen oder aus Sorge um seinen guten Ruf, vielleicht mitunter auch aus Furcht vor dem Liebhaber, wenn der einen Degen führt, froh ist, die Augen zudrücken und seine Hörner in die Tasche stecken zu können. Molly hingegen wurde durch diesen Zeugen zum Verstummen gebracht und gab nun eine Sache ehrlich verloren, die sie bisher unter so viel Tränen, mit so feierlichen und heftigen Beteuerungen der reinsten Liebe und Beständigkeit aufrechterhalten hatte.

Was den Herrn hinter dem Vorhang betrifft, so befand sich der in keiner geringeren Bestürzung. Eine Zeitlang blieb er stehen, ohne sich zu rühren, und schien weder zu wissen, was er sagen, noch wohin er die Augen wenden sollte. Jones, obwohl er vielleicht von allen dreien am meisten erstaunt war, fand zuerst den Gebrauch seiner Zunge wieder; und da er sich von dem unangenehmen Gefühl, das Molly durch ihre Vorwürfe in ihm erweckt, sogleich erholt hatte, brach er in ein lautes Gelächter aus, grüßte Herrn Square, ging auf ihn zu, faßte ihn bei der Hand und zog ihn aus seinem Gefängnis hervor.

Square, der nun bis in die Mitte der Kammer vorgerückt war, wo er aufrecht stehen konnte, sah Jones mit überaus ernster Miene ins Gesicht und sagte zu ihm: „Sehr gut, junger Herr! Ich sehe, Sie freuen sich dieser gewaltigen Entdeckung und, so darf ich wohl schwören, sind entzückt bei dem Gedanken, daß Sie mich nun bloßstellen können. Wenn Sie jedoch die Sache ganz unvoreingenommen betrachten, so werden Sie finden, daß nur Sie allein zu tadeln sind. Mir fällt nicht die Schuld zu, die Unschuld verführt zu haben. Ich habe nichts getan, wofür mich derjenige Teil der Welt verdammen könnte, der die Dinge nach der wahren Regel des Rechts beurteilt. Die Zweckmäßigkeit der Welt wird regiert von der Natur der Dinge, nicht von Gewohnheiten, Bräuchen, Vorschriften, Polizeigesetzen. Nichts verstößt im Grunde gegen die Harmonie als das, was unnatürlich ist." – „Prächtig philosophiert, alter Herr!" antwortete Jones. „Doch warum denkt Ihr, ich hätte das Verlangen, Euch dem Gelächter preiszugeben? Ich versichere Euch, daß Ihr mir in meinem Leben noch nie so gut gefallen habt. Es sei denn, es käme Euch in den Sinn, selbst von dieser Sache zu reden; meinetwegen soll sie ein ewiges Geheimnis bleiben." – „Nein, Herr Jones", erwiderte Square, „man soll von mir nicht denken, ich schätzte den guten Ruf gering. Der gute Name gehört mit zum Kalon*, und keinem steht es an, ihn zu vernachlässigen. Sich um seinen guten Ruf bringen, das ist eine Art Selbstmord, ein abscheuliches und hassenswertes Laster. Halten Sie's also für geboten, irgendeine von meinen Schwächen zu verschweigen (solche mag ich wohl haben, da kein Mensch durchaus vollkommen ist), so versichere ich Ihnen, ich werde mich nicht selbst verraten. Man mag Dinge tun, die man aber nicht an die große Glocke hängen wird; denn nach dem verkehrten Urteil der Welt wird häufig etwas verurteilt, was nicht allein harmlos, sondern durchaus löblich ist." – „Sehr richtig!" rief Jones. „Was gibt es Unschuldigeres als die Stillung einer natürlichen Begierde? Oder was Lobenswerteres als die Fortpflanzung unserer Gattung?" – „Um ernsthaft mit Ihnen zu sein", antwortete Square, „ich bekenne, ich habe das immer so gesehen." – „Aber dennoch", sagte Jones, „wart Ihr anderer Meinung, als mein Verhältnis zu diesem Mädchen zuerst an den Tag kam." – „Ja, ich gestehe das", gab Square zu; „da die Sache mir durch diesen Pfaffen Thwackum unrichtig dargestellt worden war, mußte ich die Verführung der Unschuld verdammen. Das war's, Herr . . . es war das . . . und das: denn Sie müssen wissen, Herr Jones, in Erwägung der Zweckmäßigkeit der Dinge, daß sehr kleine Umstände, geringfügige Umstände große Änderungen zur Folge haben können." – „Nun gut!" rief Jones, „mag dem so sein, es wäre Euer Fehler, wie ich sagte, wenn Ihr künftig jemals von dem Abenteuer hören solltet. Seid gut zu dem Mädchen, und ich werde über diese Sache niemals zu irgend jemandem etwas verlauten lassen. Und du, Molly, halte treu zu deinem Freund, und ich werde dir nicht nur deine Untreue gegen mich verzeihen, sondern dir jeden Dienst leisten, den ich kann." Mit diesen Worten nahm er hastig Abschied, glitt die Leiter hinunter und machte sich eilig davon.

Square war sehr erfreut, daß dieses Abenteuer wahrscheinlich keine schlimmeren Folgen haben werde; was Molly an-

* Kalon, das geistig Schöne im Sinne Platons (Anmerkung des Übersetzers).

belangt, so überhäufte sie, nachdem sie sich von ihrer Verwirrung erholt hatte, zuerst den Philosophen mit Vorwürfen, da er schuld sei, daß sie Jones verloren habe. Doch der Herr Philosoph fand recht bald die Mittel, die hier besänftigend wirkten, teils durch Liebkosungen, teils durch einen kleinen alchimistischen Zauber aus seinem Beutel, von erprobter wunderkräftiger Wirkung überall, wo üble Launen vom Gemüt abpurgiert werden sollten und seine Heiterkeit wiederherzustellen war.

Dann verströmte sie sich in überschwenglicher Zärtlichkeit an ihren neuen Geliebten und zog alles, was sie zu Jones gesagt, und Jones selbst ins Lächerliche; und sie schwor, wenn jener auch ihren Leib besessen habe, so sei doch kein anderer als Square je der wahre Held ihres Herzens gewesen.

6. Kapitel

Wenn der Leser dieses Kapitel mit dem vorigen vergleicht, so wird er vielleicht Irrtümer berichtigen, die er sich bis dahin im Gebrauch des Wortes Liebe zuschulden kommen ließ.

Mollys Untreue, die Jones jetzt entdeckt hatte, würde vielleicht einen viel größeren Grad von Empfindlichkeit entschuldigt haben, als er ihn bei dieser Gelegenheit zeigte; und wenn er sie in diesem Augenblick völlig verlassen hätte, so, glaube ich, würden ihn nur wenig Leute getadelt haben.

Gewiß aber ist, daß er sie mit den Augen des Mitleids sah; und obgleich seine Liebe zu ihr nicht von der Art war, daß ihre Untreue ihn hätte übermäßig beunruhigen können, so war er davon doch nicht nur leicht berührt, wenn er überlegte, daß er es gewesen war, der ihre Unschuld verführt hatte; denn dieser Verführung schrieb er alle die Laster zu, in die sie sich nun stürzen zu wollen schien.

Diese Betrachtung gab ihm denn nicht wenig zu denken, bis Betty, die ältere Schwester, einige Zeit nachher so freundlich war, ihn von seiner Unruhe völlig zu heilen. Sie ließ ihn nämlich wissen, daß ein gewisser Will Barnes, nicht er, Mollys erster Verführer gewesen sei, daß das kleine Kind, das er bisher so sicher für sein eigenes gehalten hatte, sehr wahrscheinlich mit wenigstens dem gleichen Recht diesen Barnes als seinen Vater beanspruchen könne.

Diese Spur, auf die er gebracht worden war, verfolgte Jones nun mit großem Eifer, und nach kurzer Zeit war er überzeugt, daß das Mädchen ihm die Wahrheit gesagt hatte; erfahren hatte er das nicht nur aus dem Geständnis jenes Kerls, sondern schließlich aus Mollys eigenem Geständnis.

Dieser Will Barnes war ein Schürzenjäger in der Gegend und hatte sich auf seine Art ebenso viele Trophäen erworben wie irgendein Fähnrich oder Anwaltsschreiber im Königreich. Verschiedene Frauen hatte er bereits in den Zustand der äußersten Liederlichkeit heruntergebracht, hatte einigen das Herz gebrochen und konnte sich rühmen, den gewaltsamen Tod eines armen Mädchens verursacht zu haben, das sich entweder ertränkt oder, wahrscheinlicher, das er selbst ins Wasser geworfen hatte.

Außer anderen Eroberungen hatte dieser Bursche auch über Betty Seagrims Herz gesiegt. Er hatte mit ihr begonnen, lange bevor Molly für solchen Zeitvertreib geeignet war; doch später hatte er sie aufgegeben und es mit ihrer Schwester versucht, bei der es ihm auch fast augenblicklich gelungen war. Nun aber war Will in Wahrheit allein im Besitz von Mollys Neigung, indessen Jones und Square etwa gleicherweise Beute ihres Eigennutzes und ihres Hochmuts waren.

Das aber hatte den unversöhnlichen Haß gezeitigt, den wir in Bettys Gemüt wüten sahen, wenngleich wir es nicht eher für nötig hielten, diese Ursache zu nennen, da der Neid allein schon die von uns erwähnten Wirkungen hervorbringen konnte.

Durch den Besitz dieses Molly betreffenden Geheimnisses war Jones nun völlig beruhigt; in bezug auf Sophia jedoch war er von diesem Gemütszustand weit entfernt, nämlich vielmehr in quälender Unruhe. Sein Herz war nun, wenn ich die Metapher gebrauchen darf, vollständig geräumt, und Sophia ergriff davon unbestrittenen Besitz. Er liebte sie mit grenzenloser Leidenschaft und sah ganz klar die zärtlichen Gefühle, die sie ihm entgegenbrachte. Dennoch konnte diese Gewißheit nicht verhindern, daß er daran verzweifelte, je ihres Vaters Einwilligung zu erhalten, noch das Grauen beschwichtigen, das ihn überkam bei dem Gedanken, sie sich auf gemeine oder verräterische Weise anzueignen.

Die Beleidigung, die er damit Herrn Western zufügen, der Kummer, den er Herrn Allworthy bereiten würde, das waren Vorstellungen, die ihn den ganzen Tag über peinigten und ihn des Nachts auf seinem Kissen heimsuchten. Sein Leben war ein beständiger Kampf zwischen Ehre und Liebe, die beide abwechselnd in seinem Gemüt die Oberhand gewannen. Oft entschloß er sich, während Sophias Abwesenheit ihres Vaters Haus zu verlassen und sie nie wiederzusehen; und ebenso oft vergaß er in ihrer Gegenwart alle derartigen Entschlüsse und nahm sich vor, unter Einsatz seines Lebens und dessen, was ihm noch teurer war als sein Leben, alles zu wagen, um Sophia zu gewinnen.

Dieser Kampf begann sehr starke und sehr sichtbare Wirkungen zu zeigen, denn Tom verlor ganz seine ihm angeborene Munterkeit und Lebhaftigkeit; er wurde trübsinnig nicht nur, wenn er mit sich allein war, sondern niedergeschlagen und geistesabwesend auch in Gesellschaft. Ja, wenn er sich, Junker Western zu Gefallen, Gewalt antat, munter zu scheinen, so verriet sich das Erzwungene doch so deutlich, daß er ebendadurch den stärksten Beweis von dem gegeben zu haben schien, was er durch sein Benehmen zu verbergen suchte.

Man könnte vielleicht fragen, ob die Kunst, die er darauf verwandte, seine Leidenschaft zu verhehlen, oder die Mittel, die ein einfaches Gemüt anwendet, um sie kundzutun, ihn mehr verrieten. Denn während Kunst ihn Sophia gegenüber zurückhaltender machte als je und ihm verbot, die Rede an sie zu richten, ja ihn ihren Blick mit der äußersten Vorsicht vermeiden hieß, war die Natur nicht weniger bemüht mit Gegenlisten. So erblaßte er, wenn er die junge Dame kommen sah, und schreckte zusammen, wenn sie plötzlich auftrat. Traf sein Blick zufällig mit ihrem zusammen, dann schoß ihm das Blut in die Wangen, und sein Gesicht wurde über und über rot. Wenn der Höflichkeitsbrauch ihn nötigte, auf ihr Wohl zu trinken und das Wort an sie zu richten, so konnte er gewiß sein, daß seine Zunge zu stottern anfing. Kam er mit ihr in Berührung, dann zitterte seine Hand oder vielmehr sein ganzer Körper. Und wenn ein Gespräch auch von noch so fern den Gegenstand der Liebe streifte, so vermochte er selten einen unwillkürlichen Seufzer zu unterdrücken. Und die meisten dieser Vorfälle wußte die Natur ihm mit wundervoller Beharrlichkeit täglich in den Weg zu werfen.

Alle diese Symptome entgingen der Aufmerksamkeit des Junkers, der Sophias aber nicht. Sie wurde dieser Gemütsbewegungen Toms bald gewahr, und über deren Ursache war sie nicht im Zweifel, brauchte sie sie doch nur zu vergleichen mit den Vorgängen in ihrer eigenen Brust. Und dieses Erkennen ist, glaube ich, eben die Sympathie, die so oft zwischen Liebenden festgestellt wurde und die ein zureichender Grund dafür sein wird, daß sie soviel rascher begriff als ihr Vater.

Doch, die Wahrheit zu sagen, gibt es eine noch einfachere und verständlichere Erklärung für diesen erstaunlichen, überlegenen Scharfsinn, den bestimmte Menschen vor dem Rest ihrer Gattung voraushaben, eine Erklärung, die uns nicht nur im Falle der Liebenden, sondern in jedem andern Fall helfen kann. Denn woher kommt es, daß der Spitzbube im allgemeinen so raschblickend die Anzeichen und Machenschaften der Spitzbüberei erfaßt, die so oft einen ehrlichen Mann von weit besserem Verstande täuschen? Ganz gewiß herrscht unter Spitzbuben doch keine allgemeine Sympathie, noch haben sie unter sich geheime Zeichen der Verständigung, wie die Freimaurer. In Wahrheit kommt es allein daher, daß sie sich mit den gleichen Absichten tragen und in derselben Richtung denken. Demnach kann nicht verwundern, daß Sophia die deutlichen Anzeichen der Liebe an Jones wahrnahm und daß Western sie nicht sah, wenn wir in Betracht ziehn, daß die Vorstellung der Liebe im Kopf des Vaters niemals Raum fand, während die Tochter gegenwärtig an nichts anderes dachte.

Wenn Sophia mit der heftigen Leidenschaft, die den armen Jones zerquälte, sehr zufrieden war und ebenso gewiß, daß sie selbst deren Gegenstand sei, so bereitete es ihr auch nicht die geringste Schwierigkeit, den wahren Grund seines jetzigen Verhaltens herauszufinden. Das machte ihr Tom noch viel lieber und erweckte in ihrer Seele zwei der besten Neigungen, die ein Liebhaber in seiner Geliebten zu beleben wünschen kann. Es waren das Achtung und Mitleid; denn sicher werden selbst die Unerbittlichsten und Strengsten ihres Geschlechts ihr verzeihen, daß sie einen Mann, den sie ihretwegen elend sah, bemitleidete, noch können sie sie tadeln, weil sie einen Mann achtete, der ersichtlich aus den ehrenhaftesten Beweggründen es unternahm, eine Flamme in seinem Busen zu ersticken, ähnlich dem berühmten spartanischen Dieb, der sich die edelsten Teile seines Körpers zerfressen und zerstören ließ. So waren seine Schwerfälligkeit, sein Ausweichen, seine Kälte, sein Schweigen seine lautesten, eifrigsten, wärmsten, bereitesten Fürsprecher, und sie wirkten auf ihr empfindliches und zärtliches Herz so nachdrücklich ein, daß sie bald für ihn alle jene sanften Gefühle hegte, die mit einer tugendsamen und hochherzigen Frauenseele so ganz im Einklang stehen. Kurz, alles, was Achtung, Dankbarkeit und Mitleid in einem solchen Gemüt für einen angenehmen Mann hervorzubringen vermag – wirklich alles, was der feinfühligste Takt gestatten kann – mit einem Wort, sie war in ihn wahnsinnig verliebt.

Eines Tages begegnete sich dieses junge Paar von ungefähr im Garten, am Ende zweier Wege, die beide zu dem Kanal hinführten, in dem Jones vorzeiten schier ertrunken wäre, als er den Vogel wieder einfangen wollte, der Sophia entflogen war.

Sophia hatte diesen Ort in der letzten Zeit häufig besucht. Hier pflegte sie mit einer Mischung von Schmerz und Vergnügen über einen Zwischenfall nachzudenken, der, wie geringfügig an sich, doch vielleicht den ersten Samen der Liebe ausgestreut hatte, der nun in ihrem Herzen zu solcher Reife gediehen war.

An dieser Stelle begegnete sich das junge Paar. Sie waren einander schon ganz nahe, ehe eines vom andern etwas bemerkte. Ein Zuschauer hätte genügend Zeichen der Verwirrung in beiden Gesichtern entdeckt, sie selbst aber fühlten zu viel, um irgendeine Beobachtung zu machen. Sobald Jones sich von seiner Betroffenheit etwas erholt hatte, trat er mit den üblichen Begrüßungsworten auf die junge Dame zu, die den Gruß auf die gleiche Weise erwiderte, und ihre Unterhaltung begann ganz alltäglich mit Bemerkungen über die köstliche Frische und Schönheit des Morgens. Alsdann gingen sie über zur Schönheit der Gegend überhaupt, der Jones ein begeistertes Lob zollte. Als sie den Baum erreichten, von dem er ehemals in den Kanal gepurzelt war, konnte Sophia nicht umhin, ihn an jene Begebenheit zu erinnern, und sagte: „Mir scheint, Herr Jones, es erfaßt Sie ein kleiner Schauder, wenn Sie das Wasser da sehen.“ – „Ich versichere Ihnen, mein Fräulein“, antwortete Jones, „der Kummer, den Sie über den Verlust Ihres kleinen Vogels empfanden, wird für mich immer das Wichtigste an jenem Vorfall bleiben. Der arme kleine Tommy! Dies ist der Ast, auf dem er saß. Wie konnte der kleine Wicht so töricht sein, aus dem Zustand des Glückes, in den ihm zu verhelfen ich die Ehre hatte, wegzufliegen? Sein Schicksal war die gerechte Strafe für seinen Undank.“ – „Auf mein Wort, Herr Jones“, sagte sie, „Ihre Herzhaftigkeit hätte Ihnen damals leicht ein ebenso schlimmes Los bereiten können. Die Erinnerung daran dürfte Sie wirklich bewegen.“ – „Wahrhaftig, gnädiges Fräulein", erwiderte er, „habe ich irgendeinen Grund, mit Bedauern darüber nachzudenken, so vielleicht nur, weil das Wasser nicht ein wenig tiefer war, denn dann wäre ich manch bitterem Leid entgangen, welches das Schicksal mir vorbehalten zu haben scheint." – „Pfui, Herr Jones", antwortete Sophia, „das ist gewiß nicht Ihr Ernst! Diese gespielte Verachtung des Lebens ist bloß eine übertriebene Höflichkeit gegen mich. Sie versuchen, meine Verbindlichkeit Ihnen gegenüber zu verringern, da Sie es zweimal für mich aufs Spiel gesetzt haben. Doch das dritte Mal sehen Sie sich vor!" Diese letzten Worte sagte sie lächelnd, doch mit einem unaussprechlich sanften Ausdruck. Jones antwortete mit einem Seufzer, er müsse fürchten, für Vorsicht sei es allbereits zu spät; und indem er sie zärtlich, aber fest ansah, rief er aus: „Oh, Fräulein Western! Können Sie wünschen, daß ich leben soll? Können Sie mir etwas so Schlimmes wünschen?" Sophia blickte auf den Boden nieder und antwortete ein wenig zögernd: „Nein, Herr Jones, ich wünsche Ihnen gewiß nichts Schlimmes!" – „Oh, ich kenne Ihr himmlisches Gemüt zu gut", rief Jones, „diese unendliche Güte, die höher als alle Ihre Anmut steht." – „Aber nein, Herr Jones", antwortete sie, „da verstehe ich Sie nun nicht. Ich kann nicht länger bleiben." – „Ich ... ich will nicht verstanden sein, ich weiß ja nicht, was ich sage. Da ich Sie hier so unerwartet antraf ... ich habe ganz die Fassung verloren; um Gottes willen, verzeihen Sie mir, wenn ich etwas gesagt habe, das Sie beleidigte. Das wollte ich nicht. Wahrhaftig, lieber wollte ich sterben. Ja, der bloße Gedanke könnte mich töten." – „Sie setzen mich in Erstaunen", antwortete sie, „wie können Sie denn nur denken, mich beleidigt zu haben?" – „Furcht, Madam", sagte er, „kann leicht in Wahnsinn übergehen; und keine Furcht ist so groß wie die, ich könnte Ihnen etwas Kränkendes sagen. Wie soll ich denn reden? Oh, sehen Sie mich nicht so strafend an; ein zürnender Blick von Ihnen könnte mich vernichten. Ich wollte nichts sagen. Tadeln Sie meine Augen oder zürnen Sie mit dieser Schönheit. Doch was sage ich nur? Verzeihen Sie mir, wenn es zuviel war. Mein Herz strömte über. Ich habe gegen meine Liebe auf das äußerste angekämpft und mich bemüht, ein Fieber zu verbergen, das mein Inneres verzehrt und es mir bald, wie ich hoffe, unmöglich machen wird, Sie jemals wieder zu beleidigen."

Herr Jones begann nun zu zittern, als schüttelte ihn ein Anfall von kaltem Fieber. Sophia, in keiner viel besseren

Verfassung als er selbst, antwortete ihm mit folgenden Worten: „Herr Jones, ich will mir nicht den Anschein geben, als ob ich Sie mißverstände; nur zu gut verstand ich Sie; aber, um Himmels willen! meinen Sie's mit mir gut, so lassen Sie mich jetzt nach Hause eilen. Ich möchte nur imstande sein, mich bis dorthin aufrecht zu halten."

Jones, der selbst kaum aufrecht zu stehen vermochte, bot ihr seinen Arm, den anzunehmen sie sich nicht weigerte, doch bat sie ihn, er möge jetzt von derartigem kein Wort mehr erwähnen. Er versprach es ihr, doch drang er darauf, sie möge ihm verzeihen, was Liebe ihm wider seinen Willen abgenötigt habe. Diese Verzeihung, sagte sie, werde er durch sein künftiges Verhalten verdienen müssen. Und so ging das junge Paar zitternd und strauchelnd seinen Weg, und der Liebhaber wagte nicht einmal, die Hand seiner Geliebten zu drücken, obgleich sie in der seinigen eingeschlossen lag.

Sophia begab sich unmittelbar in ihr Zimmer, wohin sie zu ihrem Beistand Honoria und Hirschhornsalz kommen ließ. Dem armen Jones kam als einzige Hilfe für sein zerrüttetes Gemüt eine unwillkommene Neuigkeit, die, da sie eine Szene von ganz anderer Art eröffnet als jene, mit der der Leser in der letzten Zeit vertraut geworden ist, im nächsten Kapitel mitgeteilt werden soll.

7. Kapitel

In dem Herr Allworthy auf dem Krankenbett erscheint.

Junker Western hatte Jones so liebgewonnen, daß er seine Gegenwart ungern entbehrte, obwohl sein Arm schon längst geheilt war; und Jones ließ sich, entweder wegen seiner Liebe zur Jagd oder vielleicht noch aus andern Gründen unschwer bereden, noch länger in seinem Hause zu bleiben, wie es denn mitunter auch ganze zwei Wochen lang geschah, ohne daß er während dieser Zeit Herrn Allworthys Haus ein einziges Mal besuchte und ohne auch nur von dort etwas zu hören.

Herr Allworthy befand sich seit einigen Tagen nicht wohl infolge einer Erkältung, die von leichtem Fieber begleitet war. *Er hatte indessen* seines Zustandes nicht geachtet, wie es seine Gewohnheit war bei allen Zufällen, die ihn nicht auf sein Lager niederzwangen oder ihn in seinen Fähigkeiten so behinderten, daß er es aufgeben mußte, seinen täglichen Geschäften nachzugehen. Eine Gewohnheit, die wir auf keinen Fall billigen können oder zur Nachahmung empfehlen möchten. Denn sicherlich sind die Herren von der äskulapischen Kunst im Recht, wenn sie uns raten, man solle in dem Augenblick, da die Krankheit zu einer Tür hereintritt, durch die andere alsbald den Arzt hereinrufen. Was andres ist mit dem Spruche gemeint *Venienti occurrite morbo* (Begegne der Krankheit, sobald sie sich zeigt)? So treffen Arzt und Krankheit in offenem Kampf als ebenbürtige Partner aufeinander; läßt man dieser jedoch geraume Zeit, so erlaubt man ihr damit, sich zu verstärken und zu verschanzen, gleich einer französischen Armee, also daß der gelehrte Herr es sehr schwierig und zuweilen unmöglich findet, an den Feind heranzukommen. Ja, nicht gar selten verlegt die Krankheit sich auf die französische Militärpolitik und versteht es, die Natur zu bestechen, und dann kommt alle ärztliche Kunst zu spät. Ganz diesen Beobachtungen entsprach, wie ich mich entsinne, die Klage des großen Doktors Misaubin, der sehr pathetisch rügte, daß man so oft zu spät zu seiner Kunst Zuflucht nahm: „Sackerment, ich glaub, die Patienten halten mich für den Bestattungsunternehmer, denn mich lassen sie immer erst kommen, wenn der Arzt sie schon umgebracht hat."

Herrn Allworthys Unpäßlichkeit gewann durch diese Vernachlässigung so viel Boden, daß, als die Zunahme des Fiebers ihn bewog, Hilfe herbeirufen zu lassen, der Doktor bei seiner Ankunft den Kopf schüttelte, wünschte, man hätte ihn früher gerufen, und zu verstehen gab, er halte ihn für unmittelbar gefährdet. Herr Allworthy, der alle seine Angelegenheiten in dieser Welt geordnet hatte und für die andere so wohl vorbereitet war, wie es der menschlichen Natur nur möglich ist, nahm die Mitteilung mit der äußersten Ruhe und Gelassenheit entgegen. Er konnte wirklich, wenn er sich zur Ruhe niederlegte, wie Cato in dem tragischen Gedicht sagen:

> Laßt Schuld und Furcht
> Zerstörn des Menschen Ruh: Davon weiß Cato nichts;
> Gleichgültig seiner Wahl sind Schlaf und Tod.

In Wahrheit durfte er das mit zehnmal mehr Berechtigung und Zuversicht sagen als Cato oder irgendein anderer stolzer Geselle unter alten und modernen Helden, denn er war nicht allein frei von Furcht, sondern er konnte auch als ein getreuer

Arbeiter betrachtet werden, wenn er am Schluß der Ernte gerufen wurde, aus der Hand eines großen Meisters seinen Lohn zu empfangen.

Der gute Mann gab sogleich Befehl, alle seine Hausgenossen zusammenzurufen. Niemand war abwesend als Frau Blifil, die sich seit einiger Zeit in London aufhielt, und Herr Jones, von dem der Leser sich eben erst in Herrn Westerns Haus getrennt hat und der die Botschaft in dem Augenblick erhielt, als Sophia ihn verlassen hatte.

Die Kunde von Herrn Allworthys Lebensgefahr (denn der Bote berichtete ihm, er liege in den letzten Zügen) vertrieb ihm alle Liebesgedanken aus dem Kopf. Er stürzte sich ohne Verzug in die Kalesche, die man für ihn geschickt hatte, und trieb den Kutscher zur höchsten Eile an, und während der ganzen Fahrt, glaube ich, kam ihm Sophias Bild kein einziges Mal in den Sinn.

Und nun, da alle Hausgenossen, nämlich Herr Blifil, Herr Jones, Herr Thwackum, Herr Square und einige Bediente (denn so hatte Herr Allworthy es verlangt), rings um sein Bett versammelt waren, richtete der gute Mann sich auf und wollte zu sprechen beginnen, als Blifil in Schluchzen ausbrach und laute und bittere Klagen anstimmte. Da faßte ihn Herr Allworthy bei der Hand, schüttelte sie und sagte: „Jammere nicht so, mein lieber Neffe, über die gewöhnlichste aller menschlichen Begebenheiten. Wenn unsern Freunden Unglücksfälle zustoßen, sind wir mit Recht betrübt, denn diese Zufälle hätte man oft vermeiden können, und sie mögen auch das Los des einen Menschen unglücklicher machen als das anderer. Der Tod aber ist gewiß unvermeidlich, und er ist das allgemeine Los, in dem allein die Schicksale der Menschen sich gleich sind; auch ist der Zeitpunkt, da er eintritt, nicht so wichtig. Wenn der weiseste aller Menschen das Leben mit einer Spanne verglichen hat, so ist uns wohl erlaubt, es mit einem Tag zu vergleichen. Mein Geschick ist, es am Abend zu verlassen; doch die früher hinweggenommen wurden, haben bloß ein paar Stunden verloren; im besten Fall waren sie kaum wert der Klage, am öftesten waren sie erfüllt von Arbeit und Mühsal, von Kummer und Schmerzen. Einer von den römischen Dichtern, entsinne ich mich, vergleicht unsern Abschied vom Leben *dem Aufbruch* von einem Gastmahl. Daran mußte ich oftmals denken, wenn ich die Menschen bestrebt sah, eine ihrer Vergnügungen zu verlängern oder das Zusammensein mit ihren

Freunden noch um ein paar Augenblicke hinzuziehen. Ach! wie kurz ist selbst das ausgedehnteste solcher Vergnügen! Wie belanglos der Unterschied zwischen dem, der sich am frühesten zurückzieht, und dem, der am längsten verweilt! Dies ist die beste Art, das Leben zu betrachten, und der Wunsch, unsere Freunde nicht zu verlassen, ist die liebenswürdigste Begründung unserer Todesfurcht; und doch ist auch der längste derartige Genuß, den wir erhoffen können, von so unerheblicher Dauer, daß er einem weisen Mann wahrhaft verächtlich scheinen muß. Doch wenige Menschen, das gebe ich zu, denken in diesem Sinne, denn freilich, wenige denken an den Tod, bevor sie in seinem Rachen stecken. Wie ungeheuer und schauderhaft er ihnen, wenn er ihnen naht, erscheinen mag, sie sind gleichwohl unfähig, ihn aus der Entfernung zu sehen. Ja, waren sie auch noch so voller Grauen und Entsetzen, wenn sie selbst sich in Todesgefahr glaubten – kaum sind sie von dieser Gefahr befreit, so ist auch die Furcht aus ihrem Gemüt weggeblasen. Aber ach! wer dem Tod entgeht, ist darum nicht verschont; ihm wurde nur Aufschub gewährt, Aufschub bis zu einem nahen Tag.

Gräme dich darum nicht länger, liebes Kind, über dieses Ereignis. Eine Zustandswandlung, die zu jeder Stunde sich vollziehen kann, die jedes Element, ja fast jedes einzelne Teilchen der Materie, die uns umgibt, hervorrufen mag, und die uns alle schließlich ganz unvermeidlich heimsuchen wird und heimsuchen muß, sollte uns weder bestürzen noch zu Klagen hinreißen.

Mein Arzt hat mir gesagt (und ich rechne ihm das als eine Freundlichkeit an), daß ich in Gefahr bin, euch alle über kurzem zu verlassen; darum habe ich beschlossen, euch bei diesem Scheiden noch ein paar Worte zu sagen, bevor meine Krankheit, die, ich fühle es, zunimmt, mir das unmöglich macht.

Doch ich strenge mich zu sehr an. Ich habe die Absicht, über mein Testament zu sprechen; ich habe es zwar schon lange aufgesetzt, doch ich will einige Punkte daraus berühren, die euch, die ihr hier seid, betreffen, damit ich den Trost haben kann, daß ihr alle zufrieden seid mit der Vorsorge, die ich für euch getroffen habe.

Dir, Neffe Blifil, überlasse ich als meinem Universalerben mein gesamtes Vermögen, ausgenommen nur fünfhundert Pfund Jahresrente, die dir nach dem Tod deiner Mutter wieder zufallen sollen; ausgenommen weitere fünfhundert Pfund

Jahresrente und sechstausend Pfund bares Kapital, über die ich also verfügt habe:

Die fünfhundert Pfund Jahresrente habe ich dir vermacht, Tom; und da ich weiß, in welche Verlegenheit der Mangel an barem Geld bringen kann, habe ich noch tausend Pfund in bar hinzugefügt. Ich weiß nicht, ob du mehr oder weniger von mir erwartet hast. Vielleicht wirst du denken, ich hätte dir zu wenig gegeben, und die Welt wird ebenso bereit sein, mich zu tadeln, weil ich dir zuviel gegeben habe; allein nach ihrer Meinung frage ich nicht. Und wäre das erste der Fall, wenn du nicht die irrtümliche Meinung teilst, die ich so oft als eine Entschuldigung für den Mangel an tätiger Menschenliebe habe vorbringen hören, nämlich daß wir durch freiwillige Wohltaten statt Dankbarkeit nur Forderungen erwecken, die von allen die ausschweifendsten und am schwersten zu befriedigenden sind – verzeih mir, Tom, daß ich dies auch nur erwähne. Ich will ja so etwas nicht denken."

Jones fiel vor seinem Wohltäter auf die Knie, faßte inbrünstig eine seiner Hände, versicherte ihm, seine Güte jetzt und zu allen andern Zeiten habe nicht allein sein Verdienst, sondern auch seine Hoffnungen so unendlich weit überstiegen, daß keine Worte seinen Dank auszusprechen vermöchten. „Und", setzte er hinzu, „Ihre jetzige Großmut läßt mir keinerlei Kummer als den über den gegenwärtigen schmerzlichen Anlaß. Oh, mein Freund, mein Vater!" Hier stockten ihm die Worte, und er wandte sich ab, um eine aufquellende Träne zu verbergen.

Allworthy drückte ihm sanft die Hand und fuhr dann fort: „Ich bin überzeugt, mein Kind, daß es deinem Wesen nicht an Güte, Großmut und Ehrgefühl gebricht. Wenn du damit noch Klugheit und Frömmigkeit verbindest, so mußt du glücklich werden, denn jene drei ersten Eigenschaften, das gebe ich zu, machen dich des Glückes würdig, aber nur die beiden letzten können es dir wirklich in die Hand geben.

Eintausend Pfund habe ich Ihnen vermacht, Herr Thwackum, eine Summe, die, davon bin ich überzeugt, Ihre Wünsche wie Ihre Bedürfnisse weit übersteigt. Sie werden sie jedoch als ein Andenken meiner Freundschaft annehmen. Und was immer Ihnen an Überfluß zufallen mag, die Frömmigkeit, die Sie so streng behaupten, wird Sie lehren, ihn wohl anzuwenden.

Die gleiche Summe, Herr Square, hinterlasse ich Ihnen. Das, so hoffe ich, wird es Ihnen möglich machen, Ihrer Berufung mit besserem Erfolg zu leben als bisher. Ich habe oft mit Bedauern bemerkt, daß Bedürftigkeit viel eher Verachtung als Mitleid erregt, ganz besonders unter Geschäftsleuten, bei denen Armut als Anzeichen mangelnder Fähigkeiten gilt. Doch das wenige, das ich Ihnen zu geben vermag, wird Sie jenen Schwierigkeiten entheben, gegen die Sie früher zu kämpfen hatten; und dann werden Sie zweifelsohne mit genügend Mitteln versehen sein, um sich alles zu verschaffen, dessen Sie bei Ihrer philosophischen Anlage bedürfen.

Ich fühle, daß ich schwächer werde, und so verweise ich Sie für den Rest meiner Verfügungen auf mein Testament. Meine Hausangestellten werden darin einige Zeichen meines Gedenkens finden; und dann sind da noch einige wohltätige Legate, die, ich verlasse mich darauf, meine Testamentsvollstrecker getreulich ausrichten werden. Gott segne euch alle. Ich gehe euch um ein kleines voraus . . ."

Hier kam in größter Eile ein Diener ins Zimmer gelaufen und sagte, es sei ein Anwalt aus Salisbury angekommen mit einer Sonderbotschaft, die er, wie er sagte, Herrn Allworthy persönlich mitteilen müsse; er scheine es sehr eilig zu haben und versichere, er habe eine solche Menge Geschäfte, daß selbst, wenn er sich vierteilen könnte, das nicht genügen würde.

„Geh, Kind", sagte Allworthy zu Blifil, „und schau, was der Herr uns bringt. Ich bin nicht imstande, jetzt irgendein Geschäft zu besorgen; auch kann er nichts zu sagen haben, das dich gegenwärtig nicht mehr anginge als mich. Außerdem bin ich wirklich – ich kann jetzt unmöglich jemanden sprechen oder meinen Kopf länger anstrengen." Dann grüßte er sie alle und sagte, vielleicht werde er imstande sein, sie nochmals zu sehen, jetzt aber möchte er sich gern Ruhe gönnen, da er vom vielen Reden zu sehr ermattet sei.

Beim Hinausgehen vergossen einige von der Gesellschaft Tränen; sogar der Philosoph Square wischte sich die Augen, wiewohl ihm die Weichherzigkeit fremd war; Jungfer Wilkins aber ließ ihre Perlen so reichlich niedertröpfeln, wie die arabischen Bäume ihren Gummi niederträufeln, denn dieses war eine Zeremonie, welche die Dame bei keiner passenden Gelegenheit versäumte.

Nach alledem legte Herr Allworthy sich wieder auf sein Kissen nieder und schickte sich zur Ruhe an.

8. Kapitel

Handelt von mehr natürlichen als erfreulichen Dingen.

Neben der Trauer um ihren Herrn gab es noch eine andere Quelle für den salzigen Strom, der so ergiebig über die beiden gebirgsartigen Backenknochen der Haushälterin niederfloß. Kaum war sie in ihre Kammer zurückgekehrt, als sie auf die folgende lustige Weise vor sich hin zu murmeln begann: „Freilich, der Herr hätte, dünkt mich, einen kleinen Unterschied machen sollen zwischen mir und dem Gesinde. Er hat mir wohl das Trauerkleid geschenkt! Doch ist's nur das, so mag's der Teufel für ihn tragen, nicht ich. Hätt Seiner Gnaden sagen sollen, ich bin keine Bettlerin. Hab in seinem Dienst fünfhundert Pfund erspart, um nun so behandelt zu werden! Eine schöne Ermunterung für Dienstboten, ehrlich zu sein; und gewiß hab ich dann und wann ein wenig genommen, andere nahmen zehnmal mehr; und da wirft man uns jetzt alle in den gleichen Topf. Ist dem so, so sei's denn so, und soll das Vermächtnis mit dem, der's gab, zum Teufel gehn. Aber nein, aufgeben werd ich's nicht, das könnte gewissen Leuten Spaß machen. Nein, ich will mir das bunteste Kleid kaufen, das ich nur finden kann, und darin über des alten Duckmäusers Grab tanzen! Das ist nun der Dank dafür, daß ich so oft für ihn eintrat, wenn das ganze Land ihn verschrien, weil er diesen Bastard auf die Art aufgezogen hat; doch geht er nun dorthin, wo er für alles zahlen muß. Er hätt lieber auf dem Sterbebett seine Sünden bereut, statt sie zu rühmen und sein Vermögen einem ehrlos Geborenen hinzugeben. In seinem Bett gefunden, wahrhaftig! Eine hübsche kleine Geschichte, ja, ja! Die verbergen, wissen zu finden! Ich wette, der Bankerte hat er noch viel mehr, für die er verantwortlich wär, wüßte man's nur. Doch zum Trost erfahren nun alle, wohin er geht. ‚Die Bedienten werden ein Zeichen zu meinem Gedenken finden.' Das waren seine Worte; ich werd sie nie vergessen, und lebt ich tausend Jahr. Ja, ja, ich werde mich deiner erinnern, weil du mich mit dem Dienervolk zusammengeworfen hast. Hätte gedacht, du hättest mich wenigstens mit Square in einem Atemzug nennen können; aber der ist natürlich ein Herr, wenn er auch kein ganzes Stück auf dem Leib hatte, als er zuerst hier ankam. Meiner Seel! so ein Herr! Hat er auch nun so manches Jahr hier gelebt, ich glaub nicht, daß es ein Bein im Haus gibt, das je die Farbe von seinem Geld gesehen hat. Soll nur der Teufel einen solchen Herrn erwarten.“ Dies und derartiges mehr murmelte sie vor sich hin, doch diese Probe mag dem Leser genügen.

Weder Thwackum noch Square waren mit ihren Vermächtnissen viel besser zufrieden. Obgleich sie ihrem Ärger nicht so laut Luft machten, so können wir doch aus dem Mißvergnügen, das sich auf ihren Gesichtern zeigte, wie aus dem folgenden Gespräch den Schluß ziehen, daß keine große Freude in ihren Gemütern herrschte.

Ungefähr eine Stunde, nachdem sie das Krankenzimmer verlassen hatten, begegnete Square in der Halle Thwackum und redete ihn also an: „Nun, Herr, haben Sie irgend etwas Neues von Ihrem Freund gehört, seit wir von ihm weggingen?“ – „Wenn Sie Herrn Allworthy meinen“, gab Thwackum zur Antwort, „so glaube ich, daß eher Sie ihn Ihren Freund nennen dürften; es scheint mir, er verdiente diesen Titel.“ – „Der Titel wäre von Ihrer Seite gleich angebracht“, erwiderte Square, „denn seine Güte, was sie nun sei, kam beiden gleicherweise zustatten.“ – „Sie hätten mich nicht als ersten zu erwähnen brauchen“, rief Thwackum, „doch da Sie damit anfangen, muß ich Ihnen sagen, daß ich anderer Ansicht bin. Es besteht ein großer Unterschied zwischen freiwilliger Gunsterweisung und Entlöhnung. Die Pflicht, die ich in diesem Hause übernommen, und die Sorge, die ich auf die Erziehung dieser beiden Jungen verwandt habe, das sind Dienste, für die manche Leute wohl eine größere Erkenntlichkeit erwartet hätten. Doch möchte ich nicht, daß Sie dächten, ich sei unzufrieden, denn der heilige Paulus hat mich angewiesen, mich mit dem wenigen, das ich habe, zu begnügen. Wäre das mir Zugeteilte geringer gewesen, ich hätte meine Pflicht gekannt. Doch wenn auch die Heilige Schrift mich anhält, mich zu begnügen, so befiehlt sie mir doch nicht, den Blick vor dem eigenen Verdienst zu verschließen oder dazu zu schweigen, wenn ich durch einen ungerechten Vergleich beleidigt werde.“ – „Da Sie mich herausfordern“, gab Square zurück, „der Beleidigte bin hier ich; auch hätte ich nie gedacht, meine Freundschaft wiege für Herrn Allworthy so leicht, daß er mich einem, der von ihm Lohn empfängt, gleichstellen würde. Ich weiß, was daran schuld ist; es kommt von diesen engstirnigen Grundsätzen, die Sie während so langer Zeit ihm beizubringen bemüht waren, unter Mißachtung von allem, was groß und edel ist. Die Schönheit und Anmut der

Freundschaft ist zu leuchtend für schwachsichtige Augen, auch ist sie durch kein anderes Mittel zu erfassen als durch jenes nie irrende Maß des Rechts, das Sie so oft lächerlich zu machen versuchten, daß Sie damit den Verstand meines Freundes verderbt haben." – „Ich habe nur einen Wunsch", rief Thwackum voller Wut, „ich wollte nur, um seines Seelenheils willen, Ihre verdammenswerten Lehren hätten seinen Glauben nicht verderbt. Dem schreibe ich sein jetziges Verhalten zu, das einem Christen so gar nicht ansteht. Nur ein Atheist konnte die Welt verlassen, ohne zuvor die Rechnung seiner Seele ins reine gebracht zu haben, ohne seine Sünden zu beichten und die Absolution zu empfangen, die, wie er wohl wußte, ihm zu erteilen ein Mann befugt war, den er bei sich im Hause hielt. Er wird den Mangel dieser Wegzehrung empfinden, wenn es zu spät ist, wenn er an dem Ort angelangt sein wird, wo da ist Heulen und Zähneklappern. Dann wird er erfahren, welch mächtigen Beistand jene heidnische Gottheit, jene Tugend, die Sie und alle andern Freigeister dieser Zeit anbeten, ihm leisten wird. Dann wird er auch nach einem Priester rufen, wenn keiner mehr zu finden ist, und wird jammern über das Fehlen dieser Absolution, ohne die kein Sünder selig werden kann." – „Wenn das so wichtig ist", sagte Square, „warum bieten Sie sie ihm nicht aus freien Stücken an?" – „Sie hat keine Wirkung", rief Thwackum, „es sei denn auf solche, auf denen so viel Gnade ruht, daß sie danach verlangen. Doch warum rede ich zu einem Heiden und Ungläubigen? Sie sind's, der ihn das gelehrt hat, wofür Sie in dieser Welt guten Lohn empfangen, wie ihn ohne Zweifel Ihr Schüler bald in jener andern ernten wird." – „Ich weiß nicht, was Sie meinen mit dem guten Lohn", sagte Square; „aber wenn Sie auf jenes klägliche Andenken an unsere Freundschaft anspielen, das mir zu machen er für angemessen hielt – ich verachte es; und es anzunehmen bewegt mich allein die unglückliche Beschaffenheit meiner Umstände."

Jetzt kam der Arzt und erkundigte sich bei den beiden Streitenden, wie alles da oben stehe. „Jämmerlich", antwortete Thwackum. „Ich habe nichts anderes erwartet", rief der Doktor. „Aber bitte, was für Symptome haben sich eingestellt, während ich weg war?" – „Keine guten, so fürchte ich", erwiderte Thwackum; „nach dem, was bei unserem Abschied geschehen ist, dürfte die Hoffnung gering sein." Der Arzt des Leibes mißverstand vielleicht den Arzt der Seelen; und bevor sie zu einer Erklärung kamen, trat Blifil mit tieftrauriger Miene zu ihnen und sagte, er bringe die betrübende Nachricht, daß seine Mutter zu Salisbury gestorben sei. Eine Kopf- und Magengicht habe sie auf der Heimfahrt befallen, und nach wenigen Stunden sei sie verschieden. – „Was für'n Pech!" sagte der Arzt. „Man kann ja nichts gegen das Unglück machen; aber ich wünschte doch, man hätte mich gerufen. Gicht ist eine Krankheit, die nicht so leicht zu behandeln ist, doch ich habe damit viel Erfolg gehabt." Thwackum und Square sprachen nun beide Herrn Blifil ihre Teilnahme aus; der eine riet ihm, den Verlust seiner Mutter zu ertragen wie ein Mann, der andere, wie ein Christ. Der junge Mann sagte, er wisse sehr wohl, wir alle seien sterblich, und er werde versuchen, sein Unglück, so gut er es vermöge, zu ertragen. Doch könne er nicht anders, als dem so besonders harten Geschick ein wenig gram sein, das ihn mit der Nachricht von einem so großen Unglück überraschte, und zwar zu einer Zeit, da er stündlich von des Verhängnisses Tücke den schwersten Schlag erwarte, den auf sich zu nehmen er sich überhaupt noch imstande fühle. Er sagte, bei dieser Gelegenheit würden nun die trefflichen Grundsätze erprobt, die ihm die Herren Thwackum und Square vermittelt hätten, und nur ihnen werde er es zu verdanken haben, wenn er ein solches Unglück überlebe.

Nun wurde darüber verhandelt, ob man Herrn Allworthy vom Tod seiner Schwester unterrichten sollte. Der Arzt widerriet heftig, und ich glaube, darin hätte ihm das ganze Kollegium beigestimmt. Herr Blifil jedoch sagte, er habe von seinem Onkel so ausdrücklichen wiederholten Befehl, vor ihm nie etwas geheimzuhalten, weil es ihn beunruhigen könnte; welches darum auch die Folgen wären, er könne nicht daran denken, ungehorsam zu sein. Er für sein Teil, so sagte er weiter, könne in Anbetracht der religiösen und philosophischen Überzeugung seines Onkels mit dem Doktor in dessen Befürchtungen nicht übereinstimmen. Er sei darum entschlossen, es ihm mitzuteilen; denn falls sein Onkel sich erholte (und herzlich bete er darum), so glaube er mit Bestimmtheit, daß er ihm nie verzeihen werde, da er versucht habe, ihm eine Nachricht von solcher Wichtigkeit zu verschweigen.

Der Arzt war gezwungen, einem Beschlusse nachzugeben, den die beiden andern gelehrten Herren so eifrig unterstützten. Miteinander gingen also Blifil und der Doktor in das Krankenzimmer; der Arzt trat als erster ein und näherte sich dem Bett, um den Puls des Kranken zu fühlen. Das hatte er kaum getan, als er erklärte, er finde ihn viel besser, die letzte Behandlung habe Wunder bewirkt und das Fieber sei gebrochen; und so, sagte er, scheine ihm nun ebensowenig Gefahr vorhanden zu sein, wie er vorher befürchtet habe, es sei wenig Hoffnung vorhanden.

Die Wahrheit zu sagen, war Herrn Allworthys Zustand gar nicht so schlimm gewesen, wie der Arzt ihn in seiner großen Vorsicht dargestellt hatte. Doch wie ein erfahrener General seinen Feind niemals verachtet, so klein dessen Truppenmassen auch sein mögen, so hält ein kluger Arzt nie eine Krankheit für geringfügig, selbst wenn sie noch so harmlos erscheint. Wie jener immer auf dieselbe strenge Mannszucht hält, dieselben Posten aufstellt, dieselben Patrouillen ausschickt, sei der Feind noch so schwach, so bewahrt dieser die gleiche ernste Miene, schüttelt gleich bedenklich den Kopf, sei das Übel auch noch so belanglos. Und beide können neben andern guten Gründen für ihr Verhalten auch den folgenden gewichtigen anführen, daß ihr Ansehen, wenn sie auf solche Weise siegen, um so größer ist und die Unehre um so weniger nachhaltig, wenn infolge eines unglücklichen Zufalls ihre Kunst einmal versagte.

Herr Allworthy hatte kaum seine Augen erhoben und dem Himmel für diese Hoffnung auf Genesung gedankt, als Herr Blifil seinen Stuhl mit dem betrübtesten Antlitz näher an sein Bett heranrückte, und nachdem er sein Taschentuch zu den Augen geführt hatte, entweder um seine Tränen abzuwischen oder um das zu tun, was Ovid bei einem andern Anlaß so ausdrückt:

Si nullus erit, tamen excute nullum,
Wenn dort nichts sein wird, so wische hinweg dieses Nichts,

teilte er seinem Onkel mit, was er soeben erfahren hatte.

Allworthy nahm die Nachricht mit Betrübnis, mit Geduld und Ergebung hin. Er vergoß eine Träne der Zärtlichkeit, dann straffte sich sein Gesicht, und endlich rief er aus: „Der Wille des Herrn geschehe, wie im Himmel so auch auf Erden."

Er erkundigte sich jetzt nach dem Überbringer der Botschaft, aber Blifil sagte ihm, es sei unmöglich gewesen, den Mann einen Augenblick aufzuhalten; der großen Eile, in der er sich befand, habe er entnommen, daß wichtige Geschäfte ihn drängten; er habe sich beklagt, daß er herumgejagt, gehetzt und getrieben werde: er könne des Lebens nicht froh werden und habe wiederholt, wenn er sich in vier Teile teilen könnte, so hätte er für deren jeden zu tun genug.

Allworthy wünschte nun, Blifil möge für das Leichenbegängnis sorgen. Er wollte, daß seine Schwester in seiner eigenen Kapelle beigesetzt werde; dem Neffen überließ er alle Einzelheiten, nur bezeichnete er ihm die Person, die alles ausführen sollte.

9. Kapitel

Unter anderem auch ein Kommentar über das Wort des Aeschines, daß Trunkenheit das Gemüt eines Menschen offenbare, gleichwie ein Spiegel seine Gestalt zurückwirft.

Der Leser mag sich vielleicht wundern, daß er im letzten Kapitel gar nichts von Tom Jones gehört hat. Wirklich war sein Betragen von dem der andern darin erwähnten Personen so verschieden, daß wir seinen Namen mit den ihrigen nicht vermengen wollten.

Nachdem der treffliche Mann seine Rede beendet hatte, verließ Jones als letzter das Zimmer. Er zog sich von da in sein eigenes zurück, um seiner Betrübnis Raum zu geben, doch die Unruhe seines Gemütes ließ ihn nicht lange dort verweilen. Er schlich darauf leise hinab und vor Herrn Allworthys Tür, vor der er eine geraume Zeit horchte, ohne von innen die geringste Bewegung zu vernehmen außer einem heftigen Schnarchen, das er in seiner Furcht schließlich und irrtümlich für ein Todesröcheln hielt. Das erschreckte ihn so, daß er sich nicht enthalten konnte, den Raum zu betreten, allwo er den guten Mann in einem tiefen ruhigen Schlaf vorfand, und am Fußende seines Bettes schnarchte in der angedeuteten herzhaften Weise die Krankenschwester. Er griff sogleich zu der einzigen wirksamen Methode, diesen Baß zum Verstummen zu bringen, weil er fürchtete, deren Musik könne den Schlaf von Herrn Allworthy stören; sodann setzte er sich neben der Pflegerin hin und blieb regungslos, bis Blifil und der Arzt zusammen hereinkamen, den Schläfer weckten, damit der Doktor ihm den Puls fühle und der andere ihm jene Neuigkeit überbringe, die, wenn Jones damit bekannt gewesen wäre, schwerlich unter den jetzigen Umständen den Weg zu Herrn Allworthys Ohren würde gefunden haben.

Als Jones den Beginn dieser Geschichte hörte, die Blifil

seinem Onkel erzählte, konnte er die Wut über des andern Unvorsichtigkeit kaum unterdrücken, besonders da auch der Arzt den Kopf schüttelte und seinen Unwillen darüber nicht verhehlte, daß man seinem Patienten jetzt damit aufwarte. Indessen beraubte ihn sein Zorn nicht in solchem Grade des Verstandes, daß er blind gewesen wäre gegen die Folgen, die ein Wortwechsel mit Blifil für den Kranken hätte haben können; so beschwichtigte diese Überlegung vorläufig seinen Ärger. Und später war er so erleichtert, als er erkannte, daß die Botschaft wirklich kein Unheil angerichtet hatte, daß er seinen Groll in seiner Brust ersterben ließ, ohne ihn Blifil gegenüber jemals zu erwähnen.

Der Arzt speiste mittags in Herrn Allworthys Hause, und als er nachher seinen Patienten besucht hatte, sagte er der Tischgesellschaft nach seiner Rückkehr, er habe nun das Vergnügen, mit Sicherheit sagen zu können, daß sein Patient außer Gefahr und sein Fieber völlig gebrochen sei, und er zweifle nicht daran, durch die Verabreichung von Chinarinde einen Rückfall verhindern zu können.

Dieser Bericht erfüllte Jones mit so großer Freude und trieb ihn in einen so hohen Grad der Entzückung, daß man mit Recht von ihm hätte sagen können, er sei freudetrunken – eine Trunkenheit, die der Wirkung des Weines sehr förderlich ist; und da er bei dieser Gelegenheit seine Weinflasche nicht vernachlässigte (denn er trank manchen Pokal auf des Doktors Gesundheit wie auf die anderer Personen), so war er bald buchstäblich betrunken.

Er hatte von Natur aufbrausende Lebensgeister. Diese, durch den Wein noch mehr in Wallung gebracht und erregt, brachten die sonderbarsten Wirkungen hervor. Er küßte den Doktor, umarmte ihn unter den heftigsten Liebkosungen, schwor, daß er ihn nächst Herrn Allworthy unter allen lebenden Menschen am liebsten habe. „Doktor“, fügte er hinzu, „Sie verdienen, daß man Ihnen auf öffentliche Kosten eine Statue errichtet, weil Sie einen Mann am Leben erhalten haben, der nicht allein der Liebling aller guten Menschen ist, die ihn kennen, sondern ein Segen für die Gesellschaft, eine Ehre seines Landes und ein Ruhm der menschlichen Natur. Gott straf mich, wenn ich ihn nicht lieber habe als meine eigene Seele.“

„*Um so größer* die Schande für Sie“, rief Thwackum. „Wenn ich auch glaube, daß Sie Ursache haben, ihn zu lieben, denn er hat sie gar hübsch bedacht. Und für gewisse Leute wäre es vielleicht besser, er lebte nicht, damit er nicht gewahrte, was ihn veranlassen könnte, einiges von seinen Bestimmungen zu widerrufen."

Jones sah Twackum mit unvorstellbarer Verachtung an und antwortete: „Und glaubt Eure niedrige Seele, daß eine solche Betrachtung bei mir von Gewicht sein könnte? Nein, eher soll sich die Erde auftun und ihren eigenen Kot verschlingen (so würde ich es nennen, selbst wenn ich eine Million Äcker besäße), als daß sie meinen teuren, ruhmvollen Freund verschlänge."

Quis desiderio sit pudor aut modus
*Tam chari capitis?**

Der Doktor legte sich nun ins Mittel und verhinderte den Streit, der zwischen Jones und Thwackum aufflammen wollte. Dann überließ sich jener seiner Fröhlichkeit, sang zwei oder drei verliebte Lieder und geriet in jene erregte Verwirrung, die ungehemmte Freude auszulösen vermag; doch so weit war er von jeder Neigung zum Zank, daß er, wenn möglich, noch zehnmal friedlicher und besser gelaunt war als in nüchternem Zustand.

Die Wahrheit zu sagen, kann nichts irriger sein als die allgemeine Annahme, daß Menschen, die im Rausch bösartig und händelsüchtig sind, in der Nüchternheit höchst würdige Personen werden; denn Trunkenheit kehrt in Wahrheit die menschliche Natur nicht um, noch ruft sie Leidenschaften in ihr auf, die vorher nicht da waren. Sie beseitigt wohl die überwachende Vernunft, und folglich zwingt sie uns, unsere wahre Wesensgestalt zu zeigen, die manche, wenn sie nüchtern sind, Kunst genug besitzen zu verbergen. Sie erhöht und entzündet unsere Leidenschaften (doch zumeist freilich jene Leidenschaft, die in uns die Übermacht besitzt) derart, daß die zänkischen, die verliebten, die edelmütigen, die gutartigen, die geizigen, kurz, alle menschlichen Anlagen beim Trinken am deutlichsten zutage treten.

Und wenn schon keine Nation so viele Händel in der Trunkenheit hervorbringen mag, besonders im niedern Volk, wie die englische (denn wirklich: miteinander trinken und miteinander

* „Was für Grenzen vermögen Bescheidenheit und Maß dem Verlangen nach einem so teuern Freund zu setzen?" Das Wort desiderium kann hier nicht leicht übersetzt werden. Es umfaßt Sehnsucht, Freude und Kummer des Verlangens zugleich.

streiten bedeutet für sie fast das gleiche), so scheint mir, es dürfte aus diesem Umstand nicht geschlossen werden, die Engländer seien unter allen lebenden Völkern das schlimmste. Vielleicht liegt dem allem nur Ruhmesliebe zugrunde; also wäre der billige Schluß, daß unsere Landsleute von dieser Ruhmesliebe mehr besitzen und mehr zur Tapferkeit neigen als andere Sterbliche. Das ist um so wahrscheinlicher, als kaum je bei solchen Gelegenheiten etwas Ungroßmütiges, Unehrenhaftes, Bösartiges geschehen wird. Nein, die Kämpfer bezeigen einander den besten Willen, oft selbst auf dem Höhepunkt des Streites; und so wie ihre trunkene Fröhlichkeit gewöhnlich in einer Schlägerei endet, so enden die meisten ihrer Schlägereien in Freundschaft.

Aber kehren wir zu unserer Geschichte zurück. Obgleich Jones nicht die Absicht gezeigt hatte, jemanden zu ärgern, so war Herr Blifil doch höchst aufgebracht über ein Betragen, das zu der besonnenen und klugen Zurückhaltung seiner eigenen Gemütsart so wenig stimmte. Er ertrug das mit um so größerer Ungeduld, als es ihm höchst unstatthaft vorkam zu einer Zeit, da, wie er sagte, das Haus von Trauer über eine so vielgeliebte Mutter erfüllt sei; und nachdem der Himmel so gnädig gewesen sei, ihnen die Aussicht auf Herrn Allworthys Genesung zu gewähren, würde es ihnen besser anstehen, der Freude ihrer Herzen in Dankgebeten Ausdruck zu geben als in Saufereien und Gelärme, die den Zorn des Himmels eher vermehren als abwenden könnten. Thwackum, der mehr Getränk in sich hineingegossen hatte als Jones, doch ohne schlimme Wirkung auf sein Gehirn, pflichtete Blifils frommer Ansprache vollkommen bei; doch Square, aus Gründen, die der Leser wahrscheinlich erraten wird, blieb gänzlich still.

Jones war vom Wein nicht so überwältigt, daß er sich nicht sogleich an Blifils Verlust erinnert hätte, als dessen Erwähnung geschah. Da nun aber niemand schneller als Jones bereit war, eigene Irrtümer zu bekennen und zu verurteilen, bot er Herrn Blifil die Hand, ihn um Verzeihung zu bitten, und erklärte dabei, seine übermäßige Freude über Herrn Allworthys Genesung habe ihm jeden andern Gedanken vertrieben.

Blifil wies seine Hand verächtlich zurück und antwortete unwillig, es sei nicht verwunderlich, wenn tragische Schauspiele *auf Blinde keinen Eindruck* machten; er für sein Teil habe das Unglück zu wissen, wer seine Eltern gewesen seien, und folglich müsse ihr Verlust ihn tief berühren.

Jones, der ungeachtet seiner Gutmütigkeit auch etwas vom Zornmütigen in seiner Anlage hatte, sprang augenblicklich vom Stuhle auf, faßte Blifil am Hemdkragen und rief: „Verdammter Schurke, mußt du mich mit dem Unglück meiner Geburt beleidigen?" Er begleitete diese Worte mit so unsanften Bewegungen, daß sie Herrn Blifils sanftes Gemüt bald überwältigten; sogleich entspann sich ein Handgemenge, und großes Unglück hätte ohne das Eingreifen Thwackums und des Arztes entstehen können. Square hingegen hatte seine Philosophie erhaben gemacht über alle Leidenschaften; er rauchte ganz ruhig seine Pfeife, wie er das angesichts eines Streites stets zu tun pflegte, außer wenn er zu befürchten hatte, daß sie ihm im Mund zerschlagen werden könnte.

Die Kämpfer, die sich nun außerstande sahen, sich aneinander zu rächen, nahmen ihre Zuflucht zu dem üblichen Mittel der enttäuschten Wut und machten sich in Drohungen und Herausforderungen Luft. In dieser Art von Streit zeigte sich nun Fortuna, die bei dem persönlichen Angriff sich auf Jones' Seite zu neigen schien, seinem Feind fast ebenso günstig.

Ein Waffenstillstand wurde schließlich durch die Vermittlung der neutralen Parteien geschlossen, und die ganze Gesellschaft ließ sich wieder am Tisch nieder, wo Jones dazu überredet werden konnte, um Verzeihung zu bitten, und Blifil, diese zu gewähren; der Friede war wiederhergestellt, und alles schien in *statu quo* zu sein.

Doch wiewohl der Streit allem Anschein nach beigelegt war, war die fröhliche Laune, die er unterbrochen hatte, nicht wieder zurückgekehrt. Mit jeder Heiterkeit war es vorbei, und das nun folgende Gespräch bestand nur aus der ernsten Anführung von Tatsachen und ebenso ernsten Betrachtungen darüber: eine Art Unterhaltung, die zwar würdig und unterrichtend sein mag, doch der Anmut nur zu sehr entbehrt. Da wir jedoch so vermessen sind, dem Leser nur angenehme Unterhaltung bieten zu wollen, übergehen wir, was hier irgend vorgebracht wurde, bis der Rest der Gesellschaft sich verzogen hatte und nur noch Square und der Doktor zusammen blieben, zu welchem Zeitpunkt das Gespräch sich wieder ein wenig belebte durch Betrachtungen über das, was zwischen den beiden jungen Männern vorgefallen war; alle beide, so erklärte der Doktor, seien nichts Besseres als Schurken, welcher Bezeichnung der Philosoph unter höchst verständnisvollem Kopfnicken zustimmte.

10. Kapitel

Erweist die Richtigkeit mancher Bemerkung des Ovid und anderer ernsthafter Schriftsteller, die den unwiderlegbaren Beweis erbracht haben, daß der Wein oft der Vorläufer der Unenthaltsamkeit ist.

Jones begab sich aus der Gesellschaft, in der wir ihn gesehen haben, ins Freie hinaus, wo er sich durch einen Spaziergang in der frischen Luft ein wenig Abkühlung verschaffen wollte, ehe er zu Herrn Allworthy hineinging. Und hier, während er seine Betrachtungen über die geliebte Sophia erneuerte, welche die gefährliche Krankheit seines Freundes und Wohltäters für einige Zeit unterbrochen hatte, betraf ihn ein Zufall, über den wir nur mit Betrübnis berichten und von dem man gewiß nur mit Betrübnis lesen wird. Indes zwingt uns die geschichtliche Wahrheit, der wir mit so unverbrüchlicher Treue anhängen, dieses Geschehnis der Nachwelt zu überliefern.

Es war ein sehr angenehmer Abend gegen Ende Juni, als unser Held sich in einem überaus lieblichen Gehölz erging, wo die linde Luft, die die Blätter regte, zusammen mit dem sanften Rieseln eines murmelnden Baches und den melodischen Tönen der Nachtigallen die bezauberndste Harmonie ergaben. Auf diesem so ganz im Sinne der Liebe gestalteten Schauplatz vergegenwärtigte er sich seine teure Sophia. Während seine kecke Phantasie ungebunden alle ihre Reize umspielte und seine lebhafte Einbildungskraft ihm die anmutvolle Maid in den verschiedensten entzückenden Gestalten hinmalte, zerschmolz sein warmes Herz in Zärtlichkeit; schließlich warf er sich am Ufer des sanft rauschenden Baches zu Boden und brach in den folgenden Erguß aus: „O Sophia! Wollte der Himmel dich meinen Armen schenken, wie gesegnet wäre mein Los! Verwünscht sei das Schicksal, das eine Kluft zwischen uns legt. Könnte ich dich nur besitzen, wenn dein ganzes Eigentum nur aus einem zerlumpten Kleide bestünde, dürfte ich da einen Mann auf Erden beneiden?! Wie verächtlich erschiene da meinen Augen die glänzendste zirkassische Schönheit, geschmückt mit allen Juwelen der indischen Reiche! Doch was erwähne ich eine andere Frau? Müßte ich meine Augen für fähig halten, irgendeine andere zärtlich anzublicken, deine Hände sollten sie mir aus dem Kopf reißen. Nein, meine Sophia, hält auch ein grausames Geschick uns für immer getrennt, meine Seele wird nur *dir allein* anhängen. Die keuscheste Treue will ich deinem Bilde für immer bewahren. Und werde ich deine liebreizende Gestalt auch niemals besitzen, so sollst doch einzig du im Besitz meiner Gedanken, meiner Liebe, meiner Seele bleiben. Ach, mein liebekrankes Herz ist so mit jener zarten Brust verwoben, daß die strahlendsten Schönheiten für mich reizlos blieben, und kein Einsiedler könnte bei ihren Umarmungen kälter sein als ich. Sophia, allein Sophia soll die meine sein. Welch Entzücken liegt in diesem Namen! In jedes Baumes Rinde will ich ihn schneiden."

Mit diesen Worten sprang er auf und erblickte – nicht seine Sophia, nein, auch keine Zirkassenschöne, reich und zierlich geschmückt für des Großtürken Serail. Nein, ohne Kleid, in einem Hemd von der gröbsten Art, das nicht eben das reinste und ein wenig durchfeuchtet war von gewissen stark riechenden Dünsten, dem Ergebnis einer Tagesarbeit mit der Heugabel, näherte sich ihm Molly Seagrim. Unser Held hielt sein Federmesser in der Hand, das er hervorgezogen hatte zu dem obenerwähnten Zweck, den Namen Sophia in die Baumrinden zu graben. Als das Mädchen näher kam, lächelte es und rief: „Sie wollen mich doch nicht totstechen, hoff ich, Junker?" – „Warum denkt Ihr, ich wollte Euch erstechen?" antwortete Jones. „Nun", erwiderte Molly, „nachdem Sie mich, als ich Sie zuletzt sah, so grausam behandelt haben, wär's fast die größte Freundlichkeit, die sie mir antun könnten, wenn Sie mich umbrächten."

Es folgte nun eine Unterhaltung, die ich, da ich mich nicht verpflichtet fühle, sie hier in ihrem ganzen Umfange mitzuteilen, übergehe. Genug, daß sie eine volle Viertelstunde dauerte, worauf sich die Partner in den dichtesten Teil des Wäldchens begaben.

Etliche Leser möchten geneigt sein, dieses Vorkommnis für unnatürlich zu halten. Es ist aber tatsächlich wahr; und vielleicht wird es damit genügend erklärt sein, daß man annimmt, Tom habe wahrscheinlich gedacht, eine Frau sei immerhin besser als keine Frau und Mollys zwei Männer seien besser als nur einer. Außerdem, wenn wir Toms gegenwärtiges Betragen dem obengenannten Beweggrund zuschreiben, beliebe der Leser gleicherweise sich zu dessen Gunsten zu erinnern, daß er in dieser Zeit nicht vollkommen Herr war jenes wundervollen Vermögens der Vernunft, das ernsthafte und weise Männer so durchaus in den Stand setzt, ihre ungeregelten Leidenschaften zu bezähmen und alle derartigen verbotenen Vergnügungen von sich zu weisen. Der Wein hatte dieses Vermögen in Jones nun völlig unterjocht. Er war tatsächlich in einem Zustand, in dem die Vernunft, wäre sie dazwischengetreten, wenn auch nur, um zu mahnen, von ihm hätte die Antwort erhalten können, die vor langen Jahren ein gewisser Cleostratus einem törichten Burschen gab, der ihn fragte, ob er sich nicht schäme, betrunken zu sein. „Schämst denn du dich nicht", antwortete Cleostratus, „einen trunkenen Mann zu maßregeln?" Die Wahrheit zu sagen, vor einem Gerichtshof kann Betrunkenheit keine Entschuldigung sein, doch vor dem Gericht des Gewissens ist sie das in hohem Grade; darum denn Aristoteles, der die Gesetze des Pittacus empfiehlt, nach denen Betrunkene für ihre Verbrechen die doppelte Strafe erleiden sollen, zugibt, daß in dieser Vorschrift mehr die Politik als die Gerechtigkeit bestimme. Wenn es nun irgendwelche Verfehlungen gibt, die sich durch Betrunkenheit entschuldigen lassen, so sind es sicherlich solche, deren Jones sich jetzt schuldig machte. Über diesen Punkt könnte ich mit einer gewaltigen Fülle gelehrter Begründungen aufwarten, wenn ich denken dürfte, das würde den Leser unterhalten oder ihn mit irgendeiner Kenntnis versehen, die er nicht bereits besitzt. Ihm zuliebe werde ich darum meine Wissenschaft für mich behalten und mich wieder meiner Geschichte zuwenden.

Es ist bemerkt worden, daß das Glück seine Sache selten nur halb verrichtet. Die Wahrheit zu sagen, gibt es seiner Grillen kein Ende, wenn es sich einmal anschickt, sich gefällig zu erweisen oder zu mißfallen. Kaum hatte sich unser Held mit seiner Dido zurückgezogen, als

Speluncam Blifil dux et divinus eandem
*Deveniunt . . .**

der Geistliche und der junge Edelmann in ernstem Gespräch bei dem Zauntritt, der in das Wäldchen führt, anlangten und der zweite gerade noch den Anblick des Paares erhaschte, als dieses im Gebüsch verschwand.

Blifil hatte Jones sehr wohl erkannt, trotz der beträchtlichen Entfernung, aus der er ihn erblickte; auch war er sich über das Geschlecht seiner Begleitung durchaus klar, wiewohl nicht über die Person selber. Er fuhr zusammen, besegnete sich und stieß einen höchst feierlich stöhnenden Laut aus.

* Nach der Grotte Blifil als Führer und der Priester mitsammen hinkamen (Anmerkung des Übersetzers).

Thwackum zeigte sich durch diese plötzlichen Gefühlsäußerungen einigermaßen überrascht und fragte nach deren Ursache. Darauf antwortete Blifil, er sei gewiß, er habe einen Kerl mit einer Dirne sich in die Büsche verziehen sehen, und er zweifle nicht an ihrer schlimmen Absicht. Er hielt es für geraten, den Namen von Jones zu verschweigen; warum er das tat, das zu ergründen überlassen wir dem Scharfsinn des Lesers. Denn wir versuchen niemals den Handlungen der Menschen Beweggründe zu unterschieben, wenn für uns die Möglichkeit besteht, daß wir uns irren könnten.

Der Geistliche, der sich nicht nur, was seine Person betraf, strenger Keuschheit befleißigte, sondern auch ein entschiedener Gegner des entgegengesetzten Lasters bei andern war, geriet bei dieser Mitteilung in Zorn. Er verlangte, von Herrn Blifil stracks an jenen Ort geführt zu werden, und als sie sich diesem näherten, schnaubte er abwechselnd Rache und erging sich in Klagen; auch unterließ er es nicht, mit ein paar schiefen Bemerkungen auf Herrn Allworthy anzuspielen, ihn zu beschuldigen, daß die Zuchtlosigkeit des Landes hauptsächlich auf die Ermutigung zurückzuführen sei, die er dem Laster dadurch gegeben habe, daß er einem Bankert gegenüber soviel Güte erweise und jene gerechte und heilsame Strenge des Gesetzes abgeschwächt habe, die eine ernsthafte Bestrafung solch liederlicher Dirnen gestatte.

Der Weg, auf dem unsere Jäger ihr Wild verfolgen mußten, war so dicht mit Dornsträuchern bewachsen, daß sie im Vorwärtskommen stark behindert waren und dazu ein solches Geräusch verursachten, daß Jones vor ihrem Nahen genügend gewarnt war, bevor sie ihn überraschen konnten; ja, Thwackum war wirklich so wenig fähig, seine Empörung zu verhehlen, und so laut schwor er Rache mit jedem Schritt, den er tat, daß dies allein Jones reichlich dafür entschädigt haben müßte, daß man ihn (um in der Jägersprache zu reden) in seinem Kessel aufgespürt hatte.

11. Kapitel

Ein Gleichnis in der Art von Herrn Popes meilenlangen Perioden eröffnet eine so blutige Schlacht, wie sie nur ohne die Beihilfe von Stahl oder kaltem Eisen ausgefochten werden kann.

Wie in der Brunstzeit (ein ungeschlachter Ausdruck, mit dem gewöhnliche Leute jenes artige Getändel bezeichnen, das in dem wohlbewaldeten Forst von Hampshire sich zwischen Liebesleuten der Wildgattung abspielt), wenn, während der stolz gekrönte Hirsch auf seinen Liebeskampf sinnt, ein paar junge Hunde oder andere Tiere von feindlicher Art sich so nahe an den Tempel der Venus Ferina heranbegeben, daß die schöne Hirschkuh erschreckt vom Platze weicht, berührt von jenem Etwas – sei es Furcht oder Schmerz, Empfindlichkeit oder Störrigkeit –, mit dem die Natur alle weiblichen Geschöpfe ausgestattet hat; oder wenigstens hat sie ihnen beigebracht, eine entsprechende Haltung einzunehmen, auf daß nicht durch den Mangel an Feingefühl der Männer die Samischen Mysterien von den Augen Ungeweihter erforscht würden: denn bei der Vollziehung dieser Riten ruft die Priesterin im Virgil (der damals wahrscheinlich mit dieser Vollziehung tüchtig zu tun hatte):

> . . . *Procul, o procul este profani;*
> *Proclamat vates, totoque absistite luco.*
> . . . O Seelen ungeweiht, gemein,
> Rief die Sibylle, bleibet fern dem Hain.

Wenn, sage ich, während diese heiligen Riten, an denen das *genus omne animantium** teilhat, zwischen dem Hirsch und seiner Erwählten im Gange sind, sich irgendwelche feindlichen Tiere in die Nähe wagen sollten, so rückt beim ersten Zeichen, das die furchtsame Hindin gibt, der Hirsch stolz und drohend gegen den Eingang des Dickichts vor; dort steht er für seine Liebe Posten, stampft den Boden mit den Füßen, und mit hochaufgerecktem Geweih fordert er kühn den wahrgenommenen Feind zum Kampf heraus.

Also, aber noch schrecklicher rückte unser Held vor, als er das Nahen des Feindes bemerkte. Manchen Schritt tat er voran, um die zitternde Hindin zu verbergen und ihr, wenn möglich, den Rückzug zu sichern. Und jetzt begann Thwackum, nach-

* Alle lebenden Geschöpfe (Anmerkung des Übersetzers).

dem er zuerst einen fahlen Blitz aus seinen flammenden Augen geworfen hatte, loszudonnern: „Pfui darüber! Pfui, Herr Jones! Ist es möglich, daß Sie das sind?“ – „Ihr seht ja“, antwortete Jones, „es ist möglich, daß ich hier bin.“ – „Und wer ist“, fragte Thwackum, „diese gottlose Schlumpe, die Sie bei sich haben?“ – „Wenn ich eine gottlose Schlumpe bei mir habe“, rief Jones, „so ist es möglich, daß ich Euch nicht wissen lasse, wer sie ist.“ – „Ich befehle Ihnen, mir das augenblicklich zu sagen“, rief Thwackum, „und ich möchte, daß Sie sich nicht einbilden, junger Mann, daß Ihr Alter, obgleich die Zeit der Unterrichtsstunden nun einigermaßen vorbei ist, Sie der Autorität des Lehrers völlig entzogen habe. Das Band zwischen Schüler und Lehrer ist unlösbar, gleichwie es in Wahrheit alle andern menschlichen Beziehungen sind, denn sie haben alle ihren Ursprung im Himmel. Darum möchte ich, daß Sie sich mir heute zu gehorchen so verpflichtet fühlten wie zu der Zeit, da ich Ihnen die ersten Anfangsgründe beibrachte.“ – „Ich glaube, daß Ihr das möchtet“, rief Jones; „doch daraus wird nichts, es sei denn, daß Ihr mich davon, wie einst, mit der Birkenrute zu überzeugen verstündet.“ – „Dann muß ich Ihnen geradeheraus erklären“, sagte Thwackum, „daß ich entschlossen bin nachzusehen, wer die üble Metze ist.“ – „Und ich muß Euch offen gestehen“, gab Jones zurück, „das werdet Ihr nicht.“ Thwackum versuchte nun vorzudringen, doch Jones ergriff ihn am Arm, von welchem Griff ihn Herr Blifil zu befreien strebte, indem er erklärte, er dulde nicht, daß sein alter Lehrer mißhandelt werde.

Jones, der sah, daß er nun mit zweien zu tun hatte, schien es nötig, so rasch wie möglich einen seiner Gegner loszuwerden. Er machte sich zuerst an den schwächern; den Pfarrer ließ er gehen und führte einen Schlag auf des jungen Junkers Brust; der war wohlgezielt und streckte jenen der Länge nach zu Boden.

Thwackum war so auf das Entdecken erpicht, daß er, sowie er sich frei fühlte, geradeaus in das Farnkraut hinein vorstieß, ohne weiter darauf zu achten, was mit seinem Freund geschah. Doch war er kaum ein kurzes Stück ins Dickicht eingedrungen, als Jones, nachdem er Blifil erledigt hatte, den Pfarrer einholte und an seinem Rockschoß zurückzerrte.

Der Pfarrer war in seiner Jugend ein Meisterboxer gewesen und hatte sowohl auf der Schule wie auf der Universität sich mit seinen Fäusten manche Ehre erkämpft. Freilich hatte er nun seit einer langen Reihe von Jahren auf die Ausübung dieser edlen Kunst verzichtet; doch war er an Mut noch ebenso stark wie an Glauben, und sein Körper war nicht weniger kräftig als jene beiden. Außerdem neigte seine Natur, was der Leser vielleicht bemerkt haben wird, ein wenig zum Jähzorn. Darum, als er zurückblickte und seinen Gefährten auf der Erde ausgestreckt sah und sich selbst gleichzeitig so unsanft behandelt fühlte von einem, der früher bei allen ihren Meinungsverschiedenheiten stets den passiven Teil gespielt hatte (ein Umstand, der die ganze Angelegenheit um vieles ernster machte), verlor er schließlich die Geduld; er warf sich in Angriffsstellung, faßte seine ganze Kraft zusammen und stürzte sich mit dem gleichen Ungestüm Jones' Frontseite entgegen, mit dem er früher gegen seine Hinterseite ausgeholt hatte.

Unser Held trat dem Angriff seines Feindes mit männlicher Unerschrockenheit entgegen, und seine Brust erdröhnte von dessen erstem Schlag. Er gab ihn mit keiner geringeren Wucht zurück und zielte dabei gleichfalls auf des Gegners Brust, doch dieser parierte Jones' Faust geschickt, so daß sie nur auf seinen Bauch traf, allwo zwei Pfund Rindfleisch und ebensoviel Pudding lagerten, weswegen kein hohler Klang hervorgerufen werden konnte. Viele muntere Schläge, viel vergnüglicher und leichter zu sehen, als davon zu lesen und darüber zu schreiben, wurden von beiden Seiten ausgeteilt; schließlich ein heftiger Sturz, nach dem Jones seine Knie auf Thwackums Brust stemmte, was diesen so ermattete, daß der Sieg nicht länger zweifelhaft schien, hätte nicht Blifil, der wieder zu Kräften gekommen war, jetzt den Kampf erneuert und dadurch, daß er Jones in Schach hielt, dem Pfarrer Zeit verschafft, sich zu erholen und aufzuatmen.

Und nun stürzten sich die beiden auf unsern Helden, dessen Schläge nicht mehr so kräftig fielen wie zu Beginn, so sehr hatte ihn der Kampf mit Thwackum hergenommen; denn obgleich der Pädagoge es vorzog, auf dem menschlichen Instrument Solo zu spielen, und in der letzten Zeit nur solches gewohnt war, so hatte er von der früheren Kunst doch genügend beibehalten, um seine Stimme ebenso gut im Duett zur Wirkung zu bringen.

Der Sieg schien sich, entsprechend dem modernen Brauch, durch die größere Zahl entscheiden zu sollen, als unverhofft ein viertes Fäustepaar in dem Kampfgetümmel erschien und sogleich den Pfarrer auf das tüchtigste begrüßte; und sein

Eigentümer schrie: „Schämt ihr euch nicht, in Teufels Namen, zu zweien über einen Mann herzufallen?“

Der Kampf, der von der Art war, daß man ihn, um ihm gerecht zu werden, königlich heißen muß, tobte nun während einiger Minuten mit der äußersten Heftigkeit, bis Blifil sich dank Jones ein zweites Mal auf der Erde wälzte, Thwackum jedoch seinen neuen Gegner um Gnade bat, in dem man nun Herrn Western selbst bemerkte, denn in der Hitze des Vorgangs hatte keiner von den Kämpfern ihn erkannt.

Die Sache kam so, daß der ehrenwerte Junker auf seinem Nachmittagsspaziergang, den er in Gesellschaft ausführte, auf dieses Schlachtfeld geraten war, wo der blutige Kampf ausgetragen wurde; und als er drei Mann daran beteiligt sah, hatte er aus diesem Umstand geschlossen, daß zwei von ihnen auf derselben Seite stehen müßten, war von seinen Begleitern weggeeilt und hatte, mit mehr Ritterlichkeit als Politik, sich der schwächeren Partei angenommen. Durch diese edelmütige Handlungsweise hatte er sehr wahrscheinlich Jones davor bewahrt, Thwackums Wut und der pietätvollen Freundschaft, die Blifil für seinen alten Lehrer bekundete, zum Opfer zu fallen. Denn abgesehen von dem Nachteil der ungleichen Zahl, hatte Jones' gebrochener Arm seine frühere Kraft noch nicht wieder erreicht. Diese Verstärkung jedoch setzte dem Gefecht bald ein Ende, und Jones mit seinem Verbündeten hatte gesiegt.

12. Kapitel

Ein ergreifenderes Schauspiel, als es alles Blut Thwackums und Blifils und noch von zwanzig ihresgleichen hervorrufen könnte.

Eben als der Kampf beendet war, kamen Herrn Westerns Begleiter auf dem Schlachtfeld an. Die Gesellschaft bestand aus dem ehrenwerten Pfarrherrn, den wir früher einmal an Herrn Westerns Tafel erblickt haben, Fräulein Western, der Tante Sophias, und schließlich aus der reizenden Sophia selbst.

Der Anblick, den der Kampfplatz nun bot, war der folgende: An einer Stelle lag auf dem Boden, bleich, fast ohne Atem, der besiegte Blifil. In seiner Nähe stand der Sieger Jones, über und über bedeckt mit Blut, das zum Teil natürlich sein eigenes war, zum Teil vor kurzem noch seiner Ehrwürden Herrn Thwackum gehört hatte. An einer dritten Stelle hielt sich der besagte

Thwackum aufrecht wie König Porus, der sich mit düsterer Miene dem Sieger unterwirft. Die letzte Figur in dem Stück war Western der Große, in glorreichem Abstand von dem bezwungenen Feind.

Blifil, der nur geringe Lebenszeichen von sich gab, war zuerst der Hauptgegenstand der allgemeinen Sorge, besonders der von Fräulein Western, die eine Flasche Hirschhornwasser hervorgezogen hatte und nun dabei war, damit seine Nüstern zu befeuchten, als plötzlich die Aufmerksamkeit der ganzen Gesellschaft von dem armen Blifil abgezogen wurde, dessen Geist, wenn er so etwas vorgehabt, nun die Gelegenheit hätte benützen und sich in die andere Welt hinüberstehlen können, ganz ohne Abschiedszeremonie.

Denn jetzt lag ein noch bedauernswerterer und lieblicherer Gegenstand bewegungslos vor ihnen. Dies war kein anderer als die reizende Sophia selbst, die vor dem Anblick des Blutes oder aus Entsetzen vor ihrem Vater oder aus irgendeinem andern Grund in Ohnmacht gefallen war, ehe noch jemand ihr zu Hilfe eilen konnte.

Fräulein Western erblickte sie zuerst und schrie auf. Sogleich riefen zwei oder drei der Stimmen: „Fräulein Western ist tot!" Es wurde nach Hirschhorn, nach Wasser, nach jedem Heilmittel verlangt, alles im selben Augenblick.

Der Leser möge sich erinnern, daß wir in unserer Beschreibung des Wäldchens einen murmelnden Bach erwähnten, dessen Wasser dort nicht auftauchte wie jene sanften Flüsse, die durch gemeine Romane fließen und die keinen andern Zweck haben als zu murmeln. Nein, Fortuna hatte beschlossen, diesen kleinen Bach durch eine höhere Ehrung zu adeln, als irgendeiner von denen, die die Gefilde Arkadiens bespülen, jemals verlangt hätte.

Jones rieb gerade Blifils Schläfen, denn er begann zu fürchten, er könnte ihm einen Hieb zuviel gegeben haben, als die Worte: „Fräulein Western ist tot!" auf einmal an sein Ohr drangen. Er sprang auf, überließ Blifil seinem Schicksal, rannte zu Sophia hinüber, und während von den übrigen der eine gegen den andern lief, vorwärts und rückwärts, auf den trockenen Pfaden nach Wasser spähend, hob er sie in seinen Armen hoch und eilte mit ihr über das Feld zu dem oben bezeichneten Flüßchen, wo er, selbst in den Wellen stehend, es fertigbrachte, ihr Gesicht, Kopf und Nacken ausgiebig mit Wasser zu besprengen.

Ein Glück für Sophia, daß die gleiche Verwirrung, die ihre

andern Freunde hinderte, ihr beizustehen, sie ebenso hinderte, Jones in den Weg zu treten. Er hatte mit ihr die halbe Strecke zurückgelegt, bevor sie erkannt hatten, was er tat, und wirklich hatte er sie bereits ins Leben zurückgerufen, ehe sie noch den Uferrand erreicht hatten. Sie streckte ihre Arme aus, öffnete die Augen und rief: „Großer Gott!" eben als ihr Vater, ihre Tante und der Pfarrer anlangten.

Jones, der bis dahin seine liebliche Last in den Armen gehalten hatte, befreite sich jetzt von ihr; doch bedachte er sie im gleichen Augenblick mit einer zärtlichen Liebkosung, die, wäre sie ihrer Sinne schon völlig mächtig gewesen, ihrer Aufmerksamkeit nicht entgangen wäre. Da sie jedoch keinerlei Mißfallen über diese Freiheit bezeigte, nehmen wir an, daß sie sich von ihrer Ohnmacht noch nicht völlig erholt hatte.

Die tragische Szene verwandelte sich nun in eine Freudenszene. Dabei war nun freilich unser Held die Hauptperson; denn so wie er wahrscheinlich über seine Rettertat an Sophia größeres Entzücken empfand als sie selbst über ihr Gerettetsein, so wurde sie auch nicht in solchem Maße mit Glückwünschen überhäuft wie Jones, besonders von Herrn Western selbst, der, nachdem er seine Tochter ein- oder zweimal umarmt hatte, Jones zu umarmen und zu liebkosen begann. Er nannte ihn Sophias Retter und erklärte, es gebe nichts außer ihr selbst und seinem Landgut, das er ihm nicht schenken möchte; doch nach einigem Besinnen nahm er später hiervon noch seine Jagdhunde aus, Chevalier und Miß Slouch (denn so nannte er seine Lieblingsstute).

Da nun wegen Sophia keinerlei Befürchtung mehr bestand, wurde Jones der Gegenstand von des Junkers Aufmerksamkeiten. „Komm, mein Junge", sagte Western, „zieh deinen Rock aus und wasch dein Gesicht; warst in einer höllischen Patsche, das kann ich dir sagen. Komm, komm, wasch dich, und dann komm mit mir nach Haus; wollen sehn, ob wir nicht einen andern Rock für dich finden."

Jones gehorchte sogleich, warf seinen Rock ab, stieg zum Wasser nieder und wusch sich Kopf und Brust, denn die war nicht weniger sichtbar und mit Blut besudelt. Doch wenn auch das Wasser das Blut entfernen konnte, so blieben doch die schwarzen und blauen Mäler, die Thwackum seinem Gesicht wie seiner Brust aufgeprägt hatte und die, als Sophia sie gewahrte, ihr einen Seufzer und einen Blick voll unaussprechlicher Zärtlichkeit entlockten.

Jones' Augen nahmen diesen Blick tief in sich auf, und er hatte auf ihn eine unendlich viel stärkere Wirkung als alle Quetschungen, die er zuvor erhalten. Freilich eine ganz andere Wirkung; denn sie war so mild und so heilend, daß, wären auch alle Schläge, die ihn getroffen, Dolchstiche gewesen, sie ihn für ein paar Minuten seine Schmerzen hätten vergessen lassen.

Die Gesellschaft trat jetzt den Rückweg an und war bald an der Stelle angekommen, wo Thwackum Herrn Blifil wieder auf die Beine geholfen hatte. Hier können wir einen frommen Wunsch nicht unterdrücken, nämlich daß alle Händel einzig durch solche Waffen ausgetragen würden, mit denen die Natur, wohl wissend, was für uns geeignet ist, uns versehen hat; und daß blankes Eisen dazu verwendet werde, in keinen andern Eingeweiden als denen der Erde zu wühlen. Dann würde Krieg, der Zeitvertreib der Herrschenden, zu etwas fast Harmlosem, und Schlachten zwischen großen Armeen könnten auf den besondern Wunsch verschiedener vornehmer Damen geschlagen werden, die mit den Königen zusammen die wirklichen Zuschauer des kämpferischen Zusammenstoßes wären. Dann wäre das Feld wohl einen Augenblick von menschlichen Leibern bedeckt, und im nächsten würden sich die Gefallenen, oder doch der größte Teil von ihnen, wieder erheben und, wie Herrn Bayes' Schauspielertruppen, wieder zum Klang einer Trommel oder einer Fiedel marschieren, wie das zuvor ausgemacht worden war.

Wenn möglich, möchte ich es vermeiden, diesen Gegenstand auf spaßhafte Weise zu behandeln, auf daß nicht ernste Männer und Politiker, von denen ich weiß, daß sie durch Späße verletzt werden können, mir ihre Verachtung zurufen. Aber wirklich, könnte denn eine Schlacht nicht ebensogut durch die größere Zahl von zerschlagenen Köpfen, blutigen Nasen und blauen Augen entschieden werden als durch die größeren Haufen zerstückelter und gemordeter Menschenleiber? Könnten sich nicht ganze Städte auf dieselbe Art Genugtuung verschaffen? Freilich könnte man angesichts der Macht der Franzosen denken, das wäre doch etwas gar zu Unschuldiges, da sie dadurch den Vorrang einbüßen würden, den sie dank der Überlegenheit ihrer Kriegsbaumeister vor andern Nationen besitzen. Wenn ich jedoch die Artigkeit und Großmut dieses Volkes in Betracht ziehe, dann bin ich überzeugt, sie würden es nicht ablehnen, sich mit einem Gegner auf gleich und gleich zu stellen oder, wie der Spruch lautet, sich selbst ihm gleichzumachen.

Doch solche Reformen lassen sich eher wünschen als erhoffen. Ich begnüge mich daher mit diesem kurzen Wink und kehre zu meiner Erzählung zurück.

Western begann nun nach der ersten Ursache des Streites zu forschen. Doch weder Jones noch Blifil gaben ihm auf seine Fragen Antwort, Thwackum aber sagte mürrisch: „Ich glaube, die Ursache liegt nicht so weit ab; wenn sie die Büsche absuchen, werden Sie sie finden." – „Sie finden?" erwiderte Western. „Wie denn, so habt ihr euch um ein Weibsbild geprügelt?" – „Fragen Sie den Herrn in diesem Kittel da", knurrte Thwackum, „der weiß es am besten." – „Aber nein", rief Western, „also ist es bestimmt ein Weibsbild. Ach Tom, Tom, du bist mir ein naschhafter Hund. Doch kommt, ihr Herren, seien wir alle Freunde, kommt mit mir heim, und besiegeln wir den Frieden über einer Flasche." – „Ich bitte um Verzeihung", erwiderte Thwackum, „für einen Mann meines Standes ist es keine so leichte Sache, so beleidigend behandelt und herumgepufft zu werden von einem Buben, und das einzig und allein, weil ich bereit war, meine Pflicht zu tun, indem ich versuchte, eine liederliche Hure aufzuspüren und der Gerechtigkeit zu überliefern. Doch freilich, der Hauptfehler liegt bei Herrn Allworthy selbst; denn wenn man das Gesetz in Anwendung bringt, wie sich's gehört, so wird man das Land bald von diesem Ungeziefer befreit haben."

„Ebenso bald könnte ich das Land von den Füchsen befreit haben", rief Western. „Ich dächte, wir sollten dazu anfeuern, die Menschenzahl wieder einzubringen, die wir täglich im Kriege verlieren. Aber wo ist sie? Ich bitt dich, Tom, sag mir's." Er fing nun an, auf den Busch zu klopfen, in der gleichen Sprache und auf dieselbe Art, wie wenn er nach einem Hasen suchte; und schließlich rief er: „Hallo! Häschen ist nicht weit von hier. Das ist sein Lager, meiner Seel; ich glaube aber sagen zu müssen: weggestohlen!" Das mußte er wirklich, denn er hatte nun den Platz gefunden, von wo sich das arme Mädchen, als der Kampf anhob, auf so vielen Füßen, wie der Hase gewöhnlich für seine Streifzüge benötigt, weggestohlen hatte.

Sophia wünschte jetzt, ihr Vater möge mit ihr nach Hause zurückkehren, da sie sich sehr schwach fühle und einen Rückfall befürchte. Der Junker willfahrte dem Wunsch seiner Tochter augenblicklich (denn er war der liebevollste aller Väter).

Er gab sich ernstlich Mühe, die ganze Gesellschaft zu überreden, bei ihm zu Abend zu speisen, aber Blifil und Thwackum lehnten mit Entschiedenheit ab. Der erste sagte, es gebe für seinen Verzicht auf diese Ehre mehr Gründe, als er jetzt aufzuzählen vermöchte; und Thwackum erklärte (vielleicht mit Recht), es sei nicht schicklich für jemanden in seiner Stellung, sich jetzt in dem Zustand, in dem er sich befinde, an einem anständigen Orte sehen zu lassen.

Jones jedoch wäre nicht imstande gewesen, auf die Nähe seiner Sophia zu verzichten; also schritt er mit Junker Western und seinen Damen weiter, und der Pfarrer bildete den Beschluß. Zwar hatte dieser sich erboten, bei seinem Amtsbruder Thwackum zu bleiben, und erklärt, die Achtung vor dessen Tracht erlaube ihm nicht, ihn zu verlassen, doch Thwackum wollte von solcher Anstandsbezeigung nichts wissen, und nicht eben höflich schickte er ihn mit einem Stoß Herrn Western nach.

Damit endete dieser blutige Streit; und damit soll auch das fünfte Buch unserer Geschichte enden.

SECHSTES BUCH

Umfaßt ungefähr drei Wochen.

1. Kapitel

Über die Liebe.

In unserem letzten Buch waren wir genötigt, uns ziemlich viel mit der Leidenschaft der Liebe abzugeben; und in unserem folgenden Buch müssen wir den Gegenstand noch ausführlicher behandeln. Es wird daher an dieser Stelle nicht ungehörig sein, daß wir uns mit der Prüfung jener neuen Lehre befassen, mit der gewisse Philosophen, unter andern wunderbaren Entdekkungen, auch die gemacht haben wollen, daß es keine solche Leidenschaft im Herzen des Menschen gebe.

Ob diese Philosophen nun die gleichen sind wie die Anhänger jener Sekte, die von dem jetzt verstorbenen Dr. Swift ehrenvoll erwähnt werden, da sie, durch die Kraft ihres Geistes allein, ohne irgendwelche gelehrten Kenntnisse oder auch nur Lektüre das tiefe und unschätzbare Geheimnis ergründet haben, daß es keinen Gott gibt; oder ob sie nicht vielmehr eins sind mit jenen andern, die vor einigen Jahren die Welt mit ihrer Darlegung erschreckten, daß so etwas wie Güte und Tugend in der menschlichen Natur nicht wirklich vorhanden sei, und die unsere besten Handlungen aus Stolz und Eitelkeit herleiten, das zu entscheiden maße ich mir nicht an. Doch neige ich im Grunde zu dem Verdacht, daß alle diese verschiedenen Wahrheitssucher die gleiche Sorte von Leuten sind, die von andern Goldsucher genannt werden. Die angewandte Forschungsmethode ist in beiden Fällen ein und dieselbe, nämlich das Suchen, Stöbern, Nachprüfen an einem garstigen Ort, und in jenem *Falle* sogar an dem allergarstigsten Ort, in einem verdorbenen Gemüt.

Doch obwohl in dieser Einzelheit, und vielleicht auch in ihrem Erfolg, der Wahrheitssucher und der Goldsucher Rechtens miteinander verglichen werden können, so darf man sie, was Bescheidenheit anbelangt, nimmermehr miteinander in Vergleich bringen, denn wer hätte je von einem Goldsucher gehört, der die Frechheit oder die Narrheit hatte, nach seinem Mißerfolg zu versichern, so etwas wie Gold gebe es überhaupt nicht in der Welt? Wohingegen der Wahrheitssucher, nachdem er diesen Abgrund, sein eigenes Inneres, durchsucht hatte und nicht imstande war, dort eine Spur des Göttlichen oder etwas von Tugend oder Güte, noch etwas Liebliches, Liebenswertes, Ehrenhaftes, Folgerichtiges zu entdecken, den Schluß zieht, daß in der gesamten Schöpfung nichts dergleichen existiere.

Um jedoch, wenn möglich, jeden Zank mit diesen Philosophen, wenn man sie so nennen kann, zu vermeiden und unsere Geneigtheit, die Sache zwischen uns friedlich beizulegen, zu bezeigen, werden wir ihnen hier einige Zugeständnisse machen, die unserem Disput ein Ende bereiten dürften.

Erstens wollen wir zugeben, daß manche Gemüter, und vielleicht die Gemüter ebendieser Philosophen, auch von der geringsten Spur einer solchen Leidenschaft völlig frei sind.

Zweitens, daß das, was gemeinhin Liebe genannt wird, nämlich das Verlangen, ein gefräßiges Gelüst mit einer bestimmten Quantität zarten, weißen, menschlichen Fleisches zu stillen, durchaus nicht die Leidenschaft ist, für die ich hier kämpfe. Dies ist freilich im eigentlichen Sinn bloß ein Hunger; und wie kein Fresser sich scheut, für seinen Appetit das Wort Liebe zu beanspruchen und zu sagen, er liebe dieses oder jenes Gericht, so kann der Liebhaber von dieser Art ebenso sachgemäß sagen, ihn hungere nach der oder jener Frau.

Drittens gebe ich zu – und ich glaube, man wird dies ein höchst annehmbares Zugeständnis finden –, daß diese Liebe, für die ich als Anwalt spreche, obwohl sie ihre Wünsche auf eine weit feinere Art befriedigt, nichtsdestoweniger ihre eigene Erfüllung so heftig sucht wie das gröbste unserer Gelüste.

Und endlich, daß diese Liebe, wenn sie sich auf eine Person des andern Geschlechtes richtet, sehr geneigt ist, zu ihrer vollen Befriedigung jenen Hunger zu Hilfe zu rufen, den ich oben erwähnt habe und der durch sie so wenig ausgeschaltet wird, daß er vielmehr all ihre Entzückung bis zu einem Grade steigert, den sich jene, die nie einer andern Erregung fähig gewesen sind als der durch den Hunger allein erweckten, schwerlich vorstellen können.

Als Entgelt für alle diese Zugeständnisse verlange ich von den Philosophen, daß sie mir einräumen, in einigen (ich glaube, in vielen) menschlichen Herzen sei eine milde und wohltätige Anlage am Werk, die sich darin genügt, etwas zu dem Glück anderer beizutragen; daß diese Genugtuung allein schon, wie in der Freundschaft, in der väterlichen und kindlichen wie in der allgemeinen Menschenliebe eine große und innige Freude gewähre. Und daß, wenn wir diese Anlage nicht Liebe nennen wollen, wir keinen Namen dafür haben. Daß, obgleich das Vergnügen, das aus einer so reinen Liebe entsteht, durch das Hinzutreten des Verlangens erhöht und noch süßer gemacht werden kann, das erste doch allein für sich bestehen, aber auch durch das Hinzutreten des zweiten nicht zerstört werden kann. Und schließlich, daß Achtung und Dankbarkeit die wahren Triebfedern der Liebe sind, gleichwie Jugend und Schönheit die des Verlangens, und daß daher, obschon dieses Verlangen naturgemäß aufhören kann, wenn Alter oder Krankheit ihren Gegenstand befallen, solches die Liebe niemals zu beeinträchtigen noch in einem rechtschaffenen Gemüt diese Empfindung oder Leidenschaft, die auf Dankbarkeit und Achtung gegründet ist, jemals zu erschüttern oder zu tilgen vermag.

Das Vorhandensein einer Leidenschaft leugnen, von der wir oft die deutlichsten Bekundungen sehen, scheint doch sehr befremdlich und eine große Torheit zu sein, und man kann dies wirklich nur auf jene Selbstprüfung zurückführen, deren wir oben gedacht haben. Aber wie wenig ehrlich ist dies! Wird der Mann, der in seinem Herzen keine Spur von Geiz oder Ehrsucht entdeckt, darum schließen, daß solche Leidenschaften in der menschlichen Natur nicht vorkommen? Warum wollen wir nicht bescheiden ebendieselbe Regel beobachten, ob wir nun über das Gute oder über das Böse anderer Menschen urteilen? Oder warum sollten wir in irgendeinem Fall, wie Shakespeare sagt, „die Welt in unserer eigenen Person zusammenfassen“ wollen?

Vorherrschende Eitelkeit ist, so fürchte ich, hier zu sehr im Spiel. Dies ist ein Beispiel jener Schmeichelei, mit der wir unser eigenes Gemüt bedenken, und das fast allgemein. Es gibt kaum einen Menschen, der sich, so sehr er auch den Charakter des Schmeichlers verachten mag, sich selbst gegenüber nicht der niedrigsten Schmeichelei schuldig machte.

Erforsche daraufhin dein Herz, lieber Leser, ob du dich herbeilassen kannst, mit mir an diesen Sachverhalt zu glauben. Wenn du's kannst, so magst du nun zu den Erläuterungen auf den folgenden Seiten übergehen; vermagst du's nicht, so hast du, das versichere ich, bereits mehr darüber gelesen, als du verstanden hast, und du tätest besser daran, deinen Geschäften nachzugehen oder deinen Vergnügungen (welches diese nun sein mögen), als noch mehr Zeit auf eine Lektüre zu verschwenden, an der du keinen Geschmack finden und die du nicht verstehen kannst. Mit dir über die Wirkungen der Liebe zu verhandeln wäre gleich sinnlos, wie sich mit einem Blindgeborenen über Farben zu streiten. Denn möglicherweise könnte deine Vorstellung von der Liebe gleich unsinnig sein wie die, welche sich, wie wir hörten, ein Blinder einst von der roten Farbe gemacht hat; diese Farbe schien ihm große Ähnlichkeit zu haben mit dem Ton einer Trompete; und wahrscheinlich gleicht nach deiner Auffassung Liebe in hohem Grad einer Schüssel voll Suppe oder einem Ochsenbraten.

2. Kapitel

Tante Westerns Charakter. Ihre große Gelehrsamkeit und Weltkenntnis und eine Probe des Scharfblicks, den sie durch diese Vorzüge gewonnen hatte.

Der Leser hat Herrn Western, seine Schwester und Tochter mit dem jungen Jones und dem Pfarrer zusammen Junker Westerns Haus betreten sehen, wo der größere Teil der Gesellschaft den Abend in Freude und Lustbarkeit verbrachte. Sophia allein war ernst gestimmt; was Jones betrifft, so fühlte sich unser Held, obgleich Liebe nun völlig sein Herz ergriffen hatte, doch durch den frohen Gedanken an Herrn Allworthys Genesung und die Gegenwart seiner Geliebten, wozu noch zärtliche Blicke kamen, die ihm hin und wieder zuzuwerfen sie sich nicht versagte, so gehoben, daß er in die Fröhlichkeit der andern, die so wohlgelaunte Tischnachbarn waren, wie man sie nur finden konnte, einstimmte.

Sophia behielt auch am nächsten Morgen beim Frühstück ihre ernste Miene; auch entfernte sie sich früher als gewöhnlich und ließ ihren Vater mit ihrer Tante allein. Der Junker hatte von dem Wechsel in der Stimmung seiner Tochter nichts bemerkt. Die Wahrheit zu sagen, obschon er ein wenig Politiker war und zweimal bei den Wahlen unter den Grundbesitzern kandidiert hatte, so war er doch kein guter Beobachter. Seine Schwester aber war eine Dame von anderem Zuschnitt. Sie *hatte am Hof gelebt* und die Welt gesehen. Daher hatte sie sich alle die Kenntnisse erworben, welche die besagte Welt zu vermitteln pflegt, und beherrschte vollkommen deren Manieren,

Gebräuche, Zeremonien und Moden. Damit war es jedoch mit ihrem Wissen noch nicht zu Ende. Sie hatte ihre natürlichen Anlagen durch Studien sehr beträchtlich gefördert. Nicht allein hatte sie alle neuern Dramen, Opern, Oratorien, Gedichte und Romane gelesen – dem allem gegenüber bewies sie kritischen Sinn –, sie hatte sich auch durch Rapins Geschichte von England, Eachards Römische Geschichte und viele französische *Mémoirs pour servir à l'histoire* hindurchgearbeitet, dazu noch die meisten politischen Journale und Broschüren gelesen, die in den letzten zwanzig Jahren veröffentlicht worden waren. Durch all das war sie zu einer guten Einsicht in die Politik gelangt und konnte sehr gelehrt über europäische Fragen mitreden. Sie war überdies in den Lehren von der Liebe außerordentlich bewandert und erfahren und wußte besser als irgend jemand, wer und welche miteinander in gutem Einvernehmen standen – eine Wissenschaft, die sie sich um so leichter erwarb, als sie in ihrer Verfolgung niemals von eigenen derartigen Affären abgehalten wurde, denn entweder hatte sie keine solchen Neigungen, oder es war nie um sie geworben worden. Das zweite ist das Wahrscheinlichere, denn ihre männliche, fast sechs Fuß hohe Erscheinung, zusammen mit ihrer ganzen Wesensart und ihrer Gelehrsamkeit, mochte vielleicht das andere Geschlecht davon abhalten, sie trotz ihrer langen Röcke als eine Dame zu betrachten. Da sie die Sache jedoch wissenschaftlich ergründet hatte, kannte sie vollkommen, obgleich sie sie niemals ausgeübt hatte, alle Künste, die vornehme Damen anwenden, wenn sie einen Liebhaber ermutigen oder wenn sie ihre Verliebtheit verbergen wollen, mit dem ganzen Gefolge von Lächeln, Liebäugeln, Seitenblicken und so fort, wie sie heute in *Beau-Monde* im Schwange sind. Alles in allem: keine Art der Verstellung und Affektation war ihrer Aufmerksamkeit entwischt; nur die einfachen, kunstlosen Wirkungen der unverbildeten Natur waren ihr nicht vertraut, da sie solche nie gesehen hatte.

Dank dieser wundervollen Einsicht hatte Fräulein Western um diese Zeit, wie sie glaubte, in Sophias Herz eine Entdeckung gemacht. Zuerst wurde sie durch das Verhalten der jungen Dame auf dem Kampfplatz auf die Spur gebracht; und der dort gefaßte Verdacht wurde durch ein paar Beobachtungen, die sie an diesem Abend und am folgenden Morgen gemacht hatte, kräftig bestätigt. Da sie nun aber jederzeit und in allem vor Irrtümern ängstlich auf der Hut war, hatte sie das Geheimnis vierzehn Tage still mit sich herumgetragen und sich nur durch geziertes Lächeln, Zwinkern, Achselzucken, Kopfschütteln etwas anmerken lassen und auch dann und wann durch ein vieldeutiges Wort Sophia genügend erschreckt, während es den Bruder überhaupt nicht berührte.

Nachdem sie von der Richtigkeit ihrer Wahrnehmungen vollkommen überzeugt war, erfaßte sie, als sie sich eines Morgens mit ihrem Bruder allein sah, die Gelegenheit, ihn, als er ein Lied pfiff, mit den folgenden Worten zu unterbrechen: „Sag, lieber Bruder, haben Sie nicht in der letzten Zeit etwas sehr Ungewöhnliches an meiner Nichte bemerkt?" – „Nein, ich wüßte nicht!" antwortete der Junker; „fehlt dem Mädchen irgend etwas?" – „Ich glaube wohl", erwiderte sie, „und etwas von nicht geringer Tragweite." – „Was? Sie klagt doch über nichts! Und die Blattern hat sie ja gehabt." – „Mein Bruder", bemerkte sie, „junge Mädchen sind, außer den Blattern, noch andern und mitunter viel schlimmeren Krankheiten ausgesetzt." Hier fiel ihr Herr Western sehr ernsthaft ins Wort und bat sie, wenn seiner Tochter irgend etwas fehle, so möge sie ihm das augenblicklich sagen; er setzte hinzu, sie wisse doch, daß er seine Tochter mehr liebe als seine eigene Seele und daß er bis ans Ende der Welt nach dem besten Arzt für sie schicken wolle. „Nein, nein!" antwortete das Fräulein lächelnd, „ganz so schrecklich ist die Krankheit doch wohl nicht; aber ich glaube, lieber Bruder, Sie sind überzeugt, ich kenne die Welt; und ich versichere Ihnen, nichts würde mich so enttäuschen, wie wenn meine Nichte nicht rasend verliebt wäre." – „Wie, was?" rief Western ganz erbost, „verliebt, verliebt, ohne mir etwas zu sagen! Ich enterbe sie; ich jag sie aus dem Haus, wie sie ist, ohne einen Heller. Hab ich das von meiner Liebe und Güte, daß sie sich verliebt, ohne mich um meine Erlaubnis zu bitten?" – „Aber Sie werden doch", erwiderte Fräulein Western, „Ihr Fräulein Tochter, das Sie mehr lieben als Ihre eigene Seele, nicht auf die Straße setzen, bevor Sie wissen, ob Sie ihre Wahl billigen könnten? Dann würden Sie darüber doch nicht ärgerlich sein, hoffe ich." – „Nein, nein!" rief Western, „so wär's was anderes. Nimmt sie den Mann, den ich für sie haben möchte, so mag sie lieben, wen sie will, ich kümmere mich nicht darum!" – „Das heiße ich vernünftig gesprochen", sagte die *Schwester*. „Doch ich glaube, der Mann, den sie gewählt hat, dürfte derselbe Mann sein, den Sie für sie wählen möchten. Ist es nicht so, dann werde ich jeden Anspruch auf Weltkenntnis aufgeben; und doch glaube ich, mein Bruder, Sie werden mir einige zugestehen.“ – „Nun, siehst du“, meinte Western, „du hast davon soviel wie nur irgendeine Frau; und das sind ja freilich Weibersachen. Aber du weißt, wenn du über Staatssachen redest, so kann ich's nicht leiden; die gehören zu uns, Unterröcke sollen sich da nicht hineinmischen; doch komm, laß hören, wer ist der Mann?“ – „Meiner Treu!“ sagte sie, „Sie können ihn gefälligst selbst herausfinden. Ein großer Staatsmann wie Sie dürfte da kaum in Verlegenheit sein. Dem scharfen Verstand, der bis in die Kabinette der Fürsten dringt und die geheimen Federn entdeckt, welche die großen Staatsräder aller politischen Maschinen Europas in Umschwung bringen, müßte es doch ein leichtes sein herauszufinden, was in dem einfachen, wenig unterrichteten Gemüt eines Mädchens vorgeht.“ – „Ich habe dich oft gewarnt“, rief der Junker, „mir nicht mit deinem Hoftratsch zu kommen. Ich sag dir, ich versteh den Jargon nicht; aber ich kann eine Zeitung lesen oder die *London Evening Post*. Vielleicht mag da wirklich ab und zu ein Vers stehn, aus dem ich nicht viel machen kann, weil die Hälfte der Buchstaben ausgelassen worden ist; ich weiß aber sehr wohl, was damit gemeint ist und daß unsere Geschäfte nicht so gut gehn, wie sie sollten, wegen Bestechung und Bestechlichkeit.“ – „Ich bedaure Ihre ländliche Unwissenheit von Herzen“, rief die Lady. „So?“ gab Western zurück. „Und mir tust du leid wegen deiner städtischen Wissenschaft; lieber möchte ich alles andere als ein Höfling sein oder ein Presbyterianer, und ein Hannoveraner dazu, wie das, glaube ich, gewisse Leute sind.“ – „Wenn Sie mich damit meinen, lieber Bruder“, sagte sie, „Sie wissen, ich bin eine Frau, es ist darum einerlei, was ich bin. Zudem ...“ – „Ich weiß, daß du eine Frau bist“, schrie der Junker, „und es kommt dir zugute, daß du das bist; wärst du ein Mann, ich hätte dir schon längst eins mit der Peitsche gezwickt.“ – „Nun ja“, sagte sie, „in diesem Zwicken liegt eure ganze eingebildete Überlegenheit. Eure Körper, nicht eure Gehirne sind stärker als unsere. Glauben Sie mir, es ist ein Glück für euch, daß ihr imstand seid, uns zu schlagen; denn so groß ist die Überlegenheit unseres Verstandes, daß wir aus euch alles machen würden, was die Tapfern und Weisen und Gescheiten und Wohlerzogenen bereits schon sind – unsere Sklaven.“ – „Ich bin froh, deine Gesinnung zu kennen“, antwortete der Junker. „Doch wir wollen ein andermal ausführlich über diese Sache sprechen. Jetzt aber sag mir, wer der Mann ist, den du mit meiner Tochter zusammenbringst?" – „Nur noch einen Augenblick", sagte sie, „damit ich meine übergroße Verachtung für die Männer verdauen kann; sonst könnte mich der Ärger auch gegenüber meinem Herrn Bruder erfassen. So, nun – ich hab mir Mühe gegeben, es hinunterzuschlucken. Und nun, mein trefflicher Herr Staatsmann, was denken Sie von Junker Blifil? Wurde sie nicht ohnmächtig, als sie ihn leblos auf dem Boden liegen sah? Erblaßte sie nicht nochmals, nachdem er sich erholt hatte, in dem Augenblick, als wir dort, wo er im Felde stand, anlangten? Und ich bitte Sie, was anders konnte der Grund sein für ihr trauriges Wesen an jenem Abend und beim Essen, am nächsten Morgen und immer seither?" – „Beim Sankt Georg!" rief der Junker, „nun du mich daran erinnerst, nun fällt mir alles ein. So ist's gewiß, und ich bin von Herzen froh. Ich wußte, Sophy ist ein gutes Mädchen und wollt sich nicht verlieben, um mir Ärger zu machen. Nie im Leben hat mir etwas solche Freude gemacht; denn so bequem wie unsere beiden Güter kann nichts beisammenliegen. Ich hatte diese Sache schon seit einiger Zeit im Kopf; denn gewiß, die zwei Besitzungen sind bereits wie in einer Ehe verbunden, und es wär Sünd und Schand, sie zu trennen. Wohl wahr, es gibt größere Güter im Königreich, aber nicht in dieser Grafschaft, und ich möchte lieber auf etwas verzichten, als meine Tochter unter Fremde und Ausländer zu verheiraten. Außerdem – die meisten von diesen großen Gütern sind in den Händen der Lords, und ich haß schon den Namen von denen. Nun also, Schwester, was rätst du mir? Denn ich sag dir doch, Weiber verstehn in solchen Sachen mehr als wir!" – „Oh, Ihre gehorsame Dienerin, mein Herr!" antwortete das Fräulein. „Wir sind Ihnen verbunden, daß Sie uns doch in etwas den Vorrang zugestehen. Da Sie also geruhen, sehr politischer Herr, mich um einen Rat zu fragen, so wäre meine Meinung, Sie täten gut daran, diese Partie Herrn Allworthy selbst anzutragen. Es ist keine Frage der Schicklichkeit, von welcher Seite der Eltern der Vorschlag gemacht wird. In Herrn Popes Odyssee bietet König Alcinous dem Ulysses seine Tochter an. Ich brauche wohl einem so staatsklugen Herrn nicht einzuflüstern, es sei unnötig zu sagen, seine Tochter sei in den Junker verliebt. Das freilich wäre gegen alle Regeln des Anstandes." – „Gut", sagte der Junker, „ich will den Vorschlag machen; doch sicher werd ich ihm hinter die Löffel hauen, wenn es ihm einfällt, mich abzuweisen." – „Keine Sorge", rief Fräulein Western, „die Verbindung ist zu vorteilhaft, um abgewiesen zu werden." – „Ich weiß nicht", erwiderte der Junker, „Allworthy ist ein seltsamer Kauz, und Geld macht auf ihn keinen Eindruck." – „Bruder", erwiderte die Lady, „Ihre Staatsklugheit setzt mich in Erstaunen. Lassen Sie sich also durch Beteuerungen hinters Licht führen? Glauben Sie wirklich, Herr Allworthy verachte das Geld mehr als andere, weil er häufiger so spricht? Solche Leichtgläubigkeit würde einer von uns schwachen Frauen besser anstehen als diesem weisen Geschlecht, das der Himmel zu Staatsmännern bestimmt hat. Wirklich, Bruder, einen feinen Bevollmächtigten für die Verhandlungen mit Frankreich würden Sie abgeben! Diese Franzosen würden Sie bald überzeugt haben, daß sie Städte einnehmen in rein defensiver Absicht." – „Schwester", antwortete der Junker im Ton äußerster Geringschätzung, „laß du deine Freunde am Hof die Verantwortung für die besetzten Städte tragen; da du eine Frau bist, tadle ich dich nicht, aber ich nehme an, sie sind zu klug, um Frauen Geheimnisse anzuvertrauen." Diese Bemerkung begleitete er mit einem so sarkastischen Lachen, daß Fräulein Western nicht länger an sich halten konnte. Sie war die ganze Zeit über an einer für sie empfindlichen Stelle gereizt worden (denn gerade in diesen Dingen durfte sie sich für unterrichtet halten und nahm daran heftigsten Anteil), und so entlud sich jetzt ihre Wut; sie erklärte, ihr Bruder sei ein Hanswurst und Dickkopf und sie werde nicht länger in seinem Hause bleiben.

Der Junker, der vielleicht nie etwas von Machiavelli gelesen hatte, war gleichwohl in manchen Punkten ein vollendeter Politiker. Er hielt sich streng an alle die weisen Lehren, die jener politiko-peripatetischen Schule von Exchange Alley so gründlich eingeprägt worden waren. Er kannte den wahren Wert und den einzigen Zweck des Geldes, nämlich es zurückzulegen. Er war ebenso wohlbewandert in der genauen Bewertung von Erbschaften, Anwartschaften und so weiter, und er hatte oft die Höhe des Vermögens seiner Schwester abgeschätzt und den Vorteil, der ihm oder seiner Nachkommenschaft daraus erwüchse, wenn sie es erbten. Und er war viel zu klug, diesen Vorteil einer belanglosen Empfindlichkeit zu opfern. Sowie er erkannt hatte, daß er zu weit gegangen, war er darauf bedacht, sie zu versöhnen; und das war keine so schwierige Aufgabe, da die Dame ihrem Bruder sehr zugetan war und mehr noch ihrer Nichte. Und wenn eine Verunglimpfung ihrer politischen Talente, auf die sie sich etwas zugute tat, sie auch schmerzte, im Grunde war sie von ungewöhnlicher Güte und Sanftmut.

Nachdem er sich darum zuerst mit kräftiger Hand der Pferde versichert hatte, für die es nun keinen Weg des Entrinnens mehr außer durch das Fenster gab, bemühte er sich um die Verzeihung seiner Schwester; er beschwichtigte und besänftigte sie, nahm alles, was er gesagt hatte, zurück unter der Versicherung, die das direkte Gegenteil von dem war, was sie in Harnisch gebracht hatte. Endlich rief er noch die Beredsamkeit Sophias zu Hilfe, die außer ihrer artigen und gewinnenden Anmut den Vorteil hatte, günstig und liebevoll von ihrer Tante angehört zu werden.

Das Ergebnis von allem waren ein freundliches Lächeln Fräulein Westerns und die Worte: „Bruder, Sie sind ein ausgemachter Kroat; wie diese in der Armee der Kaiserin und Königin von einem gewissen Nutzen sind, so haben auch Sie Ihr Gutes. Ich will darum aufs neue einen Friedensvertrag mit Ihnen schließen und achtgeben, daß er von Ihrer Seite nicht verletzt wird; schließlich, da Sie ja doch ein so vortrefflicher Politiker sind, darf ich wohl erwarten, daß Sie, wie die Franzosen, zu Ihrem Bündnis stehen, so lange, bis der Vorteil Ihnen den Rat gibt, es zu brechen."

3. Kapitel

Enthält zwei Herausforderungen an die Kritiker.

Nachdem der Junker die Sache mit seiner Schwester ins reine gebracht hatte, war er so voller Ungeduld, Herrn Allworthy seinen Antrag zu machen, daß es Fräulein Western die äußerste Mühe kostete, ihn davon zurückzuhalten, diesen Herrn noch während seiner Krankheit zu besuchen, um ihm mit seinem Vorschlag aufzuwarten.

Herr Allworthy war eben um die Zeit, da ihn die Krankheit befiel, von Herrn Western zum Mittagessen eingeladen worden. Kaum war er aus der Obhut des Arztes entlassen, so dachte er daran (wie er das bei wichtigen wie bei unwichtigen Gelegenheiten zu tun pflegte), seine Zusage zu erfüllen.

In der Zeit zwischen dem Gespräch im letzten Kapitel und diesem Tag eines festlichen Gastmahls hatte Sophia aus bestimmten, von ihrer Tante hingeworfenen dunklen Anspielungen den Verdacht geschöpft, daß diese wachsame Dame von ihrer Leidenschaft für Jones etwas ahnte. Also beschloß sie, nichts zu unterlassen, um alle derartigen Vermutungen zu entkräften; in dieser Absicht tat sie ihrem Betragen den größten Zwang an.

Erstens versuchte sie, ein traurig pochendes Herz hinter ausgelassener Munterkeit und zur Schau getragener Fröhlichkeit zu verbergen. Zweitens richtete sie sich in ihren Reden einzig an Herrn Blifil und schien den ganzen Tag den armen Jones nicht zu bemerken.

Der Junker war über das Betragen seiner Tochter so entzückt, daß er kaum an das Essen dachte, beständig nur auf Gelegenheiten lauerte, seiner Schwester durch Blicke und Kopfnicken seinen Beifall anzudeuten; diese jedoch war anfangs von dem, was sie sah, nicht ganz so erbaut wie ihr Bruder.

Kurz gesagt, Sophia übertrieb ihre Rolle derart, daß ihre Tante zunächst betroffen war und bei ihrer Nichte Verstellung vermutete; da sie selbst eine in solchen Künsten erfahrene Frau war, schrieb sie dies bald auch bei Sophia einer ungewöhnlichen Geschicklichkeit zu. Sie gedachte der vielen Anspielungen, die sie ihrer Nichte über ihre Verliebtheit gemacht hatte, und bildete sich ein, das junge Fräulein habe diesen Weg gewählt, um sie durch ein Übermaß an Höflichkeit von ihrer Meinung abzubringen – eine Meinung, die durch die außerordentliche Munterkeit, von der das alles begleitet war, noch besonders bestärkt wurde. Wir können hier nicht umhin anzumerken, daß diese Vermutung weit besser am Platze gewesen wäre, wenn Sophia zehn Jahre in der Hofluft von Grosvenor Square gelebt hätte, wo junge Damen eine erstaunliche Geschicklichkeit erlangen, mit dieser Leidenschaft zu spielen und zu tändeln, die in den Wäldern und Hainen ein paar Dutzend Meilen von London entfernt eine überaus ernste Angelegenheit ist.

In Wahrheit ist es so: Wenn wir den Betrug der andern entdecken wollen, so kommt viel darauf an, daß unsere eigene Kunst, wenn ich diesen Ausdruck gebrauchen darf, mit der übrigen auf denselben Ton abgestimmt sei, denn sehr durchtriebene Geschöpfe schießen zuweilen daneben, weil sie andere für schlauer oder, mit andern Worten, für größere Schelme halten, als sie das wirklich sind. Da diese Bemerkung der Tiefe nicht entbehrt, will ich sie durch diese kleine Geschichte anschaulich machen. Drei Landleute verfolgten einen Dieb aus Wiltshire durch Brentford. Als sie auf einem Wirtsschild geschrieben sahen: „Das Wiltshire-Haus“, forderte der einfältigste von ihnen seine Gefährten auf, hineinzugehen, denn dort müßten sie ihren Landsmann finden. Der zweite, der klüger war, lachte über seine Einfalt, aber der dritte, noch klügere, entgegnete: „Doch gehen wir hinein, denn er wird denken, daß wir ihn nicht für so dumm halten, daß er sich unter seine eigenen Landsleute begeben sollte.“ So gingen sie hinein und durchsuchten das Haus; dadurch versäumten sie es, den Dieb einzuholen, der zu dieser Zeit nur erst einen kleinen Vorsprung vor ihnen hatte und der, wie sie alle wußten, nicht lesen konnte, was sie indessen nicht bedacht hatten.

Der Leser verzeihe eine Abschweifung, in der ein so unschätzbares Geheimnis mitgeteilt wird, denn jeder Spieler wird mit mir einig gehen, daß es nötig ist, genau zu wissen, wie der andere zu spielen pflegt, wenn man ihm eine „Gegenmine“ legen will. Das gibt uns darüber hinaus einen der Gründe an, warum der klügere Mann, wie man häufig sieht, von dem schwächeren übertölpelt wird und warum einfache und unschuldige Charaktere gemeinhin mißverstanden und mißdeutet werden. Was aber noch gewichtiger ist, es wird erklären, wie Sophia ihre so diplomatische Tante zu hintergehen vermochte.

Nach beendeter Mahlzeit, als die Gesellschaft sich in den Garten begeben hatte, zog Herr Western, von allem, was seine Schwester ihm gesagt hatte, durchaus überzeugt, Herrn Allworthy auf die Seite und platzte plump mit dem Vorschlag einer Verbindung zwischen Sophia und dem jungen Herrn Blifil heraus.

Herr Allworthy gehörte nicht zu den Leuten, denen bei jeder unerwarteten und plötzlichen Aussicht auf irdischen Vorteil sogleich das Herz pocht. Sein Gemüt war wirklich durch jene Philosophie gefestigt, die einem Manne und einem Christen ziemt. Er heuchelte keine vollkommene Unempfindlichkeit gegen jedes Vergnügen, alle Schmerzen und Freuden und allen Gram; doch ebensowenig ließ er sich durch jeden Windstoß, jedes Lächeln oder Stirnrunzeln aus der Fassung bringen. Er hörte daher Herrn Westerns Vorschlag ohne sichtbare Bewegung und ohne Änderung in seiner Haltung an. Er sagte, die Verbindung sei, wie er sie sich nur wünschen könnte; darauf stimmte er das Lob der Vorzüge der jungen Dame an, erkannte *an, daß der Vorschlag im Hinblick* auf die Vermögensverhältnisse günstig sei; und nachdem er Herrn Western für die gute Meinung, die er über seinen Neffen geäußert, gedankt hatte, schloß er, daß er, wenn die jungen Leute einander zugetan wären, so durchaus geneigt wäre, die Sache zu einem guten Ende zu bringen.

Western war ein wenig enttäuscht von Herrn Allworthys Antwort, die er nicht so warm fand, wie er sie erwartet hatte. Er behandelte den Zweifel „wenn die jungen Leute einander zugetan wären“ mit Verachtung, denn er sagte, Eltern seien die besten Richter über die geeigneten Verbindungen ihrer Kinder; er seinerseits bestehe auf dem unterwürfigsten Gehorsam seiner Tochter, und wenn irgendein junger Geselle eine solche Bettgenossin ausschlagen könnte, so wäre er sein gehorsamer Diener, und er hoffe, das Unglück sei nicht groß.

Allworthy gab sich Mühe, Westerns Ärger durch manche Belobigung Sophias zu beschwichtigen, und versicherte, er zweifle nicht daran, daß sein Neffe das Anerbieten mit Freuden annehmen werde. Doch alles war umsonst: er konnte von dem Junker keine andere Antwort erhalten als: „Ich sag nichts weiter – ich hoffe nur untertänig, das Unglück sei nicht zu groß – damit genug!“ Worte, die er wenigstens hundertmal wiederholte, bevor seine Gäste wegfuhren.

Allworthy kannte seinen Nachbarn zu gut, um durch dessen Benehmen gekränkt zu sein; und obgleich er ein Gegner der Strenge war, mit der manche Eltern ihre Kinder zwingen, so sehr, daß er beschlossen hatte, seines Neffen Neigungen niemals Gewalt anzutun, war er gleichwohl über die Aussicht dieser Verbindung sehr erfreut, denn die ganze Gegend erscholl von Sophias Lob, und er selbst hatte die ungewöhnlichen Gaben ihres Geistes und die Anmut ihrer Erscheinung höchlich bewundert; außerdem dürfen wir denn auch, wie ich glaube, die Rücksicht auf ihr bedeutendes Vermögen mitrechnen; denn wenn er zu nüchtern war, um sich davon berauschen zu lassen, so war er doch zu verständig, um es zu verachten.

Und hier muß ich, allen keifenden Kritikern in der Welt zum Trotz, eine Betrachtung über wahre Weisheit einfügen, in der Herr Allworthy in Wirklichkeit ein ebenso großes Vorbild war wie in seiner Güte.

Wahre Weisheit also, ungeachtet alles dessen, was Herrn Hogarths armer Poet auch gegen die Reichen geschrieben, und trotz allem, was irgendein reicher, wohlgenährter Gottesmann gegen das Vergnügen gepredigt haben mag, besteht nicht in der Verachtung des einen oder des anderen. Ein Mann, auch wenn er ein beträchtliches Vermögen besitzt, kann so weise sein wie irgendein Bettler auf der Straße; oder er kann sich eines schönen Weibes erfreuen oder eines aufrichtigen Freundes und doch so weise bleiben wie irgendein sauertöpfischer Mönch, der alle geselligen Anlagen vergräbt und seinen Bauch hungern läßt, während er wacker seinen Rücken geißelt.

Um die Wahrheit zu sagen, so ist der weiseste Mann am geeignetsten, alle Segnungen der Welt in hohem Maße zu besitzen; denn wie diejenige Mäßigkeit, die Weisheit vorschreibt, der sicherste Weg zu nützlichem Wohlstand ist, so kann sie allein uns auch fähig machen, manche Vergnügungen auszukosten. Der weise Mann stellt jeden Appetit und jede Leidenschaft zufrieden, während der Tor alle anderen aufopfert, um eine einzige bis zum Überdruß zu sättigen.

Man kann dagegen vorbringen, daß sehr weise Männer bekanntlich Geizhälse waren. Ich antworte: in dieser Hinsicht waren sie nicht weise. Desgleichen kann man sagen, daß die weisesten Männer in ihrer Jugend ausschweifend in ihren Vergnügungen gewesen sind. Ich antworte: damals waren sie noch nicht weise.

Kurz, Weisheit, deren Lehren als so schwer zu begreifen von denen hingestellt worden sind, die nie in ihrer Schule waren, lehrt uns, einen einzigen einfachen, allgemein bekannten Grundsatz, der auch in dem geringsten Leben befolgt wird, ein wenig weiter auszudehnen, als es in einem solchen Leben angeht. Und dieser Grundsatz lautet, nicht zu teuer zu kaufen.

Wer nun immer diesen Grundsatz mitnimmt auf den großen Markt der Welt und ihn beständig bei allem anwendet – sei es Ehre, Reichtum, Vergnügen oder irgendeine andere Ware, die der Markt feilhält –, der, das wage ich zu behaupten, ist ein weiser Mann und muß im wörtlichen Sinne dafür erkannt werden. Denn er macht das beste Geschäft, weil er tatsächlich jedes Ding um den Preis geringer Mühe einkauft und alle die obenerwähnten guten Sachen ungeschmälert nach Hause trägt, während er seine Gesundheit, seine Unschuld und seinen guten Ruf behält – die üblichen Preise, die andere dafür bezahlen.

Aus dieser Mäßigung gewinnt er auch noch zwei andere Lehren, die seinen Charakter vollenden: erstens, sich nie berauschen zu lassen, wenn er das beste Geschäft gemacht hat, und zweitens, sich nicht niederdrücken zu lassen, wenn der Markt leer ist oder seine Waren zu teuer für sein Kaufgeld sind.

Doch ich muß mich daran erinnern, über welchen Gegenstand ich eigentlich schreibe, und darf mich nicht zu sehr an der Geduld eines wohlwollenden Kritikers versündigen. Ich schließe hier also dieses Kapitel.

4. Kapitel

Enthält verschiedene merkwürdige Dinge.

Sobald Herr Allworthy zu Hause ankam, nahm er Herrn Blifil auf die Seite, und nach ein paar vorbereitenden Worten teilte er ihm den Vorschlag Westerns mit und sagte ihm zudem, wie angenehm diese Verbindung für ihn selber sein würde.

Die Reize Sophias hatten auf Blifil nicht den geringsten Eindruck gemacht. Nicht, als wäre sein Herz bereits vergeben oder gegen jede Schönheit unempfindlich gewesen oder als hätte er gegen Frauen eine Abneigung gehabt, doch seine Begierden waren von Natur so mäßig, daß er sehr wohl imstande war, sie durch Philosophie, durch Studium oder auf andere Weise zu dämpfen. Und was jene Leidenschaft betrifft, von der wir im ersten Kapitel dieses Buches gehandelt haben, so gab es davon in seiner ganzen Anlage kaum eine schwache Spur.

Doch war er auch vollkommen frei von jener gemischten Leidenschaft, die wir dort behandelten und für die Sophias Tugend und Schönheit einen so bemerkenswerten Gegenstand bildeten, so war er dafür mit gewissen andern Leidenschaften reichlich ausgestattet, die sich einen vollen Genuß von dem Vermögen der jungen Dame versprachen. Das waren Habsucht und Ehrgeiz, die sich in die Herrschaft über seine Seele teilten. Er hatte schon öfter den Besitz des genannten Vermögens als etwas Erstrebenswertes betrachtet und in bezug darauf entfernte Wünsche genährt; doch seine eigene Jugend wie die der jungen Dame, hauptsächlich jedoch die Überlegung, Herr Western könnte nochmals heiraten und noch mehr Kinder in die Welt setzen, hatten ihn von einem verfrühten Hinsteuern auf dieses Ziel abgehalten.

Dieses zweite und sehr gewichtige Hindernis war nun zum großen Teil behoben, da der Antrag von Herrn Western selbst kam. Blifil antwortete darum Herrn Allworthy nach kurzem Besinnen, die Ehe sei zwar etwas, woran er noch nicht gedacht habe, doch sei er von seiner freundlichen und väterlichen

Fürsorge so ergriffen und überzeugt, daß er sich in allen Dingen gerne nach seinem Gefallen verhalten werde.

Allworthy war von Natur ein lebhafter Mann, und sein jetziges ernstes und gesetztes Wesen war das Ergebnis wahrer Weisheit und Philosophie, durchaus nicht angeborenes Phlegma; in seiner Jugend war er vielmehr sehr feurig gewesen und hatte eine schöne Frau aus Liebe geheiratet. So machte ihm die kühle Antwort seines Neffen nicht eben viel Vergnügen; auch konnte er sich nicht enthalten, sich in Sophias Lob zu ergehen und seiner Verwunderung darüber Ausdruck zu geben, daß das Herz eines jungen Mannes der Macht solcher Reize widerstehen könne, wenn dieser nicht etwa in der Hut einer ältern Liebe stehe.

Blifil versicherte ihm, von einer solchen Hut wisse er nichts; dann begann er mit solcher Weisheit und religiöser Innigkeit über Liebe und Ehe zu reden, daß er damit einem Verwandten oder Vormund, der weit weniger von der Frömmigkeit gehalten hätte als sein Onkel, den Mund hätte stopfen können. Schließlich war der treffliche Mann überzeugt, daß sein Neffe, weit entfernt davon, irgendeinen Einwand gegen Sophia zu haben, vielmehr jene Schätzung und Hochachtung für sie empfinde, die bei beherrschten und tugendhaften Gemütern die sichere Grundlage der Freundschaft und Liebe ausmachen. Und da er nicht zweifelte, daß der Bräutigam in kurzer Zeit seiner Braut ebenso angenehm werden würde, sagte er allen Teilen großes Glück von einer so durchaus gemäßen und wünschenswerten Verbindung voraus. Mit Blifils Zustimmung schrieb er also am nächsten Morgen an Herrn Western und teilte ihm mit, daß sein Neffe den Vorschlag mit Dank und Freude aufgenommen habe und er bereit sei, der jungen Dame seine Aufwartung zu machen, wann immer es ihr beliebe, seinen Besuch zu empfangen.

Western war über diesen Brief sehr erfreut und beantwortete ihn auf der Stelle. Ohne seiner Tochter ein Wort davon gesagt zu haben, bestimmte er den Nachmittag selbigen Tages dazu, das Schauspiel der Werbung zu eröffnen.

Sobald er den Boten entlassen hatte, suchte er seine Schwester auf, die eben daran war, dem Pfarrer Supple die Zeitung vorzulesen und zu erklären. Dieser Auslegung mußte er fast eine Viertelstunde beiwohnen, wiewohl das für sein natürliches Ungestüm ein harter Zwang war, ehe ihm zu sprechen gestattet wurde. Endlich fand er doch die Möglichkeit, der Dame zu sagen, daß er Geschäfte von Wichtigkeit mit ihr zu erwägen habe, worauf sie antwortete: „Bruder, ich bin durchaus zu Ihrer Verfügung. Im Norden stehen die Dinge so gut, daß ich heute in der besten Laune bin."

Der Pfarrer ging hinaus, und Western berichtete ihr alles, was vorgegangen war, und bat sie, Sophia nun alles zu eröffnen, welche Aufgabe sie bereitwillig und gerne übernahm. Freilich hatte es der Bruder ein wenig dieser erfreulichen Lage im Norden zu verdanken, wenn er keine Bemerkungen über sein Betragen zu hören bekam, denn er war sicherlich etwas zu hastig und heftig gewesen.

5. Kapitel

In dem erzählt wird, was zwischen Sophia und ihrer Tante vorfiel.

Sophia saß lesend in ihrem Zimmer, als ihre Tante eintrat. In dem Augenblick, als sie Fräulein Westerns ansichtig ward, schloß sie ihr Buch so eilig, daß die gute Dame sich nicht enthalten konnte zu fragen, was das für ein Buch sei, das zu zeigen sie sich so fürchte. „Auf mein Wort, Tante", antwortete Sophia, „es ist ein Buch, das gelesen zu haben ich wohl gestehen darf, ohne mich zu fürchten oder zu schämen. Es ist das Werk einer jungen Frau aus gutem Hause, deren Verstand, wie ich glaube, ihrem Geschlecht Ehre macht und deren edles Herz der menschlichen Natur zum Ruhm gereicht." – Fräulein Western nahm demnach das Buch in die Hand, warf es aber gleich wieder hin und sagte: „Ja, die Verfasserin ist von sehr guter Familie, aber sie hat eben nicht den richtigen Umgang. Ich habe es nicht gelesen, denn die besten Kunstrichter sagen, es sei nicht viel daran." – „Ich wage nicht, verehrte Tante", sagte Sophia, „meine eigene Meinung der der besten Kunstrichter entgegenzusetzen, doch scheint mir viel Kenntnis der menschlichen Natur darin enthalten zu sein. An manchen Stellen findet sich auch eine so wahre Zärtlichkeit und ein tiefes Gefühl, daß es mich manche Träne gekostet hat." – „Nun, und weinst du denn so gern?" fragte die Tante. – „Ich liebe zärtliche Empfindungen", antwortete die Nichte, „und den Preis der Tränen möchte ich jederzeit dafür bezahlen." – „Gut, doch zeig mir", sagte die Tante, „was hast du eben gelesen, als ich kam; ich denke, es war wohl etwas recht Zärtliches und auch etwas Verliebtes. Du errötest ja, meine liebe Sophia! Ach, Kind, du solltest Bücher lesen, die dich ein wenig Verstellung lehrten, die dir beibrächten, wie du deine Gedanken ein wenig besser verbergen könntest." – „Ich hoffe, liebe Tante, ich habe keine Gedanken, die zu gestehen ich mich schämen müßte." – „Schämen! Nein!" rief die Tante. „Ich glaube nicht, daß du solche Gedanken hast, deren du dich schämen müßtest; aber doch, Kind, bist du errötet, eben jetzt, als ich das Wort Liebe nannte. Meine liebe Sophia, glaub mir, du hast nicht einen einzigen Gedanken, mit dem ich nicht ebensogut vertraut wäre wie die französischen Generäle mit unsern Truppenbewegungen, lange bevor wir sie zur Ausführung bringen. Dachtest du, Kind, weil du deinem Vater etwas vorgemacht hast, so könntest du auch mir etwas vormachen? Bildest du dir ein, ich sei der Sache nicht auf den Grund gekommen, als du gestern deine Freundlichkeit gegen Herrn Blifil so auffallend übertriebst? Ich habe ein wenig zuviel von der Welt gesehen, als daß man mich so leicht hintergehen könnte. Na, na, du brauchst nicht gleich wieder rot zu werden! Ich sage dir, es ist eine Liebe, deren du dich nicht zu schämen brauchst. Eine Liebe ist es, die ich selbst billige, und ich habe bereits deinen Vater dazu gebracht, daß er seine Einwilligung geben wird. Ich ziehe dabei einzig deine Neigung in Betracht; denn die möchte ich, wenn möglich, immer befriedigt sehen, obgleich man dabei vielleicht einige höhere Absichten preisgibt. Komm, ich habe Nachrichten für dich, die dich in der Seele freuen werden. Mache mich zu deiner Vertrauten, und ich nehme es auf mich, daß du so glücklich werden sollst, wie du es dir wünschst." – „Aber, beste Tante!" sagte Sophia und sah dabei einfältiger aus als je in ihrem Leben, „ich weiß nicht, was ich sagen soll. Wie denn sollten Sie mich im Verdacht haben?" – „Nur keine Unehrlichkeit", erwiderte die Tante. „Bedenke, daß du mit einer Vertreterin deines eigenen Geschlechtes redest, mit deiner Tante, und ich hoffe, du weißt dies gewiß, mit einer Freundin. Bedenke auch, daß du mir bloß enthüllst, was ich allbereits weiß und was ich gestern deutlich durch die kunstvollste aller Verstellungen hindurch sah, die du angenommen hattest und die jeden getäuscht hätte, der die Welt nicht vollkommen kennt. Und bedenke schließlich, es ist eine Leidenschaft, die ich gutheiße." – „Ach, liebe Tante", sagte Sophia, „Sie überfallen einen so unverhofft, so plötzlich . . . Ich bin freilich nicht blind – und wenn es ein Fehler ist, alle menschlichen Vollkommenheiten in einer Person versammelt zu glauben – doch ist es möglich, daß mein Vater und Sie, beste Tante, mit meinen eigenen Augen sehen?" – „Ich sagte dir doch", antwortete die Tante, „daß wir vollkommen einverstanden sind; und noch an diesem Nachmittag, so bestimmte dein Vater, sollst du deines Bräutigams ersten Besuch empfangen." – „Mein Vater? Heute nachmittag!" rief Sophia, und das Blut wich jäh aus ihren Wangen. „Ja, Kind. Du weißt, wie stürmisch mein Bruder in allem zuwege geht. Ich sprach mit ihm von der Leidenschaft, die ich zuerst an jenem Abend bei dir entdeckte, als du auf dem Feld in Ohnmacht fielst. Ich erkannte sie in deiner Ohnmacht. Ich erkannte sie als du wieder bei dir warst. Ich bemerkte sie abends beim Essen und andern Tags beim Frühstück (du weißt, Kind, ich habe die Welt gesehen). Nun gut, ich hatte meinem Bruder kaum meine Wahrnehmung anvertraut, als er auch schon Herrn Allworthy den Vorschlag machen wollte. Er hat es gestern getan, Allworthy willigte ein (wie es nicht anders sein kann, mit Freuden), und heute nachmittag, wie ich dir sage, Kind, mußt du deine besten Sachen anziehen." – „Heute nachmittag!" rief Sophia. „Liebe Tante, Sie versetzen mich in Angst und Schrecken." – „Ach, meine Beste", tröstete die Tante, „du wirst bald deine Fassung wiedergewinnen; denn er ist ein liebenswerter Jüngling, das muß ich sagen." – „Ja, das bestimmt", sagte Sophia, „ich kenne keinen von gleicher Vollkommenheit! So tapfer und so sanft; so witzig und doch so rücksichtsvoll; so menschlich, höflich, artig und hübsch. Was bedeutet seine niedrige Herkunft, stellt man ihr solche Eigenschaften entgegen!" – „Niedrige Herkunft? Was meinst du damit? Herr Blifil von niedriger Herkunft?" – Als Sophia diesen Namen von ihrer Tante nennen hörte, wurde sie augenblicklich kreideweiß; mit schwacher Stimme wiederholte sie ihn, woraufhin die Tante rief: „Herr Blifil, Junker Blifil natürlich; von wem sonst hätten wir gesprochen?" – „Gütiger Himmel!" antwortete Sophia, bereit hinzusinken, „ich dachte, von Herrn Jones; einen Würdigeren wüßte ich nicht." – „Nun freilich erschreckst du mich. Ist es Jones, nicht Blifil, dem deine Neigung gilt?" rief Fräulein Western. „Junker Blifil!" wiederholte Sophia, „gewiß, liebe Tante, das kann nicht Ihr Ernst sein. Wenn doch, so wäre ich das unglücklichste weibliche Geschöpf auf Erden." Fräulein Western stand einen Augenblick in tiefem Schweigen da, während der Zorn aus ihren Augen flammte. Endlich faßte sie die ganze Kraft ihrer Stimme zusammen und donnerte in den folgenden artikulierten Lauten heraus: „Ist es möglich, daß du daran denken kannst, deiner Familie diese Schande anzutun und einen Bastard zu heiraten? Kann das Blut der Western eine solche Besudelung ertragen? Hast du nicht Vernunft genug, eine solche ungeheuerliche Neigung zu unterdrücken, so dächte ich, der Stolz auf unsere Familie hätte dich abhalten sollen, einer so niedrigen Empfindung im geringsten nachzugeben. Und wie konnte ich auch nur ahnen, daß du je die Dreistigkeit haben könntest, mir so etwas ins Gesicht hinein zu gestehen."

Zitternd erwiderte Sophia: „Madam, was ich Ihnen gesagt habe, haben Sie aus mir herausgepreßt. Ich erinnnere mich nicht, den Namen des Herrn Jones unter Äußerungen des Lobes zuvor jemals erwähnt zu haben. Und auch jetzt wäre das nicht geschehen, hätte ich nicht geglaubt, er erfreue sich Ihres Beifalls. Welches auch meine Gedanken über diesen armen, unglücklichen jungen Mann sein mochten, ich hatte die Absicht, diese mit mir ins Grab zu nehmen – ins Grab, wo ich nun, wie mir scheint, einzig meine Ruhe suchen muß." In Tränen aufgelöst, sank sie in ihren Stuhl nieder, und in dem ergreifenden Schweigen unsagbaren Grams bot sie einen Anblick, der das härteste Herz hätte erweichen müssen.

Doch dieser rührende Kummer bewegte ihre Tante nicht zum Mitleid. Sie geriet vielmehr in den heftigsten Zorn. „Und ich", schrie sie mit fast überlauter Stimme, „ich wollte dir lieber zu deinem Grabe folgen als die Schmach ansehen, die du dir und deiner Familie durch eine solche Mißheirat antust. Gott im Himmel, hätte ich je gedacht, ich müßte erleben, daß ein Fräulein Western, meine Nichte, mir eine Leidenschaft zu einem so niedrigen Menschen bekennen würde? Du bist die erste, ja, Sophia, die erste dieses Namens, der je so etwas Gemeines in den Sinn kam. Eine Familie, so berühmt wegen der Klugheit ihrer weiblichen Nachkommenschaft ..." In diesem Tone ging es eine volle Viertelstunde weiter, bis sie, da nun ihre Stimme von ihrer Wut erschöpft war, mit der Drohung schloß, sie werde ihrem Bruder augenblicklich alles unterbreiten.

Sophia warf sich ihr darauf zu Füßen, faßte ihre Hände und bat sie unter Tränen, sie möchte das, was sie aus ihr herausgelockt habe, verschweigen; sie erinnerte sie an die heftige Natur ihres Vaters, beteuerte, ihre Neigung, so warm sie auch sei, werde sie niemals dazu verführen, etwas zu tun, was ihn beleidigen könnte.

Fräulein Western stand eine Weile da und sah sie an; nach einigem Besinnen sagte sie, nur unter der Bedingung wolle sie das Geheimnis vor ihrem Bruder verschweigen, daß Sophia verspräche, Herrn Blifils Besuch noch an diesem Nachmittag als den ihres Bräutigams zu empfangen und in ihm den Mann zu sehen, der ihr Gatte werden sollte.

Die arme Sophia war zu sehr in der Gewalt ihrer Tante, um ihr etwas mit Bestimmtheit abzuschlagen; sie war genötigt, zu Herrn Blifils Besuch ja zu sagen, zu versprechen, gegen ihn äußerst höflich zu sein; doch bat sie ihre Tante, sie möge dafür sorgen, daß die Angelegenheit des Ehevertrags nicht übereilt werde. Und sie erklärte, Junker Blifil sei ihr keineswegs angenehm; sie hoffe, ihr Vater werde sich doch bitten lassen, sie nicht zur elendesten aller Frauen zu machen.

Fräulein Western versicherte ihr dagegen, die Verbindung sei völlig abgemacht, nichts könne daran etwas ändern. „Ich muß gestehen", erklärte sie, „ich betrachte die Sache mit gleichgültigen Augen. Vielleicht hätte ich sogar zuvor noch einige Bedenken gehabt, die ich dann auf sich beruhen ließ, weil ich glaubte, die Verbindung entspreche so ganz deinem Herzenswunsch. Jetzt aber betrachte ich sie als die schicklichste Sache von der Welt; es soll darum auch, wenn ich es verhindern kann, kein Augenblick bei der Gelegenheit verlorengehen."

Sophia erwiderte: „Aufschub wenigstens darf ich doch wohl von meiner Tante wie von meines Vaters Güte erwarten. Gewiß gewähren Sie mir Zeit, um eine so starke Abneigung, wie ich sie gegen seine Person empfinde, zu überwinden."

Doch die Tante erwiderte, sie kenne die Welt viel zu gut, um sich so überlisten zu lassen. Da sie nun wisse, ein anderer Mann besitze ihre Neigung, werde sie Herrn Western bereden, mit der Vermählung tunlich zu eilen. „Es wäre denn doch eine jämmerliche Politik", fuhr sie fort, „eine Belagerung in die Länge zu ziehen, wenn die feindliche Armee in der Nähe ist und mit Entsatz droht. Nein, nein, Sophy", sagte sie, „da ich überzeugt bin, in dir lebt eine heftige Leidenschaft, die du niemals auf ehrenhafte Art befriedigen kannst, will ich alles tun, was ich vermag, um deine Familie von der Verantwortung für deine Ehre zu befreien. Bist du einmal vermählt, so sind das Dinge, die nur noch deinen Gatten angehen. Ich hoffe, mein Kind, du wirst immer in deinem Handeln so klug sein, wie es dir geziemt; tätest du's nicht – nun, so hat die Ehe schon manche Frau vor dem Niedergang bewahrt."

Sophia verstand wohl, was ihre Tante meinte, hielt es aber nicht für angebracht, etwas darauf zu erwidern. Indessen beschloß sie nun, Herrn Blifils Besuch anzunehmen und sich gegen ihn so höflich zu verhalten, wie ihr das nur gelänge; denn unter dieser Bedingung allein erhielt sie von ihrer Tante das Versprechen, sie werde das Geheimnis ihrer Liebe verschweigen, das ihr mehr ihr widriges Geschick als alles politische Vorgehen des Fräuleins Western entlockt hatte.

6. Kapitel

Ein Gespräch zwischen Sophia und Jungfer Honoria, das jene zärtlichen Empfindungen, die der vorangegangene Auftritt im Gemüt eines gutherzigen Lesers erweckt haben mag, ablösen könnte.

Als Fräulein Western von ihrer Nichte das Versprechen erhalten hatte, von dem im letzten Kapitel die Rede war, zog sie sich zurück; und augenblicklich erschien Jungfer Honoria. Sie hatte in einem benachbarten Zimmer zu tun gehabt, und die lauten Stimmen der Unterhaltung im besagten Kapitel hatten sie vor das Schlüsselloch gerufen, wo sie während des letzten Teils horchend verharrt hatte. Als sie eintrat, sah sie Sophia, während Tränen aus ihren Augen rollten, regungslos dastehen. Daraufhin rief sie sogleich ein bestimmtes Quantum Tränen in ihre eigenen Augen herauf und begann mit den Worten: „Ojemine! Mein liebes Fräulein, was ist denn los?“ – „Nichts“, rief Sophia. „Nichts! Aber gutes Fräulein!“ erwiderte Honoria, „das dürfen Sie mir nicht sagen, wenn Euer Gnaden in einem solchen Zustand sind und wenn's zwischen Ihnen und Fräulein Western einen solchen Wortkrieg gegeben hat.“ – „Quäl mich jetzt nicht“, rief Sophia, „ich sag dir, nichts ist geschehen. Guter Himmel! Warum wurde ich geboren?“ – „Na, Madam“, fing Jungfer Honoria wieder an, „Sie werden mir nicht weismachen, daß Euer Gnaden so klagen und weinen kann wegen nichts. Ich bin gewiß nur eine Hausmagd, bin aber gegen das Fräulein stets treu und aufrichtig gewesen und würd auch für das Fräulein mein Leben hingeben.“ – „Meine gute Honoria“, sagte Sophia, „es steht nicht in deiner Macht, mir hier einen Dienst zu erweisen. Ich bin hoffnungslos unglücklich.“ – „Gott behüte!“ antwortete das Kammermädchen; „wenn ich aber nicht helfen kann, so bitte, Madam – es wird auch für mich ein Trost sein – , bitte, sagen Sie mir, was ist geschehen?" – „Mein Vater", rief Sophia weinend, „will mich an einen Mann verheiraten, den ich ebenso verachte, wie ich ihn hasse." – „O liebes Fräulein!" fragte die andere, „wer ist dieser schlimme Mann? denn er muß ja sehr arg sein, sonst würde das Fräulein ihn nicht verachten." – „Sein Name ist Gift für meine Zunge", erwiderte Sophia. „Du wirst ihn noch früh genug kennenlernen." Wirklich, die Wahrheit zu sagen, kannte sie ihn bereits und zeigte sich darum in diesem Punkt nicht weiter neugierig. Sie fuhr nun fort: „Ich maß mir nicht an, Euer Gnaden Rat zu geben, den findet das Fräulein leichter als ich, wo ich doch nur eine Magd bin; aber, bei Gott! kein Vater in England sollte mich wider meinen Willen verheiraten. Aber gewiß wird der Herr doch so gütig sein, daß er, wüßte er nur, daß Euer Gnaden den jungen Mann verachten und hassen, nicht wünschen könnt, Sie an ihn zu verheiraten. Und wollte das Fräulein mir nur erlauben, das meinem Herrn zu sagen. Freilich würde das schicklicher aus Ihrem eigenen Munde klingen; doch da das Fräulein seine Zunge mit diesem garstigen Namen nicht beflecken will . . ." – „Du bist im Irrtum, Honoria", sagte Sophia, „mein Vater hat den Beschluß gefaßt, bevor er es für richtig hielt, mir etwas davon zu sagen." – „Um so schändlicher", rief Honoria. „Sie müssen ja mit ihm zu Bett gehen, nicht der Herr; und mag einer auch ein recht anständiger Mann scheinen, so wird er nicht jeder Frau gefallen. Gewiß, der Herr würde sich für seine Person mit so was nicht abfinden. Ich wollte, gewisse Leute gäben sich allein mit dem ab, was ihre Sache ist. Sie möchten, glaub ich, nicht so bedient werden, wäre es ihr eigener Fall; denn wenn ich auch eine Jungfer bin, so kann ich mir doch sehr gut vorstellen, daß nicht alle Männer gleich angenehm sind. Und was hat das Fräulein von einem großen Vermögen, wenn es zum Mann nicht den erhält, den es am stattlichsten findet? Ich will ja nichts gesagt haben, aber gewiß ist's für manche Personen ein Jammer, daß sie nicht von guter Herkunft sind. Nein, mich betrifft das ja nicht; aber dann ist auch nicht so viel Geld da – doch was macht das schon? Das Fräulein hat Geld genug für beide; und wie könnten Euer Gnaden das Geld besser anwenden? Denn es muß doch gewiß ein jeder zugeben: er ist der schönste, der artigste, der feinste, der stattlichste, der anständigste Mann von der Welt." – „Was willst du damit erreichen, daß du auf diese Art zu mir sprichst?" rief Sophia mit sehr ernstem Gesicht. „Habe ich dir je Anlaß zu solchen Freiheiten gegeben?" – „Nein, Fräulein, ich bitt um Verzeihung, ich meinte nichts Böses; aber der arme Herr ging mir stets im Kopf herum, seit ich ihn heute morgen gesehen habe. Ganz gewiß, wenn das Fräulein ihn jetzt gerade gesehen hätt, Sie würden Mitleid mit ihm haben. Armer Herr! Ich hoffe nur, daß ihn kein Unglück ereilt hat, denn er ging so mit verschränkten Armen herum und blickte so traurig diesen ganzen Morgen. Ich muß gestehen, der Anblick brachte mich fast zum Weinen." – „Wessen Anblick?" fragte Sophia. „Des armen Herrn Jones", antwortete Honoria. „Ihn gesehen! Wo denn hast du ihn gesehen?" rief Sophia. – „Beim Kanal, Fräulein", berichtete Honoria. „Dort ging er diesen ganzen Vormittag herum, und schließlich legte er sich hin, ich glaube, er liegt noch dort. Ganz gewiß, wenn nicht meine Bescheidenheit als Magd, die ich bin, mich davon abgehalten hätte, wär ich zu ihm hingegangen, um mit ihm zu reden. Ja, Madam, lassen Sie mich nachsehen, nur zum Spaß, ob er noch dort liegt." – „Bah!" sagte Sophia. „Dort! Nein, nein! Was sollte er dort tun? Er ist vorher weggegangen, sicher. Außerdem, warum – was – weshalb solltest du nachsehen? Auch brauch ich jetzt zu etwas deine Hilfe. Geh, hol mir Hut und Handschuhe. Ich werde vor dem Essen mit meiner Tante durchs Wäldchen spazieren." Honoria tat augenblicklich, was sie geheißen wurde, und Sophia setzte ihren Hut auf; als sie in den Spiegel schaute, fand sie, das Band, das ihren Hut befestige, stehe ihr nicht zu Gesicht, und so schickte sie das Mädchen zurück, um eines von einer andern Farbe zu holen; nachdem sie Honoria wiederholt eingeschärft hatte, ihre Arbeit unter keinen Umständen zu verlassen, da es damit sehr eile und sie noch an diesem Tag beendet sein müsse, murmelte sie nochmals etwas vom Spaziergang durch das Wäldchen, eilte dann auf den diesem entgegengesetzten Weg hinaus und wanderte, so gut ihre zitternden Glieder sie zu tragen vermochten, in gerader Richtung zum Kanal.

Jones war noch dort gewesen, als Honoria ihr von ihm gesprochen hatte. Er hatte tatsächlich an diesem Morgen dort zwei Stunden in traurigen Gedanken an seine Sophia zugebracht und war dann zu einem Gartentor hinausgegangen in dem Augenblick, da sie durch ein anderes hereintrat. Also hatten die paar unglücklichen Minuten, die während des Wechsels der Hutbänder verflossen waren, die Liebenden in diesem Augenblick an der Begegnung gehindert – ein höchst mißlicher

Zufall, aus dem meine schönen Leserinnen eine heilsame Lehre zu ziehen nicht verfehlen werden. Und an dieser Stelle untersage ich es allen männlichen Kritikern, sich in Umstände einzumischen, die ich bloß zum Besten der Damen geschildert habe und die zu beurteilen sie allein die Freiheit besitzen.

7. Kapitel

Gemälde einer förmlichen Brautwerbung en miniature, wie eine solche immer dargestellt werden sollte, und ein Auftritt von zärtlicherer Art, in Lebensgröße gemalt.

Es wurde von jemandem (und vielleicht von mehreren Personen) richtig bemerkt, daß ein Unglück selten allein komme. Die Wahrheit dieses Satzes mußte nun Sophia erfahren; denn sie war nicht nur darin enttäuscht worden, den Mann, den sie liebte, zu sehen, sondern hatte auch die qualvolle Aufgabe, sich schön herauszuputzen, um den Besuch eines Mannes zu empfangen, den sie haßte.

Am Nachmittag machte Herr Western sie zum erstenmal mit seinem Willen bekannt, indem er zu ihr sagte, er wisse sehr wohl, daß sie es bereits von ihrer Tante vernommen habe. Sophia nahm eine sehr ernste Miene an und konnte ein paar Tränen nicht zurückhalten, die in ihren Augen aufstiegen. „Komm, komm!“ sagte Western, „hör auf mit deinem jungfräulichen Geziere. Ich weiß alles. Nimm's für gewiß, die Schwester hat mir alles gesagt.“

„Ist es möglich“, erwiderte Sophia, „daß meine Tante mich bereits verraten haben kann?“ – „Nanu!“ sagte Western, „verraten, dich, wie? Na, du hast dich gestern bei Tisch selbst verraten, hast deine Vorliebe deutlich genug gezeigt. Doch ihr jungen Dinger wißt nie, was ihr im Grunde wollt. Also heulst du, weil ich dich mit dem Mann, in den du verliebt bist, verheiraten will. Deine Mutter, ich erinner mich gut, wimmerte und greinte auf dieselbe Manier. Doch kaum vierundzwanzig Stunden nach der Trauung war das alles vorbei. Blifil ist ein frischer junger Kerl; der wird deiner Ziererei bald abhelfen. Nun, sei freundlich, sei artig! Er kann jeden Augenblick kommen.“

Sophia war jetzt überzeugt, daß ihre Tante ihr Wort ehrlich gehalten hatte, und sie beschloß, diesen Nachmittag so standhaft wie möglich zu ertragen, so daß ihr Vater auch nicht den leisesten Verdacht fassen könnte.

Bald langte Herr Blifil an. Herr Western entfernte sich nach einer Weile und ließ das junge Paar allein.

Erst folgte ein langes, beinahe eine Viertelstunde währendes Schweigen, denn der Herr, der die Unterhaltung beginnen sollte, besaß jene unangebrachte Bescheidenheit, die in der Blödigkeit besteht. Er strengte sich oft an zu sprechen, und ebensooft drängte er seine Worte, gerade wenn sie hervorkommen wollten, wieder zurück. Doch endlich brachen sie in einem Strom weithergeholter und hochtrabender Komplimente hervor, die von der Dame Seite mit niedergeschlagenen Augen, halbem Knixen und einsilbigen Höflichkeiten erwidert wurden. Blifil, so unerfahren im Umgang mit Frauen und so eingenommen von sich selbst, nahm dieses Verhalten für eine bescheidene Einwilligung in seinen Antrag; und als Sophia, um eine Szene abzukürzen, die sie nicht länger ertragen wollte, sich erhob und das Zimmer verließ, schrieb er auch das bloß ihrer Schüchternheit zu und tröstete sich, daß er sich bald genug ihrer Gesellschaft erfreuen werde.

Er war wirklich mit der Aussicht auf seinen Erfolg vollkommen zufrieden. Denn was den vollständigen und endgültigen Besitz des Herzens seiner Geliebten anbetraf, den romantische Liebhaber zu begehren pflegen, so war ihm der Gedanke daran noch nicht in den Kopf gekommen. Ihr Vermögen und ihre Gestalt waren die einzigen Gegenstände seiner Wünsche, in deren Besitz er, woran er nicht zweifelte, nun sehr bald gelangen würde; denn Herrn Westerns Sinn war so ernstlich auf dieses Bündnis zwischen den beiden Familien gerichtet, und es war Blifil wohlbekannt, mit welch strengem Gehorsam Sophia jederzeit dem Willen ihres Vaters nachzukommen pflegte und welchen weit strengeren der Vater, falls es not täte, noch erzwingen würde. Dieses väterliche Ansehen also, in Verbindung mit den Reizen, die sich, so bildete er sich ein, in seiner eigenen Person und in seiner Unterhaltung offenbarten, konnten, so dachte er, nicht verfehlen, den Erfolg bei einer jungen Dame davonzutragen, deren Neigung, wie er nicht zweifelte, noch völlig frei war.

Jones gegenüber fühlte er nicht die geringste Eifersucht, und mich hat das oft in Erstaunen gesetzt. Vielleicht dachte er sich, der Ruf, den Jones in der Gegend genoß (mit welchem Recht, entscheide der Leser) als einer der zügellosesten Menschen in ganz England, könnte ihn einer Dame von so vorbildlicher Zurückhaltung nur widerwärtig erscheinen lassen. Vielleicht auch schläferten Sophias und Jones' Benehmen, wenn sie alle zusammen waren, seinen Verdacht ein. Und schließlich und hauptsächlich war er überzeugt, daß außer seiner Person keine andere in Betracht käme. Er bildete sich ein, Jones durch und durch zu kennen, und im Grund hatte er für dessen Verstand eine gehörige Verachtung, da er ihn nicht stärker auf seinen Vorteil bedacht sah. Er hegte keinerlei Befürchtung, daß Jones in Sophia verliebt sein könnte; und was die äußeren Vorteile anging, so glaubte er, solche würden für einen so albernen Burschen nur wenig maßgebend sein. Außerdem dachte Blifil, das Verhältnis mit Molly Seagrim dauere noch weiter an, und es war tatsächlich seine Überzeugung, es werde mit einer Heirat enden. Denn Jones hatte ihn von Kindheit auf gern gemocht und kein Geheimnis vor ihm gehabt, bis sein Betragen bei Herrn Allworthys Krankheit ihn seinem Gefühl gänzlich entfremdet hatte; und wegen des Zerwürfnisses, das von allem die Folge und das noch nicht geschlichtet worden war, wußte Herr Blifil noch nichts von dem Umschlag in Jones' früherer Liebe zu Molly.

Somit sah Herr Blifil kein Hindernis für seinen Erfolg bei Sophia. Er schloß, ihr Betragen sei das gewöhnliche aller jungen Damen beim ersten Besuch ihres Verehrers gewesen, und es hatte seinen Erwartungen durchaus entsprochen.

Herr Western trug Sorge, dem Werbenden den Weg zu verlegen, als er von seiner Geliebten heimkehren wollte. Er fand ihn ob seines Glückes so entzückt, so verliebt in seine Tochter und so zufrieden über den Empfang, den er bei dieser gefunden, daß der alte Herr in seinem Vorsaal herumzuspringen und zu tanzen und durch allerhand anderes seltsames Gebaren dem Übermaß seiner Freude Ausdruck zu geben begann. Denn er hatte über seine Gemütserregungen nicht die geringste Gewalt, und hatte eine eben die Vormacht in seinem Herzen, so riß sie ihn zu den wildesten Bekundungen hin.

Sobald Blifil gegangen war, was aber erst nach vielen Umarmungen und herzlichen Küssen von Herrn Westerns Seite möglich gewesen, suchte der Junker seine Tochter auf, und kaum hatte er sie gefunden, als er das größte Entzücken bezeigte und von ihr verlangte, sie solle sich an Kleidern und Juwelen aussuchen nach Begehr, habe er doch sein Vermögen für keinen andern Zweck als den einen, sie glücklich zu sehen.

Hierauf liebkoste er sie in überströmender Zärtlichkeit immer wieder, bedachte sie mit den innigsten Namen und beteuerte, sie sei seine einzige Freude auf Erden.

Als Sophia ihren Vater in diesem Anfall von Gemütserregung sah, deren Ursache sie nicht recht begriff (denn Ausbrüche der Zärtlichkeit waren bei ihm nicht so selten, der gegenwärtige aber doch heftiger als sonst), dachte sie, eine bessere Gelegenheit als jetzt würde sie niemals finden, um ihm ihr Herz zu eröffnen, wenigstens soweit das Herrn Blifil betraf; und nur zu gut sah sie voraus, daß bald die Notwendigkeit sie zwingen würde, eine vollständige Erklärung abzulegen. Nachdem sie dem Junker für alle Bezeigungen seiner Zärtlichkeit gedankt hatte, fügte sie mit unaussprechlich sanftem Blick hinzu: „Ist es möglich, daß mein gütiger Papa seine ganze Freude in dem Glück seiner Sophia sehen kann?", eine Frage, die Western mit einem Schwur und einem Kuß bejahte. Da ergriff sie seine Hand, fiel auf die Knie, und nach vielen leidenschaftlichen und warmen Versicherungen kindlicher Liebe und unverbrüchlichen Gehorsams bat sie ihn, sie nicht dadurch zum unglücklichsten Geschöpf unter der Sonne zu machen, daß er sie zur Gattin eines Mannes bestimme, den sie verabscheue. „Darum flehe ich Sie an, Herr", sagte sie, „um Ihretwillen wie um meiner selbst willen, da Sie doch so gütig sind, mir zu sagen, daß Ihr Glück an das meinige gebunden sei." – „Wie – was?" sagte Western und blickte wild umher. „Oh! liebster Papa", fuhr sie fort, „nicht allein das Glück Ihrer armen Sophia, nein, sogar ihr Leben, ihr Dasein hängt davon ab, daß Sie meine Bitte erhören. Ich kann nicht leben mit Herrn Blifil. Mich zu dieser Heirat zwingen heißt mich töten." – „Du kannst nicht leben mit Blifil?" sagte Western. „Nein, bei meiner Seele, ich kann's nicht", antwortete Sophia. „Nun, so stirb und fahr zur Hölle!" schrie er und stieß sie von sich. „Oh, Papa!" rief Sophia und ergriff seinen Rockschoß, „ich bitte, erbarmen Sie sich! Seien Sie gut und reden Sie nicht so zornig und grausam. Können Sie ungerührt bleiben, wenn Sie Sophia in so schrecklicher Not vor sich sehen? Kann der beste aller Väter mir das Herz brechen? Will er mich eines so schmerzhaften, bitteren, langsamen Todes sterben lassen?" – „Pah, pah!" schrie der Junker, „Gewäsch und Unsinn! Jungferngezimper! Sterben lassen, wahrhaftig. Wird Heiraten dich umbringen?" – „Oh, Herr", *erwiderte Sophia*, „eine solche Heirat ist schlimmer als der Tod. Er ist mir nicht nur gleichgültig, ich hasse und verabscheue ihn." – „Haß ihn oder haß ihn nicht, du sollst ihn haben!" schrie Western, und das bekräftigte er mit einem so furchtbaren Eid, daß man ihn nicht wiederholen kann, und nach vielen heftigen Beteuerungen schloß er mit den Worten: „Ich besteh auf dieser Heirat, und wenn du nicht willst, so geb ich dir keinen Schilling, keinen Heller mit; ja, und sollt ich dich auf der Straße draufgehn sehn, nicht ein Stück Brot würd ich dir geben, um dich zu retten. Und dies ist mein fester Entschluß, und jetzt geh ich, und du kannst dir's überlegen." Darauf riß er sich mit solcher Heftigkeit von ihr los, daß sie hinfiel und mit dem Gesicht auf den Boden schlug, und er stürzte geradeswegs aus dem Zimmer und ließ die ärmste Sophia auf dem Boden liegen.

Als Western in den Vorsaal kam, fand er dort Jones, und da dieser seinen Freund so wild, blaß und außer Atem sah, konnte er sich nicht enthalten, sich nach der Ursache dieses melancholischen Aussehens zu erkundigen. Worauf ihn der Junker alsbald mit der ganzen Angelegenheit bekannt machte und seine Rede mit heftigen Ausfällen gegen Sophia und wortreichen Klagen über das Elend aller Väter schloß, die so unglücklich seien, Töchter zu haben.

Jones, dem alle diese Beschlüsse, die man zu Blifils Gunsten gefaßt hatte, noch ein Geheimnis waren, war anfangs wie vom Donner gerührt. Als er jedoch seine Lebensgeister wieder etwas gesammelt hatte, gab ihm bare Verzweiflung, wie er nochmals versicherte, den Gedanken ein, Herrn Western etwas vorzuschlagen, das mehr Unverschämtheit zu erfordern schien, als je unter einer menschlichen Stirn gewohnt haben dürfte. Er bat um die Erlaubnis, zu Sophia gehen zu dürfen und den Versuch zu machen, sie zur Zustimmung zu ihres Vaters Absichten zu bewegen.

Wäre der Junker so scharfsichtig gewesen, wie er wegen des Gegenteils merkwürdig war, so könnte ihn gleichwohl in diesem Augenblick der Zorn geblendet haben. Er dankte Jones für dieses Anerbieten und sagte: „Geh, geh, ich bitte dich, versuche, was du kannst"; und dann versicherte er noch unter vielen schauerlichen Flüchen, er werde sie aus dem Hause werfen, wenn sie nicht in diese Heirat einwillige.

8. Kapitel

Das Zusammentreffen zwischen Jones und Sophia.

Jones machte sich augenblicklich auf die Suche nach Sophia, und er fand sie, als sie eben vom Boden aufgestanden war, auf dem ihr Vater sie hatte liegen lassen. Tränen liefen aus ihren Augen, und Blut floß von ihren Lippen. Er eilte auf sie zu, und mit einer Stimme, aus der zugleich Zärtlichkeit und Entsetzen sprachen, fragte er: „Oh, meine Sophia, was bedeutet dieser schreckliche Anblick?“ Sie blickte ihn erst voller Sanftmut an, dann sagte sie: „Herr Jones, um des Himmels willen! Wie kamen Sie hierher? Bitte, verlassen Sie mich noch in diesem Moment.“ – „Legen Sie mir, ich bitte Sie, nicht ein so hartes Gebot auf – mein Herz blutet stärker als diese Lippen. O Sophia, wie gerne wollte ich das Blut aus meinen Adern vergießen, um Ihnen einen Tropfen dieses kostbaren Blutes zu ersparen!“ – „Ich bin Ihnen schon für so vieles verpflichtet“, antwortete Sophia, „denn gewiß war es Ihre Absicht, mir gute Dienste zu leisten.“ Hier schaute sie ihn fast eine Minute lang zärtlich an, dann sagte sie, vom Gefühl übermannt und fast hinsterbend: „Oh, Herr Jones, warum haben Sie mir das Leben gerettet? Mein Tod wäre ein größeres Glück gewesen – für uns beide!“ – „Ein größeres Glück für uns beide!“ rief er. „Das Stöhnen der Folter könnte mich nicht so qualvoll töten wie Sophias Stöhnen! Ich kann den entsetzlichen Laut nicht ertragen. Wozu lebe ich denn, wenn nicht für Sie?“ Seine Stimme und seine Blicke waren voll unsagbarer Zärtlichkeit, als er diese Worte sprach; gleichzeitig ergriff er leise ihre Hand, die sie ihm nicht entzog. Die Wahrheit zu sagen, wußte sie wohl kaum, was sie tat oder litt. Einige Minuten gingen zwischen den Liebenden schweigend hin, während seine Augen gespannt auf sie, die ihrigen auf den Boden gerichtet blieben. Schließlich brachte sie die Kraft auf, nochmals zu bitten, er möge sie verlassen, denn es müßte ihr sicheres Verderben zur Folge haben, wenn man sie beieinander träfe. Und sie sagte noch: „Oh, Herr Jones, Sie wissen nicht, was sich an diesem furchtbaren Nachmittag hier zugetragen hat.“ – „Ich weiß alles, meine Sophia“, antwortete er; „Ihr grausamer Vater hat mir selbst alles erzählt; und er hat mich zu Ihnen geschickt!“ – „Mein Vater, Sie zu *mir geschickt*?“ erwiderte sie; „Sie träumen wohl!“ – „Wollte der Himmel, es wäre nur ein Traum!“ rief er. „O Sophia, Ihr

Vater hat mich zu Ihnen gesandt, der Sachwalter meines verhaßten Nebenbuhlers zu sein und bei Ihnen zu seinen Gunsten zu reden. Ich ergriff jedes Mittel, um Zutritt zu Ihnen zu erhalten. Oh, sprechen Sie zu mir, Sophia, trösten Sie mein blutendes Herz. Gewiß war noch nie jemand so verliebt, so vernarrt wie ich. Ziehen Sie nicht ungütig diese liebe, diese sanfte, diese freundliche Hand zurück – ein Augenblick ja trennt mich vielleicht von Ihnen für immer – nichts Geringeres als dieser grausame Anlaß, glaube ich, hätte je die Achtung, die Ehrfurcht, die Sie mir eingeflößt haben, überwinden können." Sie stand einen Augenblick in stummer Verwirrung und in Gedanken versunken; dann hob sie sacht die Augen zu ihm auf und fragte: „Was möchte Herr Jones, daß ich ihm sagen sollte?" – „Oh, versprechen Sie mir nur", rief er, „daß Sie sich niemals Herrn Blifil ergeben wollen!" – „Nennen Sie diesen verhaßten Namen nie mehr!" rief sie. „Seien Sie versichert, er wird von mir nie erhalten, was ich ihm zu verweigern vermag!" – „Oh, aber dann", sagte er, „da Sie so überaus gütig sind, so gehen Sie nur noch ein klein wenig weiter und fügen Sie hinzu, daß ich hoffen darf!" – „Ach, nein, Herr Jones, wohin soll das führen? Was für Hoffnung könnte ich Ihnen machen? Sie kennen meines Vaters Absicht." – „Aber ich weiß auch, daß sich Ihr Einverständnis damit nicht erzwingen läßt!" – „Welches aber müßten die furchtbaren Folgen meines Ungehorsams sein?" rief sie. „Mein eigenes Unglück wäre für mich der geringste Schmerz! Aber an meines Vaters Elend schuld zu sein, diesen Gedanken ertrüge ich nicht." – „Er selbst ist der Schuldige", sagte Jones, „wenn er sich Gewalt über Sie anmaßt, die die Natur ihm nicht verliehen hat. Denken Sie an das Elend, das ich erdulden muß, wenn ich Sie verliere, und sehen Sie, auf welche Seite das Mitleid die Waage senken wird." – „Daran denken!" wiederholte Sophia; „glaubten Sie denn, ich könne mir nicht vorstellen, welchen Jammer ich über Sie bringen müßte, wenn ich Ihrem Begehren nachgäbe? Nur dieser Gedanke ist es, der mir den Mut gibt, Sie zu bitten, mich auf ewig zu fliehen und so Ihrem eigenen Verderben zu entgehen." – „Ich fürchte kein Verderben", rief er, „als den Verlust meiner Sophia. Wenn Sie mich von der bittersten Todesqual erretten wollen, so widerrufen Sie Ihren grausamen Entschluß. Wahrhaftig, ich kann Sie nicht lassen, wirklich, ich kann nicht!"

Die Liebenden standen beide da, schweigend und zitternd.

Sophia fühlte sich unfähig, ihre Hand aus der von Jones zurückzuziehen, und er war fast nicht mehr imstande, sie zu halten, als der Auftritt, der, wie ich glaube, für einige meiner Leser schon lange genug gedauert hat, durch einen von ganz anderer Art unterbrochen wurde. Wir werden dessen Schilderung für das nächste Kapitel aufsparen.

9. Kapitel

Das von stürmischerer Art ist als das vorige.

Ehe wir mit dem, was unseren Liebenden begegnete, fortfahren, scheint es gegeben, hier einzufügen, was während ihrer zärtlichen Zwiesprache im Vorsaal unten sich abspielte.

Gleich nachdem Jones Herrn Western auf die vorhin erwähnte Weise verlassen hatte, kam seine Schwester zu ihm, und sogleich wurde ihr Bericht erstattet über alles, was zwischen ihrem Bruder und Sophia im Hinblick auf Blifil vorgefallen war.

In dem Betragen ihrer Nichte wollte die gute Dame einen völligen Bruch der Abmachung erkennen, nach der sie sich verpflichtet hatte, aus Sophias Liebe zu Jones ein Geheimnis zu machen. Sie betrachtete sich deshalb für voll berechtigt, dem Junker alles, was sie davon wußte, zu offenbaren, was sie denn auch ganz unvermittelt, in den deutlichsten Ausdrücken, ohne jede Förmlichkeit oder Vorrede tat.

Der Gedanke an eine Heirat zwischen Jones und seiner Tochter war dem Junker nie in den Kopf gekommen, weder in den Minuten seines wärmsten Wohlwollens gegen diesen jungen Mann noch aus Argwohn oder irgendeinem anderen Grund. Für ihn war wirklich die Gleichheit des Standes und der Vermögensverhältnisse eine physische Notwendigkeit für eine Ehe, so unerläßlich wie die Verschiedenheit der Geschlechter oder irgendeine andere wesentliche Voraussetzung; er hatte ebensowenig befürchtet, seine Tochter könnte sich in einen armen Mann verlieben wie in ein Tier oder Lebewesen von völlig anderer Gattung.

Er war daher von der Erzählung seiner Schwester wie vom Blitz getroffen. Erst war es ihm unmöglich zu antworten, denn die Heftigkeit der Bestürzung hatte ihm fast den Atem verschlagen. Doch kehrte ihm dieser bald zurück, und zwar, wie es in andern Fällen nach einer Unterbrechung zu geschehen pflegt, mit verdoppelter Kraft und Wut.

Der erste Gebrauch, den er von dem wiedergewonnenen Vermögen seiner Sprache machte, nachdem er sich von seinem Staunen erholt hatte, war der, daß er eine gehörige Ladung von Flüchen und Verwünschungen von sich gab. Dann stürzte er hastig in das Zimmer, wo er die Verliebten zu finden meinte, und murmelte oder vielmehr brüllte seine Racheabsichten bei jedem Schritt vor sich hin.

Wie wenn zwei Tauben oder Holztauben oder wie wenn Strephon und Phyllis (denn das kommt der Sache am nächsten) sich in einen angenehmen einsamen Hain zurückgezogen haben, um dort den entzückenden Worten Amors zu lauschen, dieses verschämten Buben, der keine öffentliche Rede halten kann und nie mehr als zweien auf einmal ein guter Gefährte ist – und da, während alle Dinge in gelassener Heiterkeit ruhen, würde plötzlich heiserer Donner durch die zerrissenen Wolken brechen und über die Himmelsbahn rollen; die erschrockene Jungfrau spränge von der Moosbank oder dem Grashügel auf, ihre Wangen vertauschten die rote Uniform, in die Amor sie gekleidet, mit der bleichen Tracht des Todes; Furcht machte ihre ganze Gestalt erbeben, und kaum vermochte ihr Liebhaber ihre zitternden, schwankenden Glieder zu stützen ...

Oder wie wenn zwei Herren, mit dem wunderlichen Witz des Ortes nicht vertraute Fremde, miteinander in einer Kneipe oder Taverne zu Salisbury einer Flasche den Hals brächen, wenn der große Dowdy, der die Rolle eines Wahnsinnigen so gut spielt wie einige von seinen Aufwieglern die des Narren, mit einer Kette rasselte und mit furchtbar drohenden Lauten die Galerie herabkäme – die überraschten Freunde wären entsetzt; in ihrem Schrecken über den gräßlichen Lärm suchten sie eine Zuflucht vor der nahenden Gefahr; und wenn die gut zugesperrten Fenster ihnen die Flucht nicht verwehrten, so wagten sie wohl ihren Hals, um der ihnen immer näher drohenden Wut zu entkommen ...

So zitterte die arme Sophia, so erbleichte sie, als sie ihren Vater lärmen hörte, der mit einer Stimme, die für ihre Ohren schrecklich klang, fluchend, schwörend und Jones den Untergang ankündigend, näher kam. Die Wahrheit zu sagen, glaube ich wohl, der junge Mann würde es nach klugen Erwägungen selbst vorgezogen haben, sich jetzt an einem andern Ort zu befinden, hätte seine Angst um Sophia ihm gestattet, einen

Augenblick an sich selbst zu denken, während seine Liebe ihn nur an dem, was sie bewegte, teilnehmen ließ.

Und jetzt bot sich dem Junker, nachdem er die Tür gesprengt hatte, ein Anblick, der sogleich seiner Wut gegen Jones Einhalt tat: es war die leichenblasse Gestalt Sophias, die leblos in den Armen ihres Verehrers lag. Dieser tragische Anblick bewirkte, daß der Zorn Herrn Western verließ. Er brüllte mit der größten Heftigkeit um Hilfe; er lief erst auf seine Tochter zu, dann zur Tür zurück, nach Wasser rufend, und wieder zu Sophia, ohne darauf zu achten, in wessen Armen sie lag, vielleicht auch ohne sich nur zu erinnern, daß ein Mensch wie Jones auf der Welt war; denn ich glaube wirklich, der gegenwärtige Zustand seiner Tochter war das einzige, was seine Gedanken erfüllte.

Bald eilten denn auch Tante Western und eine große Zahl von Bedienten mit Wasser und Stärkungsmitteln und allen übrigen in solchen Fällen erforderlichen Dingen zu Sophias Hilfe herbei. Das alles wurde mit so gutem Erfolg angewendet, daß Sophia sich schon nach wenigen Minuten zu erholen begann und alle Anzeichen des Lebens bei ihr zurückkehrten. Sie wurde darauf von ihrem Zimmermädchen und Fräulein Western weggeführt; auch entfernte sich diese Dame nicht, ohne ihrem Bruder einige heilsame Ermahnungen über die schrecklichen Wirkungen seines Zornes oder, wie sie es zu nennen geruhte, seiner Verrücktheit zu hinterlassen.

Der Junker mochte diesen guten Rat nicht verstanden haben, da er in dunkeln Andeutungen, unter Achselzucken und Ausdrücken der Verwunderung gegeben wurde; wenn er ihn verstanden hatte, so machte er jedenfalls keinen Gebrauch davon, denn kaum war seine unmittelbare Angst um seine Tochter behoben, als er in seine vorige Zornwut verfiel, die unweigerlich eine Prügelei mit Herrn Jones hätte zur Folge haben müssen, wäre nicht Pastor Supple, ein Mann von großer Körperstärke, anwesend gewesen und hätte mit kräftigem Arm den Junker von Gewalttätigkeiten zurückgehalten.

Sowie Sophia gegangen war, kam Jones mit bittender Gebärde auf den vom Pfarrer festgehaltenen Junker zu und bat ihn, sich zu beruhigen; denn wenn er so im Zorn verharre, sei es nicht möglich, ihm Satisfaktion zu geben.

„Satisfaktion will ich von dir haben“, antwortete der Junker, „drum nur herunter mit dem Kittel! Bist nur ’n halber Kerl; ich will dich dreschen, wie du noch nie in deinem Leben gedroschen worden bist!" Und er übergoß den Jüngling überreichlich mit jenen Redensarten, wie sie unter Landjunkern üblich sind, wenn sie entgegengesetzte Meinungen vertreten. Dabei lud er ihn häufig ein, jenen Teil seines Leibes zu küssen, der unter dem niedern englischen Landadel in allen seinen Händeln, bei Pferderennen, Hahnenkämpfen und ähnlichen Vergnügungen so oft genannt wird. Anspielungen auf diesen Körperteil werden gleicherweise oft des bloßen Spaßes wegen gemacht. Hier aber, glaube ich, herrscht ein allgemeines Mißverständnis über diesen Witz. In Wahrheit besteht er darin, daß der eine Herr den andern ersucht, ihn dort zu küssen, wohin er ihm kurz zuvor einen Fußtritt zu geben gedroht hatte; denn genau ich habe festgestellt, daß niemand diesen Kuß anbietet oder wünscht diesen Tritt zu erhalten.

Es mag ebenso verwunderlich scheinen, daß bei den vielen Tausend freundlicher Einladungen dieser Art, die ein jeder, der mit Landedelleuten zu tun hatte, gehört haben muß, doch niemand, wie ich glaube, auch nur ein einziges Mal gesehen hat, daß diesem Begehren entsprochen worden wäre. Ein starker Beweis ihres Mangels an feiner Lebensart, denn in der Hauptstadt ist unter den wohlerzogenen Herrn nichts gewöhnlicher, als daß sie diese Zeremonie bei ihren Vorgesetzten täglich verrichten, ohne daß diese sie auch nur um diesen Gunsterweis bitten müßten.

Auf jene geistreichen Auslassungen antwortete Jones völlig ruhig: „Herr, diese Behandlung mag vielleicht jede andere Verbindlichkeit, die ich Ihnen gegenüber habe, aufheben. Doch werden Sie eine andere niemals zu lösen vermögen, noch werden Ihre Beschimpfungen mich dazu bringen, gegen Sophias Vater meine Hand zu erheben."

Auf diese Worte begann der Junker noch viel schlimmer zu toben als zuvor, so daß der Pfarrer Jones bat, nun zu gehen, indem er sagte: „Sie sehen, Herr Jones, Ihre Anwesenheit hier bringt ihn nur noch mehr auf; so möchte ich Sie bitten, nicht länger zu bleiben. Sein Zorn ist zu heftig, als daß Sie jetzt mit ihm reden könnten. Sie täten besser, Ihren Besuch jetzt abzubrechen und, was Sie für sich vorzubringen haben, auf eine spätere Gelegenheit zu verschieben."

Jones nahm diesen Rat mit Dank an und ging sogleich davon. Der Junker erhielt die Freiheit seiner Hände wieder; er war so weit bei Verstand, seiner Zufriedenheit Ausdruck zu geben, daß man ihn von einer Gewalttat zurückgehalten habe; er würde ihm, so erklärte er, sicherlich das Gehirn aus dem Kopf geschlagen haben; und er setzte hinzu: „Es hätte einen doch wohl verflucht geärgert, wenn man wegen eines solchen Schurken an den Galgen gekommen wäre."

Der Pfarrer, in einem beginnenden Gefühl des Triumphes über den Erfolg seiner Friedensvermittlung, begann nun mit einer Predigt gegen den Zorn, die in gewissen ungeduldigen Gemütern wohl eher eine Verstärkung als eine Beschwichtigung dieser Leidenschaft hätte bewirken können. Er bereicherte seine Rede mit vielen gehaltvollen Zitaten aus den Alten, Seneca vor allem, der über diese Leidenschaft so trefflich abgehandelt hat, daß nur ein Mann im Zustand der höchsten Wut sie anders als mit Vergnügen lesen könnte. Der Doktor schloß diese Aussprache mit der berühmten Geschichte von Alexander und Kleitos; doch da ich finde, daß dies eher zu meinen Betrachtungen unter dem Titel Trunkenheit gehört, werde ich sie hier nicht aufführen.

Der Junker achtete nicht auf diese Geschichte und vielleicht auch nicht auf das, was ihm sonst gesagt wurde, denn er unterbrach den Pfarrer, bevor dieser enden konnte, und rief nach einem Krug Bier, indem er bemerkte (und das ist vielleicht die richtigste Beobachtung, die je bei diesem seelischen Fieber gemacht worden ist), *der Zorn mache den Menschen durstig*.

Kaum hatte der Junker einen tüchtigen Zug getan, als er das Gespräch wieder auf Jones brachte und seine Absicht bekundete, am folgenden Morgen Herrn Allworthy zu besuchen und ihm alles zu eröffnen. Sein Freund hätte ihm gerne wohlmeinend davon abgeraten, doch dieser Versuch hatte nur den Erfolg, ein neues Gewitter von Flüchen und Verwünschungen zu entladen, die Supples frommes Ohr sehr schmerzlich trafen; indessen wagte er nicht, ihm Vorstellungen zu machen gegen ein Privileg, auf das der Junker als freigeborener Engländer Anspruch erhob. Die Wahrheit zu sagen, ertrug der Pastor in Rücksicht auf seine Gaumenfreuden an des Junkers Tafel hin und wieder eine solche Kränkung seiner Ohren. Er beruhigte sich selbst mit dem Gedanken, daß er diese häßliche Gewohnheit nicht förderte und daß der Junker nicht einen einzigen Fluch weniger von sich geben würde, wenn er nicht in seinem Hause erschiene. Wenn er jedoch nicht die Unhöflichkeit beging, einen Edelmann in dessen eigenem Haus zurechtzuweisen, so zahlte er ihm dafür versteckt von der Kanzel aus heim, was freilich durchaus nicht so gut wirkte, um bei dem

Junker selbst eine Reformation herbeizuführen; doch wurde sein Gewissen so weit beeinflußt, daß er das Gesetz gegen andere sehr streng zur Anwendung brachte, und der Friedensrichter war schließlich die einzige Person des Kirchspiels, die ungestraft fluchen durfte.

10. Kapitel

In dem Herr Allworthy Herrn Westerns Besuch erhält.

Herr Allworthy hatte sich eben mit seinem Neffen vom Frühstückstisch erhoben, sehr vergnügt über das, was der junge Mann von seinem erfolgreichen Besuch bei Sophia berichtet hatte (denn er wünschte diese Verbindung sehr herzlich, mehr in Anbetracht der Eigenschaften der jungen Dame als ihres Reichtums), als völlig unverhofft Herr Western bei ihnen eintrat und ohne jede Zeremonie folgendermaßen loslegte: „Da hätten wir ein schönes Stück Arbeit geleistet, wahrhaftig. Zu was Feinem haben Sie Ihren Bastard aufgezogen! Nicht daß ich glaub, Sie hätten da die eine oder andere Hand im Spiel gehabt, das heißt, wie man sagt, wissentlich. Aber da ist nun ein prächtiges Durcheinander in unserem Haus entstanden." – „Aber was ist denn geschehen, Herr Western?" fragte Herr Allworthy. „Geschehen? Eine Menge Unsinn; bei Gott, genug! Meine Tochter hat sich in Ihren Bankert verliebt, das ist alles; doch ich geb ihr keinen halben Penny, nicht das Zwanzigste von einem Kupfer. Hab mich schon immer gefragt, was soll daraus werden, wenn man einen Bastard zum Edelmann aufzieht und in andern Häusern herumgehen läßt. Gut für ihn, daß ich ihn nicht in die Finger bekam – den hätt ich verhaun! Hätt ihm sein Miauen ausgetrieben; wollt's dem Hurensohn beigebracht haben, was es heißt, nach dem Fleisch seines Herrn zu verlangen. Nie wird er von mir einen Bissen erhalten, nicht einen Heller, um ihn zu kaufen; will sie ihn haben, so bekommt sie einen Bauernrock mit, und weiter nichts. Lieber wollt ich mein ganzes Gut dem Staat geben, damit sie's nach Hannover schicken, um unsere Nation damit zu verderben." – „Es tut mir herzlich leid", rief Allworthy. „Die Pest über Ihr Leidtun", rief Western; „das wird mir viel helfen, wenn ich mein einziges Kind verloren hab, meine arme Sophia, die die Freude meines Herzens war und die ganze Hoffnung und der Trost meines

Alters; doch ich bin entschlossen, ich werf sie aus dem Haus; soll sie betteln und hungern und auf der Straße verkommen. Keinen halben Penny, nicht einen halben Penny kriegt sie von mir. Der Sohn einer Hündin verstand sich immer darauf, einen Hasen aufzuspüren und sich von ihm ködern zu lassen: ich kümmerte mich wenig darum, welchem Häschen er nachlief; doch das soll nun die schlimmste Häsin sein, auf die er je getroffen ist. Sie wird für ihn nicht mehr sein als Aas, und nur die Haut wird er davon haben, das können Sie ihm sagen."
„Ich bin auf das äußerste erstaunt", rief Allworthy, „über das, was Sie mir da erzählen, nach dem, was doch erst gestern zwischen der jungen Dame und meinem Neffen vorgefallen ist." – „Ja, Herr", rief Western, „es war *nach* dem, was zwischen Ihrem Neffen und ihr vorfiel, daß die ganze Sache an den Tag kam. Herr Blifil war noch kaum weg, da kam der Hurensohn und trieb sich ums Haus. Dachte mir nicht, da ich ihn als rechten Weidgesellen so gern mochte, daß er all die Zeit nach meiner Tochter wildern ging!" – „Nun, wirklich", antwortete Herr Allworthy, „ich hätte gewünscht, Sie hätten ihm nicht so manche Gelegenheit bei Ihrer Tochter gegeben. Und Sie werden mir zugestehen, daß ich immer dagegen war, daß er so viel Zeit in Ihrem Hause zubrachte, wenn ich auch nie einen Verdacht in dieser Hinsicht hatte." – „Ja, zum Teufel", rief Western, „wer hätte daran denken können? Er kam ja nicht, um ihr schönzutun! Er kam, um mit mir zu jagen!" – „Aber wie war es möglich", sagte Herr Allworthy, „daß Sie nie ein Anzeichen der Verliebtheit zwischen den beiden jungen Menschen bemerkten, da Sie doch so häufig beide beisammen sahen?" – „In meinem Leben nie, so wahr ich selig werden will", rief Western. „Nicht ein einzig Mal hab ich sie einander küssen sehen; und er war fern davon, ihr den Hof zu machen. War sie in Gesellschaft, dann schwieg er noch mehr, als wenn niemand da war. Und das Mädchen? Sie war immer weniger artig gegen ihn als zu andern jungen Kerlen, die ins Haus kamen. Nein, nein! In den Sachen laß ich mir nun nicht mehr vormachen als in andern; ich dächte, daß Sie mir das glaubten, Herr Nachbar." Allworthy konnte sich kaum des Lachens erwehren; aber doch bezwang er sich, denn er kannte die Menschen zu gut, und er hatte zu viel Erziehung und ein zu gütiges Herz, um dem Junker unter den jetzigen Umständen etwas Unangenehmes zu sagen. Er fragte darauf Western, was er selbst bei dieser Gelegenheit tun solle? Der andere antwortete,

daß er den Schuft von seinem Haus fernhalten möge; er selbst werde nun hingehen und das Weibsbild einschließen. Er sei nun entschlossen, sie solle Herrn Blifil heiraten, und wenn sie sich mit Händen und Zähnen dagegen sträubte. Dann schüttelte er Blifil die Hand und schwor, kein anderer solle sein Schwiegersohn werden. Gleich darauf nahm er Abschied, denn, so sagte er, sein Haus sei in einer Verwirrung, daß er eilen müsse, um dort seine Tochter am Durchbrennen zu verhindern; und was Jones betreffe, so schwor er, falls er ihn in seinem Hause fände, wollte er ihn jener Behandlung unterziehen, nach der die Hengste sich nicht mehr um die Stuten kümmerten.

Als Allworthy und Blifil wieder allein waren, herrschte zwischen ihnen lange Zeit Schweigen; diese ganze Pause füllte der junge Herr mit Seufzen aus, das teils der Enttäuschung, viel mehr aber noch dem Haß entsprang, denn Toms Erfolg setzte ihm schmerzlicher zu als der Verlust Sophias.

Endlich fragte ihn sein Onkel, was er nun zu tun gesonnen sei, und Blifil antwortete mit den folgenden Sätzen: „Ach, Herr, kann hier eine Frage sein, welchen Schritt ein Liebender tun soll, wenn Vernunft und Leidenschaft verschiedene Wege weisen? Ich fürchte, es ist nur allzu gewiß, er wird in diesem Zwiespalt stets dem zweiten folgen. Vernunft heißt mich, alle Gedanken an eine Frau aufzugeben, die ihre Liebe einem andern zugewandt hat; meine Leidenschaft gebietet mir zu hoffen, daß sie sich mit der Zeit zu meinen Gunsten ändern könnte. Hier jedoch, glaube ich, ließe sich ein Einwand erheben, der, wenn man ihn nicht vollständig widerlegte, mich von jedem weitern Vorgehen abschrecken würde. Ich meine die Ungerechtigkeit in dem Versuch, einen aus einem Herzen zu verdrängen, das er bereits zu besitzen scheint; aber Herrn Westerns Entschlossenheit zeigt, daß, wenn ich in diesem Falle so handle, das Glück auf jeder Seite gefördert wird; nicht allein das des Vaters, der so von dem äußersten Elend bewahrt bleibt, sondern auch das der beiden andern, die durch ihre Verbindung zugrunde gerichtet würden. Die Dame, dessen bin ich gewiß, würde dies in jeder Beziehung; denn außer dem Verlust des größten Teils ihres eigenen Vermögens würde sie nicht allein einen Bettler heiraten, sondern das kleine Vermögen, das ihr Vater ihr nicht entziehen kann, würde an jenes Weibsbild verschwendet, von dem ich weiß, daß er mit ihr immer noch Umgang pflegt. Doch das wäre nur eine Kleinigkeit; denn ich kenne ihn als einen der schlechtesten Menschen von der Welt. Ach, wenn mein gütiger Onkel wüßte, was ich bisher mit vieler Mühe zu verschweigen bestrebt war, schon längst müßte er einen so verderbten Bösewicht seinem Schicksal überlassen haben." – „Wie denn?" fragte Herr Allworthy. „Hat er noch Schlimmeres verübt, als was ich bereits weiß? Sag mir das, ich bitte dich." – „Nein", erwiderte Blifil, „das ist nun einmal geschehen, und vielleicht könnte er es schon bereut haben." – „Ich befehle dir, bei dem Gehorsam, den du mir schuldest, mir zu sagen, was du meinst", sagte Allworthy. „Sie wissen, Sir", begann Blifil, „daß ich Ihnen niemals ungehorsam gewesen bin; aber es tut mir leid, daß mir diese Anspielung entschlüpft ist, denn nun könnte es wie Rachsucht aussehen, wo doch, dem Himmel sei Dank, eine solche Regung in meinem Herzen niemals heimisch war; und wenn sie mich verpflichten, es zu verraten, so muß ich sein Bittsteller sein und Sie in seinem Namen um Verzeihung für ihn bitten." – „Ich will keine Bedingungen", antwortete Allworthy. „Ich glaube, ich habe ihm schon Freundlichkeit und Güte genug erwiesen, vielleicht mehr, als du mir zu verdanken Ursache hast." – „Mehr freilich, Onkel, als er verdient", erklärte Blifil, „denn eben an dem Tage Ihrer Krankheit, da Sie in der höchsten Gefahr schwebten und wir hier alle in Tränen schwammen, erfüllte er das Haus mit Toben und Lärmen. Er trank und sang und brüllte; als ich ihm sanft zu verstehen gab, wie unschicklich dieses Betragen sei, geriet er in heftige Wut, fluchte und schwor, nannte mich einen Schurken, fiel über mich her und schlug mich." – „Wie?" rief Allworthy, „er unterstand sich, dich zu schlagen?" – „Ach, das habe ich ihm schon längst verziehen", erwiderte Blifil. „Ich möchte nur, ich könnte ebenso leicht seinen Undank gegenüber dem besten Wohltäter vergessen; und doch, hoffe ich, werden Sie ihm auch das vergeben. Er mußte ja vom Teufel besessen sein, denn noch an jenem selben Abend, als Herr Thwackum und ich uns im Feld ergingen und uns über die guten Anzeichen, die man in meines Onkels Zustand feststellen konnte, herzlich freuten, sahen wir ihn unglücklicherweise mit einem Weib beschäftigt auf eine Art, die zu schildern mir nicht ansteht. Herr Thwackum, mehr kühn als überlegt, schritt auf ihn zu, um ihn zurechtzuweisen, als er (es schmerzt mich, es zu sagen) sich auf den würdigen Mann stürzte und so gewaltsam auf ihn einhieb, daß ich nur wünschen kann, der Mißhandelte habe sich inzwischen von seinen Verletzungen erholt. Auch ich habe seine Bosheit zu fühlen bekommen, als ich meinen Lehrer zu schützen versuchte. Doch das habe ich ihm schon seit langem verziehen; ja, ich überredete Herrn Thwackum, ihm seinerseits zu verzeihen und Ihnen von dem Geschehnis nicht zu berichten, was, wie ich fürchtete, für ihn hätte verhängnisvolle Folgen haben können. Und jetzt, lieber Herr Onkel, da ich mir unvorsichtigerweise über all das ein Wort habe entreißen lassen und Ihr Befehl mich nötigte, alles, was sich ereignet hat, zu erzählen, lassen Sie mich bei Ihnen meine Fürbitte für ihn einlegen." – „Ach, Kind", sagte Allworthy, „ich weiß nicht, soll ich die Gutherzigkeit, mit der du mir solche Schändlichkeit bis dahin verschwiegen hast, tadeln oder loben? Doch wo ist Herr Thwackum? Nicht daß ich für das, was du mir gesagt hast, der Bestätigung bedürfte, aber ich will doch zu dieser Sache jeden Augenzeugen anhören, um das Exempel, das ich an einem solchen Ungeheuer zu statuieren gesonnen bin, vor der Welt rechtfertigen zu können."

Man schickte nun nach Thwackum, der auch sogleich erschien. Er bestätigte alles, was der andere ausgesagt hatte, bis in jede Einzelheit, ja er zeigte als Beweisstück seine nackte Brust, auf der Jones' Handschrift in Blau und Schwarz sichtbar geblieben war. Er schloß damit, daß er Herrn Allworthy erklärte, er hätte es ihm schon längst erzählt, hätte ihn nicht Blifil durch die ernsthaftesten Vorstellungen davon abgehalten. „Er ist", so sagte er, „ein vortrefflicher junger Mann, obgleich diese Bereitwilligkeit, Feinden zu verzeihen, gelegentlich zu weit führen kann."

Wirklich hatte Blifil sich Mühe gegeben, den Pfarrer zu bereden und die Mitteilung von dem Vorgefallenen zur damaligen Zeit zu verhüten. Dafür hatte er verschiedene Gründe. Er wußte, daß das menschliche Gemüt unter der Einwirkung der Krankheit vieles von seiner gewohnten Strenge verlieren, milder und nachgiebiger werden kann. Außerdem hatte er sich gesagt, wenn die Geschichte so bald nach dem tatsächlichen Vorfall erzählt würde, als der Arzt noch das Haus besuchte, der den Hergang wahrheitsgetreu darstellen könnte, so wäre es ihm selbst unmöglich, dem Ganzen ein so schlimmes Gesicht anzudichten, wie er das beabsichtigte. Sodann beschloß er, dieses Geschäft aufzusparen, bis Jones' Unbesonnenheit noch zu weiteren Anklagen Anlaß gäbe, denn er dachte, die über jenen niederstürzende Wucht vereinigter Tatsachen müßte ihn am ehesten zermalmen. Also wartete er eine Gelegenheit ab wie die, die das Glück ihm so freundlich beschert hatte. Und endlich wußte er dadurch, daß er Thwackum bat, die Sache eine Zeitlang geheimzuhalten, würde er den Glauben an seine freundschaftliche Gesinnung für Jones bei Herrn Allworthy bekräftigen, woran ihm sehr viel gelegen war.

11. Kapitel

Ein kurzes Kapitel, das jedoch Dinge genug enthält, um den gutherzigen Leser zu rühren.

Es war Herrn Allworthys Grundsatz, keinen Menschen zu bestrafen, ja nicht einmal einen Bedienten zu entlassen, solange er im Zorne war. Er beschloß also, bis zum Nachmittag zu warten, ehe er Jones das Urteil spräche.

Der arme junge Mann kam wie gewohnt zu Tisch, doch sein Herz war zu bedrückt, als daß es ihm erlaubt hätte zu essen. Sein Kummer wurde durch Herrn Allworthys unfreundliche Blicke noch bedeutend vermehrt, denn er schloß daraus, daß Herr Western ihm das ganze Verhältnis zwischen ihm und Sophia aufgedeckt habe; doch was Blifils Geschichte anging, so hatte er hier nicht den geringsten Argwohn. Darin war er zum größten Teil unschuldig; und im Hinblick auf das übrige, das er selbst vergeben und vergessen hatte, vermutete er auch auf der andern Seite keinen nachträgerischen schlechten Willen. Nach der Mahlzeit, als die Diener sich entfernt hatten, begann Herr Allworthy seine Rede. Er verbreitete sich ausführlich über die mancherlei Vergehen, deren Jones sich schuldig gemacht hatte, besonders aber über die, welche an diesem Tag ans Licht gekommen waren, und er schloß damit, daß er ihm sagte, wenn er sich selbst von diesen Beschuldigungen nicht freizusprechen vermöge, sei er entschlossen, ihn für immer aus seinen Augen zu verbannen.

Viele für den armen Jones nachteilige Umstände trafen zusammen, um gegen seine Verteidigung zu sprechen; ja, er kannte kaum den Inhalt der gegen ihn geführten Anklagen. Denn da Herr Allworthy, als er auf die Trunkenheit während seiner Krankheit und anderes zu reden kam, bescheidentlich alles, was sich auf ihn selbst bezog, überging und doch hauptsächlich darin das Verbrechen sah, konnte Jones die Tatsache nicht bestreiten. Sein Herz war allbereits von Kummer fast gebrochen, sein Mut so tief gesunken, daß er nichts zu seinen Gunsten vorzubringen wußte, sondern alles eingestand, sich wie ein verzweifelter Verbrecher auf das Bitten um Gnade verlegte und schließlich sagte, müsse er sich auch vieler Torheiten und Unbedachtheiten schuldig bekennen, so hoffe er doch, nichts verübt zu haben, womit er das verdiene, was für ihn die härteste Strafe in der Welt bedeuten müßte.

Allworthy erwiderte, er habe ihm bereits zu oft verziehen, aus Mitleid mit seiner Jugend und in der Hoffnung auf seine Besserung; jetzt aber finde er, er sei ein verworfener Wollüstling, und einen solchen zu ermutigen und zu unterstützen sei für jedermann ein Verbrechen. „Nein", sagte Herr Allworthy zu ihm, „deine verwegene Absicht, die junge Dame aus ihrer Familie wegzustehlen, macht es mir zur Pflicht, dich zu bestrafen und so meinen guten Namen zu rechtfertigen. Die Welt, die mich schon wegen der Güte, die ich dir gezeigt habe, getadelt hat, möchte sonst glauben – und zwar mit einem Schein von Recht –, daß ich angesichts eines so schändlich gemeinen Unternehmens ein Auge zudrückte – ein Unternehmen, von dem du wissen mußtest, daß ich es verabscheue, und an das du, wäre dir nur etwas an meiner Ruhe und Ehre gelegen gewesen, niemals hättest denken können. Pfui darüber, junger Mann! Ich kenne wirklich kaum eine Strafe, die deinen Übeltaten angemessen wäre, und ich weiß nicht, ob sich das, was ich im Begriff bin an dir zu tun, mit der Gerechtigkeit vereinbaren läßt. Da ich dich jedoch einmal wie mein eigenes Kind aufgezogen habe, so will ich dich nicht nackt und bloß in die Welt hinausstoßen. Wenn du also dieses Papier öffnest, wirst du etwas darin finden, das dich in den Stand setzen wird, bei gehörigem Fleiß deinen Lebensunterhalt anständig zu verdienen. Verwendest du es jedoch zu schlimmen Zwecken, so werde ich mich nicht für verpflichtet halten, dir ferner noch irgendeinen Beistand zu leisten, denn ich bin fest entschlossen, von nun an nichts mehr mit dir zu tun zu haben. Und ich kann nicht umhin, dir zu sagen: Nichts in deinem Betragen habe ich dir so sehr verargt wie deine schändliche Mißhandlung dieses guten jungen Menschen" – damit meinte er Blifil –, „der an dir stets so ehrenhaft und mit so viel Zartgefühl gehandelt hat."

Diese letzten Worte waren eine fast zu bittere Mixtur, um geschluckt zu werden. Eine Flut von Tränen entströmte nun Jones' Augen, und jedes Vermögen der Sprache oder der Bewegung schien ihn verlassen zu haben. Es dauerte einige Zeit, bevor er Herrn Allworthys bestimmtem Befehl, sofort aufzubrechen, nachzukommen vermochte; er tat es schließlich, nachdem er dessen Hände mit einer Inbrunst geküßt hatte, die sich schwer nachfühlen und ebenso schwer beschreiben läßt.

Der Leser müßte sehr schwach sein, wenn er Herrn Allworthy die Strenge seines Urteils vorwerfen wollte; bedenke er doch, in welchem Lichte ihm damals Jones erschien. Aber doch verurteilte die ganze Nachbarschaft, sei's aus einer ähnlichen Schwäche oder aus schlimmeren Beweggründen, diese Gerechtigkeit und Strenge als äußerste Grausamkeit. Ja, die nämlichen Personen, die den trefflichen Mann zuvor wegen seiner einem Bastard erwiesenen Güte getadelt hatten (seinem eigenen, wie die allgemeine Meinung war), erhoben nun ein gleich lautes Geschrei darüber, daß er sein Kind aus dem Hause stieß. Die Weiber insgesamt ergriffen einstimmig Partei für Jones; sie boten aus dem Anlaß mehr Geschichten herum, als ich in diesem Kapitel Raum hätte niederzuschreiben.

Ein Umstand darf nicht übergangen werden, daß nämlich bei ihren tadelnden Worten nicht einer die Summe erwähnte, die in dem Papier enthalten war, das Allworthy Jones übergeben hatte, und die nicht weniger betrug als fünfhundert Pfund; sie behaupteten vielmehr allesamt, daß er ohne einen Penny, einige sagten sogar nackt, von seinem unmenschlichen Vater aus dem Hause gestoßen worden sei.

12. Kapitel

Enthält Liebesbriefe und ähnliches.

Jones wurde befohlen, das Haus augenblicklich zu verlassen, wobei man ihm sagte, alle seine Kleider und Sachen würden ihm dorthin nachgeschickt, wohin immer er sie haben wolle.

Also machte er sich auf den Weg und wanderte fast eine Meile, und wirklich wußte er kaum, wohin er ging. Schließlich hemmte ein kleiner Bach seinen Weg, und er warf sich an dessen Ufer nieder. Auch konnte er sich nicht enthalten, mit einem kleinen Unwillen vor sich hinzumurmeln: „Ich denke, mein Vater wird mir nicht verbieten, mich hier auszuruhen!"

Und plötzlich verfiel er in die heftigste Erregung; er raufte *sich die Haare* aus dem Kopf und tat noch die meisten andern Dinge, die solche Anfälle von Wahnsinn, Wut und Verzweiflung gewöhnlich begleiten.

Als er auf diese Weise der ersten Anwandlung seiner Leidenschaft Luft gemacht hatte, begann er die Besinnung zurückzugewinnen. Sein Kummer nahm jetzt eine andere Wendung und entlud sich auf eine sanftere Art, bis er endlich genügend beruhigt war, um über seine Leidenschaft nachzudenken und zu überlegen, welche Schritte er in seiner gegenwärtigen kläglichen Lage unternehmen könnte.

Und jetzt erhob sich die große Frage, wie er sich Sophia gegenüber verhalten solle. Der Gedanke, sie verlassen zu müssen, zerriß ihm fast das Herz, doch die Erwägung, daß er sie in Elend und Armut stürzen könnte, bereitete ihm womöglich noch tiefere Pein; und wenn das heftige Verlangen, sie zu besitzen, ihn auch für einen Augenblick zur Unschlüssigkeit in der Wahl hätte verleiten können, so war er doch keineswegs sicher, ob sie sich entschließen könnte, zu einem so hohen Preis seinen Wünschen zu willfahren. Herrn Allworthys Groll, der Kummer und die Unruhe, die er ihm verursachen müßte, sprachen vernehmlich dagegen; und schließlich kam ihm noch die ersichtliche Unmöglichkeit eines Erfolges, auch wenn er seinem Wunsche alle diese Bedenken opferte, zu Hilfe, also daß die Ehre schließlich, unterstützt von Verzweiflung, von Dankbarkeit gegen seinen Wohltäter, von wirklicher Liebe zu seiner Geliebten, über seine brennende Begier die Oberhand gewann und er beschloß, Sophia lieber zu verlassen, als zu ihrem Unglück weiter nach ihrem Besitz zu streben.

Für einen, der solches nie gefühlt hat, ist es schwer, sich die glühende Wärme vorzustellen, die seine Brust durchströmte, als er zuerst erkannte, daß er einen Sieg über seine Leidenschaft davongetragen hatte. Der Stolz schmeichelte ihm so angenehm, daß sein Gemüt vielleicht vollkommenes Glück genoß, aber das dauerte nur eine kurze Weile. Bald stand Sophia in seiner Seele wieder auf und vermischte die Freude seines Triumphes mit Schmerzen, nicht weniger qualvoll, als sie ein edelmütiger General beim Anblick der blutigen Leichenhaufen empfinden muß, um deren Preis seine Lorbeeren erkauft wurden: denn Tausende von zärtlichen Wünschen lagen da ermordet vor unserem Eroberer.

Entschlossen jedoch, den Pfad dieses Giganten Ehre, wie sie der gigantische Dichter Lee nennt, weiter zu begehen, entschied er sich endlich dafür, an Sophia einen Abschiedsbrief zu schreiben. Er betrat also ein nahegelegenes Haus, wo er, nachdem man ihm das Nötige gereicht hatte, schrieb wie folgt:

Gnädiges Fräulein!

Wenn Sie die Lage bedenken, in der ich dieses schreibe, so wird Ihre Güte mir gewiß jede Ungereimtheit oder jede Narrheit verzeihen, die mein Brief enthalten mag; denn hier strömt alles aus einem so vollen Herzen, daß keine Sprache auszudrücken vermag, was es durch sie sagen wollte.

Ich habe beschlossen, gnädiges Fräulein, Ihren Befehlen zu gehorchen und Ihr teures, Ihr liebenswertes Antlitz für immer zu meiden. Doch wie grausam sind diese Befehle! Aber solche Grausamkeit ist ein Werk des Schicksals, nicht das meiner Sophia. Das Schicksal machte es notwendig, zu Ihrer Erhaltung notwendig, zu vergessen, daß es je einen so armen Wicht auf Erden gab wie mich.

Glauben Sie mir, ich würde nicht auf meine Leiden anspielen, wenn ich mir einbilden könnte, daß sie Ihnen vielleicht nicht zu Ohren kämen. Ich kenne die schonende Güte Ihres Herzens und möchte Ihnen die Schmerzen ersparen, die Sie mit jedem leidenden Geschöpf empfinden. Oh, lassen Sie sich durch nichts, was man Ihnen von meinem harten Los erzählen wird, auch nur einen Augenblick betrüben; denn nachdem ich Sie verloren habe, ist alles andere für mich eine Kleinigkeit.

O meine Sophia! Hart ist es, Sie verlassen zu müssen; viel härter, Sie bitten zu müssen, daß Sie mich vergessen mögen; doch zu beidem zwingt mich aufrichtige Liebe. Verzeihen Sie mir die Einbildung, daß der Gedanke an mich Sie beunruhigen könnte. Bin ich aber so glorreich elend, so opfern Sie mich, wie Sie nur wollen, auf, um Ruhe zu erlangen. Denken Sie, ich hätte Sie nie geliebt; oder wahrer und richtiger, denken Sie daran, wie wenig ich Sie verdiene, und lernen Sie mich wegen einer Kühnheit verachten, die nicht streng genug bestraft werden kann. Mehr vermag ich nicht zu sagen. – Mögen die Schutzengel Sie immer behüten!

Er suchte nun in seinen Taschen nach Siegellack, fand darin aber weder diesen noch irgend etwas anderes; denn er hatte in seiner Raserei alles von sich geworfen, darunter auch das Taschenbuch, das er von Herrn Allworthy empfangen, aber noch nicht geöffnet hatte und das ihm erst jetzt wieder in den Sinn kam.

Im Haus erhielt er für den gegenwärtigen Zweck eine Oblate; nachdem er seinen Brief damit versiegelt hatte, kehrte er eilig an die Stelle am Bachufer zurück, um die Dinge zu suchen, die er dort verloren hatte. Unterwegs stieß er auf seinen alten Freund Black George, der sein Unglück herzlich bedauerte, denn er hatte davon bereits gehört, und nicht nur er allein, sondern die ganze Nachbarschaft.

Jones erzählte dem Wildhüter von seinem Verlust, und der kehrte diensteifrig mit ihm an den Bach zurück, wo sie jedes Grasbüschel auf der Wiese untersuchten, dort wo Jones gewesen und wo er nicht gewesen war; doch alles war vergeblich, sie fanden nichts. Die Sachen befanden sich freilich auf der Wiese, sie unterließen es jedoch, den einzigen Ort zu untersuchen, wo sie tatsächlich verborgen waren, nämlich die Taschen des besagten George. Der hatte sie kurz zuvor gefunden, und da er glücklicherweise ihren Wert erkannt, hatte er sie sorgfältig für seinen eigenen Gebrauch aufgehoben.

Nachdem der Wildhüter lange mit wildem Fleiß nach den verlorenen Gegenständen gesucht hatte, als hoffte er tatsächlich sie zu finden, bat er Herrn Jones, sich zu besinnen, ob er nicht noch an einem andern Ort gewesen sei. „Denn", sagte er, „wenn Sie sie hier ganz kürzlich verloren hätten, so müßten sie doch noch hier sein, denn dies ist ein recht wenig besuchter Ort." Und wirklich war es auch ein großer Zufall, daß er selbst in diese Gegend gekommen war, in der Absicht, Drahtschlingen für Hasen auszulegen, mit denen er am nächsten Morgen einen Wildhändler in Bath beliefern wollte.

Jones gab nun alle Hoffnung auf, das Verlorene wiederzufinden, und fast auch jeden Gedanken daran; er wandte sich an Black George und fragte ihn ernsthaft, ob er ihm den größten Gefallen der Welt erweisen wolle?

George antwortete nicht ohne einiges Zögern: „Herr, Sie wissen, Sie können mir alles befehlen, was nur in meiner Macht steht, und ich wäre herzlich froh, wenn es in meiner Macht stünde, Ihnen zu dienen." Tatsächlich machte ihn die Frage ein wenig stutzig; denn er hatte durch diebischen Wildhandel in Herrn Westerns Diensten ein hübsches Stück Geld zusammengebracht und fürchtete somit, Jones könnte ihn um eine kleine Summe ansprechen wollen; doch wurde er von dieser Angst sogleich befreit, da er bloß gebeten wurde, Fräulein Sophia einen Brief zu überbringen, was er mit großem Vergnügen zu besorgen versprach. Und ich glaube allerdings, es gibt wenig Gefälligkeiten, die er Herrn Jones nicht freudig erwiesen hätte, denn er war ihm so dankbar gesinnt, wie er das nur sein konnte, und er war ein solcher Ehrenmann, wie das alle jene, die das Geld mehr lieben als sonst etwas in der Welt, gemeinhin zu sein pflegen.

Nach beider Meinung war Jungfer Honoria die geeignetste Person, den Brief Sophia zu übergeben. Nach dieser Abmachung trennten sie sich; der Wildhüter kehrte in Herrn Westerns Haus zurück, und Jones begab sich in ein eine halbe Meile von da entferntes Wirtshaus, um dort die Rückkehr seines Boten abzuwarten.

George war kaum im Haus seines Herrn angekommen, als er mit Jungfer Honoria zusammenstieß, der er nach ein paar vorläufigen prüfenden Fragen den Brief für ihre Herrin übergab und von der er einen andern, für Herrn Jones bestimmten erhielt. Sie sagte ihm, sie habe diesen Brief bereits den ganzen Tag in ihrem Busen herumgetragen und schon zu verzweifeln begonnen, ob sie Mittel und Wege finden würde, ihn zu bestellen.

Der Wildhüter kehrte damit eilig und voller Freude zu Jones zurück, der, als er Sophias Brief in der Hand hielt, sogleich auf die Seite trat, ihn gierig aufbrach und das folgende las:

Mein Herr!

Es ist mir unmöglich, dem Ausdruck zu geben, was ich empfinde, seit ich Sie zuletzt gesehen habe. Daß Sie meinetwegen so grausame Beleidigungen von meinem Vater hinnahmen, verpflichtet mich Ihnen zu einer Verbindlichkeit, die ich nie vergessen werde. Da Sie seine Gemütsart kennen, so bitte ich Sie um meinetwillen, ihn zu meiden. Ich wollte, ich könnte Ihnen irgend etwas Tröstliches mitteilen; aber glauben Sie mir das eine, daß nur die äußerste Gewalt mich je zwingen wird, meine Hand oder mein Herz so zu verschenken, daß Ihnen daraus Kummer erwachsen würde.

Jones las diese Zeilen wohl hundertmal durch und küßte den Brief noch hundertmal mehr. Seine Leidenschaft rief nun alles zärtliche Verlangen in sein Herz zurück. Er bereute, daß er an Sophia in der obenerwähnten Art geschrieben hatte; doch noch mehr bereute er, daß er die Zeit der Abwesenheit seines Boten benutzt hatte, einen Brief an Herrn Allworthy zu *schreiben und* abzuschicken, in dem er sich verpflichtete und versprach, jeden Gedanken an seine Liebe aufzugeben. Als er jedoch zu kühlerer Überlegung wieder imstande war, erkannte er deutlich, daß seine Lage durch Sophias Billett sich weder verändert noch gebessert hatte; nur daß sie ihm einen kleinen Strahl der Hoffnung auf ihre Treue für künftige, günstigere Zeiten gegeben hatte. Er kam also auf seinen früheren Entschluß zurück, nahm Abschied von Black George und wanderte weiter nach einem etwa fünf Meilen entfernten Ort, wohin er Herrn Allworthy gebeten hatte seine Sachen zu senden, wenn es ihm nicht gefiele, sein Urteil zu widerrufen.

13. Kapitel

Sophias Verhalten bei diesem Anlaß, das keine Vertreterin ihres Geschlechts tadeln wird, wenn sie fähig ist, sich ebenso zu benehmen, und die Betrachtung eines verwickelten Knotens vor dem Richterstuhl des Gewissens.

Sophia hatte die letzten vierundzwanzig Stunden auf keine sehr angenehme Weise zugebracht. Während eines großen Teils dieser Frist war sie von ihrer Tante mit Vorlesungen über die Klugheit unterhalten worden, wobei sie ihr das Beispiel der feinen Welt vorhielt, in der (so behauptete die gute Lady) man gegenwärtig die Liebe durchaus verlachte und wo die Damen die Ehe betrachteten wie die Herren die öffentlichen Ämter, nur als Mittel, um zu Vermögen zu gelangen und sich selbst in der Welt vorwärtszubringen. Zur Erläuterung dieses Textes hatte Fräulein Western während mehrerer Stunden ihre ganze Beredsamkeit aufgeboten.

Diese gründliche Unterweisung, wiewohl wenig Sophias Neigung oder Geschmack angemessen, war ihr doch noch weniger verdrießlich als ihre eigenen Gedanken, die während der Nacht, da sie kein Auge schloß, ihre Unterhaltung ausmachten.

Obgleich sie in ihrem Bett weder schlafen noch ruhen konnte, gab es doch auch nichts, was sie daraus hervorgerufen hätte, und ihr Vater fand sie noch dort vor, als er von Herrn Allworthy zurückkam; es war nach zehn Uhr vormittags. Er ging geradeswegs in ihr Zimmer hinauf, öffnete die Tür, und als er sah, daß sie noch nicht aufgestanden war, rief er: „Da bist du also noch in Sicherheit; und in der sollst du bleiben, dafür sorg ich." Darauf verschloß er die Tür und überreichte Jungfer Honoria den Schlüssel, nachdem er ihr den strengsten Befehl nebst großen Versprechungen gegeben hatte, ihre Treue zu belohnen, und schreckliche Strafandrohungen für den Fall, daß sie ihr Amt untreu verwalten werde.

Honoria hatte den Befehl, nicht zu gestatten, daß ihre Herrin ohne des Junkers zuvor erhaltene Erlaubnis aus dem Zimmer gehe, und niemanden zu ihr hineinzulassen als ihn selbst oder ihre Tante. Doch sollte sie ihr alles reichen, was Sophia verlangte, ausgenommen einzig Feder, Tinte und Papier, deren Gebrauch ihr untersagt sei.

Der Junker befahl seiner Tochter, sich anzukleiden und mit ihm am Tische zu essen; sie gehorchte, und nachdem sie die übliche Zeit bei ihm gesessen hatte, wurde sie in ihr Gefängnis zurückgeführt.

In der Abendzeit brachte ihr die Wärterin Honoria den Brief, den sie vom Wildhüter empfangen hatte. Sophia las ihn sehr aufmerksam zwei- oder dreimal durch, warf sich sodann auf ihr Bett und brach in eine Tränenflut aus. Jungfer Honoria bezeigte ob dieses Verhaltens ihrer Herrin große Verwunderung; auch konnte sie sich nicht enthalten, begierig nach der Ursache dieser Gemütsbewegung zu forschen. Eine Zeitlang gab ihr Sophia keine Antwort; dann plötzlich sprang sie auf, faßte ihre Zimmerjungfer bei der Hand und rief: „Ach, Honoria! Ich bin verloren!“ – „Behüte!“ erwiderte Honoria, „ich wollte, der Brief wäre verbrannt, eh ich ihn Eurer Gnaden gebracht hätte. Wahrhaftig, hätt ich nicht gedacht, er würde meiner Lady Trost bringen, so sollt ihn lieber der Teufel geholt haben, bevor ich ihn anrührte.“ – „Honoria“, sagte Sophia, „du bist ein gutes Mädchen, und es taugt nichts, wenn ich versuche, meine Schwäche länger vor dir zu verbergen! Ich habe mein Herz an einen Mann weggeworfen, der mich nun verläßt.“ – „Und ist Herr Jones ein so treuloser Mann?“ fragte das Mädchen. „Er hat in diesem Brief von mir Abschied genommen, für immer. Ja, er wünscht, daß ich ihn vergesse. Könnte er, wenn er mich geliebt hätte, das verlangen? Könnte er einen solchen Gedanken hegen? Ein solches Wort geschrieben haben?“ – „Nein, das sicher nicht!“ rief Honoria; „und eins ist gewiß: Verlangte der beste Mann in England von mir, ich solle ihn vergessen, ich würd ihn bei seinem Wort nehmen. Wahrhaftiger Gott! Sicher haben ihm Euer Gnaden zuviel Ehre angetan, da Sie überhaupt an ihn dachten – eine junge Dame, die unter allen *jungen Männern im Land* nur auszuwählen brauchte. Und ganz gewiß, wenn ich anmaßend sein und meine Meinung sagen soll: Da ist der junge Herr Blifil, der, außer daß er von ehrlichen

Eltern stammt und einmal einer von den größten Herren hier in der Gegend sein wird, auch nach meiner bescheidenen Meinung ein viel schönerer und feinerer Mann ist; und dann ist er auch ein junger Edelmann von besonnenem Charakter, dem kein Gerede der Nachbarn was anhaben kann; er geht keiner schmierigen Schlumpe nach, und man wird ihm keinen Bastard auf die Schwelle legen. Wahrhaftig, ihn vergessen! Bin, Gott sei Dank, nicht so nah beim letzten Gebet, um mir von einem Mann zweimal sagen zu lassen, ich soll 'n vergessen. Wenn der Besten einer es wagen sollt, mir so unverschämt zu kommen, der hätt mich gesehn, solang's noch einen andern jungen Mann im Königreich gibt. Und wie ich gesagt, da ist doch gewiß noch der junge Blifil . . ." – „Nenne diesen abscheulichen Namen nicht", rief Sophia. – „Nein, Mad'm", antwortete Honoria, „nicht wenn Euer Gnaden ihn nicht mögen, da sind noch andere hübsche, muntere junge Leute, die dem Fräulein gern den Hof machten, hätten sie nur ein wenig Ermunterung. Ich glaube nicht, daß da irgendein junger Herr in dieser Grafschaft lebt oder in der nebenan, der, wenn das Fräulein sich nur leicht den Anschein gäb, daß es ihn bemerkte, nicht herkommen wollte, um direkt seinen Antrag zu machen." – „Für was für eine Dirne hältst du mich, daß du mir solches Zeug zu Ohren bringst?" rief Sophia. „Ich verabscheue alle Mannsbilder!" – „Ja, freilich, Mad'm", antwortete Honoria, „Euer Gnaden hat davon genug gehabt, um sie satt zu sein. Von einem so armseligen, bettelhaften, unehelich geborenen Burschen betrogen zu werden . . ." – „Halte deinen lästerlichen Mund", rief Sophia; „wie kannst du wagen, seinen Namen ohne Ehrerbietung vor mir auszusprechen? Er mich betrogen? Nein, sein armes blutendes Herz hat, als er die grausamen Worte niederschrieb, mehr gelitten als meines, da ich sie gelesen. Oh, er ist ja ganz heldenhafte Tugend und engelhafte Güte. Ich schäme mich der Schwäche meiner eigenen Leidenschaft, daß ich tadle, was ich bewundern müßte. Ach, Honoria! Er hat einzig mein Bestes im Auge. Um meinetwillen gibt er beides preis, sich selbst und mich. Die Furcht, mich zugrunde zu richten, trieb ihn zur Verzweiflung." – „Da bin ich sehr froh", sagte Honoria, „zu vernehmen, daß das Fräulein das alles recht in Betracht zieht; denn wahrhaftig, es könnte nur Unglück für Ihr Gemüt herauskommen, wenn Sie sich so an einen Menschen hängen wollten, der an die Luft gesetzt worden ist und keinen Penny besitzt." – „An die Luft gesetzt worden?" fragte Spohia rasch. „Wie, was willst du damit sagen?“ – „Aber ja doch, Madam, auf Ehre; unser Herr hatte Junker Allworthy kaum etwas davon erzählt, daß Herr Jones sich unterstanden hatte, für das Fräulein Liebe zu fühlen, als der Herr Junker von nebenan ihn alsbald nackt ausziehen und aus der Tür jagen ließ!“ – „Ha!“ sagte Sophia, „so bin ich also die verwünschte, verruchte Ursache seines Verderbens! Nackt aus dem Haus gestoßen! Hier, Honoria, flink, nimm alles Geld, das ich habe; nimm die Ringe von meinen Fingern und meine Uhr; nimm das alles. Geh sofort zu ihm hin und bring ihm das augenblicklich.“ – „Um Gottes willen! Madam“, erwiderte Jungfer Honoria, „bedenken Sie doch, wenn unser Herr etwas von diesen Sachen vermißte, ich müßte mich dafür verantworten. Und also lassen Euer Gnaden mich bitten, Uhr und Juwelen nicht wegzugeben. Und dann, denk ich, schon mit dem Geld wär's getan, und damit verhält sich's anders, denn davon kann unser Herr nimmer was erfahren.“ – „Hier denn!“ sagte Sophia, „nimm alles bis zum letzten Penny, such sogleich nach ihm, und bring es ihm. Geh, geh, verlier keinen Augenblick!“

Jungfer Honoria ging wie geheißen, und da sie unten im Haus Black George vorfand, übergab sie diesem die Börse, die in der Tat sechzehn Guineen enthielt, damals Sophias ganzes Bargeld; denn obgleich ihr Vater gegen sie sehr freigebig war, so ließ sie doch ihre wohltätige Gesinnung nie zu Reichtum kommen.

Als Black George die Börse empfangen hatte, schlug er den Weg zu dem Wirtshaus ein; doch wie er so ging, überfiel ihn der Gedanke, daß er auch dieses Geld für sich behalten könnte. Indessen bäumte sich sein Gewissen alsbald gegen diese bösen Einflüsterungen auf und begann ihn wegen seines Undanks gegen seinen Wohltäter zu schelten. Darauf antwortete nun aber seine Habgier, sein Gewissen hätte sich schon vorher alles überlegen sollen, als er den armen Jones um seine fünfhundert Pfund prellte. Da das Gewissen in einer so viel beträchtlicheren Sache ruhig eingewilligt hatte, wäre es eine Narrheit, wenn nicht einfach Heuchelei, jetzt bei einer solchen Kleinigkeit sich empfindlich zu zeigen; worauf das Gewissen, gleich einem guten Juristen, einen Unterschied zu beweisen sich bemühte zwischen der Veruntreuung deponierten Gutes und einer bloßen Fundunterschlagung. Habgier zeigte sogleich, wie *lächerlich* so etwas sei, nannte es eine Unterscheidung ohne Unterschied und bestand darauf, daß für den, der einmal bei einer Gelegenheit auf jeden Anspruch auf Ehre und Tugend verzichtet habe, kein Präjudikat bestehe, sich bei einer zweiten Gelegenheit darauf berufen zu dürfen. Kurz, das Gewissen wäre sicherlich durch das Argument überwältigt worden, wäre nun nicht Furcht zu seinem Beistand auf den Plan getreten und hätte sehr klar dargelegt, der Unterschied zwischen den beiden Handlungen liege nicht in den verschiedenen Graden moralischer Redlichkeit, sondern in der Sicherheit; demnach sei die Unterschlagung der fünfhundert Pfund ein sehr kleines Wagnis, während die Veruntreuung der sechzehn Guineen mit der äußersten Gefahr der Entdeckung verknüpft sei.

Durch diesen freundschaftlichen Beistand der Furcht errang das Gewissen einen entscheidenden Sieg in Black Georges Gemüt; es machte ihm einige Komplimente wegen seiner Ehrlichkeit, und hierauf drängte es ihn, Herrn Jones das Geld zu übergeben.

14. Kapitel

Ein kurzes Kapitel, das ein kurzes Gespräch zwischen Junker Western und seiner Schwester enthält.

Fräulein Western hatte an diesem ganzen Tag auswärts zu tun gehabt. Der Junker begegnete ihr, als sie eben zurückkehrte, und da sie nach Sophia fragte, machte er sie mit der Tatsache bekannt, daß seine Tochter sehr gut aufgehoben sei. „Sie ist in ihrem Zimmer eingeschlossen", rief er, „und Honoria verwaltet den Schlüssel." Da seine Augen erstaunlich klug und tiefsinnig blickten, als er seiner Schwester diese Auskunft gab, ist es wahrscheinlich, daß er für diese Anordnung großen Beifall erwartete; doch wie sehr war er enttäuscht, als sie mit der verächtlichsten Miene ausrief: „Wahrhaftig, Bruder, was sind Sie für ein Schwächling. Warum setzen Sie für die Behandlung meiner Nichte Ihr Vertrauen nicht in mich? Warum mischen Sie sich ein? Sie haben nun alles verdorben, was zustande zu bringen ich mir so angelegen sein ließ. Während ich mich bemühte, ihr die Grundsätze der Klugheit beizubringen, haben Sie sie so herausgefordert, daß sie diese nun zurückweist. Engländerinnen, Bruder, sind, dem Himmel sei Dank, keine Sklavinnen. Wir lassen uns nicht einsperren wie die spanischen und italienischen Frauen. Wir haben ebensogut ein Recht auf die Freiheit wie ihr. Man überzeugt uns allein durch Vernunftgründe und Zureden, doch regiert man uns nicht mit Gewalt. Ich habe die Welt gesehen, Bruder, und weiß, welche Schlußfolgerungen daraus zu ziehen sind; und wenn Ihre Torheit mich nicht gehindert hätte, würde ich sie dazu gebracht haben, ihr Betragen jenen Regeln der Klugheit und Besonnenheit anzupassen, die ich ihr ehedem zu Gemüt geführt habe." – „Selbstverständlich", sagte der Junker, „habe ich immer unrecht." – „Bruder", erwiderte die Lady, „Sie haben nicht unrecht, außer dann, wenn Sie sich mit Dingen befassen, von denen Sie nichts verstehen. Sie müssen zugeben, ich habe viel von der Welt gesehen; und für meine Nichte wäre es ein Glück gewesen, hätte man sie meiner Aufsicht nicht entzogen. Hier bei Ihnen zu Hause verfiel sie auf romantische Vorstellungen von der Liebe und solchem Unsinn." – „Ich hoffe, du glaubst doch nicht", rief der Junker, „daß ich ihr solches Zeug beigebracht habe." – „Ihre Unwissenheit, Bruder", erwiderte sie, „erdrosselt, wie der große Milton sagt, fast meine Geduld."* – „Zum Teufel mit Milton!" antwortete der Junker. „Hätte er die Frechheit, mir dies ins Gesicht zu sagen, ich wollt ihm eines verpassen, und wär er ein noch so großer Mann. Geduld! Und da Sie schon darauf kommen, Schwester, ich hab noch weit mehr Gelegenheit, mich in Geduld zu üben, da ich von dir wie ein erwachsener Schulbub behandelt werde. Glaubst du denn, daß niemand etwelchen Verstand besitzt, er sei denn am Hof gewesen? Pest! Die Welt muß ja in einen feinen Zustand geraten sein, wenn wir alle Narren sind, außer einem Dutzend Rundköpfe** oder Hannover-Ratten. Pest! Ich hoffe, die Zeit wird kommen, da wir sie zum Narren halten werden und ein jeder sich seines Besitzes freuen wird. Damit Punktum, Schwester; und jedermann wird sich seines Eigentums freuen. Ich hoffe es zu erleben, Schwester, eh die Hannover-Ratten unser ganzes Korn aufgefressen haben und uns weiße Rüben zur Nahrung hinterlassen." – „Ich verwahre mich, Bruder, das geht nun über meine Begriffe. Ihr Jargon von weißen Rüben und Hannover-Ratten ist mir völlig unverständlich." – „Ich glaub es wohl", schrie er, „daß dir nichts daran liegt, davon zu hören, doch das Interesse des Landes verlangt, mit all dem sich zu befassen." – „Ich wollte", erwiderte die Dame, „Sie dächten ein wenig mehr an das In-

* *Der Leser* würde *vielleicht* seine eigene Geduld erdrosseln, falls er sich einfallen ließe, bei Milton nach dieser Stelle zu suchen.

** Puritaner (Anmerkung des Übersetzers).

teresse Ihrer Tochter, denn glauben Sie mir, sie befindet sich in größerer Gefahr als die Nation." – „Soeben", sagte er, „hast du mich gescholten, weil ich an sie gedacht habe, und hast gewollt, daß ich sie dir überlasse." – „Und wenn Sie mir versprechen, nicht mehr dazwischenzutreten", antwortete sie, „so will ich aus Rücksicht auf meine Nichte die Aufgabe übernehmen." – „Nun gut, so tu's denn", sagte der Junker, „du weißt ja, ich war stets der Meinung, daß Frauen zur Behandlung von Frauen am geeignetsten sind."

Fräulein Western erhob sich, indem sie mit verächtlicher Miene etwas von Frauen und der Behandlung der Nation vor sich hinmurmelte. Sie begab sich sogleich in Sophias Zimmer, die nun, nach einem Tag der Gefangenschaft, aus ihrer Haft entlassen ward.

SIEBENTES BUCH

Umfaßt drei Tage.

1. KAPITEL

Eine Vergleichung der Welt mit der Bühne.

Die Welt ist schon oft mit dem Theater verglichen worden; und viele ernsthafte Schriftsteller sowohl wie die Dichter haben das Leben als ein großes Drama angesehen, das fast in jeder Einzelheit jenen szenischen Vorführungen gleichkomme, die, wie überliefert wird, Thespis zuerst erfunden haben soll und die seither unter so großem Beifall und zu solchem Entzücken in allen Ländern mit feinerer Bildung aufgenommen worden sind.

Dieser Gedanke ist so weit verbreitet und so sehr Gemeingut geworden, daß einige Bezeichnungen, die dem Theater eigen waren und die anfangs nur metaphorisch auf die Welt angewendet wurden, nun ohne Unterschied und buchstäblich für beide gebraucht werden. So sind die Worte Bühne und Szene durch den Gebrauch uns gleich vertraut geworden, wenn wir vom Leben im allgemeinen reden, wie wenn wir uns auf dramatische Vorführungen beschränken; und bei der Erwähnung von Geschäften hinter dem Vorhang wird uns eher der St.-James-Palast als das Drury-Lane-Theater in den Sinn kommen.

Leicht genug könnte es scheinen, allem dem Rechnung zu tragen, überlegt man, daß die Schaubühne des Theaters nicht mehr ist als eine Darstellung oder, wie Aristoteles sie nennt, eine Nachahmung dessen, was wirklich existiert; und darum dürften wir vielleicht nach Gebühr denjenigen hohes Lob zollen, die durch ihre Schriften oder ihre Darstellungskraft das Leben nachzuahmen vermochten, derart, daß die Bilder, die sie uns zeigen, mit den Vorbildern verwechselt oder für diese selbst genommen werden.

Doch in Wahrheit sind wir nicht geneigt, diesen Leuten Ehrungen zu erweisen, die wir, gleich Kindern, häufig nur wie ergötzliches Spielzeug behandeln; es macht uns mehr Spaß, sie auszuziehen und mit Schlägen zu traktieren, als ihre Trefflichkeit zu bewundern. Es gibt noch manche andere Gründe, die uns veranlaßt haben, zwischen der Welt und der Bühne diese Analogie aufzuzeigen.

Einige haben den größten Teil der Menschheit in der Beleuchtung von Schauspielern gesehen, da sie Charaktere darstellen, die nicht mehr ihre eigenen sind und auf die sie tatsächlich kein größeres Anrecht haben, als es der Schauspieler besitzt, im Ernst für den König oder Feldherrn, den er mimt, genommen zu werden. So könnte man vom Heuchler sagen, daß er ein Schauspieler sei; und wirklich bezeichneten die Griechen beide mit dem gleichen Namen.

Die Kürze des Lebens gab ebenso Anlaß zu diesem Vergleich. So der unsterbliche Shakespeare:

> ... das Leben ist ein armer Komödiant,
> Der tobt und prahlt ein Weilchen auf der Bühn
> Und wird nie mehr gehört ...

Für dieses abgedroschene Zitat möchte ich den Leser durch ein wahrhaft edles versöhnen, das, glaube ich, wenige gelesen haben. Es wurde einem Gedicht entnommen, das „Die Gottheit“ überschrieben ist, vor etwa neun Jahren veröffentlicht und seither längst in Vergessenheit begraben; ein Beweis dafür, daß gute Bücher, sowenig wie gute Menschen, die schlechten immer überleben.

> Aus Dir* entstehn des Menschen Taten all,
> Der Reiche Aufstieg und der Fürsten Fall!
> Sieh offen weit der Zeiten Schauplatz stehn,
> Und Held nach Held über die Szene gehn!
> In Pracht manch schimmernd Bild vorüberglänzt,
> Monarchen bluten, Führer stehn bekränzt!
> Die Rollen werden, vorbestimmt, gespielt,
> Der Stolz, die Süchte tun, was Du bezielt:
> Nur kurz erschimmern sie vor Tags Gesicht,
> Auf Deinen Wink dann sind sie aus dem Licht;
> Und keine Spur bleibt von der emsigen Schar,
> Nur daß Erinnerung sagt – das alles war!

In diesem ganzen und in jedem andern Vergleich des Lebens mit dem Theater wird die Ähnlichkeit jedoch immer nur von

* der Gottheit.

der Bühne her erfaßt. Niemand, soviel ich mich entsinne, hat die Zuschauerschaft dieses großen Dramas in Betracht gezogen.

Denn gleichwie die Natur oft einige ihrer trefflichsten Vorstellungen einem vollbesetzten Haus zum besten gibt, so wird das Betragen ihrer Zuschauer nicht weniger den oben erwähnten Vergleich zulassen als das ihrer Schauspieler. In diesem gewaltigen Theater der Zeit sitzen der Freund und der Kritiker; hier gibt es Klatschen und Schreien, Zischen und Grölen; kurz, alles, was man je im Königlichen Theater gesehen oder gehört hat.

Wir wollen dies an einem Beispiel untersuchen: an dem Betragen der großen Zuschauerschaft vor jener Szene, welche die Natur so gefällig war uns im zwölften Kapitel des vorausgegangenen Buches zu Gesicht zu bringen, wo sie Black George auftreten läßt, wie er sich mit den fünfhundert Pfund seines Freundes und Wohltäters davonmacht.

Diejenigen, die in den oberen Rängen der Welt saßen, behandelten diesen Vorfall, davon bin ich fest überzeugt, mit dem üblichen Geschrei; und jeder Ausdruck des pöbelhaften Unwillens wurde höchstwahrscheinlich bei diesem Anlaß laut.

Wären wir sodann in die nächste Zuschauerreihe hinabgestiegen, so würden wir den gleichen Grad der Entrüstung festgestellt haben, wenn auch weniger Lärm und rohe Witze; denn hier überantworteten gute Weiber Black George dem Teufel, und viele von ihnen erwarteten, der spalthufige Junker werde im nächsten Augenblick erscheinen, um sein Eigentum abzuholen.

Im Parterre wären, wie gewohnt, die Meinungen geteilt gewesen; solche, die sich am Anblick heldischer Tugenden und vollkommener Charaktere erbauen, würden sich dagegen auflehnen, daß man derartige Muster der Schurkerei vorführe, ohne daß man zur heilsamen Warnung die strengste Strafe an ihnen vollzogen sehe. Einige Freunde des Verfassers dieses Stückes würden rufen: „Schaut, ihr Herren, der Mann ist ein Halunke, doch bei all dem ist dies Natur.“ Und sämtliche jungen Kritiker des Tages, die Schreiber, Lehrlinge und so weiter, würden beigestimmt und zu brüllen angefangen haben.

Was die Inhaber der Logen betrifft, so würden sie sich mit der ihnen eigenen Höflichkeit verhalten haben. Die meisten von ihnen waren ja in Erwartung von etwas anderem hergekommen. Ein paar von den wenigen, die tatsächlich auf die Bühne schauten, erklärten, er sei ein sehr schlechter Mensch; andere wollten keine Meinung äußern, bevor sie die besten Kritiker vernommen hätten.

Wir nun, die hinter die Szenen dieses großen Theaters der Natur zugelassen werden (und kein Schriftsteller, der dieses Vorrecht nicht besitzt, sollte etwas anderes zusammenschreiben als Fibeln und Wörterbücher), können eine Handlung beurteilen, ohne die Person des Handelnden völlig zu verwerfen, welche die Natur vielleicht nicht dazu bestimmte, in allen ihren Dramen die Rolle des Bösewichts zu spielen. Darin nämlich gleicht das Leben genau der Bühne, daß hier wie dort ein und dieselbe Person den Schurken und den Helden spielt, und wer uns heute Bewunderung abnötigt, wird morgen verächtlich scheinen. Gleichwie Garrick, den ich im Tragischen für den größten Genius halte, den die Welt hervorgebracht hat, sich zuweilen dazu herabläßt, den Narren zu spielen, so taten auch Scipio der Große und Laelius der Weise, Horatius' Bericht nach, vor vielen Jahren; ja, Cicero überliefert, sie seien „unglaublich kindisch" gewesen. Diese freilich spielten den Narren, wie mein Freund Garrick, bloß zum Scherz; doch gar viele hervorragende Charaktere haben bei zahllosen Vorfällen in ihrem Leben den Narren mit so großartigem Ernst gespielt, daß sich darüber Zweifel erhoben, ob Weisheit oder Narrheit ihre vorherrschende Eigenschaft sei oder ob sie mehr Anspruch auf Bewunderung oder Verachtung, auf Liebe oder Haß der Menschheit hätten.

Jene Personen allerdings, die einmal die Zeit hinter der Szene dieses großen Theaters zugebracht haben und sich nicht allein in den verschiedenen Verkleidungen auskennen, die dort vorgenommen werden, sondern ebensowohl in dem phantastischen und launenhaften Gehabe der Leidenschaften, welche die Geschäftsleiter und Direktoren dieses Theaters sind (denn was Vernunft anbelangt, die Patentinhaberin, so ist sie als ein recht müßiges Geschöpf bekannt, das sich selten anstrengen mag) – solche Menschen könnten höchstwahrscheinlich zum Verständnis des berühmten *nil admirari* des Horaz gekommen sein, was auf deutsch bedeutet: Vor nichts mehr erstaunen.

Eine einzige schlechte Handlung macht im Leben keinen zu einem Schurken, ebensowenig wie eine einmalige schlechte Rolle auf der Bühne. Die Leidenschaften zwingen, wie die Schauspieldirektoren, ihren Leuten oft Rollen auf, ohne sie über ihre Meinung zu befragen und manchmal ohne Rücksicht auf ihre tatsächliche Begabung. So mag der Mensch sowohl wie der Schauspieler das, was er vollbringt, verurteilen; ja, häufig sieht man bestimmten Leuten das Laster so ungeschickt anhaften, wie sich etwa Jagos Charakter auf Herrn William Mills ehrlichem Gesicht ausnehmen würde.

Im ganzen also ist ein aufrichtiger und wirklich verständnisvoller Mensch nie zu schnellem Verurteilen bereit. Er mag eine Unvollkommenheit, selbst ein Laster rügen, ohne Zorn gegen den schuldigen Teil. Mit einem Wort: Es ist die gleiche Torheit, das gleiche kindische Wesen, die gleiche schlimme Natur, die all die Anklagen und Empörungen im Leben wie auf der Bühne hervorrufen. Die schlechtesten Menschen pflegen die Worte Schuft und Schurke am häufigsten im Mund zu führen, gleichwie die niedrigsten Bösewichter im Parterre die lautesten Schreier nach dem Gesetz sind.

2. Kapitel

Enthält eine Unterredung, die Herr Jones mit sich selber führt.

Jones erhielt frühmorgens seine Habseligkeiten durch Herrn Allworthy zugestellt, zusammen mit der folgenden Antwort auf seinen Brief:

Herr, ich bin von meinem Onkel beauftragt, Sie davon in Kenntnis zu setzen, daß, so wie er sich zu den Maßnahmen, die er Ihnen gegenüber ergriffen hat, erst nach der reiflichsten Überlegung und nach der endgültigen Überzeugung von Ihrer Unwürdigkeit entschloß, es niemals in Ihrer Macht stehen wird, seinen Entschluß im geringsten ins Wanken zu bringen. Er ist darüber höchst erstaunt, daß Sie sich herausnehmen zu sagen, Sie hätten auf alle Ansprüche auf eine junge Dame verzichtet, auf die Sie solche niemals haben konnten, da sie durch Geburt und Vermögen so unvergleichlich hoch über Ihnen steht. Endlich und zum Schluß habe ich den Auftrag, Ihnen zu sagen, der einzige Beweis Ihres Gehorsams, den mein Onkel gegenüber seinen Befehlen erwartet, sei der, daß Sie diese Gegend unverzüglich verlassen. Ich kann diesen Brief nicht schließen, ohne Ihnen meinen christlichen Rat zu geben, Sie möchten doch ernstlich darauf bedacht sein, Ihr sündhaftes Leben zu bessern.

Daß Ihnen die göttliche Gnade darin Beistand gewähre, das wird immer der Inhalt des Gebetes sein

Ihres ergebensten Dieners
Wl. Blifil

Viele widerstreitende Leidenschaften rief dieser Brief in unseres Helden Innern auf; doch am Ende siegten die zärtlichen über Zorn und Ärger. Strömende Tränen kamen ihm rechtzeitig zu Hilfe und verhüteten wahrscheinlich, daß sein Unglück ihm den Kopf verdrehte oder das Herz zersprengte.

Doch begann er sich dieses Heilmittels bald zu schämen. Aufspringend rief er: „Nun wohl! So geb ich Herrn Allworthy den einzigen Beweis, den er von meinem Gehorsam verlangt. Fort in diesem Augenblick – aber wohin? Je nun, mag das Glück mich lenken. Da sich kein anderer darum kümmert, was aus diesem elenden Menschen wird, so kann es mir ebenso gleichgültig sein. Sollte ich allein in der Welt auf etwas achthaben, darauf niemand . . . ha! habe ich aber nicht Ursache zu denken, es sei da noch jemand? Jemand, dessen Wert den ganzen Wert der Welt übertrifft! Ich darf, ich muß glauben, daß meiner Sophia mein Geschick nicht gleichgültig ist. Soll ich sie denn verlassen, diese einzige Freundin, und eine solche Freundin? Soll ich nicht bei ihr bleiben? Aber wo denn – wie könnte ich bei ihr bleiben? Besteht für mich eine Hoffnung, sie jemals wieder zu erblicken, wenn sie das auch so sehr wie ich ersehnte, ohne sie damit dem Zorn ihres Vaters auszuliefern? Und wozu das? Kann ich daran denken, ein so herrliches Geschöpf zu überreden, daß es in seinen eigenen Untergang einwillige? Soll ich um einen solchen Preis meiner Leidenschaft nachgeben? Soll ich mit diesem Vorhaben hier im Land herumschleichen wie ein Dieb? Nein, ich verachte das, verabscheue den bloßen Gedanken. Leb wohl, Sophia, Lieblichste, Geliebteste, lebe wohl!" Hier schloß ihm die Leidenschaft den Mund und nahm ihren Weg durch seine Augen.

Und jetzt, da er entschlossen war, die Gegend zu verlassen, begann er mit sich selbst zu ratschlagen, wohin er sich wenden solle. Die ganze Welt, wie Milton sagt, lag offen vor ihm, und sowenig wie Adam hatte Jones irgendeinen Menschen, an den er sich um Trost und Beistand hätte wenden können. Er hatte keine Bekannte, einzig die Bekanntschaft des Herrn Allworthy; und er hatte keine Ursache, sich von ihm die geringste Unterstützung zu versprechen, da dieser Herr ihm ja seine Gunst entzogen hatte. Männer von großzügiger und guter Gesinnung sollten doch sehr behutsam sein, wenn sie jemanden aus ihrem Schutz entlassen, denn die Folge für den verstoßenen Unglücklichen ist die, daß jedermann sich von ihm zurückzieht.

Was für eine Lebensweise er wählen, in welchem Geschäft er sich versuchen sollte, das war der zweite Gegenstand seiner Überlegung; und hier war die Aussicht öde und leer. Jeder Beruf, jeder kleine Handel erforderte seine gewisse Zeit und, was noch schlimmer war, Geld! Denn so ist es in der Welt eingerichtet. Es heißt in ihr: „Aus nichts wird nichts!" Ein Satz, gleich wahr im menschlichen Verkehr wie in der Physik; und jedermann, dem es gänzlich an Geld gebricht, ist durch diesen Umstand von allen Mitteln ausgeschlossen, es zu erwerben.

Aber schließlich öffnete das Weltmeer, dieser gastliche Freund der Unglücklichen, seine weiten Arme, um ihn zu empfangen, und er entschloß sich augenblicklich, dessen gütige Einladung anzunehmen. Um mich weniger bildlich auszudrücken: Er war bereit, zur See zu gehen.

Dieser Gedanke war ihm kaum gekommen, als er ihn auch schon innig festhielt; er mietete sogleich Pferde und begab sich auf den Weg nach Bristol, um ihn zur Ausführung zu bringen.

Doch bevor wir ihn auf dieser Reise begleiten, wollen wir ein wenig in Herrn Westerns Haus wieder einkehren und dort sehen, wie es der reizenden Sophia weiter ging.

3. Kapitel

Enthält mehrere Unterredungen.

An dem Morgen, an dem Jones abreiste, ließ Fräulein Western Sophia in ihr Wohnzimmer rufen; und nachdem sie ihr bekanntgemacht, daß sie von ihrem Vater ihre Freiheit erwirkt habe, ging sie dazu über, ihr einen langen Vortrag über das Wesen des Ehestandes zu halten. Sie behandelte den Gegenstand nicht wie ein romantisches Phantom der Glückseligkeit, das, nach den Aussagen der Dichter, die Liebe gewähre; auch nannte sie keinen jener Zwecke, zu denen, wie die Geistlichen uns berichten, sie von der göttlichen Vorsehung eingesetzt worden ist. Sie betrachtete sie vielmehr als eine Leibrentenlotterie, in der kluge Frauen am vorteilhaftesten ihr Vermögen anlegen mit dem Ziel, größere Zinsen zu erhalten, als sie sonst irgendwie erlangen könnten.

Als Fräulein Western die Rede beendet hatte, antwortete Sophia, sie fühle sich außerstande, einer Dame von ihrer Tante überlegenen Kenntnissen und Erfahrungen mit Gegengründen zu erwidern, zumal über einen Gegenstand, den sie sich bis dahin so wenig überlegt habe wie die Ehe.

„Mir Gegengründe? Kind!“ versetzte die andere, „wirklich, ich erwartete keine. Ich müßte wahrlich viel weniger von der Welt gesehen haben, wenn ich mir die Gegengründe eines Mädchens von deinem Alter anhören sollte. Ich habe diese Mühe auf mich genommen, um dich zu unterrichten. Die alten Philosophen, Sokrates, Alkibiades und andere, hatten auch nicht die Gewohnheit, sich mit ihren Schülern in Redekämpfe einzulassen. Du mußt in mir einen Sokrates sehen, Kind, der dich nicht nach deiner Meinung fragt, der dir nur sagt, welches die seine ist.“ Nach diesen letzten Worten wird der Leser vielleicht denken, daß die Dame ebensowenig von der Philosophie des Sokrates wie von der des Alkibiades gelesen hatte; und freilich sind wir nicht imstande, diese Zweifelsfrage für ihn zu lösen.

„Madam“, erwiderte Sophia, „ich habe mir nie angemaßt, irgendeiner Ihrer Meinungen entgegenzutreten, und wie gesagt, habe ich über diese Dinge niemals nachgedacht, und ich werde das vielleicht auch niemals tun.“

„Wirklich, meine Sophia!“ versetzte die Tante, „diese Verstellung mir gegenüber ist sehr töricht. Ebenso leicht würden die Franzosen mich überreden, daß sie fremde Städte einnehmen, bloß um so ihr eigenes Land zu verteidigen, als du mich glauben machen kannst, du hättest noch niemals ernstlich über den Ehestand nachgedacht. Wie kannst du, Kind, dich so gebärden und leugnen, daß du je daran gedacht hast, eine Verbindung einzugehen, wo du doch so gut weißt, daß mir die Partie, an die du dich hingeben möchtest, bekannt ist? Eine Verbindung, so unnatürlich und so gegen deine Interessen, wie das ein Sonderabkommen der Franzosen mit den Holländern sein müßte! Jedoch wenn du diese Dinge bisher noch nicht erwogen hast, so versichere ich dir, es ist dazu nun hoch an der Zeit; denn mein Bruder ist entschlossen, den Vertrag mit Junker Blifil unverzüglich abzuschließen, und ich bin in dieser Angelegenheit eine Art Bürge, und ich habe deine Mitwirkung versprochen.“

„Nun, ganz gewiß, Madam“, rief Sophia, „dies ist das einzige, worin ich sowohl Ihnen wie auch meinem Vater ungehorsam sein muß. Denn dies ist eine Verbindung, die auszuschlagen mich sehr wenig Überlegung kostet.“

„Wäre ich nicht ein so großer Philosoph wie Sokrates selbst“, erwiderte Fräulein Western, „so vermöchtest du wohl meine Geduld zu besiegen! Was könntest du wohl gegen diesen jungen Hernn einzuwenden haben?“

„Sehr Triftiges, meiner Meinung nach“, sagte Sophia, „ich hasse ihn.“

„Wirst du denn niemals den richtigen Gebrauch der Wörter lernen?“ begann jetzt die Tante. „Wahrhaftig, Kind, du solltest Baileys Wörterbuch zu Rate ziehen. Du kannst unmöglich einen Mann hassen, der dir keine Beleidigung zugefügt hat. Mit ‚hassen‘ willst du somit nichts weiter sagen als nicht lieben; das ist kein zureichender Einwand gegen eine Heirat. Ich habe manches Ehepaar gekannt, das sich durchaus nicht liebte, und doch führten die beiden ein ganz angenehmes und höfliches Leben miteinander. Glaube mir, Kind, ich verstehe diese Dinge besser als du. Du wirst mir zugestehen, hoffe ich, daß ich die Welt gesehen habe; ich habe nicht eine einzige Bekannte, die es nicht vorzöge, daß man von ihr dächte, sie könne ihren Mann nicht leiden, als daß sie ihn liebhätte. Das Gegenteil ist ein so altmodischer, romantischer Unsinn; beim bloßen Gedanken daran kann einem übel werden.“

„Ganz gewiß, Madam“, entgegnete Sophia, „ich werde nie einen Mann heiraten, den ich nicht leiden kann. Wenn ich meinem Vater verspreche, nie in eine Heirat einzuwilligen, die seiner Neigung zuwider ist, so glaube ich, darf ich hoffen, er werde mich niemals zu einer Verbindung zwingen, die so sehr gegen meine Neigung ginge.“

„Neigung!“ rief die Tante, ein wenig erhitzt. „Neigung! Ich staune über deine Dreistigkeit. Eine junge Dame in deinem Alter, dazu unverheiratet, kann von Neigung sprechen? Doch wohin nun deine Neigungen gehen – mein Bruder ist entschlossen; und da du von Neigungen sprichst, werde ich ihm raten, sich mit dem Vertrag zu beeilen. Neigungen!“

Da warf sich Sophia auf ihre Knie, und Tränen begannen ihr aus den glänzenden Augen zu rinnen. Sie beschwor ihre Tante, sie möchte sich doch ihrer erbarmen und ihre Abneigung nicht so grausam bestrafen, daß sie sie völlig elend machte; und immer wieder gab sie ihr zu bedenken, daß hier nur ihr eigenes Glück in Frage stehe.

So wie ein Gerichtsbüttel, wenn er kraft seines Verhaftungsbefehls sich der Person eines unglücklichen Schuldners bemächtigt hat, all dessen Tränen keine Beachtung schenkt; vergeblich versucht der Ärmste sein Mitleid zu erwecken, umsonst wird er auf sein zartes Weib, das des Gatten beraubt würde, auf seinen stammelnden kleinen Buben, auf das erschrockene Mädchen hinweisen, um ihn milder zu stimmen. Der erhabene Tölpel, blind und taub gegenüber solchen Elendsverhältnissen, setzt sich über alle Anwandlungen zur Menschlichkeit stolz hinweg, entschlossen, seine armselige Beute den Händen des Kerkermeisters zu überliefern.

Nicht weniger blind für die Tränen, taub für alles Flehen Sophias war die politische Tante, nicht weniger entschlossen, das zitternde Mädchen den Armen des Kerkermeisters Blifil zu übergeben. Sie antwortete mit großer Heftigkeit: „Was auf das Fräulein allein ankommt, so ist das, was es selbst betrifft, das geringste, oder doch gewiß nicht sehr wichtig. Bei dieser Verbindung kommt es auf die Ehre deiner Familie an; du bist hier nur das Werkzeug. Glaubt das Fräulein, daß bei einer Heiratsverbindung zwischen Königreichen, wenn zum Beispiel eine Tochter Frankreichs nach Spanien verheiratet wird, auf die Prinzessin überhaupt Rücksicht genommen wird? Nein! Das ist weit mehr die Heirat zweier Königreiche als die zweier Personen. Gleich verhält es sich in so bedeutenden Familien wie der unsern. Dir sollte die Ehre deiner Familie mehr gelten als der Wunsch deiner eigenen Person; und vermag das Beispiel einer Prinzessin nicht diese edle Gesinnung in dir hervorzurufen, so wirst du dich doch sicherlich nicht beklagen können, schlimmer als sämtliche Prinzessinnen behandelt worden zu sein.“

„Ich hoffe, beste Tante“, erwiderte Sophia mit leicht erhobener Stimme, „ich werde niemals etwas tun, was meiner Familie zur Unehre gereicht; was aber Herrn Blifil anbelangt, so steht mein Entschluß, welches auch die Folgen sein mögen, unerschütterlich fest, und keine Gewalt soll mich dazu zwingen, mich für ihn zu erklären!“

Western, der den größern Teil des obigen Gesprächs aus einiger Entfernung mit angehört hatte, war mit seiner Geduld am Ende; er kam also in heftiger Erregung ins Zimmer gestürzt und schrie: „Hol der Teufel mich, wenn du 'n nicht haben sollst. Teufel, wenn nicht! Damit Schluß! Schluß!"

Tante Western hatte einen gehörigen Grimm in sich angesammelt, um ihn gegen Sophia loszulassen, aber jetzt übertrug sie das alles ohne Rücksicht auf den Junker. „Bruder", sagte sie „es ist erstaunlich, daß Sie sich in eine Angelegenheit einmischen wollen, die Sie völlig mir zur Behandlung überlassen haben. Rücksicht auf meine Familie hieß mich dieses Vermittleramt auf mich nehmen, mit dem Wunsch, jene politischen Fehler zu berichtigen, die Sie bei der Erziehung Ihrer Tochter begangen haben. Denn, Bruder, Sie sind's – es ist Ihr abgeschmacktes Benehmen, das alle Keime, die ich vordem in ihr zartes Gemüt gesenkt, in der Wurzel zerstört hat. Sie selbst haben ihr den Ungehorsam beigebracht." – „Gotts Blut!" schrie der Junker, und sein Mund begann zu schäumen, „du kannst warhaftig des Teufels Geduld erschöpfen! Habe ich je meine Tochter gelehrt, ungehorsam zu sein? Hier steht sie; sag ehrlich, Mädchen, ob ich dir je den Ungehorsam gegen mich gebot? Habe ich nicht alles getan, dir Freude zu bereiten und dich froh zu stimmen und dich mir folgsam zu machen? Und sie gehorchte mir sehr wohl als kleines Kind, eh du sie in die Hand nahmst und verdarbst und ihren Kopf mit einem Haufen von höfischem Zeug anfülltest. Ja, ja, ja, hab ich dich nicht dabei ertappt, als du ihr sagtest, sie müsse sich wie eine Prinzessin gebärden? Du hast aus dem Mädchen eine Liberale gemacht; und wie könnte da ihr Vater oder sonst jemand Gehorsam von ihr erwarten?" –

„Bruder", antwortete Fräulein Western mit dem Ausdruck der Verachtung, „ich kann nicht sagen, wie groß meine Geringschätzung ist für Ihre gesamte Politik; doch will ich mich nun gleicherweise an die junge Dame selber wenden und sie fragen, ob ich ihr je Ungehorsam im geringsten anempfahl. Habe ich nicht im Gegenteil, Nichte, versucht, in dir den rechten Sinn für die verschiedenen Beziehungen zu pflegen, inmitten derer ein menschliches Geschöpf in der Gesellschaft sich bewegt? Habe ich mir nicht unendliche Mühe gegeben, dir zu zeigen, daß das Gesetz der Natur den Kindern ihren Eltern gegenüber eine Verpflichtung auferlegt hat? Habe ich dir nicht gesagt, wie sich Plato über diesen Gegenstand geäußert hat – einen Gegenstand, über den du so völlig unwissend warst, als du zuerst unter meine Aufsicht kamst, daß ich wirklich glaube, du hattest von dem Verhältnis zwischen einer Tochter und einem

Vater keine Ahnung." – „Das ist gelogen", entgegnete Western. „Das Mädchen ist nicht so albern, bis zum elften Jahre zu leben, ohne zu wissen, daß ihr Vater ihr Verwandter war." – „Oh, das ist mehr als barbarische Unwissenheit", antwortete die Lady. „Und was Ihre Manieren betrifft, Bruder, so muß ich sagen, Sie verdienten dafür den Stock." – „So. Ja, dann gib mir ihn doch, wenn du dich dazu imstande glaubst", rief der Junker; „ja, ich denke, deine Nichte dort ist ganz bereit, dir dabei zu helfen." – „Bruder", sagte Fräulein Western, „wenn ich Sie auch ganz unsäglich verachte, so werde ich doch Ihre Unverschämtheit nicht länger ertragen; ich wünsche also, daß man mir augenblicklich meine Kutsche bereitstellt, denn ich bin entschlossen, Ihr Haus diesen Morgen noch zu verlassen." – „Ein Glück, dich los zu sein", erwiderte er; „ich kann nun deine Unverschämtheit nicht mehr ertragen, weil du darauf kommst. Gotts Blut! Es wär an sich schon genug, daß du mich vor den Ohren meiner Tochter als verstandesschwach erklärst, da sie jeden Augenblick vernehmen muß, daß du mich verachtest." – „Unmöglich, es ist ganz unmöglich", rief die Tante; „niemals kann man einen solchen Eber zu gering einschätzen." – „Eber", antwortete der Junker, „ich bin kein Eber; nein, und auch kein Esel – nein, und auch keine Ratte, Madam. Merken Sie sich's – ich bin keine Ratte. Ich bin ein richtiger Engländer und nicht von jener hannoverschen Brut, die die Nation aufgefressen hat." – „Sie sind einer von jenen Neunmalweisen", rief sie, „deren unsinnige Prinzipien die Nation zugrunde gerichtet haben, indem sie die Hand der Regierung im Lande lähmten, unsere Freunde entmutigten und unsere Feinde im Ausland zuversichtlich machten." – „Ha! Kommst du auf deine Politik zurück?" rief der Junker. „Was die angeht, so verachte ich sie ebenso sehr, wie einen F . . ." Diese letzten Worte begleitete und schmückte er mit der Tat, die von allen hiezu die geeignetste war. Und ob es nun dieses Wort war oder die Verachtung ihrer Politik, die Fräulein Western am tiefsten verletzte, das will ich nicht entscheiden, doch verfiel sie in die allerheftigste Wut, gebrauchte Worte, die hier zu wiederholen nicht schicklich wäre, und sauste augenblicklich aus dem Hause. Doch dachten weder ihr Bruder noch ihre Nichte daran, sie davon zurückzuhalten oder ihr zu folgen. Die eine war zu sehr von ihrem Kummer beherrscht, der andere von seinem Zorn, und beide waren dadurch beinahe unfähig, sich zu rühren.

Der Junker indessen schickte seiner Schwester dasselbe Holla nach, das den fliehenden Hasen zu begleiten pflegt, gleich anfangs, nachdem er von den Hunden aufgescheucht worden ist. Er war tatsächlich ein großer Meister in dieser Art des Geschreis und hatte ein besonderes Holla fast für jeden Vorfall im Leben bereit.

Frauen, die gleich Fräulein Western die Welt kennen und die sich dem Studium der Philosophie und Politik hingegeben haben, hätten Herrn Westerns gegenwärtige Gemütsverfassung benützt und ihm auf Kosten seiner abwesenden Gegnerin ein paar kunstvolle Komplimente über seinen tüchtigen Verstand gemacht, doch die arme Sophia war die Einfachheit selbst. Wir beabsichtigen mit diesem Wort keineswegs, dem Leser zu verstehen zu geben, sie sei einfältig, was gewöhnlich für gleichbedeutend mit einfach gilt; denn sie war tatsächlich ein überaus klarblickendes Mädchen und von vorzüglicher Auffassungsgabe; doch ermangelte sie gänzlich jener nützlichen ränkevollen Verschlagenheit, durch die Frauen im Leben so viele Vorteile erlangen und die, da sie mehr dem Herzen als dem Kopf entstammt, oft die Eigenschaft einer höchst albernen weiblichen Person ist.

4. Kapitel

Bildnis einer ländlichen Edeldame, nach dem Leben gemalt.

Als Herr Western sein Holla beendet hatte und ein wenig zu Atem gekommen war, begann er in schmerzlichen Worten das unglückliche Los jener Männer zu beklagen, die, sagte er, „beständig von Launen des einen oder andern verdammten Weibchens gepeitscht werden. Ich glaube, mit deiner Mutter hatte ich's, als Mann, schwer genug, doch nachdem ich vor ihr endlich Ruhe gefunden habe, ist da ein anderes Weibsen, das mir auf die Fersen tritt. Verflucht sei meine Haut, wenn irgendeine mich auf die Art kleinkriegt!“

Sophia hatte bis zu dieser unseligen Angelegenheit mit Blifil noch nie einen Streit mit ihrem Vater gehabt, außer wenn sie ihre Mutter verteidigen mußte, die sie zärtlich geliebt, aber schon in ihrem elften Lebensjahr verloren hatte. Der Junker, dem diese arme Frau während der ganzen Zeit ihrer Ehe wie eine treue erste Hausmagd gedient hatte, lohnte ihr dieses

Betragen, indem er für sie das war, was die Welt einen guten Gatten nennt. Er bedachte sie sehr selten mit Flüchen (vielleicht in der Woche nicht mehr als einmal) und schlug sie nie. Sie hatte nicht den geringsten Grund zur Eifersucht und war vollkommen Herrin ihrer Zeit, denn ihr Mann unterbrach sie niemals in ihren Geschäften, da er sich den ganzen Vormittag im Freien tummelte und den ganzen Abend mit seinen Zechgenossen hinbrachte. Sie sah ihn wirklich kaum, außer bei den Mahlzeiten; dann hatte sie das Vergnügen, die Gerichte zu zerlegen, deren Zubereitung sie vorher überwacht hatte. Von diesen Mahlzeiten zog sie sich etwa fünf Minuten nach der übrigen Dienerschaft zurück; geblieben war sie so lange nur, um ihm zuzutrinken. So war es, wie es schien, Herrn Westerns Befehl, denn es gehörte zu seinen Grundsätzen, daß die Frauen mit der ersten Schüssel hereinkommen und nach dem ersten Glase wieder gehen sollten. Diesem Befehl zu gehorchen war vielleicht keine so harte Aufgabe; denn die Unterhaltung (wenn man das so nennen kann) war selten so, daß eine Dame etwas davon haben konnte. Sie bestand hauptsächlich aus Schreien, Singen, Erzählungen von Jagdabenteuern, Zweideutigkeiten und dem Geschimpfe auf die Frauen und auf die Regierung.

Das waren indessen die einzigen Zeiten, da seine Frau Herrn Western vor die Augen kam; denn wenn er sich zu ihrem Bett begab, war er gewöhnlich so betrunken, daß er nichts mehr sehen konnte; und in der Jagdsaison erhob er sich stets vor Tagesanbruch. Also war sie vollkommen Herrin ihrer Zeit und hatte außerdem meist einen Vierspänner zu ihrer Verfügung; freilich war ihr unglücklicherweise, bei der schlimmen Beschaffenheit der Nachbarschaft und der Straßen, dieser Umstand von geringem Nutzen. Denn keiner, der seinen Nacken werthielt, mochte diese Wege befahren, und keiner, dem seine Zeit ein wenig lieb war, dachte daran, den andern zu besuchen. Doch um dem Leser ehrlich die Wahrheit zu sagen; besonders erkenntlich zeigte sie sich für so großes Gewährenlassen nicht; sie war gegen ihren Willen durch einen liebevollen Vater eher zu ihrem Vorteil verheiratet worden, denn des Junkers Besitztum warf im Jahr gegen dreitausend Pfund ab; ihr Vermögen jedoch betrug nicht mehr als achttausend Pfund. Daraus mochte sich etwas Mürrisches in ihrem Wesen ergeben haben, denn sie war weit mehr eine gute Dienerin als Ehefrau; auch war sie nicht immer dankbar genug gestimmt, die überaus lärmende Fröhlichkeit, mit der ihr Gatte sie empfing, entsprechend oder auch nur mit einem gutmütigen Lächeln zu erwidern. Sie pflegte sich außerdem zuweilen in Dinge zu mischen, die sie nichts angingen, wie das starke Zechen ihres Gatten, gegen das sie, mit den schonendsten Worten bei den wenigen Gelegenheiten, die er ihr dazu bot, Einspruch zu erheben versuchte. Und ein einziges Mal in ihrem Leben legte sie ihm ernstlich nahe, sie für zwei Monate nach London zu bringen, was er ihr schroff abschlug; ja, sogar später noch zürnte er seiner Frau ob solchen Ansinnens, fest davon überzeugt, daß sämtliche Ehemänner in London Gehörnte seien.

Aus diesem letzten, aber auch noch aus manch anderm guten Grunde empfand Western schließlich einen aufrichtigen Haß gegen seine Frau. Und gleichwie er vor ihrem Tode aus diesem Haß kein Hehl machte, so vergaß er ihn später nie; und wenn irgend etwas ihn im geringsten verdroß, eine verlorene Fährte oder ein Fall von Staupe unter seinen Hunden oder ähnliches Mißgeschick, machte er jedesmal seiner Verstimmung in Verwünschungen gegen die Verstorbene Luft; er sagte: „Wenn meine Frau noch lebte, sie würde sich darüber freuen."

Mit derlei Beschimpfungen legte er absichtlich in Sophias Gegenwart los; denn da er sie liebte wie niemanden sonst, war er tatsächlich eifersüchtig, daß sie ihre Mutter mehr geliebt habe als ihn. Sophia versäumte bei solchem Anlaß kaum je, diese Eifersucht noch zu steigern, denn er war nicht zufrieden damit, daß er ihr Ohr durch die Beschimpfungen ihrer Mutter verletzte, er versuchte auch, ihr die ausdrückliche Billigung dieser Kränkungen abzupressen; doch durch kein Versprechen und keine Drohung vermochte er sie dazu zu überreden.

Einige von meinen Lesern werden sich darum vielleicht verwundern, daß der Junker Sophia nicht im gleichen Maße haßte, wie er ihre Mutter gehaßt hatte; diesen muß ich sagen, daß Haß keine Auswirkung der Liebe ist, nicht einmal durch das Medium der Eifersucht. Eifersüchtigen Personen ist es sehr wohl möglich, den Gegenstand ihrer Eifersucht zu töten, doch nicht, ihn zu hassen. Da dieses Gefühl ein ziemlich harter Brocken ist und einigermaßen paradox erscheint, lassen wir am Schluß des Kapitels den Leser daran kauen.

5. Kapitel

Sophias edelmütiges Betragen gegenüber ihrer Tante.

Während der oben mitgeteilten Rede ihres Vaters bewahrte Sophia Schweigen, nur daß sie einmal mit einem Seufzer darauf antwortete. Da er jedoch nichts von der Sprache oder, wie er sich ausdrückte, dem Jargon der Augen verstand, so verlangte ihn nach einer weiteren Bildung seiner Gefühle, die er nun von seiner Tochter forderte. Er sagte in seiner üblichen Art, er nehme an, sie sei bereit, jedermanns Partei gegen ihn zu ergreifen, wie sie das jederzeit im Falle ihrer Mutter, dieser Langweilerin, getan habe. Als Sophia noch immer schwieg, schrie er: „Was denn, bist du taub? Warum sagst nichts? War deine Mutter für mich nicht die Langeweile selbst? Antworte mir darauf. Wie? Ich glaube, du verachtest deinen Vater ebenso, hältst ihn nicht für gut genug, mit ihm zu reden?"

„Um Gottes willen, Herr", antwortete Sophia, „geben Sie meinem Schweigen nicht diese grausame Deutung. Ich möchte wahrhaftig lieber sterben, als in irgend etwas der Unehrerbietigkeit gegen Sie schuldig werden; aber wie kann ich zu reden wagen, wenn jedes Wort entweder meinen lieben Vater beleidigen oder mich der schwärzesten Undankbarkeit sowohl wie der Pietätlosigkeit gegen das Andenken der besten aller Mütter bezichtigen müßte? Denn das ist nach meiner Überzeugung meine Mama immer für mich gewesen."

„Und deine Tante ist vermutlich die beste aller Schwestern!" versetzte der Junker. „Willst du so gut sein und zugeben, daß sie eine Schwätzerin ist? Darauf werde ich doch wohl bestehen dürfen?"

„Gewiß, Herr, bin ich meiner Tante sehr verpflichtet", sagte Sophia, „sie ist für mich eine zweite Mutter gewesen."

„Und für mich eine zweite Frau", erwiderte Western; „also ergreifst du auch ihre Partei! Du willst nicht bekennen, daß sie die Rolle der übelsten Schwester in der Welt gespielt hat?"

„Auf mein Wort, Herr", rief Sophia, „ich müßte mein Herz schändlich belügen, wenn ich das täte. Ich weiß, Sie und meine Tante gehen in ihrer Denkart weit auseinander, doch tausendmal habe ich sie mit der größten Zärtlichkeit von Ihnen reden hören; und ich bin dessen gewiß: Weit entfernt davon, die schlimmste Schwester in der Welt zu sein, liebt sie ihren Bruder so wie wenig andere."

„Der Rede kurzer Sinn ist", erwiderte der Junker, „daß ich im Unrecht bin. Aber gewiß! Aber sicherlich, die Frau hat recht und der Mann immer unrecht."

„Verzeihung, Herr", rief Sophia, „das sage ich nicht."

„Was sagst du nicht? Du hast die Frechheit zu behaupten, sie sei im Recht; folgt daraus nicht ganz natürlich, daß ich unrecht habe? Und vielleicht habe ich unrecht, so eine presbyterianische hannoversche Schwatzbase im Haus zu dulden. Es wär ihr zuzutrauen, daß sie mich irgendeines Komplotts anklagte und mein Besitztum der Regierung überantwortete."

„So wenig wird sie gegen Ihre Ehre oder Ihren Besitz etwas unternehmen, Herr, daß ich vielmehr gewiß bin, wäre meine Tante gestern gestorben, so würde sie ihr ganzes Vermögen Ihnen hinterlassen haben."

Ob Sophia dies nun beabsichtigt hatte oder nicht, das mit Sicherheit festzustellen maße ich mir nicht an; aber gewiß ist, diese letzten Worte drangen ihrem Vater tief ins Ohr und erzielten eine stärkere Wirkung als alles, was sie zuvor geäußert hatte. Bei ihrem Laut war es, als hätte eine Kugel seinen Kopf getroffen. Er fuhr auf, taumelte und wurde bleich; hierauf verhielt er sich wohl eine Minute völlig ruhig, und dann begann er zögernd zu reden: „Gestern! Sie würde mir gestern ihr Vermögen hinterlassen haben! Hätte sie das? Warum von allen Tagen im Jahr gerade gestern? Ich denke, wenn sie morgen stirbt, so wird sie's einem andern hinterlassen, der vielleicht nicht zur Familie gehört." – „Meine Tante, Sir", rief Sophia, „ist sehr leidenschaftlich, und ich kann nicht sagen, was sie unter dem Einfluß ihrer Leidenschaft tun würde."

„Das kannst du nicht!" erwiderte der Vater, „und bitte, was hat sie in diesen leidenschaftlichen Zustand gebracht? Ja, was war die Ursache davon? Warst nicht du und sie, wart ihr nicht heftig aneinandergeraten, ehe ich hier ins Zimmer kam? Und dann, drehte sich nicht unser Gezänk allein um dich? Ich habe mich seit Jahren mit der Schwester nie gezankt, wenn nicht deinetwegen; und jetzt willst du die ganze Schuld mir zuschieben, als sei ich der Grund, daß sie ihren Besitz einem außerhalb der Familie vermachen will. Ich konnte freilich Besseres nicht erwarten; damit vergiltst du, scheint es, alle meine Güte und Liebe."

„Ich bitte Sie", rief Sophia, „auf den Knien bitte ich Sie, wenn ich die unglückliche Veranlassung dieses Streites gewesen bin, versuchen Sie, mit meiner Tante ins reine zu kommen und zu verhindern, daß sie unser Haus in diesem wilden Zorn verläßt. Sie ist im Grund ja eine so gutherzige Frau; einige wenige freundliche Worte werden sie versöhnen. Ich flehe Sie an, Herr."

„Ich soll also um Verzeihung für deinen Fehler bitten, wie?" antwortere Western. „Du hast den Hasen verloren, und ich muß alle Wege laufen, um ihn wiederzufinden? Nun allerdings, wäre ich gewiß . . .!" Hier brach er ab, und Sophia verlegte sich wiederum aufs Bitten, und schließlich gelang es ihr, ihn zu überreden; nach zwei oder drei bitter sarkastischen Bemerkungen machte er sich in der größten Eile davon, um seine Schwester noch einzuholen, bevor ihre Kutsche bereitgestellt wäre.

Sophia aber kehrte in ihr Trauergemach zurück, wo sie sich (wenn ich den Ausdruck gebrauchen darf) dem vollen Genusse ihres zärtlichen Kummers überließ. Sie las den Brief, den sie von Jones erhalten hatte, mehr als einmal wieder durch; auch ihr Muff wurde bei dieser Gelegenheit gebraucht, und sie badete beides, wie auch ihr Gesicht, in ihren Tränen. In dieser Lage wandte die freundliche Jungfer Honoria alle ihre Fähigkeiten auf, um ihre betrübte Herrin zu trösten. Sie zählte die Namen einer ganzen Reihe junger Leute her; und nachdem sie des einzelnen Person und Anlage höchlich gerühmt, versicherte sie, daß Sophia die Wahl eines jeden von ihnen freistehe. Diese Methode mußte bestimmt in ähnlichen verworrenen Zuständen schon mit Erfolg angewandt worden sein, sonst würde eine so geschickte Sachverständige wie Jungfer Honoria nicht zu diesem Mittel gegriffen haben; ja, ich habe gehört, das Kollegium der Zimmermädchen erachte es für eines der allerwirksamsten in der Hausapotheke. Doch ob nun Sophias Krankheit innerlich von solchen Fällen, mit denen sie in den äußern Anzeichen übereinstimmte, abwich, das vermöchte ich nicht zu sagen; tatsächlich erreichte die gute Krankenwärterin damit mehr Schlimmes als Gutes und erzürnte (was nicht so leicht zu erreichen war) ihre Herrin in solchem Grade, daß sie von dieser mit einem ärgerlichen Wort hinausgeschickt wurde.

6. Kapitel

Enthält vieles und Mannigfaltiges.

Der Junker holte seine Schwester gerade in dem Augenblick ein, als sie ihren Wagen besteigen wollte, und halb durch Bitten und halb mit Gewalt gelang es ihm, sie zu bewegen, daß sie ihre Pferde in den Stall zurückführen ließ. Das war für ihn keine gar schwierige Aufgabe gewesen, denn wie bereits angedeutet, war die Dame im Grunde friedfertigen Gemütes, und sie liebte ihren Bruder sehr, wiewohl sie seine Ansichten oder vielmehr seine geringe Weltkenntnis verachtete.

Die arme Sophia, die eben erst diese Versöhnung zustande gebracht hatte, wurde nun deren Opfer, denn beide vereinigten sich im Tadeln ihres Verhaltens. Gemeinsam erklärten sie ihr den Krieg und beratschlagten augenblicklich, wie sie ihn am nachhaltigsten gegen sie führen könnten. In dieser Absicht schlug Fräulein Western vor, nicht allein den Vertrag mit Herrn Allworthy schnellstens abzuschließen, sondern ihn ebenso ungesäumt zur Ausführung zu bringen; sie sagte, es gebe nur ein Mittel, das bei ihrer Nichte verfange: Gewalt, denn sich dieser zu widersetzen, dazu besitze nach ihrer Überzeugung Sophia nicht die nötige Entschlossenheit. „Unter Gewalt“, sagte sie, „verstehe ich schleunige Maßnahmen; denn an Gefangenschaft oder Gewalt im wörtlichen Sinne dürfen wir nicht denken oder zu ihr Zuflucht nehmen. Unser Plan muß sich auf eine Überrumpelung richten, nicht auf einen Sturm.“

Solches war also beschlossen worden, als Herr Blifil erschien, um seiner Braut einen Besuch abzustatten. Sobald der Junker Western von seiner Ankunft vernahm, machte er sich nach dem Rat seiner Schwester auf zu seiner Tochter, um ihr den Befehl zu geben, daß sie ihren Liebhaber auf schickliche Weise empfange; er tat das unter den grimmigsten Flüchen und Androhungen der schlimmsten Strafen für den Fall, daß sie sich weigern sollte.

Die Heftigkeit des Junkers überrannte alle Hindernisse; wie ihre Tante weislich vorausgesehen hatte, vermochte Sophia diesem Ansturm nicht zu widerstehen. So willigte sie denn ein, Blifil zu empfangen, obgleich sie kaum so viel Kraft und Atem besaß, ihre Zustimmung auszusprechen. Es war ja auch wirklich nicht leicht, einem Vater, den sie zärtlich liebte, eine abschlägige Antwort zu geben. Wäre dieser Umstand nicht im Spiel gewesen, sie hätte vielleicht weit weniger Entschlossenheit bedurft, als sie davon besaß; doch so ungewöhnlich ist es nicht, daß man Handlungen einzig der Furcht zuschreibt, die zu einem großen Teil durch Liebe bestimmt werden.

Ihres Vaters entschiedenen Befehlen gehorsam, nahm nun Sophia den Besuch Herrn Blifils an. Auftritte wie dieser, breit ausgemalt, bieten, wie wir bemerkt hatten, dem Leser wenig Unterhaltendes. Darum halten wir uns hier strikt an eine Regel des Horaz, welche die Schriftsteller anweist, alle die Dinge zu übergehen, die sie nicht in einem glänzenden Licht zu zeigen hoffen können, eine Regel, so denken wir, von bestem Nutzen für die Geschichtsschreiber sowohl wie auch für den Dichter; und wenn man sie befolgt, wird sie wenigstens die eine gute Wirkung haben, daß manches große Übel (denn so könnte man die dicken Bücher nennen) zu einem kleineren würde.

Es ist möglich, daß die große Kunst, die Blifil bei diesem Besuch aufwandte, Sophia dazu hätte bringen können, einen andern Mann in seiner Lage zu ihrem Vertrauten zu machen und ihm das ganze Geheimnis ihres Herzens zu enthüllen. Nun aber hatte sie sich von diesem jungen Mann eine so schlechte Meinung gebildet, daß sie entschlossen war, ihm keinerlei Vertrauen zu schenken. Denn wenn ein argloses Gemüt einmal mißtrauisch geworden ist, so vermag es oft der List Trotz zu bieten. Ihr Verhalten ihm gegenüber war demgemäß gezwungen und wirklich so, wie es allgemein Jungfrauen für den zweiten förmlichen Besuch dessen, der zu ihrem Ehemann ausersehen ist, vorgeschrieben wird.

Obwohl nun Blifil den Junker seiner vollkommenen Zufriedenheit mit der Aufnahme, die er gefunden, versicherte, so war doch dieser Herr, der mit seiner Schwester zusammen alles belauscht hatte, davon weniger erbaut. Darum beschloß er, dem weisen Rat der klugen Dame entsprechend, die Sache rasch so weit wie möglich zu treiben. Er redete seinen künftigen Schwiegersohn in seiner Weidmannssprache an und rief nach einem lauten Holla: „Ihr nach, ihr nach, Gesell! Lustig drauf, lustig drauf. Da liegt's. Faß, faß, faß! Nie blöd sein oder anhalten und fragen: darf ich, soll ich? Allworthy und ich können die Sache diesen Nachmittag unter uns ausmachen, und dann laßt uns gleich morgen Hochzeit halten."

Nachdem Blifil die äußerste Freude und Zufriedenheit in seinem Gesicht zum Ausdruck gebracht hatte, antwortete er:

„Da es in dieser Welt nichts gibt, Herr, das ich so sehnlich wünsche wie die Verbindung mit Ihrer Familie, ausgenommen meine Vereinigung mit Ihrer höchst liebenswürdigen und vortrefflichen Tochter Sophia, können Sie sich leicht denken, wie ungeduldig ich darauf warte, meine beiden höchsten Wünsche erfüllt zu sehen. Wenn ich Sie also in dieser Angelegenheit nicht mit Drängen belästigt habe, so mögen Sie das nur meiner Furcht zuschreiben, die Dame dadurch zu kränken, wenn ich versuchte, ein so glückliches Ereignis eiliger zustande zu bringen, als das die genaue Beachtung aller Regeln des Anstandes und der Schicklichkeit erlauben möchte. Wenn sie jedoch durch Ihr vermittelndes Wort, Herr, dahin zu bringen wäre, von allen Förmlichkeiten abzusehen . . ."

„Was da, Förmlichkeiten!" rief der Junker. „Pah, alles lauter Kohl! Ich sag dir, du wirst sie haben, morgen; wirst's später besser verstehn, wenn du in meinen Jahren bist. Weiber werden dir nie ja sagen, Kerl, darauf kannst du warten; sie dürfen's doch nicht, 's ist nicht die Mode. Hätt ich warten wollen, bis ihre Mutter ja sagte, da wär ich ein Einspänner noch heut. Darum drauf und dran, drauf und dran, fröhlicher Hund! Ich sage dir, morgen früh wirst du sie haben!"

Blifil ließ sich's gefallen, von der anhaltenden Beredsamkeit des Junkers überwältigt zu werden, und als man übereingekommen war, daß Western noch am selben Nachmittag mit Allworthy alles zum Abschluß bringen sollte, machte sich der Bräutigam auf den Heimweg. Zuvor hatte er noch ernstlich gebeten, man möge der jungen Dame durch solche Hast nicht Gewalt antun, und das hatte er in derselben Art gesagt, wie ein päpstlicher Inquisitor den weltlichen Richter bittet, den ihm überlieferten und von der Kirche verurteilten Ketzer nicht zu quälen.

Die Wahrheit zu sagen, hatte Blifil Sophia schon verdammt. Denn wie zufrieden er sich zu Western auch über seine Aufnahme geäußert hatte, so war er das in Wirklichkeit keineswegs; er war überzeugt, daß seine Braut ihn haßte und verabscheute, und das hatte auf seiner Seite Haß und Verachtung hervorgerufen. Man mag wohl fragen, warum er dann nicht sogleich von seiner Werbung abgelassen habe. Ich antworte, aus ebendiesem Grunde und aus verschiedenen andern, nicht minder gewichtigen, die wir dem Leser nun eröffnen wollen.

Wiewohl Herr Blifil nicht das vollblütige Aussehen von Jones hatte und auch nicht ständig bereit war, ein jedes Weib, das er erblickte, zu genießen, so gebrach es ihm doch durchaus nicht völlig an jener Begierde, von der man sagt, sie sei allen tierischen Geschöpfen gemein. Dazu besaß er jenen unterscheidenden Geschmack, der dazu dient, die Menschen bei ihrer Wahl der Nahrung oder der Gegenstände ihrer verschiedenen Gelüste zu leiten. Und dieser lehrte ihn, Sophia als einen sehr schmackhaften Bissen zu betrachten, sie wirklich mit der gleichen Gier anzusehen, die eine Ammer der Seele eines Epikureers einflößt. Nun aber erhöhte Sophias Seelenqual ihre Schönheit eher, als daß sie diese verringert hätte; denn ihre Tränen verstärkten den Glanz ihrer Augen, und ihr Busen schwoll höher bei ihren Seufzern. Und gewiß, wer die Schönheit nie in der Verzweiflung geschaut, der hat sie nie in ihrem vollen Glanz gesehen. Blifil blickte darum mit größerer Begier auf diese menschliche Ammer, als er sie das vorige Mal betrachtet hatte; und diese Lust wurde nicht im geringsten durch den Widerwillen vor ihm selbst vermindert, den er bei ihr entdeckte. Er erhöhte vielmehr das Vergnügen, das er sich von der vollen Ernte ihrer Reize versprach, da er der Wollust noch den Triumph hinzufügte; ja, indem er nach ihrem vollständigen Besitze strebte, hatte er noch einiges andere im Auge, das wir jedoch zu sehr verabscheuen, um es zu nennen; auch die Rachgier hatte einigen Anteil an dem Sinnenschmaus, den er sich versprach. Die Vorstellung, mit Jones zu wetteifern und ihn aus ihrem Herzen zu verdrängen, gab seinem Werben einen neuen Ansporn und verhieß ihm einen weitern Zuwachs seiner Freuden.

Neben allen diesen Absichten, die einigen bedenklichen Leuten vielleicht zu sehr nach Übelwollen schmecken dürften, hatte er eine Sache zum Ziel, die wohl nicht viele Leser mit großem Abscheu betrachten werden, nämlich Herrn Westerns Güter, die alle seiner Tochter und deren rechtmäßigen Leibeserben zufallen sollten. Denn so ausschweifend war die Liebe dieses zärtlichen Vaters, daß er – vorausgesetzt, sein Kind willige ein, unglücklich zu sein mit dem Gatten, den er wählte – nicht darauf sah, um welchen Preis er sich diese Genugtuung erkaufte.

Aus allen diesen Gründen war Herr Blifil auf die Verbindung so erpicht, daß er sich vornahm, Sophia zu täuschen, indem er ihr Liebe heuchelte, und ihren Vater und seinen eigenen Onkel dadurch zu betrügen, daß er behauptete, er werde von ihr geliebt. Er machte sich dabei das Vorbild von Thwackums

Frömmigkeit zunutze, welcher der Ansicht war, wenn das vorgesetzte Ziel ein religiöses sei (wie das die Ehe sicherlich ist), so sei es gleichgültig, mit wie schlimmen Mitteln dies erreicht werde. Bei anderer Gelegenheit wiederum nahm er seine Zuflucht zu der Philosophie Squares, der erklärte, da das Ziel ein immaterielles sei, so seien die Mittel ehrlich und in Übereinstimmung mit der moralischen Gerechtigkeit. In Wahrheit gab es sehr wenige Ereignisse im Leben, bei denen er nicht aus den Vorschriften des einen oder des andern dieser beiden großen Lehrer etwas Zweckdienliches herausholen konnte.

Wenig Betrug und List mußte im Fall von Herrn Western angewandt werden, der die Neigung seiner Tochter für so belanglos, wie Herr Blifil sie für nötig hielt. Herr Allworthy jedoch war von ganz anderer Gesinnung, und so war es durchaus unmöglich, ihn zu täuschen. Darin wurde nun Blifil von Western so tüchtig unterstützt, daß es ihm ohne Schwierigkeit gelang. Denn nachdem Herr Allworthy durch Sophias Vater versichert worden war, seine Tochter fühle für Blifil die erforderliche Neigung, und sein ganzer Verdacht, den er Jones wegen gehegt, sei grundlos, so hatte Blifil nichts weiter zu tun, als diese Angaben zu bestätigen, was er mit so vieldeutigen Worten tat, daß er für sein Gewissen immer noch einen Ausweg offenhielt, und er hatte das Vergnügen, seinem Onkel eine Lüge beizubringen, ohne daß er sie ausgesprochen hätte. Als Allworthy ihn über Sophias Neigung befragte und dabei erklärte, er möchte auf keine Weise dazu beitragen, daß eine junge Dame wider ihren Willen zu einer Heirat gezwungen würde, antwortete er, es sei sehr schwer, die wahren Gefühle eines jungen Mädchens zu erraten; ihr Verhalten ihm gegenüber sei so liebenswürdig, wie er es wünsche, und wenn er ihrem Vater glauben dürfe, so hege sie alle die Gefühle für ihn, die ein Liebhaber sich nur wünschen könne. „Was Jones betrifft“, sagte er, „den einen Schurken zu nennen ich mich sträube, wenngleich sein Benehmen gegen Sie, mein Onkel, eine solche Bezeichnung durchaus rechtfertigt, so könnten ihn seine Eitelkeit oder üblen Absichten wohl zu einer lügenhaften Prahlerei verleitet haben; wäre an Fräulein Westerns angeblicher Liebe zu ihm nur etwas Wahres gewesen, so würde die Größe ihres Vermögens ihm nimmer gestattet haben, sie zu verlassen, wie er es doch, das wissen Sie, getan hat. Und schließlich kann ich Ihnen versichern, Herr: Um nichts in der Welt würde ich mich dazu hergeben, diese junge Dame zu heiraten, wenn ich nicht überzeugt wäre, daß sie mir alle Neigung schenken wird, die ich von ihr erwarte."

Diese treffliche Methode, eine Unwahrheit nur durch das Herz zu übermitteln, ohne die Zunge einer Lüge schuldig zu machen, mit Hilfe des Doppelsinns und falsch angebrachter Worte, hat das Gewissen schon manches großen Betrügers beruhigt. Und doch, wenn wir in Betracht ziehen, daß es die Allwissenheit ist, die sie zu hintergehen trachten, so möchte sich wohl ergeben, daß diese Versuche nur zu einem sehr unsichern Trost verhelfen können und daß die künstliche und überkluge Unterscheidung zwischen „eine Lüge mitteilen" und „eine Lüge sagen" kaum der Mühe lohnt, die sie den Betrüger kostet.

Allworthy hatte keinerlei Bedenken gegen das, was die Herren Blifil und Western ihm sagten, und nach zwei Tagen war der Ehekontrakt geschlossen. Nun blieb, bevor der Priester sein Amt verrichtete, nichts mehr zu tun als das Geschäft der Rechtsgelehrten, das jedoch so viel Zeit zu verschlingen drohte, daß Western sich erbot, lieber selbst jede Art von verbindender Verpflichtung auf sich zu nehmen, als das Glück des jungen Paares noch weiter aufzuschieben. Darauf bestand er mit solchem Ernst und solcher Dringlichkeit, daß eine unbeteiligte Person hätte schließen können, er sei bei dieser Heirat noch mehr die Hauptperson, als er das wirklich war. Doch solcher Übereifer war ihm bei allen Gelegenheiten eigen. Alles, was er unternahm, betrieb er in einer Weise, als ob vom Gelingen dieser einen Sache sein ganzes Lebensglück abhinge.

Das vereinte Drängen von Vater und Schwiegersohn würde Herrn Allworthy wahrscheinlich überredet haben, denn dieser litt es selbst nicht, daß, was andere glücklich machen könnte, verzögert werde, wäre Sophia dem nicht zuvorgekommen, indem sie Maßnahmen ergriff, die den ganzen Vertrag ein für allemal erledigten und sowohl die Kirche wie die Gesetzverwalter um ihre Sporteln brachte, welche diese weisen Körperschaften von der rechtsgültig vollzogenen Vermehrung des Menschengeschlechtes zu erheben für gebührend halten. Doch davon im nächsten Kapitel.

7. Kapitel

Ein sonderbarer Entschluß Sophias und Jungfer Honorias noch sonderbarere Kriegslist.

Zwar war Jungfer Honoria hauptsächlich auf ihren eigenen Vorteil bedacht, aber doch nicht ohne alle Anhänglichkeit an Sophia. Freilich war es ja auch für jedermann schwer, diese junge Dame zu kennen und nicht zu lieben. Kaum hörte sie von einer Neuigkeit, die, wie sie sich dachte, für ihr Fräulein von großer Wichtigkeit wäre, als sie den Ärger, den sie vor zwei Tagen, als Sophia sie unfreundlich aus ihrer Gegenwart verwies, vergaß und zu ihr hineilte, ihr die Nachricht zu überbringen.

Sie platzte mit ihrer Rede ebenso heraus, wie sie mit der Tür ins Zimmer gefallen war. „Oh, beste Madam", sagte sie, „was meint das Fräulein dazu? Ich bin wahrhaftig fast närrisch vor Schreck. Aber doch dacht ich, 's wär meine Schuldigkeit, es Euer Gnaden zu sagen, wenn Sie's vielleicht auch erzürnen könnt; denn wir armen Bedienten wissen nicht immer, was unsern Damen mißfällt, und wir Kammerjungfern müssen besonders viel ausstehen. Sind unsere Damen schlecht gelaunt, dann schelten sie uns; und es soll mich ja nicht wundern, wenn Euer Gnaden mißgestimmt wären; es muß Sie doch wirklich erstaunen und erschrecken dazu." – „Liebe Honoria", sagte Sophia, „laß mich ohne Umschweife hören, wovon du sprichst; ich versichere dir, es gibt sehr wenig Dinge, die mich überraschen, und noch weniger, die mich erschrecken könnten." – „Ach, Euer Gnaden", gab Honoria zur Antwort, „meiner Seel und auf Ehre, ich hab am Nachmittag unsern Herrn mit Pfarrer Supple von einem Freischein zur Trauung reden hören, der noch heut zu holen wär; und für gewiß, ich hört ihn auch sagen, Euer Gnaden sollten morgen vormittag getraut werden." Sophia erblaßte bei diesen Worten und wiederholte hastig: „Morgen vormittag!" – „Ja, Madam, auf Eid, so hört ich meinen Herrn sagen." – „Honoria", sagte Sophia, „du hast mich in einem Maße erstaunt und erschreckt, daß ich kaum zu Atem kommen kann. Was tun in einer so schrecklichen Lage?" – „Ich wollt, ich könnte Madam einen guten Rat geben." – „Tu das, rate mir; bitte, liebe Honoria, gib mir deinen Rat. Überlege, was tätest du an meiner Stelle?" – „Wahrhaftig", rief Honoria, „ich möcht, Madam und ich könnten tauschen; das heißt, ich mein das, ohne Euer Gnaden verletzen zu wollen;

denn so Schlimmes wünsch ich dem Fräulein nicht, daß es eine Kammerjungfer wär; doch in Euer Gnaden Lage würde ich mich ganz wohl fühlen; denn nach meiner geringen Meinung ist der junge Herr Blifil gar ein liebenswerter, süßer, schöner Mann." – „Schwatz nicht solches Zeug!" rief Sophia. „Solches Zeug!" wiederholte Honoria; „ja, da schau! Natürlich: was dem einen sein Eul, ist dem andern sein Nachtigall, und das gilt ebenso für die Frauen." – „Honoria", sagte Sophia, „ehe ich das Weib dieses verächtlichen Schurken werde, stoß ich mir einen Dolch ins Herz." – „Ach Gott, Madam!" erwiderte die andere, „Sie bringen mich um den Verstand. Ich fleh Euer Gnaden an, solch schlimme Gedanken nicht in sich aufkommen zu lassen. O Gott, da zittert jeder Zoll an mir. Liebes Fräulein, bedenken Sie doch: Kein christliches Begräbnis zu haben, an der Landstraße verscharrt zu werden, mit einem Pfahl durch den Leib, wie's dem Bauern Halfpenny zu Ox-Cross geschah; und wahr ist, seither ist sein Geist dort umgegangen, denn verschiedene Personen haben ihn gesehn. Gewiß kann nur der Teufel einem so arge Gedanken in den Kopf setzen; bestimmt ist's weniger schlimm, an irgend jemanden Hand zu legen als ans eigene liebe Selbst; das hab ich mehr als eine Person sagen hören. Hat nun Euer Gnaden einen so heftigen Widerwillen und haßt den jungen Mann mit solcher Macht, daß Sie den Gedanken, mit ihm zu Bett zu gehn, nicht erträgt – solche Abneigungen mögen in der Natur ja vorkommen, und man wollt lieber eine Kröte berühren als mancher Leute Fleisch . . ."

Sophia war zu tief in ihre Gedanken versunken, um dieser prächtigen Rede ihrer Zofe gebührende Aufmerksamkeit zu schenken. Ohne etwas zu erwidern, fiel sie ihr darum ins Wort und sagte: „Honoria, ich habe einen Entschluß gefaßt. Ich verlasse bestimmt meines Vaters Haus noch heute nacht; wenn du für mich die Freundschaft hegst, die du mir so oft beteuert hast, dann wirst du mir Gesellschaft leisten." – „Das will ich, Madam, bis ans Ende der Welt", antwortete Honoria; „nur bitt ich Euer Gnaden zu bedenken, was daraus wird, wenn Sie eine voreilige Tat begehn. Wo können Euer Gnaden denn hin?" – „In London kenn ich eine Dame", erklärte Sophia; „sie ist mit mir verwandt. Mehrere Monate verbrachte sie bei meiner Tante auf dem Land; während dieser ganzen Zeit hat sie mir viel Freundschaft erwiesen und so viel Gefallen an meiner Gesellschaft gezeigt, daß sie meine Tante bat, mir zu erlauben, sie nach London zu begleiten. Sie ist eine sehr bekannte Dame und wird nicht schwer zu finden sein; ich zweifle nicht, daß sie mich sehr gütig und freundschaftlich aufnehmen wird." – „Ich möchte doch nicht, daß Euer Gnaden sich darauf so fest verlassen wollten", entgegnete Honoria, „denn die erste Dame, bei der ich diente, lud auch die Leute sehr eindringlich zum Besuch in ihr Haus; hörte sie dann, daß sie kämen, so ging sie ihnen weit aus dem Weg. Dazu noch: Wenn auch diese Dame sehr erfreut wär, Sie zu sehen, und jedermann muß es ja Freude machen, Euer Gnaden zu sehen; wenn sie dann aber hört, daß Euer Gnaden so weggelaufen sind von meinem Herrn . . ." – „Darin irrst du dich, Honoria. Die Dame schätzt die Macht eines Vaters, wie ich ihn habe, nicht so hoch ein. Denn sie bestand sehr darauf, daß ich mit ihr nach London ginge, und als ich mich weigerte, ohne die Einwilligung meines Vaters zuzustimmen, da lachte sie und verspottete mich, nannte mich ein einfältiges Landmädchen und sagte, ich würde ein treu ergebenes Hausweib werden, weil ich meinem Vater eine so pflichtergebene Tochter sei. So zweifle ich nicht, sie wird beides tun, mich aufnehmen und auch mich beschützen, bis mein Vater, wenn er mich seiner Gewalt entrückt sieht, sich eines Bessern besinnt."

„Nun, also gut", antwortete Honoria, „wie aber denkt Madam ihre Flucht zu bewerkstelligen? Woher bekommen wir Pferde und Wagen? Denn was Ihr eigenes Reitpferd anbetrifft, so wissen die Knechte, daß zwischen unserm Herrn und dem Fräulein nicht alles zum besten steht, und Robert läßt sich eher hängen, als daß er's aus dem Stall läßt, wenn's der Herr nicht ausdrücklich selbst befiehlt." – „Ich gedenke, aus dem Haus zu kommen", sagte Sophia, „wie man eben aus der Tür geht, wenn sie offensteht. Ich danke dem Himmel dafür, daß meine Beine recht gut imstande sind, mich zu tragen. Manchen langen Abend haben sie mich getragen, wenn ich zur Geige mit einem nicht angenehmen Tänzer tanzte, und sie werden mich nicht im Stich lassen, wenn ich einem so verhaßten Tänzer auf Lebenszeit zu entrinnen trachte." – „O Himmel, Madam! Weiß Euer Gnaden auch, was Sie da sagen? Möchte das Fräulein bei Nacht und allein zu Fuß durch das Land gehn?" – „Nicht allein", antwortete die Lady; „du hast mir doch versprochen, mich zu begleiten." – „Aber gewiß", rief Honoria, „ich will Euer Gnaden durch die ganze Welt folgen; doch Euer Gnaden sind damit nicht besser dran als allein; ich vermöchte Sie ja nicht zu schützen, wenn Räuber oder andere Schurken Sie überfielen.

Ja, ich würd mich ebenso entsetzlich fürchten wie Euer Gnaden, denn die würden uns allen beiden Gewalt antun. Und dann, Euer Gnaden sollten bedenken, wie kalt jetzt die Nächte sind; wir werden uns zu Tode frieren." – „Ein guter, rascher Schritt wird uns vor Kälte schützen", erwiderte Sophia; „und wenn du mich nicht vor Räubern schützen kannst, Honoria, so will ich dich verteidigen, denn ich will eine Pistole mitnehmen. Im Vorsaal hängt immer ein Paar, das geladen ist." – „Liebste Madam, Sie jagen mir immer größere Furcht ein", rief Honoria. „Euer Gnaden wird doch gewiß keine Schüsse abgeben wollen! Soll lieber alles geschehn, wie's kommt, als daß Sie das tun!" – „Warum denn?" fragte Sophia lächelnd, „möchtest du nicht lieber, daß ich auf jeden, der dir die Tugend rauben wollte, eine Pistole abschösse?" – „Ja freilich, Madam", rief Honoria. „Tugend ist eine wertvolle Sache, besonders für uns arme Dienstpersonen; 's ist unser ganzes Gut, wie man richtig sagt; aber das Schießen haß ich und kann's um den Tod nicht leiden! Wie manches Unglück entstand daraus." – „Gut denn, ich glaube, ich kann deine Tugend versichern auf wohlfeile Art und ohne daß wir Pistolen mitnehmen", sagte Sophia. „Ich habe vor, im ersten Ort, wo wir anlangen, Pferde zu nehmen; auf dem Weg bis dorthin werden wir kaum überfallen werden. Höre, Honoria, ich bin fest entschlossen fortzugehen; und willst du mich begleiten, so versprech ich dir, daß ich es dir so reichlich lohnen will, wie es nur in meinen Kräften steht."

Dieses letzte Argument war von unmittelbarerer Wirkung auf Honoria als alle vorangegangenen. Da sie ihre Herrin so entschlossen sah, stand sie von allen weiteren Warnungen ab. Sie überlegten nun die Mittel und Wege, die zur Ausführung ihres Planes dienen könnten. Da stellte sich aber die schwierige Frage, wie sie ihre Sachen fortschaffen sollten. Die Herrin nahm dies leichter als ihre Jungfer; denn hat sich eine Dame einmal in den Kopf gesetzt, einem Liebhaber in die Arme oder ihm aus den Armen zu laufen, dann sind alle Schwierigkeiten für sie nicht der Rede wert. Doch Jungfer Honoria war von keinem solchen Geiste beseelt; sie hatte keine Entzückungen zu erwarten und keinen Schrecken aus dem Wege zu gehen. Abgesehen vom wirklichen Wert ihrer Kleidungsstücke, der einen großen Teil ihres Reichtums ausmachte, hatte sie auch noch eine grillenhafte Vorliebe für einzelne Röcke und andere Dinge, entweder weil sie ihr gut paßten oder weil sie ihr von der oder jener bestimmten Person geschenkt worden waren oder weil sie sie schon so lange besaß oder aus andern ebenso triftigen Gründen; so konnte sie den Gedanken nicht ertragen, diese armen Habseligkeiten auf Gnade oder Ungnade Herrn Western zu überlassen, der sie in seiner Raserei zweifellos dem Märtyrertod überliefern würde.

Als die erfinderische Honoria mit allen ihren Redekünsten am Ende war und ihre Herrin so fest auf ihrem Entschluß beharren sah, verfiel sie schließlich auf das folgende Mittel, um ihre Sachen fortzuschaffen: Sie wollte sich nämlich noch an diesem Abend aus dem Haus weisen lassen. Sophia stimmte dem Einfall zwar lobend zu, zweifelte jedoch, daß er und wie er ins Werk gesetzt werden könnte. „Oh, Madam", rief Honoria, „überlassen Sie's nur mir; wir Kammerjungfern wissen schon, wie wir von unsern Herrn und Herrinnen diese Gunst erlangen; allerdings, wenn sie uns mehr von unserm Lohn schulden, als sie gerade zahlen können, dann haben sie für alle unsere Frechheiten nur 'n taubes Ohr und verstehn nicht, was wir meinen. Doch der Junker ist ja keiner von denen, und da Euer Gnaden nun heut nacht auf und davon wollen, so wett ich, daß ich noch vorm Abend entlassen bin." Es wurde darum beschlossen, daß sie für Sophia etwas Wäsche und ein Nachtkleid mit ihren eigenen Sachen zusammenpacken sollte. Alles übrige ließ die junge Dame mit so wenig Bedauern zurück, wie das der Seemann empfinden mag, wenn er anderer Leute Gut über Bord wirft, um sein eigenes Leben zu retten.

8. Kapitel

Enthält kämpferische Auftritte nicht ganz ungewöhnlicher Art.

Jungfer Honoria hatte nicht so bald ihre Herrin verlassen, als etwas (denn ich möchte nicht, wie das alte Weib bei Quevedo, durch eine falsche Anklage den Teufel beleidigen, und er hat hier vielleicht durchaus nicht die Hand im Spiel) – als also etwas ihr zuraunte, daß durch Verrat Sophias und deren sämtlicher Geheimnisse an Herrn Western sie wahrscheinlich ihr Glück machen könnte. Und dies führte zu mancherlei Überlegungen. Die schöne Aussicht auf eine stattliche Belohnung *für einen dem Junker erwiesenen* so großen und willkommenen Dienst war ein Kitzel für ihre Habgier; und außerdem erweckten die Gefahren, die mit der geplanten Unternehmung verknüpft waren, die Ungewißheit des Gelingens, Nacht, Kälte, Räuber und Vergewaltiger aufs neue ihre Furcht. So heftig wirkten diese Vorstellungen auf sie ein, daß sie beinah entschlossen war, stracks zum Junker hinzulaufen und ihm die ganze Angelegenheit offen darzulegen. Doch war sie ein zu billig denkender Richter, um nicht auch die andere Seite anzuhören, ehe sie einen Entscheid fällte. Und da schien ihr zunächst ein Aufenthalt in London sehr zugunsten Sophias zu sprechen. Denn so sehnlich verlangte es sie, einen Ort zu besuchen, wo sie Seligkeiten vermutete, die denen der Heiligen im Himmel wenig nachstünden. Und weiter. Da sie wußte, daß Sophia von Natur freigebiger war als ihr Herr, durfte sie sich von ihrer Treue einen größeren Gewinn versprechen als von ihrem Verrat. Sodann überprüfte sie jeden einzelnen Punkt, der auf der andern Seite ihre Befürchtungen wachgerufen hatte, und nachdem sie alles sorgfältig abgewogen hatte, erkannte sie, daß nicht viel daran war. Da somit beide Schalen sich hübsch die Waage hielten, verlieh die Liebe zu ihrer Herrin, in die Schale ihrer Rechtlichkeit geworfen, dieser beinahe schon das Übergewicht, als ein Umstand sich in ihre Vorstellung drängte, der wohl von verhängnisvoller Wirkung hätte sein können, wäre er in seinem ganzen Gewicht in die andere Schale gehäuft worden. Das war die beträchtliche Zeitstrecke, die ablaufen mußte, ehe Sophia imstande sein würde, ihr Versprechen zu erfüllen. Denn obwohl sie nach dem Tode ihres Vaters das Vermögen ihrer Mutter zu erwarten hatte und, sobald sie volljährig war, das Vermächtnis eines Onkels in Höhe von dreitausend Pfund, so lagen diese Tage doch noch in der Ferne, und mancherlei Ereignisse konnten der Verwirklichung von Sophias edelmütiger Absicht hinderlich sein; dagegen konnte sie auf die sofortige Erkenntlichkeit Junker Westerns zählen. Doch während sie solchen Gedanken nachhing, schickte ihr Sophias Schutzgeist oder das, was über den rechtschaffenen Teil von Honorias Seele herrschte, oder auch ein bloßer Zufall etwas auf den Weg, was sie sogleich in ihrer Treue befestigte und sogar das ganze geplante Vorhaben erleichterte.

Fräulein Westerns Kammerjungfer glaubte sich in verschiedener Hinsicht Jungfer Honoria gewaltig überlegen. Einmal war sie höheren Ranges von Geburt, denn ihre Urgroßmutter mütterlicherseits war die nicht sehr entfernte Base eines irischen Pairs. Zweitens erhielt sie einen höheren Lohn. Und endlich war sie in London gewesen und hatte folglich mehr von der

Welt gesehen. Sie hatte sich darum Jungfer Honoria gegenüber stets jener Zurückhaltung beflissen und immer jene Zeichen der Vornehmheit an den Tag gelegt, die jeder weibliche Stand im Verkehr mit Angehörigen des ihm untergeordneten Standes wahrt und verlangt. Da nun aber Honoria nicht jederzeit diesen Forderungen genügte, sondern es häufig an der Ehrerbietung, welche die andere erwartete, fehlen ließ, fand Fräulein Westerns Zofe durchaus keinen Gefallen an ihrer Gesellschaft; sie sehnte sich herzlich, ins Haus ihrer Herrin zurückzukehren, wo sie nach Wunsch über die übrigen Dienstboten herrschen konnte. Sie war darum an diesem Morgen sehr enttäuscht, als Fräulein Western, im Begriff abzureisen, plötzlich ihren Sinn geändert hatte, und war seither ständig in der grimmigsten Laune gewesen.

In dieser durchaus nicht anziehenden Verfassung betrat sie das Zimmer, wo Honoria mit sich selbst den oben beschriebenen Kampf ausfocht. Honoria hatte sie kaum erblickt, als sie die folgenden verbindlichen Worte an sie richtete: „Also, Madam, ich sehe, daß wir uns Ihrer Gesellschaft noch länger erfreuen werden; ich hatte schon befürchtet, der Streit zwischen meinem Herrn und Ihrer Dame würde uns dieser Annehmlichkeit berauben." – „Ich weiß nicht, Madam", erwiderte die andere, „was Sie mit Wir und Uns sagen wollen. Seien Sie versichert, daß ich nicht einen von den Angestellten in diesem Haus als die mir entsprechende Gesellschaft betrachte. Ich wäre Gesellschaft für solche, die über ihnen stehen. Ich denke jetzt nicht an Sie, Honoria, denn Sie sind eine wohlerzogene junge Person, und ich würde mich nicht schämen, mit Ihnen im St.-James-Park zu spazieren." – „Was Sie nicht sagen!" rief Jungfer Honoria, „Madam will hoch hinaus, aber ich bitt: Jungfer Honoria fürwahr! Sie könnten mich, Madam, ruhig bei meinem Familiennamen nennen, denn wenn mein Fräulein mich auch Honoria ruft, ich hab einen Familiennamen so gut wie andere Leute. Sich schämen, mit mir zu spazieren, hat sie gesagt! Traun, ich hoff doch so gut zu sein wie Sie." – „Da Sie mir meine Artigkeit so erwidern", bemerkte die andere, „muß ich Ihnen gestehen, Jungfer Honoria, daß Sie nicht so gut sind wie ich. Auf dem Lande freilich ist man genötigt, sich mit allerhand Plundervolk abzugeben; in der Stadt aber besuche ich nur Hausdamen von Standespersonen. In Wirklichkeit besteht, so hoff ich, Jungfer Honoria, ein kleiner Unterschied zwischen Ihnen und mir." – „Das hoff ich auch", antwortete Honoria.

„Es gibt einen Altersunterschied zwischen uns, und ich denke, auch einen Unterschied in unserem Äußern." Bei diesen letzten Worten stolzierte sie an Fräulein Westerns Zofe mit herausfordernd verächtlicher Miene vorbei; sie trug dabei die Nase hoch, schüttelte den Kopf und streifte heftig die Hüfte ihrer Konkurrentin mit der ihrigen. Die andere Dame setzte ihr boshaftestes Lächeln auf und sagte: „Sie Kreatur! Sie sind meinen Ärger nicht wert, und es wäre unter meiner Würde, einer so unverschämten schmierigen Schlumpe böse Worte zu geben; doch, Sie übles Frauenzimmer, sagen muß ich, daß Ihr Benehmen sowohl die Niedrigkeit Ihrer Abkunft als auch die Ihrer Erziehung verrät; und beides befähigt Sie in der Tat, die Magd eines Landmädchens zu sein." – „Schmähen Sie meine Lady nicht", rief Honoria, „ich werde das von Ihnen nicht hinnehmen; sie ist um soviel besser als die Ihrige, als sie jünger ist, und tausendmal hübscher."

Hier nun schickte das Unglück oder besser ein günstiger Zufall Fräulein Western herein, die ihre Jungfer in Tränen sah, die bei ihrer Herrin Näherkommen immer reichlicher zu fließen begannen. Von ihr nach der Ursache ihres Schmerzes gefragt, erhielt sie sogleich die Auskunft, ihre Tränen seien durch die schlimme Behandlung von seiten „dieses Geschöpfes da" – womit Honoria gemeint war – hervorgerufen worden. „Und, Madam", fuhr sie fort, „ich hätte mich über das, was sie zu mir sagte, mit Verachtung hinwegsetzen können; aber sie hatte die Unverfrorenheit, Euer Gnaden zu beschimpfen und Sie häßlich zu nennen – ja, Madam, mir ins Gesicht hat sie Sie eine häßliche Katze genannt. Ich konnte es nicht ertragen, Euer Gnaden häßlich gescholten zu hören." – „Was wiederholst du ihre Frechheit so oft?" fragte Fräulein Western. Hierauf wandte sie sich an Jungfer Honoria mit der Frage, wie sie die Stirn haben konnte, ihren Namen so unehrerbietig ins Gespräch zu ziehen? – „Unehrerbietig, Madam?" antwortete Honoria. „Ich habe Ihren Namen überhaupt nicht genannt: ich sagte, etwas sei nicht ganz so hübsch wie meine Herrin, und das wissen Sie doch sicherlich selbst so gut wie ich." – „Dirne", erwiderte die Lady, „ich will es einem Geschöpf wie dir beibringen, daß ich nicht der Gegenstand für deine Reden bin. Und wenn mein Bruder dich nicht auf der Stelle entläßt, so werde ich nie wieder in diesem Hause schlafen. Ich werde ihn suchen und verlangen, daß er dich unverzüglich entläßt." – „Entläßt!" schrie Honoria „und wenn auch: es gibt mehr Stellen in der Welt als diese.

Gott sei Dank brauchen gute Kammerjungfern nicht lang danach zu suchen; und wenn Sie alle fortschicken wollen, die Sie nicht hübsch finden, dann werden Sie sehr bald ohne Dienerschaft dastehn; das lassen Sie sich sagen."

Fräulein Western gab, vielmehr sie donnerte eine Antwort; doch da sie nur schwer zu verstehen war, können wir ihre Worte nicht wiedergeben; folglich unterlassen wir es, ihre Äußerungen anzuführen, die ihr kaum zur besonderen Ehre gereichen dürften. Sie machte sich nun auf die Jagd nach ihrem Bruder, mit einem Gesicht so voller Wut, daß sie viel mehr einer der Furien als einem menschlichen Wesen glich.

Die beiden alleingelassenen Kammerjungfern begannen die zweite Runde ihres Kampfes, der bald in tatkräftigeres Handeln überging. In dieser Runde fiel der Sieg der Dame niedrigeren Ranges zu, wobei es freilich nicht ohne einigen Verlust an Blut, an Haaren, an Leinen und Musselin abgegangen war.

9. Kapitel

Herrn Westerns weises Verhalten als Richter. Ein Wink für Friedensrichter, der die notwendigen Befähigungen eines Schreibers betrifft; dazu ungewöhnliche Beispiele väterlicher Narrheit und töchterlicher Liebe.

Logiker beweisen mitunter zu viel durch ein Argument, und Politiker übervorteilen sich oft durch einen Plan. So ähnlich war es Jungfer Honoria ergangen, die, statt das übrige von ihren Kleidern zusammenzuholen, fast noch die, die sie auf dem Leibe trug, zurückgelassen hätte; denn kaum hatte der Junker erfahren, wie sie seine Schwester beschimpft hatte, als er mit zwanzig Eiden schwor, er werde sie nach Bridewell schicken.

Fräulein Western war eine gutherzige Dame und meist von versöhnlicher Gesinnung. So hatte sie unlängst einem Postkutscher verziehen, der ihren Wagen in einen Graben geworfen; ja, sie hatte selbst gegen das Gesetz gehandelt, indem sie sich weigerte, einen Straßenräuber zu verfolgen, der sie nicht nur einer Geldsumme, sondern auch ihrer Ohrringe beraubt und gleichzeitig gesagt hatte: „Solch hübsche Weibsen wie du haben's nicht nötig, sich Juwelen anzustecken, und hol dich der Teufel!" Aber jetzt – so unstet ist unser Wesen, und so weit entfernen wir uns zuzeiten von uns selbst –, jetzt wollte sie von Milde nichts wissen; und weder Honorias gespielte

Reue noch Sophias Bitten für ihre eigene Kammerjungfer vermochten sie zu bewegen, daß sie davon abstand, von ihrem Bruder mit festem Ernst zu verlangen, daß er „Richterlichkeit" (das war in der Tat eine Silbe mehr als Rechtsprechung) an dem Mensch ausübe.

Zum Glück jedoch hatte der Gerichtsschreiber eine Eigenschaft, deren der Schreiber eines Friedensrichters nie ermangeln dürfte, er besaß nämlich einige Kenntnis der Gesetze dieses Königreichs. Er flüsterte darum dem Richter ins Ohr, daß er seine Kompetenz überschreiten würde, falls er das Mädchen nach Bridewell schicke, da ja ein Friedensbruch nicht versucht worden sei; „denn ich fürchte, Herr", sagte er, „daß Sie rechtmäßig wegen bloßer Ungezogenheit niemanden nach Bridewell schicken können."

In Dingen von großer Wichtigkeit, besonders in allem, was den Wildstand betraf, pflegte der Richter seinem Schreiber nicht immer ein williges Ohr zu leihen; denn tatsächlich glauben unter solcher Obhut manche Friedensrichter eine unbeschränkte Macht zu besitzen, kraft der sie, unter dem Vorgeben, nach Wildfallen zu suchen und sie zu entfernen, häufig Übergriffe begehen und mitunter Gesetzlosigkeiten nach Belieben.

Doch diesem Vergehen kam nicht soviel Bedeutung zu, noch war es für die Gesellschaft so gefährlich. Also schenkte der Richter dem Rat seines Schreibers einige Aufmerksamkeit; und wirklich waren bereits zwei Beschwerden gegen ihn beim Obergericht eingelaufen, und er hatte wenig Lust, von einer dritten zu erfahren.

Also nahm der Junker nun eine sehr weise und bedeutungsvolle Haltung an, und nach ein paar einleitenden Worten und verschiedenen Hums und Hahs erklärte er seiner Schwester, nach reiflicher Überlegung sei er zu der Überzeugung gelangt, daß kein Friedensbruch vorliege, „worunter das Gesetz versteht", sagte er, „das Aufbrechen einer Tür, das Niederbrechen eines Zaunes, das Zerbrechen eines Kopfes oder irgendein derartiges Zerbrechen." Das Begangene erreiche nicht die Höhe einer Übeltat noch einer Ungesetzlichkeit noch einer Schädigung, und somit sei im Gesetz keine Strafe dafür vorgesehen.

Fräulein Western entgegnete, sie kenne das Gesetz viel besser; sie wisse, daß Hausangestellte, die sich eine Frechheit gegen ihre Herrschaft erlaubt hätten, streng bestraft worden seien; und dann bezeichnete sie einen bestimmten Friedensrichter in London, der, sagte sie, einen Dienstboten jederzeit nach Bridewell schicken würde, sobald dessen Herr oder Herrin dies verlange.

„Sehr wahrscheinlich", rief der Junker; „so mag's in London zugehn; doch auf dem Lande ist das Gesetz etwas anderes." Und nun entspann sich zwischen Bruder und Schwester ein überaus gelehrtes Streitgespräch über das Gesetz, das wir hier wohl anführen möchten, könnten wir nur denken, es werde von einer Mehrzahl unserer Leser verstanden. Der Gegenstand wurde jedoch schließlich von beiden Seiten vor den Schreiber gebracht, und dieser entschied zugunsten des Richters; Fräulein Western mußte sich am Ende mit der Genugtuung begnügen, Honoria aus dem Haus vertrieben zu haben, womit sich Sophia bereitwillig und fröhlich einverstanden erklärte.

Und so ordnete Fortuna, nachdem sie sich zuvor, wie man das bei ihr gewohnt ist, ein paar Scherze geleistet, alle Dinge zum Vorteil unserer Heldin, der ihre List auf bewunderungswürdige Weise gelang, in Anbetracht dessen, daß dies die erste betrügerische Handlung in ihrem Leben war. – Die Wahrheit zu sagen, kam ich oft zu dem Schluß, die ehrenhaften Leute würden sich gegen die Schelme viel zu hart zeigen, wenn sie selbst sich diese Schuld zuziehen wollten und es der Mühe wert erachteten, alles sich daraus ergebende Lästige auf sich zu nehmen.

Honoria spielte ihre Rolle mit der höchsten Meisterschaft. Kaum sah sie die Gefahr von Bridewell – ein Wort, das sie mit den gräßlichsten Vorstellungen erfüllte – von sich abgewandt, als sie ihre frühere hochmütige Haltung, die durch die Furcht etwas gedämpft gewesen war, wieder zur Schau trug. Sie legte ihre Stelle mit ebensoviel vorgemachter wie echter Freudigkeit nieder, die bei der Aufgabe von Stellungen von weit größerer Wichtigkeit seit alters im Schwange gewesen ist. Wenn der Leser gestattet, so möchten wir lieber sagen: sie verzichtete – eine Formel, die freilich zu aller Zeit mit Absetzung oder Fortgejagtwerden gleichbedeutend war.

Herr Western gebot ihr, sich mit ihrem Packen zu beeilen, denn seine Schwester hatte erklärt, keine Nacht länger mit diesem unverschämten Ding unter einem Dach weilen zu wollen. Also machte sie sich ans Werk, und zwar mit solchem Eifer, daß sie bei Einbruch des Abends reisefertig war. Alsdann, nachdem sie ihren Lohn empfangen hatte, zog sie mit Sack und

Pack davon, zur großen Zufriedenheit aller, doch zu niemandes mehr als Sophias, die ihre Jungfer angewiesen hatte, sie genau um die furchtbare mitternächtige Gespensterstunde an einem bezeichneten Ort unfern dem Hause zu erwarten. Und nun begann sie ihren eigenen Abzug vorzubereiten.

Zunächst aber war sie genötigt, zwei für sie sehr peinliche Audienzen zu erteilen, die eine ihrer Tante, die andere ihrem Vater. Fräulein Western begann nun in viel entschiedenerem Ton mit ihr zu sprechen als bis dahin; ihr Vater aber setzte ihr mit solchem Ungestüm und solcher Heftigkeit zu, daß sie vor Schreck keinen andern Ausweg fand, als sich seinem Willen gehorsam zu stellen. Das erfreute den guten Junker in einem Maße, daß seine Zornesfalten sich alsbald in Lächeln verwandelten und statt der Drohungen Versprechungen von seinen Lippen kamen. Er schwor, seine Seele sei mit der ihren eins; ihre Einwilligung (so verstand er die Worte: „Sie wissen, Herr, ich kann, ich darf Ihnen den Gehorsam nicht verweigern, wenn Sie mir etwas so entschieden befehlen“) habe ihn zum glücklichsten aller Sterblichen gemacht. Darauf gab er ihr eine ansehnliche Banknote, damit sie sich einen Schmuck kaufe nach Belieben, und küßte und umhalste sie mit großer Zärtlichkeit, während ihm Freudentränen aus den Augen rannen, die erst noch Wut und Feuer auf den teuern Gegenstand all seiner Liebe geschossen hatten.

Beispiele eines solchen elterlichen Verhaltens sind so alltäglich, daß der Leser, ich zweifle nicht daran, sich über das ganze Gehabe des Herrn Western wenig wundern wird. Wäre dem anders, so gestehe ich, dafür keine Erklärung zu wissen, zumal er doch, was außer Frage steht, seine Tochter auf das zärtlichste liebte. Indessen ist das auch bei vielen andern der Fall, die ihre Kinder durch ein ähnliches Verhalten im höchsten Grade unglücklich gemacht haben; mir wollte das, wiewohl es auf der ganzen Erde fast alle Eltern so machen, immer als der unerklärlichste Widersinn erscheinen, der jenem sonderbarsten und erstaunlichsten Geschöpfe, Mensch genannt, jemals ins Hirn gefahren ist.

Der zweite Teil von Herrn Westerns Benehmen hatte auf Sophias zartes Herz eine so starke Wirkung, daß sich bei ihr ein Gedanke einstellte, den weder die politischen Sophistereien noch die Drohungen ihres Vaters hatten herbeirufen können. Sie verehrte ihren Vater so gläubig und liebte ihn so aufrichtig, daß sie kaum angenehmere Empfindungen kannte als jene, die sich für sie ergaben, wenn sie etwas zu seiner Unterhaltung beitragen oder ihm mitunter auch eine größere Freude bereiten konnte; denn er vermochte sein Entzücken nie zu verbergen, wenn er sie loben hörte, eine Freude, die ihm denn auch fast täglich zuteil wurde. Der Gedanke an das unermeßliche Glück, das sie ihm durch die Einwilligung in diese Heirat gewähren würde, machte auf ihr Gemüt einen tiefen Eindruck. Und dazu bewegte sie innerlich das Verdienstliche einer derartigen Bezeigung des Gehorsams, da sie aufrichtig frommen Gemütes war. Überlegte sie schließlich, wieviel sie selbst zu leiden hatte, da sie ja nicht viel weniger als ein Opfer oder eine Märtyrerin der kindlichen Liebe und des Pflichtgefühls sein würde, fühlte sie das angenehme Kitzeln einer gewissen kleinen Leidenschaft, die, wiewohl sie weder mit Religion noch mit Tugend vieles gemein hat, doch nicht selten so gefällig ist, beiden bei der Ausführung ihrer Pläne kräftigen Beistand zu leisten.

Sophia war entzückt bei der Betrachtung einer so heldenmütigen Tat und begann bereits mit verfrühter Schmeichelei, sich Komplimente zu machen, als Amor, der bis jetzt in ihrem Muff verborgen gewesen war, unverhofft hervorkroch und, wie der Hanswurst im Puppenspiel, alles mit den Füßen um und zur Seite stieß. Die Wahrheit ist (denn wir verschmähen es, unsern Leser zu hintergehen oder den Charakter unserer Heldin blank zu waschen, indem wir ihre Handlungen übernatürlicher Eingebung zuschreiben): Die Gedanken an ihren geliebten Jones und eine kleine Hoffnung (wie entfernt auch immer), die sich hauptsächlich um ihn rankte, warfen plötzlich alles um, was Kindesliebe, Pflichtsinn und Eitelkeit zusammenwirkend aufzubauen sich bemüht hatten.

Doch bevor wir mit Sophia einen Schritt weitergehen, müssen wir uns nun nach Herrn Jones umschauen.

10. Kapitel

Enthält verschiedenes, das vielleicht recht natürlich ist, aber auch – niedrig.

Der Leser möge so gütig sein, sich zu erinnern, daß wir Herrn Jones am Anfang dieses Buches auf seinem Weg nach Bristol verlassen haben, allwo er entschlossen war, sein Glück auf See zu suchen oder vielmehr dem Unglück auf dem Lande zu entfliehen.

Es geschah das nicht sehr Ungewöhnliche, daß der Bursche, der es unternommen hatte, ihm den Weg zu zeigen, unglücklicherweise mit der Landstraße nicht vertraut war, so daß er, als er vom rechten Wege abgekommen war und sich schämte, Erkundigungen einzuziehen, vorwärts und rückwärts umherstreifte, bis die Nacht einbrach und es dunkel zu werden begann. Jones, der vermutete, wie sich die Sache verhielt, äußerte dem Führer gegenüber seinen Verdacht, doch der bestand darauf, sie befänden sich auf dem rechten Weg, und fügte hinzu, es müßte ja seltsam sein, wenn er den Weg nach Bristol nicht wissen sollte; noch seltsamer freilich wäre es gewesen, wenn er ihn gewußt hätte, da er ihn noch nie in seinem Leben geritten war.

Jones hatte zu seinem Führer kein so unbedingtes Vertrauen, daß er nicht, als sie bei einem Dorfe anlangten, den ersten Menschen, dem er begegnete, um die Straße nach Bristol befragte. „Woher kommen Sie?" erwiderte der Mann. „Das tut nichts zur Sache", sagte Jones etwas hastig; „ich möchte nur wissen, ob diese Straße nach Bristol führt." – „Die Straße nach Bristol?" rief der andere und kratzte sich den Kopf: „Ja, Herr, ich glaube, auf diesem Weg werden Sie Bristol heute nacht nicht mehr erreichen." – „Ich bitt Euch, Freund", rief Jones, „sagt uns, wo ist der Weg?" – „Ja, Herr, Sie müssen, weiß Gott wie, von der Richtung abgekommen sein; der Weg da geht nach Gloucester." – „Gut, und welcher führt dann nach Bristol?" – „Ja, Herr, Sie haben sich von Bristol entfernt." – „Also müssen wir wieder zurück?" – „Ja, das müssen Sie", bestätigte der Kerl. – „Gut, und wenn wir wieder auf jenem Hügel angekommen sind, welchen Weg müssen wir dann einschlagen?" – „Dann eben den geraden Weg." – „Aber ich erinnere mich, daß es dort zwei Straßen gibt, eine zur Rechten und eine zur Linken." – „Ja, Sie müssen die Straße rechts nehmen, dann gradaus gehn, aber nicht vergessen: zuerst rechts abbiegen und dann wieder links und dann rechts, und dann kommen Sie zum Herrenhaus, und dann immerzu gradaus und dann links."

Ein anderer Bursche war jetzt herangekommen und fragte, wohin die Reise der Herren gehe, und als Jones ihn davon unterrichtet hatte, kratzte er sich zuerst den Kopf, stützte sich dann auf eine mitgebrachte Stange und begann mit seinen Anweisungen: Zuerst müsse er die Straße zur Rechten etwa eine Meile oder eine und eine halbe weit benützen, oder so ungefähr;

dann ein kurzes Stück zur Linken, die ihn zu Herrn John Bearnes bringen werde. – „Aber wer ist denn Herr John Bearnes?" fragte Jones. – „Potz Wetter!" rief der Geselle, „ja, so kennt Ihr Herrn John Bearnes nicht? Woher kommt Ihr denn?"

Diese beiden Kerle hatten Jones Geduld fast erschöpft, als ein schlichter Mann von angenehmem Äußern (es war auch wirklich ein Quäker) ihn also ansprach: „Freund, ich sehe, du hast deinen Weg verloren; und wenn du meinem Rat folgen willst, steh davon ab, ihn heute abend noch zu finden. Es ist schon fast dunkel und die Straße nicht leicht zu erkennen; auch sind zwischen hier und Bristol in jüngster Zeit mehrere Raubüberfälle vorgekommen. Eine gute Herberge ist da ganz in der Nähe, wo du für dich und dein Tier gute Unterkunft bis morgen finden kannst." Nach einigem Zureden ließ sich Jones bestimmen, hier zu übernachten, und wurde von seinem Freund nach dem Dorfwirtshaus geleitet.

Der Wirt, der ein sehr höflicher Mann schien, erklärte Jones, er bitte den Mangel an Bequemlichkeit in seinem Hause zu entschuldigen; seine Frau sei davongelaufen, habe fast alles hinter sich abgeschlossen und die Schlüssel mitgenommen. Der Tatbestand war der, daß ihre Lieblingstochter sich eben verheiratet hatte und am Morgen dieses Tages mit ihrem Gatten in ihr Heim gezogen war und daß sie mit ihrer Mutter zusammen den armen Mann um fast alles, was er besessen, erleichtert hatten, auch um sein Geld; denn obgleich sie mehrere Kinder hatte, war allein diese Tochter, der Mutter Augapfel, der Gegenstand der allgemeinen Beachtung; und für die Launen dieses einen Kindes würde sie mit Freuden alle übrigen geopfert haben, und ihren Ehemann obendrein.

Wenn auch Jones für irgendwelche Gesellschaft wenig empfänglich war und das Alleinsein vorgezogen hätte, konnte er sich doch der Zudringlichkeit des ehrenwerten Quäkers nicht widersetzen, der um so mehr sich versteifte, mit ihm zusammenzusein, als er den Ausdruck von Traurigkeit in Gesicht und Gebärden bei ihm bemerkt hatte, von der er, der arme Quäker, durch seine Unterhaltung ihn bis zu einem gewissen Grade befreien zu können glaubte.

Nachdem sie einige Zeit beisammengesessen hatten, so daß unser trefflicher Freund hätte glauben können, er befinde sich auf einer seiner schweigenden Zusammenkünfte, wurde der Quäker von irgendeinem Geist bewegt, wahrscheinlich dem der Neugier, und sagte: „Freund, ich erkenne, daß ein trauriges Mißgeschick dich befallen hat; doch sei getröstet. Vielleicht hast du einen Freund verloren; ist dem so, so bedenke, daß wir alle sterblich sind. Und was solltest du dich grämen, da du weißt, daß dein Gram deinem Freund nicht helfen kann? Wir alle sind zum Leid geboren. Ich selbst habe meinen Kummer so gut wie du, und sehr wahrscheinlich größeren Kummer. Ich habe zwar ein Einkommen von hundert Pfund im Jahr, was so viel ist, wie ich brauche, und dem Herrn sei gedankt, daß mein Gewissen rein ist; körperlich bin ich gesund und kräftig, ich schulde keinem etwas, niemand kann mich eines begangenen Unrechts anklagen; gleichwohl würde es mich betrüben, wenn ich denken müßte, daß du so unglücklich bist wie ich."

Hier schwieg der Quäker nach einem tiefen Seufzer, und Jones antwortete ihm sogleich. „Es tut mir sehr leid, Herr, daß Sie so unglücklich sind, welches immer die Ursache dieses Zustandes sein mag." – „Ach, Freund", erwiderte der Quäker, „meine einzige Tochter ist die Ursache. Sie war meine größte Freude auf Erden; diese Woche lief sie mir davon und heiratete gegen meinen Willen. Ich hatte eine passende Partie für sie ausgewählt, einen verständigen, vermöglichen Mann, doch sie wollte ihrem eigenen Hang folgen und ging weg mit einem jungen Fant, der keinen Groschen wert ist. Wäre sie tot, wie's dein Freund ist nach meiner Vermutung, so wäre ich glücklich." – „Das ist sehr seltsam, Herr", sagte Jones. „Warum, wäre es für sie nicht besser, als eine Bettlerin zu sein?" entgegnete der Quäker. „Denn, wie ich dir gesagt habe, der Kerl ist keinen Groschen wert, und sie kann natürlich nicht erwarten, daß ich ihr jemals noch einen Schilling geben werde. Nein, da sie aus Liebe geheiratet hat, so mag sie nun von der Liebe leben, wenn sie kann; soll sie ihre Liebe zu Markte tragen und sehen, ob einer sie in Silber umwechseln wird oder auch nur in Kupfer." – „Sie werden Ihre Angelegenheiten am besten kennen, Herr", bemerkte Jones. „Der an mir verübte Betrug", fuhr der Quäker fort, „muß seit langem vorbereitet worden sein, denn sie haben sich seit ihrer Kindheit gekannt; und ich habe ihr beständig gegen die Liebe gepredigt und ihr tausendmal wiederholt, das alles sei Narrheit und Torheit. Ja, die verschlagene Dirne gab sich den Anschein, auf mich zu hören und alle Ausschweifung des Fleisches zu verachten; aber doch entwischte sie zuletzt durch ein zwei Treppen hoch gelegenes Fenster;

denn ich hatte freilich einigen Verdacht gefaßt und sie wohlweislich eingeschlossen in der Absicht, sie am Morgen des folgenden Tages nach meinem Sinn zu verheiraten. Doch wenige Stunden zuvor gelang es ihr, mich zu überlisten und zu ihrem selbstgewählten Liebhaber zu fliehen; und der verlor keine Zeit, denn sie waren verehelicht und zu Bett gegangen, alles im Ablauf einer Stunde. Aber das wird das schlimmste Werk sein, das sie je verrichtet haben, denn mögen sie zusammen hungern oder betteln oder stehlen – mir einerlei. Ich werde für keines von ihnen je auch nur einen Heller hergeben."

Jetzt fuhr Jones auf und rief: „Ich muß um Entschuldigung bitten, aber ich möchte wirklich, daß Sie mich nun verlassen!" – „Komm, komm, Freund", sagte der Quäker, „gib nicht dem Kummer Raum. Du siehst, es gibt außer dir noch andere unglückliche Leute." – „Ich sehe, daß es Verrückte und Narren und Halunken gibt in der Welt", rief Jones. „Doch lassen Sie mich Ihnen einen kleinen Rat geben: Rufen Sie Ihre Tochter und Ihren Schwiegersohn zurück, und seien Sie nicht der einzige Urheber des Elendes eines Menschen, den Sie zu lieben vorgeben." – „Sie und ihren Mann zurückrufen?" rief der Quäker laut. „Eher wollte ich meine beiden größten Feinde zu mir ins Haus rufen!" – „Nun wohl, gehn Sie selbst nach Hause oder wohin Sie wollen", sagte Jones, „denn ich mag nicht länger in solcher Gesellschaft bleiben." – „Nein doch, Freund", erwiderte der Quäker. „Ich denke nicht daran, meine Gesellschaft irgendwem aufzudrängen." Hierauf wollte er seine Börse aus der Tasche ziehen, doch Jones schob ihn etwas heftig aus dem Zimmer.

Der Gegenstand von des Quäkers Reden hatte Jones so sehr betroffen, daß er während der ganzen Zeit, da jener sprach, wild vor sich hinstarrte, und dies, zusammen mit seinem sonstigen Betragen, brachte den ehrenwerten Meister Breithut auf den Gedanken, daß sein Gegenüber nicht ganz bei Verstand sei. Statt jedoch sich beleidigt zu fühlen, empfand der Quäker nur Teilnahme für sein schmerzliches Geschick; und nachdem er seine Beobachtung dem Gastwirt mitgeteilt hatte, empfahl er diesem, für seinen Gast Sorge zu tragen und ihn mit der größten Rücksicht zu behandeln.

„Ganz gewiß", antwortete der Wirt, „ich werde ihm keine solchen Höflichkeiten erweisen, denn es scheint, trotz seinem spitzengeschmückten Rock ist er ebensowenig ein Edelmann wie ich selbst, sondern ein armer Gemeindebankert, der von einem großen Gutsherrn, etwa vierzig Meilen von hier, aufgezogen und nun aus dem Haus gewiesen wurde (gewiß nicht wegen seiner Verdienste). Ich werde ihn so bald als möglich vor die Tür setzen. Verliere ich dann nur meine Rechnung, so ist dieser Verlust der geringste. Noch ist's kein Jahr her, daß mir ein silberner Schöpflöffel abhanden kam."

„Was sprichst du da von einem Gemeindebankert, Robin?" antwortete der Quäker. „Du irrst dich wohl in der Person."

„Durchaus nicht", erwiderte Robin; „sein Begleiter, der ihn sehr gut kennt, hat's mir gesagt." Wirklich hatte dieser Bursche sich kaum am Küchenfeuer niedergesetzt, als er der ganzen Gesellschaft alles erzählte, was er von Jones wußte oder auch nur über ihn gehört hatte.

Als der Quäker von Jones niedriger Geburt und geringem Vermögen unterrichtet worden war, schwand sogleich all sein Mitleid mit dem Unglücklichen; und der ehrliche, schlichte Mann kehrte nach Hause zurück, nicht weniger von Empörung erhitzt als ein Herzog, der von einer derartigen Person beleidigt worden wäre.

Die gleiche Geringschätzung begann der Wirt für seinen Gast an den Tag zu legen in dem Maß, daß Jones, als er klingelte, um sich sein Bett zeigen zu lassen, bedeutet wurde, er könne hier kein Bett bekommen. Außer der Verachtung für den Gast von niedrigem Stande hatte der Wirt auch einen heftigen Verdacht gegen dessen Absichten gefaßt, die nach seinem Argwohn darauf ausgingen, eine günstige Gelegenheit abzuwarten, um das Haus zu bestehlen. In Wirklichkeit hätte er wegen dieser Befürchtungen beruhigt sein können infolge der klugen Vorsichtsmaßnahmen seiner Frau und seiner Tochter, die sofort alle Sachen weggeschafft hatten, die nicht niet- und nagelfest waren. Aber er war von Natur mißtrauisch und war es noch mehr geworden seit dem Verlust seines Löffels. Kurz, die Furcht, beraubt zu werden, nahmen ihm vollständig die tröstliche Erwägung, daß er nichts zu verlieren hatte.

Als Jones die Überzeugung gewonnen hatte, daß er kein Bett erhalten werde, setzte er sich gelassen in einen großen Rohrstuhl, wo ihm der Schlaf, der seit einiger Zeit in weit besseren Wohnräumen seine Gesellschaft gemieden hatte, in dieser bescheidenen Hütte nun großmütig einen Besuch abstattete.

Den Wirt selbst hielt seine Furcht davon ab, sich zur Ruhe zurückzuziehen. Er kehrte daher wieder an sein Küchenfeuer zurück, von wo er die einzige Tür, die in die Gaststube oder vielmehr die Höhle führte, wo Jones saß, übersehen konnte; durch die Fenster dieses Raumes nämlich hätte kein Geschöpf, das größer war als eine Katze, zu entweichen vermocht.

11. Kapitel

Das Abenteuer einer Kompanie Soldaten.

Der Wirt hatte seinen Sitz gerade gegenüber der Gaststube eingenommen, entschlossen, dort die ganze Nacht Wache zu halten. Der Führer, den Jones mitgebracht hatte, und noch ein anderer Kerl blieben lange mit ihm auf dem Posten, obgleich sie nichts von seinem Verdachte wußten noch selbst einen solchen hegten. Der wahre Grund ihres Wachbleibens selbst setzte diesem schließlich ein Ende. Er war kein anderer als die Güte und Stärke des Biers, von dem sie eine beträchtliche Menge zusammen zechten, um so zuerst laut und lärmend zu werden, danach aber beide in tiefen Schlaf zu sinken.

Doch keine Kraft seines starken Getränkes war imstande, Robins Furcht einzuschläfern. Er saß ständig wachend auf seinem Stuhl, die Augen unverwandt auf die Tür gerichtet, die zu Jones hinüberführte, bis ihn ein donnerndes Pochen am äußern Tor von seinem Sitz abrief und zu öffnen zwang. Das hatte er kaum getan, als die Küche plötzlich mit Herren in roten Röcken angefüllt war, die alle mit solchem Getümmel auf ihn eindrangen, als hätten sie die Absicht, ein kleines Kastell zu erstürmen.

Der Wirt wurde nun von seinem Posten vertrieben, um seine zahlreichen Gäste mit Bier zu versorgen, das sie mit großer Gier und Hast begehrten; und bei seiner zweiten oder dritten Rückkehr aus dem Keller sah er Herrn Jones mitten unter den Soldaten vor dem Herdfeuer stehen. Es läßt sich leicht glauben, daß die Ankunft so vieler guter Gesellschafter jedem Schlaf ein Ende machen muß, es wäre denn jener, aus dem uns erst die Posaune des Jüngsten Gerichts erwecken wird.

Als die Gesellschaft ihren Durst so ziemlich gestillt hatte, blieb weiter nichts zu tun, als die Zeche zu begleichen, ein Umstand, der häufig große Unlust und viel Mißbehagen unter diesen zweitrangigen Landedelleuten hervorzurufen geeignet ist. Sie finden es im allgemeinen recht schwer, die Gesamtsumme gerecht auf die verschiedenen Köpfe zu verteilen; denn Gerechtigkeit befiehlt, daß jedermann nach dem Maße bezahle, in dem er getrunken hat. Diese Schwierigkeit ergab sich auch bei dem jetzigen Anlaß wieder. Sie war um so größer, als einige von den Herren in ihrer außerordentlichen Eile nach dem ersten Trunk sogleich wieder abmarschiert waren und vollkommen vergessen hatten, auch nur einen kleinen Beitrag zu der obenerwähnten Rechnung zu leisten.

Es erhob sich nun ein heftiger Wortwechsel, bei dem, könnte man sagen, jedes einzelne Wort durch einen Fluch bekräftigt wurde, denn es wurden mindestens ebenso viele Flüche vorgebracht, wie andere Worte. In diesem Redekampf sprach die ganze Gesellschaft durcheinander, und ein jeder schien nur darauf aus zu sein, die Summe herabzumindern, die auf seinen Anteil fiel, so daß der Schluß, den man mit großer Wahrscheinlichkeit voraussehen konnte, der war, daß die Bezahlung eines großen Teils der Zeche dem Wirt zu Lasten fallen oder (was so ziemlich dasselbe ist) eben nicht geleistet würde.

Während dieser ganzen Zeit war Jones in einem Gespräch mit dem Wachtmeister begriffen; denn diesen Herrn ging der gegenwärtige Streit nichts an, da er dank einem Brauch aus unvordenklichen Zeiten von allen derartigen Kontributionen befreit war.

Der Streit war nun so hitzig geworden, daß er zu einer kriegerischen Entscheidung zu drängen schien, als Jones vortrat und den ganzen Aufruhr mit eins dadurch zum Verstummen brachte, daß er erklärte, er werde die ganze Rechnung bezahlen, die denn in Wahrheit den Betrag von drei Schilling nur um weniges überstieg.

Mit dieser Erklärung hatte sich Jones den Dank und den Beifall der ganzen Kompanie erworben. Die Ausdrücke „ehrenwerter Herr", „hochgeborener Junker", „echter Edelmann" erschollen durch den Raum, ja der Wirt selbst begann von ihm eine bessere Meinung zu fassen und der Erzählung jenes Pferdeknechts kaum mehr Glauben zu schenken.

Der Wachtmeister hatte Herrn Jones davon unterrichtet, daß sie sich auf dem Marsch gegen die Rebellen befänden und erwarteten, von dem ruhmvollen Herzog von Cumberland zum Kampf geführt zu werden. Woraus der Leser schließen mag (wir erachteten es nicht für nötig, diesen Umstand früher mitzuteilen), daß es zu der Zeit war, da die Rebellion den

Höhepunkt erreichte; und wirklich waren die besoldeten Briganten jetzt nach England marschiert, wie man dachte, in der Absicht, des Königs Armee zu schlagen und zu versuchen, bis zur Hauptstadt vorzudringen.

Jones hatte in der Mischung seines Temperaments etwas von einem Helden, und er war ein herzlicher Freund der edlen Sache der Freiheit und der protestantischen Religion. So ist es kein Wunder, daß er unter Umständen, die eine viel wildere und romantischere Unternehmung gerechtfertigt hätten, von dem Gedanken überfallen wurde, diesen Feldzug als Freiwilliger mitzumachen.

Unser kommandierender Wachtmeister hatte von dem Augenblick an, da er diese gute Gesinnung wahrnahm, getan, was in seiner Macht stand, um sie zu ermutigen und anzufachen. Und jetzt verkündete er laut diesen Entschluß, der von der ganzen Kompanie freudig aufgenommen und mit dem Zuruf begrüßt wurde: „Es lebe König Georg und der edle Junker!" Unter manchem Schwur und Fluch fügten die Leute dann noch hinzu: „Bei euch beiden wollen wir stehn bis zum letzten Blutstropfen."

Der Mensch, der den ganzen Abend in der Schenke gezecht hatte, wurde durch einige Gründe, die ein Korporal ihm an die Hand gab, gleichfalls für die Teilnahme am Feldzug gewonnen. Und nachdem der Mantelsack, Jones' Eigentum, auf dem Gepäckwagen untergebracht war, wollten die Truppen sich eben in Bewegung setzen, als der Führer auf Jones zutrat und sagte: „Herr, ich hoffe, Sie werden in Betracht ziehen, daß die Pferde die ganze Nacht draußen gewesen sind und daß wir einen großen Umweg gemacht haben." Jones war über die Unverschämtheit dieser Forderung verblüfft und machte die Soldaten alsbald mit dem Sachverhalt bekannt, die alle in der Verurteilung des Führers einig waren, der einen Edelmann zu erpressen versuchte. Der eine sagte, man sollte ihm Kopf und Fersen zusammenbinden; andere meinten, er habe das Spießrutenlaufen verdient; der Wachtmeister schüttelte den Stock vor seiner Nase und wünschte, er hätte ihn unter seinem Kommando, und schwor kräftig, er würde an ihm ein Exempel statuieren.

Jones begnügte sich indessen damit, ihn mit Verachtung zu strafen, begann den Marsch mit seinen neuen Kameraden und überließ es dem Führer, sich durch ohnmächtiges Toben und Schimpfen an ihm zu rächen; darin stimmte der Wirt mit ein und sagte: „Ja, ja, das ist mir der Rechte, das muß ich sagen. Ein netter Edelmann, wahrhaftig, der sich zum Soldaten macht! Mag er ein betreßtes Wams tragen; es ist ein altes Sprichwort, daß nicht alles Gold ist, was glänzt. Froh bin ich, daß er mir aus dem Haus ist."

Diesen ganzen Tag marschierten der Wachtmeister und der junge Soldat miteinander, und der erste, ein durchtriebener Kumpan, erzählte diesem manche unterhaltende Geschichte von seinen Feldzügen, obgleich er in Wahrheit noch keinen einzigen mitgemacht hatte, denn er war erst vor kurzem in den Dienst getreten, hatte sich aber durch seine Wendigkeit bei den Offizieren so in Gunst gesetzt, daß es ihm gelang, seinen jetzigen Rang zu erreichen, und zwar hauptsächlich durch sein Verdienst um die Werbung neuer Rekruten, worauf er sich ausgezeichnet verstand.

Die Soldaten waren auf dem Marsch fröhlich und guter Dinge. An mancherlei Vorfälle wurde erinnert, die sich in den letzten Quartieren zugetragen hatten, und jedermann erlaubte sich mit viel Freiheit seine Spässe auf Kosten der Offiziere, wobei denn vieles derb genug war und hart an Verleumdung grenzte. Jones mußte dabei an den Brauch der Griechen und Römer denken, bei gewissen Festlichkeiten und Feiern ihren Sklaven die Freiheit zu lassen, sich auf zügellose Art über ihre Herren zu äußern.

Unsere kleine Armee, bestehend aus zwei Kompanien zu Fuß, war nun an ihrem Rastplatz für diesen Abend angelangt. Der Wachtmeister rapportierte seinem Leutnant, der das Oberkommando hatte, sie hätten auf dem Marsch zwei Kerle aufgegabelt, davon der eine, sagte er, ein so hübscher Bursche sei, wie er nur je einen gesehen (er meinte damit den Säufer), denn er sei beinah sechs Fuß hoch, starkgliedrig und wohlgestaltet; und der andere (er meinte Jones) sei auch gut genug für das hintere Glied.

Die neuen Soldaten wurden jetzt dem Offizier vorgeführt, der, nachdem er zuerst den sechs Fuß hohen Mann betrachtet hatte, sich Jones zuwandte, bei dessen erstem Anblick er sich einer Gebärde der Überraschung nicht erwehren konnte, denn abgesehen von seiner guten Kleidung zeigte Jones einen freien, natürlichen Anstand. Dabei hatte er in seiner Haltung eine Würde, die man unter dem gemeinen Haufen selten antrifft und wie sie, wenn auch freilich nicht immer unzertrennlich, mit den Gesichtszügen der vornehmern Stände verbunden ist.

„Herr“, sagte der Leutnant, „mein Wachtmeister unterrichtet mich davon, daß Sie sich bei der Kompanie, die jetzt unter meinem Befehl steht, anwerben lassen wollen; ist dem so, Herr, dann wird es für uns ein Vergnügen sein, einen jungen Edelmann bei uns aufzunehmen, der der Kompanie viel Ehre einbringt, wenn er bei ihr die Waffen trägt.“

Jones entgegnete, er habe durchaus nichts davon gesagt, daß er sich anwerben lassen wolle; er sei der ruhmvollen Sache, für die sie zum Kampf zögen, mit Leidenschaft zugetan und wünsche sehr, als Freiwilliger zu dienen, und er schloß damit, daß er dem Leutnant einige Komplimente machte und ihm erklärte, er würde sich glücklich schätzen, wenn er unter seinem Befehl stehen könnte.

Der Leutnant erwiderte seine Artigkeit, lobte seinen Entschluß, schüttelte ihm die Hand und lud ihn zum Mittagessen mit ihm und den übrigen Offizieren ein.

12. Kapitel

Das Abenteuer einer Gesellschaft von Offizieren.

Der Leutnant, von dem im vorigen Kapitel die Rede war und der diese Abteilung kommandierte, war nun beinahe sechzig Jahre alt. Er war sehr jung in die Armee eingetreten und hatte als Fähnrich in der Schlacht von Tannières mitgekämpft und hier zwei Wunden erhalten; übrigens hatte er sich so vorzüglich bewährt, daß ihn der Herzog von Marlborough gleich nach dieser Schlacht zum Leutnant beförderte.

In dieser Stellung war er seither geblieben, das heißt, während nahezu vierzig Jahren, und hatte in dieser Zeit sich von einer großen Anzahl überflügelt sehen und die Demütigung erleben müssen, von Jungen kommandiert zu werden, deren Väter noch nicht die Kinderschuhe abgetragen hatten, als er die ersten Dienste tat.

Dieser geringe Erfolg in seinem Beruf hatte seinen Grund nicht allein darin, daß er unter den maßgebenden Großen keinen Freund besaß. Er hatte das Unglück, sich das Mißfallen des Obersten zuzuziehen, der seit vielen Jahren an der Spitze dieses Regimentes stand. Doch hatte ihm diese feindselige Haltung des Mannes keinerlei Versäumnis oder Versagen als Offizier eingetragen, auch nicht ein Fehler als Mensch, er hatte sie einzig der Unbesonnenheit seiner Frau zu verdanken, die schön war, aber wenn sie auch ihren Mann außerordentlich liebte, seine Beförderung nicht mit gewissen Gunstgewährungen erkaufen mochte, die der Oberst von ihr verlangte.

Der arme Leutnant war hierin ganz besonders unglücklich, da er wohl die Wirkungen des Übelwollens seines Obersten erfuhr, aber nicht wußte, nicht einmal argwöhnte, daß er eine derartige Gesinnung gegen ihn hegte; denn er konnte keine Bösartigkeit vermuten, da er sich doch keines Anlasses zu einer solchen schuldig fühlte. Und seine Frau, die die Folgen fürchtete, die sich aus ihres Mannes empfindlichem Ehrbegriff ergeben könnten, begnügte sich damit, ihre Tugend unbefleckt zu erhalten, ohne die Siegesfreude ihrer Eroberung zu genießen.

Dieser unglückliche Offizier (denn so glaube ich ihn nennen zu dürfen) hatte neben seinen beruflichen Verdiensten noch manche gute Eigenschaft, denn er war ein frommer, redlicher, wohlmeinender Mann und hatte sich in seinem Kommando so trefflich geführt, daß er nicht allein bei den Truppen seiner eigenen Kompanie, sondern vom ganzen Regiment hochgeschätzt und geliebt wurde.

Die andern Offiziere seiner Abteilung waren ein französischer Leutnant, der lange genug außerhalb Frankreichs gelebt hatte, um seine eigene Sprache zu vergessen, doch nicht lange genug in England, um unsere Sprache zu erlernen, und der sich daher nur in den allergewöhnlichsten Verhältnissen verständlich machen konnte. Da waren auch noch zwei Fähnriche, beides ganz junge Kerle; der eine hatte seine Lehre bei einem Rechtsanwalt machen sollen, der andere war der Sohn der Frau eines Kellermeisters bei einem Edelmann.

Sobald die Mahlzeit beendet war, erzählte Jones der Gesellschaft, wie spaßhaft und aufgeräumt die Soldaten auf ihrem Marsch gewesen seien; „und gleichwohl", sagte er, „will ich darauf schwören, daß sie trotz ihrem lauten Geschwätz, wenn es an den Feind herangeht, sich eher wie die Griechen als wie die Trojaner betragen werden." – „Griechen und Trojaner", fragte der eine der Fähnriche, „wer zum Teufel sind denn die? Ich habe von allen Truppen in Europa gehört, aber nie ein Wort von diesen."

„Stellen Sie sich nicht unwissender, als Sie sind, Herr Northerton", sagte der würdige Leutnant, „ich sollte meinen, daß Sie von Griechen und Trojanern etwas gehört haben, auch wenn Sie vielleicht Popes Übersetzung des Homer nie gelesen haben, welcher Dichter, wie ich mich jetzt entsinne, da der Herr Junker darauf anspielt, den Marsch der Trojaner mit einem Zug schnattender Gänse vergleicht, das schweigende Vorrücken der Griechen dagegen höchlich lobt. Und auf meine Ehre, unseres Herrn Kadetten Bemerkung ist durchaus richtig."

„Bougre, daran erinnere ich mich recht gut", sagte der französische Leutnant. „Wir 'aben gelesen sie in Schule von Madame Dacière, die Griechen, die Trojaner, ihr Gampf um eine Dame – oui, oui, ouir 'aben gelesen das alles."

„Zum Teufel mit allen Homers!" rief der Fähnrich Northerton. „Ich hab die Striemen davon noch jetzt auf meinem Hintern. Da ist Thomas in unserm Regiment; führt stets einen Homer mit sich; hol mich der Henker, wenn ich die Schwarte erwische und sie nicht ins Feuer werfe! Und da ist Corderius, ein anderer verfluchter Hurensohn, dem ich manche Tracht Prügel zu verdanken habe."

„Sie haben also die Schule besucht, Herr Northerton?" fragte der Leutnant. – „Zum Teufel nochmal, wie sollt ich nicht!" antwortete er. „Soll mein Vater in der Hölle braten, weil er mich dorthin geschickt hat! Der alte Narr wollte einen Pfaffen aus mir machen, doch, hol mich der Satan, dacht ich bei mir selbst, ich will dem dämlichen Schwachkopf ein Schnippchen schlagen; auch nicht einen Deut von eurem Unsinn sollt ihr mir in meinen Kopf hineintrichtern! Da ist Jerome Oliver von unserm Regiment, der wär beinahe auch so ein Kuppler geworden, und jammerschade wär das gewesen, denn, hol mich der Teufel, wenn er nicht einer der nettesten Kerle von der Welt ist; doch er hat seinem alten Stoffel noch viel ärger mitgespielt, denn Jimmy kann weder lesen noch schreiben."

„Sie geben Ihrem Freund ein sehr gutes Zeugnis", sagte der Leutnant, „und ein sehr wohlverdientes, möchte ich sagen. Doch ich bitte Sie, Northerton, lassen Sie dieses gleich törichte wie häßliche Fluchen; denn Sie täuschen sich, ich versichere Ihnen, wenn Sie glauben, daß etwas von Witz oder Anstand daran sei. Ich wünschte auch, Sie würden meinen Rat befolgen und aufhören, die Geistlichkeit zu schmähen. Jemanden mit anstößigen Bezeichnungen und üblen Nachreden zu bedenken ist immer unverantwortlich; das aber besonders, wenn es die Vertreter eines so heiligen Amtes betrifft; denn ihre Körperschaft schmähen heißt ihr Amt selber schmähen. Ich überlasse es Ihnen, sich klarzumachen, wie ungereimt ein solches Verhalten sich ausnimmt bei Männern, die zur Verteidigung der protestantischen Religion in den Kampf ziehen wollen."

Herr Adderly, das war der Name des andern Fähnrichs, hatte bislang mit den Absätzen geklappert und ein Liedchen gesummt, anscheinend ohne auf das Gespräch der andern zu achten; jetzt aber entgegnete er: „*Oh, Monsieur, on ne parle pas de la réligion dans la guerre!*" – „Gut gesagt, Jack", schrie Northerton, „wenn *la réligion* das einzige ist, was zählt, dann sollten die Pfaffen ihre Kämpfe selbst ausfechten."

„Ich weiß nicht, meine Herren", ergriff nun Jones das Wort, „welches Ihre Meinung sein mag; doch ich glaube, daß sich niemand für eine edlere Sache einsetzen kann als für die Religion; und aus dem wenigen, was ich über Geschichte gelesen, habe ich erfahren, daß keine Soldaten so mutig gekämpft haben als die vom Glaubenseifer beseelten. Was mich selbst angeht, so ist, obwohl ich König und Vaterland, hoff ich, so gut wie nur einer liebe, die Zuneigung für den Protestantismus in nicht geringem Maß für mich der Beweggrund gewesen, der mich als Freiwilliger für seine Sache in den Dienst treten ließ."

Northerton blinzelte Adderly zu und flüsterte ihm ins Ohr: „Gib dem Musterknaben eins, gib's ihm!" Dann wandte er sich an Jones und sagte: „Bin sehr erfreut, Herr, daß Sie unser Regiment gewählt haben, um als Freiwilliger darin zu dienen; denn sollte unser Feldprediger etwa ein Glas zuviel trinken, so glaub ich, könnten Sie gleich für ihn einspringen. Ich vermute, Sie sind auf der Universität gewesen, Herr. Ist es mir erlaubt, zu fragen, auf welcher?"

„Weit entfernt davon, Herr, eine Universität besucht zu haben", erwiderte Jones, „erfreue ich mich sogar vor Ihnen des Vorzugs, daß ich nicht einmal auf einer Schule war." – „Ach, ich dachte nur so", rief der Fähnrich, „wegen Ihrer großen Gelehrsamkeit!" – „Oh, Herr", antwortete Jones, „es ist für einen Mann möglich, etwas zu wissen, ohne auf der Universität gewesen zu sein, gleichwie es möglich ist, die Schulen besucht zu haben und dennoch nichts zu wissen."

„Gut gesagt, junger Freiwilliger!" rief der Leutnant. „Auf mein Wort, Northerton, Sie täten besser, ihn in Frieden zu lassen, denn er ist Ihnen über!"

Toms Spott machte Northerton nicht eben viel Vergnügen, doch dachte er, die Herausforderung genüge nicht, um eine Ohrfeige, einen Schurken oder einen Halunken zu rechtfertigen, und das waren die einzigen Entgegnungen, die ihm gerade in den Sinn kamen. Also schwieg er, nahm sich aber vor, bei der nächsten Gelegenheit den Spott mit Grobheit zu erwidern.

Nun kam die Reihe an Jones, einen Toast auszubringen, und er konnte es sich nicht versagen, seiner lieben Sophia zu gedenken. Das tat er mit um so größerem Freimut, als er es für ganz unmöglich hielt, daß einer von den Anwesenden erraten könnte, wen er meinte.

Der Leutnant indessen, der die Rolle des Toastmeisters spielte, war mit dem Namen Sophia allein nicht zufrieden. Er sagte, er müsse auch ihren Familiennamen wissen. Jones zögerte ein wenig, dann sprach er den Namen von Sophia Western aus. Fähnrich Northerton erklärte nun, er wolle nicht in derselben Runde mit seinem eigenen Toast auf sie trinken, falls nicht jemand für ihre Ehre bürge. „Ich kenne eine Sophia Western“, sagte er, „die hatte es zu Bath mit der Hälfte aller jungen Kerle zu tun; vielleicht ist dies ebendasselbe Mädchen.“ Jones versicherte ihm feierlich das Gegenteil; er beteuerte, die junge Dame, die er genannt habe, sei von hohem Stand und großem Vermögen. – „Doch, doch, gewiß!“ sagte der Fähnrich, „das ist sie. Meiner Seel, das ist eine. Wer wettet ein halbes Dutzend Flaschen Burgunder? Tom French von unserm Regiment wird sie aus jedem beliebigen Weinhaus in der Bridges Street in unsere Gesellschaft bringen!“ Er fuhr nun fort, ihr Äußeres genau zu beschreiben (denn er hatte sie mit ihrer Tante zusammen gesehen) und schloß damit, daß er sagte, ihr Vater besitze große Güter in Somersetshire.

Die Zärtlichkeit der Liebhaber kann nicht den geringsten Scherz mit dem Namen ihrer Geliebten vertragen. Doch Jones, wiewohl er genug vom Liebhaber und vom Helden in seinem Wesen hatte, rächte sich für diese Verleumdungen nicht so schnell, wie er das vielleicht gesollt hätte. Da er, die Wahrheit zu sagen, in dieser Art Witz noch wenig Erfahrung besaß, verstand er ihn nicht sogleich und bildete sich eine geraume Weile ein, Herr Northerton habe wirklich eine andere Frau irrtümlich für seine Geliebte gehalten. Doch jetzt wandte er sich mit drohender Miene an den Fähnrich und sagte: „Bitte, Herr, suchen Sie sich einen andern Gegenstand für Ihre Witze; denn ich versichere Ihnen, ich dulde keinen Scherz mit dem Charakter dieser Dame!“ – „Scherz!“ rief der andere. „Ich will verdammt sein, wenn ich je in meinem Leben etwas ernster gemeint habe. Tom French von unserm Regiment hat's zu Bath mit beiden, Nichte und Tante, zu tun." – „Dann muß ich Ihnen im Ernst sagen, daß Sie einer der unverschämtesten Schurken auf Gottes Erde sind."

Diese Worte waren kaum gesprochen, als der Fähnrich Jones eine volle Flasche zusammen mit einer Ladung von Flüchen an den Kopf warf. Er traf ihn etwas oberhalb der rechten Schläfe und legte ihn augenblicklich um.

Als der sieghafte Held seinen Feind bewegungslos vor sich ausgestreckt sah und aus dessen Wunde das Blut ziemlich heftig hervorzuquellen begann, gedachte er das Schlachtfeld zu räumen, auf dem keine Ehre mehr einzuheimsen war; das aber verwehrte ihm der Leutnant, indem er sich vor die Tür stellte und ihm so den Rückzug abschnitt.

Northerton bat den Leutnant mit großem Drängen um seine Freiheit; er stellte ihm vor, was für Folgen sein Bleiben haben könnte, und fragte ihn, was er denn weniger hätte tun sollen. „Sapperment", rief er, „ich trieb doch nur meinen Spaß mit dem Kerl. Hab meiner Lebtag kein böses Wort über Fräulein Western gehört!" – „Haben Sie das wirklich nicht?" sagte der Leutnant. „Nun, dann verdienen Sie reichlich, gehängt zu werden, sowohl für Ihre Scherze als auch dafür, daß Sie solche Waffen brauchen. Sie sind mein Arrestant, Herr; Sie werden keinen Schritt von hier weg tun, bis die gehörige Bewachung zu Ihrem Schutz angelangt ist."

Einen so überwältigenden Einfluß hatte unser Leutnant auf den Fähnrich, daß all der wilde Mut, der unsern Helden zu Boden gestreckt hatte, besagten Fähnrich schwerlich so weit beseelt hätte, seinen Degen wider den Leutnant zu ziehen, hätte er auch einen an der Seite gehabt. Alle Degen aber, die an der Wand des Speisezimmers aufgehängt waren, hatte der französische Offizier gleich zu Beginn des Streites in Sicherheit gebracht. So war Herr Northerton also genötigt, den Ausgang dieser Sache abzuwarten.

Der französische Herr und Herr Adderly hatten auf das Verlangen des kommandierenden Offiziers Jones' Körper vom Boden aufgehoben, doch als sie nur so geringe (wenn überhaupt) Lebenszeichen an ihm wahrnehmen konnten, legten sie ihn wieder nieder, wobei Adderly sich fluchend beschwerte, daß er ihm den Rock mit Blut befleckt habe, und der Franzose erklärte: „Bougre, toten Engländer rühr ich nicht an; 'aben gehört, englisches Gesetz hängt den Mann, der zuletzt ihn berührt."

Als der gute Leutnant an die Tür trat, ergriff er gleichzeitig den Klingelzug und schellte, und als der Zapfkellner augenblicklich erschien, schickte er ihn, einen Trupp Musketiere und einen Feldscher zu holen. Dieser Befehl zusammen mit dem Bericht des Kellners über das, was er gesehen hatte, brachte nicht nur die Soldaten herbei, sondern auch den Wirt vom Hause, seine Frau, sein Gesinde und tatsächlich jedermann, der sich eben in der Schenke befand.

Jeden Vorfall bis ins einzelne zu beschreiben und alle Gespräche des folgenden Auftritts zu erzählen steht nicht in meinem Vermögen, ich müßte denn vierzig Federn haben und mit allen gleichzeitig schreiben können, so, wie die Gesellschaft gleichzeitig sprach. Der Leser muß sich darum mit den wichtigsten Ereignissen begnügen, und vielleicht verzichtet er gern auf den Rest.

Das erste, was getan wurde, war, daß man sich der Person des Herrn Northerton versicherte, der einer Wache von sechs Mann mit ihrem Korporal an der Spitze übergeben und von diesem von einem Ort, den er recht gerne verließ, fortgeführt, zum Unglück aber an einen andern Ort verbracht wurde, zu dem er ungern ging. Die Wahrheit zu sagen, sind die Launen des Ehrgeizes so wunderlich, daß diesem jungen Menschen die obenerwähnte Ehrung kaum zuteil geworden war, als er sich gerne damit hätte begnügen wollen, in irgendeinem Winkel der Welt zu verschwinden, wo sein Ohr nie etwas von seiner Berühmtheit vernehmen würde.

Es wundert uns und vielleicht auch den Leser, daß der Leutnant, ein so würdiger und gütiger Mann, seine erste Sorge darauf richten konnte, den Täter dingfest zu machen, statt dem Verwundeten das Leben zu retten. Indem wir diese Beobachtung hierhersetzen, haben wir keineswegs die anmaßende Absicht, die Gründe für ein so seltsames Verhalten darzulegen, sondern wir möchten verhüten, daß sich in der Folge der eine oder andere Kritiker mit der Entdeckung brüste. Wir möchten diesen Herren gerne zeigen, daß wir das Sonderbare in einem Charakter so gut sehen können wie sie selbst, doch unsere Aufgabe ist es, die Tatsachen zu erzählen, wie sie sind; haben wir das getan, dann ist es die Sache des gelehrten und scharfsinnigen Lesers, im Originalbuch der Natur nachzuschlagen, aus dem jede Stelle unseres Werkes abgeschrieben ist, wenngleich wir nicht immer die betreffende Seite als Beleg anführen.

Die Gesellschaft, die jetzt eintraf, war von ganz anderem

Schlag. Die Leute bezähmten ihre Neugier hinsichtlich der Person des Fähnrichs, bis sie ihn später in einer anziehenderen Stellung würden sehen können. Vorläufig war ihre ganze Aufmerksamkeit auf den blutigen Gegenstand gerichtet, der da vor ihnen auf dem Fußboden lag und der, als man ihn aufrecht auf einen Stuhl setzte, alsbald wieder anfing, schwache Zeichen des Lebens und der Bewegung von sich zu geben. Kaum wurde die Gesellschaft dessen gewahr (denn Jones hatte man anfangs wirklich für tot gehalten), als alle zugleich mit ihren Rezepten über ihn herfielen, denn da niemand von der Arztzunft zugegen war, nahm jedermann deren Amt auf sich.

„Aderlaß!" das war der einstimmige Ruf, der durch den Raum erscholl; unglücklicherweise war niemand zugegen, der sich auf diese Verrichtung verstand. Darum rief jedermann: „Holt den Barbier", aber niemand tat einen Schritt. Ebenso wurden verschiedene Stärkungsmittel auf die gleiche wirkungslose Art verordnet, bis dann der Wirt eine Kanne Doppelbier mit etwas Röstbrot zu bringen befahl, nach seiner Meinung das beste Stärkungsmittel, das im Land zu finden sei.

Die einzige Person, die zum Beistand bereit war, die einzige, die tatsächlich etwas Hilfe leistete oder doch zu leisten schien, war die Wirtin. Sie schnitt sich einige Haare ab und legte sie auf die Wunde, um das Blut zu stillen; sie begann mit eigener Hand des jungen Mannes Schläfen zu reiben, und nachdem sie von dem Bierrezept ihres Mannes mit der äußersten Verachtung gesprochen hatte, schickte sie eine ihrer Mägde, die aus ihrem eigenen Schrank eine Flasche Branntwein holen sollte. Als diese gebracht worden war, gelang es ihr, Jones, der seine Besinnung wiedererlangt hatte, zu überreden, daß er daraus einen tüchtigen Schluck zu sich nahm.

Bald darauf kam der Wundarzt, der, nachdem er die Wunde geprüft, den Kopf geschüttelt und alles, was bis dahin getan worden war, getadelt hatte, den Patienten sogleich zu Bett bringen ließ, worin wir ihn eine Zeitlang seiner Ruhe überlassen wollen und darum dieses Kapitel hier beendigen.

13. Kapitel

Von der großen Geschicklichkeit der Wirtin, dem großen Können eines Wundarztes und der kasuistischen Gewandtheit des ehrenwerten Leutnants.

Als der Verwundete zu Bett gebracht worden war und das Haus sich allgemach über den Tumult, den dieser Vorfall verursacht hatte, zu beruhigen begann, wandte sich die Wirtin an den kommandierenden Offizier mit den Worten: „Ich fürchte, dieser junge Mann hat sich nicht so aufgeführt, wie er's Euer Gnaden schuldig gewesen; und wär er getötet worden, so hätt er damit, wie mir scheint, nur seinen Lohn bekommen. Ja freilich, wenn Edelleute gewöhnlichen Personen den Zutritt zu ihrer Gesellschaft erlauben, so versuchen sie sich diese vom Leib zu halten; doch, wie mein erster Mann zu sagen pflegte, nur wenige von ihnen wissen, wie man's macht. Ich für mein Teil, ich würde sicher nicht geduldet haben, daß beliebige Kerle sich unter die Gesellschaft von Herren mischten; doch ich dachte, er sei selbst ein Offizier, bis der Sergeant mir gesagt hat, er sei bloß ein Rekrut."

„Wirtin", entgegnete der Leutnant, „über all das seid Ihr im Irrtum. Der junge Mann hat sich höchst anständig betragen, und er ist, glaub ich, viel mehr Edelmann als der Fähnrich, der ihn beschimpft hat. Wenn der junge Mensch stirbt, dann wird der Mann, der ihn zu Boden schlug, allen Grund haben, dies zu bedauern, das Regiment aber wird einen Störenfried loswerden, der für die ganze Armee ein Schandfleck ist; und wenn er dem Arm der Gerechtigkeit entrinnt, so mögt Ihr mich schelten, und damit Schluß."

„Was Ihr nicht sagt! Wer hätt's gedacht!" sagte die Wirtin. „Es freut mich, wenn Euer Gnaden zum Recht sehen will; und Recht soll sein für jedermann. Edelleut sollen armes Volk nicht umbringen dürfen, ohne dafür Rede zu stehen. Ein armer Mann hat so gut eine unsterbliche Seele wie die, die über ihm sind."

„Ganz gewiß, Madam", sagte der Leutnant, „Ihr tut dem Freiwilligen Unrecht. Auf meinen Eid, er hat mehr von einem Edelmann als der Offizier."

„Ach!" rief die Wirtin, „da sieh mal einer an! Nun, mein erster Mann war ein kluger Mann; er pflegte zu sagen, man kann nicht immer vom Äußern auf das Innere schließen. Und das hat wohl seine Richtigkeit; aber ich hab ihn nicht anders als so blutbedeckt gesehen. Wer hätt's gedacht! Vielleicht ein junger Mann in Liebesnot. Du meine Güte! Welch ein Kummer für seine Eltern, wenn er sterben sollte! Wahrhaftig, einer, der so was tut, muß vom Teufel besessen sein; denn die meisten Herren vom Heer, die ich sah, sind Leute ganz anderer Art, sehn aus, als verabscheuten sie das Blutvergießen so sehr wie nur irgendein Christenmensch. Ich meine ‚im bürgerlichen Leben', wie mein erster Gatte zu sagen pflegte. Natürlich, wenn sie in den Krieg kommen, ist Blutvergießen Gebot, da soll man sie dafür nicht schelten. Je mehr von unsern Feinden sie töten, um so besser, und ich wünsche von ganzem Herzen, es gelänge ihnen, die Söhne aller ihrer Mütter umzubringen."

„Aber pfui, gute Frau!" sagte lächelnd der Offizier. „*Aller*, das ist denn doch ein gar blutgieriger Wunsch."

„Durchaus nicht, Herr", erwiderte sie; „ich bin nicht im geringsten blutgierig, einzig gegenüber unsern Feinden; und da ist kein Unrecht dabei. Es ist doch nur natürlich, wenn wir unsern Feinden den Tod wünschen und dem Krieg ein Ende und die Ermäßigung der Steuern; denn es ist schrecklich, wieviel wir bezahlen müssen. Über vierzig Schilling haben wir Fenstersteuer bezahlen müssen, und doch haben wir verhängt, was wir konnten; wir haben das Haus fast verdunkelt. Das sag ich auch dem Steuereinnehmer, ich sag ihm, sie dürften uns ein wenig schonen, denn wir sind gute Freunde der Regierung, und sicher sind wir das, denn wir zahlen ihr einen Haufen Geld. Und oft sag ich mir, die Regierung glaubt sich uns nicht mehr verpflichtet als jenen, die keinen Farthing bezahlen. Ja, ja, so geht's zu in der Welt."

So schwatzte sie weiter, als der Wundarzt das Zimmer betrat. Der Leutnant fragte sogleich, wie sein Patient sich befinde. Doch erhielt er einzig den Bescheid: „Besser, glaub ich jetzt, als wenn man mich nicht gerufen hätte; aber auch so wäre es vielleicht günstiger gewesen, wäre ich früher geholt worden." – „Ich hoffe, Herr", sagte der Leutnant, „es handelt sich um keinen Schädelbruch?" – „Hm", machte der Feldscher. „Frakturen sind nicht immer die schlimmsten Symptome. Quetschungen und Zerreißungen zeitigen oft schlimmere Erscheinungen und haben verhängnisvollere Folgen als Frakturen. Leute ohne Sachkenntnis schließen, wenn der Kopf ganz bleibt, dann sei alles gut, während ich lieber eines Mannes Schädel in Stücke zerscherbt sehe als gewisse Quetschungen, mit denen ich zu tun gehabt habe." – „Ich hoffe", sagte der Leutnant, „hier liegen keine solchen Symptome vor?" –

„Für Symptome", versetzte der Wundarzt, „gelten manchmal weder Regel noch Dauer. Ich habe sehr ungünstige Symptome am Morgen gesehen, die am Mittag in günstige umschlugen und nachts wieder zu ungünstigen wurden. Von Wunden wird mit vollem Recht gesagt: *Nemo repente fuit turpissimus**. Einmal, so erinnere ich mich, wurde ich zu einem Patienten gerufen, der sich eine arge Quetschung am Schienbein zugezogen hatte. Die Oberhaut war derart zerrissen, daß reichlich Blut floß, und die inneren Membrane waren so zerfetzt, daß das Os oder der Knochen durch die Öffnung des Vulnus oder der Wunde deutlich zu sehen war. Gleichzeitig hatten sich Symptome des Fiebers eingestellt (denn der Puls schlug übermäßig und ließ einen Aderlaß angezeigt erscheinen). Ich befürchtete baldigen Brand. Um dem zuvorzukommen, machte ich eine große Öffnung in der Vene des linken Armes und zog dort zwanzig Unzen Blut ab. Ich hatte erwartet, dieses äußerst leimhaltig und klebrig zu finden oder verdickt, wie bei an Pleuritis Erkrankten; aber zu meiner großen Überraschung zeigte es sich hellrot und flüssig, und seine Konsistenz unterschied sich nur wenig von der des Blutes völlig gesunder Menschen. Ich applizierte darauf an dieser Körperstelle ein Foment, das meiner Absicht höchlich entsprach, und nach drei- oder viermaliger Anwendung begann die Wunde einen zähen Pus oder Eiter auszuscheiden, wodurch die Kohäsion – aber vielleicht drücke ich mich nicht ganz verständlich aus?" – „Nein, tatsächlich", antwortete der Offizier, „ich muß sagen, daß ich nicht eine Silbe davon verstehe." – „Nun wohl, Herr", versetzte der Wundarzt, „dann will ich Ihre Geduld nicht auf die Probe stellen; darum kurz: Nach einer Frist von nicht ganz sechs Wochen vermochte der Patient vollkommen auf seinen Beinen herumzugehen, wie nur je in der Zeit vor seiner Quetschung." – „Ich wünschte nur, Herr", begann nun der Offizier, „Sie wären so freundlich, mich darüber zu unterrichten, ob die Wunde, die dieser junge Herr das Unglück hatte davonzutragen, von Ihnen als lebensgefährlich angesehen wird." – „Herr", erwiderte der Arzt, „nach der ersten Behandlung zu sagen, ob eine Wunde als lebensgefährlich zu betrachten ist oder nicht, das wäre unvermögende, törichte Anmaßung. Wir alle sind sterblich, und häufig nehmen die Dinge während des Kurierens eine Wendung, die der Größte unter uns nicht hätte voraussehen kön-

* Niemand ist plötzlich häßlich geworden (Anmerkung des Übersetzers).

nen." – „Aber glauben Sie, daß er in Gefahr schwebt?" fragte der andere. – „In Gefahr? Aber gewiß", rief der Wundarzt, „von wem unter uns, und befinde er sich bei voller Gesundheit, könnte man sagen, daß er nicht in Gefahr schwebe? Kann ein Mann mit einer so schlimmen Wunde wie die, die wir meinen, außer Gefahr sein? Alles, was ich jetzt sagen kann, ist, daß es gut war, daß man mich gerufen hat, und daß es vielleicht besser gewesen wäre, wenn man mich eher gerufen hätte. Ich werde ihn morgen früh wieder ansehen; in der Zwischenzeit soll er sich äußerst ruhig verhalten und reichlich Haferschleim zu sich nehmen." – „Würden Sie ihm Weinmolke nicht erlauben?" fragte die Wirtin. – „Freilich, ja, Weinmolke", rief der Doktor, „vorausgesetzt, daß sie sehr dünn ist." – „Und auch ein wenig Hühnerbrühe?" – „Ja, gewiß, Hühnerbrühe ist auch recht gut", stimmte der Befragte zu. „Dürfte ich ihm nicht auch etwas Sülze bereiten?" war die nächste Frage der Wirtin. „Doch, doch", antwortete der Arzt. „Sülze ist bei Wunden von Nutzen, denn sie fördert die Kohäsion." Es war ein Glück, daß sie nicht auch noch Suppe und schwere Soßen genannt hatte, denn der Heilkünstler hätte auch hier lieber eingewilligt, als auf die Kundschaft des Hauses zu verzichten.

Er hatte sich kaum entfernt, als die Wirtin dem Leutnant gegenüber sein Lob erschallen ließ, der indessen nach ihrer kurzen Bekanntschaft keine so günstige Meinung von des Mannes ärztlichen Fähigkeiten hatte gewinnen können, wie die gute Frau und die ganze Nachbarschaft sie vertrat (und vielleicht mit Recht). Denn wenn ich auch fürchte, daß der Arzt ein wenig schellenlaut war, so mochte er sich doch auf Wundbehandlung recht gut verstehen.

Der Leutnant, der aus dem gelehrten Vortrag des Doktors geschlossen hatte, Jones' Zustand sei überaus gefährlich, gab Befehl, Northerton unter strenger Bewachung zu halten, und hatte die Absicht, ihn am Morgen vor einen Friedensrichter zu stellen und die Führung der Truppen nach Gloucester dem französischen Leutnant zu übergeben, der, wenn er auch in keiner Sprache lesen, schreiben oder reden konnte, gleichwohl ein tüchtiger Offizier war.

Am Abend ließ unser Kommandant Herrn Jones melden, daß, falls ein Besuch nicht störend wäre, er ihm seine Aufwartung machen möchte. Freundlich und dankbar nahm Jones die Artigkeit an, und der Leutnant suchte ihn dementsprechend in seinem Zimmer auf, wo er den Verletzten bei viel besserem

Befinden antraf, als er erwartet hatte; ja, Jones versicherte seinem Freund, hätte er nicht von dem Wundarzt die gegenteilige Anweisung erhalten, so würde er längst aufgestanden sein, denn es scheine ihm, er sei bei Kräften wie nur je, und seine Wunde verursache ihm keine weitern Beschwerden, nur daß die betreffende Stelle am Kopf ihn heftig schmerze.

„Ich wäre sehr froh“, versetzte der Offizier, „wenn Sie sich wirklich so wohl befänden, wie Sie das glauben. Sie könnten sich in dem Fall sogleich Genugtuung verschaffen; denn wenn eine Sache, wie im Fall eines Schlages, nicht anders bereinigt werden kann, dann, je eher man sie austrägt, um so besser; doch fürchte ich, Sie glauben sich besser erholt zu fühlen, als Sie das sind, und er wäre Ihnen gegenüber zu sehr im Vorteil.“

„Indessen will ich's probieren“, antwortete Jones, „wenn Sie so freundlich wären, mir einen Degen zu leihen, denn einen eigenen hab ich nicht hier.“

„Mein Degen steht Ihnen herzlich gern zu Diensten, lieber Junge“, rief der Offizier und küßte ihn. „Sie sind ein tapferer junger Mensch, und ich liebe Ihre Gesinnung; aber ich fürchte, daß Ihre Kraft nicht ausreicht; ein solcher Blutverlust muß Sie sehr geschwächt haben; und wenn Sie auch, so im Bett liegend, Ihre Schwächen nicht fühlen, nach ein paar Stößen spürten Sie's doch. Ich kann dem nicht zustimmen, daß Sie ihn heute abend noch fordern, aber ich hoffe, Sie werden uns einholen, bevor wir einen Vorsprung von mehreren Tagmärschen erreicht haben, und ich verspreche Ihnen auf Ehre, Sie werden Genugtuung erhalten, oder der Mann, der Sie beleidigt hat, wird nicht länger in unserm Regiment bleiben.“

„Ich möchte, es wäre möglich, diese Angelegenheit diesen Abend noch zu entscheiden“, entgegnete Jones. „Nun Sie dies erwähnten, werde ich keine Ruhe mehr haben.“

„Oh, denken Sie nicht daran“, wehrte der andere ab. „Ein paar Tage machen da wenig aus. Die Verletzungen der Ehre sind denen des Körpers nicht gleich; sie verschlimmern sich nicht durch die Verzögerung der Kur. Es wird für Sie dasselbe sein, wenn Ihnen erst etwa nach einer Woche von heute ab Genugtuung wird.“

„Aber nehmen wir an“, gab Jones zu bedenken, „daß es mit mir schlimmer würde, so daß ich an den Folgen meiner Wunde sterben müßte?“

„Dann wird Ihre Ehre“, antwortete der Leutnant, „keiner Wiederherstellung bedürfen. Ich selbst werde Ihrem Charakter

Gerechtigkeit widerfahren lassen und vor der Welt bezeugen, daß Sie die Absicht hatten, ehrenhaft zu handeln, wenn Sie sich erholt hätten."

„Trotz alledem bin ich wegen des Aufschubs betrübt", gestand nun Jones. „Fast scheue ich mich vor Ihnen, der Sie Soldat sind, davon zu reden; doch wenn ich auch ein wilder junger Bursche war, so bin ich doch in meinen ernsteren Augenblicken und in der Tiefe meines Gemütes wirklich ein Christ."

„Das bin auch ich, seien Sie dessen versichert", sagte der Offizier; „und das mit solchem Eifer, daß ich hocherfreut war, als Sie bei Tisch die Sache unserer Religion vertraten, und ich bin jetzt eher ein wenig gekränkt, junger Herr, daß Sie sich nicht getrauen, Ihren Glauben vor jedermann zu bekennen."

„Aber wie schrecklich muß es für einen wirklichen Christen sein," rief Jones, „in seiner Brust die böse Absicht zu hegen, entgegen Seinem Gesetz, der es ausdrücklich verbot? Wie kann ich solches auf dem Krankenbett ertragen? Oder wie soll ich meine Rechnung begleichen mit diesem Glaubensartikel in mir, der gegen mich spricht?"

„Nun ja, ich denke, es gibt wohl dieses Gebot", rief der Leutnant, „aber ein Mann von Ehre kann's nicht halten. Und ein Mann von Ehre müssen Sie sein, wenn Sie im Heer dienen wollen. Ich kann mich erinnern, daß ich den Gegenstand einmal bei einem Punsch vor unserem Feldprediger zur Sprache brachte, und er gab zu, daß dies eine sehr schwierige Frage sei, doch er hoffe, sagte er, es werde Soldaten für solche Fälle eine besondere Freiheit eingeräumt; und das zu hoffen ist sicherlich unsere Pflicht, denn wer vermöchte ohne seine Ehre zu leben? Nein, nein, mein lieber Junge, seien Sie, solange Sie leben, ein guter Christ; doch seien Sie dazu auch ein Mann von Ehre, und stecken Sie niemals eine Beleidigung ein; keine Bücher und keine Pfarrer der Welt werden mich darin je andern Sinnes machen. Ich liebe meine Religion von Herzen, doch liebe ich meine Ehre noch mehr. Es muß im Wortlaut des Textes ein Irrtum vorliegen, oder in der Übersetzung oder in der Auslegung oder sonst irgendwo. Wie dem nun sei, ein Mann muß es wagen, denn er muß seine Ehre wahren. Also beruhigen Sie sich für heute abend, und ich verspreche Ihnen, Sie werden Gelegenheit haben, sich Genugtuung zu verschaffen." Damit gab er Jones wieder einen herzhaften Kuß, schüttelte ihm die Hand und ging.

Doch wenn auch des Leutnants Beweisführung ihn selbst

völlig zufriedenstellte, so tat sie dies nicht in gleichem Maße für seinen Freund. Nachdem Jones den Gegenstand in seinen Gedanken noch weiter hin und her erwogen hatte, kam er endlich zu einem Entschluß, von dem der Leser im nächsten Kapitel erfahren wird.

14. Kapitel

Ein wahrhaft erschreckliches Kapitel, an das sich nur wenige Leser abends heranwagen sollten, besonders in dem Falle, daß sie allein wären.

Jones verschlang einen großen Topf Hühner- oder wahrscheinlicher Hahnenbrühe mit so gutem Appetit, wie er sicherlich den Vogel selbst verzehrt hätte, aus dem sie zubereitet war, und obendrein noch ein Pfund Speck; und da er nun nicht mehr das Gefühl hatte, der Gesundheit oder des Muts zu ermangeln, entschloß er sich, aufzustehen und seinen Feind zu suchen.

Vorerst jedoch schickte er nach dem Wachtmeister, der sein ältester Bekannter unter diesen Herren vom Militär war. Unglücklicherweise hatte dieser Ehrenmann sein Vollmaß an Getränk in buchstäblichem Sinne zu sich genommen und sich daraufhin schon vor einiger Zeit auf seine Liegestatt zurückgezogen, wo er so laut schnarchte, daß es nicht leicht war, seinen Ohren einen Schall zuzuführen, der vermocht hätte, den, der seinen Nüstern entfuhr, zu übertönen.

Da indessen Jones auf seinem Verlangen, ihn zu sprechen, beharrte, gelang es endlich einem im Schreien geübten Kellner, jenen aus seinem Schlummer aufzustören und ihm Jones' Botschaft zu übermitteln. Der Wachtmeister hatte sie kaum verstanden, als er sich von seinem Lager erhob und, da er ja noch angekleidet war, augenblicklich seine Aufwartung machte. Jones hielt es nicht für nötig, dem Sergeanten seine Absicht zu verraten, obgleich er es getrost hätte tun können, denn dieser Recke war selbst ein Mann von Ehre, der bereits einen Gegner erlegt hatte. Er würde daher das Geheimnis treulich bewahrt haben und gewiß auch jedes andere, auf dessen Aufdeckung kein Preis gesetzt worden wäre. Da jedoch Jones von diesen seinen Tugenden nach einer so kurzen Bekanntschaft nichts wissen konnte, war seine Vorsicht vielleicht recht klug und lobenswert.

Er begann also damit, daß er dem Wachtmeister sagte, da er nun in die Armee eingetreten sei, schäme er sich, daß ihm das fehle, was vielleicht als der notwendigste Ausrüstungsgegenstand eines Soldaten zu betrachten wäre, nämlich ein Degen; und, fügte er hinzu, er würde ihm unendlich verbunden sein, wenn er ihm einen solchen verschaffen könnte. „Gern will ich Ihnen", sagte er, „jeden angemessenen Preis bezahlen; auch kommt es mir auf ein silbernes Gefäß nicht so sehr an wie auf eine gute Klinge, und daß sie so beschaffen ist, daß ein Soldat sie an der Seite tragen kann."

Der Sergeant, der von dem Vorgefallenen wohlunterrichtet war und gehört hatte, daß Jones in Lebensgefahr schwebe, zog aus einer solchen Botschaft und zu einer solchen Nachtzeit und von einem Manne in solcher Lage sogleich den Schluß, dessen Kopf müsse etwas verwirrt sein. Da in seinem eigenen Kopf (um das Wort in seiner gewöhnlichen Bedeutung zu gebrauchen) alles richtig war, kam ihm der Gedanke, aus diesem Einfall des kranken Mannes seinen Vorteil zu ziehen. „Herr", sagte er, „ich glaube, ich kann mit etwas Passendem dienen. Ich hab in der Nähe ein tüchtiges Ding dieser Art. Ein silbernes Gefäß ist freilich nicht daran, was auch, wie Sie bemerkten, einem rechten Soldaten nicht wohl ansteht; der Griff ist aber doch anständig genug, und die Klinge eine von den besten in Europa. Es ist eine Klinge, die – eine Klinge – kurz ich will sie Ihnen im Augenblick herbeiholen, und Sie sollen sie sehen, Herr, und probieren! Und von Herzen freu ich mich, Euer Gnaden so wohl zu sehen."

Im Augenblick war er mit dem Degen zurück und übergab die Waffe Jones' Händen. Dieser nahm sie, zog und prüfte sie; dann sagte er dem Wachtmeister, sie werde wohl angehen, und bat ihn, den Preis zu nennen.

Der Sergeant fing nun an, von der Güte seiner Ware ein großes Aufheben zu machen. Er sagte (ja er beschwor es ganz unverfroren), diese Klinge sei in der Schlacht bei Dettingen einem hohen französischen Offizier abgenommen worden. „Ich selbst nahm sie ihm von der Seite", versicherte er, „nachdem ich ihm eines über den Kopf gegeben hatte. Das Gefäß war aus Gold; das hab ich an einen von unsern vornehmen Stutzern verkauft. Denn das wissen Euer Gnaden, solche gibt's, denen am Gefäß mehr liegt als an der Klinge."

Hier fiel ihm der andere ins Wort und bat ihn, nun endlich zu sagen, was er dafür verlange. Der Sergeant glaubte, Jones sei völlig von Sinnen und seinem Ende nahe, und fürchtete, seiner Familie einen Tort anzutun, wenn er zu wenig fordere. Immerhin begnügte er sich, nach einigem Zögern, mit der Forderung von zwanzig Guineen, wobei er beteuerte, er würde die Waffe seinem eigenen Bruder nicht für weniger überlassen.

„Zwanzig Guineen!" rief Jones in höchster Verwunderung. „Ihr denkt wohl, ich sei verrückt oder ich hätte in meinem Leben noch keinen andern Degen gesehen? Zwanzig Guineen, ja wahrhaftig! Ich hätte nicht gedacht, daß Ihr mich so überteuern wolltet. Da, nehmt Euern Degen. – Doch nein, nun ich mir's überleg – ich will ihn behalten und ihn morgen früh Euerm Offizier vorzeigen und ihm sagen, wieviel Ihr mir dafür abnehmen wolltet."

Der Wachtmeister, dessen Kopf, wie gesagt, nie versagte *(in sensu praedicto)* und der nun klar begriff, daß Jones sich nicht in dem Zustand befand, den er vermutete, hatte sich im Augenblick gefaßt; er heuchelte daher eine nicht geringere Verwunderung, als sie der andere an den Tag gelegt hatte, und sagte: „Ich bin gewiß, Herr, daß ich Ihnen nicht zuviel abverlangt habe. Zudem müssen Sie bedenken, daß ich nur diesen einen Degen besitze und es darauf ankommen lassen muß, mir den Unwillen meines Offiziers zuzuziehen, wenn ich selbst ohne Degen gehe. Und wirklich, alles das zusammengenommen, will mir scheinen, zwanzig Schilling wären nicht allzuviel dafür."

„Zwanzig Schilling! Wie das?" rief Jones. „Noch eben haben Sie doch zwanzig Guineen gefordert!" – „Was?" erwiderte der Sergeant, „sicherlich haben Euer Gnaden mich nicht richtig gehört, oder ich habe mich versprochen – bin ich doch kaum recht erwacht. Zwanzig Guineen, ja wirklich! Kein Wunder, daß Euer Gnaden sich drob erbosten. Zwanzig Guineen – nein, nein, ich meinte zwanzig Schilling, ganz gewiß! Und wenn Euer Gnaden alles in Erwägung ziehn, so hoff ich, wird dieser Preis nicht als so übertrieben anmuten. Es ist schon wahr, Sie könnten einen Degen, der ebenso gut aussieht, für etwas weniger Geld erhalten, doch ..."

Hier unterbrach ihn Jones mit den Worten: „Es liegt mir so fern, mit Ihnen lange zu feilschen, daß ich Ihnen einen Schilling mehr geben will, als Sie verlangen." Er reichte ihm eine Guinee, hieß ihn wieder sein Bett aufsuchen und wünschte ihm einen guten Marsch für den folgenden Tag. Er fügte noch hinzu, er hoffe, die Division einzuholen, bevor sie Worcester erreicht habe.

Der Wachtmeister nahm sehr höflich Abschied, vollkommen zufrieden mit seinem Handel und nicht wenig vergnügt über die behende Art, mit dem er dem falschen Schritt die glückliche Wendung gegeben, zu dem ihn die vorgefaßte Meinung von des Kranken verwirrtem Sinn verleitet hatte.

Sobald der Sergeant ihn verlassen hatte, stand Jones auf, kleidete sich vollständig an und warf sogar seinen Rock über, der, da er weiß war, die Ströme Blut, die über ihn hingeflossen, sehr deutlich zeigte. Er nahm seinen soeben gekauften Degen in die Hand und war im Begriff fortzugehen, als ihm plötzlich klarwurde, was zu tun er sich vorgenommen hatte, und er begann zu überlegen, daß er vielleicht in wenigen Minuten einem menschlichen Wesen das Leben auslöschen oder auch sein eigenes verlieren mochte. „Sehr wohl!" sagte er, „und für welche Sache setz ich mein Leben ein? Nun, für meine Ehre! Und was ist es für ein menschliches Wesen? Nun, ein Schurke, der mich, ohne daß ich ihn herausgefordert hätte, beleidigt und beschimpft hat. Verbietet denn aber nicht die Religion, sich zu rächen? Doch das zu tun gebietet die Welt. Gut! Soll ich der Welt gehorchen, entgegen dem ausdrücklichen Befehl des Himmels? Lieber mir den göttlichen Zorn zuziehn, als mich, ha! einen Feigling – einen erbärmlichen Schuft nennen lassen? – Ich will nicht mehr denken. Ich bin entschlossen! Ich muß mich mit ihm schlagen."

Zwölf Uhr war schon vorüber, und alle Bewohner des Hauses lagen in ihren Betten, ausgenommen die Wache, die vor Northertons Zimmer stand, als Jones seine Tür leise öffnete und heraustrat, um seinen Feind aufzusuchen, dessen Haftort er sich von dem Kellner genau hatte beschreiben lassen. Kaum kann man sich eine furchtbarere Gestalt denken, als er sie jetzt zur Schau stellte. Er hatte, wie bereits gesagt, einen hellen Rock an, der mit Strömen Blutes bedeckt war. Sein Gesicht dagegen entbehrte dessen, da ihm zudem noch zwanzig Unzen dieses Saftes vom Wundarzt abgezapft worden waren, und erschien leichenblaß. Der Verband, mit dem sein Kopf umhüllt war, glich einem Turban. In der rechten Hand trug er einen Degen, in der linken ein Kerzenlicht. Shakespeares blutiger Banquo war nicht wert, mit ihm in Vergleich zu treten. Ich glaube im Ernst nicht, daß sich je ein grausigeres Gespenst auf einem Kirchhof erhoben oder an einem langen Winterabend in der Christnacht die Phantasie der guten Leute an einem Kaminfeuer in Somersetshire beschäftigt hat.

Als der Posten die Gestalt herannahen sah, begann sein Haar seine Grenadiermütze leicht zu heben; zugleich schlugen seine Knie wirbelartig gegeneinander, und jetzt zitterte der ganze Mann schlimmer als in einem kalten Fieber. Er schoß seine Büchse ab und fiel auf sein Gesicht zu Boden.

Ob nun Furcht oder Mut ihn zum Schießen getrieben oder ob er auf den Gegenstand seines Schreckens gezielt hatte, das kann ich nicht sagen. Wenn er es tat, so hatte er das Glück, seinen Mann zu verfehlen.

Als Jones ihn fallen sah, erriet er die Ursache seines Entsetzens und konnte sich eines Lächelns nicht enthalten, ohne dabei im geringsten zu überlegen, welcher Gefahr er soeben entgangen war. Er ging an dem Burschen, der noch immer so dalag, wie er hingefallen, vorbei und betrat das Zimmer, wo, wie man ihm gesagt hatte, der Gefangene Northerton sich aufhalten sollte. Doch hier erblickte er nur einen vereinsamten Bierkrug auf dem Tisch, über den etwas Bier vergossen war; es sah aus, als sei das Zimmer vor kurzem noch bewohnt gewesen; jetzt aber war es leer.

Jones vermutete nun, es könne noch in einen andern Raum führen. Doch nachdem er alles rundherum durchsucht hatte, war er nirgends auf eine andere Tür gestoßen außer der, durch die er eingetreten war und vor der die Wache gestanden hatte. Mehrmals rief er den Fähnrich bei seinem Namen, doch niemand antwortete; auch hatte dies nichts weiter zur Folge, als daß die Wache in ihrem Schrecken bestärkt wurde und nun überzeugt war, der Freiwillige sei an seinen Wunden gestorben und sein Geist erschienen, um seinen Mörder zu quälen. Der Mann lag da in stummem Grausen; und ich wünschte herzlich, einige Schauspieler, die später vielleicht einmal einen von Furcht Verstörten zu spielen haben, hätten ihn gesehen und daraus gelernt, wie Natur darzustellen sei, statt mit verschiedenen veralteten Mätzchen und Gebärden die Galerie zu unterhalten und sich um deren Beifall zu bemühen.

Als unser Held begriffen hatte, daß der Vogel ausgeflogen war, oder wenigstens daran zweifelte, ihn zu finden, und mit Recht befürchtete, der Büchsenknall werde das ganze Haus in Aufruhr bringen, blies er sein Licht aus und stahl sich lautlos wieder in sein Zimmer zurück und in sein Bett, wo er wohl kaum unentdeckt hingelangt wäre, wenn jemand außer ihm an diesem Gang gewohnt hätte; nur ein alter Herr lebte noch da, der durch das Podagra an sein Bett gefesselt war. Ehe Jones noch seine Kammertür erreichen konnte, war der Vorplatz, wo die Wache gestanden hatte, schon halb mit Leuten angefüllt. Einige standen da in ihren Hemden, andere notdürftig angezogen; alle fragten einander ernstlich, was denn hier vorgegangen sei.

Den Soldaten fand man jetzt in derselben Lage, wie wir ihn vor kurzem verlassen haben. Einige machten sich sogleich daran, ihn aufzurichten, andere hielten ihn für tot; aber diese sollten bald ihres Irrtums gewahr werden, denn er wehrte sich nicht nur gegen alle, die Hand an ihn legten, sondern fing auch an zu brüllen wie ein Ochse, denn er glaubte, sich von lauter Geistern und Höllengesindel gepackt. Seine Vorstellung war nun einmal von dem Schrecken jener Erscheinung besessen und verwandelte alles, was er sah oder fühlte, in Dämonen und Gespenster.

Doch schließlich wurde er von der Überzahl überwältigt und wieder auf die Beine gestellt. Als Licht gebracht wurde und er zwei oder drei seiner Kameraden bei sich sah, kam er wieder halbwegs zur Besinnung. Als sie ihn aber fragten, was denn geschehen sei, antwortete er: „Ach, ich bin des Todes! das ist alles. Ich bin des Todes. Ich kann's nicht überwinden. Ich hab ihn gesehen!" – „Was denn hast du gesehen, Jack?" fragte einer der Soldaten. – „Oh, den jungen Freiwilligen hab ich gesehn, der gestern umgebracht wurde!" Er bedachte sich darauf selbst mit den ärgsten Flüchen und Verwünschungen, wenn es nicht wahr wäre, daß er den Freiwilligen erblickt habe, über und über von Blut überströmt und Feuer aus Mund und Nasenlöchern speiend; an ihm vorbei sei er in die Kammer gegangen, wo Fähnrich Northerton gesessen habe, und den Fähnrich habe er im Genick gefaßt und sei mit ihm unter Donnerschall davongeflogen.

Diese Erzählung wurde von der Zuhörerschaft beifällig aufgenommen. Alle anwesenden Weiber glaubten fest daran und baten den Herrgott, daß er sie vor Mordtat bewahre. Auch unter den Männern waren einige, die die Geschichte glaubten; doch andere lachten und spotteten darüber; ein Feldwebel, der dabeistand, bemerkte kühl: „Mein Junge, Ihr werdet noch etwas zu hören bekommen dafür daß Ihr auf Eurem Posten geschlafen und geträumt habt."

Der Grenadier erwiderte: „Strafen mag man mich, wie man will, aber ich war so hellwach wie eben jetzt, und soll mich der Gottseibeiuns holen, wie er den Fähnrich geholt hat, wenn ich den Toten nicht gesehen habe – wie ich euch sage, mit Augen, groß und glühend wie zwei große Fackeln."

Der Herr der Truppe und die Herrin des Hauses waren nun beide herbeigekommen. Denn der erste, der noch nicht geschlafen und die Wache ihr Gewehr hatte abfeuern hören, hielt es für seine Pflicht aufzustehen, wenngleich er kein großes Unglück befürchtete; die bei weitem ängstlichere Wirtin jedoch, in der Sorge, ihre Löffel und Kannen könnten sich auf den Marsch gemacht haben, ohne von ihr den Befehl erhalten zu haben.

Unsere arme Wache, der der Anblick des Offiziers nicht viel willkommener war als vorher die angebliche Gespenstererscheinung, erzählte von neuem die grauenvolle Geschichte und tat noch einiges an Blut und Feuer hinzu, doch hatte sie das Unglück, bei keiner der letztgenannten Personen Glauben zu finden. Der Offizier, obgleich ein sehr religiöser Mann, war von derartigen abergläubischen Vorstellungen völlig frei; zudem hatte er ganz vor kurzem Jones, wie wir gesehen, bei so gutem Befinden verlassen, daß nichts ihn an seinen Tod glauben ließ. Die Wirtin, wiewohl nicht allzu religiös, hatte nicht viel einzuwenden gegen die Lehre von Geistern und Gespenstern; doch über einen einzelnen Umstand in der Erzählung wußte sie sehr wohl Bescheid, wie wir dem Leser sogleich berichten wollen.

Denn ob Northerton im Donner oder im Feuer oder auf welche andere Weise sonst weggeholt worden war – die Tatsache stand fest, daß sein Körper sich nicht mehr in Gewahrsam befand. Darüber fiel das Schlußurteil des Leutnants nicht so verschieden aus von der Meinung des Feldwebels, den wir vor nicht langem erwähnt haben; er befahl darum, die Wache ohne Verzug zu arretieren. Und also wurde durch einen sonderbaren Umschlag des Glücks (der allerdings nicht so ungewöhnlich ist im Soldatenleben) der Wächter zum Bewachten.

15. Kapitel

Der Ausgang des vorigen Abenteuers.

Außer dem Verdacht, der Posten habe geschlafen, hegte der Leutnant noch einen andern und schlimmern auf die arme Wache, und das war der Verdacht des Verrates; denn da er nicht ein Wort von der Gespenstergeschichte glaubte, bildete er sich ein, das alles sei bloß eine Erfindung, um ihn zu nasführen, und in Wahrheit habe der Bursche sich von Northerton bestechen lassen. Und dies hatte um so mehr Wahrscheinlichkeit, als eine solche Furcht doch unnatürlich war bei einem Manne, der im Rufe eines braven und kühnen Soldaten stand wie nur irgendeiner in seinem Regiment, der mehr als ein Gefecht mitgemacht, mehr als eine Narbe zu zeigen hatte, mit einem Wort, sich stets als ein tapferer, unerschrockener Krieger bewährt hatte.

Damit also der Leser von einem solchen Manne auch nicht die Spur einer üblen Meinung gewinne, wollen wir keinen Augenblick länger zögern, seinen Namen von jener Anschuldigung zu retten.

Herr Northerton also war, wie wir vorhin bemerkt hatten, seines Kampfruhmes überdrüssig. Vielleicht hatte er gesehen, gehört oder erraten, daß dem Ruhme sich gern der Neid gesellt. Nicht, daß ich damit zu verstehen geben möchte, er habe nach heidnischem Brauch an die Göttin Nemesis geglaubt oder ihr geopfert, denn ich bin überzeugt, daß er nie auch nur ihren Namen gehört hatte. Außerdem war er sehr regen Geistes und hatte eine große Abneigung gegen die engen Quartiere im Turm zu Gloucester, wohin ein Friedensrichter ihm vielleicht ein Billett geben möchte, und er war daneben auch nicht ganz frei von unbehaglichen Betrachtungen über ein gewisses hölzernes Bauwerk, das ich, in Übereinstimmung mit der Meinung der Leute, nicht mit seinem Namen bezeichne, wiewohl sie dieses Gebäude, glaube ich, eher in Ehren halten als sich seiner schämen sollten, da es der Allgemeinheit nützlicher ist oder doch der bürgerlichen Gesellschaft nützlicher gemacht werden könnte als fast alle übrigen öffentlichen Bauten. Kurz gesagt, um nicht noch mehr Ursachen seines Verhaltens anzudeuten; Herr Northerton hatte den Wunsch, noch selbigen Abends abzureisen, und ihm blieb nichts anderes übrig, als das *quo modo* auszusinnen, was mit einiger Schwierigkeit verbunden schien.

Nun war dieser junge Herr, wenn vielleicht auch etwas bucklig im Geist, doch von Wuchs vollkommen gerade und ungewöhnlich stark und wohlgebaut. Auch sein Gesicht wurde von der Mehrzahl der Frauen für schön gehalten, denn es war breit und blühend, und sein Mund wies recht gute Zähne auf. Solche Reize verfehlten nicht, Eindruck auf unsere Wirtin zu machen, die an dieser Art Schönheit großes Wohlgefallen fand.

Tatsächlich fühlte sie wahres Mitleid mit dem jungen Manne, und da sie von dem Wundarzt vernahm, die Sache mit dem Freiwilligen könne leicht eine schlimme Wendung nehmen, fürchtete sie, auch für den Fähnrich könnten sich die Aussichten verdüstern. Nachdem sie die Erlaubnis erhalten hatte, ihn zu besuchen, und da sie ihn in einer sehr niedergedrückten Verfassung fand, die sie noch beträchtlich verschlimmerte, indem sie ihm sagte, daß für das Wiederaufkommen des Freiwilligen nur geringe Hoffnung bestehe, begann sie mit gewissen Andeutungen, die der andere bereitwillig und begierig aufgriff, und bald gelangten sie dazu, einander richtig zu verstehen. Man kam schließlich überein, der Fähnrich solle auf ein bestimmtes Zeichen hin durch den Schornstein hinaufklettern, der in geringer Höhe mit der Küche zusammentraf; dort könne er sich wieder herablassen; hierzu wolle sie ihm die Gelegenheit geben, indem sie um diese Zeit die Bahn freihielte.

Damit unsere Leserinnen von gemäßigterem Temperament nicht den Anlaß ergreifen, um zu hastig jedes Mitleid als Torheit und als der menschlichen Gesellschaft schädlich zu verdammen, halten wir es für richtig, einen andern Umstand zu erwähnen, der vielleicht bei dieser Handlung auch etwas mitspielte. Es traf sich, daß der Fähnrich damals im Besitz eines Kasseninhaltes von fünfzig Pfund Sterling war, die freilich nicht ihm, sondern der ganzen Kompanie gehörten, denn der Hauptmann, der zu dem Leutnant in keinem guten Verhältnis stand, hatte die Besoldung seiner Kompanie dem Fähnrich anvertraut. Dieser jedoch hielt es für geraten, das Geld den Händen der Wirtin zu übergeben, vielleicht als eine Art Bürgschaft oder Sicherheit dafür, daß er sich hernach stellen und auf die gegen ihn erhobene Klage antworten werde. Welches nun aber auch die Bedingungen gewesen sein mögen, gewiß ist, sie hatte das Geld und der Fähnrich seine Freiheit.

Nach der mitleidigen Gemütsanlage dieser guten Frau möchte der Leser vielleicht erwarten, daß sie, als die Wache wegen eines Vergehens, an dem sie unschuldig war, abgeführt wurde, sich augenblicklich ins Mittel geworfen und zugunsten des Soldaten Zeugnis abgelegt hätte. Doch ob sie nun ihr ganzes Mitgefühl bereits bei dem vorigen Begebnis erschöpft oder ob das Aussehen dieses Menschen, obwohl es mit dem des Fähnrichs viel Ähnlichkeit hatte, es nicht zu erwecken vermochte, das lasse ich unentschieden. Weit entfernt davon, sich für den jetzigen Gefangenen zum Verteidiger zu machen, suchte sie die Größe seiner Schuld noch zu steigern, indem sie mit gen Himmel aufgehobenen Augen versicherte, um nichts in der Welt hätte sie mit der Flucht eines Mörders etwas zu tun haben mögen.

Nun war alles wieder ruhig geworden, und von der Gesellschaft suchten die meisten ihre Betten wieder auf; doch die Wirtin, entweder wegen ihrer natürlichen lebhaften Anlage oder aus Angst um ihr Silber und Zinn, fühlte keine Neigung zum Schlaf; sie überredete die Offiziere, da doch bis zum Aufbruch kaum noch mehr als eine Stunde Zeit sei, diese Zeit mit ihr bei einer Kanne Punsch zuzubringen.

Jones hatte die ganze Weile über wach gelegen und einen großen Teil des Treibens und Getümmels im Hause mit angehört; nun drängte es ihn, eine kleine Einzelheit davon zu erfahren. Er klingelte also wohl zwanzigmal, doch vergeblich, denn unsere Wirtin und ihre Gäste waren so fröhlich und so laut, daß sie keinen andern Lärm als ihren eigenen vernehmen konnten, und der Kellner und das Zimmermädchen saßen zusammen in der Küche (keins von beiden getraute sich, allein aufzustehen oder zu Bett zu gehen), und je lauter sie die Glocke läuten hörten, um so größer war ihre Furcht, und sie saßen, als wären sie auf ihrem Platze festgenagelt.

Aber in einer zufälligen Gesprächspause vernahm die Wirtin endlich den unablässig sich wiederholenden Laut, auf den hin nun beide Bedienten herbeieilten. „Joe", fragte die Herrin, „hört Ihr die Glocke des Herrn nicht? Warum geht Ihr nicht hinauf?" – „Das ist nicht meine Sache", versetzte der Kellner, „in den Zimmern aufzuwarten, das kommt Betty, dem Kammermädchen, zu." – „Wenn Ihr auf das kommt", erwiderte das Mädchen, „so ist es nicht meine Sache, Herren zu bedienen. Ich hab das freilich ein paarmal getan, doch der Teufel hol mich, wenn ich's je wieder tue, zumal Ihr Euch mit solchen Vorsprüchen aufhaltet." Da die Glocke noch immer heftig schellte, geriet die Wirtin in Zorn und schwor, wenn der Kellner sich nicht augenblicklich hinaufbegebe, so werde sie ihn noch am Vormittag entlassen. „Wenn Sie das tun, Madam", sagte er, „so kann ich nichts machen. Ich mag nicht eines andern Angestellten Arbeit besorgen." Sie wandte sich darauf an das Mädchen und versuchte, es auf artige Weise zu überreden, aber alles vergeblich. Betty war ebenso hartnäckig wie Joe. Beide bestanden darauf, daß dies nicht ihr Geschäft sei.

Der Leutnant mußte lachen und sagte: „Kommt, wir wollen

diesen Streit beenden"; alsdann wandte er sich an die Bedienten und lobte sie wegen ihres Entschlusses, ihrem Standpunkt treu zu bleiben; doch, fügte er hinzu, er sei gewiß, wenn ein Teil zustimmte, dorthin zu gehen, dann ginge der andere auch. Zu diesem Vorschlag sagten sie beide sofort ja und stiegen in aller Eintracht und Freundschaft hinauf. Als sie gegangen waren, beschwichtigte der Leutnant den Zorn der Wirtin, indem er ihr erklärte, warum die beiden sich so gesträubt hätten, allein zu gehen.

Sie kehrten schon bald zurück und berichteten ihrer Herrin, der kranke Herr sei vom Totsein so weit entfernt, daß er vielmehr so kräftig rede, als wäre er vollkommen gesund; und er lasse dem Leutnant sagen, er stehe ihm zu Diensten und wäre sehr erfreut, wenn er ihn vor dem Abmarsch noch mit seinem Besuch beehren wolle.

Der gute Leutnant kam diesem Wunsch alsbald nach; nachdem er sich auf Jones' Bettrand niedergesetzt hatte, schilderte er ihm den Auftritt, der sich eben unten ereignet hatte, und schloß mit dem Vorsatz, die Wache exemplarisch bestrafen zu lassen.

Auf das hin eröffnete ihm Jones die volle Wahrheit und bat ihn dringend, den armen Soldaten nicht zu strafen, „der", sagte er, „nach meiner Überzeugung am Entwischen des Fähnrichs so unschuldig ist, wie er unfähig ist, sich eine Lüge auszudenken oder Sie zu hintergehen."

Der Leutnant bedachte sich kurz und gab dann zur Antwort: „Nun, von einem Teil der Schuld haben Sie den Gesellen ja freigesprochen, der andere wird somit unmöglich zu beweisen sein, weil er ja den Posten nicht beständig innegehabt hat. Zwar hätte ich große Lust, dem Lumpen für seine Feigheit einen Denkzettel zu geben, aber wer kann denn wissen, wo das Grauen vor einer solchen Erscheinung einen hinführt? Die Wahrheit zu sagen, so hat er sich vor dem Feind immer trefflich gehalten. Nun, es ist ja nur gut, wenn man bei solchen Burschen eine Spur von Religion bemerkt; so verspreche ich Ihnen, er soll frei sein, sobald wir abmarschieren. Doch hören Sie, da wird die Trommel gerührt! Nun denn, lieber Freund, nochmals einen Schmatz. Regen Sie sich nicht auf und übereilen Sie sich nicht. Bedenken Sie, die christliche Lehre mahnt zur Geduld. Mein Wort darauf, bald werden Sie sich Genugtuung verschaffen und imstande sein, an dem Kerl, der Sie beleidigt hat, ehrenvoll Rache zu nehmen." Dann ging der Leutnant fort, und Jones versuchte sich dem Schlaf zu überlassen.

ACHTES BUCH

Umfaßt etwa zwei Tage.

1. Kapitel

Ein wundervolles langes Kapitel, das sich auf das Wunderbare bezieht, bei weitem das längste von allen unsern Einleitungskapiteln.

Da wir jetzt ein Buch beginnen, in dem der Gang unserer Geschichte uns zwingt, einige Begebnisse von merkwürdigerer und überraschenderer Art zu erzählen als irgendwelche, die sich bis dahin ereignet haben, dürfte es nicht unangebracht sein, in den Vorbemerkungen oder dem Einleitungskapitel über jenen Zweig der Schriftstellerei etwas zu sagen, der das Wunderbare genannt wird. Diesem werden wir sowohl zu unserem als zu anderer Nutzen bestimmte Grenzen zu ziehen versuchen. Wirklich kann hier nichts nötiger sein, da Kritiker* von verschiedener Anschauungsweise imstande wären, mit ihren Meinungen in die verschiedenen Extreme auseinanderzugehen. Denn während da einige sind, die zugeben, die gleiche Sache, die unmöglich ist, könnte doch wahrscheinlich sein, besitzen andere so wenig historischen oder poetischen Glauben, daß sie denken, nichts sei möglich oder wahrscheinlich, dessen Wirklichkeit sie nicht durch ihre eigene Beobachtung geprüft hätten.

Als erstes, so meine ich, wäre von jedem Schriftsteller vernünftigerweise zu verlangen, daß er sich innerhalb der Grenzen der Möglichkeit halte; und daß er ferner eingedenk sei, daß das, was dem Menschen zu vollbringen nicht möglich ist, sich kaum als durch Menschen ausführbar glauben läßt. Diese Überzeugung war vielleicht der Ursprung mancher Geschichte von den alten heidnischen Gottheiten (denn die meisten von ihnen sind dichterischer Herkunft). Der Dichter, der gern einer ungezügelten und schweifenden Einbildungskraft nachgeben wollte, nahm seine Zuflucht zu dieser Macht, deren Bereich seine Leser nicht abzuschätzen vermochten, oder besser, den sie für unbegrenzt hielten; folglich konnten sie durch keine

* Mit diesem Wort bezeichnen wir hier und in den meisten anderen Teilen unseres Buches jeden Leser in der ganzen Welt.

Wunder, die ihnen von dort berichtet wurden, schockiert werden. Dies wurde mit Nachdruck vorgebracht zur Verteidigung von Homers Wundergeschichten. Und vielleicht ist es tatsächlich eine Verteidigung; nicht, wie Herr Pope haben möchte, weil Ulysses den Phäaken, die ein dumpfes Volk waren, alberne Lügen auftischte, sondern weil der Dichter selbst für Heiden schrieb, für die dichterische Fabeln Glaubenssätze sind. Was mich selbst angeht, so muß ich gestehen, ich werde so leicht vom Mitgefühl bewegt; ich wollte, Polyphem hätte sich auf seine Milchdiät beschränkt und sein Auge behalten. Auch konnte Ulysses sich kaum mehr als ich gegrämt haben, als seine Gefährten in Schweine verwandelt wurden von jener Circe, die, denke ich, später zu große Vorliebe für Menschenfleisch an den Tag legte, als daß man ihr hätte zutrauen können, es in Speck zu verwandeln. Ebenso wünschte ich von ganzem Herzen, Homer hätte die Regel gekannt, die Horaz vorgeschrieben hat, nämlich übernatürliche Mächte so selten wie möglich einzuführen. Wir hätten alsdann seine Götter keine so niedrigen Botendienste verrichten und sich nicht auf eine Art benehmen sehen, durch die sie sich nicht allein allen Anspruch auf Respekt verwirkten, sondern sich zum Gegenstand des Spottes und Gelächters machten. Ein Benehmen, das die Gläubigkeit eines frommen und klugen Heiden erschüttert haben muß und niemals hätte verteidigt werden können, es sei denn, man hätte einer Vermutung beigepflichtet, zu der ich selbst zuweilen hinneigte, daß dieser herrliche Poet, der er sicherlich war, die Absicht gehabt hätte, sich über den Aberglauben seines Zeitalters und seines Landes lustig zu machen.

Aber ich habe mich zu lange bei einer Lehre aufgehalten, die für einen christlichen Schriftsteller von keinem Nutzen sein kann. Denn da er in seinen Werken keinen von diesen himmlischen Gästen aufnehmen kann, die einen Teil seines Glaubens ausmachen, so ist es eine schreckliche Kinderei, in der Theologie der Heiden nach einer jener Gottheiten suchen zu wollen, die seither längst von dem Thron ihrer Unsterblichkeit herabgestoßen worden sind. Lord Shaftesbury bemerkt, daß es nichts Kälteres gebe als die Anrufung einer Muse durch einen Modernen; er hätte hinzufügen dürfen, daß auch nichts ungereimter sein kann. Ein Moderner könnte mit viel mehr Eleganz eine Ballade zum Vortrag bringen, als das, nach der Meinung einiger Leute, Homer getan hat, oder wie der Verfasser des „Hudibras“ einen Krug Bier besingen, welch letzterer vielleicht zu mehr

Poesie oder Prosa begeistert haben könnte als alle Tränke der Hippokrene und des Helikon.

Die einzigen übernatürlichen Mächte, denen wir Modernen irgendwie Zutritt erlauben können, sind Gespenster; doch möchte ich jedem Schriftsteller raten, damit äußerst sparsam zu sein. Sie sind ganz gewiß, wie Arsenik und andere gefährliche Drogen in der Medizin, mit der äußersten Vorsicht anzuwenden; auch möchte ich raten, sie überhaupt nicht in solche Werke oder durch solche Autoren einzuführen, denen ein lautes Gelächter des Lesers einen großen Schaden oder eine Kränkung zufügen könnte.

Ich übergehe Elfen und Feen und andern derartigen Mummenschanz mit Absicht, denn sehr ungern möchte ich jenen erstaunlichen Vorstellungskräften irgend Grenzen ziehen, für deren Reichweite der Umfang der menschlichen Natur zu eng ist, deren Werke als eine neue Schöpfung zu betrachten sind und die folglich durchaus das Recht haben, mit sich anzufangen, was sie wollen.

Der Mensch ist darum das oberste Thema (von sehr seltenen Gelegenheiten abgesehen), das sich der Feder unserer Geschichtschreiber oder Dichter anbietet; und wenn wir von seinem Tun erzählen, müssen wir darauf achten, daß wir die Fähigkeiten des Vertreters dieser Gattung nicht übertreiben.

Auch genügt die bloße Möglichkeit noch nicht, um uns zu rechtfertigen; wir müssen uns gleicherweise innerhalb der Wahrscheinlichkeitsregeln halten. Ich glaube, Aristoteles ist der Meinung – oder wenn nicht er, so ein Weiser, dessen Autorität, wenn er erst alt genug geworden, ebenso schwer wiegen wird –, daß es einen Dichter, der Unglaubwürdiges berichtet, nicht entschuldigt, wenn das Erzählte wirklich Tatsache ist. Im Hinblick auf die Poesie mag das vielleicht gelten, doch nicht zulässig wäre es, dies auf den Geschichtsschreiber auszudehnen. Er nämlich ist verpflichtet, die Tatsachen mitzuteilen, wie er sie vorfindet, mögen sie auch so befremdlicher Natur sein, daß es keines geringen geschichtlichen Glaubens bedarf, sie zu schlucken. So verhält es sich mit der erfolglosen Streitmacht des Xerxes, die Herodot beschrieben, oder dem erfolgreichen Feldzug Alexanders, den Arrian erzählt hat. Und entsprechende Vorfälle aus späterer Zeit sind der Sieg Heinrichs des Fünften bei Agincourt oder jener, den Karl der Zwölfte von Schweden bei Narva erfocht. Alle diese Beispiele erscheinen um so verwunderlicher, je mehr wir über sie nachdenken.

Da solche Tatsachen das Garn der Geschichte durchziehen oder sogar einen ansehnlichen Teil davon ausmachen, ist der Geschichtsschreiber nicht bloß ermächtigt, sie so, wie sie sich zugetragen haben, zu erzählen, nein, es wäre unverzeihlich von ihm, wenn er sie übergehen oder ändern würde. Doch gibt es andere Tatsachen, die weder so folgenreich noch notwendig sind und die, wenn auch noch so gut bezeugt, gleichwohl der Vergessenheit geopfert werden mögen in Rücksicht auf die Zweifelsucht des Lesers. Eine solche ist die denkwürdige Geschichte vom Gespenst des George Villers, das man schicklicher dem Dr. Drelincourt zum Geschenk gemacht hätte, damit er es in Gesellschaft des Gespenstes der Frau Veale an den Anfang seines „Gesprächs über den Tod" hätte stellen können, statt daß es nun in ein so ernsthaftes Werk wie die „Geschichte der Rebellion" aufgenommen worden ist.

Die Wahrheit zu sagen: Will der Geschichtsschreiber sich auf das beschränken, was wirklich geschah, und jeden weniger gut bezeugten Umstand als falsch zurückweisen, dann wird er zuweilen ins Wunderbare, aber nie ins Unglaubwürdige verfallen. Er wird häufig seines Lesers Verwunderung und Überraschung erregen, aber nie jenen ungläubigen Haß, den Horaz erwähnt. Wir verstoßen im allgemeinen gegen diese Regel, wenn wir ins Fabulieren geraten; wir begeben uns dann der Wahrscheinlichkeit, die der Geschichtsschreiber selten, wenn überhaupt je verläßt, solange er nicht auf seinen Charakter verzichten und zum Romanschreiber werden will. Hierin jedoch sind jene Geschichtsschreiber, die von Staatsgeschäften berichten, uns gegenüber, die wir uns auf Szenen des Privatlebens beschränken, im Vorteil. Denn ihr Ansehen wird durch allgemeine Anerkennung auf lange Zeit gestützt, und Geschichtsbücher mit den übereinstimmenden Zeugnissen vieler Autoren empfehlen sie kommenden Generationen als zuverlässig. So haben von Trajan bis Antoninus, von Nero bis Caligula alle bei der Nachwelt Glauben gefunden, und keiner zweifelt daran, daß einst so überaus gute und so überaus schlechte Menschen Herren der Menschheit gewesen sind.

Wir aber, die wir uns mit Privatpersonen befassen und in den entlegensten Schlupforten nachschauen und Beispiele von Tugend und Laster aus den Löchern und Winkeln der Welt hervorziehen, wir befinden uns in einer gefahrvolleren Lage. Da wir uns keines öffentlichen Rufes erfreuen, da keine Berichte und Urkunden stützen oder bestätigen, was wir bekanntgeben, sind wir verpflichtet, uns nicht nur innerhalb der Grenzen des Möglichen, sondern auch des Wahrscheinlichen zu halten, besonders dann, wenn wir schildern, was ausnehmend gut und liebenswert ist. Büberei und Narrheit, wenn auch nicht im Übermaß, wird leichter Zustimmung finden; denn Boshaftigkeit verleiht dem Glauben einen Zuschuß an Halt und Stärke.

So mögen wir vielleicht ohne viel Gefahr die Geschichte eines gewissen Fisher erzählen, der, nachdem er lange Zeit sein Brot Herrn Derbys Freigebigkeit zu verdanken gehabt und eines Morgens aus dessen Hand eine ansehnliche Gabe empfangen hatte, gleichwohl in der Absicht, selbst zu besitzen, was im Schreibpult seines Freundes geblieben war, sich in einem Amtsraum des Temple versteckte, von dem ein Durchgang in Herrn Derbys Gemächer führte. Hier hörte er stundenlang zu, wie sich Herr Derby an einem Gastmahl erfreute, das er diesen Abend seinen Freunden gab und zu dem auch Fisher eingeladen worden war. Und während der ganzen Zeit erwachte in diesem keine liebevolle oder dankbare Regung, um ihn von seinem Vorhaben abzuhalten, sondern nachdem der arme Herr seine Gesellschaft durch den Amtsraum hinausgeleitet hatte, kam Fisher plötzlich aus seinem Versteck hervor, folgte seinem Freund leise in sein Zimmer und schoß ihm eine Pistolenkugel durch den Kopf. Das dürfte geglaubt werden, selbst wenn Fishers Gebeine so vermodert sein werden wie sein Herz. Ja, vielleicht wird auch dies für wahr genommen, daß der Schurke zwei Tage danach mit ein paar jungen Damen ins Theater ging, um den „Hamlet“ zu sehen; und mit unbewegter Miene habe er eine dieser Damen, die auch nicht den leisesten Verdacht hatte, wie nahe sie der Person war, ausrufen hören: „Mein Gott! wenn der Mensch, der Herrn Derby umbrachte, jetzt hier anwesend wäre!“ Somit hat er ein verhärteteres und unempfindlicheres Gewissen bekundet als selbst Nero, von dem uns Sueton erzählt, daß das Bewußtsein seiner Schuld nach dem Tod seiner Mutter bei ihm sogleich unerträglich geworden sei und daß dieser Zustand anhielt; auch vermochten alle Glückwünsche der Soldaten, des Senats und des Volkes die Schreckensqualen seines Gewissens nicht zu stillen.

Doch nun sollte ich andererseits dem Leser auch erzählen, daß ich einen Mann gekannt habe, dem sein durchdringender Verstand ermöglicht hatte, ein großes Vermögen zusammenzubringen, auf einem Wege, der anfangs aussichtslos schien;

daß er dies unter Einsatz seiner ganzen Ausdauer und bei vollkommener Rechtlichkeit erreichte, und nicht allein, ohne irgendeiner Einzelperson im geringsten Schaden oder Ungerechtigkeit zuzufügen, sondern zum hohen Vorteil der Handelswelt und der Staatseinkünfte; daß er einen Teil des Ertrages aus seinem Vermögen einem überlegenen Geschmack an Werken opferte, in denen die höchste Würdigkeit mit der reinsten Einfachheit vereint war, und einen andern Teil, indem er einen Grad von Güte entfaltete, darin er jeden übertraf, und Mildtätigkeit gegenüber Personen übte, deren einzige Empfehlungen ihre Verdienste oder ihre Bedürftigkeit waren; daß er mit dem größten Eifer nach notleidenden Talenten Ausschau hielt, sich alle Mühe gab, ihnen zu helfen, und ängstlich (zu ängstlich vielleicht) zu verhehlen strebte, was er Gutes getan hatte; daß sein Haus, sein Hausrat, seine Gärten, seine Tafel, seine private Gastfreundschaft, seine öffentliche Wohltätigkeit in allem den Stempel seines Geistes trugen und wahrhaft reich und vornehm waren, ohne eine Spur von unechtem Flitter und äußerlichem Prunk; daß er allen menschlichen Beziehungen auf die angemessenste Weise entsprach; daß er seinem Schöpfer mit dem frömmsten religiösen Gefühl, seinem König mit der aufrichtigsten Loyalität ergeben war, ein zärtlicher Gatte, ein gütiger Verwandter, ein großmütiger Dienstherr, ein warmer und zuverlässiger Freund, ein gebildeter und heiterer Gefährte, nachsichtig gegen seine Dienerschaft, gastfreundlich seinen Nachbarn, wohltätig den Armen, wohlwollend allen Menschen gegenüber. Soll ich zu all diesem noch die Eigenschaftswörter weise, tapfer, elegant und jedes andere in unserer Sprache angenehm lautende Beiwort hinzutun, dann muß ich mich freilich fragen:

> . . . *Quis credet? nemo Hercule! nemo;*
> *Vel duo, vel nemo**.

Und doch kenne ich einen Mann, auf den alle die Eigenschaften, die ich genannt habe, zutreffen. Nur genügt ein einziges Beispiel (und ich wüßte dafür kein zweites) noch nicht, um uns ins Recht zu setzen, da wir für Tausende schreiben, die weder von dieser Person gehört haben noch von jemandem ihresgleichen. Solche *rarae aves* sollten dem Grabinschriftenverfasser zugewiesen werden oder einem Dichter, der geruhen

* Wer glaubt's? Niemand beim Herkules! Niemand. Vielleicht zweie, vielleicht niemand (Anmerkung des Übersetzers).

mag, sie in einem Distichon festzuhalten oder in eine Reimzeile hineingleiten zu lassen, ein wenig nachlässig und wie nebenbei und ohne den Leser zu ärgern.

Und endlich sollten die Vorgänge der Handlung sich nicht nur innerhalb des Bereichs der menschlichen Wirksamkeit vollziehen und von solcher Art sein, daß man annehmen kann, sie würden durch Menschen bewirkt, sondern sie müßten auch den Trägern und Charakteren der Handlung entsprechen. Denn was bei einem Menschen als wunderbar und überraschend berühren mag, das könnte, wenn es von einem andern erzählt wird, als unwahrscheinlich, wo nicht sogar als unmöglich anmuten.

Dies letzte Erfordernis ist das, was die Kritiker des Dramas Charakterdurchführung nennen; es verlangt ein ungewöhnliches Maß an Urteilskraft und eine sehr genaue Kenntnis der menschlichen Natur.

Von einem ausgezeichneten Schriftsteller wurde trefflich bemerkt, auch der größte Eifer vermöchte einen Menschen ebensowenig zu veranlassen, seinem Wesen direkt entgegenzuhandeln, wie ein reißender Strom ein Boot gegen seine eigene Strömung zurückzutreiben vermag. Ich will die Behauptung wagen, daß es für einen Menschen wenn nicht unmöglich, so denkbar unwahrscheinlich und überaus wunderlich ist, dem Gebot seiner Natur direkt zuwiderzuhandeln. Wollte man das Beste aus des M. Antoninus Lebensgeschichte dem Nero zuschreiben oder die schlimmsten Taten aus Neros Leben dem Antoninus zur Last legen, was wäre widersinniger zu glauben als ein jedes von diesen Beispielen? Erzählt man uns diese beiden jedoch und nennt uns dabei ihre wirklichen Urheber, dann machen sie das wahrhaft Wunderbare aus.

Unsere modernen Komödienschreiber sind fast alle in den hier angedeuteten Irrtum verfallen; ihre Helden sind fast immer berüchtigte Schurken und ihre Heldinnen verworfene Dirnen – während der vier ersten Akte. Doch im fünften werden die ersten zu höchst würdigen Herren und die zweiten zu Damen voller Tugend und Anstand. Auch nimmt sich der Verfasser selten die geringste Mühe, für den klaffenden Widerspruch in einer so ungeheuerlichen Wandlung einen Ausgleich zu schaffen oder eine Begründung zu erbringen. Man findet dafür tatsächlich keine andere Ursache, als daß das Stück seinem Ende zugeht; als ob es für einen Schurken nicht weniger natürlich wäre, im letzten Akt eines Stückes zu bereuen als im letzten seines Lebens, was, wie wir sehen können, doch allgemein in Tyburn* der Fall ist, einem Ort, der tatsächlich manchen Komödien zum schicklichen Ende verhelfen mag, da deren Helden sich meist durch jene Talente auszeichnen, die nicht allein die Menschen an den Galgen bringen, sondern sie auch befähigen, sich als heldenhafte Figuren zu zeigen, wenn sie dort sind.

Abgesehen von diesen wenigen Einschränkungen besitzt, glaube ich, jeder Schriftsteller die Freiheit, einen so ausgiebigen Gebrauch vom Wunderbaren zu machen, wie er nur mag; ja, wenn er sich nur an die Regeln der Glaubwürdigkeit hält, so wird er, je mehr er den Leser zu überraschen vermag, um so mehr seine Aufmerksamkeit fesseln, und um so mehr wird er ihn bezaubern. Wie ein Genius höchsten Ranges im fünften Kapitel seines „Bathos" bemerkt: „Die große Kunst aller Dichtung besteht im Mischen des Wahren mit dem Erfundenen in der Absicht, das Glaubwürdige mit dem Überraschenden zu verbinden."

Denn wenn schon jeder gute Schriftsteller sich innerhalb der Grenzen der Wahrscheinlichkeit halten wird, so ist es doch durchaus nicht nötig, daß seine Charaktere oder Geschehnisse platt, gemein oder gewöhnlich seien, so wie sie in jeder Straße oder in jedem Hause anzutreffen sind, oder wie die, über welche die Zeitungen berichten. Auch sei ihm nicht verboten, viele Personen und Dinge zu zeigen, die vielleicht einem großen Teil seiner Leserschaft nie zur Kenntnis gelangt sind. Wenn der Verfasser die obenerwähnten Gebote genau beachtet, dann hat er das Seinige getan; er ist alsdann berechtigt, einigen Glauben von seinem Leser zu beanspruchen, der sich gewiß der kunstrichterlichen Untreue schuldig machte, wenn er ihm nicht glaubte. Hinsichtlich solchen mangelnden Glaubens gedenke ich des Spiels einer jungen Dame von Stand, das im Theater von einer sehr großen Zuschauerschaft von Schreibern und Lehrlingen als unnatürlich verurteilt wurde, und doch hatte es früher den Beifall mancher Damen aus der höchsten Gesellschaft gefunden; eine davon, ausgezeichnet durch ihren Kunstverstand, erklärte, es sei das Abbild der Hälfte aller jungen Leute ihrer Bekanntschaft.

* Hinrichtungsplatz in London (Anmerkung des Übersetzers).

2. Kapitel

In dem die Wirtin Herrn Jones einen Besuch abstattet.

Als Jones von seinem Freund, dem Leutnant, Abschied genommen hatte, versuchte er weiterzuschlafen, doch umsonst. Seine Lebensgeister waren zu rege und wach, um sich nochmals einlullen zu lassen. Nachdem er sich also, bis es heller Tag geworden, mit dem Gedanken an Sophia vergnügt oder vielmehr gequält hatte, rief er nach Tee. Bei dieser Gelegenheit geruhte die Wirtin selbst, ihm ihre Aufwartung zu machen.

Dies war tatsächlich das erste Mal, daß sie ihn sah oder wenigstens beachtete. Da ihr nämlich der Leutnant versichert hatte, Jones sei zweifelsohne ein junger Mann aus guter Familie, beschloß sie nun, ihm jeden Respekt zu erweisen, dessen sie fähig war. Denn wir reden nur die Wahrheit, wenn wir sagen: Dies war eines jener Häuser, wo vornehme Herren, um im Ton der Ankündigung zu reden, um einen zivilen Preis die aufmerksamste Bedienung erwarten konnten.

Kaum hatte sie sich an die Bereitung des Tees gemacht, als sie auch schon mit ihrer Rede loslegte: „Nun ja, Herr, mir scheint's wahrhaft ein Jammer, daß so'n hübscher junger Edelmann sich so geringschätzen und mit diesem Soldatenvolk herumziehn will. Sie nennen sich freie Herren, jawohl; doch wie mein erster Mann zu sagen pflegte, sie sollten bedenken, wir sind's, die sie bezahlen. Und das drückt uns freilich hart, daß wir gezwungen sind, sie zu bezahlen und sie dazu noch unterzubringen, wie wir Schankwirte tun müssen. Letzte Nacht hatte ich ihrer zwanzig im Haus, die Offiziere nicht mitgezählt; doch das geht noch, lieber mag ich noch die Gemeinen als die Offiziere, denn nichts ist den Gecken je gut genug. Und Sie sollten erst die Rechnungen sehn; ja, das ist überhaupt schon gar nichts. Ganz gewiß, ich hab weniger Mühe mit der Familie eines rechtschaffenen Edelmannes, von der wir vierzig bis fünfzig Schilling die Nacht einnehmen, ohne die Pferde. Und doch, da ist, meiner Treu, kaum einer unter diesen Offizierskerlen, der sich nicht für so gut hält wie'n Edelmann mit fünfhundert Pfund im Jahr. Hab viel davon, wenn ich ihre Leute hinter ihnen herlaufen hör: ‚Euer Gnaden, Euer Gnaden!' Weiß Gott, Euer Gnaden, und die Mahlzeit einen Schilling pro Kopf. Und ein solches Fluchen unter den Leuten; das bringt mich fast von Sinnen! Da kann doch nichts gedeihen, nie kein Segen sein. Und da hat Sie noch einer von ihnen auf so barbarische Art zugerichtet. Ich kann mir denken, wie gut die übrigen den in Schutz nehmen; die halten alle zusammen; denn wären Sie in Todesgefahr gewesen – ich bin glücklich zu sehn, Sie sind's nicht –, das wär diesen übeln Gesellen ganz egal gewesen. Die hätten den Mörder glatt laufen lassen. Der Himmel sei ihnen gnädig; um nichts in der Welt wollt ich eine solche Sünd zu verantworten haben. Doch da Sie sich von Ihrer Wunde bald erholt haben werden, wird ihn das Gesetz noch erwischen; und wenn Sie den Anwalt Small dafür anstellen wollten, so möcht ich schwören, daß der Kerl vor ihm Reißaus nehmen und aus der Gegend fliehen wird. Doch vielleicht ist er bereits geflohn; so verhält sich's ja mit diesen Burschen: Heut sind sie hier und morgen fort. Ich hoffe indessen, Sie werden künftig klüger sein und jetzt zu Ihren Freunden heimkehren. Ich versichere Ihnen, daß die sich um Ihren Verlust heftig grämen; wenn sie aber gar wüßten, was sich hier zugetragen hat – ja, mir scheint, daß ich's um nichts in der Welt wünsche, daß sie's wüßten. Doch kommen Sie, kommen Sie, wir wissen ja recht gut, wo's fehlt! Aber, will die eine nicht, dann will die andere; und ein so hübscher Herr wird schon nicht ohne Dame bleiben. Das ist gewiß: Wär ich wie Sie – das feinste Frauenzimmer, das nur je einen Kopf getragen, wollt ich lieber hängen sehn, als mich seinethalb zum Soldaten anwerben lassen. Ja, ja, nur nicht gleich so rot werden!" (Wirklich wurde er das in hohem Grade). „Nun, Sie dachten wohl, Herr, ich kenne nicht den Sachverhalt, wüßte nichts von Fräulein Sophia?" „Wie", rief Jones und fuhr in die Höhe, „Sie kennen meine Sophia?" – „Ob ich sie kenne? Wie sollt ich nicht?" rief die Wirtin. „Manches gute Mal hat sie in meinem Haus geruht." – „Dann vermutlich mit ihrer Tante?" bemerkte Jones. „Ja, da haben Sie ganz das Richtige getroffen!" rief die Wirtin. „Ja, ja doch, ja! Die alte Dame kenn ich sehr gut. Und ein süßes junges Geschöpf ist Fräulein Sophia." – „Ein süßes Geschöpf!" stöhnte Jones. „O Himmel!

Engel bedürften Kunst, zu sein wie sie.
In ihr liegt ganz, was wir des Himmels glauben,
Blendende Klarheit, und was rein und wahr,
Ewige Freude, Liebe ohne End.

Und hätt ich je darauf verfallen können, daß Sie meine Sophia gesehen haben!" – „Ich wollte", erwiderte die Wirtin, „Sie hätten bloß halb soviel von ihr gesehen! Was hätten Sie dafür gegeben, wenn Sie, wie ich, an ihrem Bettrand hätten sitzen können? Was für einen köstlichen Hals sie hatte! Und ihre reizenden Glieder haben sich hier in diesem Bett gedehnt, in dem Sie liegen." – „Hier!" rief Jones. „Hat Sophia einmal hier gelegen?" – „Ja, ja freilich; hier in diesem selben Bette", versicherte die Wirtin, „wo ich sie Ihnen in diesem Augenblick hineinwünschen möchte; und sie selbst wünschte sich wohl nichts Besseres, oder ich versteh mich auf dergleichen nicht; denn sie hat mir Ihren Namen genannt." – „Ha!" rief er, „hat sie je ihren armen Jones erwähnt? Da schmeicheln Sie mir, ich kann das nicht glauben." – „Nun denn", antwortete sie, „so wahr ich meine Seele zu retten hoffe, und der Teufel mag mich auf der Stelle holen, wenn ich eine Silbe mehr als die Wahrheit sage: Ich habe sie Herrn Jones nennen hören; sie tat das züchtig und ehrbar, das muß ich sagen, aber ich bemerkte wohl, daß sie noch recht viel mehr dachte, als sie sagte." – „Ach, beste Frau!" rief Jones, „ich bin ja nicht wert, daß sie meiner gedenkt. Oh, sie ist ganz Sanftmut, Holdheit, Güte! Was wurde ein solcher Nichtsnutz wie ich geboren, um in ihrem milden Herzen auch nur einen Augenblick Unruhe zu erregen? Warum bin ich dazu verdammt? Ich, der ich alles Elend und jede Plage, die nur ein Teufel je für die Menschheit erfunden hat, gern auf mich nehmen wollte, könnte ich dadurch für sie etwas Gutes bewirken; ja, die Folter sollte mir kein Unglück scheinen, wüßte ich gewiß, daß sie glücklich wäre." – „Da schau nur an", sagte die Wirtin, „ich hab ihr gesagt, daß Sie ein treuer Liebhaber wären." – „Aber ich bitte Sie, Madam, sagen Sie mir, wann oder wo haben Sie von mir gehört? Denn ich bin früher nie hier gewesen und kann mich nicht erinnern, Sie je gesehen zu haben." – „Das wär auch nicht möglich", antwortete sie, „denn als ich sie in des Junkers Haus auf dem Schoße hielt, da waren Sie ja noch ein so kleines Ding." – „Was? In des Junkers Haus?" fragte Jones. „Was? Sie kennen also diesen großen und guten Herrn Allworthy?" – „Doch, ja. Wer in der Grafschaft kennt ihn nicht?" – „Der Ruf seiner gütigen Gesinnung", erwiderte Jones, „muß allerdings viel weiter gedrungen sein; aber nur der Himmel allein kann ihn kennen, kann diese tiefe Güte kennen, die er als ein Abbild seiner selbst geschaffen und in ihm auf die Erde geschickt hat. Menschenart kann diese himmlische Güte so wenig erkennen, als sie ihrer würdig ist. Doch ist ihrer keiner so unwert wie ich. Ich, den er zu solcher Höhe erhob, den er annahm, ein armes ausgesetztes Kind, wie Sie wohl wissen dürften, und hielt wie seinen eigenen Sohn! Und ihn mußte ich durch meine Torheiten erbittern, mir seinen Zorn zuziehen. Ich verdiene es freilich; so undankbar könnte ich nie sein zu denken, er habe im mindesten unrecht an mir gehandelt. Nein, ich verdiene es, vor die Tür gesetzt zu sein. Und nun, Madam", sagte er, „glaube ich, werden Sie mich nicht tadeln, daß ich unter die Soldaten gehe, zumal ich mit nicht mehr ausgestattet bin, als was ich hier in der Tasche habe." Mit diesen Worten schüttelte er einen Beutel, der nur wenig enthielt, der jedoch der Wirtin noch viel weniger zu enthalten schien.

Die gute Wirtin war durch den letzten Teil von Jones' Erzählung (um diese volkstümliche Wendung zu gebrauchen) wie vor den Kopf geschlagen. Sie antwortete recht kühl: „Sehr wahr, die Leute müssen es selbst am besten wissen, was in ihrer Lage tunlich ist. Doch horch", sagte sie, „ich glaube, jemand ruft mich. Ich komm schon! Ich komm schon! Der Teufel ist in das Volk gefahren, das hat gar keine Ohren. Ich muß hinab. Wenn Sie noch etwas mehr zum Frühstück wünschen, so wird das Mädchen heraufkommen. Ich komm, ich komm!" Mit diesen Worten flog sie, ohne Abschied zu nehmen, zur Tür hinaus. Leute von niedrigem Stand sind sehr sparsam mit ihrem Respekt; und obwohl sie sich leicht dazu verstehen, ihn Leuten von Adel ganz umsonst abzugeben, so lassen sie ihn doch niemals Menschen der eigenen Klasse zuteil werden, ohne dafür zu sorgen, daß ihnen ihre Mühe reichlich belohnt wird.

3. Kapitel

In dem der Wundarzt zum zweitenmal in Erscheinung tritt.

Bevor wir weitergehen, damit der Leser sich nicht irrtümlich einbilde, die Wirtin habe mehr gewußt, als sie tatsächlich wußte, oder nicht darüber bestürzt sei, daß sie so viel wußte, wird es nötig sein, ihm zu verraten, daß sie durch den Leutnant erfahren hatte, der Anlaß des Zankes sei der Name Sophias gewesen. Was aber ihr übriges Wissen anbelangt, so wird der scharfsinnige Leser von sich aus bemerken, wie sie in der vorangegangenen Szene dazu gelangte. Ihre übrigen Tugenden waren in der Tat stark mit Neugier vermischt; sie litt es nicht, einen aus ihrem Hause abziehen zu sehen, ohne sich über dessen Namen, Familie und Vermögen so genaue Auskunft wie möglich verschafft zu haben.

Sie war kaum gegangen, als Jones, statt über ihr Benehmen sich Gedanken zu machen, sich vielmehr vergegenwärtigte, daß er auf demselben Bett liege, auf dem, wie ihm gesagt worden war, seine liebe Sophia geschlummert hatte. Das erweckte in ihm tausend verliebte und zärtliche Vorstellungen, bei denen wir verweilen würden, bedächten wir nicht, daß derartige Liebhaber nur einen ganz unbeträchtlichen Teil unserer Leser ausmachen werden.

In solcher Verfassung traf der Feldscher unsern Jones an, als er eintrat, um dessen Verband zu erneuern. Da der Arzt bei der Prüfung seinen Puls unregelmäßig fand und vernahm, daß er nicht geschlafen habe, erklärte er, sein Patient sei in großer Gefahr; er befürchtete den Ausbruch eines Fiebers, das er gern durch Schröpfen verhindert hätte, aber Jones wollte davon nichts wissen: er wollte nicht noch mehr Blut verlieren; „und, Doktor", sagte er, „wenn Sie nur so gütig wären, mir den Kopf zu verbinden, so zweifle ich nicht, daß ich mich in einem oder zwei Tagen ganz wohl befinden werde."

„Ich wollte", erwiderte der Wundarzt, „ich könnte Ihnen die Gewißheit geben, daß Sie sich in einem oder zwei Monaten wieder wohl befinden. Ja, wirklich! Nein, nein, so rasch erholt man sich nicht von einer solchen Quetschung. Aber, Herr, ich bin jetzt nicht dazu da, von einem Patienten Anweisungen über meine Behandlung entgegenzunehmen, und ich bestehe darauf, einen Aderlaß zu machen, bevor ich Sie verbinde."

Jones blieb hartnäckig bei seiner Weigerung; der Arzt gab endlich nach, sagte ihm aber gleichzeitig, er sei für schlimme Folgen nicht verantwortlich und hoffe, Jones werde ihm die Gerechtigkeit widerfahren lassen zu bestätigen, daß er ihm einen gegenteiligen Rat gegeben habe, was der Patient versprach.

Der Arzt kehrte in die Küche zurück, wo er sich bei der Wirtin bitter über das widerspenstige Verhalten seines Patienten beklagte, der sich nicht zur Ader lassen wolle, obwohl er im Fieber liege.

„Dann wird's ein Freßfieber sein", antwortete die Wirtin,

„denn er hat zwei mächtige Butterbrote heut morgen zum Frühstück vertilgt."

„Sehr wahrscheinlich", meinte der Arzt. „Ich habe Leute im Fieber essen sehen; und sehr wohl könnte es dem zuzuschreiben sein, denn die durch die Fiebermaterie erzeugte Säure dürfte die Nerven des Zwerchfells erregen und dadurch ein Hungergefühl hervorrufen, das von einem natürlichen Appetit nicht leicht zu unterscheiden ist; aber die aufgenommene Nahrung wird weder konkretisiert noch in Speisesaft verwandelt, und so wird das Gefäßsystem des Magenmundes angefressen, was wiederum die Symptome des Fiebers verschlimmert. Ich halte wirklich den Zustand des jungen Herrn für recht gefährlich und fürchte, wenn er sich nicht schröpfen läßt, wird er sterben."

„Jedermann muß sterben, früher oder später", erwiderte die gute Frau; „das gehört aber nicht zu meinem Geschäft. Ich hoffe, Herr Doktor, Sie verlangen von mir nicht, daß ich ihn während des Aderlasses festhalte. Doch, ein Wort in Ihr Ohr: Bevor Sie zu weit gehn, überlegen Sie sich gut, wer Ihr Zahlmeister sein wird."

„Zahlmeister!" sagte der Arzt und machte große Augen. „Ja, ich dächte, ich behandle einen Edelmann, oder wie?"

„Das hatte ich mir auch eingebildet", gestand die Wirtin, „aber, wie mein erster Mann zu sagen pflegte, es ist nicht alles Gold, was glänzt. Er ist ein durchtriebener Knauser, kann ich Ihnen versichern. Indessen legen Sie kein Gewicht darauf, daß ich Ihnen so etwas angedeutet habe; ich denke nur, in geschäftlichen Dingen sollte man einander auf so etwas aufmerksam machen."

„Und da hab ich mir's gefallen lassen, daß solch ein Bursche mich belehrt", rief der Arzt mit großer Heftigkeit. „Soll meine ärztliche Kunst so beleidigt werden von einem, der mich nicht bezahlt? Ich bin froh, daß ich dies rechtzeitig erfahren habe. Ich will nun sehen, ob er sich zur Ader lassen wird oder nicht." Er eilte unverzüglich die Treppe hinauf, öffnete stürmisch die Tür und riß den armen Jones aus einem wohltätigen Schlummer, in den er gesunken war, und noch schlimmer, aus einem köstlichen Traum von Sophia.

„Wollen Sie sich schröpfen lassen oder nicht?" schrie der Arzt in hellem Zorn. „Ich habe Ihnen meinen Entschluß bereits mitgeteilt", versetzte Jones, „und ich wünschte von ganzem Herzen, Sie hätten sich meine Antwort gemerkt, denn Sie haben mich aus dem erquickendsten Schlaf meines Lebens geweckt.“

„Nun, nun“, rief der Arzt, „schon mancher hat sein ganzes Leben verschlafen. Schlaf ist nicht immer gut, sowenig wie Essen; aber merken Sie sich, ich frage Sie zum letztenmal, wollen Sie sich schröpfen lassen?“ – „Und ich antworte Ihnen zum letztenmal“, sagte Jones, „ich will nicht.“ – „Dann trage ich keine Verantwortung“, rief der Doktor; „und ich verlange, daß Sie mich für die Mühe, die ich bis dahin hatte, bezahlen. Zwei Tage zu je fünf Schilling, zwei Verbände machen weiter fünf Schilling, und eine halbe Krone für den Aderlaß.“ – „Ich hoffe“, erwiderte Jones, „Sie haben nicht die Absicht, mich in diesem Zustand einfach liegenzulassen.“ – „Die habe ich allerdings“, versicherte der andere. „Dann“, sagte Jones, „haben Sie an mir wie ein Schuft gehandelt, und ich zahle Ihnen keinen Farthing.“ – „Sehr gut“, rief der Arzt; „der erste Verlust ist der beste. Was hat sich die Wirtin gedacht, als sie wegen solcher Landstreicher nach mir schickte?“ Mit diesen Worten sauste er aus dem Zimmer; sein Patient drehte sich auf die Seite und fand bald wieder seinen Schlaf, doch mit seinem Traum war es unglücklicherweise vorbei.

4. Kapitel

Hier tritt auf einer der vergnüglichsten Barbiere, von denen die Geschichte je berichtet hat, den Barbier von Bagdad oder den im Don Quijote nicht ausgenommen.

Die Glocke hatte fünf geschlagen, als Jones aus einem siebenstündigen Schlaf erwachte, so erfrischt und so vollkommen gesund und munter, daß er sich entschloß, aufzustehen und sich anzukleiden. Er öffnete zu dem Zweck seinen Mantelsack und entnahm ihm reine Wäsche und einen vollständigen Anzug, doch vorher noch schlüpfte er in einen Schlafrock und begab sich in die Küche hinab, um dort über etwas zu verhandeln, was einen gewissen Tumult stillen könnte, den er in seinem Magen anheben fühlte.

Als er dort mit der Wirtin zusammentraf, redete er sie mit der größten Artigkeit an und fragte, was er zum Mittagessen haben könne. „Zum Mittagessen?“ sagte sie. „Das ist mir denn doch eine seltsame Zeit, um ans Mittagessen zu denken, und das Feuer wird wohl bald ausgegangen sein." – „Also gut", sagte er, „aber ich muß etwas zu essen haben, und es ist mir ziemlich einerlei, was; denn die Wahrheit zu sagen, ich bin noch nie in meinem Leben so hungrig gewesen." – „Nun, ich glaube, da steht noch ein Stück kaltes Rindfleisch mit Karotten, das könnte Ihnen guttun." – „Ausgezeichnet", antwortete Jones, „doch wäre ich Ihnen sehr dankbar, wenn Sie's ein wenig nachbraten lassen wollten", was denn die Wirtin auch zu tun versprach. Lächelnd sagte sie, sie sei erfreut, ihn so gut erholt zu sehen, denn die freundliche Art unseres Helden war fast unwiderstehlich. Zudem war sie im Grunde keine übellaunige Person, aber sie liebte das Geld so sehr, daß sie alles in der Welt haßte, was nur den Anschein der Armut trug.

Jones kehrte jetzt in sein Zimmer zurück, um sich umzukleiden, während sein Mittagessen zubereitet wurde, und auf seinen Wunsch stellte sich bald der Barbier bei ihm ein. Dieser Barbier, den man den kleinen Benjamin nannte, war ein überaus spaßhafter und lustiger Geselle, was ihm häufig kleine Unannehmlichkeiten zugezogen hatte, wie Backenstreiche, Fußtritte, gebrochene Gliedmaßen und dergleichen. Denn nicht ein jeder versteht Spaß; und solche, die Spaß verstehen, sind oft ein wenig verärgert, wenn er auf sie selber zielt. Doch war er von diesem Laster nun eben nicht zu heilen. Und wiewohl er häufig dafür zu büßen gehabt hatte, so mußte er sich doch von jedem witzigen Einfall, mit dem er schwanger ging, befreien, ohne Rücksicht auf Person, Zeit oder Ort.

Er hatte noch eine Menge anderer Besonderheiten, die ich hier nicht erwähnen will, da der Leser sie sehr bald, im Verlaufe seiner weitern Bekanntschaft mit dieser merkwürdigen Person, kennenlernen wird.

Jones, aus einem leicht denkbaren Grund sehr ungeduldig, mit dem Ankleiden fertig zu werden, fand, der Bartputzer trödle zu sehr mit seinem Seifenschäumen, und bat ihn, sich zu beeilen; darauf erwiderte der andere voll tiefen Ernstes (denn er hatte noch nie bei irgendeiner Gelegenheit seine Miene verzogen): „*Festina lente** ist ein Spruch, den ich gelernt habe, lange bevor ich noch ein Schermesser anrührte." – „Ich sehe, mein Freund", rief Jones, „Sie sind ein Gelehrter." – „Nicht der Rede wert", versetzte der Barbier, „*non omnia possumus omnes.***" „Noch mehr!" sagte Jones, „ich glaube, Sie ver-

* Eile mit Weile. – ** Wir können nicht alle alles (Anmerkungen des Übersetzers).

stehen Ihre Verse gut zu skandieren." – „Verzeihen Sie mir, Herr", erwiderte der Barbier, „*non tanto me dignor honore**." Hierauf machte er sich an sein Werk. „Herr", sagte er, „solange ich mich mit dem Schaumschlagen abgebe, habe ich nie mehr als zwei Gründe für das Bartscheren herausfinden können, davon der eine der Wunsch ist, einen Bart zu erhalten, der andere, den Bart loszuwerden. Nach meinem Urteil, Herr, mag es noch nicht so lange her sein, daß Sie sich aus dem ersten Grund haben rasieren lassen. Auf mein Wort, der Erfolg blieb nicht aus, denn von Ihrem Bart kann man nun sagen, er sei *tondenti gravior***." – „Und nach meinem Urteil", antwortete Jones, „müssen Sie ein recht komischer Bursche sein." – „Da haben Sie's nicht getroffen, Herr", erwiderte der Barbier. „Zu sehr habe ich mich dem Studium der Philosophie hingegeben; *hinc illae lacrimae****. Herr das ist mein Unglück! Zu viel Wissenschaft war mein Verderben." – „Wirklich", sagte Jones, „ich gestehe, guter Freund, Sie besitzen mehr Gelehrsamkeit, als Ihr Gewerbe für gewöhnlich erfordert, aber ich begreife nicht, wie Ihnen das schaden konnte." – „Ach ja, Herr", erklärte der Bartputzer, „mein Vater hat mich deswegen enterbt. Er war Tanzmeister; und da ich eher lesen als tanzen konnte, faßte er einen Haß gegen mich und verteilte, was er besaß, bis zum letzten Kupfer unter seine übrigen Kinder. Wünschen Sie, daß ich Ihnen die Schläfen – holla, ich bitte um Vergebung, mir scheint, da ist ein *hiatus in manuscriptis*****. Ich hörte, Sie wollten in den Krieg ziehen; aber ich glaube, das ist wohl ein Irrtum." – „Warum glauben Sie das?" fragte Jones. – „Nun, Herr", sagte der Barbier, „Sie sind ein zu kluger Mann, um einen zerbrochenen Kopf dorthin zu tragen. Wäre das nicht, als trügen Sie Wasser ins Meer?"

„Auf mein Wort", rief Jones, „Sie sind ein spaßhafter Geselle, und Ihre Scherze sind recht nach meinem Sinn. Es würde mich freuen, wenn Sie nach dem Essen zu mir kommen und ein Glas Wein mit mir trinken wollten. Ich möchte gerne Ihre nähere Bekanntschaft machen."

„Oh, mein lieber Herr!" sagte der Bartputzer, „ich kann Ihnen einen zwanzigmal größeren Gefallen tun, wenn Sie das annehmen möchten." – „Und was wäre das, mein Freund?"

* Solcher Ehre halte ich mich nicht für würdig. – ** Schwer zu rasieren. – *** Daher diese Tränen. – **** Unstimmigkeit in der Handschrift (Anmerkungen des Übersetzers).

rief Jones. – „Nun, ich will eine ganze Flasche mit Ihnen trinken, wenn Sie's so haben wollten, denn ich liebe über alles ein wohlwollendes Gemüt; und da Sie in mir einen komischen Gesellen entdeckt haben, so will ich ein schlechter Physiognom sein, wenn Sie nicht einer der mildherzigsten Herren auf diesem Erdenrund sind." Jones ging nun sorgfältig und sauber gekleidet hinab, und vielleicht war nicht einmal der berühmte Adonis von anmutigerer Gestalt. Aber doch war er für unsere Wirtin ohne Reiz, denn so wie diese gute Frau in ihrem Äußern keine schwache Ähnlichkeit mit Venus aufwies, so verriet sie mit ihr auch keine in ihrem Geschmack. Es wäre ein Glück für das Zimmermädchen Nanny gewesen, wenn es mit den Augen ihrer Herrin hätte sehen können, denn das arme Ding verliebte sich in den ersten fünf Minuten so heftig in Jones, daß diese Leidenschaft ihr später manchen Seufzer abpreßte. Diese Nanny war überaus hübsch und dabei fast im gleichen Maße spröde, denn sie hatte bereits einen Zapfer abgewiesen und einen oder zwei junge Bauern aus der Nachbarschaft; doch die strahlenden Augen unseres Helden tauten ihr ganzes Eis in wenigen Augenblicken hinweg.

Als Jones wieder in der Küche erschien, war für ihn noch kein Tisch gedeckt. Es gab hierfür auch keine Notwendigkeit, denn was er essen, sowie das Feuer, das dieses kochen sollte, befanden sich noch *in statu quo*. Manchen philosophisch Geschulten hätte diese getäuschte Erwartung in Zorn bringen können, doch hatte sie diese Wirkung nicht auf Jones. Er gab der Wirtin bloß einen gelinden Verweis, indem er ihr sagte, wenn es ihr solche Mühe bereite, das Fleisch zu erwärmen, dann esse er es eben kalt. Doch die gute Frau, ob durch Mitleid oder Scham oder durch was immer bewogen, begann nun ihre Bedienten nacheinander zu schelten, weil sie ihrem Befehl (den sie ihnen zwar nie gegeben hatte) nicht gehorcht hätten, und hieß dann den Kellner den Tisch in der Sonne decken, nahm darauf die Sache selbst in die Hand und kam bald damit zustande.

Diese Sonne, in die Jones jetzt hineingeführt wurde, hatte wirklich ihren Namen wie *lucus a non lucendo**, denn es war ein Zimmer, in das die Sonne kaum je einen Blick geworfen hatte. Tatsächlich war es der finsterste Raum des Hauses – zum Glück für Jones! Indessen war er jetzt zu hungrig, um etwas schlecht

* „Lucus" (= der Wald) kommt von „nicht leuchten". (Musterbeispiel für falsche Etymologie) (Anmerkung des Übersetzers).

zu finden. Nachdem er aber einmal seinen Hunger gestillt hatte, befahl er dem Kellner, ihm eine Flasche Wein in ein besseres Zimmer zu bringen, und gab seinem Ärger, in ein solches Loch gebracht worden zu sein, denn doch ein wenig Ausdruck.

Als der Kellner seiner Bestellung nachgekommen war, machte ihm der Barbier über kurzem seinen Besuch; er hätte ihn nicht so lange auf seine Gesellschaft warten lassen, hätte er nicht in der Küche der Wirtin ein wenig zugehört, die einen Kreis, der sich um sie gebildet hatte, mit der Geschichte des armen Jones unterhielt, so wie sie diese zum Teil von seinen eigenen Lippen vernommen hatte; der Rest war eine Komposition ihrer sinnreichen Erfindungsgabe. Denn sie sagte, er sei ein armes Gemeindekind, das der Junker Allworthy zu sich ins Haus genommen habe, wo er als Lehrbursche für die Jagd aufgezogen und wegen seiner Streiche fortgejagt worden sei, vor allem, weil er dem jungen Fräulein den Hof habe machen wollen, und wahrscheinlich, weil er auch im Haus gestohlen habe; denn wie anders sollte er zu dem kleinen Geldbetrag gekommen sein, den er noch bei sich habe. „Und dieses", sagte sie, „ist nun euer prächtiger junger Herr, wahrhaftig!" – „Ein Bedienter Junker Allworthys?" fragte der Barbier. „Wie heißt er?" – „Nun, er sagte mir, sein Name sei Jones", antwortete die Wirtin, „vielleicht segelt er unter falscher Flagge. Ja, und er sagte mir auch, der Junker habe ihn wie seinen eigenen Sohn gehalten, obwohl er sich nun mit ihm verzankt habe." – „Oh, wenn sein Name Jones ist, so hat er Ihnen die Wahrheit gesagt", erwiderte der Barbier; „ich weiß es von Bekannten, die ich dort in der Gegend habe; ja, und manche Leute behaupten sogar, er sei sein Sohn." – „Warum nennt er sich dann nicht mit seines Vaters Namen?" fragte die Wirtin. „Das kann ich Ihnen nicht sagen", gab der Barbier zur Antwort. „Es gibt vieler Leute Söhne, die nicht ihres Vaters Namen tragen." – „Ach ja", meinte die Wirtin, „hätt ich gedacht, er sei eines Edelmanns Sohn, und wenn auch nur so 'n Nebenzweig, so wär ich höflicher mit ihm umgegangen; denn solche Nebensprossen werden oft große Männer, und, wie mein erster Gatte zu sagen pflegte: keinen Kunden beleidigen, wenn er ein gutaussehender Mann ist."

5. Kapitel

Ein Gespräch zwischen Herrn Jones und dem Bartscherer.

Diese Unterhaltung wurde teilweise während der Zeit geführt, da Jones in dem dunkeln Loch seine Mahlzeit zu sich nahm, zum andern Teil, während er im Gesellschaftsraum den Barbier erwartete. Und sobald sie beendet war, machte ihm, wie wir sagten, Herr Benjamin seine Aufwartung und wurde sehr freundlich ersucht, sich hinzusetzen. Darauf füllte Jones ein Glas mit Wein, trank auf seine Gesundheit und redete ihn dabei *doctissime tonsorum** an. „*Ago tibi gratias***", erwiderte der Barbier, schaute dann Herrn Jones starr ins Gesicht und sagte mit großem Ernst und scheinbarer Verwunderung, als habe er Züge erkannt, die er früher einmal gesehen: „Herr, darf ich mir die Gunst erbitten zu erfahren, ob vielleicht Ihr Name Jones ist?", worauf der andere erwiderte, daß dem so sei. „*Pro deum atque hominum fidem**** *!*" sagte der Barbier, „wie seltsame Dinge sich zutragen können, Herr Jones. Ich bin ganz Ihr ergebener Diener. Ich sehe, daß Sie mich nicht kennen, was in der Tat auch nicht verwunderlich ist, da Sie mich nur einmal gesehen haben, und damals waren Sie sehr jung. Aber bitte, Herr, wie steht's um den guten Junker Allworthy? Was tut *ille optimus omnium patronus***** ?" – „Ich sehe", sagte Jones „daß Sie mich tatsächlich kennen; doch bin ich nicht so glücklich, mich auch Ihrer zu erinnern." – „Das wundert mich gar nicht", rief Benjamin, „doch bin ich erstaunt, daß ich Sie nicht eher erkannte, denn Sie haben sich nicht im geringsten verändert. Und darf ich, ohne zudringlich zu sein, fragen, wohin auf diesem Weg die Reise geht?" – „Füllen Sie Ihr Glas, Herr Barbier", sagte Jones, „aber lassen Sie das Fragen." – „Aber nein, Herr", antwortete Benjamin, „ich möchte nicht lästig sein; und ich hoffe, Sie halten mich nicht für einen unverschämt neugierigen Menschen, denn dies ist ein Laster, dessen niemand mich anklagen kann. Doch verzeihen Sie, denn wenn ein Herr von Ihrer Art ohne Bediente reist, so müßten wir wohl annehmen, es geschehe, wie wir sagen, *in casu incognito******, und vielleicht hätte ich Ihren Namen nicht nennen sollen." –

* Gelehrtester der Barbiere. – ** Dank entbiete ich dir. – *** Bei Göttern und Menschen. – **** Jener beste aller Herren. – ***** Um nicht erkannt zu werden (Anmerkungen des Übersetzers).

„Ich gestehe", sagte Jones, „ich hatte nicht erwartet, in dieser Gegend so gut bekannt zu sein, wie ich nun finde, daß ich's bin; doch aus besondern Gründen werde ich Ihnen sehr verbunden sein, wenn Sie meinen Namen keinem andern Menschen nennen wollten, bis ich von hier wieder abgereist bin." – „*Pauca verba**", antwortete der Barbier, „ich wollte nur, daß außer mir niemand hier Sie kennte, denn manche Leute haben geschäftige Zungen! Ich aber, das versichere ich Ihnen, kann ein Geheimnis bewahren. Diese Tugend können meine Feinde mir nicht absprechen." – „Aber doch pflegt das die unterscheidende Eigenschaft Ihres Berufes nicht zu sein, Herr Barbier", bemerkte darauf Herr Jones. „Ach Herr", erwiderte Benjamin, „*non si male nunc et olim sic erat***. Ich bin weder als Barbier geboren noch dazu erzogen worden, versichere ich Ihnen. Ich habe den größten Teil meiner Zeit unter anständigen Leuten zugebracht und darf wohl sagen, ich versteh mich ein wenig auf gute Lebensart. Und hätten Sie mich Ihres Vertrauens würdig erachtet, wie gewisse andere Leute, so würde ich Ihnen gezeigt haben, daß ich ein Geheimnis besser zu behalten weiß. Ich würde Ihren Namen nicht in einer Wirtsküche verunehrt haben. Denn wirklich, Herr, gewisse Personen sind schlecht mit Ihnen umgesprungen. Außer dem, daß sie's so öffentlich verkünden, was Sie ihnen von einem Streit zwischen Ihnen und Junker Allworthy verraten haben, fügen Sie noch Lügen von eigener Erfindung hinzu, Dinge, von denen ich weiß, daß es Lügen sind." – „Ich bin höchlich erstaunt", sagte Jones. „Auf mein Wort, Herr", antwortete Benjamin, „ich rede die Wahrheit, und ich brauche Ihnen nicht zu sagen, daß unsere Wirtin das Lästermaul ist. Mir schnitt's ins Herz, diese Geschichte anzuhören, und ich hoffe, daß alles daran falsch ist; denn ich habe eine große Achtung vor Ihnen, das hab ich bestimmt! Und immer hab ich die gehabt, seit Sie Black George so viel Güte erwiesen haben, wovon überall im Land gesprochen wird; auch wurde mir darüber mehr als ein Brief geschrieben. In der Tat machte Sie das bei jedermann beliebt. Sie werden mir darum verzeihen, denn wirklich war ich über das, was ich gehört hatte, bekümmert, und das trieb mich an, Ihnen solche Fragen zu stellen; denn mich bewegte

* Wenig Worte. – ** Steht es jetzt auch schlimm um mich, so kannte ich doch bessere Zeiten (Anmerkungen des Übersetzers).

nicht freche Neugier, aber ich liebe ein wohlwollendes Gemüt, und daher *amoris abundantia erga te**."

Bei Unglücklichen finden Freundschaftsbeteuerungen leicht Glauben; so ist es kein Wunder, daß Jones, der unglücklich war und dazu von Natur ungewöhnlich offenherzig, Benjamins Versicherung willig glaubte und in sein Herz aufnahm. Die lateinischen Brocken von denen der Barbier einige schicklich genug anbrachte, wenn sie auch nicht nach tiefer Literaturvertrautheit schmeckten, ließen doch auf etwas mehr als einen gewöhnlichen Bartscherer schließen. Jones glaubte also an die Wahrheit dessen, was dieser von seiner Herkunft und Erziehung erzählte; schließlich, nach wiederholten Bitten, sagte er zu ihm: „Da Sie nun doch, mein Freund, so manches über meine Angelegenheit angehört haben und begierig scheinen, die Wahrheit zu kennen, so will ich Ihnen, wenn Sie Geduld haben, mir zuzuhören, alles im Zusammenhang erzählen." – „Geduld!" rief Benjamin, „die hab ich, und ist das Kapitel noch so lang; und ich bin Ihnen überaus dankbar, daß Sie mir diese Ehre erzeigen."

Jones begann nun, erzählte die ganze Geschichte und berichtete am Ende von seinem Entschluß, zur See zu gehen, bis der Aufstand an der schottischen Grenze ihn von seinem Vorsatz abgebracht und an den Ort geführt hatte, wo er sich jetzt befand.

Aufmerksam hörte der kleine Benjamin zu und unterbrach den Erzählenden mit keinem Wort. Doch als dieser geendet hatte, konnte er sich der Bemerkung nicht enthalten, daß seine Feinde gewiß noch weitere Erfindungen Herrn Allworthys Ohren zugetragen hätten, um ihn noch heftiger gegen ihn aufzubringen, sonst würde ein so gütiger Mann nicht einen jungen Menschen, den er bis dahin zärtlich geliebt, auf die Weise von sich fortgeschickt haben. Worauf Jones bemerkte, er zweifle nicht, daß man mit niedrigsten Künsten versucht habe, ihn zu verderben.

Und sicherlich wäre es kaum einem möglich gewesen, nicht auf dieselbe Bemerkung zu verfallen wie der Barbier, der tatsächlich von Jones keine Einzelheit vernommen hatte, mit der sich eine Verurteilung hätte begründen lassen; denn seine Handlungen erschienen jetzt nicht in dem schmählichen, entstellenden Licht, in dem sie Allworthy geschildert worden waren,

* Strömt die Fülle meiner Liebe dir zu (Anmerkung des Übersetzers).

auch konnte er jene vielen falschen Anschuldigungen, die von Zeit zu Zeit bei Allworthy gegen ihn vorgebracht worden waren, gar nicht erwähnen, denn nicht eine von ihnen war ihm bekannt. Und ebenso hatte er, wie wir bereits bemerkt haben, manches bloß Tatsächliche in dieser seiner Erzählung übergangen. Und so zeigte sich denn im ganzen wirklich alles in so günstigen Farben für Jones, daß es der Bosheit selbst nicht leicht gefallen wäre, ihn mit einem Tadel zu belegen.

Nicht daß Jones wünschte, die Wahrheit zu verhüllen oder zu verkleiden; nein, hätte man Herrn Allworthy schlecht gemacht, weil dieser ihn bestraft hatte, es würde ihn mehr empört haben als die Verurteilung seiner eigenen Handlung, durch die er sich Strafe zugezogen hatte. Doch so trug es sich nun zu und wird sich stets wieder so zutragen, denn, sei einer auch noch so ehrlich, die Darstellung seines eigenen Verhaltens wird auch gegen seinen Willen immer so günstig lauten, daß seine Fehler gereinigt über seine Lippen kommen und wie eine gut durchgeseihte Flüssigkeit alles Unsaubere zurücklassen. Und wenn auch die Tatsachen selbst nicht verschwiegen werden, so sind doch die Motive, Umstände und Folgerungen so verschieden, wenn ein Mann selbst seine Geschichte erzählt und wenn sein Feind sie darstellt, daß wir die Tatsachen kaum mehr als ein und dieselben zu erkennen vermögen.

Wiewohl der Barbier diese Geschichte mit gierigen Ohren eingesogen hatte, gab er sich doch noch nicht völlig zufrieden. Es blieb da im Hintergrund noch ein Umstand, nach dem seine Neugier, so kühl sie war, gar sehnlich verlangte. Jones hatte seine Liebe erwähnt, außerdem, daß er Blifils Nebenbuhler gewesen war, doch aus Vorsicht hatte er den Namen der jungen Dame nicht genannt. Der Barbier bat also nach einigem Zögern und manchem Hum! und Ha! um die Freiheit, nach dem Namen der Dame fragen zu dürfen, die ihm Ursache all dieses Mißgeschicks zu sein schien. Jones zauderte eine kurze Weile und sagte dann: „Da ich Ihnen doch schon so viel anvertraut habe und da, wie ich fürchte, ihr Name bei dieser Gelegenheit bereits der Öffentlichkeit allzu bekannt geworden ist, mag ich ihn Ihnen nicht länger verbergen. Ihr Name ist Sophia Western.“

„*Pro deum atque hominum fidem!** Hatte Junker Western schon eine mannbare Tochter?“ – „Ja, und zwar solch eine Tochter, wie sie die Welt nicht wieder aufzuweisen hat“, rief

* Bei der Wahrhaftigkeit der Götter und Menschen! (Anmerkung des Übersetzers).

Jones. „Kein Auge erblickte je solche Schönheit; aber das ist noch ihr geringster Vorzug. Solcher Verstand, solche Herzensgüte. Oh, ich könnte sie unaufhörlich loben und damit noch kaum die Hälfte ihrer Tugenden aufzählen." – „Herr Western eine erwachsene Tochter!" rief der Barbier. „Ich kannte den Vater als Knaben, aber eben! *Tempus edax rerum**."

Der Wein ging nun zur Neige, und der Barbier drang ernstlich darauf, daß die zweite Flasche nun seine Angelegenheit wäre; das aber schlug Jones auf das entschiedenste ab. Er habe, sagte er, schon mehr getrunken, als er sollte; er ziehe vor, nun sein Zimmer aufzusuchen, und er würde gerne dort ein Buch zum Lesen haben. „Ein Buch?" rief Benjamin. „Was für eins wünschen Sie? Lateinisch oder englisch? Ich habe ein paar merkwürdige Bücher in beiden Sprachen, so Erasmi Colloqiua, Ovid de Tristibus, Gradus ad Parnassum, und auf englisch habe ich einige der besten Bücher, wenn sie auch ein wenig zerschlissen und zerlesen sind. Ich besitze noch einen großen Teil von Stowes Chronik, den sechsten Band von Popes Homer, den dritten des Spectator, den zweiten Band von Echards Römischer Geschichte, Robinson Crusoe, Thomas a Kempis und zwei Bände von Thomas Browns Werken."

„Diesen letzten", sagte Jones, „bin ich noch nie begegnet; wären Sie darum so gütig, mir den einen oder andern von diesen Bänden zu leihen?" Der Barbier versicherte ihm, er werde sich damit vorzüglich unterhalten, denn er betrachte ihren Verfasser als einen der klügsten Köpfe, die die Nation je hervorgebracht habe. Er begab sich darum in sein in der Nähe gelegenes Haus und kehrte fast augenblicklich wieder zurück; als dann der Barbier die ihm von Jones anempfohlene strenge Verschwiegenheit gelobt hatte, trennten sie sich. Der Barbier ging nach Hause, Jones begab sich auf sein Zimmer.

6. Kapitel

In dem noch mehr Talente des Herrn Benjamin zutage treten; auch wird offenbar, wer diese außerordentliche Persönlichkeit war.

Am Morgen wurde Jones ein wenig unruhig, weil ihn sein Wundarzt verlassen hatte, denn er befürchtete, es könnten sich

* Die Zeit ist die Verschlingerin der Dinge (Anmerkung des Übersetzers).

Nachteile oder sogar Gefahren daraus ergeben, daß seine Wunde nicht verbunden würde. Also erkundigte er sich beim Kellner, welche andern Wundärzte in der Nähe zu finden seien. Der Kellner sagte ihm, es wohne einer ganz in der Nähe, doch sei ihm bekannt, daß der Mann nicht gerne zu einem Patienten komme, der zuvor bereits von einem andern behandelt worden sei. „Doch, Herr, wollten Sie meinem Rat folgen", sagte er, „kein geeigneterer Mann wäre im Königreich für Sie zu finden als der Barbier, der gestern abend bei Ihnen war. Wir halten ihn für einen der geschicktesten Könner in seinem Fach, wenn es gilt, an einem Menschen einen Schnitt zu tun. Denn er ist noch kaum drei Monate hier und hat schon mehrere große Kuren vollbracht."

Der Kellner wurde sogleich an den kleinen Benjamin abgeordnet, der sich, sobald er vernommen hatte, in welcher Eigenschaft man sich seiner bedienen wolle, mit allem Erforderlichen versah und dann seine Aufwartung machte; doch so vollkommen anders erschien er jetzt in Aufzug und Haltung, als da er sein Barbierbecken unter dem Arm trug, daß man ihn kaum mehr als dieselbe Person erkannte.

„Also denn, Tonsor", begrüßte ihn Jones, „ich sehe, daß Sie mehr als ein Gewerbe treiben; warum haben Sie mir das gestern abend nicht gesagt?" – „Wundarzt", erwiderte Benjamin mit gewichtigem Ernst, „ist ein Beruf und kein Gewerbe. Der Grund, warum ich Ihnen gestern abend nicht gesagt habe, daß ich diese Kunst ausübe, war der, daß ich glaubte, Sie seien unter den Händen eines andern Herrn, und ich mische mich niemals in die Geschäfte meiner Kollegen. *Ars omnibus communis**; aber jetzt, Herr, wenn Ihnen das gefällig ist, möchte ich Ihren Kopf untersuchen; und wenn ich Ihr Schädeldach angesehen habe, will ich Ihnen meine Meinung von Ihrem Casus mitteilen."

Jones hatte kein großes Vertrauen zu diesem neuen Professor; er ließ es indessen zu, daß er seinen Verband abnahm und seine Wunde besah. Dies war kaum getan, als Benjamin anfing zu stöhnen und heftig den Kopf zu schütteln. Mit ärgerlicher Miene bat ihn Jones, nicht den Narren zu spielen, sondern ihm zu sagen, wie er seinen Zustand finde. – „Soll ich als Arzt antworten oder als Freund?" fragte der andere. „Als Freund, und das im Ernst", antwortete Jones. „Nun denn, bei meiner

* Die Kunst ist allen gemeinsam (Anmerkung des Übersetzers).

Seele", rief Benjamin, „es würde keiner geringen Kunst erfordern, Sie davon abzuhalten, nach einigen Verbänden völlig geheilt zu sein, und wenn Sie's zulassen, daß ich ein wenig von meiner Salbe auflege, so bürge ich für den Erfolg." Jones war es zufrieden, und folglich kam das Pflaster zur Anwendung.

„Und jetzt, Herr", rief Benjamin, „will ich mit Ihrer Erlaubnis meine frühere Gestalt wieder annehmen; denn man ist verpflichtet, eine gewisse Würde in seiner Haltung zu zeigen, wenn man solche Operationen unternimmt, oder die Welt würde sich weigern, sich von uns behandeln zu lassen. Sie können sich kaum vorstellen, Herr, von welcher Tragweite ein ernstes Aussehen für einen Mann von ernstem Beruf ist. Ein Barbier mag Sie zum Lachen bringen, doch ein Wundarzt sollte Ihnen eher Tränen abpressen."

„Herr Barbier oder Herr Wundarzt oder Herr Barbier-Chirurg", sagte Jones. „O lieber Herr", fiel ihm da Benjamin ins Wort, *infandum, regina, jubes renovare dolorem**, Sie rufen mir eine grausame Spaltung der vereinigten Bruderschaften vor die Seele, die beiden Körperschaften so sehr zum Nachteil gereicht wie alle Spaltungen, gemäß dem alten Spruche: *Vis unita fortior***, den vielleicht unter den beiderlei Berufsgenossen der eine oder andere noch richtig zu deuten vermag. Welch ein Schlag war diese Trennung für mich, der ich beides in einer Person vereinige!" – „Nun wohl", fuhr Jones fort, „mit welchem Namen Sie sich auch lieber rufen lassen wollen, Sie sind fürwahr einer der merkwürdigsten, der komischsten Gesellen, die mir je begegnet sind; und in Ihrer Lebensgeschichte muß sich etwas Wunderbares zugetragen haben, das, wie Sie bekennen müssen, ich ein Recht habe zu vernehmen." – „Das bekenne ich", antwortete Benjamin, „und ich will es Ihnen gerne anvertrauen, wenn Sie genügend Muße dafür haben, denn ich versichere Ihnen, es wird einige Zeit erfordern." Jones sagte ihm, er habe nie mehr Muße gehabt als eben jetzt. „Nun wohl", versetzte Benjamin, „dann komm ich Ihrem Wunsche nach; doch zuerst will ich die Tür abschließen, damit niemand uns unterbrechen kann." Das tat er, kehrte dann mit feierlichem Ausdruck zu Jones zurück und sagte: „Ich muß Sie, Herr, zunächst darauf hinweisen, daß Sie selbst der größte Feind gewesen sind, den ich je gehabt habe." Jones war über

* Königin, Ihr heißt mich unsägliche Schmerzen erneuern. – ** Stärker ist die vereinte Kraft (Anmerkungen des Übersetzers).

diese unverhoffte Erklärung etwas betroffen. „Ich Ihr Feind, Herr?“ fragte er mit großem Erstaunen und einer gewissen Strenge im Blick. „Nein, nein, werden Sie nicht böse“, beschwichtigte ihn Benjamin, „denn ich versichere Ihnen, daß ich Ihnen auch nicht böse bin. Sie waren frei von jeder Absicht, mir etwas Schlimmes zu tun, denn Sie waren damals noch ein Kind, doch ich glaube, ich werde das alles enträtseln in dem Augenblick, da ich meinen Namen nenne. Haben Sie, Herr, nie von einem Menschen namens Partridge gehört, der die Ehre hatte, für Ihren Vater zu gelten, und das Unglück, daß diese Ehre ihm zum Verderben gereichte?“ – „Ja, tatsächlich, ich habe von diesem Partridge gehört“, sagte Jones, „und selbst auch geglaubt, sein Sohn zu sein.“ – „Gut, Herr“, antwortete Benjamin, „ich bin dieser Partridge; doch ich entbinde Sie hiermit aller kindlichen Pflichten mir gegenüber, denn ich versichere, Sie sind nicht mein Sohn.“ – „Wie?“ versetzte Jones, „wäre es möglich, daß Ihnen ein unhaltbarer Verdacht all die schlimmen Folgen zugezogen haben könnte, von denen ich nur zu vieles weiß?“ – „Es ist möglich“, rief Benjamin, „denn so verhält sich's; doch obwohl es den Menschen recht natürlich ist, selbst die unschuldigen Ursachen ihrer Leiden zu hassen, so bin ich doch von anderer Gemütsart. Ich habe Sie immer geliebt, seit ich von Ihrem Verhalten zu Black George vernahm, wie ich Ihnen sagte; und nun überzeugt mich dieses wunderbare Zusammentreffen, daß Sie geboren sind, mich für alles, was ich in diesem Zusammenhang gelitten habe, zu entschädigen. Außerdem träumte mir in der Nacht, bevor ich Sie zuerst sah, daß ich über einen Stuhl stolperte, ohne mich zu verletzen, was mir deutlich anzeigte, daß mir etwas Gutes begegnen werde. Und in der vergangenen Nacht träumte mir wiederum, ich ritte auf einer milchweißen Stute hinter Ihnen her, was ein ausgezeichneter Traum ist und für mich großes Glück bedeutet, dem ich zu folgen entschlossen bin, es sei denn, Sie hätten die Grausamkeit, mir meine Bitte abzuschlagen.“

„Es wäre mir lieb, Herr Partridge“, antwortete Jones, „wenn es in meinem Vermögen stünde, Ihnen für die meinetwegen erduldeten Mißlichkeiten eine Entschädigung zu leisten; vorläufig zeigt sich mir die Möglichkeit dazu freilich nicht. Ich verspreche Ihnen jedoch, Ihnen nichts abzuschlagen, das zu gewähren in meiner Macht steht.“

„In Ihrer Macht steht es freilich“, erwiderte Benjamin, „denn ich begehre weiter nichts als die Erlaubnis, Sie auf dieser Reise begleiten zu dürfen. Und darauf richtet sich so sehr mein ganzer Sinn, daß Sie, sollten Sie mir's abschlagen, einen Barbier und einen Wundarzt in einem töten würden."

Jones antwortete lächelnd, er müßte es sehr bedauern, der Allgemeinheit einen so großen Verlust zuzufügen. Darauf führte er verschiedene Gründe an, um Benjamin (den wir fortan Partridge nennen wollen) von seinem Vorsatz abzubringen, doch alles umsonst. Partridge verließ sich fest auf seinen Traum von der milchweißen Stute. „Und zudem, Herr", behauptete er, „fühle ich wie nur irgendeiner die stärkste Neigung für die Sache unseres Landes; und für sie will ich mich einsetzen, ob Sie mir in Ihrer Gesellschaft hinzugehen erlauben oder nicht."

Jones, der so viel Gefallen an Partridge fand wie dieser an ihm und der nicht seine eigene Neigung befragt, sondern nur das Beste des andern erwogen hatte, als er ihn beredete daheimzubleiben, gab, als er seinen Freund so entschlossen sah, endlich seine Zustimmung. Doch besann er sich alsbald wieder und sagte: „Herr Partridge, Sie glauben vielleicht, ich könne für Ihren Unterhalt aufkommen, doch das vermag ich nicht"; und damit zog er seinen Beutel heraus, zählte ihm neun Guineen vor und erklärte, dies sei sein ganzer Reichtum.

Partridge antwortete, er baue allein auf seine künftige Gunst, denn er sei vollkommen überzeugt, Jones werde bald genügend Mittel besitzen. „Im Augenblick, Herr Jones", sagte er, „bin ich von uns beiden der Reichere. Aber alles, was ich besitze, steht Ihnen zu Diensten und zur Verfügung. Ich bestehe ernstlich darauf, daß Sie alles an sich nehmen, und ich bitte einzig darum, daß ich Sie in der Eigenschaft eines Dieners begleiten darf. *Nil desperandum est Teucro duce et auspice Teucro**." Von diesem großmütigen Vorschlag wollte nun aber Jones mit Bestimmtheit nichts wissen.

Es wurde beschlossen, am folgenden Morgen aufzubrechen, als sich eine Schwierigkeit im Hinblick auf das Gepäck ergab; denn Jones' Mantelsack war zu schwer, um ohne Pferd fortgebracht zu werden.

„Darf ich mir erlauben, meinen Rat zu geben?" fragte Partridge. „Diesen Mantelsack mit allem Inhalt, ein paar Hemden ausgenommen, sollten wir zurücklassen. Diese Wäsche kann

* Kein Grund zu verzweifeln, wenn Teucrus führt und befiehlt (Anmerkung des Übersetzers).

ich leicht für Sie tragen, und Ihre übrigen Kleidungsstücke können, sicher eingeschlossen, in meinem Hause bleiben."

Kaum gesagt, war der Vorschlag angenommen, und unverzüglich machte sich der Barbier auf, um alles Nötige für die Reise zu besorgen.

7. Kapitel

Enthält bessere Gründe als die, welche wir bis jetzt für Partridges Verhalten erkannt haben; eine Verteidigung von Jones' Schwäche und ein paar weitere Anekdoten, die unsere Wirtin betreffen.

Gehörte auch Partridge zu den abergläubischsten Menschen, so würde er doch wohl schwerlich auf Grund seiner Träume vom Fall über den Stuhl und von der weißen Stute begehrt haben, Herrn Jones auf die Reise zu begleiten, hätte er keine bessere Aussicht gehabt als die, die auf dem Schlachtfeld gewonnene Beute zu teilen. Die Dinge lagen so: Als Partridge über das von Jones Erzählte nachdachte, konnte er mit seinem Verstand nicht zusammenbringen, daß Herr Allworthy seinen Sohn (denn dafür hielt er ihn unentwegt) aus irgendeiner der Ursachen, die ihm angegeben wurden, aus dem Haus gewiesen haben sollte. Er schloß daher, die ganze Geschichte sei eine Erfindung und Jones, von dessen wildem Wesen seine Korrespondenten ihm oft geschrieben hatten, sei in Wahrheit seinem Vater entlaufen. Und so setzte sich in ihm die Vorstellung fest, wenn er den jungen Herrn dazu überreden könnte, zu seinem Vater zurückzukehren, würde er damit Herrn Allworthy einen Dienst erweisen, der seinen Zorn vollständig beschwichtigen müßte; ja, er ging in seinen Vermutungen so weit, dieser Zorn sei nur eine Verstellung gewesen und Allworthy habe ihn seinem eigenen guten Rufe geopfert. Und dieser Verdacht schien ihm wirklich der Begründung nicht zu entbehren, da jener treffliche Mann dem Findelkind soviel Gunst erwiesen, sich aber gegen Partridge, der sich unschuldig wußte und nicht begriff, daß ein anderer ihn für schuldig halten konnte, so streng gezeigt hatte, ihm aber schließlich doch insgeheim die Summe, die er noch lange von Allworthy erhielt, als dieser ihm öffentlich sein Jahrgeld entzogen und die er als eine Art Schmerzensgeld, oder vielmehr Wiedergutmachung des ihm zugefügten Unrechts ansah, weiter gewährt hatte.

Denn es ist sehr ungewöhnlich, glaube ich, daß die Menschen die Wohltaten, die ihnen jemand zukommen läßt, dessen bloßem Edelmut zuschreiben, wenn sie die Möglichkeit haben, sich dafür einen andern Beweggrund zu ersinnen. Wenn er also, auf welche Art auch immer, den jungen Herrn zur Heimkehr überreden könnte, so zweifelte er nicht, daß er Allworthys Gunst wiedererlangen und für seine Bemühungen reichlich belohnt werden würde; ja, vielleicht würde er wieder in seine Heimat zurückversetzt werden – ein Wunsch, wie ihn sehnlicher als der arme Partridge selbst Ulysses nicht gehegt haben konnte.

Was Jones anbetrifft, so gab er sich mit dem zufrieden, was der andere ihm versichert hatte; er glaubte, Partridge werde in seinem Verhalten durch nichts weiter als die Liebe zu ihm und den Eifer für das Wohl des Vaterlandes bestimmt. Ein wahrhaft tadelnswerter Mangel an Vorsicht und Mißtrauen in bezug auf die Aufrichtigkeit anderer Leute, durch den er sich einen tüchtigen Verweis verdient hätte! Die Wahrheit zu sagen, gibt es nur zwei Wege, auf denen ein Mensch diese vortrefflichen Eigenschaften erlangen kann. Der eine geht durch lange Erfahrung, auf den andern führt die Natur. Mit ihr meint man oft, so glaube ich, nur das, was man Genie oder angeborene Verstandeskraft nennt; und der Weg ist der um vieles bessere von beiden, nicht allein, weil wir auf ihm früher im Leben Meister werden, sondern weil er viel sicherer und zuverlässiger ist. Denn ein Mann, der noch so oft betrogen worden ist, kann doch immer noch hoffen, bei andern eine ehrliche Gesinnung zu finden, wohingegen einer, der von einem inneren Warner die notwendigen Mahnungen erhält, daß solches unmöglich sei, denn doch recht schwach von Begriff sein müßte, wenn er sich auch nur einmal der Gefahr aussetzte, betrogen zu werden. Wie Jones diese Gabe von der Natur nicht empfangen hatte, so war er auch noch zu jung, sie durch Erfahrung erworben zu haben; denn da diese Weisheit des Mißtrauens, die man auf diesem Wege bekommt, uns meist erst in hohen Jahren zufällt, so ist das vielleicht der Grund, warum etliche alte Männer so geneigt sind, den Verstand aller derer geringzuachten, die nur ein wenig jünger sind als sie selbst.

Jones verbrachte den größten Teil des Tages in der Gesellschaft eines neuen Bekannten. Das war niemand anderes als der Wirt des Hauses oder vielmehr der Gatte der Wirtin. Er hatte sich erst vor kurzem, nach einem langen Gichtanfall, schüchtern heruntergewagt, eine Unbill, die ihn gewöhnlich während der Hälfte des Jahres an sein Zimmer fesselte; und während der übrigen Zeit ging er im Haus umher, rauchte seine Pfeife, trank seine Flasche mit seinen Freunden, ohne sich nur im geringsten um irgendein Geschäft zu kümmern. Er war, wie man das nennt, als Edelmann erzogen worden, das heißt: zum Nichtstun. Ein recht bescheidenes Vermögen, das er von seinem Onkel, einem fleißigen Landmann, geerbt, hatte er mit Jagen, Pferderennen, Hahnenkämpfen durchgebracht; dann hatte ihn für bestimmte Zwecke die Wirtin geheiratet. Er hatte es indessen längst aufgegeben, ihren Ansprüchen zu genügen, weshalb sie ihn denn von Herzen haßte. Da er jedoch ein grober Geselle war, begnügte sie sich, ihn häufig damit aufzuziehen, daß sie ihn zu seinem Nachteil mit ihrem ersten Gatten verglich, dessen Lob ewig von ihren Lippen floß; und da der Geschäftsgewinn zum größten Teil in ihre Hände ging, war sie ganz zufrieden, die Betreuung und Regierung der Familie auf sich zu nehmen und, nach einem langen erfolgreichen Kampf, zu dulden, daß ihr Mann sein eigener Herr und Meister sei.

Als Jones am Abend sich in sein Zimmer zurückzog, erhob sich zwischen diesem liebevollen Paare ein kleiner Zwist, der ihn betraf. „Was", sagte die Frau, „ich habe gesehen, du hast mit dem Herrn zusammen getrunken?" – „Ja", antwortete der Gatte, „wir haben zusammen einer Flasche den Hals gebrochen, und er ist ein echter Gentleman und versteht was von Pferden. Allerdings ist er jung und hat noch nicht viel von der Welt gesehen; ich glaube, er hat noch kein einziges Rennen erlebt." – „Oho! also ist er wohl einer von eurer Sorte?" erwiderte die Wirtin; „da muß er ja wohl ein Gentleman sein, wenn er ein Pferdemensch ist. Der Teufel hole solches Volk. Ich wäre wahrhaftig froh, ich hätte nie einen von ihnen gesehen. Ich habe wirklich alle Ursache, Pferdenarren grün zu sein!" – „Die hast du", sagte der Mann, „denn ich war einer, wie du weißt." – „Ja" antwortete sie, „und ein sauberer, allerdings. Wie mein erster Mann zu sagen pflegte: Wenn ich alles Gute, das ich je an dir gesehen, in meinen Augen zusammenfaßte, so könnte ich nichts Ärgeres erblicken." – „Zur Hölle mit deinem ersten Mann!" schrie er. – „Verfluche nicht einen Mann, der viel besser war als du selbst", entgegnete seine Frau. „Wenn er noch lebte, hättest du's nicht gewagt." – „So glaubst du wohl", sagte er, „ich hätte weniger Mut als du; denn du hast ihn oft vor meinen Ohren verflucht." – „Wenn ich das tat", erwiderte sie, „so habe ich dafür gebüßt und oft um jene gute Zeit getrauert. Und wenn er so gütig war, mir ein übereiliges Wort zu verzeihen, so steht es so einem wie dir nicht an, mich zu hänseln. Er war mir ein Gemahl, das war er; und wenn ich je im Eifer oder so ein schlimmes Wort gebrauchte, so habe ich ihn doch nie einen Lumpen genannt. Hätt ich ihn Lump genannt, ich hätte gelogen." Noch viel mehr sagte sie, doch er hörte sie nicht mehr an; denn nachdem er seine Pfeife angezündet hatte, stolperte er davon, so eilig er nur konnte. Wir werden darum hier nicht mehr von ihrer Rede festhalten, da sie mehr und mehr in die Nähe eines Gegenstandes geriet, der zu unfein ist, als daß man ihm in dieser Geschichte Raum gönnen möchte.

Früh am Morgen des nächsten Tages erschien Partridge vor Herrn Jones' Bett, reisefertig und mit dem Rucksack auf den Schultern. Dieser war sein eigenes Erzeugnis; denn außer seinen andern Berufen war er auch kein übler Schneider. In diesen Ranzen hatte er bereits seinen ganzen Wäschevorrat gepackt, bestehend aus vier Hemden, zu denen er auch acht von Toms Hemden hinzutat; dann schloß er den Mantelsack, schwang ihn sich auf und wollte zum Haus hinaus und in sein eigenes hinübergehen; aber da vertrat ihm die Wirtin den Weg, die von keinem Auszug wissen wollte, bis die Rechnung bezahlt sei.

Die Wirtin war, wie gesagt, auf diesem Gebiet die unumschränkte Gebieterin, daher bestand die Notwendigkeit, ihren Gesetzen zu gehorchen; und so wurde die Rechnung, die sich auf eine weit beträchtlichere Summe belief, als man nach dem, was Jones tatsächlich genossen hatte, erwarten konnte, augenblicklich ausgestellt. Hier sind wir nun aber genötigt, gewisse Grundsätze zu enthüllen, welche die Gastwirte als ein Berufsgeheimnis verborgen halten. Davon lautet der erste: Etwas Gutes, das sie im Hause haben (was tatsächlich nur selten der Fall ist), nur solchen Personen anzubieten, die mit großem Gefolge reisen. Der zweite: Für die schlechteste Bewirtung so viel abzuverlangen, als ob es die beste wäre. Der dritte: Wenn einer ihrer Gäste nur wenig fordert, ihn für alles, was er erhalten, den doppelten Preis entrichten zu lassen, so daß der Betrag schließlich auf dasselbe hinausläuft.

Nachdem die Rechnung geschrieben und bezahlt worden war, machte sich Jones mit Partridge, der seinen Rucksack trug, auf den Weg. Die Wirtin ließ sich nicht herab, ihm eine gute Reise zu wünschen, denn dies war, wie es schien, ein Gasthaus, in dem vornehme Leute verkehrten. Ich weiß nicht, woher das kommt, aber alle, die ihren Unterhalt irgendwie im Umgang mit vornehmen Leuten verdienen, bedenken den übrigen Teil der Menschheit mit solchem Hochmut, als gehörten sie selbst jener oberen Gesellschaftsstufe an.

8. Kapitel

Jones kommt in Gloucester an und begibt sich ins Gasthaus zur Glocke; der Charakter dieses Hauses und der eines Winkeladvokaten, mit dem er dort zusammentrifft.

Nachdem Herr Jones und Partridge oder der kleine Benjamin (das Eigenschaftswort „klein" war ihm vielleicht aus Ironie verliehen worden, da er in Wahrheit fast sechs Fuß maß) auf die oben beschriebene Art ihren letzten Rastort verlassen hatten, wanderten sie ohne ein nennenswertes Abenteuer bis nach Gloucester.

Dort angelangt, wählten sie sich als Herberge das Haus mit dem Wahrzeichen der Glocke, ein wirklich ausgezeichnetes Gasthaus, das ich jedem Leser, der diese alte Stadt besuchen sollte, dringend empfehle. Sein Inhaber ist der Bruder des großen Predigers Whitefield, doch ist er durchaus unbeleckt von den schädlichen Prinzipien des Methodismus oder anderer ketzerischer Sekten. Er ist ein ehrenhafter, einfacher Mann und nach meiner Ansicht unfähig, in Kirche oder Staat Verwirrung zu stiften. Seine Gattin hatte sich, wie ich glaube, einst auf ihre Schönheit etwas zugute getan und ist immer noch eine recht stattliche Frau. Mit ihrer Gestalt und ihrem Benehmen hätte sie in der feinsten Gesellschaft eine glänzende Figur machen können; aber obgleich sie sich dessen und auch noch anderer Vorzüge bewußt sein muß, scheint sie mit der Lebenslage, in der sie sich befindet, durchaus zufrieden; und diese Ergebung ist allein der ihr angeborenen Klugheit und Weisheit zuzuschreiben. Denn sie ist heute von methodistischen Vorstellungen so frei wie ihr Gatte. Ich sage heute; denn sie gesteht freimütig, daß ihres Bruders Beweismittel zuerst Eindruck auf sie gemacht hätten und sie die Kosten für ein langes Kapuzenkleid nicht gescheut hätte, um die außerordentlichen Erregungszustände des Geistes zu erwarten. Als sich jedoch nach drei Wochen Versuchszeit keine Erregungszustände einstellten –

nicht für einen Pfifferling, sagt sie –, legte sie das Kapuzenkleid ab und trat aus der Sekte aus. Um es kurz zu sagen: Sie ist von sehr freundlicher, gutherziger Gemütsart, und sie gibt sich so viel Mühe, verbindlich zu sein, daß Gäste, die sich unter ihrem Dach nicht überaus wohl fühlen, schon von recht mürrischer Anlage sein müssen.

Frau Whitefield stand gerade im Hof, als Jones und sein Begleiter angewandert kamen. Ihr Scharfsinn witterte bald etwas Besonderes an unserem Helden, das ihn von den Alltagsleuten unterschied. Sie befahl daher ihren Bedienten sogleich, ihn in ein Zimmer zu führen, und bald danach lud sie ihn ein, mit ihr zu Abend zu speisen, welche Einladung Jones dankbar annahm. Wirklich wäre ihm auch eine viel weniger angenehme Gesellschaft als die von Frau Whitefield und eine viel schlechtere Bewirtung als die, mit der sie ihm aufwartete, nach so langem Fasten und Wandern willkommen gewesen.

Neben Herrn Jones und die gute Herrin des Hauses setzte sich am Speisetisch nieder ein Advokat aus Salisbury, und zwar eben der, der seinerzeit Herrn Allworthy die Nachricht von Frau Blifils Tod überbracht hatte und dessen Name, den wir anscheinend früher nicht nannten, Dowling war. Außer ihm war noch ein anderer zugegen, der sich als Rechtsgelehrter aufspielte und der irgendwo bei Linlich in Somersetshire wohnte. Dieser Bursche, sage ich, spielte sich als Rechtskundiger auf, war aber in Wahrheit ein schäbiger kleiner Winkeladvokat ohne Verstand und ohne jedes Wissen, einer von denen, die man Schleppenträger des Gesetzes heißen könnte, einer von den Überzähligen des Berufes, die die schlechten Mietgäule der Anwälte sind und für eine halbe Krone mehr Meilen als ein Postbote zurücklegen.

Während der Mahlzeit erinnerte sich der Mann des Rechtes aus Somersetshire der Gesichtszüge von Jones, den er bei Herrn Allworthy gesehen, denn er hatte dort oft einen Besuch in der Kirche abgestattet. Und darum ergriff er jetzt die Gelegenheit, sich nach der lieben Familie zu erkundigen, und zwar mit einer Vertraulichkeit, wie sie nur einem von Herrn Allworthys nahen Freunden oder Bekannten angestanden hätte; und auf jede Weise versuchte er zu verstehen zu geben, daß er ein solcher sei, wiewohl er nie die Ehre gehabt hatte, in diesem *Hause mit einem* zu sprechen, der im Range höher stand als ein Diener. Jones beantwortete alle seine Fragen sehr höflich, obgleich er sich nicht entsinnen konnte, den Winkeladvokaten je gesehen zu haben und obwohl er auch aus dem Äußern und dem Gebaren des Mannes den Schluß zog, er nehme sich Höhergestellten gegenüber eine Freiheit heraus, zu der nichts ihn berechtige.

Da für jeden verständigen Menschen eine Unterhaltung mit derartigen Leuten höchst widerwärtig ist, war der Tisch kaum abgeräumt, als Herr Jones sich zurückzog und damit ein wenig rücksichtslos der armen Frau Whitefield eine Buße auferlegte, über die ich öfter Herrn Timothy Harris und andere Gastwirte von gutem Geschmack habe klagen hören als über die ärgste Beschwerde, die mit ihrem Beruf verbunden sei, nämlich die Pflicht, ihren Gästen Gesellschaft zu leisten.

Sobald Jones das Zimmer verlassen hatte, fragte der Winkeladvokat Frau Whitefield im Flüsterton, ob sie wisse, wer dieser feine Geselle sei. Sie gab zur Antwort, sie habe den Herrn noch nie gesehen. „Den Herrn, in der Tat", erwiderte der Rechtspraktikant; „ja, wirklich, ein netter Herr! Nun, er ist der Bankert eines Kerls, der wegen Pferdediebstahls gehängt worden ist. Er wurde auf Junker Allworthys Schwelle gelegt, wo einer von den Bedienten ihn in einer Kiste so voll Regenwasser fand, daß er sicherlich darin ertrunken wäre, hätte ihn das Geschick nicht für ein anderes Los aufgespart." – „Ja, ja, Sie brauchen das nicht zu erwähnen, ich verwahre mich", rief Dowling mit albernem Grinsen, „wir wissen sehr wohl, was dieses Schicksal ist". – „Nun wohl", fuhr der andere fort, „der Junker befahl, ihn ins Haus zu nehmen, denn er ist ein furchtsamer Mann, wie jeder weiß, und war besorgt, selbst in eine Patsche zu geraten. Also wurde der Bastard hochgepflegt und aufgezogen und in allem wie ein Edelmann gekleidet. Und da machte er einer von den Mägden ein Kind und überredete sie, es dem Junker selbst zur Last zu schwören; und später brach er einem gewissen Herrn Thwackum, einem Geistlichen, den Arm, nur weil der ihn getadelt hatte, daß er Huren nachgelaufen sei; und später knallte er eine Pistole ab hinter Herrn Blifils Rücken; und einmal, als Junker Allworthy krank darniederlag, ergriff er eine Trommel und lärmte damit durch das ganze Haus, um ihn am Schlafen zu hindern; und noch zwanzig weitere Possen. Für dies alles setzte ihn etwa vor fünf Tagen, gerade als ich die Gegend verließ, der Junker nachts vor die Tür."

„Und das mit vollem Recht", rief Dowling; „ich würde meinen eigenen Sohn aus dem Haus werfen, hätte er nur die

Hälfte von dem begangen. Doch, bitte, wie heißt denn dieser saubere Herr?"

„Sein Name?" antwortete der Winkeladvokat; „nun, er lautet Thomas Jones."

„Jones?" fragte Dowling gespannt. „Wie, Herr Jones, der bei Herrn Allworthy lebte? Ist das der Herr, der mit uns gegessen hat?" – „Eben der", versetzte der andere. – „Ich habe von dem Herrn gehört", rief Dowling, „ziemlich oft; aber nichts davon, daß er einen schlechten Charakter hätte." – „Und ich bin überzeugt", sagte Frau Whitefield, „wenn die Hälfte von dem, was dieser Herr gesagt hat, wahr ist, dann hat Herr Jones das trügerischste Gesicht, das mir je vorgekommen ist. Sein Aussehen nämlich verspricht etwas ganz anderes; und ich muß sagen, nach dem wenigen, was ich von ihm sah, ist er so höflich und wohlerzogen, wie man sich einen Mann zur Unterhaltung nur wünschen könnte."

Der Winkeladvokat, dem einfiel, daß er nicht, wie üblich, seine Aussage zuvor bekräftigt hatte, beteuerte nun deren Wahrheit unter so vielen Eiden und Flüchen, daß die Ohren der Wirtin das nicht ertragen konnten, und sie setzte seinen Schwüren ein Ende durch die Versicherung, daß sie ihm glaube. Auf das hin sagte er: „Ich hoffe, Madam, Sie können sich denken, daß ich es verschmähen würde, solche Dinge über einen Menschen zu erzählen, wenn ich nicht wüßte, daß sie wahr sind. Was hätte ich davon, einen Mann um seinen guten Ruf zu bringen, der mir nie etwas zuleide getan hat? Ich versichere Ihnen, jede Silbe von dem, was ich sagte, ist reine Wahrheit, und das ganze Land weiß das."

Da Frau Whitefield keinen Grund hatte anzunehmen, der Winkeladvokat habe irgend Ursache, Jones schlecht mitzuspielen, kann der Leser sie nicht dafür tadeln, daß sie glaubte, was er ihr so im Vertrauen und unter Eiden beteuerte. Sie widerrief daher ihre physiognomische Geschicklichkeit und hegte von nun an eine so üble Meinung von ihrem Gast, daß sie ihn von Herzen aus ihrem Hause wünschte.

Diese Abneigung wurde noch verstärkt durch einen Bericht, den Frau Whitefield aus der Küche erhielt, wo Partridge den dort Anwesenden mitgeteilt hatte, daß er, obwohl er den Rucksack trage und sich mit der Gesellschaft der Bedienten begnüge, während Tom Jones (wie er ihn nannte) sich im Wohnzimmer gütlich tue, nicht dessen Diener, sondern sein Freund und Begleiter sei und so gut ein Edelmann wie jener selbst.

Dowling war die ganze Zeit stumm dagesessen, hatte sich in die Finger gebissen, gegrinst und wunderbar pfiffig dreingeschaut. Schließlich öffnete er den Mund und versicherte, der Herr sehe aus wie irgendein anderer Mann. Dann verlangte er in großer Hast seine Rechnung, erklärte, er müsse noch an diesem Abend nach Hereford, klagte, daß seine Geschäfte ihn zu solcher Eile nötigten und daß er sich in zwanzig Stücke teilen möchte, um gleichzeitig an zwanzig Orten zu sein.

Der Winkeladvokat machte sich jetzt gleichfalls auf den Weg, und dann bat Jones Frau Whitefield um die Gunst, in ihrer Gesellschaft Tee trinken zu dürfen. Doch sie schlug ihm das ab, und zwar in einer Art, die so verschieden war von der, in der sie ihn mittags zum Essen empfangen hatte, daß ihn das doch ein wenig überraschte. Und bald gewahrte er, daß ihr ganzes Benehmen sich völlig verändert hatte; denn statt des natürlichen Entgegenkommens, das wir ihr anrühmen konnten, trug ihr Gesicht nun eine erzwungene Strenge zur Schau, die Herrn Jones so überaus unangenehm berührte, daß er beschloß, wie spät es auch sei, das Haus noch am selben Abend zu verlassen.

Er gab diesem unverhofften Wechsel eine nicht ganz billige Auslegung, denn außer ein paar schonungslosen Gedanken über weiblichen Wankelmut und Flattersinn schwante ihm, er verdanke den Mangel an Höflichkeit seinem Mangel an Pferden – einer Art von Tieren, von denen man, da sie keine Betttücher beschmutzen, in den Gaststätten findet, daß sie für ihr Nachtlager besser bezahlen als ihre Reiter, und die daher als der begehrtere Teil der Reisegesellschaft betrachtet werden. Doch Frau Whitefield, um gegen sie gerecht zu sein, war von einer menschenfreundlicheren Gesinnung. Durchaus wohlerzogen, konnte sie gegen einen Edelmann, auch wenn dieser zu Fuß reiste, jede Form wahren. Wie sich nun aber die Dinge verhielten, sah sie in unserem Helden jetzt einen erbärmlichen Schurken und behandelte ihn somit als solchen, und Jones selbst, hätte er soviel gewußt wie der Leser, würde sie darum nicht getadelt haben; nein, im Gegenteil, er müßte ihr Verhalten gelobt und sie für die Mißachtung, die sie ihm zeigte, nur um so höher geschätzt haben. Eine solche Sachlage, die zur Folge hat, daß Menschen ungerecht ihren guten Ruf verlieren, ist allerdings sehr mißlich zu nennen. Doch ein Mann, der sich seines schlechten Rufes bewußt ist, kann nicht wirklich erbost sein auf Leute, die ihn vernachlässigen und geringschätzen, denn sie müssen wohl seinen Umgang eher verachten als begehren, es sei denn, der engste Verkehr mit ihm habe sie davon überzeugt, daß ihres Freundes Wesensart fälschlich und in böser Absicht verleumdet worden sei.

Das hingegen war bei Jones nicht der Fall; er wußte durchaus nichts von den Tatsachen, fühlte sich also mit gutem Grund durch die Behandlung, die er erfahren hatte, beleidigt. Darum bezahlte er seine Rechnung und zog ab, sehr gegen den Wunsch von Herrn Partridge, der nach heftigem, fruchtlosem Widerstreben sich endlich dazu verstand, seinen Rucksack aufzunehmen und seinem Kameraden zu folgen.

9. Kapitel

Enthält verschiedene Gespräche zwischen Jones und Partridge über Liebe, Kälte, Hunger und andere Gegenstände; Partridge entkommt mit genauer Not, als er beinahe eine für seinen Freund verhängnisvolle Enthüllung gemacht hätte.

Die Schatten begannen sich von den hohen Bergen tiefer zu senken; die gefiederte Schöpfung hatte sich zur Ruhe begeben. Die vornehmsten der Sterblichen setzten sich zu ihren Mahlzeiten und die niedrigsten zu ihrem Abendbrot. Mit einem Wort, die Glocke schlug eben fünf Uhr, als Herr Jones Gloucester verließ; eine Stunde, zu der – es war Wintersonnenwende – mit schmutzigen Fingern die Nacht ihren schwarzen Vorhang vor das All gezogen hätte, wäre nicht der Mond dem hinderlich gewesen, der nun, mit einem Gesicht so rund und rot wie das gewisser fröhlicher Sterblicher, die wie er die Nacht zum Tag machen, sich aus seinem Bett, in dem er den Tag verschlafen hatte, erhob, um die ganze Nachtzeit über aufzubleiben. Jones hatte noch kein großes Wegstück zurückgelegt, als er diesem schönen Planeten seine Komplimente zu machen begann; er wandte sich an seinen Gefährten und fragte den, ob er je schon einen so köstlichen Abend erlebt habe. Da Partridge nicht allzu bereit war, auf diese Frage zu antworten, fuhr Jones fort, sich über die Schönheit des Mondes zu verbreiten; er führte einige Stellen aus Milton an, der zweifelsohne in seiner Beschreibung der Himmelsleuchten alle andern Dichter weit übertroffen hat. Hierauf erzählte er Partridge die Geschichte zweier Liebender aus dem „Spectator", die zusammen ausgemacht hatten, sie wollten, wenn sie voneinander entfernt wären, sich unterhalten, indem sie zu einer bestimmten Stunde in den Mond sähen und sich an dem Gedanken vergnügten, daß jedes nun denselben Gegenstand betrachte. „Diese Liebenden", setzte er hinzu, „müssen Seelen gehabt haben, die wahrhaft fähig waren, die ganze Zärtlichkeit der erhabensten aller menschlichen Leidenschaften zu empfinden." – „Höchstwahrscheinlich", rief Partridge, „doch würde ich sie mehr beneiden, wenn sie Körper hatten, die keine Kälte empfanden; denn ich bin beinahe erfroren, und ich fürchte, ich werde ein Stück von meiner Nase verlieren, ehe wir das nächste Wirtshaus erreichen. Nein, wirklich, wir müssen damit rechnen, daß uns eine vergeltende Strafe dafür erreicht, daß wir so närrisch waren, so bei Nacht aus einem der vorzüglichsten Gasthäuser wegzulaufen, in das ich je den Fuß gesetzt habe. Ich habe wahrhaftig nie so viele gute Dinge beisammen gesehen, und der größte Edelmann im Lande kann in seinem eigenen Heim nicht besser leben als dort. Und ein solches Haus zu verlassen, um durch das Land zu streifen, weiß Gott wohin, *per devia rura viarum**, ich will ja nichts gesagt haben; doch könnten manche Leute nicht edelmütigen Sinns genug sein, uns für völlig bei Troste zu halten." – „Pfui doch, Herr Partridge!" sagte Jones, „seien Sie nicht so zaghaft; bedenken Sie, Sie wollen dem Feind entgegengehn, und da fürchten Sie sich vor ein wenig Kälte? Ich wünschte freilich, daß wir einen Führer hätten, der uns sagte, welchen von diesen Wegen wir denn einschlagen sollten." – „Darf ich mir erlauben", sagte Partridge, „meinen Rat zu geben? *Interdum stultus opportuna loquitur.***" – „Also welchen von ihnen", rief Jones, „raten Sie uns zu gehen?" – „Bestimmt keinen von ihnen", erwiderte Partridge. „Der einzige Weg, auf dem wir uns gewiß zurechtfinden, ist der Weg, auf dem wir hierhergekommen sind. Ein tüchtiger Marsch wird uns binnen einer Stunde nach Gloucester zurückbringen; gehen wir aber weiter vorwärts, so mag Gott wissen, wann wir irgendeine Ortschaft erreichen werden, denn da liegen wenigstens fünfzig Meilen vor uns, und auf dieser ganzen Strecke steht kein Haus." – „Es bietet sich uns hier in der Tat ein prächtiger Anblick", sagte Jones, „den der wunderbare Mondglanz noch verschönt. Indessen denke ich, ich will mich an den Weg hier zur Linken halten, denn der scheint gerade zu

* Durch ländliche Abgelegenheit der Wege. – ** Mitunter sagt ein Tor etwas Nützliches (Anmerkungen des Übersetzers).

jenen Hügeln hinzuführen, von denen man uns gesagt hat, daß sie nicht weit von Worcester entfernt liegen. Und wenn Sie die Neigung verspüren, mich hier zu verlassen, so tun Sie das und kehren Sie um; ich für meinen Teil bin entschlossen weiterzugehen."

„Es ist wenig freundlich von Ihnen, eine solche Absicht in mir zu vermuten, Herr", versetzte Partridge. „Was ich geraten habe, war ebenso um Ihretwillen wie um meinetwillen gedacht; doch da Sie entschlossen sind weiterzugehen, bin ich nicht minder entschlossen, Ihnen zu folgen. *I prae, sequar te.**"

Sie wanderten nun ein paar Meilen, ohne daß einer ein Wort zum andern sagte, während welcher Redepause Jones oftmals aufseufzte und Benjamin schmerzlich stöhnte, wenn auch aus ganz anderer Ursache. Schließlich hielt Jones an, drehte sich um und rief: „Wer weiß, Partridge, ob nicht das lieblichste Geschöpf dieses Erdkreises jetzt seine Augen auf den Mond gerichtet hat, den ich in diesem Moment anschaue?" – „Das kann wohl sein", antwortete Partridge; „und wenn meine Augen auf ein gutes gebratenes Lendenstück vom Ochsen gerichtet wären, so sollte meinetwegen der Teufel den Mond holen und seine Hörner obendrein." – „Hat je ein denkendes Geschöpf eine solche Antwort gegeben?" rief Jones. „Ich bitt Sie, Partridge, hat Sie denn nie im Leben die Liebe heimgesucht, oder hat die Zeit alle Spuren davon aus Ihrem Gedächtnis getilgt?" – „Ach du lieber Himmel", rief Partridge, „ein Glück wär's für mich gewesen, hätt ich nie erfahren, was Liebe ist. *Infandum regina, jubes renovare dolorem.* Aber gewiß habe ich alle Zärtlichkeit, alle Erhabenheit und alle Bitterkeit dieser Leidenschaft gekostet." – „Dann war Ihre Geliebte wohl hartherzig?" – „Sehr hartherzig, Herr, das ist gewiß", antwortete Partridge, „denn sie heiratete mich, und dann erwies sie sich als eines der schlimmsten Weiber auf Gottes Erdenrund. Jedoch dem Himmel sei Dank, sie ist nicht mehr; und wenn ich glaubte, sie sei im Mond, wie ich in einem Buche gelesen habe, darin gesagt ist, daß dort der Sammelplatz der abgeschiedenen Seelen sei, möchte ich nicht dorthin schauen, aus Angst, ich könnte sie erblicken; doch ich wünschte, Herr, Ihretwegen, der Mond wäre ein Spiegel, und eben jetzt stände Fräulein Sophia Western davor." – „Mein lieber Partridge", rief Jones, „welch ein Gedanke war das! Ein Gedanke, der

* Geh voran, ich folge dir (Anmerkung des Übersetzers).

sicher nie in einer andern Seele als in der eines Liebenden erwachen konnte. Ach, Partridge! Könnte ich hoffen, einmal jenes Antlitz wiederzusehen; aber alle diese goldenen Träume sind für immer vorbei, und meine einzige Zuflucht vor künftigem Elend ist, den Gegenstand meines einstigen Glücks zu vergessen." – „Und verzweifeln Sie denn wirklich daran, Fräulein Western jemals wiederzusehen?" fragte Partridge. „Folgen Sie meinem Rat, ich bürge Ihnen dafür, Sie sollen sie nicht nur wiedersehen, sondern sie auch in Ihre Arme schließen." – „Ha", rief Jones, „rufen Sie nicht solche Vorstellungen in mir wach. Ich habe hart genug gekämpft, um alle derartigen Wünsche zu unterdrücken." – „Nanu", erwiderte Partridge, „wenn Sie Ihre Dame nicht in Ihren Armen zu halten wünschen, dann sind Sie wirklich ein höchst absonderlicher Liebhaber." – „Gut, gut", sagte Jones, „lassen wir diesen Gegenstand. Doch worin, bitte, besteht Ihr Rat?" – „Um ihn auf soldatische Weise auszudrücken, da wir doch Soldaten sind, in ‚Rechtsum kehrt!'" antwortete Partridge. „Lassen Sie uns den Weg, den wir gekommen, zurückverfolgen; wir werden heute abend noch in Gloucester ankommen, wenn auch spät. Wenn wir dagegen in der Richtung vorwärts gehen, werden wir meines Erachtens wahrscheinlich immer weiter irren, ohne ein schützendes Dach zu erreichen." – „Ich habe Ihnen schon gesagt, daß ich entschlossen bin weiterzugehen", gab Jones zurück; „wollen Sie jedoch umkehren, so ist mir das recht. Ich bin Ihnen verbunden, daß Sie mir bis hierher Gesellschaft geleistet haben, und ich bitte Sie, diese Guinee als ein kleines Zeichen meiner Dankbarkeit anzunehmen. Ja, es wäre grausam von mir, wenn ich duldete, daß Sie noch weiter mit mir gingen, denn, um gegen Sie ganz offen zu sein, mein hauptsächliches Ziel und Verlangen ist ein ruhmvoller Tod im Dienst meines Königs und meines Vaterlandes." – „Was Ihr Geld betrifft, Herr", entgegnete Partridge, „so bitte ich Sie, es wieder einzustecken; ich will jetzt keines von Ihnen annehmen, denn einstweilen, denke ich, bin ich von uns zweien der reichere. Und da es Ihr Entschluß ist weiterzugehen, so ist es der meine, Ihnen zu folgen. Ja, nun scheint mir meine Gegenwart durchaus notwendig, damit ich auf Sie achtgeben kann, da Sie so verzweifelte Absichten haben; denn ich versichere Ihnen, die meinigen sind klüger; und wie Sie die Absicht haben, in einer Schlacht zu fallen, wenn Sie können, so bin ich fest entschlossen, keinen Schaden zu nehmen, wenn ich's verhindern kann. Und ich habe tatsächlich die tröstliche Zuversicht, daß die Gefahr nicht sehr groß sein wird. Denn ein papistischer Priester sagte mir kürzlich, die Angelegenheit werde bald bereinigt sein, und er glaube, ohne Feldschlacht." – „Ein papistischer Priester", rief Jones, „hörte ich, verdient nicht immer Glauben, wenn er im Namen seiner Religion spricht." – „Ja", antwortete der andere, „was das Sprechen für seine Religion betrifft, so versicherte er mir, die Katholiken erwarteten von dem Wechsel keinen Gewinn, denn Prinz Charles sei ein guter Protestant wie nur irgendeiner in England; nichts weiter als die Rücksicht auf das Recht machte ihn und die übrigen von der papistischen Partei zu Jakobiten." – „Ich glaube, daß er ebensosehr ein Protestant wie er im Recht ist", sagte Jones; „und ich zweifle nicht, daß wir Erfolg haben werden, doch das nicht ohne Schlacht. Ich bin also nicht so hoffnungsvoll wie Ihr Freund, der papistische Priester." – „Ach ja, freilich, Herr", antwortete Partridge, „alle Prophezeiungen, die ich je gelesen habe, reden viel von Blut, das in Kämpfen vergossen wurde, und der Müller mit den drei Daumen, der heute lebt, muß die Pferde von drei Königen halten, denen das Blut bis zum Knie reicht. Der Herr sei uns gnädig und schicke uns bessere Zeiten!" – „Mit was für unsinnigem Zeug haben Sie Ihren Kopf angefüllt!" rief Jones. „Auch das, scheint mir, kommt von dem papistischen Priester. Ungeheuer und Wundergeschichten sind die geeigneten Argumente, um ungeheuerliche und abgeschmackte Lehren zu stützen. Die Sache König Georgs ist die Sache der Freiheit und der wahren Religion. Mit andern Worten, sie ist die Sache des gesunden Menschenverstandes, mein Bester, und ich wette, wir werden Erfolg haben, möge sich auch Briareus selbst mit hundert Daumen wieder erheben." Partridge hatte darauf keine Antwort. Jones' Erklärung hatte ihn in der Tat völlig verwirrt. Denn, um dem Leser ein Geheimnis zu verraten, das bis dahin nicht enthüllt werden konnte: Partridge war tatsächlich Jakobit, und er hatte geglaubt, Jones sei von derselben Partei und habe vor, sich den Aufständischen anzuschließen – eine Meinung, die nicht ganz unbegründet war, denn die große, alles erschauende Dame, die Hudibras erwähnt, jenes vieläugige, vielzüngige, vielmäulige Untier des Virgil, hatte die Geschichte des *Streites* zwischen Jones und dem Offizier weitererzählt, mit der bei ihr üblichen Berücksichtigung der Wahrheit. Tatsächlich hatte sie den Namen Sophias in den des Bewerbers umgewandelt und berichtet, daß man auf dessen Gesundheit getrunken, sei der Grund gewesen, warum man Jones niedergeschlagen habe. Partridge hatte dies gehört und fest geglaubt. Es ist somit kein Wunder, daß er seither die oben angedeutete Meinung über Jones beibehalten hatte und sie diesem beinahe verraten hätte, bevor er seinen Irrtum gewahr wurde. Und der Leser wird um so weniger geneigt sein, sich darüber zu wundern, wenn es ihm nun beliebt, sich des zweideutigen Satzes zu entsinnen, mit dem Jones zuerst Herrn Partridge seinen Entschluß mitteilte. Freilich, wären seine Worte weniger unklar gewesen, so hätte Partridge sie sehr wohl richtig deuten können, überzeugt, wie er war, daß die ganze Nation die gleichen Gefühle im Herzen hege. Es machte ihn auch nicht stutzig, daß Jones in der Gesellschaft der Soldaten gereist war, denn dieselbe Meinung, die er von der übrigen Bevölkerung hatte, hatte er von der Armee.

Doch, wie auch immer seine Vorliebe für James oder Charles beschaffen war, eine stärkere Neigung als für jene fühlte er für den kleinen Benjamin. Aus diesem Grund, kaum hatte er seines Reisegefährten Gesinnung erkannt, hielt er es für geraten, zu heucheln und scheinbar seine Ansicht vor der Meinung jenes Mannes zu verleugnen, von dem ihm sein Glück abzuhängen schien. Denn er glaubte durchaus nicht, daß es um sein Verhältnis zu Allworthy so verzweifelt stehe, wie das tatsächlich der Fall war. Da er, seit er die Gegend verlassen hatte, mit seinen Nachbarn einen Briefwechsel unterhielt, so hatte er sehr viel, und mehr, als der Wahrheit entsprach, von der großen Zuneigung vernommen, die Herr Allworthy dem jungen Mann bezeigte, der ihn, wie man ihm gleichfalls geschrieben, beerben sollte und den Partridge, wie wir gesagt haben, ohne im geringsten daran zu zweifeln, für seinen Sohn hielt.

Er stellte sich demnach vor, daß selbst der heftigste Streit bei der Heimkehr von Herrn Jones beigelegt werden würde, ein Umstand, von dem er sich große Vorteile versprach, wenn er nur die Gelegenheit erfassen konnte, sich bei dem jungen Herrn in Gunst zu setzen; und sollte es ihm auf irgendeine Art glücken, dessen Heimkehr zu bewirken, so zweifelte er, wie gesagt, nicht daran, daß dies auch ihn bei Herrn Allworthy hoch in Gunst setzen müßte.

Wir haben bereits bemerkt, daß er ein sehr eigenartiger Geselle war, und er hatte sich über die Zuneigung und Anhänglichkeit, die er für Jones' Person und Wesen empfand, deutlich ausgesprochen; doch könnten die oben erwähnten Überlegungen ihn gleicherweise zur Teilnahme an dieser Expedition mitbestimmt oder wenigstens gedrängt haben, dabei auszuharren, nachdem er entdeckt hatte, daß sein Herr und er selbst, klugen Vätern und Söhnen vergleichbar, trotz freundschaftlichstem Zusammenreisen verschiedenen Parteien angehörten. Ich bin auf diese Vermutung gekommen, nachdem ich die Beobachtung gemacht habe, daß, wenn auch Liebe, Freundschaft, Schätzung und solches mehr das menschliche Gemüt mächtig bewegen, die Lockung des Gewinns hingegen ein Ingrediens ist, das verständige Leute selten außer acht lassen, wenn sie andere ihren eigenen Absichten dienstbar machen wollen. Dies ist sicherlich eine ausgezeichnete Arznei, und wie Wards Pille eilt sie sogleich zu jener Stelle hin, die man zu beeinflussen wünscht, sei es nun die Zunge, die Hand oder ein anderer Körperteil, wo sie kaum je verfehlt, die gewünschte Wirkung augenblicklich hervorzurufen.

10. Kapitel

In dem unsere Reisenden ein höchst außergewöhnliches Abenteuer erleben.

Eben als Jones und sein Freund ihr Gespräch im vorigen Kapitel beendet hatten, waren sie am Fuß eines sehr steilen Hügels angelangt. Hier blieb Jones stehen, richtete den Blick nach oben und schwieg eine Weile. Endlich rief er seinem Gefährten zu: „Partridge, ich wünschte, ich wäre auf dem Gipfel dieses Hügels! Dort oben muß sich eine anmutige Aussicht bieten, zumal bei dieser Beleuchtung; denn der feierliche Dämmer, den der Mond über alle Gegenstände wirft, ist über jeden Ausdruck schön, besonders für einen Sinn, den so danach verlangt, melancholischen Vorstellungen nachzuhängen." – „Sehr wohl möglich", antwortete Partridge; „wenn aber der Gipfel des Hügels sich so trefflich dazu eignet, melancholische Vorstellungen zu erwecken, so nehme ich an, sein Fuß sei geeignet, sich mit fröhlichen abzugeben, und die halte ich für die bessern von beiden. Sie haben mir dadurch, daß Sie mir den Gipfel des Berges nannten, der mir der höchste in der *ganzen* Welt zu sein scheint, wahrhaftig das Blut in den Adern gerinnen lassen. Nein, nein, wenn wir uns nach etwas umsehen sollen, dann soll es eine Höhle sein, die uns gegen Frost und

Wetterunbill schützt." – „Tun Sie das, aber lassen Sie sie innerhalb der Hörweite dieses Platzes sein", sagte Jones, „und ich werde Ihnen laut zurufen, wenn ich zurückkomme." – „Aber Herr, Sie haben den Verstand verloren", versetzte Partridge. „Das freilich", gab Jones zurück, „wenn diesen Hügel besteigen den Verstand verlieren heißt. Da Sie sich aber bereits so sehr über die Kälte beklagen, so wünsche ich, daß Sie unten bleiben. Ich werde gewiß in einer Stunde wieder bei Ihnen sein." – „Verzeihen Sie mir, Herr", rief Partridge, „ich habe beschlossen, Ihnen zu folgen, wohin Sie auch gehen." In Wahrheit fürchtete er sich, allein zu bleiben; denn so feige er auch in jeder Hinsicht war, so fürchtete er sich doch vor nichts so sehr wie vor Gespenstern – eine Furcht, die zu dieser nächtlichen Stunde und in der Wildnis der Gegend ganz besonders zur Geltung kam.

In diesem Augenblick erspähte Partridge durch einige Bäume das Glimmern eines Lichtes, das ihm ganz in der Nähe zu sein schien. Sogleich schrie er in lautem Entzücken: „O Herr! Da hat der Himmel endlich mein Gebet erhört und uns zu einem Haus geführt! Vielleicht ist's ein Gasthaus. Ich beschwöre Sie, Herr, wenn Sie noch irgendein Mitleid für mich wie für sich selbst fühlen, verschmähen Sie nicht die Güte der Vorsehung, sondern lassen Sie uns stracks auf dieses Licht zugehen. Wirtshaus oder nicht, ich bin gewiß, wenn seine Bewohner Christenmenschen sind, so werden sie andern, die sie in so kläglicher Verfassung sehn, einen kleinen Platz unter ihrem Dache nicht versagen." Jones gab endlich dem dringenden Flehen Partridges nach, und beide wanderten zusammen geradewegs auf den Ort zu, von wo ihnen das Licht entgegenzukommen schien.

Sie langten bald an der Tür dieses Hauses, oder richtiger, dieser Hütte an. Jones klopfte mehrmals, ohne von innen eine Antwort zu erhalten, worauf Partridge, der nichts anderes als Geisterspuk, Teufel, Hexen und dergleichen im Kopf hatte, zu zittern anfing und schrie: „Herrgott, sei uns gnädig! Die Leute sind sicher alle tot. Ich sehe kein Licht mehr, und doch sah ich noch vor einem Augenblick den Schein einer Kerze. Nun, ich habe von solchem Graus schon gehört." – „Was haben Sie gehört?" erwiderte Jones. „Die Leute liegen entweder in tiefem Schlaf, oder wahrscheinlicher haben sie Angst, die Tür zu öffnen, da dies ein so abgelegener Ort ist." Er begann jetzt ziemlich laut zu schreien, und endlich ging oben ein Fensterflügel auf, und eine alte Frau fragte, wer sie seien und was sie wollten. Jones antwortete, sie seien Reisende, hätten ihren Weg verloren, und da sie hier in einem Fenster ein Licht erblickten, seien sie darauf zugegangen in der Hoffnung, sich hier vielleicht an einem Feuer wärmen zu dürfen. „Wer ihr auch sein mögt", rief die Frau herab, „ihr habt hier nichts zu schaffen; auch werde ich zu dieser Nachtzeit niemandem auftun." Partridge, den der Klang einer menschlichen Stimme alsbald von seiner Gespensterfurcht befreit hatte, verlegte sich nun auf dringendes Bitten, ihn doch ein paar Minuten am Feuer zubringen zu lassen, er sei vor Kälte halb tot; dazu hatte seine Furcht freilich ebensoviel beigetragen. Er versicherte, der Herr, der mit ihr spreche, sei einer der größten Gutsbesitzer des Landes, und er gebrauchte weiter alle ihm zu Gebote stehenden Argumente außer dem einen, das Jones später mit der besten Wirkung hinzufügte, und das war das Versprechen einer halben Krone: ein zu beträchtlicher Köder, als daß eine solche Person ihm hätte widerstehen können, zumal die gefällige Erscheinung von Jones, die das Mondlicht klar erkennen ließ, zusammen mit seinem leutseligen Wesen alle Furcht vor Diebsgesellen, die sie anfangs beschlichen hatte, besiegte. Sie ließ sie darum schließlich eintreten und zu seiner unmäßigen Freude sah dort Partridge schon ein tüchtiges Feuer zu seinem Empfang bereit.

Der arme Mensch hatte sich jedoch noch kaum ein wenig erwärmt, als jene Gedanken, die stets in ihm die Oberhand hatten, seinen Kopf etwas zu verwirren begannen. Es gab in seinem Glaubensbekenntnis nichts, woran er fester glaubte als an die Hexerei; auch kann der Leser sich schwerlich eine Gestalt vorstellen, die besser geeignet wäre, diese Idee zu verkörpern, als diese alte Frau, die da nun vor ihm stand. Sie entsprach haargenau jenem Bild, das Otway in seinem „Orphan" gezeichnet hat. Hätte diese Frau unter der Regierung Jakobs des Ersten gelebt, so würde ihr Aussehen allein genügt haben, sie ohne jeden Wahrscheinlichkeitsbeweis an den Galgen zu bringen.

Mancherlei Umstände bestärkten Partridge in seiner Meinung: daß sie, wie er jetzt dachte, ganz allein an einem so verlassenen Orte lebte, in einem Haus, dessen Außenseite viel zu gut für sie schien, dessen Inneres jedoch auf die zierlichste und *eleganteste* Weise ausgestattet war. Die Wahrheit zu sagen, war auch Jones nicht wenig überrascht von dem, was er sah, denn, abgesehen von seiner ungewöhnlich reinlichen Wohlgeordnetheit, war der Raum mit einer großen Menge von Nippsachen und Raritäten geschmückt, die eines Kenners Aufmerksamkeit fesseln konnten.

Während Jones diese Dinge bewunderte und Partridge zitternd dahockte, in der festen Überzeugung, in das Haus einer Hexe geraten zu sein, sagte die alte Frau: „Ihr Herren, ich hoffe, daß Sie's kurz machen werden; denn ich erwarte jetzt meinen Meister, und nicht für die doppelte Erkenntlichkeit möchte ich, daß er Sie vorfände." – „Wie, Sie haben einen Herrn und Meister?" fragte Jones. „Freilich." – „Sie werden verzeihen, gute Frau – ich war erstaunt, alle diese schönen Dinge hier in diesem Hause zu sehen." – „Ach, Herr", erwiderte sie, „wenn der zwanzigste Teil dieser Dinge mein wäre, wollte ich mich eine reiche Frau nennen. Aber bitte, bleiben Sie nun nicht länger, denn jede Minute kann er kommen." – „Aber er wäre doch sicher nicht böse auf Sie", sagte Jones, „weil Sie einen so allgemein üblichen Akt der Barmherzigkeit uns zugute kommen ließen?" – „Du lieber Himmel, Herr", erwiderte sie, „er ist ein merkwürdiger Mann, durchaus nicht wie andere Leute. Er pflegt keinerlei Gesellschaft und geht nur selten aus, und nur bei Nacht, denn er wünscht nicht gesehen zu werden; und alle die Leute in der Gegend fürchten sich davor, ihm zu begegnen; schon seine Kleidung genügt, um jeden zu erschrecken, der sie nicht gewohnt ist. Sie nennen ihn den Mann vom Hügel (denn dort oben geht er bei Nacht umher), und das Landvolk fürchtet den Teufel nicht so wie ihn. Er würde sich furchtbar ärgern, wenn er Sie hier anträfe." – „Bitte, Herr", sagte Partridge, „wir wollen den Herrn nicht erzürnen; ich bin zum Weiterwandern bereit, und ich habe mich noch nie so gut erwärmt gefühlt. Bitte, Herr, lassen Sie uns gehen. Da über dem Kamin hängen Pistolen; wer weiß, ob sie nicht geladen sind oder was er damit tun könnte?" – „Befürchten Sie nichts, Partridge", rief Jones, „ich schütze Sie vor Gefahr." – „Ach nein, was das betrifft", sagte die alte Frau, „er tut niemandem was an, aber es ist doch nötig, daß er ein paar Waffen für seine eigene Sicherheit hier hat; mehr als einmal ist dieses Haus besetzt worden, und vor kurzem erst glaubten wir, in der Nacht Diebe zu hören. Ich habe mich oft gewundert, daß er von keinem Halunken umgebracht worden ist, wenn er so in tiefer Nacht draußen umherstreift; aber freilich, wie ich sagte, die Leute fürchten ihn; außerdem, glaube ich, denken sie, er besitze nichts, was zu stehlen sich lohnte." – „Ich möchte aus dieser

Sammlung von Seltenheiten schließen", sagte Jones, „daß Ihr Herr ein Weltreisender gewesen ist." – „Ja, Herr", antwortete sie, „und zwar ein sehr großer; nicht viele haben mehr Kenntnis von allen Dingen als er. Ich glaube, er hatte eine unglückliche Liebe oder so etwas, denn ich lebe bei ihm seit mehr als dreißig Jahren, und während dieser ganzen Zeit hat er kaum mehr als mit einem halben Dutzend Menschen gesprochen." Sie wiederholte darauf ihre Bitte, die Herren möchten sich nun fortbegeben, und wurde darin von Partridge unterstützt; aber Jones zögerte absichtlich, denn seine Neugier, diese merkwürdige Person zu sehen, war nun auf das höchste gestiegen. Wiewohl die alte Frau jede ihrer Antworten mit der Bitte schloß, er möge sich doch entfernen, und Partridge so weit ging, ihn am Ärmel zu ziehen, besann er sich doch unablässig auf weitere Fragen, bis die alte Frau mit Gebärden des Entsetzens erklärte, sie höre ihres Meisters Schritt; gleichzeitig vernahm man mehrere Stimmen vor der Tür, und eine davon schrie: „Hol dich der Satan! Dein Geld zeig uns, auf der Stelle. Dein Geld, du Halunke, oder wir stülpen dir das Hirn über die Ohren."

„Um Gottes willen!" schrie die alte Frau, „sicher haben ein paar Bösewichter meinen Herrn aufgegriffen. Was tun, was soll ich tun?" – „Was?" rief Jones, „wie? Sind diese Pistolen geladen?" – „Ach nein, lieber Herr, in Wahrheit sind sie leer. O bitte, gute Herren, töten Sie uns nicht!" (Sie hielt nun die drinnen für dieselbe Sorte wie die vor der Tür.) Jones antwortete nicht; doch ergriff er einen alten Pallasch, der da an der Wand hing, stürzte damit aus der Tür und sah dort den alten Mann, der sich gegen zwei Mordgesellen wehrte und um Schonung bat. Jones fragte nicht lange, sondern machte sich mit seinem Säbel gleich so tüchtig ans Werk, daß die beiden Kerle ihren Mann freigaben und ausrissen, ohne einen Angriff auf Jones zu versuchen. Der wiederum stand von ihrer Verfolgung ab, zufrieden, daß ihm die Befreiung des alten Herrn gelungen war; er durfte mit Recht glauben, daß er gute Arbeit geleistet hatte, denn die Fliehenden schrien unter Flüchen, sie seien zu Tode verletzt.

Jones beeilte sich nun, den alten Herrn, der in dem Kampf zu Boden gefallen war, aufzurichten, und erkundigte sich *eifrig*, ob er durch die Schurken Schaden genommen hatte. Der alte Mann schaute Jones einen Augenblick fest an, dann rief er: „Nein, Herr, nein; es ist mir nicht viel geschehen, ich danke Ihnen. Gott sei mir gnädig!" – „Ich sehe, Herr", erwiderte Jones, „Sie sind nicht frei von Furcht, selbst vor denen, die das Glück hatten, Ihre Befreier zu sein; auch kann ich Sie wegen Ihres Argwohns nicht tadeln, doch Sie haben wirklich dazu keine Ursache. Sie sehen hier niemanden außer Freunden. Wir hatten in dieser kalten Nacht unsern Weg verfehlt und uns somit die Freiheit genommen, uns an Ihrem Kamin zu wärmen. Wir wollten eben wieder aufbrechen, als wir Sie um Hilfe rufen hörten, die Ihnen, so möchte ich fast sagen, die Vorsehung durch uns geschickt zu haben scheint." – „Die Vorsehung, wahrhaftig", rief der alte Herr, „wäre es das!" – „So ist es, sage ich Ihnen", rief Jones. „Hier Ihre Waffe, Herr; ich habe sie zu Ihrer Verteidigung benützt und lege sie wieder in Ihre Hände." Nachdem der alte Mann die mit dem Blute seiner Angreifer befleckte Waffe entgegengenommen hatte, sah er Jones wieder einige Augenblicke fest an, dann seufzte er und rief: „Können Sie mir verzeihen, junger Herr? Nicht immer war ich vom Argwohn heimgesucht, und ich neige auch nicht zur Undankbarkeit." – „Also danken Sie", rief Jones, „der Vorsehung, die Ihre Befreiung gewollt hat; was mich betrifft, so habe ich nur eine der allgemeinen Pflichten der Menschlichkeit erfüllt und getan, was ich für jedes menschliche Geschöpf in Ihrer Lage getan hätte." – „Lassen Sie mich Sie noch ein wenig länger ansehen", rief der alte Mann. „Sie sind also ein menschliches Geschöpf? Nun wohl, vielleicht sind Sie's. Bitte, treten Sie ein in meine kleine Hütte. Sie waren wahrhaftig mein Befreier."

Die alte Frau war verwirrt durch die Furcht vor ihrem Meister und die Angst um ihn; und Partridge ängstigte sich womöglich noch mehr. Die erstere indessen, als sie ihren Herrn freundlich mit Jones reden hörte und begriff, was geschehen war, faßte sich bald. Partridge jedoch hatte kaum den alten Herrn in seinem seltsamen Aufzug erblickt, als der arme Bursche von noch viel größerem Schrecken geschüttelt wurde als zuvor, sei es nun mehr wegen der Beschreibung, die er vernommen, oder wegen des Aufruhrs vor der Tür.

Die Wahrheit zu sagen, war die Erscheinung des Hausherrn so, daß sie auch auf eine gefestigtere Natur als die Partridges hätte Eindruck machen können. Die Gestalt war sehr groß und breit; von ihrem Gesicht floß ein langer, schneeweißer Bart. Der Körper war mit einer Eselshaut bedeckt, der irgendwie die Form eines Rockes gegeben worden war; er trug

Schuhe und auf dem Kopf eine Mütze, beides aus anderem Tierfell gefertigt.

Sobald der alte Herr im Zimmer stand, fing die Haushälterin an, ihn zu seiner Errettung von den Räubern zu beglückwünschen. „Ja“, rief er, „gerettet bin ich, Dank sei meinem Beschützer.“ – „Gott segne ihn!“ antwortete sie. „Er ist ein guter Herr, dafür bürg ich. Ich fürchtete, Euer Gnaden würden mir zürnen, weil ich ihn hereingelassen habe; und das würde ich auch gewiß nicht getan haben, hätte ich nicht im Mondlicht erkannt, daß er ein Gentleman ist, dazu halb totgefroren. Es muß ja doch ein guter Engel gewesen sein, der ihn hierhersandte und der ihn bewog, das zu tun.“

„Ich fürchte, Herr“, sagte der alte Mann zu Jones, „daß ich nichts hier im Hause habe, das ich Ihnen als Speise oder Trank anbieten könnte, Sie wollten denn mit einem Schluck Kognak vorliebnehmen. Davon kann ich Ihnen freilich eine Probe von vorzüglicher Qualität vorsetzen; ich habe ihn seit dreißig Jahren hier.“ Jones lehnte in sehr höflicher und wohlgeformter Rede ab. Da fragte ihn der andere, wohin er zu reisen beabsichtigte, als er seinen Weg verloren habe, und fügte hinzu: „Ich muß gestehen, es hat mich überrascht, jemanden von Stand, der Sie doch zu sein scheinen, um diese Nachtzeit und zu Fuß durch die Gegend wandern zu sehen, denn Sie machen nicht den Eindruck eines Mannes, der gewohnt ist, ohne Pferde weit zu reisen.“

„Der Schein“, erwiderte Jones, „trügt oft; mitunter sehen die Leute anders aus, als sie wirklich sind. Doch kann ich Ihnen versichern, ich bin nicht aus dieser Gegend; und wohin ich reise, das weiß ich wirklich selber kaum.“

„Wer Sie auch sind, oder wohin Sie gehen“, antwortete der alte Herr, „ich habe Ihnen gegenüber Verpflichtungen, für die ich mich nie werde erkenntlich zeigen können.“

„Noch einmal“, entgegnete Jones, „versichere ich, das haben Sie nicht, denn ein Verdienst kann darin nicht liegen, daß ich das zu Ihrem Nutzen aufs Spiel gesetzt habe, dem ich keinen Wert beimesse; und nichts ist in meinen Augen so verächtlich wie das Leben.“

„Es tut mir leid, junger Herr“, antwortete der Unbekannte, „daß Sie irgendeinen Grund haben, bei Ihrer Jugend so unglücklich zu sein.“

„Das bin ich in der Tat, Herr“, erklärte Jones, „der Allerunglücklichsten einer.“ – „Sie hatten vielleicht einen Freund oder eine Geliebte ...?" – „Wie konnten Sie", rief Jones, „diese zwei Worte aussprechen, die genügen, um mich rasend zu machen?" – „Jedes einzelne von ihnen genügt, um einen Mann zur Raserei zu treiben", entgegnete der Alte. „Ich frage nicht weiter, Herr, meine Neugier hat mich vielleicht schon zu weit geführt."

„Wirklich, Herr", rief Jones, „ich kann eine Leidenschaft nicht tadeln, die ich in diesem Augenblick in mir im höchsten Grad lebendig fühle. Verzeihen Sie, wenn ich Ihnen versichern muß, daß alles, was ich seit dem ersten Betreten dieses Hauses gesehen oder gehört habe, zusammenwirkte, um mich mit der mächtigsten Neugier zu erfüllen. Etwas ganz Außerordentliches muß Sie zu dieser Lebensführung bestimmt haben, und ich habe Grund zu fürchten, Ihre eigene Geschichte sei von Mißgeschick nicht frei."

Hier seufzte der alte Herr tief auf und schwieg. Endlich sagte er, indem er Jones ernst anblickte: „Ich habe gelesen, ein gutes Gesicht sei ein Empfehlungsbrief; ist dem so, dann empfiehlt sich wohl niemand besser als Sie selbst. Und wenn ich nicht noch aus einem andern Grund eine gewisse Neigung für Sie empfände, so müßte ich das undankbarste Ungeheuer auf Erden sein; und es ist für mich wahrhaft schmerzlich, daß ich nicht imstande bin, Sie anders als mit Worten von meiner Dankbarkeit zu überzeugen."

Nach einigem Zögern antwortete Jones, es läge sehr wohl in seiner Macht, ihn mit Worten zu belohnen. „Ich habe mich zu meiner Neugier bekannt, Herr", sagte er; „brauche ich Ihnen zu sagen, wie dankbar ich Ihnen wäre, wenn Sie sich dazu verstehen wollten, sie zu befriedigen? Wollen Sie mir gestatten, falls nicht Bedenken Ihnen das verwehren, mit der Bitte an Sie heranzutreten, mich mit den Beweggründen bekannt zu machen, die Sie dazu veranlaßt haben, sich von der menschlichen Gesellschaft zurückzuziehen und eine Lebensweise zu wählen, zu der Sie, was der Anschein genügend verrät, nicht geboren sind?"

„Ich kann mich nach dem, was geschehen ist", antwortete der alte Herr, „kaum dazu für berechtigt halten, Ihnen irgend etwas abzuschlagen. Wollen Sie die Geschichte eines unglücklichen Mannes hören, dann will ich sie Ihnen erzählen. Wenn Sie denken, daß sich im Schicksalslauf derer, die der Gesellschaft entflohen, etwas Ungewöhnliches zugetragen habe, so urteilen Sie richtig; es mag indessen ein Paradoxon oder sogar ein Widerspruch scheinen, aber es ist gewiß, daß große Menschenliebe zuvörderst uns die Menschen meiden und verachten läßt; das nicht so sehr wegen ihrer privaten und selbstsüchtigen Laster als wegen der Laster von allgemeiner Art, wie Neid, Bosheit, Verräterei, Grausamkeit und jede andere Form des Übelwollens. Das sind die Laster, die der wahre Menschenfreund verabscheut; und ehe er sie sehen und sich mit ihnen abfinden will, meidet er lieber die Gesellschaft selbst. Sie jedoch, ohne Ihnen ein Kompliment zu machen, Sie scheinen mir nicht einer von denen zu sein, die ich meiden oder verachten müßte; nein, ich muß sagen, so wenig Sie auch über sich geäußert haben, unsere beiden Lose scheinen mir in einem gleichgeartet; ich hoffe jedoch, Ihrem Schicksal möchte ein erfolgreicherer Abschluß beschieden sein."

Nun wurden zwischen unserem Helden und seinem Gastherrn ein paar höfliche Redensarten ausgetauscht, und dieser wollte mit seiner Geschichte beginnen, als Partridge ihn unterbrach. Seine Furcht war so ziemlich von ihm gewichen, doch wirkten die ausgestandenen Schrecken noch in ihm nach; er erinnerte deshalb den alten Herrn an den ausgezeichneten Kognak, den er erwähnt hatte. Der wurde sogleich herbeigebracht, und Partridge nahm davon einen tüchtigen Schluck.

Der alte Herr begann nun ohne weitere Vorrede, wie das im nächsten Kapitel zu lesen ist.

11. Kapitel

In dem der Mann vom Hügel mit der Erzählung seiner Geschichte beginnt.

„Ich bin geboren in einem Dorf in Somersetshire, genannt Mark, im Jahr 1657. Mein Vater gehörte zu denen, die man Herren-Bauern hieß. Er besaß ein kleines Landgut, das etwa dreihundert Pfund im Jahr abwarf, und hatte ein anderes gepachtet, das ungefähr gleichwertig war. Er war klug und fleißig und ein so fähiger Landwirt, daß er ein behagliches und angenehmes Leben hätte führen können, hätte nicht ein durchtriebenes zänkisches Weib ihm seine häusliche Ruhe verbittert. Aber wenn dieser Umstand ihn vielleicht auch unglücklich machte, so machte er ihn doch nicht arm, denn er behielt sie fast die ganze Zeit daheim und zog es vor, den ewigen Streit in seinem Haus zu ertragen, als sein Vermögen dadurch zu schädigen, daß er ihren extravaganten Launen nachgab, denen sie, wenn er auswärts gewesen wäre, genügen wollte.

Von dieser Xanthippe" („So hieß das Weib des Sokrates", bemerkte Partridge), „von dieser Xanthippe hatte er zwei Söhne, von denen ich der jüngere war. Er beabsichtigte, uns beiden eine gute Erziehung zuteil werden zu lassen, aber mein älterer Bruder, der zu seinem Unglück der Liebling seiner Mutter war, vernachlässigte seine Schularbeiten in solchem Grade, daß, nachdem er ohne nennenswerte Besserung fünf oder sechs Jahre vertan hatte, sein Lehrer meinem Vater erklärte, es sei zwecklos, ihn länger dort zu behalten. So kam mein Vater mit meiner Mutter schließlich überein, ihn aus der Hand dieses Tyrannen, wie sie den Lehrer nannte, zurückzunehmen. Dabei hatte dieser den Jungen viel weniger getadelt, als das seine Faulheit erfordert hätte, aber viel mehr, scheint es, als das dem jungen Herrn paßte, der sich ständig bei seiner Mutter über diese harte Behandlung beklagte; und sie lieh ihm stets ein williges Ohr."

„Ja, ja", rief Partridge, „ich habe solche Mütter gekannt; ich bin von ihnen beschimpft worden, und ganz zu Unrecht; solche Eltern verdienten Züchtigung nicht weniger als ihre Kinder."

Jones schalt den Schulmeister wegen dieser Unterbrechung, und dann fuhr der Unbekannte fort: „Mein Bruder nahm nun im Alter von fünfzehn Jahren von allem Lernen und von allem andern Abschied, außer von seinem Hund und seiner Flinte, mit der er sich eine solche Fertigkeit aneignete, daß er, obwohl Sie das vielleicht für unmöglich halten, nicht allein ein festes Ziel mit Sicherheit treffen konnte, sondern tatsächlich auch eine fliegende Krähe aus der Luft herunterschoß. Gleich tüchtig war er im Aufspüren eines Hasen, und bald galt er für einen der besten Jäger in der Gegend, ein Ruhm, den seine Mutter wie ihn selbst ebenso erfreute, wie wenn er als der größte Gelehrte bekannt gewesen wäre.

Die Lage meines Bruders ließ mich zuerst denken, daß mein eigener Verbleib in der Schule sich für mich schwieriger gestalten werde, doch änderte ich meine Ansicht bald. Denn in dem Maße, wie ich im Lernen hübsche Fortschritte machte, wurde mir das Arbeiten leicht, und die ständige Übung in meinen Fächern war mir so lieb, daß Ferientage für mich die unangenehmsten Zeiten waren; denn meine Mutter, die mich nie geliebt hatte, fürchtete jetzt, ich stehe in größerer Gunst bei meinem Vater, und da sie herausgefunden hatte oder wenigstens glaubte, daß einige studierte Herren, so namentlich der Pfarrer, mir mehr Aufmerksamkeit bezeigten als meinem Bruder, so haßte sie nun meinen Anblick und machte mir unser Heim so unerträglich, daß, was die Schulbuben den Schwarzen Montag nennen, mir als der weißeste Tag des ganzen Jahres erschien.

Nachdem ich endlich durch die Schule zu Taunton gegangen war, wurde ich ins Exeter College in Oxford geschickt, wo ich vier Jahre blieb; nach dieser Zeit entriß mich ein Mißgeschick meinen Studien; und von da an nahm alles seinen Ausgang, was mir später im Leben widerfahren ist.

Dasselbe College wie ich besuchte damals ein Sir George Gresham, ein Junge, der einmal ein beträchtliches Vermögen zu erwarten hatte, in dessen vollen Besitz er jedoch nach dem Willen seines Vaters nicht vor seinem fünfundzwanzigsten Jahr gelangen sollte. Bei der Großzügigkeit seiner Vormunde indessen hatte er wenig Ursache, sich über die überflüssige Vorsicht seines Vaters zu beklagen, denn es waren ihm fünfhundert Pfund im Jahr während der Zeit seines Universitätsstudiums zugestanden. Er hatte seine Pferde und seine Dirne und führte ein so zuchtloses und liederliches Leben, wie er das nur, ohne Herr seines ganzen Vermögens zu sein, tun konnte, denn außer den fünfhundert Pfund, die er durch seine Vormunde erhielt, fand er Mittel und Wege, sich noch weitere tausend Pfund zu verschaffen. Er war etwa einundzwanzig Jahre alt, und es war für ihn nicht schwer, so viel Kredit zu erhalten, wie er nur wünschte.

Dieser junge Mensch hatte neben andern, leidlich schlimmen Eigenschaften eine wahrhaft teuflische. Es machte ihm große Freude, Jünglinge von geringerem Vermögen dadurch zu verderben und zugrunde zu richten, daß er sie zu Ausgaben verlockte, die sie nicht so gut wie er zu leisten vermochten; und je besser, ehrbarer und besonnener ein junger Mann war, um so größer waren seine Freude und sein Triumph, wenn es ihm gelang, ihn zu vernichten. Das eben, sagt man ja, sei die Art des Teufels, herumzugehen und zu suchen, wen er verschlingen könne.

Es war mein Mißgeschick, mit diesem jungen Herrn bekannt und vertraut zu werden. Der Ruf des fleißigen Studenten, den ich genoß, machte mich zum erwünschten Gegenstand seiner unheilvollen Absichten; und meine eigene Anlage machte es ihm nur zu leicht, sie ins Werk zu setzen. Denn wenn ich mich auch mit viel Fleiß in meine Bücher vertiefte und große Genugtuung darin fand, so gab es doch andere Freuden, die mir mehr bedeuten konnten; denn ich hatte ein feuriges Blut, war voller überschüssiger Lebenskraft, war ein wenig ehrgeizig und überaus verliebter Natur.

Mein näherer Umgang mit Sir George dauerte noch nicht lange, als ich zum Teilnehmer an allen seinen Vergnügungen geworden war; und nachdem ich diese Bühne einmal betreten hatte, ertrugen es weder meine Neigungen noch meine Gesinnung, dort eine untergeordnete Rolle zu spielen. In keiner Form der Ausschweifung stand ich hinter andern zurück; ja, bald ragte ich so sichtbar bei jedem Unwesen und wüsten Treiben hervor, daß mein Name gewöhnlich zuoberst auf der Liste der Schuldigen stand; und statt daß man mich als den unglücklichen Zögling von Sir George beklagte, wurde ich jetzt bezichtigt, diesen hoffnungsvollen jungen Edelmann verführt und verdorben zu haben. Denn obgleich er der Rädelsführer und der Förderer all des Unheils gewesen war, wurde er niemals dafür angesehen. Schließlich verwarnte mich der Rektor der Universität, und nur knapp entging ich der Relegation.

Sie werden mir gern glauben, Herr, daß ein Leben, wie ich es Ihnen eben beschreibe, sich nicht mit einem weiteren Fortschritt im Studium verträgt, und in dem Maße, wie ich mich mehr und mehr lockern Vergnügungen hingab, wurde ich in meinen Studien immer nachlässiger. Das war freilich nur die eine Folge; aber das war nicht alles. Meine Ausgaben überstiegen nun nicht allein mein früheres Einkommen, sondern auch die Zuschüsse, die ich meinem armen gütigen Vater abschwätzte, mit der falschen Begründung, daß diese Summen für die Vorbereitung meines näherrückenden Doktorexamens nötig seien. Diese Bitten wurden aber mit der Zeit so häufig, dazu immer anspruchsvoller, daß mein Vater allmählich doch auf Berichte über mein Betragen zu hören begann, die ihm von verschiedenen Seiten zugetragen wurden und die gläubig und nachdrücklich zu wiederholen meine Mutter nicht versäumte. ‚Nun', setzte sie hinzu, ‚also das ist der feine Herr, der Gelehrte, der seiner Familie so große Ehre macht; das ist nun das Ende vom Lied. Ich dachte mir wohl, wohin all das Studieren führen werde. Er richtet uns alle zugrunde, nachdem sein älterer Bruder zu seinen Gunsten Entbehrungen auf sich genommen hat, damit er tadellos erzogen werde, wofür er uns mit Zinsen zurückzahlen wollte; ich wußte schon, was das für Zinsen sein würden', und solcher Redensarten mehr.

Mein Vater beantwortete fortan meine Gesuche mit Vorwürfen, statt mit Geldsendungen, was die Krisis in meinen Angelegenheiten vielleicht ein wenig beschleunigte. Doch hätte er mir auch seine gesamten Einkünfte überwiesen, Sie können sich denken, daß dies nur kurze Zeit ausgereicht hätte für einen, der mit den Ausgaben von Sir George Gresham Schritt halten wollte.

Es ist mehr als nur wahrscheinlich, daß die Geldnot, in der ich mich nun befand, und die Unmöglichkeit, es auf diese Art weiterzutreiben, mich plötzlich wieder zum Verstand und zu meinen Studien zurückgebracht haben würden, wären mir die Augen aufgegangen, bevor ich mich in Schulden verstrickt hatte, aus denen mich je zu entwirren ich keine Hoffnung sah. Darin bestand tatsächlich Sir Georges große Kunst, durch die er den Zusammenbruch vieler bewerkstelligte, die er nachher als Gecken und Dummköpfe verlachte, da sie sich mit einem Mann von seinem Vermögen, wie er es nannte, messen wollten. Um zu seinem Ziel zu kommen, pflegte er ab und zu einem selbst etwas Geld vorzuschießen, um so den Kredit des unglücklichen Jungen bei den andern zu stärken, bis jener, dank eben diesem Kredit, unrettbar verloren war.

Da es um mein Gemüt infolge solcher Machenschaften endlich so verzweifelt stand wie um meine Geldmittel, gab es kaum eine Schlechtigkeit, die ich mir nicht ausdachte, um mich zu befreien; sogar der Selbstmord war Gegenstand meiner ernstlichen Überlegungen, und ich hätte mich bestimmt dazu entschlossen, wäre er nicht durch einen noch schändlicheren, wenn auch vielleicht weniger sündhaften Gedanken aus meinem Kopf vertrieben worden." Er hielt einen Augenblick inne, dann rief er: „Ich versichere Ihnen, so viele Jahre haben die Schande dieser Tat nicht auslöschen können, und ich werde erröten, während ich davon erzähle." Jones gab seinem Wunsch Ausdruck, der Erzähler möge alles übergehen, was ihm selbst schmerzliche Gefühle erwecken könnte, aber Partridge rief: „O bitte, Herr, lassen Sie uns das hören; gerade dieses würde ich lieber hören als alles übrige; so wahr ich auf meine Erlösung hoffe, werde ich nie ein Wort davon weitertragen." Jones wollte ihm dafür einen Verweis erteilen, doch der Unbekannte verhinderte das, indem er in seinem Bericht fortfuhr: „Ich hatte einen Kameraden, einen sehr klugen und in allem mäßigen Jungen, der ohne beträchtliches Monatsgeld es durch bloße Sparsamkeit dazu gebracht hatte, etwa fünfzig Guineen zusammenzulegen. Ich wußte, daß er das Geld in seinem Schreibtisch aufbewahrte. Ich ergriff daher eine Gelegenheit, ihm, während er schlief, den Schlüssel aus seiner Hosentasche zu entwenden, und das machte mich zum Herrn über seinen ganzen Reichtum. Ich schob den Schlüssel wieder in seine Tasche zurück und stellte mich schlafend, obwohl ich kein Auge schloß, und blieb liegen, bis er aufgestanden war und sich zum Gebet begab – eine Übung, der ich mich schon lange entwöhnt hatte.

Ängstliche Diebe setzen sich durch zu große Vorsicht oft der Entdeckung aus, während die kühneren ihrer entgehen. So erging es mir; denn hätte ich den Schreibtisch bedenkenlos aufgebrochen, dann wäre vielleicht gar kein Verdacht auf mich gefallen; da jedoch offenbar die Person, die den Diebstahl beging, sich im Besitze des Schlüssels befinden mußte, so war der Bestohlene, als er sein Geld vermißte, nicht im Zweifel darüber, daß ein Zimmergenosse der Dieb sei. Da er selbst nun eher ängstlicher Natur und an Körperkraft und, ich glaube, auch an Mut mir unterlegen war, getraute er sich nicht, mich zur Rede zu stellen, aus Furcht vor schlimmen körperlichen Folgen, die ihm das eintragen könnte. Er ging darum ungesäumt zum Rektor, und nachdem er die Verhältnisse unter Eid dargelegt und beteuert hatte, des Diebstahls und der Person gewiß zu sein, setzte er leicht durch, daß gegen einen, der nun auf der ganzen Universität in so schlechtem Rufe stand, ein Haftbefehl ausgefertigt wurde.

Zu meinem Glück befand ich mich am nächsten Abend nicht im College, denn an diesem Tage führte ich in einer Kutsche eine junge Dame nach Witney, wo wir die ganze Nacht blieben, und als wir am Morgen nach Oxford zurückkehrten, begegnete ich einem meiner Vertrauten, der mich über das, was mir drohte, genügend unterrichtete, um zu bewirken, daß ich mein Pferd alsbald in andere Richtung lenkte."

„Bitte, Herr, erwähnte er etwas von dem Haftbefehl?" warf Partridge ein. Aber Jones bat den alten Herrn, auf solche frechen Fragen nicht zu achten und weiterzuerzählen, was er denn tat, so wie folgt: „Nachdem ich jeden Gedanken an eine Rückkehr nach Oxford aufgegeben hatte, schien das Nächstliegende, was in Betracht kam, eine Fahrt nach London. Ich teilte diesen Plan meiner Begleiterin mit, die sich zuerst dagegen aussprach; als ich sie jedoch meine Barschaft sehen ließ, stimmte sie im Handumdrehen zu. Wir fuhren quer durchs Land, bogen in die große Cirencester-Straße ein und fuhren in solcher Eile, daß wir den nächsten Abend, den vorletzten, in London verbrachten.

Wenn Sie sich meine damalige Lage vergegenwärtigen und die Begleitung, in der ich mich befand, so werden Sie wohl verstehen, daß ich nach kurzer Zeit die Summe, in deren Besitz ich auf so schmähliche Weise gelangt war, durchgebracht hatte.

So war ich nun in viel größerer Not als zuvor, die Notwendigkeiten des Lebens begannen zu zählen, und etwas machte meinen Fall noch viel schmerzlicher: daß meine Geliebte, in die ich mich maßlos vernarrt hatte, diese Trübsal mit mir teilen sollte. Eine Frau, die man liebt, im Elend zu sehen, nicht imstande zu sein, ihr zu helfen, und dabei denken zu müssen, daß man selbst sie in diese Lage gebracht hat, ist vielleicht ein Fluch, dessen Schrecken keine Vorstellung denen begreiflich machen kann, die sie nicht gefühlt haben." – „Ich glaube es, bei meiner Seele", rief Jones, „und ich bemitleide Sie aus tiefstem Herzen"; dann lief er ein paarmal ganz verstört im Zimmer auf und ab, bat endlich um Verzeihung und ließ sich in einen Stuhl fallen, mit dem Ausruf: „Gott sei gedankt, daß mir dies erspart geblieben ist!"

„Dieser Umstand", fuhr der alte Herr fort, „machte die Qual meiner Lage vollkommen unerträglich. Alle Leiden meiner eigenen unbefriedigten natürlichen Begierden, eingeschlossen Hunger oder Durst, waren für mich nicht so peinvoll zu erdulden wie der Zwang, die launenhaftesten Wünsche einer Frau unerfüllt lassen zu müssen, die ich so unbändig liebte, daß ich, wiewohl ich wußte, daß sie die Geliebte wohl der Hälfte meiner Bekannten gewesen war, sie zu heiraten ernstlich beabsichtigte. Aber das gute Geschöpf wollte in einen solchen Schritt nicht einwilligen, den die Welt so sehr zu meinem Nachteil auslegen würde. Und da sie möglicherweise wegen des ständigen Kummers, an dem sie mich ihretwegen täglich leiden sah, mit mir Mitleid hatte, beschloß sie, meiner Not ein Ende zu machen. Und bald fand sie tatsächlich das Mittel, mich aus meiner verworrenen und peinlichen Verfassung zu befreien. Denn während ich auf verschiedene Art darauf bedacht war, ihr Vergnügungen zu verschaffen, verriet sie mich freundlicherweise einem ihrer früheren Liebhaber in Oxford, dank dessen

Umsicht und Sorgfalt ich unverzüglich verhaftet und ins Gefängnis gesteckt wurde.

Hier erst begann ich ernsthaft über die Fehlschläge meines bisherigen Lebens nachzudenken, über die Irrtümer, deren ich schuldig war, über das Unglück, das ich über mich selbst gebracht hatte, und über das Leid, das ich einem der besten Väter zugefügt haben mußte. Dachte ich ferner an die Perfidie meiner Geliebten, dann graute mir in der Seele, und das Leben schien mir nicht länger begehrenswert, sondern wurde zum Gegenstand meines Abscheus. Gern hätte ich den Tod als meinen liebsten Freund umarmt, hätte er sich mir nur ohne Begleitung der Schande gesellen mögen.

Der Tag der Gerichtsverhandlung rückte bald heran. Kraft der Habeaskorpusakte wurde ich nach Oxford überführt, wo ich Schuldigerklärung oder Verurteilung mit Sicherheit erwartete; doch zu meiner großen Überraschung erschien kein Kläger, und ich wurde am Ende der Sitzung mangels Strafverfolgung freigesprochen. In Kürze: Mein Zimmergenosse hatte Oxford verlassen und, ob nun aus Trägheit oder aus einem andern Grunde, hatte es abgelehnt, sich weiter mit dieser Angelegenheit zu befassen."

„Vielleicht", rief Partridge, „wollte er nicht, daß Ihr Blut über ihn komme; und darin hatte er recht. Wenn einer auf mein Zeugnis hin gehängt würde, könnte ich später nicht mehr allein schlafen, aus Furcht, seinen Geist zu erblicken."

„Ich möchte mich bald fragen, Partridge", sagte Jones, „ob Sie mehr tapfer oder mehr vernünftig sind." – „Sie können mich auslachen, Herr, wenn's Ihnen gefällt", erwiderte Partridge; „aber wenn Sie eine ganz kurze Geschichte, die ich erzählen kann und die gewißlich wahr ist, anhören wollten, so würden Sie vielleicht Ihre Ansicht ändern. In dem Kirchspiel, wo ich geboren bin . . ." Jones wollte ihn zum Schweigen bringen, doch der Unbekannte bat für ihn, es möge ihm erlaubt sein, seine Geschichte zu erzählen; mittlerweile wolle er selbst sich auf den Rest seiner eigenen besinnen.

Partridge fuhr also fort: „In dem Kirchspiel, wo ich geboren bin, lebte ein Bauer mit Namen Bridle, und er hatte einen Sohn mit Namen Francis, einen guten, hoffnungsvollen Jungen; ich ging mit ihm in die Lateinschule. Ich erinnere mich, daß er in Ovids Episteln bewandert war und mitunter drei Zeilen auszulegen verstand, ohne ins Wörterbuch zu blicken. Er war außerdem ein sehr guter Junge, der am Sonntag nie den Kirchgang versäumte und den man zu den besten Psalmsingern des Kirchspiels zählte. Ab und zu trank er vielleicht eins über den Durst, und das war sein einziger Fehler." – „Gut, aber kommen Sie endlich auf den Geist", rief Jones. „Keine Sorge, Herr; ich werde bald genug darauf kommen", antwortete Partridge. „Sie müssen nun wissen, daß dem Bauern Bridle eine Stute verlorenging, ein Rotfuchs, soviel ich mich erinnern kann, und es begab sich, daß dieser junge Francis bald darauf, als er auf einem Jahrmarkt zu Hindon war, ich glaube, am . . . kann mich des Tages nicht erinnern; und als er dort war, was begegnete ihm da anderes als ein Mann, der auf der Stute seines Vaters saß. Sogleich rief Frank: ‚Haltet den Dieb!' und da sie sich mitten auf dem Platz befanden, war es für den Mann unmöglich zu fliehen. Er wurde gefaßt und dem Richter übergeben; ich entsinne mich, es war Richter Willoughby von Noyle, ein sehr ehrenwerter, guter Herr. Er ließ den Mann ins Gefängnis bringen und verpflichtete Frank durch eine schriftliche Rekognition, so, glaube ich, heißen sie's – ein schwer begreifliches Wort, zusammengesetzt aus *re* und *cognosco;* doch unterscheidet es sich in seiner ursprünglichen Bedeutung vom allgemein üblichen Gebrauch, wie noch manche andere Zusammensetzung. Nun gut, schließlich kam der Oberrichter Page zur Abhaltung der Verhandlung, und so wurde der Mann vorgeführt, und Frank wurde als Zeuge vorgeladen. Das Gesicht des Richters werde ich nie vergessen, als er ihn fragte, was er gegen den Gefangenen vorzubringen habe. Er machte Frank am ganzen Leibe zittern. ‚Also, du, was hast du zu sagen?' fragte der Richter. ‚Steh nicht so da und stackle und brummle, sondern sprich frei heraus.' Aber bald wandte er sich in ganz höflichem Ton an Frank und begann den Häftling anzudonnern; und als er diesen fragte, ob er irgend etwas zu seinen Gunsten zu sagen habe, antwortete der, er habe das Pferd gefunden. ‚Ach!' meinte der Richter, ‚da bist du aber ein Glückskerl; ich bin seit vierzig Jahren überall in dieser Gegend herumgereist, aber noch nie in meinem Leben habe ich ein Pferd gefunden. Aber ich will dir etwas sagen, Freund, du hattest noch mehr Glück, als du weißt, denn du hast nicht allein ein Pferd gefunden, sondern auch noch, ich versichere dir, den Strick dazu.' Ich werde diese Worte wahrlich nie vergessen. Jedermann mußte daraufhin lachen. Ja, und dann machte er wohl noch zwanzig Witze von dieser Art, die mir jetzt nicht mehr einfallen. Auch sagte er irgend etwas über seine Geschicklichkeit im Umgang mit Pferdefleisch, das wiederum alle zum Lachen brachte. Der Richter war sicherlich ein braver und auch ein gelehrter Mann. Und es hat seinen Reiz, sich Verhandlungen anzuhören, bei denen es um Leben und Tod geht. Etwas, das muß ich gestehen, schien mir ein wenig hart: daß dem Verteidiger des Gefangenen nicht erlaubt wurde, für ihn zu sprechen, obgleich er nur den Wunsch geäußert hatte, ein paar Worte zu sagen. Der Richter wollte ihn nicht anhören, während er doch einen, der als sein Ankläger auftrat, über eine halbe Stunde reden ließ. Ich fand es hart, muß ich sagen, daß seiner Gegner so viele waren: der Richter, der Gerichtshof und die Geschworenen, die Anwälte und die Zeugen, alle gegen einen einzigen armen Mann, der dazu noch in Ketten war. Also, der Mensch wurde gehängt, wie es gar nicht anders zu erwarten war, und der gute Frank fand seitdem keine Ruhe mehr. War er allein im Dunkel, so bildete er sich sogleich ein, er sehe jenes Mannes Geist." – „Ja, und ist das Ihre ganze Geschichte?" rief Jones. „Nein, nein", antwortete Partridge. „O Gott, erbarme dich meiner! Ich komme jetzt eben zur Hauptsache; denn eines Nachts, als Frank aus der Bierschenke kam, in einer langen, engen finsteren Gasse, lief er dem Gespenst gerade entgegen; und dieses war eine weiße Gestalt und fiel über Frank her; und Frank, der ein handfester Geselle war, fiel wiederum über den Geist her, und da rauften sie zusammen, und der gute Frank wurde übel zugerichtet. Freilich gelang es ihm schließlich, loszukommen und sich nach Hause zu schleppen. Doch teils infolge der Schläge, teils infolge des Schreckens lag er wohl vierzehn Tage krank zu Bett; und alles das ist die unbedingte Wahrheit, die das ganze Kirchspiel bezeugen kann."

Der Unbekannte lächelte ein wenig über diese Geschichte, und Jones lachte laut heraus; daraufhin rief Partridge: „Oh, Sie mögen wohl lachen, Herr; das taten auch noch andere, besonders ein Junker, den man für nichts Besseres als einen Atheisten hält und der wahrhaftig, weil dort in derselben Gasse am folgenden Morgen ein totes Kalb mit weißem Gesicht gefunden worden war, andere gern glauben gemacht hätte, daß dieses Franks Kampfgegner gewesen sei, wie wenn ein Kalb je auf einen Menschen losgehen würde. Nebenbei, Frank sagte mir, er wisse, daß es ein Gespenst gewesen sei, und er könne vor jedem Gericht der Christenheit darauf einen Eid ablegen; und er habe zu jener Zeit nicht mehr als einen oder zwei Quart geistigen Getränkes sich zugeführt gehabt. Der Herr sei uns gnädig und bewahre uns alle davor, unsere Hände mit Blut zu beflecken!"

„Nun, Herr", wandte sich Jones an den Unbekannten, „Herr Partridge hat seine Erzählung beendet, und ich hoffe, er wird Sie nicht nochmals unterbrechen, wenn Sie so freundlich wären und fortfahren wollten." Der alte Herr faßte das bisher Berichtete kurz zusammen, doch da er eine Atempause benötigte, halten wir es für richtig, eine solche auch unserem Leser zu gönnen, und darum setzen wir diesem Kapitel hier ein Ende.

12. Kapitel

In dem der Mann vom Hügel mit seiner Geschichte fortfährt.

„Ich hatte nun meine Freiheit wieder", sagte der Unbekannte, „doch ich hatte meinen guten Ruf verloren; denn es gibt einen großen Unterschied zwischen dem Fall eines Mannes, der bloß von einem Gerichtshof freigesprochen wurde, und dem, den sein eigenes Herz und die öffentliche Meinung freigesprochen haben. Ich war mir meiner Schuld bewußt und scheute mich, den Menschen ins Gesicht zu blicken; darum beschloß ich, Oxford am folgenden Morgen vor Tagesanbruch zu verlassen, bevor noch das Licht mich den Augen der Neugier preisgeben würde.

Als ich die Stadt hinter mir hatte, kam mir zuerst in den Sinn, zu meinem Vater zurückzukehren und zu versuchen, seine Verzeihung zu erlangen. Da ich jedoch nicht Ursache hatte, daran zu zweifeln, daß er von allem, was geschehen, unterrichtet sei, und wohlvertraut mit seinem Abscheu vor jeder unehrenhaften Handlung, konnte ich nicht die Hoffnung hegen, von ihm aufgenommen zu werden, zumal ich nur gewiß war, welch gute Dienste mir in der Zwischenzeit meine Mutter geleistet hatte. Ja, hätte ich auch meines Vaters Verzeihung mit gleicher Leichtigkeit erwarten dürfen, wie ich von seinem Groll überzeugt war, so frage ich mich doch, ob ich es gewagt hätte, ihm vor die Augen zu treten, oder ob ich es unter irgendwelchen Bedingungen ertragen hätte, mit denen zusammen zu leben und zu verkehren, die mich, wie ich annahm, einer so niedrigen Haltung schuldig wußten.

Ich eilte darum nach London zurück, der besten Zuflucht vor Kummer und Schande für solche, die nicht der Öffentlichkeit gar zu bekannt sind; denn hier hat man den Vorteil der Einsamkeit ohne ihre Nachteile, da man ebensowohl allein wie in Gesellschaft sein kann; und während man unbeachtet irgendwo sitzt oder umherwandert, werden die Gedanken durch Lärm, Menschentreiben und allerlei Dinge in unablässiger Folge beschäftigt, und das Gemüt wird am Brüten über sich selbst oder über Kummer und Schande verhindert, was gewiß eine sehr wenig förderliche Übung ist, der sich (wenn auch viele sich öffentlich nichts davon anmerken lassen) doch einige zu sehr und in verhängnisvollem Maße hingeben.

Da es jedoch kein menschliches Gut ohne das ihm zugeordnete Übel gibt, so ist dieses Nichtbeachtetwerden von den Menschen für manche Leute ein Hindernis; ich meine damit Leute ohne Geld; denn so wenig man in seiner Ruhe gestört wird, so wenig wird man von solchen, die einen nicht kennen, gekleidet oder ernährt. Und ein Mensch kann ebensogut in Leadenhall Market wie in Arabiens Wüsten verhungern.

Es war also nun mein' Geschick, von jenem großen Übel befreit zu sein, das verschiedene Schriftsteller so sehr fürchten, die, vermute ich, damit überlastet waren, nämlich vom Geld." – „Mit Verlaub, Herr", warf Partridge ein, „ich erinnere mich keines Schriftstellers, der gesagt hätte *malorum*, sondern *irritamenta malorum. Effodiuntur opes, irritamenta malorum.**" – „Gut denn, Herr", erwiderte der Unbekannte, „es sei ein Übel oder bloß die Ursache von Übeln, ich war jedenfalls von Geld völlig entblößt und zugleich auch von Freunden und, so dachte ich, von Bekannten. Da, eines Abends, als ich durch den inneren Tempel ging, sehr hungrig und elend, hörte ich plötzlich eine Stimme, die mich in vertrautem Ton bei meinem Vornamen rief. Als ich mich umwandte, erkannte ich in dem Rufer einen meiner Studienfreunde, der Oxford vor etwa einem Jahr verlassen hatte, lange bevor das Unglück über mich hereingebrochen war. Dieser junge Mann, der Watson hieß, schüttelte mir herzlich die Hand; er zeigte sich über unser Zusammentreffen sehr erfreut und schlug mir sogleich vor, eine Flasche mit ihm zu trinken. Ich lehnte zuerst ab, behauptete, daß Geschäfte meine Zeit beanspruchten, doch als er ernstlich bat und dringender wurde, da bezwang schließlich der Hunger meinen Stolz, und ich gestand ihm offen, kein Geld in meiner

* Schätze werden gehoben, die Lockungen zum Bösen (Anmerkung des Übersetzers).

Tasche zu haben, doch das nicht, ohne diese Behauptung mit einer Lüge zu umrahmen, nämlich der Entschuldigung, dies sei dem Umstand zuzuschreiben, daß ich am heutigen Morgen eine andere Hose angezogen hätte. Herr Watson antwortete: ‚Ich dächte, Jack, du und ich, wir haben einander lange genug gekannt, als daß wir hierüber Worte zu machen brauchten.‘ Er faßte mich unter dem Arm und zog mich fort; ich sträubte mich in der Tat nicht sehr, denn meine eigene Neigung zog mich noch viel stärker, als er das vermochte.

Wir kamen dann zu den Friars, dem Ort ausgelassenster Fröhlichkeit wie Sie wissen. Als wir in der Taverne gelandet waren, wandte sich Watson an den Kellner allein, ohne den Koch zu beachten, denn er konnte nicht wissen, daß es so lange her war seit meiner letzten Mahlzeit. Da es sich in Wahrheit aber so mißlich verhielt, erfand ich eine weitere Lüge und sagte meinem Gefährten, ich hätte am andern Ende der Stadt zu tun gehabt und dort nur in aller Hast eine Hammelkeule verzehrt; ich sei darum wieder hungrig und könnte wohl außer einer Flasche ein Beafsteak vertragen.“ – „Manche Leute“, rief Partridge, „sollten ein besseres Gedächtnis haben; oder fanden Sie ganz zufällig genug Geld in Ihrer Hose um diese Hammelkeule zu bezahlen?“ – „Ihre Bemerkung ist ganz richtig“, antwortete der Unbekannte, „und ich glaube, solche groben Schnitzer sind unausbleiblich bei jemandem, der sich auf die Bahn der Unehrlichkeit begeben hat. Doch nun weiter. Ich begann mich recht glücklich zu fühlen. Fleisch und Wein brachten meine Lebensgeister in Schwung, und ich genoß das Vergnügen, mich mit einem Bekannten zu unterhalten, um so mehr, als ich dachte, daß nichts von dem, was sich seit meinem Abschied von der Universität ereignet hatte, ihm bekannt sei.

Doch nicht lange überließ er mich dieser angenehmen Täuschung, denn indem er mit der einen Hand sein volles Glas erhob, faßte er mich mit der andern. ‚Hier, mein Junge‘, rief er, ‚wünsch ich dir Glück, weil du dich so anständig aus der Sache gezogen hast, die sie dir zur Last legten.‘ Ich wurde durch diese Worte in die äußerste Verwirrung gestürzt. Watson bemerkte das und fuhr fort: ‚Nein, Mann, zu schämen brauchst du dich nicht. Du bist freigesprochen, und fortan soll keiner wagen, dich zu beschuldigen; aber ich bitte dich, sag mir, deinem Freund: du hast ihn doch hoffentlich richtig bestohlen? Denn ich will verdammt sein, wenn das nichts Verdienstliches war, so einen Schleicher und armseligen Lumpen abzustauben, und ich wünschte nur, statt der zweihundert Guineen hättest du ihm tausendmal soviel genommen. Komm, komm, scheu dich nicht, mir alles zu sagen, du hast jetzt keinen Kuppler vor dir. Hol mich der Teufel, wenn ich dich dafür nicht zu ehren weiß; denn, bei meiner Seele, ich würde mir kein Gewissen daraus gemacht haben, dasselbe zu tun.‘

Diese Erklärung richtete mich wieder etwas auf, und da der Wein mir ein wenig das Herz geöffnet hatte, bekannte ich mich freimütig zu meinem Diebstahl, doch sagte ich ihm, daß er, was die Summe betreffe, falsch berichtet sei, da sie wenig mehr als ein Fünftel des von ihm genannten Betrages ausgemacht habe.

‚Das tut mir von Herzen leid‘, versetzte er, ‚und ich wünsche dir für ein andermal bessern Erfolg. Doch wenn du meinen Rat befolgst, so brauchst du kein solches Wagnis mehr einzugehen. Hier‘, sagte er, indem er ein paar Würfel aus der Tasche zog, ‚das ist der rechte Stoff. Das ist das dienliche Gerät, dies sind die kleinen Doktoren, die den Magenverstimmungen des Beutels beizukommen wissen. Höre auf meinen Rat, und ich zeige dir, wie man die Tasche eines albernen Kerls leert, ohne alle Gefahr, der Seilerstochter eine Verbeugung machen zu müssen.‘“

„Seilerstochter?“ rief Partridge dazwischen, „bitte, wer ist das, Herr?“

„Nun, Herr“, sagte der Unbekannte, „das ist ein zünftiges Wort für den Strick am Galgen; denn da die Spieler sich in ihren Sitten von den Straßenräubern wenig unterscheiden, so gleichen sie diesen auch sehr in ihrer Redeweise.

Wir hatten nun jeder eine Flasche geleert, als Herr Watson sagte, die Sitzung werde beginnen und er müsse ihr beiwohnen; zugleich drängte er mich, ihn zu begleiten und mein Glück zu versuchen. Ich sagte ihm, er wisse, ich sei eben jetzt nicht dazu imstande, da ich ihn davon unterrichtet hätte, daß meine Taschen leer seien. Die Wahrheit zu sagen, zweifelte ich nach den vielen Beteuerungen seiner freundschaftlichen Gesinnung nicht daran, daß er mir eine kleine Summe zu diesem Zweck leihen werde, doch er antwortete: ‚Keine Sorge, Mann, wir bezahlen ein tüchtiges Fersengeld‘“ (Partridge wollte nach der Bedeutung dieses Ausdrucks fragen, aber Jones schnitt ihm das Wort ab), „‚doch wir müssen aufpassen, mit wem wir es zu tun haben. Ich werde dir die geeignete Person bezeichnen; das wird nötig sein, da du die Stadt nicht kennst, auch einen albernen Kerl nicht von einem gewitzten zu unterscheiden verstehst.‘

Die Rechnung wurde nun gebracht; Watson bezahlte seinen Teil und erhob sich. Ich erinnerte ihn, nicht ohne Erröten, an meine Mittellosigkeit. ‚Das hat nichts zu bedeuten', sagte er, ‚bleib's schuldig, oder geh einfach davon, als ob nichts wäre. Oder – warte: ich gehe zuerst hinab, und dann nimmst du mein Geld und läßt an der Bar die ganze Zeche ankreiden, und ich werde unten an der Ecke auf dich warten.' Ich sprach ihm mein Mißfallen an diesem Plan aus und gab zu verstehen, ich hätte erwartet, er werde für das Ganze aufkommen; doch er schwor, er habe nicht einen Sechser mehr in der Tasche.

Er ging dann hinab, und ich überwand mich, das Geld aufzunehmen und ihm zu folgen; ich war ihm nah genug, um zu hören, daß er dem Kellner sagte, der Betrag für die Rechnung liege auf dem Tisch. Der Kellner ging an mir vorbei und die Treppe hinauf; ich aber beeilte mich so sehr, auf die Straße zu kommen, daß ich von seiner Enttäuschung nichts mehr bemerkte, noch erwähnte ich an der Bar etwas gemäß meiner Instruktion.

Wir begaben uns jetzt unverzüglich zum Spieltisch, wo Herr Watson zu meiner Verblüffung eine große Geldsumme hervorzog und vor sich hinlegte, so wie das manche andere taten; und zweifelsohne betrachtete jeder von ihnen seinen Haufen als einen Lockvogel, der die Haufen seiner Nachbarn anziehen und herbeiholen sollte.

Es wäre ermüdend, hier von all den launischen Possen zu berichten, die Fortuna oder, besser gesagt, der Würfel in diesem Tempel spielte. Berge von Geld waren an einem Tafelende in einem Augenblick zu nichts geworden und tauchten plötzlich an einem andern wieder auf. Der Reiche wurde in einem Augenblick arm, der Arme plötzlich zum Reichen; ein Philosoph hätte wahrscheinlich nirgends so seinen Schülern die Verachtung des Reichtums beibringen oder besser, die Unsicherheit seiner Dauer ihnen vor Augen führen können.

Ich selbst, nachdem ich zuerst meine kleine Barschaft beträchtlich vermehrte, hatte schließlich alles verloren. Herr Watson stand nach manchen Wechselfällen des Glücks etwas erregt vom Tisch auf, erklärte, er habe runde Hundert eingebüßt und werde nicht weiterspielen, und bat mich, mit ihm in die Taverne zurückzukehren; ich lehnte es mit Entschiedenheit ab und sagte ihm, ich werde mich kein zweites Mal in ein solches Dilemma bringen lassen, zumal er ja sein ganzes Geld verloren habe und sich nun in der gleichen Lage befinde wie ich. ‚Pah!‘ machte er, ‚ich habe mir eben von einem Freund ein paar Guineen geborgt, und eine davon steht dir zu Diensten.‘ Und damit drückte er mir das Geldstück in die Hand, und ich sträubte mich nicht länger gegen seinen Vorschlag.

Ich war zuerst ein wenig verlegen, als wir in dasselbe Haus zurückgekehrt waren, das wir auf so unschöne Weise verlassen hatten; als jedoch der Kellner mit ausgesuchter Höflichkeit zu uns sagte, er glaube, die Herren hätten ihre Rechnung zu bezahlen vergessen, war ich ganz erleichtert und gab ihm bereitwillig eine Guinee, bat ihn den Rest zu behalten, und beruhigte mich nun wegen des ungerechtfertigten Verdachtes, der auf mir geruht haben mochte.

Herr Watson bestellte nun das erstaunlichste Abendessen, das er nur ersinnen konnte; und wenn er sich zuvor mit ganz einfachem Rotwein begnügt hatte, so konnte ihm jetzt nur der köstlichste Burgunder genügen.

Unsere Gesellschaft hatte sich bald um einige Herren vom Spieltisch vergrößert; die meisten von ihnen erschienen hier in der Taverne, wie ich später herausfand, nicht um zu trinken, sondern in geschäftlicher Absicht, denn die richtigen Spieler gaben vor, sich nicht wohl zu fühlen, und ließen ihr Glas stehen, während sie fleißig zwei jungen Burschen einschenkten, die sie später auszuplündern gedachten, was denn auch auf schonungslose Art geschah. An diesem Diebsgeschäft hatte ich das Glück Teilhaber zu sein, wiewohl ich jetzt noch nicht in das Geheimnis eingeweiht wurde.

Ein merkwürdiger Zufall fiel mir bei diesem Spiel. in der Taverne auf: Das Geld verschwand nach und nach vollständig, daß, obgleich anfangs der Tisch mit Gold halb bedeckt war, doch vor dem Ende des Spiels am Mittag des nächsten Tages, der ein Sonntag war, kaum mehr eine einzige Guinee auf dem Tisch zu sehen war; und das schien um so seltsamer, als ein jeder von den Anwesenden, mich ausgenommen, behauptete, er habe verloren; und was aus dem Geld geworden war, wenn es der Teufel nicht selbst weggeschafft hatte, ist schwer festzustellen.“

„Das tat er ganz gewiß“, warf Partridge ein, „denn böse Geister können jedes Ding fortbringen, ohne daß man sie sieht, und wären noch so viele Menschen in einem Raum. Und ich hätte mich nicht gewundert zu vernehmen, daß er diese ganze Gesellschaft von üblen Halunken, die zur Zeit der Predigt spielten, weggeholt hätte. Ich könnte Ihnen, wenn ich wollte, eine wahre Begebenheit erzählen, wie der Teufel einen Mann aus dem Bett von eines andern Mannes Weib weggenommen und durch das Schlüsselloch der Tür davongetragen hat. Ich habe das Haus, in dem das geschah, selbst gesehen, und während der letzten dreißig Jahre wurde es von niemandem bewohnt."

Jones winkte ein wenig ärgerlich ab, obwohl er sich des Lachens über Partridges Einfalt nicht erwehren konnte. Dem Unbekannten erging es ebenso, doch bald nahm dieser seine Erzählung wieder auf, wie man im folgenden Kapitel sehen wird.

13. Kapitel

In dem die angefangene Geschichte fortgesetzt wird.

„Mein Universitätsfreund hatte mich auf eine neue Bühne des Lebens versetzt. Bald darauf wurde ich mit der ganzen Bruderschaft der Falschspieler bekannt und mit ihren Geheimnissen vertraut gemacht, das heißt, vertraut mit jenen gröbern Methoden des Betruges, auf die einfache und unerfahrene Gemüter hereinfallen; denn es gibt bestimmte feine Kniffe, die nur wenige von der Bande kennen, die an der Spitze ihres Gewerbes stehen. Eine solche Ehrenstufe zu erreichen, durfte ich niemals erwarten, denn das Trinken, dem ich unmäßig zugetan war, und die natürliche Glut meiner Leidenschaften verhinderten mich an großen Erfolgen in einer Kunst, die ebensoviel kühles Blut verlangt wie die strengste Philosophenschule. Herr Watson, dem ich nun in enger Freundschaft verbunden war, hatte zum Unglück den oben genannten Fehler in höchstem Maße. Statt, wie ein paar andere, sich ein Vermögen zurückzulegen, war er abwechselnd reich und arm und häufig genötigt, seinen besonneneren Freunden über einer Flasche, die sie nicht anrührten, die Beute, die er am Spieltisch gemacht hatte, auszuhändigen.

Indessen schlugen wir uns schlecht und recht gemeinsam durch das Leben, und ich blieb zwei Jahre lang bei meinem Beruf. Während dieser Zeit hatte ich alle Wechsel und Launen des Glückes erfahren. Zuweilen schwamm ich im Überfluß, bald wieder hatte ich mit unglaublichen Schwierigkeiten zu kämpfen. Heute im Luxus schwelgen und morgen auf die gröbste und gewöhnlichste Kost angewiesen sein. Oft hatte ich am Abend meine besten Kleider am Leib, und am andern Morgen hingen sie im Leihhaus. An einem Abend, als ich ohne einen Penny vom Spieltisch zurückkehrte, sah ich auf der Straße ein Getümmel und einen großen Menschenhaufen. Da ich von Taschendieben nichts zu fürchten hatte, wagte ich mich in die Menge hinein und erfuhr auf meine Fragen, ein Mann sei beraubt und von Dieben schlimm behandelt worden. Der Verwundete schien stark zu bluten, und augenscheinlich vermochte er sich kaum auf den Beinen zu halten. Da ich bei meinem jetzigen Leben und den Reden, die ich führte, den Sinn für Menschlichkeit nicht verloren hatte, wenn mir auch von Ehr- und Schamgefühl wenig übriggeblieben war, bot ich dem Unglücklichen sogleich meine Hilfe an; er war dafür dankbar, unterstellte sich meiner Führung und bat mich, ihn in eine Schenke zu bringen, von wo aus er nach einem Arzt schicken könnte, da er sich, sagte er, nach dem Blutverlust sehr geschwächt fühle. Er schien sehr erfreut darüber, einen gutgekleideten Menschen gefunden zu haben, denn alle Umstehenden erweckten durch ihr Äußeres nicht eben viel Vertrauen.

Ich faßte den armen Mann unter den Armen und führte ihn zu der Taverne, in der wir unsere Zusammenkünfte hatten, da sie zufällig die nächste war. Zum Glück war auch gerade ein Wundarzt im Hause, der sich alsbald daranmachte, die Wunden des Verletzten zu verbinden. Zu meiner Freude vernahm ich, daß sie nicht sehr gefährlich seien.

Nachdem der Arzt mit viel Kenntnis und Geschick seines Amtes gewaltet hatte, erkundigte er sich, in welcher Gegend der Stadt der verwundete Mann wohne. Dieser erklärte, daß er am Morgen dieses Tages hier angekommen sei, sein Pferd habe er in einem Gasthaus im Piccadilly stehen, eine andere Wohnung habe er nicht und so gut wie keine Bekannte in der Stadt.

Der Arzt, dessen Namen ich vergessen habe, obwohl ich mich erinnere, daß er mit einem R begann, bekleidete in seinem Beruf einen hohen Rang und war Oberarzt der königlichen Armee. Er hatte außerdem viele andere gute Eigenschaften und war ein wohlwollender, hilfsbereiter Mensch, der seinen Nächsten gerne jeden Dienst erwies. Er bot dem Patienten an, ihn in seinem Wagen zu dessen Gasthaus zu fahren, und flüsterte ihm ins Ohr, wenn er Geld brauche, werde er ihm gerne welches verschaffen.

Der Mann war nun aber nicht imstande, ihm zu danken, denn er hatte seine Augen eine Zeitlang starr auf mich gerichtet und warf sich nun plötzlich in seinem Sessel zurück mit dem Schrei: ‚O mein Sohn! mein Sohn!' und sank in Ohnmacht.

Viele von den anwesenden Leuten vermeinten, der Blutverlust habe diesen Schwächeanfall verursacht, aber ich, der ich bereits an die Züge meines Vaters erinnert worden war, fand nun meine Ahnung bestätigt und empfand große Genugtuung, daß ich wirklich meinen Vater vor mir sah. Ich eilte zu ihm hin, umfaßte ihn mit meinen Armen und küßte innig seine kalten Lippen. Hier muß ich vor eine Szene, die ich nicht beschreiben kann, den Vorhang ziehen; denn obwohl ich nicht, wie vorübergehend mein Vater, das Bewußtsein verlor, so waren meine Sinne doch von Schrecken und Überraschung so überwältigt, daß ich von dem, was während einiger Minuten geschah, nichts mehr weiß. Das währte so lange, bis mein Vater sich von seiner Ohnmacht erholt hatte und mich in seinen Armen wiederfand; wir umarmten uns zärtlich, und von eines jeden Wangen rannen Tränen.

Die meisten Zuschauer schienen ergriffen von dieser Szene, die wir, die man als die Schauspieler in ihr betrachten könnte, den Augen der Zuschauer möglichst zu entziehen wünschten. Mein Vater nahm darum das freundliche Anerbieten des Arztes an, ihn in seinem Wagen wegzuführen, und ich begleitete ihn auf der Fahrt zu seinem Gasthaus.

Als wir beide allein waren, warf er mir mit sanftem Tadel vor, daß ich während so langer Zeit versäumt hatte, ihm zu schreiben, doch unterließ er es gänzlich, an jenes Verbrechen zu erinnern, das der Grund dafür war. Er berichtete mir dann vom Tod meiner Mutter und bat mich inständig, mit ihm nach Hause zurückzukehren. Lange sei er meinethalb in der größten Sorge gewesen; er wisse nicht, ob er meinen Tod mehr gefürchtet oder gewünscht habe, so heftig hätten ihn die entsetzlichen Ahnungen gequält. Und schließlich sagte er mir, ein Edelmann aus seiner Nachbarschaft, der eben einen Sohn von jenem selben Ort zurückgewonnen, habe ihm mitgeteilt, wo ich mich aufhielte; mich von diesem Lebenswandel abzubringen sei der einzige Grund, der ihn zur Reise nach London bewogen habe. Er dankte dem Himmel, daß es ihm gelungen war, mich *anläßlich eines* Vorfalls wiederzufinden, der für ihn leicht hätte zum Verhängnis werden können; und Freude habe es ihm bereitet, daß er seine Rettung meiner Menschlichkeit zuschreiben könne, die ihn mehr beglückt habe als meine bloß kindliche Pietät, falls ich nämlich gewußt hätte, daß der Gegenstand all meiner Pflege mein eigener Vater sei.

Das Laster hatte mein Herz nicht so verstockt, daß es gegen all die väterliche Liebe, die ich so wenig verdient hatte, unempfindlich geblieben wäre. Ich versprach ihm, seinem Wunsch, mit ihm nach Hause zurückzukehren, zu willfahren, sobald er zu reisen imstande sei, was er denn auch nach wenigen Tagen war, dank der trefflichen Hilfe jenes Arztes, der ihn in Behandlung genommen hatte.

Am Tag vor meines Vaters Abreise (vorher war ich kaum einen Augenblick von seiner Seite gewichen) nahm ich von einigen meiner nächsten Bekannten Abschied, vor allem von Herrn Watson, der mir davon abriet, mich, wie er es nannte, zu begraben, aus bloßer Gefälligkeit gegen die Gefühle eines närrischen alten Kerls. Solche Vorstellungen verfehlten ihren Zweck, und ich sah mich wieder in meinem eigenen Heim. Mein Vater ersuchte mich nun nachdrücklich, ans Heiraten zu denken, doch alle solche Gedanken waren meiner Neigung zuwider. Ich hatte bereits von der Liebe gekostet, und vielleicht kennen Sie die unbändigen Ausschreitungen dieser zartesten und heftigsten Leidenschaft." Der alte Herr machte eine Pause und richtete einen ernsten Blick auf Jones, auf dessen Gesicht innerhalb einer Minute die äußerste Röte mit der äußersten Blässe wechselte. Daraufhin nahm der Alte ohne eine weitere Bemerkung seine Erzählung wieder auf.

„Nun mit allem Lebensnötigen versehen, gab ich mich aufs neue meinen Studien hin, und das mit einem so ungewöhnlichen Eifer wie nie zuvor. Die Bücher, die nun meine Zeit in Anspruch nahmen – es waren sowohl alte als auch zeitgenössische –, handelten ausschließlich von der wahren Philosophie, ein Wort, hinter dem manche nichts weiter als Possen und Lächerlichkeiten vermuten. Ich las die Werke des Platon und des Aristoteles durch, samt all dem übrigen unschätzbaren Geistesgut, welches das alte Griechenland der Welt hinterlassen hat.

Diese Autoren, die mich in keiner Wissenschaft unterrichteten, durch deren Hilfe die Menschen Reichtümer oder weltliche Macht zu erreichen hoffen, lehrten mich vielmehr, den Erwerb dieser beiden auf das äußerste zu verachten. Sie erheben den Geist, stählen und härten ihn gegen die launischen Heimsuchungen des Geschicks. Sie vermitteln nicht Weisheit allein, sondern sie bestimmen das Verhalten der Menschen, beweisen, daß jene uns leiten muß, wenn wir uns vornehmen, je die größte irdische Glückseligkeit zu erlangen, oder uns mit einiger Sicherheit gegen das Elend, das uns überall bedroht und umringt, wehren wollen.

Neben diesem Studium trieb ich ein anderes, mit dem verglichen alle Philosophie, welche die weisesten Heiden lehren, wenig mehr ist als ein Traum und tatsächlich so eitel wie das, was der albernste Possenreißer sich nur einfallen lassen kann. Das ist jene göttliche Weisheit, die allein in der Heiligen Schrift zu finden ist, denn sie gewährt uns das Wissen und die Gewißheit von Dingen, die unserer Aufmerksamkeit würdiger sind als alles, was diese Welt uns anzubieten hat, von Dingen, die der Himmel selbst uns zu offenbaren sich herabließ; und zu dem kleinsten Funken von dieser Weisheit vermöchte der höchste menschliche Geist sich nicht ohne Beistand zu erheben. Ich fing an zu glauben, daß diese ganze Zeit, während der ich mich mit den besten heidnischen Schriftstellern abgegeben hatte, nutzlos vertan sei. Denn mögen ihre Lehren auch erheiternd und vergnüglich sein oder ihre Anweisungen noch so trefflich für unser richtiges Verhalten im Hinblick allein auf die Welt, so werden uns, verglichen mit der offenbarten Herrlichkeit der Heiligen Schrift, ihre erhabensten Urkunden kleinlich erscheinen und so belanglos wie die Regeln, die Kinder sich für ihre kindlichen Spiele und ihren Zeitvertreib ersonnen haben. Wohl ist es wahr, daß Philosophie uns klüger macht, doch das Christentum macht uns besser. Philosophie erhebt und stählt den Geist, das Christentum macht ihn sanfter und milder. Die erste macht uns zum Gegenstand der menschlichen Bewunderung, das zweite zum Gegenstand der Liebe Gottes. Jene sichert uns zeitliche, doch diese ewige Seligkeit. Aber ich fürchte, Sie mit meiner Rhapsodie zu langweilen."

„Keineswegs", rief Partridge; „Gott der Herr verhüte, daß uns das Gute langweile."

„Ich hatte", fuhr der Unbekannte fort, „etwa vier Jahre auf die mir angenehmste Weise, in reiner Betrachtung und gänzlich unbelästigt von der Welt, zugebracht, als ich den besten aller Väter verlor, den ich in einem Maße geliebt hatte, daß mein Kummer über diesen Verlust nicht zu beschreiben ist. Einen ganzen Monat blieb ich meinen Büchern entfremdet, völlig der *Trauer und* Verzweiflung ausgeliefert. Doch die Zeit, der hilfreichste Arzt des Gemütes, brachte mir schließlich Erleichterung." – „Ja, ja, *tempus edax rerum*", warf Partridge ein. „Ich nahm nun", fuhr der Unbekannte fort, „wiederum Zuflucht zu meinen Studien, und das, darf ich sagen, heilte mich vollständig, denn Philosophie und Religion kann man als die Exerzitien des Geistes bezeichnen, und wenn dieser gestört ist, sind sie ebenso heilsam, wie eine körperliche Übung bei einer leiblichen Unpäßlichkeit sein kann. Sie haben wahrhaftig eine ähnliche Wirkung wie solche Übungen, denn sie stärken den Geist und machen ihn zuversichtlich, bis der Mensch wird, wie es in des Horaz edlen Versen heißt:

Fortis, et in se ipso teres atque rotundus,
Externi ne quid valeat per laeve morari;
*In quem manca ruit semper Fortuna . . .**"

Hier lächelte Jones über eine Vorstellung, die sich ihm plötzlich aufgedrängt hatte, doch der Unbekannte, glaube ich, bemerkte es nicht und sprach weiter.

„Durch den Tod dieses besten aller Menschen wurden meine Lebensumstände sehr fühlbar verändert, denn mein Bruder, der nun der Herr des Hauses wurde, war in allen seinen Neigungen so durchaus von mir verschieden, und unsere Bestrebungen im Leben hatten so gar nichts miteinander gemein gehabt, daß wir für uns gegenseitig die denkbar schlechteste Gesellschaft waren. Doch noch unangenehmer wurde unser Zusammenleben durch die geringe Harmonie, die zustande kommen sollte zwischen den wenigen, die sich bei mir einfanden, und der großen Schar von Jägern, die meinen Bruder häufig vom Feld zur Tafel begleiteten. Denn solche Burschen, außer daß sie mit ihrem Lärmen und Unsinnschwatzen die Ohren besonnener Menschen quälen, versuchen stets diese durch Unverschämtheiten und verächtliches Gebaren herauszufordern. Und das war in solchem Maße der Fall, daß weder ich noch meine Freunde sich je zu einer Mahlzeit mit ihnen an denselben Tisch setzen konnten, ohne von ihnen verhöhnt zu werden, weil wir ihre sportlichen Redensarten nicht verstanden. Denn wirklich gebildete und allseitig unterrichtete Menschen bedauern die andern wegen ihrer Unwissenheit; aber Kerle, die sich in einer kleinen, niedrigen, gewöhnlichen Fertigkeit auszeichnen, sind immer bereit, denjenigen ihre Verachtung zu zeigen, die von ihrer Afterkunst nichts verstehen.

* Kraftvoll und in sich selbst ein Ganzes, wohlgestalt und vollkommen,
Daß ihn nichts Fremdes vermöge vom rechten Pfad abzuhalten;
An ihm bricht das Schicksal sich immer zuschanden.

Kurz, wir trennten uns bald, und auf den Rat eines Arztes ging ich nach Bath, um eine Trinkkur durchzuführen, denn meine große Betrübnis, zusammen mit der sitzenden Lebensweise, hatte bei mir eine Art Lähmung der körperlichen Vorgänge zur Folge gehabt, eine Beschwerde, gegen die dieses Wasser als beinahe sicheres Heilmittel gilt. Als ich am zweiten Tag nach meiner Ankunft den Fluß entlangschlenderte, schien die Sonne so drückend heiß (obgleich es noch früh im Jahre war), daß ich mich in den Schatten einiger Weiden zurückzog und mich dort am Ufer niedersetzte. Noch hatte ich nicht lange hier verweilt, als ich von der andern Seite der Weiden her einen Menschen bitterlich seufzen und klagen hörte. Und plötzlich rief er, nachdem er einen lästerlichen Fluch ausgestoßen hatte: ‚Ich will und werd es nicht länger ertragen‘, und im selben Augenblick sprang er ins Wasser. Ich sprang sogleich auf und rannte zu der Stelle hin und schrie gleichzeitig so laut wie möglich um Hilfe. Zum Glück fischte etwas weiter unten ein Angler, den hohes Schilfgebüsch meiner Sicht entzogen hatte. Der kam sogleich herauf, und mit vereinter Kraft und nicht ganz ohne Lebensgefahr zogen wir den Körper ans Land. Zuerst bemerkten wir an ihm kein Lebenszeichen; nachdem wir ihn jedoch an den Hacken hochgehoben und auf den Kopf gestellt hatten (denn genügend Hilfsbereite waren inzwischen dazugekommen), gab der Mund eine große Menge Wasser von sich, und nun war auch ein schwaches, doch bald sich verstärkendes Atmen wahrzunehmen, dann eine Bewegung der Hände und der Beine.

Ein Apotheker, der zufällig mit andern hergekommen war, gab den Rat, man möge den Körper, der nun so ziemlich vom Wasser befreit sei und an dem sich ab und zu krampfhafte Zukkungen zeigten, jetzt forttragen und in ein erwärmtes Bett bringen. Das wurde getan, wobei der Apotheker und ich selber Hilfe leisteten.

Als wir mit unserer Last auf ein Gasthaus zugingen – denn wir kannten des Mannes Wohnung nicht –, begegnete uns wie gerufen eine Frau, die uns nach einigen heftigen Schreien sagte, der Herr habe sich bei ihr eingemietet.

Als der Mann ohne Zwischenfall dorthin gebracht und niedergelegt worden war, überließ ich es dem Apotheker, sich weiter um ihn zu kümmern. Ich denke, daß er alles Nötige und Richtige für ihn getan hat, denn am nächsten Morgen vernahm ich, er sei wieder vollkommen bei Sinnen.

Ich machte mich auf, ihn zu besuchen, in der Absicht, zu

erfahren, was ihn zu einer so verzweifelten Handlung veranlaßt hatte, und ihn, wenn möglich, von weiteren derartigen Schritten in Zukunft abzuhalten. Kaum hatte ich jedoch sein Zimmer betreten, als wir einander erkannten, denn wer anders hätte der Mann sein können als Herr Watson, mein guter Freund! Hier will ich Sie nicht mit dem belästigen, was sich bei diesem ersten Wiedersehen abspielte, denn ich möchte Weitschweifigkeit tunlichst vermeiden." – „O bitte, nein", rief Partridge, „lassen Sie uns alles hören. Ich bin mächtig neugierig darauf zu vernehmen, was ihn nach Bath gebracht hatte."

„Sie sollen alles hören, was von Wichtigkeit ist", antwortete der Unbekannte, und dann begann er zu erzählen, was wir nun niederschreiben werden, nachdem wir beiden, uns selbst und unsern Lesern, eine Atempause gegönnt haben.

14. Kapitel

In dem der Mann vom Hügel den Schluß seiner Geschichte erzählt.

„Herr Watson", so erzählte der Unbekannte weiter, „gestand mir frei heraus, daß seine unglückliche Lage, verursacht durch ungewöhnliches Mißgeschick im Spiel, ihn zu dem Entschluß gedrängt habe, sein Leben selbst zu beenden.

Ich fing nun an, ihm sehr ernstliche Vorstellungen zu machen, indem ich seine heidnische oder vielmehr teuflische Auffassung von der Berechtigung des Selbstmordes angriff und ihm alles sagte, was mir darüber durch den Kopf fuhr. Doch zu meinem Kummer schien das wenig Eindruck auf ihn zu machen. Er bekundete keinerlei Reue und gab mir allen Grund zu der Befürchtung, daß er imstande wäre, bald einen ähnlichen schrecklichen Versuch zu unternehmen.

Als ich meine Rede erschöpft hatte, sah er mir, statt seine Gegengründe vorzubringen, fest ins Gesicht und sagte lächelnd: ‚Sie haben sich sehr verändert, guter Freund, seit wir uns gesehen haben. Ich frage mich, ob einer von unsern Bischöfen eine bessere Beweisführung gegen Selbstmord vorbringen könnte als die, mit der Sie mich unterhalten haben; doch falls Sie nicht zufällig einen finden, der mir runde hundert Pfund hinlegt, muß ich entweder hängen oder ertrinken oder verhungern, und nach meiner Meinung ist die dritte Todesart die schrecklichste von allen.‘

Ich sagte zu ihm in ernstem Ton, daß ich mich tatsächlich, seit wir uns zuletzt gesehen, verändert hätte. Ich hätte Muße gehabt, meine Torheiten einzusehen und zu bereuen. Ich riet ihm, den gleichen Schritt zu versuchen, und schloß meine Rede mit der Versicherung, ich selbst sei bereit, ihm hundert Pfund zu leihen, wenn dies ihm in seinen Geschäften helfen könne und er sie nicht der Macht der Würfel aussetzen wolle, die ihm prompt diese Summe wieder abnehmen würden.

Herr Watson, den der erste Teil meiner Rede fast in Schlummer versetzt zu haben schien, wurde durch ihren Schluß wieder völlig aufgeweckt. Er faßte lebhaft meine Hand, sagte mir tausend Dank und erklärte, ich sei ein wirklicher Freund. Er sagte ferner, er hoffe, ich hätte von ihm eine bessere Meinung als die, daß er so wenig Nutzen aus der Erfahrung ziehen würde, und noch weiter sein Vertrauen in diese verdammten Würfel setzen könnte, die ihn so oft betrogen hätten. ‚Nein, nein', rief er, ‚lassen Sie mich nur noch einmal ehrlich auf die Beine kommen, und wenn es alsdann Fortuna gelingt, einen gescheiten Kaufmann aus mir zu machen, dann will ich ihr verzeihen.'

Ich verstand diese Sprache vom Auf-die-Beine-Kommen und dem gescheiten Geschäftsmann sehr wohl. So setzte ich eine ernste Miene auf und sagte: ‚Herr Watson, Sie müssen versuchen, ein Geschäft oder eine Anstellung zu finden, durch die Sie sich wirklich Ihren Lebensunterhalt verdienen können; und ich verspreche Ihnen, sobald ich mit der Wahrscheinlichkeit rechnen könnte, von Ihnen später die Rückzahlung zu erhalten, würde ich Ihnen eine bedeutend größere Summe vorschießen, als die von Ihnen genannte, damit Sie sich in einem anständigen und ehrlichen Beruf bequem einrichten können; doch was das Spielen betrifft, abgesehen von der Gemeinheit und Schändlichkeit, daraus ein Gewerbe zu machen, so taugen Sie dazu nach meiner eigenen Erfahrung nicht, und am Ende stünde Ihr sicheres Verderben.'

‚Das ist doch seltsam', erwiderte er, ‚weder Sie noch einer von meinen Freunden will zugeben, daß ich etwas von der Sache verstehe, und doch glaube ich im Spiel eine nicht weniger geschickte Hand zu haben als irgendeiner von euch allen; und ich wünschte von Herzen, ich könnte mit Ihnen um Ihr ganzes Vermögen spielen. Ich wüßte mir keinen besseren Sport, und ich würde Sie obendrein Ihren Einsatz bestimmen lassen, doch kommen Sie, mein Bester, haben Sie die Hundert in der Tasche?'

Ich antwortete, ich hätte bloß einen Schein von fünfzig bei

mir, den ich ihm auch übergab mit dem Versprechen, ihm das übrige am folgenden Morgen zu bringen; und nachdem ich ihm noch ein wenig zugesprochen hatte, verabschiedete ich mich von ihm.

Ich tat noch etwas mehr, als ich versprochen hatte, denn schon am Nachmittag kehrte ich zu ihm zurück. Als ich bei ihm eintrat, saß er aufrecht im Bett und spielte Karten mit einem berüchtigten Spieler. Dieser Anblick, das können Sie sich denken, versetzte mir einen ziemlichen Stoß, und noch schmerzlicher für mich war es zu sehen, wie er meinen Geldschein seinem Gegenüber aushändigte und dafür nur vierzig Guineen zurückerhielt.

Der andere Spieler verließ nun das Zimmer. Darauf erklärte mir Watson, er fühle sich vor mir beschämt. ‚Aber', sagte er, ‚ich sehe, wie das Glück sich nun so sträflich gegen mich gewendet hat, daß ich mich entschließen werde, dem Spiel für immer zu entsagen. Ich habe die ganze Zeit über Ihren freundlichen Vorschlag nachgedacht, und ich sage Ihnen, an mir soll's nicht fehlen, wenn es gilt, ihn zur Ausführung zu bringen.'

Wiewohl ich kein großes Vertrauen in seine Versprechungen hatte, übergab ich ihm meiner Zusage gemäß den Rest der Summe; er gab mir dafür eine schriftliche Empfangsbestätigung. Das war alles, was ich je als Vergütung für mein Geld erwarten zu dürfen glaubte.

An einem weiteren Gespräch wurden wir durch die Ankunft des Apothekers verhindert, der strahlenden Gesichts und ohne nur den Patienten nach seinem Befinden zu fragen, erzählte, daß er in einem Brief große Neuigkeiten erhalten habe, die bald allgemein bekannt sein dürften, daß nämlich der Herzog von Monmouth mit einer großen holländischen Armee im Westen gelandet sei; und eine andere bedeutende Flotte kreise vor der Küste von Norfolk und versuche von dort herabzustoßen, um durch einen Ablenkungsangriff auf jener Seite des Herzogs Unternehmung zu stützen.

Dieser Apotheker war einer der größten Politiker seiner Zeit. Das ärmlichste Nachrichtenpaket bereitete ihm größere Freude als der einträglichste Patient, und in das höchste Entzücken konnte er geraten, wenn er eine Nachricht eine oder zwei Stunden vor allen Bewohnern der Stadt erhielt. Seine Mitteilungen waren jedoch selten zuverlässig, denn er nahm fast alles für bare Münze – eine Neigung, die manche benützten, um ihn hinters Licht zu führen.

Das war auch der Fall mit dem, was er eben verkündet hatte, denn wenig später wurde bekannt, daß der Herzog allerdings gelandet war, seine Armee jedoch nur aus wenigen Begleitpersonen bestand; und an dem Ablenkungsangriff in Norfolk war überhaupt nichts Wahres.

Der Apotheker war nur so lange bei uns im Zimmer geblieben, wie er für seine Mitteilungen gebraucht hatte; darauf schoß er davon, ohne eine Silbe an seinen Patienten zu richten, um seine Kunde durch die ganze Stadt weiterzuverbreiten.

Derartige Ereignisse allgemeiner Natur pflegen meist alles Persönliche zu verdrängen. Unsere Unterhaltung wurde daher jetzt vollkommen politisch. Ich für meinen Teil war schon seit einiger Zeit ernstlich beunruhigt wegen der Gefahr, der die protestantische Religion unter einem päpstlichen Fürsten so offensichtlich ausgesetzt war, und diese Befürchtung allein, so dachte ich, rechtfertigte die Erhebung, denn König Jakob hatte tatsächlich der protestantischen Sache den Krieg erklärt. Er hatte bekannte Papisten in die Armee gebracht und versucht, sie sogar in die Kirche und die Universität zu bringen. Papistische Priester schwärmten durch die Nation und zeigten sich öffentlich in ihrer Tracht; und sie prahlten, sie würden bald in einer Prozession durch die Straßen ziehen. Unserer eigenen Geistlichkeit war es verboten, gegen die Papisterei zu predigen, und die Bischöfe hatten Order, diejenigen zu entlassen, die es doch taten. Und um die Sache auf einmal zu erledigen, wurde eine ungesetzliche Kirchenkommission eingesetzt, die einer Inquisition nur wenig nachstand und die wahrscheinlich die Rädelsführung übernehmen sollte. Daher, da unsere Pflicht gegen den König niemals anders als unsere zweite Pflicht genannt werden kann, hatte er uns von ihr freigesprochen, indem er sie unvereinbar machte mit unserer ersten, die wir gewiß dem Himmel gegenüber haben. Darüber hinaus hatte er seine Untertanen von ihrem Treueid entbunden, indem er seinen Krönungseid brach, von dem ihre Untertanenpflicht abhängt, denn er hatte Bischöfe eingekerkert, weil sie ihren Glauben nicht aufgeben wollten, und er hatte Richter abgesetzt, weil sie auf keinen Fall die Rechtsprechung in seine Hand übergeben wollten. Ja, er bemächtigte sich selbst des Rechts, und als er Rechtsverordnungskraft beanspruchte, erklärte er sich selbst für so unfehlbar, wie es nur je ein Tyrann war oder sein kann. Ich habe diese Dinge ausführlich wiedererzählt, damit keines davon in der Geschichte fehlen soll; und ich glaube, daß nur solche

Herausforderungen, wie ich sie hier berichtet habe, nur solche absolute und drohende Gefahr für die Religion und die Freiheiten eines Volkes die furchtbare Sünde der Rebellion rechtfertigen oder wenigstens mildern kann."

„Ich versichere Ihnen", sagte Jones, „alle diese Dinge und noch mehr habe ich in Geschichtswerken gelesen, doch werde ich Ihnen eine Tatsache erzählen, der noch nicht gedacht worden ist und die Ihnen, wie ich vermute, unbekannt sein dürfte. Das ist gegenwärtig ein Aufstand von unten her in diesem Königreich zugunsten des Sohnes des rechtmäßigen Königs Jakob, eines eingeschworenen Papisten und größeren Eiferers, wenn das möglich ist, als sein Vater; und zwar wird dieser Aufstand von Protestanten betrieben gegen einen König, der niemals auch nur in einem einzigen Punkt den geringsten Angriff auf unsere Freiheiten gemacht hat."

„Das ist wirklich erstaunlich", gab der Unbekannte zur Antwort. „Sie erzählen mir etwas, was unglaublich sein müßte bei einer Nation, die nie Anspruch auf einen Charakter gemacht hat, den Virgil der Frau zuspricht: *varium mutabile semper**. Gewiß heißt das unwert zu sein der Fürsorge, welche die Vorsehung uns gegenüber zu bezeigen scheint in der Bewahrung unseres Glaubens gegen die mächtigen Ränke und ständigen Machenschaften des Papsttums, einer Bewahrung, die so seltsam und unerklärlich ist, daß ich fast glaube, wir dürften uns darauf berufen als auf ein Wunder zum Beweis der Heiligkeit. Wirklich erstaunlich! Eine protestantische Rebellion zugunsten eines papistischen Fürsten! Die Dummheit der Welt ist so verwunderlich wie ihre Schurkerei . . . doch um meine Geschichte zu beschließen: Ich entschloß mich zum Waffendienst für die Verteidigung meines Landes, meines Glaubens, meiner Freiheit, und Herr Watson vereinigte sich mit mir in demselben Entschluß. So versahen wir uns denn bald mit allem Nötigen und begaben uns zu dem Herzog nach Bridgewater.

Mit dem unglücklichen Ausgang dieser Unternehmung sind Sie, denke ich, so gut vertraut wie ich selbst. Es gelang mir, mich mit Herrn Watson zusammen aus der Schlacht von Sedgemore, in der ich eine leichte Wunde erhalten hatte, zu retten. Wir ritten miteinander fast vierzig Meilen auf der Exeter-Straße; dann gaben wir unsere Pferde auf und hasteten durch Felder und auf Seitenwegen, so gut es ging, weiter, bis wir in einer

* Immer wankelmütig (Anmerkung des Übersetzers).

kleinen Ortschaft ankamen, wo in einer Hütte eine arme alte Frau uns alle erdenkliche Pflege angedeihen ließ; sie legte Salbe auf meine Wunde, verband sie und brachte sie dadurch rasch zur Heilung."

„Verzeihen Sie, Herr, wo waren Sie denn verwundet?" fragte Partridge. Der Unbekannte befriedigte seine Neugier, indem er ihm sagte, an seinem Arm, und erzählte weiter. „Und hier, Herr, verließ mich Herr Watson am nächsten Morgen, angeblich in der Absicht, in dem Städtchen Collumpton einige Vorräte für uns zu holen; doch – soll ich's erzählen, und können Sie mir glauben? – Dieser Herr Watson, dieser Freund, dieser gemeine, rohe, hinterlistige Schurke, verriet mich einem Reitertrupp auf König Jakobs Seite und lieferte mich ihnen bei seiner Rückkehr aus.

Die Soldaten – sechs an der Zahl – hatten mich gefaßt und wollten mich in das Gefängnis zu Taunton bringen, doch weder meine gegenwärtige Lage noch die Furcht vor dem, was geschehen könnte, verursachten mir halb soviel Pein wie die Anwesenheit meines falschen Freundes, der, da er sich ergeben hatte, gleichfalls als Feind betrachtet wurde, obwohl man ihn, der sich auf meine Kosten den Frieden erkauft hatte, besser behandelte. Er versuchte zuerst seine Verräterei zu entschuldigen; da ihm dies von meiner Seite jedoch nur Spott und Empörung eintrug, änderte er bald seinen Ton, beschimpfte mich als den gefährlichsten und bösartigsten Rebellen, legte alle seine eigenen Vergehen mir zur Last und behauptete, ich hätte ihn unter Drohungen dazu angestiftet, die Waffen gegen seinen so gnädigen wie rechtmäßigen Herrscher zu ergreifen.

Dieses falsche Zeugnis (denn in Wahrheit war er der voreiligere von uns beiden gewesen) schmerzte mich tief in der Seele und empörte mich in einem Maße, das diejenigen, die Ähnliches nicht empfunden haben, kaum verstehen können. Doch das Geschick erbarmte sich schließlich meiner, denn als wir ein wenig unterhalb von Wellington in einem engen Durchpaß angekommen waren, wurden meine Wächter durch die falsche Nachricht erschreckt, daß gegen fünfzig Feinde im Anmarsch seien. Auf das hin suchten sie ihre Haut zu retten und ließen mich und meinen Verräter dasselbe tun. Der Schurke lief alsbald von mir weg, und ich war froh, daß er nicht blieb, *denn ich hätte sicherlich*, wiewohl ich unbewaffnet war, versucht, mich an ihm für seine Gemeinheit zu rächen.

Ich hatte nun meine Freiheit wieder; sogleich verschwand

ich von der Landstraße in die Felder; ich lief immerzu, ohne genau zu wissen, in welcher Richtung ich ging; meine größte Sorge war, alle öffentlichen Straßen und alle Städte zu vermeiden, ja selbst an den einfachsten Häusern vorüberzugehen; denn in einem jeden menschlichen Geschöpf, das ich sah, vermutete ich einen Verräter.

Nachdem ich mehrere Tage im Land umhergewandert war, während welcher Zeit die Felder mir dasselbe Lager und die gleiche Nahrung gewährten wie unsern Mitgeschöpfen in der Wildnis, kam ich schließlich an diesem Orte an, dessen Abgelegenheit und Unberührtheit mich zum Bleiben einluden. Der erste Mensch, mit dem ich die Wohnung teilte, war die Mutter dieser alten Frau, bei der ich mich verborgen hielt, bis die Nachricht von der siegreichen Revolution alle meine Befürchtungen zerstreute. So hatte ich die Gelegenheit, nochmals mein altes Heim aufzusuchen und nach meinen Angelegenheiten zu sehen, die ich zu meiner und meines Bruders Zufriedenheit in Ordnung brachte. Ich überließ ihm alles, und er zahlte mir dafür die Summe von tausend Pfund und gewährte mir eine Rente auf Lebenszeit.

Sein Verhalten in diesem letzten Handel, wie in jedem andern, war selbstsüchtig und ohne Großmut. Ich konnte ihn nicht als Freund betrachten, und er selber verlangte das auch nicht von mir. Ich verließ ihn darum so bald, wie ich irgendeinen andern Bekannten verlassen hätte; und seit jenem Tage bis zum jetzigen Augenblick ist meine Geschichte kaum viel mehr als ein unbeschriebenes Blatt."

„Und ist es möglich, Herr", sagte Jones, „daß sie seit jenem Tag an diesem Ort geweilt haben?" – „O nein, Herr", antwortete der alte Mann; „ich bin weit in der Welt umhergereist, und es gibt wenige Gegenden Europas, mit denen ich nicht bekannt wäre." – „Ich habe, Herr", rief Jones, „nicht die Unverfrorenheit, Sie jetzt danach zu fragen; es wäre wirklich grausam, nachdem Sie sich mit Reden bereits so angestrengt haben. Doch erlauben Sie mir, daß ich hoffe, bei einer andern Gelegenheit etwas von den ausgezeichneten Beobachtungen zu vernehmen, die ein Mann von Ihrem Verstand und Ihrer Weltkenntnis während so ausgedehnter Reisen gemacht haben muß." – „Ich will gern, junger Mann, versuchen, Ihre Neugier auch in diesem Punkt, so gut ich es vermag, zu befriedigen", antwortete der Unbekannte. Jones wollte sich aufs neue entschuldigen, doch wurde ihm zu schweigen bedeutet; und während er und

Partridge gespannten und hungrigen Ohres dasaßen, nahm der Unbekannte seine Erzählung wieder auf, wie man im nächsten Kapitel lesen wird.

15. Kapitel

Eine kurze Geschichte Europas. Und ein seltsames Gespräch zwischen Herrn Jones und dem Mann vom Hügel.

„In Italien sind die Gastwirte sehr wortkarg. In Frankreich sind sie gesprächiger, doch höflich. In Deutschland und Holland sind sie im allgemeinen sehr unverschämt. Was ihre Ehrlichkeit betrifft, so glaube ich, ist sie in allen diesen Ländern so ziemlich die gleiche. Die *valets à louage* versäumen gewiß keine Gelegenheit, einen zu betrügen; und was die Postillione angeht, so sind sie wohl auf der ganzen Welt einer wie der andere. Dies, Herr, sind die Beobachtungen an den Menschen, die ich auf meinen Reisen gemacht habe. Wenn ich unterwegs war, so war es mein Ziel, mich zu ergötzen an den wunderbar mannigfaltigen Anblicken der Landschaft, der Tiere, Pflanzen, Fische, Insekten und Gewächse, mit denen es Gott gefiel die verschiedenen Teile dieses Erdballs auszustatten; eine Mannigfaltigkeit, die uns ebenso, wie sie einen nachdenklichen Betrachter mit Freude erfüllen muß, auf das erstaunlichste die Macht, Weisheit und Güte des Schöpfers vor Augen führt. Wirklich, die Wahrheit zu sagen, gibt es in seiner ganzen Schöpfung nur ein Werk, das ihm nicht zur Ehre gereicht, und mit diesem Umgang zu pflegen habe ich seit langem vermieden."

„Sie werden mir verzeihen, Herr", rief Jones; „aber ich hatte mir immer gedacht, daß in ebendiesem Werk, auf das Sie anspielen, eine nicht geringere Mannigfaltigkeit zu finden sei wie in allen übrigen. Denn außer der Verschiedenheit der Neigungen sollen, so sagte man mir, Bräuche und Klima die größte Mannigfaltigkeit der menschlichen Natur hervorgerufen haben."

„Tatsächlich sehr wenig", entgegnete der andere. „Wer reist, um das verschiedene Gebaren der Menschen kennenzulernen, der kann sich manche Mühe ersparen, wenn er einen Karneval zu Venedig ansieht, denn dort wird er alles beieinander finden, was er an den verschiedenen Höfen von Europa entdecken könnte. Die gleiche Heuchelei, den gleichen Betrug, kurz die gleiche Narrheit, die gleichen Laster in verschiedenen Gewändern. In Spanien werden diese mit großer Würde, in Italien mit großer Pracht zur Schau getragen. In Frankreich ist ein Schurke wie ein Geck gekleidet und wie ein Liederjan in den nördlichen Ländern. Doch überall ist die menschliche Natur gleich, überall Gegenstand des Spottes und des Abscheus.

Damit, Herr, habe ich die Geschichte meines Lebens beendet; denn aus den vielen Jahren, die ich hier in der Zurückgezogenheit verbracht habe, wären keinerlei Begebnisse zu berichten, die Sie unterhalten könnten, und sie kommen einem fast vor wie ein einziger Tag."

Jones dankte dem Unbekannten für die Mühe, die er sich mit der Erzählung seiner Geschichte gemacht hatte; dann drückte er einige Verwunderung darüber aus, daß er ein Leben in solcher Einsamkeit ertragen könne, „in dem", sagte er, „Sie doch das Fehlen jeder Abwechslung empfinden müssen. Ich muß mich wirklich fragen, wie Sie wohl soviel Zeit ausgefüllt oder vielmehr totgeschlagen haben."

„Es überrascht mich gar nicht", wurde ihm zur Antwort, „daß einem, dessen Denken und Verlangen auf die Welt gerichtet sind, meine hier verlebten Stunden schlecht angewendet scheinen. Es gibt indessen ein einziges Tun, zu dem das ganze Leben des Menschen nicht ausreicht, denn welcher Zeitraum könnte für die Betrachtung und Anbetung jenes herrlichen, unendlichen und ewigen Wesens genügen, unter dessen erstaunlichen Schöpfungen nicht nur dieser Erdball, sondern auch die zahllosen Himmelslichter, die wir von hier den ganzen Himmel überflimmern sehen – wenn manche von ihnen auch Sonnen sind, die andere Weltsysteme erleuchten –, doch nur wie wenige Atome erscheinen könnten im Vergleich zu dieser weiten Erde, die wir bewohnen? Kann ein Mensch, der durch denkende Betrachtung des Göttlichen gleichsam in ein Verhältnis zu dieser unaussprechlichen, unfaßbaren Majestät getreten ist, Tage, Jahre oder Menschenalter als eine zu lange Dauer empfinden, um dieser ihn ehrenden Entzückung immer weiter teilhaftig zu werden? Werden die abgeschmackten Unterhaltungen, die widerwärtigen Vergnügungen, das alberne Geschäftigtun der Welt unsere Stunden schneller vertreiben, und wird der Schritt der Zeit einem Geist, der in so hohen, so wichtigen Studien erfahren ist, zu träge scheinen? Und wenn keine Zeit genügt, so ist kein Ort für diese große Angelegenheit ungeeignet. Auf welche Dinge kann unser Blick fallen, deren Dasein uns nicht an seine Macht, seine Weisheit und an seine Güte gemahnt? Es ist nicht nötig, daß die erwachende Sonne ihre Strahlen über den östlichen Himmel verbreitet oder daß die ungestümen Winde aus ihren Höhlen hervorbrechen und die hohen Wälder schütteln, noch daß sich die Wolken öffnen und die Ebenen mit ihren Fluten bedecken. Es ist nicht nötig, sage ich, daß dadurch seine Majestät verkündet werde. Kein Insekt, kein Gewächs in der Schöpfung ist so gering, daß ihm nicht die Ehre zuteil geworden ist, die Zeichen der Eigenschaften seines großen Schöpfers auf sich zu tragen, Zeichen nicht nur seiner Macht, sondern auch seiner Weisheit und Güte. Der Mensch allein, der Herr dieses Erdballs, das letzte und größte Werk des höchsten Wesens unter der Sonne – der Mensch allein hat seine Natur auf niederträchtige Art entehrt; durch Unehrlichkeit, Grausamkeit, Undankbarkeit und Verräterei hat er seines Schöpfers Güte in Frage gestellt und uns das Rätsel zu lösen aufgegeben, wie ein gütiger Geist ein so törichtes und niedriges Lebewesen hervorbringen konnte. Aber dies ist nun ebendas Geschöpf, von dessen Umgang ich mich – wie Sie vermutlich denken, unglücklicherweise – zurückgehalten habe und ohne dessen gesegnete Gesellschaft das Leben nach Ihrer Meinung schal und langweilig sein muß."

„Dem ersten Teil Ihrer Rede", erwiderte Jones, „stimme ich bereitwillig und von Herzen zu, doch ich glaube und hoffe ebensosehr, daß der Abscheu vor den Menschen, den Sie am Schlusse äußerten, zu allgemein gehalten ist. Wirklich, Sie verfallen hier in einen Irrtum, den ich bei meiner geringen Lebenserfahrung als überaus häufig erkannt habe, indem Sie den Charakter der Menschen nach den schlimmsten und widerwärtigsten Exemplaren einschätzen, während doch, wie ein vortrefflicher Schriftsteller bemerkt, wir nichts als charakteristisch für eine Gattung ansehen sollten, als was wir an den besten und vollkommensten Vertretern dieser Gattung wahrnehmen. Diesen Irrtum, glaube ich, begehen im allgemeinen diejenigen, die es bei der Wahl ihrer Freunde und Bekannten an der nötigen Vorsicht hatten fehlen lassen und denen in der Folge durch nichtswürdige und schlechte Menschen Unrecht widerfahren ist; zwei oder drei schlimme Erfahrungen werden dann höchst ungerecht der menschlichen Natur überhaupt zur Last gelegt."

„Ich glaube, ich hatte genügend Erfahrungen gemacht", entgegnete der andere. „Meine erste Geliebte und mein erster Freund betrogen mich auf das schimpflichste und unter Umständen, die für mich das Ärgste, sogar einen schmählichen Tod, hätten zur Folge haben können."

„Aber verzeihen Sie", rief Jones, „wenn ich Sie zu überlegen bitte, was für Leute denn diese Geliebte und dieser Freund waren. Was konnte man, bester Herr, erwarten von einer Liebe, die aus dem Hurenhaus stammte, oder von einer Freundschaft, die am Spieltisch geschlossen und genährt worden war? Die Frauen nach dem ersten Beispiel zu bemessen und die Männer nach dem zweiten, das wäre so ungerecht, als wollten wir behaupten, die Luft sei ein ekelhaftes und ungesundes Element, weil wir sie in einer Schnapsbude so finden. Ich habe erst kurze Zeit in der Welt gelebt, aber doch habe ich Männer gekannt, die der höchsten Freundschaft, Frauen, die der höchsten Liebe wohl wert waren."

„Das ist schon möglich, junger Mann", antwortete der Unbekannte, „doch Sie haben, wie Sie gestehen, erst ganz kurze Zeit in der Welt gelebt; ich war um einiges älter als Sie, als ich noch derselben Meinung war."

„Und Sie wären vielleicht dabei geblieben", erwiderte Jones, „wären Sie nicht unglücklich, ich möchte sagen: unvorsichtig in der Zuwendung Ihrer Neigung gewesen. Nein, wirklich, gäbe es auch noch viel mehr Schlechtigkeit in der Welt, als es tatsächlich gibt, so berechtigte dies noch nicht zu so allgemein gefaßten Vorwürfen gegen die menschliche Natur, denn wieviel Schlimmes geschieht durch einen Zufall, und manch einer, der eine Übeltat begeht, ist doch in seinem Herzen nicht von Grund auf schlecht und verdorben. Wirklich, niemand scheint mir befugt, die menschliche Natur für unbedingt und völlig mißraten zu erklären, als diejenigen, denen ihr eigenes Innere das Beispiel dieser Verderbtheit entgegenhält – was jedoch, davon bin ich überzeugt, bei Ihnen nicht zurifft."

„Und solche", entgegnete der Unbekannte, „werden gewiß die letzten sein, ihren Befund bekanntzugeben. Spitzbuben werden uns so wenig die Schlechtigkeit einreden wollen, wie Straßendiebe uns von Wegelagerern erzählen werden. Das wäre doch der geradeste Weg, den andern vorsichtig zu machen und die eigenen Pläne zu vereiteln. Aus diesem Grunde sind Bösewichter, soweit ich mich erinnere, sehr wohl imstande, bestimmten Personen Übles nachzusagen, doch pflegen sie nie eine Ansicht über die menschliche Natur im ganzen zu äußern." Der alte Herr sagte dies mit solcher Leidenschaft, daß Jones, der daran verzweifelte, ihn zu bekehren, ihn jedoch nicht kränken wollte, darauf nichts mehr erwiderte.

Der Tag begann seine ersten Strahlen auszuschicken, als

Jones den Unbekannten um Verzeihung bat, weil er so lange geblieben sei und ihn vielleicht um seine Nachtruhe gebracht habe. Doch dieser antwortete, er habe der Ruhe nie so wenig bedurft wie in diesem Augenblick; Tag und Nacht seien für ihn einerlei; meist benütze er den ersten für seine Ruhe und die zweite für seine Wanderungen und seine Gedankenarbeit. „Es ist nun aber", sagte er, „ein so schöner Morgen, und wenn Sie's noch länger ohne Schlaf und Nahrung aushalten können, will ich Sie gerne noch mit einigen Landschaftsanblicken unterhalten, die Sie vermutlich noch nicht gesehen haben."

Jones nahm dieses Anerbieten dankbar an, und sogleich verließen sie zusammen die Behausung. Was Partridge betrifft, so war er, sobald der Unbekannte seinen Bericht beendet hatte, in einen tiefen Schlaf gesunken, denn seine Neugier war befriedigt, und die darauf folgende Rede war in ihrer Auswirkung nicht kräftig genug, um den Zauber des Schlafes zu bannen. Jones überließ ihn daher dem Genusse seines Schlummers; und da der Leser vielleicht zu dieser Stunde für sich selber gern die gleiche Vergünstigung beanspruchen möchte, schließen wir hier das achte Buch unserer Geschichte.

NEUNTES BUCH

Umfaßt zwölf Stunden.

1. Kapitel

Von solchen, die dazu berechtigt sind, und von denen, die nicht dazu berechtigt sind, Geschichten wie diese zu schreiben.

Neben andern guten Zwecken, die ich im Auge hatte, als ich diese verschiedenen einführenden Kapitel verfaßte, habe ich sie als eine Art Marke oder Stempel betrachtet, die später auch einen sehr gleichgültigen Leser in den Stand setzen sollten zu unterscheiden, was in dieser Art von Darstellung echt und wahr und was falsch und geschwindelt sei. Wirklich sieht es aus, als ob solche Marken über kurzem nötig werden könnten, da die günstige Aufnahme bei der Leserschaft, die unlängst zwei oder drei Verfasser ihren Werken zu verschaffen gewußt haben, wahrscheinlich viele andere ermutigen wird, ein Gleiches zu versuchen. So wird eine Menge von albernen Geschichten und ungeheuerlichen Romanen hervorgebracht werden, entweder zum größten Schaden der Buchhändler oder zum Zeitverlust und zum sittlichen Nachteil der Leser. Ja, oft wird auf solche Art dem Lästern und der Verleumdung Vorschub geleistet und dem Vorurteil über den Charakter mancher ehrbaren und rechtschaffenen Leute.

Ich bezweifle nicht, daß der erfinderische Verfasser des „Spectator" hauptsächlich deshalb jeder seiner Abhandlungen ein griechisches oder lateinisches Motto voranzusetzen pflegte, um sich vor den Nachstellungen jener Sudler zu schützen, die eine andere schriftstellerische Begabung haben als die, welche sie der Schreiblehrer gelehrt hat, und sich weder scheuen noch schämen, sich derselben Titel zu bedienen wie das große Genie, vergleichbar ihrem guten Bruder in der Fabel, der sein Geschrei unter der Löwenhaut vernehmen ließ.

Die Verwendung solcher Überschriften also machte es jedermann unmöglich, die Aufsätze des „Spectator" nachzuahmen, wenn er kein Wort von den gelehrten Sprachen verstand. Auf dieselbe Weise habe ich mich gegen eine Nachahmung durch solche gesichert, die des Nachdenkens völlig unfähig sind und deren Kenntnisse für einen Aufsatz nicht ausreichen.

Ich möchte hier nicht den Eindruck erwecken, als ob das größte Verdienst solcher erzählender Darstellungen je in den Einführungskapiteln liegen könnte; aber freilich verlocken die bloß erzählenden Teile die Feder des Nachahmers viel stärker als jene, die aus Beobachtung und Nachdenken entstanden sind. Ich denke jetzt an Leute wie Rowe, der den Shakespeare nachahmte, oder an einige Römer, die nach des Horaz Anspielung Cato durch Barfußgehen und saure Mienen nachahmten.

Gute Geschichten zu erfinden und sie gut zu erzählen, dazu bedarf es möglicherweise einer Begabung, die recht selten ist, und doch habe ich nur wenige Personen gefunden, die sich nicht ohne Bedenken beides zutrauten. Und betrachten wir die Romane und Novellen, von denen in der Welt Überfluß herrscht, dann dürfen wir füglich schließen, daß die meisten der Verfasser ihre Zähne (wenn der Ausdruck hier gestattet ist) an keiner andern Literaturform versucht haben würden und daß sie ebensowenig ein Dutzend Sätze über irgendeinen anderen Gegenstand hätten zusammenreihen können. *Scribimus indocti doctique passim**, das gilt sicherlich von den Geschichtsschreibern und Biographen mehr als von den Vertretern der übrigen Literaturgattungen; denn jede Kunst und Wissenschaft (und sogar die Kritik) erfordert wenigstens einen bescheidenen Grad von Gelehrsamkeit und Kenntnissen. Die Poesie allerdings könnte man für eine Ausnahme halten, aber sie verlangt ein Wissen um Zahlen oder Zahlenähnliches, während für die Herstellung von Novellen und Romanen nur Papier, Federn und Tinte nötig sind, dazu die Fertigkeit, diese zu gebrauchen. Dies wenigstens scheint mir nach ihren Hervorbringungen die Meinung gewisser Schriftsteller selbst zu sein, und das muß auch die Meinung ihrer Leser sein, wenn es deren tatsächlich einige gibt.

Davon haben wir die allgemeine Verachtung herzuleiten, welche die Welt, die immer das Ganze im Sinne der Majorität deutet, allen Geschichtenerzählern bezeigt, die ihren Stoff nicht den überlieferten Berichten entnehmen. Und die Furcht vor dieser Verachtung ist es, die uns so vorsichtig den Ausdruck Roman vermeiden ließ, eine Bezeichnung, mit der wir uns

* Wir schreiben überall ohne Unterschied, Gelehrte und Hohlköpfe (Anmerkung des Übersetzers).

sonst recht gern zufriedengäben. Denn da wir für unsere Charaktere eine gute Unterlage besitzen, und zwar keine geringere als das große Grundbuch der Natur, wie wir an anderer Stelle angedeutet haben, so hat unser Werk auf den Namen „Geschichte" Anspruch genug. Gewiß verdient es, daß man es von jenen Erzeugnissen unterscheide, die einer der witzigsten Menschen einzig als Auswirkung eines *pruritus* oder wohl richtiger einer Aufweichung des Gehirns betrachtete.

Doch abgesehen von der Schmach, die damit einer ebenso nützlichen wie unterhaltsamen Gattung des Schrifttums zugefügt wird, hat man triftigen Grund zu der Besorgnis, daß wir durch die Ermutigung derartiger Schriftsteller noch andere Schmach verbreiten. Ich meine diejenige, die dem Charakter manches guten und wertvollen Mitgliedes der Gesellschaft angetan wird. Denn die langweiligsten Schreiber sind, so wie die langweiligsten Gefährten, durchaus nicht immer harmlos. Sie beide sind der Sprache genügend mächtig, um sie unschicklich und verleumderisch zu gebrauchen. Und wenn die soeben mitgeteilte Ansicht richtig ist, dann kann man sich gewiß nicht darüber wundern, daß Erzeugnisse von so widerlicher Herkunft selbst etwas Widerwärtiges darstellen oder die Neigung haben, andere dazu zu machen.

Um daher künftig solch hemmungslosen Mißbräuchen der Muße, der Literatur und der Pressefreiheit vorzubeugen, besonders da die Welt jetzt mehr als sonst von allem dem bedroht scheint, will ich versuchen, hier ein paar Eigenschaften hervorzuheben, von denen jede einzelne in beträchtlichem Grade für solche Erzähler vonnöten wäre.

Die erste heißt Begabung. Ohne davon ein hübsches Maß zu besitzen, kann uns kein Studium zu etwas verhelfen, sagt Horaz. Unter dieser Begabung verstehe ich das Vermögen oder vielmehr jene Geisteskräfte, die imstande sind, alle Dinge, die im Bereich unserer Anschauung und Erkenntnis liegen, zu durchdringen und in ihren wesentlichen Unterschieden zu erfassen. Diese Kräfte sind nichts anderes als Erfindungs- und *Urteilskraft*; und sie fallen unter die gemeinsame Bezeichnung des „Genies", da sie zu den Gaben der Natur gehören, die wir mit uns auf die Welt bringen. Über beide sind große Mißverständnisse im Umlauf; denn als Erfindung wird, glaube ich, im allgemeinen ein schöpferisches Vermögen verstanden, und es dürfte sich erweisen, daß die meisten Verfasser von Romanen darauf im hohen Grad Anspruch haben. Indessen bedeutet Erfindung in Wahrheit und im Wortsinn weiter nichts als entdecken oder herausfinden oder, mit ein paar Worten mehr, ein rasches und scharfsinniges Durchdringen des wahren Wesens aller Gegenstände unserer Betrachtung; das jedoch, so scheint mir, kommt selten vor ohne die Begleitung der Urteilskraft; denn daß man sagen könnte, man habe das Wesen zweier Dinge erfaßt, ohne ihre Unterschiede begriffen zu haben, das will mir nicht eingehen. Nun ist dieses letzte aber das unbestrittene Gebiet der Urteilskraft; und dennoch hat eine Anzahl grundgescheiter Leute mit allen Schwachköpfen der Welt darin übereingestimmt, daß diese beiden Fähigkeiten selten oder nie die Eigenschaften ein und derselben Person gewesen seien.

Aber wie dem auch sei, so würde dies für unseren Zweck noch nicht genügen, fänden sich nicht noch tüchtige Kenntnisse hinzu; dafür könnte ich wiederum als Gewährsmann Horaz und manch andern anrufen, wäre es irgend nötig, zu beweisen, daß Werkzeuge für einen Arbeiter von keinem Nutzen sind, wenn sie zuvor nicht kunstgemäß geschärft werden oder wenn er bei seiner Arbeit der Anweisungen bedarf oder wenn ihm für seine Arbeit der Stoff fehlt. In jedem dieser Fälle gibt das Wissen den Ausschlag, denn Natur allein kann uns nur mit der nötigen Anlage versehen oder, wie ich mich bildlich ausdrückte, mit dem Werkzeug für unser Handwerk. Kenntnisse müssen es für unsern Gebrauch geeignet machen, müssen die Anweisung geben und müssen schließlich, zum Teil wenigstens, den Stoff herbeitragen. Eine zulängliche Beschlagenheit in der Geschichte und in den schönen Wissenschaften ist hier unerläßlich, und ohne den Besitz solcher Kenntnisse sich den Rang eines Geschichtenerzählers zulegen zu wollen ist so nichtig, wie den Bau eines Hauses zu beginnen ohne Holz oder Mörtel, ohne Ziegel oder Steine. Homer und Milton, wiewohl sie ihre Werke in Metren gekleidet haben, waren beide Geschichtenerzähler in unserem Sinn; sie beherrschten das ganze Wissen ihrer Zeit.

Und noch eine andere Art von Wissen gibt es, die nicht durch Lernen erlangt werden kann; sie wird durch den menschlichen Umgang erworben. Der ist für das Verständnis der menschlichen Charaktere so nötig, daß in dieser Hinsicht niemand unwissender ist als jene gelehrten Pedanten, die ihr ganzes Leben vor Lehrstühlen und unter Büchern zugebracht haben. Denn so ausgezeichnet auch Schriftsteller die menschliche Natur beschrieben haben mögen, ihre praktische Seite erfahren wir einzig in der Welt. Gleich verhält es sich auf jedem andern Wissensgebiet. Weder Medizin noch Rechtskunde lernt man praktisch aus Büchern kennen. Ja, der Bauer, der Pflanzer, der Gärtner muß durch Erfahrung das ergänzen, wovon er die Anfangsgründe durch Lesen sich angeeignet hat. Wie genau auch der geistvolle Herr Miller eine Pflanze beschrieben hat. er würde seinem Schüler raten, sie im Garten zu betrachten, So wie wir annehmen müssen, daß von den prächtigsten Darstellungen eines Shakespeare oder eines Jonson, eines Wycherly oder eines Otway dem Leser ein paar Züge der Natur entgehen werden, die erst das lebenswahre Spiel eines Garrick, einer Cibber oder Clive* ihm vorzuführen vermag, so erscheint der Mensch auf der Bühne der Wirklichkeit in einem schärferen und eindeutigeren Licht, als die Beschreibung es ihm verleihen könnte. Gilt das aber schon für diese schönen und geistesmächtigen Darstellungen, die große Schriftsteller der Natur abgelauscht haben, um wieviel mehr muß es dann gelten, wenn der Schriftsteller seine Gestalten nicht der Natur, sondern den Büchern entnimmt. Solche Charaktere sind bloß die schwache Kopie einer Kopie, die weder die Richtigkeit noch den Geist eines Originals aufweisen kann.

Nun muß aber dieser menschliche Verkehr unseres Geschichtenerzählers weltweit sein, das heißt, alle Stände und Grade der Menschheit umfassen. Denn die Vertrautheit mit dem, was man die vornehme Gesellschaft nennt, wird ihn nicht über das Leben der untern Schichten belehren, noch wird *e converso* seine Bekanntschaft mit dem untergeordneten Teil der Menschheit ihn über die Sitten in den höhern Lebenslagen unterrichten. Und wenn man auch denken könnte, die Kenntnis von einem dieser Stände werde ihm wenigstens gestatten, denjenigen, mit dem er Umgang gehabt hat, zu beschreiben, so wird er auch dann doch nur Unvollkommenes leisten, denn die Torheiten jeder Stufe erklären einander gegenseitig. Zum Beispiel: Die Geziertheit der vornehmen Gesellschaft tritt offensichtlicher in ihrer Lächerlichkeit zutage, wenn sie sich von der

* Es scheint uns besonders angebracht, an dieser Stelle des großen Schauspielers und der beiden mit Recht berühmten Schauspielerinnen zu gedenken, da sie alle sich einzig auf Grund des Studiums der Natur, und nicht der Nachahmung ihrer Vorgänger, herangebildet haben. Das setzte sie in den Stand, alle ihre Vorgänger zu übertreffen; eine Leistung, die das Sklavenvolk der Nachahmer nie wird erreichen können.

Einfachheit der gewöhnlichen Leute abhebt. Und wiederum: Die Rohheit und Ungeschliffenheit dieser zweiten machte uns ihr ungereimtes und abgeschmacktes Benehmen viel stärker bewußt, wenn wir sie zu den guten Manieren jener in Gegensatz stellen. Außerdem wird, die Wahrheit zu sagen, auch das Benehmen unseres Geschichtenerzählers durch diesen Verkehr mit beiden Seiten verbessert werden; denn auf der einen wird er ohne Mühe vorbildliche Einfachheit, Ehrlichkeit und Aufrichtigkeit, auf der andern entsprechende Verfeinerung, Eleganz und Geistesfreiheit entdecken, welch letzterer ich selbst bei Menschen niedrigen Standes und von geringer Bildung kaum je begegnet bin.

Doch alle diese Eigenschaften, mit denen ich bis dahin meinen Geschichtenerzähler ausgestattet habe, werden ihm nicht helfen, solange er das nicht besitzt, was man allgemein ein gütiges Herz nennt, und dazu die Fähigkeit mitzufühlen. Der Schriftsteller, der mich zum Weinen bringen will, sagt Horaz, muß erst selber weinen. In Wahrheit vermag niemand die Verzweiflung zu schildern, die er nicht empfindet, während er sie darstellt; auch ich bin überzeugt, daß die rührendsten und ergreifendsten Szenen unter Tränen geschrieben wurden. Gleicherweise verhält sich's mit dem Lächerlichen. Ich werde meinen Leser gewiß nie herzlich lachen machen, wenn ich zuvor nicht selbst gelacht habe, es sei denn, daß ihn einmal die Neigung ankäme, statt mit mir von Herzen über mich zu lachen. Das mag bei einigen Stellen in diesem Kapitel der Fall gewesen sein, und da ich dies befürchte, will ich es hier beenden.

2. Kapitel

Enthält ein wahrhaft erstaunliches Abenteuer, das Herrn Jones auf seinem Spaziergang mit dem Mann vom Hügel zustieß.

Aurora öffnete ihre Fensterläden, das heißt, der Tag begann zu grauen, als Jones in Begleitung des Unbekannten seinen Morgenspaziergang antrat und den Mazard-Hügel hinaufstieg. Sie hatten kaum den Gipfel erreicht, als sich ihren Blicken eine der herrlichsten Aussichten der Welt darbot. Gerne wollten wir auch den Leser daran teilnehmen lassen, wenn dies nicht zwei Ursachen verhinderten. Erstens zweifeln wir daran, daß sie, die jene Aussicht genossen, unsere Beschreibung bewundern würden. Zweitens zweifeln wir noch viel mehr, ob jene, die sie nicht gesehen haben, unsere Beschreibung verstehen würden.

Jones war ein paar Minuten wie festgebannt; dann blickte er nach Süden. Der alte Mann fragte ihn, auf was er so seine Aufmerksamkeit richte. „Ach, Herr“, antwortete er mit einem Seufzer, „ich versuchte mir den Weg, den ich bis hierher zurückgelegt habe, zu vergegenwärtigen. Guter Gott! Wie weit sind wir hier von Gloucester entfernt! Was für eine Strecke Landes muß mich von meinem Heimatort trennen!“ – „Ja, ja, junger Mann“, rief der andere, „und – nach Ihrem Seufzer zu schließen – von dem, was Sie noch mehr als ihre Heimat lieben, oder ich müßte mich täuschen. Ich erkenne, der Gegenstand Ihrer Betrachtung liegt nicht innerhalb Ihres Blickfeldes, und doch glaube ich, es bereitet Ihnen Freude, gerade in jene Richtung zu schauen.“ Lächelnd antwortete Jones: „Ich sehe, alter Freund, Sie haben die Empfindungen Ihrer Jugend noch nicht vergessen. Ich gestehe, daß meine Gedanken auf die Art beschäftigt waren, die Sie vermuten.“

Sie begaben sich darauf nach jener Seite des Berges, von der man nach Nordwesten sieht und die ein tiefer ausgedehnter Wald überragt. Kaum hier angekommen, vernahmen sie in einiger Entfernung, aus dem Wald unter ihnen, eine heftig schreiende weibliche Stimme. Jones horchte einen Augenblick, dann, ohne ein Wort zu seinem Begleiter zu äußern (der Fall schien tatsächlich Eile zu erfordern), lief oder glitt er den Hügel hinab, und ohne die geringste Furcht für seine eigene Sicherheit oder Person eilte er gerade auf das Dickicht zu, aus dem der Hilferuf erschollen war.

Er war noch nicht weit in den Wald vorgedrungen, als sich ihm ein wahrhaft empörender Anblick zeigte, eine halbnackte Frau unter den Händen eines Rohlings, der ein Hosenband um ihren Hals geschlungen hatte und bemüht war, sie an einem Baum hinaufzuziehen. Jones stellte keine Fragen, sondern fiel augenblicklich über den Schurken her und machte von seinem tüchtigen Eichenstock einen so wirksamen Gebrauch, daß er den andern auf den Boden niedergestreckt hatte, ehe der an Verteidigung denken konnte, ja ehe er überhaupt wußte, daß er angegriffen war; und noch hielt Jones mit Schlagen nicht inne, bis die Frau ihn selbst aufzuhören bat und sagte, sie glaube, er habe ihm nun das Nötige verabfolgt.

Die Unglückliche fiel jetzt vor Jones auf die Knie und sagte ihm für ihre Rettung tausend Dank. Er hob sie auf und erklärte, er sei höchst erfreut über den außerordentlichen Zufall, der ihn zu ihrer Hilfe hierhergeschickt habe, wo sie schwerlich eine andere hätte finden können; der Himmel scheine ihn zum glücklichen Werkzeug ihres Schutzes erkoren zu haben. „O ja“, rief sie, „fast hätte ich Sie für einen guten Engel halten müssen, und die Wahrheit zu sagen, erscheinen Sie meinen Augen mehr wie ein Engel als wie ein Mensch.“ Jones war ja wirklich von sehr ansprechender Gestalt, und wenn ein untadeliger Wuchs, sehr angenehme Gesichtszüge, geschmückt mit Jugend, Gesundheit, Kraft, Frische, lebhaftem und freundlichem Blick, einem Menschen Ähnlichkeit mit einem Engel verleihen können, so besaß sicherlich er diese Ähnlichkeit.

Die befreite Gefangene stand nicht in gleichem Sinne zwischen Engel und Mensch: sie schien bereits in ihren mittleren Jahren angelangt zu sein; unter den Fetzen ihrer zerrissenen Kleidung zogen jedoch ihre Brüste, die sehr schön geformt und ungewöhnlich weiß waren, die Augen ihres Befreiers auf sich. Einige Augenblicke sahen sie einander schweigend an, bis der auf der Erde liegende Bösewicht sich wieder zu regen anfing und Jones das für andern Zweck bestimmte Hosenband nahm und ihm die Hände auf den Rücken band. Und wie er sich nun sein Gesicht ansah, erkannte er zu seiner großen Verwunderung und vielleicht seiner nicht geringen Zufriedenheit, daß dieser Mensch niemand anders war als der Fähnrich Northerton leibhaftig. Aber der Fähnrich hatte seinen früheren Gegner auch noch nicht vergessen, sondern in dem Moment erkannt, als er wieder zu sich kam. Seine Überraschung war nicht geringer als die von Jones; die Genugtuung, dünkt mich, mochte auf seiner Seite bei der Gelegenheit nicht gar so groß sein.

Jones half nun Northerton auf die Beine, dann schaute er ihm fest ins Gesicht. „Ich denke, Herr“, sagte er, „Sie erwarteten nicht, mir in dieser Welt noch einmal zu begegnen, und ich gestehe, ich war ebensowenig darauf gefaßt, Sie hier zu erblicken. Doch sehe ich nun, daß Fortuna uns nochmals zusammengebracht und mir für die Beleidigung, die ich von Ihrer Seite erfahren habe, Genugtuung verschafft hat, und sogar ohne mein Wissen.“

„Das ist ja wirklich die Art eines Ehrenmannes“, erwiderte Northerton, „sich Genugtuung zu verschaffen, indem man einen Menschen hinterrücks niederschlägt. Ich bin hier nicht imstande, Ihnen Genugtuung zu geben, denn ich habe keinen Degen. Wollen Sie sich aber wie ein Edelmann betragen, so wollen wir an einen Ort gehen, wo ich mir einen verschaffen und mich Ihnen gegenüber als ein Mann von Ehre erweisen kann."

„Steht es einem solchen Schurken, wie Sie einer sind, an, den Namen der Ehre zu besudeln, indem Sie ihn für sich beanspruchen?" rief Jones. „Doch ich will Ihretwegen keine Zeit mit Reden verlieren. Das Gesetz verlangt, daß Sie sich vor ihm verantworten, und das wird geschehen." Darauf wandte er sich an die Frau und fragte sie, ob sie hier in der Nähe wohne oder in einem Haus in der Nachbarschaft bekannt sei, wo sie sich anständige Kleider erbitten könne, um darin vor dem Friedensrichter zu erscheinen.

Sie antwortete, sie sei völlig fremd in dieser Gegend. Jones überlegte und sagte dann, er habe einen Freund in der Nähe, der ihnen den Weg weisen könne; er wunderte sich allerdings, warum dieser ihm nicht nachgekommen war; doch der Mann vom Hügel hatte sich, nachdem unser Held verschwunden war, auf der Kuppe niedergesetzt und erwartete dort, obgleich er mit einer Flinte versehen war, mit der größten Geduld und Kaltblütigkeit den Ausgang des Abenteuers.

Als Jones aus dem Wald wieder hervorgetreten war, sah er den alten Mann, wie wir das soeben beschrieben haben, dort sitzen; er entfaltete jetzt eine große Geschwindigkeit und stieg erstaunlich rasch den Hügel hinan.

Der Alte riet ihm, die Frau nach Upton zu bringen; das sei, sagte er, die nächste Ortschaft, und dort werde er bestimmt alles, was sie benötige, schicklich besorgen können. Nachdem Jones über die Wegrichtung, die er einzuschlagen habe, unterrichtet worden war, verabschiedete er sich von dem Mann vom Hügel mit der Bitte, er möge Partridge auf dem gleichen Wege nachsenden, und kehrte eilig in den Wald zurück.

Unser Held hatte sich, bevor er sich aufmachte, um sich bei seinem Freund zu erkundigen, vergewissert, daß der Schurke, da seine Hände auf den Rücken gebunden waren, unfähig war, sich an der armen Frau zu vergreifen. Zudem wußte er, daß ihre Stimme ihn erreichen und daß er rasch genug wieder bei ihr sein könnte, um Übles zu verhindern. Überdies hatte er dem Bösewicht erklärt, sollte er im geringsten etwas Schimpfliches versuchen, so würde er, Jones, unverzüglich selbst die Strafe an ihm vollziehen. Aber unglücklicherweise hatte Jones nicht bedacht, daß, wenn auch Northertons Hände gebunden, doch seine Beine frei waren; auch hatte er dem Gefangenen nicht im geringsten die Verpflichtung auferlegt, daß er von ihnen nicht nach Wunsch Gebrauch machen dürfe. Northerton, der also kein derartiges Versprechen abgelegt hatte, dachte, er könne sich, ohne daß dies ein Wortbruch wäre, davonmachen; durch keinerlei Vorschrift, so schien es ihm, sei er gebunden, seine förmliche Befreiung abzuwarten. Er setzte also seine Beine, die sich ja der Freiheit erfreuten, in Bewegung und lief in den Wald hinein, der seinen Rückzug begünstigte. Auch machte die Frau, die vielleicht mehr nach der Richtung schaute, aus der sie die Rückkehr ihres Retters erwartete, sich wegen seiner Flucht keine Gedanken, noch tat sie irgend etwas, um ihn daran zu hindern.

Jones fand sie daher bei seiner Ankunft allein. Er wollte zuerst nach Northerton suchen, das aber redete sie ihm aus. Aber dringend bat sie ihn, daß er sie jetzt zu der Stadt, die ihnen bezeichnet worden war, begleiten möge. „Was jenen schlimmen Kerl betrifft", sagte sie, „so verursacht mir seine Flucht keinen Kummer; Philosophie und Christentum lehren uns, Beleidigungen zu verzeihen. Was mich aber betrübt, ist, daß ich Ihnen, Herr, so viele Mühe mache; und in meiner Blöße muß ich mich wirklich schämen, Ihnen ins Antlitz zu sehen. Wenn ich Ihres Schutzes nicht bedürfte, ginge ich am liebsten allein."

Jones bot ihr seinen Rock an, doch sie weigerte sich – ich weiß nicht aus welchen Gründen – trotz seinen ernstlichen Bitten, ihn anzunehmen. Er ersuchte sie also, die beiden Ursachen ihrer Verwirrung zu vergessen. „Was das erste angeht", sagte er, „so habe ich, indem ich Sie beschützte, ja nichts weiter als meine Pflicht getan, und das andere will ich dadurch beheben, daß ich nun beständig vor Ihnen hergehe, denn ich möchte nicht, daß meine Augen Sie kränkten, und könnte nicht dafür einstehen, daß ich die Kraft besäße, den anziehenden Reizen so großer Schönheit zu widerstehen."

Und also wanderten unser Held und die erlöste Dame dahin, wie einstmals Orpheus und Eurydike wandelten. Doch kann ich auch nicht glauben, daß Jones von seiner schönen Gefährtin absichtlich versucht wurde, hinter sich zu blicken, so war er doch häufig gezwungen, sich nach ihr umzusehen, wenn er ihr über eine Zaunschwelle helfen sollte, wenn sie strauchelte oder sich sonst nicht zurechtfand. Doch hatte er mehr Glück, als es dem armen Orpheus beschieden war, denn er brachte seine Gefährtin oder vielmehr Folgerin wohlbehalten in die berühmte Stadt Upton.

3. Kapitel

Die Ankunft des Herrn Jones mit seiner Dame im Gasthof; nebst einer ausführlichen Beschreibung der Schlacht von Upton.

Obgleich der Leser, woran wir nicht zweifeln, höchst begierig ist, zu erfahren, wer diese Dame war und wie sie in jenes Herrn Northerton Hände fiel, müssen wir ihn bitten, seine Neugier noch für kurze Zeit zu zügeln, da wir aus sehr guten Gründen, die er später vielleicht erraten wird, genötigt sind, die Stillung seines Verlangens ein klein wenig aufzuschieben.

Herr Jones und seine schöne Begleiterin gingen, als sie die Stadt betraten, stracks auf jenen Gasthof zu, der nach ihrer Meinung in der Straße den besten Eindruck machte. Hier stieg Jones, nachdem er einem Bedienten befohlen hatte, ihm ein Zimmer im obern Stock anzuweisen, sogleich die Treppen hinauf, und die spärlich bekleidete Schöne folgte ihm eilig nach, als der Herr des Hauses sie an einem Zipfel erwischte und schrie: „Heda, wo will das Bettelmensch hin? Unten bleiben, sag ich!" In diesem Augenblick donnerte Jones von oben: „Laßt die Dame heraufgehen!" in einem so herrischen Ton, daß der Mann seine Hand zurückzog und die Dame auf dem kürzesten Weg ihr Zimmer erreichte.

Hier wünschte ihr Jones Glück zur wohlbehaltenen Ankunft und schickte sich an, wieder zu gehen, um, wie er versprach, die Wirtin mit ein paar Kleidungsstücken hinaufzubeordern. Die arme Frau dankte ihm von Herzen für all seine Güte und sagte, sie hoffe, ihn bald wiederzusehen, um ihm noch tausendmal mehr danken zu können. Während dieser kurzen Unterredung bedeckte sie ihren schlohweißen Busen, so gut sie das vermochte, mit den Armen, denn Jones konnte es nicht vermeiden, daß sein Blick ein- oder ein paarmal verstohlen über jene Gegend glitt, obgleich er jede erdenkliche Sorge trug, seine Dame nicht zum Erröten zu bringen.

Unsere Reisenden waren zufällig in einem Hause von außerordentlich gutem Ruf eingekehrt, wo irische Damen von strenger Tugend und manche schottische junge Herren von der gleichen Gesinnung auf der Reise nach Bath ihren Anfenthalt zu nehmen pflegten. Die Wirtin würde folglich um keinen Preis einen irgendwie verdächtigen Verkehr unter ihrem Dache zugelassen haben. Derartige Vorgänge sind ja wirklich so unsauber und so ansteckend, daß sie auch den unschuldigen Ort verunreinigen, an dem sie geschehen, und jedem Hause, wo solche Dinge geduldet werden, den Ruf eines schlechten oder übelbeleumdeten Hauses eintragen.

Damit wollte ich nicht behaupten, daß in einem öffentlichen Gasthause eine so strikte Keuschheit gewahrt werden könne wie vor alters im Tempel der Vesta. Auf ein so großes Heil hoffte die gute Frau Wirtin freilich nicht, sowenig wie alle die obbemeldeten Damen ihres Standes, von denen ich bisher gesprochen habe, wie denn auch niemand von der äußersten Sittenstrenge solches verlangt oder erwartet haben kann. Doch alle niedrigen Liebschaften fernzuhalten und alle Dirnen in Lumpen aus ihren vier Wänden zu vertreiben, das freilich steht in der Macht einer jeden von ihnen. Daran hielt auch unsere Wirtin fest, und das konnten ihre tugendhaften Gäste, die nicht in Lumpen reisten, mit Recht von ihr erwarten.

Nun bedurfte es keines bis zu einem sträflichen Grade getriebenen Argwohns, um zu vermuten, daß Herr Jones und seine zerlumpte Gefährtin sich mit bestimmten Absichten trugen, die zwar in einigen christlichen Ländern geduldet werden, und denen man in andern durch die Finger sieht, die freilich überall zur Ausführung gelangen, wiewohl sie so ausdrücklich wie Mord und jedes andere scheußliche Laster von der Religion verboten sind, die in diesen Ländern allgemein anerkannt wird. Darum sann die Wirtin, kaum daß sie Bericht von dem Einzug der obengenannten Personen erhalten hatte, sogleich auf das zweckmäßigste Mittel zu ihrer Fortschaffung. Sie hatte sich zu diesem Behufe mit einem langen tödlichen Werkzeug versehen, mit dem in Friedenszeiten das Zimmermädchen die Werke der fleißigen Spinne zu zerstören gewohnt war. In gemeiner Sprache: Sie hatte einen Besenstiel ergriffen und wollte eben damit aus der Küche hervorbrechen, als ihr Jones entgegentrat mit der Bitte um einen Rock und andere Kleidungsstücke, um die halbnackte Frau im oberen Stockwerk damit zu bedecken.

Nichts kann wohl ein menschliches Gemüt zu heftigerem Zorne reizen noch der Kardinaltugend Geduld gefährlicher sein als die Bitte um eine außerordentliche Gefälligkeit gegenüber Personen, über die wir bereits in hohem Grade aufgebracht sind. Mit großer Kunst hat es darum Shakespeare so gefügt, daß seine Desdemona bei ihrem Gatten um eine Gunst für Cassio bitten muß, ein Mittel, nicht allein Othellos Eifersucht, sondern auch seine Wut bis zum Wahnsinn zu entflammen; und wir sehen, daß der leidenschaftliche Mohr bei dieser

Gelegenheit weniger imstande ist, seine Leidenschaft zu beherrschen als da, wo er das so wert gehaltene Geschenk an seine Frau in den Händen seines vermeintlichen Nebenbuhlers erblickt. In Wahrheit empfinden wir solche Zumutungen als Unterschätzung unseres Verstandes, und so etwas hinzunehmen, fällt dem Stolz eines Menschen denn doch zu schwer.

Die Wirtin, obwohl eine recht gutartige Frau, hatte, so muß ich annehmen, etwas von diesem Stolz in ihrer Natur, denn als Jones sein Ansuchen kaum beendet hatte, fiel sie mit einer gewissen Waffe über ihn her, die, wenn sie auch weder lang noch scharf noch hart ist und weder den Tod noch Wunden zu bringen droht, doch von vielen weisen Männern gefürchtet und gescheut wird – ja selbst von weisen und tapferen Männern, so daß einige, die den Mut hatten, in die Mündung einer geladenen Kanone zu sehen, es nicht wagten, in einen Mund zu sehen, in dem diese Waffe geschwungen wurde; und lieber, als sich dieser Gefahr auszusetzen, gaben sie sich damit zufrieden, in den Augen aller ihrer Bekannten eine höchst klägliche und unterwürfige Figur zu machen.

Die Wahrheit zu bekennen, fürchte ich, daß Herr Jones einer von diesen war. Denn obgleich er mit der bezeichneten Waffe angegriffen und arg bearbeitet wurde, konnte er doch nicht zum geringsten Widerstand gereizt werden, sondern feigherzig und fast mit Bitten ersuchte er seine Gegnerin, mit ihren Angriffen einzuhalten; deutlicher gesprochen: er bat sie mit nachdrücklichem Ernst, ihn wenigstens anzuhören. Doch bevor ihm die Bitte gewährt wurde, trat der Gastwirt selbst auf den Plan und schlug sich auf die Seite, die eines Beistandes nicht im geringsten zu bedürfen schien.

Es gibt eine Art von Helden, von denen man annimmt, daß sie einen Streit aufnehmen oder vermeiden, je nach dem Charakter und Betragen der Person, mit der sie es zu tun haben. Von diesen sagt man, sie kennen ihren Mann; und Jones, glaube ich, kannte seine Frau. Denn so nachgiebig er gegen sie gewesen war – kaum sah er sich von ihrem Gatten angegriffen, als er diesem gegenüber Mut und Zuversicht zeigte und ihm unter Androhung strenger Strafe Schweigen gebot, keiner geringeren Strafe, glaube ich, als der, er werde ihn zum Scheit in seinem eigenen Feuer machen.

Der Ehgemahl erwiderte mit großer Entrüstung, der indessen etwas Mitleid beigemischt war: „Da muß der Herr erst beten, daß ihm dazu die Kraft gegeben wird. Ich glaube etwas stärker zu sein als Sie; ja, auf jeden Fall, das bin ich.“ Dann warf er ein halbes dutzendmal mit dem Wort „Hurenstück“ gegen die Dame da oben um sich, doch als die letzte Silbe von seinen Lippen kam, traf ihn ein Hieb des Eichenstocks, den Jones in seiner Hand führte, über die Schulter.

Die Frage ist noch nicht gelöst, ob die Wirtin oder der Wirt mit der Heimzahlung dieses Schlages flinker waren. Der Wirt, der beide Hände frei hatte, machte sich mit seinen Fäusten ans Werk, und die wackere Frau, die mit erhobenem Besenstiel nach Jones' Kopf zielte, hätte wahrscheinlich dem Tumult und Jones' Leben dazu augenblicklich ein Ende gesetzt, wäre nicht ihre Waffe am Niederschlagen gehindert worden – nicht durch das wundersame Eingreifen einer heidnischen Gottheit, sondern durch einen sehr natürlichen, wiewohl glücklichen Zufall, nämlich durch die Ankunft von Partridge. Dieser hatte das Haus in diesem Augenblick betreten (aus Furcht war er die ganze Strecke vom Hügel her gelaufen), und die Gefahr, in der sein Herr oder Kamerad (wie ihr ihn nun nennen wollt) schwebte, sogleich erkennend, wendete er ein großes Unglück ab, indem er den Arm der Wirtin packte, als sie ihre Stange durch die Luft schwang.

Die Wirtin gewahrte alsbald, welches Hindernis ihren Arm zurückhielt. Außerstande, ihn dem Griff Partridges zu entwinden, ließ sie den Besenstiel los, überantwortete Jones der Gewalt ihres Gatten und fiel mit höllischer Wut über den armen Menschen her, der seine Gegenwart bereits durch den Ruf gemeldet hatte: „Donnerwetter! Wollt ihr meinen Freund umbringen?“

Partridge, nicht gerade ein Liebhaber von Schlägereien, konnte wirklich nicht zusehen, wie sein Freund mißhandelt wurde; auch war ihm die Rolle, die ihm in diesem Gefecht zufiel, nicht gar so unlieb; so gab er denn der Wirtin ihre Streiche, sobald er sie empfangen hatte, gar beflissen zurück. Jetzt wurde der Kampf heiß und hartnäckig auf allen Seiten geführt, und es schien zweifelhaft, auf wessen Seite das Glück sich neigen werde, als die halbbekleidete Dame, die oben an der Treppe dem Gespräch, das den Tätlichkeiten vorausging, gelauscht hatte, unversehens herabkam und, ohne die unbillige Ungleichheit von zwei zu eins zu erwägen, über die arme Frau herfiel, die sich mit Partridge herumschlug; auch stand dieser große Streiter mitnichten vom Kampfe ab, vielmehr verdoppelte er seine Wut, als er bemerkte, daß frischer Entsatz zu seinem Beistand herangeeilt war.

Der Sieg hätte nun den beiden Reisenden zufallen sollen (denn einer Überzahl müssen schließlich die tapfersten Truppen weichen), wäre nicht das Zimmermädchen Susan ihrer Herrin zu Hilfe gekommen. Diese Susan war (um das volkstümliche Wort zu gebrauchen) eine so zweihändige Dirne, wie es nur eine im Lande geben konnte, und sie würde, glaube ich, selbst die berühmte Thalestris oder doch jede von ihren Amazonen zu Boden gestreckt haben, denn ihre Gestalt war männlich kraftvoll und in jeder Hinsicht für solchen Kampf geschaffen. So wie ihre Hände und Arme dazu gebildet schienen, höchst wirkungsvolle Schläge auszuteilen, so war gleicherweise ihr Gesicht dafür eingerichtet, ohne viel Schaden Schläge zu empfangen; denn ihre Nase lag darin schon ganz flach, ihre Lippen waren so breit, daß man ein Anschwellen bei ihnen gar nicht bemerkt hätte, und außerdem so hart, daß eine Faust kaum einen Eindruck auf ihnen hinterlassen konnte. Endlich standen ihre Augenknochen so stark hervor, als hätte die Natur sie als Bollwerke gedacht, die in solchen Kämpfen, für die sie wohl ausgestattet schien und zu denen sie so große Neigung verspürte, ihre Augen schützen sollten.

Als dieses anmutige Geschöpf das Schlachtfeld betrat, schloß es sich augenblicklich jenem Flügel an, auf dem seine Herrin ein so ungleiches Gefecht mit zwei Personen verschiedenen Geschlechts zu bestehen hatte. Ungesäumt forderte es Partridge zum Einzelkampf heraus. Er nahm an, und nun entspann sich das verbissenste Ringen zwischen den beiden.

Jetzt waren die Hunde des Krieges losgekoppelt und begannen ihre blutigen Schnauzen zu lecken; jetzt schwebte die Siegesgöttin mit goldenen Flügeln über ihnen in der Luft; jetzt nahm Fortuna ihre Waagschalen von der Wand und wog das Schicksal von Tom Jones, das seiner Begleiterin und Partridges gegen das des Gastwirts, seiner Frau und seiner Magd ab; alles sah sie vor sich in genauer Schwebe, als ein gutmütiger Zufall dem blutigen Handgemenge ein unverhofftes Ende setzte, an dem sich die Hälfte der Kämpfer bereits bis zur Sättigung gütlich getan hatte. Dieser Zufall war die Ankunft einer vierspännigen Kutsche, bei deren Anblick der Wirt und die Wirtin augenblicklich vom Kampf abstanden und auf ihre Bitten von ihren Gegnern dieselbe Gunst erhielten. Doch Susan bezeigte Partridge gegenüber solche Güte nicht. Nachdem die amazonische Schöne ihren Feind zu Boden gestreckt und auf ihm herumgetrampelt hatte, bearbeitete sie ihm nun lustig mit beiden Fäusten das Gesicht, ungeachtet seines Verlangens nach einem Waffenstillstand oder seines laut hinausgebrüllten Mordiogeschreis.

Jones hatte kaum vom Gastwirt abgelassen, als er seinem besiegten Gefährten zu Hilfe eilte und mit großer Mühe das rasende Zimmermädchen von ihm wegriß. Doch Partridge wurde seiner Befreiung nicht so bald gewahr, denn noch blieb er weiter ausgestreckt auf dem Boden liegen und bedeckte mit beiden Händen sein Gesicht; auch hörte er zu brüllen nicht eher auf, als bis Jones ihn zwang, die Augen zu öffnen und selbst zu sehen, daß die Schlacht nun vorüber sei.

Der Gastwirt, der keine sichtbaren Verletzungen abbekommen hatte, und die Wirtin, die ihr zerschundenes Gesicht mit dem Taschentuch bedeckte, liefen eilig zur Tür, um an der Kutsche, aus der eine junge Dame und ihre Kammerjungfer stiegen, ihre Aufwartung zu machen. Die Wirtin führte die beiden in ebenden Raum, in dem Jones seine schöne Beute niedergelegt hatte, da dies das beste Zimmer im Hause war. Die Ankömmlinge mußten notwendigerweise über das Schlachtfeld steigen, was in der größten Eile geschah, wobei sie ihre Gesichter mit ihren Taschentüchern bedeckten, ganz so wie Leute, die von niemandem erkannt werden möchten. In Wahrheit war ihre Vorsicht jedoch vollkommen überflüssig, denn die arme unglückliche Helena, die verhängnisvolle Ursache all dieses Blutvergießens, war auf das angelegenste damit beschäftigt, ihr eigenes Antlitz zu verbergen, und Jones wurde nicht weniger davon in Anspruch genommen, Partridge aus Susans wütenden Händen zu befreien. Als ihm das endlich gelungen war, ging der Ärmste unverzüglich an die Pumpe, um sich das Gesicht abzuwaschen und den blutigen Sturzbach zu hemmen, den Susan aus seinen Nasenlöchern entfesselt hatte.

4. Kapitel

In dem die Ankunft eines Kriegers allen Feindseligkeiten ein Ende macht und einen festen und dauernden Friedensschluß unter allen Parteien bewirkt.

Ein Unteroffizier mit einem Haufen Musketiere, die einen gefangenen Deserteur mit sich führten, langten um dieselbe Zeit im Gasthaus an. Der Unteroffizier fragte sogleich nach der ersten Magistratsperson des Ortes und erhielt vom Wirt die

Auskunft, er selbst bekleide dieses Amt. Der Unteroffizier verlangte hierauf seine Quartierzettel, bestellte eine Kanne Bier, beklagte sich über die Kälte und ließ sich in gespreizter Haltung vor dem Küchenfeuer nieder.

Herr Jones war daran, der betrübten Dame, die sich in der Küche an einen Tisch gesetzt hatte und, den Kopf auf ihren Arm gelegt, über ihre Mißhelligkeiten seufzte, eifrig Trost zuzusprechen; um jedoch meine schönen Leserinnen über einen bedeutenden Umstand nicht in schmerzlicher Ungewißheit zu lassen, halte ich es für richtig, hier bekanntzugeben, daß sie sich, bevor sie das Zimmer über der Treppe verließ, so gut mit einem Kissenüberzug, den sie dort fand, bedeckte, daß ihr lebhafter Sinn für das Schickliche durch die vielen Männer, die sich jetzt in dem Raume befanden, nicht im geringsten beleidigt wurde.

Einer der Soldaten trat jetzt zu seinem Unteroffizier und flüsterte ihm etwas ins Ohr. Darauf richtete dieser seinen Blick auf die Dame, und nachdem er sie fast eine Minute fest angesehen, kam er zu ihr herüber und sagte: „Madam, ich bitte um Verzeihung, aber ich irre mich sicher nicht: Sie können niemand anders sein als Hauptmann Waters' Gemahlin?"

Die arme Frau, die in ihrem Kummer sehr wenig auf die Gesichter der anwesenden Personen geachtet hatte, erkannte den Mann, nachdem sie einen Blick auf ihn geworfen hatte, nannte ihn bei seinem Namen und antwortete, sie sei allerdings jene unglückliche Person, für die er sie ansehe, doch, fügte sie hinzu, sie wundere sich, wie einer sie in dieser Verkleidung habe erkennen können. Auf das erwiderte der Unteroffizier, er sei in der Tat erstaunt, Ihro Gnaden so gekleidet zu sehen, und er fürchte, es müsse ihr etwas Ärgerliches zugestoßen sein. „Ein schlimmer Unfall ist mir freilich begegnet", sagte sie, „und ich bin diesem Herrn hier" (sie deutete auf Jones) „höchlich verpflichtet, daß er nicht zu einem unheilbaren geworden ist oder daß ich überhaupt noch lebe." – „Wie viel oder wie wenig der Herr auch getan haben mag", rief der Unteroffizier, „so bin ich gewiß, der Herr Hauptmann wird ihm das reichlich entgelten; könnte ich Euer Gnaden in etwas dienen, so bitte ich zu befehlen; ich werde mich glücklich schätzen, wenn es in meiner Macht steht, der gnädigen Frau einen Dienst zu leisten; und das müßte ein jeder tun, denn ich weiß, der Herr Hauptmann wird es gehörig belohnen."

Die Gastwirtin, die von der Treppe her alles mit anhörte,

was zwischen dem Unteroffizier und Frau Waters zur Aussprache kam, kehrte eilig zurück, lief gerade auf sie zu und begann wegen aller ihr zugefügten Beleidigungen um Verzeihung zu bitten; alles sei der Unkenntnis ihres Standes zuzuschreiben; denn: „Beim Himmel, Madam“, sagte sie, „wie hätte ich denken sollen, daß eine Dame Ihres Ranges in solcher Kleidung hier erscheinen könnte? Denn sicherlich, Madam, hätte ich nur im geringsten vermutet, daß Euer Gnaden Euer Gnaden wären, die Zunge hätte ich mir lieber herausbrennen lassen, als daß ich gesagt hätte, was ich gesagt habe; und ich hoffe, gnädige Frau, Sie werden mit einem meiner Kleider fürliebnehmen, bis Sie Ihre eigenen Gewänder erhalten.“

„Ich bitte Euch, Frau“, erwiderte Frau Waters, „macht Schluß mit Euerm anmaßenden Geschwätz; glaubt Ihr, ich werde mich an irgend etwas kehren, das über die Lippen so ordinärer Kreaturen kommt, wie Ihr eine seid? Ich bin erstaunt über Eure Dreistigkeit, daß Ihr meint, nach dem, was geschehen ist, würde ich etwas von Euren schmutzigen Sachen anziehen. Ihr sollt wissen, Frau, daß ich ein wenig über dem stehe.“

Hier legte sich Jones ins Mittel und bat Frau Waters, der Wirtin zu verzeihen und ihr Kleid anzunehmen: „Denn ich muß bekennen“, betonte er, „unser Aufzug war ein wenig verdächtig, als wir zuerst hier ins Haus kamen; und ich bin davon überzeugt, die gute Frau Wirtin tat alles nur, wie sie's erklärte, aus Besorgnis um den guten Ruf ihres Hauses.“

„Ja, wahrhaftig, das tat ich!“ rief sie. „Der Herr redet doch noch wie ein rechtdenkender Herr, und ich seh's, daß er das ist. Und mein Haus ist als ein so gut beleumdetes bekannt wie nur irgendeines an der Heerstraße; und ohne mich zu rühmen, wird es vom besten Adel besucht, von Iren wie von Engländern. Ich stell jeden zur Rede, der mir da irgend etwas nachsagt! Und noch einmal: Hätt ich gewußt, daß Euer Gnaden Euer Gnaden wären, lieber hätt ich mir die Finger verbrannt, als Hand an Euer Gnaden zu legen. Aber wo nur adlige Leute herkommen und ihr Geld ausgeben, da bin ich wahrhaftig nicht gewillt, ihnen Anstoß zu geben durch eine Bande von armem schäbigem Gesindel, das überall, wohin es kommt, mehr Läuse als Geld zu hinterlassen pflegt; solche Leute erregen in mir kein Mitgefühl, denn es wäre wirklich töricht, so etwas für sie zu empfinden; und wenn unsere Richter täten, was sie sollten, sie wären schon längst alle aus dem Königreich hinausgeprügelt worden, denn das wäre das Bekömmlichste für sie. Was Euer Gnaden anbelangt, so tut es mir sehr leid, daß die Dame ein solches Mißgeschick gehabt hat, und wollten Sie mir die Ehre erweisen, eins von meinen Kleidern so lange zu tragen, bis Euer Gnaden ihr eigenes erhalten werden, so wird das beste, das ich nur hab, Ihnen zur Verfügung stehn."

Ob nun die Kälte, die Scham oder die Überredung durch Herrn Jones den größten Eindruck auf Frau Waters machte, das will ich nicht entscheiden, aber endlich ließ sie sich durch die Rede der Wirtin beschwichtigen und ging mit der guten Frau allein in ein Zimmer, um sich dort gehöriger zu bekleiden.

Der Gastwirt fing gleicherweise an, in wohlgesetzten Worten Herrn Jones seine Entschuldigungen vorzubringen, wurde jedoch von diesem großmütigen Jüngling schon bald unterbrochen, der ihm herzlich die Hand schüttelte und ihn seiner völligen Verzeihung versicherte, indem er sagte: „Wenn Sie zufrieden sind, werter Freund, so versichere ich Ihnen, ich bin's auch." Und wirklich hatte der Wirt in gewissem Sinn mehr Ursache, zufrieden zu sein; denn seine Haut hatte einen Hagel von Schlägen erhalten, während Jones kaum einen einzigen abbekommen hatte.

Partridge, der während der ganzen Zeit an der Pumpe seine blutige Nase gewaschen hatte, kehrte in dem Augenblick in die Küche zurück, als sein Herr und der Gastwirt einander die Hände schüttelten. Als einem friedfertigen Manne bereitete ihm dieses Zeichen der Versöhnung Vergnügen; und obwohl sein Gesicht die Spuren von Susans Fäusten und noch mehr die ihrer Nägel auf sich trug, wollte er sich lieber mit dem begnügen, was das Glück ihm im vorigen Kampf beschert hatte, als es in einer erneuten Schlacht zu versuchen.

Die heldenmäßige Susan war mit ihrem Siege gleichfalls ganz zufrieden, wenngleich er ihr ein blaues Auge eingebracht hatte, das Partridge ihr beim ersten Angriff gemalt. Auch zwischen diesen beiden wurde ein Bund geschlossen und dieselben Hände, die Werkzeuge des Krieges gewesen waren, wurden nun zum Sinnbild der Versöhnung.

Also war allseitig die vollkommene Ruhe wiederhergestellt, ein Zustand, den der Unteroffizier, obgleich das den Prinzipien seines Berufes wenig gemäß scheinen konnte, mit lebhafter Zustimmung begrüßte. „Also denn", sagte er, „so ist's freundschaftlich; hol's der Teufel, ich hasse es zu sehen, wie Leute einander etwas nachtragen, nachdem sie sich gebalgt haben. Das einzig richtige, wenn Freunde streiten, ist, darauf zu sehen, daß alles einen freundschaftlichen Ausgang nimmt, wie man sagen möchte, sei's mit der Faust, der Pistole oder dem Degen, wie sie's nun wollen, und danach soll man alles auf sich beruhen lassen. Ich meinerseits will des Teufels sein, wenn ich meinen Freund je mehr geliebt habe, als dann, wenn ich mit ihm kämpfte! Grollen, das ist mehr des Franzosen als des Engländers Art."

Hierauf schlug er als unerläßlichen Teil der Zeremonie bei allen derartigen Verträgen ein Trankopfer vor. Daraus könnte der Leser vielleicht schließen, der Unteroffizier sei sehr beschlagen gewesen in der alten Geschichte. Wenn dies nun auch sehr wahrscheinlich ist, so möchte ich, da er zur Bekräftigung seiner Aussage über jenen Brauch keinen Gewährsmann zitierte, das nicht allzu zuversichtlich behaupten. Doch sah es so aus, wie wenn er seine Wissenschaft auf die besten Autoritäten stützen könnte; die vielen herzhaften Flüche, die er bei der Gelegenheit ausstieß, sollten das wohl bestätigen.

Mit dem Vorschlag des Unteroffiziers war Tom Jones sogleich einverstanden. Er bestellte eine Schale oder vielmehr eine mächtige Kanne, gefüllt mit jenem Getränk, das bei solchen Anlässen zu Ehren kommt, und dann begann die Zeremonie selbst. Er legte seine rechte Hand in die des Gastwirts, ergriff mit der linken die Schale, sprach die üblichen Worte und vollzog das Trankopfer. Darauf sah man alle Anwesenden dasselbe tun. Es ist wohl kaum nötig, den ganzen Vorgang bis ins einzelne zu schildern, da er sich so wenig von den Trankopfern unterscheidet, von denen in den alten Autoren und ihren Abschreibern so häufig berichtet wird. Den Hauptunterschied machten zwei Momente aus. Einmal goß die hier versammelte Gesellschaft das Getränk nur in ihre Hälse hinab; sodann trank der Unteroffizier, der als Priester fungierte, zuletzt; doch wahrte er, glaube ich, die alte Form, indem er von allen den stärksten Schluck tat und von den Anwesenden der einzige war, der zu dem Trankopfer nichts weiter beitrug als seine guten Dienste, indem er seiner Vollziehung beiwohnte.

Die guten Leute setzten sich nun im Kreis um das Küchenfeuer, wo bald Fröhlichkeit alles zu beherrschen schien; und Partridge vergaß nicht allein seine schimpfliche Niederlage, sondern verwandelte auch seinen Hunger in Durst und wurde bald überaus witzig und unterhaltsam. Gleichwohl müssen wir diese angenehme Gesellschaft für eine Weile verlassen und

Herrn Jones in Frau Waters Zimmer begleiten, wo das Mittagessen, das er bestellt hatte, auf dem Tisch stand. Wirklich erforderte es nicht viel Zeit, es anzurichten, denn schon seit drei Tagen war es völlig zubereitet und verlangte von der Köchin nicht mehr, als nochmals aufgewärmt zu werden.

5. Kapitel

Eine Apologie für alle mit gutem Appetit begabten Helden, dazu die Beschreibung eines Ringens von der Gattung der Liebeskämpfe.

Ungeachtet der hohen Meinung, die Helden dank ihren Schmeichlern von sich hegen, haben diese doch immer mehr vom menschlichen als vom göttlichen Wesen an sich. Bei noch so erhabenem Geist ist schließlich ihr Leib (und das macht bei der Mehrzahl von ihnen den größern Teil aus) den schlimmsten Schwächen und den niedrigsten Verrichtungen der menschlichen Natur unterworfen. Zu diesen gehört die Tätigkeit des Essens, die von verschiedenen weisen Männern als gemein und unvereinbar mit der philosophischen Würde betrachtet worden ist und dennoch bis zu einem gewissen Grade von den größten Fürsten, Helden oder Philosophen auf Erden ausgeübt werden muß. Ja, mitunter vergnügte sich die Natur damit, solch würdigen Persönlichkeiten ein viel beträchtlicheres Maß an derartigen Leistungen abzufordern, als sie es Leuten ganz gewöhnlichen Schlages zumutet.

Gewiß ist dies: So wie kein bekannter Bewohner dieser Erde in Wahrheit mehr ist als ein Mensch, so sollte sich auch niemand schämen müssen, weil er sich dem unterwirft, was die Bedürfnisse des Menschen verlangen. Wenn aber so hohe Persönlichkeiten wie die von mir soeben erwähnten so weit herabsteigen, daß sie diese niedrigen Verrichtungen für sich allein beanspruchen – wenn sie etwa durch Hamstern oder Vernichtung von Nahrung andere am Essen verhindern zu wollen scheinen –, dann muß man sie freilich für sehr verächtlich und tief gesunken ansehen.

Und nun, nach dieser kurzen Vorrede, halten wir es für keine Herabsetzung unseres Helden, wenn wir des übermäßigen Eifers gedenken, mit dem er sich bei dieser Gelegenheit ans Werk machte. Man darf füglich bezweifeln, ob Ulysses, der, nebenbei gesagt, den tüchtigsten Magen unter allen Helden des eßlustigen Gedichts, genannt die Odyssee, gehabt zu haben scheint, je einer Mahlzeit so gewaltig zugesprochen hat. Drei Pfund zum wenigsten des Fleisches, das noch jüngst das Ganze eines Ochsen ausmachen half, hatten jetzt die Ehre, zu einem Teil von Herrn Jones' leiblicher Person zu werden.

Dieses Umstandes zu gedenken glaubten wir uns verpflichtet, weil er unseres Helden vorübergehende Vernachlässigung seiner schönen Gefährtin erklären kann, die nur wenig aß und mit Gedanken von ganz anderer Art beschäftigt war, worauf Jones nicht achtete, bevor sein Appetit, den ihm ein vierundzwanzigstündiges Fasten verschafft hatte, vollkommen gestillt war. Kaum jedoch hatte er seine Mahlzeit beendet, als seine Aufmerksamkeit für andere Dinge wieder erwachte; so wollen wir jetzt dazu übergehen, den Leser mit diesen andern Dingen bekannt zu machen.

Herr Jones, über dessen körperliche Vollkommenheiten wir bis dahin wenig gesagt haben, war wirklich und wahrhaftig einer der schönsten jungen Männer der Welt. Sein Gesicht war nicht nur das Abbild der Gesundheit, sondern trug auch die auffallendsten Zeichen der Güte und Menschenfreundlichkeit zur Schau. Diese Eigenschaften sprachen so deutlich aus seinem Gesicht, daß, wenn auch die Lebhaftigkeit und der Verstand in seinen Augen, die ein etwas genauer Beobachter wohl bemerken mußte, einem weniger geübten entgehen mochten, doch seine Gutartigkeit sich in allen seinen Zügen kundtat und fast jeder, der ihn einmal ansah, sie gewahren konnte.

Vielleicht lag es nicht weniger daran als an seiner feinen Farbe, die seinem Gesicht eine schwer zu beschreibende Zartheit verlieh und die ihn vielleicht zu weiblich hätte erscheinen lassen, wäre damit nicht eine sehr männliche Gestalt und Haltung verbunden gewesen; letzteres gemahnte an einen Herkules, ersteres an einen Adonis. Er war zudem gewandt, artig, frohmütig und aufgeräumt und von so sprühendem Witz, daß er damit jede Unterhaltung belebte, an der er teilnahm.

Wenn der Leser sich alle diese Reize, die in unserm Helden vereinigt waren, richtig überlegt und nebenbei die frische Verbindlichkeit in Betracht zieht, unter der Frau Waters ihm gegenüberstand, so würde es mehr Prüderie als Aufrichtigkeit verraten, wenn man deshalb von ihr schlecht denken wollte, weil sie sich eine gute Meinung von ihm gebildet hatte.

Doch wie man sie nun auch beurteilen mag, meine Sache ist es, die Begebnisse wahrheitsgetreu zu erzählen. Frau Waters hatte – dies ist die Wahrheit – nicht allein eine gute Meinung von unserem Helden, sie hatte auch eine große Zuneigung zu ihm gefaßt. Um es ohne Umschweife zu sagen, sie war in ihn verliebt, in dem jetzt allgemein geltenden Sinn dieses Wortes, demgemäß „Liebe" ohne Unterschied für jedes heftige Verlangen nach einem erwünschten Gegenstand gebraucht wird und eigentlich den Vorzug bedeutet, den wir einer Art von Nahrung vor einer andern geben.

Obgleich jedoch die Liebe zu verschiedenen Gegenständen in allen Fällen die gleiche sein mag, so muß man doch zugestehen, daß ihre Wirkungen verschieden sein können. Denn so groß auch unsere Liebe zu einem schmackhaften Ochsenbraten oder einer Flasche Burgunder, zu einer Damaszenerrose oder einer Cremonensergeige sein mag, so versuchen wir doch niemals, weder durch Lächeln noch durch Äugeln, weder durch Putz unserer Person noch durch Schmeichelei noch durch irgendwelche Künste und Machenschaften, die Gegenliebe besagter Dinge zu gewinnen. Seufzen mögen wir wohl einmal; doch geschieht dies gewöhnlich nicht in Gegenwart, sondern in Abwesenheit des geliebten Gegenstandes. Denn anders möchten wir uns wohl mit ebenso gutem Recht über ihren Undank und ihre Taubheit beklagen wie seinerzeit Pasiphae über ihren Stier, den sie durch alle jene Koketterien zu reizen suchte, wie sie in den Salons gegen die verständnisvolleren und zärtlicheren Herzen der feinen jungen Herren ausgespielt werden.

Bei der Liebe, die zwischen zwei Personen derselben Gattung, doch verschiedenen Geschlechts ihr Werk betreibt, geschieht gerade das Gegenteil. In diesem Falle wird es, kaum haben wir uns verliebt, unsere hauptsächlichste Sorge, uns die Zuneigung des geliebten Partners zu erwerben. Zu welch anderem Zwecke denn unterrichten wir unsere jungen Menschen in der Kunst, sich angenehm zu machen? Wäre es nicht im Hinblick auf diese Liebe, so zweifle ich sehr, daß irgendeines der Gewerbe, die sich mit Schmuck und Zier der menschlichen Person befassen, seinen Mann ernähren würde. Ja, jene großen Bildner unseres Benehmens, die uns nach der Meinung einiger das beibringen, was uns vor allem von den tierischen Geschöpfen unterscheidet, die Tanzmeister, fänden vielleicht keinen Platz mehr in der Gesellschaft. Kurz, alle Anmut, die junge Damen und junge Herren von andern erlernen, und die mannigfachen Verbesserungen, die sie unter Beihilfe des Spiegels ihren schon vorhandenen Reizen hinzufügen, sind die eigentlichen *spicula et faces amoris**, die von Ovid so häufig erwähnt werden, oder, wie man sie in unserer Sprache häufig nennt, das ganze schwere Geschütz der Liebe.

Nun hatten sich Frau Waters und unser Held noch kaum zusammen hingesetzt, als jene dieses schwere Geschütz auf Jones zu richten begann. Da wir hier nun aber im Begriff sind, zu einer Beschreibung überzugehen, wie sie bisher weder in Prosa noch in Versen versucht worden ist, so halten wir es für nötig, den Beistand gewisser ätherischer Wesen anzurufen, die uns, so hoffen wir voller Zuversicht, auch diesmal ihre gütige Hilfe leisten werden.

Saget also, ihr Grazien, ihr, die ihr den himmlischen Sitz, Seraphinas Antlitz, bewohnt – denn wahrhaft göttlicher Abkunft seid ihr, und ständig umschwebt ihr ihre Gegenwart, und wohl versteht ihr die Künste, mit reizender Anmut zu bezaubern –, sagt, welches waren die Waffen, die nun zum Fange des Herzens von Herrn Jones eingesetzt wurden?

Zuerst flogen aus zwei lieblichen blauen Augen, deren Kreise bei der Entladung helle Blitze schossen, zwei scharfe Blicke; doch zu unseres Helden Heil trafen sie statt ihres Zieles nur ein mächtiges Stück Rindsbraten, das er eben auf seinen Teller hob, und richteten so keinen Schaden an. Die schöne Kriegerin erkannte ihren Fehlschlag; aus ihrem schönen Busen holte sie alsbald einen tödlichen Seufzer hervor, einen Seufzer, den niemand ungerührt hätte vernehmen können und der kräftig genug war, ein Dutzend Schönlinge hinzurufen, dabei so sanft, so süß, so zärtlich, daß die davon durchschmeichelte Luft den Weg zum Herzen unseres Helden hätte finden müssen, wäre sie nicht durch das rücksichtslose Gesprudel des braunen Trankes, den er sich aus einer eben geöffneten Bierflasche eingoß, von seinen Ohren vertrieben worden. Sie versuchte es noch mit mancher andern Waffe, allein der Gott der Mahlzeiten (wenn es eine solche Gottheit gibt, was ich nicht ganz zuversichtlich behaupten kann) beschützte seinen Eingeweihten; aber vielleicht ist es nicht *dignus vindice nodus***, und die gegenwärtige Sicherheit des Herrn Jones könnte sich aus einer mehr natürlichen Wirkung erklären lassen; denn wie die Liebe oft vor dem Anfall des Hungers schützt, so vermag wohl auch in einzelnen Fällen der Hunger uns vor der Liebe zu bewahren.

* Pfeile und Fackeln der Liebe. – ** Ein Knoten, würdig eines (Gottes), der ihn löst (Horaz) (Anmerkungen des Übersetzers).

Die Schöne, durch ihre vielen Enttäuschungen verärgert, entschloß sich zu einem kurzen Waffenstillstand. Diese Frist benützte sie dazu, jedes Werkzeug des Liebeskrieges bereitzuhalten, um den Angriff zu erneuern, sobald die Mahlzeit beendet wäre.

Kaum war das Tischtuch abgenommen, als sie wiederum mit ihren Operationen begann. Zuerst, nachdem sie ihr rechtes Auge seitwärts gerichtet, schoß sie aus dessen Winkel einen scharfen, durchdringenden Blick, der, wenn auch ein großer Teil seiner Kraft verausgabt war, bevor er unsern Helden erreichte, sich doch nicht ohne alle Wirkung verflüchtigte. Als die Schöne solches wahrnahm, zog sie die Augen plötzlich von ihm ab und richtete den Blick zu Boden, wie wenn sie bereute, was sie getan hatte; doch beabsichtigte sie damit nur, seine Wachsamkeit einzulullen und ihn dazu zu bringen, daß er die Augen öffnete, durch die sie gewillt war sein Herz zu überrumpeln. Und jetzt, indem sie die beiden glänzenden Augensterne, die bereits einigen Eindruck auf Jones gemacht hatten, sanft emporhob, gab sie lächelnd eine Salve von kleinen Reizen aus allen Gegenden ihres Gesichtes ab. Es war kein Lächeln der Heiterkeit oder der Freude, sondern ein Lächeln voll tiefer Empfindung, wie solches den meisten Damen ständig zu Gebote steht und das ihnen dazu noch erlaubt, ihr ausgeglichenes Gemüt, die hübschen Grübchen in ihren Wangen und ihre weißen Zähne zu zeigen.

Dieses Lächelns Gewalt traf voll in unseres Helden Augen, und augenblicklich war seine Kraft wie gebrochen. Er fing an, die Absicht des Feindes zu begreifen und deren Erfolg zu spüren. Beide Teile setzten nun Unterhaltungen in Gang, während derer die durchtriebene Schöne ihren Angriff so kunstvoll und listig fortsetzte, daß sie das Herz unseres Helden beinahe schon völlig erobert hatte, bevor sie mit Feindseligkeiten wieder begann. Die Wahrheit zu bedenken, fürchte ich, Herr Jones führte nur eine recht lahme Verteidigung und lieferte verräterisch die Garnison der Festung aus, ohne der pflichtgemäßen Treue zu gedenken, die er der schönen Sophia schuldig war. Kurz gesagt, die Liebesunterhandlung war kaum beendet, und die Dame hatte kaum ihr Hauptgeschütz dadurch demaskiert, daß sie nachlässig ihr Halstuch von ihrem Busen niedergleiten ließ, als des Herrn Jones Herz schon völlig eingenommen war und die schöne Siegerin die üblichen Früchte des Sieges erntete.

Hier halten die Grazien es für geziemend, der Beschreibung ein Ende zu setzen, gleichwie wir diesem Kapitel ein Ende setzen.

6. Kapitel

Eine freundschaftliche Unterhaltung in der Küche, deren Schluß sehr gewöhnlich, wiewohl nicht sehr freundschaftlich war.

Während unsere Liebenden sich in der Weise, wie in dem vorangegangenen Kapitel zum Teil beschrieben wurde, unterhielten, bildeten sie gleichzeitig das Thema einer Unterhaltung ihrer Freunde in der Küche. Und das in einem doppelten Sinne; nämlich als Stoff des Gespräches und als Anlaß zu belebendem Trinken.

Um das Küchenfeuer versammelt saßen nun außer dem Gastwirt und der Wirtin, die gelegentlich einmal auf und ab gingen, Herr Partridge, der Unteroffizier und der Kutscher, der die junge Dame mit ihrer Magd hergeführt hatte.

Nachdem Partridge die Gesellschaft bekannt gemacht hatte mit dem, was er von dem Mann vom Hügel erfahren hatte über die Lage, in der Jones Frau Waters vorgefunden, erzählte der Unteroffizier jenen Teil der Geschichte, der ihm bekannt war. Er sagte, sie sei die Gattin des Herrn Waters, Hauptmanns in ihrem Regiment, und oft bei ihm im Quartier gewesen. „Einige Leute", so bemerkte er, „hegten in der Tat ihre Zweifel, ob die beiden gesetzlich in einer Kirche getraut worden seien. Was mich betrifft, so geht's mich nichts an. Ich müßte sagen, wenn's auf meinen Korporalseid ankäme, ich glaube, sie ist nicht viel besser als unsereiner; und ich stelle mir vor, der Hauptmann mag, wenn nach einem regnerischen Tag die Sonne scheint, zum Himmel fahren. Doch wenn er's tut, dann weder hier noch dort; denn er will keine Gesellschaft haben. Und die Dame, um dem Teufel Gerechtigkeit widerfahren zu lassen, ist ein sehr gutes Frauenzimmer und liebt das Militär; und für manchen armen Soldaten hat sie ein Wort eingelegt, und ginge es nach ihr, so würde keiner von ihnen je Strafe erleiden. Aber freilich, Fähnrich Northerton und sie hatten sich im letzten Quartier angefreundet; so verhält sich's in Tat und Wahrheit. Doch der Hauptmann weiß nichts davon; und solange er selbst auch seinen Teil bekommt, was kümmert's ihn? Er liebt sie darum nicht weniger; ich bin gewiß, er würde einen Mann durchbohren, der sie zu schmähen wagte; ich meinerseits werde sie darum auch nicht tadeln. Ich wiederhole bloß, was andere Leute sagen, und an dem, was jedermann sagt, muß doch wohl etwas Wahres sein." – „Ja, ja, und zwar ein tüchtiges Stück Wahres, das garantier ich Ihnen", rief Partridge. „*Veritas odium parit**." – „Alles Klatsch und Tratsch!" entgegnete die Herrin des Hauses. „Ich bin gewiß, nun sie richtig angezogen ist, wird sie sich wie eine Dame von der besten Welt ausnehmen; und sie hat auch das Benehmen einer solchen Dame, denn für den Gebrauch meiner Kleider hat sie mir eine ganze Guinee gegeben." – „Eine treffliche Dame, ganz gewiß", ließ sich nun auch der Wirt vernehmen; „und wärest du nicht etwas voreilig gewesen, dann hättest du's nicht mit ihr zu dem Streit kommen lassen, zu dem es gleich anfangs kam." – „Davon brauchst du nun wahrhaftig nicht zu reden!" gab sie zurück. „Daran war allein deine Kopflosigkeit schuld. Du mußt dich in alles einmischen, was nicht deine Sache ist, und alles in dein albernes Gewäsch hineinziehen." – „Gut, gut", antwortete er, „was geschehen ist, ist nicht zu ändern, darum Schluß mit dieser Geschichte." – „Ja", rief sie, „für diesmal; aber wird es darum später besser sein? Das ist nicht das erstemal, daß ich wegen deines hohlen Dickschädels zu leiden hatte. Ich möchte, du hieltest allemal dein Maul hier im Hause und kümmertest dich nur um deine Angelegenheiten außerhalb der Tür. Erinnerst du dich nicht, was vor sieben Jahren geschah?" – „Laß gut sein, meine Liebe", antwortete er, „rühr diesen alten Brei nicht auf. Komm, komm, ist ja alles gut, und es tut mir leid, was ich getan habe." Die Gastwirtin schickte sich an, etwas zu erwidern, doch wurde sie durch den versöhnlich mahnenden Unteroffizier daran gehindert, zu Partridges Bedauern, der ein großer Liebhaber spaßhafter Auftritte war und ein Anstifter zu jener Art von harmlosen Zänkereien, die viel öfter in komischen als in tragischen Vorfällen zu enden pflegen.

Der Unteroffizier fragte Partridge, wohin er und sein Herr reisen wollten. „Unter uns gibt's keinen Herrn", antwortete Partridge. „Ich bin keines Mannes Diener, das kann ich Ihnen versichern; denn wenn ich in der Welt auch Unglück gehabt habe, so setze ich doch das Wort Gentleman hinter meinen Namen; und so arm und einfach ich jetzt aussehen mag, ich bin zu meiner guten Zeit durch die Lateinschule hindurchgegangen; *sed heu mihi! non sum quod fui***." – „Nichts für ungut, Herr", sagte der Unteroffizier, „wohin also, wenn ich mir zu fragen erlauben darf, sind Sie und Ihr Freund im Begriff zu

* Die Wahrheit erzeugt Haß. – ** Aber ach, ich bin nicht mehr, was ich gewesen (Anmerkungen des Übersetzers).

reisen?" – „Sie haben uns nun richtig benannt", sagte Partridge. „*Amici sumus**. Und ich versichere Ihnen, mein Freund ist einer der größten Herren in unserem Königreich." (Bei diesen Worten spitzten Wirt wie Wirtin ihre Ohren.) „Er ist Junker Allworthys Erbe." – „Was", rief die Gastwirtin aus, „des Junkers, der im ganzen Land herum so viel Gutes tut?" – „Eben dessen", antwortete Partridge. „Da kann man ja gewiß sein, daß ihm gewaltige Güter zufallen werden", sagte sie. „Sicherlich" antwortete Partridge. „Ich dachte mir doch im ersten Augenblick, da ich ihn sah", erwiderte sie, „er habe die Erscheinung eines wohlbestallten Herrn, doch mein Gatte hier ist natürlich klüger als jedermann sonst." – „Ich gebe ja zu, meine Liebe, daß ich mich geirrt habe", rief der Mann. „Ein Irrtum allerdings!" erwiderte sie; „doch wann hast du je mich einen solchen Irrtum begehen sehen?" – „Aber wie kommt es nun, Herr", rief der Gastwirt, „daß eine so hochgestellte Person zu Fuß durch das Land reist?" – „Das weiß ich nicht", erwiderte Partridge; „große Herren haben zuweilen ihre Launen. Er hat jetzt ein Dutzend Pferde und Diener in Gloucester; doch er macht davon keinen Gebrauch, sondern letzte Nacht wollte er, da es sehr heiß war, sich durch einen Spaziergang auf jenen hohen Hügel Kühlung verschaffen, wohin ich ihn begleitete, um ihm Gesellschaft zu leisten. Aber da bringt mich keiner mehr hinauf, denn in meinem Leben bin ich nie so erschrocken. Dem absonderlichsten Mann sind wir dort begegnet." – „Ich laß mich hängen", rief da der Wirt, „wenn das nicht der Mann vom Hügel war, wie sie ihn nennen; wenn er wirklich ein Mensch ist; aber ich kenne verschiedene Leute, die glauben, daß dort der Teufel hause." – „Ja, ja, das ist sehr wahrscheinlich", sagte Partridge, „da stoßt Ihr mich nun darauf, ich glaube ehrlich und aufrichtig, es war der Teufel, wenngleich ich seinen gespaltenen Fuß nicht entdecken konnte, aber vielleicht ist ihm die Macht gegeben, das zu verbergen, denn böse Geister können ja in jeder beliebigen Gestalt erscheinen." – „Und bitte, Herr, nichts für ungut", warf der Unteroffizier ein, „aber was für ein Herr ist der Teufel? Denn ich hörte ein paar von unseren Offizieren sagen, daß es eine solche Person nicht gibt; das sei nur eine Erfindung der Pfaffen, die verhindern soll, daß sie verabschiedet werden; denn würde es allgemein bekannt, daß *es keinen* Teufel gibt, so wären die Pfarrer ebenso unnütz wie

* Freunde sind wir (Anmerkung des Übersetzers).

wir in Friedenszeiten." – „Diese Offiziere", sagte Partridge, „sind wohl sehr große Gelehrte." – „Besonders gelehrt gerade nicht", antwortete der Unteroffizier; „sie wissen, glaube ich, nicht halb soviel wie Sie, Herr; und sicher, so dacht ich mir, ein Teufel muß sein, was sie auch dawider sagten und obgleich einer von ihnen ein Hauptmann war. Denn, so dacht ich mir, wenn es keinen Teufel gibt, wie kann man dann schlechte Menschen zu ihm schicken? Und das hab ich alles in einem Buch gelesen." – „Einige von Ihren Offizieren", sagte der Gastwirt, „werden zu ihrer Schande finden, daß es einen Teufel gibt, glaube ich. Ich zweifle nicht, daß er einige alte Zechen, die bei mir in der Kerbe stehn, begleichen wird. Da hatte ich einen ein halbes Jahr bei mir im Quartier, der die Frechheit besaß, eins von meinen besten Betten zu beanspruchen, obgleich er im Haus kaum einen Schilling am Tag ausgab und seinen Leuten erlaubte, Kohl am Küchenfeuer zu rösten, weil ich ihnen sonntags kein Mittagessen kochen wollte. Jeder gute Christ muß wünschen, daß es einen Teufel gibt, um solches Pack zu strafen." – „Aufgepaßt, Wirt!" sagte der Unteroffizier, „beschimpft die Uniform nicht, das nehm ich nicht hin!" – „Zum Henker mit der Uniform!" erwiderte der Wirt, „ich hatte genug darunter zu leiden." – „Ihr seid Zeugen, meine Herren", sagte der Unteroffizier, „daß er auf den König flucht, und das ist Hochverrat." – „Ich auf den König fluchen? Sie Schurke!" rief der Wirt. „Ja, das habt Ihr getan", schrie der Unteroffizier; „Ihr fluchtet auf die Uniform, und das heißt auf den König fluchen! Es ist ein und dasselbe, denn ein jeder, der des Königs Rock beschimpft, würde, wenn er es wagen dürfte, auch auf den König fluchen; aus diesem Grunde ist das ein und dasselbe." – „Verzeihen Sie, Herr Unteroffizier", warf nun Partridge ein, „das ist ein *non sequitur**." – „Nichts von Euerm ausländischen Kauderwelsch", schrie der Unteroffizier und sprang auf seine Füße; „ich will nicht ruhig dasitzen und mit anhören, wie man die Uniform beschimpft." – „Sie verstehen mich falsch, Freund", sagte Partridge, „ich wollte die Uniform nicht beschimpfen; ich sagte bloß, Ihr Schluß sei ein *non sequitur*." – „Und Ihr seid selbst nichts anderes", rief der Unteroffizier, „daß Ihr's wißt. Ich bin nicht mehr ein Sequitur als Ihr selbst. Ihr seid Lumpenhunde, und das will ich beweisen; ich wette zwanzig

* Dieses Wort, das der Unteroffizier irrtümlich für eine Beleidigung gehalten, ist ein Begriff in der Logik, der bedeutet, daß ein Schluß sich nicht aus den Prämissen ergeben habe.

Pfund, daß ich den stärksten Mann unter euch niederschlage.“ Diese Herausforderung brachte Partridge, dessen Appetit auf Schläge nach der unlängst genossenen Prügelmahlzeit eben nicht sehr rege war, mit augenblicklicher Wirkung zum Schweigen, doch der Kutscher, dessen Knochen nicht so empfindlich waren und der mehr Kampflust in sich verspürte, ließ sich diese Beleidigung, von der ein Teil, wie er es verstand, auf ihn gemünzt war, nicht so leicht gefallen. Er erhob sich also, schritt auf den Unteroffizier zu, beteuerte, er halte sich für einen Mann, der ebenso gut sei wie nur irgendeiner im Heere, und bot den Faustkampf um eine Guinee an. Der Kriegsmann nahm den Kampf an, doch lehnte er den Einsatz ab, worauf sich beide sogleich entblößten und aufeinander losschlugen, bis der Pferdelenker durch den Menschenführer so zugerichtet war, daß er den kleinen Rest von Atem, der ihm noch blieb, dazu verwenden mußte, um die Einstellung des Gefechtes zu erbitten.

Die junge Dame wünschte nun abzureisen und hatte befohlen, ihre Kutsche bereitzuhalten, doch alles vergeblich, denn der Kutscher war unfähig, an diesem Abend den Dienst zu versehen. Einer von den alten Heiden würde diese Unfähigkeit dem Gott des Trinkens nicht weniger als dem Kriegsgott zugeschrieben haben, denn wirklich hatten die beiden Kämpfer sowohl der ersten wie der zweiten Gottheit geopfert. Ganz ehrlich gesagt, waren sie beide im höchsten Grad betrunken, auch Partridge war in keiner viel bessern Verfassung. Was den Gastwirt betrifft, so gehörte Trinken zu seinem Gewerbe, und das Getränk hatte keine stärkere Wirkung auf ihn als auf irgendein Gefäß oder einen Behälter in seinem Hause.

Die Herrin des Gasthofs, die gerufen worden war, um Herrn Jones und seiner Gefährtin mit dem Tee aufzuwarten, stattete über den letzten Teil der vorangegangenen Szene einen vollständigen Bericht ab; und gleichzeitig äußerte sie sich voller Besorgnis über die junge Dame, die, sagte sie, in der peinlichen Lage sei, ihre Reise nicht fortsetzen zu können. „Sie ist ein süßes, niedliches Geschöpf“, setzte sie hinzu, „und ich bin gewiß, daß ich ihr Gesicht früher schon einmal gesehen habe. Ich denke mir, sie ist verliebt und ihren Leuten davongelaufen. Wer weiß, ob sie nicht von einem jungen Herrn erwartet wird, dem das Herz so schwer ist wie ihr selbst?“

Bei diesen Worten seufzte Jones tief auf; Frau Waters, obgleich sie das wahrgenommen hatte, bemerkte dazu nichts, solange die Wirtin sich im Zimmer aufhielt. Nachdem die gute

Frau jedoch gegangen war, konnte sie es nicht unterlassen, unserem Helden anzudeuten, sie vermute, daß sie seine Neigung mit einer gefährlichen Rivalin teile. Das ungeschickte Benehmen des Herrn Jones bei dieser Gelegenheit überzeugte sie von der Richtigkeit ihrer Vermutung, ohne daß er ihr irgend etwas auf ihre Fragen geantwortet hatte. Sie war jedoch in ihren Liebesangelegenheiten nicht so heikel, daß diese Entdeckung sie sehr hätte bekümmern können. Jones' Schönheit entzückte ihre Augen; da sie jedoch sein Herz nicht sehen konnte, beunruhigte sie das weiter nicht. Sie konnte an der Tafel der Liebe tüchtig schmausen, ohne sich darüber Gedanken zu machen, daß dort bereits ein anderer sich an derselben Speise erlabte oder sich künftig gütlich tun werde. Eine Gefühlsart, die zwar wenig mit Verfeinerung gemein hat, mit der derben Wirklichkeit aber um so mehr, und die weniger launenhaft und vielleicht nicht so unnatürlich und selbstsüchtig ist wie das Begehren jener Weiber, die oft genug vom körperlichen Besitz ihrer Liebhaber sich zu enthalten bereit sind, wenn sie nur die Gewähr haben, daß keine andere sie besitzt.

7. Kapitel

Enthält einen ausführlichen Bericht über Frau Waters, und auf welche Art sie in die bedrängte Lage geriet, aus der sie durch Jones befreit wurde.

Obgleich die Natur der Zusammensetzung jedes einzelnen Menschen Neid und Eitelkeit nicht zu gleichen Teilen beigemischt hat, so gibt es doch vielleicht kein einziges Individuum, dem sie nicht in solchem Grade beide Eigenschaften verliehen hätte, daß es vieler Kunst und Mühe bedürfte, sie zu zügeln und zu beherrschen; diese Herrschaft aber ist für jeden unbedingt nötig, der nur ein wenig den Anspruch erhebt, für einen weisen und wohlerzogenen Mann zu gelten.

Da nun Jones mit vollem Recht ein wohlerzogener Mann heißen durfte, so hatte er alle Neugier unterdrückt, welche die außerordentlichen Umstände, in denen er Frau Waters vorgefunden, vermutlich in ihm erregt haben mußten. Allerdings hatte er anfangs beiläufig ein paar Worte darüber geäußert; als er jedoch bemerkte, wie die Dame geflissentlich allen Erklärungen auswich, ließ er es sich gefallen, nichts zu wissen, um so mehr, als er den Verdacht hegte, es möchten, falls sie die ganze

Wahrheit erzählte, Dinge zur Sprache kommen, über die sie erröten müßte.

Das es nun aber möglich ist, daß einige von unsern Lesern sich nicht so leicht über diese Unwissenheit beruhigen können, wir unsererseits jedoch nichts so sehr wünschen, wie ihnen allen gefällig zu sein, so haben wir uns auf das äußerste bemüht, die Wahrheit der Tatsachen zu ergründen, und davon wollen wir am Schluß dieses Buches Bericht ablegen.

Diese Dame also hatte mehrere Jahre mit einem Hauptmann Waters gelebt, der Offizier in demselben Regiment war, dem Fähnrich Northerton zugehörte. Sie galt für des Hauptmanns Frau und trug seinen Namen; und doch, wie der Unteroffizier sagte, wurden einige Zweifel darüber laut, ob es mit der Verehelichung seine Richtigkeit habe. Mit der Lösung dieser Frage befassen wir uns einstweilen nicht.

Frau Waters hatte, sosehr es mich schmerzt, dies zu sagen, seit einiger Zeit nahe Beziehungen zu dem obengenannten Fähnrich unterhalten, was ihrem guten Namen wohl ein wenig Abbruch tat. Daß sie für diesen jungen Mann eine auffallende Neigung an den Tag legte, ist gewiß; ob sie ihr aber bis zu einem gewissen sträflichen Grade nachgab, das ist nicht durchaus klar, wir müßten denn annehmen, daß Frauen niemals einem Manne alle Gunstbezeigungen außer einer schenkten, ohne ihm auch diese eine zu gewähren.

Die Abteilung des Regimentes, der Hauptmann Waters angehörte, hatte zwei Tage Vorsprung vor der Kompanie, deren Fähnrich Herr Northerton war; jene hatte also Worcester gerade einen Tag nach dem unglücklichen Zusammenstoß zwischen Jones und Northerton erreicht, von dem wir früher berichtet haben.

Nun war zwischen Frau Waters und dem Hauptmann vereinbart worden, daß sie ihn bis Worcester begleiten wolle; dort würden sie sich voneinander verabschieden; sie würde von dort nach Bath zurückkehren, wo sie bleiben und das Ende der Winterkampagne gegen die Rebellen abwarten sollte.

Von dieser Abmachung hatte Herr Northerton erfahren. In Wahrheit hatte ihm die Dame ein Stelldichein an diesem Orte vorgeschlagen und versprochen, sich in Worcester aufzuhalten, bis seine Abteilung dort anlange. Über Plan und Absicht hier zu rätseln, wollen wir dem Leser überlassen, denn wenn wir auch gebunden sind, Tatsachen zu berichten, so sind wir doch nicht verpflichtet, in völligem Widerspruch zu unserer Natur die Dinge zum Nachteil des anmutigsten Teils der Schöpfung auszulegen.

Sobald Northerton, wie wir gesehen haben, aus seiner Gefangenschaft befreit war, machte er sich in größter Eile auf, um Frau Waters einzuholen; das gelang ihm, da er ein sehr behender, flinker Bursche war, in der zuletzt genannten Stadt, nur ein paar Stunden, nachdem Hauptmann Waters sie verlassen hatte. Gleich bei seiner Ankunft machte er sich kein Gewissen daraus, ihr von dem unglücklichen Vorfall zu erzählen. Er gab davon eine Schilderung, die tatsächlich alles wie ein reines Unglück aussehen ließ, denn er überging jede Einzelheit, die als eine Schuld von seiner Seite hätte aufgefaßt werden können, wenigstens nach dem Urteil eines Ehrengerichts, obwohl er ein paar Umstände nicht verschwieg, die vor einem Gerichtshof Fragen hätten veranlassen können.

Frauen, das sei zu ihrer Ehre gesagt, sind im allgemeinen zu jener heftigen und anscheinend selbstlosen Leidenschaft der Liebe, die nur das Beste des geliebten Gegenstandes erstrebt, in viel höherem Grade fähig als die Männer. Sobald daher Frau Waters gehört hatte, welcher Gefahr ihr Liebhaber ausgesetzt sei, vergaß sie jede andere Rücksicht außer der auf seine Sicherheit; und da dies dem Herrn Fähnrich sehr willkommen war, wurden die hier dienlichen Möglichkeiten sogleich erwogen.

Nach langer Beratung wurde beschlossen, der Fähnrich solle über Land nach Hereford wandern, wo sich ihm eine Fahrgelegenheit nach einem der Seehäfen in Wales bieten werde, und von dort könne er ins Ausland fliehen. Und auf dieser ganzen Reise wollte Frau Waters ihn begleiten; und sie könne ihn mit Geld versehen, und das war für Herrn Northerton ein nicht unwichtiger Stoff. Sie hatte in ihrer Tasche einen Betrag von neunzig Pfund in drei Banknoten, außerdem etwas blanke Münze, und trug am Finger einen Brillantring von recht beträchtlichem Wert. Das alles entdeckte sie diesem schurkischen Menschen in offenherzigem Vertrauen, nicht ahnend, daß sie ihn damit auf die Absicht lenkte, sie zu berauben. Da sie, wenn sie von Worcester aus Pferde genommen hätten, leicht Verfolger auf die Spur des eingeschlagenen Weges hätten bringen können, schlug der Fähnrich vor, und die Dame stimmte sogleich zu, sie sollten die erste Strecke zu Fuß zurücklegen; dazu eigneten sich die jetzt hartgefrorenen Straßen vorzüglich.

Der größere Teil des Gepäcks der Dame war bereits nach Bath geschickt worden, und sie hatte nur ein kleines Bündel

Wäsche bei sich, das der galante Liebhaber in seinen eigenen Taschen fortzubringen unternahm. Da am Abend alles in Ordnung gebracht worden war, erhoben sie sich in der Frühe des nächsten Morgens und verließen Worcester um fünf Uhr, zwei Stunden vor Tagesanbruch. Aber der Vollmond spendete ihnen Licht, soviel er vermochte.

Frau Waters gehörte nicht zu jenen Verzärtelten ihres Geschlechtes, die es der Erfindung von Kutschen und Wagen zu verdanken haben, daß sie überhaupt von einem Ort zum andern gelangen, und für die folglich eine Kutsche zu den Notwendigkeiten des Lebens gehört. Ihre Glieder waren kräftig und flink, und ihr Geist war nicht weniger unternehmend und lebhaft; so hinderte sie nichts, mit ihrem behenden Liebhaber Schritt zu halten. Nachdem sie etwa eine Wegstunde auf der Heerstraße gegangen waren, von der Northerton versicherte, daß sie nach seinen Erkundigungen nach Hereford führe, kamen sie mit Tagesanbruch in einen großen Wald. Hier hielt er plötzlich an, tat, als überlegte er etwas bei sich, und äußerte seine Besorgnis, noch weiter diese öffentliche Straße zu ziehen. Leicht überredete er darauf seine schöne Gefährtin, daß sie mit ihm einen Pfad einschlug, der gerade in den Wald hineinführte und sie schließlich an den Fuß des Mazard-Hügels brachte.

Ob die scheußliche Absicht, die er jetzt zu verwirklichen suchte, seit langem vorbedacht war oder ob sie erst jetzt in ihm auftauchte, kann ich nicht feststellen. Doch als er an diesem einsamen Ort angekommen war, wo es sehr unwahrscheinlich schien, daß ihn irgend etwas hindern oder überraschen würde, löste er plötzlich sein Strumpfband vom Bein, legte gewaltsam Hand an die arme Frau und versuchte die schreckliche und abscheuliche Tat zu vollbringen, die wir schon früher erwähnt haben und die der von einem gütigen Geschick rechtzeitig herbeigesandte Jones vereitelte.

Ein Glück für Frau Waters, daß sie nicht zu der schwächlichsten Gattung der weiblichen Geschöpfe gehörte. Denn kaum begriff sie aus dem in sein Strumpfband geschlungenen Knoten und aus seiner Erklärung seine teuflische Absicht, als sie sich gewaltig zur Wehr setzte und so wild mit ihrem Gegner rang, wobei sie unaufhörlich um Hilfe schrie, daß sie dadurch die Ausführung der Absicht des Halunken um mehrere Minuten *verzögerte. Infolge* dieser Verzögerung kam Jones noch rechtzeitig zu ihrer Rettung herbeigeeilt, gerade in dem Augenblick, als ihre Kräfte sie verließen und sie bereits überwältigt war;

und also wurde sie aus den Händen ihres Mörders befreit, ohne andern Verlust als den ihrer Kleider, die ihr jener vom Leib gerissen hatte, und des Brillantringes, der ihr während des Kampfes von der Hand geglitten oder durch Northerton vom Finger gedreht worden war.

Damit, geneigter Leser, haben wir dir die Früchte einer mühevollen Untersuchung übergeben, die wir, um dich zu befriedigen, über diese Vorgänge angestellt haben. Wir haben dich ein Schauspiel sowohl der Torheit als auch der Schurkerei sehen lassen, deren wir ein menschliches Geschöpf kaum für fähig gehalten hätten; wir haben uns jedoch erinnert, daß dieser Mensch in jener Zeit fest überzeugt war, bereits einen Mord begangen zu haben, wodurch nach dem Gesetz sein Leben verwirkt war. Und da er daraus schloß, zur Rettung verhelfe ihm nur die Flucht, so dachte er wohl, das Geld und der Ring dieser armen Frau würden die weitere Gewissenslast, die er auf sich nehme, aufwiegen.

Und hier, mein Leser, müssen wir dich strikt davor warnen, die Missetaten eines solchen Elenden zum Anlaß zu nehmen, um über den so würdigen und ehrenvollen Stand des Offiziers unserer Armee im ganzen nachteilig zu denken. Du wirst gütig in Betracht ziehen, daß dieser Bursche, wie von uns bereits bemerkt, weder von Geburt noch seiner Erziehung nach ein Mann von Stande, noch überhaupt ein Mensch war, den seine Eigenschaften zur Bekleidung einer Offiziersstelle berechtigt hätten. Wenn aber seine Niedrigkeit auf noch andere als auf ihn selbst ein schlechtes Licht werfen kann, so betrifft das nur jene, die ihm sein Patent ausgestellt haben.

ZEHNTES BUCH

In dem die Geschichte um etwa zwölf Stunden vorrückt.

1. Kapitel

Enthält überaus notwendige Anweisungen, die von modernen Kritikern beherzigt werden sollten.

Leser, es ist nicht möglich, daß wir wissen können, was für eine Art Mensch du bist; denn vielleicht bist du über das Wesen der menschlichen Natur so wohlunterrichtet, wie Shakespeare selber das war, vielleicht aber auch bist du nicht klüger als einer von seinen Herausgebern. Wäre nun aber dieses zweite der Fall, so schiene es mir richtig, dir, bevor wir miteinander auch nur einen Schritt weitergehen, einige heilsame Ermahnungen zu geben, auf daß du uns nicht so gröblich mißverstehen und falsch darstellen sollst, wie einige von den erwähnten Herausgebern jenen mißverstanden und entstellt haben.

Zunächst also warnen wir dich davor, zu eilig irgendwelche Ereignisse in unserer Geschichte als ungebührlich und als eine Abirrung von unserm Hauptziel zu verurteilen, da du nicht ohne weiteres begreifen kannst, auf welche Weise ein solches Ereignis an der Erreichung dieses Ziels mitzuwirken vermag. Dieses Werk mag man als eine große eigenständige Schöpfung betrachten; und es ist vermessene Ungereimtheit, wenn ein kleines Kriechtier von einem Kritiker es unternimmt, an irgendeiner Stelle darin Fehler aufzusuchen, ohne daß er die Verknüpfung des Ganzen kennt und bevor er bei der Schlußkatastrophe angelangt ist. Bild und Anspielung, die wir hier benützt haben, sind, das müssen wir bekennen, für diesen Gegenstand viel zu mächtig; doch gibt es wirklich keine anderen, die den Unterschied zwischen einem Schriftsteller ersten und einem Kritiker niedrigsten Ranges ebensogut zum Ausdruck zu bringen vermöchten.

Und noch zu einer andern Vorsicht, mein gutes Kriechtier, wollen wir dir raten, nämlich daß du zwischen gewissen hier eingeführten Charakteren keine zu große Ähnlichkeit finden mögest, so zum Beispiel zwischen der Wirtin, die im siebenten

Buch auftritt, und der im neunten. Du mußt wissen, Freund, daß es bestimmte Eigenheiten gibt, darin die meisten Individuen jedes Berufes und jeder Tätigkeit übereinstimmen. Diese Eigenheiten festzuhalten, zugleich aber sie in ihrer mannigfaltigsten Auswirkung zu zeigen, darin besteht eines der Talente eines guten Schriftstellers. Ein anderes ist das deutliche Auseinanderhalten zweier Personen, die von demselben Laster oder derselben Narrheit besessen sind; und gleichwie dieses zweite Talent nur bei sehr wenigen Schriftstellern angetroffen wird, so gibt es nur wenige Leser, die es wirklich zu erkennen vermögen. Doch glaube ich, dessen Äußerungen zu beobachten bildet ein erkleckliches Vergnügen für jene, die fähig sind, ihnen nachzuspüren. Jedermann zum Beispiel vermag zwischen Sir Epicure Mammon und Sir Fopling Flutter zu unterscheiden, doch das Unterscheidende zwischen Sir Fopling Flutter und Sir Courtly Nice wahrzunehmen, das verlangt eine geschärftere Urteilskraft. Aus Mangel daran pflegen gewöhnliche Zuschauer dem Theater oft großes Unrecht zu tun. So lief ein bekannter Dichter zuweilen Gefahr, wegen Diebstahls verurteilt zu werden auf Grund viel armseligeren Beweises, als solchen die Ähnlichkeit der Handschriften vor dem Gesetz darstellen kann. Ich fürchte wirklich, jede verliebte Witwe auf der Bühne riskierte, als knechtische Nachahmung der Dido verdammt zu werden, doch zum Glück verstehen nur ganz wenige von unseren Schauspielkritikern Latein genug, um Virgil lesen zu können.

Des weiteren müssen wir dich, mein werter Freund, ermahnen (denn dein Herz ist vielleicht mehr wert als dein Kopf), einen Charakter nicht schlecht zu schelten, weil er nicht vollkommen gut ist. Wenn du dich an solchen Mustern der Vollkommenheit erfreuen willst, so sind ja genug Bücher geschrieben worden, die deinem Geschmack genügen dürften. Da wir jedoch während unseres ganzen menschlichen Umgangs niemals einer derartigen Person begegnet sind, beschlossen wir, eine solche hier nicht einzuführen. Die Wahrheit zu sagen, scheint es mir ein wenig fraglich, ob je ein bloßer Mensch jenen höchsten Gipfel der Vollkommenheit erreicht hat, und ebenso, ob je ein Ungeheuer vorgekommen ist, schlimm genug, um Juvenals Ausspruch zu bestätigen:

> *... nulla virtute redemptum*
> *A vitiis.**

* Dessen Laster durch keine einzige Tugend ausgeglichen worden wären.

Ich sehe auch wirklich nicht ein, was durch die Einführung solch engelgleicher Vollkommenheit oder teuflischer Schlechtigkeit in einem Werk der Dichtung Gutes gestiftet wird. Denn durch die Betrachtung beider wird das Gemüt viel eher mit Kummer und Scham erfüllt werden, als daß es aus solchen Vorbildern einen guten Nutzen zöge. Das erste Beispiel könnte ihn traurig und beschämt machen, da es ihm ein Muster für die Vollkommenheit seiner Natur vorhält, dem gleichzukommen er vernünftigerweise verzweifeln muß; und das Nachdenken über das zweite wird ihn durch nicht weniger quälende Gefühle angreifen, wenn er die Natur, an der er selbst Teilhaber ist, zu einer so abstoßenden und abscheulichen Kreatur erniedrigt sieht. Wirklich, wenn ein Charakter sich durch so viel Trefflichkeit auszeichnet, um dadurch die Bewunderung und Liebe eines wohlgesinnten Gemütes zu gewinnen, mögen an ihm dann auch hin und wieder einige jener kleinen Makel sich bemerkbar machen, *quas humana parum cavit natura**, so werden sie vielleicht unser Mitleid, nicht aber unsern Abscheu erregen. Es könnte tatsächlich kaum etwas von größerem moralischem Nutzen sein als die Unvollkommenheiten, die an Beispielen dieser Art zutage treten, da sie nämlich als Überraschungen unser Gemüt stärker berühren und sich ihm einprägen als die Fehler sehr verdorbener und bösartiger Personen. Die Schwächen und Laster von Menschen, denen im großen Maße Gutes beigemischt ist, erscheinen viel auffallender durch die Tugenden, zu denen sie im Widerspruch stehen und die ihre Häßlichkeit hervorheben, und wenn wir unsere Lieblingscharaktere mit solchen Schwächen und ihren schlimmen Folgen behaftet sehen, so veranlaßt uns dies nicht allein, sie zu unserem eigenen Besten zu meiden, sondern sie zu hassen wegen des Übels, das sie bereits über die, die wir lieben, gebracht haben.

Und jetzt, mein Freund, nachdem wir dir diese wenigen Ermahnungen gegeben haben, wollen wir, so dir's gefällt, wiederum mit unserer Geschichte fortfahren.

* Gegen die sich die menschliche Natur nur wenig vorsieht (Anmerkung des Übersetzers).

2. Kapitel

Berichte über die Ankunft eines irischen Edelmannes und einige höchst sonderbare Abenteuer, die sich im Gasthof zutrugen.

Nun treibt der kleine zitternde Hase, den die Angst vor all seinen zahlreichen Feinden und hauptsächlich vor diesem listigen, grausamen, fleischfressenden Tier, dem Menschen, den ganzen Tag über in sein Versteck gebannt hatte, auf dem Rasen sein ausgelassenes Spiel; nun schreit aus der Höhlung eines Baumes die Eule, die schrille Chorsängerin der Nacht, und huhuht ihre Weise, die wohl dem Ohr eines modernen Musikkenners schmeicheln könnte; nun läßt die Furcht in der Vorstellung des halbbetrunkenen Dorfnarren, wenn er durch den Kirchhof oder vielmehr Beinhof seinem Heim zustolpert, den blutgierigen Kobold erscheinen; nun wachen die Diebe und Räuber, und die ehrlichen Wächter liegen in tiefem Schlaf – mit einfachen Worten: Es war Mitternacht, und die Gesellschaft im Gasthaus – sowohl die in dieser Geschichte bereits erwähnten Gäste, als auch ein paar andere, die an diesem Abend ankamen – war zu Bett gegangen. Einzig das Zimmermädchen Susan war noch bei der Arbeit; es hatte die Küche aufzuwischen, bevor es sich in die Arme des liebevollen Hausknechts zurückziehen konnte.

So standen die Dinge im Gasthof, als ein Herr mit Eilpferden angeritten kam. Er sprang sogleich von seinem Gaul, kam auf Susan zu, fragte sie mit abgerissenen, verworrenen Worten begierig und fast atemlos, ob sich hier im Haus irgendeine Dame aufhalte. Die Mitternachtstunde und das Benehmen des Mannes, der sie unausgesetzt mit wildem Ausdruck anstarrte, bestürzten Susan, so daß sie nicht sogleich antwortete, woraufhin der Fremde mit verdoppelter Dringlichkeit bat, sie möge ihm doch wahrhaftige Auskunft geben: er habe seine Frau verloren und sei auf der Suche nach ihr. „Bei meiner Seele", rief er, „an zwei Orten habe ich sie beinah erwischt, hätte ich nicht erfahren müssen, daß sie kurz vor meiner Ankunft abgereist sei. Ist sie im Haus, so führt mich im Dunkeln zu ihr hinauf und zeigt sie mir; ist sie aber schon wieder weg, so sagt mir, auf welchem Weg ich ihr nachsetzen und sie einholen kann, und auf mein Wort, ich will Euch zum reichsten armen Mädchen in England machen." Damit zog er eine Handvoll Goldstücke hervor; ein Anblick, der wohl viel bedeutendere Personen als diese arme Dienstmagd zu viel schlimmeren Zwecken hätte bestechen können.

Nach dem, was Susan von Frau Waters gehört hatte, zweifelte sie nicht mehr, daß diese das entlaufene Schaf sei, das sein rechtmäßiger Besitzer suchte. Sie schloß daher, was gar nicht unvernünftig schien, daß sie kaum auf eine ehrenhaftere Art zu Geld kommen könnte als dadurch, daß sie einem Gatten seine Ehegenossin zurückgewinnen hülfe. Also versicherte sie dem Herrn ohne weitere Bedenken, daß die Dame, die er suche, gegenwärtig im Hause sei, und ließ sich hierauf (durch freigebige Versprechungen und ein vorläufiges Handgeld) leicht dazu bewegen, ihn zu Frau Waters Schlafzimmer hinaufzuführen.

Schon seit langem besteht in der vornehmen Welt der wohlbegründete Brauch, daß ein Ehemann das Zimmer seiner Gattin nicht ohne vorheriges Anklopfen betreten soll. Der vielfältige und ausgezeichnete Nutzen dieses Brauches muß einem Leser, der einige Weltkenntnis besitzt, kaum ausführlich dargelegt werden, denn dank ihm hat die Dame Zeit, sich zurechtzumachen oder irgendeinen unangenehmen Gegenstand aus dem Wege zu räumen, denn es gibt gewisse Lagen, in denen fein und sittig erzogene Damen nicht gerne von ihren Eheherren gesehen sein möchten.

Die Wahrheit zu sagen, sind bei dem besser erzogenen Teil der Menschheit verschiedene Zeremonien eingeführt, die, mögen sie den gröber Urteilenden als bloße Förmlichkeit berühren, doch dem tiefern Verstand als recht wesentlich erscheinen. Und ein Glück wäre es gewesen, wenn der obenerwähnte Brauch von unserem irischen Herrn auch im gegenwärtigen Falle besser beobachtet worden wäre. Er klopfte freilich an die Tür, doch nicht in der artigen Weise, die bei solchen Gelegenheiten üblich ist. Im Gegenteil: als er die Tür verriegelt fand, warf er sich mit solchem Ungestüm dagegen, daß das Schloß augenblicklich nachgab, die Tür aufsprang und er, Kopf voran, in die Kammer fiel.

Kaum war er wieder auf den Beinen, als, gleichfalls auf den Beinen, aus dem Bett – mit Bekümmernis und Beschämung müssen wir es sagen – unser Held selbst erschien, der mit drohender Stimme den Ankömmling fragte, wer er sei und was er damit meine, so gewaltsam in sein Zimmer einzubrechen.

Der Herr glaubte zuerst, er habe sich in dem Ort geirrt, und wollte schon um Verzeihung bitten und sich zurückziehen, als plötzlich, da der Mond hell ins Zimmer schien, seine Blicke auf einen Schnürleib, auf Röcke und Unterröcke, Hauben, Bänder, Strümpfe, Strumpfbänder, Schuhe, Pantoffeln und so weiter fielen, die da alle in Unordnung auf dem Boden verstreut herumlagen. Alles das wirkte auf die natürliche Eifersucht seines Gemütes so heftig ein, versetzte ihn in solche Wut, daß er das Vermögen der Sprache völlig verlor und, ohne Herrn Jones etwas zu antworten, sich dem Bett zu nähern suchte.

Da Herr Jones sich dem sogleich widersetzte, erhob sich alsbald ein hitziges Handgemenge, dem bald derbe Schläge von beiden Seiten folgten. Und jetzt begann Frau Waters (denn wir müssen bekennen, sie war es, die in dem Bette lag), vermutlich aus dem Schlaf erwacht und die beiden Männer erblickend, die in ihrem Zimmer kämpften, fürchterlich Zeter und Mordio zu schreien; doch das Wort, das am häufigsten wiederkehrte, war Notzucht! Daß sie dieses gebrauchte, mag einige Leser vielleicht wundern, die nicht bedenken, daß derartige Schreie von verängstigten Damen angewendet werden wie in der Musik das Falaralala, bloß als Träger des Lautes, ohne daß man dabei auf einen Sinn achtet.

Gerade neben dem Schlafzimmer der Dame lag ausgestreckt der Leib eines andern irischen Herrn, der zu spät im Gasthof angekommen war, um vorher erwähnt zu werden. Der Herr war einer von denen, die die Iren Calabalaro nennen, ein Kavalier. Er war ein jüngerer Bruder aus guter Familie und, da er von Haus aus kein Vermögen besaß, genötigt, sich in der Fremde nach dem Erwerb eines solchen umzutun. In dieser Absicht war er jetzt auf dem Wege nach Bath, um sein Glück unter Beihilfe von Karten oder Weibern zu versuchen.

Dieser junge Mensch lag, einen modischen Roman lesend, im Bett, denn ein Freund hatte ihm eingeredet, das wirksamste Mittel, sich bei den Damen in Gunst zu setzen, wäre, wenn er seinen Verstand ausbildete und seinen Kopf mit guter Literatur anfüllte. Er hörte also kaum den wilden Aufruhr in dem angrenzenden Zimmer, als er von seinem Polster aufsprang, den Degen mit der einen, mit der andern Hand die brennende Kerze ergriff und geradewegs in Frau Waters Schlafzimmer hinüberging.

Wenn der Anblick eines dritten, nur mit einem Hemd bekleideten Mannes das Schamgefühl der Dame noch um etwas mehr verletzte, so brachte er ihr doch dadurch Erleichterung, daß er ihre Furcht verringerte. Denn sowie der Calabalaro das Zimmer betreten hatte, rief er aus: „Herr Fitzpatrick, was zum Teufel bedeutet das?" Worauf der andere ungesäumt antwortete: „Oh, Herr Maclachlan! Ich bin erfreut, Sie hier zu sehen. Dieser Schurke da hat meine Frau verführt und ist mit ihr zu Bett gegangen." – „Welche Frau?" rief Maclachlan. „Kenne ich denn Frau Fitzpatrick nicht so gut wie mich selbst, und seh ich nicht, daß die Dame, mit welcher der Herr im Hemd hier zu Bett lag, ihr nicht im geringsten gleicht?"

Fitzpatrick, der erst jetzt sowohl an dem Umriß, den er von der Dame erhaschte, als auch an der Stimme, die er schon aus viel beträchtlicherer Entfernung hätte unterscheiden können, seinen Irrtum gewahrte, begann die Dame angelegentlich um Verzeihung zu bitten. Darauf wandte er sich an Herrn Jones mit den Worten: „Ich möchte, daß Sie sich dieses merkten, Sie bitte ich nicht um Verzeihung, denn Sie haben mich geschlagen; dafür bin ich entschlossen, am Morgen Ihr Blut fließen zu sehen."

Jones strafte diese Drohung mit Verachtung, und Herr Maclachlan antwortete: „Wahrhaftig, Herr Fitzpatrick, Sie sollten sich vor sich selber schämen, die Leute so zu nachtschlafender Zeit aufzuschrecken. Wenn nicht alle Menschen im Hause schliefen, Sie hätten sie gewiß genauso wie mich geweckt. Dieser Herr hat Ihnen verabreicht, was Sie verdienten. Bei meiner Seele, wenn Sie meiner Frau – wiewohl ich keine habe – so begegnet wären, das Messer wollte ich Ihnen im Eingeweide umdrehen."

Jones war um den guten Ruf seiner Dame so besorgt, daß er nicht wußte, was er tun und was er sagen sollte, aber die Erfindungsgabe der Weiber, wie beobachtet wurde, ist viel gegenwärtiger und behender als die der Männer. Sie erinnerte sich, daß es eine Verbindungstür von ihrem Zimmer in das von Herrn Jones gab. Im Vertrauen auf sein Ehrgefühl und auf ihre eigene Frechheit antwortete sie: „Ich weiß nicht, was ihr Halunken von mir wollt. Ich bin das Weib keines von euch allen. Hilfe! Notzucht! Mord! Notzucht!" Und als nun die Wirtin ins Zimmer gelaufen kam, fiel Frau Waters mit den heftigsten Anklagen über sie her: sie habe geglaubt, sie sei hier in einem ehrlichen Hause und in keinem Bordell; da sei diese Gesellschaft von Schandbuben bei ihr eingebrochen, um einen Angriff auf ihre Ehre, wenn nicht auf ihr Leben zu versuchen; und es gelte ihr, sagte sie, der eine soviel wie der andere.

Nun begann die Wirtin nicht minder laut zu schreien als zuvor die arme Frau in ihrem Bette. Sie sei zugrunde gerichtet und der Ruf ihres Hauses, dem bis dahin kein Makel angehaftet habe, sei geschändet. Dann, an die Männer gewandt, rief sie: „Was in des Teufels Namen ist der Grund für all den Lärm im

Zimmer der Dame?" Fitzpatrick stand da, gesenkten Blickes, und wiederholte, er habe einen Irrtum begangen, für den er die Dame herzlich um Verzeihung bitte; darauf zog er sich mit seinem Landsmann zurück.

Jones, der zu findig war, um den Wink, den seine Schöne ihm gegeben, nicht zu verstehen, behauptete kühn, er sei, als er hörte, daß man die Tür erbrach, herbeigeeilt, um die Dame zu schützen. In welcher Absicht der Einbruch geschehen sei, das könne er nicht wissen, wenn sie die Bewohnerin des Zimmers nicht hätten berauben wollen; sei dies ihr Plan gewesen, dann habe er das Glück gehabt, ihn zu vereiteln. „Seit ich das Haus führe", rief die Wirtin, „ist darin noch nie ein Diebstahl verübt worden. Sie sollen wissen, Herr, ich beherberge hier keine Straßenräuber; das Wort nur auszusprechen widert mich an. Nur ehrbare, vornehme Leute sind in meinem Haus willkommen, und ich dank es dem Glück, daß ich stets genügend solcher Gäste hatte, wirklich so viele, wie ich nur unterbringen konnte. Da war bei mir der Herr . ." und sie begann eine Reihe von Namen und Titeln aufzuzählen; doch wir würden gegen das Privileg manches von ihnen verstoßen, falls wir ihn hier anführten.

Nachdem Jones eine Weile geduldig zugehört hatte, unterbrach er ihren Redeschwall dadurch, daß er sich bei Frau Waters wegen seines Erscheinens im Hemd entschuldigte; nichts als die Sorge um ihre Sicherheit, so beteuerte er, habe ihn dazu bringen können. Der Leser mag sich ihre Antwort selber zusammenreimen und ihr ganzes Betragen bis zum Schluß des Auftritts ausmalen, wenn er sich die Notlage vergegenwärtigt, die darzustellen sie sich mühte, nämlich die einer züchtigen Dame, die durch drei in ihr Zimmer eingedrungene Männer aus dem Schlaf geweckt worden war. Dies war die Rolle, die sie zu spielen unternahm; und wirklich führte sie ihren Part so gut durch, daß keine von unsern Theaterschauspielerinnen sie übertroffen haben könnte, auf der Bühne so wenig wie hinter den Kulissen.

Und daraus, glaube ich, können wir ganz unbedenklich den Schluß ziehen, wie überaus natürlich dem schönen Geschlecht die Tugend sein muß. Denn obgleich es vielleicht unter Tausenden noch nicht eine gibt, aus der sich eine gute Schauspielerin machen ließe, und obgleich wir unter diesen nur höchst selten zwei antreffen, die imstande wären, denselben Charakter mit gleicher Trefflichkeit darzustellen, so spielen sie doch alle die Rolle der Tugend mit wunderbarer Vollkommenheit, sowohl diejenigen, die keine haben, wie auch diejenigen, die sie besitzen.

Als die Männer gegangen waren, erholte sich Frau Waters von ihrer Furcht und ihrem Zorn und redete nun in viel sanfterem Ton auf die Wirtin ein, die ihrer Besorgnis um den guten Ruf ihres Hauses nicht so bald zu entraten vermochte und, um dessen Reputierlichkeit herauszustreichen, aufs neue eine Anzahl gewichtiger Persönlichkeiten ins Feld zu führen begann, die alle unter ihrem Dache geschlafen hätten. Doch die Dame schnitt ihr die Rede ab, und nachdem sie sie auf das nachdrücklichste von jeder Schuld an der vorangegangenen Störung freigesprochen hatte, bat sie, jene möchte sie jetzt ihrer Ruhe überlassen, der sie sich nun, sagte sie, während des Rests der Nacht unbelästigt hingeben zu können hoffe, worauf denn die Wirtin sich unter vielen Knicksen und Komplimenten empfahl.

3. Kapitel

Ein Gespräch zwischen der Gastwirtin und Susan, der Zimmermagd, nützlich zu lesen für alle Inhaber von Wirtschaften und ihre Bedienten; dazu Ankunft und leutseliges Betragen einer schönen jungen Dame, wovon Leute von Stand lernen können, wie man die Liebe der ganzen Welt zu gewinnen vermag.

Da sich die Wirtin erinnerte, daß Susan als einzige Person noch munter gewesen war, als die Zimmertür aufgesperrt wurde, lief sie nun eilig zu ihr, um sie nach dem ersten Anlaß dieses Aufruhrs zu befragen und um sich ebenso nach dem fremden Herrn zu erkundigen, und wann und woher er gekommen sei.

Susan erzählte die ganze Geschichte, die dem Leser bereits bekannt ist, und wich von der Wahrheit nur so viel in Einzelheiten ab, wie ihr geraten schien; völlig schwieg sie sich aus über das Geld, das sie empfangen hatte. Da jedoch ihre Herrin in der Einleitung zu ihren Fragen gar soviel Mitleid mit der armen Dame bekundet hatte, die wegen des gewaltsamen Anschlags auf ihre Tugend sich so geängstigt habe, konnte Susan nicht umhin, mit der größten Mühe zu versuchen, die Unruhe, in der die Wirtin wegen dieses Punktes zu sein schien, zu beschwichtigen, indem sie unter tüchtigen Flüchen beteuerte, sie habe Jones aus ihrem Bett springen sehen.

Die Wirtin geriet bei diesen Worten in eine arge Wut. „Eine

niedliche Geschichte, wahrhaftig!" rief sie. „Daß eine Frau ein Geschrei erheben und ihre Ehre bloßstellen sollte, wenn das wahr wäre! Ich möchte wissen, welchen bessern Beweis eine Frau von ihrer Tugend geben könnte, als daß sie laut schreit; daß sie dies getan hat, können, glaube ich, wohl zwanzig Personen bezeugen. Ich bitte Euch, Jungfer, verbreitet keine so anrüchigen Fabeln über meine Gäste, denn das würde nicht nur über meine Kunden, sondern auch über mein Haus Schimpf und Schande bringen; und fürwahr, Landstreicher und schlimmes Bettelpack kehren bei mir nicht ein."

„Dann gut", sagte Susan, „ich kann also meinen eigenen Augen nicht trauen." – „Nein, das soll man allerdings nicht immer", antwortete die Wirtin; „bei so hübschen artigen Edelleuten hätte ich meinen eigenen Augen nicht getraut. Seit einem halben Jahr ist bei mir kein besseres Abendessen bestellt worden, als sie gestern abend verlangten; und so gutwillige, angenehme Leute waren sie, daß sie an meinem Worcestershire-Birnenmost, den ich ihnen für Champagner verkaufte, nichts auszusetzen fanden. Er schmeckt ja freilich ebensogut und ist so bekömmlich wie der beste Champagner in diesem Königreich, anders würde ich mich weigern, ihn jemandem vorzusetzen; und sie haben auch zwei ganze Flaschen davon getrunken. Nein, nein, von so ehrbaren und freundlichen Leuten werde ich nie etwas Unrechtes glauben."

Nachdem Susan so zum Verstummen gebracht war, ging ihre Herrin zu andern Gegenständen über. „Ihr sagt mir also", fuhr sie fort, „der fremde Herr sei mit Kurierpferden angekommen und habe außerdem einen Lakeien mit sich, der bei den Pferden ist; nun, dann ist er gewiß auch einer von unseren vornehmen Edelleuten. Warum habt Ihr ihn nicht gefragt, ob er ein Nachtessen wünsche? Ich denke, er ist auf dem Zimmer des andern Herrn; geht sogleich hinauf ihn fragen, ob er gerufen hat. Vielleicht wird er was bestellen, wenn er weiß, daß im Haus noch jemand auf ist, der's anrichten kann. Doch unterlaßt mir Eure üblichen Possen. Sagt nicht, das Feuer sei ausgegangen und kein Huhn sei geschlachtet. Und will er Hammelfleisch essen, dann schwatzt mir nicht aus, daß wir keines im Hause haben. Der Metzger, den ich kenne, hat eben, bevor ich zu Bett ging, ein Schaf geschlachtet; der schneidet mir gern ein Stück davon herunter, und wär es noch warm, wenn ich's von ihm verlange. Nun geht – doch laßt Euch das gesagt sein: Wir haben hier eine Menge Schaffleisch und Geflügel; geht!

Und öffnet Ihr die Tür, so sagt: ‚Haben die gnädigen Herren gerufen?' Und antworten sie darauf nichts, dann fragt, was Euer Gnaden zum Nachtessen zu wählen beliebe. Vergeßt nicht: Euer Gnaden. Geht; wenn Ihr auf alle diese Dinge nicht besser aufmerkt, so bringt Ihr's im Leben zu nichts."

Susan ging und kehrte schon bald zurück mit dem Bericht, die beiden Herren lägen zusammen in einem Bett. „Zwei Herren", rief die Wirtin, „im selben Bett! Unmöglich! Das sind zwei herumstrolchende Knauser, ich wette; und ich glaube, der junge Herr Allworthy ging nicht fehl in seiner Vermutung, daß der Kerl darauf aus war, die gnädige Frau zu bestehlen. Denn hätte er der Dame ihr Zimmer in der schlimmen Absicht eines feinen Herrn aufgebrochen, so würde er sich wohl nicht so weggeschlichen haben in eines andern Kammer, um sich die Auslage für ein eigenes Bett und ein Abendessen zu ersparen. Ganz gewiß sind es Diebe, und daß sie einer Frau nachlaufen, ist blauer Dunst."

Mit dieser Einschätzung tat die Gastwirtin Herrn Fitzpatrick großes Unrecht, denn er war wirklich ein geborener Edelmann, hatte er auch von der Seite seiner Familie keinen Pfifferling zu erben. Und wenn bei ihm Kopf und Herz von allererster Güte waren, so konnte man ihm doch nicht mit Recht vorwerfen, ein schleichender Knicker zu sein. Wirklich war er ein so freigebiger Mann, daß er das stattliche Vermögen, das er zusammen mit seiner Frau bekommen, völlig verausgabt hatte bis auf eine kleine, auf ihren Namen ausgestellte Leibrente; und um in deren Besitz zu gelangen, hatte er sie so grausam gequält, daß diese Behandlung zusammen mit seiner Eifersucht, die von der bissigsten Art war, die arme Frau gezwungen hatte, ihm davonzulaufen.

Dieser Herr also war nach seiner langen Reise von Chester bis hierher, die er in einem Tag gemacht hatte, gehörig ermüdet. Der lange Ritt und ein paar derbe Püffe, die er in dem Handgemenge abbekommen, hatten seinen Gliedern schmerzlich zugesetzt; auch in seinem Kopf stand es nicht zum besten; durch alles das war ihm jede Eßlust vergangen. Da er durch die Frau, die er nach der Aussage des Zimmermädchens für seine Gattin gehalten hatte, so schlimm enttäuscht worden war, kam ihm nicht einmal der Gedanke, daß sie sich gleichwohl im Hause befinden könnte, nachdem er sich in der ersten Person, auf die er losgestürmt war, so schmählich geirrt hatte. Er ließ sich daher von seinem Freund überreden, weiteres Forschen für diese Nacht einzustellen, und nahm das freundliche Anerbieten, sein Lager mit ihm zu teilen, an.

In einem ganz andern Zustand fühlten sich sein Lakai und der Postillion. Sie waren rascher im Bestellen als die Wirtin im Auftischen. Nachdem letztere die wahre Sachlage durch die beiden schließlich ziemlich richtig in Erfahrung gebracht und begriffen hatte, daß Herr Fitzpatrick kein Dieb war, ließ sie sich endlich herbei, ihnen etwas kaltes Fleisch vorzusetzen, an dem sie eben noch gierig schlangen, als Herr Partridge in die Küche trat. Er war zuerst von dem Tumult erwacht, den wir mit angesehen haben; und als er sich wieder auf seinem Kissen zurechtlegen wollte, brachte ihm eine Eule vor dem Fenster ein Ständchen, so daß er in unsäglicher Angst aus dem Bett sprang, sich in wilder Eile die Kleider überwarf und in die Küche hinablief, um bei der Gesellschaft, die er dort unten noch Gespräche führen hörte, Schutz zu finden.

Sein Erscheinen hielt die Wirtin davon ab, wieder ihre Schlafstatt aufzusuchen; sie hatte eben die beiden andern Gäste der Obhut Susans überlassen wollen, doch Junker Allworthys Freund durfte nicht so nachlässig behandelt werden, zumal er eine Pinte Glühwein mit viel Zucker und Gewürz bestellt hatte. Sie gehorchte augenblicklich und setzte die genannte Menge Birnenmost auf das Feuer; denn dieser Saft antwortete willfährig auf eine jede Weinbezeichnung, mit der man ihn benannte.

Der irische Lakai hatte sich in sein Bett zurückgezogen, und der Postillion schickte sich an, ihm zu folgen; Partridge jedoch lud ihn ein, zu bleiben und von seinem Glühwein zu kosten, was der Bursche mit vielem Dank annahm. Der Schulmeister fürchtete sich wahrhaftig, allein in sein Bett zurückzukehren, und da er nicht wußte, wie lange er sich der Gesellschaft der Wirtin erfreuen würde, wollte er sich wenigstens der dieses jungen Mannes versichern, in dessen Gegenwart er weder vom Teufel noch von dessen Gehilfen eine Gefahr zu gewärtigen schien.

Und jetzt ritt ein anderer Postillion in den Torweg ein. Susan, die hinausgeschickt worden war, kam zurück und führte zwei Damen in Reitkleidern mit sich, von denen die eine so reich mit Spitzen und Tressen ausstaffiert war, daß Partridge und der erste Postillion alsbald von ihren Stühlen aufsprangen und die Wirtin in ein eifriges Knicksen mit gar viel „Euer Gnaden“ verfiel.

Die Dame in dem reichen Kleide sagte freundlich und mit herablassendem Lächeln: „Wenn Sie mir's erlauben wollen, Madam, so will ich mich gern ein paar Minuten hier an Ihrem Küchenfeuer wärmen, denn es ist draußen wirklich sehr kalt; doch ich muß darauf dringen, daß meinethalben niemand seinen Platz verläßt." Das galt Partridge, der sich in den entferntesten Winkel der Küche zurückgezogen hatte, betroffen von dem Kleiderglanz der Dame, der ihm Staunen und tiefe Ehrfurcht abnötigte. Auf diese hatte sie freilich ein noch weit besseres Recht, denn sie war eines der schönsten Geschöpfe von der Welt.

Die Dame ersuchte Partridge inständig, seinen Platz wieder einzunehmen, konnte ihn aber nicht dazu bewegen. Hierauf zog sie die Handschuhe aus und ließ vor dem Feuer zwei Hände erblicken, die alle Eigenschaften des Schnees besaßen, nur daß sie an der Wärme nicht schmolzen. Ihre Begleiterin, in Wahrheit ihre Dienerin, entledigte sich ebenso ihrer Handschuhe und brachte damit etwas zum Vorschein, das die größte Ähnlichkeit, an Kälte wie an Farbe, mit einem Stück gefrorenen Rindfleisches hatte.

„Ich wünschte herzlich", sagte sie, „Euer Gnaden wollten davon absehen, die Reise diese Nacht fortzusetzen. Ich habe eine schreckliche Angst, Euer Gnaden könnten diese Strapazen nicht länger aushalten."

„O ja!" rief die Wirtin, „daran können Euer Gnaden heut nicht mehr denken. Bewahre! Noch weiter, diese Nacht! Lassen Sie mich bitten, diese Absicht aufzugeben, ganz gewiß, Euer Gnaden hielten das nicht aus. Was befehlen Euer Gnaden zum Nachtessen? Ich habe Schaffleisch jeder Art und schöne Hühner."

„Mir scheint, Madam", sagte die Dame, „es wäre vielleicht eher Zeit zum Frühstück als zum Nachtessen; ich mag aber nichts essen; und wenn ich bleibe, dann nur, um mich für ein paar Stunden hinzulegen. Doch bitte, Madam, geben Sie mir etwas Tee mit Sekt, doch nur wenig und nicht zu stark."

„Gewiß, Madam", rief die Wirtin, „ich habe einen ausgezeichneten weißen Wein." – „Sekt haben Sie also nicht?" fragte die Dame. „Aber natürlich ja, Euer Gnaden, ganz zu Befehl, ich habe welchen, der's mit dem besten im Lande aufnimmt – aber ich bitte Euer Gnaden, doch einen Bissen zu sich zu nehmen."

„Auf mein Wort, ich kann nichts essen", antwortete die

Dame; „und ich wäre Ihnen dankbar, wenn Sie nun so bald als möglich für mich ein Schlafzimmer bereitmachen lassen wollten, denn ich bin entschlossen, mich nach drei Stunden wieder aufs Pferd zu setzen."

„He, Susan!" rief die Wirtin, „brennt das Kaminfeuer noch in der Wilden Gans? – Es tut mir leid, meine Dame, daß alle meine besten Zimmer besetzt sind. Verschiedene Personen von vornehmstem Stande liegen dort in den Betten. Da ist ein vornehmer junger adliger Herr und noch weitere Personen von hohem Rang." Susan gab zur Antwort, daß sie den irischen Edelmann in der Wilden Gans untergebracht habe.

„Hat man schon so etwas gehört?" rief die Wirtin. „Warum zum Teufel haltet Ihr nicht ein paar von den besten Zimmern für adlige Gäste frei, da Ihr doch wißt, daß kaum ein Tag hingeht, ohne daß einige zugereist kommen? Wenn's aber Herren von Stand und Geburt sind, so bin ich gewiß, wenn Sie hören, daß es für Euer Gnaden ist, dann werden sie gern wieder aufstehn."

„Meinetwegen ganz gewiß nicht!" sagte die Dame. „Niemand soll durch mich in seiner Ruhe gestört werden. Haben Sie eine Kammer, die nur überhaupt bewohnbar ist, so wird dies genügen, wenn es ihr auch an Ausstattung gebricht. Ich bitte Sie, gute Frau, machen Sie sich meinethalben nicht soviel Mühe." – „Oh, Madam!" erwiderte die andere, „ich habe für diesen Zweck passend ausgestattete Zimmer genug, doch keines, das für Euer Gnaden gut genug wäre. Da Sie jedoch geruhen wollen, mit dem besten, das ich habe, fürliebzunehmen, so geht hin, Susan, und macht sogleich ein Feuer an in der Rose. Gefällt es Euer Gnaden, sich jetzt gleich hinaufzubegeben oder noch zu warten, bis das Feuer richtig brennt?" – „Ich denke, ich habe mich schon genügend gewärmt", antwortete die Dame, „also werde ich, wenn Ihnen das recht ist, gleich hinaufgehen; ich fürchte, daß ich einige von den Anwesenden, und besonders diesen Herrn da" – sie meinte Partridge – „schon zu lange vom Kamin verdrängt habe." Sie verließ mit ihrer Dienerin den Küchenraum; ihnen voran ging die Wirtin mit zwei brennenden Kerzen.

Als die wackere Frau wieder herunterkam, drehte sich das ganze Gespräch in der Küche um die reizenden Eigenschaften der jungen Dame. Wirklich liegt in der vollkommenen Schönheit eine Macht, der fast niemand zu widerstehen vermag, denn unsere Wirtin erklärte, obgleich ihr die Zurückweisung des angebotenen Abendessens kein Vergnügen machte, sie habe ein so anmutiges Geschöpf in ihrem Leben noch nicht gesehen. Partridge erging sich in den übertriebensten Lobsprüchen über ihre Gesichtszüge, doch konnte er sich nicht enthalten, auch den schönen und reichen goldenen Tressen auf ihrem Kleide sein Kompliment zu machen. Der Postillion wußte ihre Güte nicht genug zu rühmen, welches Lob der andere Postillion, der eben eintrat, wie ein Echo zurücktönte. „Eine wahrhaft gute Dame ist sie, das muß ich sagen", bestätigte er, „denn sie erbarmt sich auch der stummen Kreatur. Sie fragte mich unterwegs einmal ums andere, ob ich nicht glaube, daß sie die Tiere überanstrengte, wenn sie sie mit solcher Eile laufen ließe. Und als wir ankamen, da legte sie mir ans Herz, ihnen so viel Hafer zu geben, wie sie nur fressen wollten."

Also bezaubert Leutseligkeit, und so gewiß gewinnt sie jedermanns Lob und Zustimmung. Sie ist wirklich der berühmten Frau Hussey* zu vergleichen. Wie diese vermag sie jede weibliche Vollkommenheit vorteilhaft zur Geltung zu bringen und jeden Mangel auszugleichen oder zu verhüllen. Eine kurze Bemerkung, deren wir uns an dieser Stelle nicht enthalten konnten, wo meinem Leser die Anmut eines leutseligen Wesens vorgeführt worden ist; doch die Wahrheit verpflichtet uns nun, ihr das Gegenteil gegenüberzustellen.

4. Kapitel

Enthält unfehlbare Mittel, sich allgemeine Mißachtung und Haß zuzuziehen.

Die Dame hatte sich kaum zu Bett gelegt, als ihre Kammerjungfer in die Küche zurückkehrte, um sich an einigen Leckereien zu erlaben, die ihre Herrin zurückgewiesen hatte.

Als sie eintrat, bezeigte ihr die Gesellschaft die gleiche Achtung, die sie zuvor ihrer Dame erwiesen hatte, indem sie sich von ihren Sitzen erhob; sie aber vergaß, es ihrer Gebieterin gleichzutun und sie zu bitten, sich wieder zu setzen. Sie hätten dies freilich auch kaum tun können, denn sie hatte ihrem Stuhl eine Stellung gegeben, daß er fast den ganzen

* Eine berühmte Damenschneiderin am Strand, dafür bekannt, daß sie für jede Frau das passendste Kleid herstellte.

Platz vor dem Kamin einnahm. Sie verlangte darauf, daß für sie augenblicklich ein Huhn gebraten werde, doch wäre es in einer Viertelstunde nicht bereit, so würde sie nicht länger darauf warten. Wäre nun besagtes Huhn schlafend im Stall auf einer Stange gesessen und wären zuvor noch die verschiedenen Verrichtungen des Fangens, Tötens und Ausweidens nötig gewesen, ehe es auf den Rost gelegt werden konnte, so würde nichtsdestoweniger die Wirtin versucht haben, das alles in tunlicher Frist zu besorgen; doch der Gast, dem es unglücklicherweise gestattet worden war, hinter die Kulissen zu blicken, mußte die Fourberie innegeworden sein. Die Wirtin war somit gezwungen zu bekennen, daß sie kein Huhn im Hause habe. „Doch, Madam", sagte sie, „jedes Stück vom Schaf kann ich Ihnen sogleich vom Metzger beschaffen."

„Glaubt Ihr denn", antwortete das Edelkammerfräulein, „ich hätte einen Pferdemagen, um zu dieser Nachtzeit Schaffleisch zu verdauen? Ihr Wirtsleute denkt wohl, die über euch stehn, seien gleich beschaffen wie ihr selbst. Ich hab mir's ja gedacht, daß wir an diesem elenden Ort nichts Rechtes erhalten würden. Ich verstehe nicht, warum meine Dame hier absteigen wollte. Ich vermute, daß nur Geschäftsleute und Viehzüchter hier einkehren." Die Wirtin geriet über diese Schmähung ihres Hauses in Wut, doch bezwang sie sich und begnügte sich zu sagen, Leute von sehr hohem Adel pflegten es zu besuchen, Gott sei Dank. „Sagt mir nicht", rief die andere, „von hohem Adel! Ich glaube, ich kenne mehr Leute von Rang als so eine wie Ihr. Doch ich bitt Euch, sagt mir, ohne mich weiter durch Eure Frechheiten zu ärgern, was kann ich hier zum Abendessen bekommen? Denn wenn ich auch kein Roßfleisch essen kann, so bin ich doch hungrig." – „Ach wahrhaftig, Madam, schlimmer hätten Sie's bei mir nicht treffen können", antwortete die Wirtin, „denn ich muß Ihnen gestehen, ich habe nichts im Haus als ein Stück kaltes Rindfleisch, mit dem aber des Edelmanns Diener und der Postillion beinahe schon aufgeräumt haben." – „Hört, Frau", sagte Jungfer Abigail (so wollen wir sie der Kürze halber nennen): „Ich bitte, macht nicht, daß mir übel wird. Hätte ich einen ganzen Monat gefastet, so könnte ich doch nicht essen, was die Finger solcher Kerle berührt haben. Ist denn keine reinliche und anständige Speise in diesem scheußlichen Lokal zu bekommen?" – „Was meinen Sie zu Speck und Eiern, Madam?" fragte die Wirtin. „Sind Eure Eier frisch? Seid Ihr gewiß, daß sie heute gelegt wurden? Und den Speck möchte ich ganz fein und dünn geschnitten haben; ich ertrage nichts Grobes. Bitte, versucht es für dieses eine Mal ein wenig erträglich zu machen und denkt, daß Ihr nicht ein Bauernweib oder ein derartiges Geschöpf vor Euch habt." Die Wirtin wollte zum Messer greifen, doch die andere hinderte sie daran mit den Worten: „Halt, gute Frau, ich muß darauf bestehen, daß Ihr erst Eure Hände wascht, denn ich bin überaus heikel und bin von der Wiege an gewöhnt, daß jedes Ding auf die manierlichste Weise zubereitet werde."

Die Wirtin, die sich nur mit vieler Mühe beherrschte, machte sich nun an die nötigen Vorbereitungen. Was Susan betrifft, so wurde sie mit solcher Ablehnung und Verachtung behandelt, daß das arme Geschöpf sich nicht geringere Gewalt antun mußte, ihre Hände von Tätlichkeiten abzuhalten, als ihre Herrin Zwang auf ihre Zunge ausüben mußte. Doch Susan gelang das nicht vollständig, denn obwohl sie diese buchstäblich mit ihren Zähnen festhielt, so murmelte sie doch so manches „Hab du mich gern" wie „Gotts Fleisch und Blut" vor sich hin, dazu andere Kernsprüche der Empörung.

Während die Mahlzeit zubereitet wurde, fing Jungfer Abigail an, sich zu beklagen, daß sie im Wohnzimmer kein Feuer habe anmachen lassen, doch die Wirtin sagte, dazu sei es nun zu spät. „Wie dem nun sei", erwiderte jene, „ich habe Mühe, mich an eine Küche zu gewöhnen, denn ich glaube nicht, daß ich je zuvor in einer gesessen habe." Darauf wandte sie sich an die Postillione und fragte sie, warum sie sich nicht mit ihren Pferden zusammen in den Ställen befänden. „Wenn ich, Madam, mein hartes Brot hier essen muß", rief sie der Wirtin zu, „so möchte ich, daß die Küche von Gesindel frei wäre, so daß ich mich nicht von allen Bösewichtern aus der Stadt umgeben sehen müßte. Was Sie, Herr, betrifft" – das galt Partridge –, „Sie haben etwas vom Gentleman an sich und mögen bleiben; ich habe nicht den Wunsch, noch andere Leute zu stören als das Pack."

„Ja, ja, Madam", antwortete Partridge, „ich versichere Ihnen, ich *bin* ein Gentleman, und stören laß ich mich nicht so leicht. *Non semper vox casualis est verbo nominativus**". Dieses Latein faßte sie als eine Beleidigung auf und bemerkte: „Mögen Sie ein Gentleman sein, Herr, doch Sie zeigen sich nicht als

* Nicht immer ist ein beliebiges Wort für das Verb das Hauptwort. Damit ist gemeint: Ich bin ein anderer als der, für den man mich hält (Anmerkung des Übersetzers).

solcher, da Sie zu einer Dame lateinisch sprechen." Partridge sagte ihr etwas Artiges zur Antwort und schloß mit noch mehr Latein, worauf sie die Nase hob und sich damit begnügte, ihn einen großen Gelehrten zu schelten.

Das Abendessen stand nun auf dem Tisch, und Jungfer Abigail hieb für eine so zarte Person recht wacker ein; und während ein zweiter Gang von derselben Speise, den sie befohlen hatte, aufs Feuer gesetzt wurde, fragte sie: „Und Ihr sagt mir also, Madam, daß Euer Haus von Personen von hohem Adel besucht wird?"

Die Wirtin bejahte und sagte, eben jetzt seien eine ganze Anzahl adliger Leute und andere Vornehme im Haus, so der junge Junker Allworthy, wie der Herr da wisse.

„Und bitte, wer ist dieser junge adlige Herr, dieser junge Junker Allworthy?" fragte die Abigail. „Wer anders sollte er sein", antwortete Partridge, „als der Sohn des großen Junkers Allworthy aus Somersetshire!"

„Auf mein Wort", entgegnete sie, „Sie erzählen mir da seltsame Neuigkeiten, denn ich kenne Herrn Allworthy von Somersetshire sehr gut, und ich weiß, daß er keinen lebenden Leibeserben hat."

Die Wirtin spitzte nach diesen Worten die Ohren, und Partridge sah ein wenig verwirrt aus. Nach einigem Zögern jedoch antwortete er: „Gewiß, Madam, es ist wahr, nicht jedermann kennt ihn als Herrn Allworthys Sohn, denn dieser war mit seiner Mutter nie vermählt; doch sein Sohn ist er gewiß, und er wird auch sein Erbe sein, so sicher, wie sein Name Jones ist." Auf das hin legte die Abigail den Speck, den sie eben zum Munde führen wollte, auf ihren Teller zurück und rief: „Sie überraschen mich, Herr! Wäre es möglich, daß Herr Jones sich jetzt hier im Hause befände?" – „*Quare non?**" warf Partridge hin. „Es ist möglich, und es ist gewiß."

Die Abigail beeilte sich, mit dem Rest ihrer Mahlzeit zu Ende zu kommen, und begab sich sodann zu ihrer Herrin zurück, wo sich ein Gespräch entspann, das man im nächsten Kapitel wird lesen können.

* Warum nicht? (Anmerkung des Übersetzers).

5. Kapitel

Wer die liebenswürdige Dame und ihre unliebenswürdige Kammerjungfer waren.

Gleichwie im Monat Juni die Damaszenerrose, die ein Zufall unter die Lilien versetzt hat, mit deren reinem Weiß ihre zarte Röte vermischt; oder wie ein mutwilliges Kälbchen im lieblichen Mai seinen duftenden Atem über die blumigen Weiden verbreitet; oder wie im blühenden April die sanfte treue Taube auf einem schönen Busch sitzt und an ihren Gefährten denkt, so, mit hundert Reizen geschmückt und ebenso viele Wohlgerüche hauchend, ihre Gedanken auf ihren Tom gerichtet, mit einem Herzen so unschuldig, wie ihr Antlitz schön war, ruhte Sophia (denn sie war es selbst) auf ihrem Lager, das anmutige Haupt auf die Hand gestützt, als ihre Kammerjungfer hereingestürzt kam und, geradewegs auf ihr Bett zulaufend, rief: „Madam – Madam – wer, denkt Euer Gnaden, ist hier im Haus?" Sophia fuhr in die Höhe und rief: „Ich hoffe, mein Vater hat uns nicht verfolgt." – „Nein, Madam, es ist einer, der hundert Väter aufwiegt; Herr Jones selbst ist da, jetzt, zu dieser Stunde." – „Herr Jones!" sagte Sophia, „das ist unmöglich! Dieses Glück darf ich nicht erwarten." Doch ihre Zofe beteuerte die Wahrheit der Tatsache, und so wurde sie unverzüglich von ihrer Herrin abgesandt, um ihn zu einem Besuch zu bitten, denn sie sagte, sie sei fest entschlossen, ihn noch in diesem Augenblick zu sprechen.

Jungfer Honoria hatte noch kaum in der oben beschriebenen Art die Küche verlassen, als die Wirtin auf das heftigste über sie loszog. Die arme Frau hatte seit einiger Zeit in ihrem Herzen viele üble Redensarten aufgespeichert, und jetzt plätscherten sie heraus wie der Unrat aus einem Mistkarren, wenn das Brett, das jenen zurückhält, weggenommen wird. Ebenso begann Partridge seinerseits über Verleumdung zu zetern, und (was den Leser überraschen mag) er schalt nicht allein auf das Mädchen, sondern versuchte auch den lilienweißen Charakter Sophias anzuschwärzen. „Ohne Faß ist der Hering besser", rief er. „*Noscitur a socio**, nichts wahrer als dieser Spruch. Man muß gestehen, die Dame in dem reichen Kleid ist die höflichere von den beiden, doch ich wette, jede von ihnen hätte Grund, sich zu bessern. Ein paar Metzen aus Bath, da steh ich dafür;

* An seinen Gefährten wird einer erkannt (Anmerkung des Übersetzers).

Leute von Stand reiten zu dieser Nachtzeit nicht ohne Dienerschaft herum." – „Lumpenware, das ist gewiß", rief die Wirtin. „Sie haben den Nagel auf den Kopf getroffen, denn Adelsleute kommen nicht in ein Gasthaus, ohne ein Abendessen zu bestellen, ob sie's nun anrühren wollen oder nicht."

Während solchen Gesprächs kehrte Jungfer Honoria zurück und entledigte sich ihres Auftrages, indem sie der Wirtin gebot, Herrn Jones sogleich zu wecken und ihm zu sagen, eine Dame wünsche ihn zu sprechen. Die Wirtin verwies sie an Partridge und sagte, dieser sei des Junkers Freund und sie habe noch nie Männer oder gar Herren selbst gerufen; darauf verließ sie mürrisch die Küche. Honoria wandte sich nun selbst an Partridge, doch er willfahrte ihr nicht, „denn mein Freund", sagte er, „ist sehr spät zu Bett gegangen, und er würde sehr erbost sein, wenn man ihn so früh in seiner Ruhe störte." Jungfer Honoria bestand darauf, daß er ihn wecke; sie sei sicher, sagte sie, er werde, statt das übelzunehmen, im höchsten Grad erfreut sein, wenn er erfahre, aus welchem Grund das geschehe. „Ein andermal möchte dem vielleicht so sein", rief Partridge, „aber *non omnia possumus omnes**. Eine Frau auf einmal genügt für einen vernünftigen Mann." – „Was wollt Ihr mit ‚einer Frau' sagen, Kerl?" rief Honoria. „Ich bin nicht Euer Kerl", erwiderte Partridge. Darauf erklärte er ihr mit trockenen Worten, Jones sei mit einer weiblichen Person zu Bett gegangen, und er gebrauchte einen Ausdruck, zu unzart, um hier wiederholt zu werden. Darob erboste sich Jungfer Honoria dermaßen, daß sie ihn einen unverschämten Lümmel nannte und in höchster Eile zu ihrer Herrin zurückrannte, der sie den Erfolg ihrer Botschaft meldete und schilderte, wie sie empfangen worden sei. Dabei übertrieb sie womöglich einiges, da sie auf Jones ebenso wütend war, als habe *er* all das gesagt, was aus Partridges Munde gekommen war. Sie schüttelte über den jungen Herrn eine Flut von Schimpfworten aus und beschwor ihre Herrin, alle Gedanken an einen solchen Mann aufzugeben, der sich noch niemals ihrer würdig gezeigt habe. Sie brachte darauf die Geschichte von Molly Seagrim wieder aufs Tapet und gab dem Umstand, daß er Sophia selbst verlassen habe, die allerboshafteste Auslegung, die, ich muß gestehen, der jetzige Vorfall nicht wenig zu stützen schien.

Sophias Gemüt war von zu großer Betrübnis erfüllt, als daß

* Alle können wir nicht alles (Anmerkung des Übersetzers).

sie vermocht hätte, den Redestrom ihrer Jungfer aufzuhalten. Schließlich fiel sie ihr aber doch ins Wort und sagte: „Ich kann das nicht glauben; irgendein übler Wicht hat dich belogen. Du sagst, du hast es von seinem Freunde; aber es wäre doch gewiß nicht die Handlung eines Freundes, solche Geheimnisse zu verraten." – „Ich glaube", rief Honoria, „der Kerl ist ein Zuhälter, denn nie noch sah ich ein solches Schurkengesicht. Und dann sind solche unbändigen Hurenjäger wie Master Jones in solchen Dingen nicht etwa verschwiegen und verschämt."

Die Wahrheit zu sagen, war das Benehmen Partridges nicht wohl zu entschuldigen, aber er hatte die Wirkung der Getränke, die er am Abend zu sich genommen, noch nicht ausgeschlafen; und am Morgen war noch eine Pinte heißen Weines oder vielmehr Malzgeist dazugekommen; denn selbst der Birnenmost war nicht rein. Nun war jener Raum in seinem Kopf, den die Natur zum Behälter des Getränkes bestimmt hatte, sehr flach; ein kleines Maß Flüssigkeit ließ ihn überfließen und öffnete die Schleusen seines Herzens, so daß alle darin aufbewahrten Geheimnisse mit herausliefen. Und diese Schleusen waren auch wirklich schon an sich nicht besonders gut verwahrt. Um seinen Charakter von der vorteilhaftesten Seite zu zeigen, sagen wir, er war ein sehr ehrlicher Mann. Denn so wie er einer der neugierigsten Sterblichen war und beständig seine Nase in anderer Leute Geheimnisse steckte, so entschädigte er sie dafür reichlich dadurch, daß er ihnen alles wieder mitteilte, was ihm je zu Ohren gekommen war.

Während Sophia, von Kummer und Zweifel geplagt, nicht wußte, was sie glauben oder welchen Entschluß sie fassen sollte, kam Susan mit dem Sekttee an. Jungfer Honoria gab ihr sogleich flüsternd den Rat, diese Dirne, die vermutlich einiges um die Wahrheit wußte, etwas auszuholen. Sophia stimmte dem zu und begann wie folgt: „Kommt her, Kind; nun antwortet mir ehrlich auf das, was ich frage, und ich verspreche Euch, ich werd's Euch reichlich lohnen. Lebt hier in diesem Haus ein junger Herr, ein hübscher junger Herr, der . . ." Sophia errötete und war verwirrt. „Ein junger Herr", rief Honoria, „der mit dem ekligen Kerl, der jetzt in der Küche sitzt, zusammen herkam?" Susan antwortete, so verhalte sich's. „Wißt Ihr etwas von einer Dame?" fuhr Sophia fort, „einer Dame – ich frage nicht, ob sie schön ist oder nicht; vielleicht ist sie's nicht; das tut nichts zur Sache; aber wißt Ihr etwas von einer Dame?" – „Na", rief Honoria, „das Examinieren, gnädiges

Fräulein, ist noch nicht Ihre Stärke. Hör mal Kind, ist nicht dieser selbe junge Herr mit einer gewissen liederlichen Metze zu Bett gegangen?" Susan schmunzelte auf diese Frage und schwieg. „Antwortet, Kind", ermunterte sie Sophia, „und hier ist eine Guinee für Euch." – „Eine Guinee! Madam", rief Susan; „ha, was ist eine Guinee? Wenn's die Wirtsfrau vernimmt, ist's aus mit meiner Stelle hier." – „Da habt Ihr noch eine", sagte Sophia, „und ich versprech Euch auf Ehre, Eure Herrin wird nie etwas davon erfahren." Nach einigem Zögern nahm Susan das Geld, erzählte die ganze Geschichte und schloß mit den Worten: „Wenn Euer Gnaden drum neugierig sind, so kann ich mich leise in sein Zimmer schleichen und nachsehen, ob er in seinem eigenen Bett liegt oder nicht." Auf Sophias Wunsch tat sie dies und kehrte mit einem verneinenden Bescheid zurück.

Jetzt begann Sophia zu zittern und zu erblassen. Jungfer Honoria bat sie, ruhig zu sein und nicht länger an einen so nichtswürdigen Burschen zu denken. „Da, nun ja", sagte Susan, „ich hoffe, Euer Gnaden werden mir nicht zürnen, aber bitte, Madam, ist nicht Euer Gnaden Name Sophia Western?" – „Wie ist es möglich, daß Ihr mich kennen solltet?" antwortete Sophia. „Nun, jener Mann, der in der Küche ist, von dem die Dame hier sprach, hat letzten Abend über Euer Gnaden gesprochen. Ich hoff nur, Euer Gnaden sind mir nicht böse." – „Wirklich, Kind, das bin ich gar nicht", antwortete diese; „ich bitt Euch, sagt mir nur alles, und ich versprech Euch eine hübsche Belohnung." – „Nun wohl, Madam", berichtete Susan weiter, „dieser Mann sagte zu uns allen in der Küche, daß Madam Sophia Western – doch ich weiß nicht, wie ich's so recht herausbringen kann." Sie hielt inne, bis sie von Sophia ermutigt und von Jungfer Honoria gehörig bedrängt worden war; dann fuhr sie fort: „Da erzählte er uns also, Madam, doch das ist gewiß alles Lüge, daß Euer Gnaden in den jungen Herrn sterbensverliebt seien und er ziehe in den Krieg, um Euer Gnaden los zu sein. Ich dachte für mich gleich, so einer sei ein falscher Kerl; aber nun, ein so liebes, reiches, schönes Fräulein wie Sie wegen so einer gemeinen Person verlassen zu sehen – denn das ist sie, und dazu noch eines andern Ehemanns Frau. Das ist doch gewissermaßen ein seltsam unnatürlich Ding."

Sophia gab ihr eine dritte Guinee, und nachdem sie ihr gesagt hatte, sie wollte sicherlich ihre Freundin sein, wenn sie von dem, was vorgefallen, nichts verriete und auch niemandem sagte, wer sie sei, entließ sie das Mädchen mit dem Befehl an den Postillion, sofort die Pferde zu satteln und vorzuführen.

Als sie nun mit ihrer Kammerjungfer allein war, sagte sie zu ihrer erprobten Dienerin, sie habe sich nie leichter gefühlt als jetzt. „Ich bin überzeugt", so gestand sie ihr, „er ist nicht nur falsch, sondern auch niederträchtig und gemein. Alles könnte ich ihm eher verzeihen, als daß er meinen Namen so barbarisch aufs Spiel setzt. Das macht ihn in meinen Augen verächtlich. Ja, Honoria, mir ist jetzt so leicht zumut, so leicht, so leicht!" Und dabei stürzten ihr die Tränen aus den Augen.

Nach einer kurzen Pause, die Sophia hauptsächlich damit zubrachte, daß sie ihrer Zofe weinend versicherte, ihr Gemüt sei ganz ruhig, kam Susan, um zu melden, daß die Pferde vorgeführt seien. Da verfiel unsere Heldin auf einen seltsamen Gedanken, wie Herrn Jones ihre Anwesenheit in diesem Gasthaus zur Kenntnis gebracht werden könnte, nämlich so, daß er, wenn auch nur noch ein Funken von Zuneigung für sie in seinem Herzen weiterglimmte, doch wenigstens für eines seiner Vergehen bestraft würde.

Der Leser habe die Güte, sich eines kleinen Muffs zu erinnern, dem die Ehre widerfuhr, schon mehrmals im Laufe dieser Geschichte erwähnt zu werden. Dieser Muff war seit Jones' Abreise bei Tage der ständige Begleiter Sophias und bei Nacht ihr Schlafgenosse gewesen; und diesen Muff trug sie jetzt am Arm. Mit großem Unwillen nahm sie ihn ab, schrieb mit Bleifeder ihren Namen auf ein Stück Papier, steckte es mit einer Nadel am Muff fest; dann bestach sie das Mädchen, beides in Herrn Jones' leeres Bett zu legen; wenn er es nicht fände, so beauftragte sie Susan, ihm am Morgen den Muff auf die eine oder andere Weise vor Augen zu bringen.

Dann, nachdem sie für das, was Jungfer Honoria gegessen, bezahlt hatte, in welcher Rechnung noch eine weitere inbegriffen war für das, was sie selbst hätte verzehrt haben können, stieg sie zu Pferd, und während sie ihrer Gefährtin nochmals versicherte, ihr sei ganz leicht ums Herz, setzte sie ihre Reise fort.

6. Kapitel

Handelt unter anderm von der Harmlosigkeit Partridges, Jones' Tollheit und Fitzpatricks Narrheit.

Es war nun morgens nach fünf Uhr, und einige Gäste begannen aufzustehen und suchten dann die Küche auf, unter ihnen der Unteroffizier und der Kutscher, die, nun vollständig versöhnt, ein Trankopfer spendeten oder, einfacher gesagt, zusammen einen tüchtigen Becher leerten.

Bei diesem Zechen war weiter nichts bemerkenswert als das Verhalten Partridges, der, sooft der Unteroffizier ein Wohl auf König Georg ausbrachte, stets nur das Wort König wiederholte; auch konnte man ihn nicht dazu bringen, mehr zu äußern; denn obwohl er gegen seine eigene Sache in den Kampf zog, war er nicht dazu zu bewegen, gegen sie zu trinken.

Herr Jones war mittlerweile in sein eigenes Bett zurückgekehrt (doch man entschuldige uns, wenn wir nicht gerne sagen, aus welchem andern). Er rief Partridge aus seiner angenehmen Gesellschaft heraus und zu sich auf sein Zimmer, wo dieser, nachdem er in einer wohlgesetzten Vorrede die Erlaubnis erbeten und erhalten hatte, seinen Rat zu erteilen, sich also vernehmen ließ: „Es ist, Herr, ein altes Sprichwort, dazu ein wahres, daß ein Weiser zuweilen von einem Narren etwas lernen könne; ich wünschte darum, es sei mir vergönnt, Ihnen meinen Rat anzubieten, welcher ist, heimzukehren und diese *horrida bella*, diese blutigen Kriege, solchen Gesellen zu überlassen, deren Magen sich mit Schießpulver zufriedengibt, weil sie sonst nichts zu essen haben. Nun weiß doch jedermann, daß es Euer Gnaden zu Hause an nichts gebricht; ist dem so, warum sollte einer dann in der Fremde herumreisen?"

„Partridge", rief Jones, „Sie sind wahrhaftig ein Feigling; ich möchte darum, daß Sie nach Hause zurückkehrten und mich nicht länger behelligen wollten."

„Ich bitt Euer Gnaden um Verzeihung", rief Partridge, „ich habe mehr Ihretwegen als meinetwegen so gesprochen; denn sind auch meine Verhältnisse, weiß der Himmel, schlimm genug, so bin ich doch so weit entfernt davon, mich zu fürchten, daß ich mir aus einer Pistole oder einer Flinte und derartigen Dingen nicht mehr als aus einem Blasrohr mache. Jeder muß einmal sterben, was liegt daran, wie? Aber ich könnte ja auch mit dem Verlust eines Armes oder Beines davonkommen. Ich versichere Ihnen, Herr, ich war in meinem Leben noch nie so gänzlich ohne Furcht; und wenn also Euer Gnaden entschlossen sind, in den Krieg zu ziehen, so bin ich entschlossen, Ihnen zu folgen. Doch in diesem Fall möchte ich mir eine Bemerkung gestatten. Für einen großen Herrn wie Sie ist es wirklich beschämend, eine solche Reise zu Fuß zu machen. Da stehen hier drei gute Pferde im Stall, die der Wirt Ihnen sicher unbedenklich anvertrauen würde; wenn nicht, so würde ich leicht ein Mittel finden, ihrer habhaft zu werden; und sollte es zum Schlimmsten kommen, so würde der König Ihnen sicher verzeihen, da Sie für seine Sache in den Kampf ziehen wollen."

Da Partridges Ehrenhaftigkeit ungefähr Schritt hielt mit seinem Verstand und beide sich für gewöhnlich nur in kleinen Angelegenheiten bekundeten, so hätte er niemals ein solches Galgenstück unternommen, ohne die Sache zuvor überdacht und als gefahrlos befunden zu haben, denn er gehörte zu denen, die mehr Respekt vor dem Galgen haben als vor der Schicklichkeit in allen Dingen. In Wahrheit aber dachte er, dieser Schurkenstreich ließe sich ungestraft ausführen. Denn einmal zweifelte er nicht daran, daß Herrn Allworthys Name den Wirt genügend beruhigen würde, sodann glaubte er sie beide gesichert, was für eine Wendung die Sache auch nehmen würde, da Jones, so stellte er sich vor, genug Freunde auf seiner Seite hätte und diese Freunde auch für ihn eintreten würden.

Als Jones jedoch erkannte, daß es Partridge mit diesem Vorschlag ernst war, tadelte er ihn heftig und mit so scharfen Worten, daß der andere versuchte, seine Absicht als einen Spaß hinzustellen, und sogleich wechselte er den Gegenstand des Gespräches, indem er sagte, er glaube, sie seien hier in einem Freudenhaus, und er habe mit vieler Mühe zwei anmutige Dirnen davon zurückgehalten, Seine Gnaden mitten in der Nacht zu stören. „Schau einer an!" rief er. „Ich glaube, sie sind wider meinen Willen doch in Ihre Schlafkammer eingedrungen; denn da liegt der Muff der einen von ihnen auf dem Boden." Und wirklich hatte Jones, als er im Dunkeln in sein Bett zurückgekehrt war, den Muff auf seinen Kissen nicht bemerkt und ihn, als er sich hinlegte, auf den Boden geworfen. Partridge nahm ihn nun auf und wollte ihn in seine Tasche schieben, als Jones ihn zu sehen verlangte. Der Muff war so bemerkenswert, daß unser Held ihn wohl auch ohne den angehefteten Zettel *erkannt hätte. Sein* Gedächtnis wurde indessen gar nicht auf die Probe gestellt, denn im ersten Augenblick sah und las er den Namen Sophia Western auf dem angesteckten Papier. Er geriet in eine heftige Erregung, und seine Blicke waren wild, als er schrie: „O Himmel! Wie geriet dieser Muff hierher?" – „Das weiß ich sowenig wie sie", versetzte Partridge; „aber ich sah ihn am Arm von einer der beiden Frauen, die Sie stören wollten, wenn ich sie nicht daran gehindert hätte." – „Wo sind sie?" rief Jones, sprang aus dem Bett und griff nach seinen Kleidern. – „Schon viele Meilen weit, glaube ich, um diese Zeit", antwortete Partridge. Und nach weiteren Fragen war Jones schließlich überzeugt, daß die Trägerin des Muffs niemand anders gewesen war als die liebenswürdige Sophia in Person.

Wie Herr Jones sich bei dieser Gelegenheit betrug, die Gedanken, die er äußerte, seine Blicke, seine Worte, seine Gebärden, das alles spottet jeder Beschreibung. Nach vielen anklagenden Verwünschungen gegenüber Partridge und ebenso bittern Verfluchungen seiner selbst befahl er dem armen Menschen, der vor Furcht fast den Verstand verlor, hinabzulaufen und Pferde zu mieten, kosteten sie, was sie wollten; und ein paar Minuten später hatte er sich in seine Kleider gezwängt und hastete die Treppe hinunter, um den Befehl selbst auszuführen, den er kurz zuvor gegeben hatte.

Ehe wir jedoch berichten, was bei seiner Ankunft in der Küche sich begab, wird es nötig sein, auf das zu kommen, was sich dort zugetragen, seit Partridge sie auf seines Herrn Ruf verlassen hatte.

Der Unteroffizier war eben mit seiner Truppe abmarschiert, als die beiden irischen Herrn aufstanden und herunterkamen; beide beklagten sich, sie seien durch das unaufhörliche lärmende Treiben im Gasthaus so oft aufgeschreckt worden, daß sie nicht imstande gewesen seien, während der ganzen Nacht auch nur ein einziges Mal die Augen zu schließen.

Die Kutsche, in der die junge Dame mit ihrer Zofe angekommen war und die der Leser vielleicht für ihre eigene gehalten hat, war in Wirklichkeit eine Mietkutsche, die Herrn King in Bath gehörte, einem der würdigsten und ehrlichsten Männer, die je mit Pferdefleisch gehandelt haben, und dessen Kutschen möchten wir allen Lesern, die diese Reise machen wollen, angelegentlich empfehlen.

Als der Kutscher, der nur zwei Passagiere hatte, erfuhr, daß Herr Maclachlan nach Bath fahren wollte, erbot er sich, ihn für einen sehr mäßigen Preis mitzunehmen. Er machte dies Angebot, da er vom Stallknecht hörte, das Pferd, das Herr Maclachlan zu Worcester gemietet habe, würde besser daran sein, wenn es zu seinen dortigen Freunden zurückkehrte, als wenn es noch eine längere Reise tun müßte; das besagte Pferd habe nämlich eher für ein zwei- als ein vierbeiniges Tier zu gelten.

Herr Maclachlan ging alsbald auf des Kutschers Vorschlag ein und bewog ihn zugleich, auch seinen Freund Fitzpatrick auf dem vierten Wagenplatz mitzubefördern. Seinen schmerzenden Gliedmaßen war das Fahren bekömmlicher als das Reiten, und da er gewiß seine flüchtige Frau in Bath anzutreffen glaubte, dachte er, eine kleine Verzögerung würde ohne Folgen sein.

Maclachlan, der von beiden den viel schärferen Kopf hatte, hörte nicht so bald, daß die Dame mit ihrer Zofe von Chester gekommen sei, und das übrige, was der Stallknecht zu sagen wußte, als in ihm der Gedanke auftauchte, sie könnte die Gattin seines Freundes sein; diese Vermutung teilte er sogleich Herrn Fitzpatrick mit, der selbst nie auf so etwas verfallen wäre. Die Wahrheit zu sagen, war er einer von jenen Gebilden, die die Natur in großer Eile zusammenzukneten pflegt, wobei sie vergißt, ein wenig Gehirn in ihre Köpfe hineinzutun.

Nun ergeht es solchen Leuten wie schlechten Spürhunden, die niemals von selbst eine Fährte aufnehmen; kaum aber schlägt ein rechtschaffener Spürhund an, so kläffen auch sie augenblicklich los, und ohne im geringsten etwas zu wittern, jagen sie in unaufhaltsamer Eile gradaus. Ebenso griff Herr Fitzpatrick, sobald Herr Maclachlan seine Vermutung geäußert hatte, diese auf und rannte die Stiegen hinan, um seine Frau zu überraschen, ohne noch zu wissen, wo sie sei; und zum Unglück (denn Fortuna treibt gern ihr Spiel mit solchen Herren, die sich bedingungslos ihrer Lenkung unterstellen) rannte er mit seinem Kopf gegen verschiedene Türen und Pfosten, ohne irgend etwas auszurichten. Viel gütiger war sie gegen mich, da sie mir das eben angeführte Gleichnis von den Jagdhunden an die Hand gab, nachdem die arme Frau in diesem Zusammenhang mit einem gehetzten Hasen zu vergleichen ist. Wie dieses unglückliche kleine Tier spitzt sie ihre Ohren, um auf die Stimme ihres Verfolgers zu horchen; wie dieses flieht sie zitternd weiter, wenn sie ihn vernimmt; und gleich ihm wird so ein hilfloses Weib am Ende eingeholt und vernichtet.

Das war nun freilich gegenwärtig nicht der Fall; denn nach langer fruchtloser Suche kehrte Herr Fitzpatrick in die Küche zurück, wo, als handelte es sich um eine wirkliche Jagd, eben ein Herr eintrat, der das gleiche Geschrei ausstieß wie die Jäger, wenn die Hunde eine Spur verloren haben. Er war eben vom Pferd gestiegen und hatte ein zahlreiches Gefolge hinter sich.

Hier, mein Leser, könnte es nötig sein, dich mit einigen Dingen bekannt zu machen. Kennst du sie bereits, dann bist du klüger, als ich dich mir gedacht hatte. Meine Mitteilung soll dir jedenfalls das nächste Kapitel bringen.

7. Kapitel

In welchem die Abenteuer, die sich im Gasthaus zu Upton zugetragen, abgeschlossen werden.

Zunächst: Dieser eben angekommene Herr war niemand anders als der Junker Western selbst, der seiner Tochter nachgesetzt war; und wäre er so glücklich gewesen, zwei Stunden früher anzukommen, so würde er nicht allein sie, sondern obendrein seine Nichte hier vorgefunden haben, denn diese war tatsächlich Herrn Fitzpatricks Gattin, die dieser vor fünf Jahren, als sie unter der Obhut der klugen Lady Western stand, entführt hatte.

Diese Dame Fitzpatrick war nun aber fast gleichzeitig mit Sophia aus dem Gasthaus abgereist; denn durch ihres Eheherrn Stimme aus dem Schlaf geweckt, hatte sie die Wirtin zu sich bitten lassen und, von ihr über die Sachlage unterrichtet, mit einem übertriebenen Preis bestochen, ihr Pferde für die Flucht zu verschaffen. Ein so hohes Ansehen hatte das Geld in dieser Familie; und obwohl die Wirtin das Zimmermädchen als ein verdorbenes Geschöpf weggejagt haben würde, wenn sie alles das gewußt hätte, was meine Leser wissen, so war sie doch selbst gegen Bestechungen ebensowenig gefeit wie die arme Susan.

Herr Western und sein Neffe waren einander persönlich nicht bekannt; und auch wenn jener diesen gekannt hätte, würde er sich um ihn nicht gekümmert haben, denn er betrachtete diese Verbindung als einen erschlichenen Handel, und folglich war sie nach der Meinung des guten Junkers etwas Unnatürliches. Er hatte, als sie vollzogen worden war, das arme Wesen, das damals kaum achtzehnjährig war, als ein Ungeheuer aufgegeben und nicht geduldet, daß es in seiner Gegenwart auch nur genannt werde.

Die Küche war jetzt der Schauplatz einer allgemeinen Verwirrung: Western fragte nach seiner Tochter und Fitzpatrick mit nicht geringerem Eifer nach seiner Frau, als Jones hereintrat, unglücklicherweise mit Sophias Muff in der Hand.

Sobald Western Jones erblickte, ließ er das Holla ertönen, das bei Weidmännern üblich ist, wenn das Wild in Sicht kommt. Er stürzte sich sogleich auf Jones, packte ihn und schrie: „Da hätten wir den Fuchs, die Füchsin ist bestimmt nicht fern." Das Gespräch im Weidmannston, das sich nun erhob und für einige Minuten den Raum erfüllte, da viele Menschen gleichzeitig von verschiedenen Dingen sprachen, wäre schwierig zu beschreiben und nicht sehr unterhaltend zu lesen.

Jones, der Herrn Western endlich von sich abgeschüttelt hatte, während einige von der Gesellschaft sich ins Mittel zu legen versuchten, beteuerte seine Unschuld: er wisse nichts von Sophia; doch da trat Pfarrer Supple herzu und sagte: „Es ist vollkommene Torheit zu leugnen; man sieht doch das Zeugnis der Schuld in Eurer Hand. Ich kann einen Eid darauf ablegen, der Muff, den Ihr da in Euren Händen haltet, gehört Fräulein Sophia; häufig habe ich ihn in den letzten Tagen an ihrem Arm gesehen." – „Meiner Tochter Muff!" schrie der Junker wütend. „Hat er meiner Tochter Muff? Da haben wir das Beweisstück. Ich bring ihn noch diesen Augenblick vorn Friedensrichter. Wo ist meine Tochter, du Schurke?" – „Herr", erwiderte Jones, „ich bitte Sie, sich zu beruhigen. Der Muff, das gesteh ich, ist der jungen Lady Muff; doch auf meine Ehre, sie selbst habe ich nicht gesehen." Bei diesen Worten verlor der Junker völlig die Geduld; vor sinnloser Wut vermochte er kein Wort hervorzubringen.

Einige von dem Gesinde hatten Herrn Fitzpatrick davon unterrichtet, wer Herr Western sei. Der gute Ire dachte, er habe nun die Gelegenheit, seinem Onkel einen Dienst zu erweisen und auf diese Weise vielleicht seine Gunst zu gewinnen. Er schritt also auf Herrn Jones zu und rief: „Bei meiner Seele, Herr, Sie sollten sich schämen zu leugnen, daß Sie dieses Edelmanns Tochter gesehen haben, und das mir ins Angesicht, wo Sie doch wissen, daß ich Sie mit ihr zusammen im Bett gefunden habe." Darauf wandte er sich an Western und erbot sich, ihn stracks zu dem Zimmer zu führen, das seine Tochter *bewohne;* als dieser Vorschlag angenommen wurde, begab er sich mit dem Junker, dem Pfarrer und ein paar anderen augenblicklich zu Frau Waters' Kammer hinauf, in die sie nicht weniger stürmisch einbrachen, als Herr Fitzpatrick das vor einiger Zeit getan hatte.

Die arme Dame fuhr aus ihrem Schlaf in die Höhe und sah mit soviel Staunen wie Schrecken an ihrem Bett eine Gestalt stehen, von der man wohl hätte vermuten können, sie sei einem Irrenhause entlaufen; so wild und irr blickte Herr Western drein. Doch kaum hatte er die Dame angesehen, als er zurückprallte und, bevor er noch ein Wort sprach, durch seine Gebärde genügend zeigte, daß dies nicht die gesuchte Person war.

Mit so viel mehr Zärtlichkeit sind die Damen um ihren guten Ruf als um ihr Leben besorgt, daß Frau Waters, obwohl nun ihr Leben größerer Gefahr ausgesetzt schien als zuvor, jetzt, da der Ruf gesichert war, nicht so heftig schrie, wie sie das bei der ersten Gelegenheit für angebracht gehalten hatte. Doch kaum war sie wieder allein, als sie jeden Gedanken an weitere Bettruhe fahrenließ; und da sie Grund genug hatte, mit ihrem gegenwärtigen Zimmermädchen unzufrieden zu sein, so kleidete sich sich in tunlicher Eile an.

Herr Western begann indessen das ganze Haus zu durchsuchen, doch mit nicht besserem Erfolg als bei der armen Frau Waters. Ganz trostlos kehrte er in die Küche zurück, wo er Jones noch im Gewahrsam seiner Bedienten vorfand.

Der heftige Tumult hatte jedermann im Hause aufgeschreckt, wiewohl der Tag noch kaum angebrochen war. Unter den vielen Leuten befand sich auch ein ernstblickender Herr, der die Ehre hatte, ein Mitglied des Friedensgerichts der Grafschaft Worcester zu sein. Herr Western hatte davon kaum gehört, als er beschloß, diesem Manne seine Klage zu unterbreiten. Der Richter lehnte es jedoch ab, sein Amt auszuüben, denn er sagte, er habe keinen Schreiber bei sich und auch kein Buch über Rechtsangelegenheiten; unmöglich könne er alle Bestimmungen über die Entführung von Töchtern und derartiges in seinem Kopf mit sich herumtragen.

Da bot ihm Herr Fitzpatrick seinen Beistand an; er erklärte den Anwesenden, er selbst habe Rechtswissenschaft studiert. (Wirklich hatte er drei Jahre als Gehilfe bei einem Anwalt im Norden Irlands gearbeitet, als er sich eine angenehmere Laufbahn zu wählen beschloß, seinen Brotherrn verließ, nach England herüberkam und jenen Beruf ergriff, den man ohne vorangegangene Lehrzeit betreiben kann, nämlich den des Gentlemans, in dem er Erfolg hatte, wie bereits erwähnt worden ist.)

Herr Fitzpatrick legte dar, das die Tochter betreffende Gesetz komme im vorliegenden Falle nicht in Betracht, der Diebstahl eines Muffs jedoch sei zweifelsohne ein Vergehen und das bei der Person vorgefundene Objekt ein genügender Beweis des Tatbestandes.

Der Friedensrichter ließ sich nach diesem Ansporn durch einen so wohlunterrichteten Koadjutor und nach des Junkers heftiger Zwischenrede endlich bewegen, den Sitz seines Amtes einzunehmen, von dem aus er, nachdem er den Muff, den Jones noch immer in der Hand hielt, betrachtet und des Pfarrers Schwur, daß der Gegenstand Herrn Westerns Eigentum sei, angehört hatte, von Herrn Fitzpatrick verlangte, daß er ein Strafurteil abfasse, das er, der Richter, unterzeichnen werde.

Doch jetzt verlangte Jones, gehört zu werden, was ihm schließlich nach mancherlei Widerstreben zugestanden wurde. Er rief darauf Herrn Partridge zum Zeugen auf, daß er das Objekt gefunden habe; aber noch mehr: Susan sagte aus, daß Sophia selbst ihr den Muff gegeben und sie angewiesen habe, diesen in das Zimmer zu bringen, wo Jones ihn gefunden hatte.

Ob nun natürliche Gerechtigkeitsliebe oder Jones' ungewöhnlich gutes Aussehen Susan zu dieser Enthüllung gedrängt hatte, das will ich nicht entscheiden; doch so groß war der Eindruck ihres Zeugnisses auf den Richter, daß er sich in seinen Stuhl zurückwarf und erklärte, die Tatsachen sprächen nun alles in allem im selben Maße für den Angeklagten, wie sie zuvor gegen ihn gesprochen hätten. Worauf der Pfarrer dem sogleich beipflichtete und beteuerte, da sei Gott davor, daß er zum Werkzeug bei der Verurteilung eines Unschuldigen werde. Der Richter erhob sich darauf, sprach den Angeklagten frei und schloß die Gerichtssitzung.

Herr Western bedachte jeden von den Anwesenden mit einem herzhaften Fluch, verlangte nach seinen Pferden und ritt davon, um wiederum seiner Tochter nachzusetzen, ohne sich im geringsten um seinen Neffen zu kümmern oder auf dessen Anspruch der Verwandtschaft auch nur mit einem Wort etwas zu erwidern, ungeachtet aller Gefälligkeiten, die er eben erst von diesem Herrn empfangen hatte. In seiner wilden Eile und seinem Eifer vergaß er sogar zum Glück, Herrn Jones den Muff abzufordern. Zum Glück, sage ich, denn Jones hätte sich lieber totschlagen als sich wieder von dem Muff trennen lassen.

Auch Jones machte sich mit seinem Freund Partridge wieder auf den Weg, sobald er seine Rechnung bezahlt hatte, und auf die Suche nach der liebenswürdigen Sophia, von deren Spur nie mehr abzuweichen er fest entschlossen war. Auch brachte er es nicht über sich, von Frau Waters Abschied zu nehmen, an die der bloße Gedanke ihm zuwider war, da sie, wenngleich nicht absichtlich, die Ursache gewesen, daß er das glücklichste Zusammentreffen mit Sophia verfehlt hatte, der er nun ewige Treue schwor.

Frau Waters benützte die Gelegenheit und reiste in der Kutsche, die nach Bath zurückfuhr, zusammen mit den beiden irischen Herren nach diesem Ort; die Wirtin war so freundlich gewesen, ihr einige von ihren Kleidungsstücken zu leihen; sie nahm dafür nur ein kleines Mietgeld, das nicht mehr als das Doppelte war von dem, was die Sachen neu wert gewesen waren. Unterwegs söhnte sich Frau Waters mit Herrn Fitzpatrick völlig wieder aus, der wirklich ein sehr wohlgestalter Mann war, und sie tat alles, was sie nur konnte, um ihn über die Abwesenheit seiner Gattin hinwegzutrösten.

Auf diese Art endeten die vielen seltsamen Abenteuer, die Herr Jones in diesem Gasthaus zu Upton zu bestehen hatte, wo man noch heute von der Schönheit und liebenswürdigen Art der reizenden Sophia erzählt, die man den Engel von Somersetshire nennt.

8. Kapitel

In dem die Geschichte rückwärts geht.

Ehe wir mit unserer Geschichte fortfahren, könnte es angebracht sein, einen Blick zurückzuwerfen, um das merkwürdige Erscheinen Sophias und ihres Vaters im Gasthaus zu Upton verständlich zu machen.

Der Leser habe die Freundlichkeit, sich zu erinnern, daß wir Sophia im neunten Kapitel des siebenten Buches unserer Erzählung verließen, nach einer langen Auseinandersetzung über Liebe und Pflicht, wobei der Streit, wie es wohl meist geschieht, zugunsten der ersteren entschieden wurde.

Dieser Redekampf war, wie wir dort gezeigt haben, anläßlich eines Besuches entstanden, den ihr Vater ihr kurz zuvor abgestattet hatte, in der Absicht, ihre Einwilligung in eine Ehe mit Blifil zu erzwingen; er glaubte, diese sei beschlossen in ihrem Zugeständnis, daß sie einem ausgesprochenen Befehl ihres Vaters weder zuwiderhandeln wolle noch könne.

Nach diesem Besuch hatte der Junker sich zu seinem Abendtrunk zurückgezogen, überglücklich über den Erfolg, den er bei seiner Tochter errungen hatte, und da er von geselliger Anlage war und gerne andere an seiner Freude teilnehmen ließ, floß in der Küche das Bier bald in reichlichen Strömen. So kam es, daß noch vor elf Uhr an diesem Abend keine einzige Person im Hause mehr nüchtern war außer Fräulein Western selbst und der reizenden Sophia.

Frühmorgens wurde ein Bote zu Herrn Blifil abgesandt, denn, obwohl der Junker glaubte, dieser junge Mann wisse viel weniger von der frühern Abneigung seiner Tochter, als das wirklich der Fall war, so brannte er doch darauf, ihm die nun erhaltene Einwilligung mitzuteilen, da er nicht daran zweifelte, daß die künftige Braut sie mit ihren Lippen bekräftigen werde. Was die Ehezeremonie betraf, so war sie am Abend zuvor von den männlichen Interessenten festgesetzt worden; sie sollte am folgenden Morgen vor ein Uhr stattfinden.

Das Frühstück war nun im Wohnzimmer aufgetragen, wo Herr Blifil wartete und wo auch der Junker und seine Schwester sich eingefunden hatten; und jetzt wurde Befehl gegeben, Sophia herbeizurufen.

O Shakespeare! hätt ich deine Feder! O Hogarth! hätt ich deinen Stift! Dann wollte ich das Bildnis des armen Dieners zeichnen, der mit bleichem Gesicht, aufgerissenen Augen, klappernden Zähnen, stammelnder Zunge und zitternden Gliedern

(Grad solch ein Mann, so schwach, so willensmatt,
So stumpf, leblosen Blicks, von Schmerz entstellt,
Zog Priams Vorhang in der Todesnacht,
Ihm kundzutun, halb Troja sei verbrannt),

das Zimmer betrat und erklärte, Fräulein Sophia sei nicht zu finden.

„Nicht zu finden?!" schrie der Junker, von seinem Stuhl auffahrend. „Gotts Blut und Verdammnis! Hagel und Wut! Wo, wann, wie was – nicht zu finden! Wo?" – „Da sehn Sie, Bruder", sagte Fräulein Western mit echter politischer Ruhe, „immer lassen Sie sich für nichts zu solcher Leidenschaft hinreißen. Meine Nichte, denke ich, machte bloß einen Spaziergang durch den Garten. Ich muß gestehen, Sie sind so unvernünftig geworden, daß es unmöglich ist, mit Ihnen unter einem Dach zu wohnen."

„Nein, nein", antwortete der Junker, der sich so schnell

wiedergefunden, wie er sich hatte gehenlassen; „ist's nur das, so hat es nicht viel zu sagen; doch, meiner Seel, der Kerl erschreckte mich mit seinem Bericht, sie sei nicht zu finden." Er befahl hierauf, mit der Glocke im Garten zu läuten, und setzte sich wieder beruhigt hin. Kaum konnten zwei Dinge einander mehr entgegengesetzt sein, wie es Bruder und Schwester in den meisten Fällen waren. Das zeigte sich vor allem darin, daß, während der Bruder nie etwas auf weite Sicht im voraus erkannte, jedoch alles gegenwärtige Geschehen sogleich richtig erfaßte, die Schwester beständig das in der Zukunft Liegende voraussah, doch das, was vor ihren Augen lag, viel weniger rasch begriff. Das beiderseitige Verhalten wird der Leser an Beispielen beobachtet haben, und tatsächlich überschritten ihre verschiedenen Talente häufig das Maß; denn wie die Schwester oftmals Dinge voraussah, die niemals eintrafen, so sah der Bruder oft viel mehr, als in Wahrheit vorhanden war.

Doch gegenwärtig war dies nicht der Fall. Aus dem Garten wurde derselbe Bericht gebracht wie zuvor aus dem Zimmer, nämlich, daß Fräulein Sophia nicht zu finden sei.

Der Junker selbst stürzte nun davon. Er fing an, den Namen Sophia so laut und mit einer so heisern Stimme zu brüllen, wie weiland Herkules nach Hylas gebrüllt hatte; und gleichwie der Dichter uns erzählt, daß das ganze Gestade den Namen des schönen Jünglings zurückwarf, so hallten das ganze Haus, der Garten und alle angrenzenden Felder von dem einen Namen Sophia wider, herausgeschrien von den rauhen Stimmen der Männer und den schrillen Rufen der Frauen, während das Echo sich in der Wiederholung des geliebten Namens so zu gefallen schien, daß ich glaube, wenn es eine solche Person wirklich gibt, dann hat uns Ovid über ihr Geschlecht getäuscht.

Für längere Zeit war alles in größter Verwirrung, bis endlich der Junker ganz außer Atem ins Wohnzimmer, wo ihn Fräulein Western und Herr Blifil erwarteten, zurückkehrte, und sich mit dem Ausdruck tiefster Niedergeschlagenheit in einen großen Sessel fallen ließ.

Und jetzt begann Fräulein Western mit der folgenden Trostrede: „Bruder, es tut mir leid, was geschehen ist und daß meine Nichte sich in einer ihrer Familie so wenig anstehenden Weise betragen hat; doch ist das alles Ihr Werk, und Sie haben das allein sich selbst zu verdanken. Sie wissen, sie wurde stets in einem Sinne erzogen, der meinen Ratschlägen stracks zuwiderlief; und da sehen Sie nun die Folgen. Habe ich nicht tausendmal mit Ihnen gestritten, weil Sie meiner Nichte so ihren Willen ließen? Doch Sie wissen, es war unmöglich, Sie zu überzeugen, und habe ich mir auch noch so große Mühe gegeben, ihr die eigensinnigen Ansichten auszutreiben und Ihre politischen Irrtümer zu berichtigen, Sie wissen, sie wurde mir aus der Hand genommen; also bin ich für nichts verantwortlich. Wäre ihre Erziehung mir vollständig anvertraut worden, so hätten Sie ein Unglück, wie es Sie nun betroffen hat, niemals zu erleben brauchen. Sie müssen sich also einen Trost suchen in dem Gedanken, daß alles Ihr eigenes Verschulden war; und wahrhaftig, was anders konnte man bei solcher Nachsicht erwarten?"

„Gotts Blut, Schwester", antwortete er, „du kannst einen närrisch machen. War ich nachsichtig mit ihr? Hab ich ihr ihren Willen gelassen? – Erst gestern abend hab ich ihr gedroht, wenn sie mir nicht gehorche, sie lebenslänglich bei Wasser und Brot in ihrem Zimmer einzusperren. – Du könntest die Geduld eines Hiob erschöpfen."

„Hat je einer so etwas gehört?" erwiderte sie. „Bruder, besäße ich nicht die Geduld von fünfzig Hiobs, Sie würden mich Schicklichkeit und Haltung vergessen machen. Was wollen Sie sich einmischen? Habe ich Sie nicht ersucht, habe ich Sie nicht inständig gebeten, das ganze Erziehungsgeschäft mir zu überlassen? Sie haben durch einen einzigen Schritt den Mißerfolg des ganzen Feldzugs herbeigeführt. Welcher Mensch von gesundem Verstand würde seine Tochter durch eine derartige Drohung zum Äußersten gebracht haben? Wie oft habe ich Ihnen gesagt, daß man englische Frauen nicht wie zirkassische Sklavinnen behandeln kann? Wir erfreuen uns des Schutzes der Gesellschaft; wir sind nur durch die Macht der Güte zu gewinnen und lassen uns nicht durch plumpe Roheit und Gewalt und Schläge zur Gefälligkeit zwingen. Gott sei Dank besteht hier kein Salisches Gesetz. Bruder, Ihr Benehmen ist von einer Roheit, die außer mir keine Frau ertragen könnte. Ich wundere mich nicht, daß Furcht und Schrecken meine Nichte zu diesem Schritt getrieben haben; und, ehrlich gesagt, ich glaube, meine Nichte wird für das, was sie getan, vor der Welt gerechtfertigt dastehen. Nochmals wiederhole ich Ihnen, Bruder: Trösten Sie sich mit dem Gedanken, daß alles Ihr eigener Fehler ist. Wie oft habe ich dazu geraten . . ." Jetzt schnellte Herr Western von seinem Sitz, und mit zwei oder drei furchtbaren Flüchen lief er aus dem Zimmer.

Als er fort war, ließ sich seine Schwester noch viel schärfer über ihn aus (wenn das möglich ist) als während seiner Anwesenheit. Sie ließ sich die Berechtigung ihrer Vorwürfe durch Herrn Blifil bestätigen, der bereitwillig allem, was sie sagte, zustimmte; nur entschuldigte er Herrn Westerns Fehler damit, daß sie ihren Ursprung hätten in der allzu großen Zuneigung eines Vaters zu seiner Tochter, was man als eine liebenswürdige Schwäche betrachten dürfe. „Um so unverzeihlicher", erwiderte die Dame, „denn wen richtet er mit seiner Liebe zugrunde, wenn nicht sein eigenes Kind?" Blifil war sogleich derselben Meinung.

Fräulein Western begann nun ihrer großen Verlegenheit Herrn Blifils wegen Ausdruck zu geben und wegen der Behandlung, die er von seiten einer Familie erfahren, der er so große Ehre zugedacht habe. In diesem Punkt verurteilte sie die Torheit ihrer Nichte mit aller Strenge, sie schloß jedoch damit, daß sie das Ganze ihrem Bruder zur Last legte, der in unverzeihlicher Weise so weit gegangen sei, ohne eine bessere Gewißheit von der Zustimmung seiner Tochter zu besitzen. „Aber er war", sagte sie, „von jeher heftig und dickschädelig; ich kann es mir fast nicht verzeihen, so manchen guten Rat an ihn verschwendet zu haben."

Nach weiteren derartigen Gesprächen, die dem Leser jedoch vielleicht nicht besonders unterhaltend scheinen, sei hier noch erwähnt, daß Herr Blifil sich verabschiedete und nach Hause ging, wenig erfreut über seinen Mißerfolg; doch die Philosophie, die ihm Square beigebracht hatte, und die Religion, die ihm von Herrn Thwackum eingeflößt worden war, dazu noch etwas anderes, ließen ihn seine Enttäuschung besser ertragen, als leidenschaftliche Liebhaber derartige Fehlschläge hinzunehmen pflegen.

9. Kapitel

Sophias Flucht.

Es ist jetzt an der Zeit, daß wir uns nach Sophia umsehen. Der Leser, liebt er sie so wie ich selbst, wird sich freuen, wenn er erfährt, daß es ihr gelang, dem Griff ihres leidenschaftlichen Vaters wie dem ihres leidenschaftslosen Liebhabers zu entkommen.

Zwölf Schläge tat der eiserne Zähler der Zeit auf das tönende

Glockenmetall und rief die Geister auf, ihre nächtliche Runde zu wallen. Einfacher gesagt, es war zwölf Uhr, und alle Angehörigen der Familie, wie wir sagten, lagen tief in Trunkenheit und Schlaf, ausgenommen Fräulein Western, das sich in eine politische Streitschrift versenkt hatte, und unsere Heldin, die sich nun sacht die Treppe hinabstahl und, nachdem sie eine von den Haustüren entriegelt und aufgeschlossen hatte, hinausglitt und nach dem vereinbarten Ort eilte.

Ungeachtet der vielen artigen Künste, welche die Damen zuweilen spielen lassen, um bei jeder kleinen Gelegenheit ihre Furchtsamkeit zu zeigen (fast so häufig, wie das andere Geschlecht die seine zu verbergen trachtet), gibt es sicherlich einen bestimmten Grad von Mut, der einer Frau nicht nur wohl ansteht, sondern ihr auch sehr oft durchaus nötig ist, wenn sie ihre Pflichten erfüllen soll. Eigentlich ist es die Heftigkeit, nicht die Tapferkeit, die den weiblichen Charakter verdirbt; denn wer könnte die Geschichte der mit Recht berühmten Arria lesen, ohne die gleiche hohe Meinung von ihrer Güte und Zärtlichkeit wie von ihrer Tapferkeit zu gewinnen? Manche Frau, die beim Anblick einer Maus oder einer Ratte zurückbebt, dürfte vielleicht zur selben Zeit imstande sein, ihren Gatten zu vergiften oder, was noch schlimmer ist, ihn so weit zu bringen, daß er sich selbst vergiftet.

Sophia besaß bei aller Güte, die eine Frau nur haben kann, auch alle Geistesgegenwart, deren sie bedurfte. Als sie daher an dem als Treffpunkt vorgesehenen Ort anlangte und dort, statt wie abgemacht war, ihre Zofe zu finden, einen Mann gerade auf sich zureiten sah, schrie sie weder auf, noch fiel sie ohnmächtig zu Boden. Nicht daß ihr Puls vollkommen regelmäßig geschlagen hätte, denn sie stand zuerst vollkommen unter dem Eindruck der Furcht und der Überraschung. Doch beide waren schon fast verschwunden, als der Mann seinen Hut abnahm und sie in sehr untertäniger Weise fragte, ob das gnädige Fräulein hier nicht ein anderes Fräulein erwarte. Worauf er sie davon unterrichtete, daß er geschickt worden sei, um sie zu jener Dame zu geleiten.

Sophia sah sich nicht veranlaßt, diesen Worten zu mißtrauen, sie schwang sich entschlossen hinter dem Mann in den Sattel, und der Reiter brachte sie sicher in eine fünf Meilen entfernt liegende Ortschaft, wo sie zu ihrer Genugtuung die gute Jungfer Honoria vorfand. Denn so eins war die Seele der Kammerjungfer mit den Kleidern, in die sie ihren Leib zu hüllen pflegte, daß nichts in der Welt sie bewogen hätte, sie aus den Augen zu lassen. Sie bewachte sie darum in eigener Person, während sie den oben vorgeführten Gesellen mit entspechenden Anweisungen an ihre Herrin absandte.

Sie berieten nun, welchen Weg sie zu wählen hätten, um der Verfolgung Herrn Westerns zu entgehen, der, wie sie wohl wußten, schon in ein paar Stunden hinter ihnen her sein würde. Die Straße nach London war für Honoria von solcher Anziehungskraft, daß sie sich am liebsten gerade auf ihr fortbegeben hätte; sie machte geltend, Sophia dürfe vor acht oder neun Uhr des kommenden Morgens nicht vermißt werden und ihre Verfolger vermöchten sie nicht einzuholen, auch wenn ihnen bekannt wäre, welche Straße sie gegangen seien. Doch Sophia hielt es für zu gewagt, hier irgend etwas dem Zufall zu überlassen; auch traute sie ihren zarten Gliedern nicht genügend, als daß sie einen Wettkampf, in dem nur die Geschwindigkeit entscheidet, hätte aufnehmen wollen. Sie beschloß somit, zunächst einmal wenigstens zwanzig oder dreißig Meilen quer über Land zu gehen und dann die gerade Straße nach London einzuschlagen. Und nachdem sie für eine Wegstrecke von zwanzig Meilen Pferde gemietet hatte, in der Absicht, zwanzig weitere Meilen zu reiten, brach sie also mit demselben Führer auf, mit dem sie von ihres Vaters Hause hergeritten war. Diesmal hatte er freilich in Sophias Zimmer eine viel gewichtigere, doch weniger anmutige Last aufzunehmen und hinter sich auf den Sattel zu packen, nämlich einen großen Handkoffer, wohlgefüllt mit all den schmückenden Äußerlichkeiten, mit denen die hübsche Honoria manche Eroberung und schließlich in der Stadt London ihr Glück zu machen hoffte.

Als sie etwa zweihundert Schritt vom Gasthaus entfernt auf der Straße nach London vorwärts gekommen waren, ritt Sophia an den Führer heran, und mit einer Stimme, in der mehr Honigsüße lag als selbst in der des Anakreon, von dem es doch heißt, sein Mund sei ein Bienenkorb gewesen, bat sie ihn, die erste Kehre, die nach Bristol führe, einzuschlagen.

Leser, ich bin nicht abergläubisch und glaube auch nicht sehr an Wunder, die sich in heutiger Zeit ereignen. Ich überliefere daher das Folgende nicht als verbürgte Wahrheit; denn tatsächlich kann ich es selbst kaum glauben, doch die Gewissenhaftigkeit des Geschichtsschreibers verpflichtet mich zu berichten, was mir vertraulich versichert worden ist. Also es heißt, das Pferd, das der Führer ritt, sei von Sophias Stimme so bezaubert worden, daß es anhielt und zu verstehen gab, daß es nicht weitergehen wolle.

Vielleicht mag die Tatsache stimmen und weniger wunderbar sein, als sie dargestellt wurde, denn es scheint, der Wirkung könnte eine natürliche Ursache voll entsprechen. Da nämlich der Führer in diesem Augenblick von der dauernden Anwendung seiner bewaffneten rechten Ferse abließ (denn gleich Hudibras trug er nur einen Sporn), ist es mehr als nur möglich, daß das Aufhören dieser Tätigkeit das Anhalten des Pferdes verursachte, besonders da dies zu andern Zeiten häufig vorkam.

Doch hatte die Stimme Sophias wirklich eine Wirkung auf das Pferd, so hatte sie nur eine sehr geringe auf den Reiter. Er entgegnete etwas knurrig, sein Herr, der Pferdebesitzer, habe ihm einen andern Weg vorgeschrieben, und er würde seine Stelle verlieren, wenn er nicht die ihm befohlene Richtung einhielte.

Da Sophia erkannte, daß ihre Überredungskunst ohne Wirkung blieb, fügte sie dem Zauber ihrer Stimme einen andern unwiderstehlichen hinzu, einen Zauber, der gemäß dem Sprichwort einen alten Gaul auf Trab bringt, einen Zauber, dem die neueren Zeiten all die bezwingende Macht zugeschrieben haben, welche die Alten der vollkommenen Redekunst nachsagten. Mit einem Wort, sie versprach, ihn über alle Erwartungen zu belohnen.

Der Bursche war diesen Versprechungen gegenüber nicht völlig taub, doch er liebte an ihnen nicht das Unbestimmte; wenn er auch das Wort vielleicht noch nie gehört hatte, so war doch dies der Grund für seine Ablehnung. Er sagte, Adelsleute hätten keinen Sinn für die Lage des armen Volkes; er sei kürzlich auch überredet worden, vom Weg abzuweichen, als er mit einem Herrn aus Junker Allworthys Haus durch das Land geritten sei, der ihn dafür aber nicht entschädigt habe, wie sich's gehört hätte.

„Mit wem?“ fragte Sophia begierig. „Mit einem Herrn aus Junker Allworthys Haus“, wiederholte der Bursche; „des Junkers Sohn, glaub ich, sagen sie.“ – „Von wo kam er, und in welcher Richtung ist er gereist?“ fragte Sophia. „Nun, so ziemlich Bristol zu, etwa zwanzig Meilen weit“, antwortete der junge Mensch. „Führt mich“, sagte Sophia, „an denselben Ort, und ich gebe Euch dafür eine Guinee oder zwei, wenn eine nicht genug ist.“ – „Meiner Treu“, antwortete der Bursche, „'s wär ehrlich zwei wert, wenn Euer Gnaden nur bedenken wollen, was das für ein Wagnis ist; wenn mir jedoch Euer Gnaden zwei Guineen versprechen, so will ich's auf mich nehmen. Freilich ist's sündhaft, so mit meines Herrn Pferden herumzureiten, doch ein Trost ist's: ich kann höchstens entlassen werden, und zwei Guineen machen das zum Teil wieder gut."

Nachdem der Handel somit abgeschlossen war, lenkte der Bursche zur Seite und in die Straße nach Bristol ein, und Sophia setzte ihre Verfolgung von Herrn Jones fort, sehr gegen Jungfer Honorias Einwendungen, die viel größeres Verlangen trug, London zu sehen, als Herrn Jones. Sie war gewiß nicht im gleichen Maß seine Freundin wie Sophia, denn er hatte sich die Vernachlässigung bestimmter kleiner pekuniärer Artigkeiten zuschulden kommen lassen, die von den Zofen vornehmer Damen bei allen Liebesangelegenheiten, zumal bei solchen von großer Heimlichkeit, erwartet werden. Wir schreiben dies lieber der Unbedachtsamkeit seines Wesens als einem Mangel an Freigebigkeit zu; Honoria jedoch mochte es auf den zweiten Beweggrund zurückführen. Gewiß ist, daß sie ihn deswegen bitter haßte und entschlossen war, jede Gelegenheit zu benützen, ihn samt ihrer Dame zu kränken. Für sie war es darum sehr mißlich, daß sie in dieselbe Stadt und Wirtschaft geriet, aus denen Jones aufgebrochen war, und noch mißlicher, daß sie auf denselben Führer gestoßen war und auf diese zufällig durch Sophia gemachte Entdeckung.

Unsere Reisenden kamen bei Tagesanbruch in Hambrook* an, und Honoria erhielt sehr wider ihren Willen den Auftrag, sich zu erkundigen, welchen Weg Herr Jones eingeschlagen habe. Darüber hätte sie freilich der Führer selbst unterrichten können; allein Sophia, ich weiß nicht aus welchem Grunde, stellte ihm diese Frage nie. Als Jungfer Honoria die von der Wirtin erfragte Auskunft überbracht hatte, verschaffte sich Sophia mit viel Mühe ein paar mittelmäßige Pferde, die sie beide zu dem Gasthaus trugen, wo Jones festgehalten worden war, mehr weil er das Unglück gehabt hatte, einem Wundarzt in die Hände zu fallen, als wegen seines verletzten Kopfes.

Hier wandte sich Jungfer Honoria wiederum im Auftrag Sophias an die Wirtin, um Erkundigungen einzuziehen; sie hatte dieser kaum Jones' Äußeres beschrieben, als die schlaue Frau, um den wenig feinen Ausdruck zu gebrauchen, Lunte

* Dies ist das Dorf, wo Jones mit dem Quäker zusammengetroffen war.

zu riechen begann. Als darauf Sophia eintrat, richtete die Wirtin, ohne der Kammerjungfer zu antworten, ihre Rede an die Herrin selbst: „Da schau an! Nein, wer hätte das gedacht? Ich schwör, das hübscheste Paar, das je ein Auge sah. Meiner Treu, Madam, da ist's kein Wunder, daß der Junker Euer Gnaden so nachfliegt. Er hat mir's ja selbst gesagt, seine Dame sei die schönste von der Welt, und recht hat er! Armes Herz. Mög sich der Herr seiner erbarmen! Er tat mir so leid, ja, herzlich leid, wenn er sein Kissen in seine Arme preßte und rief, das sei die liebste Madam Sophia. Ich tat alles, was ich nur vermochte, ihn davon abzubringen, in den Krieg zu ziehn; sagte ihm, es gebe Nichtsnutze genug, die einzig dazu taugten, totgeschossen zu werden, und die sich nicht die Liebe einer so schönen Dame erworben hätten." – „Die gute Frau ist gewiß ein wenig närrisch", sagte Sophia. „Nein, nein", rief die Wirtin, „ich bin nicht närrisch. Meint Euer Gnaden, ich wüßte nicht, was los ist? Ich versichere Ihnen, er hat mir alles gesagt." – „Was für ein unverschämter Geselle", rief Honoria, „hat zu Ihnen von meiner Dame gesprochen?" – „Kein unverschämter Geselle", entgegnete die Wirtin, „sondern der junge Herr, nach dem Sie sich erkundigt haben, und er ist wahrhaftig ein hübscher junger Mann, und er liebt Madam Sophia Western mit ganzer Seele." – „Er liebt meine Herrin! da sollt Ihr denn gleich wissen, die Frau ist zu gut für ihn!" – „Nein, Honoria", unterbrach sie Sophia, „ärgere dich nicht über die gute Frau; sie meint es nicht böse." – „Nein, gewiß nicht", antwortete die Wirtin, durch Sophias sanfte Worte kühn gemacht. Darauf erging sie sich in einer langen Erzählung, die zu langweilig ist, um hier festgehalten zu werden, und in der ein paar Bemerkungen fielen, daran Sophia ein wenig, das Kammermädchen jedoch in viel höherem Grade Anstoß nahm, das denn auch die Gelegenheit ergriff, den armen Jones, sobald sie zusammen allein waren, zu schmähen, indem sie sagte, das müsse doch ein erbärmlicher Kerl sein und er könne gewiß keine Liebe zu einer Dame hegen, da er fähig sei, auf solche Art ihren Namen in einem Bierhaus der Öffentlichkeit preiszugeben.

Sophia sah sein Betragen in einem nicht ganz so unvorteilhaften Licht; und vielleicht empfand sie sogar mehr Genugtuung über die heftigen Ausbrüche seiner Liebe (die die Wirtin *in gleichem Maße wie jeden andern* Umstand in ihrer Erzählung übertrieben hatte), als sie sich durch das übrige Benehmen gekränkt fühlte, und ganz gewiß war sie bereit, alles der Heftigkeit oder vielmehr dem Überschäumen seiner Leidenschaft zuzuschreiben und der Aufrichtigkeit seines Herzens.

Als jedoch der Vorfall später in ihrer Erinnerung durch Honoria wiederaufgewärmt und in den häßlichsten Farben dargestellt wurde, trug er dazu bei, ihren Glauben an jene mißlichen Geschehnisse zu Upton zu kräftigen, und kam der Kammerjungfer zustatten bei ihrem Versuch, ihre Herrin zum Verlassen dieses Gasthauses zu bewegen, ohne Jones gesehen zu haben.

Da die Wirtin begriff, daß Sophia nicht die Absicht hatte, länger zu bleiben, als bis die Pferde vorgeführt waren, und zwar ohne etwas zu essen oder zu trinken, zog sie sich bald zurück. Jetzt fing Honoria an, ihrer Herrin Vorstellungen zu machen (denn sie durfte sich manche Freiheit erlauben), und nach einer langen feierlichen Rede, in der sie an ihre Absicht, nach London zu gehen, erinnerte und häufig darauf anspielte, wie unschicklich es sei, einem jungen Menschen nachzupirschen, schloß sie mit der ernsten Ermahnung: „Um des Himmels willen, Madam, besinnen Sie sich, was Sie tun und wohin Sie gehen!"

Dieser Rat an eine Dame, die schon fast vierzig Meilen geritten war, und zwar in keiner sehr angenehmen Jahreszeit, dürfte manchen ziemlich töricht dünken. Man sollte meinen, daß sie sich längst alles reiflich überlegt und ihren Entschluß gefaßt hätte; ja sogar Jungfer Honoria schien nach den Anspielungen, die sie verlauten ließ, das zu glauben; und ich zweifle nicht, daß dies auch die Meinung mancher Leser ist, die schon längst davon überzeugt sind, das Ziel unserer Heldin zu kennen, und sie deswegen als ein liederliches Weibsbild verurteilt haben.

Doch in Wahrheit war dies nicht der Fall. Sophia war in letzter Zeit so sehr zwischen Furcht und Hoffnung hin und her gerissen worden, zwischen Pflicht und Liebe zu ihrem Vater, ihrem Haß auf Blifil, ihrem Mitleid und (warum nicht die Wahrheit bekennen?) ihrer Liebe für Jones – diese letzte war durch das Verhalten ihres Vaters, ihrer Tante, von jedermann sonst und ganz besonders durch Jones selbst zu einer Flamme entfacht worden –, daß ihre geistige Verfassung sich in jener Verwirrung befand, von der man richtig sagt, sie raube uns das Bewußtsein von dem, was wir tun oder wohin wir gehen, oder vielmehr, sie mache uns gleichgültig gegen die Folgen von beidem.

Der kluge und verständige Rat ihrer Zofe veranlaßte sie jedoch zu ein paar ruhigen Überlegungen, und sie entschloß sich zuletzt, nach Gloucester zu gehen und von dort direkt nach London.

Zum Unglück jedoch stieß sie wenige Meilen, bevor sie in dieser Stadt angelangt war, auf den Winkeladvokaten, der, wie erwähnt, dort mit Jones zusammen zu Abend gegessen hatte. Dieser Mensch, der Jungfer Honoria sehr wohl kannte, hielt an und begann mit ihr ein Gespräch. Sophia achtete jetzt nicht sonderlich darauf und erkundigte sich nur, wer der Mann sei.

Als sie aber dann in Gloucester durch Honoria mehr Einzelheiten über ihn erfahren und vernommen hatte, daß er wegen der Geschwindigkeit, mit der er zu reisen pflegte (wie bemerkt worden), berühmt sei, und als sie sich zudem erinnerte, gehört zu haben, wie Jungfer Honoria ihm mitgeteilt hatte, daß sie nach Gloucester gingen, da befiel sie die Furcht, daß ihr Vater dank der Beihilfe dieses Burschen imstande sein könnte, ihre Spur bis zu diesem Ort zu verfolgen. Sie befürchtete deshalb, sie würde, wenn sie die Straße nach London einschlüge, ganz gewiß von ihm eingeholt werden. So änderte sie ihren Entschluß, und nachdem sie Pferde gemietet hatte für eine Wochenreise in einer Richtung, die sie nicht beibehalten wollte, brach sie nach einer kleinen Erfrischung aufs neue auf, ganz wider den Wunsch und die inständigen Bitten ihrer Zofe und ungeachtet der Vorstellungen Frau Whitefields, die aus Höflichkeit oder vielleicht aus Gutherzigkeit (denn die junge Dame schien sehr müde zu sein) sie sehr dringend einlud, doch diese Nacht in Gloucester zu bleiben.

Sie hatte sich nur mit etwas Tee erquickt und etwa zwei Stunden auf einem Bett geruht, während die Pferde bereit gemacht wurden, als sie Frau Whitefields Haus etwa um elf Uhr nachts entschlossen verließ; sie ritt in die Worcesterstraße ein und kam in weniger als vier Stunden in dem Gasthaus an, wo wir sie zuletzt gesehen haben.

Nun wir unserer Heldin auf diese höchst merkwürdige Weise von ihrer Abreise bis zu ihrer Ankunft in Upton gefolgt sind, werden wir mit sehr wenigen Worten ihren Vater nach demselben Ort bringen. Nachdem dieser zuerst durch den Postillion, der seine Tochter nach Hambrook geleitet hatte, auf die Spur gebracht wurde, war er ihr mit geringer Mühe später nach Gloucester nachgeritten; von da folgte er ihr nach Upton, da er erfahren hatte, daß Herr Jones diesen Weg genommen habe (denn Partridge, um des Junkers Ausdruck zu gebrauchen, ließ überall einen starken Geruch zurück), und er hatte durchaus keine Zweifel, daß Sophia denselben Weg reiste oder lief, wie er sich ausdrückte. In Wahrheit benutzte er ein sehr derbes Wort, das wir hier aber nicht zu wiederholen brauchen, da Fuchsjäger, die allein es verstehen werden, ohne weiteres darauf geraten dürften.

ELFTES BUCH

Umfaßt ungefähr drei Tage.

1. Kapitel

Enthält einen Happen für die Kritiker.

Man wird vielleicht denken, daß wir in unserem letzten Einführungskapitel jene schreckliche Menschenart, die man Kritiker nennt, mit größerer Freiheit behandelt haben, als uns das ansteht; denn sie verlangen und erhalten auch gewöhnlich von den Autoren die Bezeigung größter Rücksicht und Ehrerbietung. Wir werden darum hier die Gründe für unser Verhalten gegenüber dieser erhabenen Körperschaft bekanntgeben; und vielleicht werden wir sie in ein Licht rücken, in dem sie bisher noch nicht gesehen worden sind.

Das Wort Kritiker ist aus dem Griechischen abgeleitet und bedeutet Urteil. Ich vermute deshalb, daß einige Personen, die den Urtext nicht verstanden und nur die Übersetzung gesehen haben, daraus schlossen, gemeint sei damit das Urteil im juristischen Sinne, indem es häufig als gleichbedeutend mit Verurteilung gebraucht wird.

Ich möchte dieser Auffassung um so eher beipflichten, als in den letzten Jahren die Mehrzahl der Kritiker unter den Rechtsgelehrten zu finden war. Manche von diesen Herren, die vielleicht daran verzweifelten, je auf die Richterbank von Westminster hinaufzukommen, haben sich auf den Bänken des Schauspielhauses niedergelassen, wo sie ihre richterlichen Fähigkeiten zur Anwendung brachten und Urteile abgaben, das heißt ohne Gnade verurteilten.

Die Herren wären vielleicht ganz erfreut, wenn wir es dabei bewenden ließen, sie mit einem in unserem Königreich so hochwichtigen und hochgeehrten Stande zu vergleichen; und trachteten wir danach, ihre Gunst zu gewinnen, dann verhielten wir uns auch so. Da wir aber aufrichtig und offen ihnen gegenüber sein möchten, müssen wir sie an einen Rechtsbeamten von viel niedrigerem Rang erinnern, mit dem sie, da sie nicht allein urteilen, sondern ihr Urteil auch vollstrecken, gleichfalls eine entfernte Ähnlichkeit haben.

Doch es gibt allerdings noch einen anderen Vergleich, den man richtig und gerechterweise auf diese modernen Kritiker anwenden könnte: den Vergleich mit dem gewöhnlichen Verleumder. Wenn jemand, der die Wesensart anderer Leute zu durchschauen sucht in keiner andern Absicht als der, ihre Fehler aufzudecken und sie der Welt mitzuteilen, die Bezeichnung eines Verleumders des guten Rufs seiner Mitmenschen verdient, warum sollte dann ein Kritiker, der in der gleichen übelwollenden Gesinnung ein Buch liest, nicht mit demselben Recht ein Verleumder des guten Rufes der Bücher genannt werden?

Das Laster, glaube ich, hat keinen unterwürfigeren Sklaven, die Gesellschaft erzeugt kein häßlicheres Gewürm, auch kennt der Teufel keinen seiner würdigeren Gast und vielleicht keinen ihm willkommeneren als den Verleumder. Die Welt, fürchte ich, betrachtet dieses Ungeheuer nicht mit halb so viel Abscheu, wie es ihn verdient; und ich scheue mich, den Grund dieser verbrecherischen Nachsicht, die ihm erzeigt wird, zu nennen. Aber der Dieb ist im Vergleich zu ihm etwas Harmloses, ja sogar der Mörder kann es selten mit ihm an Bosheit aufnehmen, denn Verleumdung ist eine grausamere Waffe als ein Schwert, da die von ihr geschlagenen Wunden unheilbar sind. Eine Art des Tötens freilich, und zwar die niedrigste und verächtlichste von allen, entspricht jenem Laster vollkommen, und das ist der Giftmord – eine Rachehandlung, so gemein und doch so schrecklich, daß unsere Gesetze sie einst wohlweislich von allen andern Formen unterschieden und mit besonderer Strenge bestraften.

Neben dem furchtbaren Unheil, das die Verleumdung anrichtet, und der Niedrigkeit der Mittel, die sie gebraucht, vermehren noch weitere Umstände ihre Scheußlichkeit. Denn oft wurde sie durch keine Herausforderung veranlaßt, und selten kann sie sich Lohn versprechen, es sei denn, ein finsterer und höllischer Sinn fühle sich belohnt durch den Gedanken, das Elend und Verderben anderer bewirkt zu haben.

Shakespeare hat in seiner edlen Art auf dieses Laster hingewiesen, wenn er sagt:

> Wer meinen Beutel stiehlt, stiehlt Tand; 's ist nichts,
> 's ist soviel;
> 's war mein, ist sein, war Tausenden ein Sklave:

Doch wer mir meinen guten Namen raubt,
Entblößt von dem mich, *was ihm nimmer frommt*,
Doch wahrhaft mich verarmt.

All dem wird mein guter Leser zweifelsohne zustimmen; hingegen wird ihm vermutlich manches, wenn wir es auf den Verleumder von Büchern anwenden, zu hart erscheinen. Doch mag man hier bedenken, daß beides auf die gleiche häßliche Grundgesinnung zurückzuführen ist, die sich nicht einmal entschuldigend auf eine Versuchung berufen kann. Auch werden wir das im zweiten Fall begangene Unrecht nicht für geringfügig halten, wenn wir ein Buch als seines Verfassers Zeugung betrachten und tatsächlich als seines Geistes Kind.

Der Leser, der seine Muse bis dahin jungfräulichen Zustandes ihres Weges hat ziehen lassen, kann sich von jener väterlichen Liebe keine auch nur annähernde Vorstellung machen. Für einen solchen möchten wir dem zärtlichen Ausruf Macduffs die scherzhafte Wendung geben: „Ach! du hast ja kein Buch geschrieben!" Aber der Verfasser, dessen Muse geboren hat, spürt die leidvolle Bedrückung. Vielleicht wird er Tränen vergießen (besonders wenn sein Liebling bereits aufgehört hat zu sein), wenn ich von der Mühsal erzähle, mit der die große Muse ihre Bürde schleppt, von der qualvollen Anstrengung, die es sie kostet, sie auszutragen, und endlich von der Liebe und Sorge, mit der der zärtliche Vater sein Herzenskind aufzieht, bis es herangereift ist, um in die Welt zu treten.

Auch gibt es keine väterliche Liebe, die so wenig vom Wesen des bloßen Instinkts an sich hat und die sich so gut mit der weltlichen Klugheit verträgt, wie diese. Solche Kinder dürfen recht eigentlich als der Reichtum ihres Vaters bezeichnet werden, und manche von ihnen haben mit echter Kindesliebe ihren Vater bis in sein hohes Alter genährt; und so können nicht allein die Gefühle, sondern kann auch das Interesse des Autors in hohem Grade durch diese Verleumder geschädigt werden, deren giftiger Atem ein Buch vorzeitig um seine Wirkung bringt.

Denn schließlich ist der Verleumder eines Buches in Wahrheit der Verleumder seines Verfassers; denn gleichwie niemand einen andern einen Bastard heißen kann, ohne damit seine Mutter eine Hure zu nennen, so kann keiner die Bezeichnungen „elender Stoff", „gräßlicher Unsinn" und so weiter auf ein

Buch anwenden, ohne damit den Verfasser als einen Dummkopf zu erklären; und das, wenn es auch im moralischen Sinn dem Schmähwort „Schurke" vorzuziehen ist, kann seinen weltlichen Interessen noch nachteiliger werden.

Wie lächerlich nun all dies auch manchem vorkommen mag, andere werden zweifellos seine Wahrheit fühlen und erkennen; ja, der oder jener ist vielleicht der Ansicht, ich hätte den Gegenstand nicht mit der gebührenden Ernsthaftigkeit behandelt, aber man kann doch gewiß auch mit lächelndem Gesicht eine Wahrheit vorbringen. Ein Buch hämisch oder sogar leichtfertig zu entwerten ist ein böswilliges Unterfangen, und ein grämlicher, mürrischer Kritiker, glaube ich, ist ein schlechter Mensch.

So will ich mich nun daranmachen, in dem noch übrigbleibenden Teil dieses Kapitels die Ziele und Absichten ebendieses Kapitels zu erklären und zu zeigen, welcher Art Kritik ich vorzubeugen trachte, denn ich möchte nicht so verstanden werden – außer von den Personen, die hier gemeint sind –, als dächte ich, daß es keine wirklichen Richter des Schrifttums gäbe, oder als wollte ich aus der edlen Literaturrepublik einen jener Kritiker ausschließen, deren Bemühungen die gelehrte Welt so viel verdankt. Solche Kunstrichter waren Aristoteles, Horaz und Longinus unter den Alten, Dacier und Bossuet unter den Franzosen, und einige vielleicht auch bei uns, die sicherlich das größte Recht besessen haben, wenigstens *in foro literario* ihre richterliche Autorität auszuüben.

Doch ohne auf alle die besondern Eigenschaften eines Kritikers einzugehen, auf die wir an anderer Stelle hingewiesen haben, möchte ich auf das strengste solche Kritiken zurückweisen, die irgend jemand über Werke schrieb, die er selbst nie gelesen hat. Derartige Kritikaster, mögen sie nun ihre eigenen Mutmaßungen und Gedanken aussprechen oder die Berichte und Meinungen anderer nachplappern, werden mit Recht Verleumder des guten Rufs des von ihnen geschmähten Buches genannt.

Und auch jene, so sollte man denken, verdienen diesen Namen, die, ohne bestimmte Fehler zu bezeichnen, das Ganze mit allgemein herabsetzenden Ausdrücken verdammen, wie „niederträchtig", „dumm", „albernes Zeug" und so weiter, und besonders durch den Gebrauch des Wortes „gemein", das dem Munde keines Kritikers ansteht, der nicht selbst den Pairs-Titel besitzt.

Und weiter: Wenn man gleich in einem Werk einige Fehler mit Recht aufzeigen könnte – solange diese nicht an den wichtigsten Stellen hervortreten oder nicht durch größere Schönheiten wieder wettgemacht werden –, so schmeckt es viel mehr nach der Bosheit eines Verleumders als nach dem Urteil eines wahren Kritikers, wenn im Hinblick auf ein paar schwache Stellen ein Verdammungsurteil über das Ganze ausgesprochen wird. Dies ist das gerade Gegenteil der Meinung des Horaz:

Verum ubi plura nitent in carmine, non ego paucis
Offendor maculis, quas aut incuria fudit,
Aut humana parum cavit natura . . .
Wahrlich, wo Schönes vielfach im Gedichte glänzt,
Werd ich durch einzelne Mängel nicht gekränkt,
Die achtloser Hand entrannen
Oder die Menschennatur nur schlecht behütet.

Denn, wie Martial sagt, *aliter non fit, avite, liber* – kein Buch kann auf andere Art geschaffen werden. Alle Schönheit des Charakters wie des Gesichts und überhaupt alles Menschlichen muß auf diese Weise erprobt werden. Und es wäre freilich grausam, sollte ein Werk wie diese Geschichte, deren Erschaffung Tausende von Stunden beanspruchte, der Verurteilung anheimfallen, weil ein bestimmtes Kapitel oder vielleicht mehrere Kapitel bei einem empfindlichen Sinn berechtigten Einspruch hervorrufen könnten. Und doch ist nichts allgemeiner als die allerstrengste Verurteilung von Büchern, gegen die solche Einwände bestehen, die, wenn sie auch berechtigt sind (und das sind sie nicht immer), doch auf keinen Fall das Verdienst des Ganzen antasten. Besonders im Theater kann man gewiß sein, daß ein einziger Ausdruck, der dem Geschmack der Zuschauer oder einem Kritiker in dieser Zuschauerschaft nicht behagt, mit Zischen belauert wird; und eine einzige Szene, die abgelehnt wird, bringt das ganze Stück in Gefahr. Nach den Geboten so strenger Regeln zu schreiben ist so unmöglich wie gemäß irgendwelchen exzentrischen Ansichten zu leben; und wenn wir nach dem Dafürhalten gewisser Kritiker und bestimmter Christen urteilen wollten, dann gibt es für keinen Schriftsteller Rettung in dieser und für keinen Menschen in der nächsten Welt.

2. Kapitel

Die Abenteuer, die Sophia begegneten, als sie Upton verlassen hatte.

Unsere Geschichte hatte, eben als sie umzukehren und auf ihrem Weg ein Stück rückwärts zu gehen genötigt war, die Abreise Sophias und ihrer Zofe aus dem Gasthaus erwähnt. Wir werden also jetzt den Schritten dieses liebenswerten Geschöpfes folgen und den unwürdigen Liebhaber noch ein wenig länger sein Mißgeschick oder vielmehr sein schlechtes Betragen beklagen lassen.

Nachdem Sophia ihrem Führer die Anweisung gegeben hatte, auf Nebenwegen querfeldein zu reiten, überschritten sie nun den Severn. Sie waren noch kaum eine Meile von dem Gasthaus entfernt, als die junge Dame, die sich umblickte, ein paar Pferde in vollem Trabe hinter ihnen herkommen sah. Ein Schrecken erfaßte sie, und sie rief dem Vorreiter zu, er solle so schnell reiten wie nur möglich.

Er gehorchte augenblicklich, und sie sprengten davon in vollem Galopp. Doch je heftiger sie ritten, um so rascher wurden sie verfolgt; und da die hintern Pferde etwas schneller waren als die vordern, so wurden sie schließlich eingeholt. Das war ein Glück für die arme Sophia, deren Ängste, zusammen mit ihrer Müdigkeit, ihre Kraft fast erschöpft hatten; jetzt aber fühlte sie eine plötzliche Erleichterung, als sie eine weibliche Stimme vernahm, die sie in den sanftesten und höflichsten Worten grüßte. Darauf antwortete Sophia, als sie wieder zu Atem gekommen, mit der gleichen Höflichkeit und freudiger innerer Genugtuung.

Die Reisenden, die sich zu Sophia gesellten und die ihr eine solche Furcht eingejagt hatten, bestanden, wie ihre eigene Gesellschaft, aus zwei Frauen und einem Führer. Beide Gruppen ritten wohl drei volle Meilen zusammen weiter, ohne daß einer von ihnen wieder den Mund öffnete, als unsere Heldin, die ihre Furcht nun so ziemlich überwunden hatte (doch nicht recht verstand, warum die andere Dame ständig an ihrer Seite blieb, da sie doch auf keiner großen Landstraße ritt und bereits mehrere krumme Feldwege eingeschlagen hatte), die Fremde nun in verbindlichstem Tone ansprach und sagte, sie schätze sich glücklich zu sehen, daß sie beide desselben Weges reisten. Die andere, die wie ein Gespenst nur darauf wartete, angesprochen zu werden, antwortete sogleich, das Glück sei durchaus auf ihrer Seite; sie sei in dieser Gegend fremd und sei so hocherfreut, einen Reisegefährten ihres eigenen Geschlechts getroffen zu haben, daß sie sich vielleicht einer Unverschämtheit schuldig gemacht habe, für die sie herzlich um Verzeihung bitte, weil sie sich ihr aufgedrängt und mit ihr Schritt gehalten habe. Noch weitere Höflichkeitsbekundungen wurden zwischen den Damen gewechselt, denn Jungfer Honoria hatte dem vornehmen Kleide der Fremden den Platz abgetreten und sich zur Nachhut gesellt. Doch obwohl Sophia gehörig neugierig war zu erfahren, warum die andere Dame immer weiter dieselben Seitenwege mit ihr ritt, ja wenngleich sie darob unruhig wurde, so hielt sie doch Furcht oder Bescheidenheit oder irgendein anderes Bedenken davon zurück, jene danach zu fragen.

Die fremde Dame war mittlerweile in eine Verlegenheit geraten, die zu erwähnen fast unter der Würde der Geschichte scheinen mag. Ihr Hut war ihr auf der Strecke einer Meile nicht weniger als fünfmal vom Kopf geweht worden; auch fand sich weder ein Band noch ein Taschentuch, um ihn unter dem Kinn zu befestigen. Als Sophia dies gewahrte, wollte sie ihr zu diesem Zweck sogleich eines von ihren Taschentüchern überlassen. Als sie es hervorholte, achtete sie jedoch zu wenig auf den Zügel ihres Pferdes; das Tier trat unglücklicherweise fehl, strauchelte über seine Vorderfüße und warf seine schöne Reiterin aus dem Sattel.

Obgleich Sophia Hals über Kopf zu Boden stürzte, geschah ihr zum Glück nicht der geringste Schaden, und dieselben Umstände, die vielleicht ihren Fall mit herbeigeführt hatten, bewahrten sie jetzt vor Verwirrung. Denn der Grund, über den sie jetzt ritten, lag in einer engen Talsenke und war dicht mit Bäumen bestanden, so daß das Mondlicht nur wenig hindurchscheinen konnte; zudem war der Mond eben jetzt hinter einer Wolke so versteckt, daß es fast völlig dunkel war. Auf diese Weise wurde der jungen Dame Schamgefühl, das überaus empfindlich war, ebensowenig verletzt wie ihre Glieder, und sie wurde wieder in den Sattel gehoben und hatte weiter nichts erlitten als vielleicht einen kleinen Schrecken bei ihrem Sturz.

Das Tageslicht erschien endlich in seinem vollen Glanze; und jetzt sahen die beiden Damen, die Seite an Seite über ein Gemeindefeld ritten, einander genau an; beider Augen nahmen *einen starren* Ausdruck an, beider Pferde hielten an, beide Damen redeten gleichzeitig und riefen mit gleicher Freude, die eine den Namen Sophia, die andere den Namen Harriet.

Dieses unverhoffte Zusammentreffen war für die Damen eine viel größere Überraschung, als sie das, glaube ich, für den einsichtigen Leser sein wird, der ja bereits erraten haben muß, daß die Fremde niemand anders sein konnte als Frau Fitzpatrick, Sophia Westerns Kusine, von der wir mitgeteilt haben, daß Sie den Gasthof nur wenige Minuten nach dieser verließ.

So groß waren Überraschung und Freude, die beide Kusinen bei diesem Zusammenfinden ergriffen (denn sie waren ehedem enge Vertraute und Freundinnen gewesen und lange mitsammen bei ihrer Tante, Fräulein Western, erzogen worden), daß es unmöglich ist, auch nur die Hälfte der Freudenrufe aufzuzählen, die sie miteinander austauschten, ehe die eine an die andere eine höchst natürliche Frage richtete, nämlich die, wohin sie denn unterwegs sei.

Diese Frage wurde zuerst von Frau Fitzpatrick gestellt. Doch so verständlich und natürlich sie scheinen mag, Sophia fiel es schwer, eine einfache und bestimmte Antwort darauf zu geben. Sie bat darum ihre Kusine, alle Neugier so lange zu unterdrücken, bis sie in einem Gasthaus ankämen, „und ich denke", sagte sie, „wir werden bald bei einem anlangen; und glaube mir, Harriet, ich unterdrücke nicht weniger Neugier meinerseits, und ich glaube wirklich, wir sind beide gleich verwundert, uns hier zu sehen".

Das Gespräch, das die beiden Damen nun auf dem Weg miteinander führten, war meines Erachtens nicht wichtig genug, um aufgezeichnet zu werden, und noch weniger war es die Unterhaltung der beiden Dienerinnen, denn auch diese begannen einander Komplimente zu machen. Den beiden Führern aber war das Vergnügen der Unterhaltung genommen, da der eine vorausreiten, der andere den Zug beschließen mußte.

In solcher Ordnung reisten sie manche Stunde, bis sie auf eine breite, festgetretene Straße gelangten, die, da sie nach rechts führte, sie bald zu einem vielversprechenden Gasthaus leitete, wo sie alle abstiegen. Sophia jedoch war so erschöpft, daß sie sich während der letzten fünf oder sechs Meilen nur noch mit Mühe auf ihrem Pferd hatte halten können, und so war sie jetzt außerstande, ohne Hilfe abzusitzen. Dies erkannte der Gastwirt, der ihr Pferd hielt, und er erbot sich, sie vom Sattel in seine Arme aufzunehmen; nur zu bereitwillig nahm sie seinen Beistand an. Denn das Schicksal schien sich an diesem Tage wirklich vorgesetzt zu haben, Sophia zum

Erröten zu bringen, und der zweite heimtückische Angriff auf ihr Schamgefühl gelang besser als der erste. Der Wirt hielt die junge Dame kaum in seinen Armen, als sein Fuß, den eben noch die Gicht arg geplagt hatte, ausglitt und er hinfiel; doch im selben Augenblick und ebenso gewandt wie galant brachte er es fertig, sich unter seine anmutige Last zu werfen, so daß er allein von dem Fall ein paar Quetschungen abbekam. Was jedoch Sophias Schamgefühl einen heftigen Stoß versetzte, war ein breites Grinsen, das sie, als sie sich wieder aufrichtete, auf den Gesichtern fast aller Umstehenden erblickte. Das ließ sie ahnen, was tatsächlich geschehen war und was wir nicht zur Ergötzung von Lesern, die fähig sind, über die Verletzung des Feingefühls einer Dame zu lachen, preisgeben werden. Wir haben derartige Vorfälle nie in einem komischen Lichte sehen können, und wir stehen nicht an zu sagen, daß der von der Schamhaftigkeit einer schönen jungen Dame eine recht unzulängliche Vorstellung haben muß, der wünschen kann, sie für eine so klägliche Genugtuung, wie sie das Gelächter gewährt, zu opfern.

Der Schrecken aber und Verdruß, zusammen mit der großen Müdigkeit, die sich ihres Gemütes wie ihres Körpers bemächtigt, hatten Sophias ausgezeichnete Konstitution fast völlig übermannt. Kaum besaß sie noch die Kraft, auf den Arm ihrer Zofe gestützt, in den Gasthof hineinzuwanken. Sobald sie sich hier gesetzt hatte, rief sie nach einem Glas Wasser, doch Jungfer Honoria, die nach meiner Meinung ihren Zustand richtig erfaßte, besorgte für sie statt dessen ein Glas Wein.

Als Frau Fitzpatrick von Jungfer Honoria vernommen hatte, daß Sophia während der beiden letzten Nächte in kein Bett gekommen war, und nun bemerkte, daß sie vor Müdigkeit ganz blaß und bleich aussah, bat sie sie dringend, sich doch durch etwas Schlaf zu erquicken. Bis jetzt wußte sie nichts von ihrer Geschichte oder von ihren Befürchtungen; hätte sie aber auch beide gekannt, so würde sie ihr doch diesen Rat gegeben haben, denn so sehr schien Sophia der Ruhe zu bedürfen; und der lange Ritt hatte alle Gefahr der Verfolgung so ferngerückt, daß sie in dieser Hinsicht keine Bedenken hegte.

Sophia ließ sich leicht bereden, dem Rat ihrer Freundin zu folgen, den auch ihre Kammerjungfer kräftig unterstützte. Frau Fitzpatrick bot sich an, ihrer Kusine Gesellschaft zu leisten, was Sophia mit vieler Artigkeit annahm.

Ihre Herrin lag noch nicht lange im Bett, als ihre Zofe sich anschickte, ihrem Beispiel zu folgen. Sie begann sich bei ihrer Schwester Abigail angelegentlich zu entschuldigen, weil sie sie an einem so scheußlichen Ort, in einem Gasthaus, so allein lassen müsse, doch die andere, nicht minder geneigt, ein wenig einzunicken, fiel ihr ins Wort und bat sie um die Ehre ihrer Bettgesellschaft. Sophias Zofe gestand der andern zu, das Bett mit ihr zu teilen, versicherte jedoch, die Ehre sei allein auf ihrer Seite. Und so, nach vielen Knicksen und Komplimenten, schlüpften auch die Dienerinnen unter die Decke, gleichwie ihre Herrinnen das schon vorher getan hatten.

Unser Gastwirt pflegte (so wie das bei seiner ganzen Zunft üblich ist) den Brauch, sich bei allen Kutschern, Bedienten, Postillionen und andern eingehend nach den Namen aller seiner Gäste zu erkundigen, nach ihren Besitztümern und wo diese lagen. Es kann daher, nach den vielen seltsamen Umständen, die unsere Reisenden begleitet hatten, und zumal sich diese zu so ungewohnter Stunde, morgens zehn Uhr, zum Schlaf zurückzogen, nicht verwundern, daß sie seine Neugier erregten. Sobald also die Vorreiter oder Führer die Küche betraten, fing er an, sie auszufragen, wer die Damen seien und woher sie kämen; aber die Führer, obwohl sie ihm getreulich alles berichteten, was sie wußten, vermochten ihm sehr wenig zu genügen. Sie steigerten vielmehr seine Neugier, statt sie zu befriedigen.

Der Wirt stand bei allen seinen Nachbarn im Ruf großer Klugheit. Man glaubte, daß er weiter und tiefer in alle Dinge eindringe als irgend jemand im Kirchspiel, den Pfarrer nicht ausgenommen. Vielleicht hatte sein Aussehen nicht wenig dazu beigetragen, ihm diesen Ruf zu verschaffen, denn es lag in seinem Äußern etwas wundervoll Weises und Bedeutungsvolles, besonders wenn er seine Pfeife im Mund hielt, ohne die man ihn allerdings selten sah. Sein Benehmen war gleicherweise der Meinung von seinem tiefen Geiste förderlich. In seiner Haltung war er feierlich, wo nicht düster, und wenn er sprach, was er nicht häufig tat, so äußerte er sich gewichtig und langsam; und wiewohl seine Sätze nur kurz waren, unterbrach er sie noch mit vielen Hums und Has, Jajas und andern Füllworten, so daß, obgleich er seine Rede mit bestimmten erklärenden Gebärden begleitete, mit Kopfschütteln oder Nicken oder Ausstrecken des Zeigefingers, seine Hörer gewöhnlich den Eindruck erhielten, er wisse mehr, als er hatte verlauten lassen. Ja, meist deutete er an, daß er noch viel mehr wisse, als er zu enthüllen für gut halte. Dieser letzte Umstand allein schon könnte ihm den Ruf der Weisheit eingebracht haben, denn die Menschen neigen seltsamerweise dazu, das zu verehren, was sie nicht verstehen – ein großes Geheimnis, auf das sich verschiedene Betrüger der Menschheit für den Erfolg ihrer Schwindeleien völlig verlassen haben.

Diese diplomatische Persönlichkeit nahm nun seine Ehehälfte beiseite und fragte sie, was sie von den jüngst angekommenen Damen dächte. „Von ihnen denke?“ sagte die Frau, „was denn sollte ich von ihnen denken?“ – „Ich weiß“, antwortete er, „was ich denke. Die Führer erzählen merkwürdige Geschichten. Der eine behauptet von Gloucester zu kommen und der andere von Upton, und keiner von ihnen, soviel ich herausgebracht habe, kann sagen, wohin sie wollen. Aber was für Leute reisen je durch das Land hierher und besonders nach London? Und eins von den Kammermädchen fragte, bevor sie abstieg, ob dies nicht die Straße nach London sei. Ich habe alle diese Umstände zusammengerechnet, und was, glaubst du, ist dabei herausgekommen?“ – „Aber nein“, antwortete sie, „du weißt, ich maße mir nicht an, mir über deine Entdeckungen ein Urteil zu bilden.“ – „Bist ein gutes Mädchen“, erwiderte er und klopfte ihr sanft unter das Kinn; „ich muß zugeben, du hast dich immer vor meiner Einsicht in solche Dinge gebeugt. Nun dann – verlaß dich drauf; merk dir, was ich sage – verlaß dich drauf, sie sind sicherlich ein paar von den Damen der Rebellen, die, wie es heißt, mit dem jungen Chevalier herumziehn und der Armee des Herzogs zu entwischen suchen.“

„Mann“, antwortete die Frau, „du hast gewiß das Richtige getroffen; denn eine von ihnen ist so fein wie nur eine Prinzessin gekleidet und sieht auch ganz und gar wie so eine aus. Aber wenn ich eines in Betracht ziehe . . .“ – „Wenn du in Betracht ziehst“, rief der Gastwirt verächtlich, „komm, laß hören, was du in Betracht ziehst.“ – „Nun, es ist dies“, antwortete die Frau, „daß sie zu bescheiden ist, um eine große Dame zu sein, denn während unsere Betty ihr das Bett wärmte, nannte sie das Mädchen beständig nur ‚Kind‘ und ‚meine Liebe‘ und ‚mein Schatz‘, und als Betty ihr Schuhe und Strümpfe ausziehen wollte, wehrte sie ab und sagte, sie wolle ihr keine Mühe machen.“

„*Pah!*“ entgegnete ihr Gatte, „das will nichts heißen. Glaubst du, weil du ein paar große Damen gesehen hast, die grob und unhöflich gegen Leute der untern Stände waren, daß es keine gibt, die sich vor ihren Untergebenen richtig zu betragen wissen? Ich erkenne vornehme Leute, wenn ich sie sehe – ich denke, ich hab dafür ein Auge. Verlangte sie nicht, als sie ins Haus kam, ein Glas Wasser? Eine andere Sorte von Frauen würde einen Schnaps verlangt haben, das weißt du. Wenn sie keine Frau von hohem Rang ist, will ich ein Narr sein, und für die, die mich dann kaufen wollten, wär ich ein schlechtes Geschäft. Aber nun, würde eine Frau ihres Standes ohne Bedienten reisen, wenn es sich nicht um eine derartige besondere Angelegenheit handelte?“ – „Aber nein, Mann, natürlich nicht, du weißt in solchen Dingen besser Bescheid als ich oder die meisten andern Leute.“ – „Ich glaube, ich weiß davon etwas“, sagte er. „Ja, wahrhaftig“, entgegnete die Frau, „das arme kleine Ding sah so kläglich aus, wie es so dort auf dem Stuhl saß; ich konnte nicht anders, ich habe sie fast so bemitleidet, als wäre sie ein Häufchen Unglück. Doch was soll man da tun, Mann? Wenn sie zu den Rebellen gehört, so denk ich, du wirst sie dem Gericht überliefern wollen. Nun also, sie ist eine freundliche, gutartige Dame, doch sei sie, was sie will, ich werde kaum die Tränen zurückhalten können, wenn ich vernehme, daß sie gehängt oder geköpft worden ist.“ – „Puh!“ machte der Gatte. „Doch was zu tun sei, das ist so leicht nicht zu entscheiden. Ich hoffe, noch bevor sie geht, werden wir die Nachricht von einer geschlagenen Schlacht erhalten; denn sollte der Chevalier siegen, dann könnte sie für uns bei Hofe von Nutzen sein und unser Glück machen, ohne daß wir sie zu verraten brauchen.“ – „Ach, das ist wahr“, antwortete die Frau, „und ich hoffe von Herzen, das möchte ihr möglich sein. Sie ist ja gewiß eine liebe, gütige Dame; es wäre mir schrecklich zuwider, wenn ihr etwas zustoßen sollte.“ – „Pah!“ rief der Wirt, „Frauen sind immer so weichherzig. Du möchtest doch keine Rebellen beherbergen, oder?“ – „Nein, sicherlich nicht“, beteuerte die Frau; „und was das Verraten angeht, mag kommen, was will, niemand wird uns tadeln. In unserem Falle würde jedermann so handeln.“

Während unser diplomatischer Gastwirt, der, wie man sieht, nicht unverdient bei seinen Nachbarn den Ruf großer Klugheit genoß, über diese Sache mit sich selber weiter ratschlagte (denn der Meinung seiner Frau schenkte er nur wenig Beachtung), traf die Nachricht ein, daß die Rebellen dem Herzog entwischt und in einem Tagesmarsch nach London marschiert seien, und bald darauf erschien ein berühmter jakobitischer Junker, der mit strahlendem Gesicht dem Gastwirt die Hand schüttelte und sagte: „Alles gehört nun uns, mein Junge; zehntausend wakkere Franzosen sind bei Suffolk gelandet. Es lebe das alte England! Zehntausend Franzosen, mein braver Bursch! Ich muß gleich wieder weiter.“

Diese Nachrichten entschieden über die Meinung des klugen Mannes, und er beschloß, der jungen Dame, wenn sie ausgeschlafen hätte, seine Aufwartung zu machen, denn er hatte (so sagte er) die Entdeckung gemacht, daß sie niemand anders war als Madam Jenny Cameron in Person.

3. Kapitel

Ein sehr kurzes Kapitel, in dem gleichwohl eine Sonne, ein Mond, ein Stern und ein Engel vorkommen.

Die Sonne (sie nimmt es in dieser Jahreszeit mit der Stunde genau) hatte sich schon seit geraumer Weile zur Ruhe begeben, als Sophia sich, köstlich erquickt, von ihrem Schlaf erhob. So kurz er gewesen war, nichts als ihre außerordentliche Ermüdung hätte ihn hervorrufen können, denn obgleich sie ihrer Zofe, als sie Upton verließ, gesagt hatte und dies vielleicht auch selber glaubte, sie sei vollkommen ruhig, so ist doch gewiß, daß ihr Gemüt ein wenig von jener Krankheit angegriffen war, die von all den unruhigen Anzeichen eines Fiebers begleitet wird und vielleicht ebenjene Störung ausmacht, die die Ärzte meinen (falls sie überhaupt meinen), wenn sie von einem Nervenfieber sprechen.

Frau Fitzpatrick verließ um dieselbe Zeit ebenso das Bett. Sie hatte ihrer Kammerjungfer geklingelt und kleidete sich unverzüglich an. Sie war wirklich eine recht hübsche Frau; in jeder andern als in Sophias Gesellschaft hätte man sie für schön halten können. Als jedoch Jungfer Honoria aus eigenem Antrieb herbeikam (denn ihre Herrin wollte nicht, daß man sie weckte) und unserer Heldin beim Ankleiden half, da mußten Frau Fitzpatricks Reize, die das Amt des Morgensterns verrichtet hatten und größerem Glanze vorausgegangen waren, das Schicksal dieses Sternes teilen; sie wurden in dem Augenblick völlig ausgelöscht, da jener viel größere Glanz hervortrat.

Sophia hatte vielleicht niemals schöner ausgesehen als zu ebendieser Stunde. So wollen wir denn die Magd des Gasthofes wegen ihrer Hyperbel nicht verdammen, die sie aussprach, als sie das Feuer angemacht hatte und wieder herunterkam und schwor, daß, wenn jemals ein Engel auf Erden gewesen sei, so sei er jetzt dort oben in der Kammer.

Sophia hatte ihre Kusine mit ihrer Absicht, nach London zu gehen, bekannt gemacht, und Frau Fitzpatrick hatte zugestimmt, sie dorthin zu begleiten, denn die Ankunft ihres Gatten zu Upton hatte ihren Plan, nach Bath oder zu ihrer Tante Western zu gehen, vereitelt. Sobald sie mit ihrem Tee fertig waren, schlug Sophia darum vor, weiterzureiten, denn der Mond schien prächtig hell, und vor dem Frost fürchtete sie sich nicht. Auch empfand sie nichts von jener Furcht, die so manche junge Frau bei einer nächtlichen Reise gefühlt hätte, denn, wie wir schon früher sagten, sie besaß einen gewissen Grad von angeborenem Mut, und er wurde durch ihren gegenwärtigen Gemütszustand, der nahezu an Verzweiflung grenzte, noch beträchtlich vermehrt. Da sie zudem schon zweimal bei diesem Mondschein in völliger Sicherheit gereist war, war sie kühn genug geworden, dies auch ein drittes Mal zu wagen.

Frau Fitzpatrick war von ängstlicherer Natur. Zwar hatte bei ihr die größere Furcht die geringere besiegt, und die Gegenwart ihres Gatten hatte sie zu so ungewohnter Stunde aus Upton vertrieben, aber jetzt, da sie an einem Orte angelangt war, wo sie sich vor seinen Verfolgungen völlig sicher glaubte, wirkte jene geringere Furcht vor ich weiß nicht was auf sie mit solcher Kraft, daß sie ihre Kusine dringend bat, doch bis zum nächsten Morgen zu verweilen und sich nicht den Gefahren eines Nachtrittes auszusetzen.

Als Sophia, nachgiebig bis zum Übermaß, erkannte, daß sie ihrer Kusine weder durch Argumente noch durch Auslachen beikommen konnte, trug sie endlich diesen Ängsten Rechnung. Hätte sie allerdings Nachricht von ihres Vaters Ankunft in Upton gehabt, so würde es wohl schwerer gehalten haben, sie zu überreden; denn was Herrn Jones betrifft, so fürchte ich, daß der Gedanke, er könnte sie einholen, ihr keinen großen Schrecken verursacht haben dürfte. Ja, soll ich die Wahrheit gestehen, so glaube ich, sie wünschte das mehr, als daß sie es fürchtete, obgleich ich diesen Wunsch durchaus ehrlich dem Leser leicht hätte verhehlen können, da er eine jener geheimen, unwillkürlichen Regungen der Seele war, die zur Vernunft oft in gar keinem Verhältnis stehen.

Als unsere jungen Damen beschlossen hatten, die ganze Nacht über im Gasthaus zu bleiben, trat die Wirtin zu ihnen und wünschte zu wissen, was Ihre Gnaden zu essen beliebten. Eine solche Anmut entfaltete Sophia in ihrer Stimme, ihrem Benehmen, ihrem leutseligen Gehaben, daß sie dadurch die Wirtin in das höchste Entzücken versetzte; und diese gute Frau, überzeugt, daß sie es mit Jenny Cameron zu tun habe, wurde mit eins zur unerbittlichen Jakobitin, die der Sache des jungen Prätendenten von Herzen alles Gute wünschte, und zwar wegen der Liebenswürdigkeit und Leutseligkeit, mit der sie von dessen vermeintlicher Mätresse behandelt worden war.

Die beiden Kusinen begannen nun sich ihre gegenseitige Neugier zu gestehen, um zu erfahren, welche außerordentlichen Zufälle auf beiden Seiten zu diesem so seltsamen und unerwarteten Zusammentreffen geführt hatten. Und schließlich erzählte Frau Fitzpatrick, nachdem sie von Sophia das Versprechen erhalten hatte, daß sie ihrerseits ein Gleiches tun werde, was der Leser, wenn er begierig ist, ihre Geschichte zu kennen, in dem folgenden Kapitel lesen mag.

4. Kapitel

Frau Fitzpatricks Geschichte.

Nach einigen Minuten des Schweigens und einem tiefen Seufzer fing Frau Fitzpatrick also an: „Es ist ganz natürlich, daß Unglückliche mit einer heimlichen Rührung jener Zeiten in ihrem Leben gedenken, die für sie die frohesten gewesen sind. Die Erinnerung an vergangene Freuden erfüllt uns mit einem zärtlichen Kummer, gleich dem, den wir nach der Abreise von Freunden empfinden, und beide Vorstellungen, kann man sagen, nehmen unser Innerstes ganz in Besitz.

Aus diesem Grunde kann ich mir niemals ohne Schmerz jene Tage zurückrufen (weitaus die glücklichsten meines Lebens), die wir zusammen verbrachten, als wir beide der Aufsicht unserer Tante Western unterstellt waren. Ach! Miss Graveairs und Miss Giddy*, warum sind sie nicht mehr? Du erinnerst dich sicher daran, daß wir uns nur unter diesen Namen kannten. Wirklich gabst du mir diesen zweiten Namen mit nur zu guten Gründen. Ich habe seither die Erfahrung gemacht, wie

* Graveairs = mit ernstem Gesicht; giddy = leichtsinnig, flatterhaft (Anmerkung des Übersetzers).

sehr ich ihn verdiente. Du, meine Sophia, warst stets die Überlegene in allem, und ich hoffe, du wirst das auch in deinem Glück sein. Nie werde ich den klugen und frauenhaften Rat vergessen, den du mir einst gabst, als ich wegen eines Balls enttäuscht war und mich beklagte, wiewohl du damals noch keine vierzehn Jahre zähltest. Ach, Sophy, wie glücklich muß damals mein Leben gewesen sein, als ich eine derartige Enttäuschung für ein Unglück halten konnte, das auch tatsächlich das größte war, das ich bis dahin gekannt hatte!"

„Und doch, liebe Harriet", antwortete Sophia, „damals war es für dich eine ernste Angelegenheit. Tröste dich mit dem Gedanken, daß, was immer dich heut zu klagen zwingt, dir später so nichtig und verächtlich erscheinen wird wie jetzt ein Ball."

„Ach, meine Sophia", entgegnete die andere Dame, „du selbst wirst über meine gegenwärtige Lage anders denken; denn sehr müßte sich dieses zärtliche Herz verändert haben, wenn meine Mißgeschicke ihm nicht manchen Seufzer, ja manche Träne abpressen sollten. Da ich dies weiß, sollte es mich vielleicht davon abschrecken, dir zu erzählen, was nach meiner Überzeugung dich so ergreifen wird." Hier hielt Frau Fitzpatrick wiederum inne, dann, auf Sophias wiederholte Bitten, fuhr sie fort: „Du wirst zwar manches über meine Ehe gehört haben, doch, da die Dinge wahrscheinlich unrichtig dargestellt worden sind, will ich vom Beginn meiner unglücklichen Bekanntschaft mit meinem jetzigen Gatten ausgehen, die sich in Bath entspann, kurz nachdem du unsere Tante verließest und zu deinem Vater nach Hause zurückkehrtest.

Unter den fröhlichen jungen Leuten, die sich zu jener Kurzeit in Bath befanden, war auch Herr Fitzpatrick. Er war hübsch, ungezwungen, äußerst galant und übertraf in seiner Kleidung die meisten andern an Geschmack. Kurz, meine Liebe, wenn du ihn unglücklicherweise heute gesehen hast, so könnte ich ihn nicht besser beschreiben, als indem ich sage, er war in allem das genaue Gegenteil von dem, was er heute ist. Denn er ist vollkommen verbauert und zu einem ungeschlachten Iren geworden. Doch um in meiner Geschichte fortzufahren: Die Vorzüge, die er damals besaß, machten ihn so beliebt, daß, obwohl die Leute vornehmen Standes zu jener Zeit von der übrigen Gesellschaft getrennt lebten und sich von ihren Vergnügungen fernhielten, es Herrn Fitzpatrick gelang, dort Zutritt zu finden. Es war vielleicht nicht leicht, ihm zu entgehen, denn er bedurfte keiner ausdrücklichen Einladung; da er gut aussah und ein feines Betragen hatte, so fiel es ihm nicht schwer, sich bei den Damen einzuschmeicheln, und da er zudem eine gewandte Klinge führte, so wagten die Männer nicht, ihn offen zu beleidigen. Wären diese Umstände nicht gewesen, so hätten ihm seine eigenen Geschlechtsgenossen, glaube ich, bald den Laufpaß gegeben, denn irgendein Anrecht, von englischen Edelleuten bevorzugt zu werden, besaß er im Grunde nicht. Auch schienen sie nicht geneigt, ihm eine besondere Gunst zu bezeigen. Sie alle schimpften über ihn hinter seinem Rücken, doch bei den Frauen war er gern gesehen und wurde von ihnen besonders ausgezeichnet.

Meine Tante, wiewohl selbst keine Standesperson, war, da sie stets in der Umgebung des Hofes gelebt hatte, in jene Kreise aufgenommen worden; denn auf welchem Wege immer jemand in den erlauchten Ring gelangt, befindet er sich einmal dort, so bedarf es keines weiteren Verdienstes als eben des Dortseins. Diese Beobachtung hast du sicher, so jung du warst, an unserer Tante gemacht, die sich bald zwanglos, bald zurückhaltend gab, je nachdem die Leute mehr oder weniger an jenem Verdienste teilhatten.

Und dieses Verdienst, glaube ich, war es hauptsächlich, das Herrn Fitzpatrick ihre Gunst erwarb. Und diese Gunst erhielt er sich mit solchem Erfolg, daß er stets zu ihren privaten Gesellschaften eingeladen wurde. Er war auch nicht faul im Erwidern solcher Gunstbezeigung, denn bald wurde er in seinem Verhalten zu ihr so vertraulich, daß zuerst die Lästerzungen sich in Bewegung setzten, worauf die anständigen Leute es ihnen gleichtaten. Ich für meinen Teil muß bekennen, ich zweifelte nicht daran, daß seine Absichten, wie der schöne Satz lautet, durchaus ehrenhaft waren: das bedeutet, eine Dame um ihr Vermögen zu bringen, indem man sie heiratet. Unsere Tante war, wie ich wohl begriff, weder jung noch hübsch genug, um böse Begierden zu erregen, doch besaß sie die Reize der Matrone in reichlichem Maße.

In dieser Ansicht wurde ich bestärkt durch die ungewöhnliche Achtung, die er mir vom ersten Augenblick unserer Bekanntschaft an erwies. Ich sah darin einen Versuch, wenn möglich die Abneigung zu vermindern, die ich gegen eine solche Verbindung haben könnte; und ich weiß nicht, wie es kam, doch bis zu einem gewissen Grade hatte es diese Wirkung. Denn da ich mit meiner eigenen Vermögenslage ganz zufrieden war und alles andere als ein Sklave eigensüchtiger Überlegungen, so konnte ich einem Manne nicht feindlich gesinnt sein, dessen Betragen mir gegenüber mir soviel Vergnügen machte; und das um so mehr, als ich allein der Gegenstand solcher Achtung war. Er betrug sich nämlich gleichzeitig gegen manche Frau der Gesellschaft ohne jeden Respekt.

So angenehm mir das auch war, er vertauschte dieses Verhalten bald gegen ein anderes, das mir vielleicht noch mehr gefiel. Er wurde nun weich und zärtlich und schmachtete und seufzte häufig. Zeitweilig gab er – ich will nicht entscheiden, ob aus natürlichem Antrieb oder in bestimmter Absicht – seiner gewöhnlichen Heiterkeit und Fröhlichkeit nach; das tat er aber immer nur in größerer Gesellschaft und in Gegenwart anderer Frauen. Doch selbst beim Reihentanz wurde er ganz ernst, wenn er nicht mein Partner war, und warf mir den allersanftesten Blick zu, sobald er in meine Nähe kam. In allem verhielt er sich gegen mich so eigenartig, daß ich hätte blind sein müssen, um es nicht zu bemerken. Und, und, und ..." – „Und du freutest dich darüber noch viel mehr, meine liebe Harriet", rief Sophia; „du brauchst dich dessen nicht zu schämen", setzte sie seufzend hinzu, „denn freilich liegt ein unwiderstehlicher Zauber in der Zärtlichkeit, die nur zu viele Männer uns vorzuspiegeln wissen." – „Wahr", antwortete ihre Kusine, „Männer, die in allen andern Dingen nach gesundem Menschenverstand verlangen, sind wahre Machiavellis in den Künsten der Liebe. Ich wollte, ich kennte keine Beispiele. Also, der Klatsch war nun um mich so geschäftig wie früher um meine Tante; und ein paar freundliche Damen scheuten sich nicht zu versichern, Herr Fitzpatrick habe einen Liebeshandel mit uns beiden.

Erstaunlich scheinen dürfte aber dies: Die Tante sah oder ahnte nicht das geringste von dem, was doch, glaube ich, deutlich genug aus unserem beiderseitigen Verhalten abzulesen war. Man könnte wirklich denken, daß Liebe die Augen einer alten Frau völlig stumpf mache. So gierig verschlingen sie die ihnen zuteil werdenden Artigkeiten, daß sie, gleich einem leidenschaftlichen Schlemmer, nicht Muße finden zu beobachten, was zwischen andern am selben Tisch vorgeht. Ich habe das nicht nur in meinem eigenen Fall bemerkt, es wurde auch durch das Verhalten meiner Tante vollauf bestätigt, denn sooft sie uns auch nach ihrer Rückkehr vom Brunnen beisammen fand, das kleinste heuchlerisch bedauernde oder ungeduldige Wort über ihre Abwesenheit, das er äußerte, tilgte augenblicklich jede Spur eines Verdachtes. Besonders einer seiner Kniffe war von wunderbarer Wirkung. Es war dies seine Art, mich als kleines Mädchen zu behandeln und mich in ihrer Anwesenheit immer nur hübsches kleines Fräulein zu nennen. Dies gereichte ihm freilich in den Augen seiner gehorsamen Dienerin nicht zum Vorteil; aber bald durchschaute ich sein Spiel, besonders, da er sich in ihrer Abwesenheit, wie gesagt, völlig anders verhielt. Wenn ich ihm nun auch wegen eines Benehmens, dessen Absicht mir klargeworden, nicht sehr böse war, so litt ich doch schmerzlich darunter, denn die Tante betrachtete mich wirklich als das, als was ihr Liebhaber (denn dafür hielt sie ihn) mich bezeichnete, nämlich als ein regelrechtes Kind. Die Wahrheit zu sagen, ich wunderte mich, daß sie nicht darauf bestand, mich wieder ins Gängelband zu spannen.

Schließlich hielt es mein Liebhaber (denn das war er) für richtig, mir auf höchst feierliche Art ein Geheimnis zu enthüllen, das ich schon lange wußte. Alle Liebesgefühle, die für meine Tante zu empfinden er vorgetäuscht hatte, übertrug er nun auf mich. Er klagte in ergreifenden Worten darüber, daß sie ihn so zu ermutigen versucht habe, und er rechnete es sich hoch an, während so vieler Stunden ihre Reden angehört zu haben. Was soll ich dir sagen, meine liebe Sophia? Ich will dir die Wahrheit sagen. Ich freute mich über meinen Mann. Ich freute mich meiner Eroberung. Ich war entzückt, mit meiner Tante in Nebenbuhlerschaft zu treten; es schmeichelte mir, mit so vielen anderen Frauen rivalisieren zu können. Kurz, ich fürchte, daß ich mich nicht betragen habe, wie ich das gesollt hätte, selbst nach seiner allerersten Erklärung – ich wollte, ich hätte ihm vor unserer Abreise nicht eine beinah positive Antwort gegeben.

Alle Leute in Bath schwatzten nun laut – fast möchte ich sagen, sie tobten gegen mich. Mehrere junge Frauen gaben sich den Anschein, mich zu schneiden, vielleicht nicht so sehr auf Grund eines wirklichen Verdachts als aus dem Wunsch, mich aus einer Gesellschaft zu vertreiben, in der ich ihren Günstling zu sehr in Anspruch nahm. Und hier kann ich nicht umhin, dankbar der gütigen Gesinnung des Herrn Nash zu gedenken, der mich eines Tages beiseite nahm und mir den Rat gab, der, hätte ich ihn befolgt, mich zu einer glücklicheren Frau gemacht haben würde. ‚Kind', sagte er, ‚es tut mir leid, Sie mit einem Menschen so vertraut zu sehen, der Ihrer doch kaum würdig ist und der, so fürchte ich, Ihr Verderben sein wird. Was Ihre stinkende alte Tante betrifft, wenn dieser Ausdruck Sie und die hübsche Sophia Western nicht beleidigt' (ich versichere dir, ich wiederhole nur seine Worte), ,so wäre es für mich ein tüchtiger Spaß, wenn dieser Junge alles in seinen Besitz gebracht hätte, was ihr gehört. Alten Frauen gebe ich keinen Rat; denn wenn die sich in den Kopf gesetzt haben, zum Teufel zu gehen, dann ist es weder möglich noch der Mühe wert, sie davon zurückzuhalten. Unschuld und Jugend und Schönheit verdienen ein besseres Los, und Sie möchte ich vor seinen Klauen bewahren. Darum, liebes Kind, lassen Sie mich Ihnen raten, erlauben Sie diesem Herrn keine weiteren Vertraulichkeiten mit Ihnen.' Noch viele andere Dinge sagte er, die ich inzwischen vergessen habe, und ich maß ihnen zu jener Zeit sehr wenig Bedeutung bei; meine Neigung widersprach allem, was er sagte, und außerdem war ich nicht zu überzeugen, daß Frauen von guter Familie sich herablassen könnten, sich mit einer Person, so wie er sie geschildert hatte, gemein zu machen.

Doch ich fürchte, meine Liebe, dich mit der ausführlichen Darlegung so vieler kleiner Umstände zu ermüden. Um also aufs Ganze zu gehen: Denk dir mich nun verheiratet; stell dir mich vor mit einem Gatten, der zu Füßen meiner Tante sitzt, und dann stell dir die verrückteste Frau zu Bedlam* in einem Tobsuchtsanfall vor, und deine Vorstellungskraft wird dir nicht mehr vor Augen rufen, als was tatsächlich geschehen ist.

Schon einen Tag darauf verließ die Tante den Badeort, teils um Herrn Fitzpatrick oder mich nicht sehen zu müssen und teils wohl auch, um jede Begegnung mit andern zu vermeiden. Denn obwohl man mir sagte, sie habe das seither heftig abgestritten, glaube ich, sie war damals ihrer Enttäuschung wegen ein wenig bestürzt. Ich habe ihr inzwischen viele Briefe geschrieben, konnte sie aber niemals zu einer Antwort bewegen, was, ich muß gestehen, mich um so mehr bedrückt, als sie ja selbst, wiewohl ungewollt, die Ursache aller meiner Leiden gewesen ist, denn ohne den Deckmantel seiner Bewerbung um sie hätte Herr Fitzpatrick nie eine zureichende Gelegenheit gehabt, mein Herz zu gewinnen, was unter andern Verhältnissen – so schmeichle ich mir noch immer – keine so leichte Eroberung für einen solchen Menschen gewesen wäre. Ich glaube wirklich, ich hätte mich in meiner Wahl nicht so gröblich geirrt, wenn ich mich auf mein eigenes Urteil verlassen hätte. Aber ich traute

* Londoner Irrenanstalt (Anmerkung des Übersetzers).

einzig und allein dem Urteil anderer, und höchst töricht hielt ich den Wert eines Mannes für erwiesen, den ich so allgemein von den Frauen wohl aufgenommen sah. Woher kommt es nur, meine Liebe, daß wir, die wir an Verstandeskräften den Weisesten und Größten des andern Geschlechtes gleichkommen, uns so oft die albernsten Kerle als Gefährten und Günstlinge wählen? Ich fühle mich auf dem Gipfel der Entrüstung, wenn ich an die große Zahl gescheiter Frauen denke, die durch Hanswurste zugrunde gerichtet worden sind.“ Sie hielt einen Augenblick inne, doch da Sophia keine Antwort gab, fuhr sie mit ihrer Erzählung fort, so wie das im nächsten Kapitel zu lesen ist.

5. Kapitel

In dem Frau Fitzpatricks Geschichte fortgesetzt wird.

„Wir blieben nach unserer Vermählung nicht länger als vierzehn Tage in Bath, denn es bestand keine Hoffnung auf eine Versöhnung mit meiner Tante, und von meinem Vermögen durfte ich vor meiner Volljährigkeit keinen Penny anrühren, und bis dahin dauerte es noch länger als zwei Jahre. Mein Mann hatte darum den Entschluß gefaßt, nach Irland zu gehen, welchem Plan ich mich ernstlich widersetzte. Ich bestand dabei nachdrücklich auf seinem Versprechen, das er mir vor unserer Hochzeit gegeben hatte, daß ich zu dieser Reise nie ohne meine Zustimmung veranlaßt werden sollte, und ich war nicht gesonnen, ihr jemals zuzustimmen; ich glaube auch nicht, daß man mich deshalb tadeln kann. Davon habe ich jedoch meinem Gatten nie etwas gesagt, ihn bloß um einen Aufschub von einem Monat gebeten, er aber hatte den Tag festgesetzt und beharrte dabei.

Am Abend vor unserer Abreise, als wir uns über diesen Punkt noch heftig stritten, stand er plötzlich unter einem Vorwand auf und verließ das Zimmer. Er war eben gegangen, als ich auf dem Boden ein Papier liegen sah, das er, vermutlich achtlos, mit seinem Taschentuch zusammen herausgezogen hatte. Ich hob es auf, und da ich einen Brief erkannte, machte ich mir kein Gewissen daraus, ihn zu öffnen und zu lesen; und tatsächlich las ich ihn so oft durch, daß ich ihn dir fast Wort für Wort wiederholen kann. So nun lautete der Brief:

An Herrn Brian Fitzpatrick,

Mein Herr, habe Ihren Brief erhalten und bin erstaunt, daß Sie mich so behandeln wollen, da ich bisher nie Geld von Ihnen gesehen habe, ausgenommen für einen halbwollenen Rock. Und Ihre Rechnung beläuft sich nun auf etwas über 150 Pfund. Bedenken Sie, Herr, wie häufig Sie mich mit Ihrer baldigen Heirat mit der einen oder andern von Ihren beiden Damen zum besten gehabt haben; ich kann aber weder von Hoffnungen und Versprechungen leben, noch will mein Tuchhändler solche an Zahlungs Statt annehmen. Sie sagen mir, Sie hätten Gewißheit, entweder die Tante oder die Nichte zu bekommen, und daß Sie zuerst die Tante hätten heiraten wollen, deren Leibgedinge gewaltig sei, doch Sie ziehen die Nichte wegen ihres Bargeldes vor. Bitte, Herr, hören Sie einmal auf eines Narren Rat und heiraten Sie die erste, die Sie bekommen können, da Sie wissen, daß ich es aufrichtig gut mit Ihnen meine. Werde mit nächster Post zugunsten der Herren John Drugget und Kompanie auf vierzehn Tage einen Wechsel präsentieren und zweifle nicht daran, daß Sie diesen akzeptieren werden. Ich bin, mein Herr, Ihr gehorsamster Diener

Sam. Cosgrave.

So lautete wörtlich der Brief. Du kannst dir denken, liebes Mädchen, wie dieser Brief mich berührte. ‚Sie ziehen die Nichte wegen ihres Bargeldes vor!‘ Wäre jedes dieser Worte ein Dolch gewesen, ich hätte sie ihm mit Wonne alle ins Herz stoßen können; von meiner Raserei bei diesem Anlaß will ich schweigen. Ich hatte mich, als er zurückkehrte, so ziemlich ausgeweint, doch die Spuren meiner Tränen waren an meinen geschwollenen Lidern noch sichtbar. Er warf sich mürrisch in einen Sessel, und lange sagte keiner ein Wort. Schließlich bemerkte er in einem hochmütigen Ton: ‚Ich hoffe, Madam, Ihre Bedienten haben alle Ihre Sachen gepackt, denn die Kutsche wird morgen um sechs Uhr bereitstehen.‘ Auf diese Herausforderung verlor ich völlig die Geduld und antwortete: ‚Nein, Herr, denn da ist noch ein Brief nicht eingepackt worden‘; dann warf ich diesen Brief auf den Tisch und fing an, ihn mit Vorwürfen zu überschütten, in den schärfsten Ausdrücken, die ich nur erfinden konnte.

Ob Schuldgefühl, Scham oder Klugheit ihn davon abhielten, das kann ich nicht sagen, doch obgleich er zu den heftigsten Menschen gehört, so bekundete er jetzt keinen Zorn. Er versuchte im Gegenteil, mich auf die artigste Weise zu beschwichtigen. Er beteuerte, der Satz in dem Brief, der mich so aufgebracht habe, sei nicht seine Äußerung, auch habe er nichts Derartiges geschrieben. Indessen gab er zu, er habe seine Heirat erwähnt und daß er mir den Vorzug gebe, doch leugnete er unter vielen Eiden, eine solche Ursache dafür genannt zu haben. Und zur Entschuldigung dieses Geredes überhaupt wies er auf seine Geldverlegenheit hin, in der er sich befinde und die, so sagte er, die Folge zu langer Vernachlässigung seiner Güter in Irland sei. Und dieser Umstand, den mir zu enthüllen er nicht über sich bringen konnte, sei allein der Grund gewesen, warum er so auf unsere Reise dorthin gedrängt habe. Darauf bedachte er mich mit ein paar sehr liebevollen Kosenamen und Zärtlichkeiten und mit mancher ungestümen Versicherung seiner Liebe.

Es gab etwas, was in meinen Augen zu seinen Gunsten sprach, wiewohl er nicht darauf anspielte; das war das Wort Leibgedinge in des Schneiders Brief, wo doch meine Tante nie verheiratet gewesen war; und Herr Fitzpatrick wußte dies sehr wohl. Ich stellte mir darum vor, daß jener Mensch das selbst erfunden oder nach dem Hörensagen hingeschrieben und keinen bessern Bürgen für seine Behauptung habe. War das aber nicht viel mehr die Denkweise eines Advokaten, meine Liebe, als die eines Richters? Doch warum erwähne ich einen solchen Gegenstand, oder warum ziehe ich ihn zur Rechtfertigung meiner Nachsicht heran? Aber kurz: Wäre er auch zwanzigmal schuldiger gewesen, so hätte doch die Hälfte seiner Zärtlichkeit, die er mir gegenüber bekundet hatte, genügt, um mich zur Verzeihung zu bewegen. Ich wandte gegen unsere Abreise nichts mehr ein; wir fuhren am folgenden Morgen und erreichten in wenig mehr als einer Woche Herrn Fitzpatricks Wohnsitz.

Deine Neugier wird mich entschuldigen, wenn ich nicht alle Vorfälle, die sich während dieser Reise zutrugen, hier erzähle. Es wäre für mich äußerst unangenehm, das alles nochmals aufzurufen, und nicht weniger unangenehm für dich, diese Reise nachzuerleben.

Der Wohnsitz also ist ein altes Herrenhaus. Wäre ich jetzt in der fröhlichen Verfassung, in der du mich so oft gesehn hast, dann könnte ich es dir wohl ergötzlich genug beschreiben. Es sah aus, als wäre es früher einmal von einem Edelmann bewohnt gewesen. Raum gab es reichlich, und er wurde nicht durch Möbel beeinträchtigt; die waren in der Tat nur spärlich vorhanden. Eine alte Frau, die ebenso alt wirkte wie das Gebäude und große Ähnlichkeit hatte mit der, die Chamont in ‚Die Waise' erwähnt, empfing uns am Tor, und mit einem Geheul, das kaum menschlich schien und für mich unverständlich, hieß sie ihren Herrn willkommen. Kurz, der ganze Schauplatz war so trostlos und traurig, daß er mich in die tiefste Niedergeschlagenheit versetzte, die mein Mann, der dies bemerkte, noch durch zwei oder drei boshafte Bemerkungen verstärkte, statt sie zu beheben. ‚Es gibt gute Häuser, Madam', sagte er, ‚auch anderswo als in England; aber vielleicht wäre Ihnen eine schmutzige Wohnung in Bath lieber gewesen.'

Glücklich die Frau, meine Liebe, die in jeder Lebenslage einen frohmütigen, gutherzigen Gefährten als Stütze und Trost um sich hat. Doch was denke ich nur an so glückliche Zustände, nur um dadurch mein eigenes Elend zu verschlimmern? Mein Ehemann, weit entfernt davon, den Trübsinn der Einsamkeit aufzuhellen, brachte mich bald zu der Überzeugung, daß ich mit ihm an jedem Ort und unter allen Umständen hätte unglücklich sein müssen. Er war mit einem Wort ein mürrischer Bursche, ein Charakter, wie du vielleicht nie einen gesehen hast; denn wirklich, eine Frau sieht ihn immer nur verkörpert in einem Vater, einem Bruder oder einem Gatten. Und obwohl du einen Vater hast, so ist er doch nicht von dieser Charakterart. Dieser mürrische Bursche war mir früher als das genaue Gegenteil erschienen, und so erschien er noch immer allen andern Leuten. Gott im Himmel! Wie kann nur ein Mensch in seiner Haltung auswärts und in Gesellschaft so dauernd eine Lüge zur Schau tragen und sich damit begnügen, die unangenehme Wahrheit nur zu Hause zu enthüllen? Hier, meine Liebe, halten sie sich schadlos für den unbequemen Zwang, den sie vor der Welt ihrer Natur antun, denn ich habe festgestellt, daß mein Mann, je fröhlicher und ausgelassener und gutmütiger er sich in Gesellschaft gezeigt hatte, sich bei unserem nächsten Zusammensein zu zweien um so grämlicher und mürrischer verhielt. Wie soll ich seine Roheit schildern? Für meine Zärtlichkeit blieb er kalt und unempfindlich. Meine kleinen Scherze, die du, Sophia, und andere so erheiternd fanden, strafte er mit Verachtung. In Augenblicken, da ich am ernstesten war, pflegte er zu singen und pfeifen, und war ich einmal betrübt und vollkommen niedergeschlagen, so verdroß ihn das, und er fing an mich zu schelten. Denn obgleich meine gute Laune ihm niemals Freude machte, wie er sie denn auch nicht meiner Zufriedenheit mit ihm selbst zuschrieb, so beleidigte ihn doch jedesmal meine

Traurigkeit, denn darin wollte er (wie er sagte) ein Anzeichen dafür sehen, daß ich bereute, einen Iren geheiratet zu haben.

Du wirst leicht verstehen, meine liebe Graveairs (ich bitte um Verzeihung, daß ich mich vergessen habe), daß eine Frau, die in den Augen der Welt eine unkluge Gattenwahl getroffen hat, das heißt, wenn sie nicht eine durchtriebene Dirne mit Geldinteressen ist, für ihren Mann notwendig etwas Neigung und Liebe empfinden sollte. Und du wirst ebenso leicht verstehen, daß diese Neigung sich möglicherweise vermindern kann, ja ich versichere dir, Verachtung wird sie mit der Wurzel ausrotten. Und diese Verachtung begann ich jetzt für meinen Mann zu hegen, in dem ich nun – ich muß mich dieses Ausdrucks bedienen – nachgerade einen ausgemachten Dummkopf erkannte. Du wirst dich vielleicht darüber wundern, daß ich diese Entdeckung nicht schon längst gemacht hatte, aber Frauen werden stets tausend Entschuldigungen für die Torheit derer, die sie lieben, vor sich geltend machen. Außerdem gestatte mir, dir noch dies zu sagen: Es bedarf eines durchdringenden Blikkes, um hinter der Verkleidung von Heiterkeit und Wohlerzogenheit den Narren zu gewahren.

Man kann auch leicht verstehen, daß ich, da ich, wie ich dir bekannte, meinen Mann einmal verachtete, füglich auch seine Gesellschaft verachten mußte; und ich hatte tatsächlich das Glück, von ihr recht wenig belästigt zu werden, denn unser Haus war jetzt sehr geschmackvoll möbliert, unser Keller mit Vorräten wohlversehen, und Hunde und Pferde hatten wir in beträchtlicher Zahl. Da mein Eheherr seine Nachbarn mit großer Gastfreundschaft bewirtete, daß diese ihn stets bereitwillig besuchen kamen, und da Jagdvergnügungen und Trinken einen so großen Teil seiner Zeit beanspruchten, blieb davon nur wenig zu Gesprächen mit mir übrig, das heißt zum Auslassen seiner schlechten Laune an mir.

So hätte ich zufrieden sein können, hätte ich gleicherweise jede andere unangenehme Gesellschaft zu vermeiden vermocht; aber, ach! ich war zu einem Umgang verdammt, der mich ständig quälte; das um so mehr, als ich keine Möglichkeit sah, mich von ihm zu befreien. Diese wenig erfreuliche Gesellschaft waren meine eigenen folternden Gedanken, die mich bei Tag und bei Nacht nicht verließen. So war meine Lage, deren Grauen weder geschildert noch vorgestellt werden kann. Versuche doch, meine Liebe, wenn du kannst, nachzufühlen, was ich gelitten habe. Ich wurde zur Mutter durch den Mann, den ich verabscheute, haßte und verachtete. Ich machte alle Pein und alles Elend eines Wochenbettes durch (zehnmal so qualvoll unter diesen Umständen, als es die schwerste Entbindung sein könnte, wenn man sie ertragen hätte für einen Mann, den man liebt), in völliger Verlassenheit oder vielmehr auf einem Schauplatz des Lärms und Getümmels, ohne Freund, ohne Gefährtin, ohne auch nur einen von jenen freundlichen Umständen, die zu solchen Zeiten die Leiden unseres Geschlechtes zu lindern und mitunter vielleicht mehr als uns dafür zu entschädigen vermögen.“

6. Kapitel

In dem ein Irrtum des Wirtes Sophia in eine schreckliche Bestürzung versetzt.

Frau Fitzpatrick wollte mit ihrer Erzählung fortfahren, als sie zu Sophias großem Unwillen durch das Hereinbringen des Abendessens unterbrochen wurde; das Mißgeschick ihrer Freundin hatte sie nämlich schmerzlich erregt, und sie verspürte keinen andern Appetit als den, den Frau Fitzpatrick durch ihre Mitteilungen stillen konnte. Der Wirt erschien mit einem Teller unter dem Arm und bezeigte in Haltung und Rede so viel Ehrerbietung, wie wenn die Damen in einem Sechsspänner angekommen wären. Die verheiratete Dame schien von ihrem eigenen Unglück weniger ergriffen als ihre Kusine, denn sie sprach der Mahlzeit herzhaft zu, während die andere kaum einen Bissen hinunterbringen konnte. Auch Sophias Gesicht drückte mehr Kummer und Sorge aus, als aus dem Gesicht der andern Dame sprachen, die, als sie so viel Teilnahme bei ihrer Freundin gewahrte, diese bat, sich zu beruhigen, und sagte: „Vielleicht wird nun doch alles besser enden, als wir beide erwarten.“

Unser Wirt dachte, dies sei nun für ihn die Gelegenheit, seinen Mund zu öffnen, und er war entschlossen, sie nicht zu versäumen. „Ich bedaure, Madam“, rief er, „daß Euer Gnaden nicht essen mögen, denn gewiß müssen Sie nach so langem Fasten hungrig sein. Ich hoffe, Euer Gnaden sind nicht krank, denn, wie Madam hier sagt, alles könnte besser enden, als jemand zu erwarten wagt. Ein Herr, der eben hier war, brachte ausgezeichnete Nachrichten; und vielleicht werden gewisse Leute, die andern Leuten entwischten, bevor man sie einholt,

London erreichen; und sind sie erst dort, so werden sie, daran zweifle ich nicht, dort wiederum Leute finden, die sie gerne aufnehmen."

Alle Menschen, die irgendeine Gefahr befürchten, bringen, was immer sie sehen oder hören, zu dieser Gefahr in Beziehung. Sophia schloß daher aus der vorangegangenen Äußerung sogleich, daß sie erkannt sei und von ihrem Vater verfolgt werde. Sie war so bestürzt, daß sie während einiger Minuten nicht reden konnte. Sobald sie sich dazu wieder imstande fühlte, ersuchte sie den Wirt, seine Angestellten aus dem Zimmer zu schicken; darauf wandte sie sich an ihn mit den Worten: „Ich sehe, Herr, Sie wissen, wer wir sind, aber ich bitte Sie – nein, ich bin gewiß, wenn irgend etwas von Mitgefühl und Güte in Ihnen wohnt, verraten Sie uns nicht."

„Ich Euer Gnaden verraten!" versetzte der Wirt; „nein" (und er bekräftigte dies mit verschiedenen herzhaften Schwüren), „lieber möcht ich mich in zehntausend Stücke hacken lassen. Ich hasse alle Verräterei. Ich! Nie in meinem Leben habe ich bis dahin jemanden verraten, und ich werde sicherlich nicht mit einer so liebenswürdigen Dame wie Euer Gnaden den Anfang machen. Alle Welt würde mich tadeln, wenn ich so etwas täte, zumal es ja über kurzem in Euer Gnaden Macht stehen wird, mich zu belohnen. Meine Frau kann dafür zeugen, ich erkannte Euer Gnaden in dem Augenblick, da Sie das Haus betraten. Ich sagte, Euer Gnaden seien's, ehe ich mich anschickte, Sie vom Pferd zu heben, und ich werde ja die Quetschung, die ich mir in Euer Gnaden Dienst zugezogen habe, bis zum Grabe an mir tragen; doch was will das heißen, wenn ich nur Euer Gnaden gerettet habe? Freilich, manche Personen hätten heute morgen auf eine Erkenntlichkeit gehofft, mir aber ist ein solcher Gedanke nicht gekommen. Lieber darben, als mich für den Verrat von Euer Gnaden belohnen lassen."

„Ich verspreche Ihnen, Herr", sagte Sophia, „wenn je es in meiner Macht stehen wird, Sie zu belohnen, so sollen Sie Ihre Großmut nicht verschwendet haben."

„Du lieber Himmel, Madam!" erwiderte der Gastwirt; „in Eurer Gnaden Macht! Daß Ihnen nur der gute Wille nicht fehle! Ich fürchte nur, Euer Gnaden werden einen armen Mann wie so 'n Gastwirt vergessen; wenn aber nicht, so hoff ich, Sie werden sich erinnern, was für eine Belohnung ich zurückwies – zurückwies! Das heißt, hätte zurückweisen wollen, und man darf wohl von zurückweisen reden, denn ganz gewiß hätte ich sie bekommen können; und Sie waren bestimmt schon in mehreren Häusern. Doch für meinen Teil, so dünkt mich, möchte ich um nichts in der Welt, daß Euer Gnaden mir den Tort antäten zu glauben, daß ich je daran gedacht hätte, Sie zu verraten, auch als mir die guten Nachrichten noch nicht bekannt waren."

„Was für Nachrichten, bitte?" fragte Sophia, ein wenig begierig.

„Hat die Dame denn nichts davon gehört?" rief der Wirt. „Ja, wahrscheinlich nicht, denn ich habe auch erst vor ein paar Minuten davon erfahren; und hätte ich nie davon gehört, so sollte der Teufel in diesem Augenblick mit mir davonfahren, wenn ich Euer Gnaden verraten hätte! Ja, hätte ich's, so sollte..." Hier ließ er ein paar schreckliche Verwünschungen folgen, bis ihn Sophia schließlich unterbrach und zu wissen begehrte, was er unter diesen Nachrichten verstehe. Er wollte eben antworten, da kam Jungfer Honoria hereingestürzt, blaß und atemlos, und schrie: „Madam, wir sind alle verloren, um uns ist es geschehen, sie kommen, sie kommen!" Diese Worte ließen fast das Blut in Sophias Adern erstarren; doch Frau Fitzpatrick fragte Honoria alsbald, wer denn kommt. „Wer?" antwortete sie. „Nun, die Franzosen; mehrere Hunderttausend von ihnen sind gelandet, und wir werden alle ausgeraubt und gemordet werden."

Gleichwie ein Geizhals, der in seiner wohlgebauten Stadt eine Hütte im Wert von zwanzig Schilling besitzt, wenn aus der Ferne Feuerlärm zu seinen Ohren dringt, erblaßt und um sein Eigentum zittert, doch wenn er erfährt, daß allein die schönen Paläste verbrannt sind, seine Hütte aber unversehrt geblieben, augenblicks seine Fassung zurückgewinnt und über die Gunst seines Schicksals lächelt; oder wie (denn es mißfällt uns etwas an dem eben erwähnten Gleichnis) die zärtliche Mutter, wenn sie von der Furcht erfaßt wird, ihr Lieblingssohn könnte ertrunken sein, fast den Verstand verliert oder den Geist aufgibt vor Bestürzung, wenn man ihr aber sagt, der junge Herr sei gerettet, nur die „Victoria" sei mit zwölfhundert braven Leuten auf den Grund gegangen, so kehren bei ihr Bewußtsein und Leben zurück. Mutterliebe genießt beglückt die plötzliche Befreiung von aller Furcht, und die allgemeine Menschenliebe, die zu einer andern Zeit das schreckliche Unglück tief empfunden hätte, liegt fest eingeschlafen in ihrer Seele – also empfand Sophia, die doch wie keine andere fähig war, mit voller

Teilnahme das Unglück ihres Landes mitzufühlen, eine unmittelbare Genugtuung, als sie nun von der Furcht vor der Verfolgung durch ihren Vater befreit war, so daß die Ankunft der Franzosen kaum mehr Eindruck auf sie machte. Sie erteilte ihrer Kammerjungfer eine sanfte Rüge, weil sie ihr einen solchen Schrecken eingejagt habe, und sie sagte, sie sei froh, daß es nichts Schlimmeres sei, denn sie habe die Ankunft von etwas anderem erwartet.

„Na, na", sagte lächelnd der Gastwirt. „Euer Gnaden wissen's besser; daß nämlich die Franzosen unsere allerbesten Freunde sind und nur zu unserm Heil hierherkommen. Sie werden das alte England wieder zum Blühen bringen. Ich steh dafür: Euer Gnaden glaubten, der Herzog komme, und das war genug, um Sie zu ängstigen. Ich wollte der Dame gerade die Neuigkeit mitteilen. Seine gnädige Majestät, der Himmel segne ihn, ist dem Herzog entkommen und marschiert, so schnell er kann, nach London, und zehntausend Franzosen sind gelandet, um unterwegs zu ihm zu stoßen."

Sophia war von diesen Neuigkeiten nicht begeistert, auch nicht von dem Herrn, der sie erzählte; da sie jedoch immer noch glaubte, daß er sie kenne (denn sie konnte den wahren Sachverhalt unmöglich ahnen), wagte sie nicht, ein Mißfallen zu äußern. Und nachdem er jetzt das Tischtuch vom Tisch genommen hatte, zog er sich zurück; doch noch während seines Abzugs gab er mehrmals der Hoffnung Ausdruck, daß man sich später seiner erinnern werde.

Sophia war es keineswegs behaglich zumute bei dem Gedanken, in diesem Hause erkannt zu sein; denn sie bezog noch manche Bemerkung auf sich selbst, die der Wirt auf Jenny Cameron gemünzt hatte. Sie gab darum ihrer Jungfer den Auftrag, aus dem Manne herauszuholen, auf welchem Wege er zur Bekanntschaft mit ihrer Person gelangt sei und wer ihm eine Belohnung angeboten habe für den Fall, daß er sie verrate. Ebenso gab sie Befehl, daß die Pferde morgens um vier Uhr bereitzuhalten seien, um welche Zeit Frau Fitzpatrick versprach, ihr als Reisegefährtin Gesellschaft zu leisten; und dann raffte sie sich zusammen, so gut sie es vermochte, und bat diese Dame, ihre Geschichte weiterzuerzählen.

7. Kapitel

In dem Frau Fitzpatrick ihre Geschichte beendet.

Während Jungfer Honoria gemäß dem Befehl ihrer Herrin eine Schale Punsch bestellte und den Gastwirt und die Wirtin zum Mithalten einlud, fuhr also Frau Fitzpatrick in ihrer Erzählung fort:

„Die meisten Offiziere, die in einer Stadt unserer Nachbarschaft einquartiert waren, gehörten zu den Bekannten meines Mannes. Darunter war auch ein Leutnant, ein sehr gutaussehender Mann, verheiratet mit einer Frau, die in Gemütsart und Gespräch so angenehm war wie er selbst, so daß wir vom ersten Augenblick unserer Bekanntschaft an – das war bald nach meiner Entbindung – fast unzertrennliche Gefährtinnen waren, denn ich hatte das Glück, daß sie auch an mir Gefallen fand.

Der Leutnant, weder ein Dummkopf noch ein Jagdheld, gesellte sich häufig zu uns; in der Tat war er selten mit meinem Mann zusammen, und nur seine Wohlerzogenheit nötigte ihn gelegentlich dazu, da er sich fast ständig in unserem Hause aufhielt. Mein Mann zeigte sich häufig darüber verstimmt, daß der Leutnant meine Gesellschaft der seinen vorzog; er zürnte mir und bedachte mich mit manch tüchtigem Fluch dafür, daß ich ihm seine Gefährten entziehe, und sagte, der Teufel möge mich strafen, weil ich ihm einen der nettesten Kameraden verdorben und zu einem Weichling gemacht hätte.

Du würdest dich jedoch irren, meine liebe Sophia, wenn du dächtest, meines Mannes Zorn habe daher gerührt, daß ich ihm einen Kameraden abspenstig gemacht hatte, denn der Leutnant war nicht der Mann, an dessen Gesellschaft ein Dummkopf Gefallen finden konnte; und selbst wenn ich diese Möglichkeit offenließe, so hatte mein Mann doch so wenig Grund, den Verlust seines Gefährten meiner Person zur Last zu legen, daß ich vielmehr überzeugt war, der Leutnant wurde allein zu meiner Unterhaltung in unser Haus gezogen. Nein, mein Kind, es war Neid, die schlimmste und bitterste Art Neid, der Neid auf einen überlegenen Verstand. Der Elende konnte nicht ertragen, daß ein Mann, der ihm nicht den geringsten Anlaß zur Eifersucht bot, es vorzog, sich mit mir statt mit ihm zu unterhalten. Ach, meine liebe Sophia, du bist eine verständige Frau; wenn du, was sehr wahrscheinlich ist, einen Mann heiratest, der dir an

Fähigkeiten nicht gleichkommt, so prüfe vor der Ehe immer wieder die Beschaffenheit seines Gemütes und stelle fest, wie weit er sich mit solcher Überlegenheit abfinden kann. Versprich mir, Sophia, diesen Rat anzunehmen; du wirst später einsehen, wie wichtig er ist." – „Es ist sehr wahrscheinlich", entgegnete Sophia, „daß ich überhaupt nie heiraten werde; wenigstens glaube ich, ich werde nie einen Mann heiraten, in dessen Verstand ich vor der Heirat irgendwelche Gebrechen oder Mängel entdecke; eher wollte ich meinen eigenen Verstand preisgeben, als dergleichen nachträglich herauszufinden." – „Deinen Verstand preisgeben!" erwiderte Frau Fitzpatrick; „o pfui, mein Kind! Ich möchte nicht so niedrig von dir denken. Alles andere aufzugeben, dazu könnte ich mich wohl bringen, dies aber niemals. Natur hätte diese Überlegenheit in manchen Dingen nicht so häufig einem Weibe zugeteilt, hätte es in ihrer Absicht gelegen, daß wir alle sie unseres Ehemanns wegen darangeben sollten. Einsichtige Männer erwarten dies von uns auch niemals; dafür war der Leutnant, den ich erwähnt habe, ein bemerkenswertes Beispiel. Denn wiewohl er einen tüchtigen Kopf besaß, so erkannte er doch stets an (was richtig war), der seiner Frau sei noch besser. Und vielleicht war dies der Grund für den Haß, den mein Tyrann gegen ihn hegte.

Ehe er sich von einem Weibe regieren ließe, sagte er, und dazu von einem solchen Scheusal (denn sie war tatsächlich keine ebenmäßige Schönheit, doch sehr angenehm und überaus liebenswürdig), möchte er sämtliche Frauen auf dieser Welt vom Teufel geholt sehen, wie eine seiner ständigen Redensarten lautete. Er wundere sich, sagte er, was ich an ihr finden könne, daß ich von ihrem Umgang so bezaubert sei. ‚Seit diese Frau', sagte er, ‚zu uns gekommen ist, ist es mit Ihrem geliebten Bücherlesen zu Ende, von dem Sie behauptet haben, es fessele Sie so, daß Sie keine Zeit aufbringen könnten, den Damen dieser Gegend ihre Besuche zu erwidern.' Ich muß gestehen, ich hatte mir in dieser Hinsicht ein paar kleine Unhöflichkeiten zuschulden kommen lassen, denn die Damen dort sind zum mindesten nicht besser als die gewöhnlichen Landdamen hier; und ich glaube, ich brauche mich vor dir nicht zu entschuldigen, daß ich jede nähere Bekanntschaft mit ihnen abgelehnt habe.

Dieser Verkehr hingegen dauerte ein volles Jahr, denn während der ganzen Zeit war der Leutnant in dieser Stadt einquartiert. Dafür mußte ich mir denn gefallen lassen, beständig auf die oben bezeichnete Art von meinem Mann gescholten zu werden, das heißt, wenn er zu Hause war, denn häufig war er abwesend, einmal einen Monat in Dublin und einmal zwei Monate in London. Ich erachtete es als ein besonderes Glück, daß er für keine dieser Reisen meine Gesellschaft verlangte; ja, durch seine häufigen Bemerkungen über Männer, die nicht reisen könnten, ohne, wie er sich ausdrückte, ein Weib ins Schlepptau zu nehmen, gab er sattsam zu verstehen, daß, hätte ich je das Verlangen gehabt, ihn zu begleiten, dies ein vergeblicher Wunsch gewesen wäre; aber weiß Gott, solche Wünsche kamen mir gar nicht in den Sinn.

Endlich wurde mein Freund in eine andere Gegend versetzt, und ich war wieder meiner Einsamkeit überlassen, der quälenden Unterhaltung mit meinen eigenen Überlegungen, und Bücher waren mein einziger Trost. Ich las jetzt fast den ganzen Tag. Wie viele Bücher glaubst du, daß ich in diesen drei Monaten gelesen habe?" – „Ich kann mir das nicht denken, liebe Kusine", antwortete Sophia, „vielleicht ein halbes Dutzend." – „Ein halbes Dutzend? Ein halbes Tausend, Kind!" rief die andere. „Ich las ein gutes Stück von Daniels Geschichte Frankreichs, einen großen Teil von Plutarchs Lebensbeschreibungen, die Atalantis, Popes Homer, Drydens Stücke, Chillingworth, die Gräfin d'Aulnois und Lockes Schrift über den menschlichen Verstand.

In dieser Zwischenzeit schrieb ich drei dringende und, so dachte ich, ergreifende Briefe an meine Tante, doch da ich auf keinen eine Antwort erhielt, erlaubte mein Stolz mir nicht, meine Bitte zu wiederholen." Sie hielt inne, blickte Sophia ernst an und sagte: „Mir scheint, meine Liebe, ich lese in deinen Augen etwas wie einen Vorwurf wegen einer andern Unterlassung, wo ich eine freundlichere Erwiderung hätte erwarten können." – „Gewiß, Harriet", antwortete Sophia, „ist deine Geschichte eine Verteidigung für jede Art Nachlässigkeit; ich aber fühle mich wirklich einer Lässigkeit schuldig, ohne dafür eine so gute Entschuldigung zu haben. Doch fahr bitte fort, denn ich bin begierig, das Ende zu hören, wiewohl ich dabei zittere."

Und also nahm Frau Fitzpatrick ihre Erzählung wieder auf: „Mein Mann unternahm nun eine zweite Reise nach England, die über drei Monate dauerte. Während des größeren Teils dieser Zeit lebte ich ein Leben, das ich nur erträglich finden konnte, weil ich ein noch schlimmeres kennengelernt hatte. Denn vollkommene Einsamkeit kann sich mit einer geselligen

Anlage, wie sie mir eigen ist, nicht befreunden, außer wenn sie einen von verhaßter Gesellschaft befreit. Was mein Elend noch vermehrte, das war der Verlust meines Kindes. Nicht, daß ich vorgeben möchte, ich hätte für dieses jene grenzenlose Zärtlichkeit empfunden, deren ich unter andern Voraussetzungen wohl fähig gewesen wäre, aber ich hatte mich entschlossen, die Pflichten einer liebevollen Mutter in allem mit Hingebung zu erfüllen; und diese Sorgfalt hinderte mich daran, die Last dieser schwersten aller Aufgaben als drückend zu empfinden, wenn man hier überhaupt von Last reden kann.

Ich hatte bereits ganze zehn Wochen zu Hause verbracht und während dieser Zeit außer meinen Bedienten und einigen wenigen Besuchern niemanden gesehen, als ich den Besuch einer jungen Dame, einer Verwandten meines Mannes, aus einer entlegenen Gegend Irlands erhielt. Sie hatte schon einmal eine Woche in meinem Haus zugebracht, und ich hatte sie damals dringend eingeladen, doch wiederzukehren. Sie war liebenswürdig und besaß gute natürliche Anlagen, die durch eine geeignete Erziehung herangebildet worden waren. Sie war für mich ein willkommener Gast.

Ein paar Tage nach ihrer Ankunft, als sie mich sehr betrübt sah, ohne nach der Ursache meines Kummers zu fragen, die sie tatsächlich sehr wohl kannte, verfiel die junge Dame darauf, sich über meine Lage in bedauerndem Tone zu äußern. Sie sagte, wenngleich die Höflichkeit mich abgehalten habe, mich über das Benehmen meines Gatten bei seinen Verwandten zu beklagen, so seien sie dafür nicht ohne Gefühl, sondern alle deswegen tief bekümmert, doch wohl niemand so wie sie selbst. Und nach einigen allgemeinen Bemerkungen über diesen Punkt, die zu äußern ich mich nicht enthalten konnte, vertraute sie mir schließlich, nach vorsichtigem Tasten und versteckten Anspielungen, als tiefes Geheimnis an, daß mein Gatte eine Mätresse unterhalte.

Du glaubst nun gewiß, ich hätte diese Eröffnung mit der äußersten Unempfindlichkeit aufgenommen. Ist dem so, dann muß ich dir sagen, du irrst dich gründlich. Die Verachtung hatte meinen Widerwillen gegen meinen Mann nicht in solchem Maße besiegt, daß nicht mein Haß bei diesem Anlaß wiederaufflammte. Was mag die Ursache davon sein? Sind wir *so abscheulich selbst*süchtig, daß uns das, was andere besitzen, zu kränken vermag, auch wenn wir es verachten? Oder sind wir nicht vielmehr ganz entsetzlich eitel, und wäre dies nicht die schwerste Verletzung unserer Eitelkeit? Was meinst du, Sophia?"

„Ich weiß es wahrhaftig nicht", antwortete Sophia, „ich habe mich nie mit so tiefbohrenden Betrachtungen abgequält; nur scheint mir, die Dame beging ein großes Unrecht, dir ein solches Geheimnis mitzuteilen."

„Aber doch, meine Liebe, ist ein solches Verhalten natürlich", erwiderte Frau Fitzpatrick, „und wenn du erst so viel wie ich gesehen und gelesen hast, dann wirst du erkennen, daß es so ist."

„Es tut mir sehr leid zu hören, daß dies natürlich ist", gab Sophia zurück, „denn ich bedarf weder des Lesens noch der Erfahrung, um mich zu überzeugen, daß man so etwas sehr unehrenhaft und sehr bösartig heißen muß; ja, gewiß ist es ebenso ungezogen, einem Gatten oder einer Ehefrau von den Fehlern ihres Partners zu erzählen, wie ihnen ihre eigenen Fehler vorzuhalten."

„Nun gut", fuhr Frau Fitzpatrick fort, „mein Mann kehrte endlich zurück; und wenn ich meine Gedanken vollkommen durchschaue, so haßte ich ihn nun mehr als je zuvor, doch verachtete ich ihn dafür etwas weniger, denn nichts vermindert in solchem Grade unsere Verachtung wie ein Schlag gegen unsern Stolz oder unsere Eitelkeit.

Er legte jetzt mir gegenüber ein Benehmen an den Tag, das so sehr von seinem zuletzt gezeigten verschieden war und dem in der ersten Woche unserer Ehe so nahe kam, daß er, hätte ich noch einen Funken Liebe übriggehabt, vielleicht meine Neigung für ihn wieder hätte entzünden können. Doch wenn auch Haß der Verachtung folgen kann und sie vielleicht bezwingen wird – von der Liebe, glaube ich, gilt das nicht. In Wahrheit ist die Leidenschaft der Liebe zu unstet, als daß sie sich ohne die Gabe, die sie von ihrem Gegenstand empfängt, zufriedengeben könnte; und man kann so wenig zur Liebe neigen, ohne zu lieben, als wir Augen haben, ohne zu sehen. Wenn darum ein Ehemann aufhört, der Gegenstand dieser Liebe zu sein, so ist es sehr wahrscheinlich, daß ein anderer Mann – hörst du, meine Liebe, wenn der Gatte sich gegen einen gleichgültig zeigt – wenn man einmal dazu gekommen ist, ihn zu verachten – hörst du – das heißt, wenn man von der Leidenschaft der Liebe erfüllt ist – mein Gott! ich hab mich verwirrt – doch es kann einem bei diesen abstrakten Betrachtungen geschehen, daß man, wie Herr Lacke sagt, die Ideenverkettung verliert:

kurz, die Wahrheit ist – kurz, ich weiß kaum, was sie ist; doch, wie ich sagte, mein Mann kam zurück, und sein Betragen überraschte mich anfangs höchlich, aber er machte mich bald mit den Beweggründen bekannt und ließ mich ihnen Rechnung tragen. Darum mit einem Wort: Er hatte alles Bargeld meines Vermögens verloren und ausgegeben, und da er sein eigenes Besitztum nicht noch mehr belasten konnte, war er nun darauf erpicht, sich durch den Verkauf eines mir gehörenden kleinen Grundstücks Geld für seine Launen zu verschaffen, und das konnte er ohne meine Mitwirkung nicht; und diese Gunst von mir zu erlangen, war der ganze und einzige Beweggrund für seine vorgespielten Zärtlichkeiten.

Ich verweigerte ihm auf das entschiedenste meine Einwilligung. Ich sagte ihm und sagte ihm damit die Wahrheit, wäre ich am Beginn unserer Ehe im Besitze Indiens gewesen, so hätte er darüber verfügen können, denn ich war immer der Auffassung gewesen, da, wo eine Frau ihr Herz hinlege, müsse sie auch ihr Vermögen niederlegen. Da er jedoch schon vor langer Zeit so freundlich gewesen sei, mir das erste zurückzuerstatten, hätte ich nun die Absicht, gleicherweise das wenige zu behalten, was mir von dem zweiten geblieben sei.

Ich will dir hier nicht schildern, in welche Raserei meine Worte und der entschiedene Ton, in dem ich sie gesprochen hatte, ihn versetzten; auch mit dem ganzen Auftritt, der sich darauf zwischen uns beiden abspielte, möchte ich dich nicht belästigen. Heraus kam, das kannst du mir glauben, die Geschichte von der Mätresse, und zwar mit all den Ausschmückungen, die Ärger und Verachtung ihr verleihen konnten. Herr Fitzpatrick schien ein wenig bestürzt und verwirrter, als ich ihn je gesehen hatte, und seine Gedanken waren, weiß Gott, stets verworren genug. Er versuchte indessen keineswegs, sich zu entschuldigen, griff vielmehr zu einer Methode, die mich fast ebenso verwirrte. Was war dies anderes als eine Gegenbeschuldigung? Er spielte den Eifersüchtigen. Er mochte – und das hätte ich wissen sollen – seiner Natur nach zur Eifersucht neigen, ja sie mußte bei ihm eine Naturanlage sein, oder der Teufel hatte sie ihm in den Kopf gepflanzt, denn ich fordere jedermann auf, etwas begründet Nachteiliges über meinen Charakter zu sagen. Selbst die skandalsüchtigsten Zungen haben es nie gewagt, meinen guten Ruf anzugreifen. Mein Name, dem Himmel sei Dank, ist stets so fleckenlos geblieben wie mein Leben; mag Falschheit selbst das in Frage stellen, wenn sie's wagt. Nein, meine liebe Graveairs, wie sehr ich auch herausgefordert, mißhandelt und beleidigt war in meiner Liebe, ich hatte mir fest vorgenommen, nie den geringsten Anlaß zum Tadel in dieser Beziehung zu bieten. Und doch, meine Liebe, sind manche Leute so übelwollend, manche Zungen so giftig, daß es der Unschuld schwerfällt, ihrem Angriff zu entgehen. Das harmloseste Wort, ein zufälliger Blick, die kleinste Vertraulichkeit, jede unschuldige Freiheit werden von gewissen Leuten aufgebauscht und zu – ich weiß nicht was – umgedeutet. Aber ich verachte, meine liebe Graveairs, ich verachte alle derartigen Verleumdungen. Keine von diesen Bosheiten, sei dessen gewiß, hat mir je eine schlimme Stunde bereitet. Nein, nein, ich versichere dir, daß ich über dem stehe. Doch wo war ich? Warte – ich habe dir gesagt, daß mein Mann eifersüchtig war. Und auf wen denn, bitte? Nun, auf wen denn, wenn nicht auf den Leutnant, von dem ich gesprochen habe! Er mußte mehr als ein Jahr zurückgreifen, um jenen Gegenstand heranzuholen, der seine sonderbare Leidenschaft rechtfertigen konnte, wenn er eine solche Leidenschaft wirklich empfand und nicht ein durchtriebener Heuchler war, der nur die Absicht hatte, mich zu mißbrauchen.

Doch ich habe dich bereits mit zu vielen Einzelheiten gelangweilt. Ich will meine Geschichte darum eilig ihrem Ende zuführen. Also denn, kurz: Nach manchen Szenen, die zu unwürdig sind, um hier berichtet zu werden, in denen meine Kusine sich so kühn auf meine Seite stellte, daß Herr Fitzpatrick sie schließlich aus dem Hause wies – als er fand, daß ich weder durch freundliche Reden noch durch Einschüchterung zum Nachgeben zu zwingen war, griff er schließlich zu einem wirklich sehr heftigen Mittel. Sie denken vielleicht, er habe mich geschlagen; doch das hat er tatsächlich nie getan, wiewohl er einmal sehr nahe daran war. Er schloß mich in mein Zimmer ein, ließ mich ohne Feder, Tinte, Papier oder ein einziges Buch; eine Dienerin machte täglich mein Bett und brachte mir das Essen.

Als ich eine Woche in dieser Gefangenschaft zugebracht hatte, besuchte er mich, und mit der Stimme eines Schulmeisters oder, was oft ziemlich das gleiche ist, eines Tyrannen fragte er mich, ob ich nun einwilligen werde. Ich antwortete mit Festigkeit, lieber wolle ich sterben. „Gut, das sollst du“, schrie er, „und hol dich der Teufel, denn nie wirst du dieses Zimmer lebend verlassen.“

Ich blieb dort noch weitere vierzehn Tage; um die Wahrheit zu gestehen, muß ich sagen, daß meine Widerstandskraft beinahe besiegt war und ich an Übergabe dachte, als eines Tages in Abwesenheit meines Mannes, der sich auf eine kurze Reise begeben hatte, sich aus glückhaftester Fügung etwas ereignete. Ich – zu einer Zeit, als ich mich der äußersten Verzweiflung zu überlassen begann – in einem solchen Falle ist alles entschuldbar – um ebendiese Zeit erhielt ich – doch es würde eine Stunde beanspruchen, wollte ich dir alle Einzelheiten erzählen. Darum, mit einem Wort (denn ich will dich mit den Umständen nicht belästigen): Gold, der allgemeine Schlüssel zu jedem Schloß, öffnete mir die Tür und setzte mich in Freiheit.

Ich eilte nach Dublin, wo ich mir sofort die Schiffskarte nach England verschaffte; ich reiste weiter nach Bath, um mich dem Schutz meiner Tante oder deines Vaters anzuvertrauen oder eines jeden Verwandten, der ihn mir gewähren wollte. Mein Mann holte mich letzte Nacht in dem Gasthaus, wo ich schlief und das du wenige Minuten zuvor verlassen hattest, ein, doch es gelang mir, ihm glücklich zu entkommen und dir nachzureisen. Und damit, meine Liebe, endet meine Geschichte. Sie ist wohl tragisch, denn sie erscheint mir selber so; doch vielleicht sollte ich dir lieber Abbitte leisten dafür, daß sie so trübselig ist."

Sophia seufzte tief auf und antwortete: „Wirklich, Harriet, du tust mir in der Seele leid! Aber was konntest du erwarten? Warum, warum hast du einen Iren geheiratet?"

„Auf mein Wort", entgegnete ihre Kusine, „dein Urteil ist nicht gerecht. Es gibt unter den Iren Männer, die so ehrenhaft und würdig sind wie nur irgendwelche unter den Engländern; ja wahrhaftig, geistiger Adel ist unter ihnen eher häufiger anzutreffen. Ich habe auch ein paar ausgezeichnete Ehegatten gekannt, und ich glaube, davon gibt es nicht allzu viele in England. Frage mich lieber, was ich erwarten konnte, als ich einen Narren heiratete, und ich will dir das feierliche Geständnis machen: ich wußte nicht, daß er einer war." – „Kann ein Mann", fragte Sophia mit leiser und ganz veränderter Stimme, „nach deiner Auffassung, ein schlechter Gatte werden, wenn er nicht ein Dummkopf ist?" – „Das", erwiderte die andere, „wäre eine zu weitgehende Verneinung; aber keiner wird sich, glaube ich, so leicht als ein solcher erweisen wie ein Dummkopf. Unter meinen Bekannten sind die einfältigsten Kerle auch die schlechtesten Ehemänner, und ich wage zu behaupten, es ist eine Tatsache, daß ein Mann von verständigem Sinn sich selten einer Frau gegenüber sehr schlecht benimmt, die eine sehr gute Behandlung verdient."

8. Kapitel

Ein schrecklicher Aufruhr im Gasthaus und die Ankunft eines unerwarteten Freundes der Frau Fitzpatrick.

Sophia erzählte nun auf das Verlangen ihrer Kusine – nicht was folgt, sondern was in dieser Geschichte vorangegangen ist; der Leser wird mich darum, wie ich annehme, entschuldigen, wenn ich es nicht nochmals wiederhole. Doch einer Anmerkung zu ihrer Geschichte kann ich mich nicht enthalten, nämlich der, daß sie von Anfang bis zum Ende nie Herrn Jones erwähnt hat, gleich als wäre ein solcher Mensch gar nicht auf der Welt gewesen. Ich will das weder zu erklären noch zu entschuldigen versuchen. Möchte man darin nun eine Art von Unehrlichkeit sehen, so dürfte sie angesichts der Offenheit und rückhaltlosen Aufrichtigkeit der andern Dame um so weniger entschuldbar scheinen. Doch so war es nun einmal.

Eben als Sophia am Ende ihrer Geschichte angekommen war, drang ein Lärm in das Zimmer, in dem die beiden Damen saßen, an Lautstärke nicht unähnlich dem Gekläff einer Koppel Hunde, die gerade aus ihrem Zwinger herausgelassen worden sind, und an Grellheit des Tons ähnlich dem Gekreische von Katzen, wenn sie ihre Musik anstimmen, oder den schrillen Lauten der Eulen oder eigentlich noch ähnlicher (denn welches Tier kann es einer Menschenstimme gleichtun) jenen Tönen, die in den lieblichen Wohnungen jenes Tores, das seinen Namen aus einem Doppelsinn der Sprache herzuleiten scheint, aus den Mündern und manchmal aus den Nasen jener schönen Flußnymphen, vor alters Najaden benamst, in die Vulgärsprache übersetzt Austerndirnen, hervorquellen. Denn wenn an Stelle der alten Trankopfer von Milch und Honig und Öl das kräftige Destillat der Wacholderbeere oder vielleicht des Malzes bei den frühesten Feiern von ihren Andächtigen in Überfülle gespendet worden ist, sollte da irgendeine ungeweihte freche Zunge sich herausnehmen, die zarte fette Miltonauster zu profanieren, das heißt geringzuschätzen, oder die gesunde und derbe Scholle, die Flunder, noch so lebendig, wie wenn sie im Wasser wäre, die Garnele, so groß wie eine Krabbe, den vorzüglichen Dorsch, der vor einer Stunde noch lebte, oder einen andern von den verschiedenen Schätzen, welche die Wassergottheiten, die im Meer und in den Flüssen fischen, der Obhut der Nymphen anvertraut haben – dann erheben die zürnenden Najaden ihre unsterblichen Stimmen, und der profane Wicht ist für seine Gottlosigkeit mit Taubheit geschlagen.

So war der Lärm, der aus einem der untern Räume heraufdrang. Und bald kam der Donner, der schon lange in der Ferne gepoltert hatte, näher und näher, bis er, nachdem er die oberste Treppenstufe überstiegen hatte, endlich in das Zimmer einbrach, das die Damen beherbergte. Kürzer, und um uns aller Metaphern und Bilder zu begeben: Jungfer Honoria, nachdem sie unten weidlich aufbegehrt und das während ihres Aufstiegs fortgesetzt hatte, kam im höchsten Grade der Empörung zu ihrer Herrin herein und schrie: „Was sagen Euer Gnaden dazu? Können Sie sich vorstellen, daß dieser unverschämte Halunke, der Herr von diesem Haus, die Stirn gehabt hat, mir ins Gesicht zu behaupten, Euer Gnaden seien in Wahrheit jene widerliche, stinkende Hure (Jenny Cameron nennen sie sie), die mit dem Prätendenten im Lande herumzieht? Ja, der lügenhafte, aufdringliche Kerl war so dreist, mir zu versichern, Euer Gnaden selbst hätten es ihm gestanden; aber ich habe den Schuft dafür zerkratzt, hab ihm die Spuren meiner Nägel ins freche Gesicht gedrückt. ‚Meine Dame', sagt ich, ‚Ihr naseweiser Schuft, ist kein Fleischgericht für Prätendenten. Sie ist eine junge Dame von so guter Lebensart, Familie und Vermögen wie nur irgendeine in Somersetshire. Kerl, habt Ihr nie vom großen Junker Western gehört? Sie ist seine einzige Tochter, sie ist's – und Erbin seines großen Besitzes.' Meine Dame für eine schmutzige schottische Hure auszugeben, durch so einen Halunken! Ich wollte wahrhaftig nur, ich hätt ihm mit der Punschschale das Gehirn herausgeschlagen."

Das größte Mißbehagen, das Sophia bei diesem Anlaß empfand, hatte Honoria selbst dadurch verursacht, daß sie in ihrer Aufregung verraten hatte, wer Sophia war. Da nun aber der Irrtum des Wirtes jene Bemerkungen, die Sophia zuvor mißverstanden hatte, genügend erklärte, gereichte ihr das zur fühlbaren Erleichterung; auch konnte sie sich eines Lächelns nicht enthalten. Darüber erboste sich Honoria und rief: „Wirklich,

Madam, ich hätte nicht gedacht, daß Sie aus dieser Sache einen Spaß machen würden. Sich von einem so unverschämten gemeinen Lumpen Hure nennen lassen. Euer Gnaden mögen mir zürnen, weil ich Ihre Partei ergriffen habe, denn ich hätte wissen sollen, daß unverlangter Dienst, wie man sagt, stinkt, aber ich mochte, das versteht sich, meine Dame nicht Dirne schimpfen hören. Ich kann das nicht ertragen. Ich bin gewiß, gnädiges Fräulein ist eine so tugendhafte Dame, wie nur je eine den Fuß auf Englands Boden gesetzt hat, und ich werde jedem Schurken die Augen auskratzen, der sich vermißt, etwas Gegenteiliges auch nur anzudeuten. Noch nie konnte jemand das geringste Schlechte über den Charakter einer Dame sagen, in deren Dienst ich gestanden habe."

Hinc illae lacrimae; einfach gesagt, Honoria empfand soviel Liebe für ihre Herrin, wie dies bei den meisten Bedienten der Fall ist. Aber außerdem verlangte ihr Stolz, daß sie für den Charakter ihrer Dame einstehe; denn sie war der Meinung, ihr eigener Ruf sei damit auf das engste verbunden. In dem Maße, wie der Charakter ihrer Herrin erhoben wurde, dachte sie, werde auch ihr eigenes Ansehen gewinnen; und umgekehrt konnte nach ihrem Dafürhalten der eine nicht ohne den andern im Rufe sinken.

Bei diesem Punkt, Leser, muß ich einen Augenblick verweilen und dir eine Geschichte erzählen. Als die berühmte Nell Gwynn eines Tages vor einem Haus, wo sie einen kurzen Besuch abgestattet hatte, wieder ihre Kutsche besteigen wollte, sah sie eine große Volksmenge versammelt und ihren Bedienten mit Blut und Schmutz bedeckt; als ihn seine Herrin fragte, wie er in eine solche Verfassung geraten sei, antwortete er: „Ich habe mich mit einem unverschämten Lümmel herumgeschlagen, der Euer Gnaden eine Hure genannt hat." – „Ihr Dummkopf", erwiderte Frau Gwynn, „in dem Fall müßtet Ihr Euch an jedem Tag Eures Lebens schlagen; ach, Ihr Narr, das weiß doch jedermann." – „So, weiß das jedermann?" brummte der Mensch vor sich hin, nachdem er die Kutschentür geschlossen hatte, „aber sie sollen mich darum nicht den Bedienten einer Hure schimpfen."

Jungfer Honorias Eifer scheint also durchaus natürlich, selbst wenn es für ihn sonst keine weitere Erklärung gäbe; doch in Wirklichkeit gab es noch eine andere Ursache für ihren Groll. Wir müssen hier den Leser um die Erlaubnis bitten, an einen in dem obigen Gleichnis erwähnten Umstand zu erinnern.

Es gibt tatsächlich gewisse Flüssigkeiten, die, wenn sie mit unseren Leidenschaften in Berührung kommen oder mit Feuer, gerade umgekehrte Wirkungen wie das Wasser hervorbringen, da sie eher entzünden und entflammen als dämpfen. Eine von diesen ist die edle Flüssigkeit namens Punsch. Es war darum nicht ohne Grund, daß der gelehrte Dr. Cheney zu sagen pflegte, Punschtrinken heiße flüssiges Feuer in den Hals gießen.

Nun hatte unglücklicherweise Jungfer Honoria so viel von diesem flüssigen Feuer in ihren Hals gegossen, daß der dabei entstehende Rauch in ihr *Pericranium** zu steigen und die Augen der Vernunft, von der man annimmt, daß sie hier ihren Sitz habe, zu trüben begann, während das Feuer selbst vom Magen aus leicht das Herz erreichte und dort die erhabene Leidenschaft des Stolzes entflammte. Also werden wir uns, mit einem Blick auf das Ganze, nicht länger über den heftigen Zorn der Kammerzofe wundern, jedoch müssen wir bekennen, daß uns zuerst die Ursache in keinem Verhältnis zur Wirkung zu stehen schien.

Sophia und ihre Kusine bemühten sich beide aus allen Kräften, die Flammen, die das ganze Haus mit solchem Getöse erfüllt hatten, zu löschen. Zuletzt trugen sie den Sieg davon, oder, um das Gleichnis noch einen Schritt weiterzutreiben: nachdem das Feuer allen Brennstoff, den die Sprache bietet, das heißt jeden in ihr enthaltenen vorwurfsvollen Ausdruck, verzehrt hatte, ging es endlich aus freien Stücken aus.

Doch wenn nun auch im obern Stockwerk die Ruhe wiederhergestellt war, unten war sie es noch nicht. Dort schrie die Wirtin, tief empört über die Verletzung der Schönheit ihres Mannes durch die Fleischspaten Jungfer Honorias, laut nach Rache und Gerechtigkeit. Was den armen Mann betrifft, der in dem Kampfe am meisten gelitten hatte, so war er vollkommen ruhig. Vielleicht hatte der Blutverlust seinen Ärger abgekühlt, denn die Feindin hatte nicht allein seine Wangen mit ihren Nägeln bearbeitet, sondern auch mit ihrer Faust seine Nüstern, die auf diesen Schlag mit reichlichen blutigen Tränen antworteten. Dem dürfte das Nachdenken über sein Mißverständnis hinzuzufügen sein. Nichts jedenfalls trug so viel zu seiner Beschwichtigung bei wie die Art, auf die sich nun sein Irrtum offenbarte. Jungfer Honorias Benehmen nämlich hatte

* Knochenhaut des Gehirns, Hirnschalenhaut (Anmerkung des Übersetzers).

ihn eher in seiner Ansicht bestärkt, doch versicherte ihm nun eine hohe Standesperson, die mit großem Gefolge auftrat, daß eine von den beiden Damen der Gesellschaft angehöre und seine vertraute Bekannte sei.

Auf Befehl dieser Person kam der Wirt jetzt heraufgestiegen und meldete unseren schönen Reisenden, unten sei ein vornehmer Herr, der um die Ehre bitte, ihnen seine Aufwartung machen zu dürfen. Sophia wurde auf diese Botschaft hin blaß und zitterte heftig, obgleich der Leser den Schluß ziehen wird, sie sei ungeachtet des Wirtes läppischer Rede zu höflich, um von Sophias Vater zu kommen; jedoch Furcht hat den Fehler mit einem Friedensrichter gemein, aus belanglosen Umständen zu eilig Schlüsse zu ziehen, ohne die Zeugen beider Parteien anzuhören.

Mehr um des Lesers Neugier als um seine Besorgnis zu befriedigen, erzählen wir ihm nun weiter, daß in der vorangegangenen Nacht sehr spät ein irischer Pair auf seinem Weg nach London im Gasthaus abgestiegen war. Dieser Edelmann war, als sich der erwähnte Sturm erhob, von seinem Nachtessen herbeigeeilt, hatte Frau Fitzpatricks Dienerin zu sehen bekommen und sich kurz bei ihr erkundigt und erfahren, daß ihre Herrin, mit der er sehr genau bekannt war, sich oben befinde. Sowie er das gehört hatte, wandte er sich an den Gastwirt, beruhigte ihn und schickte ihn hinauf mit Begrüßungsworten, die viel höflicher klangen als das, was der Wirt tatsächlich ausrichtete.

Man mag sich vielleicht darüber wundern, daß die Kammerjungfer nicht selbst mit der Überbringung dieser Botschaft beauftragt worden war; es tut uns leid, sagen zu müssen, daß sie dazu in diesem Augenblick nicht geeignet gewesen wäre, sowenig wie zu irgendeinem andern Dienst. Der Rum (denn also beliebte der Wirt sein Malzgebräu zu nennen) hatte niederträchtigerweise den Vorteil, den ihm die Müdigkeit des armen Mädchens bot, benützt, um schreckliche Verheerungen unter deren edlen Fähigkeiten anzurichten, zu einer Zeit, da sie dem Angriff nicht zu widerstehen vermochten.

Wir wollen diesen tragischen Auftritt nicht zu vollständig beschreiben, allein gemäß der historischen Redlichkeit, der wir uns befleißigen, erachteten wir uns für verpflichtet, kurz auf einen Umstand hinzuweisen, den wir anders gern umgangen hätten. Manche Geschichtsschreiber freilich, sei es in Ermangelung jener Redlichkeit oder des gehörigen Fleißes (um nichts

Schlimmeres zu sagen), überlassen es oft dem Leser, derartige kleine Umstände aus dem Dunkel hervorzusuchen, und versetzen sie dadurch zuweilen in große Verwirrung und Verlegenheit.

Sophia wurde von ihrer grundlosen Furcht durch den Eintritt des edlen Pairs sehr bald befreit, der nicht nur ein guter Bekannter von Frau Fitzpatrick war, sondern auch ein naher und vertrauter Freund dieser Dame. Um der Wahrheit die Ehre zu geben, müssen wir sagen, daß es ihr nur dank seinem Beistande möglich war, den Händen ihres Gatten zu entkommen; denn dieser Edelmann war von der gleichen tapferen Gesinnung beseelt wie jene berühmten Ritter, von denen wir in den Heldenbüchern lesen, und er hatte schon manche Nymphe aus ihrer Bedrängnis befreit. Er war tatsächlich ein so bitterer Feind der wilden Herrschaft, die Gatten und Väter nur zu oft über die jungen Schönen des andern Geschlechts ausüben, wie nur jemals ein irrender Ritter ein Feind der barbarischen Macht der Riesen und Zauberer gewesen sein konnte. Ja, die Wahrheit zu sagen, hatte ich oft den Verdacht, daß diese Zauberer, von denen es in allen Romanen nur so wimmelt, nichts anderes gewesen sind als die Ehemänner damaliger Zeiten; und der Ehestand selbst war vielleicht das verwunschene Schloß, in dem, wie die Sage geht, die Nymphen gefangengehalten wurden.

Dieser Edelmann hatte in der Nachbarschaft des Herrn Fitzpatrick ein Gut und war schon einige Zeit mit der Dame bekannt gewesen. Sobald er also von ihrer Einsperrung erfuhr, legte er sich ernstlich ins Zeug, ihre Freiheit zu erwirken. Das gelang ihm auch bald, zwar nicht, indem er nach dem Vorbild der alten Helden das Schloß erstürmte, sondern in Übereinstimmung mit der modernen Kriegskunst, in der List höher bewertet wird als Tapferkeit, durch Bestechung, da Gold für unwiderstehlicher erachtet wird als Blei oder Stahl. Da die Dame diesen Umstand jedoch nicht für wichtig genug hielt, um davon ihrer Freundin zu erzählen, würden wir ihn dem Leser noch jetzt am liebsten verschweigen. Wir hätten vorgezogen, ihn bei der Vermutung zu lassen, daß sie das Geld, mit dem sie ihren Wärter bestochen hatte, gefunden oder selbst gemünzt oder sich durch höchst ungewöhnliche, vielleicht übernatürliche Mittel in seinen Besitz gebracht hätte, statt *unsere Erzählung* durch einen Hinweis auf etwas zu unterbrechen, dem sie zu wenig Bedeutung beizumessen schien, um es überhaupt zu erwähnen.

Nach einer kurzen Unterhaltung konnte der edle Pair nicht umhin, seine Verwunderung darüber zu äußern, daß er die Dame an diesem Ort antreffe, und er konnte sich gleichfalls nicht der Bemerkung enthalten, daß er sie in Bath vermutet habe. Frau Fitzpatrick antwortete sehr freimütig, sie sei an der Ausführung ihrer Absichten durch die Ankunft einer Person, die sie nicht zu nennen brauche, verhindert worden. „Kurz“, sagte sie, „es war mein Mann, der mich einholte (denn ich brauche mich nicht zu zieren und etwas zu verhehlen, was die Welt schon lange nur allzugut weiß). Ich hatte das Glück, ihm auf eine höchst seltsame Weise zu entwischen, und bin nun mit dieser jungen Dame, meiner nahen Verwandten, die einem ebenso großen Tyrannen, wie der meine ist, entflieht, unterwegs nach London.“

Der gräfliche Herr, der hieraus schloß, auch dieser Tyrann sei ein Ehegatte, brachte nun eine Rede vor, gespickt mit Komplimenten an die beiden Damen und voller Ausfälle gegen sein eigenes Geschlecht; auch unterließ er nicht, einige Seitenhiebe zu führen gegen den Ehestand als solchen sowie gegen die ungerechte Gewalt, die er den Männern über den verständigeren und verdienstvolleren Teil der Gattung verleiht. Er schloß seine wohlgesetzte Ansprache mit dem Anerbieten seines Schutzes zusamt seines sechsspännigen Wagens, was beides von Frau Fitzpatrick sogleich und schließlich, auf ihr Zureden, auch von Sophia angenommen wurde.

Nachdem so alles besprochen und geordnet war, verabschiedeten sich Seine gräflichen Gnaden, und die Damen gingen zu Bett, wo Frau Fitzpatrick ihre Kusine noch mit Lobesworten über den Charakter des edlen Pairs unterhielt und sich besonders über seine große Liebe zu seiner Gemahlin verbreitete. Sie sagte, sie glaube, er sei vielleicht die einzige Person seines hohen Ranges, der seinem Ehebett ständig treu geblieben sei. „In Wahrheit, meine teure Sophia“, setzte sie hinzu, „unter Männern von hohem Adel ist das eine sehr seltene Tugend. Erwarte diese nicht, wenn du heiratest, denn glaube mir, wenn du darauf rechnest, so wirst du gewiß betrogen.“

Ein sanfter Seufzer entstahl sich bei diesen Worten Sophias Brust, und diese Worte trugen vielleicht dazu bei, einen nicht eben angenehmen Traum hervorzurufen; doch da sie diesen Traum keinem Menschen anvertraut hat, so kann der Leser nicht erwarten, ihn hier erzählt zu finden.

9. Kapitel

Eine hübsche Beschreibung des Morgens. Eine Postkutsche. Die Höflichkeit von Kammermädchen. Sophias tapferes Gemüt. Ihr Edelmut. Die Rückkehr zu ihm. Aufbruch der Gesellschaft und Ankunft in London, nebst einigen Bemerkungen zum Nutzen von Reisenden.

Jene Mitglieder der menschlichen Gesellschaft, die dazu geboren sind, die Segnungen des Lebens zu beschaffen, begannen ihre Kerzen und Lampen anzuzünden, um ihren täglichen Verrichtungen im Dienste derer nachzugehen, die geboren sind, diese Segnungen zu genießen. Der stämmige Bauernknecht wartet jetzt auf beim Lever seines Arbeitsgenossen, des Ochsen; der kundige Handwerker, der fleißige Mechaniker springen auf von ihren harten Matratzen; und nun beginnt die tüchtige Hausmagd die unordentlichen Gesellschaftszimmer aufzuräumen, während die nachtschwärmenden Urheber dieses Durcheinanders sich im häufig unterbrochenen Schlummer herumwerfen und drehen, wie wenn die Härte der Flaumfedern ihre Ruhe störte.

Mit einfachen Worten: die Glocke hatte kaum sieben geschlagen, als die Damen schon reisefertig waren, und auf ihr Begehren standen der edle Lord und seine Equipage bereit, sie zu empfangen.

Und jetzt erhob sich eine kleine Schwierigkeit, nämlich die, wie Seine gräfliche Gnaden selbst zu befördern wären. Denn wenn auch in den gewöhnlichen Postkutschen, wo die Reisenden nur als bloße Gepäckstücke betrachtet werden, der findige Postillion mit Leichtigkeit ein halbes Dutzend in den Platz für Viere hineinstopft – denn sehr wohl versteht er es einzurichten, daß die dicke Wirtin, der umfängliche Alderman nicht mehr Raum einnehmen als das schlanke Fräulein oder der kerzenschlanke Junggeselle –, liegt es doch in der Natur der Gedärme, daß sie, wenn man sie kräftig drückt, nachgeben und sich mit einem engen Raum begnügen, doch hat man diese Art zu packen noch nie in jenen Fuhrwerken versucht, die man im auszeichnenden Unterschied zu jenen Herrschaftskutschen nennt, wiewohl sie oft geräumiger sind als die andern.

Der Lord wollte dieser Schwierigkeit dadurch ein rasches Ende bereiten, daß er sich sehr höflich die Erlaubnis erbat, sein *Reitpferd zu besteigen*, doch Frau Fitzpatrick wollte dem nicht zustimmen. Darum wurde beschlossen, die Zofen sollten sich wechselweise ablösen und eines der Pferde des Grafen reiten, das denn auch unverzüglich zu diesem Zweck mit einem Quersattel versehen wurde.

Als im Gasthof alles berichtigt war, entließen die Damen ihre Vorreiter und Führer, und Sophia machte dem Gastwirt ein Geschenk, teils als Schmerzensgeld für die bei seinem Sturz unter ihr erlittene Quetschung, teils als Schadenersatz in Anbetracht der Unbill, die er von den Händen ihrer wutentbrannten Kammerjungfer davongetragen hatte. Und jetzt entdeckte Sophia einen Verlust, der sie in einige Unruhe versetzte, und zwar handelte es sich um die Hundertpfundnote, mit der ihr Vater sie bei ihrer letzten Unterredung beschenkt hatte und die, neben einer andern unbedeutenden Kleinigkeit, der ganze Reichtum war, den sie gegenwärtig besaß. Sie suchte überall nach, durchstöberte alle ihre Sachen, doch der Geldschein war nicht zu finden. Sie war schließlich völlig überzeugt, daß sie ihn aus der Tasche verloren hatte, damals bei ihrem Fall vom Pferd auf dem dunklen Feld, worüber von uns berichtet worden ist; eine Erklärung, die um so wahrscheinlicher schien, als sie sich jetzt erinnerte, daß ihre Taschen in Unordnung geraten waren und daß sie kurz vor dem Fall große Mühe gehabt hatte, das Tuch hervorzuholen, um Frau Fitzpatrick aus ihrer Verlegenheit zu helfen.

Mißgeschicke dieser Art, welche Ungelegenheiten sie auch nach sich ziehen mögen, sind ohne Hinzutreten des Geizes nicht fähig, ein Gemüt niederzuschlagen, wofern es nur einige Stärke besitzt. Sophia also, obgleich ihr in dieser Lage nichts Unerwünschteres widerfahren konnte als dieser Zufall, hatte ihren Kummer sehr bald besiegt und kehrte mit der gewöhnlichen Heiterkeit und Munterkeit zur Gesellschaft zurück. Der edle Lord führte die Damen in den Wagen und ebenso Jungfer Honoria, die nach mancherlei Zierereien und noch häufigeren „Ach, liebste Damen“ endlich dem weltgewandten Weigern und Nötigen ihrer Schwester Abigail nachgab und es sich gefallen ließ, als erste die ungewohnte Ehre dieser Fahrt zu genießen. Sie würde sich später auch nicht beklagt haben, wenn das während der ganzen Reise so weitergegangen wäre, allein ihre Herrin nötigte sie, nach verschiedenen fruchtlosen Bemerkungen, mit deutlichen Worten, nun mit ihrer Gefährtin zu wechseln und statt ihrer zu Pferd zu steigen.

Als nun die Kutsche ihre Gesellschaft aufgenommen hatte, setzte sie sich in der Begleitung von vielen Bedienten und zwei Offizieren, die vorher mit dem Herrn Grafen im Wagen gesessen hatten und die sich schon aus einem weniger würdigen Anlaß, als der es war, diesen Damen Platz zu machen, daraus entfernt hätten, in Bewegung. Darin bewiesen sich die beiden Offiziere lediglich als Gentlemen; sie waren aber jederzeit bereit, Lakaiendienste zu verrichten, oder sie hätten sich noch etwas tiefer herabgelassen um der Ehre der Gesellschaft Seiner gräflichen Gnaden und der Annehmlichkeit seiner Tafel willen.

Der Gastwirt war über das von Sophia erhaltene Geschenk so erfreut, daß er nun eher seiner Quetschungen und Kratzwunden froh ward, statt sie zu bedauern. Vielleicht ist der Leser neugierig, das *quantum* dieser Gabe zu erfahren, doch wir können seine Neugier nicht befriedigen. Was immer es war, es entschädigte den Wirt für seine Verletzungen, doch klagte er nun, daß er zuvor nicht gewußt habe, wie sorglos die Dame mit ihrem Geld umgehe. „Denn gewiß", sagte er, „hätte man für alles das Doppelte berechnen können, und sie würde an der Rechnung nichts ausgesetzt haben."

Seiner Frau hingegen lagen diese Schlußfolgerungen ganz fern. Ob sie wirklich die ihrem Manne zugefügte Beleidigung tiefer empfand als dieser selbst, darüber will ich mich nicht auslassen, aber sicher war sie von Sophias Freigebigkeit nicht so erbaut wie ihr Gatte. „Wirklich, mein Lieber", sagte sie, „die Dame versteht ihr Geld viel besser zusammenzuhalten, als du glaubst. Sie konnte sich wohl denken, daß wir eine solche Sache nicht ohne eine gewisse Genugtuung einstecken würden, und ein Rechtshandel würde sie unendlich viel mehr gekostet haben als diese Armseligkeit; ich wundere mich, daß du sie angenommen hast." – „Du bist doch immer so höllisch gescheit", erwiderte der Gatte; „es würde sie mehr gekostet haben, wie? Denkst du wohl, ich weiß das nicht so gut wie du? Würde aber irgend etwas von diesem Mehr in unsere Tasche gelangt sein? Ja, wenn ein gewisser Tom, der Advokat, noch am Leben wär, mit Vergnügen hätt ich ihm diese Sache in die Hände gegeben. Er würde einen hübschen Fisch herausgeholt haben. Jetzt aber hab ich unter meinen Bekannten keinen Anwalt, und warum sollte ich zum Gewinn von Fremden vor Gericht gehn?" – „Nein, natürlich", antwortete sie, „du mußt es besser wissen." – „Das denk ich wohl", erwiderte er, „ich glaube, wo es Geld zu holen gibt, da riech ich das so gut wie einer. Nicht jedermann, laß dir's gesagt sein, hätte das aus den Leuten herausgeschwatzt; nicht jedermann würde ihr das abgelockt haben." Die Frau spendete der Weisheit ihres Gatten

Beifall, und damit endete die kurze Zwiesprache, die sich bei diesem Anlaß zwischen den beiden entsponnen hatte.

Wir verabschieden uns darum von diesen guten Leuten und begleiten den edlen Lord und seine schönen Gefährtinnen, die mit so guter Eile reisten, daß sie in zwei Tagen fast neunzig Meilen zurücklegten und am Abend des zweiten in London ankamen, ohne daß ihnen unterwegs ein Abenteuer begegnet wäre, würdig, in dieser Geschichte erwähnt zu werden. Unsere Feder soll darum die Schnelligkeit nachahmen, die sie beschreibt, und unsere Geschichte soll mit den Reisenden, die ihr Gegenstand sind, Schritt halten. Gute Schriftsteller tun wirklich wohl daran, wenn sie hierin dem Beispiel des verständigen Reisenden folgen, der jedesmal seinen Aufenthalt an einem Orte nach den Schönheiten, Annehmlichkeiten und Merkwürdigkeiten, die er dort vorfindet, bestimmt. In Eshur, Stowe, Wilton, Fastbury und Prior's Park sind die Tage für den entzückten Beobachter zu kurz, wenn wir die wunderbaren Kunstmittel in der Verbesserung der Natur bestaunen. An einigen dieser Orte bewundern wir besonders die Kunst; an andern wetteifern Natur und Kunst um unsern Beifall; doch hier erkennt man die Vorherrschaft der ersten. Hier erscheint die Natur in ihrem reichsten Gewande, und die Kunst, in einfachem Anzug, dient ihrer gütigen Herrin. Hier breitet die Natur wirklich die kostbarsten Schätze aus, die sie an diese Welt zu vergeben hat; und hier beschenkt einen die menschliche Natur mit etwas, was nur in der andern Welt übertroffen werden kann.

Der gleiche Geschmack, die gleiche Phantasie, die in diesen kunstvollen Anblicken üppig schwelgen, können sich auch an viel einfachern Gegenständen erfreuen. Die Wälder, die Bäche, die Wiesen von Devon und Dorset ziehen die Augen des verständigen Reisenden auf sich und verlangsamen seine Schritte, welche Verzögerung er später wieder einholt, indem er rasch über die kahle Heide von Bagshot hinwandert oder über die liebliche Ebene, die sich von Stockbridge westwärts ausdehnt, wo man auf einer Strecke von sechzehn Meilen keinen Gegenstand erblickt als einen einzigen Baum, falls nicht die Wolken aus Mitleid mit unsern ermatteten Sinnen uns eine Aussicht auf die bunten Folgen ihrer Gestaltung eröffnen.

Nicht also reist der gewinnerwägende Kaufmann, der in Gedanken versunkene Richter, der mit Ehren beladene Doktor, der warmbekleidete Viehhändler, nebst den unzähligen

Abkömmlingen des Reichtums und des Stumpfsinns. Vorwärts trotten sie in gleichem Schritt über saftiggrüne Wiesen wie über dürre Heide; ihre Rosse durchmessen ganz genau vier und eine halbe Meile in der Stunde; das Auge des Tieres und seines Herrn sind starr gradaus gerichtet und damit beschäftigt, die gleichen Gegenstände auf die gleiche Weise anzuschauen. Mit demselben Entzücken besieht der gute Reiter das stolzeste Werk des Architekten und jene hübschen Gebäude, mit denen ein Unbekannter die reiche Weberstadt geschmückt hat, wo Haufen aufeinandergeschichteter Ziegel stehen, um als eine Art Denkmal daran zu erinnern, daß hier ehedem aufgeschichtete Geldhaufen standen.

Und jetzt, lieber Leser, da wir unsere Heldin in gebührender Eile begleiten wollen, überlassen wir deinem Scharfsinn die Anwendung von all dem auf die böotischen Autoren und auf jene Schriftsteller, die ihr Gegensatz sind. Dessen wirst du in vollem Maße ohne unseren Beistand fähig sein. Darum beeile dich nun bei diesem Anlaß, denn wenngleich wir dir an schwierigen Stellen stets unsere Hilfe leisten werden, da wir nicht wie manche andere von dir erwarten, du werdest dich divinatorischer Künste bedienen, um unsere Meinung zu entdecken, so werden wir doch mit deiner Lässigkeit keine Nachsicht haben, wo nichts als deine Aufmerksamkeit erfordert wird; denn du befindest dich in einem großen Irrtum, wenn du glaubst, wir hätten, als wir dieses große Werk begannen, die Absicht gehabt, deiner Klugheit nichts zu tun übrigzulassen; oder daß du, ohne zeitweilig dieses Talent zu üben, imstande sein würdest, die Reise durch unsere Seiten hindurch mit Genuß und Gewinn für dich selbst zu unternehmen.

10. Kapitel

Enthält ein oder zwei angedeutete Gedanken über die Tugend, und noch ein paar mehr über den Argwohn.

Als unsere Gesellschaft in London angekommen war, stieg sie im Hause Seiner gräflichen Gnaden ab, von wo, während sie selbst sich nach der Ermüdung von der Reise mit Erfrischungen stärkte, Bediente abgeschickt wurden, um den beiden Damen Unterkunft zu verschaffen. Denn da die Frau Gräfin sich nicht in der Stadt befand, war Frau Fitzpatrick durch nichts zu bewegen, ein Bett im Hause des Pairs anzunehmen.

Einige Leser werden vielleicht dieses außerordentliche Zartgefühl der Tugend, wie ich es nennen möchte, als zu kleinlich und gewissenhaft verurteilen, doch wir müssen ihrer Lage Rechnung tragen, die, wie man zugeben wird, sehr heikel war. Und wenn wir die Bosheit der Lästerzungen in Betracht ziehen, so müssen wir gestehen, daß ihr Fehler, wenn es ein Fehler genannt werden kann, eine Übertreibung am rechten Ort war, den jede Frau in derselben Lage nachahmen sollte. Die förmlichste Zurschaustellung der Tugend, wenn sie weiter nichts ist als ein bloßer Schein, wird vielleicht in sehr abstrakten Erwägungen weniger Lob verdienen als die Tugend selbst ohne jede Förmlichkeit; sie wird indessen stets mehr gelobt werden. Das aber, glaube ich, wird jedermann zugestehen, daß es, einige wenige besondere Fälle ausgenommen, für jede Frau notwendig ist, die eine oder die andere hochzuhalten.

Als eine Unterkunft beschafft war, begleitete Sophia ihre Kusine für diese Nacht, doch war sie entschlossen, am andern Morgen zeitig die Dame aufzusuchen, in deren Schutz sie sich, wie wir erwähnten, begeben wollte, als sie ihres Vaters Haus verließ. Das zu tun war sie zufolge einiger Beobachtungen, die sie während der Reise in der Kutsche gemacht hatte, nur um so begieriger.

Da wir nun aber um alles Sophia nicht mit dem häßlichen Makel des Argwohns entstellen wollen, so fürchten wir uns beinah, dem Leser die Gedanken zu eröffnen, die in ihr im Hinblick auf Frau Fitzpatrick erwacht waren; über sie hegte sie nun freilich einige Zweifel, doch da solche leicht ihre Wohnung im Busen der schlechtesten Menschen finden, halten wir es nicht für richtig, hier mehr darüber auszusagen, bevor wir dem Leser ein paar Worte über den Argwohn im allgemeinen anvertraut haben.

Er schien mir immer in zwei Graden vorzukommen. Den ersten möchte ich aus dem Herzen ableiten, da die außerordentliche Schnelligkeit seines Urteils einen gewissen angeborenen innern Drang verraten dürfte, um so mehr, als dieser erste Grad sich seinen Gegenstand häufig selbst erschafft, sieht, was nicht vorhanden, und jedenfalls immer mehr sieht, als was ist. Das ist jenes schnellsichtige Durchschauen, dessen Habichtsauge kein verdächtiges Merkmal entgehen kann und das nicht allein auf die Taten, sondern auf die Worte und das Aussehen der Menschen lauert und, da es aus dem Herzen des Beobachters entspringt, zutiefst ins Herz des Beobachteten eindringt und dort das Übel erspäht, gleichsam als frühesten Embryo – ja, zuweilen noch ehe man sagen kann, es sei empfangen worden. Eine wunderbare Geisteskraft, wäre sie unfehlbar! Doch da auf diese Unfehlbarkeit wohl kaum ein einziger Sterblicher Anspruch erhebt, ist aus der Fehlbarkeit solch überscharfen Urteilens manches schlimme Unheil und viel schmerzliches Herzweh für Tugend und Unschuld entstanden. Ich kann darum nicht anders, als dieses so schnellsichtige Entdecken des Verdächtigen für eine Voreiligkeit und ein an sich sehr verderbliches Übel zu halten. Und ich neige zu solcher Auffassung um so mehr, als ich fürchte, dieses Übel wurzele stets in einem bösen Herzen, und zwar einmal aus den bereits angeführten Gründen und noch einem dazu, nämlich dem, daß ich es nie als die Eigenschaft eines guten Herzens bemerkt habe. Von diesem Grade des Argwohns nun spreche ich Sophia völlig und endgültig frei.

Der zweite Grad dieser Eigenschaft scheint dem Kopf zu entspringen. Er ist eigentlich nur die Fähigkeit, das zu sehen, was vor unsern Augen liegt, und aus dem Gesehenen Schlüsse zu ziehen. Jenes ist unvermeidlich für jeden, der Augen hat, und dieses zweite ist vielleicht eine ebenso gewisse und notwendige Folge davon, daß wir ein Gehirn haben. Dieser zweite Grad ist ein ebenso erbitterter Feind der Schuld, wie der erste ein Feind der Unschuld ist; auch kann ich ihn in keinem ungünstigen Lichte sehen, auch wenn er aus menschlicher Schwäche zuweilen irren sollte. Wenn zum Beispiel ein Ehemann zufällig seine Frau auf dem Schoße oder in den Armen eines jener artigen jungen Herren überraschte, die sich auf die Kunst verstehen, Ehemänner mit prächtigem Hirschgeweih auszustatten, so glaube ich, ich würde ihn nicht dafür tadeln, wenn er aus den Vertraulichkeiten, die er wirklich gesehen und gegen die wir schon nachsichtig genug sind, wenn wir sie unschuldige Freiheiten nennen, auf noch etwas mehr schließt, als was er wirklich sah. Der Leser wird sich leicht eine Fülle solcher Beispiele in Erinnerung rufen können. Ich will hier nur noch eines hinzufügen, das ich, wie unchristlich es auch einigen scheinen mag, doch in vollem Sinn zulässig finde: das ist der Argwohn, daß ein Mann das wieder tun wird, was er bereits einmal getan hat, und daß es für den, der sich einmal als Schurke erwiesen hat, wohl möglich ist, diese Rolle aufs neue zu spielen.

Und, die Wahrheit zu gestehen, des Argwohns dieses Grades, glaube ich, war Sophia schuldig. Nach diesem Grade des Argwohns war sie wirklich auf die Vermutung gekommen, ihre Kusine sei nicht besser, als sie tatsächlich war . . .

Die Dinge, so scheint es, verhielten sich so: Frau Fitzpatrick hatte weislich erwogen, daß die Tugend einer jungen Dame in der Welt in keiner andern Lage ist wie ein armer Hase, der gewiß ist, sobald er sich aus seinem Versteck ins Freie wagt, seinen Feinden zu begegnen. Kaum war sie also entschlossen, die erste Gelegenheit zu ergreifen, um der Obhut ihres Eheherrn zu entfliehen, als sie sich auch vornahm, sich unter den Schutz eines andern Mannes zu begeben; und wen könnte sie sich schicklicher zu ihrem Schutzherrn wählen als eine Person von hohem Rang, Vermögen und Ehre, die ihr abgesehen von der galanten Anlage, welche die Männer zu fahrenden Rittern, das heißt zu Beschützern der Damen macht, zudem noch eine heftige Neigung zu ihr selbst erklärt und bereits alle in ihrer Macht stehenden Proben abgelegt hatte.

Da aber die Gesetze des Landes törichterweise dieses Amt eines Vize-Ehemannes oder Schutzvogts für eine entlaufene Ehefrau nicht vorsehen und da Bosheit imstande ist, für diese Ämter noch unangenehmere Namen zu erfinden, so wurde ausgemacht, daß Seine gräfliche Gnaden alle diese freundlichen Dienste geheim und ohne öffentlich den Charakter ihres Beschützers anzunehmen erweisen sollte. Ja, um zu verhindern, daß er irgendeinem Menschen als solcher zum Bewußtsein komme, hatte man sich darauf geeinigt, die Dame solle geradenwegs nach Bath reisen, der edle Lord jedoch zuerst nach London und sich von da auf Anraten der Ärzte an jenen selben Ort begeben.

Das alles hatte Sophia vollkommen verstanden, ohne es aus dem Benehmen oder dem Munde von Frau Fitzpatrick zu erfahren, sondern aus dem des edlen Pairs, der ungleich weniger Übung darin besaß, ein Geheimnis zu bewahren, als die gute Dame; und vielleicht diente die strenge Verschwiegenheit, die Frau Fitzpatrick in ihrer Erzählung über diesen Punkt beobachtet hatte, nicht wenig dazu, den Argwohn, der jetzt im Gemüt ihrer Kusine aufgestiegen war, zu verstärken.

Sophia hatte das Haus der Dame, die sie suchte, bald gefunden, denn tatsächlich gab es keinen Sänftenträger in der Stadt, der ihr Haus nicht sehr gut kannte; und da sie auf ihre erste Anmeldung als Antwort eine sehr dringende Einladung erhielt, so nahm sie diese ohne weiteres an. Frau Fitzpatrick bestand freilich nicht mit mehr Nachdruck darauf, Sophia bei sich zu behalten, als dies die Höflichkeit erforderte. Ob sie nun den obenerwähnten Argwohn bemerkt hatte und empfindlich war oder ob andere Beweggründe hier im Spiel waren, das kann ich nicht sagen; gewiß ist, sie verlangte ebenso danach, Sophia loszuwerden, wie diese darauf brannte zu gehen.

Als die junge Dame von ihrer Kusine Abschied nahm, konnte sie nicht umhin, ihr andeutungsweise einen guten Rat zu geben. Sie bat sie um des Himmels willen, sie möchte sich in acht nehmen und bedenken, in welcher gefährlichen Lage sie sich befände; und sie fügte hinzu, sie hoffe, es werde sich ein Mittel finden lassen, zwischen ihr und ihrem Manne eine Versöhnung herbeizuführen. „Du mußt dich, meine Liebe, des Grundsatzes unserer Tante Western erinnern", sagte sie. „Wenn die eheliche Allianz zerbrochen und der Krieg zwischen Gatte und Gattin erklärt ist, so kann die Frau schwerlich einen für sie nachteiligen Frieden schließen, und wären die Bedingungen noch so schlimm. Dies sind meiner Tante eigene Worte, und sie besitzt große Erfahrung in den Dingen der Welt." Frau Fitzpatrick erwiderte mit geringschätzigem Lächeln: „Befürchte meinetwegen nichts, Kind! Achte nur auf dich selbst, denn du bist jünger als ich. Ich möchte dich in ein paar Tagen besuchen; aber, liebste Sophia, hör auf diesen einen Rat: Laß den Charakter des Fräulein Graveairs auf dem Lande! Denn glaube mir, hier in dieser Stadt würde er dich sehr nachteilig kleiden."

Also trennten sich die beiden Kusinen, und Sophia machte sich sogleich auf den Weg zu Lady Bellaston, bei der sie ebenso herzlich wie höflich empfangen wurde. Die Dame hatte eine große Zuneigung zu ihr gefaßt, als sie vor längerer Zeit bei ihrer Tante Western ihre Bekanntschaft machte. Sie war wirklich außerordentlich erfreut über ihren Besuch und hatte kaum vernommen, welche Gründe sie bewogen hatten, ihren Vater zu verlassen und nach London zu fliehen, als sie ihren Verstand und ihre Entschlossenheit höchlich lobte. Und nachdem sie ihrer höchsten Genugtuung darüber Ausdruck gegeben hatte, daß Sophia von ihr selbst eine so gute Meinung gehegt und ihr Haus zu ihrem Zufluchtsort gewählt habe, versprach sie ihr allen Schutz, den zu gewähren nur in ihren Kräften stände.

Nachdem wir nun Sophia in sichere Hände gebracht haben, wird der Leser einverstanden sein, sie dort eine Weile in Verwahrung zu lassen und sich ein wenig nach andern Personen umzusehen, besonders nach dem armen Jones, den wir lange genug haben Buße tun lassen für seine Vergehen, die ihm, wie es die Natur eines jeden Lasters bewirkt, an sich schon genügend Unbill eingetragen hatten.

ZWÖLFTES BUCH

Umfaßt ungefähr die gleiche Zeit wie das vorige.

1. Kapitel

Was bei einem modernen Schriftsteller als Plagiat zu betrachten ist und was man als rechtmäßige Beute bezeichnen darf.

Dem wohlunterrichteten Leser dürfte aufgefallen sein, daß ich im Verfolg dieses mächtigen Werkes zuweilen Stellen aus den besten alten Autoren übertragen habe, ohne ihre Herkunft zu nennen oder ohne im geringsten auf das Buch zu verweisen, dem sie entnommen sind.

Dieses Verhalten bei der Schriftstellerei wird durch den klugen Abbé Bannier im Vorwort zu seiner Mythologie, einem Werk von großer Gelehrsamkeit und sicherem Urteil, ins rechte Licht gerückt. „Den Leser wird es nicht sehr anstrengen", so sagt er, „festzustellen, daß ich häufig mehr auf seinen als auf meinen guten Ruf bedacht gewesen bin; denn sicherlich erweist ihm ein Autor eine große Artigkeit, wenn er zu seinen Gunsten sich ihm aufdrängende gelehrte Zitate unterdrückt, die ihm ja doch nur die Mühe der Übertragung verursacht haben würden."

Ein Werk mit Zitatenplunder anzufüllen, das mag freilich als ein offener Betrug gegenüber den Gelehrten betrachtet werden, die man durch solche Mittel veranlaßt, ein zweites Mal in Bruchstücken und en détail zu kaufen, was sie bereits im Ganzen besitzen, wenn nicht in ihrem Gedächtnis, so doch auf ihrem Büchergestell; und es ist ein noch grausamerer Betrug gegenüber den Ungelehrten, die für etwas zu bezahlen verlockt werden, das für sie in keiner Weise von Nutzen ist. Ein Schriftsteller, der seine Werke mit viel Griechisch und Latein durchsetzt, behandelt Damen und gebildete Herren in der gleichen kläglichen Manier wie der Auktionator, der gar oft versucht, seine Lose so verwirrend zu mischen, daß man, will man den dienlichen Gegenstand erwerben, gezwungen ist, gleichzeitig auch den zu kaufen, den man gar nicht brauchen kann.

Und ich fühlte mich wohl mitunter versucht, da jedes noch so ehrliche und selbstlose Betragen von der Unwissenheit mißdeutet, von der Bosheit falsch dargestellt werden kann, meinen eigenen Ruf auf Kosten des Lesers zu wahren und das Original zu transkribieren oder wenigstens Kapitel und Vers anzuführen, wann immer ich Gedanken oder Ausdrücke eines andern benützt habe. Ich fürchte ein wenig, daß ich oft durch die entgegengesetzte Methode gelitten habe und daß ich, indem ich des ursprünglichen Verfassers Namen unterdrückte, eher des Plagiates verdächtigt wurde, als in den Ruf gelangte, aus jenen menschenfreundlichen Beweggründen gehandelt zu haben, die jener mit Recht berühmte Franzose angibt.

Um nun für die Zukunft allen derartigen Anschuldigungen vorzubeugen, bekenne und rechtfertige ich die Tatsache. Die Alten können betrachtet werden als eine üppige Allmende, allwo ein jeder, der auch nur das geringste Wohnrecht auf dem Parnaß besitzt, ermächtigt ist, seine Muse zu mästen. Oder verständlicher gesagt: Wir Modernen verhalten uns zu den Alten wie die Armen zu den Reichen. Unter den Armen verstehe ich hier diese große und ehrwürdige Körperschaft, die wir in unserem Lande den Pöbel nennen. Wer nun die Ehre gehabt hat, bis zu einem gewissen Grade in die Kreise dieses Pöbels zugelassen zu werden, der wird wohl wissen, daß es zu ihren festen Grundsätzen gehört, ihre reichen Nachbarn unbedenklich zu berauben und zu bestehlen, und daß ihnen dies weder als sündhaft noch als schändlich gilt. Und so standhaft stehen sie zu dieser Maxime und handeln sie ihr gemäß, daß es fast in jedem Kirchspiel des Königreichs eine Art Verschwörung gibt, die unaufhörlich einer gewissen wohlhabenden Person, die Junker genannt wird, zusetzt, deren Besitztum von allen ihren armen Nachbarn als freie Beute betrachtet wird; welche Nachbarn, da sie zu dem Schluß gekommen sind, diesem Plündern könne nicht die geringste Spur von Schuld beigemessen werden, schließlich einen Ehrenpunkt und eine moralische Verpflichtung darin sehen, wenn Strafe droht, sich gegenseitig vor Strafe zu schützen und zu bewahren.

So ähnlich sind die Alten, wie Homer, Virgil, Horaz, Cicero und die übrigen, von uns als ebenso viele reiche Junker einzuschätzen, von denen wir, die Armen vom Parnaß, kraft unvordenklichen Brauches nehmen, was wir nur heimtragen können. Diese Freiheit spreche ich mir zu und bin bereit, sie meinerseits meinen armen Nachbarn zu gestatten. Alles, was ich dazu zu sagen habe und was ich von meinen Brüdern verlange, ist, daß wir unter uns genau jene Ehrlichkeit walten lassen, wie sie die Angehörigen des Pöbels einander bezeigen. Sich gegenseitig bestehlen ist in der Tat in hohem Grade verbrecherisch und unanständig, denn dies kann man nicht anders als Betrug am Armen (zuweilen an solchen, die ärmer sind als wir selbst) oder, um es in den häßlichsten Farben zu zeigen, Beraubung des Spitals nennen.

Da ich nun also nach strengster Selbstprüfung mich eines so kläglichen Diebstahls nicht bezichtigen kann, so begnüge ich mich damit, die Schuld der ersten Anklage auf mich zu nehmen. Auch werde ich nie Skrupel haben, wenn es mir paßt, irgendeine Stelle aus einem alten Schriftsteller, die meinen Zwecken dienen kann, in mein eigenes Werk herüberzunehmen, ohne den Namen des Autors, von dem ich sie geborgt habe, dazuzusetzen. Ja, ich beanspruche ein absolutes Anrecht auf alle jene Gefühle und Meinungen von dem Augenblick an, da sie in meine Schriften übertragen worden sind, und ich erwarte, daß alle Leser sie fortan ganz und gar als mein Eigentum ansehen. Ich wünsche jedoch, daß dieser Anspruch mir allein unter der Bedingung zugestanden werde, daß ich mich meinen armen Brüdern gegenüber vollkommen ehrlich verhalte, und wenn ich von dem wenigen, das sie besitzen, etwas entleihen sollte, so werde ich es mit ihrem Zeichen versehen, und es wird jederzeit möglich sein, es seinem rechtmäßigen Eigentümer zurückzuerstatten.

Daß er dies unterlassen hatte, gereichte einem gewissen Herrn Moore nicht zur Ehre, der, nachdem er schon früher ein paar Zeilen von Pope und Kompanie geborgt hatte, sich die Freiheit nahm, sechs davon seinem Stück „Rival Modes“ einzuverleiben. Zum Glück jedoch entdeckte Herr Pope sie in dem genannten Stück, ergriff mit fester Hand sein Eigentum und fügte es seinem Werk wieder ein; und um besagten Herrn Moore noch härter zu strafen, sperrte er ihn in das scheußliche Gefängnis der „Dunciade“, wo sein unglückliches Andenken nun bleibt und ewig bleiben wird, als gerechte Vergeltung für sein unlauteres Vorgehen im poetischen Geschäft.

2. Kapitel

In dem der Junker zwar seine Tochter nicht findet, aber etwas anderes gefunden wird, das seiner Verfolgung ein Ende setzt.

Die Geschichte kehrt jetzt in den Gasthof zu Upton zurück, wo wir zunächst den Fußtapfen Junker Westerns nachgehen wollen, denn da er bald am Ende seiner Fahrt angelangt sein wird, werden wir alsdann volle Muße haben, unsern Helden zu begleiten.

Der Leser wolle sich gütig erinnern, daß besagter Junker in voller Wut aus dem Gasthof davonritt und in dieser Wut seiner Tochter nachsetzte. Der Stallknecht hatte ihm verraten, daß sie den Severn überschritten habe; also überquerte er mit seinem Gefolge gleichfalls diesen Fluß, ritt, was das Zeug hielt, und drohte der armen Sophia die grimmigste Rache an für den Fall, daß er sie erwischte.

Er war noch nicht sehr weit gekommen, als er sich an einem Scheideweg sah. Er rief einen kurzen Kriegsrat zusammen, und nachdem er die verschiedenen Meinungen angehört hatte, überließ er schließlich dem Glück die Leitung und begab sich ungesäumt auf die Worcester-Landstraße.

Auf dieser Straße ritt er ungefähr zwei Meilen fort, als er sich bitterlich zu beklagen begann und dazwischen ausrief: „Was für'n Jammer! Sicher, auf Gott's Erde gab's nie einen so unglücklichen Hund wie mich!“ worauf er in Flüche und Verwünschungen ausbrach.

Der Pfarrer versuchte ihm bei dieser Gelegenheit Trost zuzusprechen. „Geben Sie sich nicht der Sorge hin, gnädiger Herr“, sagte er, „wie die, die ohne Hoffnung sind. Wenngleich wir bis jetzt noch nicht imstande waren, die junge Dame einzuholen, so dürfen wir es doch für ein Glück erachten, daß wir sie in der rechten Richtung verfolgt haben. Vielleicht wird sie bald von ihrer Reise ermüdet sein, dann anhalten und in einer Herberge einkehren, um zu ruhen und sich zu stärken; und in diesem Falle, so wahr es Gottes Güte gibt, werden Sie sehr bald wieder *compos voti* sein*.“

„Puh! Was liegt mir an der Dirn!“ erwiderte der Junker, „ich ärgere mich wegen des verlorenen schönen Morgens. Es ist verdammt hart, einen der besten Spürtage, denn so einer

* Die Fassung wiedergewonnen haben (Anmerkung des Übersetzers).

scheint's zu werden, nicht nutzen zu können, besonders nach einem so langen Frost."

Ob Fortuna, die dann und wann zwischen ihren losesten Neckereien etwas Mitleid beweist, sich des Junkers erbarmte und, da sie beschlossen hatte, ihn seine Tochter nicht einholen zu lassen, das auf andere Art wettzumachen dachte, will ich nicht entscheiden; doch er hatte kaum die eben übermittelten Worte gesprochen und ihnen zwei oder drei Flüche auf den Fersen nachgeschickt, als nicht weit von ihnen eine Meute fremder Hunde ihre melodischen Kehlen zu öffnen begann. Kaum hatten des Junkers Pferd und sein Reiter das vernommen, als beide ihre Ohren spitzten und der Junker schrie: „Auf der Fährt ist er, auf der Fährt! Hol mich der Teufel, wenn er nicht auf der Fährt ist"; und damit stieß er seinem Tier die Sporen in die Rippen, was freilich nicht nötig war, denn es war mit seinem Herrn ganz eines Sinnes. Und jetzt ritt die ganze Gesellschaft quer über die Felder auf die Hunde zu, unter vielem Geschrei und Hallo, während der arme Pfarrer, sich bekreuzigend, die Nachhut bildete.

Es berichtet die Fabel, daß die hübsche Katze, die Venus auf das Verlangen eines leidenschaftlichen Liebhabers in eine schöne Frau verwandelt hatte, sobald sie eine Maus erblickte, ihrer früheren Jagden gedenkend und noch in der Gewalt ihrer ursprünglichen Natur, aus dem Bett ihres Gatten sprang, um das kleine Tier zu verfolgen.

Was haben wir daraus zu schließen? Nicht, daß die Braut der Umarmung ihres Geliebten überdrüssig gewesen wäre, denn wenn manche auch die Katzen undankbar schelten, so werden doch Frauen wie Katzen bei bestimmten Gelegenheiten ihr Wohlgefallen bekunden und schnurren. Die Wahrheit ist, wie das der kluge Herr Roger L'Estrange in seinen tiefen Betrachtungen bemerkt: „Wenn wir der Natur die Tür verschließen, so wird sie ans Fenster kommen; und Frau Puss, wiewohl eine Dame, wird eine Mauserin bleiben." Gleicherweise werden wir den Junker nicht des Mangels an Liebe zu seiner Tochter beschuldigen; in Wahrheit liebte er sie sehr. Wir müssen nur in Betracht ziehen, daß er ein Junker und ein leidenschaftlicher Jäger war, und dann können wir die Fabel auf ihn anwenden und so auch die richtigen Überlegungen.

Die Hunde hielten sehr hart an, wie der Ausdruck lautet, und Junker Western setzte ihnen mit seinem gewöhnlichen Geheul, seiner Munterkeit und all seinem freudigen Gebaren über

Hecken und Gräben nach. Kein Gedanke an Sophia drängte sich ihm auf, der ihm das Vergnügen an dieser Jagd gedämpft hätte, denn dies sei eine der schönsten, sagte er, die er je gesehen, und, so schwor er, wohl wert, daß man zwanzig Stunden darum ritte. Wie der Junker seine Tochter vergaß, so vergaßen was leicht zu glauben ist, die Diener ihre junge Herrin; und der Pfarrer, nachdem er zuerst sein großes Erstaunen für sich selbst auf lateinisch ausgedrückt hatte, ließ am Ende alle weiteren Gedanken an die junge Dame fahren, und in tunlichster Entfernung hinterdrein trottend, begann er über einen Teil des Lehrgehalts seiner Predigt für den nächsten Sonntag nachzudenken.

Der Junker, dem die Jagdhunde gehörten, war doch erfreut über die Ankunft seines Bruder-Junkers und Jagdgesellen, denn alle Menschen schätzen Verdienste auf ihrem Gebiet, und man konnte keinen im Weidwerk erfahreneren Mann finden als Junker Western; auch wußte niemand besser als er mit seiner Stimme die Hunde aufzumuntern und die ganze Jagdschar mit seinem Holla anzutreiben.

Weidmänner sind in der Hitze der Jagd viel zu sehr beschäftigt, um auf irgendeine Förmlichkeit zu achten, selbst wenn es sich um die Dienste der Menschlichkeit handelte. Denn wenn einem von ihnen ein Unfall zustößt, wenn er in einen Graben fällt oder in einen Bach, so reiten die übrigen achtlos weiter und überlassen ihn gewöhnlich seinem Schicksal. Während dieser ganzen Zeit wechselten darum die beiden Junker, obwohl sie einander oft ganz nahe waren, kein Wort. Der Jagdherr sah jedoch oft und mit vielem Beifall, auf welche kundige Art der Fremde die Hunde, wenn sie von der Spur abgekommen waren, zu behandeln verstand. Er gewann von seinem Verstand eine hohe Meinung, wie ihm denn auch die Anzahl seiner Begleiter keine geringe Achtung vor seinem hohen Rang einflößte. Sobald jedoch die Jagd mit dem Tod des kleinen Tieres, das sie verursacht hatte, beendet war, näherten sich die beiden Junker einander und bewillkommneten sich auf schickliche und gebührende echt junkerliche Weise.

Ihr Gespräch war unterhaltend genug, und wir werden es vielleicht noch in einem Anhang oder bei einer andern Gelegenheit erzählen. Da es jedoch zu dieser Geschichte nicht in der geringsten Beziehung steht, können wir es nicht über uns bringen, ihm hier Raum zu gönnen. Es schloß mit einem zweiten Jagen und dieses mit einer Einladung zum Mittagessen. Diesem folgte, da es angenommen wurde, ein tüchtiges Zechgelage, das auf seiten Junker Westerns mit einem ausgiebigen Mittagsschläfchen endete.

Unser Junker war an diesem Abend seinem Gastgeber und selbst dem Pfarrer Supple beim Bechern keineswegs gewachsen; das mochte auf seine große Ermüdung an Leib und Seele zurückzuführen sein, was seiner Ehre nicht im geringsten Abbruch tut. Er hatte wirklich, nach der gewöhnlichen Redensart, schiefgeladen, denn noch ehe er sich die dritte Flasche zugeführt hatte, versagten ihm Beine und Verstand so vollständig, daß, obgleich er erst viel später zu Bett gebracht wurde, der Pfarrer ihn als nicht vorhanden betrachtete und, nachdem er dem andern Junker Sophias ganze Geschichte erzählt hatte, von diesem das Versprechen erhielt, daß er die Gründe unterstützen wolle, die er am nächsten Morgen geltend zu machen vorhatte, um Herrn Western zur Heimkehr zu bewegen.

Sobald demnach der gute Junker seinen Rausch vom Abend ausgeschlafen hatte und nach seinem Frühtrunk zu rufen begann und befahl, seine Pferde bereitzustellen, um die Verfolgung seiner Tochter wieder aufzunehmen, da legte Herr Supple seine Abmahnungsgründe dar, vom Herrn des Hauses nachdrücklich unterstützt, so daß sie endlich verfingen und Herr Western einwilligte heimzukehren. Ein Grund vor allem bewog ihn dazu, nämlich der, daß er nicht wußte, welchen Weg er nehmen sollte, und daß er wahrscheinlich ebenso leicht von seiner Tochter weg wie zu ihr hinreiten könnte. Er nahm hierauf Abschied von seinem Jagdbruder, und indem er seiner großen Freude darüber Ausdruck gab, daß der Frost gebrochen war (was vielleicht nicht die geringste der Ursachen war, die ihn zur raschen Heimkehr trieben), ritt er vorwärts oder vielmehr rückwärts nach Somersetshire, aber erst, nachdem er einen Teil seines Gefolges auf die Suche nach seiner Tochter geschickt hatte, der er eine Salve der bittersten Verwünschungen, wie er sie nur erfinden konnte, nachschickte.

3. Kapitel

Jones' Aufbruch von Upton, samt dem, was sich zwischen ihm und Partridge auf der Straße zutrug.

Wir kommen endlich wieder einmal mit unserem Helden zusammen, und die Wahrheit zu sagen, waren wir genötigt, uns so lange von ihm fernzuhalten, daß ich in Anbetracht des Zustandes, in dem wir ihn verließen, befürchte, mancher von unsern Lesern könnte den Schluß gezogen haben, daß wir ihn für immer verlassen wollten, da er sich jetzt nämlich in jener Lage befinden könnte, in der kluge Leute gewöhnlich davon abstehen, weitere Erkundigungen nach ihren Freunden einzuziehen, um nicht den Schock zu erleben, daß sie vernehmen müßten, diese Freunde hätten sich erhängt.

Doch in Wirklichkeit, so möchte ich kühn behaupten, wenn wir nicht alle die Tugenden eines klugen Charakters haben, so haben wir auch nicht alle seine Fehler. Und wenn man sich auch nicht wohl kläglichere Umstände vorstellen kann als die, denen der arme Jones gegenwärtig anheimgegeben war, so werden wir nun doch zu ihm zurückkehren und ihn mit der gleichen Beflissenheit begleiten, als schwelgte er in den hellsten Strahlen des Glücks.

Herr Jones also und sein Gefährte Partridge verließen das Gasthaus ein paar Minuten, nachdem Junker Western weggeritten war, und sie folgten demselben Weg zu Fuß; denn der Hausknecht sagte ihnen, daß in Upton jetzt gerade keine Pferde, auch nicht gegen hohen Preis, zu haben seien. Schweren Herzens wanderten sie dahin. Zwar hatte ihre Betrübnis verschiedene Ursachen, aber tief bekümmert waren sie beide, und wenn Jones bitterlich seufzte, so murrte Partridge fast ebenso jammervoll bei jedem Schritt.

Als sie an den Kreuzweg kamen, wo Junker Western gehalten hatte, um Rats zu pflegen, stand Jones ebenso still, wandte sich an Partridge und fragte ihn nach seiner Meinung, welchen Weg sie einschlagen sollten. „Ach, Herr", erwiderte Partridge, „ich wünschte, Euer Gnaden wollten meinem Rate folgen." – „Warum sollte ich nicht?" versetzte Jones; „denn jetzt ist es mir vollkommen einerlei, wohin ich gehe und was aus mir wird." – „Mein Rat also", sagte Partridge, „ist der, daß wir sogleich linksum kehrtmachen und nach Hause gehen, denn wer ein solches Heim hat, um dahin zurückzukehren, wie Euer Gnaden, was sollte der wie ein Landstreicher in der Gegend herumziehen? Ich bitt um Verzeihung, *sed vox ea sola reperta est**." – „Ach!" rief Jones, „ich habe kein Heim, wohin ich zurückkehren könnte; doch wenn auch mein Freund, mein Vater, mich aufnehmen wollte, könnte ich es in einem Lande aushalten, dem meine Sophia entfloh? Grausame Sophia! Grausam? Nein, mich trifft der Vorwurf. Nein, du bist zu tadeln. Verdammter Narr und Dummkopf! Du hast mich ins Elend gestürzt, und dafür will ich dir die Seele aus dem Leib reißen." Mit diesen Worten packte er den armen Partridge derb am Kragen und schüttelte ihn heftiger, als ihn ein Fieberanfall oder seine eigene Furcht je zuvor hätte schütteln können.

Partridge fiel zitternd auf die Knie, bat um Gnade und beteuerte, er habe es nicht böse gemeint – worauf ihn Jones nach einem Augenblick wilden Anstarrens losließ, um seine Wut gegen sich selbst auszutoben, die, wäre sie auf den andern gefallen, diesem sicher das Ende bereitet hätte, was die Furcht allein fast schon getan hatte.

Wir wollten hier einige Mühe darauf verwenden, alle die tollen Streiche, die Jones bei dieser Gelegenheit verübte, ausführlich zu beschreiben, könnten wir nur gewiß sein, daß der Leser die Lust verspürte, sie zu lesen. Da wir jedoch befürchteten, daß er nach aller von uns auf das Ausmalen dieser Szenen verwandten Arbeit durchaus imstande sein möchte, sie völlig zu überschlagen, haben wir uns diese Mühe erspart. Offen gestanden haben wir aus diesem einzigen Grunde der Fruchtbarkeit unseres Genius oft gar sehr Gewalt angetan und manche vortreffliche Beschreibung aus unserem Werke fortgelassen, der man sonst darin begegnen würde. Und dieser Verdacht, um ehrlich zu sein, entspringt wie in den meisten Fällen einzig unserm bösen Herzen, denn wir selbst haben allzu oft dem Überspringen gefrönt, wenn wir uns durch die Blätter der bändereichen Geschichtsschreiber hindurchkämpften.

So genüge es denn, einfach zu sagen, daß Jones, nachdem er einige Minuten lang die Rolle eines Wahnsinnigen gespielt hatte, allmählich wieder zu sich kam, was noch kaum geschehen war, als er sich an Partridge wandte und ihn wegen des Angriffs auf seine Person, den er in der Heftigkeit seiner Leidenschaft begangen hatte, sehr ernstlich um Verzeihung bat; doch schloß er damit, daß er ihn ersuchte, eine Heimkehr nie mehr zu er-

* Doch ein anderes Wort läßt sich dafür nicht finden (Anmerkung des Übersetzers).

wähnen, denn er sei entschlossen, jene Gegend niemals wiederzusehen.

Partridge verzieh sehr leicht und versprach getreulich, dem Gebot, das ihm jetzt auferlegt worden war, zu gehorchen. „Und", rief Jones sehr lebhaft aus, „da es mir vollkommen unmöglich ist, den Schritten meines Engels weiter zu folgen, so will ich denn den Pfad des Ruhmes begehen. Wohlan, mein Junge, auf zur Armee! Es gilt einer rühmlichen Sache, und ich wollte auch dann noch mein Leben dafür opfern, wenn es mir der Erhaltung wert erschiene!" Und mit diesen Worten betrat er den andern von den beiden Wegen, den der Junker nicht eingeschlagen hatte, und also, durch einen bloßen Zufall, folgte er dem, auf dem ihm Sophia vorangegangen war.

Unsere Reisenden schritten jetzt wohl eine ganze Meile fürbaß, ohne daß einer zum andern eine Silbe gesprochen hätte, wiewohl Jones für sich selbst und leise manches vor sich hin redete. Partridge aber war ganz schweigsam, denn er hatte sich vielleicht noch nicht völlig von seiner Furcht erholt; zudem war er besorgt, er könnte seinen Freund zu einem zweiten Zornesausbruch reizen, zumal er jetzt anfing, einer Vermutung Gehör zu schenken, die vielleicht beim Leser kein großes Erstaunen hervorrufen mag. Kurz gesagt, er fing an zu argwöhnen, Jones sei gänzlich von Sinnen gekommen.

Seiner Selbstgespräche endlich wieder müde, wandte Jones sich an seinen Gefährten und warf ihm seine Schweigsamkeit vor, worauf der arme Mann sich mit dem Hinweis auf seine Furcht, Zorn zu erregen, ehrlich rechtfertigte. Und nun, da diese Furcht durch Zusicherungen, daß ihm nichts geschehen werde, beseitigt war, lockerte Partridge wiederum den Zaum seiner Zunge, die sich vielleicht über ihre zurückgewonnene Freiheit nicht weniger freute als ein junges Füllen, wenn ihm der Zügel vom Hals geglitten und es frei auf die Weide hinauslaufen kann.

Da Partridge von jenem Gegenstand, der sich ihm zuerst aufgedrängt hatte, Abstand nehmen mußte, verfiel er auf das, was außerdem seinen Sinn am meisten beschäftigte: den Mann vom Hügel. „Sicherlich, Herr", sagte er, „das konnte niemals ein Mensch sein, der sich so kleidet und so seltsam lebt, so ganz anders als andere Menschen. Und dann seine Nahrung. Wie die alte Frau mir gesagt hat, besteht sie hauptsächlich aus Kräutern, was doch eher eine Speise für Pferde ist als für einen Christenmenschen. Ja, der Wirt zu Upton sagt, die Nachbarn dort herum machten sich über ihn schreckliche Vorstellungen. Mir selbst geht im Kopf herum, er müsse wohl ein Geist gewesen sein, hergesandt, um uns zu warnen; und wer weiß, ob nicht all die Dinge, die er uns erzählte: wie er gekämpft habe, wie er gefangen worden sei, und von der großen Gefahr, in der er schwebte, gehängt zu werden, ob das nicht als Warnung gedacht war im Hinblick auf unser Vorhaben? Außerdem habe ich die ganze letzte Nacht nur von Schlachten geträumt; und ich glaubte, das Blut rinne mir aus der Nase wie die Flüssigkeit aus einem Hahn. Wahrhaftig, Herr, *infandum, regina, jubes renovare dolorem.*"

„Ihre Geschichte, Partridge", antwortete Jones, „ist fast so schlecht angewandt wie Ihr Latein. Nichts könnte Leuten, die in den Krieg ziehn, mit größerer Wahrscheinlichkeit geschehen, als daß sie den Tod finden. Vielleicht werden wir beide fallen – und was dann?" – „Was dann?" erwiderte Partridge, „nun, dann ist es Schluß mit uns, oder nicht? Wenn ich weg bin, dann ist alles mit mir vorbei. Was geht mich die große Sache dann an, oder wer den Sieg davonträgt, wenn ich getötet bin? Ich werde keinerlei Vorteil davon haben. Was bedeuten alles Glockengeläute und alle Freudenfeuer für einen, der sechs Fuß unter dem Boden liegt? Mit dem armen Partridge wird es aus sein." – „Mit dem armen Partridge muß es irgendeinmal aus sein", rief Jones. „Wenn Sie gern Latein hören, so will ich Ihnen ein paar schöne Zeilen des Horaz hersagen, die selbst einem Feigling Mut einflößen würden:

Dulce et decorum est pro patria mori,
Mors et fugacem persequitur virum
Nec parcit imbellis juventae
Poplitibus, timodoque tergo."

„Ich möchte, daß Sie mir dies übersetzen und auslegen", rief Partridge, „denn Horaz ist ein schwieriger Autor, und ich kann, so rasch wie Sie das hersagen, nicht folgen."

„Ich will Ihnen eine schlechte Nachdichtung oder vielmehr Paraphrase von mir selbst zum besten geben:

Wer stürbe nicht gern für seines Landes Glück,
Da, hält niedre Furcht den Memmenschritt zurück,
Dem Tod er nicht entflieht: ein Grab, gemein,
Den Feigling und den Tapfern schlingt es ein."

„Das ganz gewiß", rief Partridge. „Ach, freilich, *mors omni-*

*bus communis**, aber es ist ein großer Unterschied, ob einer nach vielen Jahren wie ein guter Christ, umgeben von allen seinen weinenden Freunden, in seinem Bette stirbt oder ob einer heute oder morgen wie ein toller Hund erschossen oder vielleicht mit dem Schwert in zwanzig Stücke gehackt wird, und das, bevor er noch alle seine Sünden bereuen konnte. O Herr, erbarme dich unser! Gewiß, Soldaten sind eine schlimme Menschenart. Ich wollte nie mit ihnen etwas zu tun haben. Ich konnte es kaum über mich bringen, sie als Christen zu betrachten. Nichts als Fluchen und Schwören gibt es unter ihnen. Ich wollte, Euer Gnaden würden sich anders besinnen. Ich wünschte von Herzen, daß Sie Ihren Vorsatz bereuen würden, bevor es zu spät ist, und daß Sie nicht zu ihnen gehen wollten. Schlechte Gesellschaft verdirbt gute Sitten. Dies ist mein oberster Grundsatz. Was die Sache als solche angeht, so bin ich nicht furchtsamer als irgendwer, ich gewiß nicht, in dieser Sache. Ich weiß, alles menschliche Fleisch muß sterben, aber gleichwohl mag ein Mensch eine schöne Anzahl Jahre leben. Ich bin nur ein Mann in den mittleren Jahren; ich könnte indessen noch eine große Anzahl vor mir haben. Ich habe von mehreren gelesen, die hundert Jahre geworden sind, und von einer großen Menge, die wurden beinahe hundert. Nicht daß ich hoffte, ich meine, daß ich mir vorsetzte, ein so hohes Alter zu erreichen. Wenn es nur achtzig wären oder neunzig. Der Himmel sei gelobt, das liegt nun noch in weiter Ferne; und ich fürchte mich nicht, alsdann zu sterben, nicht mehr als irgendeiner; aber freilich, den Tod versuchen, bevor eines Menschen Zeit gekommen ist, das scheint mir offenkundige Gottlosigkeit und Anmaßung zu sein. Wenn dadurch wenigstens irgend etwas Gutes bewirkt würde; doch sei die Sache, wie sie wolle, was können zwei einzelne Personen Großes zustande bringen? Ich für meinen Teil, ich verstehe davon nichts. Ich habe in meinem Leben keine zehnmal eine Büchse abgefeuert; und sie war nie mit einer Kugel geladen. Und das Schwert – ich habe nie fechten gelernt und verstehe mich gar nicht darauf. Und da sind diese Kanonen, denen sich auszusetzen man nur als die größte Vermessenheit bezeichnen kann, kein anderer als ein Wahnwitziger – ich bitte um Verzeihung: bei meiner Seele, ich wollte nichts Schlimmes sagen. Ich bitte Euer Gnaden sehr, sich nicht wieder zu erbosen.“

* Der Tod ist allen gemeinsam (Anmerkung des Übersetzers).

„Keine Angst, Partridge", rief Jones; „ich bin nun von Ihrer Feigheit so vollkommen überzeugt, daß Sie mich durch nichts mehr aufbringen können." – „Euer Gnaden", antwortete jener, „mag mich einen Feigling heißen, oder wie immer es Ihnen beliebt. Wenn der Wunsch, in einer heilen Haut zu schlafen, einen Mann zum Feigling macht, *non immunes ab illis malis sumus**. Doch habe ich in meinem Grammatikbuch nie gelesen, daß ein Mann kein guter Mensch sein könne, ohne zu kämpfen. *Vir bonus est quis? Qui consulta patrum, qui leges juraque servat.*** Nicht ein Wort vom Kämpfen; und ich weiß, die Schrift ist so sehr dagegen, daß niemand mich überreden wird, er sei ein Guter Christ, während er Christenblut vergießt."

4. Kapitel

Abenteuer mit einem Bettler.

Eben als Partridge diese gute und fromme Lehre, mit der das letzte Kapitel schließt, ausgesprochen hatte, gelangten sie an einen andern Kreuzweg, wo ein lahmer zerlumpter Kerl sie um ein Almosen ansprach. Partridge fuhr ihn barsch an und sagte: „Jedes Kirchspiel sollte seine eigenen Armen ernähren." Jones lachte laut und fragte, ob er sich nicht schäme, so viel christliche Liebe im Mund und so wenig im Herzen zu haben. „Ihre Religion", sagte er, „dient Ihnen nur zur Entschuldigung für Ihre Fehler, ein Ansporn zur Tugend ist sie für Sie nicht. Kann ein Mensch, der wirklich ein Christ ist, sich weigern, einem Bruder in solcher Not seine Lage zu erleichtern?" Zugleich griff er in die Tasche und reichte dem armen Gesellen einen Schilling.

„Junger Herr", rief der Mensch, nachdem er gedankt hatte, „ich hab da etwas Merkwürdiges in meiner Tasche, das ich zwei Meilen von hier gefunden habe, wenn Euer Gnaden Lust hätte, es zu kaufen. Ich wage nicht, es einem jeden zu zeigen, aber da Sie ein so guter Herr sind und so freundlich zu den Armen, so werden Sie ja nicht einen Mann gleich im Verdacht haben, ein Dieb zu sein, nur weil er arm ist." Darauf zog er ein kleines

* So sind wir von diesen Übeln nicht frei. – ** Ein guter Mensch ist wer? Der die Ratschläge der Väter, die Gesetze und die Vorschriften beobachtet (Anmerkungen des Übersetzers).

Taschenbuch mit vergoldetem Schloß hervor und gab es Jones in die Hand.

Jones öffnete es sogleich und (errate, Leser, was er fühlte!) las gleich auf der ersten Seite die Worte Sophia Western, geschrieben von ihrer eigenen schönen Hand. Sowie er den Namen erblickte, drückte er ihn fest an seine Lippen, auch konnte er sich, ungeachtet der Anwesenden, nicht dessen erwehren, in ein rasches Entzücken zu geraten, doch vielleicht machte ihn ebendieses Entzücken vergessen, daß er nicht allein war.

Während Jones das Buch küßte und daran knabberte, als hätte er eine vortrefflich gebutterte braune Kruste im Munde oder als wäre er wirklich ein Bücherwurm oder ein Autor, der nichts zu essen hat als sein eigenes Werk, fiel ein Stück Papier aus seinen Seiten zu Boden, das Partridge aufhob und Herrn Jones übergab, der es sogleich als eine Banknote erkannte. Es war tatsächlich jene Note, die Western seiner Tochter am Abend vor ihrer Abreise geschenkt hatte, und ein Jude wäre vor Freuden hoch aufgesprungen, wenn er sie für hundert Pfund weniger fünf Schilling hätte kaufen können.

Partridges Augen funkelten bei dieser Eröffnung, die Jones mit lauter Stimme vortrug, und ebenso die Augen des armen Kerls (wenngleich in einem etwas andern Sinne), der das Buch gefunden und (ich hoffe, aus grundsätzlicher Ehrlichkeit) es nicht einmal geöffnet hatte. Wir würden jedoch gegen den Leser nicht ehrlich verfahren, unterließen wir es, ihm hier einen kleinen Umstand mitzuteilen, der doch von einiger Bedeutung ist, nämlich, daß der Mann nicht lesen konnte.

Jones, der nichts als eitel Freude und helles Entzücken über den Fund des Buches gefühlt hatte, empfand bei dieser neuen Entdeckung eine Beimischung von Kummer, denn seine Phantasie brachte ihn sogleich darauf, daß die Eigentümerin der Banknote sie vielleicht nötig hätte, ehe es ihm möglich wäre, sie ihr wieder zuzustellen. Er unterrichtete hierauf den Finder, daß er die Dame, der das Taschenbuch gehöre, kenne, und sie so bald als möglich auffinden und es ihr zurückerstatten möchte.

Das Taschenbuch war ein Geschenk, das Fräulein Western neulich ihrer Nichte gemacht hatte; es hatte fünfundzwanzig Schilling gekostet, denn es war bei einem bekannten Galanteriewarenhändler gekauft worden, doch der wirkliche Wert des vergoldeten Silbers seiner Beschläge betrug etwa achtzehn Pence; und diesen Preis würde der erwähnte Händler, da es fast unberührt war, wie es aus seinem Laden gekommen, jetzt wieder dafür gegeben haben. Ein schlauer Mensch würde die Unwissenheit des Bettlers zu seinem Vorteil ausgenützt und nicht mehr als einen Schilling oder vielleicht sechs Pence dafür geboten haben, ja einige hätten vielleicht gar nichts dafür gegeben und es dem Mann überlassen, sein Fundrecht einzuklagen; einige gelehrte Juristen möchten wohl daran zweifeln, ob er das unter den genannten Umständen hätte tun können.

Jones hingegen, der seinen Hang zur Großmut nicht zu verhehlen pflegte und dem man vielleicht nicht zu Unrecht Verschwendungssucht vorwarf, gab dem Finder für das Buch unbedenklich eine Guinee. Der arme Kerl, der seit langem keinen solchen Schatz besessen hatte, sagte Jones tausend Dank und zeigte in seinen Gesichtsmuskeln nicht weniger Entzücken, als Jones hatte erkennen lassen, da er zuerst den Namen Sophia Western las.

Der Mensch war gerne bereit, unsere Reisenden zu dem Ort zu führen, wo er das Taschenbuch gefunden hatte. Zu dritt machten sie sich also dorthin auf, doch nicht so rasch kamen sie vorwärts, wie Jones das wünschte, denn sein Führer hatte zum Unglück ein lahmes Bein und vermochte nicht mehr als eine Meile in der Stunde hinter sich zu bringen. Das Ziel aber lag drei Meilen weit entfernt, obgleich der Mann weniger angegeben hatte; wir brauchen dem Leser nicht erst zu sagen, wie lange sie zu gehen hatten.

Während ihres Wanderns öffnete Jones das Buch wohl hundertmal, küßte es ebensooft, redete viel mit sich selbst und sehr wenig mit seinen Gefährten. Über dieses Gebaren äußerte der Führer Partridge gegenüber einige Zeichen der Verwunderung; dieser seinerseits schüttelte mehr als einmal den Kopf und sagte: „Der arme Herr! *Orandum est ut sit mens sana in corpore sano.**“

Sie langten endlich an der Stelle an, wo Sophia unglücklicherweise ihr Taschenbuch verloren und wo der Bettler es glücklicherweise gefunden hatte. Hier wollte Jones seinen Führer entlassen und seinen Schritt beschleunigen, doch der Kerl, bei dem die heftige Überraschung und Freude, die der Empfang der Guinee ausgelöst hatte, bereits etwas nachgelassen hatten, und der nun Zeit zum Überlegen gefunden hatte, machte ein unzufriedenes Gesicht, kratzte sich den Kopf und sagte, er hoffe, Seine Gnaden werde ihm noch etwas mehr geben. „Euer Gna-

* Lasset uns um gesunden Verstand in einem gesunden Körper beten (Anmerkung des Übersetzers).

den“, sagte er, „mögen in Erwägung ziehen, daß ich, wenn ich nicht ehrlich gewesen wäre, alles hätte behalten können.“ Das war nun, wie der Leser zugeben muß, wirklich wahr. „Wenn dieses Papier hier hundert Pfund wert ist, so wird doch der Finder sicherlich etwas mehr als eine Guinee verdienen. Außerdem, nehmen wir an, Euer Gnaden werden die Dame überhaupt nicht sehen noch ihr das Papier übergeben – und obwohl Euer Gnaden aussehn und reden wie ein rechtschaffener adliger Herr, so hab ich doch nur Euer Gnaden bares Wort. Und wenn sich der rechte Eigentümer nicht finden ließe, so wird es dem zukommen, der es zuerst aufgehoben hat. Ich hoff, Euer Gnaden werden aus allem soviel entnehmen: Ich bin nur ein armer Mann, und darum verlange ich nicht alles, aber es ist nur gut und billig, daß ich meinen Teil erhalte. Euer Gnaden haben das Aussehen eines ehrbaren Herrn, und ich hoffe, Sie werden meine Redlichkeit bedenken; hätt ich doch alles bis zum letzten Schilling behalten können, und niemand wär je darauf gekommen.“ – „Ich sage Ihnen auf meine Ehre“, rief Jones, „daß ich die rechtmäßige Eigentümerin kenne und es ihr zurückerstatten will.“ – „Recht so, Euer Gnaden mögen damit anfangen, was Sie wollen; wenn Sie mir nur mein Teil geben, das heißt, die Hälfte von dem Geld, das übrige mögen Sie nach Gefallen für sich behalten“, erwiderte der Kerl, und er schloß mit dem schrecklichen Schwur, daß er nie jemandem ein Sterbenswort davon sagen werde. „Seht her, Freund“, rief Jones, „die wahre Eigentümerin soll nun einmal alles wiederbekommen, was sie verloren hat; und was ein weiteres Trinkgeld anbelangt, so kann ich Euch das jetzt wirklich nicht geben; aber sagt mir Euern Namen und wo Ihr wohnt, und es ist mehr als möglich, daß Ihr später einmal Ursache haben werdet, mit dem, was Euch heute morgen begegnet ist, zufrieden zu sein.“ – „Weiß nicht, was Sie mit Zufriedensein meinen“, rief der Geselle; „muß wohl zufrieden sein so oder so, ob Sie der Dame das Geld wiedergeben oder nicht; doch hoff ich, Euer Gnaden werden bedenken...“ – „Kommt, kommt“, rief Partridge, „nennt dem gnädigen Herrn Euern Namen und sagt, wo man Euch finden kann; ich bürg Euch dafür, Ihr werdet's nie bereuen, daß Ihr das Geld in seine Hände gegeben habt.“ Als der Mann sich ohne jede Hoffnung sah, wieder in den Besitz des Taschenbuches zu gelangen, gab er schließlich klein bei, nannte seinen Namen und teilte seinen Wohnort mit, die Jones mit Sophias Bleistift auf einen Zettel schrieb. Indem er darauf diesen Zettel zu dem Blatt legte, auf das sie ihren Namen geschrieben hatte, rief er: „Da seht nur, Freund, Ihr seid der glücklichste aller Sterblichen, ich habe Euren Namen zu dem Namen eines Engels gelegt.“ – „Ich kenne mich nicht aus in Engeln“, erwiderte der andere, „ich möchte lieber, Sie gäben mir mehr Geld oder das Taschenbuch zurück.“ Jetzt aber geriet Partridge in Zorn; er bedachte den armen Krüppel mit schmählichen und schimpflichen Namen und wollte ihn unbedingt verhauen, aber Jones wollte das nicht dulden; er sagte dem Menschen, er werde sicher Gelegenheit finden, ihm einen guten Dienst zu erweisen, und damit begann er auszuschreiten, so rasch ihn seine Füße trugen; und Partridge, durch die Gedanken an die hundert Pfund wie neubelebt, folgte seinem Führer. Der Mann jedoch, der genötigt war zurückzubleiben, verwünschte sie alle beide und ebenso seine eigenen Eltern; „denn hätten sie mich in die Armenschule geschickt“, rief er, „daß ich nun schreiben, lesen und rechnen könnte, so hätt ich ebensogut den Wert dieser Sachen gekannt wie andere Leute.“

5. Kapitel

Enthält noch mehr Abenteuer, die Herrn Jones und seinem Gefährten unterwegs zustießen.

Unsere Reisenden bewegten sich nun in so eiligem Schritt vorwärts, daß sie sehr wenig Zeit und Atem zum Reden hatten. Jones dachte auf dem ganzen Weg nur an Sophia, und Partridge an die Banknote, die ihm zwar einiges Vergnügen bereitete, ihn zugleich aber verdrießlich stimmte über Fortuna, die ihm auf allen seinen Wegen noch niemals eine solche Gelegenheit geboten hatte, seine Ehrlichkeit zu zeigen. Sie waren etwa drei Meilen gegangen, als Partridge, der es Jones nicht länger an Geschwindigkeit gleichtun konnte, ihm zurief und ihn bat, doch die Gangart ein wenig zu verlangsamen, worin ihm Jones um so bereitwilliger willfahrte, als er seit einiger Zeit die Hufspuren der Pferde verloren hatte, die bei dem Tauwetter eine Strecke von mehreren Meilen hindurch sichtbar gewesen waren; und nun gingen sie über eine weite Trift, auf der verschiedene Wege sich hinzogen.

Er hielt darum an, um zu überlegen, welchen von diesen Straßen sie folgen sollten, als sie plötzlich, wie es schien, in nicht gar großer Entfernung den Laut einer Trommel vernahmen. Dieser Schall erfüllte Partridge sofort mit Furcht, und er rief: „Gott sei uns gnädig; sie kommen ganz gewiß!" – „Wer kommt?" fragte Jones, denn in seinem Gemüt hatten an Stelle von Furcht längst sanftere Gefühle Raum gewonnen; und seit dem Abenteuer mit dem lahmen Mann war sein Sinn ausschließlich auf die Verfolgung Sophias gerichtet, und er dachte nicht im geringsten an einen Feind. „Wer?" rief Partridge; „nun, die Rebellen. Doch warum sollte ich sie Rebellen heißen? Sie könnten ja durchaus ehrenwerte Gentlemen sein, mir ist wenigstens vom Gegenteil nichts bekannt. Mag den, der sie beleidigt, der Teufel holen, sag ich; und gewiß, wenn sie mir nichts zu sagen haben, dann werde ich auch zu ihnen nichts sagen, höchstens eine Höflichkeit. Um des Himmels willen, Herr, fordern Sie sie nicht heraus, falls sie kommen sollten, und vielleicht tun sie uns nichts zuleid; aber wäre es nicht klüger, wenn wir uns hinter eins von jenen Gebüschen verkröchen, bis die vorbei sind? Was können zwei unbewaffnete Männer gegen vielleicht fünfzigtausend ausrichten? Gewiß, nur ein Verrückter – ich hoffe, Euer Gnaden werden nicht gekränkt sein –, aber sicherlich kein Mann im Besitze von *mens sana in corpore* ..." Hier unterbrach Jones diesen Strom der Beredsamkeit, den die Furcht entfesselt hatte, und sagte, der Trommellaut lasse ihn annehmen, daß sie sich einer Stadt näherten. Er schlug hierauf die gerade Richtung ein nach dem Ort, von wo der Schall herzukommen schien, und sprach Partridge Mut zu, denn er werde ihn in keine Gefahr führen; und er setzte hinzu, es sei nicht möglich, daß die Rebellen schon so nahe wären.

Diese letzte Versicherung beruhigte Partridge ein wenig; und wenn er auch lieber in die entgegengesetzte Richtung gegangen wäre, folgte er doch seinem Führer, wobei sein Herz, allerdings nicht eben heldenhaft, den Takt zur Musik der Trommel schlug, die erst aufhörte, als sie die Trift hinter sich hatten und auf einem schmalen Wiesengrund angekommen waren.

Und jetzt entdeckte Partridge, der wieder mit Jones Schritt hielt, etwas Farbiges, das sich in geringer Entfernung in der Luft bewegte. Da er dies für die Fahnen des Feindes hielt, brüllte er laut: „O Gott, Herr, da sind sie; Kranz und Sarg! O Herr! Nie sah ich so Schreckliches, und wir sind bereits in Büchsenschußweite."

Jones schaute dort hinüber und war sich sofort über Partridges Irrtum klar. „Partridge", sagte er, „ich glaube, Sie werden es mit dieser ganzen Armee allein aufnehmen; aus der Farbe dieser Fahnen schließe ich, was die Trommel, die wir vorhin gehört haben, bedeutet; sie bietet Rekruten zum Besuch eines Puppentheaters auf."

„Ein Puppentheater!" antwortete Partridge ganz erregt, „und ist es auch wirklich nichts anderes? Mehr als jede Kurzweil liebe ich das Puppenspiel. Lieber Herr, laufen wir, ohne zu zögern, dorthin. Ich bin außerdem halb verhungert, denn es ist schon fast dunkel, und seit drei Uhr morgens habe ich keinen Bissen gegessen."

Sie kamen bald bei einem Gasthaus oder besser einer Bierschenke an, und Jones ließ sich zum Einkehren überreden, um so eher, als er nicht wußte, ob er sich noch auf dem gewünschten Wege befand. Sie begaben sich beide sogleich in die Küche, wo Jones die Leute auszufragen begann, ob am Vormittag keine Damen dieses Weges gekommen seien, und Partridge forschte nicht weniger lebhaft nach der Anwesenheit von Eßvorräten; und richtig hatten seine Erkundigungen den bessern Erfolg, denn Jones konnte nichts über Sophia erfahren, Partridge jedoch, zu seiner großen Genugtuung, hatte allen Grund, über kurzem den angenehmen Anblick einer köstlich dampfenden Platte mit Speck und Eiern zu erwarten.

Bei starker und gesunder Leibesbeschaffenheit hat die Liebe eine ganz andere Wirkung, als sie bei den schwächer gearteten Menschen zur Folge hat. Bei diesen zerstört sie gewöhnlich all den Appetit, der auf die Erhaltung des Individuums abzielt. Bei den ersten jedoch, obgleich sie oft das Essen und alles andere vergessen und versäumen läßt, braucht man einem hungrigen Liebhaber doch nur einen knusprigen Lendenbraten vorzusetzen, und er wird selten ermangeln, seine Rolle dann trefflich zu spielen. Also geschah es auch im jetzigen Falle. Denn wiewohl Jones vielleicht eines Einbläsers bedurfte und vielleicht, wäre er allein gewesen, mit leerem Magen noch viel weiter gewandert wäre, so hatte er sich doch kaum erst bei Speck und Eiern niedergelassen, als er ebenso herzhaft und heißhungrig zulangte wie Partridge.

Noch ehe unsere Reisenden ihre Mahlzeit beendet hatten, wurde es Nacht, und da Vollmond bereits vorüber war, war es sehr finster. Partridge überredete darum Jones zum Bleiben und *zum Besuch des Puppentheaters*, dessen Vorstellung eben beginnen sollte. Zu dieser wurden sie vom Besitzer der Bühne dringend eingeladen, der ihnen versicherte, seine Figuren seien die schönsten, die je geschaffen worden; in den englischen Städten habe er sich überall bei den obersten Ständen damit den größten Beifall geholt.

Die Vorstellung wurde mit Anstand und Pünktlichkeit durchgeführt. Gegeben wurde das schöne und ernste Stück des „Beleidigten Gatten“; es war in der Tat eine ernste und feierliche Unterhaltung, ganz ohne niedrige Witze und gemeine Scherze, ohne irgend etwas, das zum Lachen reizte. Die Zuschauer waren höchlich befriedigt. Eine ernste Matrone sagte dem Spielleiter, sie wolle am nächsten Abend ihre beiden Töchter herbringen, da er keinerlei albernes Zeug vorführe, und ein Anwaltsgehilfe und ein Steuerbeamter erklärten beide, daß die Charaktere des Lords und der Lady Townley trefflich wiedergegeben und in hohem Grade natürlich gezeigt worden seien. Partridge schloß sich dieser Auffassung an.

Der Direktor war so hoch erfreut über das ihm gespendete Lob, daß er sich nicht enthalten konnte, noch etwas Eigenes dazuzugeben. Er sagte: „Das gegenwärtige Zeitalter zeigt auf keinem Gebiet solche Verbesserungen wie auf dem des Puppentheaters; durch die Verbannung des Hanswursts Punch, seiner Frau Joan und solchen leeren Plunders ist es endlich zu einer vernünftigen Unterhaltung geworden. Ich erinnere mich, als ich mit diesem Gewerbe begann, gab es dabei eine Menge ordinäres Zeug, womit man freilich die Leute zum Lachen bringen, nicht aber die Sitten junger Leute zu verbessern hoffen konnte, ein Ziel, das doch von einem Puppentheater hauptsächlich angestrebt werden müßte. Denn warum sollten nicht gute und klärende Lehren auf diese Art ebensogut zu vermitteln sein wie auf irgendeine andere? Meine Puppen haben Lebensgröße, und sie stellen das Leben in allen seinen Besonderheiten dar; und es scheint mir keine Frage, die Leute kehren von meinem kleinen Drama ebenso gebessert heim wie von dem großen.“ – „Ich möchte um keinen Preis Ihre Erfindungskraft auf dem Gebiete Ihrer Kunst geringschätzen“, bemerkte Jones, „gleichwohl wäre ich froh gewesen, meinen alten Bekannten Master Punch wiederzusehen; und weit entfernt davon, damit etwas zu verbessern, glaube ich, haben Sie durch seine und seiner lustigen Frau Entlassung Ihr Puppentheater verdorben.“

Der Drahtlenker nahm bei diesen Worten sogleich die Miene der äußersten Verachtung für Jones an. Und mit hochmütiger Miene erwiderte er: „Wohl möglich, Herr, daß Sie dieser Meinung sind; doch ich habe die Genugtuung, zu wissen, daß die besten Kritiker ganz anders denken, und es ist nicht möglich, jedem Geschmack zu genügen. Ich muß zwar gestehen, einige von den Hochgeborenen zu Bath wünschten vor zwei oder drei Jahren gar mächtig, den Hanswurst wieder auf der Bühne zu sehen. Ich glaube, daß ich einiges Geld einbüßte, weil ich damit nicht einverstanden war; doch mögen andere tun, was sie wollen, Kleinigkeiten werden mich nicht dazu verlocken, meine Kunst zu entwürdigen, noch werde ich je willentlich zugeben, daß Anstand und Schicklichkeit meiner Bühne Abbruch geschieht durch die Vorführung so gemeinen Unsinns."

„Gut so, Freund", rief der Anwaltsgehilfe, „Sie haben ganz recht. Das Gemeine immer vermeiden! Ich habe verschiedene Bekannte in London, die sich vorgenommen haben, alles Niedrige von der Bühne zu vertreiben." – „Nichts ist schicklicher als das", rief der Zollbeamte, indem er die Pfeife aus dem Mund nahm. „Ich erinnere mich", setzte er hinzu, „(denn damals lebte ich bei meinem Herrn), ich war auf der Lakaiengalerie an dem Abend, da der ‚Beleidigte Gatte' zum erstenmal aufgeführt wurde. Eine Menge gemeines Zeug wurde darin vorgebracht von einem Landedelmann, der in die Stadt gekommen war, um sich ins Parlament wählen zu lassen; und da führten sie ein Schock von seinen Bedienten auf die Bühne, ich erinnere mich ganz besonders an seinen Kutscher, doch die Herren auf unserer Galerie konnten so etwas Gemeines nicht dulden und begannen zu zischen. Ich bemerke, Freund, Sie haben all das weggelassen, und dafür sind Sie zu loben."

„Nein, meine Herren", rief Jones, „gegen so viele kann ich mit meiner Meinung nicht aufkommen; wirklich, wenn die Mehrheit seiner Zuschauer dem Hanswurst abgeneigt ist, so hat der wohlunterrichtete Herr, der das Theater lenkt, gut daran getan, ihn aus seinem Dienst zu entlassen."

Der Herr des Schauspiels verlegte sich nun in einer zweiten Rede darauf, gar vieles von der Macht des Beispiels zu erzählen, und wie der untere Teil der Menschheit vom Laster abgeschreckt werde, wenn man ihm vor Augen führe, wie häßlich es sich bei den Vornehmen ausnehme; doch unglücklicherweise wurde er durch einen Vorfall unterbrochen, den wir zu einer andern Zeit vielleicht übergangen hätten, den zu erzählen wir jetzt aber nicht umhinkönnen, allerdings nicht in diesem Kapitel.

6. Kapitel

Aus dem hervorgeht, daß die besten Dinge mißverstanden und mißdeutet werden können.

Ein heftiger Aufruhr erhob sich jetzt im Eingang, wo die Wirtin ihrer Magd sowohl mit ihren Fäusten wie auch mit ihrer Zunge zusetzte. Sie hatte entdeckt, daß die Dirne ihre Arbeit verlassen hatte, und sie nach einigem Suchen auf der Bühne des Puppentheaters aufgefunden in Merry-Andrews Gesellschaft, und zwar in einer Situation, die zu schildern nicht eben schicklich wäre.

Obwohl Grace (denn dies war ihr Name) keinen Anspruch auf Bescheidenheit erheben konnte, hatte sie doch nicht die Stirn, eine Tat zu leugnen, bei der sie überrascht worden war; sie griff daher zu einem andern Mittel und versuchte, das Ärgernis zu beschönigen. „Warum schlagen Sie mich denn so, Meisterin?“ rief sie. „Wenn Ihnen, was ich tue, nicht gefällt, so mögen Sie mich fortjagen. Wenn ich eine Hure bin“ (denn die andere hatte diesen Ausdruck freigebig auf sie angewendet), „dann sind es solche, die über mir stehen, ebensogut wie ich. Was war die feine Dame, die da im Puppentheater war? Ich denke, sie war nicht für gar nichts die ganze Nacht ohne ihren Gatten außer Hause.“

Die Wirtin stürzte jetzt in die Küche und fiel über ihren Gatten und zugleich über den armen Puppenspieler her. „Da, Mann“, schrie sie, „hast du die Folgen davon, daß man dieses Volk in unserem Hause beherbergt. Hat man ihretwegen ein wenig mehr Getränk auszuschenken, so ist das schwerlich eine Entschädigung für den Unfug, den sie anstellen; so daß einem das eigene Haus zu einer Lotterbude wird durch solche Läusebrut. Kurz, ich wünsche, daß Ihr morgen früh abzieht, denn ich werde so etwas nicht länger dulden. Unsere Angestellten können davon nichts lernen als Faulheit und Unsinn; ganz gewiß kann solch müßiges Theaterzeug keinem etwas Besseres beibringen. Ich erinnere mich, wie die Puppentheater gute Geschichten aus der Bibel zeigten, zum Beispiel, Jephtas übereiltes Gelübde‘ und andere solche guten Dinge, und wie schlechte Menschen vom Teufel weggeholt wurden. Da lag noch Sinn darin; aber, wie letzten Sonntag der Pfarrer gesagt hat, niemand glaubt heute mehr an den Teufel; und da stellt Ihr ein Dutzend Puppen, wie Lords und Ladys gekleidet, auf die Bühne, nur um armen Landdirnen die Köpfe zu verdrehen; und wenn die Köpfe erst ganz durcheinander sind, dann, kein Wunder, geht's mit allem andern gleich."

Virgil, glaube ich, sagt uns, daß der Pöbel, wenn er sich schreiend und lärmend zusammenrottet und allerhand Wurfgeschosse herumfliegen und wenn dann ein Mann von Gewicht und Ansehen erscheint, daß der Tumult sich im Augenblick legt und der Pöbel, der, wenn er sich zu einer Masse zusammengefunden hat, wohl einem Esel zu vergleichen ist, seine langen Ohren aufrichtet, um des Mannes Rede zu hören.

Wenn hingegen eine Anzahl ernster Männer und Philosophen einen Meinungsstreit führen, wenn man sozusagen die Weisheit selbst als anwesend vermuten möchte, um die Streitenden mit Gründen und Gegengründen zu versehen, und es erhöbe sich da ein Tumult unter der Menge, oder es würde ein zänkisches Weib, das es an Lärm selbst einem mächtigen Pöbelhaufen gleichtut, unter den besagten Philosophen erscheinen, so würde deren Streit augenblicks verstummen. Weisheit würde nicht mehr ihres geistigen Amtes walten, und jedermanns Aufmerksamkeit wäre allein durch die scheltende Person gefesselt.

Und also brachte der obbemeldete Aufruhr und die Ankunft der Wirtin den Herrn des Puppenspiels zum Schweigen und setzte seiner ernsten und feierlichen Rede, von der wir dem Leser bereits einen Vorgeschmack gegeben haben, ein plötzliches, unbedingtes Ende. Nichts hätte gewiß für ihn ungelegener kommen können. Fortunas böswilligste Laune hätte keine zweite derartige List erfinden können, um den armen Menschen zu verwirren, während er sich so triumphierend ausließ über die guten sittlichen Erkenntnisse, die seine Vorführungen dem Zuschauer einprägten. Sein Mundwerk war nun so nachhaltig abgestellt, wie das bei einem Quacksalber der Fall sein müßte, dem man, während er schreiend die unvergleichliche Wirkung seiner Pulver und Pillen anpreist, eines seiner Opfer auf einer Bahre herbeibrächte und zu Füßen seines Rednerpultes aufstellte, zum Zeugnis seiner Geschicklichkeit.

Statt der Wirtin etwas zu erwidern, rannte darum der Puppenspieler hinaus, um seinen Merry-Andrew zu bestrafen; und jetzt begann der Mond sein Silberlicht zu verbreiten, wie die Dichter sagen (wiewohl er um diese Zeit mehr wie ein Kupferstück aussah), Jones verlangte seine Rechnung und befahl Partridge, den *die Wirtin eben* aus einem tiefen Schlummer aufgeweckt hatte, sich reisefertig zu machen. Doch Partridge, der erst kürzlich, wie meine Leser sahen, zweimal seinen Willen durchgesetzt und sein Ziel erreicht hatte, war dadurch zu einem dritten Versuch kühn gemacht worden, der darin bestand, Jones zu bewegen, in dem Haus, in dem sie sich befanden, Nachtquartier zu nehmen. Er begann damit, daß er über Jones' erklärte Absicht, die Reise fortsetzen zu wollen, die größte Überraschung heuchelte, und nachdem er manche triftige Gründe dagegen vorgebracht hatte, beharrte er mit Entschiedenheit darauf, daß sie zu keinem Ziele führen könnte, denn da Herr Jones nicht wisse, welchen Weg die Dame genommen habe, würde ihn jeder Schritt vielleicht nur weiter von ihr wegführen. „Denn Sie haben, Herr, aus allen Leuten hier im Hause herausgebracht, daß sie diesen Weg nicht genommen hat. Wieviel besser wäre es also, bis zum Morgen hierzubleiben und abzuwarten, ob uns dann nicht jemand begegnete, der uns die erwünschte Auskunft geben könnte."

Dieses letzte Argument machte tatsächlich etwas Eindruck auf Jones, und während er es erwog, warf der Wirt die ganze Redekunst, deren er fähig war, in die gleiche Schale. „Ganz gewiß, Herr", sagte er, „Ihr Bedienter gibt Ihnen trefflichen Rat; denn wer wollte zu dieser Jahreszeit durch die Nacht wandern?" Dann fing er an, in der üblichen Art die Bequemlichkeiten, die sein Haus biete, zu preisen, und bei der Gelegenheit öffnete auch die Wirtin – doch, um den Leser nicht mit dem hinzuhalten, was sämtlichen Gastwirten und Wirtinnen gemein ist, genüge es, ihm zu sagen, daß Jones überredet wurde, zu bleiben und sich durch ein paar Stunden des Ausruhens zu erquicken, dessen er wirklich sehr bedurfte, denn seit er das Wirtshaus, in dem sich der Vorfall mit der Kopfwunde ereignete, verlassen, hatte er kaum ein Auge geschlossen.

Sobald er sich dafür entschieden hatte, in dieser Nacht nicht weiterzureisen, zog er sich zur Ruhe zurück mit seinen beiden Schlafkameraden, dem Taschenbuch und dem Muff. Doch Partridge, der sich zu verschiedenen Zeiten verschiedene Schläfchen gegönnt hatte, war mehr zum Essen als zum Schlafen aufgelegt, und noch mehr zum Trinken als zu allem andern.

Und nun, da der Sturm, den Grace verursacht hatte, vorüber war und die Wirtin sich mit dem Puppenspieler versöhnt hatte, der seinerseits der guten Frau die unziemlichen Betrachtungen, mit denen sie in ihrer Erregung seine Kunst verunglimpft, verziehen hatte, herrschte in der Küche reine Ruhe und vollkommener Friede, allwo nun ums Feuer versammelt saßen der Wirt und die Wirtin des Hauses, der Herr des Puppentheaters, der Anwaltsgehilfe, der Zollbeamte und der erfindungsreiche Herr

Partridge. Und in dieser Gesellschaft entspann sich die angenehme Unterhaltung, die man im nächsten Kapitel aufgezeichnet finden wird.

7. Kapitel

Enthält ein paar Bemerkungen von uns selbst, dazu andere mehr von der guten, in der Küche versammelten Gesellschaft.

Obwohl der Stolz es Partridge nicht erlaubte, sich selbst als einen Bedienten zu betrachten, ließ er sich doch unter den gegebenen Umständen meist dazu herbei, das Gehaben dieser Menschenklasse nachzuahmen. Ein Beispiel dafür war seine Art, vom Vermögen seines Kameraden, wie er Jones nannte, mit gewaltiger Übertreibung zu reden. Dies pflegen alle Bedienten vor Fremden zu tun, da keiner von ihnen als der Begleiter eines Bettlers betrachtet werden möchte; denn je höher die Stellung des Herrn, um so höher glaubt auch der Diener im Rang zu stehen; die Richtigkeit dieser Beobachtung ergibt sich aus dem Benehmen aller Lakaien des Adels.

Doch wenn nun auch Titel und Vermögen ihre Umgebung mit Glanz verklären und die Bedienten der Vornehmen und Vermögenden denken, daß ihnen selbst ein Teil jener Hochachtung zukomme, die dem Rang und Besitz ihrer Herren bezeigt wird, so verhält es sich sichtlich anders im Hinblick auf Tugend und Verstand. Diese Vorzüge sind ganz an die Person gebunden und beanspruchen für sich allein alle Achtung, die ihnen erwiesen wird. In Wahrheit ist das aber sehr wenig, und es ist nicht wohl möglich, daß auch noch andere daran teilhaben könnten. Da diese Vorzüge somit keinen Abglanz der Ehre auf ihren Diener werfen, kann dieser auch nicht entehrt sein, falls es seinem Herrn höchst kläglich an beidem gebricht. Anders liegen die Dinge freilich, wenn eine Herrin dessen, was man Tugend nennt, ermangelt – die Folgen davon lernten wir schon früher kennen –, denn diese Unehre wirkt sich als eine Art von ansteckender Krankheit aus, die gleich der Armut sich auf alle, die sich ihr nähern, überträgt.

Wir brauchen uns darum nicht zu wundern, daß Bediente (*ich denke hier nur an Männer*) so sehr den Reichtum ihrer Herren hervorzuheben und in anderem Betracht so gar nicht ihren Charakter zu rühmen pflegen und daß sie, während sie sich schämen würden, der Lakai eines Bettlers zu sein, das nicht tun, wenn sie einem Schurken oder einem Dummkopf dienen; und folgerichtig haben sie keine Bedenken, den Ruf der Übeltaten und Narrheiten besagter Herren so weit als möglich zu verbreiten, und das oft auf ergötzliche Weise und mit viel Behagen. Wirklich ist ein Lakai nicht selten sowohl ein witziger Kopf als auch ein Stutzer auf Kosten des Herrn, dessen Livree er trägt.

Nachdem also Partridge sich weitläufig über das große Vermögen, dessen Erbe Herr Jones werde, ausgelassen hatte, stand er nicht an, eine Befürchtung zu äußern, die er vor einem Tag zu hegen begonnen hatte und die, wie wir damals angedeutet haben, durch Jones' Benehmen hinlänglich begründet schien. Kurz gesagt, er war nun in seiner Meinung ziemlich bestärkt, daß sein Herr den Verstand verloren hätte, welche Meinung er der guten Gesellschaft rund um den Kamin ganz unverblümt bekanntgab.

Mit dieser Auffassung stimmte der Herr des Puppentheaters sogleich überein. „Ich gestehe", sagte er, „der Herr machte mich stutzig, als er so ungereimt über das Puppentheater sprach. Es ist schwer zu glauben, daß jemand, der seiner Sinne mächtig ist, sich so irren könnte. Was Sie nun sagen, gibt eine gute Erklärung für alle seine ungeheuerlichen Behauptungen. Armer Herr! Er tut mir herzlich leid; wirklich hatte er etwas seltsam Wildes in seinem Blick, was ich sofort bemerkte, wenngleich ich darüber schwieg."

Der Wirt bestätigte diese letzte Feststellung und beanspruchte, das gleichfalls beobachtet zu haben. „Ganz gewiß", fügte er hinzu, „verhält es sich so; denn nur ein Wahnsinniger würde ein so glückliches Haus verlassen, um zu dieser Nachtzeit im Land umherzustreifen."

Der Zollbeamte nahm die Pfeife aus dem Mund und sagte, ihm sei es so vorgekommen, als hätte Jones etwas phantastisch ausgesehen und gesprochen; darauf zu Partridge gewandt: „Ist er wahnsinnig, dann dürfte man ihn nicht so durch die Gegend ziehen lassen, denn vielleicht könnte er Unheil anrichten. Sehr zu bedauern, daß man sich nicht seiner bemächtigt und ihn zu seinen Verwandten heimgeschickt hat."

Nun hatten sich einige von diesen Gedanken bereits in Partridges Kopf versteckt gehalten; denn da er jetzt überzeugt war, daß Jones von Herrn Allworthy weggelaufen sei, versprach er sich eine hohe Belohnung, wenn es ihm gelänge, ihn durch irgendwelche Mittel zurückzuführen. Aber die Furcht vor Jones, dessen Kraft und Entschiedenheit er mehrmals an sich erfahren hatte, ließ ihm jeden derartigen Plan als unausführbar erscheinen und hatte ihm selbst den Mut genommen, einen solchen auch nur auszudenken. Doch hatte er kaum die Meinung des Zollbeamten gehört, als er die Gelegenheit ergriff, um diese als durchaus seiner eigenen entsprechend zu erklären und mit Nachdruck den Wunsch zu äußern, daß diese Sache ins Werk gesetzt werden könnte.

„Ins Werk gesetzt werden könnte!" rief der Zollbeamte; „nun, nichts leichter als das."

„Ach, Herr", antwortete Partridge, „Sie wissen nicht, was für ein Teufel von einem Kerl er ist. Er kann mich mit einer Hand aufheben und durch das Fenster werfen; und das würde er bestimmt, wenn er denken müßte . . ."

„Pah!" erwiderte der Zollbeamte, „ich glaube ein ebenso tüchtiger Mann zu sein wie er. Außerdem sind wir hier unser fünf."

„Ich weiß nicht, wieso fünf", rief die Wirtin; „mein Mann soll mit dieser Sache nichts zu tun haben. Auch soll an niemanden in meinem Haus gewaltsam Hand angelegt werden. Der junge Herr ist ein so hübscher junger Mann, wie ich nur je einen in meinem Leben gesehen habe, und ich glaube, er ist nicht verrückter als unsereiner. Was reden Sie von dem wilden Blick seiner Augen? Es sind die hübschesten Augen, die ich je sah; und ein sehr bescheidener, höflicher junger Mann ist er. Ich habe ihn bemitleidet, und das von Herzen, seit mir der Herr hier in der Ecke erzählte, daß er Unglück in der Liebe hatte. Das ist ja wirklich genug, um einen Mann, besonders einen so lieben jungen Mann wie diesen, in seinem Aussehen ein wenig zu verändern. Eine Dame, wahrhaftig! Was zum Teufel könnte die Dame sich Besseres wünschen als einen so stattlichen Mann mit einem großen Besitztum? Ich vermute, sie ist eine von unsern Adelsleuten, unseren Stadtdamen, die wir diesen Abend bei dem Puppentheater gesehen haben und die nicht wissen, was sie wollen."

Der Anwaltsgehilfe erklärte gleicherweise, er möchte sich ohne Rechtsberatung nicht in diese Angelegenheit einmischen. „Nehmen wir an", sagte er, „eine Anklage wegen ungesetzlicher Verhaftung würde gegen uns erhoben, wie wollten wir uns da verteidigen? Und wer weiß, wie vieler Zeugnisse es bedürfte, um ein Schwurgericht von des Mannes Wahnsinn zu überzeugen? Aber ich rede hier nur für mich selbst; denn für einen Anwalt sieht es nicht gut aus, wenn er sich mit solchen Dingen abgibt, es sei denn eben als Anwalt. Die Geschworenen sind uns immer weniger günstig gesinnt als andern Leuten. Ich widerrate Ihnen darum nicht, Herr Thompson" (zum Zollbeamten), „noch diesem Herrn, noch irgend jemandem sonst."

Der Zollbeamte schüttelte bei dieser Rede den Kopf, und der Puppenspieler sagte: „Wahnsinn festzustellen, das war ehedem für eine Jury eine sehr schwierige Aufgabe; denn ich erinnere mich, ich wohnte einmal einem Prozeß über einen Fall bei, wo zwanzig Leute schworen, die betreffende Person sei so toll wie ein Märzhase*, und die andern zwanzig, sie sei so vernünftig wie nur irgendein Mensch in England. Und die allgemeine Meinung war tatsächlich die, es handle sich nur um einen Kniff seiner Verwandten, die den armen Mann um sein Eigentum bringen wollten."

„Sehr wahrscheinlich!" rief die Wirtin. „Ich habe selbst einen armen Herrn gekannt, der während seines ganzen Lebens von seiner Familie in einem Tollhaus gehalten wurde, und sie waren die Nutznießer seines Besitztums, doch es war kein Segen drauf; denn ogbleich das Gesetz es ihnen gegeben hatte, so war es doch eines andern Gut."

„Pah", erwiderte der Anwaltsgehilfe mit verächtlicher Miene, „wer hat ein Recht, wenn es ihm das Gesetz nicht gibt? Gäbe mir das Gesetz das größte Besitztum im Lande, ich wollte mich nicht viel um das Besitzrecht kümmern."

„Wenn dem so ist", sagte Partridge, „*felix quem faciunt aliena pericula cautum*.**"

Der Gastwirt, der wegen der Ankunft eines Reiters am Tor herausgerufen worden war, kehrte nun erschrockenen Gesichts zurück und rief: „Was denken die Herren? Die Rebellen sind dem Herzog entkommen und haben London beinahe schon erreicht. Und das ist sicher wahr, denn ein Mann zu Pferd hat mir das soeben berichtet."

„Darüber bin ich von Herzen froh", rief Partridge; „dann wird es in dieser Gegend keine Kämpfe geben."

„Und ich freue mich aus einem besseren Grunde", rief der Schreiber; „denn ich möchte, daß sich überall das Recht behaupte."

* d. h. ganz und gar wahnsinnig. – ** Glücklich der, den fremde Gefahr vorsichtig macht (Anmerkungen des Übersetzers).

„Oh", versetzte der Wirt, „aber ich habe gehört, wie verschiedene Personen sagten, dieser Mann habe kein Recht."

„Ich will sogleich das Gegenteil beweisen", rief der Anwaltsgehilfe. „Wenn mein Vater im Besitz eines rechtmäßigen Vermögens stirbt – merken Sie wohl, im Besitz eines Vermögens, sag ich –, wird dieses Vermögen dann nicht seinem Sohn zufallen? Und wird so nicht ein Recht so gut wie das andere vererbt?"

„Aber wie kann er das Recht haben, uns zu Papisten zu machen?" fragte der Wirt.

„Da seien Sie unbesorgt", rief Partridge. „Und was die Rechtsfrage anbelangt, so hat der Herr sie so klar wie die Sonne dargelegt; und was die Sache der Religion betrifft, so fällt diese hier ganz außer Betracht. Die Papisten selbst denken gar nicht daran. Ein papistischer Priester, den ich sehr gut kenne und der ein ehrenhafter Mann ist, gab mir sein Ehrenwort, daß sie keine derartigen Absichten hätten."

„Und ein anderer Priester aus meiner Bekanntschaft", sagte die Wirtin, „hat mir das gleiche gesagt; aber mein Mann hat immer solche Angst vor den Papisten. Ich kenne recht viele von ihnen; die sind rechtschaffene Leute und gehen freigebig um mit ihrem Geld; und es ist stets mein Grundsatz, des einen Mannes Geld ist so gut wie das des andern."

„Sehr richtig, Frau Wirtin", bestätigte der Puppenspieler; „mir ist es einerlei, welche Religionen wir haben, wenn nur die Papisten nicht obenan stehn, denn sie sind Feinde des Puppentheaters."

„Also würden Sie Ihre Religion Ihrem Interesse opfern?" rief der Zollbeamte, „und möchten, daß die Papisterei wieder eingeführt werde, wie?"

„Nein, das gewiß nicht", antwortete der andere; „ich hasse die Papisterei nicht weniger als irgendeiner; aber doch ist es ein Trost zu wissen, daß man unter ihr doch leben kann, was ich unter Presbyterianern nicht könnte. Aber gewiß, jeder Mensch hat zunächst Anspruch auf seinen Lebensunterhalt; dieser muß ihm zuerst zugesichert sein; und ich bürge dafür, wenn Sie ehrlich sein wollen, daß Sie nichts so sehr fürchten wie den Verlust Ihrer Anstellung. Doch seien Sie unbesorgt, Freund, eine Steuerbehörde wird es unter einer andern Regierung so gut wie unter dieser geben."

„Nun freilich", erwiderte der Steuerbeamte, „ich wäre ein sehr schlechter Mensch, wenn ich den König, dessen Brot ich esse, nicht ehren wollte. Das ist nicht mehr als natürlich, sollte man meinen. Denn was heißt das für mich, daß es unter einer andern Regierung eine Steuerbehörde gäbe, da meine Freunde dann gehen müßten und ich nichts Besseres zu erwarten hätte? Nein, mein Freund, ich werde mich nie aus meiner Religion herausschwindeln lassen nur in der Hoffnung darauf, unter einer andern Regierung meine Stellung zu behalten; denn sicherlich würde ich mich nicht besser stehen, sondern höchstwahrscheinlich schlechter."

„Na ja, das ist's, was ich sage", rief der Wirt, „wenn Leute davon reden, was geschehen kann! Potz Donner! Wär ich nicht ein Dummkopf, wenn ich einem, den ich gar nicht kenne, Geld leihe, bloß weil er es mir vielleicht zurückgeben wird? In meinem Schreibpult, das weiß ich, ist es sicher, und dort will ich es verwahren."

Der Anwaltsgehilfe hatte eine große Zuneigung zu Partridges scharfem Verstand gefaßt. Mochte das nun der Urteilskraft zuzuschreiben sein, die der erste aus seiner Einsicht in so viele Menschen und Dinge gewonnen hatte, oder war es das Ergebnis der Übereinstimmung ihrer Gesinnungen – denn beide waren im Prinzip treue Jakobiten –, jedenfalls schüttelten sie einander jetzt herzlich die Hände und leerten Gläser starken Bieres auf das Wohl derer, die wir hier lieber in Vergessenheit begraben wollen.

Diesen Trinksprüchen pflichteten später alle Anwesenden bei, selbst der Wirt, wenn er es auch nur zögernd tat; doch konnte er den Drohungen des Anwaltsgehilfen nicht widerstehen, der schwor, daß er, falls er sich weigere, nie wieder den Fuß in dieses Haus setzen werde. Die Humpen, die also bei dieser Gelegenheit geleert wurden, setzten bald jedem Gespräch ein Ende. Darum wollen wir hier auch diesem Kapitel ein Ende setzen.

8. Kapitel

In dem Fortuna Jones ein freundlicheres Gesicht zu zeigen scheint, als wir es bisher an ihr bemerkt hatten.

Wie keinen gesunderen, so gibt es vielleicht auch keinen stärkeren Schlaftrunk als die Müdigkeit. Davon hatte sich Jones sozusagen eine starke Dosis zugeführt, und sie wirkte sehr kräftig auf ihn ein. Er hatte bereits neun Stunden geschlafen und würde seinen Schlaf wohl fortgesetzt haben, wäre er nicht durch einen gewaltigen Lärm vor seiner Zimmertür aufgeweckt worden. Zu vielen gewichtigen Schlägen ertönte ein Mordiogeschrei. Jones lief sogleich hinaus und sah dort, wie der Meister des Puppenspiels Rücken und Lenden seines armen Merry-Andrew ohne Maß und Gnade bearbeitete.

Jones legte sich sogleich zugunsten des leidenden Teils ins Mittel und drückte den gewalttätigen Sieger an die Wand, denn der Puppenspieler vermochte es mit Jones so wenig aufzunehmen, wie der arme zwiefarbige Spaßmacher seinem Züchtiger widerstehen konnte.

Obgleich dieser Merry-Andrew nur ein kleiner Bursche war und nicht sehr kräftig, kochte in ihm doch ein mächtiger Zorn. Kaum sah er sich also von seinem Feinde befreit, als er gegen diesen loszog mit der einzigen Waffe, in deren Handhabung er es ihm gleichtat. Aus dieser gab er zuerst eine Salve von Schimpfworten ab und ging darauf zu Anklagen im einzelnen über: „Verdammter, meineidiger Schurke", schrie er, „ich hab Euch nicht allein erhalten (denn mir verdankt Ihr alles, was Ihr habt), sondern ich hab Euch vor dem Galgen gerettet! Wolltet Ihr nicht erst gestern da hinten im Heckenweg der Dame ihr feines Reitkleid stehlen? Könnt Ihr leugnen, daß Ihr mit ihr allein in einem Wald zu sein wünschtet, um sie auszurauben – zu berauben eine der hübschesten Damen, die je auf Erden wandelte? Und da seid Ihr über mich hergefallen und habt mich beinah umgebracht, weil Ihr einem Mädchen nichts antun konntet, das so mutig ist wie ich selbst, nur weil es mich mehr liebt als Euch."

Kaum hatte Jones dies gehört, als er den Puppenspieler losließ und ihm gleichzeitig auf das nachdrücklichste einschärfte, sich aller weiteren Tätlichkeiten dem Merry-Andrew gegenüber zu enthalten; und als er darauf den armen Clown zu sich in sein Zimmer nahm, erfuhr er alsbald etwas über seine Sophia, die der Bursche, als er tags zuvor seinen Herrn auf der Trommel begleitete, hatte vorbeireiten sehen. Jones konnte seinen Berichterstatter leicht dazu bewegen, ihm genau die Stelle zu bezeichnen; hierauf rief er Partridge zu sich und bereitete in größter Eile die Abreise vor.

Doch war es bereits acht Uhr geworden, als alles in Ordnung gebracht worden war, denn Partridge bezeigte durchaus keine Eile, auch konnte die Rechnung nicht augenblicklich aufgestellt werden; und als endlich alles erledigt war, wollte Jones den Gasthof nicht verlassen, bevor er alle Streitigkeiten zwischen dem Herrn des Puppentheaters und seinem Clown völlig beigelegt hatte.

Als das glücklich erreicht war, brach er auf, von dem redlichen Merry-Andrew zu der Stelle begleitet, wo Sophia vorbeigeritten war; und nachdem er seinen Führer ansehnlich belohnt hatte, drängte er eilig weiter, hocherfreut über die seltsame Art, auf die ihm die erwünschte Kunde übermittelt worden war. Partridge war hiervon kaum unterrichtet worden, als er mit großem Ernst zu prophezeien begann und Jones versicherte, er werde sein Ziel glücklich erreichen; denn, so erklärte er, zwei solche Zufälle, die ihn in die Richtung seiner Dame gewiesen, hätten sich nicht ereignen können, wenn es nicht im Plan der Vorsehung läge, sie endlich beide zusammenzubringen. Und das war das erstemal, daß Jones den abergläubischen Lehren Partridges einige Aufmerksamkeit schenkte.

Sie waren noch keine zwei Meilen gegangen, als sie von einem heftigen Regensturm überfallen wurden, und da sie eben jetzt eine Bierschenke vor sich erblickten, überredete Partridge mit ernstlichen Bitten seinen Herrn, hier einzukehren und das Ende des Sturmes abzuwarten. Hunger ist ein Feind (wenn man ihn wirklich so nennen darf), der sich mehr an die englische als an die französische Menschenart heranmacht. Denn sooft man ihn auch bezwingt, nach einiger Zeit gewinnt er immer wieder seine volle Kraft; so auch bei Partridge, der eben erst in die Küche eingetreten war, als er dieselben Fragen stellte wie am Abend zuvor. Die Folge war, daß ein vortreffliches kaltes Rückenstück auf den Tisch gestellt wurde, das sich denn nicht nur Partridge, sondern auch Jones nicht minder als tüchtiges Frühstück gefallen ließen, wiewohl dieser bereits wieder unruhig wurde, da die Bewohner des Hauses ihm keine neuen Auskünfte über Sophia zu geben hatten.

Nach der Mahlzeit wollte Jones ungeachtet des heftigen Sturmes die Wanderung sogleich fortsetzen, aber Partridge bat so herzlich um einen Krug Bier; und als er endlich seinen Blick auf einen Pferdeknecht warf, der da eben in die Küche und ans Feuer gekommen war und der ihn in diesem Augenblick ebenso genau ansah wie er ihn, wandte er sich plötzlich an Herrn Jones und sagte: „Geben Sie mir Ihre Hand, lieber Herr, mit einem einzigen Krug soll's diesmal nicht getan sein. Wahrhaftig, hier ist mehr Nachricht von Fräulein Sophia an den rechten Ort gelangt. Der Pferdeknecht hier am Feuer ist derselbe Bursche, der ihr Vorreiter war. Ich kann schwören, es ist mein eigenes Pflaster, das er da im Gesicht trägt."

„Segne Euch Gott, Herr", rief der Knecht, „'s ist Euer eigen Pflaster, freilich; Grund genug hab ich, immer an Eure Güte zu denken, denn ich bin schon fast geheilt."

Bei diesen Worten schnellte Jones von seinem Stuhl in die Höhe, und nachdem er den Burschen ersucht hatte, ihm zu folgen, ging er ihm voran in ein anderes Zimmer, denn so zartfühlend war er in bezug auf Sophia, daß er im Beisein mehrerer Personen nie gern ihren Namen nennen mochte. Und wiewohl er damals aus überströmendem Herzen unter den Offizieren den Namen Sophias als Toast ausgebracht hatte, da er es für unmöglich hielt, daß sie ihnen bekannt sei, so konnte er doch, der Leser möge sich erinnern, nur mit großer Mühe dazu bewogen werden, ihren Familiennamen zu nennen.

Hart war es darum, und vielleicht nach der Meinung meines verständigen Lesers widersinnig und unnatürlich, daß er sein gegenwärtiges Mißgeschick hauptsächlich dem vermeintlichen Mangel an ebendiesem Zartgefühl zuzuschreiben hatte, das er in so reichlichem Maße besaß. Denn tatsächlich war Sophia mehr beleidigt worden durch die Freiheiten, die er sich, wie sie glaubte (und das nicht ohne guten Grund), mit ihrem Namen und Charakter gestattet hatte, als durch alle andern Freiheiten, die er sich unter seinen jetzigen Umständen mit einer andern Frau erlaubte. Und ich glaube wahrhaftig, Honoria hätte sie niemals zu überreden vermocht, Upton zu verlassen, ohne Herrn Jones zu sprechen, hätte sie nicht diese zwei starken Beispiele eines Leichtsinns in seinem Betragen geltend gemacht, die so bar aller Ehrerbietung und wirklich mit einem auch nur geringeren Grad von Liebe und Zärtlichkeit in einer großen und feinfühligen Seele ganz unvereinbar waren.

Doch so sahen die Dinge aus, und so muß ich von ihnen erzählen; und wenn ein Leser sich von ihrem unnatürlichen Aussehen abgestoßen fühlt, so kann ich nichts dafür. Ich muß solche Leute daran erinnern, daß ich kein System aufbaue, sondern eine Geschichte schreibe, und nicht verpflichtet bin, jede Einzelheit nach den überkommenen Vorstellungen von Natur und Wahrheit auszurichten. Aber wenn dies schon niemals leicht war, so wäre es vielleicht klüger von mir, es ganz zu vermeiden. Zum Beispiel: Wie wir die Wirklichkeit nun vor uns haben, so wird sie, ohne daß ich irgendeine Auslegung dazu gebe, obwohl sie auf den ersten Anblick einige Leser anwidern mag, doch nach reiflicher Überlegung allen gefallen müssen; denn einsichtige und gute Menschen mögen das, was Jones zu Upton zustieß, als eine gerechte Strafe für sein sträfliches Verhalten gegenüber Frauen betrachten. In der Tat war es dessen unmittelbare Folge, und törichte und schlechte Leute mögen sich über ihre Laster beruhigen, indem sie ihren Herzen einreden, daß der Charakter mehr durch Zufall als durch Tugend gestaltet wird. Nun könnten die Folgerungen, die hier zu ziehen wir vielleicht geneigt sein möchten, beiden Schlüssen gleicherweise widersprechen und dartun, daß diese Vorfälle nur dazu beitragen, die große, nützliche und ungewöhnliche Lehre zu bestätigen, die einzuschärfen die Absicht dieses ganzen Werkes ist, mit der wir aber nicht durch häufige Wiederholungen unsere Seiten anfüllen, gleichwie ein gewöhnlicher Pfarrer seine Predigt durch Wiederholung seines Textes am Ende jedes Paragraphen verlängert.

Es genügt uns, daß aus allem deutlich werden muß, wie Sophia, so unglücklich sie sich in ihrer Meinung über Jones irrte, doch Ursache genug für diese Meinung hatte; denn, so glaube ich, jede andere junge Dame in ihrer Lage hätte sich auf die gleiche Weise geirrt. Ja, wäre sie zur selbigen Zeit ihrem Liebhaber gefolgt und wäre sie in dem Augenblick, da er sie verließ, in dieser Bierschenke eingekehrt, sie hätte gefunden, daß der Wirt über ihren Namen und ihre Person so gut Bescheid wußte, wie jene Dirne zu Upton anscheinend damit vertraut war. Denn während Jones den Stallburschen mit leiser Stimme in einem innern Raum des Hauses ausfragte, nahm Partridge, nicht so zartfühlend, in der Küche vor aller Öffentlichkeit mit dem andern Reiter, der Frau Fitzpatrick begleitet hatte, dasselbe vor; wodurch denn der Wirt, der bei allen solchen Gelegenheiten die Ohren spitzte, vollkommen unterrichtet wurde über Sophias Sturz vom Pferde und so weiter, über das Mißverständnis im Hinblick auf Jenny Cameron, über die vielfachen Wirkungen des Punsches und fast über alles, was sich im Gasthof ereignet hatte, von wo wir unsere Damen nach unserm jüngsten Abschied von ihnen in einem Sechsspänner wegschickten.

9. Kapitel

Enthält wenig mehr als ein paar seltsame Bemerkungen.

Jones war eine volle halbe Stunde abwesend geblieben, als er in großer Eile wieder in die Küche kam und vom Wirt zu wissen verlangte, was zu bezahlen sei. Das Mißvergnügen, das Partridge darüber empfand, daß man ihn zwang, eine warme Kaminecke und sein ausgezeichnetes Getränk zu verlassen, wurde einigermaßen besänftigt, als er hörte, er solle nicht zu Fuß weiterreisen, denn Jones hatte den Pferdeburschen durch goldene Gründe überredet, ihn zu dem Gasthof zurückzubringen, wohin er vorher Sophia geführt hatte. Doch der Bursche verstand sich dazu nur unter der Bedingung, daß sein Gefährte hier im Bierhaus bleiben müßte, weil es, da der Wirt zu Upton ein guter Bekannter des Wirtes zu Gloucester war, diesem früher oder später einmal zu Ohren kommen könnte, daß seine Pferde an mehr als eine Person vermietet worden seien, und dann könnte der Knecht gezwungen sein, über Gelder Rechenschaft abzulegen, die er weislich in die eigene Tasche zu stecken beabsichtigte.

Wir mußten diesen Umstand erwähnen, so geringfügig er scheinen mag, da er den Aufbruch von Herrn Jones beträchtlich verzögerte; denn die Ehrlichkeit dieses zweiten Burschen stand ein wenig hoch, das will sagen: hoch im Preis, und sie wäre in der Tat für Jones sehr kostspielig geworden, hätte nicht Partridge, der, wie gesagt, ein durchtriebener Geselle war, geschickt eine halbe Krone gestiftet, die, während der eine Pferdebursche auf die Rückkehr des andern wartete, hier in der Schenke zu verbrauchen sei. Kaum hatte der Wirt von dieser halben Krone Wind bekommen, als er nach ihr mit solcher Heftigkeit und Überredungskunst zu schreien begann, daß der Reiter bald besiegt war, und sich bereit erklärte, für sein Warten mit einer andern halben Krone vorliebzunehmen. Hier können wir uns nicht der Bemerkung enthalten, daß, da es in den niedrigsten Händen so viel Politik gibt, große Männer oft ihre eigene Geschicklichkeit im Betrügen überschätzen, in welcher Kunst sie häufig von den allergewöhnlichsten Vertretern der menschlichen Gattung übertroffen werden.

Die Pferde wurden nun vorgeführt, und Jones sprang unverzüglich in den Quersattel, auf dem seine teure Sophia gesessen hatte. Der Knecht bot ihm zwar sehr höflich den seinen an, doch entschied er sich für den Quersattel, wahrscheinlich weil dieser weicher war. Partridge hingegen, im Grunde ebenso verweichlicht wie Jones, konnte den Gedanken, seine Männlichkeit so zu entwürdigen, nicht ertragen; er nahm also das Anerbieten des Pferdeburschen an. Und nun, als Jones auf dem Quersattel, der Vorreiter auf dem Honorias saß und Partridge das dritte Pferd bestiegen hatte, ritten sie ihres Weges, und innerhalb von vier Stunden langten sie in dem Gasthofe an, wo der Leser schon so lange Zeit zugebracht hat. Während des ganzen Rittes war Partridge sehr aufgeräumt und erwähnte Jones gegenüber oft die vielen guten Vorzeichen für sein künftiges Glück, das ihm in der letzten Zeit so günstig gewesen war und von dem auch der Leser, sei er noch so wenig abergläubisch, zugeben muß, daß es sich ihm besonders freundlich und gewogen gezeigt habe. Partridge fand außerdem viel mehr Gefallen an dem Pfad, den sein Gefährte jetzt verfolgte, als an dem Pfad der Ehre, den er früher beschritten hatte. Und aus ebendiesen Vorbedeutungen, die dem Pädagogen einen guten Ausgang versprachen, gewann er nun erstmals eine klare Vorstellung von der Liebe zwischen Jones und Sophia, der er früher nicht viel Beachtung geschenkt, weil er von Anfang an den Gründen von Jones' Wanderschaft auf einer falschen Fährte nachgespürt hatte. Und was die Geschehnisse zu Upton anging, so war er vor der Ankunft dort und nach dem Verlassen dieses Ortes zu sehr von der Furcht beherrscht, um einen andern Schluß daraus zu ziehen als den, der arme Jones sei völlig verrückt, eine Meinung, die sich nicht schlecht mit der Auffassung vertrug, die er sich bereits von dessen außerordentlicher Wildheit gebildet hatte und aus der sich, dachte er, Jones' Betragen bei ihrer Abreise aus Gloucester und alles, was er früher davon gehört hatte, erklären ließ. Jedenfalls war er nun mit seiner gegenwärtigen Reise ganz zufrieden, und so begann er sich von seines Freundes Verstand viel bessere Begriffe zurechtzulegen.

Die Uhr hatte bei ihrer Ankunft eben drei geschlagen, und Jones bestellte sogleich wieder Postpferde; doch zum Unglück war jetzt kein Pferd am ganzen Ort zu bekommen. Darüber wird der Leser sich nicht sehr wundern, wenn er bedenkt, in welch verwirrtem Zustand sich damals die ganze Nation und besonders dieser Landesteil befand, da zu jeder Stunde, bei Tag und bei Nacht, Eilboten hin und her ritten.

Jones gab sich alle Mühe, seinen bisherigen Vorreiter zu

bewegen, daß er ihn noch bis Coventry brächte, doch der war unerbittlich. Während er noch mit dem Pferdeburschen im Hofe verhandelte, trat ein Mann zu ihm, grüßte ihn, nannte ihn bei seinem Namen und fragte, wie sich die ganze gute Familie in Somersetshire befinde. Und nun, als Jones seine Augen auf diese Person richtete, erkannte er sie als Herrn Dowling, den Rechtsanwalt, mit dem zusammen er einmal in Gloucester gegessen hatte; und mit viel Höflichkeit erwiderte er dessen Gruß.

Dowling riet Herrn Jones ernstlich davon ab, an diesem Abend noch weiterzureisen; er stützte seinen Rat mit manchen unwiderlegbaren Gründen, wie, daß es beinahe schon dunkel sei, die Straßen sehr schmutzig und bei Tag viel besser zu begehen seien, und noch mit andern Gründen von gleichem Gewicht, von denen Jones sich einige selbst schon vorgehalten hatte; doch wie sie vorher schon keine Wirkung gehabt hatten, so blieben sie auch jetzt ohne Wirkung, und er beharrte steif und stur auf seinem Vorsatz, und sollte er auch genötigt sein, zu Fuß zu gehen.

Als der gute Rechtsanwalt erkannte, daß er Herrn Jones nicht zum Bleiben überreden konnte, wandte er sich mit der gleichen Nachdrücklichkeit an den Pferdeburschen, um ihn zu veranlassen, daß er Herrn Jones weiterbrächte. Er führte manche Gründe an, um ihn zu bewegen, dieses kurze Stück Weg noch zu übernehmen, und schloß mit den Worten: „Glaubt Ihr denn, der Herr werde Euch für Eure Mühe nicht reichlich belohnen?"

Fast immer sind zwei einem einzelnen, gleichwie beim Fußball, überlegen. Der Vorteil, den diese vereinte Kraft bei Bitten und Zureden gewinnt, muß für den aufmerksamen Beobachter längst sichtbar geworden sein; denn häufig muß er bemerkt haben, daß, wenn ein Vater, ein Vorgesetzter, eine Ehefrau oder eine andere Person von Ansehen gegen alle Gründe, die ein einzelner Mann anführen konnte, auf ihrer Weigerung beharrten, sie dann nachgaben, sobald dieselben Gründe von einer zweiten oder dritten Person, die dafür einstand, wiederholt wurden, ohne daß diese versuchte, zu diesem Zweck etwas Neues hinzuzufügen. Daher rührt wohl der Ausdruck „einer Beweisführung oder einem Antrag sekundieren" und die bedeutsame Folge, die sich daraus in allen öffentlichen Versammlungen und Debatten ergibt. Daher kommt es wahrscheinlich auch, daß wir vor unsern Gerichtshöfen oft einen gelehrten Herrn (gewöhnlich einen höheren Juristen) stundenlang dasselbe wiederholen hören, was ein anderer gelehrter Herr, der eben gesprochen, vorgebracht hat.

Statt dafür nach anderen Gründen zu suchen, wollen wir in unserer gewohnten Weise fortfahren und das Beispiel an dem Betragen des genannten Burschen aufzeigen, der sich Herrn Dowlings Überredung fügte und Herrn Jones versprach, ihn nochmals auf dem Quersattel reiten zu lassen, aber darauf bestand, daß den armen Tieren zunächst ein gutes Futter gegeben werde, da sie einen großen Weg zurückgelegt hätten und scharf geritten worden seien. Diese Vorsicht des Pferdeburschen war zwar unnötig, denn Herr Jones, ungeachtet seiner Eile und Ungeduld, würde dies von selbst befohlen haben; er teilte nämlich durchaus nicht die Meinung jener, die Tiere für bloße Maschinen halten und, wenn sie die Sporen in die Seiten ihres Pferdes graben, sich einbilden, Sporn und Pferd hätten für Schmerzen die gleiche Empfindung.

Während die Tiere ihren Hafer fraßen oder nur angeblich fraßen (denn wie der Knecht in der Küche sich selber pflegte, trug der Hausknecht große Sorge, daß sein Hafer nicht im Stalle verzehrt werde), begleitete Herr Jones Herrn Dowling auf dessen dringendes Verlangen in sein Zimmer, wo sie sich miteinander zu einer Flasche Wein niedersetzten.

10. Kapitel

In dem Herr Jones und Herr Dowling zusammen eine Flasche trinken.

Herr Dowling schenkte sich ein Glas ein, trank auf die Gesundheit des wackern Junkers Allworthy und fügte hinzu: „Wenn es Ihnen nicht mißfällt, Herr, so wollen wir gleicherweise seines Neffen und Erben, des jungen Junkers, gedenken. Also, Herr, stoßen Sie an auf Herrn Blifil! Er ist ein recht ansehnlicher junger Herr, der später einmal, darauf wollt ich schwören, eine sehr große Rolle in seiner Grafschaft spielen wird. Ich hab für ihn bereits einen Wahlbezirk im Auge."

„Herr", antwortete Jones, „ich bin überzeugt, Sie haben nicht die Absicht, mich zu beleidigen, darum zürne ich Ihnen auch nicht; doch versichere ich Ihnen, Sie haben da zwei Personen ganz falsch zusammengebracht, denn die eine ist eine Zierde des Menschengeschlechts, und die andere ist ein Schurke, der den Namen der Menschheit entehrt."

Dowling war verdutzt. Er sagte, er habe geglaubt, beide Herren seien von gleichem, unbescholtenem Charakter. „Was Junker Allworthy selbst betrifft“, sagte er, „so habe ich nie das Glück gehabt, ihn zu sehen, doch die ganze Welt spricht ja von der Güte seines Herzens. Und den jungen Herrn freilich habe ich nur ein einziges Mal gesehen, als ich ihm die Nachricht vom Tode seiner Mutter zu überbringen hatte; doch damals war ich mit Geschäften überhäuft und in solcher Eile und gedrängt und getrieben, daß ich kaum mit ihm reden konnte; doch hatte er ein so ehrbares, verständiges Aussehen und ein so einnehmendes Betragen, daß ich Ihnen versichern muß, ich bin in meinem ganzen Leben von keinem Edelmann so entzückt gewesen.“

„Es wundert mich nicht“, antwortete Jones, „daß er Sie bei einer so kurzen Bekanntschaft zu täuschen verstand; er besitzt die List eines Teufels, und man könnte jahrelang mit ihm zu tun haben, ohne ihm auf die Schliche zu kommen. Ich bin von Geburt an mit ihm aufgezogen worden, und wir sind selten voneinander getrennt gewesen; aber sehr spät erst habe ich etwa die Hälfte der Schurkerei kennengelernt, deren er fähig ist. Ich gestehe, gemocht habe ich ihn nie. Er schien mir jener Großmut des Geistes zu entbehren, welche die sichere Grundlage abgibt für all das, was in der menschlichen Natur hoch und edel ist. Ich erkannte seit langem eine Selbstsucht an ihm, die ich verachtete. Doch erst spät, erst seit kurzem habe ich entdeckt, daß er der niedrigsten und schwärzesten Absichten sich nicht schämt; denn wirklich habe ich endlich herausgebracht, daß er die Unbefangenheit meiner eigenen Gemütsart benutzte und durch ein weitreichendes Gewebe voll tückischer Arglist einen Plan ausheckte, um mich ins Unglück zu stürzen, den er denn auch verwirklicht hat.“

„Nanu!“, rief Herr Dowling, „da muß ich doch schon sagen, daß es Schand und Jammer ist, daß solch ein Mensch die großen Güter Ihres Onkels Allworthy erben soll.“

„Ach, Herr“, sagte Jones, „Sie bedenken mich da mit einer Ehre, auf die ich keinen Anspruch habe. Wahr ist freilich, seine große Güte erlaubte mir einstmals die Freiheit, ihn mit einem viel vertraulicheren Namen zu nennen. Da dies aber nur eine freie Äußerung seiner Güte war, so kann ich mich über keine *Ungerechtigkeit beklagen,* wenn es ihm richtig scheint, mir diese Ehre zu entziehen, da ihr Verlust nicht unverdienter sein kann, als es ursprünglich das Geschenk war. Ich versichere

Ihnen, Herr, ich bin mit Herrn Allworthy nicht verwandt; und sollte die Welt, unfähig, seine Tugenden nach ihrem wahren Wert zu schätzen, denken, in seinem Verhalten gegen mich sei er einem Verwandten mit Härte begegnet, so tut sie dem besten aller Menschen bares Unrecht; denn ich – aber ich bitte um Verzeihung, ich will Sie mit keinen Einzelheiten belästigen, die niemanden etwas angehen als mich selbst; nur weil Sie mich für einen Verwandten des Herrn Allworthy zu halten schienen, hielt ich es für angebracht, Sie über einen Irrtum aufzuklären, der ihm Tadel zuziehen könnte; und ganz gewiß wollte ich lieber mein Leben verlieren als dazu Veranlassung geben."

„Wahrhaftig, Herr", rief Dowling, „Sie reden wirklich wie ein Ehrenmann; doch statt mir damit lästig zu sein, versichere ich Ihnen, es wäre mir ein großes Vergnügen zu vernehmen, wie es kommt, daß Sie für Herrn Allworthys Verwandten gehalten wurden, ohne es zu sein. Ihre Pferde werden in einer halben Stunde noch nicht bereitstehen, und da Sie dazu also die Gelegenheit haben, so möchte ich Sie bitten, mir zu erzählen, wie all das zugegangen ist; denn es scheint ja doch ganz wunderbar, daß Sie für den Verwandten eines Herrn gegolten haben und es nicht sind."

Jones, der an gefälliger Gemütsart (obgleich nicht an Klugheit und Vorsicht) seiner liebenswürdigen Sophia ein wenig glich, war leicht zu bereden, Herrn Dowlings Neugier zu befriedigen, indem er die Geschichte von seiner Geburt und Erziehung erzählte; er tat dies, wie Othello

> . . . kindlicher Zeit gedenkend,
> Erzählend bis zur Stunde, da er sprach,

was anzuhören Dowling gleich Desdemona sehr ernstlich geneigt war.

> Er schwor, 's sei seltsam, mehr als seltsam sei's;
> 's sei jammervoll, erstaunlich jammervoll.

Herr Dowling war in der Tat von dieser Erzählung sehr ergriffen; denn trotz seinem Beruf als Anwalt hatte er seine Menschlichkeit keineswegs abgelegt. Wir können kaum eine größere Ungerechtigkeit begehen, als unsere Vorurteile gegen einen Beruf auf das private Leben zu übertragen und unsere Vorstellung von einem Menschen von der Meinung, die wir uns von seinem Berufe machen, beeinflussen zu lassen. Wahr ist es, die Gewohnheit vermindert den Abscheu vor jenen Handlungen, die der Beruf nötig und folglich gewöhnlich macht; doch in jedem andern Betracht wirkt Natur in den Menschen aller Berufsarten auf dieselbe Weise, ja vielleicht stärker sogar bei denen, die während ihres Alltagsgeschäftes ihr gleichsam Urlaub geben. Ein Schlächter würde zweifelsohne beim Töten eines schönen Pferdes Gewissensbisse empfinden; und obwohl ein Wundarzt beim Abtrennen eines Gliedes keinerlei Gefühl bekundet, sah ich einen solchen Mann jemanden, der an der Gicht litt, auf das tiefste bedauern. Vom gewöhnlichen Henker, der Hunderte von Hälsen gestreckt hat, weiß man, daß er bei seiner ersten Operation an einem Kopf gezittert hat; und die wahren Fachleute des Blutvergießens, die in ihrem Kriegsgeschäft Tausende niedermetzeln, und zwar nicht allein feindliche Berufsgenossen, sondern auch erbarmungslos Frauen und Kinder, selbst diese, sage ich, legen in Friedenszeiten, wenn Trommeln und Trompeten schweigen, oft ihre ganze Wildheit ab und werden zu gesitteten Mitgliedern der bürgerlichen Gesellschaft. Gleicherweise mag auch ein Anwalt für Elend und Kummer seiner Mitmenschen das volle Gefühl haben, vorausgesetzt, daß er keine Sache gegen sie zu führen hat.

Jones, wie dem Leser bekannt, wußte noch nicht, in welchem Maße er bei Herrn Allworthy angeschwärzt worden war. Was andere Dinge betrifft, so mochte er sich in keinem zu ungünstigen Lichte zeigen, denn wenn er auch von seinem früheren Freund und Beschützer allen Tadel abhalten wollte, so begehrte er doch keineswegs, zuviel davon auf sich selbst zu häufen. Dowling machte daher die nicht unbegründete Bemerkung, es müsse Jones von jemandem sehr schlimm mitgespielt worden sein: „Denn ganz gewiß“, rief er, „der Junker hätte Sie niemals enterbt bloß wegen einiger Fehler, wie sie jeder junge Herr begangen haben könnte. Allerdings kann ich nicht eigentlich sagen ‚enterbt‘, denn vor dem Gesetz werden Sie nicht als Erbe gelten. Soviel ist gewiß; dazu braucht es keiner weitern Ratsversammlung. Doch wenn ein Edelmann Sie auf diese Art an Sohnes Statt angenommen hatte, so durften Sie vernünftigerweise einen erklecklichen Teil, wo nicht das Ganze des Erbes erwarten; ja selbst wenn Sie das Ganze erwartet hätten, wollte ich Sie dafür nicht tadeln, denn alle Menschen sind doch gewiß stets darauf aus, für sich so viel wie möglich zu bekommen, und dafür soll man keinen schelten.“

„Sie tun mir ganz gewiß Unrecht", sagte Jones; „ich würde mich mit sehr wenigem begnügt haben. Ich hatte nie eine Absicht auf Herrn Allworthys Vermögen, ja ich glaube sagen zu dürfen, ich habe mir niemals die Frage gestellt, was er mir geben könnte oder geben wollte. Und ich erkläre feierlich: Hätte er seinen Neffen zu meinen Gunsten benachteiligt, ich würde das wiedergutgemacht haben. Meine Seelenruhe wäre mir lieber als das Vermögen eines andern Mannes. Was ist der armselige Stolz auf ein prächtiges Haus, eine zahlreiche Dienerschaft, eine glänzende Tafel und alle andern Vorteile oder Äußerlichkeiten des Besitzes, verglichen mit der warmen, sichern Zufriedenheit, der begeisternden Genugtuung, dem schauernden Entzücken und dem Gefühl hinreißenden Triumphes, die ein rechtschaffenes Gemüt bei der Betrachtung einer edelmütigen, tugendhaften, selbstlosen, wohlwollenden Tat empfindet? Ich beneide Blifil um die Aussicht auf seinen Reichtum nicht, noch werde ich ihn beneiden, wenn er in dessen Besitz gelangt sein wird. Nicht für eine halbe Stunde möchte ich ein Halunke sein und mit ihm getauscht haben. Ich glaube gewiß, Herr Blifil traute mir diese Absichten zu, auf die Sie anspielen; und ich vermute, dieser Verdacht, da er aus der Niedrigkeit seines Herzens kam, war die Ursache seines niedrigen Verhaltens gegen mich. Aber Gott sei Dank, ich weiß, ich fühle – ich fühle mich unschuldig, mein Freund; und dieses Gefühl möchte ich um nichts in der Welt preisgeben. Denn soweit ich mich entsinne, habe ich nie irgendeinem Wesen ein Unrecht zugefügt noch solches zu tun geplant.

Pone me pigris ubi nulla campis
Arbor aestiva recreatur aura,
Quod latus mundi nebulae malusque
Jupiter urget.

Pone sub curru nimium propinqui
Solis, in terra domibus negata;
Dulce ridentem Lalagen amabo
Dulce loquentem.

Bringe mich hin, wo auf öden Breiten
Sommerlich Bäume nicht ein Lüftchen anfrischt,
Weil weit im Runde Nebelqualm und zürnend
Jupiter zudringt.

Unter dem Wagen der allzu nahen
Sonne, wo Wohnstätten nicht sein können;
Lalage war mir, die süß lacht, Geliebte,
Süß im Geplauder."

Er füllte hierauf ein Kelchglas mit Wein und leerte es auf das Wohl seiner teuern Lalage, und Dowlings Glas gleichfalls bis zum Rande füllend, bestand er darauf, daß er ihm zutrinke. „Nun denn, ich trinke auf Fräulein Lalages Wohl von ganzem Herzen", rief Dowling, „manchen Toast, der auf sie ausgebracht worden ist, habe ich gehört, obgleich ich sie selbst nie gesehen habe, doch sagen alle, daß sie eine außergewöhnliche Schönheit sei."

Wiewohl nicht allein das Latein in dieser Rede für Herrn Dowling kaum vollkommen verständlich war, so gab es in ihr doch etwas, was starken Eindruck auf ihn machte. Und obgleich er durch Zwinkern, Nicken, Naserümpfen und Grinsen diesen Eindruck vor Jones zu verbergen suchte (denn wir schämen uns oft ebensosehr, richtig zu denken, wie wir uns schämen, falsch zu denken), so ist es gewiß, daß er im geheimen so viel von dessen Gefühlen billigte, als er davon begriff, und wirklich ein aufrichtiges Mitleid für ihn empfand. Doch wir werden vielleicht eine andere Gelegenheit benützen, um uns über diese Dinge weiter auszulassen, besonders dann, wenn wir Herrn Dowling im Verlauf unserer Geschichte nochmals begegnen sollten. Jetzt aber sind wir genötigt, ein wenig plötzlich von diesem Herrn Abschied zu nehmen, gleichwie es Herr Jones tat, der kaum von Partridge gehört hatte, daß die Pferde bereitstünden, als er seine Zeche beglich, seinem Gesellschafter eine gute Nacht wünschte, aufsaß und Coventry zuritt, obgleich die Nacht dunkel war und es eben ziemlich stark zu regnen anfing.

11. Kapitel

Die Mißgeschicke, die Jones auf seinem Ritt nach Coventry zustießen; dazu Partridges weise Betrachtungen.

Keine ebenere Straße läßt sich denken als die von dem Ort, *wo sie jetzt waren*, nach Coventry, und wenn auch weder Jones noch Partridge noch der Vorreiter sie je zuvor gereist waren, so wäre es doch fast unmöglich gewesen, den Weg zu verfehlen, wären nicht die beiden im vorigen Kapitel angegebenen Ursachen gewesen.

Diese Umstände jedoch, die sich zum Unglück als Hindernisse einstellten, führten unsere Reisenden auf eine viel weniger benützte Wegspur, und nach einem Ritt von etwa sechs Meilen befanden sie sich noch auf einem schmutzigen Wiesenland, statt die stattlichen Turmspitzen von Coventry vor sich zu sehen.

Jones erklärte nun, daß sie gewiß ihren Weg verloren haben müßten, doch der Führer bestand darauf, daß dies unmöglich sei – ein Wort, das im allgemeinen Sprachgebrauch nicht allein oft für unwahrscheinlich verwendet wird, sondern häufig auch, wo „wahrscheinlich“ am Platze wäre, und zuweilen sogar für das, was unzweifelbar geschehen ist: eine gewaltsame Übertreibung wie die, die man so oft mit der Anwendung der Wörter „unendlich“ und „ewig“ begeht; mit dem ersten pflegt man eine Entfernung von drei Fuß zu bezeichnen und mit dem zweiten eine Dauer von fünf Minuten. Und so verhält es sich meist auch, wenn man den Verlust von etwas als unmöglich erklärt, das bereits verloren ist. Das war nun hier tatsächlich der Fall; denn dessenungeachtet, daß der Knecht zuversichtlich das Gegenteil versicherte, ist gewiß, daß sie nicht mehr auf dem rechten Weg nach Coventry waren, als der betrügerische, raffgierige, scheinheilige Geizhals sich auf der rechten Straße zum Himmel befindet.

Nicht leicht kann sich der Leser vielleicht das Grauen vorstellen, mit dem Dunkelheit, Regen und Wind Menschen erfüllen, die in der Nacht von ihrem Wege abgekommen sind und die folglich nicht die angenehme Aussicht haben, an einem warmen Feuer, in trockenen Kleidern und durch andere Erfrischungen sich von ihrem Kampf gegen die Unbilden der Witterung zu erholen. Selbst eine ungenügende Vorstellung dieses Schrekkens wird indessen ausreichen, um die Gedanken, die Partridge im Kopf herumgingen, zu erklären, und die wir nun bekanntgeben wollen.

Jones gewann immer mehr die Überzeugung, daß sie von ihrem Weg abgekommen waren; denn der Vorreiter selbst gab schließlich zu, daß sie nicht mehr in der rechten Richtung ritten; dabei versicherte er jedoch gleichzeitig, es sei unmöglich, daß sie den Weg verfehlt hätten. Partridge aber war anderer Meinung. Er sagte, gerade als sie sich zum Aufbruch angeschickt hätten, habe er geahnt, daß sie Mißliches zu gewärtigen haben würden. „Hatten Sie nicht bemerkt, Herr“, fragte er,

„daß eine alte Frau dort am Tor stand, eben als Sie sich aufs Pferd setzten? Ich wünschte sehr, daß Sie ihr eine Kleinigkeit gegeben hätten; denn sie sagte, Sie würden Ihre Unterlassung bereuen; und in diesem Augenblick begann es zu regnen, und der Wind hat seither ständig zugenommen. Was immer manche Leute davon halten, ich bin gewiß, daß es in der Macht der Hexen liegt, einen Sturm zu entfesseln, wann immer sie wollen. Ich habe das seinerzeit sehr oft gesehen, und wenn ich je in meinem Leben einer Hexe begegnet bin, so war diese alte Frau sicherlich eine. Ich habe mir das sogleich gedacht, und hätte ich etwas kleine Münze in der Tasche gehabt, so hätte ich ihr davon gegeben; denn es kann gewiß nur gut sein, sich dieser Art von Leuten gegenüber freigebig zu zeigen, um dem, was geschehen könnte, vorzubeugen; und manch einer hat sein Vieh verloren, der sich einen halben Penny ersparen wollte."

Jones, wiewohl schrecklich verärgert wegen der Verzögerung, die dieser Irrtum in seine Reise wahrscheinlich bringen würde, konnte sich des Lächelns über den Aberglauben seines Freundes nicht enthalten, den ein Vorfall nun noch kräftig in seiner Meinung bestärkte. Das war Partridges Sturz von seinem Pferd; er kam allerdings dadurch nicht zu Schaden, abgesehen von der Beschmutzung seiner Kleider.

Partridge stand kaum wieder auf den Beinen, als er auf seinen Fall als auf einen gültigen Beweis hinwies für alles, was er vorgebracht hatte; aber Jones, als er ihn unverletzt sah, antwortete lächelnd: „Diese Ihre Hexe, Partridge, ist ein sehr undankbares Weibsbild, das, wie ich sehe, in seinem Haß nicht zwischen Freund und Feind unterscheidet. Wenn die alte Dame, weil ich sie übersehen habe, mir zürnte, so verstehe ich nicht, daß sie nach allem Respekt, den Sie ihr erwiesen, Sie von Ihrem Pferd gestürzt hat."

„Es ist nicht gut Kirschen essen mit Leuten, welche die Mittel haben, solche Dinge zu tun", erwiderte Partridge; „sie sind oft sehr tückisch. Ich erinnere mich an einen Hufschmied, der eine von ihnen herausforderte durch die Frage, wann die Vertragszeit, die sie mit dem Teufel abgeschlossen, zu Ende sei; und genau drei Monate danach ertrank eine seiner besten Kühe. Doch damit begnügte sie sich nicht; kurze Zeit nachher verlor er ein Faß seines besten Getränkes, denn die alte Hexe zog den Spund heraus und ließ es auf den Kellerboden laufen, am ersten Abend, da er es angestochen hatte, um mit einigen seiner Nachbarn fröhlich zu sein. Kurz gesagt, nichts gedieh fortan dem armen Manne; sie quälte ihn so, daß er zum Trinker ward. In einem oder zwei Jahren wurde seine Habe gepfändet, und er und seine Familie fallen nun der Gemeinde zur Last.“

Der Führer, und vielleicht ebenso sein Pferd, richtete seine ganze Aufmerksamkeit so sehr auf diesen Vortrag, daß, sei’s wegen mangelnder Vorsicht oder dank dem bösen Willen der Hexe, sie nun beide in den Kot flogen.

Partridge schrieb diesen Sturz – wie zuvor seinen eigenen – durchaus dieser selben Ursache zu. Er sagte Herrn Jones, als nächster werde er drankommen, und sehr ernstlich bat er ihn zurückzukehren, die alte Frau aufzusuchen und zu beschwichtigen. „Wir werden das Wirtshaus sehr bald erreichen“, sagte er; „denn obwohl es uns schien, daß wir vorwärts gingen, so bin ich doch gewiß, daß wir in derselben Gegend sind, von der wir vor einer Stunde aufbrachen; und ich wollte schwören, hätten wir jetzt Tageslicht, dann könnten wir die Schenke erblicken, von der wir ausgingen.“

Statt auf diesen weisen Rat zu antworten, beschäftigte sich Jones jetzt mit dem Roßknecht und stellte fest, daß dieser keinen ärgeren Schaden genommen hatte als Partridge; und seine Kleider konnten das leicht vertragen, denn sie waren ähnliche Mißhandlungen seit Jahren gewohnt. Er nahm bald seinen Quersattel wieder ein, und durch ein paar kräftige Flüche und die Schläge, die er seinem Pferd erteilte, überzeugte er Jones vollends, daß nichts Schlimmes geschehen war.

12. Kapitel

Erzählt, daß Herr Jones seine Reise ungeachtet Partridges Bedenken fortsetzte und was sich bei dieser Gelegenheit zutrug.

In einiger Entfernung entdeckten sie Licht, zu Jones’ großer Freude und zum nicht geringen Schrecken Partridges, der nun fest glaubte, er sei behext und dieses Licht sei ein Irrlicht oder etwas noch Unheilvolleres.

Doch wieviel größer waren erst diese Befürchtungen, als sie näher an dieses Licht (oder diese Lichter, wie es jetzt schien) herankamen und ein verworrenes Durcheinander menschlicher Stimmen vernahmen: Singen, Lachen, Rufen und einen seltsamen Laut, der aus einem Instrument zu tönen schien, doch kaum die Bezeichnung Musik verdiente. Wirklich, um Partridges

Meinung ein wenig zu unterstützen, man hätte sie wohl Hexenmusik heißen können.

Man kann sich unmöglich einen höheren Grad des Entsetzens denken als den, von dem Partridge jetzt erfaßt wurde und nun auch der Postillion angesteckt worden war, der sehr eifrig auf manches, was der andere erzählte, geachtet hatte. Er schloß sich ihm darum in seinem Versuch, Jones zur Rückkehr zu bewegen, an und erklärte, er glaube fest an das, was Partridge versichert hatte, daß nämlich die Pferde, obwohl sie zu gehen schienen, während der letzten halben Stunde wenigstens nicht einen Schritt vorangekommen seien.

Trotz allen Ärgers mußte Jones über die Ängste dieser armen Burschen lächeln. „Entweder gehen wir voran, auf die Lichter zu", sagte er, „oder die Lichter sind auf uns zugekommen, denn wir sind nun nur noch eine kleine Strecke von ihnen entfernt; aber wie konntet ihr beide so in Schrecken geraten wegen einer Handvoll Leute, die hier lustig zu feiern scheinen?"

„Lustig feiern, Herr!" rief Partridge. „Wer könnte um diese Nachtzeit und an einem solchen Ort und bei solchem Wetter lustig feiern? Das können nur Gespenster oder Hexen sein oder irgendwelche bösen Geister, das ist gewiß."

„Mögen sie sein, was sie wollen", rief Jones, „ich bin entschlossen, mit ihnen zu reden und sie nach dem Weg nach Coventry zu fragen. Nicht alle Hexen, Partridge, sind durchaus so bösartig wie die, der zu begegnen wir jüngst das Unglück hatten."

„O Gott, Herr!" rief Partridge, „man kann nicht wissen, in welcher Laune sie sind; sicher ist es immer das beste, mit ihnen höflich umzugehen; aber was dann, wenn wir statt mit Hexen mit bösen Geistern selbst zusammenträfen? – Bitte, Herr, lassen Sie sich raten; bitte, Herr! Hätten Sie so viele Geschichten wie ich über diese Dinge gelesen, Sie wären nicht so tollkühn. – Gott weiß, wohin wir bereits gelangt sind oder wohin wir noch geraten; denn wahrhaftig gab es noch nie eine solche Finsternis auf Erden, und ich frag mich, ob es dunkler sein kann in der andern Welt."

Jones ritt voran, so schnell er konnte, trotz all diesen Winken und Mahnungen, und der arme Partridge war genötigt, ihm zu folgen; denn wiewohl er sich kaum vorwärts wagte, so wagte er noch viel weniger zurückzubleiben.

Endlich kamen sie an dem Orte an, wo die Lichter und der Lärm ihren Ursprung zu haben schienen. Jones erkannte, daß hier eine große Anzahl Männer und Frauen in einer Scheune versammelt waren, die sich mit allerlei Kurzweil ergötzten.

Jones war kaum vor das große offene Scheunentor getreten, als von innen eine männliche und sehr rauhe Stimme fragte, wer da sei. Darauf antwortete Jones sehr artig: „Ein Freund"; und er erkundigte sich dann sogleich nach dem Weg nach Coventry.

„Seid Ihr ein Freund", rief ein anderer von den Männern in der Scheune, „so würdet Ihr besser absteigen, bis der Sturm vorüber ist" (denn dieser tobte nun wirklich heftiger als zuvor); „seid willkommen und stellt Euer Pferd ein, es gibt hier Raum genug dort am Ende der Scheune."

„Ihr seid sehr gütig", antwortete Jones, „und ich nehme Euer Anerbieten gerne für ein paar Minuten an, solange dieser Regen dauert; und da sind noch zwei andere, die sich gerne derselben Gunst erfreuen würden." Das wurde mit mehr Bereitwilligkeit zugestanden als angenommen, denn Partridge hätte sich lieber den schlimmsten Unbilden der Witterung ausgesetzt, als daß er sich der Milde derer anvertrauen wollte, die er für Kobolde hielt, und der arme Postillion war nun von den gleichen Befürchtungen angesteckt. Doch waren sie beide verpflichtet, Jones' Beispiel zu folgen, der eine, weil er sich nicht getraute, sein Pferd zu verlassen, der andere, weil er nichts so sehr fürchtete, wie mit sich allein gelassen zu werden.

Wäre diese Geschichte in den Tagen des Aberglaubens geschrieben worden, so hätte ich zu großes Bedauern mit dem Leser gehabt, um ihn so lange im ungewissen zu lassen, ob Beelzebub oder Satan hier mit seinem ganzen höllischen Gefolge in Person erscheinen werde. Da diese Lehren aber gegenwärtig sehr wenig Glück haben und nur wenige, wenn überhaupt ein paar Gläubige finden, so lag mir nicht viel daran, solche Schrecken zu übermitteln. Die Wahrheit zu sagen, haben sich die Theaterbesitzer längst die genannte Ausstattung der höllischen Regionen zu eigen gemacht; sie scheinen sie in jüngster Zeit beiseite gelegt zu haben, als Plunder, der nur noch geeignet ist, die obere Galerie in Aufregung zu versetzen, einen Platz, den wenige von unsern Lesern jemals aufsuchen.

Indessen, wenn schon wir nicht glauben, bei dieser Gelegenheit einen großen Schrecken zu erwecken, so haben wir doch Grund zu der Annahme, daß sich in unserem Leser andere Befürchtungen erheben könnten, denen wir ihn nicht gerne ausgeliefert sähen. Ich meine diese: Wir könnten eine Reise ins

Feenland unternehmen und eine Reihe von Wesen in unsere Geschichte hereinholen, an die zu glauben kaum je einer so kindisch gewesen ist, obwohl manche töricht genug waren, ihre Zeit mit dem Schreiben und Lesen ihrer Abenteuer zu vergeuden.

Um also jeder Art eines solchen, dem Ruf eines Geschichtenerzählers, der seine Gegenstände allein der Natur entnimmt, abträglichen Verdachtes vorzubeugen, gehen wir jetzt daran, den Leser damit bekannt zu machen, wer denn diese Leute waren, deren plötzliche Erscheinung Partridge so entsetzte, dem Postillion nicht geringere Furcht einjagte und sogar Herrn Jones selbst ein wenig überrascht hatte.

Die in dieser Scheune versammelten Leute waren eine Gesellschaft von „Ägyptern" oder, wie sie gewöhnlich genannt werden, von Zigeunern, und sie feierten hier die Vermählung eines ihrer Genossen.

Man kann sich unmöglich eine glücklicher aussehende Menschengruppe als die hier versammelte vorstellen. Jedes Gesicht strahlte vor Frohsinn; auch gebrach es der Veranstaltung nicht an Ordnung und Schicklichkeit. Vielleicht war davon hier mehr zu finden, als man das mitunter einer ländlichen Versammlung nachrühmen kann, denn dieses Volk untersteht einer eigenen Regierung und eigenen Gesetzen, und alle diese Leute zollen Gehorsam einem höchsten Richter, den sie ihren König nennen.

Auch größerer Überfluß war wohl nirgends zu sehen als in dieser Scheune. Zierat und Tafelschmuck fehlten allerdings, und der gute Appetit der Gäste verlangte auch nicht danach. Doch da gab es Speck, Geflügel und Schaffleisch in Fülle, wozu jeder von den Anwesenden eine bessere Brühe spendete, als der beste und teuerste französiche Koch sie zu bereiten verstünde.

Äneas war, nach der Beschreibung, nicht verblüffter, da er im Junotempel stand,

Dum stupet obtutuque haeret defixus in uno,*

als unser Held beim Anblick dessen, was er in dieser Scheune erblickte. Während er sich erstaunt nach allen Seiten umsah, näherte sich ihm unter vielen Begrüßungen, die zu freundlich und herzlich waren, um bloß höflich genannt zu werden, eine ehrwürdige Gestalt. Dies war niemand anders als der Zigeuner-

* Tief betroffen und mit unverwandtem Blick verharrend (Anmerkung des Übersetzers).

könig selbst. Er unterschied sich in seiner Kleidung wenig von seinen Untertanen, auch trug er keinerlei Hoheitsabzeichen, um seine Würde zu unterstreichen, aber doch gab es (wie Herr Jones sagte) etwas in seiner Haltung, was auf Autorität hindeutete und im Betrachter das Gefühl der Ehrerbietung und Achtung hochkommen ließ. Bei Jones mochte dies vielleicht auf Einbildung beruhen, und die Wahrheit dürfte sein, daß solche Vorstellungen sich mit der Macht verbinden und ihr untrennbar anhängen.

In Jones' offenem Gesicht und höflichem Betragen lag etwas, was ihn, zusammen mit den Vorzügen seiner körperlichen Erscheinung, auf den ersten Blick jedermann empfahl. Das alles wurde bei dem jetzigen Anlaß noch verstärkt durch die tiefe Achtung, die er dem Zigeunerkönig bezeigte in dem Augenblick, da er mit dessen Würde bekannt geworden war, was für Seine Zigeuner-Majestät um so erfreulicher sein mußte, als sie nicht gewohnt war, solche Ehrerbietung von anderen als ihren eigenen Untertanen zu empfangen.

Der König befahl, zu seiner Bewirtung einen Tisch mit den erlesensten Speisen herzurichten, und, nachdem sie sich ihm zur Rechten gesetzt, begann Seine Majestät das Gespräch mit der folgenden Rede:

„Ich zweifle nicht, Herr, Sie haben oft Leute meines Volks gesehn, die das sind, was man umherstreunende Gruppen nennen kann, denn sie ziehen überall hin; doch glaub ich, Sie wissen nicht, daß wir ein so großes Volk ausmachen, wie wir das wirklich sind; und Sie sind vielleicht noch erstaunter zu vernehmen, daß die Zigeuner ein so geordnetes und gut regiertes Volk sind wie irgendeines.

Ich habe die Ehre, ihr König zu heißen, und kein Monarch kann sich rühmen, pflichtgetreuere und ergebenere Untertanen zu haben. Wieweit ich Vertrauen verdiene, das kann ich nicht sagen, aber ich kann das sagen, daß ich nie etwas anderes als ihr Bestes will. Ich will damit nicht prahlen; was kann ich denn anderes tun, als auf das Wohl dieser armen Leute bedacht sein, die es selbst nie unterlassen, mir vom Besten, das sie haben, mitzuteilen. Sie lieben und ehren mich darum, weil ich sie liebe und mich um sie sorge; das ist alles, andere Gründe gibt es dafür nicht.

Es ist an die tausend Jahre her – bis auf ein oder zwei Jahre genau vermag ich's nicht zu sagen, weil ich weder schreiben noch lesen kann –, da vollzog sich, wie man sagt, unter den

Zigeunern eine Revolution; denn zu jener Zeit gab es zwei Zigeunerfürsten, und sie kämpften gegeneinander. Aber der Zigeunerkönig besiegte sie und machte sie alle zu gleichen Untertanen. Und seit jener Zeit vertrugen sie sich gut, denn keiner denkt daran, sich zum König zu machen; und es ist für sie wohl besser so, denn ich kann Ihnen versichern, es ist ein mühselig Geschäft, König zu sein und immerzu Recht zu sprechen. Ich habe mir oft gewünscht, ein einfacher Zigeuner zu sein, wenn ich gezwungen war, liebe Freunde und Verwandte zu strafen; denn wenn wir auch keine Todesstrafe kennen, so sind doch unsere Strafen sehr streng. Sie beschämen den Zigeuner vor sich selbst, und das ist eine schreckliche Strafe; ich habe kaum von einem so bestraften Zigeuer gehört, der nochmals etwas Übles begangen hätte."

Der König gab hierauf seiner Verwunderung darüber Ausdruck, daß andere Regierungen die Beschämung als Strafe nicht anwendeten. Jones versicherte ihm das Gegenteil: es gebe viele Vergehen, die von den englischen Gesetzen mit Schande geahndet würden, und dies sei in der Tat eine der Folgen jener Bestrafungen. „Das ist sehr seltsam", sagte der König, „denn wir wissen und hören ziemlich viel von euerm Volk, obgleich wir nicht unter ihm leben; und wir haben oft gehört, daß Schande auch die Folge und die Ursache von Belohnungen sei. Sind bei euch Belohnungen und Strafen also dasselbe?"

Während Seine Majestät sich auf diese Weise mit Jones unterhielt, erhob sich plötzlich in der Scheune ein Getümmel, und zwar, wie es scheint, aus folgendem Anlaß: Die Liebenswürdigkeit dieser Leute hatte bei Partridge allmählich alle Zurückhaltung behoben, und er hatte sich überreden lassen, nicht allein von ihren Speisen in sich hineinzustopfen, sondern auch von ihren starken Getränken zu kosten; so waren nach und nach alle seine Befürchtungen vergangen und hatten viel angenehmeren Empfindungen Platz gemacht.

Eine junge Zigeunerin, mehr durch ihren Witz als durch ihre Schönheit auffallend, hatte den ehrlichen Partridge auf die Seite gelockt, unter dem Vorwand, ihm wahrzusagen. Als sie nun in einem etwas entfernten Teil der Scheune beisammen waren, ob das nun das starke Getränk verursachte, das nie so geeignet ist, ungeordnete Begierden zu wecken, wie nach einer mäßigen *Ermüdung*, oder ob die lockende Zigeunerin selbst Anstand und Zartgefühl ihres Geschlechtes abgelegt und den Jüngling Partridge genötigt hatte – sie wurden in einer höchst unpassenden Lage vom Gatten der Zigeunerin überrascht, der, scheint es, aus Eifersucht ein wachsames Auge auf sie gehabt hatte und ihr in die Ecke nachgegangen war, wo er sie in den Armen ihres Galans fand.

Zu Jones' großer Bestürzung wurde nun Partridge vor den König geschleppt. Dieser hörte sich die Anklage an und ebenso des Schuldigen Verteidigung, die freilich von geringem Gewicht war, denn der arme Kerl war durch den gegen ihn sprechenden offenen Tatbestand verwirrt und hatte sehr wenig zu seinen Gunsten vorzubringen. Seine Majestät wandte sich an Jones mit den Worten: „Herr, Sie haben gehört, was sie sagen. Was für eine Strafe, denken Sie, verdient Ihr Mann?"

Jones antwortete, er bedaure das Geschehene und Partridge sollte dem Gatten jede Entschädigung leisten, zu der er imstande sei. Er sagte, er habe selbst jetzt nur wenig Geld bei sich; dann zog er eine Guinee hervor und bot sie dem Manne an, worauf dieser erklärte, er hoffe, Seine Gnaden dächten nicht daran, ihn mit weniger als fünf Guineen abzufinden.

Dieser Betrag wurde nach einigem Hin und Her auf zwei Guineen herabgesetzt, und nachdem Jones sich die volle Verzeihung für beide, Partridge und die Frau, ausbedungen hatte, schickte er sich an, das Geld zu bezahlen, als Seine Majestät seine Hand zurückhielt, sich dem Zeugen zukehrte und ihn fragte, wann er zuerst die Schuldigen bemerkt habe. Jener antwortete, er sei von dem Ehemann gebeten worden, seine Frau vom ersten Wort an, das sie mit dem Fremden gesprochen habe, zu überwachen, und er habe auch später kein Auge von ihr weggewandt, bis das Verbrechen geschehen sei. Der König fragte hierauf, ob der Gatte die ganze Zeit über mit ihm zusammen auf der Lauer gelegen habe. Er bejahte das. Seine Ägyptische Majestät wandte sich hierauf an den Gatten mit den folgenden Worten: „Ich bin betrübt, einen Zigeuner zu sehen, der so wenig Ehrgefühl besitzt, daß er seine Frau für Geld verkauft. Wenn du deine Frau liebtest, so hättest du diesen Vorfall verhindert und nicht versucht, sie zur Hure zu machen, als du sie entdeckt hattest. Ich bestimme, daß du kein Geld erhalten sollst, denn du verdienst Strafe, nicht Belohnung; ich ordne an, daß du der schändliche Zigeuner genannt wirst und während eines Monats ein paar Hörner auf deiner Stirn tragen sollst und daß dein Weib die Hure genannt und während dieser ganzen Zeit mit Fingern auf sie gezeigt wird; denn du bist der schändliche Zigeuner, doch sie ist die nicht weniger schändliche Hure."

Die Zigeuner schritten sogleich zur Ausführung dieses Befehls und ließen Jones und Partridge mit seiner Majestät allein.

Jones lobte sehr die Gerechtigkeit dieses Urteils. Darauf sagte der König zu ihm: „Ich glaube, Sie sind darüber erstaunt, denn Sie haben vermutlich eine recht schlechte Meinung von meinem Volke; ich nehme an, Sie halten uns alle für Diebe."

„Ich muß gestehen, Herr", antwortete Jones, „daß man mir nicht so günstig über Ihr Volk berichtet hat, wie es dies zu verdienen scheint."

„Ich will Ihnen etwas sagen", erwiderte der König, „über den Unterschied zwischen euch und uns. Mein Volk bestiehlt Ihr Volk. In euerm Volk aber bestiehlt einer den andern."

Jones begann später in vollem Ernst auf das Glück der Untertanen eines solchen Herrschers ein Preislied zu singen.

In der Tat scheint ihr Glück so vollkommen gewesen zu sein, daß zu erwarten steht, es werde einmal ein Fürsprecher der absoluten Gewalt den Fall dieses Volkes als Beispiel heranziehen für die großen Vorteile, die diese Regierungsform andern voraushabe.

Und hier wollen wir ein Zugeständnis machen, das man von uns vielleicht nicht erwartet hätte: daß keine beschränkte Regierungsform imstande wäre, diesen Grad der Vollkommenheit zu erreichen oder für die Gesellschaft sich gleich wohltätig auszuwirken wie diese. Die Menschheit durchlebte nie einen so glücklichen Zustand wie damals, als sie zum größten Teil unter der Herrschaft eines einzigen Gebieters stand; und dieser Zustand der Glückseligkeit dauerte während der Regierung von fünf aufeinanderfolgenden Herrschern an.*

Das nun war das wirkliche Goldene Zeitalter, und zwar das einzige Goldene Zeitalter, das es, außer in der lebhaften Vorstellung der Dichter, seit der Vertreibung aus dem Garten Eden bis zu diesem Tag je gegeben hat.

Ich wüßte wirklich gegen die absolute Monarchie nur einen triftigen Einwand. Der einzige Fehler dieser vortrefflichen Einrichtung scheint mir die Schwierigkeit zu sein, den entsprechenden Mann für das Amt eines absoluten Monarchen zu finden, denn es erfordert als unerläßlich drei Eigenschaften, die, wie die Geschichte erkennen läßt, sich nur selten in fürstlichen Naturen zusammenfinden; erstens einen genügenden Grad von

* Nerva, Trajan, Hadrian und die beiden Antonine.

Mäßigung, der dem Fürsten erlaubt, sich mit der für ihn möglichen Macht zu begnügen; zweitens genug Weisheit, um einzusehen, was zu seinem eigenen Glücke frommt; drittens Güte genug, um das Glück anderer zu ertragen, wenn es sich mit dem eigenen nicht allein verträgt, sondern ihm dienlich ist.

Wird nun ein mit allen diesen großen und seltenen Eigenschaften begabter absoluter Monarch für fähig erachtet, die Gesellschaft in den Besitz des höchsten Wohls zu setzen, so darf es umgekehrt für sicher gelten, daß unbeschränkte Gewalt eines Mannes, dem es an jenen Eigenschaften gebricht, unheilvolle Folgen in nicht geringem Grade haben würde.

Unsere eigene Religion vermittelt uns treffliche Vorstellungen vom Segen wie vom Fluch der absoluten Macht. Die Bilder des Himmels und der Hölle führen uns beides lebhaft vor Augen; denn wenn auch der Fürst dieses zweiten Ortes keine Macht besitzen kann als die, die er ursprünglich von dem allmächtigen Herrscher des ersten empfangen hat, so geht doch aus der Schrift klar hervor, daß dem teuflischen Regenten in den höllischen Reichen absolute Gewalt zugestanden ist. Das ist tatsächlich die einzige absolute Macht, die nach der Schrift vom Himmel hergeleitet werden kann. Wenn somit die verschiedenen Tyranneien auf Erden irgend Anspruch auf göttlichen Auftrag erheben können, so müßte er auf jene ursprüngliche Machtverleihung an den Fürsten der Finsternis zurückzuführen sein. Und diese untergeordneten Abgesandten müssen unmittelbar von ihm herkommen, dessen Stempel sie so unverkennbar tragen.

Und schließlich, da die Beispiele aller Zeiten uns lehren, daß die Menschen im allgemeinen nach Macht nur verlangen, um Böses zu tun, und sie, wenn sie sie erhalten, zu keinem andern Zweck gebrauchen, widerspricht es auch dem geringsten Grad von Klugheit, eine Neuerung zu wagen, wobei unsere Hoffnungen nur kläglich durch zwei oder drei Ausnahmen aus tausend abschreckenden Beispielen gestützt werden. In diesem Falle wird es weiser sein, einige wenige Unannehmlichkeiten, die sich aus der leidenschaftslosen Taubheit der Gesetze ergeben, auf sich zu nehmen, als diese zu verbessern, indem man sich an das leidenschaftlich horchende Ohr eines Tyrannen wendet.

Auch auf das Beispiel der Zigeuner, obwohl sie möglicherweise lange glücklich unter dieser Regierungsform gelebt haben, kann hier nicht mit Nachdruck hingewiesen werden; denn wir müssen an den wesentlichen Unterschied zwischen ihnen und allen andern Völkern erinnern, dem vielleicht ihr ganzer glücklicher Zustand zu verdanken ist: daß es keine falschen Vorstellungen von Ehre bei ihnen gibt und daß sie in der Beschämung die schmerzlichste Strafe sehen.

13. Kapitel

Ein Zwiegespräch zwischen Jones und Partridge.

Die ehrlichen Liebhaber der Freiheit werden zweifelsohne die lange Abschweifung, in der wir uns am Ende des vorigen Kapitels ergingen, verzeihen; wir wollten damit einer Anwendung unserer Geschichte zum Nutzen der verderblichsten Lehre zuvorkommen, die zu verkünden Pfaffenpolitik je die Bosheit und Unverschämtheit gehabt hat.

Wir setzen nun unsern Weg fort mit Herrn Jones, der, als der Sturm sich gelegt hatte, sich von Seiner Ägyptischen Majestät verabschiedete, nach vielen Dankbezeigungen für dessen Höflichkeit und freundliche Unterhaltung, und in der Richtung nach Coventry aufbrach, zu welchem Ort (denn es war dunkel) ein Zigeuner den Befehl erhalten hatte ihn hinzuführen.

Jones, der infolge seines Umweges elf statt sechs Meilen ritt, und das meist auf ganz abscheulichen Straßen, auf denen man nicht einmal eilig nach einer Hebamme hätte schicken können, kam erst gegen zwölf Uhr in Coventry an. Hier war es ihm nicht möglich, eher als nach zwei Uhr wieder in den Sattel zu steigen, denn Postpferde waren jetzt sehr schwer zu bekommen. Zudem hatten es weder der Hausknecht noch der Vorreiter auch nur halb so eilig wie er selbst; diese nahmen sich vielmehr das ruhige Verhalten Partridges zum Vorbild, der, da ihm die Stärkung des Schlafs nicht gewährt wurde, jede Gelegenheit benützte, ihn durch andere Arten von Erfrischung zu ersetzen, und der nie vergnügter war, als wenn er in einem Gasthaus ankam, nie verdrossener, als wenn er genötigt war, es wieder zu verlassen.

Jones reiste jetzt mit Postpferden; wir wollen ihm also nach unserer Gewohnheit und nach der Regel des Longinus auf *dieselbe Weise folgen*. Von Conventry ging die Reise nach Daventry, von Daventry nach Stratford und von Stratford nach Dunstable, wo Jones am nächsten Tag ein wenig nach zwölf

Uhr mittags ankam, wenige Stunden, nachdem Sophia den Ort verlassen hatte. Und obgleich er genötigt war, hier länger zu verweilen, als er wünschte, während der Schmied dem Pferd, das er reiten sollte, bedächtig ein neues Hufeisen anpaßte, so zweifelte er doch nicht daran, daß er seine Sophia einholen würde, ehe sie aus St. Albans weiterreisen könnte, denn ganz vernünftig hatte er sich gesagt, daß Seine Lordschaft hier halten und zu Mittag speisen würde.

Und wäre seine Vermutung richtig gewesen, so hätte er höchstwahrscheinlich seinen Engel an dem vorher erwähnten Orte eingeholt. Zum Unglück aber hatte der Lord das Mittagessen in seinem eigenen Hause zu London bestellen lassen, und um noch rechtzeitig eintreffen zu können, hatte er frischen Vorspann nach St. Albans genommen. Als demnach Jones dort ankam, erfuhr er, daß der Sechsspänner bereits vor zwei Stunden wieder abgefahren war.

Wenn auch frische Postpferde bereitgestanden hätten, was sie nicht taten, so war es doch so offensichtlich unmöglich, die Kutsche noch vor London einzuholen, daß Partridge dachte, er habe jetzt eine schickliche Gelegenheit, seinen Freund an etwas zu erinnern, was dieser völlig vergessen zu haben schien. Was es war, wird der Leser leicht erraten, wenn wir ihm sagen, daß Jones, seit er die Schenke verließ, wo er den Vorreiter mit den Pferden traf, die Sophia weitergebracht hatten, nichts mehr gegessen hatte als ein gekochtes Ei; denn bei den Zigeunern hatte er nur seinen Geist erfrischt.

Der Wirt stimmte so völlig mit Herrn Partridges Meinung überein, daß er kaum vernahm, wie dieser seinen Freund bat, hierzubleiben und zu Mittag zu essen, als er sehr bereitwillig sein eigenes Wort dazugab, sein früheres Versprechen, sofort Pferde herbeizuschaffen, zurücknahm und Herrn Jones versicherte, er würde keine Zeit verlieren, wenn er ein Mittagessen bestellte, das, wie er sagte, aufgetragen sein könnte, bevor noch die Pferde gefüttert und bereitgestellt wären; und für die Reise müßten sie vorher ihren Hafer bekommen.

Jones ließ sich endlich überreden, hauptsächlich durch die vom Wirt zuletzt angeführten Gründe, und eine Hammelkeule wurde also auf das Feuer gebracht. Während sie zubereitet wurde, begann Partridge, der mit seinem Freund oder Herrn im selben Zimmer bleiben durfte, die folgende Rede: „Gewiß, Herr, wenn je ein Mann eine junge Dame verdient hat, so verdienen Sie das Fräulein Sophia Western; denn was für eine unendliche Menge Liebe muß ein Mann in sich tragen, um ohne alle andere Nahrung nur durch sie leben zu können, wie Sie das tun! Ich habe in diesen letzten vierundzwanzig Stunden bestimmt dreißigmal mehr gegessen als Euer Gnaden und bin doch halb verhungert; denn nichts macht einen Menschen so hungrig wie das Reisen, zumal bei dieser kalten, rauhen Witterung. Und ich weiß nicht, wie's kommt, daß Euer Gnaden sich dem Anschein nach bei so vorzüglicher Gesundheit befinden und nie in Ihrem Leben besser und frischer ausgesehen haben. Ganz gewiß, Herr, Sie müssen einzig von der Liebe leben."

„Eine wirklich nahrhafte Speise, Partridge", erwiderte Jones. „Aber habe ich nicht vom Geschick noch gestern einen köstlichen Bissen erhalten? Und glauben Sie, ich könnte nicht mehr als vierundzwanzig Stunden von diesem lieben Taschenbuch leben?"

„Ganz ohne Zweifel", rief Partridge, „in diesem Buch ist genug enthalten, um sich damit manche gute Mahlzeit zu verschaffen. Das Glück schickte es Euer Gnaden zu gelegener Zeit zum Gebrauch, denn Euer Gnaden Barschaft dürfte so ziemlich ausgegeben sein."

„Was wollen Sie damit sagen?" antwortete Jones. „Ich hoffe, Sie bilden sich nicht ein, ich wäre unredlich genug, selbst wenn es irgendeiner andern Person gehörte als Miß Western . . ."

„Unredlich"? erwiderte Partridge. „Der Himmel sei davor, daß ich Euer Gnaden ein solches Unrecht antun sollte! Doch was wäre denn Unredliches daran, wenn Sie für Ihre jetzigen Ausgaben ein wenig davon borgten, da Sie doch später so wohl imstande sein werden, der Dame alles zurückzuerstatten? Nein, anders freilich mein ich's nicht, als daß Euer Gnaden alles zurückzahlen sollten, so bald als möglich, unter allen Umständen; aber was kann dabei unrecht sein, wenn Sie jetzt, wo Sie es nötig haben, etwas gebrauchen? Natürlich, wenn's einem armen Menschen gehörte, so wäre das etwas anderes; aber so eine große Dame kann es doch gewiß leicht entbehren, besonders jetzt, da sie mit einem so vornehmen Herrn zusammen ist, der es ihr ohne Zweifel an nichts ermangeln lassen wird, dessen sie nur bedürfen könnte. Und dann, wenn sie auch ein wenig davon nötig hätte, so kann sie doch nicht alles nötig haben; darum würd ich ihr ein wenig geben. Aber hängen wollt ich mich lassen, ehe ich ihr sogleich erzählte, daß ich's gefunden hätte, und eh ich selbst wieder zu Geld gekommen wär! Denn wie ich gehört habe, soll London der schlimmste Ort von der Welt sein, wenn man dort leben will und kein Geld hat. Freilich, wenn ich nicht gewußt hätte, wem es gehört, so hätte ich's vielleicht für des Teufels Geld gehalten und mich gescheut, es zu gebrauchen; da Sie aber besseres Wissen haben und auf ehrliche Weise dazu gekommen sind, wäre es eine Beleidigung des Glücks, wenn Sie sich in dem Augenblick, da Sie's am nötigsten hätten, schon wieder davon trennen wollten; Sie können kaum erwarten, daß es Ihnen je wieder einen solchen Dienst erweist, denn *fortuna nunquam perpetua est bona**. Sie werden ja, ungeachtet dessen, was ich sage, tun, was Ihnen beliebt; doch ich für meinen Teil, ich wollt mich hängen lassen, ehe ich ein Wort von der Sache verriete."

„Daran kann ich nun aber erkennen, Partridge", rief Jones, „daß Hängen etwas ist *non longe alienum a Scaevolae studiis***". – „Sie sollten sagen *alienus*", entgegnete Partridge. „Ich erinnere mich dieser Stelle; sie ist eines der Beispiele unter *communis, alienus, immunis variis casibus serviunt****." – „Wenn Sie sich daran erinnern", rief Jones, „so kann ich doch nicht finden, daß Sie sie verstehen; aber ich sage Ihnen, guter Freund, mit verständlichen Worten: wer das Eigentum eines andern findet und es dem ihm bekannten Besitzer willentlich vorenthält, verdient *in foro conscientiae***** das Gehängtwerden ebenso, wie wenn er es tatsächlich gestohlen hätte. Und was nun diese Banknote anbelangt, die das Eigentum meines Engels ist und einst in seinem teuern Besitz war, so will ich sie aus keiner Rücksicht in der Welt andern Händen als den ihrigen ausliefern. Nein, und wäre ich auch so hungrig wie Sie und hätte ich kein anderes Mittel, meinen nagenden Hunger zu stillen! Und das hoffe ich tun zu können, noch eh ich mich heute dem Schlafe überlasse. Sollte mir das aber nicht möglich sein, so gebe ich Ihnen den Rat, wenn Sie sich nicht für alle Zeiten meinen Unwillen zuziehen wollen, mich nicht nochmals durch die bloße Erwähnung so verabscheuungswürdiger Niedertracht zu kränken."

„Ich hätte jetzt kein Wort davon erwähnt", rief Partridge, „wenn es mir selbst so erschienen wäre, denn ich verachte gewiß jede Ruchlosigkeit wie nur irgendein anderer; aber Sie

* Nimmermehr ist das Glück beständig. – ** Wovor die gelehrten Studien nicht unbedingt bewahren. – *** Für den Gebrauch verschiedener grammatikalischer Fälle. – **** Vor dem Schiedsgericht des Gewissens (Anmerkungen des Übersetzers).

verstehen das vielleicht besser, und gleichwohl hätte ich mir einbilden mögen, ich hätte nicht so viele Jahre gelebt und so lange Schule gehalten, ohne schließlich imstande zu sein, zwischen *fas* und *nefas* zu unterscheiden; aber es scheint, daß wir alle noch immerzu lernen müssen. Ich denke da an meinen alten Schulmeister, der von erstaunlicher Gelehrsamkeit war; er pflegte häufig zu sagen: *Polly matete cry town is my daskalon*, welchen Spruches Sinn sein sollte, daß ein Kind zuweilen seiner Großmutter beibringen müsse, wie man Eier aussauge. Ich hätte es in meinem Leben wirklich prächtig weit gebracht, wenn man mir jetzt noch meine Grammatik beibringen müßte. Vielleicht werden Sie, junger Herr, Ihre Ansicht ändern, wenn Sie erst meine Jahre erreicht haben, denn ich entsinne mich wohl, als ich ein Gelbschnabel von zweiundzwanzig war, hab ich mich für so klug gehalten, wie ich heute bin. Und ganz gewiß habe ich immer *alienus* gelehrt, und mein Lehrer hat es mir so beigebracht."

Es gab nicht gar viele Gelegenheiten, bei denen Partridge Herrn Jones zum Zorn reizen konnte, und auch nur wenige, bei denen Partridge den Respekt gegenüber Herrn Jones vergaß. Zum Unglück jedoch waren beide auf eine dieser wenigen Gelegenheiten geraten. Wir sahen bereits: Partridge konnte keinen Angriff auf sein Wissen ertragen, und ebenso waren verschiedene Stellen in dem vorangegangenen Gespräch für Jones unerträglich. Er schaute daher seinen Gefährten mit verachtungsvoller, mißbilligender Miene an (etwas bei ihm sehr Ungewöhnliches) und sagte: „Partridge, ich sehe, Sie sind ein eingebildeter alter Narr. Ich wünschte, Sie wären nicht zugleich auch ein alter Schurke. Wirklich, wenn ich von dem zweiten ganz so gewiß wie von dem ersten überzeugt wäre, so sollten Sie bestimmt nicht in meiner Gesellschaft weiterreisen."

Der weise Pädagoge begnügte sich damit, daß er seinem Ärger bereits Luft gemacht hatte, und zog, wie der gemeine Mann sagt, augenblicklich seine Hörner wieder ein. Er sagte, es tue ihm leid, daß er etwas geäußert habe, was man als unschicklich aufnehmen könnte; er habe es nicht böse gemeint; doch *nemo omnibus horis sapit**.

Wenn Jones die Fehler einer hitzigen Gemütsart hatte, so war er von den Fehlern einer kalten völlig frei. Mußten seine Freunde bekennen, daß er sich leicht aufbringen ließ, so muß-

* Niemand ist weise zu jeder Stunde (Anmerkung des Übersetzers).

ten seine Feinde zugeben, daß sein Zorn bald wieder verraucht war. Sein Wesen glich durchaus nicht der See, deren Toben und Aufruhr heftiger und gefährlicher ist nach dem Sturm als während des Sturms. Er ließ sich durch Partridges Unterwerfung sogleich versöhnlich stimmen, schüttelte ihm die Hand, und mit der wohlwollendsten Miene, die sich denken läßt, sagte er ihm wohl zwanzig freundliche Dinge, während er zugleich sich selber ernstlich anklagte, wenn auch nicht gar so streng, wie das wahrscheinlich manche von unsern Lesern tun werden.

Partridge war nun wieder frohen Mutes, da seine Furcht, etwas Beleidigendes gesagt zu haben, im Augenblick gebannt worden war dadurch, daß Jones sich selbst ins Unrecht gesetzt hatte, worauf er sogleich diesen Umstand wieder mit dem in Zusammenhang brachte, was ihn am meisten gewurmt hatte, und er brummte: „Sicherlich, Herr, mögen Ihre Kenntnisse in einigen Dingen den meinen überlegen sein; aber was die Grammatik betrifft, so glaube ich, ich kann's darin mit einem jeden Lebenden aufnehmen. Ich denke wenigstens, ich habe sie in den Fingerspitzen."

Und wenn noch etwas die Zufriedenheit erhöhen konnte, deren der arme Mann sich jetzt erfreute, so wurde ihm dieser Zuschuß durch die Ankunft einer vortrefflichen Hammelkeule gewährt, die eben dampfend auf den Tisch gestellt wurde. Nachdem beide sich daran gütlich getan hatten, bestiegen sie wieder ihre Gäule und machten sich auf den Weg nach London.

14. Kapitel

Was Herrn Jones auf seiner Reise von St. Albans zustieß.

Sie waren auf dem Weg ungefähr zwei Meilen jenseits von Barnet, und die Abenddämmerung war hereingebrochen, als ein wohlerzogen aussehender Mann, doch auf einem schäbigen Pferd, auf Jones zugeritten kam und ihn fragte, ob er nach London gehe. Als Jones dies bejahte, erklärte der Herr: „Ich wäre Ihnen sehr verbunden, Herr, wenn Sie mich als Weggefährten annähmen, denn es ist schon sehr spät, und ich kenne diese Straße nicht." Jones gab seiner Bitte bereitwillig nach; so ritten sie mitsammen fürbaß unter Gesprächen, wie sie bei derartigen Gelegenheiten üblich sind.

Hauptgegenstand ihrer Unterhaltung waren Raubüberfälle,

vor denen der Unbekannte sich sehr zu fürchten schien; doch Jones erklärte, er habe sehr wenig zu verlieren und dementsprechend wenig Furcht. Hier konnte Partridge sich nicht enthalten, ein Wort einfließen zu lassen. „Euer Gnaden", sagte er, „mag denken, es sei nur wenig, doch wahrhaftig, trüge ich wie Sie eine Hundertpfundnote in meiner Tasche, ich sollte deren Verlust gar sehr bedauern, doch für meine Person hab ich mich noch nie im Leben weniger gefürchtet; denn wir sind unser vier, und wenn wir alle zusammenhalten, so vermöchte uns der stärkste Mann in England nicht zu berauben. Angenommen, er hätte eine Pistole, so kann er damit doch nur einen von uns töten, und ein Mensch kann nur einmal sterben."

Außer seinem Vertrauen auf die zahlenmäßige Überlegenheit – eine Art von Tapferkeit, die eine gewisse Nation unter den modernen auf eine hohe Stufe des Ruhmes emporgehoben hat – gab es noch eine Ursache für den außergewöhnlichen Mut, den Partridge an den Tag legte, denn er besaß jetzt von dieser Eigenschaft gerade so viel, wie das Getränk, das er sich zugeführt, ihm verleihen konnte.

Unsere Gesellschaft war jetzt noch ungefähr eine Meile von Highgate entfernt, als der Unbekannte sich brüsk an Jones wandte, eine Pistole zog und die Aushändigung der kleinen Banknote verlangte, von der Partridge gesprochen hatte.

Jones war zuerst von dieser unverhofften Forderung ein wenig betroffen; indessen faßte er sich bald und sagte dem Wegelagerer, alles Geld, das er in seiner Tasche bei sich trage, stehe ihm zur Verfügung. Mit diesen Worten zog er drei Guineen heraus und bot sie ihm an; der andere aber schwor, er werde das Geld nicht nehmen. Jones antwortete ganz ruhig, das tue ihm sehr leid, und schob das Geld in seine Tasche zurück.

Der Räuber drohte nun, wenn er ihm nicht sogleich die Banknote ausliefere, müsse er ihn erschießen, und hielt dabei die Pistole sehr nah vor seine Brust. Blitzschnell faßte Jones des Burschen Hand, die so zitterte, daß sie die Waffe kaum noch halten konnte, und drehte die Mündung von sich ab. Ein Ringen begann, in dem der erste seinem Gegner die Pistole entwand, und beide flogen von ihren Pferden zur Erde, der Räuber auf seinen Rücken und der siegreiche Jones über ihn.

Der arme Bursche begann nun seinen Überwinder um Gnade anzuflehen, denn er war in Wahrheit Jones an Stärke durchaus nicht gewachsen. „Wirklich, Herr", sagte er, „ich hatte nicht die Absicht, auf Sie zu schießen, denn Sie werden sehen, daß die Pistole nicht geladen ist. Dieses ist mein erster Raubversuch, und nur die Not hat mich dazu getrieben."

In diesem selben Augenblick lag etwa hundertfünfzig Schritt entfernt ein anderer Mensch auf der Erde und wimmerte um Gnade mit viel lauterer Stimme als der Straßenräuber. Das war niemand anders als Partridge selber, der, bemüht, das Handgemenge zu vermeiden, von seinem Gaul abgeworfen worden war und, flach auf dem Gesicht liegend, nicht aufzublicken wagte, da er jede Minute erschossen zu werden erwartete.

In dieser Stellung verharrte er, bis der Vorreiter, der sich weiter um nichts kümmerte als um seine Pferde, die stolpernden Tiere in Sicherheit gebracht hatte und zu ihm herüberkam, um ihm zu sagen, daß sein Herr den Räuber überwältigt habe.

Bei dieser Nachricht sprang Partridge auf seine Füße, lief zu der Stelle zurück, wo Jones mit gezogenem Degen den armen Wicht bewachte. Kaum hatte er die Sachlage überblickt, als er schrie: „Töten Sie den Schurken, Herr, rennen Sie ihm den Stahl durch den Leib, töten Sie ihn unverzüglich!"

Zum Glück jedoch für den Ärmsten war er in barmherzigere Hände gefallen, denn Jones, der die Pistole untersucht und sie wirklich ungeladen gefunden hatte, begann allem Glauben zu schenken, was der Mann ihm vor Partridges Ankunft erzählt hatte, daß er nämlich ein Neuling in seinem Gewerbe und einzig durch sein Elend dazu verführt worden sei, dem größten, das sich denken lasse: fünf hungernde Kinder und eine Frau, die in der äußersten Not und Bedürftigkeit darniederliege und ihr sechstes erwarte. Daß alles die reine Wahrheit sei, versicherte der Wegelagerer mit der größten Leidenschaft; er erbot sich, um Herrn Jones zu überzeugen, diesen zu seinem Hause zu führen, wenn er sich dorthin bemühen wolle; es sei nicht mehr als zwei Meilen von ihrem jetzigen Standort entfernt. Er sagte, er erhoffe keinerlei Nachsicht, es sei denn, daß er zuvor für alle seine Behauptungen den Tatsachenbeweis erbracht habe.

Jones gab sich zuerst den Anschein, als sei er gewillt, den Menschen beim Wort zu nehmen und mit ihm zu gehen, und er erklärte, sein Schicksal solle völlig von der Wahrheit seiner Geschichte abhängen. Darüber bekundete der arme Geselle eine so stürmische Freude, daß Jones von seiner Wahrhaftigkeit nun durchaus überzeugt war und einiges Mitleid mit ihm empfand. Er gab dem Manne seine leere Pistole zurück, redete ihm zu, er möge auf ehrlichere Weise versuchen, aus seiner Not herauszukommen, gab ihm für die augenblickliche Linderung der Not seiner Frau und seiner Kinder zwei Guineen und ließ ihn wissen, er wollte, er hätte um seinetwillen mehr, aber die hundert Pfund, die erwähnt worden seien, gehörten nicht ihm.

Wahrscheinlich werden unsere Leser im Hinblick auf diese Handlungsweise verschiedener Meinung sein. Einige werden sie vielleicht als eine Tat ungewöhnlicher Menschenliebe loben, während andere von mehr verdrießlicher Anlage darin einen Mangel an Achtung vor dem Gesetz sehen werden, die jedermann seinem Lande schulde. Partridge jedenfalls sah sie in diesem Licht, denn er verriet darüber großes Mißvergnügen, gab ein altes Sprichwort zum besten und sagte, es sollte ihn nicht wundern, wenn der Schurke sie, ehe sie London erreichten, nochmals überfallen würde.

Der Straßenräuber erging sich in Versicherungen des Dankes und der Ehrlichkeit. Er vergoß tatsächlich Tränen oder tat doch so. Er gelobte, er wolle unverweilt nach Hause zurückkehren und später nie mehr eine solche Missetat begehen; ob er sein Wort gehalten hat oder nicht, das wird sich vielleicht später herausstellen.

Unsere Reisenden hatten ihre Pferde wieder bestiegen und kamen ohne weiteren Zwischenfall in der Stadt an. Unterwegs ergaben sich zwischen Jones und Partridge manche vergnügliche Gespräche über ihr letztes Abenteuer. Jones gab dabei seinem Mitleid mit solchen Wegelagerern Ausdruck, die, durch ihre unentrinnbare Not gezwungen, auf diese Laufbahn gedrängt würden, welche ihnen gewöhnlich einen schmählichen Tod einbringe. „Ich meine", sagte er, „nur die, deren größtes Verbrechen sich auf die Räuberei beschränkt und die sich weder Grausamkeiten noch Beleidigungen gegenüber einer Person zuschulden kommen lassen, ein Umstand, der, wie ich zu unseres Landes Ehre sagen muß, die Räuber Englands von denen aller andern Nationen unterscheidet; denn bei diesen ist das Morden fast unzertrennlich mit dem Räubertum verbunden."

„Ohne Zweifel", antwortete Partridge, „ist es weniger schlimm, einem Menschen sein Geld als sein Leben zu nehmen; aber doch ist es für ehrliche Leute recht hart, daß sie nicht reisen und ihren Geschäften nachgehen können, ohne der Gefahr ausgesetzt zu sein, die ihnen von diesen Spitzbuben droht. Und sicher wäre es besser, daß alle Schelme durch Hängen aus der Welt geschafft würden, als daß auch nur ein ehrlicher Mann durch sie zu leiden hätte. Ich selber freilich möchte meine Hände nicht mit dem Blut auch nur eines von ihnen beflecken; dem Gesetz aber steht es unbedingt zu, sie alle dem Galgen zu überantworten. Was für ein Recht hat irgendein Mensch, mir auch nur eine Kupfermünze abzunehmen, wenn ich sie ihm nicht gebe? Besitzt ein solcher eine Spur von Ehre?"

„Nein, gewiß nicht", rief Jones, „nicht mehr als einer, der die Pferde aus eines andern Mannes Stall herausholt, oder der zu seinem eigenen Gebrauch das gefundene Geld verwendet, dessen rechtmäßigen Eigentümer er kennt."

Diese Bemerkungen stopften Partridge den Mund, und er öffnete ihn nicht wieder, bis Jones ein paar sarkastische Scherze über seine Feigheit gemacht hatte, um sich dann mit dem Hinblick auf die überlegene Macht der Feuerwaffen zu entschuldigen. Er sagte: „Tausend unbewehrte Menschen sind nichts gegen eine Pistole; denn wenn es auch wahr ist, daß sie mit einer Ladung nur einen einzigen töten kann, wer kann denn sagen, ob er nicht selbst dieser eine sein wird?"

DREIZEHNTES BUCH

Umfaßt den Zeitraum von zwölf Tagen.

1. Kapitel

Eine Anrufung.

Komm, glänzende Ruhmesliebe, begeistere meine glühende Brust! Nicht dich rufe ich, die auf wogender Flut von Blut und Tränen den Helden der Ehre entgegenträgt, während die Seufzer von Millionen seine gespannten Segel vorantreiben, sondern dich, schöne sanfte Maid, die Mnesis, die glückliche Nymphe, zuerst an den Uferbänken des Hebrus ans Licht gebracht. Dich, die Maeonien erzogen, die Mantua bezauberte und die du auf diesem schönen Berg, der die stolze Hauptstadt Britanniens überblickt, mit deinem Milton saßest und süß die hohe Leier schlugst; erfülle die verödete Welt meiner Vorstellung mit der Hoffnung, künftige Geschlechter zu bezaubern. Verkünde mir, daß ein zartes Mädchen, dessen Großmutter jetzt noch ungeboren, später, wenn es unter dem erdichteten Namen Sophia von dem wahren Werte liest, der einst in meiner Charlotte hier weilte, aus mitfühlender Brsut einen zitternden Seufzer emporschicken wird. Lehre du mich, künftiges Lob nicht allein vorauszusehen, sondern mich seiner zu freuen, ja davon zu leben. Tröste mich mit der feierlichen Versicherung, daß ich, wenn aus diesem kleinen Gemach, in dem ich gegenwärtig sitze, eine noch dürftiger ausgestattete Kiste geworden sein wird, die Ehre erfahre, von denen gelesen zu werden, die mich nie gekannt oder gesehen haben und die mich niemals kennen oder sehen werden.

Und dich, viel drallere Dame, die keine luftigen Formen oder Einbildungen der Phantasie umkleiden, die der würzige Braten und der reich mit Pflaumen gespickte Pudding erfreut, dich rufe ich an, dich, von der auf einem Zugschiff auf einem holländischen Kanal die dicke Jungfer Geld, gezeugt von einem muntern Kaufmann aus Amsterdam, entbunden ward: In der Schule von Grub-Street* hast du die Elemente deiner Bildung

* Londoner Straße, die im 17. Jahrhundert von armen Literaten und Lohnschreibern bewohnt war (Anmerkung des Übersetzers).

eingesogen. Hier hast du im reifern Alter die Dichtung gelehrt, nicht um die Einbildungskraft, sondern den Hochmut des Gönners zu kitzeln. Die Komödie lernt von dir eine ernste und feierliche Haltung, während die Tragödie tobt und das entsetzte Theater mit ihrem Donnern erfüllt. Um deine müden Glieder in Schlummer zu schmeicheln, erzählt Ehrwürden Geschichte ihre gräßliche Erzählung, und um dich wiederum zu wecken, entfaltet Monsieur Romanze seine ganze Kunstfertigkeit. Auch dein wohlgenährter Buchhändler fügt sich deinem Einfluß. Auf deinen Rat eilt der gewichtige, ungelesene Folioblock, der lange auf dem staubigen Schaft gedöst hat, nun, in Nummern aufgeteilt, flink und leicht durch die lesende Nation. Von dir belehrt, betrügen manche Bücher die Welt, indem sie wie Quacksalber Wunder versprechen, indessen andere sich als Schönlinge gebärden und ihr ganzes Verdienst in ein goldenes Gewand legen. Komm, du fröhliches Wesen mit deinem strahlenden Antlitz; halte deinen Atem zurück, doch zeige deinen lockenden Lohn, den funkelnden, klingenden Haufen, deine rasch umwechselbare Banknote, von unsichtbaren Reichtümern trächtig, dein wandelsüchtiges Kapital, das warme, das behagliche Haus und endlich ein schönes Erbe von jener gütigen Mutter, deren wogende Brüste für ihre ganze zahlreiche Nachkommenschaft übergenug Nahrung hergäben, wenn nicht einige allzu gierig und unmäßig ihre Mitbrüder von der Zitze wegdrängten. So komm, du; und bin ich nicht imstande, deine wertvollen Gaben zu kosten, so erwärme mein Herz mit dem begeisternden Wunsch, sie andern mitzuteilen. Sag mir, daß dank deiner Güte die plappernden Kleinen, deren unschuldige Spiele so oft durch meinen Eifer unterbrochen wurden, dafür eines Tages reichlichen Lohn erhalten werden.

Und nun, da dieses schlecht zusammengekoppelte Paar, dieser dürre Schatten und jenes fette Wesen, mich zum Schreiben beredet, wen rufe ich um seinen Beistand an, daß er mir die Feder führe?

Dich zunächst, Genius, du Himmelsgabe, ohne dessen Hilfe wir umsonst gegen den Strom der Natur ankämpfen. Du, der du die edle Saat ausstreust, welche die Kunst ernährt und zur Vollendung bringt. Nimm du mich freundlich bei der Hand und geleite mich durch alle Irrgärten und gewundenen Labyrinthe der Natur. Führe mich in alle die Geheimnisse ein, die ungeweihte Augen nie erblicken. Lehre mich – solches fällt dir ja nicht schwer – die Menschen besser kennen, als sie sich selber kennen. Entferne diesen Nebel, der die Geister der Sterblichen trübt und sie die Menschen wegen ihrer Kunst anbeten oder wegen ihrer Arglist verabscheuen läßt, indem sie andere betrügen, wo in Wahrheit sie Gegenstand der Lächerlichkeit sind, da sie sich selbst betrügen. Streif den dünnen Überwurf der Weisheit ab vom Selbstbetrug, der Fülle von der Habgier und des Ruhmes vom Ehrgeiz. Komm, du hast Geist eingehaucht deinem Aristophanes, deinem Lucian, deinem Cervantes, deinem Rabelais, deinem Molière, deinem Shakespeare, deinem Swift, deinem Marivaux; fülle meine Seiten mit Heiterkeit, bis die Menschheit gutmütiges Lachen über die Torheiten anderer lerne und die Demut, ihre eigenen zu bedauern.

Und du, die du fast stets Begleiterin bist des wahren Genius, Menschlichkeit, bring mit dir alle deine zarten Gefühle. Hast du sie bereits alle an deinen Allen und deinen Lyttleton verteilt, so hole sie für eine kurze Weile aus ihrer Brust zurück. Denn nicht ohne sie kann die rührende Szene gemalt werden. Aus ihnen allein gehen hervor die edle selbstlose Freundschaft, die hinschmelzende Liebe, der Edelmut, die heiße Dankbarkeit, das sanfte Mitgefühl, die aufrichtige Überzeugung; auch alle jene kräftigen Regungen eines rechtschaffenen Gemüts, die das feuchte Auge mit Tränen füllen, die glühenden Wangen mit Blut und die das Herz von den Gezeiten des Kummers, der Freude und des Wohlwollens schwellen lassen.

Und du, o Gelehrsamkeit (denn ohne deine Beihilfe vermag das Genie nichts Reines, nichts Ganzes zu schaffen), lenke auch du meine Feder! Dich habe ich in früher Jugend in deinen Lieblingsgefilden, wo die klare, sanft wogende Themse die Gestade Etons bespült, angebetet. Dir habe ich an deinem birkenen Altar mit echt spartanischer Hingebung mein Blut geopfert. Komm denn, und aus der gewaltigen Fülle deiner aus dem ganzen Altertum zusammengehäuften Schätze spende den reichen Überfluß. Öffne deine Maeonischen und deine Mantuanischen Schreine sowie alle jene, die sonst noch deine philosophischen, poetischen und historischen Schätze bergen mögen; ob du dich nun dafür entschieden hast, die gewichtigen Truhen mit griechischen oder römischen Lettern zu bezeichnen: überlaß mir für eine Weile jenen Schlüssel zu allen deinen Schätzen, den du deinem Warburton anvertraut hast.

Endlich komm du, Erfahrung, seit langem vertraut mit den Weisen, den Guten, den Gelehrten, den Wohlerzogenen. Doch nicht nur mit diesen, sondern mit jeder Art Charakter, vom Minister bei seiner Morgentoilette bis zum Gerichtsdiener in seinem Arrestlokal, von der Herzogin auf ihrer Abendgesellschaft bis zur Wirtin hinter dem Schanktisch. Du allein verhilfst uns zu dem Wissen um Sitte und Gehaben der Menschheit, welches Wissen der einsiedlerische Pedant, wie bedeutend auch seine Anlagen oder wie umfassend seine Kenntnisse seien, sich nie zu erwerben vermochte.

Ihr alle kommt, und noch mehr, wenn das möglich; denn hart ist die Aufgabe, die ich übernommen habe; und ohne den Beistand von euch allen wird sie mich niederdrücken. Doch wenn ihr alle mit freundlichem Lächeln an meinen Mühen Anteil nehmt, so hoffe ich, sie noch zu einem guten Ende zu bringen.

2. Kapitel

Was Herrn Jones bei seiner Ankunft in London widerfuhr.

Der gelehrte Dr. Misaubin pflegte zu sagen, seine richtige Adresse sei: An Dr. Misaubin, in der Welt; womit er andeuten wollte, daß es in ihr nur wenige Menschen gäbe, die von seiner großen Berühmtheit nicht gehört hätten. Und vielleicht, wenn wir die Sache genau untersuchen, werden wir erkennen, daß dieser Umstand einen nicht unbeträchtlichen Teil der mannigfachen Segnungen der Größe ausmacht.

Das große Glück, der Nachwelt bekannt zu sein, auf das wir in dem vorangegangenen Kapitel so freudig hofften, wird nur wenigen zuteil. Die verschiedenen Elemente, aus denen sich unser Name zusammensetzt, wie Sydenham es ausdrückt, noch nach tausend Jahren durch den Mund der Menschen wiederholen zu lassen, ist eine Gabe, die das Vermögen von Titel und Reichtum übersteigt; sie läßt sich kaum erwerben, es sei denn durch das Schwert und die Feder. Doch die schändliche Beschuldigung, während unserer Lebtage *jemand zu sein, den niemand kennt* (ein Skandal, nebenbei gesagt, so alt wie die Tage Homers*), zu vermeiden, das ist wohl immer das beneidete Los derer, die einen rechtmäßigen Anspruch auf Ehre oder Güter besitzen.

* Siehe die Odyssee, II, 175.

Aus der Rolle, die der irische Pair, der Sophia in die Stadt brachte, in dieser Geschichte bereits gespielt hat, wird der Leser zweifelsohne schließen, es wäre doch wohl ein leichtes gewesen, sein Haus in London zu finden, auch ohne genau die Straße oder den Platz zu wissen, wo er wohnte, da er doch zu jenen gehören müsse, *die ein jeder kennt.* So müßte es freilich für jeden dieser vielen Handelsleute gewesen sein, die gewohnt sind, sich in der Nähe der Großen aufzuhalten; denn die Türen der Großen sind gemeinhin ebenso leicht zu finden, wie es schwer ist, durch sie Zutritt zu ihnen zu erhalten. Doch Jones war, wie auch Partridge, in London völlig unbekannt, und da es sich so begeben hatte, daß er zuerst in einem Stadtteil anlangte, dessen Bewohner mit den hohen Hausherren von Hannover oder Grosvenor Square sehr wenig Verkehr haben (denn er war durch Gray's Inn Lane eingezogen), so wanderte er lange Zeit umher, bevor er auch nur den Weg zu jenen glücklichen Wohnungen finden konnte, allwo Fortuna eine Wand zwischen jenem niedrigen Haufen und jenen hochherzigen Helden errichtet hat, diesen Abkömmlingen der alten Briten, Sachsen oder Dänen, deren in bessern Zeiten geborene Ahnen ihren Nachfahren durch mancherlei Verdienste Reichtümer und Ehre erworben und hinterlassen haben.

Nachdem Jones auf diesen irdischen elysäischen Feldern endlich angelangt war, würde er Seiner Gnaden Wohnung wohl bald gefunden haben. Doch zum Unglück hatte der Lord sein früheres Haus, als er nach Irland reiste, geräumt, und da er ein neues erst eben bezogen hatte, war der Ruf seines Aufwandes noch nicht genügend in die Nachbarschaft gedrungen, so daß Jones, bis die Glocke elf schlug, vergeblich herumgefragt hatte und endlich Partridges Rat Gehör schenkte und sich mit ihm in die Herberge „Bull and Gate" zurückzog, wo er zuerst abgestiegen war und wo er nun einkehrte, um jener Ruhe zu pflegen, die Leute in seinen Verhältnissen gemeinhin erwarten dürfen.

Am andern Morgen früh machte er sich wiederum auf, um Sophias Aufenthaltsort zu erkunden, und manchen beschwerlichen Schritt tat er zu keinem bessern Ende als zuvor. Doch zuletzt (ob nun das Glück sich erweichen ließ, oder ob es nicht mehr in seiner Macht stand, ihn länger hinzuhalten) geriet er in eben die Straße, welche die Ehre hatte, Seiner Gnaden zur Residenz zu dienen, und nachdem man ihm das Haus gewiesen, tat er an dessen Tür mit dem Klopfer einen leichten Schlag.

Der Türhüter, der aus der Bescheidenheit des Klopfens eben keinen hohen Begriff von der sich meldenden Person gewonnen hatte, faßte auch keine bessere Meinung durch das Äußere des Herrn Jones, der in einen Rock aus Baumwollsamt gekleidet war und an seiner Seite den Degen trug, den er unlängst dem Wachtmeister abgekauft hatte und dessen Gefäß, war die Klinge auch aus gut gehärtetem Stahl, doch nur aus Messing bestand, und nicht einmal aus bestpoliertem. Als Jones nun also nach der jungen Dame fragte, die mit Seiner Gnaden in die Stadt gekommen sei, antwortete dieser Geselle verdrossen, hier seien keine Damen. Hierauf wünschte Jones den Herrn des Hauses zu sprechen, erhielt jedoch den Bescheid, Seine Lordschaft wolle an diesem Morgen niemanden empfangen. Und als Herr Jones dringender wurde, sagte der Türhüter, er habe bestimmte Befehle, keinen Menschen vorzulassen. Doch setzte er hinzu: „Wenn Sie es für richtig halten, Ihren Namen zu hinterlassen, so will ich ihn Seiner Gnaden mitteilen, und wenn Sie später wieder vorsprechen wollen, so können Sie erfahren, ob er Sie sehen will.“

Jetzt erklärte Jones, er habe ein ganz besonderes Geschäft mit der jungen Dame zu erledigen und könne nicht weggehen, ohne mit ihr gesprochen zu haben. Worauf der Türhüter mit wenig angenehmer Stimme und Miene nochmals versicherte, es sei keine junge Dame hier im Haus und folglich könne er auch mit keiner sprechen; und er fügte hinzu: „Sie sind wahrhaftig der seltsamste Mensch, der mir je begegnet ist, denn eine Antwort kann man bei Ihnen ja gar nicht anbringen.“

Ich habe oft gedacht, Virgil könnte bei seiner genauen Beschreibung des Cerberus, des Höllenpförtners, im sechsten Gesang der Äneide, eine Satire auf die Türhüter der großen Herren seiner Zeit beabsichtigt haben; wenigstens ähnelt das Gemälde durchaus jenen, die sich der Ehre erfreuen, an den Türen unserer vornehmen Herren zu wachen. Der Türhüter in seiner Loge gleicht in allem dem Cerberus in seiner Höhle, und gleich diesem muß er zuerst durch einen Happen beschwichtigt werden, ehe man den Zutritt zu seinem Herrn erhalten kann. Vielleicht mochte ihn Jones in diesem Lichte betrachten und sich der Stelle erinnern, wo die Sibylle, um Äneas Einlaß zu verschaffen, dem Wächter an der Stygischen Straße einen solchen Köder hinwirft. Auf ebendiese Art begann jetzt Herr Jones dem menschlichen Cerberus eine Bestechung anzubieten, und ein Lakai, der es aus der Ferne vernommen, kam sogleich herbei und erklärte, wenn Herr Jones ihm die genannte Summe geben wollte, so werde er ihn zu der Dame hinführen. Damit war Herr Jones augenblicklich einverstanden, und nun wurde er unverzüglich von demselben Menschen, der an dem Tag zuvor die beiden Damen dorthin begleitet hatte, zu Frau Fitzpatricks Wohnung geführt.

Nichts macht einen Mißerfolg unerträglicher als die scheinbare Nähe der Erfüllung unseres Wunsches. Der Spieler, der seine Partie nur um einen einzigen Punkt verliert, beklagt sich über sein Unglück zehnmal mehr als jener, der überhaupt nicht damit rechnete, das Spiel zu gewinnen. Und so auch bei den Lotterien: Die Inhaber der Nummern, die in der Nachbarschaft jener einen liegen, die das große Los gewinnt, halten sich oft für unglücklicher als ihre Mitverspieler. Kurz, der Umstand, nur um Haaresbreite das Glück verfehlt zu haben, sieht aus wie ein ganz besonderer Spott Fortunas, die uns zu narren und auf unsere Kosten ihr für sie ergötzliches Spiel zu treiben scheint.

Jones, der diese scherzhafte Neigung der heidnischen Gottheit bereits mehr als einmal an sich erfahren hatte, litt nun abermals dieselben Tantalusqualen, denn er kam vor der Tür der Frau Fitzpatrick an, etwa zehn Minuten, nachdem Sophia durch diese weggegangen war. Er wandte sich nun an Frau Fitzpatricks Kammerjungfer, die ihm den unwillkommenen Bescheid gab, das Fräulein sei ausgezogen, sie könne aber nicht sagen wohin; das war die Antwort, die er später auch von Frau Fitzpatrick selbst erhielt. Denn da diese Dame nicht daran zweifelte, daß Herr Jones ein Abgesandter ihres Onkels Western sei, der den Auftrag habe, seiner Tochter nachzuspüren, so war sie zu großmütig, um sie zu verraten.

Obwohl Jones Frau Fitzpatrick nie gesehen hatte, wußte er doch, daß eine Kusine Sophias an einen Herrn dieses Namens verheiratet war. Bei dem gegenwärtigen Tumult in seinem Gemüt kam ihm dieser Umstand jedoch keinen Augenblick in den Sinn. Doch als der Bediente, der ihn von des Lords Hause hierhergeführt hatte, ihm von der engen Freundschaft zwischen den beiden Damen sprach und erwähnte, daß sie sich Kusinen nannten, da erinnerte ihn das an die Geschichte von der Heirat, von der er früher gehört hatte; und da er jetzt überzeugt war, daß dies ebenjene Dame sei, so war er über die Antwort, die er erhalten hatte, um so erstaunter, und er bat nun sehr ernstlich um die Erlaubnis, der Lady seine Aufwartung machen zu dürfen; doch diese Ehre wurde ihm ebenso entschieden verweigert.

Jones, der zwar niemals am Hofe gewesen war, aber gleichwohl mehr Lebensart hatte als die meisten, die dort verkehren, war nicht imstande, sich einer Dame gegenüber unhöflich oder ungeschliffen zu benehmen. Als er nun eine unbedingte abschlägige Antwort erhalten hatte, trat er den Rückzug an und sagte noch zu der Kammerjungfer, wenn er zu ungelegener Stunde gekommen sei, um der Dame aufzuwarten, so wolle er am Nachmittag nochmals vorsprechen; alsdann hoffe er auf die Ehre, ihr doch seinen Respekt bezeigen zu dürfen. Die Artigkeit, mit der er dies äußerte, in Verbindung mit der großen Anmut seiner Person, verfehlte nicht ihren Eindruck auf die Zofe, und sie konnte sich nicht enthalten zu antworten: „Das wäre wohl möglich, Herr!" Wirklich sagte sie später ihrer Herrin alles, was sie nur für geeignet hielt, um jene zur Annahme des Besuches des hübschen jungen Herrn zu überreden; denn so bezeichnete sie ihn.

Jones vermutete ganz scharfsinnig, Sophia befinde sich jetzt bei ihrer Kusine und werde von ihr verleugnet; er schrieb dies dem Unwillen zu über das, was zu Upton geschehen war. Nachdem er also Partridge fortgeschickt hatte, um eine Wohnung für ihn zu suchen, blieb er den ganzen Tag in dieser Straße und überwachte die Tür, hinter der er seinen Engel verborgen wähnte, doch sah er niemanden herauskommen, nur einmal einen Bedienten des Hauses. Am Abend ging er wieder hin, um Frau Fitzpatrick seinen Besuch zu machen, und diese gute Dame geruhte endlich, ihn zu empfangen.

Es gibt eine gewisse Haltung von natürlichem Adel, die zu zeigen oder zu verbergen nicht in der Macht der Kleider steht. Wie wir bereits angedeutet haben, besaß Herr Jones diese adlige Haltung in hervorragendem Maße. So wurde ihm denn auch von der Dame ein Empfang zuteil, der sich nach seinem ganzen Aufzug nicht hätte erwarten lassen. Nachdem er ihr die geziemenden Respektbezeigungen abgestattet hatte, wurde er gebeten, sich zu setzen.

Der Leser wird, glaube ich, nicht verlangen, alle Einzelheiten dieser Unterredung, die nicht zu Herrn Jones' Zufriedenheit endigte, kennenzulernen. Denn obgleich Frau Fitzpatrick sehr bald den Liebhaber entdeckte (alle Frauen haben in diesen Dingen Falkenaugen), so dachte sie doch noch immer, er sei ein Liebhaber, dem eine großmütige Freundin die Geliebte nicht verraten dürfte. Kurz gesagt, sie hegte den Verdacht, er sei jener Herr Blifil, vor dem Sophia geflohen war, und alle die Familienangelegenheiten des Herrn Allworthy betreffenden Antworten, die sie mit viel List aus Herrn Jones herauszulocken verstand, bestärkten sie in dieser Meinung. Sie verneinte also durchaus, das geringste von Sophias Aufenthalt zu wissen; und Jones konnte nichts weiter erlangen als die Erlaubnis, ihr am nächsten Nachmittag nochmals aufzuwarten.

Als Jones gegangen war, teilte Frau Fitzpatrick ihren Argwohn im Hinblick auf den Unbekannten ihrer Zofe mit, die ihr jedoch erwiderte: „Euer Gnaden, er ist doch sicherlich, nach meiner Ansicht, ein viel zu hübscher Mensch, als daß irgendeine Frau in der Welt von ihm weglaufen könnte. Ich möchte glauben, er wäre Herr Jones."

„Herr Jones?" fragte die Dame. „Was für ein Herr Jones?" Denn Sophia hatte sich in allen ihren Gesprächen jeder Anspielung auf einen solchen Herrn enthalten, doch Jungfer Honoria war viel mitteilsamer gewesen und hatte ihre Schwesterzofe mit Jones' ganzer Geschichte vertraut gemacht, die diese nun ihrer Herrin wiedererzählte.

Sobald Frau Fitzpatrick diese Auskünfte erhalten hatte, stimmte sie der Meinung ihrer Zofe in allem bei und sah, was kaum zu begreifen ist, an dem tapferen, glücklichen Liebhaber nun Vorzüge, die sie an dem geringgeschätzten Junker übersehen hatte. „Betty", sagte sie, „Sie haben sicher recht; er ist ein sehr hübscher Mensch, und ich wundere mich nicht, daß Sie von der Jungfer meiner Kusine hörten, es seien so viele Frauen in ihn verliebt. Jetzt tut mir's leid, daß ich ihm nicht gesagt habe, wo er meine Kusine finden könnte; aber wenn er ein so schrecklicher Draufgänger ist, wie Sie sagen, so wäre es ein Jammer, wenn er sie je wieder zu sehen bekäme. Was anders als ihr Verderben könnte daraus hervorgehen, wenn sie gegen den Willen ihres Vaters einen solchen Tunichtgut und Habenichts heiratet? Ist er wirklich ein solcher Mensch, wie ihn das Mädchen beschrieben hat, dann wäre es ein richtiger Dienst der Nächstenliebe, die beiden voneinander fernzuhalten; und mir wäre es wahrhaftig nicht zu verzeihen, wollte ich anders handeln, da ich von dem bittern Elend, das solche Ehen begleitet, genügend gekostet habe."

Hier wurde sie von der Ankunft eines Besuchers unterbrochen, und der war niemand anders als der Lord. Da indessen bei diesem Besuche sich etwas Neues oder Ungewöhnliches nicht ereignete und nichts, was für diese Geschichte von Belang gewesen wäre, wollen wir an dieser Stelle dem Kapitel ein Ende machen.

3. Kapitel

Ein Plan von Frau Fitzpatrick und ihr Besuch bei Lady Bellaston.

Als Frau Fitzpatrick sich zur Ruhe zurückzog, waren ihre Gedanken vollkommen von ihrer Kusine Sophia und Herrn Jones in Anspruch genommen. Über jene war sie tatsächlich wegen deren Zurückhaltung, die sie jetzt entdeckt hatte, ein wenig erzürnt. Mit dieser Überlegung hatte sie ihre Vorstellung noch nicht lange beschäftigt, als ein weiterer Gedanke sie überfiel: Sie könnte womöglich in dem Sinne vermitteln, daß Sophia vor diesem Manne bewahrt bliebe und ihrem Vater wieder zugeführt würde; und damit würde sie der Familie einen so großen Dienst erweisen, daß er sie mit ihrem Onkel sowohl als auch mit ihrer Tante Western aussöhnen müßte.

Das war einer ihrer innigsten Wünsche, und so schien ihr denn auch die Hoffnung auf einen guten Erfolg so vernünftig, daß ihr nichts weiter zu tun übrigblieb, als die schicklichsten Mittel auszudenken, um ihren Plan zur Ausführung zu bringen. Der Versuch, den Fall mit Sophia auf überlegte Weise zu besprechen, schien ihr nicht ratsam; denn da Betty ihr, gemäß Jungfer Honorias Erzählung, von Sophias heftiger Neigung für Herrn Jones berichtet hatte, sah sie wohl ein, daß ihr von dieser Verbindung abraten zu wollen ungefähr das gleiche wäre, wie wenn man eine Motte herzlich und angelegentlich bitten würde, doch nicht ins Licht zu fliegen.

Wenn der Leser sich gütig erinnern will, daß Sophias Bekanntschaft mit Frau Bellaston im Hause des Fräuleins Western begonnen hatte und also gerade zu jener Zeit zur Entfaltung kam, als Frau Fitzpatrick sich bei dieser Dame aufhielt, so wird man ihn nicht besonders darauf hinweisen müssen, daß Frau Fitzpatrick gleichfalls mit ihr bekannt gewesen war. Sie waren zudem beide noch weitläufig miteinander verwandt.

Nach mancherlei Erwägungen beschloß sie somit, zeitig am Vormittag zu dieser Dame hinzugehen und, ohne daß Sophia davon wüßte, mit ihr zu reden und sie mit der ganzen Angelegenheit bekannt zu machen. Denn sie zweifelte nicht im geringsten, daß diese kluge Dame, die so oft über romantische Liebesgeschichten und unbedachte Heiraten gespottet hatte, auch im Urteil über diese mißliche Verbindung ihr sehr bald zustimmen und ihr jeden Beistand leisten würde, dessen es zur Verhinderung dieses Unglücks bedürfte.

Sie führte demnach diesen Vorsatz aus: Sie warf sich am nächsten Morgen, noch vor Sonnenaufgang, ihre Kleider über, und zu einer ganz ungehörigen, ungebräuchlichen, unverhofften Stunde begab sie sich zu Frau Bellaston, die ihren Besuch annahm, ohne daß Sophia etwas davon wußte oder ahnte. Diese schlief zwar um diese Zeit nicht, lag jedoch wachend in ihrem Bett, die schnarchende Jungfer Honoria neben sich.

Frau Fitzpatrick entschuldigte sich angelegentlich wegen ihres frühen, unangemeldeten Besuches, zu einer Stunde, wo sie, wie sie sagte, nicht daran gedacht hätte, die Dame zu stören, hätte nicht ein höchst dringendes Geschäft sie dazu veranlaßt. Sie eröffnete ihr darauf die ganze Angelegenheit, erzählte alles, was sie von ihrer Betty gehört hatte und vergaß auch nicht den Besuch, den Jones ihr am vorigen Nachmittag abgestattet hatte.

Lady Bellaston antwortete mit einem Lächeln: „Sie haben also diesen furchtbaren Menschen gesehen, Madam? Bitte, sagen Sie mir, ist er wirklich ein so schöner Mann, wie man ihn schildert, denn die Etoff hat mich gestern abend fast zwei Stunden mit ihm unterhalten. Das Mädchen, glaub ich, hat sich auf das Hörensagen hin in ihn verliebt." Hier wird der Leser sich vielleicht ein wenig verwundern; doch die Wahrheit ist, daß Jungfer Etoff, die die Ehre genoß, Frau Bellaston an- und auszukleiden, einen höchst eingehenden Bericht über den besagten Herrn Jones erhalten und ihn gestern abend (oder vielmehr heute morgen) während des Auskleidens ihrer Herrin getreulich hinterbracht hatte, weswegen sich ihre Dienstleistungen über anderthalb Stunden hingezogen hatten.

Die Dame, die im allgemeinen mit Jungfer Etoffs Erzählungen und Geplauder zu diesen Stunden durchaus nicht unzufrieden war, hatte der Nachricht über Herrn Jones ein besonders offenes Ohr geliehen. Honoria hatte ihn nämlich als einen ganz ungewöhnlich schönen Burschen geschildert, und die Etoff hatte in der Eile ihrer Verrichtungen diesen Bericht noch um so viele Schönheiten vermehrt, daß Lady Bellaston anfing, ihn für eine Art Naturwunder zu halten.

Die Neugier, die ihr die Kammerjungfer erregt hatte, wurde

jetzt durch Frau Fitzpatrick noch um vieles verstärkt, denn diese sagte über Herrn Jones' Erscheinung ebensoviel Günstiges, wie sie früher über seine Geburt, seinen Charakter und sein Vermögen Nachteiliges geäußert hatte.

Nachdem Lady Bellaston das alles angehört hatte, antwortete sie sehr ernsthaft: „Wirklich, Madam, die Sache ist sehr wichtig. Und Sie sind wegen Ihres Schrittes gewiß voll zu loben; ich werde mich freuen, auch dazu beitragen zu können, daß eine junge Dame von so großem Verdienst, und an die ich nur mit der größten Wertschätzung denken kann, vor Unglück bewahrt bleibe."

„Glauben Sie nicht", fragte Frau Fitzpatrick lebhaft, „daß es das beste wäre, unverzüglich an meinen Onkel zu schreiben und ihm zu sagen, wo seine Tochter sich aufhält?"

Die Lady überlegte ein wenig und antwortete dann: „Sehn Sie, Madam, ich glaube nicht! Di* Western hat mir ihren Bruder als einen solchen unvernünftigen Tölpel beschrieben, daß ich nicht einwilligen kann, eine Frau, die einmal seiner Gewalt entflohen ist, wieder unter seine Botmäßigkeit zu bringen. Ich habe gehört, er habe sich gegen seine eigene Frau wie ein Untier betragen, denn er gehört zu jenen Rohlingen, die glauben, sie hätten ein Recht, uns zu tyrannisieren; und ich halte es stets für eine Aufgabe unseres ganzen Geschlechts, jede Frau von einem solchen Menschen zu erlösen, wenn sie einmal das Unglück hatte, in seine Gewalt zu geraten. Es wird sich vor allem darum handeln, liebe Kusine, daß die junge Western den Burschen nicht eher wieder zu sehen bekommt, als ihr nicht die gute Gesellschaft, in der sie hier in London zu verkehren Gelegenheit haben wird, bessere Begriffe beigebracht hat."

„Aber, Madam", erwiderte die andere, „findet er ihren Aufenthalt heraus, so wird er, seien Sie dessen versichert, nichts unversucht lassen, um zu ihr zu gelangen."

„Aber nein, meine Beste", gab Lady Bellaston zu bedenken, „es ist unmöglich, daß er hierherkommt – wenn es auch freilich möglich ist, daß er irgendwie erfährt, wo sie sich aufhält, und dann mag er um das Haus herum lauern; ich möchte darum wünschen, daß ich ihn persönlich kennenlernte. Gibt es einen Weg, Madam, daß ich ihn einmal vor Augen bekommen könnte? Sonst nämlich, wissen Sie, Kusine, möchte es ihr leicht

* Koseform von Diana (Anmerkung des Übersetzers).

gelingen, daß sie ihn hier ins Haus kommen ließe, ohne daß ich's wüßte."

Frau Fitzpatrick antwortete, er habe sie für diesen Nachmittag mit einem zweiten Besuch bedroht, und wollte ihr die gnädige Frau um diese Zeit die Ehre erweisen, bei ihr vorzufahren, so könnte sie ihn zwischen sechs und sieben bei ihr zu sehen kaum verfehlen; und sollte er früher kommen, so wollte sie schon auf die eine oder andere Weise ihn so lange bis zur Ankunft Ihrer Gnaden festhalten.

Frau Bellaston erklärte, sie wolle kommen, sobald sie sich von der Mittagstafel entfernen könne; das sei nach ihrer Voraussicht spätestens um sieben Uhr. Sie müsse ihn unbedingt persönlich kennenlernen. „Auf mein Wort", sagte sie, „es war sehr gut von Ihnen, Madam, so für Fräulein Western zu sorgen; denn die reine Menschenliebe sowohl wie auch die Achtung für unsere Familie erfordert solches von uns beiden, diese Heirat wäre in der Tat etwas Furchtbares."

Frau Fitzpatrick ermangelte nicht, das Kompliment, das Frau Bellaston ihrer Kusine gemacht hatte, geziemend zu erwidern, und trat nach einigen kurzen nebensächlichen Bemerkungen den Rückweg an, so hurtig sie es vermochte; und ohne von Sophia oder Honoria bemerkt zu werden, bestieg sie ihre Sänfte und ließ sich nach Hause tragen.

4. Kapitel

Besteht aus Besuchen.

Herr Jones war während eines ganzen Tages in Sichtweite einer gewissen Tür umhergeschlendert, und obgleich dieser Tag einer der kürzesten war, so schien er ihm doch einer der längsten im ganzen Jahre zu sein. Als es endlich fünf Uhr geschlagen hatte, begab er sich wieder zu Frau Fitzpatrick, die ihn, obwohl noch eine volle Stunde an der wohlanständigen Besuchszeit fehlte, sehr höflich empfing, doch unnachgiebig dabei blieb, daß sie vom Aufenthalt Sophias nichts wisse.

Bei den Erkundigungen nach seinem Engel hatte Jones das Wort Kusine fallen lassen, worauf Frau Fitzpatrick sogleich *fragte*: „*So wissen* Sie also, Herr, daß wir Verwandte sind? Und da dem so ist, werden Sie mir das Recht zugestehen, Sie zu fragen, was für ein Geschäft Sie bei meiner Kusine auszurichten haben?“ Jones zögerte eine ganze Weile und antwortete endlich, er habe eine beträchtliche Summe Geld in Händen, die ihr gehöre und die er ihr zu übergeben wünsche. Er zog das Taschenbuch hervor, machte Frau Fitzpatrick mit seinem Inhalt bekannt und mit der Art und Weise, wie es in seinen Besitz gekommen war. Er hatte diese Erzählung kaum beendet, als ein heftiger Lärm das ganze Haus erschütterte. Diesen Lärm denen beschreiben zu wollen, die ihn gehört haben, wäre vergeblich; und sich zu bemühen, denen, die nie etwas Ähnliches vernommen haben, eine Vorstellung davon zu geben, wäre noch vergeblicher, denn man kann hier wirklich sagen:

... Non acuta
Sic geminant Corybantes aera.

Die Priester der Kybele rasseln nicht so mit ihrem tönenden Erz.

Kurz, ein Diener in Livree klopfte oder vielmehr donnerte an die Tür. Jones war ein wenig betroffen von diesem Getöse, denn er hatte dergleichen nie zuvor gehört; Frau Fitzpatrick aber sagte vollkommen ruhig zu ihm, da eben Gesellschaft käme, könne sie ihm jetzt keine Antwort geben; beliebe es ihm jedoch, so lange zu warten, bis der Besuch wieder ginge, so hätte sie, deutete sie an, ihm wohl etwas mitzuteilen.

Die Doppeltüren des Zimmers flogen auf, und Lady Bellaston, nachdem sie ihren weiten Reifrock seitlich hereingeschoben und erst eine tiefe Verbeugung vor Frau Fitzpatrick, darauf eine ebenso tiefe vor Herrn Jones gemacht hatte, wurde zum obern Ende des Zimmers geführt.

Wir erwähnen diese kleinen Umstände so genau zum Besten einiger Landdamen unserer Bekanntschaft, die der Meinung sind, es widerspreche dem Anstand, vor einem Manne die Knie zu beugen.

Die Gesellschaft hatte sich kaum erst gesetzt, als die Ankunft des kürzlich erwähnten Pairs eine neue Störung und eine Wiederholung der Zeremonie verursachte.

Als dies vorüber war, begann die Unterhaltung (wie der Ausdruck lautet) außerordentlich glänzend zu werden. Da dabei jedoch nichts zur Sprache kam, was für diese Geschichte von Bedeutung oder auch nur an sich von Bedeutung gewesen wäre, unterlasse ich es, davon zu berichten; weiß ich doch aus Erfahrung, wie die gebildetste, gepflegteste Rede gar oft äußerst gewöhnlich klingt, wenn sie in Büchern nachgeschrieben oder auf der Bühne gesprochen wird. Wirklich ist dieser geistige Schmaus eine Leckerei, und diejenigen, die von der eleganten Gesellschaft ausgeschlossen sind, müssen sich damit abfinden, daß sie ihnen so unbekannt bleibt wie manche Köstlichkeiten der französischen Kochkunst, die allein an den Tafeln der Großen herumgeboten werden. Die Wahrheit zu sagen: da weder das eine noch das andere einem jeden Geschmack zugänglich ist, wäre es eine Vergeudung, sie dem gemeinen Haufen vorzusetzen.

Der arme Jones war bei dieser erlesenen Szene mehr Zuschauer als Mitspieler, denn obgleich während der kurzen Zeitspanne vor der Ankunft des Pairs zuerst Lady Bellaston, dann Frau Fitzpatrick das Wort an ihn gerichtet hatten, so war dieser hohe Herr kaum ins Zimmer getreten, als er die ganze Aufmerksamkeit der beiden Damen allein auf sich zog; und da er Herrn Jones so wenig Beachtung schenkte, als wäre er überhaupt nicht vorhanden, nur daß er ihn von Zeit zu Zeit wortlos anstarrte, so folgten die Damen seinem Beispiel.

Die Gesellschaft war nun schon so lange beieinander gewesen, daß Frau Fitzpatrick deutlich verspürte, wie ein jeder als letzter wegzugehen sich vornahm. Sie beschloß darum, sich zuerst des Herrn Jones zu entledigen, da er der Besuch war, mit dem sie ihrer Schätzung nach die geringsten Umstände zu machen hatte. In einer kleinen Gesprächspause nahm sie daher die Gelegenheit wahr, wandte sich mit feierlicher Miene an ihn und sagte: „Herr, es wird mir heute abend nicht möglich sein, Ihnen in dieser Angelegenheit eine Antwort zu erteilen, wenn Sie aber die Güte haben wollten zu hinterlassen, wohin ich morgen nach Ihnen schicken könnte . . .“

Jones hatte natürliche, nicht aber künstliche Lebensart. Statt also das Geheimnis von seiner Wohnung einem Diener anzuvertrauen, gab er es ausführlich der Dame selbst bekannt. Bald darauf zog er sich mit viel Förmlichkeit zurück.

Er war kaum gegangen, als der hohe Herr, der seine Anwesenheit gar nicht beachtet hatte, ihn in seiner Abwesenheit nun um so mehr zu bemerken begann. Doch wenn uns der Leser schon entschuldigt hat, daß wir ihm den glänzenden Teil dieser Unterhaltung nicht erzählten, so wird er sicherlich auch recht geneigt sein, uns zu verzeihen, wenn wir das zu erzählen unterlassen, was man ein gemeines Geschwätz nennen darf. Doch könnte es vielleicht für unsere Geschichte von Bedeutung sein zu erwähnen, was Lady Bellaston, die ein paar Minuten nach ihm Abschied nahm, beim Weggehen zu Frau

Fitzpatrick bemerkte: „Was meine Kusine betrifft, so bin ich überzeugt, von diesem Menschen kann für sie keine Gefahr kommen."

Unsere Geschichte soll dem Beispiel der Lady Bellaston folgen und sich von der gegenwärtigen Gesellschaft beurlauben, die jetzt bis auf zwei Personen verringert war, zwischen denen sich nichts ereignete, was uns oder den Leser im geringsten berührt. Wir werden uns also dadurch nicht abhalten lassen, uns jetzt Dingen zuzuwenden, die für all jene von größerer Wichtigkeit sein müssen, die sich wirklich um die Angelegenheiten unseres Helden bekümmern.

5. Kapitel

Ein Abenteuer, das Herrn Jones in dem Hause begegnete, wo er sich eingemietet hatte, dazu einige Nachrichten von einem jungen Herrn, der dort sein Zimmer hatte, sowie von der Wirtin des Hauses und ihren beiden Töchtern.

Am nächsten Morgen, so früh es der Anstand erlaubte, meldete sich Herr Jones an Frau Fitzpatricks Türe, wo ihm die Antwort zuteil ward, die Dame sei nicht zu Hause. Das befremdete ihn um so mehr, als er seit Tagesanbruch in der Straße auf und ab gegangen war und sie gesehen haben müßte, wenn sie das Haus verlassen hätte. Diese Antwort mußte er indessen nicht nur jetzt entgegennehmen, er erhielt sie noch bei fünf andern Besuchen, die er im Laufe des Tages in diesem selben Hause machte. Um gegen den Leser offen zu sein, der edle Lord hatte aus irgendwelchen Gründen, vielleicht aus Achtung vor der Ehre der Dame, mit Nachdruck verlangt, sie sollte von Herrn Jones, den er als einen armen Schlucker betrachtete, keinen Besuch mehr empfangen; die Dame willfahrte ihm und gab ihm ein Versprechen, das sie, wie wir jetzt sehen, treulich hielt.

Da aber unser wohlwollender Leser eine bessere Meinung von dem jungen Mann haben dürfte als diese Dame und es ihm sogar leid tun möchte, wenn er befürchten müßte, während dieser schmerzlichen Trennung von Sophia habe Jones seine Wohnung in einer Schenke oder unter freiem Himmel gehabt, wollen wir nun von den Räumen, die er gemietet hatte und die wirklich in einem sehr anständigen Hause und in einer angesehenen Gegend der Stadt lagen, Bericht erstatten.

Also: Herr Jones hatte Herrn Allworthy von einer guten Frau reden hören, in deren Haus er zu wohnen pflegte, wenn er in der Stadt war. Diese Frau, wie Herr Jones gleichfalls gehört hatte, wohnhaft in der Bond Street, war die Witwe eines Geistlichen, der sie nach seinem Tode im Besitz zweier Töchter und einer abgeschlossenen Folge handgeschriebener Predigten zurückgelassen hatte.

Von diesen beiden Töchtern hatte Nancy, die ältere, ihr siebzehntes, die jüngere ihr zehntes Jahr erreicht.

Hierher hatte Jones Partridge geschickt, und in diesem Hause hatte er ein Zimmer für sich selbst im zweiten Stock und für Partridge eines im vierten Stock erhalten.

Der erste Stock war bewohnt von einem jener jungen Herren, die im letzten Jahrhundert in manchen Städten als Freunde des Witzes und Vergnügens bezeichnet wurden, und zwar mit gutem Grund. Denn da Männer gewöhnlich nach ihrem Geschäft oder Beruf bezeichnet werden, so könnte man sagen, daß das Vergnügen das einzige Geschäft oder der einzige Beruf dieser Herren war, für die das Glück alle nützlichen Beschäftigungen unnötig gemacht hatte. Schauspiel- und Kaffee- und Wirtshäuser waren die Schauplätze ihres Zusammentreffens. Witz und Heiterkeit waren ihre Unterhaltungen in den gelösteren Stunden, und die Liebe war ihr Geschäft in den ernsteren Augenblicken. Wein und Musen wetteiferten, die hellsten Flammen in ihren Herzen zu entzünden; auch bewunderten sie nicht nur ihre Schönen, sondern einige waren sogar fähig, sie zu besingen, und alle verstanden es, solche Dichtungen zu beurteilen.

Daher wurden diese Herren mit Recht Männer des Witzes und des Vergnügens genannt. Ich frage mich aber, ob die gleiche Benennung mit dem gleichen Recht auf solche Herren in unserer Zeit angewandt wird, die denselben Ehrgeiz haben, sich geistig hervorzutun. Mit Witz haben sie gewiß nicht viel zu schaffen. Doch um ihnen gerecht zu sein, sie erheben sich eine Stufe über ihre Vorgänger, und man könnte sie Freunde der Weisheit und *vertue* heißen (man hüte sich, *virtue** zu lesen). Also in einem Zeitalter, da die obenerwähnten Herren ihr ganzes Geschäft daraus machten, Trinksprüche auf die Reize einer Dame auszubringen, zu ihrem Lob Sonette zu schreiben,

* *Vertue:* Feine Kunstgegenstände, Antiquitäten etc., *virtue:* Tugend, moralische Rechtschaffenheit (Anmerkung der Übersetzers).

ihre Meinung über ein Theaterstück oder über die Gedichte irgendeines Poeten zu äußern, pflegten diese Herren auch die Mittel zu erwägen, mit denen eine Korporation zu bestechen wäre, und Reden für das Unterhaus oder vielmehr für Zeitschriften auszudenken. Mehr aber als alles das beschäftigt die Wissenschaft des Spiels ihre Gedanken. Dieses Studium nimmt ihre ernsteren Stunden in Anspruch, während sie sich zu ihrer Erheiterung auf allen Gebieten vergnügen, auf denen der Kunstkenner sich umsieht, nämlich auf denen der Malerei, Musik, Bildhauerkunst und dem der natürlichen Philosophie, oder besser der *unnatürlichen*, die sich mit dem Wunderbaren abgibt und von der Natur nichts weiß, ausgenommen von ihren Ungeheuern und Unvollkommenheiten.

Als Jones den ganzen Tag mit vergeblichen Anfragen nach Frau Fitzpatrick zugebracht hatte, kehrte er schließlich ganz niedergeschlagen in sein Zimmer zurück. Während er hier im stillen seinem Gram nachhing, hörte er im untern Stockwerk ein heftiges Getümmel, und bald darauf bat ihn eine weibliche Stimme, um des Himmels willen herunterzukommen und einen Mord zu verhüten. Jones, der sich bei keiner Gelegenheit, einem Bedrängten zu helfen, lange bitten ließ, rannte augenblicklich die Treppe hinab. Als er in den Speisesaal trat, aus dem all der Lärm erscholl, sah er den jungen Mann von der Innung Weisheit und Kunst, den sein Lakai wie angenagelt an die Wand preßte; ein junges Mädchen stand daneben, das die Hände rang und unaufhörlich schrie: „Er wird ihn morden! Er wird ihn morden!" Wirklich schien der arme junge Herr in einiger Gefahr, erdrosselt zu werden, als Jones herangeeilt kam und ihn, eben als ihn der Atem verlassen wollte, aus den unbarmherzigen Klauen seines Feindes befreite.

Obgleich der Kerl verschiedene Tritte und Püffe von dem kleinen jungen Herrn einkassiert hatte, der indessen mehr Lebhaftigkeit als Kraft besaß, so hatte er sich doch eine Art von Gewissen daraus gemacht, seinen Brotgeber zu schlagen, und er würde sich damit begnügt haben, ihn zu ersticken; doch vor Herrn Jones hatte er keinen solchen Respekt. Sowie er sich also von seinem neuen Gegner etwas unsanft angefaßt fühlte, versetzte er ihm einen von jenen Fausthieben in den Magen, die, wiewohl sie den Zuschauern in Broughtons Amphitheater solches Entzücken bereiten, bei dem, der sie erhält, jedoch sehr wenig angenehme Gefühle auslösen.

Der handfeste Jüngling hatte diesen Hieb ins Gekröse kaum

empfangen, als er auf eine höchst dankbare Gegenleistung sann; und nun folgte zwischen Jones und dem Lakaien ein Faustkampf, der sehr heftig war, doch nur kurz; denn dieser Geselle war ebensowenig fähig, Jones standzuhalten, wie zuvor sein Herr ihm zu widerstehen vermochte.

Und nun kehrte nach altem Brauch das Glück den Stand der Dinge um. Der frühere Sieger lag atemlos auf dem Boden, und der besiegte junge Herr war genügend wieder zu Atem gekommen, um Herrn Jones für seinen rechtzeitigen Beistand zu danken; auch das anwesende junge Mädchen dankte ihm herzlich; es war niemand anders als Fräulein Nancy, die älteste Tochter des Hauses.

Der Bediente, der sich inzwischen wieder auf seine Beine erhoben hatte, schüttelte seinen Kopf gegen Jones, schaute ihn pfiffig an und rief: „Oh, hol mich der Teufel, mit Ihnen will ich nie mehr was zu tun haben; Sie müssen schon im Boxring gestanden haben, oder ich müßt mich ganz verdammt irren." Wir müssen ihm seinen Irrtum verzeihen; denn so wendig und so kräftig war unser Held, daß er es vielleicht mit einem der ersten Faustkämpfer aufnehmen konnte und mit großer Leichtigkeit alle die eingemummelten* Graduierten von Herrn Broughtons Schule hätte schlagen können.

Der Herr, schäumend vor Wut, befahl dem Mann, im Augenblick seine Livree auszuziehen, wozu der letztere sich gerne verstand unter der Bedingung, daß ihm sein Lohn ausbezahlt werde. Diese Bedingung wurde sogleich angenommen und der Bursche entlassen.

Und jetzt bestand der junge Herr, der Nightingale hieß, mit

* Damit die Nachwelt über dieses Epitheton sich nicht zu sehr den Kopf zerbreche, halte ich es für richtig, zu ihrer Aufklärung eine Ankündigung, die am 1. Februar 1747 veröffentlicht worden, hierher zu setzen.

N.B. – Herr Broughton hat die Absicht, mit geeigneter Beihilfe in seinem Haus am Haymarket eine Akademie zu eröffnen für den Unterricht derer, die in das Geheimnis des Boxens eingeweiht werden möchten, allwo die gesamte Theorie und Praxis dieser echten britischen Kunst, mit all den verschiedenen Schlägen, Pausen, Seitenhieben etc., die den Kämpfern geläufig sind, gelehrt und erklärt werden; und damit Personen von Rang und Stand sich nicht von der Teilnahme an einem solchen Lehrgang abschrecken lassen, wird dieser mit der äußersten Behutsamkeit und Rücksicht auf die empfindliche Gestalt und Körperbeschaffenheit der Schüler durchgeführt, aus welchem Grund für Handschuhe gesorgt ist, die sie wirkungsvoll gegen die Unannehmlichkeiten blauer Augen, zerbrochener Kiefer und blutiger Nasen schützen.

großer Dringlichkeit darauf, daß sein Retter eine Flasche Wein mit ihm leere, was Jones erst nach vielem Bitten annahm, wiewohl mehr aus Gefälligkeit als aus Neigung; die Unruhe seines Gemütes machte ihn für gesellige Unterhaltung sehr wenig fähig. Fräulein Nancy, zu dieser Zeit das einzige weibliche Wesen im Hause, denn ihre Mutter und ihre Schwester waren in die Komödie gegangen, ließ sich gleichfalls herbei, ihnen Gesellschaft zu leisten.

Als Flasche und Gläser nun auf dem Tisch standen, fing der junge Herr an, den Anlaß des stattgehabten Auftritts zu erzählen.

„Ich hoffe, Herr", sagte er zu Jones, „Sie werden aus dem Vorgefallenen nicht schließen, daß ich die Gewohnheit habe, meine Diener zu prügeln, denn ich versichere Ihnen, daß dieses, soviel ich mich erinnern kann, das erste Mal ist, daß ich mir solches habe zuschulden kommen lassen, und ich habe diesem Kerl viele ärgerliche Missetaten nachgesehen, ehe er mich zu so etwas reizen konnte; wenn Sie aber hören, was heute geschehen ist, dann werden Sie, glaube ich, finden, daß ich zu entschuldigen bin. Ich kam heute abend ein paar Stunden früher als zur gewohnten Zeit nach Hause und sah da vier Herren in Livree beim Whist vor meinem Feuer sitzen – und mein Hoyle*, Herr – mein teurer Hoyle, der mich eine Guinee gekostet hat, lag aufgeschlagen auf dem Tisch, und eine seiner wichtigsten Seiten war mit Bier begossen. Das, Sie werden es zugeben, mußte mich ärgern; dennoch sagte ich kein Wort, bis die ehrenwerte Gesellschaft sich verzogen hatte; erst dann gab ich dem Burschen einen milden Verweis. Der jedoch, statt etwas wie Reue auszudrücken, gab mir patzig zur Antwort, Bediente müßten so gut ihre Zerstreuung haben wie andere Leute; es tue ihm leid, daß dem Buch das zugestoßen sei, doch hätten verschiedene seiner Bekannten dasselbe für einen Schilling gekauft; wenn ich wollte, könne ich ihm diesen Betrag von seinem Lohn abziehen. Ich gab ihm jetzt einen ernsteren Verweis, doch hatte der Schurke die Frechheit, mir – kurz, er warf mir vor, daß ich früher nach Hause gekommen sei – kurz, er erlaubte sich eine Anspielung – er nannte den Namen einer jungen Dame – auf eine solche Art, daß ich in meiner Hitze alle Geduld verlor und in meiner Heftigkeit nach ihm schlug."

* Verfasser eines Führers durch das Kartenspiel (Anmerkung des Übersetzers).

Jones antwortete, er glaube, daß kein Mensch auf Erden ihn dafür tadeln würde. „Ich meinesteils", sagte er, „ich gestehe, ich würde bei der letzten Herausforderung ganz genauso gehandelt haben."

Unsere Gesellschaft hatte noch nicht lange beisammengesessen, als die Mutter und die Tochter, von der Komödie zurückgekehrt, hereinkamen. Und nun verbrachten sie miteinander einen sehr vergnügten Abend, denn alle waren in der besten Laune, und selbst Jones zwang sich zur Fröhlichkeit. In der Tat genügte schon die Hälfte seines angeborenen munteren Wesens, in Verbindung mit seiner sanften Art, ihn zu einem höchst angenehmen Gesellschafter zu machen, und ungeachtet der Betrübnis seines Herzens, zeigte er sich bei dieser Gelegenheit so angenehm, daß, als man sich trennte, der junge Herr ihn ernstlich um seine fernere Bekanntschaft bat. Fräulein Nancy war sehr erfreut über ihn; die Witwe, entzückt von ihrem neuen Mieter, lud ihn zusammen mit den andern ein, am folgenden Morgen mit ihr zu frühstücken.

Jones war seinerseits nicht weniger zufrieden. Wohl war Fräulein Nancy nur ein kleines Mädchen, doch war sie überaus niedlich, und die Witwe hatte alle Reize, die eine Frau von nahezu fünfzig Jahren noch schmücken können. Sie war eines der unschuldigsten und zugleich eines der frohmütigsten Geschöpfe von der Welt. Sie dachte, sprach oder wünschte niemals etwas Böses und hatte ständig das Verlangen, die Menschen froh zu machen, was man wohl das glücklichste Verlangen auch deshalb nennen darf, weil es kaum je sein Ziel verfehlt, wenn es sich nicht auf gezierte Weise kundgibt. Kurz, wenn ihre Wirksamkeit auch nicht sehr weit reichte, so war sie doch ihrem Herzen nach die wärmste Freundin. Sie war eine zärtliche Gattin gewesen, und sie war eine höchst gütige und liebevolle Mutter. Da unsere Geschichte nicht, wie eine Zeitung, mit großen Worten Leute belobt, von denen man zuvor nie etwas gehört hat und nie wieder etwas hören wird, so mag der Leser schließen, daß diese treffliche Frau später wieder erscheinen und für unsere Geschichte von einiger Bedeutung sein wird.

Auch war Jones nicht wenig eingenommen von dem jungen Herrn, von dessen Wein er getrunken hatte. Er glaubte, an ihm *viel unverbildeten* Verstand zu entdecken, wenn auch ein wenig zuviel von städtischer Geckerei damit verbunden war; was ihn aber Herrn Jones am meisten empfahl, das waren die Äußerungen eines hohen Edelmutes und der Menschlichkeit, die er zuweilen tat, und ganz besonders verschiedene Bezeigungen der reinsten Uneigennützigkeit in den Angelegenheiten der Liebe. Dies war ein Gegenstand, über den sich der junge Mann in einer Sprache vernehmen ließ, die einem arkadischen Schäfer von ehedem wohl angestanden hätte und die von den Lippen eines heutigen artigen Kavaliers sehr ungewöhnlich klang. Indessen war er nur aus Nachahmung ein solcher Kavalier, und die Natur hatte etwas Besseres mit ihm vor.

6. Kapitel

Was vorfiel, während die Gesellschaft ihr Frühstück nahm, nebst einigen Winken für die Erziehung der Töchter.

Die Mitglieder unserer Gesellschaft brachten einander am Morgen dieselben guten Gesinnungen entgegen, mit denen sie am Abend auseinandergegangen waren, doch war der arme Jones jetzt außerordentlich betrübt, denn er hatte kurz vorher durch Partridge die Nachricht erhalten, Frau Fitzpatrick habe ihre Wohnung verlassen und er habe nicht ermitteln können, wo sie hingezogen sei. Diese Nachricht bedrückte ihn, und seine Miene wie sein Benehmen verrieten trotz seinen Bemühungen, das Gegenteil zum Ausdruck zu bringen, auf das deutlichste ein zerrüttetes Gemüt.

Das Gespräch drehte sich wieder wie am vorigen Tage um die Liebe, und Herr Nightingale äußerte von neuem über diesen Gegenstand jene warmen, großmütigen und uneigennützigen Gesinnungen, die weise und nüchterne Männer romanhaft nennen, weise und nüchterne Frauen aber im allgemeinen in einem bessern Lichte betrachten. Frau Miller (denn das war der Name der Wirtin des Hauses) zollte diesen Gesinnungen von ganzem Herzen Beifall; als jedoch der junge Herr Fräulein Nancy um ihre Meinung befragte, antwortete diese bloß, sie glaube, der Herr, der am wenigsten gesprochen habe, sei imstande, am meisten zu empfinden.

Dieses Kompliment war so offensichtlich an Herrn Jones gerichtet, daß wir bedauert hätten, wenn er es unerwidert gelassen hätte. Tatsächlich antwortete er ihr mit großer Höflichkeit und schloß damit, daß er ihr in einer versteckten Andeutung zu verstehen gab, daß ihr eigenes Schweigen sie dem gleichen

Verdacht aussetze; wirklich hatte sie gestern wie heute kaum die Lippen geöffnet.

„Ich bin froh, Nancy", sagte Frau Miller, „daß der Herr diese Bemerkung gemacht hat; ich möchte seine Meinung fast unterstützen. Was ist das nur mit dir, Kind? Noch nie hab ich dich so verändert gesehen. Was ist aus deiner Munterkeit geworden? Können Sie mir glauben, Herr, daß ich sie meine kleine Plaudertasche zu nennen pflegte? Aber diese Woche hat sie noch keine zwanzig Worte gesprochen."

Hier wurde das Gespräch durch eine Magd unterbrochen, die eintrat und in der Hand ein Bündel trug, das, sagte sie, ihr von einem Boten für Herrn Jones übergeben worden sei. Sie fügte hinzu, der Mann sei gleich wieder weggegangen und habe gesagt, es bedürfe keiner Antwort.

Jones drückte über diesen Vorfall einiges Erstaunen aus und erklärte, das müsse ein Mißverständnis sein, doch als das Mädchen darauf bestand, daß es sich im Namen nicht geirrt habe, waren alle Frauen begierig, das Paket sogleich geöffnet zu sehen. Schließlich besorgte die kleine Betsy mit Herrn Jones Zustimmung dieses Geschäft, und man fand als Inhalt einen Domino, eine Maske und ein Billett für eine Maskerade.

Jones versicherte jetzt noch bestimmter als vorher, diese Sachen müßten aus einem Mißverständnis hier abgegeben worden sein; Frau Miller selbst äußerte einige Zweifel und sagte, sie wisse nicht, was sie davon halten solle. Doch Herr Nightingale vertrat, als er gefragt wurde, eine ganz andere Meinung: „Aus dem Ganzen kann ich nur schließen, Herr", sagte er, „daß Sie ein sehr glücklicher Mensch sind; denn ich zweifle nicht, daß Ihnen diese Sachen von einer Dame geschickt worden sind, die Sie das Glück haben werden auf dem Maskenball zu treffen."

Jones besaß nicht Eitelkeit genug, um sich mit einem solchen Gedanken zu schmeicheln; auch fand Herrn Nightingales Meinung bei Frau Miller keinen besonderen Beifall, bis Fräulein Nancy den Domino in die Höhe hielt und eine Karte aus seinem Ärmel fiel, auf der das folgende geschrieben stand:

An Herrn Jones.
Die Feenkönigin sendet dies;
Nach ihrem Wunsch verwenden Sie's.

Frau Miller und Fräulein Nancy stimmten jetzt beide Herrn Nightingale bei; ja, Herr Jones war nun beinahe überredet, ihre Ansicht zu teilen. Und da, wie er dachte, seine Wohnung keiner andern Dame als Frau Fitzpatrick bekannt war, begann er sich ein wenig mit der Hoffnung zu schmeicheln, daß alles von ihr ausgegangen sei und daß er Sophia zu sehen bekommen werde. Diese Hoffnungen gründeten sich freilich auf nichts; doch da das Verhalten der Frau Fitzpatrick, die ihn trotz ihrem Versprechen nicht empfing und sogar ihre Wohnung verlassen hatte, höchst sonderbar und unverständlich gewesen war, faßte er die vage Hoffnung, daß sie (er hatte früher von ihren launischen Einfällen gehört) ihm vielleicht den Dienst, den auf einfachere Art zu leisten sie sich geweigert hatte, auf eine ungewöhnlichere Art erweisen wollte. Da nun aus einem so merkwürdigen und grillenhaften Benehmen sich nichts Sicheres schließen ließ, hatte er um so mehr freies Feld für alle möglichen phantasievollen Auslegungen. Sanguinischen Temperamentes, wie er war, ließ er seiner Einbildung bei der Gelegenheit den Lauf und schuf sich tausend Möglichkeiten, die seine Erwartung, seine Sophia an diesem Abend zu sehen, begünstigten und unterstützten.

Leser, wenn du mir irgend Gutes wünschest, so möchte ich dir das entgelten, indem ich dir eine sanguinische Gemütsbeschaffenheit wünsche. Denn nachdem ich über den Gegenstand der Glückseligkeit, der so manche berühmte Feder in Bewegung gesetzt hat, viel gelesen und nachgesonnen habe, bin ich fast geneigt, ihn vom Besitz jener Gemütsart abhängig zu machen, die uns in gewissem Sinn Fortunas Reichweite entrückt und uns ohne ihren Beistand glücklich macht. Wirklich sind die durch sie gewährten Freuden sowohl beständiger als auch stärker als die, welche jene blinde Dame verleiht. Die Natur hat es weise eingerichtet, daß uns aus unsern verwirklichten Genüssen ein gewisser Ekel und Überdruß erwachsen kann, damit wir uns nicht in einem Maße an sie hingeben, daß wir auf weiteres Streben verzichten. Ich zweifle nicht, daß unter solchem Betracht der, der sich nun in seiner Vorstellung als künftiger Oberrichter vor den Gerichtsschranken, als Erzbischof im Krepp, als Premierminister an der Spitze einer Opposition sieht, in viel wahrerem Sinne glücklich ist als jene, die mit all der Macht und den Vorteilen der betreffenden Ämter ausgestattet sind.

Als Herr Jones beschlossen hatte, am Abend auf die Maskerade zu gehen, erbot sich Herr Nightingale, ihn dorthin zu begleiten. Gleichzeitig bot der junge Mann Fräulein Nancy und ihrer Mutter für den gleichen Anlaß Billette an; die gute Frau aber wollte sie nicht annehmen. Sie sagte; sie sehe zwar nicht wie manche Leute in einer Maskerade etwas Schlimmes, doch dergleichen verschwenderische Vergnügungen kämen allein Personen von Stand und Vermögen zu und seien nichts für junge Mädchen, die ihren Lebensunterhalt verdienen müßten und im besten Falle erwarten dürften, von einem braven Handelsmann geheiratet zu werden. „Einem Handelsmann!" rief Nightingale. „Sie sollten Nancy nicht unterschätzen. Kein Edelmann steht an Verdienst über ihr." – „O pfui! Herr Nightingale", entgegnete Frau Miller, „Sie dürfen dem Kind keine solchen Gedanken in den Kopf setzen; doch hätte sie das große Glück", sagte die Mutter mit einem etwas gezierten Lächeln, „einen Herrn von Ihrem großmütigen Wesen und Denken zu finden, so hoffe ich, daß sie ihm seinen Edelmut mit etwas Besserem entgelten würde als mit der Hingabe an ausschweifende Vergnügungen. Freilich, wo Damen selbst ein großes Vermögen mitbringen, mögen sie mit einem gewissen Recht darauf bestehen, das, was ihnen gehört, auszugeben; und in dieser Hinsicht habe ich verschiedene Herren sagen hören, daß ein Mann zuweilen mit einer armen Frau besser fährt als mit einer reichen. Doch mögen meine Töchter heiraten, wen sie wollen, ich werde mich dann bemühen, daß sie ihren Gatten zum Segen gereichen, und darum bitte ich, von Maskerade möchte ich nun nichts mehr hören. Nancy ist ganz gewiß ein zu gutes Mädchen, als daß sie begehrte, dorthin zu gehen; sie muß sich doch daran erinnern, wie es ihr letztes Jahr, als Sie sie mitgenommen hatten, fast den Kopf verdrehte und wie sie noch nach einem Monat nicht zu sich selbst oder gar zu ihrer Nadelarbeit zurückgekommen war."

Wiewohl der sanfte Seufzer, der sich jetzt aus Nancys Busen stahl, auf eine geheime Mißbilligung dieser Ansichten hinzudeuten schien, wagte sie doch nicht, offen zu widersprechen. Denn so wie die gute Frau alle Zärtlichkeit, so hatte sie auch ihre ganze Autorität bewahrt; und so wie ihre Nachsicht mit den Wünschen ihrer Kinder nur durch ihre Befürchtungen im Hinblick auf ihre künftige Sicherheit und Wohlfahrt im Zaum gehalten wurde, so duldete sie niemals, daß die Gebote, die sich aus diesen Befürchtungen ergaben, mißachtet oder in Frage gestellt würden. Und das wußte der junge Herr, der nun seit zwei Jahren in ihrem Hause wohnte, so gut, daß er vor ihrer Ablehnung sogleich klein beigab.

Herr Nightingale, der Herrn Jones von Minute zu Minute lieber gewann, zeigte sich sehr begierig darauf, sich an diesem

Abend beim Essen in der Taverne seiner Gesellschaft zu erfreuen, wo er ihn gerne einigen seiner Bekannten hätte vorstellen wollen; doch Jones entschuldigte sich, da, sagte er, seine Kleider noch nicht in London angekommen seien.

Die Wahrheit zu sagen, befand sich Jones jetzt in einer Lage, in der sich zuweilen selbst junge Herren sehen, die eine viel beträchtlichere Rolle spielen als er. Kurz, er hatte überhaupt kein Geld in der Tasche – eine Lage, die unter den Philosophen des Altertums in viel größerem Ansehen stand als unter den neueren Weisen, die die Börse der Lombard Street oder die Spielhäuser besuchen. Und vielleicht ist die große Ehre, die jene alten Philosophen einem leeren Geldbeutel erwiesen, eine von den Ursachen der tiefen Verachtung, mit der sie von den eben bezeichneten Herren bedacht werden.

Wenn nun die alte Meinung, daß die Menschen behaglich von ihrer Tugend allein leben könnten, wie das die erwähnten neuen Weisen erkannt haben wollen, ein erwiesener Irrtum ist, so, fürchte ich, ist die Auffassung einiger Romanschreiber ebenso falsch, daß nämlich ein Mensch vollkommen von der Liebe leben könne. Denn eine wie köstliche Labung sie auch einigen von unseren Sinnen und Begierden bieten mag, so steht doch fest, daß sie den übrigen gar keine gibt. Diejenigen also, die ein allzu großes Vertrauen in diese Schriftsteller setzten, haben durch Erfahrung ihren Irrtum erkannt, als es zu spät war, und haben herausbekommen, daß die Liebe ebensowenig den Hunger zu stillen vermag, wie eine Rose das Gehör zu ergötzen oder eine Geige dem Geruchsinn eine angenehme Empfindung zu bereiten imstande ist.

Ungeachtet also aller Leckereien, welche die Liebe ihm vorgesetzt hatte, nämlich der Hoffnung, Sophia auf der Maskerade zu sehen, an der er sich, wie wenig begründet seine Einbildungen sein mochten, den ganzen Tag über gütlich getan hatte, hungerte Herr Jones, als der Abend sich senkte, nach etwas Nahrung von gröberer Art. Partridge erkannte dies durch Intuition und nahm sogleich die Gelegenheit wahr, auf die Banknote leise anzuspielen; als er jedoch mit Verachtung abgewiesen wurde, raffte er so viel Mut in sich zusammen, um erneut die Heimkehr zu Herrn Allworthy zu erwähnen.

„Partridge", sagte Jones, „Sie können meine Verhältnisse nicht für verzweifelter halten, als ich selbst sie sehe, und ich fange an, herzlich zu bedauern, daß ich es Ihnen gestattete, einen Ort zu verlassen, wo Sie wohnten und Ihren Geschäften nachgingen, um mir zu folgen. Doch bestehe ich jetzt auf Ihrer Heimkehr; und für die Kosten und Mühen, die Sie so freundlich waren, meinetwegen auf sich zu nehmen, bitte ich Sie, alle die Kleider als Eigentum zu behalten, die ich in Ihrer Verwahrung gelassen habe. Es tut mir sehr leid, daß ich mich nicht anders erkenntlich zeigen kann."

Er sprach diese Worte mit einer so ergreifenden Betonung, daß Partridge, unter dessen Fehler keine Bosheit oder Herzenshärte zu rechnen war, in Tränen ausbrach, und nachdem er geschworen hatte, er wolle ihn in seiner Not nicht verlassen, begann er ihn nun sehr ernsthaft zu bitten, um ihn dadurch zu bewegen, daß er nach Hause zurückkehre. „Um Gottes willen, Herr", sagte er, „bedenken Sie doch: was können Euer Gnaden denn tun? Wie ist es möglich, daß Sie in dieser Stadt leben können ohne Geld? Doch tun Sie, was Sie wollen, bester Herr, oder gehn Sie, wohin es Ihnen beliebt, ich bin entschlossen, Sie nicht zu verlassen. Aber bitte, Herr, überlegen Sie! – Bitte, Herr, bitte, um Ihrer selbst willen überlegen Sie es wohl; und ich bin gewiß, Ihr eigener Verstand wird Ihnen eingeben, daß es das einzig richtige ist, nach Hause zurückzukehren."

„Wie oft muß ich es Ihnen sagen", rief Jones, „daß ich keine Heimat habe, zu der ich zurückkehren könnte? Hätte ich die geringste Hoffnung, daß Herrn Allworthys Türen offenstünden, um mich aufzunehmen, so brauchte es nicht erst der Not, um mich zur Rückkehr zu bewegen; ja, keine andere Ursache auf Gottes Erdboden könnte mich einen Augenblick abhalten, zu ihm zu eilen, als die, daß ich auf ewig von ihm verbannt bin. Seine letzten Worte waren – ach, Partridge, sie klingen mir noch in den Ohren –, seine letzten Worte waren, als er mir eine Summe Geldes übergab – ich weiß nicht, wieviel es war, doch beträchtlich war sie –, seine letzten Worte waren: ‚Ich bin entschlossen, vom heutigen Tag an unter keinem Vorwand je wieder mit dir etwas zu schaffen zu haben.'"

Hier verstummte Jones vor Herzenskummer, gleichwie Partridge einen Augenblick vor Staunen verstummt war; doch fand dieser bald den Gebrauch der Sprache wieder, und nach einer kurzen Vorrede, in der er versicherte, daß Neugier ihn nicht zu dieser Frage antreibe, erkundigte er sich, was Herr Jones mit der beträchtlichen Summe Geldes habe sagen wollen – von der er nicht wisse, wie groß sie war – und wo das Geld denn geblieben sei?

Über diese beiden Punkte erhielt er nun volle Auskunft, und

er wollte eben seine Anmerkungen dazu machen, als er durch eine Botschaft von Herrn Nightingale unterbrochen wurde, der den Wunsch hegte, sein Herr möchte ihm auf seinem Zimmer Gesellschaft leisten.

Als beide Herren für die Maskerade zurechtgemacht waren und Herr Nightingale nach Sänften geschickt hatte, sah Herr Jones sich in einer betrüblichen Verlegenheit, die manchem Leser lächerlich erscheinen könnte; er wußte nicht, woher er den Schilling für den Träger nehmen sollte. Wollten solche Leser sich aber erinnern, wie ihnen selbst zumute gewesen, als ihnen tausend, vielleicht auch zehn- oder zwanzigtausend Pfund zur Ausführung eines Lieblingsplanes fehlten, so können sie sich eine deutliche Vorstellung machen von dem, was Jones bei dieser Gelegenheit empfand. Für diesen Betrag nun wandte er sich an Partridge; es war der erste, den er ihm vorzustrecken erlaubte, und es war nach seinem Vorsatz der letzte, den der arme Bursche in seinem Dienst auslegen sollte. Die Wahrheit zu sagen, hatte Partridge in der letzten Zeit keine derartigen Anerbietungen mehr gemacht. Geschah das nun, damit die Banknote angebrochen werde oder damit die Not Herrn Jones nach Hause zurücktreiben sollte, das will ich nicht entscheiden.

7. Kapitel

Enthält die ganze Ergötzlichkeit einer Maskerade.

Unsere Kavaliere langten nun in dem Tempel an, wo Heydegger, der große *arbiter deliciarum*, der große Hohepriester des Vergnügens, regiert und gleich andern heidnischen Priestern die Gläubigen mit der Gegenwart der Gottheit täuscht, während in Wahrheit keine solche Gottheit vorhanden ist.

Nachdem Herr Nightingale mit seinem Begleiter ein paarmal die Runde gemacht hatte, ließ er ihn bald allein, ging mit einer weiblichen Maske davon, sagte aber zuvor noch: „Nun Sie einmal hier sind, Herr, müssen Sie Ihr Wild selbst aufspüren."

Jones nährte die starke Hoffnung, daß Sophia auf der Maskerade anwesend wäre; diese Hoffnung machte sein Gemüt heiterer als die vielen Lichter, die Musik und die Gesellschaft, obgleich auch diese ziemlich wirksame Mittel gegen die Schwermut sind. Er redete nun jede weibliche Maske an, bei der er in Gestalt, Größe und Gangart einige Ähnlichkeit mit seinem Engel zu erkennen glaubte. Einer jeden suchte er etwas Witziges zu sagen, um sie zu einer Antwort zu veranlassen, aus der er die Stimme erkennen könnte, in der er sich, so glaubte er, unmöglich irren würde. Einige antworteten ihm in quiekendem Ton mit der Frage: „Kennen Sie mich?“ Die meisten sagten: „Ich kenne Sie nicht, Herr!“ und weiter nichts. Einige nannten ihn einen dreisten Kerl, einige antworteten ihm keine Silbe, einige sagten: „Wirklich, ich kenne Ihre Stimme nicht, und so habe ich Ihnen auch nichts zu sagen“, und einige gaben ihm so freundliche Antworten, wie er das nur wünschen konnte, aber nicht mit der Stimme, die er so sehr zu hören begehrte.

Als er sich so mit einer von diesen letzten unterhielt (sie war als Schäferin verkleidet), kam eine Dame im Domino auf ihn zu, klopfte ihm auf die Schulter und raunte ihm ins Ohr: „Wenn Sie noch länger mit dieser Schlampe reden, werd ich's Fräulein Western sagen.“

Jones hörte kaum diesen Namen, als er seine andere Partnerin verließ und den Domino flehentlich bat, ihm doch die Dame, die sie eben genannt habe, zu zeigen, wenn sie im Saal anwesend sei.

Die Maske schritt durch mehrere Zimmer bis zum oberen Ende des letzten; dann, statt zu antworten, setzte sie sich und erklärte, sie sei müde. Jones setzte sich neben sie und ließ noch nicht ab mit Bitten. Schließlich sagte die Dame ganz kühl: „Ich hatte gedacht, Herr Jones sei ein zu scharfsichtiger Liebhaber, als daß er seine Geliebte hinter irgendeiner Verkleidung nicht erkennen sollte.“ – „Ist sie denn hier, Madam?“ entgegnete Jones nicht ohne Heftigkeit. Worauf die Dame ihn mahnte: „Hsch! Hsch! Herr, man wird Sie beobachten. Ich versichere Ihnen auf meine Ehre, Fräulein Western ist nicht hier.“

Jones faßte nun die Maske bei der Hand und drang abermals in sie, ihm doch zu sagen, wo er Sophia finden könne; und als er keine bestimmte Antwort erhalten konnte, begann er ihr auf die artigste Weise vorzuwerfen, daß sie ihm am Tag zuvor seine Hoffnung zunichte gemacht habe; und er schloß mit den Worten: „Wirklich, meine liebe Feenkönigin, ich kenne Eure Majestät sehr wohl, und das trotz Ihrer verstellten Stimme. Wirklich, Frau Fitzpatrick, es ist ein wenig grausam, sich so auf Kosten meiner Qualen zu vergnügen.“

Die Maske antwortete: „Obgleich Sie mich so scharfsinnig ausfindig gemacht haben, muß ich mit derselben Stimme weiterreden, damit nicht noch andere mich erkennen. Aber glauben Sie denn, bester, Herr, daß ich meine Kusine nicht mehr liebe, als daß ich die Hand bieten sollte zu einem Handel zwischen Ihnen beiden, der notwendig das Unglück meiner Kusine wie auch das Ihrige herbeiführen müßte? Zudem, das versichere ich Ihnen, ist meine Kusine nicht töricht genug, in ihren eigenen Untergang einzuwilligen, wären Sie ihr auch feindlich genug gesinnt, sie dazu überreden zu wollen."

„Ach, Madam!" rief Jones, „wie wenig kennen Sie mein Herz, wenn Sie mich für einen Feind Sophias halten!"

„Und doch werden Sie zugeben, daß es wie ein Feind handeln heißt, wenn man jemanden ins Unglück stürzt. Und wenn man durch ebendiese Handlungsweise mit Wissen und für gewiß sein eigenes Unglück heranholt, ist es dann nicht Wahnsinn so gut wie Verbrechen? Nun, mein Herr, besitzt aber meine Kusine nur wenig mehr, als es ihrem Vater belieben wird ihr mitzugeben; das ist nicht viel für eine Dame von ihrem Stande. Sie kennen ihren Vater, und Sie kennen Ihre eigenen Verhältnisse."

Jones beteuerte, er habe keine solchen Absichten auf Sophia, lieber wolle er des grausamsten Todes sterben, als ihr Glück seinen Wünschen zu opfern; er wisse wohl, daß er ihrer in jeder Hinsicht unwert sei, und er habe längst beschlossen, alle solche Hoffnungen und Gedanken aufzugeben; indessen habe ihm ein seltsamer Zufall den Wunsch erweckt, sie noch einmal zu sehen, worauf er, das verspreche er, auf ewig von ihr Abschied nehmen wolle. „Nein, meine Dame", versicherte er, „meine Liebe ist nicht von der schmählichen Art, die ihre eigene Befriedigung sucht auf Kosten von all dem, was ihrem Gegenstand wert und teuer ist. Für den Besitz meiner Sophia würde ich alles opfern, nur nicht Sophia selbst."

Obgleich der Leser bereits nicht die erhabenste Vorstellung von der Tugend der Dame im Domino gewonnen haben mag und obgleich sie sich später vielleicht nicht gerade als der edelste Charakter ihres Geschlechts enthüllen mag, so ist es doch gewiß, daß diese großmütigen Gesinnungen einen starken Eindruck auf sie machten und die Zuneigung, die sie vorher schon zu unserm Helden gefaßt hatte, noch merklich vermehrten.

Nach ein paar Augenblicken des Schweigens bemerkte die Dame; sie halte seine Ansprüche auf Sophia nicht so sehr für verwegen als für unbesonnen. „Junge Menschen", sagte sie, „können ihre Wünsche nie zu hoch richten. Ich liebe den Ehrgeiz bei einem jungen Manne, und ich möchte Sie ermuntern, ihn auf jede Art zu pflegen. Vielleicht werden Sie Erfolg haben bei Frauen, die Ihnen an Vermögen unendlich überlegen sind; ja, ich bin überzeugt, es gibt solche ... Aber halten Sie mich nicht für eine wunderliche Kreatur, Herr Jones, weil ich einem Manne, mit dem ich so wenig bekannt bin und mit dessen Betragen gegen mich ich so wenig Grund habe zufrieden zu sein, einen Rat gebe?"

Hier begann nun Jones mit Entschuldigungen: er hoffe, er habe sie mit nichts, was er über ihre Kusine gesagt habe, beleidigt. Darauf antwortete die Maske: „Sind Sie denn so wenig mit meinem Geschlecht vertraut und wissen nicht, daß Sie eine Frau nicht schwerer beleidigen können, als wenn Sie sie mit einer Leidenschaft für eine andere Frau unterhalten? Hätte die Feenkönigin sich keine bessere Vorstellung von Ihrer Galanterie gemacht, sie würde Ihnen schwerlich eine Zusammenkunft auf der Maskerade vorgeschlagen haben."

Jones hatte nie weniger Neigung zu einer Liebelei verspürt als eben jetzt, doch Galanterie gegen Damen gehörte zu den Prinzipien seiner Ehre; er hielt es für eine nicht mindere Ehrensache, eine Aufforderung zur Liebe anzunehmen, als die Herausforderung zu einem Duell. Nun aber machte es eben seine Liebe zu Sophia nötig, mit der Dame gut zu stehen, denn er zweifelte nicht, daß sie imstande wäre, ihn mit der andern zusammenzuführen.

Er hatte darum begonnen, auf ihre letzten Worte sehr warm zu antworten, als eine Maske in der Aufmachung eines alten Weibes sich zu ihnen gesellte. Diese Maske war eine von jenen Damen, die auf die Maskerade gehen, nur um ihrer Freude an der Bosheit Luft zu machen, indem sie den Leuten bittere Wahrheiten sagen, und so viel an dem Vergnügen zu verderben, wie sie nur können. Da diese freundliche Dame bemerkt hatte, daß Jones und seine Freundin, die sie wohl kannte, in einer Ecke des Saales in vertraulicher Unterhaltung begriffen waren, dachte sie sich, sie könne ihrer Laune nicht besser genügen, als wenn sie die beiden unterbräche. Sie griff sie also nach Maskenart an und vertrieb sie von ihrem geschützten Ort; damit nicht genug: sie verfolgte sie, wohin sie sich auch wandten, um sie los zu sein, bis endlich Herr Nightingale die Verlegenheit seines Freundes bemerkte und ihn dadurch befreite, daß er für das alte Weib eine andere Beschäftigung fand.

Während Jones mit seiner Maske im Saal umherging, um der Spötterin zu entkommen, bemerkte er, daß seine Dame mit verschiedenen andern Masken so frei und bekannt sprach, als wären ihre Gesichter unverhüllt. Er konnte nicht umhin, seiner Verwunderung darüber Ausdruck zu geben, und sagte: „Im Ernst, Madam, Sie müssen ein unendliches Geschick besitzen, diese Menschen alle unter ihren Verkleidungen zu erkennen.“ Worauf die Dame erwiderte: „Sie können sich nichts Abgeschmackteres und Kindischeres denken als eine Maskerade für Leute von Stande, die sich im allgemeinen so gut kennen, wie wenn sie bei Hofe oder in einem Salon zusammenkommen; eine Dame von Stande spricht darum auch mit niemandem, mit dem sie nicht bekannt ist. Kurz, von der Mehrzahl der Leute, die Sie hier sehen, kann man sagen, daß sie ihre Zeit hier weniger totschlagen als an jedem andern Ort, und gewöhnlich gehn sie müder und gelangweilter von hier weg als nach der längsten Predigt. Die Wahrheit zu sagen, fange ich an, selbst diesem Zustand zu verfallen, und habe ich noch das geringste Geschick im Erraten, so finden auch Sie hier kein besonderes Vergnügen mehr. Ich glaube bestimmt, es wäre beinahe barmherzig gegen Sie, wenn ich jetzt nach Hause ginge.“ – „Ich kenne bloß eine Barmherzigkeit, die dieser gleichkäme“, rief Jones, „das wäre, wenn Sie mir erlaubten, Sie dorthin zu begleiten.“ – „Wahrhaftig“, antwortete die Dame, „eine seltsame Meinung haben Sie von mir, wenn Sie sich einbilden, ich werde Sie nach einer solchen Bekanntschaft und zur Nachtzeit in mein Haus eintreten lassen. Ich glaube, Sie leihen der Freundschaft, die ich für meine Kusine gezeigt habe, einen andern Beweggrund. Gestehen Sie mir ehrlich: Halten Sie nicht diese von mir ausgedachte Unterredung für wenig mehr als ein offenes Stelldichein? Sind Sie gewohnt, Herr Jones, so plötzliche Eroberungen zu machen?“ – „Ich bin nicht gewohnt, Madam“, sagte Jones, „mich so plötzlichen Eroberungen zu ergeben! Da Sie aber mein Herz im Sturm eingenommen haben, hat der Rest meines Leibes ein Recht, ihm zu folgen; also müssen Sie mir verzeihen, wenn ich mich entschließe, Ihnen überall hin zu folgen, wohin Sie gehen.“ Er begleitete diese Worte mit einigen dazu passenden Gebärden; auf das hin sagte ihm die Dame nach einem freundlichen Verweis und der Bemerkung, ihre Vertraulichkeit könnte von den Leuten beobachtet werden, sie gehe zu einer guten Bekannten zum Abendessen und hoffe nicht, daß er ihr dorthin folgen werde. „Denn täten Sie's“, sagte sie, „dann würde man mich für ein unverantwortliches Geschöpf halten, obgleich meine Freundin nicht gerade tadelsüchtig ist. Doch hoffe ich, daß Sie mir nicht folgen werden; wahrhaftig, ich werde nicht wissen, was ich sagen soll, wenn Sie kommen."

Kurz darauf verließ die Dame die Maskerade, und Jones wagte ungeachtet des strengen Verbots, das ihm auferlegt worden war, ihr zu folgen. Er sah sich nun wieder in derselben Verlegenheit, die wir schon früher erwähnt haben, nämlich es fehlte ihm für den Träger ein Schilling, und er konnte dem nicht durch Borgen abhelfen. Also stapfte er dreist hinter der Sänfte, in der die Dame getragen wurde, her, verfolgt von einem großen Hussa! aller anwesenden Träger, die klüglich darauf bedacht sind, das Zufußgehen Höherstehender verächtlich zu machen. Zum Glück waren die Herrschaften, die vor dem Opernhaus aufpassen, zu beschäftigt, um ihre Arbeitsplätze zu verlassen, und bei der späten Nachtzeit traf er nicht mehr viele von ihren Brüdern in den Straßen an. Er kam ziemlich unbelästigt durch, wiewohl er eine Kleidung trug, die ihm zu einer andern Zeit sicher einen Haufen Pöbel auf die Fersen gezogen haben würde.

Die Dame wurde in einer Gasse unweit vom Hanover Square niedergesetzt und, da sich die Haustür sogleich öffnete, hineingetragen, und Jones folgte ihr ohne alle Umstände.

Jones und seine Begleiterin befanden sich nun zusammen in einem sehr hübsch möblierten und gutgeheizten Zimmer, als die Frau, noch immer in ihrer Maskeradenstimme, zu ihm sagte, sie wundere sich über ihre Freundin, die ihre Abmachung vollkommen vergessen habe; nachdem sie darüber großen Unwillen bekundet hatte, äußerte sie plötzlich Jones wegen einige Bedenken und fragte ihn, was die Welt wohl davon denken würde, daß sie beide zu dieser Nachtzeit allein in einem Hause zusammengewesen wären. Statt jedoch auf eine so wichtige Frage eine zufriedenstellende Antwort zu geben, begann Jones die Dame heftig zu drängen, daß sie ihre Maske ablege; als er das endlich erreicht hatte, erschien nicht Frau Fitzpatrick, sondern Lady Bellaston in Person.

Es wäre langweilig, wenn ich hier die Einzelheiten ihrer Unterhaltung wiedergeben würde, da sie nichts als gewöhnliche und alltägliche Dinge enthielt und von zwei bis sechs Uhr morgens dauerte. Es genüge, daraus das zu erwähnen, was diese Geschichte wesentlich angeht. Das war ein Versprechen, daß die Dame sich bemühen wollte, Sophias Aufenthalt zu ermitteln und Jones innerhalb der nächsten Tage eine Zusammenkunft mit ihr zu verschaffen unter der Bedingung, daß er dann Abschied von ihr nehmen sollte. Als über diese Sache alles vereinbart und eine zweite Zusammenkunft für den Abend an ebendiesem Ort verabredet worden war, trennten sie sich; die Dame begab sich in ihr Haus und Jones zu seiner Wohnung.

8. Kapitel

Enthält das Bild eines Elends, das den meisten Lesern als etwas ganz Außerordentliches erscheinen wird.

Nachdem Jones sich durch ein paar Stunden Schlaf erquickt hatte, ließ er Partridge zu sich kommen, gab ihm eine Fünfzigpfundnote und befahl ihm, sie in Münze umzuwechseln. Partridge nahm sie mit funkelnden Augen im Empfang, obgleich er, nachträglich überlegend, einen Verdacht in sich erwachen fühlte, der seinem Herrn nicht eben zur Ehre gereichte. Dazu trugen die schrecklichen Vorstellungen bei, die er sich von einer Maskerade machte, die Verkleidung, in der sein Herr ausgegangen und wieder zurückgekommen, sodann der Umstand, daß er die ganze Nacht ausgeblieben war. Verständlich gesagt, die einzige Art und Weise, auf die sein Herr in den Besitz dieser Note hatte gelangen können, war nach seinen Begriffen der Diebstahl; und auch der Leser wird sich schwerlich etwas anderes denken können, es wäre denn, es sei ein Geschenk der großmütigen Lady Bellaston gewesen.

Um also Herrn Jones' Ehre von allem Verdacht reinzuwaschen und der Freigebigkeit der Dame Gerechtigkeit widerfahren zu lassen, bekennen wir, daß er dieses Geschenk wirklich von ihr erhalten hatte. Denn obgleich diese Dame sich wenig aus der abgeleierten Mildtätigkeit unserer Tage machte, etwa aus dem Bau von Kranken- und Waisenhäusern und dergleichen, so gebrach es ihr doch nicht völlig an dieser christlichen Tugend, und sie war der Meinung (und ich glaube, das mit Recht), daß ein junger Mann von Verdiensten, der keinen Schilling besitzt, kein ungeeigneter Gegenstand dieser Tugend sei.

Herr Jones und Herr Nightingale waren an diesem Abend bei Frau Miller zum Essen eingeladen. Zur anberaumten Zeit erschienen die beiden Herren mit den beiden jungen Mädchen im Wohnzimmer, wo sie von drei bis fast fünf Uhr warteten, bis die gute Frau sich endlich selbst zeigte. Sie war verreist gewesen, um eine Verwandte zu besuchen, von der sie nun bei ihrer Rückkehr das folgende erzählte:

„Ich hoffe, meine Herren, Sie werden mir verzeihen, daß ich Sie warten ließ. Sie werden das gewiß, wenn Sie die Veranlassung kennen. Ich habe etwa sechs Meilen von hier entfernt eine Kusine besucht, die in den Wochen liegt. Das sollte eine Warnung sein vor leichtfertigem Heiraten." (Bei diesen Worten blickte sie ihre Töchter an.) „Es gibt kein Glück in der Welt ohne gehöriges Auskommen. Ach, Nancy, wie soll ich die jammervolle Lage beschreiben, in der ich unsere arme Kusine fand? Sie ist in diesem Zustand erst seit einer Woche, und da lag sie bei dem schrecklichen Wetter in einem kalten Zimmer, ohne Vorhänge an ihrem Bett, und keine Schaufel Kohle im Haus, um ein Feuer anzuzünden. Ihr zweiter Sohn, dieser süße kleine Kerl, liegt an der Bräune erkrankt im selben Bett wie seine Mutter; denn es gibt kein anderes Bett im Haus. Armer kleiner Tommy! Ich glaube, Nancy, du wirst deinen Liebling nie wiedersehen; er ist wirklich sehr krank. Die übrigen Kinder sind bei ziemlich guter Gesundheit; aber Molly, fürcht ich, wird sich Schaden tun. Sie ist erst vierzehn Jahr alt, Herr Nightingale, und doch hab ich in meinem Leben keine bessere Pflegetochter gesehen; sie pflegt beide, die Mutter und ihren Bruder; und was bei einem so jungen Geschöpf erstaunlich ist, sie zeigt ihrer Mutter stets das fröhlichste Gesicht; und doch sah ich sie – sah ich das arme Kind, Herr Nightingale, sich abkehren und sich heimlich die Tränen aus den Augen wischen." Hier wurde Frau Miller durch ihre eigenen Tränen am Weitererzählen verhindert, und ich glaube, keine von den anwesenden Personen hatte trockene Augen. Nach einiger Zeit raffte sie sich zusammen und fuhr also fort: „In all dem Elend bewahrt die Mutter ganz wunderbar ihren Mut. Die Gefahr, in der ihr Sohn schwebt, bedrückt sie auf das schwerste, und doch sucht sie, um ihren Gatten zu schonen, auch diesen Kummer zu verbergen. Aber manchmal ist ihr Schmerz doch stärker als alles Widerstreben; denn sie hatte diesen Jungen stets besonders lieb, und er ist ja auch ein gar empfindsames, sanftherziges Geschöpf. Ich versichere Ihnen, es hat mich nie etwas so gepackt, als wie ich da das arme kleine Ding, das kaum siebenjährig ist, während seine Mutter es mit Tränen benetzte, sie trösten hörte: ‚Wirklich, Mama, ich werde nicht sterben; Gott der Allmächtige nimmt den kleinen Tommy nicht weg; ist auch der Himmel noch so schön, ich möchte lieber hierbleiben und mit dir und

Papa Not leiden, als dorthin gehn.‘ Verzeihen Sie mir, meine Herren, ich kann nichts dafür“ (und sie wischte, als sie das sagte, ihre Augen), „so viel Empfindung und Liebe bei einem Kind. Und doch ist es vielleicht am wenigsten zu beklagen, denn in einem Tag oder in zweien wird es vielleicht dem Bereich aller menschlichen Übel entrückt sein. Der Vater aber verdient in der Tat volles Mitleid. Armer Mann, sein Gesicht ist das wahre Abbild des Entsetzens, und er gleicht mehr einem Toten als einem Lebenden. Ach Gott! Was war das für ein Anblick bei meinem ersten Eintritt in das Zimmer! Der gute Mensch lag hinter dem Kopfpolster und stützte zugleich seine Frau und sein Kind. Er hatte nichts an als eine dünne Weste, denn sein Rock lag über dem Bett ausgebreitet, um die fehlenden Bettdecken zu ersetzen. Als er sich bei meinem Eintritt erhob, erkannte ich ihn kaum. Ein so hübscher Mann noch vor vierzehn Tagen, Herr Jones; Herr Nightingale hat ihn gesehen. Seine Augen tiefliegend, das Gesicht bleich, mit langgewachsenem Bart. Sein Körper zitterte vor Kälte und war von Hunger abgezehrt; denn meine Kusine sagte mir, sie könne ihn nicht zum Essen überreden. Er selbst flüsterte mir zu – er sagte mir – ich kann’s nicht wiederholen –, er sagte mir, er bringe es nicht über sich, das Brot zu essen, das seine Kinder entbehrten. Aber doch – können Sie’s glauben, meine Herren? – inmitten dieses Elends hatte seine Frau eine so gute Kraftsuppe zur Stärkung, als lebten sie in vollem Überfluß; ich kostete davon und habe wohl nie eine bessere versucht. Die Mittel, um sich diese zu verschaffen, sagte er, würden ihm wohl von einem Engel im Himmel gesandt. Ich weiß nicht, was er damit meinte, denn ich hatte nicht den Mut, auch nur eine einzige Frage zu stellen.

Das war nun von beiden Seiten, wie man es nennt, eine Liebesheirat; das heißt eine Heirat zwischen zwei Bettlern. Ich muß freilich sagen, ich sah nie ein zärtlicheres Paar, doch wozu ist ihre Liebe gut, als daß sie sich gegenseitig zur Qual werden?“ – „In der Tat, Mama“, rief Nancy, „ich habe meine Kusine Anderson“ (denn das war ihr Name) „immer als eine der glücklichsten Frauen betrachtet.“ – „Ich bin überzeugt“, erwiderte Frau Miller, „die Dinge liegen heute ganz anders; denn jedermann könnte wahrnehmen, daß die liebevolle Betrachtung der gegenseitigen Leiden für beide, den Mann und die Frau, den unerträglichsten Teil ihres Elends ausmacht. Damit verglichen sind Hunger und Kälte, die nur ihre eigenen Körper angreifen, die kleineren Übel. Ja sogar die Kinder, das jüngste, das noch keine zwei Jahre alt ist, ausgenommen, haben ähnliche Gefühle; denn sie sind eine sehr liebevolle Familie, und hätten sie bloß ihr Auskommen, sie wären die glücklichsten Menschen von der Welt.“ – „Ich sah nie das kleinste Anzeichen des Elends in ihrem Hause“, antwortete Nancy, „mir blutet wahrhaftig das Herz bei dem, was du mir nun berichtest.“ – „Ach, Kind“, sagte die Mutter, „sie hat stets versucht, aus allem das Beste zu machen. Es ist ihnen von jeher schlecht gegangen, doch dieser vollständige Ruin wurde durch andere über sie gebracht. Der arme Mann war Bürge für seinen Bruder, diesen Schurken; und vor einer Woche etwa, am Tag, bevor seine Frau sich niederlegte, wurde ihnen ihre ganze Habe weggenommen und versteigert. Er beauftragte einen der Gerichtsdiener, mir einen Brief zu bringen, den er an mich geschrieben hatte, doch der schlechte Kerl hat ihn mir nicht gebracht. Was mußte er von mir denken, da ich eine Woche hingehen ließ und nichts von mir habe hören lassen?“

Diese Erzählung hatte Jones nur mit feuchten Augen anhören können. Als sie beendet war, führte er Frau Miller in ein anderes Zimmer, und indem er ihr die Börse übergab, die jene fünfzig Pfund enthielt, bat er sie, davon so viel diesen armen Leuten zu schicken, wie sie für richtig halte. Der Blick, den Frau Miller bei diesem Vorschlag auf Jones warf, ist schwer zu beschreiben. Sie geriet vor Entzücken fast außer sich und rief: „Gütiger Gott, gibt es einen solchen Mann auf Erden?“ Darauf faßte sie sich: „Ja, ich kenne einen; aber kann es noch einen zweiten geben?“ – „Ich hoffe, Madam“, sagte Jones, „es gibt viele, denen menschliches Fühlen gemein ist; solches Elend unserer Mitmenschen zu lindern, das kann schwerlich mehr genannt werden.“ Frau Miller nahm hierauf zehn Guineen – mehr zu nehmen, war sie nicht zu bereden – und sagte, sie werde am nächsten Morgen eine Gelegenheit finden, ihren Leuten das Geld zu schicken, und fügte hinzu, ein wenig habe sie für die Ärmsten selbst schon getan und sie somit nicht in dieser allerschlimmsten Not gelassen, in der sie sie vorgefunden.

Sie kehrten jetzt in das Wohnzimmer zurück, wo Nightingale seinem größten Bedauern über die schreckliche Lage dieser Elenden Ausdruck gab, die er in der Tat kannte; er hatte sie *nicht nur* einmal bei Frau Miller gesehen. Er schalt heftig über die Torheit, sich für die Schulden anderer haftbar zu machen, stieß Verwünschungen gegen jenen Bruder aus und schloß mit dem Wunsche, es möchte für die unglückliche Familie etwas getan werden. „Wie wäre es, Madam, wenn man sie Herrn Allworthy empfehlen würde? Oder wenn man eine Sammlung veranstaltete? Ich gäbe dafür herzlich gern eine Guinee."

Frau Miller gab ihm keine Antwort, und Nancy, der ihre Mutter im Flüsterton von Jones' Freigebigkeit berichtet hatte, wurde darüber ganz blaß; doch wenn jemand Herrn Nightingale zürnte, so gab es dafür gewiß keinen Grund. Denn Jones' Großmut, hätte er darum gewußt, verpflichtete ihn keineswegs zur Nachahmung; und es gibt Tausende, die auch nicht einen halben Penny würden beigesteuert haben, was er freilich auch unterließ, denn er hatte nichts vom barmherzigen Samariter; und da die andern es für gut hielten, an ihn keinen Anspruch zu stellen, behielt er sein Geld in der Tasche.

Ich habe in Wahrheit die Beobachtung gemacht und werde kaum eine bessere Gelegenheit finden als jetzt, meine Erfahrung mitzuteilen, daß sich die Welt in ihrer Ansicht von der Wohltätigkeit im allgemeinen in zwei Lager teilt; von diesen beiden Meinungen ist die eine das gerade Gegenteil der andern. Das eine Lager scheint dafürzuhalten, daß alle wohltätigen Handlungen als freiwillige Geschenke zu betrachten seien, und wie wenig man auch geben möge (wenn tatsächlich auch nichts als seine guten Wünsche), so habe man sich damit in hohem Grad verdient gemacht. Andere jedoch scheinen im Gegenteil ebenso davon überzeugt, Wohltun sei eine auferlegte Pflicht, und wenn die Reichen hinter dem, was sie zur Behebung der Not der Armen tun könnten, beträchtlich zurückblieben, so seien ihre kärglichen Spenden weit entfernt davon, ein Verdienst zu sein, vielmehr eine nur halb erfüllte Pflicht, und darum seien diese Leute in gewissem Sinn verächtlicher als jene, die sie vollständig vernachlässigten.

Diese verschiedenen Meinungen miteinander zu versöhnen liegt nicht in meiner Macht. Ich möchte nur noch bemerken, daß die Gebenden im allgemeinen zur ersten, die Empfänger fast durchweg zur zweiten neigen.

9. Kapitel

Handelt von Dingen, die von denen im vorangegangenen Kapitel sehr verschieden sind.

Am Abend besuchte Jones wiederum seine Dame, und abermals entspann sich zwischen ihnen eine lange Unterhaltung. Da sie aber wiederum nur dieselben gewöhnlichen Dinge betraf wie zuvor, enthalten wir uns einer Angabe von Einzelheiten, da wir daran verzweifeln, sie durch unsere Schilderung dem Leser angenehm machen zu können, er müßte denn einer von denen sein, deren Verehrung des schönen Geschlechts, gleichwie die Verehrung der Heiligen bei den Papisten, es nötig hätte, mit Hilfe von Gemälden angefacht zu werden. Ich bin indessen so weit davon entfernt, dem Publikum solche Bilder vor Augen zu halten, daß ich eher wünschte, ich könnte einen Vorhang vor jene ziehen, die uns seit einiger Zeit in französischen Erzählungen gezeigt werden, von denen uns unter dem Namen Übersetzungen sehr stümperhafte Kopien vorgelegt worden sind.

Jones brannte immer mehr darauf, Sophia zu sprechen, und da er nach verschiedenen Zusammenkünften mit Lady Bellaston nicht die Zuversicht gewann, sein Wunsch könne durch ihre Vermittlung erfüllt werden (denn die Dame fing im Gegenteil an, schon bei der bloßen Nennung des Namens Sophia in Zorn zu geraten), so entschloß er sich, andere Mittel zu versuchen. Er zweifelte nicht daran, daß Lady Bellaston wußte, wo sein Engel wohnte, und also hielt er es für wahrscheinlich, daß ein paar von ihren Bedienten mit dem Geheimnis vertraut wären. Darum wurde Partridge beauftragt, mit diesen Bedienten Bekanntschaft zu schließen, um ihnen das Geheimnis zu entlocken.

Man kann sich wenig unbehaglichere Lagen denken als die, in die sich sein armer Herr jetzt gebannt sah, denn außer den Schwierigkeiten, die sich ihm bei seinem Forschen nach Sophia in den Weg stellten, außer der Furcht, ihr Mißfallen erregt zu haben, und der Versicherung, die er von Lady Bellaston erhalten hatte, Sophia sei gegen ihn eingenommen und halte sich absichtlich vor ihm verborgen, eine Versicherung, die er Grund genug hatte für wahr zu halten, gab es für ihn noch eine andere Schwierigkeit zu bekämpfen, die wegzuräumen selbst nicht in der Gewalt seiner Geliebten stand, wie gütig sie in ihrer Neigung ihm auch gesinnt gewesen sein mochte. Er brachte sie nämlich in Gefahr, von ihrem Vater gänzlich enterbt zu werden; diese Folge war fast unvermeidlich, wenn sie sich ohne seine Einwilligung vereinigten, und die je zu erhalten, konnte er nicht hoffen.

Füge man zu all dem noch die zahlreichen Verbindlichkeiten hinzu, mit denen Lady Bellaston, deren heftige Verliebtheit wir nicht länger verschweigen können, ihn überhäuft hatte, so daß er durch sie jetzt einer der bestgekleideten Männer der Stadt und nicht allein solch lächerlicher Verlegenheiten, wie wir sie früher erwähnten, enthoben, sondern wirklich in einen Stand des Überflusses gelangt war, wie er ihn zu keiner Zeit gekannt hatte.

Wiewohl es nun manche Herren gibt, die es mit ihrem Gewissen recht gut vereinen können, sich in den Besitz des ganzen Vermögens einer Frau zu bringen, ohne dafür eine Gegenleistung zu gewähren, so ist doch für ein Gemüt, dessen Besitzer nicht einfach den Galgen verdient, wohl nichts verdrießlicher, als bloß aus Dankbarkeit den Liebhaber zu spielen, zumal wenn die Neigung das Herz in entgegengesetzte Richtung weist. Und dies war unglücklicherweise bei Herrn Jones der Fall; denn wenn auch die tugendhafte Liebe, die er für Sophia fühlte und die bei ihm sehr wenig Empfindung für andere Frauen übrigließ, hier gar nicht in Frage gekommen wäre, so hätte er dennoch nicht vermocht, die großmütige Leidenschaft dieser Dame in gehörigem Maße zu erwidern. Sie war freilich einst ein Gegenstand des Verlangens gewesen, jetzt aber bereits in den Herbst des Lebens eingetreten, obwohl sie noch alle Heiterkeit der Jugend zur Schau stellte, in ihren Kleidern wie in ihrem Betragen. Ja, sie verstand es, die Rosen auf ihren Wangen zu erhalten, doch hatten diese, wie alle künstlich zur Unzeit zum Blühen getriebenen Blumen, nicht den lebendigen, frischen Glanz, mit dem Natur zur rechten Zeit ihre eigenen Kinder schmückt. Sie hatte außerdem noch eine gewisse Unvollkommenheit, durch die bestimmte Blumen, die sonst dem Auge sehr schön erscheinen, wenig geeignet sind, in eine lieblich duftende Wildnis gepflanzt zu werden, und die für den liebeatmenden Verehrer mehr als alles andere unangenehm ist.

Obgleich nun Jones auf der einen Seite alle diese entmutigenden Umstände recht wohl empfand, so fühlte er doch auf der andern ebenso stark seine Verpflichtungen. Er erkannte sehr gut die glühende Leidenschaft, aus der sich jene Verpflichtungen ergeben hatten, und wußte, die Dame würde ihn für undankbar halten, wenn er die außerordentliche Heftigkeit jener

Leidenschaft nicht in vollem Maße erwiderte, und, was schlimmer ist, er würde sich selbst dafür gehalten haben. Er erkannte die stillschweigend angenommene Vergeltung, für die ihm alle ihre Gunstbezeigungen zuteil wurden, und da ihn seine Bedürftigkeit nötigte, sie anzunehmen, so schloß er, seine Ehre verpflichte ihn, den Preis dafür zu bezahlen. Und das wollte er tun, welche Qual es ihm auch bringen würde, gemäß jenem großen Grundsatz des Rechts, nach dem die Gesetze in einigen Ländern einen Schuldner, der seine Schuld nicht anders bezahlen kann, dazu verurteilen, der Sklave seines Gläubigers zu werden.

Über alle diese Dinge dachte er nach, als man ihm den folgenden Brief der Dame zustellte: „Ein sehr närrischer, doch sehr ärgerlicher Zufall hat sich ereignet, seit wir uns das letzte Mal gesehen haben, und dies macht es mir unmöglich, Sie wieder an dem üblichen Ort zu treffen. Wenn das angeht, so suche ich es für morgen einzurichten, daß wir uns an einem andern Ort sehen können. Inzwischen leben Sie wohl."

Diese Enttäuschung, so denkt der Leser vielleicht, war wohl nicht gar so groß; wenn aber doch, so war sie bald behoben, denn nach kaum einer Stunde wurde ihm von derselben Hand ein anderes Blatt gebracht, auf dem geschrieben stand:

„Ich habe, seit ich Ihnen schrieb, meinen Vorsatz geändert; Sie werden sich über diesen Wankelmut nicht wundern, wenn Sie sich ein wenig auf die zarteste aller Leidenschaften verstehen. Ich bin nun entschlossen, Sie heute abend in meinem eigenen Hause zu erwarten, was auch daraus entstehen mag. Kommen Sie Schlag sieben. Ich esse auswärts, werde aber um diese Zeit wieder zu Hause sein. Ein Tag, sehe ich, ist für aufrichtig Liebende viel länger, als ich gedacht.

Sollten Sie ein wenig früher ankommen als ich, so lassen Sie sich in den Salon führen."

Die Wahrheit zu bekennen, war Jones von dieser zweiten Epistel weniger beglückt, als er es von der ersten gewesen war, da sie ihn davon abhielt, der dringenden Bitte des Herrn Nightingale zu willfahren, mit dem er jetzt einen lebhaften, freundschaftlichen Verkehr unterhielt. Diese Bitte war, er solle diesen jungen Herrn und dessen Gesellschaft in die Komödie begleiten, wo abends ein neues Stück aufgeführt wurde, das eine ziemlich große Clique auszupfeifen gedachte, da sie den Verfasser nicht mochten; dieser aber war der Freund eines guten Bekannten des Herrn Nightingale. Und dieser Art possenhafter Vergnügung, wir bekennen es ungern, hätte heute unser Held vor der oben mitgeteilten gütigen Einladung den Vorzug gegeben. Seine Ehrliebe gewann jedoch die Oberhand über seine Neigung.

Ehe wir ihn zu der Zusammenkunft mit seiner Dame begleiten, halten wir es für richtig zu sagen, was denn die beiden kleinen Briefe veranlaßte, da der Leser vielleicht nicht wenig erstaunt sein könnte über Lady Bellastons Unvorsichtigkeit, ihren Liebhaber in eben das Haus zu bringen, in dem ihre Nebenbuhlerin wohnte.

Also denn: Die Eigentümerin des Hauses, in dem das liebende Paar sich bisher seiner Zusammenkünfte erfreut hatte und die von der Dame ein Jahrgeld bezog, war jetzt Methodistin geworden und hatte Ihro Gnaden an diesem Morgen besucht. Nachdem sie ihr über ihr vergangenes Leben derb die Meinung gesagt, hatte sie ihr rückhaltlos erklärt, um keinen Preis werde sie sich künftig mehr dazu hergeben, ihren Liebeshändeln Vorschub zu leisten. Dieser Vorfall hatte den Kopf der Dame zuerst völlig verwirrt; in der ersten Bestürzung verzweifelte sie daran, einen andern geeigneten Ort zu finden, wo sie Herrn Jones an diesem Abend noch sehen könnte. Als sie sich aber ein wenig von dem Schlag ihrer Enttäuschung erholt hatte, verfolgten ihre Gedanken bald wieder ihren richtigen Gang; da fiel es ihr zum Glück denn ein, Sophia vorzuschlagen, in die Komödie zu gehen; der Vorschlag wurde angenommen und darauf eine Dame zu ihrer Begleitung ernannt. Jungfer Honoria wurde gleichfalls mit Jungfer Etoff auf dieselbe Bahn der Lustbarkeit geschickt und also das Haus geräumt zum sichern Empfang des Herrn Jones, mit dem Lady Bellaston sich eine zwei- oder dreistündige ungestörte Unterhaltung versprach, nachdem sie von dem Ort, wo sie zu Mittag aß, zurückgekehrt sein würde. Dieser Ort war das Haus einer Freundin, in einem ziemlich entlegenen Teil der Stadt, unweit des alten Ortes ihrer Zusammenkünfte. Dorthin hatte sie ihre Zusage gegeben, ehe sie von der gewaltigen Umkehr in der Gesinnung und den Sitten ihrer bisherigen Vertrauten erfahren hatte.

10. Kapitel

Ein zwar kurzes Kapitel, das gleichwohl einigen Augen Tränen entlocken dürfte.

Herr Jones hatte sich eben angekleidet, um Lady Bellaston seine Aufwartung zu machen, als Frau Miller an seine Tür klopfte. Als sie eingelassen war, lud sie ihn fast bittend ein, doch zum Tee ins Wohnzimmer herabzukommen.

Als er dort eintrat, stellte sie ihm sogleich einen Menschen vor mit den Worten: „Dieses, Herr, ist mein Vetter, den Sie sich durch Ihre Güte so sehr verpflichtet haben, und er bittet um die Erlaubnis, Ihnen seinen aufrichtigsten Dank sagen zu dürfen."

Der Mann hatte eben mit seiner Rede begonnen, die durch Frau Miller so freundlich eingeleitet worden war, als sich auf den Gesichtern beider Männer, die einander fest anblickten, alle Zeichen der äußersten Überraschung erkennen ließen. Die Stimme des zweiten begann zu stammeln; statt seine Rede zu beenden, sank er in seinen Stuhl und rief: „Es ist so, kein Zweifel, es ist so!"

„Um Gottes willen!" rief Frau Miller, „was bedeutet das? Sie sind nicht krank, Vetter, will ich hoffen? Wasser oder rasch einen Schnaps!"

„Erschrecken Sie nicht, Madam", rief Jones, „den Schnaps hätte ich fast ebenso nötig wie Ihr Vetter. Wir sind über dieses unerwartete Zusammentreffen beide gleich erstaunt. Ihr Vetter ist ein Bekannter von mir, Frau Miller."

„Ein Bekannter!" rief der Mann aus. „O Himmel!"

„Ja, ein Bekannter", wiederholte Jones, „und ein hochgeschätzter dazu. Wenn ich den Mann, der alles wagt, um sein Weib und seine Kinder vor dem drohenden Untergang zu bewahren, nicht liebe und ehre, dann will ich einen Freund haben, der mich im Unglück beraubt!"

„Ach, Sie trefflicher junger Mann", rief Frau Miller. „Ja freilich, der Ärmste! Er hat alles versucht. Hätte er nicht eine so tüchtige Gesundheit, es hätte ihn umgebracht."

„Kusine", rief der Mann, der sich erholt hatte, „dieses ist der Engel vom Himmel, den ich meinte. Er ist's, dem ich vor *Ihrem Besuch* die Rettung meiner Peggy zu verdanken hatte. Er ist's, dessen Edelmut ich jede Erleichterung, jede Stärkung, die ich verschaffen konnte, zu verdanken habe. Er ist wirklich der würdigste, bravste, edelste aller Menschen. Ach, Kusine, was für Verpflichtungen habe ich dem Manne gegenüber!"

„Reden Sie nicht von Verpflichtungen", rief Jones ungeduldig, „kein Wort davon, ich bestehe darauf, nicht ein Wort!" (Damit wollte er vermutlich verhindern, daß der andere die Geschichte seines Raubversuchs verrate.) „Wenn durch die Kleinigkeit, die Sie von mir erhielten, eine ganze Familie gerettet wurde, dann wurde gewiß noch nie eine Freude mit so wenig erkauft."

„O Herr!" rief der Mann, „ich wollte, Sie könnten in diesem Augenblick mein Haus sehen. Hatte je einer das Recht auf die Freude, die Sie erwähnen, so sind Sie es selbst. Meine Kusine sagte mir, daß sie Ihnen von der Not, in der sie uns fand, erzählte. Diese Not, Herr, ist nun zum größten Teil beseitigt, und hauptsächlich dank Ihrer Güte. Meine Kinder haben jetzt ein Bett, um darin zu schlafen – und sie haben – sie haben – möge darum des Ewigen Segen auf Ihnen ruhen! – sie haben Brot zu essen. Mein kleiner Bub ist wieder gesund; meine Frau ist außer Gefahr, und ich bin glücklich. Alles, alles verdanken wir Ihnen, Herr, und meiner Kusine hier, einer der trefflichsten Frauen. Wirklich, Herr, Sie müssen mich in meinem Hause besuchen. Ganz gewiß, meine Frau muß Sie sehen und Ihnen danken. Meine Kinder auch müssen Ihnen ihren Dank aussprechen. – Ja, es fehlt ihnen nicht an allem Sinn für Dankbarkeit; doch was fühle erst ich, wenn ich bedenke, wem ich es schulde, daß sie imstande sind, nun ihre Dankbarkeit auszudrücken. – O Herr, die kleinen Herzen, die Sie erwärmt haben, wären nun kalt wie Eis ohne Ihre Hilfe."

Hier versuchte Jones den armen Mann am Weiterreden zu hindern; doch das Überströmen seines eigenen Herzens würde seine Worte von selbst aufgehalten haben. Und jetzt begann Frau Miller gleicherweise in ihrem eigenen wie in ihres Vetters Namen Dankesbeteuerungen vorzubringen; sie schloß mit den Worten, sie zweifle nicht, daß solche Güte herrlich belohnt werde.

Jones antwortete, er sei bereits genügend belohnt. „Ihres Vetters Erzählung, Madam", sagte er, „hat in mir freudigere Empfindungen erweckt, als ich je gekannt habe. Ein erbärmlicher Wicht muß der sein, der eine derartige Geschichte unbewegt anhören kann; wie muß einen Menschen darum der Gedanke entzücken, in diesem Drama eine glückliche Rolle gespielt zu haben. Gibt es Leute, denen es nicht die tiefste

Freude bereitet, andere glücklich zu machen, dann bedaure ich sie von Herzen, da sie unfähig sind zum Genusse dessen, was nach meiner Meinung eine größere Ehre, ein edlerer Gewinn und ein süßeres Vergnügen ist, als sie der Ehrsüchtige, der Habgierige oder Wollüstling erfahren können."

Da die Stunde des Stelldicheins nun gekommen, war Jones genötigt, eilig Abschied zu nehmen, doch nicht, ohne seinem Freund herzlich die Hand geschüttelt zu haben, wobei er den Wunsch aussprach, ihn, sobald es anginge, wiederzusehen; er versprach auch, ihn bei der ersten Gelegenheit in seinem Haus zu besuchen. Dann bestieg er seine Sänfte und ließ sich zu Lady Bellaston tragen, noch voller Freude in dem Gedanken an das Glück, das er dieser armen Familie verschafft hatte; auch konnte er nicht umhin, mit Grauen an die schrecklichen Folgen zu denken, die sie betroffen haben müßten, hätte er damals, als er auf der Landstraße überfallen wurde, statt auf die Stimme der Barmherzigkeit auf die der strengen Gerechtigkeit gehört.

Frau Miller sang noch während des ganzen Abends das Lob von Tom Jones, in welchem Gesang sie Herr Anderson, solange er blieb, so leidenschaftlich begleitete, daß er oft nahe daran war, das Begebnis des versuchten Raubes zu erwähnen. Zum Glück faßte er sich immer wieder und vermied eine Indiskretion, die um so schwerwiegender gewesen wäre, als er wußte, wie streng und genau es Frau Miller mit ihren Grundsätzen nahm. Er war gleichfalls über die Redseligkeit dieser Dame unterrichtet; aber doch war seine Dankbarkeit so groß, daß sie ihn beinahe Zurückhaltung und Scham hätte vergessen lassen und ihn dazu gebracht hätte, eher preiszugeben, was seinen eigenen Charakter verunehrt haben würde, als einen Umstand zu verschweigen, der zum vollen Lob seines Wohltäters beitragen konnte.

11. Kapitel

In dem der Leser überrascht werden wird.

Herr Jones kam vor der festgesetzten Stunde und früher als die Dame in deren Hause an. Ihre Ankunft war nicht allein durch die Entlegenheit des Hauses, wo sie gespeist hatte, sondern auch noch durch einen Vorfall verzögert worden, der für jemanden in ihrer Gemütsverfassung sehr ärgerlich sein mußte. Der Abrede gemäß ließ er sich also in den Salon führen, wo er kaum einige Minuten zugebracht hatte, als die Tür aufging, und herein trat – niemand anders als Sophia selbst, die das Theater noch vor dem Ende des ersten Aktes verlassen hatte; denn da, wie gesagt, ein neues Stück gegeben wurde, bei dem zwei starke Parteien aufeinandertrafen, die eine zum Auspfeifen bereit, die andere zum Beifallklatschen, so hatte der Aufruhr und das Getümmel, das sich zwischen beiden Lagern erhob, unsere Heldin in solchem Maße erschreckt, daß sie froh war, sich unter dem Schutz eines jungen Herrn zu ihrer Sänfte retten zu können.

Da Lady Bellaston ihr mitgeteilt hatte, sie werde erst spät nach Hause kommen, erwartete Sophia nicht, jemanden im Salon zu finden; sie trat rasch ein und ging sogleich auf einen Spiegel zu, der ihr ziemlich genau gegenüber hing, ohne einmal nach dem oberen Ende des Zimmers zu blicken, wo Jones unbeweglich wie eine Bildsäule stand. In diesem Spiegel entdeckte sie, nachdem sie zuerst ihr eigenes liebenswürdiges Gesicht betrachtet hatte, zuerst besagte Bildsäule; und wie sie sich nun plötzlich umwandte, erkannte sie die Wirklichkeit der Erscheinung. Sie stieß einen heftigen Schrei aus und vermochte sich kaum einer Ohnmacht zu erwehren, bis Jones imstande war, sich ihr zu nahen und sie zu stützen.

Die Blicke und Gedanken der beiden Liebenden zu malen, das übersteigt meine Kräfte. Da man aus ihrem gegenseitigen Schweigen schließen kann, daß ihre Empfindungen zu stark waren, um sich in Worten zu äußern, wird man nicht erwarten, daß es mir gegeben wäre, sie auszudrücken; und das Mißliche ist hier, daß wenige meiner Leser verliebt genug gewesen sind, um in ihren eigenen Herzen zu fühlen, was damals in den Herzen dieser beiden vorging.

Nach einer kurzen Pause sagte Jones, und dabei bebte seine Stimme: „Ich sehe, verehrtes Fräulein, Sie sind erstaunt."

„Erstaunt!" antwortete sie. „O Himmel! Ja, wirklich, ich bin erstaunt. Ich zweifle fast, ob Sie der sind, der Sie zu sein scheinen." – „Ganz gewiß!" rief er, „meine Sophia! Verzeihen Sie, Madam, daß ich Sie einmal so nannte – ich bin dieser unglückliche Jones, den Fortuna nach so vielen Enttäuschungen endlich zu Ihnen zu führen die Güte hatte. Oh, meine Sophia! Kennten Sie die tausend Qualen, die ich bei diesem langen fruchtlosen Suchen erlitten habe!" – „Suchen? Nach wem?" fragte Sophia, die sich wieder ein wenig gesammelt hatte und nun ein zurückhaltendes Wesen annahm. „Können Sie so grausam sein, mir diese Frage zu stellen?“ rief Jones. „Brauche ich zu sagen, nach Ihnen?“ – „Nach mir?“ antwortete Sophia. „Hat Herr Jones denn ein so wichtiges Geschäft bei mir?“ – „Einigen, Madam“, rief Jones, „möchte das hier als ein wichtiges Geschäft erscheinen.“ (Er überreichte ihr das Taschenbuch.) „Ich hoffe, verehrtes Fräulein, Sie werden darin noch denselben Betrag finden, mit dem Sie es verloren.“ Sophia nahm das Taschenbuch und wollte zu reden beginnen, als er ihr mit den folgenden Worten zuvorkam: „Lassen Sie uns, ich bitte Sie, keinen der kostbaren Augenblicke verlieren, die uns das Glück so gütig gewährt hat. O meine Sophia! Ich habe Anliegen weit höherer Art. So, auf meinen Knien, lassen Sie mich um Verzeihung flehen.“ – „Meine Verzeihung!“ rief sie. „Nach dem, was vorgefallen ist, können Sie im Ernst nicht erwarten – nach dem, was ich gehört habe.“ – „Ich weiß kaum, was ich sage“, antwortete Jones. „Beim Himmel! Kaum wünsche ich, daß Sie mir verzeihen. O meine Sophia, verschwenden Sie künftig keinen Gedanken an so einen Elenden, wie ich es bin. Sollte je eine Erinnerung an mich sich bei Ihnen eindrängen und in dieser zarten Brust für einen Augenblick Unruhe stiften, dann denken Sie an meine Unwürdigkeit und lassen Sie im Gedenken an das, was zu Upton geschah, mich für immer aus Ihrem Gedächtnis getilgt sein.“

Sophia stand die ganze Zeit über zitternd da. Ihr Gesicht war weißer als Schnee, und ihr Herz pochte durch ihre Schnürbrust. Doch als Jones das Wort Upton aussprach, stieg ihr eine Röte auf die Wangen, und ihre Augen, die bis dahin kaum vom Boden aufgesehen hatten, richteten sich jetzt mit einem Blick voll Verachtung auf Jones. Er verstand diesen stummen Vorwurf und antwortete darauf also: „O meine Sophia! Meine einzige Geliebte! Sie können mich dessentwegen, was dort geschah, nicht tiefer hassen oder verachten, als ich selbst das tue; aber erweisen Sie mir dennoch die Gerechtigkeit zu glauben, daß mein Herz Ihnen nie einen Augenblick untreu gewesen ist. Dies hatte nicht teil an der Torheit, deren ich mich dort schuldig machte; selbst damals gehörte es unwandelbar Ihnen. Obgleich ich daran verzweifelte, Sie je zu besitzen, ja Sie auch nur noch einmal zu sehen, so war es doch nur Ihr Bild, an dem ich mit ganzer Seele hing, und ich konnte keine andere Frau ernstlich lieben. Doch wäre mein Herz auch nicht bereits von anderer Liebe gefangen gewesen, so hätte doch jene, in deren Gesellschaft ich an dem verdammten Ort durch Zufall geriet, kein Gegenstand wirklicher Liebe sein können. Glauben Sie mir, mein Engel, ich habe sie seit jenem Tage nie wiedergesehen, und ich habe weder Absicht noch Verlangen, sie wiederzusehen."

Sophia war von Herzen froh, dies zu hören; sie zwang sich indessen zu einer noch kälteren Miene, als sie sie bisher gezeigt hatte, und sagte: „Nun, Herr Jones, was geben Sie sich für Mühe, sich zu verteidigen, wo Sie doch noch nicht angeklagt sind? Wenn ich dächte, es schaute etwas dabei heraus, wenn ich Sie anklagte, hätte ich Ihnen in der Tat ganz Unverzeihliches zur Last zu legen." – „Was denn um Himmels willen?" fragte Jones, zitternd und bleich, weil er erwartete, etwas über sein Verhältnis zu Lady Bellaston hören zu müssen. „Oh!" sagte sie, „wie ist es möglich? Kann alles Edle und alles Niedrige zugleich in derselben Brust beisammen wohnen?" Wieder stieg in seinen Gedanken Lady Bellaston auf, und das häßliche Bewußtsein, von ihr ausgehalten zu sein, verschloß ihm den Mund. „Hätte ich", fuhr sie fort, „eine solche Behandlung von Ihnen erwarten können? Ja, auch nur von irgendeinem Ehrenmann? Meinen Namen preiszugeben, öffentlich, in Wirtshäusern, unter gemeinem Volk! Sich kleiner Gunstbezeigungen, die zu gewähren mein argloses Herz sich verführen ließ, in solcher Umgebung zu rühmen und zu verkünden, sie hätten sich genötigt gesehen, vor meiner zudringlichen Liebe zu fliehen!"

Nichts konnte Jones' Erstaunen bei diesen Worten gleichkommen; doch da er sich unschuldig wußte, war er in geringerer Verlegenheit, sich zu verteidigen, als wenn sie den heiklen Gegenstand berührt hätte, vor dem sein Gewissen bangte. Nach kurzer Untersuchung fand er bald heraus, daß ihre Beschuldigung eines so schändlichen Vergehens gegen seine Liebe und gegen Sophias guten Ruf einzig Partridges Geschwätz in den Gasthöfen vor den Wirten und den Hausbedienten zu verdanken war. Sophia gestand ihm, daß sie ihre Nachrichten von solchen Leuten bezogen hätte. Es fiel ihm nicht schwer, sie zu überzeugen, daß er an einem seinem Charakter so widersprechenden Ärgernis vollkommen unschuldig war; ihr aber wurde es nun sehr schwer zu verhindern, daß er augenblicklich nach Hause rannte, um Partridge umzubringen, was er mehr als einmal tun zu wollen schwor. Nachdem dieser

Punkt bereinigt war, fanden sie bald wieder ein solches Gefallen aneinander, daß Jones ganz vergaß, daß er das Gespräch mit der Bitte begonnen hatte, sie möge ihn vergessen, und sie war nun in der Verfassung, einer ganz anderen Bitte Gehör zu geben. Ehe sie sich's versahen, waren sie so weit gekommen, daß er ein paar Worte fallen ließ, die ungefähr wie ein Heiratsantrag klangen, worauf sie erwiderte, verböte ihr die Pflicht gegen ihren Vater nicht, der eigenen Neigung zu folgen, so wollte sie lieber mit ihm im Elend als mit jedem andern im Überfluß leben. Bei dem Wort Elend fuhr er zurück, ließ ihre Hand, die er seit einiger Zeit festgehalten hatte, fahren, schlug sich mit der seinen auf die Brust und rief: „O Sophia! Könnte ich Sie denn elend machen? Nein, beim Himmel, nein! So niederträchtig werde ich niemals handeln. Liebste Sophia, was es mich auch koste, ich entsage Ihnen; ich will von Ihnen lassen; ich will alle solche Hoffnungen aus meinem Herzen reißen, da sie mit Ihrem wahren Wohl unvereinbar sind. Meiner Liebe wahre ich ewig Treue, doch soll sie in Schweigen ruhen; ferne von Ihnen soll sie bleiben, in einem entlegenen Land, von wo kein Laut, kein Seufzer meiner Verzweiflung je Ihr Ohr erreichen und beunruhigen soll. Und bin ich einmal tot . . ." Er wäre noch fortgefahren, doch da wurde er von einem Tränenstrom unterbrochen, den Sophia, die sich an ihn gelehnt hatte, auf ihn niedergehen ließ, ohne daß sie auch nur ein einziges Wort zu äußern vermochte. Er küßte ihre feuchten Wangen, was sie für ein paar Augenblicke ohne alles Widerstreben zuließ; dann faßte sie sich und entzog sich sanft seinen Armen. Um das Gespräch von einem allzu rührenden Gegenstand abzulenken, den sie, wie sie fühlte, nicht länger ertragen würde, fiel ihr ein, ihm eine Frage zu stellen, zu der sie bisher keine Zeit gefunden hatte, wie er nämlich in dieses Zimmer gekommen sei. Er fing an zu stammeln und hätte mit großer Wahrscheinlichkeit durch die Antwort, die er ihr zu geben sich anschickte, ihren Verdacht erregt, als die Tür geöffnet wurde und Lady Bellaston hereintrat.

Nachdem sie ein paar Schritte vorwärts getan hatte und nun Jones und Sophia beieinandersitzen sah, stand sie still, faßte sich nach ein paar Augenblicken mit wunderbarer Geistesgegenwart, und ihre Stimme und ihr Antlitz verrieten kaum einen *leisen Hauch der Überraschung*, als sie sagte: „Ich glaubte, Fräulein Western, Sie seien in der Komödie?"

Zwar hatte Sophia keine Gelegenheit gehabt, von Herrn

Jones zu erfahren, auf welche Art er ihren Aufenthalt entdeckt hatte; da sie jedoch nicht das geringste von den wirklichen Tatsachen ahnte, oder auch nur davon, daß Jones und Lady Bellaston sich kannten, so war sie nur wenig in Verlegenheit, und um so weniger, als die Dame bei allen ihren Gesprächen über diese Dinge stets Partei gegen ihren Vater genommen hatte. Ohne Zögern also erzählte sie die ganze Geschichte von dem Vorfall im Schauspielhause und der Ursache ihrer frühen Rückkehr.

Die Länge dieser Erzählung gab Lady Bellaston die Möglichkeit, sich wieder völlig zu fassen und sich zu besinnen, welche Haltung sie einnehmen sollte. Und da ihr Sophias Betragen die Hoffnung gab, daß Jones sie nicht verraten habe, setzte sie eine gutgelaunte Miene auf und sagte: „Ich wäre nicht so ungestüm hier hereingestürzt, Fräulein Western, hätte ich gewußt, daß Sie in Gesellschaft sind."

Während Lady Bellaston so sprach, richtete sie ihre Augen auf Sophia, worauf das arme Kind, das vor Verwirrung über und über errötet war, stotternd erwiderte: „Sicherlich, Madam, Sie wissen, daß mir Ihre Gesellschaft jederzeit . . ." – „Ich hoffe wenigstens", fiel Lady Bellaston ihr ins Wort, „daß ich Sie in keinen Geschäften unterbrochen habe." – „Nein, gnädige Frau", antwortete Sophia, „unsere Geschäfte waren gerade beendet. Euer Gnaden werden sich gütig erinnern, daß ich öfter den Verlust meines Taschenbuchs erwähnt habe, das nun dieser Herr zum Glück gefunden hat; er war so freundlich, es mir mit der Note zu überbringen."

Jones war seit Lady Bellastons Ankunft ständig bereit, vor Furcht in die Erde zu versinken. Er stieß seine Absätze gegeneinander, spielte mit seinen Fingern und sah womöglich einem Dummkopf ähnlicher als ein tölpelhafter Strohjunker, der zum erstenmal in eine wohlerzogene Gesellschaft eingeführt worden ist. Er begann sich aber nun zu besinnen, und indem er einen Wink von Lady Bellaston auffing, die, wie er merkte, nicht die Absicht hatte, so zu tun, als ob sie ihn kennte, beschloß er, sich ihr gegenüber ganz besonders fremd zu verhalten. Er sagte, solange er im Besitze des Taschenbuchs gewesen sei, habe er sich eifrig nach der Dame erkundigt, deren Namen darin geschrieben stand, doch bis zu diesem Tag sei er nicht so glücklich gewesen, sie zu finden.

Sophia hatte den Verlust ihres Taschenbuchs vor Lady Bellaston in der Tat erwähnt; da aber Jones aus der einen oder andern Ursache nie eine Anspielung gemacht hatte, daß es in seinem Besitz war, so glaubte sie keine Silbe von dem, was Sophia jetzt sagte, bewunderte jedoch nicht wenig die außerordentliche Behendigkeit, mit der die junge Dame eine solche Ausrede erfinden konnte. Der Grund, weshalb Sophia die Komödie verlassen habe, fand keinen besseren Glauben, und obgleich sie sich nicht erklären konnte, wie diese beiden Liebenden zusammengeraten waren, war sie doch fest überzeugt, daß nicht der Zufall der Vermittler gewesen sei.

Mit einem erzwungenen Lächeln sagte sie somit: „Sie haben, Fräulein Western, in der Tat viel Glück gehabt, Ihr Geld wiederzuerhalten; nicht allein, daß es in die Hände eines Herrn von so redlicher Gesinnung fiel, sondern daß er auch noch zufällig entdeckte, wem es gehörte; denn ich glaube mich zu erinnern, daß Sie den Verlust nicht in der Zeitung ausschreiben lassen wollten. – Es war gewiß ein besonderes Glück, Herr, daß Sie herausgefunden haben, wem es gehörte."

„Ach, verehrte Dame", sagte Herr Jones, „die Note lag in einem Taschenbuch, in dem der Name der Besitzerin geschrieben stand."

„Das war wirklich ein großer Glücksfall", rief die Lady, „und kein geringerer war es, daß Sie davon hörten, Fräulein Western sei in meinem Hause, denn sie ist hier nur wenig bekannt."

Jones hatte seine Gedanken nun wieder völlig gesammelt, und da ihm schien, er habe jetzt eine gute Gelegenheit, Sophias Frage, die sie ihm stellte, als eben Lady Bellaston kam, zu beantworten, so tat er dies mit den folgenden Worten: „Nun freilich, Euer Gnaden, es geschah durch den denkbar glücklichsten Zufall in der Welt, daß ich diese Entdeckung gemacht habe. Ich erwähnte meinen Fund unlängst vor einer Dame auf der Maskerade und nannte zugleich den Namen der Besitzerin; und die Dame machte eine Andeutung, sie glaube zu wissen, wo ich Fräulein Western sehen könnte; wenn ich sie am nächsten Vormittag besuchen wollte, so werde sie mir das Nötige mitteilen. Am folgenden Morgen ging ich verabredungsgemäß zu ihr hin, doch sie war nicht zu Hause; auch konnte ich sie nicht vor dem heutigen Tag wieder antreffen, da sie mich denn zu Euer Gnaden Haus wies. Auf diese Anweisung kam ich hierher und erlaubte mir, nach der Dame des Hauses zu fragen; auf meine Erklärung, daß ein ganz besonderes Anliegen mich hierherführe, hieß der Diener mich in diesem Zimmer warten;

ich hatte noch nicht lange hier verweilt, als diese junge Dame aus der Komödie zurückkam."

Als Jones der Maskerade gedachte, warf er Lady Bellaston einen recht schlauen Blick zu; er brauchte dabei nicht zu fürchten, daß Sophia ihn bemerken konnte, denn sie war sichtbar in zu großer Verwirrung, um darauf zu achten, was um sie vorging. Dieser Wink machte die ältere Dame ein wenig zurückhaltend, und sie schwieg. Jones sah, welche Unruhe sich Sophias Gemüt bemächtigt hatte, und er beschloß zu tun, was allein sie befreien konnte – sich zu verabschieden. Erst aber sagte er noch: „Ich glaube, Madam, man pflegt bei solchen Gelegenheiten eine Belohnung zu erhalten. Ich muß für meine Ehrlichkeit um eine sehr hohe bitten – um nicht weniger, verehrte Dame, als um die Ehre der Erlaubnis, Ihnen hier nochmals meine Aufwartung machen zu dürfen."

„Mein Herr", lautete die Antwort der Dame des Hauses, „Sie sind zweifelsohne ein Edelmann, und Personen von Stande finden meine Tür nie verschlossen."

Jones entfernte sich nach den üblichen Komplimenten zur großen eigenen Zufriedenheit und zur nicht geringeren Sophias, die eine schreckliche Angst quälte, Lady Bellaston möchte entdecken, was sie bereits nur zu gut wußte.

Auf der Treppe begegnete Jones seiner alten Bekannten, Jungfer Honoria, die ungeachtet all dessen, was sie über ihn gesagt hatte, nun doch so viel Lebensart besaß, ihm sehr höflich entgegenzutreten. Und dieses Zusammentreffen erwies sich als ein glücklicher Umstand, da er ihr das Haus nennen konnte, in dem er sich eingemietet hatte und das Sophia nicht kannte.

12. Kapitel

Welches das dreizehnte Buch abschließt.

Der elegante Lord Shaftesbury läßt sich irgendwo gegen die allzu große Wahrheitsliebe aus, woraus man denn folgern kann, daß in gewissen Fällen Lügen nicht nur entschuldbar, sondern selbst lobenswert sein können.

Und ganz gewiß steht niemandem ein berechtigterer Anspruch zu auf diese löbliche Abweichung von der Wahrheit als jüngeren Frauen, wenn es sich um Angelegenheiten der

Liebe handelt; sie können sich dabei auf Unterweisung, Erziehung, vor allem auf die Sanktion, ja, so möchte ich sagen, den Zwang der Gewohnheit berufen, die sie davon abhalten, nicht sowohl den ehrlichen Trieben der Natur nachzugeben (das wäre ein törichtes Verbot), sondern sich zu ihnen zu bekennen.

Wir schämen uns aber nicht, zu sagen, daß unsere Heldin jetzt die Vorschriften des obenerwähnten sehr ehrenwerten Philosophen befolgte. Durchaus überzeugt, daß ihre Tante über die Persönlichkeit Jones' nicht unterrichtet sei, beschloß sie, sie in dieser Unkenntnis zu belassen, wenn auch auf Kosten von einigem Geflunker.

Jones war noch nicht lange zur Tür hinaus, als Lady Bellaston rief: „Wahrhaftig, ein artiger, hübscher junger Mensch; ich wüßte gern, wer er ist, denn ich erinnere mich nicht, sein Gesicht je zuvor gesehen zu haben."

„Ich auch nicht, Madam", antwortete Sophia. „Ich muß sagen, in Hinsicht auf meine Banknote hat er sich sehr artig betragen."

„Ja, und er ist ein sehr hübscher Mann", sagte die Ältere, „finden Sie nicht?"

„Ich habe nicht so genau auf ihn geachtet", antwortete Sophia, „aber ein wenig steif und nicht gar gewandt kam er mir vor."

„Da haben Sie sehr recht!" rief Lady Bellaston. „An seinen Manieren konnte man sehen, daß er noch wenig in gute Gesellschaft gekommen ist. Ja, obgleich er Ihnen das Geld wiedergebracht hat und keinen Finderlohn nehmen wollte, möchte ich doch bezweifeln, daß er ein Edelmann ist. Ich habe stets bemerkt, daß wohlgeborene Personen von sich aus einen gewissen Anstand haben, den andere nie erwerben können. – Ich denke, ich werde ihm sagen lassen, daß ich für ihn nicht zu Hause bin."

„Aber nein doch, Madam", antwortete Sophia, „nach dem, was er getan hat, kann man doch kaum einen Argwohn hegen; und dann, wenn Euer Gnaden ihn beobachtet haben, seine Reden hatten so eine Eleganz, eine Anmut, eine Feinheit im Ausdruck, daß, daß . . ."

„Ich gestehe", sagte Lady Bellaston, „mit seinen Worten weiß der Mensch umzugehen. – Und wirklich, Sophia, Sie müssen mir verzeihen, in der Tat, Sie müssen."

„Ich, gnädige Frau, Ihnen verzeihen?" rief Sophia.

„Ja, im Ernst, das müssen Sie", antwortete jene lachend,

„denn ich hatte zuerst einen abscheulichen Verdacht, als ich ins Zimmer kam – aber nochmals, Sie müssen mir verzeihen, ich argwöhnte, es sei Herr Jones selbst."

„Das vermuteten Sie wirklich?" sagte Sophia, indem sie errötete und sich zum Lachen zwang.

„Ja, ich versichere Ihnen, so war's", erwiderte Lady Bellaston. „Ich weiß nicht, wie mir das einfallen konnte, denn man muß doch sagen, daß der Mensch recht hübsch gekleidet war, und das, liebe Sophia, ist bei Ihrem Freund doch für gewöhnlich nicht der Fall."

„Dieser Scherz", sagte Sophia, „ist ein wenig grausam, Lady Bellaston, nach dem Versprechen, das ich Ihnen gegeben habe."

„Durchaus nicht, liebes Kind", antwortete die Tante. „Er wäre es vorher gewesen. Da Sie mir aber versprochen haben, sich ohne Ihres Vaters Einwilligung nicht zu verheiraten, was, wie Sie wissen, soviel bedeutet, wie an Jones nicht mehr zu denken, können Sie doch sicherlich einen kleinen Scherz über eine Leidenschaft vertragen, die bei einem jungen Mädchen vom Lande verzeihlich war und von der Sie mir doch sagten, daß Sie sie völlig besiegt hätten. Was muß ich denn denken, liebe Sophia, wenn Sie nicht einmal einen kleinen Scherz über seine Kleidung ertragen wollen. Ich fange an zu fürchten, daß es sehr weit mit Ihnen gekommen ist, und fast zweifle ich, ob Sie ganz aufrichtig gegen mich gewesen sind."

„Wirklich, Madam", erwiderte Sophia, „Sie mißverstehen mich, wenn Sie denken, daß ich seinetwegen verletzt gewesen sei."

„Seinetwegen?" versetzte die Ältere. „Dann haben Sie mich falsch verstanden; meine Anspielung bezog sich nur auf seine Kleidung, denn ich wollte Ihrem Geschmack durch keinen andern Vergleich zu nahe treten. – Ich glaube nicht, liebe Sophia, wenn Ihr Herr Jones ein Mensch gewesen wäre, wie dieser ..."

„Ich dachte", sagte Sophia, „Euer Gnaden hätten ihm zugestanden, er sei hübsch."

„Wem, bitte?" rief die Dame hastig.

„Herrn Jones!" antwortete Sophia – besann sich dann aber sogleich anders: „Herr Jones! – nein, nein, ich bitte um Verzeihung; ich meine den Herrn, der eben hier war."

„O Sophia, Sophia!" rief die Dame, „dieser Herr Jones treibt sich noch immer in Ihrem Kopf herum."

„Auf meine Ehre, Madam", sagte Sophia, „versichere ich Ihnen, Herr Jones ist mir so vollkommen gleichgültig wie der Fremde, der uns vorhin verlassen hat."

„Auf meine Ehre", antwortete Lady Bellaston, „ich glaube es. Verzeihen Sie mir darum einen kleinen harmlosen Scherz, doch ich verspreche Ihnen, ich will seinen Namen nie wieder nennen."

Und jetzt trennten sich die beiden Damen, zum unendlich viel größeren Vergnügen Sophias als zum Vergnügen von Lady Bellaston, die ihre Nebenbuhlerin gerne noch ein wenig länger gequält hätte, hätten sie nicht wichtigere Geschäfte abberufen. Was Sophia anbelangt, so war ihr Gewissen ob dieses ersten Versuchs im Betrügen alles andere als ruhig; mit Reue und Beschämung dachte sie, als sie in ihrem Zimmer allein war, daran zurück. Auch konnte die besondere Schwierigkeit ihrer Lage und der Zwang der Umstände ihr Gemüt mit ihrem Betragen nicht aussöhnen, denn es war zu zart, um den Gedanken zu ertragen, daß sie sich einer Falschheit schuldig gemacht hatte, wie immer die Verhältnisse sie auch entschuldigen mochten. Und dieser Gedanke erlaubte ihr nicht, während der ganzen folgenden Nacht auch nur einmal ein Auge zu schließen.

VIERZEHNTES BUCH

Umfaßt zwei Tage.

1. Kapitel

Ein Versuch zu beweisen, daß ein Autor ein besserer Schriftsteller sein wird, wenn er von dem Gegenstand, über den er schreibt, einige Kenntnis besitzt.

Da verschiedene Herren in dieser Zeit durch die wundervolle Kraft des Genies allein, ohne die geringste Beihilfe des Wissens, vielleicht sogar ohne richtig lesen zu können, in der Gelehrtenrepublik eine beträchtliche Figur gemacht haben, so wurde von modernen Kritikern, wie ich hörte, die Behauptung erhoben, jede Art von Wissensbildung sei für einen Schriftsteller vollkommen nutzlos; in Wahrheit sei sie nur eine Art von Fessel, die der natürlichen Lebhaftigkeit und der Regsamkeit der Phantasie angelegt würde, welche durch deren Gewicht niedergehalten und am Aufstieg zu der höchsten Flughöhe verhindert werde, die sie sonst erreichen könnte.

Diese Lehre, so fürchte ich, wird gegenwärtig etwas zu weit getrieben; denn warum sollte das Schreiben sich so sehr von allen andern Künsten unterscheiden? Die Gewandtheit eines Tanzmeisters erleidet keine Einbuße durch die Anweisung, wie man sich zu bewegen habe; auch wird, glaube ich, der Mechaniker seine Werkzeuge nicht schlechter handhaben, weil man ihm zuvor deren Gebrauch erklärt hat. Ich für meinen Teil kann mir nicht denken, Homer und Virgil hätten mit mehr Schwung und Feuer geschrieben, wenn sie, statt im Besitz des gesamten Wissens ihrer Zeit zu sein, so unwissend gewesen wären wie die meisten Schriftsteller des gegenwärtigen Zeitalters. Auch glaube ich nicht, daß Pitts Phantasie, Begeisterung und Urteilskraft jene Reden hervorgebracht hätten, die den Senat Englands in diesen unsern Tagen zum Rivalen der Beredsamkeit Griechenlands und Roms gemacht haben, wäre er in den Schriften des Demosthenes und Cicero nicht so bewandert gewesen, daß er ihren ganzen Geist in seine Reden zu übertragen vermochte, und mit ihrem Geist auch ihr Wissen.

Ich möchte hier nicht so verstanden sein, als verlangte ich dieselbe Wissensgrundlage von einem jeden meiner Berufsgenossen, die Cicero für jeden Rhetor als unerläßlich bezeichnet. Im Gegenteil, sehr wenig Belesenheit, meine ich, ist nötig für den Dichter, weniger für den Kritiker und am allerwenigsten für den Politiker. Für den ersten dürfte vielleicht die Kenntnis von Byshes „Kunst der Poesie" und einiger von unsern modernen Poeten genügen, für den zweiten die einer mäßigen Zahl von Theaterstücken und für den dritten eine beliebige Sammlung von politischen Journalen.

Die Wahrheit zu sagen: ich verlange nicht mehr, als daß ein Mann ein wenig Kenntnis besitzt von dem Gegenstand, den er behandelt, entsprechend dem alten Rechtsgrundsatz: *Quam quisque norit artem, in ea se exerceat.** Damit allein wird ein Schriftsteller zuweilen etwas Erträgliches leisten; und ohne die allerdings wird ihm alles Wissen der Welt wenig zustatten kommen.

Zum Beispiel: Nehmen wir an, Homer und Virgil, Aristoteles und Cicero, Thukydides und Livius wären alle zusammengetroffen und hätten ihre verschiedenen Talente gemeinsam darauf verwendet, einen Traktat über den Tanz zu schreiben; ich glaube, man wird sich leicht darüber einigen, daß sie es dem ausgezeichneten Traktat, den uns über diesen Gegenstand Herr Essex unter dem Titel „Die Grundlagen der eleganten Erziehung" gegeben hat, nicht hätten gleichtun können. Und sollte wirklich der treffliche Herr Broughton dazu überredet werden, seine Faust auf das Papier zu bringen und die obengenannten Grundlagen durch die Niederschrift einer Abhandlung über die wahren Prinzipien der Leichtathletik zu ergänzen, so müßte ich mich fragen, ob wohl die Welt Ursache hätte zu bedauern, daß keiner von den großen Schriftstellern, weder alter noch neuer Zeit, sich je über diese edle und nützliche Kunst ausgelassen hat.

Um eine Vielfalt von Beispielen für einen so einfachen Fall zu vermeiden und sogleich zu meiner Sache zu kommen, so kann ich mir denken, daß einer der Gründe, warum viele englische Schriftsteller bei der Darstellung der Sitten der höheren Gesellschaft vollständig versagten, vielleicht in dem Umstand zu sehen ist, daß sie in Wirklichkeit davon einfach nichts wissen.

* Auf welche Kunst einer sich versteht, in der übe er sich (Anmerkung des Übersetzers).

Das ist eine Kenntnis, die zu erlangen nicht eben viele Autoren das Glück haben. Bücher vermitteln uns davon nur einen ganz unvollständigen Begriff, das Theater einen kaum viel besseren. Der lesende Herr, der sich nach dem, was jene angeben, gebildet hat, wird fast immer zu einem Pedanten werden, und der, der sich an die Bühne hält, zu einem Gecken.

Auch kommen die Charaktere, die nach jenen Vorbildern gezeichnet werden, der Wahrheit nicht näher. Vanbrugh und Congreve kopierten die Natur, aber diejenigen, welche wiederum jene kopieren, zeichnen die jetzige Zeit so unähnlich, wie Hogarth das tun würde, wollte er eine Versammlung oder eine Abendgesellschaft in den Kleidern Tizians oder van Dycks malen. Kurz, Nachahmung tut es hier nicht. Die Malerei muß die Natur selbst befragen. Eine wirkliche Kenntnis der Welt läßt sich nur durch den Verkehr in ihr gewinnen, und die Sitten jeder Gesellschaftsschicht muß man gesehen haben, um sie zu kennen.

Nun verhält es sich aber so, daß jene höhere Gattung der Sterblichen nicht wie die übrige ganze Menschenart umsonst in den Straßen, Kaufläden und Kaffeehäusern zu sehen ist; noch werden sie, wie die höheren Tiere, ausgestellt und einem für soundso viel gezeigt. Kurz gesagt, zu diesem Anblick werden keine Personen zugelassen, die nicht durch die eine oder die andere Qualifikation ausgezeichnet sind, nämlich durch adlige Geburt oder Vermögen oder, was beiden gleichwertig ist, den ehrenhaften Beruf des Spielers. Und sehr zum Unglück für die übrige Welt denken so qualifizierte Personen äußerst selten daran, sich dem wenig einträglichen Geschäft des Schreibens zuzuwenden; damit befassen sich im allgemeinen die Tieferstehenden und Ärmeren, da es ein Gewerbe ist, das, wie manche glauben, für den Anfang keinerlei Betriebskapital erfordert.

Daher also diese seltsamen Ungeheuer in Spitzen und Stikkereien, in Seide und Brokat, mit gewaltigen Perücken und Reifröcken, die unter den Namen von Lords und Ladys über die Bühne stolzieren, zum Entzücken kleiner Advokaten und ihrer Schreiber im Parterre und der Bürger und ihrer Lehrlinge auf den Galerien, und die im wirklichen Leben ebensowenig anzutreffen sind wie der Kentaur, die Chimäre oder irgendeine andere Ausgeburt der bloßen Phantasie. Doch um meinen Leser ins Geheimnis zu ziehen, so ist diese Kenntnis des Lebens der oberen Zehntausend, wenn auch notwendig, um Mißverständnisse zu vermeiden, doch weiter keine Quelle des Ertrags für einen Schriftsteller, dessen Gebiet die Komödie ist oder jene Art von Romanen, die wie die, an der ich schreibe, der komischen Gattung angehören.

Was Herr Pope von den Frauen sagt, läßt sich sehr wohl auf die Mehrzahl der Personen dieses Standes anwenden, die so vollständig aus Förmlichkeit und geziertem Wesen bestehen, daß sie überhaupt keinen Charakter haben, wenigstens keinen, der sichtbar hervortritt. Ich wage es zu sagen: Das Leben auf dieser höchsten Stufe ist bei weitem das stumpfsinnigste und hat wenig Heiteres oder Unterhaltendes zu bieten. Die verschiedenen Berufe der unteren Stände bringen in großer Vielfalt humoristische Charaktere hervor, wohingegen hier, abgesehen von den wenigen, die ein ehrgeiziges Ziel verfolgen, und den noch weniger zahlreichen, die einem Hang zum Vergnügen nachgeben, alles Eitelkeit ist und sklavische Nachahmung. Kleidung und Spielkarten, Essen und Trinken, Knickse und Verbeugungen machen den Inhalt ihres Lebens aus.

Einzelne jedoch gibt es in dieser Klasse, über welche die Leidenschaft ihre Tyrannei ausübt und sie weit über die Grenzen, welche die Schicklichkeit gezogen hat, hinaustreibt. Unter diesen zeichnen sich die Damen durch ihre adlige Kühnheit und eine gewisse überlegene Verachtung ihres guten Rufes vor den schwachen Angehörigen der niedrigen Stände aus, gleichwie eine tugendhafte Dame der Gesellschaft durch die Feinheit und Gesittung ihrer Gefühle sich vor dem ehrbaren Weib eines Freisassen oder eines Ladeninhabers unterscheidet. Lady Bellaston gehörte zu diesen furchtlosen Charakteren; doch meine ländlichen Leser sollen nun nicht den Schluß ziehen, daß dies allgemein das Betragen vornehmer Damen sei oder daß wir sie ihnen in diesem Lichte zeigen wollten. Ebensogut könnten sie annehmen, mit Thwackum sei jeder Geistliche oder mit Northerton jeder Fähnrich gemeint.

Es gibt in der Tat keinen größeren Irrtum als den, der unter gewöhnlichen Leuten sich breitgemacht hat, die ihre Meinung von ein paar unwissenden Satirikern bezogen haben: das Merkmal dieser Zeit sei ihre Zuchtlosigkeit. Ich bin im Gegenteil überzeugt, daß es nie weniger Liebeshändel unter Personen von Stand gegeben hat als eben jetzt. Heute lehren die Mütter ihre Töchter, ihre Gedanken ausschließlich auf Ehrgeiz und Eitelkeit zu richten und die Freuden der Liebe als etwas Unwürdiges zu verachten. Und sind sie später dank der Vorsorge ihrer Mütter verheiratet, ohne einen Gatten zu haben, so scheinen sie dies fast zufrieden als das Richtige hinzunehmen; fortan begnügen sie sich während des Restes ihres sinnlosen Lebens mit viel unschuldigeren, ich fürchte jedoch: viel kindischeren Vergnügungen, deren bloße Nennung sich jedoch mit dem Ernst dieser Geschichte nicht vertrüge. Nach meiner bescheidenen Meinung ist das wahre Merkmal der gegenwärtigen vornehmen Welt eher ihre Torheit als das Laster, und das einzige Eigenschaftswort, das sie verdient, ist die Bezeichnung *frivol.*

2. Kapitel

Enthält Briefe und andere Dinge, die bei der Liebe mitspielen.

Noch nicht lange war Jones wieder zu Hause, als er folgenden Brief erhielt:

Ich bin noch nie mehr überrascht gewesen, als da ich fand, daß Sie fortgegangen waren. So wenig stellte ich mir vor, daß Sie, als Sie aus dem Zimmer gingen, mein Haus verlassen würden, ohne mich vorher gesprochen zu haben. Ihr Benehmen bleibt sich immer gleich und überzeugt mich, wie sehr ich ein Herz verachten sollte, das sich an so ein albernes Geschöpf hängen kann; aber doch weiß ich nicht, was ich mehr bewundern sollte, des Mädchens Schlauheit oder seine Einfalt – erstaunlich ist beides! Denn obgleich die Kleine kein Wort von dem verstanden hat, was zwischen uns vorging, so hatte sie doch die Geschicklichkeit, die Frechheit, die – wie soll ich's nennen – gehabt, mir ins Gesicht zu leugnen, daß sie Sie kenne oder je gesehen habe. War das ein verabredeter Plan, und waren Sie so niederträchtig, mich zu verraten? – Ach, wie ich die Göre verachte, und Sie und die ganze Welt, aber hauptsächlich mich selbst! Doch – ich will nicht noch hier hinschreiben, was mich, wenn ich es wiederläse, um den Verstand bringen könnte; aber Sie sollen wissen: Ich kann gleich heftig verabscheuen, wie ich geliebt habe.

Jones hatte nicht viel Zeit, über diesen Brief nachzudenken, denn ein zweiter von derselben Hand wurde ihm überbracht; wir werden auch diesen in seinem Wortlaut hersetzen:

Wenn Sie die Bestürzung meines Gemüts bedenken, in der ich habe schreiben müssen, dann werden Sie sich über die Ausdrücke in meinem ersten Billett nicht wundern. – Jedoch, wenn ich es besser überlege, so waren sie vielleicht zu hitzig. Wenigstens möchte ich, wenn es möglich wäre, gerne glauben, daß nur die alberne Komödie an allem Schuld hat und die Unverschämtheit eines Narren, der mich über die Zeit meiner Verabredung hinaus hingehalten hat. – Wie leicht ist es, von jemandem gut zu denken, den man liebt! – Vielleicht wünschen Sie, daß ich es tue. Ich habe mich entschlossen, Sie heute abend zu sehen; kommen Sie darum unverzüglich zu mir.

PS. Ich habe angeordnet, daß ich für niemanden, außer für Sie, zu Hause bin.

PS. Herr Jones kann sich wohl denken, daß ich ihm seine Entschuldigung erleichtern will; denn ich glaube, er kann nicht angelegentlicher wünschen, mich zu täuschen, als ich selbst.

PS. Kommen Sie unverweilt.

Männern, die in Liebeshändeln erfahren sind, überlasse ich es, darüber zu entscheiden, ob der zürnende oder der zärtliche Brief Herrn Jones die größere Unruhe bereiten mußte. Gewiß ist, daß er nicht ein heftiges Verlangen danach trug, an diesem Abend noch weitere Besuche abzustatten, ausgenommen einer einzigen Person. Nun aber glaubte er, seine Ehre stehe auf dem Spiel; und wäre dies nicht Beweggrund genug gewesen, so hätte er doch nicht gewagt, den Unmut von Lady Bellaston bis zur Flamme des höchsten Zorns anzufachen, dessen er sie für fähig hielt und der, wie er befürchtete, die Folge haben konnte, daß sie Sophia gewisse Enthüllungen machte, vor denen ihm bangte. Nachdem er also mißmutig mehrere Male im Zimmer auf und ab gegangen war, schickte er sich zu gehen an, als die Dame ihm nicht durch einen dritten Brief, sondern durch ihre Person sehr freundlich zuvorkam. Sie trat mit ebenso unordentlichen Kleidern wie verweinter Miene ins Zimmer und warf sich in einen Sessel; als sie wieder zu Atem gekommen war, sagte sie: „Da sehn Sie, Herr, wenn eine Frau nur einen Schritt über die Grenze hinaus getan hat, so hält sie nichts mehr zurück. Hätte jemand mir das vor einer Woche *zugeschworen, ich hätte* es von mir selbst nicht geglaubt." – „Ich hoffe", erwiderte Jones, „meine reizende Lady Bellaston wird gleicherweise zögern, etwas Ungünstiges von einem Menschen zu glauben, der so tief die vielen Verpflichtungen fühlt, mit denen sie ihn sich verbunden hat." – „Wirklich?" sagte sie. „Verpflichtungen fühlen Sie? Hätte ich je erwartet, von Herrn Jones so kühle Reden zu hören?" – „Verzeihen Sie, mein teurer Engel", sagte er, „wenn nach den Briefen, die ich von Ihnen erhielt, die Angst vor Ihrem Zorn, obwohl ich nicht weiß, womit ich mir ihn zugezogen habe ..." – „Aber zeige ich denn", fragte sie mit einem Lächeln, „eine so zornige Miene? Habe ich wirklich ein so vorwurfsvolles Gesicht mitgebracht?" – „Wenn es noch Rechtlichkeit unter Menschen gibt", sagte er, „so habe ich nichts getan, was Ihren Zorn verdient. Sie erinnern sich, um welche Zeit Sie mir ein Zusammentreffen vorgeschlagen haben; ich kam gehorsam und pünktlich." – „Oh, ich bitte Sie", rief sie, „wiederholen Sie diese widerliche Geschichte nicht noch einmal. Beantworten Sie mir nur eine Frage, und ich werde beruhigt sein. Haben Sie ihr meine Ehre nicht verraten?" Jones fiel auf die Knie und verneinte dies unter den heftigsten Beteuerungen, als Partridge wie einer, der vor Freude trunken ist, hüpfend und tanzend ins Zimmer gesprungen kam und schrie: „Gefunden! Sie ist gefunden! Sie ist hier, Herr! Jungfer Honoria ist schon auf der Treppe." – „Halten Sie sie einen Augenblick auf", rief Jones. „Hier, gnädige Frau, gehen Sie hinter das Bett, ich habe weder einen zweiten Raum noch ein Kabinett noch irgendeinen Platz auf der Erde, wo ich Sie verstecken könnte; so einen verdammten Zufall habe ich noch nie erlebt." – „Ja, wahrhaftig, verdammt!" sagte die Dame, als sie in ihr Versteck ging, und im Augenblick darauf kam Jungfer Honoria herein. „He, he!" sagte sie, „Herr Jones, was gibt's denn hier? Der unverschämte Spitzbub, Ihr Diener, wollte mich kaum die Treppe hinauflassen. Ich hoffe, er hat nicht dieselbe Ursache wie zu Upton, mich von Ihnen abzuhalten. Ich glaube, Sie erwarteten nicht, mich hier zu sehn; aber Sie haben gewiß meine Dame behext. Das arme junge Fräulein! Wahrhaftig, ich hab sie so lieb, als wär sie meine eigene Schwester. Sei Gott Ihnen gnädig, wenn Sie ihr kein guter Gatte sind. Und wenn Sie's nicht sind, so kann das Schlimmste für Sie nicht schlimm genug sein." Jones bat sie zu flüstern, da im Zimmer nebenan eine todkranke Dame liege. „Eine Dame!" rief sie, „oh, ich denk wohl, eine von Ihren Damen. O Herr Jones, davon gibt's ja so viele auf der Welt; ich glaub, auch wir sind ins Haus von so einer geraten, denn diese Lady Bellaston, glaub ich, wird auch nicht besser sein als die anderen." – „Hsch! Hsch!" machte Jones, „man hört im Zimmer nebenan jedes Wort!" – „Was kümmert das mich", rief Honoria, „ich red über keinen Menschen schlecht. Doch die Bedienten machen sich kein Gewissen draus zu sagen, daß die gnädige Frau das Mannsvolk in ein anderes Haus kommen läßt, das unter dem Namen irgendeiner armen Dame geht; Ihre Gnaden aber bezahlt für sie die Miete, und es heißt, sie lasse ihr auch noch mancherlei andere Dinge zukommen." Hier versuchte Herr Jones, der sich in der schrecklichsten Verlegenheit befand, ihr den Mund zuzuhalten. Doch sie schrie: „Heda, Herr Jones, Sie werden mich, meiner Seel, doch reden lassen; ich sag niemandem etwas Böses nach! Sag ja nur, was ich von andern gehört hab, und da denk ich so für mich, wohl bekomm's der Edeldame, mit ihrem Reichtum und ihren schönen Sachen, wenn's am Ende da hinaus will. Da ist's doch gewiß besser, man ist arm und ehrlich!" – „Die Bedienten sind ein Lumpenpack", schrie Jones, „und verunglimpfen ihre Dame." – „Ja, eben; Bediente sind immer Lumpenpack, so sagt mein Fräulein auch und will kein Wort anhören." – „Nein, davon bin ich überzeugt", sagte Jones, „meine Sophia steht zu hoch, um auf solchen gemeinen Tratsch zu hören." – „Nun, Tratsch wird's wohl nicht sein", rief Honoria, „was braucht sie die Mannsleut in ein anderes Haus zu bestellen? Doch nicht zu etwas Gutem! Denn wollte sie den ehrbaren Umgang mit anständigen Mannspersonen, und in ihrem eigenen Haus, wer hätt was dagegen?" – „Ich versichere Ihnen", rief nun Jones, „ich kann so etwas über eine Dame von so ehrenvollem Stande, die zudem eine Verwandte von Sophia ist, nicht länger anhören; auch beunruhigen Sie die arme Kranke im nächsten Zimmer – ich bitte Sie, mit mir in einen andern Raum hinabzugehen." – „Nein, Herr, wollen Sie mich nicht sprechen lassen, so kann ich schweigen. Da, Herr, ist ein Brief von meiner jungen Lady. Was würde mancher Mann darum geben; aber Sie, Herr Jones, glaub ich, sind nicht besonders generös, wenngleich das andere Bediente gesagt haben – doch Sie werden zugeben, Herr Jones, daß ich nicht einmal weiß, wie Ihr Geld aussieht." Hier nahm Jones ihr hastig den Brief ab und drückte ihr fünf Geldstücke in die Hand. Dann raunte er ihr ins Ohr, seiner teuern Sophia tausend Dank zu sagen, und bat sie, ihn jetzt allein zu lassen, damit er den Brief lesen könne. Sie ging sogleich hinaus, nicht ohne sich zuvor für seine Freigebigkeit bedankt zu haben.

Jetzt kam Lady Bellaston hinter den Gardinen hervor. Wie soll ich ihre Wut beschreiben? Anfangs war ihre Zunge nicht imstande, etwas zu äußern, doch aus ihren Augen schossen ganze Feuerströme, was nur begreiflich war, denn ihr Herz stand in hellen Flammen. Und nun, da sie endlich ihre Stimme wiederfand, richtete sie, statt gegen Honoria oder ihre eigenen Bedienten zu eifern, ihren Angriff gegen den armen Jones. „Sie sehen", sagte sie, „was ich Ihnen geopfert habe! Meine Ehre, mein guter Name – alles ist hin! Und dafür habe ich welchen Dank? Vernachlässigt werde ich, geringgeschätzt, einem Landmädchen, einem Dummkopf zu Gefallen." – „Welcher Vernachlässigung, Madam, oder welcher Geringschätzung habe ich mich schuldig gemacht?" rief Jones. „Herr Jones", sagte sie, „es hilft nichts, sich zu verstellen; wollen Sie mich ruhig sehen, so müssen Sie ihr endgültig entsagen. Und als Beweis Ihrer aufrichtigen Gesinnung zeigen Sie mir ihren Brief." – „Was für einen Brief, Madam?" fragte Jones. „Nun, wahrhaftig", sagte sie, „Sie werden nicht die Stirn haben abzustreiten, daß Ihnen die Schlampe einen Brief gebracht hat." – „Und kann Euer Gnaden", rief er, „etwas von mir verlangen, was ich erst geben kann, nachdem ich meiner Ehre abgeschworen habe? Habe ich so an Euer Gnaden gehandelt? Kann ich die Schuld auf mich laden, dieses arme unschuldige Mädchen an Sie zu verraten; welche Sicherheit könnten Sie dann haben, daß ich Ihnen gegenüber nicht dieselbe niederträchtige Rolle spielte? Eine kurze Überlegung, das weiß ich, wird Sie überzeugen, daß ein Mann, bei dem das Geheimnis einer Frau nicht gewahrt bleibt, das verächtlichste Geschöpf unter der Sonne ist." – „Sehr wohl", sagte sie, „ich brauche nicht darauf zu bestehen, daß Sie in Ihren eigenen Augen zu einem so verächtlichen Geschöpf werden; der Inhalt des Briefes könnte mir nicht mehr eröffnen, als ich bereits weiß. Ich sehe ja, auf welchem Fuß Sie miteinander stehen." Hier folgte eine lange Unterredung; der nicht allzu neugierige Leser wird mir jedoch Dank wissen, wenn ich sie hier nicht in ihrem vollen Umfang einfüge. Es genüge darum, ihm mitzuteilen, daß Lady Bellaston sich nach und nach beruhigte und schließlich seiner Versicherung glaubte oder doch zu glauben vorgab, daß sein Zusammentreffen mit Sophia an jenem Abend ein rein zufälliges gewesen sei, und noch manches andere, was der Leser schon weiß und was Jones ihr im hellsten Licht darstellte. So ist es klar, daß sie wirklich keinen Grund hatte, ihm böse zu sein.

In ihrem Innersten aber wurmte es sie, daß er sich geweigert hatte, ihr den Brief zu zeigen; so taub sind wir gegen die klarste Vernunft, wenn sie den uns beherrschenden Leidenschaften widerspricht. Sie war wirklich überzeugt, daß Sophia in Jones' Neigungen den ersten Platz behauptete; aber so hochmütig und verliebt die Dame auch war, am Ende fand sie sich doch damit ab, sich mit dem zweiten Platz zufriedenzugeben; oder, mehr in der Sprache der Juristen ausgedrückt, sie begnügte sich mit dem Mißbrauch eines Gutes, auf das eine andere die Anwartschaft hatte.

Man kam zuletzt überein, daß Jones seine Besuche künftig in ihrem Hause abstatten sollte, weil dann Sophia, deren Zofe und alle andern Bedienten diese Besuche auf Sophias Rechnung setzten und man Lady Bellaston selbst als die Hintergangene betrachten würde.

Diesen Plan hatte die Dame ersonnen; Jones pflichtete ihm stürmisch bei, denn er war von Herzen froh über die Aussicht, seine Sophia auf irgendeine Art zu sehen und zu sprechen. Der Lady selbst machte es einen gehörigen Spaß, Sophia etwas weismachen zu können, worüber sie Jones, so dachte sie, um seinetwillen nicht aufzuklären wagen durfte.

Für den ersten Besuch war der nächste Tag festgesetzt, und hierauf kehrte Lady Bellaston nach den üblichen Höflichkeiten nach Hause zurück.

3. Kapitel

Enthält verschiedenerlei.

Jones war kaum allein, als er begierig den Brief aufbrach und las, was folgt:

Mein Herr, es ist mir unmöglich, Ihnen zu schildern, was ich gelitten habe, seit Sie dieses Haus verließen; und da ich Ursache habe zu glauben, daß Sie wiederzukommen beabsichtigen, habe ich Honoria, wiewohl es schon spät ist, weil sie mir sagte, sie kenne Ihre Wohnung, zu Ihnen geschickt, um dieser Absicht zuvorzukommen. Ich bitte Sie bei all der Achtung, die Sie vor mir haben, machen Sie hier keinen weiteren Besuch, denn es wird sicherlich entdeckt werden; ja aus verschiedenen Bemerkungen, die Lady Bellaston entfallen sind, muß ich fast schließen, daß sie bereits Argwohn geschöpft hat. Es dürfte sich wohl noch eine andere günstige Gelegenheit bieten; wir müssen in Geduld warten; doch ich muß Sie noch einmal bitten, wenn Ihnen meine Ruhe etwas gilt, so denken Sie nicht daran, wieder hierher ins Haus zu kommen.

Dieser Brief gab dem armen Jones dieselbe Art von Trost, wie sie weiland Hiob von seinen Freunden erhielt. Außer daß er ihn in allen seinen Hoffnungen, die er sich versprach, wenn er Sophia sehen könnte, enttäuschte, befand er sich nun im Hinblick auf Lady Bellaston in der unseligsten Verlegenheit; denn es gibt gewisse feste Abmachungen, für deren Nichterfüllung, wie er wohl wußte, sich nur schwer eine Entschuldigung vorbringen läßt; doch nun dorthin zu gehen, nachdem Sophia ein so unbedingtes Verbot ausgesprochen hatte, dazu hätte ihn keine menschliche Gewalt zwingen können. Schließlich, nach vielen Überlegungen, die diese Nacht lange an des Schlafes Statt traten, beschloß er, sich krank zu stellen; denn dieses Mittel bot sich als das einzige an, um den verabredeten Besuch zu unterlassen, ohne seine Lady in Zorn zu versetzen; und das dringend zu vermeiden, hatte er mehr als nur einen Grund.

Das erste indessen, was er am Morgen tat, war, daß er an Sophia eine Antwort schrieb, die er in einen Umschlag an Honoria einschloß. Dann sandte er einen zweiten Brief an Lady Bellaston, der die obenerwähnte Entschuldigung enthielt, auf die ihm sehr bald folgendes geantwortet wurde:

Das ist sehr verdrießlich, daß ich Sie heute nachmittag nicht bei mir sehen soll, noch mehr aber beunruhigt mich die Ursache; sorgen Sie sehr für Ihre Gesundheit und verschaffen Sie sich den besten ärztlichen Rat, dann wird, hoffe ich, einer Gefahr zu begegnen sein! Ich werde den ganzen Vormittag von allerhand Narren geplagt und hatte so kaum einen Augenblick Zeit, Ihnen zu schreiben. Adieu.

PS. Ich will versuchen, es möglich zu machen, heute abend um neun zu Ihnen zu kommen. – Richten Sie's ein, daß Sie allein sind.

Doch jetzt erhielt Jones einen Besuch von Frau Miller, die nach einer förmlichen Einleitung mit der folgenden Ansprache begann: „Es tut mir sehr leid, Herr, daß ich mir die Ehre, Ihnen aufzuwarten, aus einem solchen Anlaß geben muß; aber ich hoffe, Sie werden berücksichtigen, welch schlimme Folgen es für den guten Namen meiner armen Mädchen haben muß, wenn mein Haus einmal in Verruf käme. So hoffe ich denn, ich werde mich keiner Unverschämtheit schuldig machen, wenn ich Sie bitte, zu so später Nachtstunde künftig keine Frauen mehr ins Haus kommen zu lassen. Es hat zwei geschlagen, ehe die eine von ihnen wieder wegging." – „Ich versichere Ihnen, Madam", sagte Jones, „die Frau, die vorige Nacht hier war und so lange blieb – die andere brachte mir bloß einen Brief –, ist eine Dame von sehr hohem Stande und meine nahe Verwandte." – „Ich weiß nicht, von welchem Stande sie ist", antwortete Frau Miller, „aber für gewiß weiß ich, daß keine tugendhafte Frau, es sei denn allerdings eine sehr nahe Verwandte, um zehn Uhr abends einen jungen Herrn besuchen und mit ihm vier Stunden allein in seinem Zimmer bleiben wird. Zudem, Herr Jones, zeigt auch das Benehmen ihrer Sänftenträger, was für eine Dame das war; denn den ganzen Abend ließen sie im Hausflur dem Spott über sie den Lauf und fragten Partridge vor den Ohren meiner Hausmagd, ob Madam vorhabe, die ganze Nacht bei seinem Herrn zuzubringen; daneben fielen eine große Anzahl anderer Anspielungen, die zu unsauber sind, um wiederholt zu werden. Ich habe wirklich große Achtung vor Ihnen, Herr Jones, was Sie selbst betrifft, ja ich fühle mich Ihnen wegen Ihres Edelmutes gegenüber meinem Vetter sehr verpflichtet. Und gewiß kannte ich Ihre Güte bis vor kurzem nicht. Ich konnte mir nicht denken, auf was für schreckliche Abwege das Elend den armen Mann getrieben hatte. Ich konnte nicht ahnen, als Sie mir die zehn Guineen gaben, daß Sie sie einem Straßenräuber gegeben hatten! O Himmel! welche Güte haben Sie da bewiesen! Wie sind Sie dieser Familie beigestanden! Die Schilderung, die mir einst Herr Allworthy von Ihrem Charakter gegeben hat, finde ich durchaus treffend und wahr. Und hätte ich auch keinerlei Verbindlichkeiten gegen Sie, so sind meine Verbindlichkeiten gegen ihn doch solcher Art, daß ich Ihnen schon seinetwegen die größte Hochachtung bezeigen würde, die ich nur zu äußern vermag. Ja, glauben Sie mir, lieber Herr Jones, wenn es auch nicht um den guten Namen meiner Töchter und meinen eigenen ginge, so würde es mich doch um Ihrer selbst willen betrüben, daß ein so stattlicher junger Mann mit solchen Weibern Umgang haben sollte. Doch bestehen Sie darauf, ihn fortzusetzen, dann muß ich Sie bitten, sich eine andere Wohnung zu suchen; bin ich schon selbst nicht dafür, daß solche Dinge unter meinem Dache vorgehen, so geht es mir noch weit mehr um meine Töchter, die, weiß Gott, außer ihrer Unbescholtenheit sehr wenig haben, was sie empfehlen kann."

Jones fuhr bei dem Namen Allworthy zusammen und wechselte die Farbe. „In Wahrheit, Frau Miller", antwortete er mit etwas mehr Wärme, „das möchte ich nicht auf mich nehmen. Ich will Ihr Haus nicht ins Gerede bringen; aber ich bestehe darauf, in meinem Zimmer die Gesellschaft zu empfangen, die ich will. Wenn Ihnen das mißfällt, so werde ich mich, sobald ich kann, nach einem andern Zimmer umsehen." – „Es tut mir leid, Herr Jones, daß wir uns also trennen müssen", sagte sie, „aber ich bin überzeugt, Herr Allworthy selbst würde niemals meine Schwelle betreten, hätte er auch nur den leisesten Verdacht, daß ich so etwas in meinem Hause dulden könnte." – „Schon recht, Frau Miller", sagte Jones. „Ich hoffe, bester Herr Jones, Sie zürnen mir nicht", sagte sie, „denn um alles in der Welt möchte ich keinen von Herrn Allworthys Angehörigen kränken. Ich habe wegen dieser Sache die ganze Nacht kein Auge zugetan." – „Es tut mir leid, daß ich Ihre Ruhe gestört habe, Frau Miller", sagte Jones, „doch ich bitte Sie, schicken Sie mir sogleich Partridge herauf." Das versprach sie und verließ ihn nach einer tiefen Verbeugung.

Sowie Partridge heraufkam, fiel Jones ihn mit maßloser Heftigkeit an. „Wie oft soll ich für Ihre Narrheit büßen, oder vielmehr für meine eigene, daß ich Sie um mich behalte. Wollen Sie mich denn mit Ihrer Zunge ins Verderben bringen?" – „Was hab ich denn getan, Herr?" fragte Partridge erschrocken. „Wer hat Sie ermächtigt, hier im Haus die Geschichte von dem Raubversuch zu erzählen, und daß der Mann, den Sie hier sahen, der Täter war?" – „Ich, Herr?" rief Partridge. „Machen Sie sich nun nicht noch einer Lüge schuldig, indem Sie das abstreiten", sagte Jones. „Hab ich so etwas erwähnt", beteuerte Partridge, „so dachte ich dabei wahrhaftig an nichts Böses; ich würde die Lippen nicht geöffnet haben, außer vor seinen Verwandten und Freunden; die, dachte ich mir, würden es nicht weitersagen." – „Aber ich habe noch eine viel schwerer wiegende Anklage gegen Sie. Wie konnten Sie's nach allen meinen Warnungen wagen, hier den Namen Allworthys zu nennen?" Partridge leugnete unter vielen Schwüren, das je getan zu haben. „Wie anders", fragte Jones, „hätte denn Frau Miller erfahren können, daß zwischen ihm und mir irgendeine Beziehung besteht? In diesem Augenblick hat sie mir gesagt, daß sie mich um seinetwillen hochschätze." – „Ach Gott, lieber Herr", erwiderte Partridge, „wenn Sie mich doch ausreden ließen; es ist ja alles so unglücklich zugegangen. Hören Sie mich bloß an, und Sie werden sehen, wie unrecht Sie mich beschuldigen. Als Fräulein Honoria gestern abend von Ihnen wegging, begegnete sie mir auf dem Flur und fragte mich, wann mein Herr zuletzt etwas von Herrn Allworthy gehört habe, und es ist wahr, Frau Miller hörte das alles. Sobald Jungfer Honoria aus dem Haus war, rief sie mich in ihr Wohnzimmer und fragte: ‚Herr Partridge, was für ein Herr Allworthy ist das, von dem das Fräulein sprach? Ist es der große Herr Allworthy in Somersetshire?' – ‚Auf mein Wort, Madam', sagte ich, ‚ich weiß nichts davon.' – ‚Ihr Herr', fuhr sie fort, ‚ist doch nicht gar der Herr Jones, von dem ich Herrn Allworthy habe reden hören?' – ‚Auf mein Wort, Madam', sagte ich, ‚ich weiß davon nichts.' – ‚Dann', sagte sie und wandte sich an ihre Tochter Nancy, ‚so gewiß, wie zehn Pence zehn Pence sind, dies ist der junge Herr, und er ist ganz so, wie der Junker ihn beschrieben hat.' Gott im Himmel weiß, wer es ihr gesagt hat; denn ich will der ärgste Schurke sein, der je auf zwei Beinen ging, wenn es aus meinem Mund gekommen ist. Ich versichere Ihnen, Herr, ich kann ein Geheimnis bewahren, wenn man's von mir verlangt. Nein, Herr, ich habe so wenig über Herrn Allworthy verlauten lassen, daß ich vielmehr das gerade Gegenteil gesagt habe; denn wenn ich ihr auch nicht sogleich widersprach – und es heißt, der spätere ist der bessere Rat –, so kam mir doch der Gedanke, es müsse geschwatzt worden sein, und so sagte ich mir, ich will dieser Geschichte ein Ende machen; und so ging ich nach einer kleinen Weile in das Wohnzimmer zurück und sagte: ‚Auf mein Wort', sagte ich, ‚wer immer Ihnen gesagt, daß dieser Herr der Herr Jones ist, das heißt', sagte ich, ‚daß dieser Herr Jones der andere Herr Jones ist, der hat Sie schändlich belogen; und ich bitt Sie', sagte ich, ‚lassen Sie davon nie etwas laut werden, denn mein Herr', sagte ich, ‚muß denken, ich müßt Ihnen das gesagt haben; und da soll nun jeder im ganzen Haus herkommen und aussagen, ob ich jemals so was gesagt hab.' Sicher, Herr, ist das eine ganz wunderliche Geschichte, und ich hab seitdem immer darüber nachgedacht, wie sie dazu gekommen ist, das zu wissen; ich kann nicht umhin zu bemerken, daß ich hier kürzlich eine alte Frau unter dem Tor betteln sah, die ganz so aussah wie die zu Warwickshire, die uns all das Mißgeschick gebracht hat. Gewiß ist es niemals gut, an einer alten Frau vorüberzugehn, ohne ihr etwas zu geben, besonders nicht, wenn sie einem ins Gesicht sieht; denn niemand in der Welt kann mir ausreden, daß sie Macht besitzen, uns viel Böses anzutun, und wahrhaftig kann ich keiner alten Frau begegnen, ohne für mich zu sagen: *Infandum, regina, jubes renovare dolorem.*“

Partridges Einfall brachte Jones zum Lachen, und nun war es aus mit seinem Zorn, der in seinem Gemüt ja niemals lange anhielt. Statt irgend etwas zu Partridges Verteidigung zu bemerken, sagte er ihm, er sei entschlossen, diese Wohnung so bald wie tunlich zu verlassen, und befahl ihm, hinzugehen und ein anderes Quartier ausfindig zu machen.

4. Kapitel

Von dem wir hoffen, es werde von den jungen Leuten beiderlei Geschlechts aufmerksam gelesen.

Partridge hatte Herrn Jones eben erst verlassen, als Herr Nightingale, mit dem er nun sehr vertrauten Umgang pflog, bei diesem eintrat und nach kurzer Begrüßung sagte: „Also, Tom, ich höre, Sie hatten gestern bis tief in die Nacht hinein Gesellschaft. Bei meiner Seele, Sie sind ein Glückspilz; sind kaum zwei Wochen hier in der Stadt, und schon warten Sänften vor Ihrer Tür bis zwei Uhr morgens.“ Er redete in dieser Art weiter, mit vielen abgedroschenen Witzen, bis Jones ihn schließlich unterbrach, indem er sagte: „Ich vermute, Sie haben alle diese Neuigkeiten von Frau Miller, die gerade erst bei mir oben war, um mich zu warnen. Die gute Frau ist, wie es scheint, wegen des Rufs ihrer Töchter in Sorge.“ – „Oh, sie ist erstaunlich heikel in diesen Dingen“, sagte Nightingale; „Sie erinnern sich, sie wollte Nancy nicht erlauben, mit uns auf die Maskerade zu gehen.“ – „Ja, auf meine Ehre, ich glaube, daß sie darin recht hat“, sagte Jones. „Ich habe sie hingegen beim Wort genommen und Partridge beauftragt, ein neues Quartier zu suchen.“ – „Wenn Sie wollen“, sagte Nightingale, „so können wir auch fernerhin zusammen wohnen; denn im Vertrauen – aber ich wünsche, daß Sie vor der Familie davon nichts erwähnen –, ich gedenke dieses Haus heute noch zu verlassen.“ – „Wie denn, sind Sie, mein Freund, gleichfalls durch Frau Miller gewarnt worden?“ rief Jones. „Nein“, erwiderte der andere,

„aber die Zimmer sind nicht bequem genug. Außerdem habe ich von diesem Stadtteil genug. Ich möchte den Vergnügungsorten näher wohnen; ich werde darum nach Pall Mall ziehen." – „Und wollen Sie aus Ihrem Auszug ein Geheimnis machen?" fragte Jones. „Ich versichere Ihnen", erwiderte Nightingale, „daß ich nicht die Absicht habe durchzubrennen, doch gibt es für mich einen geheimen Grund, um mich nicht formgemäß zu verabschieden." – „Nicht gar so geheim", erwiderte Jones, „ich versichere Ihnen, ich habe bereits am zweiten Tag, nachdem ich in dieses Haus kam, alles erraten. Es wird hier nach Ihrem Weggang nasse Augen geben. Arme Nancy, sie tut mir leid mit ihrem Vertrauen! Sie haben dieses Mädchen wirklich zum Narren gehalten, Jack, Sie haben in ihm eine Sehnsucht erweckt, von der sie, fürchte ich, nie genesen wird." Nightingale erwiderte: „Was, zum Teufel, möchten Sie denn, daß ich tun soll? Soll ich sie heiraten, um sie davon zu heilen?" – „Nein", antwortete Jones, „aber ich wünschte, Sie hätten nicht so mit ihr geliebelt, wie Sie das oft in meinem Beisein getan haben. Ich war erstaunt über die Blindheit ihrer Mutter, die offenbar davon nie etwas bemerkt hat." – „Pah, bemerkt hat!" rief Nightingale. „Was zum Teufel hätte sie denn bemerken sollen?" – „Nun, sehn Sie", erklärte Jones, „daß Sie ihre Tochter wahnsinnig in Sie verliebt gemacht haben. Das arme Mädchen kann das ja nicht einen Augenblick verhehlen; ihre Augen wendet sie nie von Ihnen ab, und sie errötet jedesmal, sobald Sie ins Zimmer kommen. Sie tut mir wirklich herzlich leid, denn sie scheint eines der gutmütigsten und anständigsten Menschenkinder zu sein." – „Und also", antwortete Nightingale, „ist es nach Ihrer Lehre nicht gestattet, sich mit Frauen in einem üblichen galanten Ton zu unterhalten, aus lauter Bedenken, sie könnten sich in einen verlieben." – „Wirklich, Jack, Sie wollen mich durchaus mißverstehen. Ich glaube nicht, daß Frauen sich so leicht verlieben; doch Sie trieben es viel weiter als bis zu den üblichen Galanterien." – „Was stellen Sie sich denn vor", sagte Nightingale, „daß wir zusammen geschlafen haben?" – „Nein, auf meine Ehre", antwortete Jones, „eine so schlechte Meinung hab ich von Ihnen nicht; ja ich gehe noch weiter: ich stelle mir nicht vor, daß Sie es mit Überlegung darauf abgesehen hatten, die Seelenruhe eines armen kleinen Geschöpfes zu zerstören, oder daß Sie auch nur über die Folgen sich klar gewesen sind, denn ich bin gewiß, Sie sind ein rechtschaffener Junge, und so einer kann keine derartige Grausamkeit begehen. Aber gleichzeitig haben Sie Ihrer eigenen Eitelkeit geschmeichelt, ohne zu bedenken, daß dieses arme Mädchen ihr Opfer wurde. Und während Sie keine andere Absicht hatten, als sich eine müßige Stunde vergnüglich zu vertreiben, gaben Sie ihr tatsächlich Anlaß zu glauben, daß Sie sich auf das ernsthafteste um ihre Gunst bemühten. Ich bitte Sie, Jack, geben Sie mir ehrlich Antwort: Was sollten alle diese eleganten und verlockenden Schilderungen des Glückes, das aus der heftigen gegenseitigen Neigung entspringe? alle die warmen Lobpreisungen der zärtlichen und edelmütigen selbstlosen Liebe? Dachten Sie, sie würden bei ihr nicht verfangen? Oder, reden Sie offen, wünschten Sie nicht, daß sie das täten?“ – „Bei meiner Seele, Tom“, rief Nightingale, „ich hätte nicht gedacht, daß Sie solcher Regungen fähig wären. Sie würden einen wundervollen Pfarrer abgeben. Ich vermute, Sie würden mit Nancy nicht zu Bett gehen, wenn sie dazu bereit wäre?“ – „Nein“, rief Jones, „hol mich der Teufel, wenn ich's wollte.“ – „Tom, Tom“, antwortete Nightingale, „letzte Nacht, erinnern Sie sich der letzten Nacht:

> Als jedes Auge schlief, und blasser Mond
> Und stiller Stern schien wissend auf den Raub.“

„Hören Sie, Herr Nightingale“, sagte Jones, „ich bin kein scheinheiliger Heuchler, auch erhebe ich nicht den Anspruch, die Tugend der Keuschheit in höherem Grad zu besitzen als meine Mitmenschen. Ich habe mich an Frauen versündigt, das bekenne ich, doch wüßte ich nicht, daß ich einer ein Leid angetan hätte. Auch würde ich niemals, um mir ein Vergnügen zu verschaffen, wissentlich ein menschliches Wesen ins Elend bringen.“

„Gut, gut“, sagte Nightingale, „ich glaube Ihnen, und ich bin überzeugt, daß Sie mich von all diesen Dingen freisprechen.“

„Das tu ich von ganzem Herzen“, antwortete Jones, „nämlich von der Schuld, das Mädchen verdorben, aber nicht von dem Vorwurf, sich seine Liebe zugezogen zu haben.“

„Hab ich das, dann tut's mir leid“, sagte Nightingale; „doch Zeit und Entfernung werden solche Empfindungen bald abschwächen. Dieses Rezept muß ich auf mich selbst anwenden, denn die Wahrheit zu gestehen, habe ich nie in meinem Leben ein Mädchen auch nur halb so heftig geliebt; aber ich muß Sie das ganze Geheimnis wissen lassen, Tom. Mein Vater hat für mich die Verlobung mit einer Frau ins Werk gesetzt, die ich nie gesehen habe; und sie wird nun in die Stadt kommen, um sich von mir den Hof machen zu lassen.“

Auf diese Worte hin brach Jones in ein lautes Gelächter aus, doch Nightingale rief: „Nein, ich bitte Sie, ziehn Sie dies nicht ins Lächerliche. Der Teufel hole mich, wenn ich über dieser Sache nicht halb verrückt geworden bin! Meine arme Nancy! O Jones, Jones, ich wollte, ich besäße ein eigenes Vermögen!“

„Ich wünschte Ihnen herzlich, daß Sie das hätten“, sagte Jones; „denn wenn dies der Grund ist, so bedaure ich Sie beide aufrichtig; aber Sie werden doch gewiß nicht von ihr gehen wollen, ohne sich von ihr zu verabschieden?“

„Ich möchte den Abschiedsschmerz nicht für zehntausend Pfund ertragen; außerdem, glaube ich, würde das meine arme Nancy nur noch mehr entflammen, statt daß sie einen guten Rat annähme. Ich bitte Sie darum, erwähnen Sie davon während des heutigen Tages nichts, auch nicht am Abend oder am nächsten Morgen, an dem ich vorhabe zu gehen.“

Jones versprach ihm dies, und nach einigem Nachsinnen sagte er, er glaube, da er entschlossen und genötigt sei, sie zu verlassen, so habe er sich für die klügste Methode entschieden. Sodann erklärte er Nightingale, er würde sich sehr freuen, mit ihm im selben Haus zu wohnen, und es wurde zwischen ihnen ausgemacht, daß Nightingale ihm entweder das Erdgeschoß oder das zweite Stockwerk überlassen sollte; denn der junge Herr wünschte das erste zu bewohnen.

Dieser Nightingale, über den wir nun ein wenig mehr berichten werden, war in den gewöhnlichen Geschäften des Alltags von strengem Ehrgefühl und, was bei jungen Stadtherren selten ist, von strikter Redlichkeit; doch in den Angelegenheiten der Liebe war er ein wenig locker in seinen Sitten. Nicht, daß er ohne Grundsätze gewesen wäre, wie das solche junge Herren zuweilen sind oder zu sein vorgeben; aber es steht fest, daß er sich einiger unverantwortlicher Verrätereien Frauen gegenüber schuldig gemacht hatte, und in einem gewissen Mysterium, genannt Liebesspiel, erlaubte er sich betrügerische Handlungen, die, wenn er sie im Geschäftsleben versucht hätte, ihm den Ruf des größten Schurken eingetragen hätten.

Doch da nun einmal die Welt – ich weiß nicht aus welchem Grunde – übereingekommen ist, diese Art von Betrug in einem günstigeren Licht zu betrachten, war er so weit davon entfernt, sich derartiger Schlechtigkeiten zu schämen, daß er sich ihrer vielmehr rühmte und häufig damit prahlte, wie leicht es ihm gelinge, Frauen zu gewinnen und den Sieg über ihre Herzen davonzutragen, wofür er aber diesmal von Jones ernstlich zurechtgewiesen wurde, der sich stets mit großer Schärfe gegen jedes unziemliche Betragen dem schönen Geschlecht gegenüber ausließ, da die Frauen, richtig bewertet, so sagte er, als unsere teuersten Freunde verehrt, gehegt und mit der innigsten Liebe und Zärtlichkeit bedacht werden müßten; sehe man jedoch Feinde in ihnen, so hätte ein Mann sich des Sieges über sie weit eher zu schämen als zu rühmen.

5. Kapitel

Ein kurzer Bericht über die Geschichte der Frau Miller.

Für einen kranken Mann nahm Jones an diesem Tag eine recht gehaltvolle Mahlzeit zu sich, nämlich die größere Hälfte von einer Hammelschulter. Am Nachmittag erhielt er eine Einladung von Frau Miller zum Tee; denn da nun diese gute Frau entweder durch Partridge oder auf irgendeinem andern natürlichen oder übernatürlichen Wege erfahren hatte, daß er mit Herrn Allworthy in Zusammenhang stand, konnte sie den Gedanken nicht ertragen, daß er in Unfrieden ihr Haus verlasse.

Jones nahm die Einladung an; und kaum war der Teekessel weggeräumt und waren die Mädchen aus dem Zimmer geschickt worden, als die Witwe ohne jede Einleitung also begann: „Nun wohl, sehr überraschende Dinge geschehen in dieser Welt; denn gewiß ist es doch ein seltsames Geschick, daß ich einen Verwandten des Herrn Allworthy in meinem Hause hatte und von diesem Sachverhalt selbst nie etwas erfuhr. Ach! Sie können sich nicht vorstellen, was für ein Freund dieser beste aller Edelleute für mich und die Meinen gewesen ist. Wirklich, Herr, ich schäme mich nicht, dies zu bekennen: nur seiner Güte ist es zu verdanken, daß ich nicht längst vor Mangel umgekommen bin und meine armen Würmer als zwei mittellose, hilflose, freudlose Waisen der Fürsorge oder vielmehr der Grausamkeit der Welt hab überlassen müssen.

Sie müssen wissen, Herr, wenn ich nun auch genötigt bin, mein Brot mit Zimmervermieten zu verdienen, so wurde ich doch in herrschaftlicher Umgebung geboren und erzogen. Mein Vater war Offizier unserer Armee und hatte, als er starb, einen hohen Rang; doch er verbrauchte seine ganze Gage, und da diese mit seinem Tode erlosch, so war seine Familie nach seinem Tode bettelarm. Wir waren drei Schwestern. Eine hatte das Glück, zeitig an den Pocken zu sterben; eine Dame hatte die Güte, die zweite aus dem Armenheim zu sich zu nehmen, wie sie sagte, zu ihrer Bedienung. Die Mutter dieser Dame war Magd bei meiner Großmutter gewesen, und nachdem sie von ihrem Vater ein großes Vermögen geerbt, das er als Pfandleiher zusammengebracht hatte, war sie von einem Herrn hohen Ranges und Standes geheiratet worden. Sie pflegte meine Schwester sehr übel zu behandeln, warf ihr häufig ihre Herkunft und ihre Armut vor, nannte sie zum Hohn ein Edelfräulein, so daß ich glaube, sie hat dem Mädchen schließlich das Herz gebrochen. Kurz, sie starb ein Jahr nach meinem Vater. Das Schicksal hielt es für richtig, für mich ein wenig besser zu sorgen, und bereits einen Monat nach diesem Todesfall war ich mit einem Pfarrer verheiratet, der schon lange mein Liebhaber gewesen war und deshalb von meinem Vater manches zu erdulden hatte. Denn wiewohl mein armer Vater keinem von uns einen Schilling geben konnte, erzog er uns doch höchst sorgfältig und betrachtete uns als etwas so Vornehmes und wünschte, daß wir uns selbst so sähen, als wären wir die aussichtsreichsten Erbinnen. Doch mein lieber Mann vergaß diese Gepflogenheiten, und in dem Augenblick, da wir vaterlos geworden waren, umwarb er mich von neuem mit solcher Wärme, daß ich, die ihn stets geliebt hatte und nun mehr als zuvor hochschätzte, ihm bald mein Jawort gab. Fünf Jahre lebte ich nun im Zustand des vollkommenen Glückes mit diesem besten aller Menschen, bis – o grausames, grausames Geschick, das uns auseinanderriß, das mich des zärtlichsten Gatten und meine armen Mädchen des liebevollsten Vaters beraubte! Ach, meine armen Mädchen! Ihr seid euch eures Verlustes nie recht bewußt geworden. – Herr Jones, ich schäme mich dieser weibischen Schwäche, doch ich kann seiner nie ohne Tränen gedenken." – „Ich müßte, Madam", sagte Jones, „eher beschämt sein, weil ich es Ihnen nicht gleichtue." – „Nun also, Herr", fuhr sie fort, „ich war jetzt zum zweitenmal verlassen und in einer viel schlimmeren Lage als das erstemal. Außer dem Leid, das ich ertragen mußte, hatte ich nun zwei Kinder zu erhalten, und an Geld war ich womöglich noch ärmer als zuvor. Da hörte dieser große ruhmreiche Mann, Herr Allworthy, der meinen Gatten ein wenig gekannt hatte, zufällig von meinem Unglück und schrieb mir unverzüglich diesen Brief. Hier, Herr, da ist er; ich hab ihn in meine Tasche geschoben, um ihn Ihnen zu zeigen. Da ist der Brief, Herr; ich muß und will ihn Ihnen vorlesen:

,Madam, ich sage Ihnen zu dem schmerzlichen Verlust, der Sie ganz kürzlich betroffen hat, mein herzliches Beileid. Ihr eigener trefflicher Verstand und die ausgezeichneten Lehren, die Sie von dem würdigsten Manne empfangen haben müssen, werden Ihnen dieses Schwere besser zu tragen ermöglichen als irgend etwas, was ich Ihnen zu sagen imstande wäre. Auch zweifle ich nicht, daß Sie, die man mir als eine so zärtliche Mutter bezeichnet hat, sich nicht so maßlos Ihrem Schmerze überlassen werden, daß Sie das hindern könnte, Ihre Pflichten gegen Ihre Kinder zu erfüllen, die nun allein Ihre ganze Liebe in Anspruch nehmen.

Da Sie nun aber gegenwärtig zu viel weltlicher Rücksichtnahme nicht imstande sein dürften, werden Sie mir verzeihen, daß ich eine Person damit beauftragt habe, sich Ihrer anzunehmen und Ihnen zwanzig Guineen auszubezahlen, die ich Sie bitte in Empfang zu nehmen, bis ich das Vergnügen haben werde, Sie selbst zu sprechen; und wollen Sie glauben, Madam, daß ich bin, und so weiter.'

Diesen Brief, Herr, erhielt ich nicht ganz vierzehn Tage nach dem unersetzlichen Verlust, von dem ich Ihnen gesprochen habe; und vierzehn Tage darauf kam Herr Allworthy, der gesegnete Herr Allworthy, mich besuchen und brachte mich in dieses Haus, darin Sie mich nun sehen, gab mir eine bedeutende Geldsumme, um es einzurichten, und setzte mir eine Jahresrente von fünfzig Pfund aus, die ich seither regelmäßig erhalten habe. Urteilen Sie nun selbst, Herr Jones, wieviel Rücksicht und Achtung ich einem Wohltäter schulde, dem ich die Erhaltung meines Lebens verdanke und das meiner lieben Kinder, für deren Wohl zu sorgen allein meinem Leben einen Sinn gibt. Halten Sie mich darum nicht für anmaßend, Herr Jones (denn ich muß ja einen hochschätzen, dem, wie ich weiß, Herr Allworthy so viel bedeutet), wenn ich Sie bitte, mit solchen schlechten Weibern keinen Umgang zu haben. Sie sind ein junger Edelmann und mit ihren Schlichen und Ränken noch kaum halb vertraut. Zürnen Sie mir nicht, Herr, dessentwegen, was ich Ihnen im Hinblick auf mein Haus gesagt habe; Sie müssen verstehen, daß es der Untergang meiner lieben Kinder wäre. Außerdem, Herr, müssen Sie es ja wohl wissen, daß Herr Allworthy selbst es nie verzeihen würde, wenn ich in solchen Dingen gefällig wäre, und besonders gegen Sie."

„Auf mein Wort, Madam“, erwiderte Jones, „es bedarf keiner weitern Verteidigung; ich verarge Ihnen nicht das geringste von dem, was Sie mir gesagt haben; doch gestatten Sie mir, da vielleicht niemand Herrn Allworthy höher einschätzen kann als ich selbst, Sie über einen Irrtum aufzuklären, der ihm vielleicht nicht durchaus zur Ehre gereicht: Ich versichere Ihnen, ich bin nicht mit ihm verwandt.“

„Ach, Herr“, antwortete sie, „ich weiß, daß Sie das nicht sind, ich weiß sehr gut, wer Sie sind, denn Herr Allworthy hat mir alles erzählt; doch ich sage Ihnen, wären Sie auch zwanzigmal sein Sohn gewesen, er hätte nicht mehr Liebe und Achtung für Sie äußern können, als er das öfter in meiner Anwesenheit zum Ausdruck gebracht hat. Sie brauchen sich dessen, was Sie sind, nicht zu schämen, Herr; ich versichere Ihnen, kein rechtschaffener Mensch wird Sie deswegen geringschätzen. Nein, Herr Jones, die Worte ‚unehrenhafte Geburt‘ sind Unsinn, wie mein lieber teurer Mann zu sagen pflegte, man müßte denn das Wort ‚unehrenhaft‘ auf die Eltern anwenden; denn die Kinder können wirklich nicht verunehrt werden durch eine Handlung, an der sie vollkommen unschuldig sind.“

Hier seufzte Jones tief auf, dann sagte er: „Da ich sehe, Madam, daß Sie mich wirklich kennen und Herr Allworthy es für richtig befunden hat, vor Ihnen meinen Namen zu erwähnen, und da Sie, was Ihre eigenen Angelegenheiten betrifft, gegen mich so rückhaltlos offen gewesen sind, so will ich Sie auch mit einigen weitern Umständen, die mich betreffen, bekannt machen.“ Und da Frau Miller sich sehr eifrig und begierig zeigte, davon zu vernehmen, fing er an und erzählte ihr seine ganze Lebensgeschichte, jedoch ohne den Namen Sophias auch nur einmal zu erwähnen.

Zwischen redlichen Gemütern besteht eine Art von Sympathie, dank der sie einander leicht Vertrauen schenken. Frau Miller glaubte alles, was Jones ihr erzählte, aufs Wort und drückte viel Mitleid für ihn und Teilnahme an seinem Lose aus. Sie wollte zu dem Gehörten ihre Bemerkungen machen, doch Jones schnitt ihr die Rede ab; denn da die Stunde der Zusammenkunft nun näher rückte, begann er um die Erlaubnis eines zweiten Besuchs der Dame an diesem Abend zu feilschen, der, wie er versprach, in ihrem Hause der letzte sein sollte. Er schwor dabei, sie sei von sehr hohem Stand und nichts sollte zwischen ihnen vorgehen, was nicht als völlig unschuldig zu betrachten wäre; und ich glaube fest, daß er die Absicht hatte, sein Wort zu halten.

Frau Miller ließ sich endlich überreden, und Jones begab sich auf sein Zimmer, wo er bis zwölf Uhr allein saß, doch keine Lady Bellaston erschien.

Da wir gesagt haben, daß diese Dame zu Jones eine große Liebe gefaßt hatte, und es sich gezeigt haben muß, daß dem wirklich so war, so mag sich der Leser vielleicht über dieses erste Versäumen ihres Versprechens wundern, da sie ihn doch für krank halten mußte – ein Zustand, bei dem die Freundschaft solche Besuche am meisten zu erfordern scheint. Dieses Verhalten der Dame mögen einige vielleicht als unnatürlich verurteilen; doch ist das gar nicht unsere Schuld, denn unsere Sache ist es allein, der Wahrheit gemäß zu erzählen.

6. Kapitel

Enthält einen Auftritt, der zweifellos alle unsere Leser ergreifen wird.

Herr Jones schloß während des ersten Teils der Nacht kein Auge, nicht infolge einer Unruhe, die ihn wegen der Enttäuschung über Lady Bellaston geplagt hätte, noch war Sophia selbst, obgleich die Mehrzahl seiner wachen Stunden ihn mit Vorstellungen von ihr erfüllten, die Ursache seines vereitelten Schlummers. Der arme Jones war in Wahrheit einer der gutherzigsten Gesellen von der Welt und hatte in vollem Maße jene Schwäche, die man Mitgefühl nennt und die diesen unvollkommenen Charakter von der edlen Festigkeit unterscheidet, die einen Mann, gleichsam wie von selbst, befähigt, gleich einer polierten Kugel durch die Welt zu rollen, ohne auch nur einmal durch das Unglück, das anderen zustößt, angehalten zu werden. So konnte Jones nicht anders, als sich voll tiefen Mitleids die Lage der armen Nancy zu vergegenwärtigen, deren Liebe für Herrn Nightingale ihm so offenkundig schien, daß er über die Blindheit ihrer Mutter erstaunt war, die ihm am Abend zuvor mehrmals Bemerkungen gemacht hatte über die großen Veränderungen im Wesen ihrer Tochter, die aus einem der lebhaftesten und fröhlichsten Mädchen auf einmal ganz Trübsinn und Trauer geworden sei.

Endlich aber besiegte Schlaf alle Widerstände, und nun, als wäre er bereits eine Gottheit, wie die Alten dachten, und eine beleidigte dazu, schien er sich seines teuer erkauften Sieges zu freuen. Mit einfachen Worten und ohne jeden Vergleich gesagt:

Herr Jones schlief bis elf Uhr des nächsten Morgens, und er würde vielleicht noch längere Zeit in derselben Verfassung zugebracht haben, hätte nicht ein heftiges Getümmel im Haus ihn aufgeschreckt.

Partridge wurde herbeigerufen, und auf die Frage, was da vorgehe, antwortete er, da unten an der Treppe tobe ein gewaltiger Sturm; Fräulein Nancy liege in einer Ohnmacht und Mutter und Schwester schrien und weinten über ihr. Jones bezeigte große Bestürzung über diese Neuigkeiten; Partridge versuchte ihn zu beschwichtigen, indem er sagte, er glaube, die junge Dame sei nicht in Todesgefahr; Susan (das war der Name der Magd) habe ihm gesagt, es handle sich um etwas durchaus Übliches. „Kurz“, sagte er, „Fräulein Nancy wollte ebenso klug sein wie ihre Mutter, das ist alles; sie war ein wenig hungrig, so scheint es, und setzte sich zum Essen, bevor noch das Gebet gesprochen war; und nun kommt da ein Kind, das für das Findelhaus bestimmt ist . . .“ – „Ich bitt Sie, lassen Sie Ihre einfältigen Späße“, rief Jones. „Ist das Elend dieses armen Geschöpfes ein Grund zur Heiterkeit? Gehn Sie sogleich zu Frau Miller hinab und sagen Sie ihr, ich bitte um die Erlaubnis – nein, bleiben Sie, sonst werden Sie wieder etwas anrichten; ich werde selbst gehen, denn sie wünschte, daß ich mit ihnen frühstücke.“ Er stand auf und zog sich in großer Eile an; und während er sich ankleidete, konnte sich Partridge trotz dem strengen Verweis gewisser roher Bemerkungen zu diesem Anlaß, gewöhnlich Witze genannt, nicht enthalten. Sobald Jones in seinen Kleidern war, eilte er hinab, pochte an die Tür und wurde sogleich vom Hausmädchen in das äußere Wohnzimmer geführt, das sowohl einer versammelten Eßgesellschaft wie auch eines gedeckten Tisches gänzlich entbehrte. Frau Miller befand sich mit ihrer Tochter im innern Zimmer, von wo nun das Mädchen für Herrn Jones die Botschaft brachte, ihre Herrin hoffe, daß er die Enttäuschung, die sie ihm bereite, verzeihen werde; doch ein Unfall habe sich ereignet, der es ihr unmöglich mache, sich heute bei Tisch seiner Gesellschaft zu erfreuen. Sie bitte um Entschuldigung, daß sie ihn hiervon nicht eher benachrichtigt habe. Jones wünschte, sie möchte sich wegen einer so geringfügigen Sache, wie das seine Enttäuschung wäre, nicht beunruhigen; das Geschehene tue ihm herzlich leid; könne er ihr mit irgend etwas dienen, so möge sie über ihn verfügen.

Kaum hatte er diese Worte gesprochen, als Frau Miller, die alles gehört, die Tür plötzlich aufstieß und unter strömenden

Tränen zu ihm herausgeeilt kam und sagte: „Oh, Herr Jones! Sie sind gewiß von den jungen Menschen der besten einer. Tausend Dank für das Anerbieten Ihrer Dienste; aber ach, Herr, es steht nicht in Ihrer Macht, mein armes Kind zu retten. Ach, mein Kind! mein Kind! es ist für immer vernichtet und verloren!" – „Ich hoffe, Madam", sagte Jones, „kein Ehrloser ..." – „Oh, Herr Jones!" sagte sie, „dieser Ehrlose, der gestern meine Wohnung verließ, hat mein armes Mädchen betrogen – hat es zugrunde gerichtet. Ich weiß, sie sind ein Ehrenmann. Sie haben ein gutes, ein edles Herz, Herr Jones. Die Handlungen, deren Zeuge ich war, konnten nur aus einem solchen Herzen hervorgehen. Ich will Ihnen alles sagen, denn nach dem, was geschehen, ist es unmöglich, daraus ein Geheimnis zu machen. Dieser Nightingale, dieser barbarische Schurke, stieß meine Tochter ins Verderben. Sie ist – sie ist – oh! Herr Jones, mein Mädchen ist durch ihn schwanger; und in diesem Zustand hat er sie verlassen. Hier! hier, Herr, dies ist sein herzloser Brief. Lesen Sie ihn, Herr Jones, und sagen Sie mir, ob noch ein zweites solches Ungeheuer lebt."

Der Brief lautete also:

Liebe Nancy, da es mir nicht möglich scheint, selbst vor Ihnen zur Sprache zu bringen, was, so fürchte ich, für Sie nicht weniger ein Schlag sein wird als für mich, bringe ich Ihnen auf diesem Wege zur Kenntnis, daß mein Vater darauf besteht, daß ich einer jungen Dame mit großem Vermögen, die er für mich als – ich will das abscheuliche Wort nicht niederschreiben – ausgesucht hat, einen Antrag mache. Ihr eigener guter Verstand wird Ihnen sagen, wie vollständig ich zu einem Gehorsam gezwungen bin, der mich auf immer Ihren lieben Armen entreißt. Die Zärtlichkeit Ihrer Mutter mag Sie ermutigen, ihr die unglückliche Folge unserer Liebe anzuvertrauen, die vor der Welt leicht geheimgehalten werden kann und für die ich ebenso zu sorgen trachten werde wie für Sie selbst. Ich wollte, diese Angelegenheit würde Ihnen weniger Schmerz bereiten, als ich selbst *dabei* zu erleiden hatte; doch rufen Sie all ihre Tapferkeit zu Hilfe und verzeihen Sie dem Mann und vergessen Sie ihn, den nichts als die Aussicht auf sichern Ruin dazu nötigen konnte, diesen Brief zu schreiben. Ich bitte Sie, vergessen Sie mich, ich meine, allein als Geliebten. Den besten Freund jedoch werden Sie allzeit finden in Ihrem getreuen, wenn auch unglücklichen

J.N.

Als Jones diesen Brief gelesen hatte, schwiegen sie beide eine Minute und schauten sich an. Endlich begann er: „Ich kann Ihnen nicht sagen, Madam, wie sehr das, was ich gelesen habe, mich abgestoßen hat, aber ich bitte Sie, in einer Einzelheit den Rat des Briefschreibers zu befolgen. Wahren Sie den guten Ruf Ihrer Tochter." – „Er ist hin, er ist verloren, Herr Jones", rief sie, „ebenso wie ihre Unschuld. Sie erhielt den Brief in einem Zimmer, in dem Gesellschaft war, und nachdem sie ihn geöffnet hatte, fiel sie augenblicklich in Ohnmacht, und so wurde sein Inhalt allen Anwesenden bekannt. Doch der Verlust ihres guten Rufes, wie schlimm auch, ist nicht das Ärgste. Ich werde mein Kind verlieren; schon zweimal hat sie versucht, sich das Leben zu nehmen; und obwohl sie daran bisher gehindert worden ist, schwört sie, sie werde dies nicht überleben; auch ich selbst vermöchte ein solches Ereignis nicht zu überleben. Was soll denn aus meiner kleinen Betsy werden, eine hilflose Waise? Und dem armen kleinen Geschöpf wird, glaub ich, beim Anblick des Elendes, in dem sie ihre Schwester und mich sich hinschleppen sieht und dessen Ursache sie nicht kennt, das Herz brechen. Ach, sie ist das empfindlichste und gutartigste Ding! Der barbarische, grausame . . . hat uns alle vernichtet. O meine armen Kinder! Ist dies nun der Lohn für alle meine Sorge? Die Frucht all meiner Pläne? Habe ich deshalb so freudig alle Mühen und Pflichten einer Mutter auf mich genommen? Hab ich so zärtlich über ihre Tugend gewacht, so sorgfältig ihre Erziehung beaufsichtigt? Hab ich so viele Jahre hart gearbeitet, mir selbst die Annehmlichkeiten des Lebens versagt, um ihnen etwas zugut kommen zu lassen, damit ich jetzt eine oder beide auf diese Art verlieren soll?" – „Wirklich, Madam", versetzte Jones mit Tränen in den Augen, „Sie tun mir in tiefster Seele leid." – „Oh, Herr Jones", antwortete sie, „selbst Sie, obwohl ich Ihre Herzensgüte kenne, haben keine Vorstellung von dem, was ich fühle. Die besten, freundlichsten, die pflichtgetreuesten Kinder! Ach, meine arme Nancy, der Liebling meiner Seele! Die Freude meiner Augen! Der Stolz meines Herzens! Zu sehr nur, freilich, mein Stolz; denn diesen närrischen, ehrgeizigen Hoffnungen, die ich auf ihre Schönheit baute, verdanke ich den Ruin. Leider, ach, sah ich mit Vergnügen, daß dieser junge Mann ihr geneigt war. Ich glaubte an eine ehrenhafte Zuneigung; und in meiner törichten Eitelkeit schmeichelte ich mir mit dem Gedanken, sie eines Tages mit einem so viel höher Stehenden verheiratet zu sehen. Und tausendmal in meiner, ja oft in ihrer Gegenwart, versuchte er diese Hoffnungen durch die edelmütigsten Redensarten über selbstlose Liebe, die er stets an mein armes Mädchen richtete, zu beleben; und sowohl ich wie auch sie nahmen dies für bare Münze. Hätte ich denn glauben können, daß dies nur Schlingen waren, um die Unschuld meines armen Kindes zu überlisten und uns alle ins Verderben zu stürzen?“ Als sie noch so sprach, kam die kleine Betsy ins Zimmer gelaufen und schrie: „Liebe Mama, um Gottes willen komm zu meiner Schwester, denn sie hat einen neuen Anfall, und meine Kusine kann sie nicht festhalten.“ Frau Miller entsprach sogleich dieser Aufforderung; zuerst jedoch wies sie Betsy an, bei Herrn Jones zu bleiben, bat diesen, sie ein paar Minuten zu unterhalten, und rief mit rührender Stimme: „Guter Gott! hilf mir wenigstens eines von meinen Kindern zu bewahren.“

Jones kam ihrer Bitte nach und tat alles mögliche, um das kleine Mädchen ein wenig aufzuheitern, obgleich ihn tatsächlich Frau Millers Geschichte selbst nicht wenig ergriffen hatte. Er sagte zu ihr, ihre Schwester werde sich bald wieder ganz wohl befinden; daß sie, wenn sie auf die Art rede, nicht nur ihrer Schwester Zustand verschlimmern, sondern auch ihre Mutter krank machen werde. „Ganz gewiß, Herr“, gab Betsy zur Antwort, „ich möchte um alles in der Welt nichts tun, was ihnen schaden könnte. Eher soll mir das Herz zerspringen, als daß sie mich sollen weinen sehen. Denn meine arme Schwester kann es nicht ertragen, wenn ich weine. Ich fürchte, sie wird nie mehr in der Lage sein, mich weinen zu sehen. Ich kann mich wirklich nicht von ihr trennen; ich kann's wirklich nicht. Und dann auch die arme Mama, was soll aus ihr werden? Sie sagt, auch sie wolle sterben und mich verlassen; doch ich bin entschlossen, ich will nicht zurückgelassen werden.“ – „Aber fürchtest du dich denn nicht zu sterben, kleine Betsy?“ fragte Jones. „Doch“, sagte sie, „ich habe mich immer gefürchtet zu sterben, weil ich dann meine Mama und meine Geschwister verlassen müßte; aber ich habe keine Furcht, mit denen irgendwohin zu gehen, die ich liebe.“

Jones gefiel diese Antwort so, daß er das Kind innig küßte; und bald darauf kam Frau Miller zurück und sagte, Nancy sei, dem Himmel sei Dank, wieder zur Besinnung gekommen. „Und jetzt, Betsy“, sagte sie, „magst du hinübergehn, denn deiner Schwester geht es besser, und sie verlangt nach dir.“ Dann wandte sie sich an Jones und begann erneute Entschuldigungen wegen des vereitelten Frühstücks vorzubringen.

„Ich hoffe, Madam", erwiderte Jones, „ich werde einen besseren Schmaus genießen, als Sie mir je einen vorsetzen könnten. Das wird sicherlich der Fall sein, wenn ich dieser kleinen liebevollen Familie einen Dienst erweisen kann. Welcher Erfolg auch meinem Versuch beschieden sein mag, ich bin entschlossen, ihn zu wagen. Ich wäre von Herrn Nightingale sehr enttäuscht, wenn er trotz allem, was geschah, im Grunde seines Herzens nicht ebensoviel Güte hegte wie die stärkste Liebe zu Ihrer Tochter. Ist dem so, dann, glaube ich, wird das Bild, das ich vor seinen Augen zu entrollen gedenke, ihm Eindruck machen. Versuchen Sie, Madam, inzwischen sich und Fräulein Nancy nach Kräften zu trösten. Ich werde jetzt Herrn Nightingale sogleich aufsuchen, und ich hoffe, Ihnen gute Nachrichten bringen zu können."

Frau Miller fiel auf die Knie und flehte allen Segen des Himmels auf Herrn Jones herab; dem ließ sie später die leidenschaftlichsten Dankbarkeitsbekundungen folgen. Dann machte er sich auf, um Herrn Nightingale heimzusuchen, und die gute Frau kehrte zurück, um ihre Tochter zu trösten, die durch das, was ihre Mutter ihr erzählte, ein wenig froher wurde, und beide ergingen sich in Lobreden auf Herrn Jones.

7. Kapitel

Die Unterhaltung zwischen Herrn Jones und Herrn Nightingale.

Das Gute oder Schlimme, das wir andern erweisen, fällt, so glaube ich, recht häufig auf uns selbst zurück. Denn so wie Menschen von gütiger Anlage über ihre Wohltaten ebenso hohe Freude empfinden wie jene, denen sie erwiesen werden, so gibt es wohl kaum so vollkommen teuflische Naturen, die fähig wären, andere zu schädigen, ohne selbst einige Gewissenspein über das Unglück zu empfinden, das sie über ihre Mitmenschen bringen.

Herr Nightingale wenigstens war keiner von diesen. Im Gegenteil, Jones fand ihn in seiner neuen Wohnung trübsinnig am Feuer sitzend, in seiner Seele die traurige Lage, in die er die arme Nancy gebracht hatte, beklagend. Sowie er seinen Freund erblickte, sprang er auf und eilte ihm entgegen; und nachdem *er ihn* freudig begrüßt hatte, erklärte er: „Nichts hätte mir erwünschter sein können als Ihr liebenswürdiger Besuch; denn noch nie in meinem Leben war mir so elend zumute."

„Es tut mir leid", antwortete Jones, „daß ich Ihnen Nachrichten bringe, die so wenig geeignet sind, Sie zu erheitern, ja die Sie nach meiner Meinung heftig erschüttern müssen. Nun ist es aber nötig, daß Sie davon erfahren. Ohne weitere Umschweife darum: Ich komme zu Ihnen, Herr Nightingale, von einer würdigen Familie, die Sie in Elend und Verderben gestoßen haben." Bei diesen Worten verfärbte sich Herr Nightingale; doch Jones, ohne darauf zu achten, fuhr fort und schilderte in den lebhaftesten Farben die bewegende Geschichte, mit der der Leser im vorigen Kapitel bekanntgemacht worden ist.

Nightingale unterbrach die Erzählung nicht ein einziges Mal, wiewohl er an verschiedenen Stellen eine heftige Ergriffenheit verriet. Als Jones geschlossen hatte, holte er einen tiefen Seufzer herauf und sagte: „Was Sie mir da berichten, mein Freund, erfüllt mich mit dem innigsten Bedauern. Was für ein verfluchter Zufall, daß mein Brief an das Mädchen so bekannt geworden ist. Ohne dies wäre ihr Ruf heil geblieben und die Angelegenheit ein tiefes Geheimnis, und alsdann wäre es dem Mädchen nicht zu schlecht ergangen, denn solche Dinge geschehen häufig in dieser Stadt; und wenn der Gatte etwas vermuten sollte, wenn es bereits zu spät ist, so wird er klüger tun, seinen Verdacht zu verhehlen, sowohl vor seinem Weib als auch vor der Welt."

„Wirklich, mein Freund", erwiderte Jones, „dies konnte bei Ihrer armen Nancy nicht der Fall sein. Ihre Liebe gehörte so vollständig Ihnen allein, daß sie sich darüber abhärmt, Sie zu verlieren, nicht ihren Ruf, und daraus wird ihr und ihrer Familie Untergang folgen." – „O nein, was das betrifft, so versichere ich Ihnen", rief Nightingale, „sie besitzt meine ganze Liebe; meine Frau, wer sie nun auch sein mag, wird daran wenig teilhaben." – „Aber ist es dann möglich", fragte Jones, „daß Sie daran denken können, sie zu verlassen?" – „Ja, was kann ich denn tun?" sagte der andere. „Fragen Sie das Fräulein Nancy", erwiderte Jones mit Wärme. „In der Lage, in welche sie durch Sie gebracht wurde, glaube ich aufrichtig, daß sie zu bestimmen hätte, welche Art Entschädigung Sie ihr leisten sollten. Allein des Mädchens Wohl und nicht das Ihrige sollte hier das Maß sein. Aber wenn Sie mich fragen, was Sie tun sollen, was können Sie weniger tun", rief Jones, „als die Erwartungen ihrer Familie und ihre eigenen zu erfüllen? Ja, ich gestehe Ihnen, es waren auch die meinen von dem Augenblick an, da ich Sie beide zusammen gesehen habe. Sie werden mir verzeihen, wenn ich mir bei der Freundschaft, mit der Sie mich beehrt haben, so etwas herausnehme, vom Mitleid mit diesen armen Leuten bewegt, wie ich bin. Doch Ihr eigenes Herz wird es Ihnen am besten sagen, ob Sie niemals durch Ihr Betragen der Mutter sowohl wie auch der Tochter die Meinung beizubringen beabsichtigten, daß Sie ehrenhafte Absichten hätten; wenn aber doch, so möchte ich, wenn auch in diesem Fall kein eigentliches Heiratsversprechen gegeben wurde, Ihrem Herzen und Verstand überlassen zu erkennen, wozu Sie verpflichtet sind."

„Nein, nicht allein muß ich mich zu dem bekennen, worauf Sie angespielt haben", sagte Nightingale, „sondern ich fürchte sogar, jenes Versprechen, das Sie erwähnen, habe ich gegeben." – „Und können Sie, nachdem Sie solches gestanden haben, noch einen Augenblick zögern?" rief Jones. „Überlegen Sie, mein Freund", gab der andere zu bedenken, „ich weiß, daß Sie ein Ehrenmann sind und niemandem raten würden, gegen seine Grundsätze zu handeln. Gäbe es auch keinen anderen Einwand, kann ich denn nach dem Bekanntwerden ihrer Unehre daran denken, mit Ehren eine solche Verbindung einzugehen?" – „Ganz ohne Zweifel", rief Jones, „und die wahrste und echteste Ehre, die es gibt, die Güte, verlangt es von Ihnen. Da Sie derartige Skrupel vorbringen, erlauben Sie mir, daß ich diese näher untersuche. Verträgt es sich mit der Ehre, sich der folgenden Dinge schuldig zu machen: unter falschen Vorstellungen ein Mädchen und dessen Familie zu betrügen und ihm auf betrügerische Weise seine Unschuld zu rauben? Verträgt es sich mit der Ehre, die bewußte, willentliche Ursache, ja der listige Planer für den Untergang dieser Familie zu sein? Verträgt es sich mit der Ehre, Frieden und wahrscheinlich Leib und Seele dieses Geschöpfes zu vernichten? Erträgt die Ehre den Gedanken, daß dieses Geschöpf eine zarte, hilflose, unbeschützte junge Frau ist? Eine junge Frau, die Sie liebt, die in Sie vernarrt ist, die für Sie in den Tod ginge, die das höchste Vertrauen in Ihre Versprechungen gesetzt, die für dieses Vertrauen alles geopfert hat, was ihr teuer ist? Kann die Ehre Betrachtungen wie diese auch nur einen Augenblick aushalten?"

„Der gesunde Menschenverstand", sagte Nightingale „wird allem, was Sie sagen, beipflichten; Sie wissen indessen sehr wohl, daß ihm die Meinung der Welt entgegensteht, daß, wollte ich eine Hure heiraten, und ist's auch meine eigene, so wäre das für mich eine solche Schande, daß ich für immer mein Gesicht nicht zeigen dürfte."

„Pfui darüber, Herr Nightingale!“ sagte Jones; „nennen Sie sie nicht mit einem so unedlen Namen. Als Sie ihr versprachen, sie zu heiraten, da wurde sie Ihr Weib, und sie hat mehr gegen die Klugheit gesündigt als gegen die Tugend. Und was ist diese Welt, der Ihr Gesicht zu zeigen, Sie sich schämen würden, anders als gemein, albern und verkommen? Verzeihen Sie mir, wenn ich sage, einer solchen Schamhaftigkeit muß eine falsche Bescheidenheit zugrunde liegen, die falsche Ehre stets wie ein Schatten begleitet. Doch bin ich gewiß, es gibt keinen Menschen von wahrem Gefühl und wirklicher Güte, der eine solche Handlung nicht ehren und loben würde. Doch gesetzt, keiner täte dies, würde dann nicht Ihr eigenes Herz, mein Freund, Ihnen Beifall zollen? Und gewähren nicht die warmen begeisternden Empfindungen, die uns bei der Ausübung einer ehrenhaften, edlen, großmütigen, guten Tat überkommen, unserem Gemüt eine größere Freude als das unverlangte Lob von Millionen? Doch machen Sie sich das Für und Wider deutlich klar. Auf der einen Seite dieses arme, unglückliche, zärtliche, gläubige Mädchen in den Armen seiner elenden Mutter, in den letzten Zügen. Hören Sie, wie sie mit brechendem Herzen Ihren Namen seufzt und die grausame Fügung, die sie in die Vernichtung niederzwingt, mehr beklagt als anklagt! Vergegenwärtigen Sie sich in der Phantasie den Zustand ihrer lieben, verzweifelnden Mutter, die der Verlust ihrer reizenden Tochter in Wahnsinn oder Tod treiben wird! Blicken Sie hin auf das arme hilflose Waisenkind; und wenn Ihr Sinn sich nur einen Augenblick mit diesen Vorstellungen befaßt haben wird, dann betrachten Sie sich selbst als die Ursache des Verderbens dieser armen, kleinen, würdigen, schutzlosen Familie. Auf der andern Seite sehen Sie sich selbst als deren Befreier von ihrem zeitweiligen Unglück. Denken Sie doch, mit welcher Freude, mit welchem Entzücken dieses liebenswürdige Geschöpf sich in Ihre Arme stürzen würde. Sehen Sie, wie ihr Blut in ihre blassen Wangen zurückkehrt, das Feuer in ihre sehnsüchtigen Augen und die Freude in ihre gequälte Brust. Betrachten Sie die Überschwenglichkeit ihrer Mutter, die Glückseligkeit aller. Denken Sie, wie diese kleine Familie durch eine Ihrer Handlungen vollkommen glücklich würde. Überlegen Sie sich dies Entweder-Oder, und ich hatte bestimmt eine irrtümliche Auffassung von meinem Freund, wenn es eines langen Besinnens bedarf, ob er diese Armen für immer fallenlassen oder durch einen einzigen edelmütigen Entschluß sie alle vom Rand des Elends und der

Verzweiflung hinweg auf die höchste Höhe des menschlichen Glücks versetzen will. Fügen wir zu dem allem noch eine weitere Erwägung hinzu, daß es Ihre Pflicht ist, dies zu tun – daß das Elend, von dem Sie diese armen Leute befreien wollen, das Elend ist, das Sie selbst über sie gebracht haben."

„Ach, mein lieber Freund!" rief Nightingale, „es brauchte Ihre Beredsamkeit nicht, um mich aufzurütteln. Ich bemitleide Nancy mit ganzer Seele und gäbe gern alles, was nur in meiner Macht steht, dafür hin, daß keine Vertraulichkeiten zwischen uns gewesen wären. Nein, glauben Sie mir, ich hatte Kämpfe mit meiner Leidenschaft zu bestehen, bevor ich mich dazu bringen konnte, jenen grausamen Brief zu schreiben, der all den Jammer in dieser unglücklichen Familie verursacht hat. Hätte ich nur meinem eigenen Rat zu folgen, ich würde sie schon morgen vormittag heiraten; das wollt ich, bei Gott! Sie werden aber leicht begreifen, daß es unmöglich ist, meinen Vater zur Einwilligung in eine solche Verbindung zu bewegen; zudem hat er nun eine andere für mich ausersehen, und morgen, auf seinen ausdrücklichen Befehl, habe ich der Dame meine Aufwartung zu machen."

„Ich habe nicht die Ehre, Ihren Vater zu kennen", sagte Jones, „doch angenommen, man vermöchte ihn zu überreden, würden Sie selbst sich für den einzigen Weg entscheiden, auf dem diesen armen Leuten zu helfen wäre?" – „Ich könnte eifriger nicht auf meine Seligkeit erpicht sein", versicherte Nightingale; „denn ich werde sie niemals in einer andern Frau finden können. Oh, mein lieber Freund! könnten Sie sich vorstellen, was ich während der letzten zwölf Stunden für mein armes Mädchen gefühlt habe, ich bin überzeugt, sie würde nicht mehr Ihr ganzes Mitleid allein in Anspruch nehmen. Nur leidenschaftliche Liebe treibt mich zu ihr; hatte ich ehrenhalber noch irgend törichte Skrupel, so haben Sie diese nun vollständig zerstreut. Könnte man meinen Vater dazu bewegen, meinen Wünschen nachzugeben – nichts würde dann zu meinem oder Nancys vollkommenem Glück mehr fehlen."

„Dann werde ich diesen Schritt unternehmen", sagte Jones. „Sie dürfen sich nicht darüber erbosen, in welchem Lichte es mir auch nötig erscheinen wird diese Sache darzustellen, die, verlassen Sie sich darauf, ihm ohnehin nicht lange verborgen bleiben könnte; denn derartige Dinge verbreiten sich rasch, wie das mit diesem einen Vorkommnis ja leider bereits geschehn ist. Außerdem, sollten sich mißliche Folgen einstellen – und das, fürchte ich, wird geschehen, wenn man dem nicht sogleich zuvorkommt –, so würden die Leute um Ihren Namen einen Lärm erheben, der Ihren Vater, wenn er einfach menschlich empfindet, verletzen müßte. Wollen Sie mir also sagen, wo ich den alten Herrn treffen kann, so will ich in der Sache keinen Augenblick verlieren. Während ich das Meine tue, könnten Sie selbst nichts Besseres unternehmen, als dem armen Mädchen einen Besuch abzustatten. Sie werden dann sehen, daß ich in meiner Schilderung des Leides dieser Familie nicht übertrieben habe."

Nightingale stimmte diesem Vorschlag sogleich zu; und jetzt, nachdem er Jones mit seines Vaters Wohnung bekannt gemacht, ihm auch das Kaffeehaus bezeichnet hatte, wo er ihn wahrscheinlich finden würde, zögerte er eine Weile und sagte dann: „Mein lieber Jones, Sie versuchen etwas Unmögliches. Wenn Sie meinen Vater kennten, würden Sie niemals daran glauben, seine Zustimmung erhalten zu können. Doch warten Sie, da ist vielleicht ein Weg – falls Sie ihm sagen wollten, ich sei bereits verheiratet, so könnte man ihn mit der Tatsache, da sie nun einmal geschehen, eher versöhnen. Und auf meine Ehre, was Sie mir berichtet haben, hat mich so bewegt, und ich liebe meine Nancy so heiß, daß ich fast möchte, es verhielte sich so, welches auch die Folgen wären."

Jones äußerte sich sehr beifällig über diesen Wink und versprach, ihn zu befolgen. Darauf gingen sie auseinander, Nightingale zum Besuch seiner Nancy, Jones auf die Suche nach dem alten Herrn.

8. Kapitel

Was sich zwischen Jones und dem alten Herrn Nightingale abspielte, nebst der Ankunft einer Person, die in dieser Geschichte noch nicht erwähnt wurde.

Ungeachtet der Ansicht des römischen Satirikers, der die Göttlichkeit Fortunas verneint, und der Meinung Senecas zum selben Gegenstand behauptet Cicero – wie ich glaube, ein klügerer Mann als jene beiden – ausdrücklich das Gegenteil; und gewiß ist, daß sich im Leben so überaus seltsame und unerklärbare Dinge ereignen, daß es, um sie hervorzubringen, mehr als menschlicher Geschicklichkeit und Voraussicht bedürfte.

Von dieser Art war das, was Jones jetzt begegnete, der Herrn Nightingale den Älteren in einem so kritischen Augenblick vorfand, daß Fortuna, war sie wirklich all der Verehrung wert, die man ihr in Rom erzeigte, keinen zweiten gleichgearteten hätte ersinnen können. Kurz, der alte Herr und der Vater der jungen Dame, die er für seinen Sohn zur Braut ausersehen, hatten über diesen Gegenstand während vieler Stunden verhandelt. Der zweite war soeben gegangen und hatte den ersten mit der beglückenden Empfindung allein gelassen, in einem langen Kampf, den die beiden Väter um Braut und Bräutigam geführt hatten, erfolgreich gewesen zu sein. Jeder hatte in diesem Streit den andern zu überlisten versucht, und wie das in solchen Fällen nicht selten zu geschehen pflegt, waren beide schließlich vollkommen befriedigt auseinandergegangen, jeder in der Meinung, den Sieg errungen zu haben.

Dieser Herr, bei dem Herr Jones nun vorsprach, war das, was man einen Weltmann nennt, das will sagen, ein Mann, der sich in dieser Welt benimmt wie einer, der vollkommen überzeugt ist, daß es keine andere gibt, und darum entschlossen, so viel wie möglich aus dieser herauszuholen. In seinen früheren Jahren wurde er für den Handel erzogen, doch nachdem er ein ansehnliches Vermögen zusammengebracht hatte, hatte er dieses Geschäft aufgegeben; richtiger gesagt: statt des Handels mit Gütern handelte er jetzt nur noch mit Geld, von dem ihm stets ein reichlicher Vorrat zur Verfügung stand und aus dem er reichlich Gewinn zu schlagen wußte, zuweilen dank der Bedürfnisse von Privaten, dann wieder dank der öffentlichen Hand. Er hatte sich so vollständig dem Umgang mit dem Gelde hingegeben, daß man daran zweifeln mag, ob er ahnte, daß es außerdem überhaupt noch etwas wirklich Existierendes in der Welt gebe. Das wenigstens darf man als gewiß hinstellen, daß er des festen Glaubens war, nichts anderes in der Welt habe einen wirklichen Wert.

Der Leser wird wohl zugeben, daß Fortuna keine Person hätte aussuchen können, die weniger geeignet gewesen wäre, von Herrn Jones mit einiger Aussicht auf Erfolg angegriffen zu werden; auch hätte die launenhafte Dame diesen Angriff zu keiner unpassenderen Zeit in die Wege leiten können.

Da nun Geld im Denken dieses Herrn stets den ersten Rang einnahm, so schoß ihm beim Anblick eines Fremden in seinen Räumen als erstes durch den Kopf, dieser Fremde komme, um ihm Geld zu bringen oder von ihm zu holen. Und je nachdem der eine oder der andere dieser Gedanken bei ihm überwog, bildete er sich von der angekommenen Person eine günstige oder ungünstige Meinung.

Zum Unglück für Jones war gegenwärtig die zweite Vermutung im Zunehmen; denn da ein junger Herr mit der Verschreibung einer Spielschuld seines Sohnes tags zuvor bei ihm erschienen war, so befürchtete er, als Jones ihm entgegentrat, dieser sei in einem ähnlichen Auftrag gekommen. Sowie Jones ihm gesagt hatte, er möchte ihn in einer Angelegenheit seines Sohnes sprechen, rief der alte Herr, in seinem Verdacht bestärkt, das sei verlorene Mühe. „Ist es denn möglich", antwortete Jones, „daß Sie meinen Auftrag erraten können?" – „Ich errate ihn", erwiderte der andere, „und ich wiederhole, das wäre für Sie verlorene Mühe. Nun, ich nehme an, Sie sind einer von diesen Gesellen, die meinen Sohn in alle die Ausschweifungen und Zechereien hineinziehen, die sein Verderben sein werden. Aber ich werde keine von seinen Rechnungen mehr bezahlen, das sag ich Ihnen. Ich erwarte, daß er künftig solche Gesellschaft meiden wird. Sonst hätte ich mich nicht nach einer Frau für ihn umgesehen; denn ich möchte an niemandes Untergang mitwirken." – „Wie, Herr", rief Jones, „also hatten Sie die Dame für ihn ausgesucht?" – „Bitte, Herr", versetzte der alte Herr, „was geht Sie diese Angelegenheit an?" – „Aber nein, bester Herr", erwiderte Jones, „seien Sie nicht beleidigt, weil ich an dem Anteil nehme, was Ihres Sohnes Glück betrifft, Ihres Sohnes, den ich ehre und hochschätze. Eben in dieser Angelegenheit komme ich zu Ihnen. Ich vermag der Genugtuung nicht Ausdruck zu geben, die ich über das, was Sie sagten, empfand; denn ich versichere Ihnen, die Person Ihres Sohnes halte ich hoch in Ehren. Ja, Herr, es fällt mir auch nicht leicht, die Schätzung auszusprechen, die ich für Sie empfinde, der Sie so edelmütig gewesen sind, so gütig, so freundlich, so nachsichtig, für Ihren Sohn eine solche Verbindung zu ermöglichen, eine Frau, die, ich will darauf schwören, ihn zu einem der glücklichsten Männer auf dieser Erde machen wird."

Wohl kaum etwas setzt die Menschen so bei uns in Gunst, als wenn wir bei ihrem ersten Erscheinen durch sie etwas befürchten zu müssen glaubten; wenn diese Befürchtungen dann anfangen, sich zu verflüchtigen, vergessen wir bald das Unbehagen, das sie uns verursacht haben, und halten uns selbst für unsere jetzige Beruhigung jenen selben Personen verpflichtet, die uns in Furcht versetzten.

Also erging es Herrn Nightingale, der, sobald er erkannt hatte, daß Jones nicht gekommen war, um eine Forderung zu stellen, an dessen Gegenwart Vergnügen zu finden begann. „Bitte, mein lieber Herr", sagte er, „nehmen Sie Platz. Ich kann mich zwar nicht erinnern, Ihnen früher schon einmal begegnet zu sein; wenn Sie jedoch ein Freund meines Sohnes sind und mir etwas auszurichten haben, was jene Dame betrifft, so will ich Sie gerne anhören. Was das angeht, daß sie ihn glücklich macht, so dürfte es sein Fehler sein, wenn nichts daraus wird. Ich habe meine Pflicht getan, indem ich mich um die Hauptsache bemühte. Sie wird ihm ein Vermögen mitbringen, das wohl einen vernünftigen, klugen, nüchternen Mann glücklich machen könnte." – „Das zweifelsohne" rief Jones, „denn sie selbst ist ein Vermögen: so schön, so vornehm, so sanftmütig und so wohlerzogen; sie ist wirklich eine vollkommene junge Dame, singt wunderbar und hat den gefühlvollsten Anschlag am Spinett." – „Ich habe von all den Dingen nichts gewußt", antwortete der alte Herr, „denn ich habe die Dame nie gesehen; sie ist mir aber nicht weniger lieb, nachdem Sie mir dies von ihr erzählt haben, und ich bin darüber um so mehr erfreut, als ihr Vater bei dem Handel auf diese Eigenschaften kein Gewicht gelegt hat. Ich werde darin stets einen Beweis seines Verstandes sehen. Ein dummer Mensch würde sie als einen Zusatz zu ihrem Vermögen hervorgehoben haben; doch er, um ihm gerecht zu sein, erwähnte nichts von diesen Dingen, obgleich sie den Wert einer Frau gewiß nicht vermindern." – „Ich kann Ihnen versichern, Herr, daß sie das alles in vorzüglichem Grade besitzt. Ich für meinen Teil gestehe, ich hatte befürchtet, Sie möchten ein wenig rückständig und einer solchen Verbindung abgeneigt sein, denn Ihr Sohn sagte mir, Sie hätten die Dame nie gesehen. Und so bin ich gekommen, Herr, um Sie in diesem Fall zu bitten, Sie zu beschwören, da Ihnen das Glück Ihres Sohnes am Herzen liegt, gegen seine Heirat mit einer Frau nichts einzuwenden, die nicht nur die von mir genannten guten Eigenschaften besitzt, sondern noch manche andere dazu." – „Wenn dies Ihr Geschäft war, Herr", sagte der alte Mann, „dann sind wir Ihnen beide sehr dankbar; denn ich gebe Ihnen mein Wort, ich war mit ihrem Vermögen höchlich zufrieden." – „Herr", sagte Jones, „ich achte Sie mit jedem Augenblick mehr. So leicht zufriedengestellt, so bescheiden zu sein in dieser Beziehung, das ist der Beweis sowohl eines gesunden Verstandes als auch einer edlen Gesinnung.“ – „Gar nicht so bescheiden, junger Herr, gar nicht so bescheiden“, entgegnete der Vater. „Noch edelmütiger also“, rief Jones. „Und erlauben Sie mir hinzuzufügen: auch vernünftig; denn gewiß ist es beinahe schon Wahnsinn, im Geld die einzige Grundlage für das Glück zu sehen. Eine Frau wie sie, mit ihrem kleinen, ja mit gar keinem Vermögen . . .“ – „Mir scheint“, rief der alte Herr, „Sie haben von Geld eine ziemlich richtige Meinung, mein Freund, oder Sie kennen die Person der Dame besser als ihre Verhältnisse. Nun ja, wieviel Vermögen, schätzen Sie, wird die Dame haben?“ – „Wieviel Vermögen?“ rief Jones, „je nun, ein zu geringfügiges, um für Ihren Sohn in Betracht zu kommen.“ – „Nun, nun, nun“, versetzte der andere, „vielleicht hätte er sich für etwas Besseres entscheiden können.“ – „Das bestreite ich“, erwiderte Jones, „denn sie ist eine der besten Frauen.“ – „Ja, ja, doch in puncto Vermögen meine ich“, antwortete der andere. „Und was das betrifft, wieviel glauben Sie, daß Ihr Freund erhalten wird?“ – „Wieviel?“ rief Jones, „wieviel? Nun, im besten Fall vielleicht zweihundert Pfund.“ – „Wollen Sie mich aufziehen, junger Herr?“ fragte der Vater ein wenig gereizt. „Nein, bei meiner Seele“, versicherte Jones, „ich rede im Ernst; ja, ich glaube, ich habe die höchste Zahl genannt. Wenn ich der Dame Unrecht tue, so bitte ich um Verzeihung.“ – „Das tun Sie wirklich“, rief der Vater; „ich bin gewiß, sie besitzt fünfzigmal soviel, und sie soll damit herausrücken, ehe ich einwillige, daß sie meinen Sohn heiratet.“ – „Nein“, sagte Jones, „es ist nun zu spät, um von Einwilligung zu sprechen; und wenn sie keine fünfzig Farthing hätte, Ihr Sohn ist verheiratet.“ – „Mein Sohn verheiratet!“ rief der alte Herr bestürzt. „Ja,“ sagte Jones, „ich dachte, Sie wüßten es.“ – „Mein Sohn mit Fräulein Harris verheiratet!“ wiederholte er. – „Mit Fräulein Nancy Miller, der Tochter von Frau Miller, in deren Haus er wohnt, einer jungen Dame, die, obgleich ihre Mutter genötigt ist, Zimmer zu vermieten . . .“ – „Wollen Sie mich foppen, oder reden Sie im Ernst?“ rief der Vater mit feierlicher Stimme. „Herr“, war Jones' Antwort, „ich verachte den Charakter eines Foppers. Ich kam zu Ihnen in unbedingtem Ernst, da ich mir dachte – und ich finde es ja wirklich so –, daß Ihr Sohn es niemals gewagt hätte, Sie mit einer Verbindung, die in Dingen des

Vermögens so weit unter ihm steht, bekannt zu machen, wiewohl der gute Ruf der Dame es nicht erträgt, daß sie noch länger geheimgehalten werde."

Während der Vater dastand, als hätte er über dieser Nachricht die Sprache verloren, trat ein Herr ins Zimmer und begrüßte ihn mit der Anrede „Bruder".

Obgleich nun diese beiden zueinander in so enger Blutsverwandtschaft standen, waren sie in ihrer Anlage ein jeder fast der genaue Gegensatz des andern. Der Bruder, der eben eintrat, war gleicherweise für den Handel erzogen worden. Als er in diesem Beruf etwa sechstausend Pfund verdient hatte, kaufte er mit dem größeren Teil des Geldes ein kleines Gut und zog sich aufs Land zurück; dort heiratete er die Tochter eines pfründelosen Geistlichen, eine junge Dame ohne Schönheit und Vermögen, die er sich allein wegen der außerordentlichen Heiterkeit ihres Gemüts erwählt hatte.

Mit dieser Frau zusammen hatte er fünfundzwanzig Jahre lang ein Leben geführt, welches mehr dem Vorbild glich, das bestimmte Dichter dem Goldenen Zeitalter zuschreiben, als irgendeinem Beispiel heutiger Zeiten. Er hatte von ihr vier Kinder, doch keines von ihnen erreichte die Reife, die eine Tochter ausgenommen, die, in gewöhnlicher Sprache ausgedrückt, von ihm und der Mutter verwöhnt worden war; das heißt, sie war mit grenzenloser Liebe und Zärtlichkeit aufgezogen worden und erwiderte beides in solchem Maße, daß sie tatsächlich eine ungewöhnliche Partie mit einem Herrn gegen die Vierzig ausgeschlagen hatte, weil sie es nicht über sich bringen konnte, sich von ihren Eltern zu trennen.

Die junge Dame, die Herr Nightingale zur Verlobten seines Sohnes ausgesucht hatte, war eine nahe Nachbarin seines Bruders und eine Bekannte seiner Nichte; und in Wahrheit war er jetzt wegen dieser geplanten Heirat in die Stadt gekommen, freilich nicht in der Absicht, diesen Plan, von dem er fühlte, daß er unweigerlich seinen Neffen ins Verderben stürzen müßte, zu fördern, sondern seinem Bruder davon abzuraten; nichts anderes erwartete er nämlich von einer Verbindung mit Fräulein Harris, ungeachtet ihres großen Vermögens, da ihm weder ihre Gestalt noch ihr Gemüt irgendeine Art von ehelichem Glück zu versprechen schienen, denn sie war sehr groß, sehr mager, sehr häßlich, sehr geziert, sehr albern und sehr bösartig.

Sobald sein Bruder die Heirat seines Neffen mit Fräulein

Miller erwähnt hatte, zeigte er sich überaus befriedigt; und als der Vater seinen Sohn bitter geschmäht und den Fluch der Bettlerschaft über ihn ausgesprochen hatte, begann der Onkel seine Rede in der folgenden Art: „Wären Sie, Bruder, etwas weniger erregt, so wollte ich Sie fragen, ob Sie Ihren Sohn um seinet- oder um Ihretwillen lieben. Sie würden mir antworten, vermute ich – und ich vermute auch, daß Sie dies glauben –, um seinetwillen; und zweifellos hatten Sie sein Glück im Auge, als Sie ihm jene Heirat vorschlugen.

Nun, Bruder, ist es mir stets als etwas Absurdes erschienen, anderen ihren Weg zum Glück vorzeichnen zu wollen, und darauf zu beharren, als etwas sehr Tyrannisches. Es ist ein ganz gewöhnlicher Irrtum, ich weiß, aber nichtsdestoweniger ein Irrtum. Und wenn das in andern Dingen etwas Absurdes ist, so ist es dies vollends in den Angelegenheiten der Ehe, deren Glück vollkommen von der Liebe abhängt, die beide Teile füreinander empfinden.

Ich habe es darum immer für unvernünftig gehalten, wenn Eltern in diesen Dingen für ihre Kinder die Wahl treffen wollten, denn die Neigung zu erzwingen ist ein unmöglicher Versuch; ja, so sehr verabscheut Liebe den Zwang, daß ich nicht weiß, ob infolge einer unglücklichen, aber unheilbaren Verkehrtheit in unserer Natur sie nicht selbst die Überredung ungeduldig abweist.

Hingegen ist es richtig, daß ein Vater, wenn er auch klüglich keine Vorschriften machen wird, bei solchem Anlaß um seine Meinung gefragt werde; und streng genommen müßte ihm schließlich eine negative Stimme zugestanden sein. Mein Neffe, das gebe ich zu, hat also, da er heiratete, ohne Sie um Ihren Rat zu fragen, einen Fehler begangen. Aber, ehrlich gesagt, Bruder, haben Sie nicht diesen Fehler ein wenig mitverschuldet? Haben Sie nicht durch häufige Erklärungen über diesen Gegenstand ihn überzeugt, daß Sie, wo es am Vermögen gebräche, sich niemals einverstanden zeigen würden? Ja, ist nicht eben jetzt dieser Mangel die einzige Veranlassung Ihres Zorns? Und wenn er hierin gegen seine Pflicht gefehlt hat, haben Sie nicht im gleichen Maß Ihre Autorität überspannt, als Sie eigenmächtig, ohne sein Wissen, um eine Frau für ihn handelten, die Sie selbst nie sahen und die, hätten Sie sie so wie ich gesehen und gekannt, nur eine Verrücktheit Ihres Denkens in unsere Familie hineinzubringen wünschen könnte?

Aber ich gebe zu, mein Neffe beging einen Fehler; doch es

ist gewiß kein unverzeihlicher Fehler. Er handelte ohne Ihre Zustimmung in einer Sache, in der er sich Ihre Einwilligung hätte erbitten sollen, doch ist es eine Sache, die vor allem ihn selbst angeht. Sie werden und müssen zugeben, daß es Ihnen einzig um seinen Vorteil zu tun war, und wenn er unglücklicherweise anderer Meinung war und sich in seiner Auffassung von Glück geirrt hat, wollen Sie, Bruder, wenn Sie Ihren Sohn lieben, ihn noch weiter vom Weg abbringen? Wollen Sie die schlimmen Folgen seiner einfachen Wahl noch vergrößern? Wollen Sie das sichere Elend herbeiführen, wo noch bloß die Möglichkeit eines unglücklichen Ausgangs besteht? Mit einem Wort, Bruder, weil er sich Ihrem Willen entzog und sich seine Lebensumstände nicht so reichlich gestalten lassen wollte, wie das in Ihrem Plan lag, wollen Sie diese nun für ihn zu Not und Elend machen?"

Durch die Kraft des wahren katholischen Glaubens gewann der heilige Antonius Macht über die Fische. Orpheus und Amphion gingen noch ein wenig weiter: durch den Zauber der Musik bewegten sie die unbelebten Dinge. Wundervoll beides! Doch weder Geschichte noch Fabel haben es bis dahin gewagt, uns das Beispiel eines Menschen vorzuführen, der durch die Kraft von Vernunft und Beweisgründen eingewurzelte Habgier besiegt hätte.

Herr Nightingale, der Vater, begnügte sich, statt zu versuchen, seinem Bruder eine Antwort zu geben, mit der Bemerkung, sie hätten in ihren Ansichten über Kindererziehung ja nie übereingestimmt. „Ich wollte, Bruder", sagte er, „daß Sie Ihre Sorge einzig Ihrer Tochter hätten angedeihen lassen und sich nie um meinen Sohn gekümmert hätten, der, glaube ich, aus Ihren Lehren so wenig Nutzen gezogen hat wie aus Ihrem eigenen Beispiel." Der junge Nightingale war nämlich seines Onkels Patenkind und hatte mehr mit ihm als mit seinem Vater zusammengelebt. So hatte der Onkel oft erklärt, er liebe seinen Neffen fast wie sein eigenes Kind.

Jones geriet über diesen gütigen Herrn in Entzücken; und als sie nach manchem Überredungsversuch erkannten, daß der Vater, statt besänftigt zu werden, nur immer gereizter wurde, führte Jones den Onkel zu seinem Neffen im Hause der Frau Miller.

9. Kapitel

Enthält merkwürdige Dinge.

Bei der Rückkehr in seine Wohnung fand Jones dort die Sachlage sehr viel anders vor, als sie bei seinem Weggang gewesen war. Die Mutter, die beiden Töchter und der junge Herr Nightingale saßen zusammen beim Essen, als der Onkel auf seinen Wunsch ohne alle Förmlichkeiten der Gesellschaft vorgestellt wurde; allen Anwesenden war er wohlbekannt, denn er hatte seinen Neffen verschiedene Male in dieser Wohnung besucht.

Der alte Herr ging sogleich auf Fräulein Nancy zu, begrüßte sie und wünschte ihr Glück, ebenso ihrer Mutter und ihren Schwestern; schließlich richtete er die gleichen Komplimente mit derselben guten Laune und Freundlichkeit an seinen Neffen, als wenn dieser eine ihm an Vermögen Gleich- oder Höherstehende gefreit hätte und alles Erforderliche zuvor geleistet worden wäre.

Fräulein Nancy und ihr mutmaßlicher Gatte erblaßten und sahen in diesem Augenblick ziemlich albern aus; Frau Miller indessen benützte die erste Gelegenheit, sich zurückzuziehen; und als sie Jones zu sich ins Wohnzimmer gebeten hatte, warf sie sich ihm zu Füßen, und unter Tränen und in leidenschaftlicher Rede nannte sie ihn ihren guten Engel, den Retter ihrer armen kleinen Familie, und gebrauchte noch viele andere Bezeichnungen der Wertschätzung und der Liebe und zollte ihm jede Anerkennung, die nur höchste Wohltat einem dankbaren Herzen zu entlocken vermag.

Nachdem der erste Sturm ihrer Leidenschaft vorüber war, der sie, wie sie erklärte, zersprengt haben würde, hätte sie ihm nicht nachgegeben, berichtete sie, daß zwischen Herrn Nightingale und ihrer Tochter nun alles geregelt sei und die Trauung am nächsten Morgen vollzogen werde. Als Herr Jones sich hierüber sehr erfreut aussprach, begann die arme Frau nochmals mit ihren Dank- und Freudebeteuerungen, die Jones endlich nur mit Mühe zum Verstummen bringen konnte; er beredete sie, mit ihm zu der Gesellschaft zurückzukehren, die sie noch in derselben fröhlichen Verfassung fanden, in der sie sie verlassen hatten.

Diese kleine Gemeinschaft verbrachte nun unter sich zwei oder drei höchst angenehme Stunden, während welcher Zeit der Onkel, der seiner Flasche sehr zugetan war, seinem Neffen so oft Bescheid getrunken hatte, daß dieser, wenn auch nicht betrunken, so doch ein wenig benebelt zu werden begann; und als er nun den Onkel die Treppe hinauf in das früher von ihm bewohnte Zimmer gebracht hatte, schüttete er sein Herz folgendermaßen aus: „Da Sie für mich immer der beste und wohlwollendste Onkel gewesen sind und mir eine so unvergleichliche Nachsicht bezeigt haben, indem Sie diese Verbindung, die man gewiß ein wenig unvorsichtig finden kann, verzeihen, so könnte ich selbst mir nie vergeben, wenn ich Sie in irgend etwas zu hintergehen versuchte." Er bekannte ihm darauf die volle Wahrheit und eröffnete ihm, wie sich alles verhielt.

„Wie, Jack?" fragte der alte Herr, „also bist du wirklich nicht mit dieser jungen Frau verheiratet?" – „Nein, auf Ehre nicht", antwortete Nightingale, „ich sagte Ihnen die reine Wahrheit." – „Mein lieber Junge", rief der Onkel und küßte ihn, „ich bin herzlich froh, das zu hören. Ich war selten über etwas so erfreut. Wärest du verheiratet gewesen, dann würde ich dir aus allen meinen Kräften geholfen haben, aus einer schlimmen Sache das Beste herauszuholen, es besteht aber ein großer Unterschied zwischen der Art, wie man etwas zu betrachten hat, das unwiderruflich geschehen ist, und etwas, das erst noch getan werden soll. Laß darum deine Vernunft zu ihrem Recht kommen, Jack, und diese Heirat wird dir als etwas so Törichtes und Widersinniges erscheinen, daß es wohl keiner weitern Vorstellungen mehr bedarf." – „Wie, Herr?" erwiderte der junge Nightingale, „gibt es diesen Unterschied zwischen der bereits ausgeführten Handlung und der auf Ehre eingegangenen Verpflichtung dazu?" – „Pah!" sagte der Onkel, „Ehre ist ein Machwerk der Welt, und die Welt hat die Macht eines Schöpfers über sie und mag sie richten und lenken, wie es ihr gefällt. Nun weißt du ja selbst, für wie belanglos solche Vertragsbrüche vor der Welt gehalten werden; selbst die gröbsten geben kaum Stoff zum Verwundern und Gerede für einen Tag. Wird ein Mann darum später zaudern, dir seine Schwester oder Tochter zur Frau zu geben? Oder gäbe es eine Schwester oder Tochter, die sich darum besinnen würde, diese zu nehmen? Ehre ist bei derartigen Verpflichtungen nicht im Spiel." – „Verzeihen Sie, lieber Herr", rief Nightingale, „so könnte ich das niemals sehen, und nicht allein Ehre, sondern Gewissen und Menschlichkeit spielen da mit. Ich bin gewiß, wenn ich das junge Geschöpf jetzt enttäuschte, so wäre die Folge sein Tod, und ich hätte mich selbst als Mörder zu betrachten, ja, als Mörder, der sich des grausamsten Mittels bediente und ihm das Herz gebrochen hat." – „Das Herz gebrochen, wahrhaftig! Nein, nein, Jack", rief der Onkel. „Frauenherzen brechen nicht so bald; sie sind zäh, mein Junge, sie sind zäh." – „Aber, Herr", antwortete Nightingale, „meine eigenen Gefühle sind hier im Spiel, und ich könnte mit keiner andern Frau glücklich werden. Wie oft hörte ich Sie sagen, man müsse den Kindern stets die Wahl lassen und Sie wollten es mit meiner Kusine Harriet genauso halten?" – „Nun ja", antwortete der alte Herr, „das möchte ich, aber sie sollten dann klug wählen. Wirklich, Jack, du mußt und wirst von dem Mädchen lassen." – „Wirklich, Onkel", entgegnete der andere, „ich muß und ich will es haben." – „Du willst, junger Herr?" sagte der Onkel. „Ich hätte ein solches Wort von dir nicht erwartet. Ich sollte mich nicht wundern, wenn du eine solche Sprache deinem Vater gegenüber gebraucht hättest, der dich stets wie einen Hund behandelt und dich in dem Abstand von sich gehalten hat, den der Tyrann vor seinen Untertanen wahrt; doch ich, der ich mit dir auf gleichem Fuß verkehrte, hätte etwas Besseres erwartet. Aber ich weiß mir das alles wohl zu erklären: es kommt alles von deiner verkehrten Erziehung, bei der ich zu wenig mitzureden hatte. Da ist nun meine Tochter, die ich mir zur Freundin erzogen habe; nie tut sie etwas ohne meinen Rat oder weigert sich, wenn ich ihr einen Rat gebe, ihn anzunehmen." – „Sie haben ihr noch nie Ihren Rat in einer Angelegenheit dieser Art gegeben", entgegnete Nightingale; „aber ich müßte mich in meiner Kusine sehr irren, wenn sie sich gern bereit zeigte, und sei es auf Ihren bestimmtesten Befehl, von einer Neigung abzulassen." – „Rede nicht schlecht von meinem Mädchen", antwortete der alte Herr nicht ohne innere Bewegung, „verleumde meine Harriet nicht. Ich habe sie dazu erzogen, keinerlei Neigungen zu haben, die gegen meine eigenen gehen. Indem ich sie tun ließ, was ihr beliebte, habe ich ihr die Gewohnheit beigebracht, das zu lieben, was mir gefiel." – „Verzeihen Sie, Herr" bemerkte Nightingale, „es ist nicht im geringsten meine Absicht, mich über meine Kusine nachteilig zu äußern, für die ich die größte Hochschätzung habe; auch bin ich gewiß, daß Sie ihr nie eine so schwere Prüfung zumuten oder so schwere Gebote auferlegen würden wie mir. Doch, lieber Herr, kehren wir nun zu der Gesellschaft zurück; sie könnte wegen unserer langen Abwesenheit beunruhigt sein. Und eine Gunst habe ich von meinem lieben Onkel zu erbitten, daß er keine Reden führen möge, an denen das arme Mädchen oder seine Mutter Anstoß nehmen könnten." – „Oh! das brauchst du nicht zu befürchten", antwortete er. „Ich kenne mich zu gut, um Frauen zu verletzen, darum will ich dir diese Gunst gern gewähren; dafür aber erwarte ich eine andere von dir." – „Es gibt nur wenige Befehle, Herr", sagte Nightingale, „die Sie aussprechen könnten, denen ich nicht mit der größten Freude gehorchte." – „Nun denn, junger Herr, ich verlange weiter nichts", erklärte der Onkel, „als daß du mir die Ehre antust, mich zu mir nach Hause zu begleiten, damit ich die Angelegenheit noch etwas ausführlicher mit dir besprechen kann; ich möchte, wenn möglich, die Genugtuung haben, meine Familie erhalten zu wissen, trotz dem törichten Starrsinn meines Bruders, der sich selbst für den klügsten aller Menschen hält."

Nightingale, der sehr wohl wußte, daß sein Onkel ebenso starrsinnig war wie sein Vater, sagte zu, ihn heimzubegleiten; darauf kehrten sie zu der Gesellschaft zurück, wo der alte Herr sich mit dem gleichen Anstand zu betragen versprach, dessen er sich zuvor beflissen hatte.

10. Kapitel

Ein kurzes Kapitel, mit dem dieses Buch abschließt.

Die lange Abwesenheit von Neffe und Onkel hatte in den Gemütern aller, die sie hinter sich gelassen, ein gelindes Unbehagen verursacht; das um so mehr, als während des vorigen Zwiegesprächs der Onkel mehr als einmal seine Stimme so kräftig erhoben hatte, daß man sie unten vernahm; obgleich man nicht verstand, was gesagt wurde, ließ dieser Umstand Nancy und ihre Mutter und selbst Jones etwas Schlimmes ahnen.

Als daher die gute Gesellschaft wieder vollständig beisammen war, konnte man auf allen Gesichtern eine sichtbare Veränderung wahrnehmen, und die frohe Laune, die bei ihrer ersten Zusammenkunft auf jedem Antlitz geschienen hatte, war einem weit weniger angenehmen Ausdruck gewichen. Es war wirklich eine Wandlung, wie sie dem Wetter in diesem

Klima eigentümlich ist, vom Sonnenschein zur Bewölkung, vom Juni zum Dezember.

Diese Veränderung war indessen von keinem der Anwesenden sonderlich bemerkt worden, denn da sie nun alle darauf bedacht waren, ihre eigenen Gedanken zu verhehlen und eine Rolle zu spielen, waren sie mit dem Theater zu sehr beschäftigt, um selbst noch Zuschauer zu sein. So bemerkten weder Onkel noch Neffe irgendwelche Anzeichen des Argwohns an Mutter und Tochter; ebensowenig gewahrten Mutter und Tochter das Übertriebene in der Selbstgefälligkeit des alten Mannes oder das Unechte der Zufriedenheit, die aus den Zügen des jüngeren lachte.

Etwas Derartiges, glaube ich, ereignet sich oft, wenn die ganze Aufmerksamkeit zweier Freunde in Anspruch genommen wird von der Rolle, die jeder zu spielen hat in der Absicht, den andern hinters Licht zu führen; keiner sieht oder vermutet die Künste, mit denen gegen ihn selbst vorgegangen wird; so trifft der Stoß von beiden (um bei dieser Gelegenheit einen geeigneten Vergleich zu entlehnen) dieselbe Stelle.

Aus ebendiesem Grund ist es nichts Ungewöhnliches, wenn zwei bei einem Handel gleich übervorteilt werden, wiewohl stets einer der größere Verlierer sein muß; so war es bei dem, der ein blindes Pferd verkaufte und dafür eine gefälschte Banknote erhielt.

Unsere Gesellschaft brach nach etwa einer halben Stunde auf, und der Onkel führte seinen Neffen mit sich fort, allerdings erst, nachdem dieser Fräulein Nancy mit Flüsterstimme versichert hatte, daß er sie am frühen Morgen erwarten und dann alle seine Verpflichtungen erfüllen werde.

Jones, der an diesem ganzen Auftritt am wenigsten beteiligt war, bemerkte am meisten. Gewiß erriet er den Sachverhalt; denn abgesehen davon, daß er die große Veränderung im Benehmen des Onkels, die Distanz, die er nun wahrte, und seine erzwungene Artigkeit gegen Fräulein Nancy beobachtet hatte, schien ihm das Fortführen des Bräutigams von seiner Braut zu dieser Nachtstunde ein so ungewöhnliches Vorgehen, daß ihm die Annahme, der junge Nightingale habe bei der Offenheit seines Wesens und vom Getränk verwirrt die volle Wahrheit verraten, nur zu begründet vorkam.

Während Jones noch mit sich selbst ratschlagte, ob er diesen armen Menschen seinen Verdacht mitteilen sollte, kam die Magd des Hauses und berichtete ihm, daß eine Dame ihn zu sprechen wünsche. Er ging sogleich hinaus, nahm der Magd den Leuchter aus der Hand und geleitete seine Besucherin die Treppe hinauf; diese – Jungfer Honoria in Person – hatte ihm so Erschreckendes über Sophia mitzuteilen, daß er im Augenblick jede Teilnahme für andere Menschen vergaß. Sein ganzer Vorrat an Mitleid wurde vollständig von Gedanken über sein eigenes Elend und über das seines unglücklichen Engels aufgezehrt.

Was dieses Schreckliche war, das wird der Leser erfahren, nachdem wir ihm zuerst erzählt haben werden, was alles dazu geführt hat; und das wird der Gegenstand des folgenden Buches sein.

FÜNFZEHNTES BUCH

In dem die Geschichte um etwa zwei Tage vorrückt.

1. Kapitel

Zu kurz, um einer Vorrede zu bedürfen.

Es gibt eine ganze Reihe von religiösen oder vielmehr moralischen Schriftstellern, die versichern, daß in dieser Welt die Tugend der sicherste Weg zur Glückseligkeit sei und das Laster der sicherste Weg zum Elend. Eine sehr heilsame und trostreiche Lehre, gegen die wir nur einen Widerspruch zu erheben haben, den nämlich, daß sie nicht wahr ist.

Freilich, wenn diese Schriftsteller damit die Ausübung jener Kardinaltugenden meinen, die, wie gute Hausfrauen, in ihrem Heim bleiben und sich nur um die Angelegenheiten ihrer Familie kümmern, bin ich sehr bereit, ihnen beizupflichten; denn so sicher tragen diese alle zum Glück bei und bringen uns ihm näher, daß ich sie fast lieber, selbst auf die Gefahr der Verunglimpfung aller Weisen alter und neuer Zeit hin, mit dem Namen der Weisheit als mit dem der Tugend belehnen möchte; denn im Hinblick auf dieses Leben war kein System, so denke ich, jemals weiser als das der alten Epikureer, die aus dieser Weisheit ihr höchstes Gut ableiteten; keines aber war so töricht wie das ihrer Gegenspieler, dieser modernen Epikureer, die ihre ganze Glückseligkeit in der reichlichen Befriedigung ihrer sinnlichen Gelüste sehen wollen.

Doch versteht man unter Tugend (wie ich glaube, daß man es sollte) eine bestimmte Neigung, in der Welt außer dem Haus geschäftig das Wohl anderer wie sein eigenes zu verfolgen, so kann ich dem nicht so leicht beistimmen, daß dies der sicherste Weg zur Glückseligkeit sei; denn ich fürchte, wir müßten alsdann Armut und Verachtung mitsamt all dem Unheil, das durch Verleumdung, Neid und Undankbarkeit über die Menschheit gebracht werden kann, in unsern Begriff von Glück einschließen, ja mitunter wären wir vielleicht verpflichtet, besagter Glückseligkeit in einem Gefängnis aufzuwarten, denn manche haben sich durch die obengenannte Tugend dort hineingebracht.

Ich habe nicht die Muße, mich auf ein so weites Feld der Spekulation zu begeben, wie es sich hier vor mir auszudehnen scheint; meine Absicht war, eine Lehre, die mir im Wege lag, wegzuräumen, da doch, während Herr Jones die denkbar tugendhafteste Rolle spielte und sich bemühte, Mitmenschen vor dem Untergang zu bewahren, der Teufel oder ein anderer böser Geist, vielleicht in menschliches Fleisch gekleidet, eifrig am Werke war, ihn vollends elend zu machen, indem er Sophia ins Verderben stürzte.

Dies müßte also als eine Ausnahme von der obigen Regel scheinen, wenn es tatsächlich eine Regel wäre. Da wir jedoch während unserer Lebensreise so manche andere Ausnahmen davon gesehen haben, entscheiden wir uns dafür, die Lehre, auf die sie sich gründet, zu bestreiten, eine Lehre, die wir nicht als christlich erkennen, von deren Unrichtigkeit wir überzeugt sind und die in Wahrheit vernichtend ist für einen der edelsten Beweisgründe, den nur die Vernunft für den Glauben an die Unsterblichkeit zu erbringen vermag.

Da nun aber des Lesers Neugier (wenn solche in ihm haust) wach und hungrig sein muß, werden wir Sorge tragen, sie so kräftig zu füttern, wie wir das nur vermögen.

2. Kapitel

In dem ein sehr finsterer Plan gegen Sophia enthüllt wird.

Ich entsinne mich eines weisen alten Herrn, der zu sagen pflegte: „Wenn Kinder nichts tun, dann richten sie etwas Schlimmes an." Ich will diesen seltsamen Sinnspruch nun nicht allgemein über den schönsten Teil der Schöpfung ausdehnen, aber so viel wird man mir zugeben, daß wir, wenn die Wirkungen weiblicher Eifersucht nicht offen unter ihren Farben der Wut und Raserei an den Tag treten, vermuten müssen, diese unheilbringende Leidenschaft wirke nun geheim und suche zu unterminieren, was sie auf offenem Feld nicht angreift.

Ein Beispiel dafür war das Betragen der Frau Bellaston, die hinter dem vielen Lächeln, das sie in ihren Mienen zur Schau trug, viel Zorn und Unwillen über Sophia verbarg. Und da sie sehr wohl erkannte, daß dieses junge Mädchen zwischen ihr und der vollen Befriedigung ihrer Begierden stand, faßte sie den Entschluß, sich seiner so oder so zu entledigen; es dauerte auch nicht lange, so bot sich eine sehr günstige Gelegenheit, diesen Entschluß ins Werk zu setzen.

Der Leser möge sich gütig daran erinnern, daß wir ihm damals, als Sophia im Schauspielhaus durch den Witz und die Laune einer Schar junger Herren, die sich die Maßgebenden nennen, so sehr erschreckt worden war, erzählten, wie sie sich unter den Schutz eines jungen Edelmannes begeben hatte, der sie sicher zu ihrer Sänfte begleitete.

Dieser junge Lord, der Lady Bellaston häufig besuchte, hatte Sophia seither öfter bei ihr gesehen und eine sehr große Zuneigung zu ihr gefaßt, welche Zuneigung, da Schönheit nie liebenswürdiger ist als in Ratlosigkeit und Kümmernis, Sophia durch ihre Furcht so gesteigert hatte, daß wir nun, ohne ungenau zu sein, sagen dürfen, daß er tatsächlich in sie verliebt war.

Man kann leicht glauben, daß er sich eine so gute Gelegenheit, seine Bekanntschaft mit dem Gegenstand seiner Liebe zu befestigen, nicht entgehen lassen wollte, da doch schon die feine Lebensart allein ihn bewogen haben würde, ihr einen Besuch abzustatten.

Am Morgen nach diesem Zwischenfall also machte er Sophia seine Aufwartung; unter den üblichen Komplimenten sagte er ihr, er hoffe, das Abenteuer des gestrigen Abends habe keine schlimmen Folgen für sie gehabt.

Da die Liebe, wie das Feuer, wenn es einmal entzündet ist, sich sehr leicht zur Flamme anfachen läßt, so vervollständigte Sophia in kürzester Zeit ihren Sieg. Unmerklich verfloß die Zeit, und der edle Lord hatte sich zwei Stunden in der Gesellschaft der Dame aufgehalten, ehe er gewahr wurde, daß er einen unstatthaft langen Besuch gemacht hatte. Wenn schon dieser Umstand allein genügt hätte, Sophia ein wenig zu beunruhigen – verstand sie sich doch jetzt etwas besser aufs Berechnen –, so hatte sie in den Augen ihres Liebhabers noch deutlichere Beweise dessen, was in seiner Brust vorging; wenn er auch nicht offen seine Leidenschaft bekannte, so waren doch viele seiner Ausdrücke zu warm und zu zärtlich, um bloß der allgemeinen Höflichkeit zugeschrieben zu werden, selbst in jenem Zeitalter, da solche Höflichkeit Mode war, wohingegen das Gegenteil, wie wohlbekannt, heute die herrschende Mode geworden ist.

Lady Bellaston hatte von des Lords Besuch gleich nach seinem Eintreffen vernommen, und seine Länge gab ihr die Überzeugung, daß die Dinge nach ihrem Wunsche gingen und so, wie sie wirklich vermutet hatte, als sie das junge Paar zum zweitenmal zusammen sah. Sie sagte sich, und ich denke mit Recht, daß sie die Angelegenheit nicht fördern würde, wenn sie sich, während sie beisammen waren, in die Gesellschaft mischte. Also befahl sie ihren Bedienten, sie sollten dem Lord, wenn er ginge, sagen, sie wünsche ihn zu sprechen; die Zeit bis dahin benützte sie, um zu überlegen, wie sie am besten einen Plan zustande brächte, zu dessen Ausführung, wie sie nicht zweifelte, der Lord sich gern bereit finden würde.

Lord Fellamar (dies war des jungen Edelmannes Name) war kaum zu Lady Bellaston hineingeführt worden, als sie ihn mit folgenden Worten anfiel: „Himmel, Lord, sind Sie noch hier? Ich glaubte, meine Leute hätten Sie aus Versehen weggehen lassen, und ich wollte Sie doch gern in einer nicht ganz unwichtigen Sache sprechen." – „Wirklich, Lady Bellaston", sagte er, „ich wundere mich nicht, daß Sie über die Länge meines Besuches erstaunt sind; ich bin über zwei Stunden geblieben und glaubte, es sei noch nicht eine vergangen." – „Was habe ich daraus zu schließen, Lord?" fragte sie. „Die Gesellschaft muß sehr angenehm gewesen sein, die uns das Dahingleiten der Zeit so gar nicht bemerken läßt." – „Auf meine Ehre", sagte er, „die angenehmste, in der ich mich je befunden habe. Bitte, sagen Sie mir doch, Lady Bellaston, wer ist dieser strahlende Stern, den Sie auf einmal über uns haben aufgehen lassen?" – „Was für ein strahlender Stern, Lord?" fragte sie und tat sehr verwundert. „Ich meine die junge Dame, die ich vor ein paar Tagen bei Ihnen sah, die ich gestern abend in der Komödie in meinen Armen hielt und der ich diese unsinnig lange Visite gemacht habe." – „Ach, meine Nichte Western!" sagte sie. „Nun, dieser glänzende Stern ist die Tochter eines tölpelhaften Landjunkers und zum erstenmal und erst seit vierzehn Tagen in der Stadt." – „Bei meiner Seele", sagte er, „ich hätte darauf schwören wollen, sie sei an einem Hof erzogen worden, denn lassen wir ihre Schönheit ganz außer acht – nie in meinem Leben habe ich soviel Eleganz, soviel Geist, soviel Artigkeit gesehen." – „Ach, brav so!" rief die Dame, „meine Nichte hat Sie, wie mir scheint." – „Auf meine Ehre", gab er zur Antwort, „ich wollte, daß sie mich *hätte*, denn ich liebe sie bis zum Wahnsinn." – „Nun, mein Lord", sagte sie, „damit wünschen Sie sich freilich nicht etwas gar Schlimmes, denn sie ist eine sehr einträgliche Partie. Ich versichere Ihnen, sie ist eine einzige Tochter, und ihres Vaters Güter werfen im Jahr ihre 3000 Pfund ab." – „Dann, Lady Bellaston, muß ich Ihnen versichern, daß ich sie für die beste Partie in ganz England halte." – „Gewiß, wenn Sie sie mögen, so wünschte ich herzlich, Sie hätten sie, Lord." – „Wenn Sie mir, gnädige Frau, so freundlich zugetan sind", sagte er, „wollten Sie mir da, als ihre Verwandte, wohl die Ehre erweisen, ihrem Vater die Sache vorzuschlagen?" – „So ist es Ihnen wirklich Ernst damit?" fragte die Dame mit gespielter Feierlichkeit. „Ich hoffe, Madam", antwortete er, „Sie haben eine bessere Meinung von mir, als daß Sie glaubten, ich vermöchte über eine solche Angelegenheit zu scherzen." – „Nun wohl", sagte die Dame, „ich will Sie sehr gerne ihrem Vater vorschlagen, und ich glaube, ich kann Ihnen versichern, daß er Ihren Vorschlag mit Freuden annehmen wird. Aber da gibt es ein Hindernis, das zu nennen ich mich fast schäme, und doch ist es von der Art, daß Sie schwerlich imstande sein werden, es zu besiegen. Sie haben einen Nebenbuhler, Lord, einen Rivalen, den – wenn ich auch erröte, nur seinen Namen zu nennen – weder Sie noch die ganze Welt bei ihr verdrängen werden." – „Auf mein Wort, Lady Bellaston, Sie erfüllen mein Herz mit einer Betrübnis, an der es fast erstickt." – „Pfui doch, Mylord, ich hatte eher gehofft, ich hätte ein Feuer in Ihnen entflammt. Ein Liebhaber und vom Ersticken reden! Erwartet hätte ich, Sie würden mich nach dem Namen dieses Rivalen fragen, damit Sie unverzüglich gegen ihn losziehen könnten." – „Verlassen Sie sich darauf, Madam", antwortete er, „es gibt nichts, was ich für Ihre liebenswürdige Nichte nicht unternehmen würde; doch sagen Sie mir, bitte, wer ist dieser Glückliche?" – „Nun, er ist", sagte sie, „was, wie ich leider bekennen muß, die meisten Männer sind, die bei uns Frauen Glück haben: einer der niedrigsten Kerle von der Welt. Er ist ein Bettler, ein Bastard, ein Findling, ein Bursche in schlechteren Verhältnissen als einer Ihrer Bedienten." – „Ist es möglich", rief er, „daß ein junges Geschöpf mit solchen Vollkommenheiten daran denken kann, sich so würdelos wegzuwerfen?" – „Ach, Mylord", rief sie, „bedenken Sie: das Land! Das Land ist das Verderben aller jungen Frauen. Da wird ihnen eine Reihe romanhafter Vorstellungen von der Liebe beigebracht, und was weiß ich, was für anderer Unsinn mehr, die diese Stadt und die gute Gesellschaft in einem ganzen Winter kaum auszurotten vermögen." – „Wirklich, Madam", erwiderte der

Lord, „Ihre Nichte ist von zu hohem Wert, um so weggeworfen zu werden; diesem Unheil muß man zuvorkommen.“ – „Ach, Mylord!“ rief sie, „aber wie kann man dem zuvorkommen? Die Familie hat schon alles versucht; aber das Mädchen ist, glaube ich, von seiner Liebe wie betrunken und hat keine Ruhe, bis es im Abgrund liegt. Um ganz offen mit Ihnen zu reden, ich fürchte jeden Tag zu vernehmen, daß es mit ihm davongelaufen ist.“ – „Was Sie mir sagen, Lady Bellaston“, antwortete der Lord, „rührt mich im Innersten und erregt nur mein Mitleid für Ihre göttliche Nichte, ohne meine Verehrung für sie zu vermindern. Das Mittel muß gefunden werden, ein so unschätzbares Kleinod zu bewahren. Haben Euer Gnaden schon versucht, ihr vernünftig zuzureden?“ Hier zwang sich die Dame zu einem Lachen und rief: „Mein lieber Lord, ich dächte, Sie kennten uns besser, als daß Sie annehmen könnten, man werde einem jungen Mädchen durch Vernunftgründe ihre Liebe aus dem Kopf treiben. Diese unschätzbaren Kleinodien sind selbst so blind wie die Juwelen, die sie tragen. Zeit, Mylord, Zeit ist die einzige Medizin, die ihre Narrheit zu kurieren vermag, nur ist es eine Medizin, die sie, wie ich sicher weiß, nicht einnehmen wird. Nein, ich lebe ihretwegen in ständiger Angst. Kurz gesagt, nur Gewaltmittel können hier helfen.“ – „Was ist da zu tun?“ rief der Lord, „was für Mittel sind zu ergreifen? Gibt es denn ein solches Mittel auf Erden? Ach, Lady Bellaston, ich unternehme alles und jedes um solchen Preis.“ – „Ich weiß wirklich nicht“, antwortete die Dame nach kurzem Schweigen; und dann, nachdem sie wiederum eine Weile geschwiegen hatte, rief sie: „Auf meine Seele, bei diesem Mädchen bin ich mit meinem Witz am Ende. Soll es gerettet werden, dann muß sofort etwas geschehen, und wie ich sage, es wird nur ein gewaltsames Mittel helfen. Ja, Mylord, wenn Sie wirklich diese große Neigung zu meiner Nichte haben (und um gerecht zu sein: von dieser albernen Liebe abgesehen, über deren Torheit sie sich einmal Rechenschaft geben wird, ist sie sicherlich begehrenswert), so glaube ich, gibt es noch einen Weg; er ist freilich sehr wenig angenehm, und ich trage fast Scheu, daran zu denken. Er erfordert Mut, das kann ich Ihnen sagen.“ – „Ich bin mir nicht bewußt, Madam“, sagte er, „daß es mir hieran fehlt; auch glaube ich *nicht, daß mich* jemand eines Mangels daran verdächtigt. Es müßte ein geradezu ungeheurer Mangel an Mut sein, der mich bei dieser Gelegenheit zaudern machen könnte.“ – „Nicht so, bester Lord", antwortete sie, „ich bin weit entfernt von solchem Verdacht; viel eher neige ich dazu, meinem eigenen Mut zu mißtrauen, denn ich selbst laufe dabei eine entsetzliche Gefahr. Kurz, ich muß so viel Vertrauen in Ihre Ehre setzen, wie eine kluge Frau selten aus irgendeinem Grund in einen Mann setzen wird." Auch über diesen Punkt vermochte ihr der Lord Genüge zu tun; sein guter Ruf sei unangetastet, und das allgemeine Gerücht erweise ihm nur Gerechtigkeit, wenn es gut von ihm rede. „Nun denn", sagte sie, „Lord – ich – ich gestehe, ich kann die Angst und Besorgnis darüber nicht ertragen. Nein, es darf nicht sein. Schließlich soll jedes andere Mittel versucht werden. Können Sie Ihre Verabredung absagen und heute hier dinieren? Euer Gnaden werden Gelegenheit haben, von Fräulein Western etwas mehr zu sehen. Ich versichere Ihnen, wir haben keine Zeit zu verlieren. Niemand wird hier sein als Lady Betty, Miß Eagle, Oberst Hampsted und Tom Edwards; sie werden alle früh weggehen – und ich werde für niemanden zu Hause sein. Alsdann mögen Euer Gnaden ein wenig deutlicher werden. Ja, ich werde mir ein Mittel ausdenken, um Sie von ihrer Anhänglichkeit an diesen Burschen zu überzeugen." Der Lord nahm die Einladung unter den schicklichen Komplimenten an, und hierauf trennten sie sich, um sich umzukleiden, denn es war inzwischen drei Uhr vormittags geworden oder, im alten Stil gerechnet, nachmittags.

3. Kapitel

Weitere Erklärung des vorstehenden Planes.

Zwar wird der Leser längst den Schluß gezogen haben, Lady Bellaston sei ein Mitglied (und kein unbeträchtliches) der großen Welt, in Wirklichkeit war sie ein sehr beträchtliches der „kleinen Welt". Diese Benennung trug eine sehr würdige und ehrenwerte Gesellschaft, die noch vor kurzem in diesem Königreich wirkte.

Unter andern guten Grundsätzen, auf denen diese Gesellschaft fußte, war einer ganz besonders beachtenswert; denn so wie es die Regel eines ehrenwerten Klubs von Helden war, der sich am Ende des letzten Krieges zusammengeschlossen hatte, daß jedes Mitglied innerhalb von vierundzwanzig Stunden wenigstens einmal fechten sollte, so war sie's in dieser Gesellschaft, daß ein jedes ihrer Mitglieder in vierundzwanzig Stunden einmal eine lustige erschwindelte Geschichte zum besten geben mußte, die von der ganzen Brüder- und Schwesternschaft weiterzuverbreiten war.

Viel Müßiges und Ungereimtes wurde über diese Gesellschaft erzählt, das, seiner ganzen Natur nach zu schließen, vielleicht von der Gesellschaft selbst ausgegangen war, wie etwa: ihr Präsident sei der Teufel und er sitze als Person in einem Armstuhl am obern Tafelende; doch nach genauer Erkundigung brachte ich heraus, daß an allen diesen Erzählungen keine Spur Wahres ist und daß diese Versammlung aus recht gutartigen Leuten bestand, und die Geschichten, die sie verbreiteten, waren von harmloser Art und hatten den Zweck, Fröhlichkeit und gute Laune hervorzurufen.

Edwards war gleichfalls Mitglied dieser lustigen Gesellschaft. An ihn wandte sich somit Lady Bellaston als an den geeigneten Gehilfen für ihr Vorhaben und versah ihn mit einer Geschichte, mit der er loslegen sollte, sobald sie ihm das Stichwort gäbe; das sollte aber erst am Abend geschehen, wenn alle bis auf Lord Fellamar und ihn selbst gegangen und sie mit einer Doppelpartie Whist beschäftigt wären.

In diese Zeit also, das heißt zwischen sieben und acht Uhr abends, versetzen wir unsern Leser. Als da nun Lady Bellaston, Lord Fellamar, Sophia Western und Tom Edwards beim Whist zusammensaßen und ihre letzten Robbers ausspielten, erhielt Tom von Lady Bellaston das Stichwort, das lautete: „Wahrhaftig, Tom, Sie sind in letzter Zeit unerträglich geworden; Sie pflegten uns doch früher immer alle Neuigkeiten aus der Stadt zu berichten, und jetzt wissen Sie von der Welt nicht mehr, als wenn Sie völlig abseits von ihr lebten." Herr Edwards begann wie folgt: „Der Fehler liegt nicht bei mir, Madam, er liegt an diesem stumpfsinnigen Zeitalter, das nichts unternimmt, was der Rede wert wäre. – Aber, halt! da fällt mir eben ein, daß der arme Oberst Wilcox einen schrecklichen Unfall hatte – armer Ned. Sie kennen ihn doch, Mylord? Jedermann kennt ihn. Meiner Treu! er tut mir wahrhaftig leid."

„Ich bitte Sie, was ist denn geschehen?" fragte Lady Bellaston. „Nun er hat heute morgen im Duell einen Mann getötet, nur das." Der Lord, der nichts von dem Geheimnis wußte, *fragte sehr ernst*, wen er denn getötet habe? Worauf Edwards antwortete: „Einen jungen Kerl, den keiner von uns kennt, einen Jungen aus Somersetshire, der eben erst in die Stadt gekommen ist, sein Name lautet Jones; ein naher Verwandter eines Herrn Allworthy, von dem, glaube ich, Euer Gnaden gehört haben. Ich sah den Jüngling tot im Kaffeehaus liegen. Bei meiner Seele, eine der schönsten Leichen, die ich je gesehen habe!"

Sophia, die gerade beim Kartenausteilen war, als Tom erwähnt hatte, es sei ein Mann getötet worden, hielt ihre Hand zurück und hörte aufmerksam hin (denn alle derartigen Erzählungen machten ihr tiefen Eindruck); doch kaum war Tom beim zweiten Teil seiner Geschichte angelangt, als sie mit dem Austeilen fortfuhr; und nachdem sie der einen Person drei Karten, einer andern sieben und einer dritten zehn hingelegt hatte, ließ sie zuletzt die übrigen aus der Hand fallen und sank in ihren Stuhl zurück.

Die Gesellschaft benahm sich, wie bei solchen Vorfällen üblich. Es entstand die gewohnte Verwirrung, man rief um Hilfe, und wie üblich kam Sophia wieder zu sich, und auf ihr ernstliches Verlangen wurde sie in ihr Zimmer geführt, wo auf des Lords Ersuchen Lady Bellaston sie mit der Wahrheit bekannt machte und versuchte, das Ganze als einen Scherz von ihr selbst hinzustellen und sie mit der wiederholten Versicherung zu trösten, daß weder Seine Gnaden noch Tom, obgleich sie diesem die Geschichte eingegeben habe, um das wahre Geheimnis wüßten.

Um Lord Fellamar zu überzeugen, wie richtig ihm die Sache von Lady Bellaston dargestellt worden war, bedurfte es keiner weitern Beweise; und nun, nachdem Lady Bellaston ins Gesellschaftszimmer zurückgekehrt war, wurde zwischen diesen beiden hochadeligen Personen ein Plan entworfen, den, obwohl er Seiner Gnaden, dem Lord, nicht so verdammungswürdig erschien (denn dieser versprach auf Treu und Glauben und hegte auch die ernstliche Absicht, der jungen Dame durch eine Ehe jeden Ersatz zu leisten, der nur in seinen Kräften stünde), viele von unsern Lesern zweifelsohne mit gerechtem Abscheu betrachten werden.

Die siebente Stunde des nächsten Abends war für das verhängnisvolle Unternehmen bestimmt worden. Lady Bellaston sorgte dafür, daß Sophia allein sei und der Lord bei ihr eingeführt werde. Alle Hausangestellten sollten entsprechend beschäftigt, manche von den Bedienten aus dem Hause geschickt sein, und um keinen Verdacht zu erregen, würde Jungfer Honoria bis zur Ankunft des Lords bei ihrer Herrin gelassen, dann aber von Lady Bellaston selbst zu einer Verrichtung in ein anderes Zimmer geschickt werden, das vom Schauplatz der geplanten Untat möglichst entfernt wäre und in dem sie also Sophias Rufen nicht vernehmen könnte.

Nachdem so alles auf das beste verabredet war, nahm der Lord Abschied, und Lady Bellaston begab sich zur Ruhe, wohlbefriedigt von einem Plan, an dessen erfolgreichem Ausgang sie nicht zweifeln konnte und der versprach, das Hindernis Sophia in ihrem Verhältnis zu Jones gründlich aus dem Wege zu räumen, und zwar auf eine Art, daß man ihr nie eine Schuld daran vorwerfen konnte, selbst wenn die Tat der Welt bekannt würde. Aber auch dem glaubte sie vorbeugen zu können durch überstürzte Beschleunigung einer Heirat, zu der, wie sie dachte, die geschändete Sophia leicht zu bereden wäre und worüber sich die übrige Familie freuen würde.

Doch nicht so ruhig lagen die Dinge im Busen des zweiten Verschworenen; sein Gemüt war bewegt von all der verwirrenden Bangigkeit, die Shakespeare auf so edle Weise schildert:

Zwischen Verübung einer furchtbaren Tat
Und erstem Antrieb ist die Zwischenzeit
Des Wahns Gespinst gleich, oder grausem Traum;
Der Genius und die Werker seines Plans
Pflegen dann des Rats; und des Menschen Sein
Erleidet wie ein kleines Königreich
Nun einen Zustand der Empörung . . .

Obgleich er in der Hitze seiner Leidenschaft begierig nach dem ersten Wink dieses Anschlags gegriffen hatte, besonders da er von einer Verwandten der jungen Dame ausgegangen war, so begann doch, als ihm der Freund der Überlegung, das Kissen, die Tat mit allen Folgen, die sie haben mußte, und denen, die sie wahrscheinlich haben konnte, in ihren natürlichen schwarzen Farben vor Augen geführt hatte, seine Entschlossenheit zu wanken oder vielmehr auf die andere Seite überzutreten; und nach einem langen Kampf zwischen Ehre und Begierde siegte die erste, und er entschied sich dafür, Lady Bellaston aufzuwarten und von dem Plan abzulassen.

Lady Bellaston lag noch im Bett, obschon es bereits spät am *Vormittag* war, und Sophia saß bei ihr, als ihr der Bediente meldete, Lord Fellamar sei unten im Salon; die Dame bat ihn zu warten, sie werde ihn sogleich empfangen. Der Bediente war jedoch kaum aus der Tür verschwunden, als die arme Sophia ihre Verwandte anflehte, die Besuche dieses häßlichen Lords (so nannte sie ihn, wenn auch ein wenig ungerecht), die ja doch ihr gälten, nicht zu begünstigen. „Ich erkenne seine Absichten", sagte sie, „denn gestern gab er mir seine Liebe mehr als deutlich zu verstehen. Da ich aber entschlossen bin, mit ihm nichts zu tun zu haben, so bitte ich Euer Gnaden, uns nicht wieder miteinander allein zu lassen und den Bedienten hier im Hause zu befehlen, daß sie mich verleugnen, wenn er nach mir fragt."

„Ha, Kind!" erwiderte Lady Bellaston, „ihr Landmädchen habt doch nichts als Liebhaber im Kopf! Ist ein Mann höflich zu euch, gleich bildet ihr euch ein, er sei in euch verliebt. Er ist einer der galantesten jungen Männer in der Stadt, und ich bin überzeugt, mehr als ein kleines galantes Spiel meinte er nicht. Verliebt in Sie? Ich möchte von ganzem Herzen, daß er's wäre, und Sie müßten eine ausgemacht verrückte Person sein, wenn Sie ihn abwiesen."

„Da ich nun aber ganz gewiß so verrückt bin", rief Sophia, „so hoffe ich, man wird mir seine Besuche nicht aufdrängen."

„Ach, Kind!" sagte Lady Bellaston, „dann brauchen Sie sich nicht zu fürchten; wenn Sie durchaus mit diesem Jones davonlaufen wollen, so wüßte ich nicht, wer Sie daran hindern könnte."

„Auf meine Ehre, Madam", rief Sophia, „Sie tun mir Unrecht. Ich werde niemals mit einem Manne davonlaufen, noch werde ich mich wider den Willen meines Vaters verheiraten."

„Nun wohl, Fräulein Western", versetzte die Dame, „wenn Sie heute morgen nicht aufgelegt sind, Gesellschaft zu sehen, so mögen Sie sich in Ihr Zimmer zurückziehen, denn ich fürchte mich vor Lord Fellamar nicht, und ich muß ihn in mein Boudoir heraufkommen lassen."

Sophia dankte und ging; bald darauf wurde der Lord im obern Zimmer empfangen.

4. Kapitel

Aus dem ersichtlich wird, was für ein gefährlicher Advokat eine Frau ist, wenn sie ihre Beredsamkeit für eine schlimme Sache einsetzt.

Als Lady Bellaston des jungen Lords Bedenken vernahm, behandelte sie diese mit der gleichen Schnödigkeit, wie jene Weisen der Rechtsgelahrtheit, Newgate-Advokaten* genannt, die Gewissensängste eines jungen Zeugen behandeln. „Mein lieber Lord", sagte sie, „Sie bedürfen gewiß einer Herzstärkung. Ich muß zu Lady Edgely um einen ihrer besten Schnäpse schicken. Pfui doch! Beweisen Sie etwas mehr Entschlossenheit. Schreckt Sie das Wort Notzucht zurück? Oder fürchten Sie, daß ... Nun, wäre die Geschichte von der schönen Helena heute geschehen, ich würde sie für unnatürlich halten; ich meine das Benehmen des Paris, nicht Helenas Liebe, denn alle Frauen lieben einen feurigen Mann. Da haben wir noch die andere Geschichte von den sabinischen Weibern – aber auch diese, dem Himmel sei Dank, stammt aus alten Zeiten. Euer Gnaden werden vielleicht meine Belesenheit bewundern, aber ich glaube, Herr Hook erzählt uns, sie hätten sich später als ganz gute Weiber bewährt. Ich denke, daß nur wenige von meinen verheirateten Bekannten von ihren Männern vergewaltigt worden sind." – „Aber nein, Lady Bellaston", rief er, „spotten Sie nicht so über mich." – „Wie denn, bester Lord", antwortete sie, „meinen Sie denn, daß in ganz England ein Weib sei, das nicht in seinem Herzen über Sie lachte, ein wie züchtiges Wesen sie auch zur Schau trüge? – Sie zwingen mich, eine merkwürdige Sprache zu führen und mein Geschlecht schändlich zu verraten; doch ich beruhige mich damit, daß meine Absichten gut sind und daß ich gerne meiner Nichte einen Dienst erweisen möchte; denn ich denke, Sie werden gleichwohl ein guter Ehemann für sie sein; oder, bei meiner Seele, ich wollte gewiß nicht sie zu bereden versuchen, sich wegen eines leeren Titels wegzuwerfen. Sie soll mir später nicht vorhalten können, ich hätte sie um einen lebensmutigen jungen Mann gebracht; denn daß er dies ist, gestehen dem armen jungen Mann selbst seine Feinde zu."

Mögen nun diejenigen, welche die Freude erlebten, dergleichen Redensarten von einer Ehefrau oder Mätresse zu hören, sich darüber auslassen, ob sie lieblicher tönten, weil sie von

* Newgate: Gefängnis in London (Anmerkung des Übersetzers).

einer weiblichen Zunge kamen. Gewiß ist es, daß sie unserem Lord tiefer in die Seele drangen als irgend etwas, was Demosthenes oder Cicero in diesem Zusammenhang hätten sagen können.

Lady Bellaston merkte, wie des Lords Stolz angestachelt worden war, und nun begann sie, gleich einem wirklichen Redner, andere Leidenschaften zu ihrem Beistand aufzurufen. „Mylord", sagte sie in sehr ernstem Ton, „wollen Sie bitte nicht vergessen, daß Sie zuerst mir von der Sache gesprochen haben; ich möchte nämlich vor Ihnen nicht so dastehn, als wollte ich versuchen, Ihnen meine Nichte anzuhängen. Achtzigtausend Pfund bedürfen keiner Empfehlung." – „Sowenig wie Fräulein Western", sagte der Lord, „eine Empfehlung durch ihr Vermögen bedarf; denn meines Erachtens hat noch nie eine Frau auch nur die Hälfte ihrer Reize besessen." – „Doch, doch, Mylord", erwiderte die Dame und betrachtete sich im Spiegel, „es gab Frauen, die mehr als die Hälfte ihrer Reize besaßen, versichere ich Ihnen. Nicht daß ich sie hierin herabsetzen wollte: sie ist ein ganz entzückendes Mädchen, und sie wird innerhalb weniger Stunden in den Armen eines Mannes liegen, der sie freilich nicht verdient, obwohl ich gerechterweise sagen muß, daß ich ihn wirklich für einen Mann von Mut halte."

„Das hoffe ich, Madam", sagte der Lord, „muß ich auch zugeben, daß er sie nicht verdient; denn wenn nicht der Himmel oder Euer Gnaden mich hindern, soll sie innerhalb dieser Zeit die Meine sein."

„Wohl gesprochen, Mylord!" antwortete die Dame. „Von meiner Seite wird für Sie kein Hemmnis kommen, das versprech ich Ihnen; und ich werde Sie, das weiß ich, noch vor Ende dieser Woche öffentlich meinen Vetter heißen können."

Der Rest dieses Auftritts bestand lediglich aus entzückten Ausrufen, Entschuldigungen und Komplimenten, die für beide Teile sehr angenehm zu hören waren, aus zweiter Hand berichtet aber langweilig wären. Wir lassen darum hier das Gespräch auf sich beruhen und eilen der verhängnisvollen Stunde zu, da alles für Sophias Verderben vorbereitet war.

Da dieses jedoch die tragischste Stelle in unserer ganzen Erzählung ist, werden wir in einem besonderen Kapitel davon handeln.

5. Kapitel

Enthält einige Dinge, die den Leser rühren, und andere, die ihn überraschen werden.

Die Uhr hatte nun sieben geschlagen, und die arme Sophia saß allein und betrübt da und las in einem Trauerspiel. Es war die „Unglückliche Heirat"; sie war darin bis zu dem Auftritt gekommen, da die bedrängte Isabella ihren Trauring weggibt.

Hier fiel ihr das Buch aus den Händen, und ein Tränenstrom rann in ihren Busen hinab. Etwa eine Minute hatte sie in diesem Zustand dagesessen, als die Tür aufging und Lord Fellamar eintrat. Sophia sprang bei seinem Eintritt von ihrem Stuhl auf. Seine Gnaden traten einen Schritt vor und sagten nach einer tiefen Verbeugung: „Ich fürchte, Fräulein Western, daß ich mich etwas unverhofft hier einfinde." – „Allerdings, Mylord", sagte sie, „ich muß gestehen, daß dieser unerwartete Besuch mich ein wenig überrascht." – „Wenn dieser Besuch unerwartet ist, Madam", erwiderte Lord Fellamar, „dann müssen meine Augen sehr ungetreue Dolmetscher meines Herzens gewesen sein, als ich das letztemal die Ehre hatte, Ihnen meine Aufwartung zu machen; anders hätten Sie sicherlich nicht hoffen können, mein Herz hier in Ihrer Gewalt zu verwahren, ohne von seinem Eigentümer einen Besuch zu erhalten." Sophia, verwirrt, wie sie war, beantwortete diesen Bombast (und sehr treffend, wie ich glaube) mit einem Blick voll unbeschreiblicher Verachtung. Der Lord hielt daraufhin eine zweite, noch längere Rede von derselben Beschaffenheit, worauf Sophia zitternd sagte: „Wirklich, Mylord, soll ich denn glauben, daß Sie den Verstand verloren haben? Eine andere Entschuldigung für ein solches Benehmen wüßte ich nicht zu finden." – „Wahrhaftig, Madam, sehen Sie mich in der Verfassung, in der Sie mich vermuten", rief der Lord, „und gewiß werden Sie eine Raserei, die Sie selbst verursacht haben, verzeihen, denn mich hat die Liebe so aller Vernunft beraubt, daß ich kaum für eine meiner Handlungen verantwortlich bin." – „Auf mein Wort, Mylord, ich verstehe weder Ihre Worte noch Ihr Betragen." – „So gestatten Sie mir denn, Madam", rief er, „daß ich Ihnen beides zu Ihren Füßen erkläre, indem ich Ihnen meine ganze Seele offen hinlege und Ihnen beteure, daß ich Sie bis zum Wahnsinn liebe. O anbetungswürdigstes, göttliches Wesen, welche Sprache könnte die Empfindungen meines Herzens ausdrücken!" – „Ich versichere Ihnen, Mylord", sagte Sophia, „ich werde nicht länger bleiben, um so etwas weiter anzuhören." – „Oh, denken Sie nicht daran, mich so grausam zu verlassen", rief er; „könnten Sie auch nur zur Hälfte die Qualen fühlen, die mich zerreißen, Ihr zärtliches Herz müßte beben vor Mitleid mit der Pein, die Ihre Augen verursacht haben." Dann stieß er einen tiefen Seufzer aus, ergriff ihre Hand und fuhr einige Minuten in einem Tone fort, der dem Leser kaum angenehmer klingen würde, als er Sophia klang, und schloß mit der Erklärung, die ganze Welt, wenn er ihr Herr wäre, wollte er ihr zu Füßen legen. Sophia riß mit Gewalt ihre Hand aus der seinen und antwortete mit lebhafter Entschiedenheit: „Ich versichere Ihnen, Herr, ich würde Ihre Welt samt ihrem Meister mit der gleichen Verachtung von mir stoßen." Sie wünschte zu gehen, doch aufs neue ergriff Lord Fellamar ihre Hand und sagte: „Verzeihen Sie mir, mein geliebter Engel, wenn ich mir Freiheiten nehme, zu denen nur die äußerste Verzweiflung mich treiben konnte! Glauben Sie mir, hätte ich nur die mindeste Hoffnung haben können, daß mein Titel und Vermögen, beides unbeträchtlich im Vergleich mit Ihrem Wert, der Annahme durch Sie würdig befunden werden könnten, in der demütigsten Gesinnung hätte ich sie Ihnen angetragen. – Aber ich kann Sie nicht verlieren. Beim Himmel, lieber verliere ich meine Seele! Sie sind, Sie müssen, Sie sollen einzig die Meinige sein!" – „Mylord", sagte sie, „ich bitte Sie, von einem vergeblichen Vorhaben abzustehen; denn, auf meine Ehre, ich will über diesen Punkt nie wieder etwas von Ihnen hören. Lassen Sie meine Hand los, Mylord; ich bin entschlossen, Sie diesen Augenblick zu verlassen und niemals mehr Ihren Besuch zu empfangen." – „Dann, Madam", rief Seine Lordschaft, „muß ich von diesem Augenblick den besten Gebrauch machen, denn ich kann und will nicht ohne Liebe leben." – „Was meinen Sie damit, Mylord", fragte Sophia, „ich werde Lärm schlagen." – „Ich fürchte nichts, Madam", erwiderte er, „als Sie zu verlieren, und das werde ich zu verhindern suchen auf die einzige Art, welche die Verzweiflung mir eingibt!" Damit schloß er sie in seine Arme, doch sie schrie so laut, daß jemand hätte zu ihrer Hilfe herbeieilen müssen, hätte nicht Lady Bellaston dafür gesorgt, daß alle Ohren sich weit genug entfernt hatten.

Doch nun ereignete sich etwas Glücklicheres für die arme Sophia; es erhob sich ein anderer Lärm, der ihr Geschrei fast erstickte, denn jetzt erscholl er durch das ganze Haus: „Wo ist sie? Verdammt! Sogleich will ich sie aus dem Loch holen. Zeigt mir ihre Kammer, sag ich! Wo ist meine Tochter? Ich weiß, sie ist im Haus, und sehn will ich sie, wenn sie noch überm Erdboden ist. Zeigt mir, wo sie ist!" Bei diesen letzten Worten flog die Tür auf, und herein stürzte Junker Western, gefolgt von seinem Pfarrer, mit einem Troß Myrmidonen auf den Fersen.

Wie jammervoll mußte die Lage der armen Sophia sein, wenn ihren Ohren nun die wütende Stimme ihres Vaters willkommen war! Willkommen war sie wahrhaftig, und es war ein großes Glück, daß er kam; denn dieser Zufall war der einzige, der Sophia davor bewahren konnte, daß ihr für immer der Frieden ihrer Seele geraubt wurde.

Trotz ihrer Angst erkannte sie augenblicklich die Stimme ihres Vaters, und Seine Lordschaft erkannten, ungeachtet aller Leidenschaft, die Stimme der Vernunft, die gebieterisch versicherte, daß es nun nicht an der Zeit sei, die beabsichtigte Büberei auszuführen. Als er darum die Stimme näher kommen hörte und begriff, wessen Stimme es war (denn so wie der Junker mehrmals das Wort „Tochter" hinausgebrüllt hatte, so hatte Sophia mitten in ihrem Kampf nach ihrem Vater gerufen), hielt er es für geraten, seine Beute loszulassen, nachdem er ihr nur das Brusttuch ein wenig verschoben und mit seinen rohen Lippen an ihrem reizenden Halse ein paar Zudringlichkeiten begangen hatte.

Wenn mir des Lesers Vorstellungskraft nicht zu Hilfe kommt, werde ich außerstande sein, die Verfassung dieser beiden Menschen, als Western ins Zimmer trat, zu beschreiben. Sophia wankte zu einem Stuhl, auf dem sie sich zerzaust, bleich, atemlos, vor Zorn über Lord Fellamar kochend, niederließ; Angst, aber mehr noch Freude über die Ankunft ihres Vaters erfüllte sie.

Seine Lordschaft setzte sich an ihre Seite; der Haarbeutel hing ihm über die eine Schulter hervor, der Rest seiner Kleidung war ein wenig in Unordnung geraten, vor der Brust stand von der weißen Wäsche ein wenig mehr als gewöhnlich heraus. Im übrigen war er erstaunt, erschrocken, verärgert und beschämt.

Was Junker Western betrifft, so war er jetzt eben in eines Feindes Gewalt, der die meisten Landjunker dieses Reiches sehr häufig verfolgt und oft genug einholt. Wörtlich gesagt: er war *betrunken; ein* Umstand, der, zusammen mit seiner natürlichen Heftigkeit, keine andere Wirkung hervorrufen konnte, als daß er ungesäumt auf seine Tochter zulief und sie mit den bittersten

Schmähreden überschüttete. Ja, er wäre vermutlich mit seinen Händen gewalttätig geworden, hätte sich nicht der Pfarrer ins Mittel gelegt, der sagte: „Um Himmels willen, Herr, bedenken Sie, daß Sie in dem Haus einer vornehmen Dame sind. Lassen Sie sich bitten, Ihren Zorn zu mäßigen; es sollte Ihnen doch schon eine große Genugtuung sein, daß Sie Ihre Tochter gefunden haben; die Rache ist nicht unser. Ich erkenne große Zerknirschung im Gesicht der jungen Dame. Ich bin gewiß, wenn Sie ihr Verzeihung gewähren, wird sie alles bereuen, was sie bisher gegen Sie gefehlt hat, und zu ihrer Pflicht zurückkehren."

Die Stärke der Arme des Pfarrers hatte anfangs bessere Dienste geleistet als die Stärke seiner Beredsamkeit. Indessen blieben seine letzten Worte doch nicht ohne Wirkung, und der Junker antwortete: „Ich will's ihr vergeben, wenn sie 'n haben will. Wenn du ihn haben willst, Sophy, vergeb ich dir alles. Was sprichst du nicht? Sollst ihn haben. Gott straf mich, sollst 'n haben. Gibst keine Antwort? Hat man je eine so starrsinnige Kröte gesehn?"

„Lassen Sie mich bitten, Herr, sich ein wenig mehr zu mäßigen", sagte der Pfarrer; „Sie erschrecken das junge Fräulein so, daß sie ihr das Vermögen der Sprache nehmen."

„Vermögen meines A...", erwiderte der Junker. „Sie stellen sich auf ihre Seite, wie? Ein netter Pfarrer, wahrhaftig, der's mit dem ungehorsamen Kind hält. Ja, ja, ich hab dir eine einträglichere Pfründe. Eher werd ich sie dem Teufel geben."

„Ich bitte gehorsamst um Verzeihung", sagte der Pfarrer; „ich versichere Euer Gnaden, das war nicht meine Meinung."

Lady Bellaston betrat nun das Zimmer und kam auf den Junker zu, der ihr, entschlossen, die Vorschriften seiner Schwester zu befolgen, sowie er sie erblickte, auf gut ländliche Weise eine höfliche Verbeugung machte und einige seiner besten Komplimente hersagte. Darauf stimmte er unvermittelt seine Klagen an: „Hier, Dame Kusine, steht das ungehorsamste Kind von der Welt; sie schmachtet nach 'nem bettelhaften Lumpenkerl und will eine der reichsten Partien in ganz England, die wir für sie ausgesucht haben, nicht heiraten."

„Wirklich", antwortete die Dame vom Hause, „ich bin überzeugt, Sie tun Ihrer Tochter Unrecht. Sicher hat sie dazu zu viel Verstand. Ich bin gewiß, sie wird nicht ausschlagen, was, wie sie verstehen muß, von so großem Wert für sie ist."

Dies war eine absichtliche Verwechslung der Lady Bellaston;

denn sie wußte sehr wohl, wen der Junker Western meinte, mochte sie dabei auch denken, er möchte leicht mit des Lords Vorschlägen zu befreunden sein.

„Hörst du, hörst du da“, sagte der Junker, „was unsere Dame sagt? Deine ganze Familie ist für die Partie. Komm, Sophy, sei 'n gutes Kind, und mach deinem Vater Freude.“

„Wenn mein Tod Ihnen Freude machen kann, Herr“, antwortete Sophia, „so werden Sie diese Freude bald haben.“

„Das ist 'ne Lüge, Sophy, eine verdammte Lüge ist's, und du weißt es“, sagte der Junker.

„Wirklich, Fräulein Western“, bemerkte Lady Bellaston, „nun tun Sie Ihrem Vater Unrecht! Er hat bei dieser Verbindung allein das Beste für Sie im Auge; und ich und alle Ihre Freunde können nichts anderes, als die größte Ehre darin sehen, die Ihrer Familie durch diese Werbung erwiesen wird.“

„Ja, wir alle!“ bestätigte der Junker. „Du weißt doch, daß es nicht mein eigener Vorschlag ist. Sie weiß, ihre Tante, meine Schwester, hat ihn zuerst gemacht. Komm, Sophy, laß mich nochmals bitten, und zwar vor dieser Lady: Sag ja!“

„Lassen Sie mich ihm Ihre Hand geben, liebe Nichte“, sagte die Dame des Hauses. „Heutzutage ist es Mode, die Brautzeit und die langen Besuche abzukürzen.“

„Pah!“ sagte der Junker, „was bedeutet schon die Zeit? Haben sie zum Liebeln nicht nachher Zeit genug? Die Leute können sich noch allerhand sagen, wenn sie erst zusammen unter einem Laken gewesen sind.“

Da Lord Fellamar durchaus die Überzeugung hatte, daß Lady Bellaston keinen andern meinte als ihn, und da er bis dahin noch kein Wort von Blifil gehört noch von dessen Dasein etwas vermutet hatte, so zweifelte er nicht, daß auch der Vater von ihm spräche. Also ging er denn auf den Junker zu und sagte: „Wiewohl ich nicht die Ehre habe, Herr, persönlich mit Ihnen bekannt zu sein, so erlauben Sie mir dennoch, da ich verstehe, daß ich so glücklich bin, meinen Vorschlag gebilligt zu sehen, für die junge Dame Fürsprache einzulegen in dem Sinne, daß man zunächst nicht weiter in sie dringen möge.“

„Was mischen Sie sich ein, Herr?“ fragte der Junker. „Wer zum Teufel sind denn Sie?“

„Herr, ich bin Lord Fellamar“, antwortete dieser, „und ich bin der Glückliche, dem Sie, wie ich hoffe, die Ehre erwiesen haben, ihn als Schwiegersohn anzunehmen.“

„Ein Hurensohn sind Sie“, fuhr der Junker heraus, „mit

Ihrem ganzen Putz an den Kleidern! Mein Schwiegersohn? Auf des Teufels Karren!“

„Von Ihnen, Herr, werde ich mir mehr gefallen lassen als von irgendeinem Manne“, antwortete der Lord. „Aber doch muß ich Ihnen sagen, daß ich nicht gewohnt bin, solche Sprache zu hören und ungerächt zu lassen.“

„Räch dich an meinem A . . .“, erwiderte der Junker. „Glaub nicht, daß ich mich vor 'nem Kerl, wie Sie einer sind, fürcht, weil Ihnen da ein Spieß an der Seite baumelt. Legen Sie den Hirschfänger ab, ich will Ihnen so viel geben, daß Sie sich nicht wieder in Dinge mischen sollen, die Sie nichts angehn. Ich will Sie beschwiegervatern. Ich gerb Ihnen das Fell!“

„Gut so, Herr“, sagte der Lord, „ich werde hier vor den Damen keinen Auftritt verursachen. Ich weiß nun, woran ich bin. Ihr gehorsamer Diener, Herr; Lady Bellaston, Ihr gehorsamster . . .“

Seine Lordschaft war kaum gegangen, als Lady Bellaston auf Herrn Western zutrat und zu ihm sagte: „Bewahre uns der Himmel, was haben Sie da angerichtet? Sie wissen nicht, wen Sie beleidigt haben; er ist ein Edelmann von höchstem Rang und Vermögen und hat gestern um Ihre Tochter angehalten, ein Mann, dafür bürg ich, der von Ihnen mit dem größten Vergnügen angenommen werden sollte.“

„Bürgt für Euch selbst, Dame Kusine“, sagte der Junker, „ich will mit keinem von Ihren Lords etwas zu tun haben. Meine Tochter soll einen einfachen ehrbaren Landedelmann bekommen. Hab schon einen für sie ausgesucht, und der soll's sein. Recht leid tut's mir für die Mühe, die Sie, gnädige Frau, meinetwegen gehabt haben, herzlich leid!“ Lady Bellaston antwortete ihm mit sehr höflichen Bemerkungen über das Wort Mühe, worauf der Junker erwiderte: „Nun, das ist artig – und ich wollt grad soviel für Euer Gnaden tun. Verwandte sollen was füreinander tun. So wünsch ich eine gute Nacht. Komm, Madamchen, mußt nun im guten mit mir gehn, oder ich laß dich in die Kutsche hinabschleppen.“

Sophia sagte, sie wolle ihn ohne Zwang begleiten, doch bat sie, daß sie sich in einer Sänfte dürfe tragen lassen, denn das Fahren, sagte sie, würde sie nicht aushalten können.

„Ich bitt dich“, rief der Junker, „wirst mir nicht vormachen, daß du nicht in einer Kutsche fahren kannst, wie? Kein schlechter Einfall! Nein, dich laß ich nun nicht mehr aus den Augen, bis du ihm angetraut bist, das versprech ich.“ Sophia erwiderte, sie sehe wohl ein, er habe sich vorgenommen, ihr das Herz zu brechen. „Oh, verdammt noch einmal mit Herzbrechen", sagte er. „Soll's brechen, wenn 'n guter Edelmann dir's brechen kann. Ich scher mich keinen Kupfer, keinen halben um so ein ungehorsames Kraut auf Gottes Erdreich." Er faßte sie heftig am Arm, worauf sich der Pfarrer wiederum vermittelnd einschob und ihn bat, sanftere Methoden anzuwenden. Darauf donnerte der Junker los. Mit einem derben Fluch hieß er den Pfarrer das Maul halten und sagte: „Du stehst jetzt nicht in deinem Schwatzkasten; wenn du dort stehst, ist's mir egal, was du sagst; doch ich bin keines Pfaffen Narr und laß mich über mein Betragen von dir nicht belehren. – Nochmals gute Nacht der gnädigen Dame. – Sophy, nun komm; sei 'n gutes Mädchen, und alles geht gut. Sollst 'n haben, beim Teufel, sollst 'n haben!"

Unten an der Treppe zeigte sich Jungfer Honoria, und nach einem tiefen Knicks vor dem Junker machte sie Miene, ihr Fräulein zu begleiten; doch er stieß sie zur Seite und sagte: „Halt, halt, Madam, Ihr kommt mir nicht wieder ins Haus." – „Sie wollen mir doch nicht meine Zofe wegnehmen, Papa?" klagte Sophia. „Doch, Kind, in der Tat, das will ich", rief der Junker, „brauchst aber nicht zu fürchten, daß du ohne Bedienung bleibst; ich will dir 'n anderes Kammermädchen verschaffen, eine bessere Jungfer als die, denn ich wollte fünf Pfund gegen eine Krone setzen, daß diese nicht mehr Jungfrau ist als meine Großmutter. Nein, Sophy, die soll dir nicht nochmal bei Nacht aus 'm Haus helfen, das versprech ich dir." Hierauf packte er seine Tochter und den Pfarrer in die Mietskutsche, stieg selber ein und befahl, ihn zu seiner Herberge zu fahren. Auf dem Wege dorthin ließ er Sophia in Ruhe und unterhielt sich damit, dem Pfarrer einen Vortrag über die gute Lebensart zu halten und wie man sich Vornehmern gegenüber angemessen zu betragen habe.

Es ist möglich, daß er seine Tochter nicht so leicht aus dem Hause der Lady Bellaston fortgebracht hätte, hätte diese gute Dame gewünscht, sie noch länger bei sich zu behalten; doch in Wahrheit machte ihr die Vorstellung, daß Sophia nun in eine Art Gefangenschaft gebracht werde, das größte Vergnügen, und da ihr Plan mit Lord Fellamar nicht geglückt war, so gereichte es ihr zur noch größeren Genugtuung, daß andere gewaltsame Mittel zugunsten eines andern Mannes angewendet wurden.

6. Kapitel

Auf welchem Weg der Junker dazu kam, seine Tochter zu entdecken.

Obschon der Leser in manchen Geschichten viel seltsamere Erscheinungen als die des Herrn Western ohne jeden Gewinn zu ertragen genötigt wird, so wollen wir ihm, in dem lebhaften Wunsch, wo immer es in unserer Macht steht, ihm gefällig zu sein, nun dartun, durch welche Mittel es dem Junker möglich ward, den Aufenthalt seiner Tochter herauszufinden.

Im dritten Kapitel des vorangegangenen Buches haben wir angedeutet (denn es ist nicht unsere Gewohnheit, mehr zu enthüllen, als bei einem Anlaß gerade nötig ist), daß Frau Fitzpatrick, die sehnlich wünschte, sich mit ihrem Onkel und mit ihrer Tante Western auszusöhnen, dieses Ziel erreichen zu können glaubte, wenn sie Sophia daran hinderte, denselben Fehltritt zu begehen, der ihr selber den Unwillen ihrer Familie zugezogen hatte. Nach mancherlei Überlegungen faßte sie darum endlich den Entschluß, ihrer Tante Western anzuvertrauen, wo ihre Kusine sich befinde. Demgemäß schrieb sie den folgenden Brief, den wir aus mehr als einem Grunde dem Leser in ganzer Länge vorlegen:

Hochgeehrte Dame,

Was mich veranlaßt, dies zu schreiben, wird einen Brief von meiner Hand meiner teuren Tante um einer ihrer Nichten willen vielleicht angenehm machen, wiewohl ich wenig Ursache habe zu hoffen, daß dem auch im Hinblick auf eine andere so sein wird.

Ohne weitere Entschuldigung, da ich komme, Ihnen mein unglückliches Selbst zu Füßen zu legen: Ich begegnete dank dem seltsamsten Zufall von der Welt meiner Kusine Sophia, mit deren Geschichte Sie besser bekannt sind als ich selbst, obgleich ich, ach! nur zuviel davon weiß, genug wenigstens, um mich zu überzeugen, daß sie in Gefahr ist, wenn man sie nicht augenblicklich daran hindert, durch törichte und unwissende Mißachtung Ihres so weisen und klugen Rates, in das gleiche Unglück zu rennen, das ich leider über mich selbst gebracht habe.

Kurz, ich habe den Mann gesehen, ja ich war gestern fast den ganzen Tag in seiner Gesellschaft, und ein liebenswürdiger junger Mensch ist er, das muß ich Ihnen sagen.

Es wäre langweilig, Ihnen hier den Vorfall, der mich mit ihm zusammenbrachte, zu schildern, aber ich habe heute morgen, um ihm auszuweichen, mein Quartier gewechselt, damit er nicht über mich zu meiner Kusine gelangen soll; denn er weiß noch nicht, wo sie sich aufhält, und es ist ratsam, ihn das nicht wissen zu lassen, bis mein Onkel sie in Sicherheit gebracht hat. Deshalb ist keine Zeit zu verlieren! Und ich brauche Ihnen nur mitzuteilen, daß sie jetzt bei Lady Bellaston wohnt, die ich besucht habe und die mir die Absicht zu haben scheint, sie vor ihrer Familie verborgen zu halten. Sie wissen, Madam, sie ist eine merkwürdige Frau; aber nichts stünde mir schlechter an, als wenn ich einer Dame von so umfassendem Verstand und großer Weltkenntnis über die bloße Mitteilung der Tatsachen hinaus Winke zu geben mir anmaßte.

Ich hoffe, Madam, die Besorgtheit um das Wohl unserer Familie, die ich bei diesem Anlaß gezeigt habe, wird mich wieder der Gunst der Dame empfehlen, die jederzeit in solchem Maße um die Ehre und den wahren Vorteil von uns allen bemüht gewesen ist, und sie möge mir auch Ihre Freundschaft zurückgewinnen, die einen so großen Teil meines früheren Glücks ausgemacht hat und für mein künftiges so notwendig ist. – Mit der Versicherung meiner höchsten Achtung, verehrteste Dame, bin ich Ihre Ihnen aufs tiefste verpflichtete Nichte und untertänig gehorsamste

Harriet Fitzpatrick.

Fräulein Western lebte nun in ihres Bruders Haus, wo sie sich seit Sophias Flucht niedergelassen hatte, um den armen Junker in seiner Betrübnis zu trösten. Von dieser Art Trost, den sie ihm täglich in kleinen Portionen zu verabreichen pflegte, haben wir früher ein Beispiel gegeben.

Sie stand mit dem Rücken gegen das Feuer gekehrt und spendete, eine frische Prise Schnupftabak in der Hand, ihrem Bruder jene tägliche Trostgabe, während er dasaß und seine Nachmittagspfeife rauchte, als sie den obigen Brief erhielt. Sie hatte ihn kaum gelesen, als sie ihm das Schriftstück hinhielt mit den Worten: „Da, Herr, ein Bericht über Ihr verlorenes Schaf. Fortuna hat es Ihnen wiedererstattet, und wenn Sie nun meinem Rat folgen wollen, so ist es möglich, daß Sie es behalten werden."

Als der Junker den Brief überflogen hatte, warf er seine Pfeife ins Feuer und stieß vor Freude ein lautes Hussa aus. Er rief seine Bedienten, verlangte seine Stiefel, gab Befehl, den Chevalier und verschiedene andere Pferde zu satteln und unverzüglich den Pfarrer Supple herbeizurufen. Darauf wandte er sich an seine Schwester, schloß sie in seine Arme, preßte sie an sich und sagte dann: „Donnerwetter! du scheinst darüber gar nicht erfreut; man könnte meinen, du seist traurig, weil ich das Kind wiedergefunden habe."

„Bruder", erwiderte sie, „die tiefsten Politiker, die überall auf den Grund sehen, gewinnen oft von einer Sachlage einen Anblick, der sich von dem, den die Oberfläche aufweist, bedeutend unterscheidet. Allerdings es ist richtig, die Dinge sehen jetzt in Holland nicht mehr ganz so verzweifelt aus wie damals, als Ludwig der Vierzehnte vor Amsterdams Toren stand; doch verlangt diese Angelegenheit ein Zartgefühl, dessen Sie, verzeihen Sie mir, Bruder, wie ich glaube, ermangeln. Im Umgang mit einer Frau und einer Persönlichkeit wie Lady Bellaston wäre ein Anstand zu beobachten, der die Kenntnis einer Welt voraussetzt, die, fürchte ich, der Ihrigen überlegen ist."

„Schwester", rief der Junker, „ich weiß, du hast von meinen Anlagen eine geringe Meinung; doch ich werde dir bei der Gelegenheit zeigen, wer der Narr ist. Kenntnis, wahrhaftig! Ich hab nicht so lang in diesem Land gelebt, ohne mir einige Kenntnis von meinen Befugnissen und den Gesetzen, die im Land gelten, anzueignen. Ich weiß: was mir gehört, darf ich nehmen, wo ich's finde. Zeige mir meine eigene Tochter, und wenn ich nicht weiß, wie ich ihrer habhaft werd, so will ich ein Narr heißen mein Leben lang. Es gibt Friedensrichter in London so gut wie an jedem andern Ort."

„Ich versichere Ihnen", rief die Schwester, „ich zittere um den Ausgang dieser Angelegenheit, die, wenn Sie nach meinem Rat handeln wollten, doch zu einem guten Ende gebracht werden könnte. Stellen Sie sich wirklich vor, Bruder, das Haus einer Frau von gesellschaftlichem Rang könnte von groben Richtern und ihren Gehilfen überfallen werden? Ich will Ihnen sagen, wie Sie zuwege gehen sollen. Sobald Sie in der Stadt angekommen sind und in anständigen Kleidern stecken (denn Sie haben, Bruder, gegenwärtig wirklich keine, in denen Sie sich zeigen dürfen), schicken Sie an Lady Bellaston Ihre Empfehlungen und bitten Sie um die Erlaubnis, dort Ihre Aufwartung machen zu dürfen. Wenn Sie bei ihr vorgelassen werden, und das werden Sie gewiß, und wenn Sie Ihre Geschichte erzählt und dabei meinen Namen oft erwähnt haben (denn ich glaube, Sie beide kennen sich bloß vom Sehen, wiewohl Sie Verwandte sind), so hoffe ich zuversichtlich, daß sie ihre schützende Hand von ihrer Nichte abziehen wird, die ihr sicherlich etwas vorgemacht hat. Dies ist die einzig richtige Methode. Friedensrichter, wahrhaftig! Stellen Sie sich vor, einer Dame von hohem Rang könnte in einer zivilisierten Gesellschaft so etwas widerfahren?"

„Zum Teufel mit deinem hohen Rang!" rief der Junker. „Eine herrlich zivilisierte Nation, wo die Weiber über dem Gesetz stehen. Und warum soll mir's gefallen, so einer verfluchten Hure, die die Tochter von ihrem leiblichen Vater abhält, einen Packen Komplimente zu schicken. Ich sag dir Schwester, so unwissend, wie du mich glaubst, bin ich nicht – ich weiß, du behauptest, daß die Weiber über dem Gesetz stehen, doch das ist Schwindel; ich habe von Seiner Lordschaft gehört, daß niemand über dem Gesetz steht. Aber das Gesetz ist das von Hannover, vermutlich."

„Herr Western", sagte sie, „ich finde, Ihre Unwissenheit nimmt täglich zu. – Ich muß sagen, Sie sind ein ausgemachter Bär geworden."

„Nicht mehr Bär als du selbst, Schwester Western", gab er zurück. „Du magst so viel von deiner Höflichkeit reden, wie du willst, gegen mich bist du niemals höflich. Ich bin kein Bär, nein, und auch kein Hund, aber ich kenn jemanden, die etwas ist, was mit einem H anfängt. Zum Henker! ich werd dir zeigen, daß ich bessere Manieren hab als bestimmte Leute."

„Herr Western", antwortete die Dame, „Sie mögen sagen, was Sie wollen, *je vous méprise de tout mon coeur*. Aber ich gerate darum nicht außer mir. – Nebenbei, wie meine Kusine mit diesem scheußlichen irischen Namen richtig sagt, bin ich um die Ehre und den wahren Vorteil meiner Familie besorgt und um diese Nichte, die ein Teil davon ist, weshalb ich beschloß, bei diesem Anlaß selbst in die Stadt zu reisen; denn wirklich, Bruder, Sie sind nicht geeignet zum Vorsitzenden eines Polizeigerichts. – Grönland, Grönland sollte immer der Schauplatz obskurer Verhandlungen sein."

„Dem Himmel sei Dank", rief der Junker, „jetzt versteh ich dich nicht. Nun bist du in dein hannoversches Kauderwelsch hineingeraten. Du wirst aber sehen, ich mach mir nichts draus, dir an Höflichkeit nachzustehen; und so, wie du nicht böse bist über das, was ich gesagt habe, so bin ich nicht ärgerlich über *das, was du mir* gesagt hast. Laß Verwandte unter sich streiten, und wenn man sich auch hin und wieder ein übereiltes Wort gibt, nun, die Leute sollen geben und nehmen; ich selbst trage nie etwas nach, und ich find es sehr freundlich von dir, daß du nach London reisen willst; denn ich war nur zweimal in meinem Leben dort und bin jedesmal nur etwa vierzehn Tage geblieben, und so konnte ich nur wenig von den Menschen und Straßen dort kennenlernen. Ich hab nie bestritten, daß du alle diese Dinge viel besser kennst als ich. Darüber zu streiten wäre ganz so, wie wenn du mit mir über die Behandlung einer Koppel Hunde oder das Aufspüren eines Hasen streiten wolltest."

„Was ich, ich versprech es Ihnen, nie tun werde", sagte sie. „Gut, und ich verspreche dir, nie über die andern Dinge zu streiten", sagte er.

Damit war nun (um den Ausdruck der Dame zu gebrauchen) zwischen den streitenden Parteien ein Bündnis geschmiedet worden; und da jetzt der Pfarrer angelangt war und die Pferde vorgeführt waren, brach der Junker auf, nachdem er versichert hatte, die Ratschläge seiner Schwester befolgen zu wollen; sie aber traf nun die Vorbereitungen, um ihm am nächsten Tage folgen zu können.

Als er jedoch diese Dinge unterwegs vor dem Pfarrer zur Sprache gebracht hatte, kamen die beiden überein, daß man sich dieser Förmlichkeiten sehr wohl begeben könnte; und der Junker, der seinen Sinn geändert hatte, ging in der Art vor, wie wir das bereits gesehen haben.

7. Kapitel

In dem mancherlei Mißlichkeiten dem armen Jones begegnen.

In der besagten Lage befanden sich die Dinge, als Jungfer Honoria bei Frau Miller eintraf und Herrn Jones, wie wir früher sahen, aus der Gesellschaft herausrufen ließ, worauf sie, als sie mit ihm allein war, also begann: „Oh, mein lieber Herr! Wo nehm ich den Mut her, es Ihnen zu erzählen; sie sind erledigt, Herr, und mein armes Fräulein ist erledigt, und ich bin erledigt..." – „Ist Sophia etwas zugestoßen?" rief Jones und starrte sie an wie ein Verrückter. „Das Schlimmste, was man sich nur denken kann", schrie Honoria. „Ach, nie wieder werd ich eine solche Herrin bekommen. Oh, daß ich diesen Tag erleben mußte!" Bei diesen Worten wurde Jones aschfahl, er zitterte und stammelte, doch Honoria redete weiter: „Ja, Herr Jones, ich hab mein Fräulein auf ewig verloren." – „Wie, was! Um Gottes willen, erzählen Sie doch. Ach, meine liebe Sophia." – „Sie mögen sie wohl so nennen", sagte Honoria, „sie war mir das liebste Fräulein. Nie werd ich so 'ne Stelle wieder kriegen." – „Hol der Henker Ihre Stelle!" rief Jones. „Wo ist – was – was ist aus Sophia geworden?" – „Ach ja, natürlich", rief sie, „Bediente soll nur der Henker holen. Was aus denen wird, das zählt nicht, wenn sie auch beiseite geschoben und grad ebenso ruiniert sind. Ja freilich, sie sind nicht Fleisch und Blut wie andre Leute. Nein, gewiß ist's gleichgültig, was aus ihnen wird." – „Wenn es in Ihnen eine Spur von Gefühl, einen Funken Mitleid gibt", sagte Jones, „so bitt ich, sagen Sie mir augenblicklich, was Sophia geschehen ist." – „Ich hab gewiß mehr Mitleid mit Ihnen als Sie mit mir", antwortete Honoria; „ich wünsch Sie nicht zum Henker, weil Sie die süßeste Lady von der Welt verloren haben. Meiner Treu, Sie sind zu bedauern, und auch ich bin zu bedauern; denn wahrhaftig, gab es je eine gute Herrin . . ." – „Was ist geschehen?" schrie Jones fast in einem Anfall von Wut. „Was? was?" sagte Honoria. „Nun, das Schlimmste, was Ihnen und mir geschehen konnte. Ihr Vater ist in die Stadt gekommen und hat sie uns allen beiden entrissen." Hier fiel Jones auf die Knie, um dem Himmel zu danken, daß es nichts Schlimmeres war. „Nichts Schlimmeres!" rief Honoria, „was könnte für uns beide schlimmer sein? Er schleppte sie weg und schwor, er werde sie mit Herrn Blifil verheiraten; das ist Ihr Trost, und der meine ist: ich armes Ding bin aus dem Dienst gejagt." – „Wirklich, Jungfer Honoria", antwortete Jones, „Sie haben mich über die Maßen erschreckt. Ich dachte, ein schreckliches Unglück habe Sophia ereilt – etwas, mit dem verglichen selbst ihre Heirat mit Blifil eine Kleinigkeit wäre; aber wo Leben ist, da ist noch Hoffnung, liebe Jungfer Honoria. Und wir leben in einem Lande der Freiheit, wo keine Frau mit Gewalt zu einer unerwünschten Heirat gezwungen werden kann." – „Jawohl, gewiß, Herr", sagte sie, „das ist wahr; für Sie mag's noch Hoffnung geben; doch, du liebe Zeit, was bleibt denn für mich armes Geschöpf an Hoffnung übrig? Und das müssen Sie doch sicher verstehn, daß ich das alles um Ihretwillen leide. Wenn der Junker so böse mit mir war, ist's, weil ich auf Ihrer Seite gestanden und gegen Herrn Blifil gewesen bin." – „Aber ja doch, Jungfer Honoria", antwortete er, „ich *sehe wohl,* wie sehr ich Ihnen verbunden bin, und ich werde nichts unterlassen, was nur in meinen Kräften steht, um es wiedergutzumachen." – „Ach, Herr", sagte sie, „was kann eine

Bediente für den Verlust einer Stelle entschädigen, wenn sie nicht 'n gleich guten Platz wiederfinden wird?" – „Verzweifeln Sie nicht, Jungfer Honoria", tröstete sie Jones, „ich hoffe Sie wieder an Ihre frühere Stelle bringen zu können." – „Du lieber Gott, Herr, wie kann ich mir mit solcher Hoffnung schmeicheln", erwiderte sie, „da ich weiß, daß dies unmöglich ist, denn der Junker ist gegen mich so aufgebracht. Und doch, wenn Sie mein Fräulein noch bekommen sollten – und ich hoffe herzlich, das werden Sie, denn Sie sind ein generöser, wohlgesinnter Herr; und ich bin gewiß, Sie lieben sie, und sie liebt Sie wie die eigene Seele; 's wär ja auch umsonst, daß man's leugnen wollt, weil das doch jedermann, der mein Fräulein nur ein wenig kennt, sehn muß. Das arme liebe Fräulein, verstellen kann sich's ja gar nicht; und wenn zwei Leute, die sich so lieben, nicht glücklich sind, wer soll's dann sein. Das Glück hängt nicht immer vom Geld ab; außerdem hat ja auch das Fräulein genug für zwei. Und so wär's doch wohl Sünd und Jammer, zwei solche Liebesleute nicht zueinander kommen zu lassen; ich bin aber ganz gewiß, Sie werden schließlich doch noch vereint werden, denn was vorherbestimmt ist, das kann keiner verhindern. Ist eine Ehe im Himmel geschlossen, dann werden sie alle irdischen Richter nicht scheiden. Ich wünschte wahrhaftig, Pfarrer Supple hätte nur ein wenig mehr Frechheit und traute sich, dem Junker vorzuhalten, wie schändlich es ist, seine Tochter wider ihren Willen zu so etwas zwingen zu wollen; aber freilich, der arme Herr hängt für seinen Unterhalt gänzlich vom Junker ab. Wennschon er ein sehr religiöser und gütiger Mann ist und hinter des Junkers Rücken von der Schlechtigkeit solchen Tuns spricht, so wagt er doch nicht, ihm seine ganze Meinung ins Gesicht zu sagen. Ich hab ihn wahrhaftig noch nie so kühn gesehn wie eben heut; ich hatte Angst, der Junker werde auf ihn losschlagen. Ich möcht Euer Gnaden nicht traurig noch verzweifelt sehn; es könnte doch alles noch gut werden, solange Sie der Neigung meiner Dame sicher sind, und das dürfen Sie, denn man wird sie nie dazu bringen, einen andern Mann zu heiraten. Ich bin wirklich in großer Furcht, der Junker könnte ihr in seinem Zorn etwas antun, denn er ist ein erstaunlich heftiger Herr; und ich fürchte auch, der armen Lady könnte schließlich das Herz brechen, denn das ist so zart wie das eines Küchleins. Es ist schade, find ich, daß sie nicht ein wenig von meinem Mut hat. Wär ich in einen jungen Mann verliebt und mein Vater machte Miene, mich von ihm abzuhalten, ich wollt ihm die Augen ausreißen, aber ich käme zu meinem Mann. Doch in dem Fall spielt ein großes Vermögen mit, und der Vater hat die Macht, es ihr zu geben oder nicht; das mag wohl einen großen Unterschied ausmachen.“

Kam es nun daher, daß Jones auf diese Rede allzu genau aufmerkte oder daß es darin nicht die kleinste Lücke gab, das kann ich nicht entscheiden; doch er machte auch nicht einmal den Versuch, ihr zu antworten, und ihre Zunge stand nicht ein einziges Mal still, bis Partridge ins Zimmer gelaufen kam und ihm die Nachricht brachte, die große Dame steige die Treppe herauf.

Nichts konnte der Verlegenheit gleichkommen, in die Jones sich jetzt versetzt sah. Honoria wußte durchaus nichts von einer Bekanntschaft, die zwischen ihm und Lady Bellaston bestand, denn sie war so ziemlich die letzte Person, der er davon etwas hätte anvertrauen mögen. In dieser dringenden Not entschied er sich (wie nur zu oft) für den schlimmsten Ausweg, und statt sie der Dame preiszugeben, was von geringen Folgen gewesen wäre, gab er die Dame ihr preis. Er entschloß sich also, Honoria zu verstecken, und hatte eben noch Zeit, sie hinter das Bett zu bringen und die Gardinen zuzuziehen.

Die Geschäftigkeit, mit der er sich während des ganzen Tages zum Besten seiner armen Wirtin und ihrer Familie umgetan, die Angst, die ihm Jungfer Honoria eingejagt, die Verwirrung, die sich bei der unverhofften Ankunft Lady Bellastons seiner bemächtigt hatte, hatten fast alle früheren Gedanken aus seinem Kopfe vertrieben, so daß es ihm nicht einmal in den Sinn kam, die Rolle eines kranken Mannes zu spielen, die freilich weder seine festliche Kleidung noch seine blühende Gesichtsfarbe auch nur im geringsten hätten glaubhaft machen können.

Lady Bellaston war kaum ins Zimmer getreten, als sie sich aufs Bett warf: „Mein liebster Jones“, rief sie, „Sie sehen, nichts kann mich lange von Ihnen zurückhalten. Vielleicht sollte ich Ihnen grollen, da ich einen ganzen Tag nichts von Ihnen gehört oder gesehen habe, denn ich sehe wohl, Ihre Krankheit würde Ihnen das Ausgehen gestattet haben; ja, ich denke, Sie haben nicht den ganzen Tag fertig angezogen hier in Ihrem Zimmer gesessen wie eine vornehme Dame, die nach dem Wochenbett Besuch empfängt. Doch wie dem auch sei, denken Sie nicht, ich hätte die Absicht, darum mit Ihnen zu zanken; denn ich will Ihnen niemals für das kühle Verhalten eines Gatten einen Anlaß zur Entschuldigung geben durch das schmollende Gebaren eines Eheweibs.“

„Nein, Lady Bellaston", erwiderte Jones, „ich weiß, Euer Gnaden werden mir keine Pflichtvergessenheit vorwerfen, da ich nur auf Ihre Befehle wartete. Wer, meine Teuerste, hat Grund zur Klage? Wer hielt gestern abend nicht Wort und ließ einen armen Mann warten und wünschen und seufzen und schmachten?"

„Sagen Sie mir nichts davon, mein liebster Herr Jones. Wüßten Sie die Ursache, Sie würden mich bedauern. Kurz, es ist nicht zu sagen, was Frauen von Stand sich von frechen Alberlingen gefallen lassen müssen, um das Possenspiel der Welt mit in Gang zu halten. Ich bin indessen sehr erfreut zu sehen, daß Ihr Wünschen und Schmachten Ihnen keinen Schaden getan hat; denn nie in Ihrem Leben haben Sie besser ausgesehen. Meiner Treu, Jones! Sie könnten in diesem Augenblick einem Maler für ein Bild des Adonis sitzen."

Gewisse Worte gibt es, die so herausfordern, daß man, wie Männer von Ehre sagen, nicht anders darauf antworten kann als mit einem Schlag. So mag es unter Liebenden gewisse Ausdrücke geben, die nur mit einem Kuß beantwortet werden können. Das Kompliment, das Lady Bellaston Jones machte, scheint von dieser Art gewesen zu sein, zumal es von einem Blick begleitet wurde, in den die Dame mehr von sanftem Gefühl hineingelegt hatte, als sie durch ihre Zunge auszusprechen vermocht hätte.

Jones war sicherlich in diesem Augenblick in einer der peinlichsten und verwirrtesten Verfassungen, die man sich nur denken kann; denn um das vorhin gebrauchte Gleichnis weiterzuführen: die Herausforderung war von der Dame ausgegangen, und Jones konnte sich keine Genugtuung verschaffen, ja sich selbst nicht den Anschein geben, als ob er sie verlangte, weil eine dritte Person zugegen war; Sekundanten aber waren bei dieser Art von Zweikämpfen nach dem Waffenrecht nicht zulässig. Da Lady Bellaston an ein derartiges Hindernis nicht denken konnte und nicht wußte, daß außer ihr noch ein anderes weibliches Wesen im Zimmer war, so wartete sie eine ganze Weile in großem Erstaunen auf eine Antwort von Jones, der, sich der lächerlichen Rolle, die er spielte, bewußt, in einiger Entfernung stehenblieb und, da er die richtige Antwort nicht geben konnte, gar keine gab. Man könnte sich nichts Komischeres, aber auch nichts Tragischeres vorstellen, als es dieser Auftritt hätte sein müssen, wenn er länger gedauert hätte. Die Dame hatte bereits zwei- bis dreimal die Farbe gewechselt, war vom Bett aufgestanden und hatte sich wieder niedergesetzt, während Jones wünschte, die Erde möge unter ihm versinken oder das Haus über ihm zusammenfallen, als ihn ein seltsamer Zufall aus einer so heiklen Verlegenheit befreite, aus der ihn nicht die Beredsamkeit eines Cicero und nicht die Staatskunst eines Machiavelli ohne Spott und Schande hätten erlösen können.

Dies war nichts anderes als die Ankunft des Herrn Nightingale, der völlig betrunken oder vielmehr in jenem Zustand der Betrunkenheit war, der den Menschen des Gebrauchs seiner Vernunft beraubt, ihm aber den Gebrauch seiner Glieder noch läßt.

Frau Miller und ihre Töchter waren zu Bett gegangen, und Partridge saß, seine Pfeife rauchend, am Küchenfeuer; so konnte er ganz ungehindert vor Herrn Jones Kammertür gelangen. Er riß sie auf und wollte ohne weitere Förmlichkeit eintreten, als Jones von seinem Sitz emporfuhr und ihm entgegenlief, um ihn zurückzudrängen, was er denn auch mit solcher Wirkung tat, daß Nightingale nicht weit genug ins Zimmer eindrang, um sehen zu können, wer auf dem Bett saß.

Nigthingale hatte irrtümlich Jones' Zimmer für die gehalten, die er selbst bewohnte; somit bestand er hartnäckig darauf, eingelassen zu werden, und schwor immer wieder, er werde sich nicht davon abhalten lassen, sich in sein Bett zu legen. Jones jedoch überwältigte ihn und übergab ihn Partridge, den der Lärm im oberen Stockwerk zu Hilfe gerufen hatte.

Und nun war Jones wider seinen Willen genötigt, in sein Zimmer zurückzukehren, wo er im Augenblick, als er dort eintrat, Lady Bellaston einen Schrei ausstoßen hörte, wenn auch keinen sehr lauten; gleichzeitig sah er, wie sie sich in heftiger Erregung auf einen Stuhl geworfen hatte, was bei einer Dame von zarter Konstitution ein hysterischer Zustand gewesen wäre.

In Wahrheit hatte die Dame, erschreckt durch das Ringen der beiden Männer, von dem sie nicht wußte, wie es enden würde, da sie Nightingale unter Flüchen versichern hörte, er werde sich in sein eigenes Bett legen, versucht, sich in das ihr bekannte Versteck zu flüchten, das sie nun zu ihrer großen Bestürzung bereits von einer andern besetzt fand.

„Ist eine solche Behandlung zu ertragen, Herr Jones?" rief die Lady. „Sie niederträchtiger Mensch! Was für ein Weibsstück ist das, vor dem Sie mich bloßstellen?" – „Weibsstück!" rief Honoria und brach wütend aus ihrem Versteck hervor,

„schau mal einer an, Weibsstück, wahrhaftig? – So arm ich bin, ich bin ehrbar; das ist mehr, als gewisse reiche Leute von sich sagen können."

Jones, statt die Ausfälle der erbosten Honoria abzulenken, wie das ein Galan von mehr Erfahrung getan hätte, fing an, seine Gestirne zu verfluchen und sich selbst als den unglücklichsten Mann auf der Erde zu beklagen, um sich dann kurzerhand an Lady Bellaston zu wenden und unsinnige Beteuerungen seiner Unschuld vorzubringen. Inzwischen hatte die Dame den Gebrauch ihrer Vernunft wiedererlangt, die ihr so bereitwillig wie nur irgendeiner Frau zu Gebote stand, besonders bei derartigen Gelegenheiten, und sie sagte ganz ruhig: „Herr, Sie bedürfen keiner Entschuldigungen, ich sehe jetzt, wer die Person ist. Ich hatte Jungfer Honoria zuerst nicht erkannt; nun ich sie aber erkenne, kann ich zwischen ihr und Ihnen nichts Ungehöriges vermuten; und ich bin gewiß, daß sie zu verständig ist, um meinem Besuch bei Ihnen eine schlimme Deutung zu geben. Ich bin stets ihre Freundin gewesen, und ich könnte dies künftig noch in weit höherem Maße sein."

Jungfer Honoria war im ganzen ebenso versöhnlich, wie sie leicht in Empörung zu versetzen war. Als sie daher bemerkte, daß Lady Bellaston eine sanftere Tonart anschlug, sänftigte sie auch die eigenen Töne. „Aber gewiß, Madam", sagte sie, „ich hab noch jedesmal Euer Gnaden Güte anerkannt; mein Lebtag hab ich eine bessere Freundin nicht gehabt als Euer Gnaden. Und nun ich seh, daß es Euer Gnaden sind, mit der ich gesprochen hab, könnt ich mir vor Wut fast die Zunge abbeißen. Ich, Deutungen über Euer Gnaden – wahrhaftig, das würd einer Bedienten, wie ich bin, anstehn, sich was über eine so vornehme Dame zu denken – ich wollt sagen, eine Bediente, die ich war, denn ich bin niemandes Bediente jetzt, nur ein recht armes, unglückliches Geschöpf! Ich hab doch die beste Herrin verloren." Hier hielt es Honoria für geziemend, einen Tränenregen niedergehen zu lassen. „Weinen Sie nicht, Kind", sagte die gutherzige Dame, „vielleicht finden sich die Mittel, alles wiedergutzumachen. Kommen Sie morgen vormittag zu mir." Sie hob dann ihren Fächer auf, der zu Boden gefallen war, und schritt, ohne Jones eines Blicks zu würdigen, in majestätischer Haltung aus dem Zimmer; denn es liegt eine Art von Würde in der Unverschämtheit gewisser Damen von hohem Stande, die Frauen von geringerer Herkunft unter solchen Umständen zu erreichen sich vergeblich bemühen.

Jones folgte ihr die Treppen hinunter und wollte ihr mehrmals seine Hand reichen, die sie aber zurückwies, und sie setzte sich in ihre Sänfte, ohne ihn im geringsten zu beachten, wie er dastand und ihr Bücklinge machte.

Als er wieder heraufgekommen war, folgte ein langes Gespräch zwischen ihm und Jungfer Honoria, während sie ihre Kleider zurechtmachte, die hinter dem Bett ein wenig in Unordnung geraten waren. Der Gegenstand dieses Gesprächs war seine Untreue gegen ihre junge Dame, worüber sie sich mit großer Bitterkeit ausließ; doch endlich gelang es Jones, sie zu versöhnen, und nicht nur das, sondern auch von ihr das Versprechen des unverbrüchlichen Schweigens zu erhalten samt der Zusage, daß sie am nächsten Morgen sich alle Mühe geben wolle, Sophia aufzufinden und Nachrichten von dem Verhalten des Junkers zu bekommen.

So endete dieses unglückliche Abenteuer zur Zufriedenheit einzig und allein der Jungfer Honoria, denn ein Geheimnis (wie einige meiner Leser aus eigener Erfahrung vielleicht bestätigen können) ist oft ein sehr wertvoller Besitz, und zwar nicht nur für jene, die es treu bewahren, sondern mitunter auch für solche, die es herumflüstern, bis es zu den Ohren aller gelangt mit Ausnahme des Unwissenden, der für die vermeinte Geheimhaltung dessen bezahlt, was öffentlich bekannt ist.

8. Kapitel

Kurz und süß.

Ungeachtet aller Verbindlichkeiten, mit denen Jones sie bedacht hatte, konnte Frau Miller sich am folgenden Morgen nicht einiger höflicher Vorstellungen enthalten wegen des stürmischen Treibens in seinem Zimmer in der vorangegangenen Nacht. Sie waren indessen so artig und freundlich und sollten auch wirklich nur zu Herrn Jones Besten dienen, daß dieser, weit entfernt davon, gekränkt zu sein, die Ermahnungen der guten Frau dankbar entgegennahm, über das Vorgefallene sein Bedauern ausdrückte, sich, so gut es ihm möglich war, entschuldigte und versprach, nie wieder eine solche Störung ins Haus zu bringen.

Doch wenn Frau Miller bei ihrer ersten Begegnung an diesem Morgen einen Verweis unter vier Augen nicht hatte unterlassen können, so war doch der Anlaß, zu dem er heruntergebeten worden war, von viel angenehmerer Art, nämlich der, das Amt des Brautvaters für Miss Nancy auszuüben und sie Herrn Nightingale für die Ehe zuzuführen, der nun gehörig angezogen und so vollkommen nüchtern war, wie sich manche von unsern Lesern einen Mann denken werden, der sich auf so unkluge Weise beweibt.

Und hier wird es gut sein zu erzählen, wieso der junge Herr vor seinem Onkel die Flucht ergriffen hatte und darauf in dem Zustand erschienen war, in dem wir ihn am vorigen Abend gesehen haben.

Als der Onkel mit seinem Neffen in seiner Wohnung angekommen war, teils, um seiner eigenen Neigung zu frönen (denn er liebte über alles seine Flasche), und andernteils, um seinen Neffen von der sofortigen Ausführung seiner Absicht abzubringen, ließ er Wein auf den Tisch stellen. Damit traktierte er den jungen Herrn so freigebig, daß dieser, obzwar des Trinkens nicht sehr gewohnt, es doch nicht in dem Maße verabscheute, daß er sich des Ungehorsams oder eines Verstoßes gegen die Höflichkeit hätte schuldig machen mögen, wenn er es ablehnte, und bald vollkommen erledigt war.

Eben als der Onkel seinen Sieg errungen hatte und nun für seinen Neffen ein Bett herrichten wollte, erschien ein Bote mit einer Nachricht, die ihn so bestürzte und aus der Fassung brachte, daß er augenblicklich jeden Gedanken an seinen Neffen vergaß und allein noch von seinen eigenen Angelegenheiten beansprucht ward.

Diese plötzliche und niederschmetternde Nachricht war nichts Geringeres als die, daß seine Tochter den ersten Augenblick seiner Abwesenheit benützt hatte, um mit einem jungen Geistlichen aus der Nachbarschaft durchzubrennen. Sie hatte, obwohl ihr Vater gegen ihn nur einen Einwand haben konnte, nämlich daß er kein Vermögen besaß, es nie für ratsam gehalten, von dieser Liebe ihrem Vater etwas anzuvertrauen; und so umsichtig war sie zuwege gegangen, daß niemand etwas davon hatte vermuten können bis jetzt, da das Unverhoffte geschehen war.

Der alte Herr Nightingale hatte diesen Bericht kaum erhalten, als er in der äußersten Verwirrung eine Postkutsche bestellte, und nachdem er seinen Neffen der Obhut eines Dieners anempfohlen hatte, verließ er ungesäumt das Haus, ohne recht zu wissen, was er tat oder wohin er sich begeben sollte.

Also war der Onkel gegangen. Wie nun der Diener kam, um dem Neffen ins Bett zu helfen, und ihn aufweckte und ihm endlich klarmachen konnte, daß der Onkel sich entfernt habe, bestand jener darauf, statt die ihm angebotene freundliche Hilfe anzunehmen, daß eine Sänfte geholt werde. Der Diener, der keinen strikten gegenteiligen Befehl erhalten hatte, willfahrte dem; und also zu Frau Millers Haus zurückgebracht, stolperte Herr Nightingale über die Treppen zu Herrn Jones Zimmer hinauf, wie das vorhin erzählt wurde.

Da das Hindernis dieses Onkels nun beseitigt war (obgleich der junge Nightingale bis dahin noch nicht wußte, auf welche Weise) und alle Anwesenden bereit waren, bestiegen die Mutter, Herr Jones, Herr Nightingale und seine Geliebte eine Mietkutsche, die sie nach dem Zivilstandesamt fuhr, wo denn Nancy, grob gesagt, alsbald zur ehrbaren Ehefrau gemacht war und die arme Mutter, im schönsten Sinn des Wortes, zu einem der glücklichsten menschlichen Geschöpfe.

Und jetzt begann Herr Jones, nachdem er gesehen, wie seine guten Dienste an dieser armen Frau und ihrer Familie zu einem so erwünschten Ende geführt hatten, sich um seine eigenen Angelegenheiten zu kümmern. Doch damit ihn nicht manche von meinen Lesern, weil er sich in solchem Maß für andere einsetzte, töricht schelten möchten und einige wenige denken, daß er selbstloser gehandelt habe, als er das wirklich tat, halten wir es jetzt für gegeben, dem Leser zu versichern, daß Jones, weit entfernt davon, an dieser Sache unbeteiligt zu sein, tatsächlich ein beträchtliches Interesse daran hatte, diese Ehe zustande zu bringen.

Um diesen scheinbaren Widerspruch sogleich zu erklären: Er war einer von denen, die mit Terenz von sich sagen können: *Homo sum, humani nihil me alienum puto.** Er war nie ein gleichgültiger Betrachter von anderer Glück oder Elend; und er empfand dieses wie jenes um so mehr, als er selbst dazu beigetragen hatte. Darum konnte er nicht das Werkzeug der Erhebung einer ganzen Familie aus dem Zustand des tiefsten Kummers auf die höchste Staffel der Freude sein, ohne dabei selber ein hohes Glücksgefühl zu empfinden; das vielleicht mehr, als es Weltmenschen sich durch die härteste Mühe und oft auf dem Weg durch die tiefste Sittenlosigkeit erkaufen können.

* Ich bin ein Mensch; nichts Menschliches erachte ich als mir fremd (Anmerkung des Übersetzers).

Solche Leser, die Herrn Jones im Wesen verwandt sind, werden vielleicht finden, dieses kurze Kapitel sei übermäßig befrachtet, während andere wahrscheinlich wünschen, daß es, so kurz es ist, besser ganz weggeblieben wäre, da es nicht zur Hauptaufgabe gehört, die, wie ich glaube, nach ihrer Meinung darin besteht, Herrn Jones an den Galgen oder, wenn möglich, in eine noch katastrophalere Lage zu bringen.

9. Kapitel

Enthält Liebesbriefe von mancherlei Art.

Nach Hause zurückgekehrt, fand Jones auf seinem Tisch die folgenden Briefe, die er zum Glück in derselben Ordnung öffnete, wie sie gesandt waren.

Erster Brief

Gewiß stehe ich unter einer seltsamen Bezauberung; nicht einen Augenblick kann ich bei einem Vorsatz beharren, so fest gefaßt oder so wohlbegründet er sei. Gestern abend war ich entschlossen, Sie nie wiederzusehen; heute morgen bin ich willens zu hören, ob Sie, wie Sie sagen, diese Sache ins reine bringen können. Und doch weiß ich, daß es unmöglich ist. Ich habe mir schon alles gesagt, was Sie erfinden können. – Vielleicht auch nicht. Vielleicht besitzen Sie mehr Erfindungskraft. Kommen Sie also, sobald Sie diesen Brief empfangen haben, zu mir. Können Sie eine Entschuldigung zusammenreimen, so verspreche ich Ihnen fast im voraus, daß ich sie glauben werde. Verraten an . . . ich will nicht mehr denken. – Kommen Sie unverweilt. – Dies ist der dritte Brief, den ich geschrieben habe, die zwei vorigen sind verbrannt – fast hätte ich Lust, auch diesen zu verbrennen. – Ich wünsche nur, meinen Verstand zu behalten. – Kommen Sie sogleich.

Zweiter Brief

Hoffen Sie, je Verzeihung zu erlangen oder wieder mein Haus betreten zu dürfen, so zögern Sie jetzt nicht zu kommen.

Dritter Brief

Ich vernehme nun, daß Sie nicht zu Hause waren, als Ihnen meine Billette dorthin gebracht wurden. Im Augenblick, da Sie dieses öffnen, lassen Sie sich bei mir blicken. – Ich werde keinen Schritt aus dem Hause tun, und es soll niemand eingelassen werden außer Ihnen. Sicher kann Sie dort nichts so lange abhalten.

Jones hatte diese drei Billette eben gelesen, als Herr Nightingale zu ihm ins Zimmer trat. „Nun, Tom", sagte er, „was gibt's Neues von Lady Bellaston nach dem Abenteuer von gestern nacht?" (Denn für niemanden im Hause war es nun mehr ein Geheimnis, wer die Dame war.) „Von Lady Bellaston?" fragte Jones sehr ernst. „Nanu, lieber Tom, seien Sie nicht so zurückhaltend gegenüber Ihren Freunden. Wenn ich auch gestern abend zu betrunken war, um sie zu sehen, so sah ich sie doch auf der letzten Maskerade. Glauben Sie, ich wußte nicht, wer die Feenkönigin war?" – „So haben Sie die Dame wirklich auf der Maskerade erkannt?" – „Ja, bei meiner Seele", versicherte Nightingale, „und ich habe Ihnen zwanzigmal Andeutungen darüber gemacht, obwohl Sie in diesem Punkt stets so heikel waren, daß ich nicht mit deutlichen Worten herausrükken mochte. Mir scheint, mein Freund, aus Ihrem außerordentlichen Zartgefühl zu schließen, sind Sie nicht so mit dem Ruf dieser Dame bekannt wie mit ihr selbst. Seien Sie nicht böse, Tom; doch auf meine Ehre, Sie sind nicht der erste junge Kerl, den sie umgarnt hat. Madams Ruf kann nicht mehr verlieren, das dürfen Sie mir glauben."

Obgleich Jones, als seine Liebesgeschichte mit Lady Bellaston begann, keinen Grund hatte, die Dame für eine Art Vestalin zu halten, so hatte er doch, da er sich in der Stadt nicht auskannte und nur wenige Bekannte in ihr hatte, keine Kenntnis von einem Wesen, das man, ordinär ausgedrückt, eine Halbweltdame nennt, das heißt von einer Frau, die mit jedem Mann, der ihr paßt, unter dem Namen und der Vorspiegelung der Tugend herumbuhlt und die, obschon einige übervorsichtige Damen sich nicht in ihrer Gesellschaft zeigen wollen, dennoch (wie man sagt) von der ganzen Stadt besucht wird, kurz, von der jedermann weiß, daß sie das ist, wie niemand sie nennt.

Als er nach allem begriff, daß Nightingale von seinem Liebeshandel durchaus unterrichtet war, und zu vermuten begann, *daß eine so grundsätzliche* Verschwiegenheit, wie er sie bisher beobachtet hatte, in diesem Falle nicht so durchaus nötig sei, gewährte er der Zunge seines Freundes freien Lauf und bat ihn, ungescheut herauszusagen, was er wisse oder was er je über die Dame gehört habe.

Nightingale, der in manchen Dingen von einer etwas weibischen Anlage war, hatte auch eine starke Neigung zum Schwätzen. Kaum von Jones zum Sprechen aufgefordert, erging er sich in einer langen Erzählung über die Dame, die wir indessen nicht nacherzählen, da sie viele Einzelheiten enthielt, die der Heldin gar sehr zur Unehre gereichten, und da wir für alle Damen von Stande zu zärtliche Gefühle hegen. Behutsam möchten wir vermeiden, künftigen Kommentatoren dieses Werkes Gelegenheit zu boshaften Auslegungen zu geben und uns gegen unsern Willen zu Urhebern von Skandalgeschichten zu machen, die uns nie in den Sinn gekommen sind.

Nachdem Jones alles, was Nightingale zu sagen hatte, mit großer Aufmerksamkeit angehört hatte, stieß er einen tiefen Seufzer aus; der andere, der es bemerkt hatte, sagte: „Wie denn? Sie sind doch hoffentlich nicht in sie verliebt? Hätte ich denken können, daß Ihnen meine Histörchen so ins Gemüt gingen, Sie hätten sie ganz gewiß nie zu hören bekommen." – „O mein lieber Freund!" rief Jones, „ich bin mit dieser Frau so verkettet, daß ich nicht weiß, wie ich mich herauswinden soll. Verliebt? Nein, mein Bester! Aber ich habe ihr gegenüber Verpflichtungen, und zwar sehr große. Und da Sie nun einmal so viel wissen, so will ich zu Ihnen ganz offen sein. Fast ihr allein habe ich es zu verdanken, daß es mir nicht schon längst an einem Bissen Brot gemangelt hat. Wie kann ich nun aber eine solche Frau verlassen? Und doch muß ich mich von ihr trennen oder mich der schwärzesten Verräterei gegen eine andere schuldig machen, die unendlich mehr Verdienste um mich hat, als die Bellaston je haben kann. Eine Frau, Nightingale, die ich mit einer Leidenschaft liebe, daß sich nur sehr wenig Menschen eine Vorstellung davon machen können. Ich bin halb wahnsinnig vor Zweifel, wie ich handeln soll." – „Und ist diese andere, wenn ich bitten darf, eine Geliebte in Züchten und Ehren?" – „In Ehren!" antwortete Jones. „Kein Hauch hat es noch gewagt, ihren Ruf zu trüben. Die lieblichste Luft ist nicht reiner, der klarste Bach nicht lauterer als ihre Ehre. Sie ist an Leib und Geist die Vollkommenheit selbst. Sie ist das schönste Geschöpf auf Erden, aber sie besitzt so edle, erhabene Eigenschaften, daß ich, wiewohl meine Gedanken sie stets umschwärmen, kaum je an ihre Schönheit denke, außer wenn ich sie erblicke." – „Und können Sie, mein bester Freund, in der Aussicht auf diese

Verbindung noch einen Augenblick zögern, einer andern zu entsagen, einer solchen..." – „Halt", sagte Jones, „keine weiteren Schmähungen auf sie! Ich verabscheue den Undank." – „Puh", machte der andere, „Sie sind der erste nicht, dem sie solche Verbindlichkeiten auferlegt hat. Sie ist ungewöhnlich freigebig, wenn sie liebt, obwohl sie, lassen Sie mich Ihnen das sagen, ihre Gunstbeweise so klüglich zu gewähren versteht, daß sie mehr eines Mannes Eitelkeit als seine Dankbarkeit erwecken sollte." Kurz, Nightingale ging so tief auf die Sache ein und erzählte seinem Freund von der Dame noch so viele andere Geschichten, deren Wahrheit er beschwor, daß er in Jones' Brust alle Achtung vor ihr tilgte und seine Dankbarkeit entsprechend verminderte. Wirklich begann er alle ihre Gunstbeweise nun mehr als eine Entlohnung denn als eine Wohltat anzusehen, was nicht allein sie, sondern auch ihn selbst in seiner Achtung herabwürdigte und ihn sehr verdrossen machte. Von diesem Widerwillen ging sein Sinn durch eine sehr natürliche Wendung zu Sophia über. Ihre Tugend, ihre Reinheit, ihre Liebe zu ihm, die Leiden, die sie um ihn erduldet, erfüllten alle seine Gedanken und ließen ihn seinen Umgang mit Lady Bellaston in einem noch häßlicheren Licht betrachten. Das Ergebnis von allem war, daß er, obwohl er sein Brot verlor, wenn er aus ihren Diensten trat (denn so mußte ihm jetzt sein Verhältnis zu ihr erscheinen), sich entschloß, sie zu verlassen, wenn er nur einen triftig scheinenden Vorwand finden könnte. Nachdem er das seinem Freund eröffnet hatte, dachte dieser kurze Zeit nach und sagte dann: „Ich hab's, mein Junge. Ich hab ein sicheres Mittel gefunden. Schlag ihr die Ehe vor, und ich laß mich hängen, wenn das nicht zu einem guten Ende führt." – „Die Ehe?" – „Ja, einen Heiratsantrag", rief Nightingale, „und du wirst sehen, sie macht im Handumdrehen Schluß. Ich kenne einen jungen Menschen, den sie früher aushielt und der ihr im Ernst die Heirat anbot; er war seiner Mühen augenblicklich enthoben."

Jones erklärte, er könne das nicht wagen. „Vielleicht wäre ihr ein solcher Antrag nicht von einem jeden Manne gleicherweise unwillkommen. Und wenn sie mich beim Wort nähme, wie wäre ich dann dran? Gefangen in meiner eigenen Falle und unglücklich zeitlebens." – „Nein", erwiderte Nightingale, „nein, *es hilft, wenn ich* Ihnen ein Mittel an die Hand geben kann, mit dem Sie sich jederzeit aus der Falle befreien können." – „Was für ein Mittel kann das sein?" fragte Jones. „Dieses", antwortete Nightingale, „der junge Mann, den ich erwähnte und der einer meiner vertrautesten Bekannten ist, die ich auf dieser Welt habe, ist wegen einiger üblen Streiche, die sie ihm gespielt hat, so auf sie ergrimmt, daß ich gewiß bin, er wird Ihnen ohne Schwierigkeiten ihre Briefe zeigen; auf das hin können Sie anständig mit ihr brechen und ihr erklären, daß Sie auf das Anspannen verzichten, ehe der Knoten geschürzt ist, sollte sie wirklich gewillt sein, ihn zu knüpfen, was sie nach meiner Überzeugung aber nicht im Sinne hat."

Nach einigem Zaudern fand Jones keinen Einwand mehr gegen Nightingales Versicherungen und stimmte seinem Vorschlag zu. Da es ihm jedoch, wie er schwor, an der Dreistigkeit gebrach, ihr mit seinem Antrag geradezu gegenüberzutreten, schrieb er den folgenden Brief, den Nightingale diktierte:

Madam,
es gereichte mir zur großen Betrübnis, daß ich, durch mißliche Geschäfte aus dem Haus gerufen, der Ehre verlustig ging, Euer Gnaden Befehle in dem Augenblick zu empfangen, als sie ankamen; und zu allem Unglück muß ich es auch noch aufschieben, mich bei Euer Gnaden zu rechtfertigen. Oh, teuerste Lady Bellaston! Wie sehr hat mich die Furcht erschreckt, daß durch diese albernen Zufälle Ihr Ruf in Gefahr geraten könnte. Dieser Gefahr zu entgehen, sehe ich nur einen Weg. Ich brauche Ihnen diesen nicht zu nennen. Erlauben Sie mir nur, Ihnen dies zu sagen: So wie Ihre Ehre mir ebenso teuer ist wie meine eigene, so ist es auch mein einziger Ehrgeiz, den Ruhm zu erlangen, meine Freiheit zu Ihren Füßen gelegt zu haben, und glauben Sie mir, wenn ich Ihnen versichere, daß ich niemals völlig glücklich sein kann, wenn Sie mir nicht großmütig nach dem Gesetz das Recht erteilen, Sie für immer die Meine zu nennen. – Ich bin, Madam, mit der tiefsten Ehrerbietung

Euer Gnaden höchstverpflichteter, gehorsamster Diener
Thomas Jones.

Darauf erwiderte sie ungesäumt mit der folgenden Antwort:

Mein Herr,
als ich Ihre ernsthafte Epistel las, hätte ich ihrer Kälte und Feierlichkeit wegen darauf schwören mögen, daß Sie das Recht, von dem Sie schreiben, bereits besäßen, ja daß wir schon seit Jahren die Mißgeburt, die man ein Ehepaar nennt, darstellten.

Halten Sie mich wirklich für eine Närrin? Oder bilden Sie sich ein, Sie wären imstande, mich durch Beschwatzen so weit zu bringen, daß ich mein ganzes Vermögen Ihnen in Ihre Gewalt gäbe und also auch die Mittel, auf meine Kosten Ihren Vergnügungen nachzugehen? Sind dies die Beweise der Liebe, die ich erwartete? Ist das der Dank für – doch ich verschmähe es, Ihnen etwas vorzuhalten, und verbleibe in größter Bewunderung Ihrer tiefsten Ehrerbietung.

PS. Es gebricht mir an der Zeit, was ich schrieb, nochmals zu lesen. – Vielleicht habe ich mehr gesagt, als meine Absicht war. – Kommen Sie heute abend um acht Uhr zu mir.

Auf die Anweisung seines Geheimen Rates erwiderte Jones:

Madam,
unmöglich kann ich aussprechen, wie sehr mich der Verdacht betroffen, den Sie auf mich geworfen haben. Kann Lady Bellaston einem Manne so hohe Gunst bezeigt haben, den sie so gemeiner Absicht für fähig hält? Oder kann sie von den feierlichsten Banden der Liebe eine so verächtliche Meinung hegen? Können Sie glauben, verehrte Dame, daß, wenn die Heftigkeit meiner Leidenschaft in einem unbedachten Augenblick die zärtlichste Sorge, mit der ich an Ihre Ehre denke, unterdrückte, ich mir darum erlauben würde, mich weiterhin eines Umgangs zu erfreuen, der den Augen der Welt unmöglich lange verborgen bleiben könnte und der, wenn er bekannt würde, Ihrem Ruf so sehr zum Schaden gereichen müßte? Wenn dies die Meinung ist, die Sie sich von mir machen, so muß ich Sie um eine baldige Gelegenheit bitten, Ihnen jene Verbindlichkeiten zurückzuerstatten, die ich so unglücklich gewesen bin aus Ihren Händen zu empfangen; wegen der andern, von zärtlicherer Art, werde ich für immer bleiben, und so weiter.

Die Dame antwortete, wie folgt:

Ich sehe, Sie sind ein Schurke, und ich verachte Sie von ganzer Seele. Sollten Sie hierherkommen, so bin ich nicht zu Hause.

Obgleich Jones froh war über die Befreiung aus einer Knechtschaft, wie sie alle, die sie jemals an sich erfahren haben, nicht für die leichteste halten werden, so war sein Gemüt doch nicht völlig beruhigt. Es war doch zuviel Betrug in diesem Verfahren für einen Menschen, der jede Art List und Falschheit so durchaus verabscheute. Und er hätte sich auch wirklich nicht dazu überreden lassen, wäre er nicht in eine so peinliche Lage verwickelt gewesen, daß er unweigerlich gegen die eine oder die andere der Frauen sich ein wenig unehrlich verhalten mußte; und zweifelsohne wird der Leser zugeben, daß jeder gute Grundsatz sowohl als auch die Liebe gewichtig zu Sophias Vorteil sprachen.

Nightingale war über den Erfolg seiner Kriegslist, für die er den Dank und Beifall seines Freundes erntete, entzückt. Er antwortete: „Lieber Tom, wir sind einander in ganz verschiedenem Sinn verpflichtet. Sie verdanken mir die wiedergewonnene Freiheit, ich verdanke Ihnen den Verlust der meinigen. Doch wenn Sie mit Ihrer Errungenschaft so glücklich sind wie ich mit meiner, so schwör ich drauf, wir sind die zwei glücklichsten Kerle in England."

Die beiden Herren wurden jetzt zum Mittagessen herabgerufen; Frau Miller hatte selbst das Amt der Köchin übernommen und ihr Bestes getan, um die Hochzeit ihrer Tochter zu feiern. Dieses frohe Ereignis schrieb sie hauptsächlich Jones' freundschaftlichem Verhalten zu; ihr ganzes Wesen war von feuriger Dankbarkeit gegen ihn erfüllt, und ihre Blicke, Worte und Bewegungen waren so damit beschäftigt, dem Ausdruck zu geben, daß sie darob ihre Tochter und selbst ihren Schwiegersohn wenig beachtete.

Sie hatten ihre Mahlzeit eben beendet, als Frau Miller einen Brief erhielt, doch da wir es in diesem Kapitel bereits genug mit Briefen zu tun hatten, wollen wir seinen Inhalt erst im folgenden mitteilen.

10. Kapitel

Besteht teils aus Tatsachen und teils aus Bemerkungen darüber.

Der Brief nun, der am Ende des vorangegangenen Kapitels ankam, war von Herrn Allworthy, und sein Inhalt war der, daß er schleunig in Begleitung seines Neffen Blifil in die Stadt kommen wolle und bitte, man möge ihm seine gewohnten Zimmer bereithalten, im untersten Stockwerk das für ihn selbst, im zweiten das für seinen Neffen.

Die frohe Heiterkeit, die sich vorher über das ganze Wesen

der armen Frau verbreitet hatte, begann sich mit einem leichten Gewölk zu überziehen. Diese Nachrichten beunruhigten sie tatsächlich nicht wenig. Eine so uneigennützige Verbindung mit ihrer Tochter dadurch zu belohnen, daß sie ihren neugebackenen Schwiegersohn vor die Tür setzte, schien ihr zunächst einmal unverantwortlich. Sodann wußte sie wirklich nicht, wie sie sich Herrn Allworthy gegenüber entschuldigen könnte, wenn sie ihm die Zimmer vorenthielt, auf die er nach allen seinen ihr erwiesenen Wohltaten ein striktes Anrecht hatte; denn dieser Edelmann handelte bei der Zuteilung seiner Spenden an andere in einer Weise, die der der meisten wohltätigen Personen gerade entgegengesetzt ist. Er pflegte es bei jeder Gelegenheit so einzurichten, daß seine Wohltätigkeit nicht allein vor der Welt, sondern auch den Empfängern verborgen blieb. Er brauchte immer die Worte „leihen" und „bezahlen" statt „geben", und auf jede Art, die ihm nur in den Sinn kam, verkleinerte er durch seine Worte die Hilfeleistungen, während er sie mit vollen Händen darbot. Als er darum Frau Miller die Jahresrente von fünfzig Pfund aussetzte, erklärte er, dies geschehe mit Rücksicht darauf, daß er, wenn er in der Stadt sei, immer den ersten Stock in ihrem Haus zur Verfügung haben wolle (den wirklich zu benutzen er kaum gedachte), den sie aber zu jeder andern Zeit vermieten könne, denn er werde sie stets einen Monat vor seiner Ankunft von seinem Kommen benachrichtigen. Er war aber nun in solcher Eile und Plötzlichkeit in die Stadt gekommen und hatte keine Gelegenheit gehabt, ihr vorher seine Ankunft zu melden; und diese Eile hinderte ihn wahrscheinlich auch, als er wegen seiner Zimmer schrieb, hinzuzufügen: wenn sie frei seien; denn sicherlich würde er ganz gerne auf sie verzichtet haben, wäre ihm auch eine noch viel unzulänglichere Entschuldigung vorgebracht worden als die, mit der Frau Miller jetzt aufwarten konnte.

Nun gibt es aber eine Sorte von Leuten, die, wie Prior so trefflich bemerkt, ihr Verhalten nach etwas richten,

> Weit über dem, was fest bestimmt,
> Was Tugend und was Laster sei,
> Weit über des Gesetzes Wort.

Diesen liegt es so fern, sich dabei zu beruhigen, daß ihr Verteidiger zu Old Bailey sie freisprechen werde; sie sind nicht zufriedenzustellen, auch wenn ihr Gewissen, der strengste aller

Richter, sie für unschuldig erklärt. Nichts, was der Redlichkeit und Ehrenhaftigkeit widerspricht, kann ihrem moralischen Zartgefühl genügen, und wenn eine ihrer Handlungen etwas in jenem Sinne zu wünschen übrigließ, so grämen und quälen sie sich deswegen und sind so geplagt und ruhelos wie ein Mörder, den die Furcht vor einem Gespenst oder vor dem Henker erfüllt.

Zu ihnen gehörte Frau Miller. Sie konnte ihre Unruhe über diesen Brief nicht verbergen; sie hatte indessen seinen Inhalt kaum der Gesellschaft mitgeteilt und etwas davon angedeutet, wie ungelegen ihr solches komme, als Jones, ihr Schutzengel, sie alsbald ihrer Sorgen enthob. „Was mich betrifft, Madam", sagte er, „so stehen Ihnen meine Zimmer augenblicklich zu Diensten, und Herr Nightingale, dessen bin ich gewiß, da er jetzt für seine Frau kein Haus zum würdigen Empfang einrichten kann, wird gerne vorübergehend ausziehen, und Frau Nightingale wird sich nicht weigern, ihn zu begleiten." Mit diesem Vorschlag zeigte sich das Ehepaar sofort einverstanden.

Der Leser wird ohne weiteres glauben, daß Frau Millers Wangen vor zusätzlicher Dankbarkeit gegen Herrn Jones von neuem zu glühen begannen; schwieriger wäre es vielleicht, ihn zu überzeugen, daß Herr Jones dadurch, daß er ihre Tochter Frau Nightingale nannte (es war das erste Mal, daß dieser angenehme Laut ihr Ohr traf), dieser liebevollen Mutter eine größere Genugtuung bereitete und ihr Herz sich noch viel geneigter machte als durch die Befreiung aus jener Verlegenheit.

Der nächste Tag wurde also für des jungen Paares und Herrn Jones' Auszug festgesetzt; für Jones sollte im selben Haus, das Nightingale bewohnen wollte, ein Zimmer gemietet werden. Und jetzt war die gute Stimmung der Gesellschaft wiederhergestellt, und alle verbrachten den Tag in großer Fröhlichkeit, ausgenommen Jones, der, obgleich er äußerlich an den Scherzen der übrigen teilnahm, doch in Gedanken an seine Sophia manchen bitteren Stich empfand. Diese Stiche waren um so schmerzhafter durch die Nachricht, daß Blifil herkommen werde (denn die Absicht dieser Reise erkannte er nur zu deutlich); und was seinen Kummer noch vermehrte, war, daß Jungfer Honoria, die ihm versprochen hatte, sich nach Sophia zu erkundigen und ihm am folgenden Abend zeitig Nachricht zu bringen, ihn vergeblich warten ließ.

In der Lage, in der er und seine Geliebte sich um diese Zeit befanden, hatte er wenig Grund zu hoffen, daß ihm gute Nachrichten überbracht werden könnten; gleichwohl war er so ungeduldig, Jungfer Honoria zu sehen, als hoffe er, sie werde ihm einen Brief mit Vorschlägen zu einer Unterredung mit Sophia aushändigen. Ob diese Ungeduld jener Schwäche des Gemüts entsprang, die es das Schlimmste zu wünschen begierig macht und Ungewißheit für den unerträglichsten Schmerz halten läßt, oder ob er sich tatsächlich noch mit einer geheimen Hoffnung schmeichelte, bleibe hier unentschieden.

Doch daß es das letztere war, wird wissen, wer je geliebt hat. Denn von all den Gewalten, die diese Leidenschaft auf unser Gemüt ausübt, ist eine der wundervollsten die, die Hoffnung inmitten der Verzweiflung weckt. Schwierigkeiten, Unwahrscheinlichkeiten, selbst Unmöglichkeiten werden von ihr völlig übersehen, so daß man auf jeden ganz und gar Verliebten das anwenden kann, was Addison über Cäsar sagt:

Die Alpen und Pyrenäen rücken hin vor ihm.

Aber es ist ebenso wahr, daß die gleiche Leidenschaft mitunter aus Maulwurfshügeln Gebirge macht und mitten aus der Hoffnung Verzweiflung hervorruft; doch dauern solche Anfälle von Erkältung in kräftigen Naturen niemals lange an. In welcher Verfassung Jones jetzt gerade war, das zu erraten, überlassen wir dem Leser, da wir darüber keine genaue Auskunft erhalten haben; doch ist es gewiß, daß er zwei Stunden in Erwartung zugebracht hatte, als es ihm unmöglich wurde, seine Unruhe zu verbergen, und er sich deshalb in sein Zimmer zurückzog. Dort hatte ihn seine Angst fast von Sinnen gebracht, als ihm ein Brief der Jungfer Honoria übergeben wurde, mit dem wir den Leser *verbatim et litteratim* bekannt machen wollen:

Mein Herr,

ich hätte Ihnen gewis besucht, wie ich versprach, hätten nicht ihre Gnaden mich davon abgehalten; denn das gewis, Herr, wissen Sie sehr gut, daß jedermann zuerst für sich selbst sieht und son anderes Angebot wär nicht so bald gemacht worden und so wär ich mit recht zu tadeln gewesen, hätt ich nicht angenommen, als ihr Gnaden so sehr gütig waren, mir anzubieten, sie wolle mich zu ihrer eigenen Zofe machen, ohne daß ich nun so etwas nur gefragt hätte; das gewis, sie ist eine der besten Damen, *die's nur* gibt, und Leute, die das Gegenteil sagen, müssen von Grund auf schlecht sein. Und wahrhaftig, wenn ich je etwas dergleichen gesagt, so wars reine Unwissenheit und mir tuts herzlich leid. Ich weiß, Euer Gnaden sind ein Edelmann von mehr Ehr und Ehrenhaftigkeit, und werdens nicht wiederholen, wenn ich je sowas gesagt, um einer armen Bedienten zu schaden, das für Euer Gnaden immer nur den größten Respekt übrig gehabt hat. Aber freilich, man sollte seine Zunge fest hinter den Zähnen behalten, da niemand weiß, was geschehen kann; und wahrhaftig, wenn mir einer gestern gesagt hätte, daß ich heut eine so gute Stellung haben würde, so hätt ich ihm nicht geglaubt; denn für gewis, ich hätte mir solches nicht träumen lassen und nie hätt ich nach eines andern Menschen Stelle getrachtet; aber da ihre Gnaden von sich aus so gütig war, sie mir zu geben, ganz ungefragt, so kann mich gewis weder Jungfer Etoff selbst noch irgendwer schelten, wenn ich so etwas, wie es mir zufiel, angenommen hab. Ich bitt Euer Gnaden, nichts von dem was ich gesagt habe zu erwähnen, denn ich wünsche Euer Gnaden alles Glück in der Welt; und ich zweifel nicht, daß Sie Madam Sophia haben werden; doch ich selbst, das wissen Euer Gnaden, kann in dieser Sache nicht weiter nützlich sein, da ich jetzt unter dem Befehl einer andern Person stehe und nicht mein eigener Herr bin, und so bitt ich Euer Gnaden, von dem Vergangenen nicht zu reden, und glauben Sie mich, Herr, Euer Gnaden bis zum Tode untertänige Dienerin

Honoria Blackmore.

Herr Jones stellte die verschiedensten Mutmaßungen über diesen Schritt der Lady Bellaston an, die im Grunde damit nicht mehr beabsichtigte, als sich in ihrem eigenen Haus der Besitzerin eines Geheimnisses zu versichern, von dem sie wünschte, daß es nicht noch weiter verbreitet werde, als es das bereits war, vor allem aber wünschte sie, daß es nicht Sophia zu Ohren komme; denn obwohl diese junge Dame beinah die einzige war, die es nicht weitergeplaudert hätte, so konnte die gnädige Frau eben das jetzt nicht glauben, haßte sie doch Sophia mit so unversöhnlichem Haß, daß sie meinte, ein entsprechender Haß müsse die zarte Brust unserer Heldin bewohnen, zu der doch eine derartige Leidenschaft noch niemals Zugang gefunden hatte.

Während Jones sich noch mit den schrecklichen Vorstellungen von tausend fürchterlichen Anschlägen und abgründigen politischen Absichten ängstigte, die, wie er dachte, Jungfer Honorias Erhöhung zugrunde liegen müßten, versuchte Fortuna, die bisher seiner Verbindung mit Sophia äußerst feindlich gesinnt gewesen zu sein scheint, ein neues Mittel, um ihren endgültigen Abbruch zu erzwingen, indem sie ihm eine Versuchung auf den Weg schickte, der er in seiner jetzigen verzweifelten Lage nicht widerstehen zu können schien.

11. Kapitel

Enthält eine seltsame, aber nicht beispiellose Angelegenheit.

In der Nachbarschaft lebte da eine Dame, eine gewisse Frau Hunt, die Jones in dem Haus, wo er wohnte, häufig gesehen hatte, da sie mit den Frauen dort gut bekannt und tatsächlich eine enge Freundin von Frau Miller war. Sie war ungefähr dreißig Jahre alt, denn sie gab sechsundzwanzig zu; an Gesicht und Gestalt sah sie recht gut aus, nur neigte sie ein wenig zur Fülle. Ihre Verwandten hatten sie sehr jung an einen alten Geflügelhändler verheiratet, der ein großes Vermögen zusammengebracht und dann sein Geschäft aufgegeben hatte. Mit diesem lebte sie ohne Tadel, doch nicht ohne Pein, in großer Selbstverleugnung etwa zwölf Jahre zusammen, und ihre Tugend wurde belohnt, als er starb und ihr großen Reichtum hinterließ. Das erste Jahr ihrer Witwenschaft war eben zu Ende; sie hatte es in großer Zurückhaltung verbracht, nur wenige befreundete Personen gesehen und ihre Zeit zwischen Kirchgang und Romanlesen geteilt, das sie von jeher leidenschaftlich geliebt hatte. Eine sehr gute Gesundheit, ein warmblütiges Temperament und ein starkes religiöses Empfinden machten es für sie dringend nötig, sich wieder zu verheiraten, und sie war entschlossen, das diesmal zu ihrer eigenen Freude zu tun, wie sie es das erste Mal zur Freude ihre Angehörigen getan hatte. Von dieser Dame erhielt Jones das folgende Billett:

Mein Herr,

von dem Moment an, da ich Sie sah, waren Sie mir nicht gleichgültig, was Ihnen meine Augen vielleicht verraten haben; doch hätten weder meine Zunge noch meine Hand Ihnen jemals das gestanden, wäre mir nicht von den Damen des Hauses, in dem Sie wohnen, Ihr Wesen geschildert und zugleich Beispiele Ihrer Tugend und Güte vor Augen gestellt worden. Ich habe so die Überzeugung gewonnen, daß Sie nicht nur ein sehr angenehmer, sondern auch ein höchst ehrenwerter Mann sind. Ich hatte auch die Genugtuung, durch sie zu vernehmen, daß weder mein Äußeres noch mein Verstand oder mein Charakter Ihnen unlieb seien. Ich habe Vermögen genug, um uns beide glücklich zu machen, was ich indessen nicht sein könnte ohne Sie. Ich weiß wohl, daß ich, indem ich auf diese Weise über mich verfüge, das Urteil der Welt herausfordere; doch liebte ich Sie nicht mehr, als ich die Welt fürchte, dann wäre ich Ihrer nicht würdig. Es gibt nur eine Schwierigkeit, die mir Bedenken macht: man sagte mir, daß Sie durch den Verkehr mit einer Dame von hohem Stand gebunden seien. Halten Sie es der Mühe wert, diesen Verkehr dem Besitz meiner Person zu opfern, dann bin ich die Ihrige; wenn nicht, so vergessen Sie meine Schwäche, und lassen Sie dieses ein ewiges Geheimnis sein zwischen Ihnen und

Arabella Hunt.

Beim Lesen dieser Zeilen geriet Jones in eine heftige Erregung. Sein Vermögen war um diese Zeit auf dem Stand der tiefsten Ebbe angelangt, denn die Quelle, die ihn bis dahin versorgt hatte, war versiegt. Von allem, was er von Lady Bellaston empfangen hatte, waren ihm nicht mehr als fünf Guineen geblieben, und an diesem selben Morgen war er von einem Kaufmann um die Bezahlung des doppelten Betrages ersucht worden. Seine ehrenwerte Dame befand sich in der Gewalt ihres Vaters, und er hatte kaum noch die Hoffnung, sie je aus dessen Händen wieder zu befreien. Sich auf ihre Kosten erhalten zu lassen, von dem kleinen Vermögen, das sie unabhängig von ihrem Vater besaß, das würde zu sehr gegen die Empfindlichkeit seines Stolzes wie seiner Liebe verstoßen haben. Doch dieser andern Dame Vermögen wäre ihm höchst willkommen gewesen, und er hätte gegen sie selbst nichts einzuwenden gehabt. Im Gegenteil, er liebte sie wie nur irgendeine Frau, von Sophia abgesehen. Aber Sophia zu verlassen und eine andere zu heiraten, das war unmöglich; er konnte unter keinen Umständen überhaupt daran denken. Aber warum denn nicht, da es doch klar war, daß sie nie die Seinige werden konnte? Wäre es ihr gegenüber nicht menschlicher, als sie noch länger in einer hoffnungslosen Leidenschaft für ihn verharren zu lassen? Sollte er nicht aus Freundschaft für sie so handeln? Diese Vorstellung beherrschte ihn eine Weile, und fast hätte er sich dazu entschlossen, von einem hohen Ehrenstandpunkt aus, ihr untreu zu werden; aber nicht sehr lange vermochten sich solche

Spitzfindigkeiten gegen die Stimme der Natur zu behaupten, die ihm aus der Tiefe seines Herzens zurief, daß solche Freundschaft Verrat an der Liebe sei. Schließlich rief er nach Feder, Tinte und Papier und verfaßte das folgende, an Frau Hunt gerichtete Schreiben:

Madam,
es wäre nur eine armselige Erwiderung der Gunst, die Sie mir erwiesen, wenn ich ein galantes Verhältnis für Ihren Besitz opferte, und das wollte ich gewißlich tun, wenn ich nicht, wie gegenwärtig, von jeder derartigen Bindung frei wäre. Doch müßte ich ja nicht der ehrliche Mann sein, für den Sie mich halten, wenn ich Ihnen verschwiege, daß meine Neigung einer andern gehört, einer tugendsamen Frau, einer, von der ich nicht lassen kann, wenngleich ich sie wahrscheinlich nie besitzen werde. Da sei Gott davor, daß ich Ihnen zum Dank für Ihre Güte das Unrecht antäte, Ihnen meine Hand zu geben, wenn ich Ihnen mein Herz nicht geben kann. Nein, lieber will ich darben als diese Schuld auf mich laden. Selbst wenn meine Dame einem andern angetraut wäre, könnte ich Sie nicht heiraten, solange ihr Bild nicht völlig aus meinem Herzen getilgt wäre. Seien Sie versichert, daß Ihr Geheimnis nicht besser in Ihrem eigenen Busen bewahrt bleiben wird als in dem

Ihres sehr verbundenen und
dankbar ergebenen Dieners
T. Jones.

Nachdem unser Held diesen Brief beendet und abgeschickt hatte, ging er zu seinem Geheimfach, nahm Fräulein Westerns Muff heraus und küßte ihn wiederholt; hierauf stolzierte er einige Male in seinem Zimmer auf und ab, in größerer Selbstzufriedenheit, als sie ein Irländer, der ein Vermögen von fünfzigtausend Pfund gewonnen hat, hätte in sich fühlen können.

12. Kapitel

Eine Entdeckung, die Partridge machte.

Während so Jones noch im Bewußtsein seiner Rechtschaffenheit schwelgte, kam Partridge hüpfend ins Zimmer, wie es seine Art war, wenn er eine gute Nachricht brachte oder zu bringen glaubte. Er war an diesem Morgen von seinem Herrn mit dem Befehl ausgeschickt worden zu versuchen, von dem Gesinde der Lady Bellaston oder anderswie zu erfahren, wohin Sophia verbracht worden sei; und jetzt kehrte er zurück und erzählte unserem Helden freudigen Gesichts, daß der verlorene Vogel gefunden sei. „Ich habe, Herr", sagte er, „Black George getroffen, den Wildhüter, der zu den Leuten gehört, die der Junker mit sich in die Stadt gebracht hat. Ich erkannte ihn sofort, obgleich ich ihn mehrere Jahre nicht gesehen habe; doch Sie wissen, Herr, er ist ein merkwürdiger Kerl, oder, um eine reinere Phrase zu gebrauchen, er hat einen merkwürdigen Bart, den stärksten und schwärzesten, den ich je gesehen habe. Es dauerte indessen einige Zeit, bis Black George sich auf mich besinnen konnte." – „Nun gut!" rief Jones, „aber Eure Nachricht? Was wißt Ihr von meiner Sophia?" – „Sie sollen's ja gleich hören, sobald ich nur dazu kommen kann. Sie sind so ungeduldig, bester Herr, daß Sie schon den Infinitiv wissen wollen, noch ehe Sie den Imperativ fassen können. Wie ich sagte, Herr, es dauerte einige Zeit, bevor er sich an mein Gesicht erinnern konnte." – „Zum Henker mit Euerm Gesicht!" rief Jones. „Was wißt Ihr von Sophia?" – „Nun, Herr", antwortete Partridge, „von Madam Sophia weiß ich gerade nur das, was ich Ihnen nun erzählen will; und längst hätt ich's Ihnen erzählt, wenn Sie mir nicht ins Wort gefallen wären; aber da Sie so böse aussehen, so schrecken Sie mir alles aus dem Kopf heraus, oder, um eine reinere Phrase zu gebrauchen, aus meinem Gedächtnis. Ich habe Sie niemals so böse gesehen seit dem Tag, da wir Upton verließen, und diesen Tag werde ich nicht vergessen, und sollte ich noch tausend Jahre leben." – „Nun denn, so fahrt ebenso, wie Ihr müßt, fort", rief Jones, „da Ihr Euch doch vorgenommen habt, mich wahnsinnig zu machen!"

„Um nichts in der Welt", erwiderte Partridge, „ich hab bereits Angst genug ausgestanden; und ich werde, wie gesagt, zeit meines Lebens daran denken!" – „Also gut, aber Black George?" – „Nun, Herr, wie ich erwähnt habe, währte es geraume Zeit, bis er sich meiner entsinnen konnte, denn ich habe mich, seit ich ihn zuletzt gesehen, wirklich sehr verändert. *Non sum qualis eram!** Ich hatte meine Nöte in dieser Welt, und nichts macht einen Mann früher alt als der Kummer. Ich habe

* Ich bin nicht der, der ich war (Anmerkung des Übersetzers).

gehört, er könne über Nacht eines Menschen Haare eisgrau machen. Aber schließlich und wirklich erkannte er mich doch, freilich; denn wir sind gleichen Alters, und wir gingen beide in die gleiche Freischule. George war ein großer Dickkopf, aber was schadete ihm das? Nicht alle Menschen erreichen viel in der Welt, weil sie etwas gelernt haben; das kann ich von mir sagen, doch in den nächsten tausend Jahren wird sich das wohl nicht ändern. Nun gut, Herr! – Wo war ich denn? – Ach, ja! – Also! Wir hatten uns kaum erkannt, als wir uns nach vielem herzlichem Händeschütteln darüber einigten, in eine Bierschenke zu gehen und einer Kanne auf den Grund zu gucken, und zum Glück war das Bier vom allerbesten, das ich gefunden habe, seit ich in dieser Stadt bin. Nun, Herr, komme ich auf den richtigen Punkt; denn kaum hatte ich ihm erzählt, daß Sie und ich zusammen in die Stadt gekommen seien und seither hier miteinander gelebt hätten, als er nach einer weitern Kanne verlangte und schwor, er wolle eins auf Ihre Gesundheit trinken; und er trank tatsächlich so herzlich auf Ihre Gesundheit, daß ich überglücklich war zu sehen, daß es noch so viel Dankbarkeit auf der Welt gibt. Und als wir die Kanne geleert hatten, sagte ich, daß ich nun auch eine Kanne drangeben wolle; also tranken wir noch eine weitere auf Ihre Gesundheit; und danach machte ich mich auf, um nach Hause zu kommen und Ihnen die gute Nachricht zu bringen."

„Welche Nachricht?" schrie Jones. „Nicht ein Wort haben Sie mir von Sophia gesagt!" – „Gott verzeih mir's! Das hätt ich beinah vergessen! Wirklich sprachen wir recht viel über die junge Madam Western, und George sagte mir alles; daß nämlich Herr Blifil in die Stadt komme, um sie zu heiraten. ‚Dann wird er sich beeilen müssen', sagte ich, ‚oder ein anderer wird sie haben, ehe er noch da ist; und gewiß', sagte ich, ‚Herr Seagrim, 's wär tausendmal schad, wenn dieser Jemand sie nicht bekäme; denn er liebt sie über alles in der Welt. Ich möchte, daß Sie und das Fräulein es wüßten, Herr Seagrim', sagte ich, ‚daß er es nicht ihres Reichtums wegen auf sie abgesehen hat; was das angeht, so kann ich Ihnen sagen, daß eine andere Dame von viel vornehmerem Stand und größerem Reichtum als Fräulein Western in jemanden so verliebt ist, daß sie ihm nachstellt bei Tag und bei Nacht.'"

Hier geriet Jones in Wut, denn Partridge habe ihn, wie er sagte, verraten; der arme Kerl erwiderte, er habe keinen Namen genannt. „Zudem, Herr, kann ich Ihnen versichern, daß

George Ihr aufrichtiger Freund ist, der Herrn Blifil mehr als einmal zum Teufel gewünscht hat; ja, er sagte, er wolle alles tun, was nur möglich sei, um Ihnen zu dienen; und ich bin überzeugt, das wird er tun. Sie verraten, ich! Fürwahr, ich frage mich, ob Sie einen bessern Freund auf Erden haben als George, mich ausgenommen, oder einen, der Ihnen zu dienen weiter gehen würde."

„Nun wohl", sagte Jones, ein wenig beschwichtigt, „Sie sagen, dieser Mensch, von dem ich allerdings nun glaube, daß er geneigt ist, mein Freund zu sein, wohne mit Sophia zusammen in demselben Hause?"

„Im selben Hause!" bestätigte Partridge. „Denn, Herr, er steht doch bei Junker Western im Dienst und geht recht wakker gekleidet umher, das kann ich Ihnen sagen; und wenn er nicht diesen schwarzen Bart hätte, würden Sie ihn schwerlich wiedererkennen."

„Einen Dienst wenigstens", sagte Jones, „wird er mir dann leisten können. Einen Brief an Sophia kann er sicherlich richtig bestellen."

„Da haben Sie den Nagel auf den Kopf getroffen *ad unguem !*" rief Partridge. „Wie hab ich nur nicht selbst daran gedacht? Dafür verbürg ich mich, aufs erste Wort wird er es tun."

„Nun denn, lassen Sie mich jetzt allein, und ich werde einen Brief schreiben, den Sie ihm morgen früh bringen sollen; ich nehme an, Sie wissen, wo er zu finden ist."

„O ja, Herr, keine Sorge, ich werd ihn sicher wiederfinden. Das Gebräu ist viel zu gut, als daß man dort lange wegbleiben könnte. Es wäre zum Erstaunen, wenn er nicht jeden Tag in die Schenke käme, solange er in der Stadt ist."

„Also kennen Sie die Gasse nicht, wo meine Sophia logiert?"

„Doch, freilich kenn ich sie."

„Wie heißt denn diese Gasse?"

„Wie sie heißt? Ja nun, Herr, 's ist ganz nah, von hier nur ein paar Straßen", antwortete Partridge. „Den Namen weiß ich allerdings nicht, denn wenn ich, da er ihn nicht nannte, danach gefragt hätte, dann hätt er wohl Verdacht geschöpft. Nein, nein, Herr, das lassen Sie nur meine Sorge sein. Für so was bin ich zu schlau, das sag ich Euer Gnaden."

„Ihr seid ja wahrhaftig ein Ausbund von Schlauheit!" erwiderte Jones. „Indessen will ich meinem reizenden Mädchen schreiben, denn ich denke, Ihr seid immerhin schlau genug, ihn morgen im Bierhaus wiederzufinden."

Und nachdem Jones so den überklugen Partridge entlassen hatte, setzte er sich zum Schreiben nieder, bei welcher Tätigkeit wir ihn für einige Zeit belassen wollen. Und damit beschließen wir das fünfzehnte Buch.

SECHZEHNTES BUCH

Umfaßt einen Zeitraum von fünf Tagen.

1. Kapitel

Über Prologe.

Ich hörte von einem dramatischen Schriftsteller, der zu sagen pflegte, er wollte lieber ein Stück schreiben als einen Prolog; im gleichen Sinne, denke ich, kostet es mich geringere Mühe, eines der Bücher dieser Geschichte zu schreiben, als das Einleitungskapitel zu einem jeden von ihnen.

Die Wahrheit zu sagen, glaube ich, viele derbe Flüche sind über das Haupt jenes Autors ausgesprochen worden, der zuerst darauf verfiel, seinem Stück einen Redeteil voranzusetzen, den man den Prolog heißt und der zuerst ein Teil des Stückes selbst war, in neuer Zeit jedoch gewöhnlich so wenig Beziehung zu dem Drama hat, dem er voransteht, daß der Prolog zu dem einen Stück ebensogut irgendeinem andern dienen könnte. Die moderneren Prologe scheinen in der Tat alle im Hinblick auf drei Gegenstände abgefaßt zu sein, nämlich Schmähung des Geschmacks der Stadt, Verdammung aller zeitgenössischen Autoren und Lobpreisung des Spiels, das eben gegeben werden soll. In den Gedankengängen zeigt sich kein großer Unterschied, und das wäre auch nicht möglich; doch habe ich mich oft über den Erfindungsreichtum der Schriftsteller gewundert, die so mannigfache Sätze zu schmieden verstanden, um ein und dasselbe auszudrücken.

Nicht anders, so fürchte ich, dürfte ein künftiger Geschichtenschreiber (sollte einer mir die Ehre antun, meine Weise nachzuahmen) nach langem Kopfkratzen mein Gedächtnis mit guten Wünschen bedenken, da ich zuerst diese verschiedenen Einführungskapitel in Kraft gesetzt habe, die, gleich modernen Prologen, ebensowohl einem jeden andern Buch dieser Geschichte vorangesetzt werden könnten als dem, in das sie einführen, oder tatsächlich auch jeder andern Geschichte.

Wie sehr nun aber auch Autoren unter einer jeden von diesen beiden Erfindungen zu leiden haben mögen, der Leser wird aus der einen so erklecklichen Nebengewinn ziehen wie der Zuschauer seit langem aus der andern.

Erstens ist es wohlbekannt, daß der Prolog dem Kritiker die Gelegenheit verschafft, sein Pfeifvermögen zu erproben und seine Schreipfeife auf das wirkungsvollste zu stimmen; ich habe diese Musikinstrumente so gut vorbereitet gefunden, daß sie beim ersten Hochgehen des Vorhangs in voller Lautstärke zu spielen vermochten.

Denselben Vorteil dürften jene Kapitel gewähren, in denen der Kritiker gewiß sein kann, beständig auf irgend etwas zu stoßen, was seinem edlen Geist als Wetzstein dienen kann, so daß er mit einer größeren Gier nach Tadel über die Geschichte selbst herfallen wird. Und hier muß sein Scharfsinn es überflüssig machen, daß wir darauf hindeuten, wie kunstvoll diese Kapitel auf diesen ausgezeichneten Zweck hin ausgesonnen sind; denn in ihnen haben wir stets darauf Bedacht genommen, ein wenig Saures oder Bitteres auszusprengen, um den besagten Geist der Kritik zu schärfen und zu spornen.

Zum andern holt der träge Leser ebenso wie der Zuschauer aus diesen beiden Erfindungen sich großen Gewinn; denn da nichts sie verpflichtet, sich die eine anzuschauen oder die andere zu lesen, und beides, Spiel wie Buch, sich in die Länge zieht, so gestattet ihnen die erste, eine Viertelstunde länger beim Diner zu verweilen, die zweite, mit dem Lesen erst auf der vierten oder fünften statt auf der ersten Seite zu beginnen, was durchaus nicht von geringem Belang ist für Personen, die Bücher einzig lesen, um sagen zu können, sie hätten sie gelesen – ein viel häufigerer Beweggrund zum Lesen, als man gemeinhin denkt, aus dem oft nicht nur Gesetz- und Kontobücher, sondern auch die Seiten von Homer und Virgil, von Swift und Cervantes durchgeblättert worden sind.

Noch manche andere Vorteile ergeben sich aus diesen beiden, doch sind sie zum großen Teil so offensichtlich, daß wir uns jetzt nicht mit ihrer Aufzählung befassen wollen, zumal es uns eben einfällt, daß das hauptsächliche Verdienst beider, des Prologes wie der Vorrede, ihre Kürze ist.

2. Kapitel

Ein wunderliches Abenteuer, das dem Junker zustieß, und Sophias traurige Lage.

Wir müssen nun den Leser in Herrn Westerns Wohnung führen, die in Piccadilly lag, denn auf die Empfehlung des Gastwirts von den Säulen des Herkules war er in einem Hause an der Ecke des Hyde Park abgestiegen; in den Säulen des Herkules, dem ersten Gasthaus, das er bei seiner Ankunft sah, brachte er seine Pferde unter, und in dieser Wohnung, der ersten, von der man ihm sprach, sich selbst.

Als Sophia aus der Mietkutsche stieg, die sie von Lady Bellastons Haus hierhergebracht hatte, verlangte sie, sich in das für sie bestellte Zimmer zurückziehen zu dürfen. Ihr Vater willigte gerne ein und begleitete sie selbst dorthin. Ein kurzes Gespräch fand statt, nicht so inhaltsreich oder angenehm, um ausführlich berichtet zu werden, in dem er sie heftig drängte, der Heirat mit Blifil zuzustimmen, der, wie er ihr bekanntgab, in ein paar Tagen in der Stadt ankommen werde; doch statt zuzustimmen, weigerte sie sich entschlossener und hartnäckiger als je zuvor. Darob geriet der Vater in solchen Zorn, daß er sie, nachdem er ihr nach manch bitterem Fluch versichert hatte, er werde sie zwingen, ihn zu nehmen, ob sie wolle oder nicht, unter Schelten und Schimpfen verließ, die Tür abschloß und den Schlüssel in die Tasche steckte.

Während Sophia hier allein gelassen war, ohne andere Gesellschaft als die, die man auch dem schwersten Staatsverbrecher gönnt, nämlich Feuer und Licht, setzte sich der Junker unten hin, um sich bei einer Flasche Wein mit seinem Pfarrer und dem Wirt von den Herkulessäulen zu erfrischen; dieser Wirt, sagte der Junker, werde ein trefflicher dritter Mann sein, der erzählen könnte, was in der Stadt geschehe und wie sie's dort trieben; denn sicherlich, sagte er, wisse er eine Menge, da so viele Pferde des höchsten Adels in seinen Ställen ständen.

In dieser vergnüglichen Gesellschaft verbrachte Herr Western den ganzen Abend und einen großen Teil des folgenden Tages, während welcher Frist nichts geschah, was wichtig genug wäre, um in dieser Geschichte Platz zu finden. Diese ganze Zeit blieb Sophia allein, denn ihr Vater schwor, sie sollte nicht lebend wieder aus ihrer Kammer kommen, wenn sie nicht zuerst einwilligte, Blifil zu heiraten. Er litt auch nicht, daß ihre Tür aufgeschlossen werde, außer wenn man ihr das Essen brachte, bei welcher Gelegenheit er aber stets selbst zugegen war.

Am zweiten Morgen nach seiner Ankunft, als er und der Pfarrer miteinander bei Toast und einer Kanne Bier frühstückten, wurde ihm mitgeteilt, daß unten ein Herr auf ihn warte.

„Ein Herr?" rief der Junker. „Wer zum Teufel kann das sein? Gehn Sie, Doktor, schauen Sie nach, wer's ist. Herr Blifil kann schwerlich jetzt schon in die Stadt gekommen sein. Gehn Sie bitte und sehn Sie, was er will."

Der Doktor kam zurück mit dem Bericht, es sei ein überaus gutgekleideter Mann, und nach dem Band auf seinem Hut halte er ihn für einen Offizier der Armee; er habe erklärt, er komme in einer ganz besonderen Angelegenheit, die er niemandem als Herrn Western selbst anvertrauen könne.

„Ein Offizier?" rief der Junker. „Was kann so ein Bursche von mir wollen? Wünscht er eine Order für Gepäckwagen, ich bin hier nicht Friedensrichter und kann auch keinen Haftbefehl ausstellen. Lassen Sie 'n raufkommen, wenn er doch mit mir reden muß."

Ein sehr artiger Herr betrat hierauf das Zimmer, der, nachdem er den Junker begrüßt und um die Gunst gebeten hatte, mit ihm allein zu sein, sich also vernehmen ließ: „Herr, ich mache Ihnen meine Aufwartung im Namen von Lord Fellamar; doch das mit einer völlig andern Botschaft als der, die Sie vermutlich nach dem Vorfall von gestern abend erwarten."

„Von Lord wie?" rief der Junker, „ich hab nie von so einem gehört."

„Seine Lordschaft", erwiderte der Herr, „sind gewillt, alles der Wirkung des Getränkes zuzuschreiben, und die geringste Bestätigung dieses Umstandes von Ihrer Seite wird alles ins reine bringen. Denn da er die stärkste Zuneigung zu Ihrer Tochter empfindet, Herr, so sind Sie der letzte Mensch auf Erden, an dem er sich für eine Kränkung rächen möchte; und für Sie beide ist es ein Glück, daß er öffentliche Beweise seines Mutes abgelegt hat, was ihm gestattet, eine Angelegenheit von dieser Art auf sich beruhen zu lassen, ohne Gefahr zu laufen, seiner Ehre zu schaden. Alles, was er daher von Ihnen verlangt, ist, daß Sie vor mir ein ganz kleines Schuldbekenntnis ablegen, das geringste wird genügen; und er hat die Absicht, sich Ihnen *heute nachmittag* gehorsamst zu empfehlen, um Sie um die Erlaubnis zu bitten, die junge Dame in der Eigenschaft eines Freiers besuchen zu dürfen."

„Ich versteh nicht viel von dem, was Sie reden, Herr“, sagte der Junker; „aber ich schließe aus dem, was Sie wegen meiner Tochter sagen, daß es jener Lord ist, den meine Kusine, Lady Bellaston, vor mir erwähnt hat und von dem sie sagte, er mache meiner Tochter den Hof. Sollte dieses der Fall sein, so sagen Sie Seiner Lordschaft meine Komplimente, und über das Mädchen sei bereits verfügt worden.“

„Vielleicht, Herr“, antwortete der Edelmann, „sind Sie über die Bedeutung dieses Angebotes nicht genügend unterrichtet. Ich dächte, eine solche Person, mit diesem Titel und Vermögen, würde nirgends abgewiesen.“

„Sehn Sie, Herr“, gab der Junker zur Antwort, „um ganz offen zu sein, meine Tochter ist bereits versprochen; doch wäre sie das nicht, so würde ich sie um keinen Preis an einen Lord verheiraten. Ich hasse alle Lords; sie sind ein Pack von Höflingen und Hannoveranern, und ich will mit ihnen nichts zu schaffen haben.“

„Nun wohl, Herr, wenn dies Ihr Entschluß ist, so habe ich den Auftrag, Ihnen zu sagen, daß der gnädige Herr Sie heute morgen im Hyde Park um Ihre Gesellschaft bittet.“

„Sagen Sie Ihrem Lord, daß ich zu sehr beschäftigt bin und nicht kommen kann. Ich habe zu Hause genug zu tun und kann mich nicht müßig hier herumtreiben.“

„Aber gewiß, Herr“, erwiderte der andere, „sind Sie zu sehr Edelmann, um mich mit einer solchen Botschaft wegzuschicken; Sie wollen doch nicht von sich sagen lassen, daß Sie einen edlen Pair beleidigt und ihm darauf die Satisfaktion verweigert haben. Seine Lordschaft waren gewillt, aus Schätzung für die junge Dame die Sache auf andere Weise beizulegen, doch wenn er Sie nicht als Vater betrachten kann, wird Seine Gnaden, wie Sie verstehen werden, eine Beschimpfung, wie Sie sie ihm angetan haben, nicht einstecken.“

„Wie ich sie ihm angetan habe!“ rief der Junker. „Das ist eine verdammte Lüge! Ich hab ihm nie etwas angetan.“

Auf diese Worte erwiderte der Herr mit einem knappen mündlichen Tadel, den er mit einigen handgreiflichen Verweisen unterstrich; die Worte hatten kaum Herrn Westerns Ohr erreicht, als dieser würdige Junker überaus lebhaft durch das Zimmer zu hüpfen begann und zugleich ein Gebrüll erhob, wie wenn er eine größere Anzahl Zuschauer als Zeugen seiner Behendigkeit zusammenrufen wollte.

Der Pfarrer, der seine Kanne zum größern Teil noch nicht

geleert hatte, war in der Nähe; er kam auf des Junkers Geschrei sogleich herbeigelaufen und rief: „Um Gottes willen, Herr, was ist denn los?" – „Los?" versetzte der Junker. „Da ist ein Straßenräuber, der mich, glaub ich, bestehlen und morden will, denn er ist mit diesem Stock in seiner Hand über mich hergefallen, und der Teufel soll mich holen, wenn ich ihm dazu den geringsten Anlaß gegeben habe."

„Wie, Herr", fragte der Hauptmann, „sagten Sie mir nicht, ich hätte gelogen?"

„Nein, so wahr ich hoffe, selig zu werden", entgegnete der Junker. „Ich glaube, ich habe gesagt, es sei eine Lüge, daß ich den Lord beleidigt habe – doch ich habe niemals gesagt, daß *Sie* gelogen hätten. Ich versteh mich besser, und Sie hätten sich selbst besser kennen sollen, um über einen wehrlosen Mann herzufallen. Hätt ich einen Stock in der Hand gehabt, Sie hätten's nicht gewagt, mich zu überfallen. Ich hätte Ihnen Ihr Magergesicht über die Ohren gestülpt. Kommen Sie in diesem Augenblick in den Hof hinab, und ich will mit Ihnen einen Gang mit dem Fechtstock um einen gebrochenen Schädel machen, ja das will ich; oder ich geh mit Ihnen in einen leeren Raum und hau Ihnen die Jacke voll. Bin kein halber Mann, nein, kein halber Mann."

Der Hauptmann entgegnete nicht ohne Empörung: „Ich sehe, Herr, Sie sind meiner Beachtung nicht wert, und ich werde Seiner Lordschaft berichten, daß Sie ihrer Beachtung nicht wert sind. Ich bedaure, mir die Finger an Ihnen beschmutzt zu haben." Nach diesen Worten schickte er sich an zu gehen; der Pfarrer machte Miene, den Junker daran zu hindern, dem andern in den Weg zu treten, was ihm unschwer gelang, da jener, wenn er auch einige Anstrengungen in diesem Sinne machte, doch den Erfolg nicht erzwingen zu wollen schien. Sobald der Hauptmann gegangen war, schickte ihm der Junker ebenso viele Flüche wie Drohungen nach; da sie seinen Lippen jedoch erst entfuhren, als der Offizier schon unten an der Treppe angelangt war, und lauter und immer lauter schallten, in dem Maß, wie der andere sich mehr und mehr entfernte, so drangen sie ihm nicht zu Ohren, oder wenigstens verzögerten sie seinen Abzug nicht.

Die arme Sophia dagegen, die in ihrem Gefängnis das Geschrei ihres Vaters von Anfang bis Ende angehört hatte, begann nun zuerst mit ihrem Fuß zu stampfen und danach so laut aufzuschreien, wie der alte Herr das zuvor selbst getan hatte, doch schrie sie mit einer viel angenehmeren Stimme. Diese Schreie brachten den Junker zum Verstummen und lenkten alle seine Gedanken auf seine Tochter, die er so zärtlich liebte, daß die leiseste Befürchtung, es könnte ihr etwas zugestoßen sein, ihn in die höchste Seelenangst versetzte; denn abgesehen von dieser Angelegenheit, die ihr ganzes künftiges Lebensglück betraf, war sie in höchstem Grad Herrin seiner Gefühle.

Als der Junker sein Toben gegen den Hauptmann mit dem Schwur beendet hatte, er werde ihn vor Gericht ziehen, stieg er nun die Treppe hinauf zu Sophia, die er, sowie er die Tür aufgeschlossen und geöffnet hatte, bleich und außer Atem vor sich sah. Doch in dem Moment, da sie ihren Vater erblickte, raffte sie sich zusammen, und indem sie ihn an der Hand festhielt, rief sie leidenschaftlich: „Oh, mein lieber Herr, ich bin fast vor Schrecken gestorben. Ich hoffe zum Himmel, es ist Ihnen nichts geschehen." – „Nein, nein, nicht viel Schlimmes. Der Schurke hat mich nicht verletzt, aber hol mich der und jener, wenn ich ihm nicht das Gesetz auf den Hals bringe." – „Bitte, lieber Herr", sagte sie, „was ist denn geschehen; wer ist's, der Sie beleidigt hat?" – „Ich weiß seinen Namen nicht; irgendeiner von den Offizierskerlen, die wir bezahlen, damit sie für uns kämpfen, denk ich; aber ich werd ihn für diesen Gang zahlen lassen, wenn der Lump überhaupt was besitzt, was ich allerdings bezweifle. Denn wenn er auch noch so fein gekleidet war, ich frag mich, ob er auch nur einen Fuß Boden in dieser Welt besitzt." – „Aber, lieber Herr", rief sie, „was war denn die Ursache dieses Streites?" – „Worum sollte es denn gehn, wenn nicht um dich, Sophia? All mein Mißgeschick kommt immer nur von dir; du bringst deinen armen Vater noch ins Grab. Da ist 'n Schurke von Lord, Lord weiß ich wer, wahrhaftig, der sich in dich vergafft hat, und weil ich 'm nicht meine Einwilligung gab, schickt er mir eine Forderung. Komm Sophia, sei 'n gutes Mädchen, mach ein End mit deines Vaters Not; komm, sag, daß du 'n haben willst; er wird in einem oder *zwei Tagen hier* in der Stadt sein; versprich mir bloß, daß du 'n heiraten willst, sobald er kommt, und du machst mich zum glücklichsten Mann hienieden, und ich mach dich zur glücklichsten Frau; sollst die schönsten Kleider haben, die's in London gibt, und die feinsten Juwelen und einen Sechsspänner zu deiner Verfügung. Ich hab Allworthy bereits versprochen, mein halbes Besitztum dranzugeben. Ich würd mich kaum besinnen, das Ganze hinzugeben.“ – „Will mein Papa so gütig sein, mich anzuhören?“ fragte Sophia. „Was fragst du da, Sophia, da du weißt, ich höre deine Stimme lieber als die Musik der besten Hundemeute Englands. Dich anhören, liebes kleines Mädchen! Ich hoff, ich werd dich hören, solang ich lebe; sollt ich das Vergnügen je entbehren, so gäb ich fürs Längerleben keinen Pfifferling. Du weißt ja wirklich nicht, Sophia, wie lieb ich dich hab, nein, du weißt's nicht, sonst hättest du deinem armen Vater nicht davonlaufen können, der keine andere Freude, keinen andern Trost auf Erden hat als seine kleine Sophia.“ Bei diesen Worten traten ihm die Tränen in die Augen, und Sophia (der ebenfalls Tränen aus den Augen flossen) antwortete: „In der Tat, mein lieber Papa, ich weiß, daß Sie mich zärtlich geliebt haben, und der Himmel ist mein Zeuge dafür, wie aufrichtig ich Ihre Liebe erwidert habe; auch hätte mich niemals etwas anderes als die Furcht, in dieses Mannes Arme gezwungen zu werden, so weit bringen können, von einem Vater wegzulaufen, den ich so innig liebe, daß ich, um ihn glücklich zu wissen, gern mein Leben opfern würde; ja, ich hatte schon daran gedacht, mich zu einem elenden Leben zu entschließen, um Ihren Wunsch zu erfüllen. Aber zu diesem Entschluß vermochte ich mein Gemüt nicht zu überreden, und das werde ich nie vermögen.“ Jetzt begann der Junker wild um sich zu blicken, und Schaum trat auf seine Lippen. Sophia, die das bemerkte, bat ihn, sie weiter anzuhören, und fuhr dann fort: „Wenn meines Vaters Leben, seine Gesundheit, sein wirkliches Glück auf dem Spiel stünde, so sähen Sie hier Ihre entschlossene Tochter; der Himmel möge mich verfluchen, gäbe es irgendeine Trübsal, die ich nicht erdulden wollte, um Sie zu retten! Ja, dieses abscheulichste, widerwärtigste aller Schicksale würde ich ertragen. Ich würde Blifil meine Hand geben zu Ihrem Heil.“ – „Und ich sag dir, das wird mich retten“, antwortete der Vater; „es wird mir Gesundheit, Glück, Leben und alles geben. Meiner Seel, ich werde sterben, wenn du dich weigerst. Es wird mir das Herz brechen, das wird es.“ – „Ist es möglich, daß es Sie so danach verlangt, mich unglücklich zu machen?“ – „Ich sag dir, nein; und ich will verdammt sein, wenn es irgend etwas gibt, was ich nicht tun wollt, um dich glücklich zu sehen.“ – „Und will mein lieber Papa mir nicht erlauben, ein klein wenig selbst zu erkennen, was mich glücklich machen würde? Wenn es wahr ist, daß das Glück in unserer Vorstellung besteht, wie muß dann meine Lage sein, wenn ich mich für die ärmste aller Unglücklichen auf Erden halte?" – „Besser, wenn du dich dafür hältst, als wenn du mit einem armen Vagabunden von Bastard verheiratet wärst." – „Wenn das Sie zufriedenstellen kann, Herr, so gebe ich Ihnen mein feierliches Versprechen, weder ihn noch einen andern zu Lebzeiten meines Papas ohne dessen Zustimmung zu heiraten. Lassen Sie mich mein Leben völlig in Ihren Dienst stellen; lassen Sie mich wieder Ihre Sophia sein, und es sei mein ganzes Anliegen und Vergnügen, Sie zu unterhalten und zu zerstreuen wie einst." – „Hör mal, Sophia", antwortete der Junker, „auf die Art kriegt man mich nicht dran. Tante Western wäre sonst im Recht, wenn sie denkt, daß ich ein Narr sei. Nein, Sophia, ich möchte dich wissen lassen, daß ich klüger bin und mehr von der Welt weiß, als daß ich etwas auf die Worte einer Frau gäbe, wenn es um einen Mann geht." – „Wie, Herr, habe ich diesen Mangel an Vertrauen verdient? Habe ich je ein Versprechen Ihnen gegenüber nicht gehalten? Oder hab ich in meinem ganzen Leben eine Treulosigkeit begangen?" – „Schau, Sophia, weder dies noch das. Ich hab diese Verbindung nun einmal beschlossen, und du sollst 'n haben, hol's der Teufel, wenn du das nicht sollst. Hol mich der Teufel, wenn du'n nicht haben sollst, und wenn du dich auch am andern Morgen aufhängst." Indem er diese Worte wiederholte, ballte er seine Faust, zog die Brauen zusammen, biß sich in die Lippen und erhob ein solches Donnergebrüll, daß die arme, tiefbetrübte und erschrockene Sophia zitternd in ihrem Stuhl zusammensank, und hätte ihr nicht ein Tränenstrom Erleichterung verschafft, so wäre vielleicht noch etwas Schlimmeres geschehen.

Western betrachtete diesen kläglichen Zustand seiner Tochter mit nicht mehr Reue oder Zerknirschung, als sie der Schließer von Newgate empfindet beim Anblick des letzten Abschieds, mit dem sich ein liebendes Weib von seinem verurteilten Gatten trennt, oder vielmehr, er schaute auf sie herab mit den Gefühlen, die in einem ehrenhaften Geschäftsmann aufsteigen, der seinen Schuldner wegen zehn Pfund ins Gefängnis abgeführt sieht, welche Summe, wenngleich eine anerkannte Schuld, der Ärmste zu bezahlen nicht imstande ist. Oder, um der Sache noch näher zu kommen, er empfand dasselbe, was eine Kupplerin empfindet, wenn eine arme Unschuldige, die ihr ins Garn gegangen ist, beim ersten Vorschlag, sich – wie man so sagt – in Gesellschaft zu begeben, einen Anfall erleidet. Die Ähnlichkeit wäre fast vollkommen, nur daß die Kupplerin von dem, was sie tut, einen Vorteil zu erwarten hat, während der Vater, wiewohl er in seiner Verblendung vielleicht anders denkt, nicht im Hinblick auf einen solchen Vorteil handelt, wenn er seine Tochter zu einer kaum viel andern Preisgabe nötigt.

In diesem Zustand verließ er seine arme Sophia, und als er mit einer etwas ordinären Bemerkung über die Wirkung der Tränen abtrat, schloß er das Zimmer ab und kehrte zum Pfarrer zurück, der so vieles zugunsten der Dame sagte, wie sein Mut erlaubte, was aber vielleicht doch nicht ganz soviel war, wie seine Pflicht verlangt hätte. Es genügte indessen, um des Junkers Wut zu erregen und ihn zu vielen ungebührlichen Auslassungen über die Geistlichkeiten zu reizen, die wir jedoch hier nicht zu Papier bringen, da wir für jenes heilige Amt eine zu große Hochachtung empfinden.

3. Kapitel

Was Sophia während ihrer Gefangenschaft zustieß.

Die Wirtin des Hauses, in dem der Junker sich eingemietet hatte, hegte schon bald von ihren Gästen eine seltsame Meinung. Da sie jedoch erfuhr, daß Herr Western ein Mann von großem Vermögen war, und sie auch darauf bedacht gewesen war, für ihre Zimmer einen ganz außerordentlichen Preis zu verlangen, hielt sie es nicht für ersprießlich, jetzt Anstoß zu erregen; denn obwohl ihr die Gefangenschaft der armen Sophia ein wenig Teilnahme abnötigte – über deren sanftes Gemüt und Leutseligkeit hatte ihr die Hausmagd viel Gutes berichtet, das von allen Bedienten des Junkers bestätigt wurde –, so lag ihr doch der eigene Vorteil zu sehr am Herzen, als daß sie jemanden hätte herausfordern mögen, von dem sie erkannt hatte, daß er, wie sie sagte, ein rechter Hitzkopf von einem Herrn war.

Obgleich Sophia nur wenig aß, wurden ihr die Mahlzeiten doch regelmäßig hinaufgebracht. Ich glaube wirklich, hätte sie Lust nach irgendeiner Rarität verspürt, der Junker, so erbost er auch über sie war, hätte weder Mühe noch Kosten gespart, um sie herbeizuschaffen; denn wie seltsam es auch einigen meiner Leser erscheinen mag, er hing wirklich an seiner Tochter, und ihr jedes erdenkliche Vergnügen zu gewähren war die größte Freude seines Lebens.

Als die Stunde des Mittagessens gekommen war, trug ihr Black George eine Poularde hinauf, und der Junker selbst (denn er hatte geschworen, den Schlüssel nicht aus der Hand zu geben) wartete vor der Tür. Als George die Schüssel aufstellte, fielen zwischen ihm und Sophia ein paar freundliche Worte (denn er hatte sie nicht gesehen, seit sie das väterliche Gut verlassen hatte, und sie begegnete jedem Bedienten mit mehr Achtung, als manche Leute denen bezeigen, die nur sehr wenig unter ihnen stehen). Sophia meinte zuerst, er solle die Poularde wieder hinunterbringen, da sie nicht essen könne; aber George bat sie, doch ein wenig davon zu versuchen, und besonders empfahl er ihr die Eier, mit denen, wie er sagte, der Braten gefüllt sei.

Die ganze Zeit über wartete der Junker vor der Tür; doch George stand bei seinem Herrn in großer Gunst, da seine Beschäftigungen sich auf den wichtigsten Gegenstand bezogen, nämlich auf das Wild, und so war er gewohnt, sich einige Freiheiten herauszunehmen. Er hatte eifrig darauf gedrängt, das Essen hinauftragen zu dürfen, da ihn, wie er sagte, sehr danach verlange, seine junge Herrin wieder einmal zu sehen; er machte sich daher kein Gewissen daraus, seinen Herrn über zehn Minuten vor der Tür warten zu lassen, wofür er nur einen gutmütigen Verweis an der Tür erhielt, als er zurückkehrte.

Hühner-, Rebhuhn-, Fasaneneier und derartiges waren, wie George sehr wohl wußte, Sophias liebste Leckerbissen. So war es kein Wunder, daß der gutmütige Mensch darum besorgt gewesen war, ihr diese Lieblingsspeise zu verschaffen, als alle Dienerschaft im Haus befürchtete, daß sie verhungern werde, denn in den letzten vierzig Stunden hatte sie kaum einen Bissen zu sich genommen.

Obgleich der Kummer nicht auf alle Menschen dieselbe Wirkung hat wie auf eine Witwe, deren Appetit er oft mehr schärft als die Luft von Bansted Downs oder Salisbury Plain, so muß doch selbst der erhabenste Gram, was man auch dagegen sage, einmal etwas essen. Und Sophia begann nach kurzem Bedenken die Poularde zu zerlegen, die sie denn auch so voll Eier fand, wie ihr George das angekündigt hatte.

Wenn ihr das schon recht angenehm war, so enthielt doch die Poularde noch etwas, was die Königliche Akademie der Wissenschaften erfreut hätte; denn wenn schon ein Vogel mit drei Beinen eine unschätzbare Seltenheit ist, obwohl doch die Zeit schon tausend solcher Mißgeburten hervorgebracht hat, welchen Wert muß man da erst einem Vogel beimessen, der allen Gesetzen der lebendigen Natur zuwider in seinem Bauch einen Brief enthält? Ovid erzählt von einer Blume, in die Hyacinthos verwandelt wurde und die Buchstaben auf ihren Blättern trug, die Virgil der Königlichen Akademie der Wissenschaften seiner Tage als ein Wunder anzeigte, aber kein Zeitalter und keine Nation hatte jemals in ihrer Geschichte einen Vogel zu verzeichnen, in dessen Eingeweiden ein Brief gefunden worden wäre.

Wenn nun aber auch ein Naturwunder von dieser Art alle *Académies des sciences* von Europa veranlaßt hätte, ihre vielleicht fruchtlosen Untersuchungen anzustellen, so wird doch der Leser, wenn er sich nur des zwischen Herrn Jones und Partridge am Ende des letzten Buches erfolgten Gespräches erinnern will, sehr leicht ermitteln, woher dieser Brief kam und wie er seinen Weg in dieses Stück Geflügel gefunden hatte.

Ungeachtet ihres langen Fastens, und obwohl ihr Lieblingsgericht vor ihr stand, griff Sophia, kaum daß sie ihn erblickte, nach dem Brief, riß ihn auf und las, was folgt:

Madam,

wüßte ich nicht so gut, an wen zu schreiben ich die Ehre habe, so würde ich, wie schwer es mir auch fiele, den schrecklichen Gemütszustand schildern, in den ich durch die Nachricht versetzt wurde, die mir von Fräulein Honoria überbracht worden ist. Doch da Zärtlichkeit allein richtig verstehen kann, welche Qualen eine zärtliche Seele zu fühlen vermag, so wird diese liebenswürdige Fähigkeit, mit der meine Sophia in so ungewöhnlichem Maße begabt ist, ihr zur Genüge sagen, was ihr Jones bei diesem traurigen Anlaß gelitten haben muß. Gibt es noch etwas in der Welt, was meine Schmerzen mehren kann, wenn ich von Unglück höre, das Sie betroffen hat? Ja, eines gibt es, und das liegt auf mir wie ein Fluch. Es ist, meine Sophia, die furchtbare Erkenntnis, daß ich selbst die erbärmlichste Ursache bin. Vielleicht erweise ich mir selbst zuviel Ehre, doch niemand wird mich um eine Ehre beneiden, die mich selbst so überaus teuer zu stehen kommt. Verzeihen Sie mir diese Anmaßung und verzeihen Sie mir die noch größere, wenn ich Sie frage, ob mein Rat, mein Beistand, meine Gegenwart, meine Abwesenheit, mein Tod oder meine Qualen Ihnen irgendeine Erleichterung bringen können. Kann die vollkommenste Bewunderung, die wachste Aufmerksamkeit, die feurigste Liebe, die hingebendste Zärtlichkeit, die vollständigste Unterwerfung unter Ihren Willen Sie entschädigen für das, was Sie meinem Glück aufopfern müssen? Können Sie's, so fliegen Sie, holdester Engel, in die Arme, die beständig ausgestreckt sind, Sie zu empfangen und zu beschützen; und bringen Sie nur sich allein oder alle Reichtümer der Welt – dieser Unterschied wäre für mich nicht der Rede wert. Sollte hingegen allein die Klugheit gebieten und Ihnen nach reiflicher Überlegung sagen, das Opfer sei zu groß, und sehen Sie keinen andern Weg mehr, sich mit Ihrem Vater auszusöhnen und den Frieden Ihres mir so teuern Gemütes wiederherzustellen, als indem Sie mir entsagen, so beschwöre ich Sie, verbannen Sie mich auf ewig aus Ihrem Gedächtnis, seien Sie mutig und entschlossen und gönnen Sie dem Mitleid mit meinem Kummer nicht mehr den kleinsten Raum in ihrer zarten Brust. Glauben Sie mir, Madam – mit solcher Aufrichtigkeit liebe ich Sie mehr als mich selbst –, daß mein höchstes Ziel Ihr Glück ist. Mein erster Wunsch (warum nur das Glück mir seine Erfüllung nicht gewähren mag?) war, und verzeihen Sie, daß ich sage, ist noch der, Sie zu jeder Zeit als die glücklichste Frau zu sehen, mein zweiter Wunsch ist, zu hören, daß Sie das sind. Kein Weh aber kann dem meinigen gleichkommen, wenn ich denken muß, daß Sie auch nur einen schweren Augenblick dem zu verdanken haben, der ist, Madam, und in jedem Fall und Sinne bleibt Ihr ergebener

Thomas Jones.

Was Sophia sagte oder tat oder was sie von diesem Brief dachte, wie oft sie ihn las oder ob sie ihn mehr als einmal las, das bleibe der Vorstellung des Lesers überlassen. Die Antwort wird er vielleicht einstmals sehen, doch nicht jetzt; dafür gibt es unter andern Gründen den, daß sie keine Antwort schrieb, was wiederum seine guten Gründe hatte, vor allem diesen, daß sie hier weder über Papier noch Feder und Tinte verfügte.

Als Sophia abends über den empfangenen Brief nachsann oder vielleicht auch über etwas anderes, störte sie in ihren Betrachtungen ein mächtiger, von unten heraufschallender Lärm. Dessen Ursache war nicht mehr und nicht weniger als ein heftiger Kampf zwischen zwei Personen. Als die eine erkannte sie an der Stimme bald ihren Vater, doch erkannte sie nicht sogleich, daß die schrilleren Töne der Orgel von ihrer Tante, Fräulein Western, hervorgebracht wurden, die eben in der Stadt angelangt war und, nachdem sie durch einen ihrer Bedienten in den Herkulessäulen in Erfahrung gebracht hatte, wo ihr Bruder wohnte, geradewegs vor seinem Quartier angefahren kam.

So wollen wir uns nun von Sophia verabschieden und, unserer Wohlerzogenheit gemäß, dem gnädigen Fräulein Western unsere Aufwartung machen.

4. Kapitel

In dem Sophia aus ihrer Gefangenschaft befreit wird.

Der Junker und der Pfarrer (denn der Gastwirt war eben anderswo beschäftigt) saßen, ihre Pfeifen rauchend, beisammen, als die Ankunft der Dame gemeldet wurde. Der Junker hörte kaum ihren Namen, als er eilig hinablief, um sie die Treppe hinaufzuführen, denn er war ein strenger Beobachter solcher Zeremonien, besonders seiner Schwester gegenüber, vor der er sich mehr fürchtete als vor irgendeinem andern menschlichen Geschöpf, wiewohl er das nie eingestand oder es vielleicht selbst nicht einmal wußte.

Fräulein Western, nachdem sie sich bei ihrer Ankunft im Speisesaal in einen Sessel geworfen hatte, begann mit dieser verdrießlichen Rede: „Nein, wahrhaftig, eine so unerträgliche Reise hat noch niemand gemacht. Ich glaube, je mehr Weggeld man zahlen muß, um so schlechter werden die Landstraßen. Aber, Bruder, wie konnten Sie sich nur in dieses widerliche Loch verkriechen? Keine Person von Stand, das will ich schwören, hat je den Fuß hierhergesetzt." – „Ich wüßte nicht", sagte der Junker, „die Zimmer sind ganz gut und wurden vom Wirt der Herkulessäulen empfohlen. Da er eine Menge Leute von Adel kennt, dacht ich, er könnt am besten raten, wie man unter sie käme." – „Nun gut! Und wo ist meine Nichte?" fragte die Dame. „Und haben Sie Lady Bellaston schon Ihre Aufwartung gemacht?" – „Nun ja, deine Nichte ist sicher genug; sitzt oben in der Kammer." – „Wie? Meine Nichte wohnt hier in diesem Haus und weiß nichts von meinem Hiersein?" – „Nein, nein", sagte der Junker, „niemand kann so einfach zu ihr kommen, denn sie sitzt hinter Schloß und Riegel. Ich hab sie in Gewahrsam; seit dem ersten Abend, als ich in die Stadt kam und sie von Kusine Bellaston abholte, hab ich sie überwacht. Sie ist sicher wie der Fuchs im Kratten, darauf ist Verlaß!" – „Um Gottes willen!" rief die Dame, „was muß ich hören? Hab mir's doch gedacht, daß da was Prächtiges herauskommen wird, wenn ich Ihnen erlaubte, selbst in die Stadt zu gehen; aber nein, es war ja Ihr hartnäckiger Wille, und ich kann mir nicht eigentlich die Schuld beimessen, Sie dazu ermuntert zu haben. Haben Sie mir, mein Bruder, nicht versprochen, daß Sie keine solche starrsinnigen Maßnahmen ergreifen würden? Haben Sie nicht durch derartiges meine Nichte zur Flucht vor Ihnen genötigt? Und wollen Sie's denn mit aller Gewalt dazu bringen, daß sie einen Schritt wie diesen wiederholt?" – „Donner und Teufel!" rief der Junker und warf seine Pfeife zu Boden, „hat je ein Mensch so was gehört? Ich erwartete, daß du mich lobtest für das, was ich getan hab, und nun werd ich so angefaucht!" – „Wie, Bruder?" entgegnete die Lady, „habe ich Ihnen je die geringste Ursache gegeben zu der Annahme, ich könnte Sie dafür loben, wenn Sie Ihre Tochter einsperren? Habe ich Ihnen nicht häufig genug gesagt, daß Frauen in einem freien Lande nicht mit so selbstherrlicher Gewalt behandelt werden dürfen? Wir sind so frei wie die Männer, und ich wünschte sehr, daß ich nicht sagen müßte, wir verdienen diese Freiheit mehr als Sie. Wollen Sie, daß ich auch nur noch einen Augenblick länger in dieser Höhle bleibe oder Sie wieder als meinen Verwandten anerkenne oder mich je wieder mit den Angelegenheiten Ihrer Familie befasse, so bestehe ich darauf, daß Sie meine Nichte augenblicklich in Freiheit setzen." Das sagte sie mit so gebieterischer Miene, indem sie mit dem Rücken dem Feuer zugekehrt stand, die eine Hand hinter sich haltend, in der andern eine Prise Schnupftabak, daß ich zweifle, ob Thalestris an der Spitze ihrer Amazonen je eine so furchterregende Gestalt abgegeben hat. So ist es kein Wunder, daß der arme Junker der Furcht, die sie ihm einflößte, nicht standzuhalten vermochte. „Da", schrie er, „da ist er!" und warf den Schlüssel hin. „Tu, was du willst. Ich hatte bloß die Absicht, sie so lange in Arrest zu halten, bis *Blifil in die Stadt käm*, und das kann ja nicht mehr lang dauern. Wenn aber in der Zwischenzeit ein Unglück geschieht, so magst du dich dran erinnern, wer die Schuld hat."

„Ich trage die Verantwortung mit meinem Leben", rief Fräulein Western. „Aber ich will mich in die Sache ganz und gar nicht einmischen, es sei denn unter der Bedingung, daß Sie das Ganze durchaus meiner Sorge überlassen, ohne selbst die geringsten Maßnahmen zu treffen, es sei denn, daß ich Sie möglicherweise etwas tun heiße. Wenn Sie diese Präliminarien ratifizieren, mein Bruder, so will ich es auf mich nehmen, nochmals die Ehre Ihrer Familie zu retten; wo nicht, verharre ich im Zustand der Neutralität."

„Ich bitte Sie, bester Herr", begann nun der Pfarrer, „geruhen Sie diesmal, sich von der gnädigen Dame beraten zu lassen; es könnte wohl sein, daß sie in einer Unterredung mit der jungen Madam Sophia durch Milde mehr bewirkte, als es Ihnen durch strengeres Vorgehen zu erreichen vergönnt war."

„Was? Ihr mault gegen mich?" rief der Junker. „Wenn Ihr kläffen wollt, so werd ich Euch gleich ins Loch treiben."

„Pfui, Bruder", tadelte die Dame, „ist das die Art, mit einem Geistlichen zu reden? Herr Supple ist ein Mann von klarem Verstand und gibt Ihnen seinen besten Rat, und ich glaube, die ganze Welt wird seiner Meinung beipflichten. Aber das muß ich Ihnen sagen: ich erwarte auf meine kategorischen Vorschläge eine unmittelbare Antwort. Entweder Sie überlassen Ihre Tochter meiner Disposition, oder Sie unterstellen Sie vollständig Ihrer erstaunlichen Diskretion, und dann räume ich in Herrn Supples Gegenwart die Garnison und sage mich für immer von Ihnen und Ihrer Familie los."

„Ich bitte, lassen Sie mich hier vermitteln", sagte der Pfarrer, „ich bitte und ersuche untertänig."

„Nu, da liegt ja der Schlüssel auf 'm Tisch", rief der Junker, „mag sie 'n nehmen, wenn sie will: niemand verwehrt's ihr."

„Nein, Bruder, ich bestehe darauf, daß er mir in aller Form überreicht werde, zusamt einer vollständigen Ratifikation aller stipulierten Befugnisse."

„Also denn, ich will 'n dir überreichen. Da ist er!" rief der Junker. „Aber, bei Gott, Schwester, du kannst mir nicht vorwerfen, ich hätt dir immer abgeschlagen, dir meine Tochter zu überlassen. Ein ganzes Jahr und länger hat sie mit dir in deinem Haus gelebt, ohne daß mein Aug sie je zu sehn bekam."

„Und ein Glück wär's für sie gewesen, wenn sie immer nur bei mir geblieben wäre. Unter meinen Augen würden sich solche Dinge nicht ereignet haben."

„Oh, natürlich, gewiß! Ich allein bin schuld."

„Nun ja, so verhält sich's. Sie sind schuld, mein Bruder", versetzte sie. „Wie oft war ich genötigt, es Ihnen zu sagen, und stets werde ich genötigt sein, es Ihnen zu wiederholen. Ich hoffe jedoch, Sie werden sich bessern und aus den frühern Irrtümern so viel Erfahrung sammeln, daß Sie nicht durch Ihre Streiche wieder verderben, was ich durch meine ausgedachtesten Machinationen vorbereitet habe. Wirklich, mein Bruder, Sie haben für derlei Geschäfte nicht die unerläßlichen Eigenschaften. Ihr ganzes politisches System steht auf wackligen Füßen. Ich beharre darum entschieden darauf, daß Sie sich in nichts einmischen. Denken Sie bloß an das Vergangene zurück."

„Donner und Hagel! Schwester, was willst du darauf für eine Antwort? Dem Satan selbst könnte bei dir die Geduld vergehn."

„Da wären wir", sagte sie, „da leiert er wieder seine alte Melodie herunter! Ich sehe ein, Bruder, ein sinnvolles Wort läßt sich mit Ihnen nicht reden. Ich berufe mich auf Herrn Supple, der ein sehr vernünftiger Mann ist, ob ich denn irgend etwas gesagt habe, worüber eine menschliche Kreatur in Wut geraten müßte? Aber Sie sind in allem gleich verschroben."

„Erlauben Sie mir, Madam, daß ich Sie untertänig bitte, Seine Gnaden nicht zum Zorn zu reizen", sagte der Pfarrer.

„Zum Zorn reizen?" rief die Lady. „Nun seh ich wohl, der Herr ist kein minderer Narr als er. – Also, Bruder, da Sie versprochen haben, sich nicht einzumischen, so will ich noch einmal versuchen, Ihre Tochter herumzukriegen. Erbarme sich Gott aller Geschäfte, die der Leitung von Männern unterstehen! Der Kopf einer einzigen Frau ist mehr wert als tausend der eurigen." Und nachdem sie einen Diener herbeigerufen hatte, der ihr Sophias Zimmer zeigen sollte, ging sie und nahm den Schlüssel mit.

Sie war kaum aus der Tür, als der Junker (doch erst schloß er die Tür) sie zwanzigmal als Metze beschimpfte und ihr eine Menge derber Flüche nachschickte, wobei er sich selbst nicht schonte, da er in der Aussicht auf ihre Erbschaft sich so vieles habe bieten lassen. „Doch", fügte er hinzu, „nachdem man einmal so lang Sklav gewesen ist, wär's ein Jammer, wenn man sich's am End wegrutschen ließ, statt noch ein wenig länger auszuhalten. Die Metze kann doch nicht ewig leben, und ich weiß, daß ich in ihrem Testament steh."

Der Pfarrer bedachte den Junker für seinen Entschluß mit einem kräftigen Lob; und jetzt, nachdem er eine neue Flasche hatte kommen lassen, spülte sich Herr Western, wie es sein Brauch war, wenn etwas ihn freute oder quälte, durch reichliche Zufuhr von diesem medizinischen Julep* seine Galle so

* Kühltrank, Beschwichtigungsmittel beim Einnehmen von Medizinen (Anmerkung des Übersetzers).

gründlich hinab, daß er ganz Ruhe und Heiterkeit war, als seine Schwester, von Sophia begleitet, wieder ins Zimmer zurückkehrte. Die junge Dame war mit Hut und Überwurf bekleidet, und ihre Tante erklärte Herrn Western, sie habe die Absicht, ihre Nichte mit sich in ihre eigene Wohnung zu nehmen. „Denn wirklich, Bruder", sagte sie, „diese Räume hier sind nicht der Ort für einen Christenmenschen."

„Sehr gut, Madam", versetzte Western, „wie's dir gefällt. Das Mädchen kann bei niemandem in besseren Händen sein, und der Pfarrer hier wird mir die Ehr antun und bestätigen, daß ich wohl fünfzigmal hinter deinem Rücken gesagt hab, daß du eine der verständigsten Frauen in der Welt seist."

„Das zu bezeugen bin ich wahrhaftig bereit!" rief der Pfarrer.

„Nun denn, Bruder", sagte Fräulein Western, „ich habe auch Ihnen, darf ich sagen, immer ein günstiges Zeugnis gegeben. Sie müssen ja gestehen, Sie sind von etwas heftiger Gemütsart; wenn Sie sich jedoch die Zeit lassen, ein wenig zu überlegen, so kenne ich gewiß keinen vernünftigeren Mann als Sie, mein Bruder."

„Na, also, wenn du so denkst, Schwester, so trink ich hier auf deine Gesundheit, von ganzem Herzen. Ein wenig hitzig bin ich wohl zuweilen, aber ich verschmäh's, etwas nachzutragen. Sophia, sei 'n gutes Kind und tu alles, was die Tante dir sagt." – „An ihr zweifle ich nicht im geringsten", sagte Fräulein Western. „Sie hatte bereits ein lebendes Beispiel vor Augen in dem Verhalten ihrer unglücklichen Kusine Harriet, die sich ins Verderben stürzte, weil sie meinen Rat nicht befolgte. Ach, was meinen Sie, Bruder, dazu? Sie waren noch kaum außer Hörweite, als Sie nach London aufbrachen, und wer kam da an? Kein anderer als dieser unverschämte Mensch mit dem widerlichen irischen Namen – dieser Fitzpatrick. Unangemeldet brach er plötzlich bei mir ein, ich hätt ihn sonst nicht empfangen. Er tischte mir eine lange unverständliche Geschichte von seiner Frau auf, und ich war gezwungen, ihn anzuhören; aber ich gab ihm nur eine kurze Antwort und reichte ihm den Brief seiner Frau und sagte ihm, er möge selbst darauf antworten. Ich denke, die Nichtswürdige wird sich bemühen, uns hier aufzufinden, aber ich bitte Sie, empfangen Sie sie nicht, denn ich will sie nicht sehen."

„*Ich sie empfangen?* Da hab keine Angst! Ich werd so pflichtvergessene Weibsen nicht auch noch stützen. Gut war's für den Kerl, ihren Mann, daß ich nicht daheim war. Den hätt ich durch die Pferdeschwemme tanzen lassen, das kannst du mir glauben. – Da siehst du, Sophia, was so ungehorsames Volk sich einbrockt. Hast da 'n Beispiel in deiner eigenen Familie."

„Bruder!" rief jetzt die Tante, „Sie sollen meine Nichte mit derlei häßlichen Erinnerungen nicht abschrecken und betrüben. Warum wollen Sie denn nicht alles ganz und allein mir überlassen?" – „Gut, gut! Ich will ja, ich will ja", brummte der Junker.

Und jetzt machte Fräulein Western, zum Glück für Sophia, dem Gespräch dadurch ein Ende, daß sie befahl, zwei Sänften zu belegen. Ich sage: zum Glück, denn hätte es länger gedauert, so wäre wahrscheinlich ein neuer Streitgegenstand zwischen den Geschwistern aufgetaucht, zwischen denen Erziehung und Geschlecht den einzigen Unterschied darstellten, denn sie waren beide gleich heftig und gleich rechthaberisch; beide hegten eine große Liebe für Sophia und beide eine erhabene Verachtung füreinander.

5. Kapitel

In dem Jones von Sophia einen Brief erhält und mit Frau Miller und Partridge in die Komödie geht.

Black Georges Ankunft in der Stadt und die guten Dienste, die dieser dankbare Mensch seinem alten Wohltäter zu leisten versprochen hatte, gereichten Jones zum großen Trost bei all den Sorgen und Ängsten, die er Sophias wegen ausstand. Durch die Vermittlung des besagten George erhielt er von Sophia folgenden Brief, den sie, da ihr mit ihrer Freiheit auch Feder, Tinte und Papier wieder gehörten, noch an demselben Abend schrieb, an dem sie aus ihrer Haft befreit worden war:

Mein Herr,

da ich an der Aufrichtigkeit dessen, was Sie mir schreiben, nicht zweifle, wird es Ihnen Vergnügen machen zu vernehmen, daß einige meiner Leiden dank der Ankunft meiner Tante Western nun beendet sind. Ich wohne gegenwärtig bei ihr und erfreue mich jeder Freiheit, die ich nur wünschen kann. Auf einem Versprechen hat meine Tante freilich bestanden, und das ist, daß ich ohne ihr Wissen und ihre Zustimmung niemanden sehen und mit niemandem reden soll. Dieses Versprechen habe ich feierlich gegeben, und ich werde es unverbrüchlich halten. Und obgleich sie mir nicht ausdrücklich verboten hat zu schreiben, so kann dafür der Grund nur sein, daß sie es vergaß, oder es ist in dem Wort „reden" inbegriffen. Da dies nicht anders denn als ein Verstoß gegen ihr großmütiges Vertrauen in meine Redlichkeit gedeutet werden könnte, so können Sie nicht erwarten, daß ich nach allem noch selbst Briefe schreiben oder welche annehmen werde, ohne daß sie darum weiß. Ein Versprechen ist für mich etwas Heiliges, und ich dehne es auf alles aus, was es umfassen kann, und nicht nur auf das, was es in ausdrücklichen Worten enthält, und daß ich es so ansehe, das wird Ihnen vielleicht, wenn Sie es überlegen, einen gewissen Trost gewähren. Doch warum sage ich Ihnen etwas von einem Trost dieser Art, denn obgleich es etwas in der Welt gibt, darin ich dem besten der Väter niemals nachgeben kann, so bin ich doch fest entschlossen, nie seinem Wunsch zuwiderzuhandeln oder einen folgenschweren Schritt zu tun, ohne seine Einwilligung erhalten zu haben. Eine feste Überzeugung hiervon muß Sie lehren, Ihre Gedanken nicht länger auf das zu richten, was das Schicksal (vielleicht) zur Unmöglichkeit gemacht hat. Davon mögen Sie sich zu Ihrem eigenen Vorteil überzeugen. Und das mag, so hoffe ich, Herrn Allworthy mit Ihnen aussöhnen, und wenn es das vermag, so lassen Sie mich Ihnen dringend raten, dies anzustreben. Zufälle haben mir Verpflichtungen auferlegt, und Ihre guten Absichten wahrscheinlich noch mehr. Das Glück kann sich vielleicht uns beiden noch einmal günstiger zeigen als jetzt. Und glauben Sie mir dies, daß ich immer so von Ihnen denken werde, wie ich glaube, daß Sie es verdienen. Ich bin, Herr, Ihre

Ihnen ergebenst verbundene
Sophia Western.

Ich bitte Sie, schreiben Sie mir – wenigstens bis auf weiteres – nicht mehr, und nehmen Sie dieses an, was mir jetzt nicht von großem Nutzen ist, wohingegen ich weiß, daß es Ihnen daran fehlt. Denken Sie, daß Sie diese Kleinigkeit nur dem Glück verdanken, das Sie sie finden ließ.*

* Sie meinte damit vielleicht die Banknote von hundert Pfund.

Ein Kind, das eben erst sein Alphabet erlernt hat, würde diesen Brief in kürzerer Zeit durchbuchstabiert haben, als Jones brauchte, um ihn zu lesen. Die Empfindungen, die er in ihm hervorrief, waren ein Gemisch von Freude und Gram, etwa ähnlich dem Zwiespalt in der Seele eines guten Mannes, wenn er das Testament seines verstorbenen Freundes durchliest, in dem ihm eine bedeutende Summe, die seine Notlage ihm willkommen macht, hinterlassen wird. Im ganzen jedoch war er eher zufrieden als mißgestimmt, und der Leser wird sich wahrscheinlich wundern, daß er überhaupt mißgestimmt habe sein können. Doch der Leser ist nicht so verliebt, wie der arme Jones es war, und Liebe ist eine Krankheit, die, wiewohl sie in manchen Dingen der Schwindsucht gleicht (die sie zuweilen erzeugt), in andern sich in vollem Gegensatz zu ihr verhält, vor allem darin, daß der Kranke nie zuversichtlich ist, sondern jedes Symptom in einem bedenklichen Licht sieht.

Eines aber gereichte ihm zur ungetrübten Freude; das war, daß seine Geliebte ihre Freiheit zurückgewonnen hatte und nun bei einer Dame lebte, wo sie wenigstens einer anständigen Behandlung sicher sein konnte. Ein anderer beruhigender Umstand lag darin, daß sie sich auf ihr Versprechen bezog, niemals einen andern Mann zu heiraten; denn für wie uneigennützig er seine Liebe auch halten mochte, und aller in seinen Briefen abgelegten großmütigen Erklärungen ungeachtet, zweifle ich doch sehr, ob man ihm eine für ihn schrecklichere Nachricht hätte bringen können als die, Sophia sei mit einem andern verheiratet, wäre diese Verbindung auch noch so glänzend und die Wahrscheinlichkeit noch so groß, daß sie ihr das vollkommene Glück gewähren würde. Dieser geläuterte Grad platonischer Liebe, der vom Fleisch völlig Abstand nimmt und der tatsächlich ganz und gar geistig ist, scheint mir eine auf den weiblichen Teil der Schöpfung beschränkte Gabe zu sein; von dieser habe ich manche (und zweifellos mit großer Aufrichtigkeit) beteuern hören, daß sie ihren Geliebten bereitwillig einer Rivalin überlassen würden, wäre es erwiesen, daß dies für das zeitliche Wohl des Geliebten notwendig sei. Hieraus schließe ich denn, daß eine solche Liebe in der Natur liegen müsse, obgleich ich nicht behaupten kann, daß ich je ein Beispiel von ihr erlebt hätte.

Als Herr Jones drei Stunden damit zugebracht hatte, den vorbesagten Brief zu lesen und zu küssen, und es endlich durch die zuletzt erwähnte Betrachtung dazu gekommen war, daß er sich in einem fast fröhlichen Gemütszustand befand, ließ er sich dazu herbei, eine Verabredung, die er früher getroffen hatte, nun einzuhalten, nämlich Frau Miller und ihre jüngere Tochter in die Komödie zu führen und Herrn Partridge als Begleiter mitzunehmen. Denn da Jones wirklich jenen Sinn für Humor besaß, den andere zu haben bloß vorgeben, so erwartete er recht viel Ergötzliches von Partridges kritischen Bemerkungen, an denen er den reinen Sinn der Natur wahrzunehmen hoffte, ungepflegt freilich, aber auch unverfälscht durch die Kunst.

In der ersten Reihe der Galerie also nahmen Herr Jones, Frau Miller und ihre jüngste Tochter sowie Partridge Platz. Partridge erklärte sogleich, dies sei der beste Platz, den er je gehabt habe. Als das erste Musikstück gespielt worden war, sagte er, es sei wunderbar, wie so viele Geiger gleichzeitig spielen könnten, ohne daß einer dem andern in die Quere komme. Als der Diener die obern Kerzen entzündete, rief er Frau Miller zu: „Sehn Sie, sehn Sie doch, Madam, das ist genau der Mann am Ende des anglikanischen Gebetbuchs, vor dem Gottesdienst zum Tag der Pulververschwörung.“ Als alle Kerzen brannten, konnte er sich auch nicht enthalten, mit einem Seufzer seine Meinung auszusprechen, da würden nun an einem einzigen Abend so viele Kerzen verbrannt, daß die Kosten genügen würden, eine rechtschaffene arme Familie zwölf Monate lang am Leben zu erhalten.

Sobald das Stück begann – es war „Hamlet, Prinz von Dänemark“ –, war Partridge ganz Aug und Ohr, auch unterbrach er die Stille nicht bis zum Auftreten des Geistes; da fragte er, was für ein Mann das sei in dem seltsamen Gewand. „So etwas habe ich schon einmal auf einem Bild gesehen. Sicher ist es doch keine Rüstung?“ Jones antwortete: „Das ist der Geist“, worauf Partridge lächelnd erwiderte: „Machen Sie das einem andern weis, Herr, wenn Sie können. Obwohl ich nicht sagen kann, daß ich in meinem Leben je tatsächlich einen Geist gesehen habe, so bin ich gewiß, wenn ich einen sähe, so würde ich ihn erkennen. Nein, nein, Herr, Geister erscheinen nicht in solchen Kleidern, niemals.“ In diesem Irrtum, der in seiner Nähe große Heiterkeit hervorrief, wurde Partridge belassen, bis die Szene zwischen dem Geist und Hamlet begann. Da glaubte Partridge Herrn Garrick*, was Jones zu glauben er

* Garrick, größter englischer Schauspieler zu jener Zeit (Anmerkung des Übersetzers).

sich geweigert hatte, und er verfiel in ein solches Zittern und Beben, daß seine Knie gegeneinanderschlugen. Jones fragte ihn nach dem Grund, und ob er sich vor der kriegerischen Gestalt auf der Bühne fürchte. „Ach, Herr“, rief jener, „ich sehe nun, daß es so ist, wie Sie mir sagten. Ich fürchte mich vor nichts, denn ich weiß, es ist nur ein Schauspiel. Und wäre es wirklich ein Geist, so vermöchte er einem aus solcher Entfernung und in so zahlreicher Gesellschaft nichts anzutun; und dann, wenn ich erschrocken war, so bin ich das hier nicht als einziger.“ – „Was, wie“, rief Jones, „sind Sie so über alle Maßen feige?“ – „Nun ja, mögen Sie mich feige nennen; wenn aber dieser kleine Mann da oben nicht erschrocken ist, dann habe ich nie in meinem Leben einen erschrockenen Mann gesehen. Ja, ja, *mit dir gehen!* Was du nicht sagst! Ist er vielleicht ein Narr? Wirst du? Gott hab Erbarmen mit solcher Tollkühnheit! – Was immer geschieht, es geschieht dir recht. – *Dir folgen?* Grad so gern folgt ich dem Teufel. Ja, vielleicht ist es der Teufel, denn man sagt, daß er jede beliebige Gestalt annehmen kann. – Oh, da ist er wieder da. *Nicht weiter!* Nein, du bist schon weit genug gegangen, weiter, als ich für des Königs sämtliche Dominien hätte gehen wollen.“ Jones versuchte etwas zu sagen, aber Partridge kam ihm zuvor: „Pst, pst! lieber Herr, hören Sie ihn nicht?“ Und während der ganzen Rede des Geistes saß er da, die Augen bald auf das Gespenst, bald auf Hamlet gerichtet, und sperrte den Mund weit auf; dieselben Leidenschaften, die nacheinander in Hamlets Brust erwachten, folgten einander gleicherweise in seiner Seele.

Als die Szene zu Ende war, sagte Jones: „Nun, Partridge, Sie übertreffen meine Erwartungen. Sie genießen das Schauspiel, wie ich das kaum für möglich gehalten hätte.“ – „Nein, Herr“, erwiderte Partridge, „wenn Sie sich vor dem Teufel nicht fürchten, so kann ich das nicht ändern; doch es ist, meiner Treu, nur natürlich, daß solche Dinge einen überraschen, wenn ich auch weiß, daß nichts daran ist. Nicht, daß der Geist mich so überrascht hätte, wußte ich doch, daß es nur ein seltsam gekleideter Mann war; doch als ich den kleinen Menschen dort oben selbst so entsetzt sah, da hat sich dieses Entsetzen auch meiner bemächtigt.“ – „Aber glauben Sie denn, Partridge, er sei wirklich entsetzt gewesen?“ – „Ja, Herr, haben Sie denn nicht nachher selbst bemerkt, nachdem er erkannt, daß es seines Vaters Geist war, und erfahren hatte, wie er im Garten ermordet worden war, daß die Furcht ihn da nach und nach verließ und der Gram ihn stumm machte, ganz so, wie ich das in einem solchen Fall geworden wäre? – Doch, pst! Was ist das für ein Geräusch? Da ist er wieder. – Ja, also wahrhaftig, obwohl ich weiß, daß an all dem nichts ist, bin ich froh, daß ich nicht dort drüben bei jenen Leuten bin." Hierauf wandte sich Partridge wieder Hamlet zu: „Ja, zieh du nur dein Schwert, was vermag ein Schwert gegen die Macht des Teufels?"

Während des zweiten Aktes ließ Partridge nur wenige Bemerkungen fallen. Er bewunderte höchlich die Schönheit der Kostüme; auch entschlüpfte ihm eine Äußerung über des Königs Gesicht. „Nun wohl", sagte er, „wie sich doch die Menschen durch Gesichter täuschen lassen! *Nulla fides fronti**, das ist, so finde ich, ein wahres Wort. Wer, der dieses Königs Antlitz betrachtet, möchte glauben, daß er je einen Mord beging?" Er fragte dann weiter nach dem Geist; Jones jedoch, in der Absicht, ihn noch mehr in Erstaunen zu setzen, gab ihm keine weitere Auskunft als die, er werde ihn vielleicht bald wiedersehen, und das in einem feurigen Schein.

Partridge sah dem in ängstlicher Erwartung entgegen; und jetzt, da der Geist wiedererschien, rief er: „Da, Herr, was sagen Sie nun? Fürchtet er sich oder nicht? So sehr doch, wie Sie denken, daß ich mich fürchte, und wie sich sicherlich ein jeder mehr oder weniger fürchten muß. Ich möchte mich nicht in einer so üblen Lage befinden wie jener, wie heißt er doch – Junker Hamlet dort, um nichts in der Welt. Doch, behüt mich, was ist aus dem Geist geworden? So wahr ich lebe, ich glaub, ich sah ihn in der Erde versinken." – „Da haben Sie ganz richtig gesehen", antwortete Jones. „Gut, gut, ich weiß, es ist alles nur ein Spiel; und außerdem, wenn etwas anderes daran wäre, würde Madam Miller nicht so lachen; denn was Sie betrifft, Herr, Sie wären, scheint mir, nicht entsetzt, wenn der Teufel in Person sich hier zeigte. – Da, da – ach, kein Wunder, daß du in solche Wut gerietst; schüttle die gemeine, nichtswürdige Vettel, daß sie in Stücke geht. Wär's meine eigene Mutter, ich wollte nicht anders mit ihr umgehn. Denn sicher wird die Pflicht gegen eine Mutter durch solche Schandtaten verwirkt. – Ach, mach dich an dein Geschäft, ich kann dich nicht mehr sehen."

Unser Kritiker verhielt sich jetzt ziemlich ruhig bis zu dem Auftritt, da Hamlet das Stück vor dem König spielen läßt.

* Auf das Äußere ist kein Verlaß (Anmerkung des Übersetzers).

Daraus wurde er zuerst nicht klug, bis Jones es ihm erklärte; aber kaum hatte er seinen Sinn erfaßt, als er sich glücklich zu preisen anfing, daß er nie einen Mord begangen habe. Darauf wandte er sich an Frau Miller und fragte sie, ob sie nicht den Eindruck habe, der König sehe ergriffen aus. „Wiewohl“, setzte er hinzu, „er ein guter Schauspieler ist und tut, was er kann, um es zu verbergen. Nun, ich wollte nicht, daß ich so viel zu verantworten hätte wie jener schlimme Mann, und käme ich auch auf einen noch höheren Stuhl zu sitzen als er. Kein Wunder, daß er davonlief; um nichts in der Welt werde ich nochmals unschuldigen Gesichtern trauen.“

Die Totengräberszene fesselte als nächste Partridges Aufmerksamkeit; er war erstaunt über die große Anzahl von Schädeln, die auf die Bühne geworfen wurden. Jones antwortete ihm, es sei dies einer der bekanntesten Begräbnisplätze der Stadt. „Kein Wunder“, rief Partridge, „daß es an diesem Ort Gespenster gibt. Aber nie habe ich einen schlechteren Totengräber gesehen. Ich kannte einen Küster, als ich ein Chorknabe war, der warf drei Gräber aus in der gleichen Zeit wie dieser eines. Und den Spaten faßt er an, als hätt er zum erstenmal einen in der Hand. Ja, ja, singen kannst du; ich glaube, singen möchtest du lieber als arbeiten.“ Als Hamlet den Schädel aufnahm, rief er: „Seltsam zu sehen, wie furchtlos manche Leute sind. Ich hätte es nie über mich gebracht, etwas von einem toten Menschen anzurühren. Er schien doch über den Geist gehörig zu erschrecken, dachte ich. *Nemo omnibus horis sapit.**“

Während des Stückes ereignete sich nichts Erwähnenswertes mehr. Als es zu Ende war, fragte ihn Jones, welcher von den Darstellern ihm am besten gefallen habe. Darauf antwortete er, anscheinend etwas unwillig: „Der König ohne Zweifel.“ – „Aber wirklich, Herr Partridge“, sagte Frau Miller, „die ganze Stadt ist darin anderer Meinung; alle stimmen hier überein, daß Hamlet von dem besten Schauspieler dargestellt wird, der je die Bühne betreten hat.“ – „Der beste Schauspieler!“ rief Partridge und warf höhnisch die Nase auf. „Na, so gut könnt ich auch agieren! Eines ist gewiß, hätt ich einen Geist gesehen, so würde ich ganz so ausgesehen haben wie er und hätte genauso gehandelt wie er. Und dann, in der Szene, wie Sie's nennen, mit seiner Mutter, wo Sie mir sagten, er spielte

* Niemand ist weise zu allen Stunden (Anmerkung des Übersetzers).

so vorzüglich, ja, lieber Gott, sehn Sie, jeder Mensch, das heißt jeder gute Mensch, der so eine Mutter gehabt hätte, müßte sich so verhalten haben! Ich weiß, Frau Miller, Sie machen sich bloß über mich lustig; doch wirklich, meine Dame, wenngleich ich in London noch nie in der Komödie gewesen bin, so hab ich doch früher auf dem Land Theateraufführungen gesehen, und der König ist das bezahlte Geld wert. Er spricht alle seine Worte deutlich aus, nochmal so laut wie die andern – jeder kann ihm gleich ansehen, daß er ein Schauspieler ist."

Indessen Frau Miller sich so mit Partridge unterhielt, trat eine Dame auf Herrn Jones zu, die er augenblicklich als Frau Fitzpatrick erkannte. Sie sagte, sie habe ihn von der andern Seite der Galerie aus gesehen und die Gelegenheit benützt, mit ihm zu sprechen, da sie ihm etwas mitzuteilen habe, woran ihm sehr viel liegen müsse. Sie sagte ihm, wo sie wohnte, und erbat sich für den nächsten Vormittag seinen Besuch. Gleich darauf aber besann sie sich anders und bestimmte dafür den Nachmittag, um welche Zeit Jones ihr versprach, ihr seine Aufwartung zu machen.

So endete das Abenteuer im Schauspielhaus, wo Partridge nicht allein Jones und Frau Miller, sondern allen Umsitzenden in Hörweite Anlaß zu großer Heiterkeit gegeben hatte, die mehr auf seine Reden aufpaßten als auf das, was auf der Bühne vorging.

Er getraute sich aus Furcht vor dem Geist in dieser Nacht überhaupt nicht, zu Bett zu gehen; und noch in manchen darauffolgenden Nächten brach ihm zwei oder drei Stunden, bevor er zur Ruhe ging, mit denselben beklemmenden Vorstellungen der Angstschweiß aus, und mehrmals in der Nacht wachte er auf, von Schrecken geschüttelt, und schrie: „Gott sei uns gnädig! da ist er!"

6. Kapitel

In dem die Geschichte genötigt ist, zurückzublicken.

Auch für den besten Vater ist es fast unmöglich, seinen Kindern gegenüber strenge Unparteilichkeit zu beobachten, selbst dann, wenn keine hervorragenden Verdienste seine Zuneigung beeinflussen; aber gewiß kann man es einem solchen Vater auch nicht verdenken, wenn eine solche Überlegenheit seine Vorliebe bestimmt.

Da ich alle Personen in dieser Geschichte als meine Kinder betrachte, so muß ich mich zu einer derartigen Vorliebe für Sophia bekennen, und ich hoffe, der Leser werde für mich auch dieselbe Entschuldigung gelten lassen, nämlich die Überlegenheit ihres Charakters.

Die außerordentliche Zärtlichkeit, die ich für meine Heldin empfinde, erlaubt mir nie, sie ohne das größte Widerstreben für längere Zeit zu verlassen. Ich könnte daher jetzt, schon ungeduldig, zurückkehren und fragen, wie es dem lieben Geschöpf ergangen ist, seit es seines Vaters Haus verlassen hat, wäre ich nicht genötigt, vorerst Herrn Blifil einen kurzen Besuch abzustatten.

Herrn Western war es in der ersten Verwirrung, in die er durch die unverhoffte Nachricht von seiner Tochter gestürzt worden war, und in der Hast, in der er sich aufmachte, ihr nachzureisen, nicht einmal in den Sinn gekommen, Herrn Blifil von dieser Entdeckung etwas mitzuteilen. Er war jedoch noch nicht weit gekommen, als er sich darauf besann und dementsprechend bei der ersten Schenke, die er erreichte, haltmachte und von dort einen Boten absandte, Herrn Blifil den Bericht zu überbringen, er habe Sophia wiedergefunden und er sei fest entschlossen, sie ihm unverzüglich anzutrauen, wenn er ihm in die Stadt nachfolgen wolle.

Da die Liebe für Sophia, die Blifil beseelte, so heftig war, daß sie nichts als etwa der Verlust ihres Vermögens oder ein heilloser Zufall hätte vermindern können, so war seine Begierde nach dieser Verbindung durch ihre Flucht nicht etwa abgeschwächt worden, obgleich er genötigt war, diese Flucht auf seine eigene Rechnung zu schreiben. Sehr bereitwillig nahm er dieses Anerbieten an. Tatsächlich gedachte er durch die Heirat mit dieser jungen Dame außer seiner Habgier noch einer andern sehr lebhaften Leidenschaft zu genügen, und diese war sein Haß. Denn er war der Ansicht, der Ehestand biete ebensowohl Gelegenheit, den Haß zu befriedigen wie die Liebe, und die Richtigkeit dieser Ansicht wird durch die Erfahrung überaus wahrscheinlich gemacht. Die Wahrheit zu sagen, wenn wir nach dem gewöhnlichen Verhalten verheirateter Personen zueinander urteilen dürfen, so sind wir vielleicht berechtigt zu schließen, daß die große Masse bei ihrer Vereinigung aller Dinge – außer den Herzen – nur der ersten dieser Leidenschaften zu frönen gedenkt.

Doch stellte sich Blifil eine Schwierigkeit entgegen, und

diese verursachte ihm Herr Allworthy. Diesem edlen Mann begann es, als er an Sophias Flucht (denn weder diese noch deren Ursache konnte man ihm verschweigen) erkannte, wie groß ihre Abneigung gegen seinen Neffen war, herzlich leid zu tun, daß er sich dazu hatte bewegen lassen, die Dinge so weit zu treiben. Er teilte durchaus nicht die Meinung jener Eltern, die es bei ehelichen Verbindungen für so belanglos halten, nach der Neigung ihrer Kinder zu fragen, wie etwa ihre Bedienten zu konsultieren, wenn sie einen Spaziergang unternehmen wollen, und die sich nur durch das Gesetz oder schließlich durch den gebotenen Anstand davon zurückhalten lassen, nackte Gewalt zu brauchen. Da er im Gegenteil den Ehestand als etwas sehr Heiliges ehrte, hielt er jede Vorsicht für den Abschluß einer Verbindung für nötig, um ihn heilig und unverletzt zu bewahren, und zog klüglich den Schluß, der sicherste Weg, um dies zu bewirken, sei der, die bereits bestehende gegenseitige Neigung zu seiner Grundlage zu machen.

Blifil heilte zwar seinen Onkel bald von allem Ärger über den Betrug durch allerhand Beteuerungen und Versicherungen, daß er selbst hintergangen worden sei, womit auch die wiederholten Erklärungen Westerns übereinstimmten. Doch jetzt Herrn Allworthy zu überreden, daß er in die Wiederaufnahme der Werbung einwilligte, das war allem Anschein nach so schwierig, daß dieser bloße Anschein einen weniger unternehmenden Geist abgeschreckt hätte; aber dieser junge Herr kannte seine Verstandesgaben so gut, daß ihm innerhalb des Gebietes von List und Verschlagenheit nichts zu schwer dünkte, um es nicht zu vollbringen.

Hier stellte er also die Heftigkeit seiner eigenen Liebe in den Vordergrund und seine Hoffnung, den Widerwillen der Dame durch Beständigkeit zu überwinden. Er bat, daß in einer Angelegenheit, von der seine ganze künftige Ruhe abhinge, ihm wenigstens vergönnt werde, alle erlaubten Mittel zu versuchen, um sein Ziel zu erreichen. Doch der Himmel solle ihn davor bewahren, sagte er, das, was er anstrebe, anders als durch das sanfteste Vorgehen zu erlangen. „Zudem, Onkel", gab er diesem zu bedenken, „können Sie, wenn diese Mittel nicht verfangen sollten (und dann ist es ja noch früh genug), Ihre Einwilligung versagen." Er machte geltend, wie dringend Herr Western diese Verbindung wünsche, und machte sich endlich Jones' Namen gewaltig zunutze, indem er jenem die Schuld an allem Geschehenen auflud und betonte, es sei geradezu ein christliches Werk, vor ihm eine so würdige junge Dame zu bewahren.

Alle diese Beweisführungen wurden durch Thwackum unterstützt, der noch ein wenig länger als Blifil bei der elterlichen Autorität verweilte. Die Maßnahmen, die Blifil zu ergreifen so nachdrücklich wünschte, schrieb er christlichen Beweggründen zu. „Und wiewohl", erklärte er, „der gute junge Herr die christliche Liebe zuletzt erwähnt hat, so bin ich doch fest überzeugt, daß er diese zuerst und vor allem in Betracht gezogen hat."

Square würde möglicherweise, wäre er zugegen gewesen, dasselbe Lied angestimmt haben, wenn auch in einer andern Tonart, und er hätte wohl in allem viel moralischen Anstand entdeckt; doch war er nun zur Wiederherstellung seiner Gesundheit nach Bath gereist.

Allworthy gab endlich, doch erst nach langem Zögern, dem Verlangen seines Neffen nach. Er sagte, er wolle ihn nach London begleiten, wo es ihm freistehen solle, jedes ehrliche Mittel anzuwenden, um die Dame zu gewinnen. „Aber das laß dir gesagt sein", warnte er, „ich werde niemals dulden, daß ihrer Neigung Zwang angetan werde, und nie soll sie dir gehören, wenn sie nicht dazu gebracht werden kann, dir freiwillig die Hand zu geben."

Und also überredete Allworthys Liebe zu seinem Neffen den höheren Verstand dazu, sich von dem niedrigeren im Triumphe hinführen zu lassen; und so wird oft die Klugheit des besten Kopfes durch die Zärtlichkeit des besten Herzens besiegt.

Als Blifil die kaum mehr erhoffte Einwilligung von seinem Onkel erhalten hatte, ruhte er nicht, bis er mit der Ausführung seines Vorhabens beginnen konnte. Da eben kein dringendes Geschäft Herrn Allworthys Anwesenheit auf dem Lande verlangte und Männer für eine Reise keiner großen Vorbereitungen bedürfen, brachen sie schon am folgenden Tage auf und langten am Abend in der Stadt an, als, wie wir gesehen haben, Herr Jones mit Partridge sich in der Komödie ergötzte.

Am Vormittag nach seiner Ankunft besuchte Blifil Herrn Western, von dem er sehr entgegenkommend und artig empfangen wurde und jede mögliche (vielleicht mehr als mögliche) Zusicherung erhielt, daß er über kurzem so glücklich sein werde, wie Sophia ihn nur machen könne; auch wollte der Junker den jungen Herrn nicht zu seinem Oheim zurückkehren lassen, bevor er ihn, fast gegen seinen Willen, zu seiner Schwester geschleppt hatte.

7. Kapitel

In dem Herr Western in Herrn Blifils Begleitung seiner Schwester einen Besuch abstattet.

Fräulein Western war eben daran, ihrer Nichte einen Vortrag über Klugheit und eheliche Politik zu halten, als ihr Bruder und Blifil mit weniger Zeremonie, als es die Gesetze des Besuchemachens erheischen, bei ihr einbrachen. Sowie Sophia Herrn Blifil erblickte, wurde sie blaß und verlor fast die Besinnung; ihre Tante hingegen wurde rot, und aller ihrer Sinne und Fähigkeiten vollkommen mächtig, setzte sie ihre Zunge gegen den Junker in Bewegung.

„Bruder", sagte sie, „ich bin erstaunt über Ihr Benehmen; wollen Sie denn niemals lernen, dem *Dekorum* einige Achtung zu bezeigen? Werden Sie jederzeit jedes Appartement für das Ihrige ansehen, oder so tun, als sei es das eines Ihrer Pächter? Woher nehmen Sie sich die Freiheit, so ohne alle Dezenz und ohne Anmeldung Damen von Stand in ihren Privatgemächern zu überfallen?" – „Die Pest! Wie?" schrie der Junker, „was nun wieder? Sollt man nicht glauben, ich hätt dich grad beim..." – „Keine Brutalität, Herr, ich bitte! Sie haben meine arme Nichte auf eine Art überrascht, daß sie sich, wie ich sehe, kaum aufrecht halten kann. – Geh, Liebe, in dein Zimmer und versuche deine Lebensgeister zu sammeln; du hast dazu wohl allen Grund." Sophia, der nie ein Befehl willkommener gewesen war, zog sich auf diese Worte ihrer Tante hin schleunig zurück.

„Wahrhaftig, du bist närrisch, Schwester", rief der Junker, „sie wegzuschaffen, wo ich doch Herrn Blifil mitbring, der ihr den Hof machen soll."

„Aber gewiß, mein Bruder, sind Sie noch schlimmer als närrisch, da Sie wissen, wie die Dinge stehen, und – ich bitte wirklich Herrn Blifil um Verzeihung, doch er weiß ja recht wohl, wem er einen so unangenehmen Empfang zu verdanken hat. Ich für meinen Teil werde Herrn Blifil stets mit Vergnügen bei mir sehen; sein eigener guter Verstand würde ihm nie erlaubt haben, so formlos hier hereinzuplatzen, wenn Sie ihn nicht dazu genötigt hätten."

Blifil verbeugte sich und stotterte und stand da wie ein Einfaltspinsel; Western aber, ohne ihm Zeit zu lassen, sich eine Rede auszudenken, antwortete: „Je nun, ich bin zu tadeln, wenn du willst, ich bin's ja immer, freilich. Aber laß nun das Mädchen zurückkommen oder Herrn Blifil zu ihm gehen.

Darum ist er ja hergereist, und da ist nun keine Zeit zu verlieren."

„Bruder, Herr Blifil – darauf kann ich bauen – ist zu anständig, als daß er nach dem, was vorgefallen ist, daran denken könnte, meine Nichte noch an diesem Morgen wiederzusehen. Frauen haben empfindliche Nerven, und wenn unsere Lebensgeister einmal in Unordnung geraten sind, lassen sie sich nicht im nächsten Augenblick wieder zur Ruhe bringen. Hätten Sie Herrn Blifil nahegelegt, meiner Nichte seine Empfehlung zu übermitteln und sie um die Erlaubnis zu bitten, ihr am heutigen Nachmittag seine Aufwartung machen zu dürfen, so hätte ich sie vielleicht dazu gebracht, ihn zu empfangen; aber nun zweifle ich daran, daß mir dies möglich sein wird."

„Ich bedaure herzlich, Madam", antwortete Blifil, „daß Herrn Westerns Wohlwollen mir gegenüber, das ich niemals mit dem gehörigen Dank anzuerkennen vermag, die Ursache gewesen sein muß ..." – „Gewiß, Herr", fiel sie ihm ins Wort, „Sie brauchen sich nicht zu entschuldigen; wir alle kennen meinen Bruder nur zu gut." – „Wer mich kennt, das läßt mich kalt", erwiderte der Junker, „doch wann muß er denn wieder herkommen, um sie zu sehn? Bedenk doch, was ich dir sage: er ist eigens dazu nach London gekommen, und so auch Allworthy." – „Bruder, was immer für eine Botschaft Herr Blifil meiner Nichte zustellen zu lassen für gut befinden wird, sie soll ihr richtig überliefert werden; und ich nehme an, sie bedarf keiner Anweisungen, um in ziemlicher Form darauf zu antworten. Ich bin überzeugt, sie wird sich nicht weigern, Herrn Blifil zu passender Zeit zu empfangen." – „Den Teufel auch, sie wird!" rief der Junker. „Gotts Blut! – Kennen wir sie nicht?! Ich sag ja nichts, aber es gibt Leute, die sind klüger als die ganze Welt. – Hätt ich meinen Willen haben können, sie wär mir vordem nicht davongelaufen; und jetzt erwart ich schon jeden Augenblick zu hören, daß sie wieder auf und davon ist. Für wie dumm mich auch gewisse Leute halten, so weiß ich doch recht gut, sie haßt ..." – „Wozu das hier, Bruder?" erwiderte Fräulein Western. „Ich dulde nicht, daß man meiner Nichte Übles nachredet. Das fiele auf meine Familie zurück, der sie Ehre macht und auch weiter machen wird, das sag ich Ihnen. Für ihr Betragen setze ich meinen ganzen Ruf in der Welt zum Pfand. Ich werde Sie mit Vergnügen, mein Bruder, heute nachmittag wiedersehen, denn ich habe Ihnen Wichtiges mitzuteilen. Doch für den Augenblick müssen sowohl Herr Blifil wie auch Sie mich entschuldigen, ich muß mich nun sputen und mich ankleiden." – „Nun gut", sagte der Junker, „aber so bestimm doch eine Zeit." – „Ich kann keine Zeit bestimmen. Ich sage Ihnen, heute nachmittag will ich Sie sprechen." – „Was zum Teufel soll da einer tun?" rief der Junker, zu Blifil gewandt. „Ich kriege sie so wenig herum wie der Spürhund 'nen alten Hasen. Vielleicht ist ihr Rappel heute nachmittag vorbei." – „Ich sehe, Herr, daß ich zum Unglück ausersehen bin", sagte Blifil, „aber immer werde ich mich Ihnen tief verpflichtet fühlen." Hierauf nahm er von Fräulein Western unter vielen Komplimenten Abschied, die sich selbst kaum viel weniger zeremoniell gebärdete; dann gingen sie, der Junker zwischen den Zähnen schwörend, daß Blifil noch am Nachmittag seine Tochter sehen sollte.

Wenn Herr Western von diesem Besuch recht wenig erfreut war, so war es Blifil noch weniger. Was den ersten anbelangt, so schob er das ganze Verhalten seiner Schwester einzig ihrer schlechten Laune und ihrem Mißvergnügen darüber zu, daß sie die Förmlichkeiten eines Besuches so gänzlich außer acht gelassen hatten; Blifil aber sah ein wenig tiefer auf den Grund der Dinge. Aus zwei oder drei Worten, die der Dame entfallen waren, vermutete er etwas von größerer Tragweite, und die Wahrheit zu sagen, vermutete er richtig, wie sich zeigen wird, wenn ich die verschiedenen Dinge dargelegt haben werde, die das folgende Kapitel enthält.

8. Kapitel

Lady Bellastons Pläne zur Vernichtung von Jones.

Die Liebe hatte in Lord Fellamars Gemüt zu tiefe Wunden geschlagen, als daß Herrn Westerns ungeschickte Hand sie hätte ausroden können. In der Hitze seines Rachedurstes hatte er tatsächlich dem Hauptmann Egglane einen Auftrag gegeben, bei dessen Ausführung der Hauptmann viel zu weit gegangen war; er wäre überhaupt nicht zur Ausführung gekommen, wäre es Seiner Lordschaft nach dem Besuch bei Lady Bellaston gelungen, den Hauptmann aufzufinden, und zwar am Nachmittag desselben Tages, da er die Beleidigung erlitten hatte. Doch so *eifrig oblag* der Hauptmann seiner Pflicht, daß er, nachdem er nach vielem Herumfragen des Junkers Wohnung endlich am späten Abend ausgekundschaftet hatte, die ganze Nacht in einer

Schenke durchwachte, um den Junker am Morgen nicht zu verpassen; und dadurch verfehlte er den Widerruf des Befehls, den der Lord nach seinem Quartier geschickt hatte.

Am zweiten Nachmittag, nachdem Sophia die Vergewaltigung gedroht hatte, machte Seine Lordschaft, wie wir gesagt haben, einen Besuch bei Lady Bellaston, die ihm über des Junkers Charakter so viel klare Auskunft gab, daß Seine Gnaden erkennen mußten, welche Dummheit es war, sich über jenes Mannes Worte zu ereifern, zumal bei seinen ehrenhaften Absichten auf dessen Tochter. Der Lord sprach darauf zu ihr aus vollem Herzen über die Heftigkeit seiner Leidenschaft; Lady Bellaston nahm sich dieser Sache gerne an, und sie ermunterte ihn durch die Versicherung, nicht nur die Ältesten der Familie würden ihn überaus günstig aufnehmen, sondern auch der Vater selbst, wenn er nüchtern sei und von der Art des seiner Tochter gemachten Angebotes unterrichtet werde. Die einzige Gefahr, sagte sie, komme von dem schon mehrmals von ihr erwähnten Kerl, der, zwar ein Bettler und Landstreicher, doch auf wer weiß welche Art es fertiggebracht habe, sich anständig zu kleiden und wie ein Mensch von Stand aufzutreten. „Da ich aber, zum Besten meiner Nichte, über den Menschen habe Erkundigungen einziehen lassen, so gelang es mir zum Glück zu erfahren, wo er wohnt.“ Nachdem sie Seiner Lordschaft diesen Ort bezeichnet hatte, fügte sie hinzu: „Ich denke mir, Mylord (denn für eine persönliche Satisfaktion ist der Kerl für Sie zu gering), daß es Ihnen vielleicht auf die eine oder andere Weise möglich wäre, den Mann zum Seedienst zu pressen und auf ein Schiff zu bringen. So etwas verbieten weder Gesetz noch Gewissen; der Bursche, wie gut er auch gekleidet sein mag, ist, ich versichere Ihnen das, nichts weiter als ein Vagabund und gehört zu dem Gesindel auf der Straße, das mit Fug zum Seedienst gepreßt werden soll; und was Gewissensfragen betrifft, so ist es doch gewiß nur ein verdienstliches Werk, eine junge Dame vor solchem Unglück zu bewahren. Und im Hinblick auf den Burschen selbst: Wenn er nicht bei meiner Nichte seinen Zweck erreicht (was der Himmel verhüte), so wird es für ihn wahrscheinlich das Mittel sein, ihn vor dem Galgen zu bewahren, und ihm vielleicht einen Weg weisen, auf ehrliche Art sein Glück zu machen.“

Lord Fellamar dankte der Lady sehr herzlich für den Anteil, den sie an seiner Sache zu nehmen geruhte, von deren Ausgang sein ganzes künftiges Glück abhängen werde. Er sagte, im

Augenblick sehe er kein Hindernis für den Plan, jenen Burschen zum Seedienst zu zwingen, und er wolle daran denken, seine Ausführung zu veranlassen. Er empfahl hierauf der Dame sehr dringend, ihm die Ehre zu erweisen und seine Vorschläge bald der Familie zu überbringen, der er, wie er sagte, *carte blanche* zugestehe; er sei auch bereit, in bezug auf sein Vermögen ihr fast in jedem Sinn entgegenzukommen. Und nachdem er noch entzückt und begeistert Sophias Lob gesungen hatte, nahm er Abschied und ging. Zuvor aber wurde ihm nochmals eindringlich zugeredet, an Jones zu denken und keine Zeit zu verlieren, dessen Person an einem Ort in Sicherheit zu bringen, wo er nicht imstande sei, neue Versuche zum Verderben der jungen Dame ins Werk zu setzen.

In dem Augenblick, da Fräulein Western in ihrer Wohnung ankam, wurde eine Karte mit Empfehlungen an Lady Bellaston gesandt, die diese kaum empfangen hatte, als sie mit der Ungeduld einer Verliebten zu ihrer Nichte flog, in heller Freude über diese schöne Gelegenheit, die sich ganz unverhofft von selbst darbot. Die Aussicht war ihr nämlich sehr viel angenehmer, jene Vorschläge einer Frau von Verstand zu machen, die zudem die Welt kannte, als einem Manne, den sie mit der Benennung eines Hottentotten beehrte; indessen erwartete sie auch von ihm keine abschlägige Antwort.

Die beiden Damen machten sich nach einigen sehr kurzen einleitenden Zeremonien alsbald ans Geschäft, das fast ebenso schnell abgeschlossen war, wie es begonnen hatte; denn Fräulein Western hatte kaum den Namen Lord Fellamar gehört, als ihre Wangen vor Freude glühten; als sie aber noch von der Heftigkeit seiner Leidenschaft, dem Ernst seiner Vorschläge und von der Großmut seines Anerbietens vernommen hatte, da äußerte sie ihre volle Zufriedenheit in den deutlichsten Ausdrücken.

Im Verlauf des Gespräches kam die Rede auf Tom Jones, und beide Kusinen jammerten schmerzlich über die unglücklichen Gefühle, die Sophia an den jungen Menschen fesselten, und Fräulein Western schob wiederum die alleinige Schuld dem törichten Benehmen ihres Bruders zu. Sie schloß jedoch endlich mit der Erklärung, daß sie sich auf den tüchtigen Verstand ihrer Nichte verlasse, denn obgleich sie dieser Liebe zugunsten Blifils nicht entsagen wolle, so werde sie doch, daran zweifle sie nicht, dazu zu bringen sein, eine bloße Neigung den ordnungsgemäßen Werbungen eines vornehmen Herrn zu opfern, der ihr Titel und ansehnliche Güter verheiße. „Denn in der Tat", setzte sie hinzu, „muß ich Sophia Gerechtigkeit widerfahren lassen und bekennen, daß Blifil ein scheußlicher Kerl ist wie alle Landjunker – Sie wissen schon, Bellaston – und daß er außer seinem Reichtum aber auch gar nichts hat, was ihn empfehlen könnte."

„Ach so!" sagte Lady Bellaston, „dann wundere ich mich nicht mehr so sehr über meine Kusine; denn eins kann ich Ihnen versichern, dieser Jones ist ein recht angenehmer Junge, und er hat eine Tugend, die nach der Meinung der Männer eine wirkliche Empfehlung bei uns Weibern sein soll. Was denken Sie wohl, Fräulein Western – Sie werden gewiß lachen müssen, ja, ich kann's Ihnen vor Lachen kaum erzählen! Werden Sie mir wohl glauben, daß dieses Kerlchen die Dreistigkeit gehabt hat, mir einen Liebesantrag zu machen? Doch sollten Sie dazu neigen, dies zu bezweifeln, so sind hier der Beweisstücke genug, in seiner eigenen Handschrift, sag ich Ihnen." Und damit gab sie ihrer Kusine den Brief mit dem Heiratsantrag, den der Leser, wenn er danach verlangt, ihn zu sehen, bereits im fünfzehnten Buch dieser Geschichte vorfinden wird.

„Auf mein Wort, ich kann nur staunen", sagte Fräulein Western, „das ist wahrhaftig ein Meisterstück der Dreistigkeit! Mit Ihrer Erlaubnis könnte ich vielleicht von diesem Brief Gebrauch machen." – „Sie haben volle Freiheit, ihn zu gebrauchen, wie es Ihnen beliebt. Indessen möchte ich doch vorziehen, daß Sie ihn niemandem als Ihrer Nichte zeigen, und auch ihr nur, wenn die Gelegenheit günstig ist." – „Sehr wohl. Aber wie haben Sie's mit dem Burschen gehalten?" – „Nicht wie mit einem Ehemann", sagte Lady Bellaston, „ich bin nicht verheiratet, versichere ich Ihnen, meine Liebe. Sie wissen, einmal habe ich dieses Vergnügen versucht, und einmal genügt für eine vernünftige Frau."

Dieser Brief, so dachte sich Lady Bellaston, würde sicher bei Sophia Jones' Waagschale ganz in die Höhe schnellen lassen. Und sie war kühn genug, ihn wegzugeben, einmal in der Hoffnung, daß er sehr bald aus dem Wege geschafft sein würde, sodann auch, weil sie das Zeugnis der Jungfer Honoria nicht fürchten zu müssen glaubte, die, nachdem sie sie ein wenig auf Herz und Nieren geprüft hatte, ihr genügend Grund gab zu glauben, daß sie stets zu jedem Zeugnis bereit sein werde, das sie von ihr verlangte.

Vielleicht aber fragt sich der Leser, warum Lady Bellaston,

die Sophia aus tiefstem Herzen haßte, es sich so angelegen sein ließ, eine für die junge Dame so vorteilhafte Verbindung zustande zu bringen. Nun möchte ich, daß solche Leser aufmerksam im Buch der menschlichen Natur nachschlügen. Dort, beinahe auf der letzten Seite, werden sie in kaum lesbaren Buchstaben geschrieben finden, daß Frauen, ungeachtet des widersinnigen Betragens der Mütter, Tanten und so weiter, es in Heiratsdingen wirklich für ein so großes Unglück halten, wenn etwas ihre Neigungen in der Liebe durchquert, daß sie sich einbilden, sie dürften ihrer Feindseligkeit nie freier den Lauf lassen als gegen die Verursacher solcher Enttäuschungen. Sodann wird man nicht fern von dieser Stelle geschrieben finden, daß eine Frau, die einmal im Besitz eines Mannes ihre Lust gefunden hat, gern dem Teufel auf halbem Wege entgegengeht, kann sie nur verhindern, daß eine andere Frau sich dieses selben Glücks erfreut.

Mag der Leser sich mit diesen Gründen nicht zufriedengeben, so gestehe ich freimütig, daß ich keine andern für das Betragen dieser Dame weiß, es sei denn, daß wir annehmen wollten, sie wäre irgendwie von Lord Fellamar bestochen worden, für welche Verdächtigung ich meinerseits allerdings keinen Grund sehe.

Dies war nun eben die Affäre, die Fräulein Western durch einige vorbereitende Abhandlungen über die Torheit der Liebe und die Weisheit der gesetzlichen Prostitution bei Sophia einzuleiten gedachte, als ihr Bruder und Blifil so unversehens bei ihr auftauchten; und daraus entsprang die ganze Kühle, mit der sie Blifil begegnete, die zwar der Junker nach seiner Art einer andern Ursache zuschrieb, während sie Blifil selbst (der ein viel durchtriebenerer Mann war) eine Ahnung von der tatsächlichen Wahrheit einflößte.

9. Kapitel

In dem Jones Frau Fitzpatrick besucht.

Dem Leser wird es jetzt vielleicht angenehmer sein, mit uns zu Herrn Jones zurückzukehren, der zur anberaumten Stunde Frau Fitzpatrick seinen Besuch abstattete. Doch ehe wir von der Unterredung berichten, wär es vielleicht unserer Methode gemäß zweckdienlich, ein wenig zurückzugehen und den Ursachen einer so großen Veränderung im Betragen dieser Frau nachzuspüren, die, nachdem sie zuerst ihre Wohnung gewechselt hatte, hauptsächlich um Herrn Jones auszuweichen, ihn nun, wie wir gesehen haben, in vollem Eifer aufgesucht hatte, um sich mit ihm zu unterreden.

Und hier brauchen wir nur anzuführen, was sich tags zuvor begab, als Frau Fitzpatrick von Lady Bellaston vernahm, Herr Western sei in die Stadt gekommen, und darauf zu ihm ging, um ihm in seiner Wohnung am Piccadilly ihre verwandtschaftliche Höflichkeit zu bezeigen. Sie wurde von ihm mit vielen häßlichen Beschimpfungen empfangen, die zu widerlich sind, um hier verzeichnet zu werden, und sogar bedroht, mit Fußtritten vor die Tür gesetzt zu werden. Von dort führte sie ein alter Diener ihrer Tante Western, mit dem sie von früher her gut bekannt war, in die Wohnung dieser Dame, die ihr zwar nicht freundschaftlicher, doch höflicher begegnete, oder, um die Wahrheit zu sagen, mit einer andern Art von Härte. Kurz, sie kehrte von diesen beiden zurück in der vollen Überzeugung, daß nicht nur ihr Plan der Aussöhnung gescheitert, sondern daß sie auch für immer den Gedanken fahrenlassen müßte, sie jemals auf irgendeine Art zustande zu bringen. Von diesem Augenblick an erfüllte Rachgier ihr Gemüt; da sie in solcher Verfassung Herrn Jones im Schauspielhaus traf, schien sich ihr somit eine Gelegenheit zu bieten, die Durchführung dieser Absicht zu fördern.

Der Leser muß sich daran erinnern, daß er durch Frau Fitzpatricks Erzählung ihrer eigenen Geschichte bekannt gemacht worden ist mit der Neigung, die ehedem Fräulein Western in Bath für Herrn Fitzpatrick an den Tag gelegt hatte; und aus der Enttäuschung, die ihre Tante dabei erlebte, wollte nun Frau Fitzpatrick die große Härte erklären, mit der diese ihr begegnet war. Sie hatte darum keinen Zweifel, daß die gute Dame den Schmeichelreden des Herrn Jones so bereitwillig ihr Ohr leihen werde wie zuvor denen des andern; die Überlegenheit an Reizen nämlich war ganz offensichtlich auf Herrn Jones' Seite; und der weitere Schritt ins Alter hinein, den ihre Tante seither getan hatte, so schloß sie (mit wieviel Recht, will ich nicht sagen), war ein Argument eher zugunsten ihrer Absichten als dagegen.

Darum erklärte sie Jones, als er ihr seine Aufwartung machte, zunächst, sie wünsche sehr, ihm einen Dienst leisten zu können; dieser Wunsch, sagte sie, gehe aus der festen Überzeugung hervor, daß sie sich dadurch Sophia in hohem Grade verpflichten werde. Sodann, nach vorgebrachten Entschuldigungen, daß sie ihn vordem habe enttäuschen müssen, und als sie ihm überdies noch mitgeteilt hatte, wessen Aufsicht seine Geliebte unterstehe, was er, wie sie glaubte, nicht wußte, brachte sie entschlossen ihren Plan zur Sprache und riet ihm, der älteren Dame Avancen zu machen, um sich so den Zutritt zu der jüngern zu erleichtern. Zu gleicher Zeit berichtete sie ihm auch von dem Erfolg, den früher Herr Fitzpatrick durch ebendiese Machenschaften davongetragen hatte.

Herr Jones sprach der Dame seinen großen Dank aus für die gütige Gesinnung, die sie geäußert und jetzt durch diesen Vorschlag sogar noch bekräftigt habe; jedoch abgesehen davon, daß er am Erfolg zweifeln müsse, da der Lady seine Liebe zu ihrer Nichte bekannt sei, gab er ihr auch zu verstehen, er fürchte, Fräulein Western würde niemals einen solchen Betrug gutheißen, sowohl weil sie jede Art von Falschheit verabscheue, als auch wegen der Ehrerbietung, die sie für ihre Tante bezeige.

Frau Fitzpatrick war darüber ein wenig pikiert; und wirklich war es, sofern man es nicht einen Verstoß der Zunge nennen will, von Herrn Jones eine Mißachtung der guten Lebensart, und er hätte sich dessen wohl kaum schuldig gemacht, hätte ihn nicht das Entzücken, in das er geriet, wenn er seine Sophia loben hörte, jeder Überlegung beraubt, denn dieses Lob der einen Kusine war mehr als ein versteckter Tadel der andern.

„Wirklich, Herr", sagte die Dame mit einiger Wärme, „was wäre denn leichter, als einer alten Frau vorzuspielen, man sei in sie verliebt, wenn sie von Natur ein liebebedürftiges Wesen hat; und rede ich auch von meiner Tante, so muß ich doch gestehen, daß eine liebeshungrigere Person als Ihre Gnaden nicht zu finden wäre. Könnten Sie ihr nicht weismachen, daß die Verzweiflung, ihre Nichte erringen zu können, da sie Herrn Blifil versprochen worden sei, Sie dazu getrieben hätte, Ihre Gedanken auf die Tante zu richten? Meine Kusine Sophia kann ich nicht für so einfältig halten, daß sie gegen so etwas die geringsten Bedenken haben oder etwas Schlimmes darin sehen soll, wenn einmal eine von diesen Unholdinnen für all das Üble, das sie mit ihren tragikomischen Leidenschaften über die Familien bringen, gezüchtigt wird. Ich denke, es ist arg genug, daß sie nicht nach dem Gesetz dafür zu bestrafen sind. Ich selbst hatte derartige Skrupel nicht, aber doch hoffe ich, meine Kusine wird sich nicht beleidigt fühlen, wenn ich sage, sie kann jede Art Falschheit nicht heftiger verabscheuen als ihre Kusine Fitzpatrick. Meiner Tante schulde ich wirklich keine besondere Achtung, und sie hat das um mich auch nicht verdient. Indessen, Herr, habe ich Ihnen meinen Rat nun gegeben; und wenn Sie es ablehnen, ihn zu befolgen, so werde ich eine weniger hohe Meinung von Ihrem Verstande haben – weiter nichts."

Jetzt wurde Jones des Irrtums, den er begangen hatte, deutlich gewahr, und er bemühte sich aus allen Kräften, ihn wiedergutzumachen, aber er stotterte und stammelte sich nur immer mehr in Widersprüche und sinnloses Gerede hinein. Die Wahrheit zu sagen, ist es oft sicherer, es bei den Folgen des ersten Stolperns bewenden zu lassen als zu versuchen, das Mißgeschick zu heilen; denn meist gerät man dabei nur tiefer in die Grube, statt sich hinauszuretten, und nur wenige Menschen sind in solchen Fällen so gutherzig, wie Frau Fitzpatrick sich jetzt gegen Herrn Jones erwies, da sie ihm mit einem Lächeln sagte: „Sie haben es nicht nötig, sich noch weiter zu entschuldigen, denn ich kann einem wirklich Liebenden leicht alles verzeihen, was sich aus der Zärtlichkeit für seine Geliebte verstehen läßt."

Sie erneuerte hierauf ihren Vorschlag und empfahl ihn dringend und ließ keine Überredungskunst ungenutzt, die ihr in dieser Sache nur in den Sinn kommen wollte, denn ein solcher Zorn auf ihre Tante kochte in ihr, daß sie nichts wußte, was ihr mehr Vergnügen bereiten konnte, als diese dem Gelächter preiszugeben; als echte Frau wollte sie bei der Ausführung eines Lieblingsplanes von keinen Schwierigkeiten wissen.

Jones dagegen beharrte dabei, das Unternehmen, das auch wirklich nicht die geringste Wahrscheinlichkeit des Gelingens für sich hatte, abzulehnen. Er konnte die Beweggründe, die Frau Fitzpatrick veranlaßten, ihren Rat so dringend zu gestalten, leicht durchschauen. Er sagte, er werde die zärtliche und leidenschaftliche Achtung, die er für Sophia hege, nicht verleugnen, doch sei er sich der Ungleichheit ihrer Lebenslagen so wohl bewußt, daß er sich nie mit der Hoffnung schmeicheln könne, ein so göttliches junges Geschöpf werde sich herablassen, an einen so Unwürdigen, wie er das sei, zu denken; ja, er beteuerte, *er könne es kaum* über sich bringen, so etwas auch nur zu wünschen. Er schloß mit Äußerungen großherziger Gesinnungen, die hier wiederzugeben wir nicht die Muße haben.

Es gibt einige feine Damen (denn ich wage es hier nicht, dies als etwas Allgemeines hinzustellen), bei denen das Ich so alles beherrscht, daß sie es nie von irgendeinem Gegenstande trennen können, und da die Eitelkeit bei ihnen durchaus die

Vormacht hat, sind sie imstande, jedes Lob, auf das sie irgendwo treffen, aufzunehmen und, obgleich es fremdes Eigentum ist, sich selbst zunutze zu machen. In der Gesellschaft solcher Damen ist es unmöglich, über eine andere Frau etwas Artiges zu sagen, was sie nicht alsbald auf sich selbst beziehen, ja oft verstärken sie noch das Lob, das sie so aufgreifen, indem sie sich sagen: Wenn dieser andern Schönheit, Geist, Artigkeit, Frohmut solches Lob verdienen, was verdiene da nicht ich, die ich diese Eigenschaften in so viel höherem Maße besitze?

Bei solchen Damen erfreut sich ein Mann oft großer Beliebtheit, wenn er seine glühenden Gefühle und edelmütigen Gesinnungen für seine Geliebte ausdrückt, und sie überlegen sich, was für ein reizender Liebhaber dieser Mann für sie sein müßte, der so viel Zärtlichkeit für viel geringere Verdienste empfinden kann. Davon, so seltsam es scheinen mag, ist mir schon manches Beispiel begegnet, ganz abgesehen von Frau Fitzpatrick, die alles das jetzt erlebte und ein bestimmtes Etwas für Herrn Jones zu fühlen begann, dessen Anzeichen sie viel früher begriff, als Sophia sie seinerzeit verstanden hatte.

Die Wahrheit zu gestehen, ist vollkommene Schönheit für beide Geschlechter viel unwiderstehlicher, als man gemeinhin denkt. Denn wenngleich sich einige von uns mit schlichteren Gaben begnügen müssen und es auswendig lernen (so wie Kinder Sprüche, ohne sich etwas dabei zu denken), daß man nicht auf das Äußere, sondern auf dauerhaftere Vorzüge sehen müsse, so habe ich doch, sowie eine vollendete Schönheit auftauchte, stets bemerkt, daß jene dauerhafteren Vorzüge nur noch wie die fernen Sterne neben der aufgegangenen Sonne geglänzt haben.

Als Jones seine Ausrufe beendet hatte, von denen manche dem Munde des Oroondates selbst wohl angestanden hätten, tat Frau Fitzpatrick einen tiefen Seufzer, wendete ihre Blicke von Herrn Jones, auf dem sie lange geruht hatten, ab, schaute zur Erde und rief: „Wahrhaftig, Herr Jones, ich bedaure Sie; doch ist es der Fluch solcher Zärtlichkeit, daß sie an Personen weggeworfen wird, die dafür kein Gefühl haben. Ich kenne meine Kusine besser als Sie, Herr Jones, und ich muß sagen, jede Frau, die eine solche Leidenschaft eines solchen Mannes nicht erwidert, ist beider unwürdig."

„Madam", rief Jones, „Sie können doch gewiß nicht meinen . . ." – „Meinen?! Ich weiß nicht, was ich meine. Aber ich denke, in der wahren Zärtlichkeit liegt ein Zauber; nur wenige

Frauen treffen sie je bei Männern an, und noch weniger wissen sie, wenn sie ihr begegnen, gehörig einzuschätzen. Ich hörte noch keinen so wahrhaft edle Gesinnungen aussprechen, und ich weiß nicht, wie es kommt, aber Sie zwingen einen, Ihnen zu glauben. Und das müßte doch die verachtenswerteste Frau sein, die solche Verdienste übersehen könnte."

Die Art und Weise und der Blick, mit denen alles das gesprochen wurde, flößten Jones einen Argwohn ein, den wir dem Leser nicht gern mit deutlichen Worten mitteilen wollen. Statt irgendwie darauf einzugehen, sagte er: „Ich fürchte, Madam, ich habe Sie mit meinem Besuch zu sehr gelangweilt", und bereitete sich zum Gehen.

„Aber durchaus nicht, mein Herr", versicherte Frau Fitzpatrick. „Wirklich, ich bedaure Sie, Herr Jones, ganz gewiß. Doch wollen Sie gehen, so überlegen Sie sich den Plan, den ich Ihnen vorgeschlagen habe. Ich bin überzeugt, Sie werden ihn gutheißen, und besuchen Sie mich wieder, sobald Sie können – morgen vormittag, wenn es Ihnen gefällt, oder sonst zu jeder Ihnen passenden Stunde. Ich werde den ganzen Tag zu Hause bleiben."

Darauf nahm Jones unter vielen Dankesversicherungen sehr ehrerbietig Abschied; Frau Fitzpatrick hingegen konnte sich nicht enthalten, ihm ein Geschenk zu machen, mit einem letzten Blick, der so beredt war, daß er, wenn er ihn nicht verstanden hätte, in der Augensprache völlig unerfahren hätte sein müssen. Doch tatsächlich bestärkte ihn dieser Blick in seinem Entschluß, nie mehr zu ihr zurückzukehren. So viele Fehler man auch in dieser Geschichte bisher an ihm bemerkt haben mag, so waren doch alle seine Gedanken jetzt so auf Sophia beschränkt, daß ich glaube, kein weibliches Geschöpf auf dieser Erde hätte ihn zu einer Untreue verleiten können.

Doch Fortuna, die ihm nicht freundlich gesinnt war, beschloß, da er ihr keine weitere Gelegenheit bieten wollte, aus der jetzigen das Beste herauszuschlagen, und leitete somit das tragische Geschehen ein, das wir jetzt tief bekümmert erzählen wollen.

10. Kapitel

Die Folgen des vorigen Besuches.

Herr Fitzpatrick, der, wie erzählt, von Fräulein Western den Brief seiner Frau erhalten und aus ihm erfahren hatte, an welchem Ort seine Frau sich befinde, kehrte geradewegs nach Bath zurück und reiste von da am nächsten Tag weiter nach London.

Der Leser ist schon wiederholt über die eifersüchtige Gemütsart dieses Herrn unterrichtet worden. Er möge sich auch gütig des Verdachts erinnern, den er auf Jones geworfen hatte, als er ihn zu Upton im Zimmer der Frau Waters sah. Obwohl nachher zureichende Gründe diesen Verdacht zu zerstreuen schienen, ließ ihn doch das hohe Lob auf Herrn Jones' Charakter in diesem Brief darüber nachdenken, daß sie zu jener Zeit gleichfalls in dem Gasthof gewesen war, und das rührte in seinem ohnehin nicht zu hellen Kopf einen solchen Wirrwarr von Tatsachen durcheinander, daß aus dem Ganzen schließlich jenes grünäugige Ungeheuer aufstieg, das Shakespeare in seiner Tragödie „Othello" erwähnt.

Und als er jetzt in der Gasse nach seiner Frau forschte und eben an eine bestimmte Tür verwiesen worden war, trat zum Unglück dort Herr Jones heraus.

Fitzpatrick erkannte zunächst Jones' Gesichtszüge nicht; da er jedoch einen jungen gutgekleideten Menschen aus der Wohnung treten sah, ging er sogleich auf ihn zu und fragte ihn, was er in diesem Hause zu schaffen habe. „Denn", sagte er, „sicherlich waren Sie drin, da ich Sie habe herauskommen sehen."

Jones antwortete ganz bescheiden, er habe dort eine Dame besucht. Darauf Fitzpatrick: „Was tun Sie bei dieser Dame?" Da rief Jones, der sich nun der Stimme, des Gesichts und selbst der Kleidung des andern erinnerte: „Ach, mein guter Freund! Geben Sie mir Ihre Hand; ich hoffe, es ist kein böses Blut mehr zwischen uns wegen eines Irrtums, der sich vor so langer Zeit zutrug."

„Bei meiner Seel, Herr", sagte Fitzpatrick, „ich kenne weder Ihren Namen noch Ihr Gesicht." – „In der Tat, auch ich habe nicht das Vergnügen, Ihren Namen zu kennen", gab Jones zur Antwort, „doch erinnere ich mich sehr wohl, Ihr Gesicht zu Upton gesehen zu haben, wo sich ein törichter Streit zwischen uns erhob, den wir, wenn er nicht völlig geschlichtet sein sollte, jetzt über einer Flasche völlig ins reine bringen wollen."

„Zu Upton!" schrie jener. „Ha! meiner Seel, ich glaub, Ihr Name ist Jones?" – „Das stimmt." – „Oh, meiner Seel! Sie sind genau der Mann, den ich finden wollte. Meiner Seel, ich will gleich eine Flasche mit dir trinken; doch zuerst will ich dir eins über den Schädel geben. Das für dich, du Halunke! Meiner Seel, geben Sie mir für den Hieb nicht Satisfaktion, so folgt der zweite." Dann riß er seinen Degen heraus und nahm Verteidigungsstellung ein; das war die einzige Wissenschaft, auf die er sich verstand.

Jones taumelte ein wenig von dem Schlag, der ihn so unverhofft getroffen hatte, faßte sich aber bald und zog gleichfalls blank; und obgleich er vom Fechten nichts verstand, drang er so herzhaft auf Fitzpatrick ein, daß er durch die Parade stieß und besagtem Herrn die Hälfte seiner Klinge in den Leib bohrte; dieser hatte den Stich kaum empfangen, als er zurücktrat, die Klinge senkte, sich darauf stützte und rief: „Satisfaktion genug: ich bin des Todes."

„Das hoff ich nicht!" rief Jones. „Doch wie immer das ausgehen mag, Sie müssen begreifen, Sie haben es sich selbst zuzuschreiben." In diesem Augenblick kam eine Anzahl Kerle herbeigestürzt, die Jones faßten, der ihnen sagte, er werde nicht Widerstand leisten, und bat, jemand von ihnen möge für den verwundeten Herrn Sorge tragen.

„He", rief einer, „der verwundete Herr wird schon versorgt werden; ich denk, daß er nicht mehr viele Stunden zu leben hat. Doch Ihr, Herr, habt wenigstens noch einen Monat zugut." – „Verdammt noch mal, Jack", sagte ein anderer, „da gibt er seine Reise auf und läuft einen andern Hafen an", und zum Gegenstand solcher Witze mehr machten die Kerle den armen Jones. Sie waren tatsächlich eine von Lord Fellamar gedungene Bande von Werbern, die Jones bis in die Nähe von Frau Fitzpatricks Haus nachgepirscht waren und ihm an der Ecke dieser Straße auflauerten, als sich dieser unglückliche Vorfall ereignete.

Der Offizier, der diese Bande anführte, zog klüglich den Schluß, es sei nun seine Sache, den Gefangenen der bürgerlichen Obrigkeit auszuliefern. Er gab Befehl, ihn in ein Wirtshaus zu bringen, wohin er einen Gerichtsdiener rufen ließ, dem er ihn in Verwahrung gab.

Da der Gerichtsdiener sah, daß Herr Jones sehr gut gekleidet war, und vernahm, daß der Vorfall in einem Zweikampf geschehen war, behandelte er seinen Gefangenen mit großer Höflichkeit und schickte auf dessen Ersuchen einen Boten aus, um nach dem Befinden des Verwundeten zu fragen, der sich in einer Kneipe unter den Händen eines Wundarztes befand. Der Bericht, den der Bote brachte, lautete, daß die Wunde bestimmt tödlich sei und daß keine Hoffnung bestehe, dieses Leben zu erhalten. Auf das hin erklärte der Gerichtsdiener Herrn Jones, er müsse ihn vor den Richter führen. Jones antwortete: „Wohin Sie wollen; mir ist es gleichgültig, was mit mir geschieht, denn bin ich auch überzeugt, nach dem Gesetz eines Mordes nicht schuldig zu sein, so bedrückt mich doch das Wissen um das vergossene Blut ganz unerträglich."

Also wurde Jones vor den Richter gebracht, wo der Wundarzt, der Herrn Fitzpatrick behandelte, erschien und zu Protokoll gab, daß er die Wunde für tödlich halte, worauf der Schuldige ins Gefängnis abgeführt wurde. Es war bereits spät in der Nacht, so daß Jones nicht vor dem nächsten Morgen nach Partridge schicken wollte; und da er vor sieben Uhr kein Auge schloß, so war es gegen zwölf, als der arme Kerl, dem es sehr bange war, da er von seinem Herrn so lange nichts gehört hatte, eine Botschaft erhielt, die ihn, als er sie vernahm, fast des Lebens beraubt hätte.

Mit zitternden Knien und pochendem Herzen ging er in das Gefängnis, und er sah sich kaum in Jones' Gegenwart, als er das Unglück, das diesen befallen hatte, unter vielen Tränen bejammerte und dazwischen häufig mit schreckerfüllten Augen um sich schaute; denn da die Nachricht eingetroffen war, Herr Fitzpatrick sei verschieden, so fürchtete der arme Bursche jeden Augenblick, dessen Geist werde in die Zelle eintreten. Endlich übergab er Jones einen Brief, den er beinah vergessen hätte und den er durch Black Georges Vermittlung von Sophia erhalten hatte.

Jones wünschte nun, daß jedermann sich aus dem Raum entferne, und nachdem er begierig das Siegel erbrochen hatte, begann er das Folgende zu lesen:

Daß Sie von mir noch einmal ein paar geschriebene Worte erhalten, verdanken Sie einem Umstand, der, ich gestehe es, mich erstaunt hat. Meine Tante hat mir soeben einen Brief gezeigt, den Sie an Lady Bellaston geschrieben haben und der einen Heiratsantrag enthält. Ich bin überzeugt, er ist von Ihrer eigenen Hand; noch mehr aber wundert mich, daß er zu ebenjener Zeit geschrieben wurde, da Sie mich glauben machen wollten, Sie litten meinethalben so großen Kummer. – Ich überlasse es Ihnen, diese Tatsache zu erklären. Alles, was ich verlange, ist, daß Ihr Name nie wieder vor mir genannt werden möge.

S. W.

Von der jetzigen Gemütsverfassung des Herrn Jones und von den Qualen, die ihn zerrissen, können wir dem Leser keine bessere Vorstellung verschaffen, als indem wir sagen, sein Elend war so, daß ihn selbst Thwackum beinahe bedauert hätte. Aber so bitter dieses Elend ist, wir wollen ihn doch vorläufig darin verlassen, wie ihn sein guter Genius (wenn er wirklich einen hatte) verlassen zu haben scheint. Und damit machen wir einen Strich unter das sechzehnte Buch unserer Geschichte.

SIEBZEHNTES BUCH

Umfaßt drei Tage.

1. Kapitel

Enthält ein paar Sätze zur Einführung.

Wenn ein komischer Schriftsteller seine Hauptcharaktere so glücklich gemacht hat, wie er dies vermag, oder wenn ein tragischer Schriftsteller sie den äußersten Punkt des Elends hat erreichen lassen, dann betrachten sie beide ihr Geschäft als erledigt und denken, ihr Werk sei zu einem Abschluß gelangt.

Wären wir von der tragischen Artung, so müßte der Leser jetzt zugeben, daß wir diesem Abschluß ziemlich nahe gerückt seien, da es dem Teufel oder irgendeinem seiner Stellvertreter jetzt schwerfallen müßte, für den armen Jones noch größere Qualen auszudenken als die, in denen wir ihn im letzten Kapitel verlassen haben. Und was Sophia angeht, so würde eine gutherzige Frau einer Rivalin kaum größeres Unbehagen wünschen können, als das, was sie vermutlich jetzt empfand. Was bleibt da zur Vervollständigung der Tragödie noch übrig als ein oder zwei Morde und ein paar moralische Sentenzen?

Doch unsere Lieblinge aus der gegenwärtigen Angst und Not herauszubringen und sie schließlich an den Gestaden der Glückseligkeit abzusetzen, das scheint eine viel schwerere Aufgabe, eine so schwere Aufgabe tatsächlich, daß wir sie gar nicht auf uns nehmen wollen. Was Sophia betrifft, so ist es mehr als wahrscheinlich, daß wir sie gegen das Ende irgendwo mit einem guten Ehemann versehen können, sei es Blifil, der Lord oder irgendeiner; aber des Armen Mißgeschicke, in die er sich aus eigener Torheit verstrickt hat, sind so, daß ein Mann, wenn er dadurch nicht zum Filou in des Wortes voller Bedeutung wird, doch schließlich dasteht als ein *felo de se.* So entblößt von Freunden ist er nun und so verfolgt von Feinden, daß wir fast daran verzweifeln, daß es mit ihm noch einmal gut ausgehen wird; und wenn unser Leser sich ein Vergnügen daraus macht, Hinrichtungen beizuwohnen, so glaube ich, sollte er keine Zeit verlieren und sich einen ersten Platz in Tyburn bestellen.

Das kann ich mit gutem Gewissen versprechen: Ungeachtet der Vorliebe für diesen Spitzbuben, den wir unglücklicherweise zu unserem Helden gemacht haben, werden wir ihm keine von jenen übernatürlichen Hilfen angedeihen lassen, die uns anvertraut worden sind unter der Bedingung, daß wir sie nur bei sehr wichtigen Gelegenheiten benützen. Wenn er also keine natürlichen Mittel findet, um sich selbst gehörig aus seiner Not herauszuwinden, dann werden wir um seinetwillen der Wahrheit und Würde unserer Geschichte nicht Abbruch tun; denn lieber wollten wir berichten, er sei zu Tyburn gehängt worden (was sich sehr wahrscheinlich ereignen könnte), als unsere Unbescholtenheit verwirken oder das Vertrauen unseres Lesers erschüttern.

Darin waren die Alten den Modernen gegenüber im Vorteil. Ihre Mythologie, an die zu jener Zeit das Volk viel fester glaubte als heutzutage an irgendeine Religion, bot ihnen immer eine Möglichkeit, einen Lieblingshelden zu befreien. Ihre Gottheiten waren für den Schriftsteller stets zur Hand, um seinen Vorschlägen nachzukommen; und je ungewöhnlicher die Erfindung, um so größer des gläubigen Lesers Überraschung und Entzücken. Diese Schriftsteller hätten mit größerer Leichtigkeit einen Helden von einem Land in ein anderes, ja von einer Welt in eine andere versetzen und wieder zurückbringen können, als ein armer beengter moderner Autor ihn aus einem Gefängnis herauszuholen vermag.

Die Araber und Perser hatten bei der Abfassung ihrer Geschichten von Feen und Schutzgeistern einen ähnlichen Vorteil, da sie auf diese als auf einen Glaubensartikel des Korans selbst sich berufen können. Wir jedoch entbehren solcher Hilfen. Wir sind auf natürliche Mittel allein angewiesen; so laßt uns denn versuchen, was durch sie für den armen Jones getan werden kann, obgleich mir, die Wahrheit zu sagen, etwas ins Ohr flüsterte, daß er den schlimmsten Teil seines Schicksals noch nicht kennt und daß noch widerwärtigere Nachrichten als alle, die er bis jetzt vernommen hat, ihm in den noch unaufgeschlagenen Blättern des Verhängnisses vorbehalten sind.

2. Kapitel

Das edelmütige und dankbare Verhalten von Frau Miller.

Herr Allworthy und Frau Miller hatten sich eben zum Frühstück niedergesetzt, als Blifil, der an diesem Morgen früh ausgegangen war, zurückkehrte und sich zu ihnen gesellte.

Er hatte noch nicht lange dagesessen, als er loslegte wie folgt: „Ach Gott, mein lieber Onkel, was denken Sie wohl, was sich zugetragen hat? Ich schaudere fast, es Ihnen zu sagen, aus Furcht, Ihnen wehzutun, wenn ich Ihnen in Erinnerung rufe, daß Sie einem solchen Nichtswürdigen jemals Wohltaten erwiesen haben." – „Was gibt es, mein Kind?" fragte der Onkel. „Ich muß mir wohl sagen, daß ich mehr als einmal in meinem Leben Unwürdigen Gutes erwiesen habe, aber Wohltätigkeit adoptiert die Laster der Empfänger darum nicht." – „Ach, Herr, gewiß nicht ohne geheime Lenkung der Vorsehung sprechen Sie das Wort ‚adoptieren' aus. Ihr adoptierter Sohn, Herr, diese Schlange, die Sie an Ihrem Busen nährten, hat sich als einer der größten Schurken auf dieser Erde gezeigt!" – „Bei allem, was mir heilig ist, das ist nicht wahr!" fiel da Frau Miller ein. „Herr Jones ist kein Schurke. Er ist eines der würdigsten unter allen lebenden Geschöpfen; und hätte irgendein anderer ihn einen Schurken genannt, dieses kochende Wasser hätte ich ihm ins Gesicht geschüttet." Herr Allworthy schien über dieses Betragen höchst erstaunt. Doch sie ließ ihm nicht die Zeit, sich zu äußern, sondern wandte sich zu ihm und rief: „Ich hoffe, Sie nehmen mir das nicht übel; ich möchte Sie, Herr, um alles in der Welt nicht beleidigen, aber ich konnte es nicht ertragen, ihn so verleumdet zu hören." – „Ich muß gestehen, Madam", begann jetzt Allworthy sehr feierlich, „ich bin ein wenig verwundert, zu vernehmen, daß Sie einen Burschen mit solcher Heftigkeit verteidigen, den Sie nicht kennen." – „Oh, ich kenne ihn, Herr Allworthy, wirklich; ich wäre die unwürdigste Person, wenn ich das leugnete. Oh! er hat mich und meine kleine Familie gerettet; wir haben allen Grund, ihm dafür zeitlebens zu danken! Und ich flehe zum Himmel, daß er ihn segne und die Herzen seiner boshaften Feinde bekehre. Ich weiß, ich erkenne, ich sehe, daß er solche hat." – „Madam", erwiderte Allworthy, „Sie setzen mich in noch größeres Erstaunen; sicherlich meinen Sie einen anderen. Es ist unmöglich, daß Sie dem Mann gegenüber, den mein Neffe erwähnte, derartige Verpflichtungen haben könnten.“ – „Aber freilich“, antwortete sie, „habe ich ihm gegenüber Verbindlichkeiten größter und herzlichster Art. Er war mein und der Meinigen Retter. Glauben Sie mir, Herr, er ist vor Ihnen verleumdet, schändlich verleumdet worden; ich weiß, dem ist so, anders würden Sie, von dem ich weiß, daß er ganz Güte und Redlichkeit ist, nach den vielen freundlichen und liebevollen Worten, die Sie über dieses arme hilflose Kind gesagt haben, es jetzt nicht so verächtlich einen Burschen nennen. Wirklich, bester aller meiner Freunde, er verdient einen freundlicheren Namen; hätten Sie nur all das Gute, Liebevolle, Dankbare gehört, das er über Sie gesagt hat. Nie nennt er Ihren Namen anders als im Ton inniger Verehrung. In diesem Zimmer habe ich ihn auf den Knien liegen und des Himmels Segen auf Sie herabflehen sehen. Ich habe dieses mein Kind nicht lieber, als er Sie liebt, Herr Allworthy.“

„Ich sehe wohl, Herr“, sagte Blifil mit jenem Lächeln, das des Teufels Lieblingen eigen ist, „Frau Miller kennt ihn wirklich. Ich nehme an, Sie werden sehen, daß sie nicht die einzige unter Ihren Bekannten ist, bei der er sich über Sie ausgelassen hat. Was meinen Charakter anbelangt, so entnehme ich einigen Bemerkungen, die ihr entfallen sind, daß er damit sehr frei umgegangen ist; doch ich verzeihe ihm.“ – „Und Gott verzeihe Ihnen, Herr!“ rief Frau Miller. „Wir sind alle Sünder genug, um seiner Verzeihung zu bedürfen.“

„Auf mein Wort, Frau Miller“, sagte Allworthy, „ich finde dieses Ihr Betragen gegen meinen Neffen wenig freundlich; und ich versichere Ihnen, da alle diese Vorstellungen, die Sie sich von ihm machen, nur von jenem verworfenen Menschen herrühren können, würden sie, wenn das möglich wäre, einzig meinen Groll gegen diesen verstärken; denn ich muß Ihnen sagen, Frau Miller, der junge Mann, der jetzt vor Ihnen steht, ist jederzeit der wärmste Fürsprecher des undankbaren Wichts gewesen, für dessen Sache Sie eintreten. Dies, so glaube ich, da Sie es aus meinem eigenen Munde hören, wird Sie über so viel Niedertracht und Undankbarkeit staunen machen.“

„Man hat Sie betrogen, Herr“, antwortete Frau Miller, „und wären es die letzten Worte, die von meinen Lippen kommen dürften, ich wollte sie aussprechen und sagen, man hat Sie betrogen; und ich wiederhole noch einmal: der Herr verzeihe denen, die Sie betrogen haben! Ich will nicht behaupten, der junge Mann sei ohne Fehler; doch das sind alles Fehler seines Ungestüms und seiner Jugend, Fehler, die er ablegen könnte, nein, wie ich bestimmt glaube, ablegen wird; und sollte er das nicht, so werden sie um vieles aufgewogen durch eines der menschlichsten, zartesten, ehrlichsten Herzen, mit dem je ein Mann gesegnet war.“

„Wahrhaftig, Frau Miller“, sagte Allworthy, „wäre dies nicht von Ihnen gesagt worden, ich würde es nicht geglaubt haben.“ – „Ganz gewiß, Herr“, erwiderte sie, „Sie werden ganz gewiß alles glauben, was ich gesagt habe; und wenn Sie erst die Geschichte gehört haben, die ich Ihnen jetzt berichten werde (denn ich werde Ihnen alles sagen), dann werden Sie so wenig beleidigt sein, daß Sie zugeben (ich kenne ja doch Ihren Sinn für Gerechtigkeit), ich müßte wirklich das verächtlichste und undankbarste Geschöpf sein, wenn ich anders Partei ergriffen hätte.“

„Nun gut, Frau Miller“, versetzte Allworthy, „es wird mir recht lieb sein, von Ihnen eine triftige Entschuldigung zu vernehmen für ein Verhalten, das, wie ich gestehen muß, einer Entschuldigung zu bedürfen scheint. Und jetzt, Madam, werden Sie wohl die Güte haben, meinen Neffen in seiner Geschichte fortfahren zu lassen, ohne ihn zu unterbrechen. Er würde einer Sache ohne Bedeutung nicht eine solche Vorrede vorausgeschickt haben. Vielleicht wird ebendiese Erzählung Sie von Ihrem Irrtum abbringen.“

Frau Miller gab durch Zeichen zu verstehen, daß sie sich unterwerfe, worauf Blifil also begann: „Gewiß, mein Onkel, wenn Sie es nicht für schicklich halten, Frau Miller wegen ihrer Unfreundlichkeit zu zürnen, so kann ich das, soweit es mich betrifft, sehr wohl verwinden.“ – „Gut, gut, Kind“, sagte Allworthy, „doch welches ist sein neuestes Exempel? Was hat er jetzt wieder angerichtet?“ – „Was? Dessenungeachtet, was Frau Miller gesagt hat, ist es sehr schmerzlich für mich, Ihnen das zu berichten, was Sie von mir nie vernommen hätten, wäre es nicht etwas, was vor der Welt nimmer verborgen bleiben kann. Ganz kurz gesagt, er hat einen Mann umgebracht; ich will nicht sagen, ermordet, denn vielleicht wird es vom Gesetz nicht so ausgelegt werden, und um seinetwillen hoffe ich ja das Beste.“

Herr Allworthy sah tief betroffen aus und blickte gen Himmel; dann wandte er sich zu Frau Miller und fragte: „Nun also, Madam, was sagen Sie jetzt?“

„Ja, da sag ich, Herr, in meinem Leben hat mir noch nie etwas so leid getan; doch ist das wirklich geschehen, dann bin ich überzeugt, daß sein Gegner, wer er auch sei, im Unrecht war.

Gott weiß, es gibt genug Schurken in dieser Stadt, die sich ein Geschäft daraus machen, junge Leute herauszufordern. Nichts als die schlimmste Herausforderung konnte ihn so aufgereizt haben; denn unter allen jungen Herren, die je in meinem Haus gewohnt haben, sah ich nie einen, der so sanft und so freundlich gewesen wäre. Er wurde von jedermann im Haus und von jedem, der mit ihm bekannt wurde, geliebt."

Während sie so drauflosplapperte, unterbrach heftiges Klopfen an der Tür das Gespräch und hinderte sie daran, fortzufahren oder eine Antwort zu erhalten; denn da sie sich sagte, es sei jemand, der Herrn Allworthy besuchen wolle, zog sie sich eilig zurück und nahm ihr kleines Mädchen mit sich, aus dessen Augen die Tränen rollten wegen der traurigen Dinge, die es über Herrn Jones vernahm, der es seine kleine Braut zu nennen pflegte und ihm nicht nur allerhand Spielzeug geschenkt, sondern auch ganze Stunden spielend mit ihm zugebracht hatte.

Einige Leser werden diese Nebenumstände vielleicht ergötzen, und wir folgen, indem wir sie erzählen, dem Beispiel Plutarchs, eines unserer besten Genossen unter den Geschichtsschreibern; und andere, denen sie vielleicht gewöhnlich erscheinen, werden, so hoffen wir, uns wenigstens verzeihen, da wir bei solchen Gelegenheiten niemals weitschweifig sind.

3. Kapitel

Die Ankunft des Herrn Western nebst andern, die väterliche Autorität betreffenden Dingen.

Frau Miller hatte das Zimmer kaum verlassen, als Herr Western eintrat, freilich erst nach einem kleinen Zank zwischen ihm und seinen Sänftenträgern; denn die Kerle, die ihre Last bei den Herkulessäulen aufgenommen, hatten sich keine Hoffnung gemacht, auch künftig noch einen guten Kunden an dem Junker zu haben. Sie wurden zudem noch mehr durch seine Freigebigkeit aufgemuntert (denn er hatte ihnen freiwillig einige Pennies mehr gegeben, als die Taxe verlangte), und so forderten sie recht dreist noch einen weitern Schilling, was den Junker so in Wallung brachte, daß er ihnen nicht nur vor der Tür ein paar tüchtige Flüche an den Kopf warf, sondern auch noch seinem Ärger Luft machte, als er das Zimmer betrat; denn er schwor, alles Londoner Volk sei so gut wie der Hof und auf nichts weiter aus, als die Landedelleute zu schröpfen. „Der Teufel soll mich holen, und müßt ich im dicksten Regen gehn, wenn ich mich nochmals in eine von ihren Tragbahren setz. Sie haben mich auf dem bißchen Weg mehr zusammengerüttelt, als der braune Bleß das auf der längsten Fuchsjagd getan hätte."

Als sein Zorn über diese Angelegenheit ein wenig verraucht war, richtete er sich gegen etwas anderes. „Da", sagte er, „da trägt sich was Feines zu! Die Hunde haben keine Nase mehr, und wie wir denken, wir habens mit 'nem Fuchs zu tun, hol's der Teufel, da stellt sich's am End raus, daß es 'n Dachs ist."

„Ich bitte Sie, lieber Herr Nachbar", sagte Allworthy, „lassen Sie ab von Ihren Metaphern, und sprechen Sie ein wenig verständlicher für uns." – „Nun denn, ja", rief der Junker, „deutlich gesagt, wir sind die ganze Weil in Furcht gewesen wegen eines Bankerts von jemandes Hurensohn, wessen, weiß ich nicht. Und da ist nun noch ein anderer verwünschter Hurensohn von einem Lord, der wohl auch ein Bankert sein mag, mich geht's nichts an! Doch solang ich leb, soll er meine Tochter nicht kriegen, mit meinem Willen nicht. Die Nation haben sie ausgesogen, aber mich saugen sie nicht aus. Mein Land geht nicht nach Hannover."

„Sie setzen mich, mein lieber Freund, wirklich in Erstaunen", sagte Allworthy. „Ja nun, beim Strahl! Ich bin wohl auch selbst erstaunt. Ging gestern abend, wie das ausgemacht, zu meiner Schwester, und da stand ich nun in 'nem ganzen Saal voller Weibsbilder. Da war die gnädige Bellaston und Lady Betty und Lady Catherine und Lady ich weiß nicht wer; ich will des Teufels sein, wenn man mich je wieder in solchen Stall voll reifröckiger Metzen hineinbringt, lieber laß ich mich von meinen eigenen Hunden hetzen, so wie's dem Akton erging, der, wie's im Geschichtenbuch steht, in 'nen Hasen verwandelt und von den eigenen Hunden zerrissen und aufgefressen ward. Hagelstrahl! Kein Sterblicher war noch so vor die Hunde geraten! Wich ich auf die Seite, faßt' mich die eine, sprang ich zurück, schnapp, hielt mich die andere. ‚Oh! es ist wirklich eine der vornehmsten Partien im ganzen Königreich', sagt die eine Kusine." (Hier versuchte er, die Damen nachzuäffen.) „‚Ein sehr vorteilhaftes Anerbieten, in der Tat', piept die andere Kusine (denn alle sind's Kusinen, müssen Sie wissen, wenn ich auch nicht die Hälfte davon zuvor gesehen hab).

‚Gewiß', sagt die fette Morchel, Lady Bellaston, ‚Vetter, Sie müßten Ihren Verstand verloren haben, wenn Sie ein solches Anerbieten abwiesen.'"

„Ach, ich fange an zu begreifen", antwortete Allworthy. „Jemand hat Fräulein Western einen Heiratsantrag gemacht, dem die Damen der Familie zustimmen, der aber Ihnen nicht genehm ist."

„Mir genehm?" rief Western. „Wie denn, zum Teufel? Sagt ich's nicht, 's ist doch ein Lord, und mit dem Volk, Sie wissen's ja, wollt ich nie was zu tun haben. Da hab ich doch einem von ihnen ein Stück Land abgeschlagen, das er mir vierfach zu bezahlen anbot, und woraus er einen Park machen wollt. Warum? Weil ich mit den Lords nichts zu tun haben mag; und da glauben Sie, ich sollt einem von ihnen meine Tochter geben? Und dann, haben Sie nicht mein Versprechen, Herr? Und hab ich mich schon einmal von einem Handel zurückgezogen, nachdem ich meine feste Zusage gab?"

„Was das betrifft, lieber Herr Nachbar", erwiderte Allworthy, „so entbinde ich Sie durchaus von Ihrer Zusage. Kein Vertrag kann für zwei Parteien verpflichtend sein, die im Augenblick, da sie ihn abschlossen, und auch später die Macht nicht hatten, ihn zu erfüllen."

„Aber, hören Sie!" erwiderte Western. „Ich sag Ihnen, ich hab die Macht, und ich werde ihn erfüllen. Kommen Sie gleich mit zu den Behörden, ich will mir eine Traubewilligung verschaffen; und ich will damit zu meiner Schwester gehn und das Mädchen mit Gewalt von ihr wegnehmen, und es soll ihn haben, oder ich will's auf Lebenszeit bei Wasser und Brot einsperren."

„Mein bester Herr Western", sagte Allworthy, „darf ich Sie bitten, meine volle Meinung über diese Sache anzuhören?" – „Anhören? Aber gewiß, das wohl." – „Also dann, Herr", begann Allworthy, „ich kann der Wahrheit gemäß und ohne Kompliment für Sie oder für das junge Fräulein sagen, daß ich, als diese Verbindung vorgeschlagen wurde, sie aus Achtung vor Ihnen beiden mit der herzlichsten Bereitschaft aufgriff. Eine Verwandtschaft zwischen zwei so nah benachbarten Familien, zwischen denen seit je ein so gutes und freundschaftliches Einvernehmen bestanden hat, schien mir etwas höchst Wünschenswertes. Was die junge Dame betrifft, so bestätigte mir nicht nur die übereinstimmende Meinung aller, die sie kennen, sondern auch meine eigene Beobachtung, daß sie für einen guten Ehemann ein unschätzbares Kleinod sein würde. Ich sage nichts von ihren persönlichen Eigenschaften, die zweifelsohne bewundernswert sind; ihre Herzensgüte, ihre wohltätige Gesinnung, ihre Bescheidenheit sind zu allgemein bekannt, um der Lobrede zu bedürfen. Aber sie besitzt eine Eigenschaft, welche die beste aller Frauen, die nun eine der ersten unter den Engeln ist, in einem hohen Grade besessen hat, die jedoch, da sie nichts Glänzendes an sich hat, gewöhnlich der Beachtung entgeht. So wenig wird sie tatsächlich bemerkt, daß mir das Wort fehlt, um sie zum Ausdruck zu bringen. Ich muß dafür verneinende Bezeichnungen gebrauchen. Nie habe ich aus ihrem Munde etwas Vorlautes oder das, was man eine bissige Antwort nennt, gehört; keinerlei Gewitzel und noch weniger jene Art von Weisheit, die nur das Ergebnis großer Belesenheit und Erfahrung sein kann und deren Anschein sich zu geben bei einem jungen Mädchen ebenso lächerlich ist wie die Verkleidungen eines Affen; keine Ansprüche auf Macht, keine starren Ansichten, kein tiefsinniges Kritisieren. Wann immer ich sie in der Gesellschaft von Männern gesehen habe, war sie ganz Aufmerksamkeit mit der Bescheidenheit einer Lernenden, nicht mit der Einbildung einer Lehrerin. Sie werden mir verzeihen, aber einmal, um sie auf die Probe zu stellen, fragte ich sie um ihre Meinung über einen Punkt, über den Herr Thwackum und Herr Square sich nicht einigen konnten. Darauf antwortete sie mir mit viel Artigkeit: ‚Ich bitte Sie, mir zu verzeihen, lieber Herr Allworthy; Sie können doch gewiß nicht im Ernste glauben, ich sei imstande, über etwas zu entscheiden, worüber die Auffassungen zweier so kluger Herren auseinandergehen.‘ Thwackum und Square, von denen jeder eine Entscheidung zu seinen Gunsten erwartete, unterstützten meine Bitte. Sie antwortete mit der gleichen Freundlichkeit: ‚Sie müssen mich unbedingt entschuldigen, denn ich will keinen von Ihnen beleidigen, indem ich mich für des einen oder andern Ansicht entscheide.‘ Wirklich bezeigte sie dem männlichen Verstand gegenüber stets die höchste Ehrerbietung, eine Eigenschaft, die unbedingt zum Wesen einer guten Frau gehört. Bemerken möchte ich nur noch, daß, da sie offenbar der Verstellung gänzlich entbehrt, diese Ehrerbietung sicher echt sein muß."

Hier tat Blifil einen schmerzlichen Seufzer, worauf Western, dessen Augen sich über dem Lob seiner Sophia mit Tränen gefüllt hatten, hervorschluchzte: „Sei nicht so hasenherzig, sollst sie ja haben; den Teufel auch, sollst sie haben, und wär sie zwanzigmal so gut."

„Denken Sie an Ihr Versprechen, bester Herr", sagte Allworthy, „daß Sie mich nicht unterbrechen wollten." – „Nun, ja doch", antwortete der Junker, „ich will auch kein Wort mehr sagen."

„Also, lieber Freund, ich habe so lange bei den Verdiensten dieser jungen Dame verweilt, zum Teil, weil ich wirklich in ihren Charakter verliebt bin, zum Teil auch, damit es nicht scheine, daß ihr Vermögen (denn in diesem Betracht liegt der Vorteil dieser Verbindung wirklich auf der Seite meines Neffen) vor allem der Beweggrund gewesen sei, der mich so eifrig den Vorschlag aufgreifen ließ. In Wahrheit wünschte ich von ganzem Herzen, ein so vollkommenes Kleinod möchte in meine Familie kommen; doch obwohl ich mir manches Gute wünsche, so möchte ich es doch nicht stehlen oder die Ungerechtigkeit begehen, es mit Gewalt in meinen Besitz zu bringen. Nun ist es aber so ungerecht und gewalttätig, ein Mädchen wider seinen Willen und seine Neigung zu einer Heirat zu zwingen, daß ich wünschte, die Gesetze unseres Landes könnten dem Einhalt tun; doch ein rechtes Gewssen kennt immer sein Gesetz, auch in den schlechtestregiierten Staaten; es schafft sich selbst die Gesetze, welche die nachlässigen Gesetzgeber zu geben vergessen haben. Und ein solcher Fall ist dies ganz gewiß, denn ist es nicht grausam, ja geradezu gottlos, ein Mädchen gegen seinen Willen zu einer Ehe zu zwingen, über die es, wie über sein Betragen, vor dem höchsten und furchtbarsten Richter, und zwar bei Gefahr seiner Seele, Rechenschaft abzulegen hat? Die ehelichen Pflichten in angemessener Weise zu erfüllen ist nicht leicht; und wollen wir diese Last einer Frau aufbürden, während wir ihr gleichzeitig den Beistand entziehen, der es ihr ermöglichen würde, sie zu tragen? Wollen wir ihr das Herz selbst entreißen, indem wir ihr Pflichten auferlegen, denen kaum ein ganzes Herz zu genügen vermöchte? Ich muß hier vollkommen deutlich sprechen. Ich glaube, Eltern, die so handeln, machen sich all der Schuld teilhaftig, die ihre Kinder später begehen werden, und müssen folglich erwarten, vor einem gerechten Richter ihre Strafe mitzuerleiden. Und wenn sie dies vermeiden können, guter Gott, gibt es da wohl eine Seele, die den Gedanken ertragen könnte, sie habe zur Verdammnis ihrer Kinder beigetragen?

Aus diesen Gründen, bester Herr Nachbar, und da ich sehe, wie die Neigungen dieser jungen Dame höchst unglücklich denen meines Neffen entgegenstehen, muß ich alle weiteren Gedanken an die Ehre, die Sie ihm zudachten, fahrenlassen, wenngleich ich Ihnen versichere, daß ich Ihnen dafür aufrichtig dankbar bin und bleiben werde."

„Gut, Herr", sagte Western (der Schaum spritzte ihm von den Lippen, sobald sie entkorkt wurden), „Sie können nicht sagen, ich hätt's nicht angehört, und nun erwart ich, Sie werden auch mich anhören. Und wenn ich nicht Wort für Wort widerlegen kann, so stimm ich zu, daß aus der Sache nichts wird. Zuerst nun, bitt ich, antworten Sie mir auf eine Frage: Hab ich sie nicht gezeugt? Hab ich ihr nicht das Leben gegeben? Was antworten Sie darauf? Man sagt freilich, 's ist ein kluger Vater, der sein eignes Kind kennt; doch ich bin gewiß, ich hab das Besitzrecht auf sie, denn ich hab sie großgefüttert. Doch ich glaub, Sie werden mir wohl zugestehn, daß ich ihr Vater bin. Und bin ich das, muß ich dann nicht mein eigenes Kind regieren? Und muß ich's in andern Dingen regieren, dann doch sicher auch in dem, was ihr das Wichtigste ist. Und was verlang ich denn, was will ich denn von ihr? Daß sie für mich etwas tut? Daß sie mir etwas gibt? Doch grad umgekehrt, da ich doch verlang, daß sie die Hälfte von meinen Gütern nimmt, und die andre Hälfte, wenn ich sterbe. Und warum das alles? Nun, doch nur, um sie glücklich zu machen. Närrisch könnt man darüber werden, wenn man die Leut so darüber reden hört! Wenn ich selbst wieder ans Heiraten dächt, da möcht sie wohl Grund haben zu heulen und zu keifen; aber im Gegenteil, hab ich mir nicht die Hände so fest gebunden, daß ich nicht wieder loskommen kann, wenn ich's auch noch so sehr wollte? Welches Weib auf Erden wollte mich da haben? Was, beim Teufel in der Hölle, kann ich mehr tun? Ich zu ihrer Verdammnis beitragen! Hagelstrahl! Da soll doch die ganze Welt ins Feuer fahren, eh ihr nur der kleine Finger weh täte. Wahrhaftig, Herr Allworthy, verargen Sie mir's nicht, doch ich bin erstaunt, Sie auf die Art reden zu hören, und muß sagen, nehmen Sie das nun, wie Sie wollen: ich hab Sie für 'n Mann von besserem Verstand gehalten."

Allworthy erwiderte auf diese Anmerkung nur mit einem *Lächeln; auch* wenn er gewollt hätte, konnte er durch dieses Lächeln keine Beimischung von Groll oder Verachtung ausdrücken. Sein Lächeln über Torheiten war wirklich so, wie wir uns vorstellen können, daß die Engel über die Narreteien der Menschen lächeln.

Jetzt bat Blifil um die Erlaubnis, ein paar Worte sagen zu dürfen. „Was das betrifft", hob er an, „daß gegen die junge Dame Gewalt gebraucht werden sollte, so werde ich, beim Himmel, niemals darin einwilligen! Mein Gewissen erlaubt mir nicht, auf irgendwen Zwang auszuüben, geschweige denn auf ein Mädchen, für das ich, so grausam es sich gegen mich verhält, stets die reinste und aufrichtigste Zuneigung hegen werde. Ich habe indessen gelesen, daß ein Mädchen nur selten der Treue gegenüber abweisend bleiben soll. Könnte ich da nicht hoffen, durch beharrliche Treue doch noch diese Neigung zu gewinnen, in der ich künftig vielleicht keinen Nebenbuhler mehr haben werde? Was diesen Lord angeht, so ist Herr Western so freundlich, mich ihm vorzuziehen, und Sie, Herr, Sie werden gewiß nicht in Abrede stellen, daß ein Vater in solchen Dingen doch wenigstens eine verneinende Stimme habe. Ja, mehr als einmal hörte ich das Fräulein selber sagen und bekräftigen, es finde solche Kinder unentschuldbar, die eine Heirat eingingen, die völlig wider den Willen der Eltern sei. Zudem finde ich nicht, wenn auch die andern Damen der Familie die Ansprüche des Lords zu begünstigen scheinen, daß die junge Dame selbst dazu neigt, ihm irgendwelche Hoffnungen zu machen. Ach, dessen bin ich nur zu gewiß, denn ich mußte erkennen, daß der schlimmste aller Menschen noch immer in ihrem Herzen die erste Stelle einnimmt."

„Jawohl, ja, das tut er!" schrie Western.

„Aber sie wird doch sicherlich, wenn sie von der Mordtat erfährt, die er begangen hat", fuhr Blifil fort, „und wenn auch die Gesetze sein Leben schonten . . ."

„Was ist das?" unterbrach ihn Western. „Mordtat? Eine Mordtat hat er begangen, und können wir hoffen, ihn hängen zu sehn?" Hier fing er an zu trällern und im Zimmer herumzuhüpfen: „Toll de roll, tollol deroll!"

„Kind", sagte Allworthy, „diese deine unglückliche Leidenschaft macht mir großen Kummer. Ich bedaure dich von Herzen, und gerne wollte ich alles Erlaubte tun, um die Erfüllung deiner Wünsche zu fördern."

„Anderes will ich auch nicht!" rief Blifil. „Ich bin überzeugt, mein lieber Onkel hat von mir eine bessere Meinung, als daß er denken könnte, ich würde in etwas anderes einwilligen."

„Nun schau", sagte Allworthy, „du hast meine Einwilligung,

ihr zu schreiben, sie zu besuchen, wenn sie es erlauben will, aber ich besteh darauf – keinen Gedanken an Zwang! Und ich will von keiner Einsperrung mehr hören, oder daß derartiges versucht werde!"

„Nun ja, nun ja!" schrie der Junker. „Derartiges soll nicht wieder vorkommen. Wollen's eine Zeitlang mit sanfteren Mitteln versuchen, und wenn der Bursche erst gehängt worden ist – tollol de roll! Hab nie im Leben 'ne bessere Neuigkeit gehört –, so will ich wetten, daß alles nach meinem Sinn gehn wird. Aber ich bitt Sie, liebster Allworthy, kommen Sie und essen Sie heute mit mir in den Herkulessäulen. Hab 'ne Hammelbrust bestellt, die sie rösten sollen, Schweinsrippchen und Huhn mit Eierbrühe. Wir wollen ganz allein sein, 's wär denn, daß uns beifällt, den Herkuleswirt dabeizuhaben. Pfarrer Supple hab ich hinabgeschickt nach Basingstoke wegen meiner Tabaksdose, die ich dort in einer Wirtschaft hab liegenlassen, und die möcht ich um alles nicht verlieren, denn sie ist eine alte Bekanntschaft, die besteht schon seit zwanzig Jahren. Und der Herkuleswirt, das kann ich Ihnen sagen, ist 'n recht possierlicher Hund, den werden Sie gleich mächtig gern haben."

Herr Allworthy nahm diese Einladung schließlich an, und bald darauf ging der Junker davon, singend und hüpfend ob der Hoffnung, über kurzem das tragische Ende des armen Jones zu sehen.

Als er gegangen war, nahm Herr Allworthy das vorige Thema mit großem Ernst wieder auf. Er erklärte seinem Neffen, er wünsche recht herzlich, daß er versuchen möchte, seiner Leidenschaft Herr zu werden, „für die ich dir", sagte er, „nicht mit der geringsten Hoffnung schmeicheln kann. Es ist freilich ein weitverbreiteter Irrtum, daß der Widerwillen einer Frau durch Beständigkeit sich besiegen lasse. Gleichgültigkeit mag ihr vielleicht zuweilen nachgeben, aber die gewöhnlichen Siege, die ein Liebhaber durch solche Ausdauer gewinnt, bezwingen allein die Laune, die Klugheit, geziertes Gebaren und einen oft übertriebenen Grad von Leichtsinn nicht allzu warmblütiger Frauen, die ihrer Eitelkeit dadurch genügen, daß sie ihre Liebhaber, auch wenn sie mit ihnen zufrieden sind, möglichst lange hoffen und harren lassen, ehe sie sich entschließen (wenn sie das überhaupt können), ihnen endlich ihre Treue ziemlich ärmlich zu lohnen. Doch eine entschiedene Abneigung, wie ich sie hier zu finden fürchte, wird durch die Zeit eher versteift als besiegt. Außerdem, mein Lieber, habe ich noch eine andere

Befürchtung, die du entschuldigen mußt. Ich fürchte, deine Leidenschaft, die du für dieses anmutige junge Geschöpf empfindest, richtet sich zu sehr nur auf die äußere Schönheit und ist des Namens der Liebe unwürdig, die doch die einzige Grundlage des ehelichen Glückes sein soll. Eine schöne Frau bewundern, lieben, ihren Besitz begehren, ungeachtet der Gefühle, die sie uns entgegenbringt, das ist, fürchte ich, nur zu natürlich; aber Liebe, so glaube ich, ist ein Kind allein nur der Liebe. Wenigstens hege ich die Überzeugung, daß es nicht dem menschlichen Wesen gemäß ist, ein Geschöpf zu lieben, von dem wir sicher wissen, daß es uns haßt. Prüfe darum, lieber Junge, dein Herz bis auf den Grund, und wenn du bei dieser Prüfung nur den mindesten derartigen Verdacht fassen müßtest, so wird dich dein eigener Sinn für Tugend und Religion auffordern, eine so ungehörige Leidenschaft aus deinem Herzen zu verbannen, und dein klarer Verstand wird dich bald dazu bringen, es ohne schmerzliche Empfindungen zu tun."

Der Leser wird Blifils Antwort so ziemlich richtig erraten, wäre er jedoch darüber im Zweifel, so haben wir jetzt doch nicht die Muße, ihm das Nötige darüber zu sagen, weil unsere Geschichte jetzt Dingen von größerer Wichtigkeit zueilt und wir es nicht länger ertragen können, von Sophia getrennt zu sein.

4. Kapitel

Ein außerordentlicher Auftritt zwischen Sophia und ihrer Tante.

Die brüllende Färse und das blökende Schaf können in Herden und Trupps ungestört und unbemerkt über die Weide ziehen. Für später sind sie freilich zu des Menschen Opfer bestimmt; doch läßt man sie manches Jahr ihre Freiheit ungestört genießen. Wenn man aber eine feiste Rehgeiß entdeckt, die dem Forst entwichen ist und sich nun in einem Feld oder Buschwerk zur Ruhe niedergelassen hat, ist im Augenblick das ganze Kirchspiel in Aufruhr und ein jeder bereit, sie mit seinen Hunden zu hetzen. Und wenn sie der gute Landjunker vor den übrigen schützt, so tut er das nur, um sie sich für den eigenen Mund zu sichern.

Ich habe öfter bemerkt, daß sich ein vornehmes junges Mädchen von Reichtum und Ansehen, wenn es zum erstenmal aus seinem Ammenpferch gelassen wird, so ziemlich in der gleichen Lage befindet wie dieses Reh. Die Stadt ist sogleich in einem Aufruhr, das Mädchen wird verfolgt vom Park zum Schauspiel, vom Hof zum Ballsaal, vom Ballsaal zu ihrem eigenen Gemach, und selten entgeht sie während der Dauer einer einzigen Saison den Zähnen des einen oder andern Verfolgers. Denn wenn ihre Freunde sie vor einem beschützen, so geschieht das nur, um sie einem andern nach ihrer Wahl preiszugeben, der ihr oft noch unangenehmer ist als irgendeiner von den übrigen. Währenddessen gehen ganze Herden oder Scharen von andern Frauen sicher umher, werden kaum beachtet, bewegen sich frei durch den Park, die Oper, den Ballsaal, und obgleich sie, zum größten Teil wenigstens, zuletzt verschlungen werden, so treiben sie sich doch eine Zeitlang mutwillig herum, ohne Störung oder Einschränkung ihrer Freiheit.

Von allen diesen Musterbildern der Vollkommenheit hatte keines mehr unter solchen Verfolgungen zu leiden als die arme Sophia. Die ihr feindlichen Sterne begnügten sich nicht mit dem, was sie Blifils wegen erduldet hatte; sie riefen jetzt einen neuen Verfolger auf den Plan, der danach aussah, als ob er sie nicht weniger quälen würde, als das der andere bislang getan hatte. Denn obwohl ihre Tante es nicht so brutal anstellte, so war sie doch nicht weniger eifrig und unermüdlich im Drängen und Plagen, als ihr Vater es vorher gewesen war.

Die Bedienten hatten sich nach dem Mittagsmahl kaum entfernt, als Fräulein Western, die Sophia die Sache eröffnet hatte, sie davon unterrichtete, daß sie Seine Lordschaft noch am selben Nachmittag erwarte und die Absicht habe, die erste Gelegenheit zu ergreifen, Sophia mit dem Besucher allein zu lassen. „Wenn Sie das tun, Madam", entgegnete Sophia, „so werde ich die erste Gelegenheit ergreifen, ihn mit sich allein zu lassen." – „Wie, mein Fräulein?" rief die Tante. „Ist das Ihr Dank für meine Güte, daß ich dich aus der Gefangenschaft in deines Vaters Wohnung befreit habe?" – „Sie wissen, Madam, die Ursache dieser Gefangenschaft war meine Weigerung, meinem Vater zu willfahren und einen Mann zu nehmen, den ich verabscheue; und will mich denn meine liebe Tante, die mich aus jener Not errettet hat, nun in eine andere versetzen, die ebenso schlimm ist?" – „Und glaubst du denn, mein Fräulein, daß zwischen Lord Fellamar und Mister Blifil kein Unterschied *besteht?*" – „Ein sehr geringer nach meiner Meinung; und wenn ich zu einem von ihnen verdammt wäre, so würde ich gewiß das Verdienst haben, mich dem Willen meines Vaters aufzuopfern." – „Dann also, das seh ich wohl, hat mein Wille bei dir nur wenig Gewicht; doch diese Überlegung wird mich nicht weiter berühren. Ich handle aus edlerem Antrieb. Die Erhöhung meiner Familie und dein eigener Aufstieg, das ist's, was ich im Auge habe. Hast du denn gar keinen Ehrgeiz? Liegt für dich kein Reiz in der Vorstellung, eine Grafenkrone an der Kutsche zu haben?" – „Nein, auf meine Ehre, ein Nadelkissen auf meiner Kutsche gefiele mir ebensogut." – „Sprich nicht von Ehre", rief die Tante, „das steht dem Mund einer solchen Würdelosen nicht an. Es tut mir leid, meine Nichte, doch das zwingt mich, diese Worte zu gebrauchen; ich kann deine niedrige Gesinnung nicht ertragen; du hast nichts von dem Blut der Western in dir. Doch wie gemein und gewöhnlich dein Denken sei, du sollst mir nichts vorzuwerfen haben. Niemals könnte ich dulden, daß die Welt von mir sagte, ich hätte dich ermutigt, eine der besten Partien Englands auszuschlagen, eine Partie, die, von den Vorteilen des Vermögens abgesehen, wohl für jede Familie eine Ehre wäre und der unsrigen vor allem den Vorteil des Titels bringen würde." – „Sicherlich bin ich mit einem Mangel geboren und entbehre dieses Sinns, mit dem andere Menschen gesegnet sind; denn es muß gewiß ein besonderer Sinn sein, der sich an hohlem Getön und Gepränge erfreut und der mir fehlt; sonst würden die Leute sich sicherlich nicht so bemühen und solche Opfer bringen, um dies zu erhalten, noch wären sie so aufgeblasen und stolz zu besitzen, was mir als eine wertlose Lappalie erscheint."

„Nein, nein, mein Fräulein", rief die Tante, „du bist mit ebensoviel Sinnen geboren wie andere Leute, aber ich sage, du bist nicht mit genug Verstand geboren worden, um mich zum Narren zu halten oder um mein Verhalten vor der Welt bloßzustellen; und also versichere ich dir auf mein Wort, und du weißt, glaube ich, wie fest ich bei meinen Entschlüssen bleibe; wenn du nicht einwilligst, Seine Lordschaft heute nachmittag allein zu sehen, so werde ich dich morgen früh mit eigenen Händen meinem Bruder übergeben, und dann will ich nie mehr mit dir zu schaffen haben, noch dein Gesicht je wiedersehen." Sophia stand eine Weile schweigend da nach dieser Rede, die in zornigem Ton und mit großer Entschiedenheit gesprochen wurde, dann sagte sie, in Tränen ausbrechend: „Tun Sie mit mir, was Ihnen beliebt, Madam! Ich bin das unglücklichste, elendeste Geschöpf auf Erden; wenn meine teure

Tante mich verläßt, wo werde ich einen Beschützer finden?" – „Meine liebe Nichte", antwortete die Tante, „du wirst einen guten Beschützer haben an Seiner Lordschaft, einen Beschützer, den auszuschlagen nichts dich bewegen kann als das Gieren nach diesem verächtlichen Burschen Jones." – „Sie tun mir Unrecht, Madam", erwiderte Sophia. „Wie können Sie sich nur einreden, daß ich nach dem, was Sie mir gezeigt haben, nicht alle derartigen Gedanken, hätte ich sie je gehegt, für immer verbannt habe? Wenn es Sie zufriedenstellen kann, so will ich das Sakrament darauf nehmen, sein Gesicht nie mehr sehen zu wollen." – „Aber Kind, liebstes Kind", sagte die Tante, „sei doch vernünftig; kannst du denn irgendeinen Einwand finden?" – „Ich habe Ihnen, denke ich, einen gewichtigen Einwand vorgebracht." – „Welchen denn? Ich erinnere mich an keinen." – „Aber doch, Madam. Ich habe Ihnen gesagt, daß er mich auf die gröbste und schändlichste Art behandelt hat." – „Nein, wirklich, Kind, nie habe ich das gehört, oder ich habe es nicht verstanden. Doch was meinst du mit dieser gröbsten und schändlichsten Behandlung?" – „Wirklich, Madam, ich schäme mich fast, es Ihnen zu erzählen. Er umfaßte mich mit seinen Armen, zerrte mich auf das Sofa nieder, fuhr mit der Hand in meinen Busen und küßte ihn mit solcher Heftigkeit, daß ich noch bis zu diesem Augenblick die Spur davon auf meiner linken Brust trage." – „Wirklich?" – „Ja, ganz gewiß, Madam", antwortete Sophia. „Zum Glück trat in diesem Augenblick mein Vater ins Zimmer, sonst weiß der Himmel, was für Roheiten er noch unternommen hätte." – „Das erstaunt und verwirrt mich", rief die Tante. „Keine Frau mit dem Namen Western ist je so behandelt worden, seit wir eine Familie sind. Einem Prinzen hätte ich die Augen ausgekratzt, wenn er sich solche Freiheiten mir gegenüber herausgenommen hätte. Es ist unmöglich! Sophia, das mußt du erfunden haben, um meine Empörung gegen ihn zu erregen." – „Ich hoffe, Madam", erwiderte Sophia, „Sie haben eine zu gute Meinung von mir, als daß Sie mich für fähig hielten, eine Unwahrheit zu sagen. Bei meiner Seele, es ist wahr." – „Ich hätte ihm das Herz durchbohrt, wenn ich dabeigewesen wäre. Doch gewiß konnte er keine unehrlichen Absichten haben, das ist nicht möglich! Das hätte er nicht gewagt, zudem verraten seine Anträge das Gegenteil, denn sie sind *nicht nur* ehrenhaft, sondern auch edelmütig. Ich weiß nicht – aber unsere Zeiten erlauben gar große Freiheit. Ein respektvoller Handkuß ist alles, was ich vor der Hochzeit zugelassen hätte. Ich hatte verschiedene Liebhaber vor noch nicht so langer Zeit; verschiedene Liebhaber, obgleich ich mich nie zur Heirat entschließen konnte, aber niemals hätte ich ihnen die geringste Freiheit gestattet. Es ist ein närrischer Brauch, den ich nie mitmachen mochte. Nie hat ein Mann mehr von mir geküßt als meine Wange. Es ist schon genug, daß man einem Ehemann die Lippen reichen muß; und wirklich, hätte ich je dazu gebracht werden können, mich zu verheiraten, ich glaube, es würde einige Zeit gedauert haben, ehe mein Mann mich dazu überredet hätte." – „Sie werden mir verzeihen, liebste Tante", antwortete Sophia, „wenn ich mir hier eine Bemerkung gestatte. Sie gestehen, daß Sie verschiedene Liebhaber gehabt haben, und die Welt weiß es, auch wenn Sie es leugnen wollten. Sie haben sie alle abgewiesen, und ich bin doch überzeugt, zum mindesten ein Inhaber einer Grafenkrone war unter ihnen." – „Da hast du recht, liebe Sophia, mir hat sich einst ein Graf angetragen." – „Nun denn", rief Sophia, „warum wollen Sie mir nicht erlauben, dieses eine Mal diesen einen abzuweisen?" – „Es ist richtig, Kind, ich habe diesen Adelstitel ausgeschlagen, aber es war kein so guter Antrag; das heißt, kein so sehr, so sehr guter Antrag." – „Nun gut, Madam", sagte Sophia, „aber sind Ihnen nicht auch sehr bedeutende Anträge gemacht worden von Männern mit sehr großem Vermögen? Es war nicht die erste, nicht die zweite noch die dritte vorteilhafte Verbindung, die Ihnen angeboten wurde." – „Ich gestehe, das war es nicht." – „Sehr wohl, Madam, warum soll denn ich nicht warten, bis mir vielleicht ein zweiter, vielleicht vorteilhafterer Antrag gemacht wird als dieser? Sie sind noch eine junge Dame, und ich bin überzeugt, Sie wollten nicht versprechen, gleich dem ersten Liebhaber, der nun käme, die Hand zu geben, und wäre er noch so reich und von noch so hohem Titel und Rang. Ich aber bin ein sehr junges Mädchen und habe wohl noch keinen Grund zu verzweifeln." – „Nun, meine liebe, liebe Sophia", rief die Tante, „was willst du, was soll ich dir sagen?" – „Nur dies, daß ich mit dem Lord nicht allein gelassen werde, wenigstens nicht heute abend; werden Sie mir dies zugestehen, so werde ich mich fügen, wenn Sie glauben, nach dem, was vorgefallen ist, sei es noch richtig, ihn in Ihrer Anwesenheit zu empfangen." – „Nun gut, du sollst deinen Willen haben", sagte Tante Western. „Sophia, du weißt, daß ich dich liebhabe und dir nichts abschlagen kann. Du weißt, wie nachgiebig ich von Natur bin, doch so war ich nicht immer.

Ich wurde früher für grausam gehalten; von den Männern, meine ich. Sie nannten mich die grausame Parthenissa. Ich habe manche Fensterscheibe zerschlagen, auf der Verse an die grausame Parthenissa geschrieben standen. Liebste Sophia, so schön wie du war ich nie, aber doch hatte ich etwas von dir. Ich habe mich ein wenig verändert. Königreiche und Staaten erleiden, wie Tullius Cicero in seinen Episteln sagt, Veränderungen; so muß sich wohl auch die menschliche Gestalt verändern." In dieser Art plapperte sie beinah eine halbe Stunde lang über sich selbst, über ihre Eroberungen und über ihre Grausamkeit bis zur Ankunft des Lords, der nach einer höchst langweiligen Visite, während der Fräulein Western kein einziges Mal auch nur im geringsten Miene machte wegzugehen, sich wieder zurückzog, gleich unzufrieden mit der Tante wie mit ihrer Nichte; denn Sophia hatte ihre Tante in eine so ausgezeichnete Laune versetzt, daß sie nun fast zu allem ja sagte, was die Nichte vorschlug, und schließlich dachte, ein etwas zurückhaltendes Betragen möchte bei einem so zudringlichen Liebhaber nicht ohne Nutzen sein.

Also hatte Sophia durch ein wenig wohlgezielte Schmeichelei, wofür sie gewiß niemand tadeln wird, für sich etwas Ruhe erhalten und somit den schlimmen Augenblick verschoben. Und nachdem wir nun unsere Heldin in einer besseren Lage gesehen haben als seit langem, wollen wir uns auch nach Herrn Jones umsehen, den wir ja in der kläglichsten Verfassung, die man sich denken kann, verlassen haben.

5. Kapitel

Frau Miller und Herr Nightingale besuchen Herrn Jones im Gefängnis.

Als Herr Allworthy und sein Neffe sich aufgemacht hatten, um mit Herrn Western zu Mittag zu essen, suchte Frau Miller ihren Schwiegersohn Nightingale auf, um ihn von dem Unfall zu benachrichtigen, der seinen Freund Jones betroffen hatte. Jener war aber schon längst durch Partridge davon unterrichtet. Jones hatte nämlich, als er von Frau Miller wegzog, in demselben Haus, in dem Herr Nightingale wohnte, ein Zimmer gefunden. Die gute Frau traf ihre Tochter Jones' wegen in der tiefsten Kümmernis; nachdem sie sie zu trösten versucht hatte, so gut sie das vermochte, ging sie weiter zu dem Gefängnisturm, wo er, wie sie hörte, gefangengehalten und wo Herr Nightingale bereits vor ihr angekommen war.

Die Festigkeit und Beständigkeit eines wahren Freundes ist für einen Menschen, der sich im Unglück befindet, etwas so Köstliches, daß das Unglück, wenn es nur vorübergehend und seine Linderung möglich ist, durch den Trost, den jenes gewährt, fast wettgemacht wird. Auch sind derartige Beispiele nicht so selten, wie einzelne oberflächliche und ungenaue Beobachter es uns überliefert haben. Die Wahrheit zu sagen, gehört Mangel an Mitgefühl nicht zu unsern verbreitetsten Fehlern. Die schwarze Ingredienz, die unsere Anlage verdirbt, ist der Neid. Daher erheben wir, so fürchte ich, selten die Blicke zu denen, die offenkundig größer, besser, klüger oder glücklicher sind als wir selbst, ohne eine gewisse Feindseligkeit zu empfinden, während wir im allgemeinen auf die Niedrigeren und Elenden mit mitleidigem Wohlwollen herabsehen. In der Tat habe ich bemerkt, daß die meisten Unstimmigkeiten in Freundschaften, die ich beobachten konnte, allein das Ergebnis der Mißgunst waren, eines höllischen Lasters; und doch waren wenige von denen, die ich gekannt habe, davon völlig frei. Doch für jetzt genug von einem Thema, das mich, wenn ich es verfolgen wollte, zu weit führen würde.

War es nun, daß Fortuna befürchtete, Jones könnte unter dem Gewicht seines Mißgeschicks zusammenbrechen, und daß sie alsdann jeder Gelegenheit, ihn ferner zu quälen, beraubt wäre oder daß sie wirklich in ihrer Strenge gegen ihn etwas nachließ – jedenfalls schien sie ihre Verfolgung etwas zu mäßigen, indem sie ihm zwei so treue Freunde schickte und, was vielleicht noch mehr ist, einen treuen Diener. Denn Partridge gebrach es trotz seinen vielen Unvollkommenheiten nicht an Treue, und wenn er auch zu furchtsam gewesen wäre, sich für seinen Herrn hängen zu lassen, so hätten ihn die Verlockungen der Welt, so glaube ich, nicht dazu bringen können, dessen Sache zu verraten.

Während Jones seiner herzlichen Freude über die Anwesenheit seiner Freunde Ausdruck gab, brachte Partridge die Nachricht, daß Herr Fitzpatrick noch immer am Leben sei, wiewohl der Wundarzt erklärte, daß er sehr wenig Hoffnung habe. Als Herr Jones darauf mit einem tiefen Seufzer antwortete, sagte Nightingale zu ihm: „Mein lieber Tom, was wollen Sie sich so über einen Unfall grämen, der, welches auch seine Folgen sein werden, für Sie mit keiner Gefahr verbunden sein kann und bei dem Ihnen Ihr Gewissen doch nicht die mindeste Schuld vorzuwerfen hat? Sollte der Kerl auch sterben, was haben Sie denn mehr getan, als zu Ihrer Selbstverteidigung einem Raufbold das Leben genommen? Zweifelsohne wird das Urteil der Geschworenen so lauten, und danach werden Sie sich ohne viel Mühe gegen Bürgschaft aus der Haft befreien können. Und wenn Sie auch, um der Form zu genügen, ein öffentliches Verhör über sich ergehen lassen müssen, so ist dieses Verhör eins, das manche Leute für einen Schilling gern für Sie ausstehen wollten." – „Kommen Sie, kommen Sie, Herr Jones", sagte Frau Miller, „erheitern Sie Ihr Gemüt. Ich weiß, Sie können nicht der Angreifer gewesen sein, das habe ich auch Herrn Allworthy gesagt, und er wird das noch zugeben müssen, eher lasse ich ihm keine Ruhe."

Jones antwortete mit tiefem Ernst, er werde, wie sein Schicksal auch ausfallen möge, es stets als einen der größten Unglücksfälle seines Lebens beklagen, daß er das Blut eines Mitmenschen vergossen habe. „Doch ich habe ja noch ein anderes Unglück, das an zarteste Empfindungen greift. – Ach! Frau Miller, ich habe verloren, was mir in dieser Welt am teuersten war!" – „Das muß eine Geliebte sein", sagte Frau Miller. „Doch kommen Sie, kommen Sie; ich weiß mehr als Sie" – in der Tat hatte Partridge alles ausgeplaudert –, „und ich habe mehr gehört, als Sie wissen. Die Sachen stehen besser, kann ich Ihnen versichern, als Sie glauben; und ich wollte Blifil keinen Kupfer geben für all seine Ansprüche und Hoffnungen, die er auf die junge Dame hat."

„Wirklich, beste Freundin, wirklich", antwortete Jones, „Ihnen ist die Ursache meines Grams durchaus nicht bekannt. Wären Sie mit der ganzen Geschichte vertraut, Sie würden zugeben, daß für mich kein Trost mehr übrigbleibt. Ich fürchte keine Gefahr von Blifils Seite. Ich selbst habe mich zugrunde gerichtet." – „Verzweifeln Sie nicht", erwiderte Frau Miller; „Sie wissen noch nicht, was eine Frau fertigbringen kann; und wenn irgend etwas zu tun in meiner Macht steht, so versprech ich Ihnen, ich will es tun, um Ihnen zu dienen. Das ist meine Pflicht. Mein Sohn, mein lieber Herr Nightingale, der so freundlich war, mir zu sagen, daß er Ihnen im selben Sinne verbunden ist, weiß, es ist meine Pflicht. Soll ich selbst zu dem Fräulein hingehen? Ich würde ihm gern alles sagen, was Sie ihm mitzuteilen wünschen."

„Beste aller guten Frauen", rief Jones und faßte sie bei der

Hand, „reden Sie nicht von Verpflichtungen gegen mich. Doch da Sie so gütig waren, dies zu erwähnen: es gäbe vielleicht wirklich etwas, was zu tun in Ihrer Macht läge. Ich sehe, Sie kennen die junge Dame (wie Sie zu diesem Wissen gekommen sind, weiß ich nicht), die in der Tat meinem Herzen so nahesteht. Könnten Sie einen Weg finden, ihr dieses zu überreichen" – er hielt ihr ein Papier hin, das er aus der Tasche gezogen hatte –, „so würde ich Ihnen für Ihre Güte dauernd verbunden sein."

„Geben Sie her", sagte Frau Miller. „Wenn ich es nicht in ihren Händen weiß, bevor ich schlafen gehe, dann soll mein nächster Schlaf mein letzter sein! Seien Sie getrost, mein edelmütiger junger Mann! Seien Sie so klug, sich durch vergangene Torheiten warnen zu lassen, und ich bürge Ihnen dafür, alles wird noch gut werden, und ich werde Sie mit dem anmutigsten jungen Geschöpf der Welt glücklich sehen; denn daß sie das ist, höre ich von allen Seiten."

„Glauben Sie mir, Madam", sagte er, „ich wiederhole nicht das übliche Geschwätz eines Menschen in meiner unglücklichen Lage. Ehe noch dieser schreckliche Unglücksfall geschah, hatte ich den Entschluß gefaßt, mein Leben zu bessern, dessen Lasterhaftigkeit und Torheit ich innegeworden war. Ich versichere Ihnen, ungeachtet der Störungen, die ich leider in Ihrem Hause verursacht habe und für die ich Sie herzlich um Verzeihung bitte, bin ich kein völlig verworfener Liederjan. Habe ich mich auch Ausschweifungen hingegeben, so habe ich doch an einem solchen lasterhaften Charakter keinen Gefallen und möchte von nun an nie mehr in jenen Zustand zurückkehren."

Frau Miller bekundete ihre große Zufriedenheit über diese Erklärung, in deren Aufrichtigkeit sie, wie sie versicherte, volles Vertrauen setzte. Die weitere Unterhaltung erschöpfte sich in den vereinten Bemühungen dieser guten Frau und des Herrn Nightingale, Herrn Jones aus seiner Mutlosigkeit zu befreien, womit sie auch insofern Erfolg hatten, als sie ihn zuversichtlicher und munterer verließen, als sie ihn vorgefunden hatten. Zu dieser glücklichen Veränderung trug nichts stärker bei als Frau Millers freundliches Anerbieten, den Brief Sophia zu überbringen, da er daran verzweifelte, das auf andere Weise ausrichten zu können, denn als Black George den Brief von Sophia überbrachte, teilte er Partridge mit, sie habe ihm unter der Drohung, daß ihr Vater es erfahren solle, untersagt, irgendeine Antwort zu überbringen. Jones war zudem nicht wenig erfreut, an dieser Frau, die er wirklich für eines der würdigsten Geschöpfe auf Erden hielt, eine so warme Fürsprecherin bei Herrn Allworthy zu haben.

Nach einem etwa einstündigen Besuch der Frau Miller (denn Nightingale war viel länger bei ihm gewesen) nahmen die beiden Abschied und versprachen, bald wiederzukommen; dann, sagte Frau Miller, hoffe sie ihm eine frohe Botschaft von seiner Geliebten zu bringen, und Herr Nightingale versprach, sich nach dem Zustand von Herrn Fitzpatricks Wunde zu erkundigen und einige von den Personen ausfindig zu machen, die bei dem Zusammenstoß zugegen gewesen waren.

Frau Miller machte sich stracks auf den Weg zu Sophia, wohin wir sie nun begleiten wollen.

6. Kapitel

In dem Frau Miller Sophia einen Besuch abstattet.

Bei Sophia Zutritt zu finden war gar nicht schwer; denn da sie nun mit ihrer Tante auf durchaus freundschaftlichem Fuße lebte, hatte sie die volle Freiheit, alle Besucher zu empfangen, die sie zu sehen wünschte.

Sophia war beim Ankleiden, als ihr gemeldet wurde, daß unten eine Dame auf sie warte. Da sie sich weder fürchtete noch sich schämte, sich vor irgendeiner Person des eigenen Geschlechtes sehen zu lassen, wurde Frau Miller augenblicklich vorgelassen.

Nachdem die gegenseitigen höflichen Förmlichkeiten, die zwischen einander völlig unbekannten Frauen Brauch sind, erledigt waren, sagte Sophia: „Ich habe, Madam, nicht das Vergnügen, Sie zu kennen.“ – „Nein, Madam“, versetzte Frau Miller, „und ich bitte um Verzeihung, daß ich mir die Freiheit nahm, bei Ihnen einzudringen. Doch wenn Sie erst wissen, was mich bewogen hat, Ihnen lästig zu fallen, so hoffe ich . . .“ – „Ich bitte Sie, welches ist Ihr Anliegen, Madam?“ fragte Sophia, in ihrem Gemüt ein wenig berührt. „Gnädiges Fräulein, wir sind nicht allein“, bemerkte Frau Miller mit leiser Stimme. „Ich habe Sie jetzt nicht nötig, Betsy“, sagte Sophia.

Als Betsy gegangen war, begann Frau Miller: „Ich wurde von einem sehr unglücklichen jungen Mann gebeten, Madam,

Ihnen diesen Brief zu übermitteln.“ Sophia wechselte die Farbe, als sie die Aufschrift erblickte, denn die Handschrift war ihr wohlbekannt; nach einigem Besinnen sagte sie: „Aus Ihrem Äußern, Madam, konnte ich nicht schließen, daß Ihr Anliegen solcher Art sei. Von wem immer Sie diesen Brief bringen, ich werde ihn nicht öffnen; es würde mir leid tun, von jemandem eine ungerechte Meinung zu fassen, doch Sie wissen, daß Sie mir vollkommen unbekannt sind.“ – „Wenn Sie Geduld haben wollen, Madam, so will ich Ihnen sagen, wer ich bin und wie ich zu diesem Brief kam.“ – „Ich bin nicht im geringsten neugierig, Madam, darüber irgend etwas zu hören“, rief Sophia, „doch muß ich Sie ernstlich bitten, diesen Brief dem, der ihn Ihnen anvertraut hat, zurückzugeben.“

Frau Miller fiel auf die Knie und bat mit leidenschaftlichen Worten um Mitleid, worauf Sophia antwortete: „Wirklich, Madam, ich bin erstaunt, daß Sie sich so sehr um diese Person kümmern. Ich möchte doch nicht glauben . . .“ – „Nein, Madam, Sie sollen nichts glauben, als was die Wahrheit ist. Ich werde Ihnen alles erzählen, und Sie werden sich nicht wundern, daß ich seinetwegen besorgt bin. Er ist das gutherzigste Geschöpf, das je geboren wurde.“ Sie berichtete nun die Geschichte des Herrn Anderson und rief dann: „Hier, Madam, haben Sie ein Beispiel seiner Güte; aber ich bin ihm viel tiefer verpflichtet. Er hat mein Kind gerettet.“ Nachdem sie ein paar Tränen vergossen hatte, erzählte sie auch diese Begebenheit mit allen Umständen, überging nur einiges, was zu sehr die Aufmerksamkeit auf ihre Tochter gelenkt haben würde, und schloß mit den Worten: „Jetzt, Madam, werden Sie darüber urteilen können, ob ich je zuviel tun könnte für einen so freundlichen, gütigen, edelmütigen jungen Mann; er ist gewiß das beste und würdigste aller menschlichen Wesen.“

Die Veränderung, die sich in Sophias Antlitz vollzog, hatte sich bis dahin hauptsächlich zu ihrem Nachteil ausgewirkt und eine zu große Blässe hervorgerufen; doch jetzt wurde sie rot, röter als Zinnober, wenn solches möglich wäre, und sagte: „Ich weiß nicht, was ich denken soll; freilich kann man, was dem Gefühl der Dankbarkeit entspringt, nicht tadeln – doch was wird es Ihrem Freund helfen, wenn ich diesen Brief lese, da ich entschlossen bin, niemals . . .“

Frau Miller verlegte sich wiederum aufs Bitten: Man möge ihr vergeben, aber sie könne doch den Brief nicht wieder zurückbringen. „Nun wohl, Madam“ sagte Sophia, „wenn Sie ihn mir aufnötigen wollen, so kann ich nichts dagegen tun. Sie können ihn natürlich dalassen, ob ich das will oder nicht.“ Was Sophia damit meinte und ob sie überhaupt etwas damit meinte, das versuche ich nicht zu entscheiden, aber Frau Miller hielt es für einen Wink, legte den Brief sogleich auf den Tisch und nahm Abschied, nachdem sie zuvor um die Erlaubnis gebeten hatte, Sophia nochmals ihre Aufwartung machen zu dürfen, auf welches Ersuchen ihr weder zustimmend noch ablehnend geantwortet wurde.

Der Brief lag auf dem Tisch; doch kaum hatte Frau Miller sich entfernt, als Sophia ihn öffnete und las.

Dieser Brief tat seinem Urheber nur geringe Dienste; er bestand aus wenig mehr als Bekenntnissen der Unwürdigkeit und Verzweiflungsausbrüchen, allerdings dies zusammen mit den feierlichsten Versicherungen unwandelbarer Treue zu Sophia, von der er sie, wie er sagte, zu überzeugen hoffte, sollte ihm je die Ehre vergönnt sein, nochmals vor ihr Antlitz treten zu dürfen. Den Brief an Lady Bellaston könne er auf eine Art erklären, die, wenn sie ihn gleich nicht dazu berechtige, Verzeihung zu erwarten, doch hoffen lasse, ihre Güte werde sie ihm gewähren; und er schloß mit der Beteuerung, nie habe etwas weniger in seiner Absicht gelegen, als Lady Bellaston zu heiraten.

Obgleich Sophia den Brief zweimal mit großer Aufmerksamkeit durchlas, blieb ihr dessen Sinn noch immer ein Rätsel; auch wollte es ihrer Erfindungskraft nicht gelingen, ihr etwas, was Jones hätte entschuldigen können, aufzuzeigen. Sie war über ihn immer noch sehr erzürnt, wiewohl Lady Bellaston so viel von ihrem Unwillen auf sich zog, daß davon in ihrem freundlichen Gemüt nur noch wenig für andere Personen übrigblieb.

Diese Dame war sehr zum Unglück an ebendiesem Tag bei ihrer Tante Western zum Mittagessen eingeladen, und am Nachmittag sollten sie alle drei, wie verabredet, in die Oper und von da zu Lady Hatchets Spielgesellschaft fahren. Sophia hätte gern alles abgesagt, doch wollte sie sich ihrer Tante gegenüber willfährig zeigen; und die Kunst des Sich-Krank-Stellens war ihr so völlig fremd, daß ihr ein Gedanke daran überhaupt nicht kommen konnte. Sobald sie angekleidet war, ging sie darum hinunter, entschlossen, allem Ärgerlichen des Tages die Stirn zu bieten; und dieser Tag erwies sich als unangenehm genug, denn Lady Bellaston nahm jede Gelegenheit wahr, sie sehr höflich und sehr tückisch zu verletzen; infolge ihres bedrückten Gemütes war Sophia unfähig, etwas zu entgegnen, und die Wahrheit zu sagen, sie war im witzigen Erwidern keine Meisterin.

Ein weiteres Unglück, das die arme Sophia auszustehen hatte, war die Gesellschaft von Lord Fellamar, mit dem sie in der Oper zusammentraf und der sie zu jener Spielgesellschaft begleitete. Und wenn auch beide Orte zu öffentlich waren, um irgendwelche Vertraulichkeiten zu gestatten, und ihr außerdem am einen Ort Musik, am andern die Karten einige Erleichterung verschafften, so fand sie doch keine Ruhe in seiner Gesellschaft, denn Frauen haben ein bestimmtes Zartgefühl, das sie die Gegenwart eines Mannes schwer ertragen läßt, wenn sie wissen, daß er Absichten hat, die zu begünstigen sie nicht gesonnen sind.

Da wir in diesem Kapitel zweimal das Wort Spielgesellschaft gebraucht haben, ein Wort, das unsere Nachkommenschaft, so hofften wir, in dieser Bedeutung nicht mehr kennen wird, so wollen wir ungeachtet unserer gegenwärtigen Eile einen Augenblick innehalten, um die Lustbarkeit, an die hier gedacht wird, zu beschreiben, zumal wir sie in einem Augenblick beschreiben können.

Eine Spielgesellschaft ist eine Versammlung gutgekleideter Personen beiderlei Geschlechts, von denen die Mehrzahl Karten spielt, während die übrigen nichts tun; die Dame des Hauses spielt dabei die Rolle der Gastwirtin in einer Schenke, und gleich der Gastwirtin einer Schenke tut sie sich auf die große Zahl ihrer Gäste etwas zugute, obwohl sie nicht immer, wie eine Wirtin, Gewinn davon hat. Es ist also kein Wunder, da soviel muntere Laune dazu gehört, um ein wenig Leben auf dieses Theater des Stumpfsinns zu bringen, daß wir die Leute von Stand ewig klagen hören, wie überaus lang ihnen die Zeit dabei werde, eine Klage, die sich jedoch durchaus auf die vornehme Welt beschränkt. Wie unerträglich, das können wir uns vorstellen, mußte diese Runde des ödesten Zeitvertreibs für Sophia in ihrer jetzigen Lage sein, wie schwer mußte es ihr fallen, den Schein der Heiterkeit auf ihrem Gesicht zu erzwingen, während ihr Gemüt der zärtlichste Kummer erfüllte und jeder ihrer Gedanken von quälenden Bildern begleitet war!

Die Nacht aber brachte sie endlich auf ihre Kissen zurück, wo wir sie lassen wollen, damit sich wenigstens ihre Trauer besänftige, wenn wir auch fürchten, daß es ihr nicht gelingen wird, den Schlaf zu finden; und wir werden in unserer Geschichte fortfahren, die, wie uns etwas zuflüsterte, am Vorabend eines großen Ereignisses angelangt ist.

7. Kapitel

Ein ergreifender Auftritt zwischen Herrn Allworthy und Frau Miller.

Als Herr Allworthy von seiner Abendmahlzeit zurückkehrte, hatte Frau Miller mit ihm eine lange Unterredung, in deren Verlauf sie ihn mit der Tatsache bekanntmachte, daß Jones unglücklicherweise alles verloren habe, was er ihm vor ihrer Trennung zu schenken die Güte gehabt hatte, und in welches Elend er durch diesen Verlust geraten sei. Von allen diesen Dingen hatte sie der getreue Zuträger Partridge gründlich unterrichtet. Sie erzählte darauf, welche Verpflichtungen sie Jones gegenüber habe. Nicht, daß sie sehr ausführlich gewesen wäre in dem, was ihre Tochter betraf; denn obgleich sie in Herrn Allworthy das größte Vertrauen setzte und obgleich keine Hoffnung bestand, eine Angelegenheit geheimzuhalten, die bereits mehr als einem halben Dutzend Leute bekannt war, so konnte sie es doch nicht über sich bringen, jene Nebenumstände zu erwähnen, die auf die Tugend der armen Nancy ein besonderes Licht geworfen hätten; sie unterdrückte vielmehr diesen Teil ihrer Aussage so vorsichtig, wie wenn sie vor dem Richter stünde und das Mädchen wegen Ermordung eines Bankerts verhört würde.

Allworthy sagte, es gebe wenige so durchaus schlechte Charaktere, die nicht wenigstens noch einen letzten Funken des Guten in sich hätten. „Indessen“, sagte er, „ich kann nicht bestreiten, daß Sie dem Burschen gegenüber, so schlimm er ist, einige Verpflichtungen haben, und so werde ich bereits Geschehenes entschuldigen; doch muß ich darauf bestehen, daß Sie seinen Namen nie mehr vor mir nennen, denn ich kann Ihnen versichern: Es geschah auf das umfassendste und einleuchtendste Zeugnis hin, daß ich mich zu den Maßnahmen entschloß, die ich getroffen habe.“ – „Wohl, Herr“, sagte sie, „ich habe nicht den geringsten Zweifel, daß die Zeit einmal alles in der wahren und richtigen Färbung zeigen wird und daß Sie zu der Einsicht gelangen werden, dieser junge Mann habe berechtigtere Ansprüche an Sie als gewisse andere Leute, die hier nicht mit Namen bezeichnet werden sollen."

„Madam", rief Allworthy ein wenig aufgebracht, „ich mag keine Anspielungen auf meinen Neffen hören, und äußern Sie noch ein weiteres derartiges Urteil, so werde ich Ihr Haus in diesem Augenblick verlassen. Er ist einer der ehrenhaftesten und besten Menschen, und ich wiederhole Ihnen, er ist in seiner Freundschaft zu diesem Manne tadelnswert weit gegangen, indem er Tatsachen düsterster Art zu lange verschwieg. Die Undankbarkeit des erbärmlichen Wichtes gegen diesen guten Menschen ist das, was mich am meisten empört; denn Madam, ich habe allen Grund anzunehmen, daß er den Plan hatte, meinen Neffen aus meiner Gunst zu verdrängen und dessen Enterbung durchzusetzen."

„Wahrhaftig, Herr", antwortete Frau Miller ein wenig erschrocken (denn wiewohl Herr Allworthy alle Liebenswürdigkeit und alles Wohlwollen in sein Lächeln legte, konnte er furchterregend sein, wenn er finster blickte), „ich werde niemals von einem Herrn schlecht sprechen, von dem Sie eine gute Meinung zu haben belieben. Ein solches Betragen würde mir gewiß wenig anstehn, besonders wenn der Herr einer Ihrer nahen Verwandten ist; aber wirklich, Herr, Sie sollten mir nicht zürnen, das sollten Sie nicht, weil ich diesem armen Teufel Gutes wünsche. Denn so darf ich ihn jetzt wohl nennen, wenngleich ich mir einst durch die geringste despektierliche Äußerung über ihn Ihren Unwillen zugezogen hätte. Wie oft haben Sie ihn vor mir Ihren Sohn genannt? Wie oft haben Sie mit mir über ihn geplaudert im liebevollen Ton eines Vaters? Nein, Herr, ich kann die vielen zärtlichen Ausdrücke nicht vergessen und alles Lob, das Sie seiner Schönheit, seinen Gaben, seiner Rechtschaffenheit zollten, seiner Gutherzigkeit und seinem Edelmut. Ich kann das nicht vergessen, Herr, denn ich finde alles richtig und wahr. Das habe ich in meiner eigenen Seele erfahren. Diese seine Eigenschaften haben meine Familie gerettet. Sie müssen mir meine Tränen verzeihen, Herr, wirklich. Wenn ich den grausamen Glücksumschlag betrachte, den dieser arme Junge, dem ich so viel verdanke, erlitten hat, wenn ich den Verlust Ihrer Gunst erwäge, die er, wie ich weiß, höher schätzte als sein Leben, dann muß ich ihn beklagen. Hielten Sie einen Dolch in Ihrer Hand, bereit, ihn mir ins Herz zu stoßen, ich müßte das Elend eines Menschen beklagen, den Sie geliebt haben und den ich immer lieben werde."

Allworthy war durch diese Rede ordentlich bewegt worden, freilich nicht in dem Sinne, daß er sich geärgert hätte; denn nach einer kurzen Stille nahm er Frau Miller bei der Hand und sagte sehr freundlich zu ihr: „Kommen Sie, Madam, wir wollen ein wenig nach Ihrer Tochter sehen. Ich kann Ihnen keinen Vorwurf machen wegen einer Verbindung, über die Sie sich freuen und die für sie vorteilhaft zu werden verspricht, doch Sie wissen, der Vorteil wird in der Hauptsache von der Versöhnung mit dem Vater abhängen. Ich kenne den alten Herrn Nightingale sehr gut und unterhielt früher Beziehungen zu ihm. Ich will ihn aufsuchen und sehen, was ich in dieser Angelegenheit für Sie ausrichten kann. Ich glaube, er ist ein Mann von Welt; da es aber um seinen einzigen Sohn geht und die Sache nun unwiderruflich ist, könnte er mit der Zeit vielleicht zur Vernunft gebracht werden. Ich verspreche Ihnen, alles zu tun, was mir möglich ist.“

Zahlreich waren die Dankesworte, mit denen die gute Frau Herrn Allworthy für dieses gütige und edle Anerbieten bedachte. Auch konnte sie sich nicht enthalten, bei dieser Gelegenheit aufs neue an Jones zu erinnern, „dem ich“, so sagte sie, „verdanke, daß ich Ihnen nun diese Mühe bereite.“ Allworthy brachte sie mit artigen Worten zum Schweigen; er war jedoch ein zu guter Mensch, um sich ernstlich verletzt zu fühlen durch die Äußerungen eines so edlen Prinzips, wie es nun durch Frau Miller vertreten wurde, und wirklich, hätte nicht dieser neueste Streich seinen früheren Zorn auf Jones wieder hochflammen lassen, so wäre er vielleicht durch ihren Bericht von einer Handlung beschwichtigt worden, die selbst Bosheit nicht auf unedle Beweggründe hätte zurückführen können.

Herr Allworthy und Frau Miller hatten sich bereits eine Stunde lang unterhalten, als sie durch die Ankunft Blifils und einer andern Person unterbrochen wurden, und diese andere Person war niemand geringerer als Herr Dowling, der Advokat, der nun bei Herrn Blifil in hoher Gunst stand und den Herr Allworthy auf seines Neffen Wunsch zu seinem Verwalter gemacht hatte. Ebenso hatte er ihn Herrn Western empfohlen, von dem der Anwalt das Versprechen erhielt, in ebendiesen Posten eingesetzt zu werden, sobald die Stelle vakant werde; in der Zwischenzeit war er für die Besorgung einiger Geschäfte angestellt worden, die der Junker im Zusammenhang mit einer Pfandverschreibung in London zu erledigen hatte.

Das war die Hauptaufgabe, die Herrn Dowling in die Stadt

gebracht hatte; er ergriff daher die Gelegenheit, von sich aus einiges Geld für Herrn Allworthy einzutreiben und Bericht über ein anderes Geschäft abzustatten; doch mit alledem, da es zu langweilig ist, um Platz in unserer Geschichte zu finden, lassen wir nun Oheim, Neffen und Anwalt sich abgeben, und gehen zu andern Dingen über.

8. Kapitel

Handelt von verschiedenen Dingen.

Ehe wir zu Herrn Jones zurückkehren, wollen wir uns nochmals nach Sophia umsehen.

Obwohl die junge Dame ihre Tante durch ihre behutsame Behandlung in die beste Laune versetzt hatte, hatte sie doch den Eifer, mit dem jene die Verbindung mit Lord Fellamar anstrebte, nicht zu dämpfen vermocht. Und diesen Eifer hatte nun Lady Bellaston aufs neue angefacht, da sie der Tante am Abend vorher gesagt hatte, sie sei nach Sophias Betragen gegen den Lord überzeugt, daß alles Zögern gefährlich sein müsse; der einzige Weg zum Erfolg wäre, die Heirat mit solcher Geschwindigkeit durchzusetzen, daß der jungen Dame keine Zeit zum Besinnen bleibe und ihr die Einwilligung abgenötigt wäre, noch ehe sie recht wüßte, was sie täte. Auf solche Weise, so behauptete sie, werde die Hälfte aller Heiraten unter Personen von Stand geschlossen. Eine Tatsache, die wohl der Wahrheit entspricht und der man vermutlich die gegenseitige Zärtlichkeit zuzuschreiben hat, die später unter so manchen glücklichen Ehepaaren besteht.

Ein Wink von dieser Art wurde von derselben Dame auch Lord Fellamar gegeben, und beide griffen den Rat so begierig auf, daß auf Seiner Lordschaft Wunsch Fräulein Western schon am folgenden Tag zu einer vertraulichen Unterredung zwischen den jungen Partnern eingeladen wurde. Das wurde Sophia von ihrer Tante angezeigt, die in so unerbittlicher Weise darauf bestand, daß das arme Mädchen, nachdem es alles vorgebracht hatte, was es nur dagegen ersinnen konnte, ohne daß dies die geringste Wirkung hatte, sich zuletzt dazu verstand, den höchsten Beweis der Gefälligkeit zu geben, den eine junge Dame nur geben kann, und des Lords Besuch anzunehmen versprach.

Da solche Unterredungen kein großes Vergnügen bereiten,

wird man uns verzeihen, wenn wir nicht alles erzählen, was bei dieser Zusammenkunft vorgefallen ist. Darum nur dies: Nachdem der Lord der schweigenden und errötenden Sophia mit vielen Erklärungen seiner reinsten und heißesten Leidenschaft aufgewartet hatte, sammelte sie schließlich alle Kräfte, die sie in sich finden konnte, und mit zitternder, leiser Stimme sagte sie: „Mylord, Sie müssen selbst sich dessen bewußt sein, ob Ihr früheres Betragen gegen mich mit Ihren jetzigen Versicherungen vereinbart werden kann." – „Gibt es denn kein Mittel", erwiderte er, „meine Tollheit von damals wiedergutzumachen? Was ich tat, muß Sie, fürchte ich, nur zu sehr überzeugt haben, daß die Leidenschaft der Liebe mich aller Sinne beraubt hatte." – „Wirklich, Mylord, es steht in Ihrem Vermögen, mir einen Beweis Ihrer Neigung zu geben, wozu ich Sie herzlich ermuntern möchte und für den ich mich Ihnen als sehr verbunden erachten müßte." – „Nennen Sie ihn mir, diesen Beweis, Madam", sagte der Lord mit großer Wärme. „Mylord", sagte sie, auf ihren Fächer niederblickend, „ich weiß, Sie müssen dessen gewahr sein, wie sehr mich diese Ihre angebliche Leidenschaft beunruhigt hat." – „Können Sie so grausam sein, so etwas eine angebliche Leidenschaft zu nennen?" fragte er. „Jawohl, Mylord", erwiderte Sophia, „alle Beteuerungen der Liebe für eine Person, die wir verfolgen, sind im Grund höchst beleidigende Vorwände. Diese Ihre Werbung ist für mich eine überaus grausame Verfolgung, ja Sie benützen meine unglückliche Lage auf eine höchst ungroßmütige Weise." – „Allerliebste, anbetungswürdigste Zauberin", rief er, „klagen Sie mich nicht an, daß ich mir ungroßmütig etwas zum Vorteil auslege, da ich doch keinen Gedanken habe, der nicht Ihrer Ehre und Ihrem Nutzen diente, und keine Absicht, keine Hoffnung, keinen Ehrgeiz, als mich selbst, meine Ehre, mein Vermögen und alles zu Ihren Füßen zu legen." – „Mylord", sagte sie, „es ist ebendieses Vermögen und diese Ehre, die Ihnen den Vorteil über mich geben, den ich beklage. Dieses sind die Reize, die meine Verwandten verlockt haben, doch für mich sind es ganz gleichgültige Dinge. Wollen Sie meinen Dank verdienen, Mylord, so gibt es dazu nur einen Weg." – „Verzeihen Sie mir, göttliches Wesen", sagte er, „es gibt dazu keinen. Alles, was ich für Sie tun kann, ist so ganz nur meine Pflicht und wird mir so sehr zum Vergnügen gereichen, daß kein Raum für Ihre Dankbarkeit bleibt." – „Wirklich, Mylord", antwortete sie, „Sie können sich meine Erkenntlichkeit, meine gute Meinung, alle Verbindlichkeit und jedes Wohlwollen, die nur in meiner Macht stehen, sehr leicht erwerben; denn gewiß kann es einem großmütigen Herzen nicht schwerfallen, mir meine Bitte zu gewähren. So lassen Sie mich Sie denn ersuchen, von einer Werbung abzustehen, mit der Sie doch niemals Erfolg haben können. Um Ihret- wie um meinetwillen bitte ich Sie um diese Gunst; denn Sie sind doch gewiß zu edel, um Vergnügen daran zu finden, ein armes Geschöpf zu quälen. Was können Sie sich anderes als Unruhe von Ihrer Beharrlichkeit versprechen, die, bei meiner Ehre und bei meiner Seele, über mich nichts vermögen kann, über mich nichts vermögen soll, wieviel Elend Sie dadurch auch über mich bringen werden." Hier stieß der Lord einen tiefen Seufzer aus, und dann sagte er: „Ist es wirklich so, Madam, bin ich so unglücklich, der Gegenstand Ihres Abscheus und Ihrer Verachtung zu sein? Oder werden Sie mir verzeihen, wenn ich vermute, daß ein anderer . . .?" Er zögerte, und Sophia antwortete mit einigem Mut: „Mylord, ich schulde Ihnen für die Gründe meines Verhaltens keine Rechenschaft. Ich bin Ihnen für die großmütigen Anerbietungen, mit denen Sie mich beehrt haben, verbunden; ich gestehe, sie übertreffen meine Verdienste und meine Erwartungen. Doch ich hoffe, Mylord, Sie werden nicht darauf bestehen, meine Gründe zu erfahren, wenn ich Ihnen erkläre, daß ich darauf nicht eingehen kann." Lord Fellamar hatte hierauf allerlei vorzubringen, was wir nicht vollkommen verstehen und was sich vielleicht auch nicht genau mit gesundem Menschenverstand und den Forderungen der Grammatik vereinigen läßt. Er schloß seine hochfliegende Rede damit, daß er sagte, wenn sie bereits einem Edelmann versprochen sei, so müßte er sich, so unglücklich ihn das auch machen würde, als Mann von Ehre für verpflichtet halten, mit seinen Ansprüchen zurückzutreten. Vielleicht hatte der Lord das Wort Edelmann zu sehr betont, anders könnten wir den Unwillen, den er bei Sophia hervorrief, nicht begreifen, die sich in ihrer Antwort für eine Beleidigung, die er ihr zugefügt hatte, zu rächen schien.

Während sie mit lauterer Stimme als gewöhnlich sprach, kam Fräulein Western mit geröteten Wangen und flammendem Blick ins Zimmer. „Ich bin tief beschämt, Mylord", rief sie aus, „über die Aufnahme, die Ihnen widerfahren ist. Ich versichere Euer Gnaden, daß wir alle die Ehre, die Sie uns zugedacht, dankbar anerkennen – und Ihnen muß ich sagen, Fräulein Western, Ihre Familie erwartet von Ihnen ein anderes Betragen!" Hier griff der Lord zugunsten Sophias begütigend in das Gespräch ein, doch umsonst; die Tante hielt nicht inne, bis Sophia ihr Taschentuch hervorzog, sich in einen Stuhl warf und in Tränen ausbrach.

Der Rest der Unterredung zwischen Fräulein Western und Seiner Lordschaft bestand, bis der Lord sich zurückzog, aus bitteren Klagen seinerseits und aus den entschiedensten Versicherungen ihrerseits, daß ihre Nichte in alle seine Wünsche einwilligen müsse und werde. „Wahrhaftig, Mylord", sagte sie, „das Mädchen wurde auf eine törichte Art erzogen, die weder ihrem Vermögen noch ihrer Familie gemäß war, Ihr Vater, es tut mir leid, daß ich es sagen muß, trägt an allem die Schuld. Das Mädchen hat die albernsten ländlichen Vorstellungen von Züchtigkeit. Nur das ist's, Mylord, bei meiner Ehre; ich bin überzeugt, im Grund hat sie einen trefflichen Verstand und wird noch zur Vernunft gebracht werden."

Diese letzte Rede wurde in Sophias Abwesenheit gehalten, denn sie hatte schon vor einiger Zeit das Zimmer verlassen, mit empörterer Miene, als man dergleichen bei irgendeiner Gelegenheit an ihr gesehen hatte. Und jetzt nahm der Lord für diesmal unter vielen Dankesversicherungen gegen Fräulein Western Abschied, unter manchen Beteuerungen einer Leidenschaft, die nichts zu besiegen vermöge, und Schwüren der Beständigkeit, in denen ihn Tante Western kräftig bestärkte.

Bevor wir erzählen, was hierauf zwischen Tante Western und Sophia geschah, wird es gut sein, einen unglücklichen Zufall zu erwähnen, der sich ereignet und der veranlaßt hatte, daß Fräulein Western so wuterfüllt, wie wir das sahen, zurückgekehrt war.

Der Leser muß also wissen, daß die Jungfer, die jetzt Sophia diente, von Lady Bellaston, deren Zofe sie eine Zeitlang gewesen, empfohlen worden war. Diese sehr kluge Person hatte genaueste Anweisungen erhalten, ihr Fräulein zu überwachen. Und diese Vorschriften, wir sagen es nur mit Bedauern, waren ihr von Jungfer Honoria erteilt worden, in deren Gunst sich Lady Bellaston so eingeschmeichelt hatte, daß die heftige Liebe, welche die gute Zofe ehmals für Sophia gehegt hatte, jetzt durch ihre große Anhänglichkeit an ihre neue Herrin völlig getilgt war.

Als nun Frau Miller gegangen war und Betty (dies war der Name des Mädchens) zu ihrer jungen Dame zurückkehrte, fand sie diese sehr eifrig mit dem Lesen eines Briefes beschäftigt, und die sichtbare Gemütsbewegung, die sie dabei an ihrer Gebieterin bemerkte, mochte die Zofe in dem Verdacht, den sie gefaßt hatte, bestärken; doch hatte sie dafür noch eine bessere Begründung, denn sie hatte den ganzen Auftritt, der sich zwischen Sophia und Frau Miller ereignet hatte, abgehorcht.

Fräulein Western war über alles das durch Betty genau unterrichtet worden, die, nachdem sie für ihre Treue gelobt und ein wenig belohnt worden war, den Auftrag erhielt, die Frau, die den Brief gebracht hatte, falls sie wiederkehre, zu ihr, der Dame Western selbst, zu führen.

Nun kehrte zum Unglück Frau Miller zu ebender Zeit zurück, als Sophia ihr Gespräch mit dem Lord hatte. Betty, ihrem Befehl gemäß, schickte sie augenblicklich zur Tante Western hinauf, die, da sie bereits mancherlei von dem wußte, was sich am vorigen Tag zugetragen hatte, der armen Frau weiszumachen vermochte, Sophia habe ihr die ganze Sache anvertraut; so lockte sie alles aus ihr heraus, was ihr in Beziehung auf Jones bekannt war.

Dieses arme Geschöpf hätte man wirklich die Arglosigkeit in Person nennen können. Es gehörte zu jenen Sterblichen, die alles, was man zu ihnen sagt, für bare Münze hinnehmen, denen die Natur weder Angriffs- noch Verteidigungswaffen gegen den Betrug verliehen hat, denen folglich ein jeder alles aufzubinden vermag, der es sich nur ein wenig Falschheit kosten lassen will. Nachdem Fräulein Western alles aus Frau Miller herausgeholt hatte, was diese nur wußte – viel war es in der Tat nicht, doch genug, um die Tante noch Weiteres argwöhnen zu lassen –, entließ sie die Verhörte mit der Versicherung, Sophia wolle sie nicht sehen, und sie werde auf den Brief weder eine Antwort schicken noch je einen andern annehmen; auch ließ sie die Frau nicht gehen, ohne ihr zuvor über die Verdienste eines Amtes, für das sie keinen bessern Namen wisse als den einer Gelegenheitsmacherin, eine Standrede gehalten zu haben. – Diese Entdeckung hatte sie also bereits in Harnisch gebracht, und als sie nun in das Zimmer trat, in dem der Lord und Sophia in ihrem Gespräch begriffen waren, hörte sie, wie lebhaft Sophia sich gegen die Werbung Seiner Lordschaft ausließ. Darüber loderte ihre schon glimmende Wut zur wilden Flamme auf, und sie stürzte so rasend zu ihrer Nichte hinein, wie wir das nebst allem, was bis zum Abschied des Lords vorging, vorhin beschrieben haben.

Lord Fellamar war kaum abgetreten, als Tante Western sich

wieder zu Sophia begab, der sie wegen der Enttäuschung, die sie ihr bereitet habe, die bittersten Vorwürfe machte; verräterisch habe sie sich mit einem Manne in schriftlichen Verkehr eingelassen, obwohl sie sich doch einen Tag zuvor hätte durch einen feierlichen Eid verpflichten wollen, nie mehr mit ihm in Korrespondenz zu treten. Sophia beteuerte, keine solche Korrespondenz unterhalten zu haben. „Was, wie? Fräulein Western“, rief die Tante, „willst du ableugnen, daß du noch gestern einen Brief von ihm empfangen hast?“ – „Einen Brief, Madam?“ antwortete Sophia, gelinde bestürzt. „Es ist ungezogen, Fräulein“, versetzte die Tante, „mir meine Worte zu wiederholen. Ich sage: einen Brief, und ich bestehe darauf, daß du mir ihn augenblicklich zeigst.“ – „Ich verachte das Lügen, Madam“, erwiderte Sophia. „Ja, ich habe einen Brief erhalten, doch ganz gewiß ohne meinen Wunsch, ich darf sagen, gegen meinen Willen.“ – „Wirklich, wirklich, kleines Fräulein“, rief die Tante, „du sollst dich schämen zu gestehen, daß du ihn angenommen hast! Doch wo ist der Brief, denn ich will ihn sehen!“ Auf dieses im Befehlston vorgebrachte Verlangen besann sich Sophia ein wenig, ehe sie eine Antwort gab; alsdann entschuldigte sie sich damit, daß sie erklärte, sie habe den Brief nicht bei sich, was auch die Wahrheit war; worauf die Tante, der nun alle Geduld riß, ihre Nichte schroff fragte, ob sie sich entschließen wolle, Lord Fellamar zu heiraten oder nicht. Die entschiedenste Verneinung, die sie von ihrer Nichte erhielt, beantwortete Tante von Western mit einem tüchtigen Fluch oder etwas Ähnlichem, wonach sie beteuerte, sie wolle Sophia am nächsten Morgen den Händen ihres Vaters übergeben.

Sophia versuchte es hierauf mit den folgenden Vorstellungen: „Warum, Madam, soll ich denn gezwungen werden zu heiraten? Bedenken Sie doch, für wie grausam Sie das in Ihrem eigenen Fall gehalten hätten und wieviel gütiger Ihre Eltern gegen sie gewesen sind, da sie Ihnen Ihre Freiheit ließen. Was habe ich getan, womit diese Freiheit verwirkt? Ich will niemals gegen den Willen meines Vaters heiraten, noch ohne Sie vorher um Ihren zu fragen. Und wenn ich darum bitte und von der einen oder der andern Seite würde mir die Einwilligung verweigert, so wäre es ja noch immer Zeit genug, mich zu einer andern Verbindung zu zwingen.“ – „Wie kann ich so etwas *nur anhören*“, *rief* die Tante, „von einem Mädchen, das eben jetzt den Brief eines Mörders in der Tasche trägt?“ – „Ich habe keinen solchen Brief bei mir, ich versichere es Ihnen“, antwortete Sophia; „und ist er ein Mörder, so wird er bald nicht mehr imstande sein, Sie zu beunruhigen." – „Wie, Fräulein Western, hat man die Frechheit, auf diese Art von ihm zu sprechen und mir ins Gesicht die Liebe zu einem solchen Schurken zu gestehen!" – „In der Tat, Madam, Sie unterlegen meinen Worten einen sehr merkwürdigen Sinn." – „In Wahrheit, Fräulein Western", schrie die Tante, „ich werde diese Behandlung nicht länger ertragen! Diese Art, sich gegen mich zu benehmen, hat dir dein Vater beigebracht. Er hat dich gelehrt, mich Lügen zu strafen. Durch sein falsches Erziehungssystem hat er dich völlig verdorben, und wenn es dem Himmel gefällt, wird er noch die Früchte davon ernten. Ich sage dir nochmals, morgen früh werd ich dich wieder zu ihm hinbringen. Ich will alle meine Hilfstruppen aus dem Feld zurückziehen und hinfort, wie der weise König von Preußen, im Zustand vollkommener Neutralität verharren. Ihr seid beide zu weise, um euch durch meine Maßregeln bestimmen zu lassen; also richte dich darauf ein, denn morgen früh sollst du dieses Haus räumen."

Sophia erhob alle Einwände und Gegenreden, deren sie fähig war; aber ihre Tante blieb für alles, was sie sagte, taub. Bei diesem ihrem Entschluß müssen wir sie jetzt verlassen, da durchaus keine Hoffnung zu bestehen scheint, sie davon abzubringen.

9. Kapitel

Was Herrn Jones im Gefängnis begegnete.

Herr Jones brachte über vierundzwanzig melancholische Stunden allein im Gefängnis zu, nur daß die Gesellschaft Partridges ihn ein wenig aufrichtete, bis sein Freund Nightingale wieder bei ihm erschien. Nicht, als hätte dieser würdige junge Mann seinen Freund verlassen und vergessen, denn tatsächlich hatte er den größten Teil dieser Zeit darauf verwendet, ihm Dienste zu leisten.

Er hatte bei seinen Erkundigungen erfahren, daß niemand den Anfang des unseligen Streites mit angesehen habe außer einer Rotte Matrosen von einem Kriegsschiff, das damals in Deptford lag. So machte er sich nach Deptford auf, um diese Matrosen zu suchen; man sagte ihm jedoch dort, die Gesuchten seien alle an Land gegangen. Er forschte nach ihnen von Ort zu Ort, bis er endlich zwei fand, die in einer Heckenschenke, in der Nähe von Aldergate, mit einer dritten Person zusammen tranken.

Nightingale wünschte mit Jones allein zu sprechen (denn Partridge war bei ihm, als er eintrat). Sobald sie allein waren, faßte Nightingale Jones bei der Hand und rief: „Kommen Sie, mein wackerer Freund, lassen Sie sich durch das, was ich Ihnen zu sagen habe, nicht zu sehr niederdrücken – es tut mir leid, daß ich der Überbringer schlechter Nachrichten bin; ich halte es aber für meine Pflicht, sie Ihnen mitzuteilen." – „Ich vermute bereits, was das für schlimme Nachrichten sind", rief Jones; „der arme Herr Fitzpatrick ist gestorben." – „Das hoffe ich nicht", antwortete Nightingale; „heute morgen lebte er noch; aber ich will Ihnen nichts vormachen, denn nach dem, was man mir gesagt hat, fürchte ich, daß seine Wunde tödlich ist. Wenn jedoch die Sache sich genauso verhält, wie Sie mir erzählt haben, dann ist Ihr eigener innerer Gewissenskummer das einzige, was zu befürchten Sie Grund haben, möge kommen, was da will. Nur verzeihen Sie mir, mein lieber Tom, wenn ich Sie bitte, Ihren Freunden auch das Nachteiligste nicht zu verschweigen, das Ihre Geschichte für Sie haben kann. Wenn Sie uns irgend etwas verhehlen, so sind Sie nur Ihr eigener Feind." – „Welche Ursache, mein lieber Jack, habe ich Ihnen je gegeben, mich mit einem so grausamen Verdacht zu verletzen?" erwiderte Jones. „Haben Sie Geduld", sagte Nightingale, „und ich will Ihnen alles erzählen. Nach den eifrigsten Erkundigungen, die mir möglich waren, hab ich endlich zwei von den Kerlen, die bei diesem unglücklichen Vorfall zugegen waren, getroffen, und es tut mir leid zu sagen, sie erzählen die Sache nicht so zu Ihrem Vorteil, wie Sie selbst sie mir erzählt haben." – „Ja, was sagen sie denn?" rief Jones, „Nun, was ich wirklich ungern wiederhole, weil ich die Folgen fürchte, die es für Sie haben könnte. Sie sagen, sie seien zu weit entfernt gewesen, um die Worte zu hören, die zwischen Ihnen gewechselt wurden; doch stimmen beide darin überein, daß Sie den ersten Schlag gegeben hätten." – „Dann, auf meine Seele, tun sie mir Unrecht!" sagte Jones. „Nicht nur führte er den ersten Schlag, er schlug mich ohne die geringste Herausforderung. Was kann diese Schurken veranlassen, mich fälschlich zu bezichtigen?" – „Ja, das kann ich *nicht erraten*", versetzte Nightingale. „Und wenn weder Sie selbst noch ich als Ihr Freund eine Ursache finden können, warum diese Burschen Sie verleumden sollten, welche Gründe wird dann ein unparteiisches Gericht geltend machen können, um ihrer Aussage nicht zu glauben? Ich wiederholte ihnen die Frage zu verschiedenen Malen, und das tat auch ein anderer gutaussehender Mann, der zugegen war, den ich für einen seefahrenden Mann hielt und der wirklich wie ein Freund an Ihnen handelte; denn er bat sie öfter, in Betracht zu ziehen, es stehe eines Menschen Leben auf dem Spiel, und er fragte sie immer wieder, ob sie es auch ganz gewiß wüßten. Worauf sie erklärten, ihrer Sache völlig sicher zu sein und dies durch einen Eid bekräftigen zu wollen. Um Gottes willen! mein lieber Freund! besinnen Sie sich wohl, denn sollte es sich als wahr erweisen, so werden Sie beizeiten daran denken müssen, was das Ansehen Ihrer Freunde und Bekannten bei Hofe erwirken könnte. Ich möchte Sie nicht gern der Zuversicht berauben, doch Sie wissen, glaube ich, wie streng die Gesetze gehandhabt werden, selbst wenn sie noch so sehr durch Worte herausgefordert worden sind." – „Ach! liebster Freund", rief Jones, „auf welche Fürsprache kann so ein Armseliger wie ich rechnen? Zudem, können Sie glauben, ich wollte weiterleben, wenn die Welt mich für einen Mörder hielte? Hätte ich auch einflußreiche Freunde (ich habe sie nicht), woher nähme ich die Dreistigkeit, sie um die Fürsprache für einen Menschen zu bitten, dem das schlimmste Verbrechen an der menschlichen Gesellschaft zur Last gelegt wird? Glauben Sie mir, ich habe keine derartigen Hoffnungen, doch habe ich einiges Vertrauen zu einem viel höheren Throne, der mir sicherlich den Schutz, den ich verdiene, gewähren wird."

Er schloß hierauf mit den feierlichsten und leidenschaftlichsten Versicherungen, daß alles sich so verhalte, wie er es gleich anfangs erzählt habe.

Nightingales Glaube war hier aufs neue schwankend gemacht, und der Mann begann seinem Freunde zu trauen, als Frau Miller eintrat und einen sehr betrübenden Bericht über den Erfolg ihres Auftrages ablegte. Als Jones ihn angehört hatte, rief er voller Heldenmut: „Wohl, meine Freundin, jetzt ist es mir gleichgültig, was geschehen mag, wenigstens soweit es mein Leben betrifft; und ist es der Wille des Himmels, daß ich für das Blut, das ich vergossen habe, büßen soll, so hoffe ich, Gottes Güte wird es eines Tages so lenken, daß meine Ehre gerettet wird und daß man den Worten eines Sterbenden wenigstens insofern Glauben schenkt, daß sein Charakter dadurch seine Rechtfertigung erfährt."

Dem folgte ein sehr trauriger Auftritt zwischen dem Gefangenen und seinen Freunden, dem beizuwohnen aber wenigen Lesern Vergnügen machen würde; so werden, glaube ich, nur wenige wünschen, ihn hier umständlich geschildert zu finden. Wir gehen darum über zum Eintritt des Gefängnisschließers, der kam, um Herrn Jones zu melden, es sei eine Dame draußen, die ihn, wenn er Zeit habe, zu sprechen wünsche.

Jones zeigte sich über diese Botschaft verwundert. Er kenne, sagte er, keine Dame in der Welt, von der er möglicherweise erwarten könnte, daß sie ihn an diesem Ort besuchen komme. Da er jedoch keinen Grund sah, den Besuch irgendeines Menschen abzulehnen, so verabschiedeten Frau Miller und Herr Nightingale sich unverzüglich, und Jones gab Bescheid, daß man die Dame zu ihm einlasse.

War Herr Jones schon von der Meldung des Besuches einer Frau überrascht gewesen, wie groß war erst sein Erstaunen, als er erkannte, daß diese Dame niemand anders war als Frau Waters! In seinem Staunen wollen wir ihn eine Weile belassen, um dem Leser aus seiner Verwunderung herauszuhelfen, der wahrscheinlich über die Ankunft dieser Dame nicht weniger überrascht sein wird.

Wer diese Frau Waters war, das weiß der Leser so ziemlich; was sie war, dürfte ihm ebenso bekannt sein. Möge er sich also gütig erinnern, daß diese Dame von Upton mit Herrn Fitzpatrick und dem andern irischen Herrn in derselben Kutsche abfuhr und in ihrer Gesellschaft nach Bath reiste.

Nun hatte um diese Zeit Herr Fitzpatrick ein gewisses Amt zu vergeben, das eben vakant geworden war, nämlich das einer Beischläferin; denn die Dame, die dieses Amt zuletzt ausübte, hatte verzichtet oder wenigstens ihre Dienstpflicht versäumt. Nachdem Herr Fitzpatrick also Frau Waters während der Reise genau gemessen und geprüft hatte, fand er sie überaus geeignet für dieses Amt, das er ihr denn bei der Ankunft in Bath übertrug und das sie ohne Bedenken annahm. Als Mann und Frau lebten dieser Herr und diese Dame während der ganzen Zeit ihres Aufenthaltes in Bath zusammen, und als Mann und Frau langten sie miteinander in London an.

War nun Herr Fitzpatrick so klug, daß er nicht gern einen guten Besitz aufgeben mochte, bevor er nicht einen andern an seine Stelle setzen konnte, auf den er jetzt nur noch wenig Aussicht hatte, oder versah Frau Waters ihre Dienste so gut, daß er gesonnen war, sie als Hauptperson bei sich zu behalten und seine Gemahlin (wie das so oft geschieht) hintanzusetzen, das will ich nicht entscheiden; gewiß jedoch ist, er erwähnte vor Frau Waters seine Gattin niemals, zeigte ihr nie den Brief, den ihm das ältere Fräulein Western gegeben hatte, und verriet durch keinerlei Äußerungen, daß er nach dem Wiederbesitz seiner Ehefrau trachtete. Und noch weniger nannte er den Namen Jones; denn obgleich er gewillt war, sich mit Jones zu schlagen, wo immer er ihn träfe, so zeigte er sich dabei doch nicht wie jene weltklugen Leute, die eine Gattin, eine Mutter, eine Schwester, mitunter eine ganze Familie für die sichersten Sekundanten bei einer solchen Gelegenheit halten. Die erste Nachricht somit, die sie von all dem erhielt, vernahm sie von seinen Lippen, als er aus der Schenke, wo seine Wunde verbunden worden war, nach Hause gebracht wurde.

Da Herr Fitzpatrick nie imstande war, etwas klar und folgerichtig zu erzählen, und er jetzt vielleicht noch etwas verworrener reden mochte als sonst, dauerte es einige Zeit, bis sie erfaßt hatte, daß der Herr, der ihm die Wunde beigebracht hatte, derselbe Mann war, von dem ihr Herz eine Wunde empfangen hatte, freilich nicht tödlicher Art, doch so tief, daß sie eine beträchtliche Narbe hinterlassen hatte; doch kaum hatte sie erfahren, Herr Jones selbst sei der Mann, der wegen dieser vermeintlichen Mordtat ins Gefängnis gewandert sei, da benützte sie die erste Gelegenheit, Herrn Fitzpatrick unter der Aufsicht seiner Pflegerin allein zu lassen und hinzueilen, um seinen Besieger aufzusuchen.

Den Gefängnisraum betrat sie heiteren Gesichts, das jedoch durch den melancholischen Anblick des armen Jones sogleich ein anderes Aussehen erhielt, denn als er sie erkannte, fuhr er zusammen und bekreuzigte sich. Auf das hin sagte sie zu ihm: „Nun ja, mich wundert's nicht, daß Sie stutzen! Ich glaube gern, daß Sie meinen Besuch nicht erwarteten, denn wenige Herren werden hier mit Besuchen von Frauen belästigt, es handele sich denn um die Ehefrau. Sie sehen, welche Gewalt Sie über mich haben, Herr Jones. Ich dachte wirklich nicht, als wir uns zu Upton trennten, daß unsere nächste Begegnung an einem solchen Ort stattfinden würde." – „In der Tat, Madam", sagte Jones, „ich muß in diesem Besuch ein Zeichen Ihrer großen Güte sehen! Wenige folgen einem Mann ins Unglück, zumal in solch traurige Wohnungen." – „Ich versichere Ihnen, Herr Jones", sagte sie, „es fällt mir schwer, mich zu überreden, daß Sie jener selbe liebenswürdige Mann sind, den ich zu Upton sah.

Wie, Ihr Gesicht sieht ja trübseliger aus als das schlimmste Gefängnis auf Gottes Welt? Was mag Ihnen denn nur fehlen?" – „Ich dächte, Madam, da Sie von meinem Aufenthalt hier wußten, sei Ihnen auch die unselige Ursache bekannt." – „Pah!" sagte sie, „Sie haben einen Mann im Duell ein wenig angestochen, das ist alles!" Jones äußerte sich unwillig über solchen Leichtsinn und sprach mit reuevollem Bedauern über das Vorgefallene. Darauf antwortete sie: „Nun, Herr, wenn Sie sich das so zu Herzen nehmen, so will ich Ihnen die Bürde erleichtern; der Mann ist nicht tot, und ich bin der guten Zuversicht, daß er nicht in Lebensgefahr schwebt. Tatsächlich war der Feldscher, der ihn zuerst verband, ein junger Mann, der von der Wunde wohl soviel Aufhebens machte und sie als gefährlich darstellte, um desto mehr Ehre einzuheimsen, wenn er sie kurierte, doch seither hat ihn der königliche Wundarzt untersucht, und er sagt, wenn nicht ein Fieber dazukomme, von dem bis jetzt keinerlei Anzeichen vorhanden sind, so fürchte er nicht für sein Leben." Über ihrem Bericht heiterten Jones' Mienen sich sichtlich auf, worauf sie nochmals seine Wahrheit bestätigte und hinzufügte: „Durch den sonderbarsten Zufall von der Welt wohne ich in demselben Hause; ich habe den Herrn gesehen, und ich kann Ihnen versichern, er läßt Ihnen Gerechtigkeit widerfahren, und er sagt; wie immer alles ausgehen werde, der Angreifer sei er gewesen, und Sie trügen nicht die geringste Schuld."

Jones bezeigte die größte Genugtuung über diese Nachricht, die ihm Frau Waters brachte. Er vertraute ihr darauf verschiedene Dinge an, die sie bereits sehr gut wußte, wie: wer Herr Fitzpatrick sei, welches die Ursache seines feindlichen Verhaltens gewesen sei, und so weiter. Sodann erzählte er ihr auch verschiedene Tatsachen, von denen sie nichts wußte, so die Geschichte mit dem Muff und anderes, wobei er nur Sophias Namen verschwieg. Er verwünschte die Tollheiten und Laster, die er sich hatte zuschulden kommen lassen, die alle, sagte er, so üble Folgen nach sich gezogen hätten, daß es unverzeihlich wäre, ließe er sich dadurch nicht davor warnen, künftig noch weiter auf bösen Wegen zu wandeln. Er schloß damit, daß er sie des Vorsatzes versicherte, hinfort nicht wieder zu sündigen, auf daß ihm nicht noch Schmerzlicheres widerfahre.

Frau Waters machte sich über alles, als über Auswirkungen seiner Niedergeschlagenheit und seiner Gefangenschaft, weidlich lustig. Sie wiederholte ihm ein paar Witzworte über den

Teufel auf dem Krankenbett und sagte ihm zuletzt, sie zweifle nicht, ihn, Jones, über kurzem in Freiheit und so lebhaft und munter wiederzusehen wie nur je. „Und dann", bemerkte sie, „wird Ihr Gewissen ohne Frage all diese Ausgeburten von sich abgeschüttelt haben, die es jetzt in solcher Drangsal ausbrütet."

Und derartiges äußerte sie noch mehr, wovon einiges ihr beim Leser wenig Ehre machen würde, wenn wir es hier anführten. Auch sind wir nicht so gewiß, ob nicht einige andere die Antwort, die Jones darauf zu geben hatte, ins Lächerliche ziehen würden. Wir wollen darum den Rest dieses Gespräches unterdrücken und nur noch bemerken, daß es in vollkommener Unschuld endete und weit mehr zur Zufriedenheit von Herrn Jones als der Dame, denn der erste war überglücklich über die Nachricht, die sie ihm gebracht hatte; diese aber war nicht halb so erfreut von dem bußfertigen Gebaren eines Mannes, von dem sie bei ihrer ersten Begegnung eine ganz andere Meinung gefaßt hatte, als sie jetzt von ihm hegen mußte.

Die Melancholie, die Herrn Nightingales Bericht hervorgerufen hatte, war somit ziemlich getilgt; aber der Unmut, in den Frau Miller ihn versetzt hatte, hielt weiter an. Ihr Bericht stimmte so genau mit Sophias eigenen Worten in ihrem Brief überein, daß er nicht im geringsten zweifelte, sie habe seinen Brief ihrer Tante vorgelegt und den festen Entschluß gefaßt, ihn zu verlassen. Die Qual, die ihm dieser Gedanke verursachte, ließ sich nur mit der einer anderen Botschaft vergleichen, die ihm das Schicksal noch aufgespart hatte und die wir im zweiten Kapitel des folgenden Buches mitteilen wollen.

ACHTZEHNTES BUCH

Umfaßt ungefähr sechs Tage.

1. Kapitel

Ein Lebewohl für den Leser.

Wir sind nun, lieber Leser, auf der letzten Etappe unserer langen Reise angelangt. Da wir also so viele Seiten zusammen durchreist haben, so wollen wir es miteinander halten wie die Reisekameraden in einer öffentlichen Überlandkutsche, die mehrere Tage gemeinsam verlebt haben und die, ungeachtet aller kleinen Sticheleien und Bosheiten, die sich unterwegs zugetragen haben mögen, am Ende gewöhnlich ganz versöhnlich werden und zum letztenmal freundlich und gutgelaunt wieder einsteigen, weil es uns, wenn wir noch diese Strecke zurückgelegt haben, ebenso gehen könnte wie gewöhnlich jenen, daß wir uns nämlich nie wiedersehen.

Da ich einmal dieses Gleichnis hier aufgenommen habe, so erlaubt mir, daß ich es noch ein wenig weiter ausführe. Ich habe also die Absicht, in diesem letzten Buch die vorhin erwähnte Reisegesellschaft auf ihrer letzten Etappe nachzuahmen. Nun ist es aber bekannt, daß zu dieser Zeit alles Scherzen und Hänseln unter ihnen wegfällt. Was für einen Charakter die einzelnen Passagiere auch auf der Reise zum Spaß angenommen und dargestellt haben mögen, sie werfen ihn jetzt ab, und das Gespräch pflegt verständig und ernsthaft zu werden.

Und also mache auch ich, wenn ich mir dann und wann im Verlauf dieses Werkes zur Unterhaltung einen kleinen Scherz erlaubt habe, dem hier nun ein Ende. Die Mannigfaltigkeit der Dinge, die ich in diesem Buche zusammenzudrängen genötigt sein werde, wird keinen Raum mehr übriglassen für irgendwelche spaßhaften Bemerkungen, wie ich sie wohl hier und da eingestreut habe und die dich vielleicht mitunter am Einnicken hinderten, wenn Schläfrigkeit dich gerade beschleichen wollte. Du wirst nichts (oder doch nur sehr wenig) dergleichen in diesem Buche antreffen. Alles wird nur in schmuckloser Erzählung bestehen; und wirklich, hast du erst die mancherlei großen Ereignisse gelesen, die dieses Buch enthält, dann wird dir die Anzahl seiner Seiten für den Bericht der Geschichte kaum als ausreichend erscheinen. Und jetzt, guter Freund, ergreife ich die Gelegenheit (da ich ja keine andere mehr haben werde), um dir von Herzen alles Gute zu wünschen. Bin ich für dich ein unterhaltender Reisegefährte gewesen, so war dies genau das, was ich zu sein begehrte. Habe ich durch irgend etwas dein Mißfallen erweckt, so lag dem gewiß keine Absicht zugrunde. Einige Dinge, die hier ausgesprochen wurden, könnten dich oder deine Freunde betroffen haben, aber ich versichere feierlich, weder auf dich noch auf sie hatte ich es abgesehen. Ich zweifle nicht, daß man dir unter anderem von mir erzählt hat, du würdest mit einem sehr possenhaften Burschen reisen; doch wer immer dir das gesagt hat, er hat mir Unrecht getan. Niemand verachtet und verabscheut spöttischen und verletzenden Scherz mehr als ich, und keiner hat dazu auch mehr Ursache, denn niemand ist schlimmer damit mißhandelt worden als ich; und was wirklich ein schwer erträgliches Los ist: Einige solcher abgeschmackten Sudeleien sind mir zugeschrieben worden gerade von Männern, die mich in andern ihrer Werke mit der äußersten Bosheit heruntergemacht haben.

Doch bin ich gewiß, daß alle jene Werke dahingegangen sein werden, lange bevor diese Seite dir zum Lesen vorgelegt werden wird; denn wie kurz auch das Leben meiner eigenen Werke sein mag, sie werden doch höchstwahrscheinlich ihren kränklichen Verfasser und die armseligen Machwerke seiner schmähsüchtigen Zeitgenossen überdauern.

2. Kapitel

Enthält einen sehr tragischen Zwischenfall.

Während Jones mit diesen unfrohen Gedanken beschäftigt war, mit denen wir ihn, sich selber quälend, verließen, kam Partridge in das Gefängniszimmer gestolpert mit einem Gesicht, das fahler war als Asche, mit Augen, die ihm starr im Kopfe standen, mit gesträubtem Haar und an allen Gliedern zitternd. Kurz, er sah aus, als hätte er soeben ein Gespenst erblickt oder als wäre er selbst ein Gespenst.

Jones, der sich nicht leicht fürchtete, konnte doch nicht umhin, über diese plötzliche Erscheinung ein wenig stutzig zu werden. Er änderte auch selbst ein wenig die Farbe, und seine Stimme stockte etwas, als er ihn fragte, was mit ihm los sei.

„Ich hoffe, Herr", sagte Partridge, „Sie werden sich über mich nicht erbosen! Ich habe wirklich nicht gehorcht, doch ich war genötigt, im Vorraum stehenzubleiben. Ich wollte lieber hundert Meilen weg sein, als das gehört zu haben, was ich hören mußte." – „Wie? Was ist denn los?" – „Was? Herr? Ach guter Gott!" antwortete Partridge. „War die Frau, die eben fortging, dieselbe, die zu Upton bei Ihnen war?" – „Das war sie, Partridge", bestätigte Jones. „Und haben Sie wirklich, bester Herr, bei dieser Frau geschlafen?" fragte er zitternd. „Ich fürchte", bemerkte Jones, „was dort zwischen uns vorgefallen ist, ist leider kein Geheimnis." – „Nein, Herr, um Himmels willen, geben Sie mir eine unverblümte Antwort!" rief Partridge. „Sie wissen, daß ich's tat", erwiderte Jones. „Dann sei Gott Ihrer armen Seele gnädig und verzeihe Ihnen!" sagte Partridge. „Denn so gewiß ich hier lebend vor Ihnen stehe, Sie haben bei Ihrer eigenen Mutter geschlafen!"

Bei diesen Worten wurde Jones in einem Augenblick zu einem größeren Bild des Schreckens als Partridge selbst. Für längere Zeit blieb er vor Entsetzen stumm, und beide starrten sich mit aufgerissenen Augen an. Endlich fanden seine Worte ihren Weg, und er sagte mit sicherer Stimme: „Wie? wie? Was erzählen Sie mir da?" – „Ja, Herr, ich habe jetzt nicht den Atem, Ihnen viel zu erzählen, doch was ich Ihnen gesagt habe, ist ganz gewiß wahr: Die Frau, die eben gegangen, ist Ihre leibliche Mutter. Ein Unglück für Sie, Herr, daß ich sie zu jener Zeit nicht zu sehen bekam – es hätte nicht geschehen können! Da muß der Teufel ja selbst die Hand angelegt haben, um dieses Scheußliche zustande zu bringen."

„Wahrhaftig", rief Jones, „nicht eher wird mein Schicksal ablassen, mich zu verfolgen, als bis es mich um den Verstand gebracht hat! Doch was schelte ich mein Schicksal? Ich selbst bin die Ursache meines Elends. All das furchtbare Unheil, das mich befallen hat, ist die gerade Folge meiner eigenen Torheiten, meiner Laster! Was Sie mir gesagt haben, Partridge, hat mich fast betäubt. Also war diese Frau Waters – doch was frage ich? Sie müssen sie ja kennen! – Haben Sie noch eine Spur von Liebe zu mir, ja, können Sie auch nur Mitleid fühlen, *so bitte ich*, holen Sie diese unglückliche Frau zu mir zurück! Oh, Gott im Himmel! Blutschande – mit einer Mutter. Wozu ward ich geboren?" Hier überkam ihn ein Anfall des heftigsten und qualvollsten Grams und der Verzweiflung, in der Partridge ihn nicht verlassen wollte. Als aber der erste Sturm dieser Leidenschaft sich etwas gelegt hatte, kam er wieder zu sich; und nachdem er Partridge davon unterrichtet hatte, daß er die unglückliche Frau in demselben Hause finden werde, wo der verwundete Herr wohne, schickte er ihn weg, sie zu holen.

Will der Leser so gütig sein, sein Gedächtnis dadurch etwas aufzufrischen, daß er im neunten Buch den Auftritt zu Upton nachliest, dann wird er die sonderbaren Zufälle zu bewundern imstande sein, die unglücklicherweise verhinderten, daß Partridge mit Frau Waters zusammentraf, die selbst doch einen ganzen Tag mit Jones zubrachte. Vorkommnisse dieser Art können wir häufig im alltäglichen Leben beobachten, bei denen die größten Wirkungen durch einen kaum wahrnehmbaren Zusammenhang kleiner Umstände hervorgebracht werden, und ein scharfblickendes Auge wird in unserer Geschichte mehr als ein derartiges Beispiel entdecken.

Nach einer fruchtlosen Suche von zwei oder drei Stunden kehrte Partridge zu seinem Herrn zurück, ohne Frau Waters angetroffen zu haben. Jones, der über sein Verzögern aufs neue in einen Zustand der Verzweiflung geraten war, verfiel, als er ihm den Bericht brachte, fast in Raserei. Doch war er noch nicht lange in diesem Zustand, als er folgenden Brief erhielt:

Mein Herr,

seit ich Sie verließ, habe ich mit einem Herrn gesprochen, von dem ich etwas, was Sie betrifft, vernommen habe, was mich außerordentlich wundert und tief berührt. Da ich aber jetzt nicht die Muße habe, Ihnen etwas von so großer Wichtigkeit mitzuteilen, so müssen Sie Ihre Neugier bis zu unserer nächsten Zusammenkunft zügeln; diese wird stattfinden, sobald ich es möglich machen kann, Sie zu besuchen. Oh, Herr Jones, wie wenig ahnte ich, als ich jenen glücklichen Tag zu Upton verbrachte, dessen Andenken wahrscheinlich mein ganzes künftiges Leben verbittern wird, wer es war, dem ich diese Stunden vollkommener Glückseligkeit verdankte! Glauben Sie mir, daß ich stets aufrichtig bin

Ihre unglückliche J. Waters

PS. Ich möchte Sie soviel wie möglich aus Ihrer Betrübnis aufrichten, denn Herr Fitzpatrick schwebt in keinerlei Gefahr. So schwere Vergehen Sie auch sonst zu bereuen haben mögen – Blutschuld zählt nicht dazu.

Nachdem Jones diesen Brief gelesen hatte, ließ er ihn aus den Händen fallen, unfähig, ihn zu halten, und tatsächlich hatte er kaum noch Macht über seine Glieder. Partridge hob den Brief auf, und nachdem er die stillschweigende Erlaubnis dazu erhalten hatte, las er ihn ebenso, und die Wirkung auf ihn war nicht viel geringer. Der Pinsel, nicht die Feder müßte das Grauen darstellen, das auf den beiden Gesichtern sich ausdrückte. Während sie noch sprachlos dastanden, trat der Schließer ein, und ohne darauf zu achten, was auf ihren Gesichtern so deutlich zu sehen war, meldete er Herrn Jones, daß draußen ein Mann sei, der mit ihm zu sprechen wünsche. Er wurde alsbald hereingeführt und war niemand anders als Black George.

Da der Anblick der entsetzten Mienen für Black George nicht so etwas Alltägliches war wie für den Gefängnisschließer, so gewahrte er sogleich die Verstörtheit im Gesicht von Tom Jones. Er erklärte es sich aus dem Unfall, von dem unter Herrn Westerns Leuten in den schlimmsten Tönen gesprochen worden war, und er meinte darum, der verwundete Herr müsse gestorben sein und Jones befinde sich auf dem Weg zu einem schmachvollen Ende – ein Gedanke, der George tief bekümmerte, denn er war mitleidigen Gemütes, und obwohl er der übermächtigen Versuchung erlegen war, der Freundschaft einen kleinen Stoß zu versetzen, so war er doch im Grunde nicht unempfindlich für die Wohltaten, die er einstmals von Herrn Jones empfangen hatte.

Der arme Kerl konnte sich daher bei dem gegenwärtigen Anblick kaum einer Träne enthalten. Er sagte Jones, sein Unglück greife ihm ans Herz, und bat ihn, sich zu besinnen, ob er ihm nicht irgendwie einen Dienst leisten könne. „Vielleicht, Herr“, sagte er, „könnten Sie in den jetzigen Verhältnissen ein wenig Geld brauchen. Ist dem so, Herr, so steht das bißchen, das mir gehört, herzlich gern zu Ihren Diensten.“

Jones schüttelte ihm freundschaftlich die Hand und sagte ihm vielen Dank für sein gütiges Anerbieten, doch antwortete er, es fehle ihm in diesem Sinne an nichts. Worauf George sein Anerbieten noch dringender wiederholte. Jones dankte ihm wiederum mit der Versicherung, ihm fehle es an nichts von dem, was ihm ein lebender Mensch geben könne. „Kommen Sie, mein guter Herr“, antwortete George, „lassen Sie sich die Sache nicht so zu Herzen gehen. Es könnte alles doch noch besser ausgehen, als Sie glauben; Sie sind ja wahrhaftig nicht der erste Edelmann, der seinen Gegner erstochen hat und doch dabei gut weggekommen ist." – „Da haben Sie weit daneben getroffen, George", sagte Partridge, „der Herr ist nicht tot und wird auch kaum daran sterben. Lassen Sie meinen Herrn in Frieden, ihn plagen andere Dinge, und dabei können Sie ihm gar nicht helfen." – „Wer weiß, was ich vermag, Herr Partridge!" erwiderte George. „Ist's etwas, was meine junge Lady betrifft, so hätt ich Ihrem Herrn was mitzuteilen." – „Was sagt Ihr da, George?" fragte Jones. „Hat sich etwas ereignet, was meine Sophia berührt? Meine Sophia! Wie wagt ein Elender wie ich, so entheiligend von ihr zu sprechen?" – „Ich hoffe immer, sie wird die Ihrige werden", antwortete George. „Und freilich hab ich Ihnen etwas von ihr zu erzählen. Madam Western hat eben Fräulein Sophia wieder zurückgebracht, und das gab einen gewaltigen Lärm. Was die Ursache von allem war, konnt ich nicht erfahren, doch mein Herr war in heller Wut und ebenso Madam Western, und ich hörte sie sagen, als sie aus der Tür ging und in die Sänfte stieg, sie werde nie mehr einen Fuß in des Herrn Haus setzen. Ich weiß nicht, was geschehen ist, aber als ich hinausging, war schon alles wieder ganz ruhig. Robin, der beim Abendessen aufgewartet hat, sagte, er habe den Junker seit langer Zeit sich nicht so gütig und freundlich mit der jungen Dame unterhalten sehen. Er habe sie mehrmals umarmt und geküßt und geschworen, sie sollte fortan ganz allein ihre Herrin sein, und nie mehr wollt er sie in ein Zimmer einschließen. Ich dachte, das zu wissen wär Ihnen lieb, und so schlich ich mich aus dem Haus, so spät es war, um's Ihnen zu berichten." Herr Jones versicherte George, es mache ihm große Freude; denn obgleich er es nie mehr wagen würde, seine Augen zu diesem unvergleichlichen Geschöpf zu erheben, so vermöchte doch nichts sein Glück so zu erleichtern als die Genugtuung, die er stets empfinden werde, wenn er von des Fräuleins Wohlergehen vernähme.

Was weiter noch bei diesem Besuch gesagt wurde, ist nicht von Belang genug, um hier angeführt zu werden. So wird uns der Leser verzeihen, wenn wir kurz abbrechen, und er wird gerne vernehmen, wie die Wohlgesinntheit des Junkers seiner Tochter gegenüber zustande gekommen ist.

Tante Western begann bei ihrer Ankunft in ihres Bruders Wohnung die große Ehre und alle die Vorteile herauszustreichen, die der Familie aus der Verbindung mit Lord Fellamar erwachsen würden, den ihre Nichte rundweg abgewiesen habe. Da nun der Junker seiner Tochter Partei ergriff, verfiel die

Dame augenblicklich in den allerheftigsten Zorn und reizte und empörte den Junker so sehr, daß weder seine Geduld noch seine Klugheit dies länger zu ertragen vermochten; worauf sich denn zwischen den beiden ein so hitziges Wortgefecht erhob, wie man es vielleicht selbst im Wohnbezirk des Pöbels nicht so leicht gehört hat. Fräulein Western ging mitten in der größten Kampfeshitze davon und hatte folglich nicht Muße, ihren Bruder mit dem Brief bekannt zu machen, den Sophia erhalten hatte, was möglicherweise von schlimmer Wirkung gewesen wäre; doch die Wahrheit zu sagen, glaube ich, daß ihr während dieser ganzen Zeit der Brief nicht einmal in den Sinn kam.

Als Fräulein Western abgetreten war, begann Sophia, die bisher aus Notwendigkeit sowohl wie auch aus Neigung geschwiegen hatte, die Komplimente zu erwidern, die ihr Vater ihr dadurch gemacht hatte, daß er gegen die Tante ihre Partei ergriff, sie nahm nun für ihn Partei gegen die Dame. Dies war das erste Mal, daß sie es tat, und das gereichte dem Junker zur größten Genugtuung. Auch erinnerte er sich, daß Herr Allworthy mit Nachdruck verlangt hatte, alle gewaltsamen Mittel zu vermeiden; und da er tatsächlich nicht daran zweifelte, daß Jones bald dem Galgen zuwandern müsse, so schien es ihm nicht fraglich, daß er seine Tochter in aller Güte werde lenken können. Er ließ daher wieder einmal seiner natürlichen Zärtlichkeit für sie freien Lauf. Das hatte auf das pflichtbewußte, dankbare, gefühlvolle und liebreiche Herz seiner Sophia eine solche Wirkung, daß ich nicht gewiß bin, ob sie, hätten ihr Herrn Jones gegebenes Ehrenwort und vielleicht noch etwas anderes, was ihn betraf, kein Hindernis gebildet, sich nicht einem Manne, den sie verabscheute, geopfert hätte, nur um ihrem Vater gefällig zu sein. Sie versprach ihm, sie wolle es zur vornehmsten Aufgabe ihres Lebens machen, ihm jeden Gefallen zu tun und niemals einen Mann gegen seine Zustimmung heiraten, was den alten Herrn dem Zustand der Glückseligkeit so nahe brachte, daß er sich entschloß, auch den letzten Schritt zu tun. Also begab er sich völlig betrunken zu Bett.

3. Kapitel

Allworthy besucht den alten Nightingale und macht bei dieser Gelegenheit eine seltsame Entdeckung.

Am Morgen nach diesen Geschehnissen ging Herr Allworthy seinem Versprechen gemäß den alten Nightingale besuchen, bei dem er solches Ansehen genoß, daß er ihn im Verlauf von drei Stunden wenigstens überredet hatte, seinen Sohn anzuhören.

Hier ereignete sich nun ein außerordentlicher Vorfall, eines jener seltsamen Begebnisse, aus denen sehr gute und ernsthafte Männer geschlossen haben, daß sich die Vorsehung oft in die Enthüllung der geheimsten Bübereien mischt, um die Menschen davor zu warnen, den Pfad der Redlichkeit zu verlassen, so umsichtig und behutsam sie sich auch auf den Wegen des Lasters umherbewegen möchten.

Sowie Herr Allworthy Herrn Nightingales Haus betrat, erblickte er Black George; er schien ihn jedoch nicht zu bemerken, und Black George glaubte wohl, er hätte ihn nicht bemerkt. Als jedoch ihre Unterredung über die Hauptpunkte beendet war, fragte Allworthy Herrn Nightingale, ob er einen gewissen George Seagrim kenne und in was für Angelegenheiten der in sein Haus käme. „Ja", antwortete Nightingale, „ich kenne ihn sehr gut! Er ist ein merkwürdiger Kerl, der es verstanden hat, in kurzer Zeit fünfhundert Pfund auf die Seite zu legen, und das mit einer ganz kleinen Jahresrente von dreißig Pfund." – „Und diese Geschichte haben Sie ihm geglaubt?" rief Allworthy. „Keine Geschichte! Es ist die Wahrheit, kann ich Ihnen versichern, denn ich habe das Geld schon in meinen Händen, in fünf Banknoten, die ich für ihn anlegen soll, auf Hypotheken oder zum Ankauf eines Grundstückes im Norden Englands." Die Banknoten waren kaum auf Allworthys Ersuchen hervorgeholt worden, als dieser über die seltsame Entdeckung das äußerste Staunen bezeigte. Er sagte Nightingale sogleich, daß diese Noten ihm gehört hätten, und erzählte ihm den Tatbestand. Wie sich nun keine Leute so bitter über Betrug in Geschäften beklagen als Straßenräuber, Falschspieler und andere Diebe verwandter Sorte, so wettert auch niemand heftiger gegen die Betrügereien der Falschspieler und anderer als Wucherer, Pfandverleiher und derlei Diebe ihrer Zunft. Mag das daher rühren, daß die eine Art des Betrugs das Geschäft der andern schädigt oder in ein schlechtes Licht bringt, oder daher, daß das Geld, die gemeinsame Geliebte aller Betrüger, jeden alle andern als Nebenbuhler betrachten läßt – jedenfalls hatte Nightingale kaum die Geschichte vernommen, als er in viel heftigeren Ausdrücken seiner Entrüstung über den Kerl Luft machte, als Herrn Allworthys Rechtlichkeit und Redlichkeit sie jenem zugemessen hatte.

Allworthy wünschte, daß Nightingale sowohl das Geld als auch das Geheimnis sicher bewahre, bis er mehr von ihm hören werde; sollte in dieser Zwischenzeit der Mensch noch einmal zu ihm kommen, so solle er sich von der Entdeckung nicht das geringste anmerken lassen. Er kehrte hierauf in seine Wohnung zurück und fand dort Frau Miller in großer Betrübnis wegen der Nachrichten, die sie von ihrem Schwiegersohn Nightingale hatte. Herr Allworthy sagte ihr im muntersten Ton, er habe ihr guten Bericht zu bringen; und nach wenigen vorbereitenden Worten erklärte er ihr, daß er Herrn Nightingale dazu gebracht habe, seinen Sohn zu empfangen, und er zweifle nicht, es werde ihm gelingen, die vollständige Aussöhnung von Vater und Sohn herbeizuführen, wiewohl er den Vater noch erbitterter gefunden habe wegen eines andern Vorfalls, der sich um dieselbe Zeit in seiner Familie ereignete. Er erwähnte darauf das Ausreißen der Tochter des Onkels, von dem ihm der alte Herr erzählt hatte, wovon jedoch Frau Miller und ihr Schwiegersohn noch nichts wußten.

Der Leser mag vielleicht vermuten, Frau Miller hätte diesen Bericht voller Dankbarkeit und mit der größten Freude vernommen; doch so ungemein war ihre Freundschaft für Jones, daß ich nicht gewiß bin, ob die Sorge um ihn nicht die Genugtuung überwog, welche ihr diese Neuigkeit bereitete, die für das Glück ihrer Familie so wichtig war; auch nicht, ob ebendieser Bericht, der sie an die von Jones empfangenen Wohltaten erinnerte, ihr nicht ebensoviel Schmerz wie Freude erweckte, wenn ihr dankbares Herz zu ihr sprach: Während meine eigene Familie glücklich ist, wie elend ist dagegen nun der arme Mensch, dem wir den Beginn all unseres Glückes verdanken!

Nachdem Allworthy sie eine Weile diese erste Mitteilung hatte wiederkäuen lassen (wenn wir diesen Ausdruck gebrauchen dürfen), sagte er ihr, er habe für sie noch eine weitere Neuigkeit, die ihr, so glaube er, recht angenehm sein werde. „Ich glaube", sagte er, „ich habe einen ziemlich ansehnlichen Schatz entdeckt, der dem jungen Herrn, Ihrem Freunde, gehört; nur ist seine gegenwärtige Lage vielleicht so, daß er ihm jetzt von wenig Nutzen sein kann.“ Dieser letzte Satz gab Frau Miller zu verstehen, wen er meinte, und sie antwortete mit einem Seufzer: „Das hoffe ich nicht, Herr.“ – „Und von ganzem Herzen sage ich mit Ihnen, Frau Miller, ich hoffe es auch nicht“, war Allworthys Antwort; „doch mein Neffe erzählte mir heute morgen, daß man ihm die Sache als sehr schlimm dargestellt habe.“ – „Guter Gott! Herr Allworthy!“ sagte sie. „Doch ich darf nicht reden, aber es ist wahrhaftig hart, wenn man seine Zunge nicht gebrauchen kann, wenn man hört . . .“ – „Madam“, erwiderte Allworthy, „sagen Sie alles, was Ihnen gefällt; Sie kennen mich zu gut, um zu glauben, ich hätte gegen irgend jemanden ein Vorurteil; und was den jungen Mann angeht, so versichere ich Ihnen, ich wäre herzlich erfreut, wenn sich herausstellen sollte, daß ich Grund hätte, ihn von aller Schuld freizusprechen, und das vor allem in dieser unglücklichen Sache. Sie selbst können mir bezeugen, wie sehr er ehemals meine Neigung besaß. Die Welt, ich weiß, hat mir vorgeworfen, daß ich ihn zu liebhätte. Ich habe ihm meine Gunst nicht entzogen, ohne zu glauben, die gerechteste Ursache dazu zu haben. Ich versichere Ihnen, Frau Miller, es wäre mir eine Freude, wenn ich herausfände, daß ich mich geirrt hätte.“ Frau Miller wollte aus überströmendem Herzen antworten, als ihr ein Bedienter meldete, ein Herr sei draußen, der sie so bald wie möglich zu sprechen wünschte. Herr Allworthy fragte nun nach seinem Neffen und erhielt den Bescheid, dieser weile schon seit längerer Zeit in seinem Zimmer und bei ihm sei der Herr, der oft zu ihm zu kommen pflegte. Herr Allworthy vermutete richtig, es sei Herr Dowling, der Rechtsanwalt, mit dem er denn auch sogleich zu sprechen wünschte.

Als Dowling eingetreten war, legte ihm Herr Allworthy den Fall mit den Banknoten vor, ohne jedoch einen Namen zu nennen, und fragte, welche Strafe ein solcher Mensch zu erwarten hätte. Worauf Dowling antwortete, solcher Betrug falle wohl unter die strafbaren Handlungen, gleichwohl sei es eine etwas heikle Sache und es wäre gut, sich vorher beraten zu lassen. Er sagte, er müsse gerade einen Rechtsberater in einer Angelegenheit des Herrn Western sprechen und mit Herrn Allworthys Einverständnis wolle er diesem die Sache vorlegen. Dem wurde zugestimmt, und alsdann wurde die Tür geöffnet, und Frau Miller trat herein und rief: „Ich bitte um Verzeihung, ich wußte nicht, daß jemand bei Ihnen ist.“ Doch Herr Allworthy bat sie, näher zu treten, denn seine Geschäfte seien beendet. Herr Dowling ging, und Frau Miller stellte Herrn Allworthy den jungen Herrn Nightingale vor, der ihm für seine große Freundlichkeit danken wollte; doch hatte sie kaum die Geduld, den jungen Menschen ausreden zu lassen, und fing sogleich selber an: „Ach, Herr! Herr Nightingale bringt große Neuigkeiten von dem armen Jones! Er hat den verwundeten Herrn besucht, der außer Gefahr ist und zudem erklärt, daß er zuerst über Herrn Jones hergefallen ist und ihn geschlagen hat. Ich bin gewiß, Herr, Sie wollen doch nicht, daß Herr Jones ein Feigling sei. Wär ich selbst ein Mann und ein anderer Mann wollt mich schlagen, so weiß ich, daß ich meinen Degen zöge. Bitte, mein Lieber, erzählen Sie Herrn Allworthy alles selbst." Nightingale bestätigte darauf alles, was Frau Miller gesagt hatte, und sagte zum Schluß viel Löbliches über Jones, der, sagte er, einer der gutherzigsten Menschen von der Welt sei und alles andere als ein händelsüchtiger Schläger. Hier wollte Nightingale seine Rede beenden, als Frau Miller ihn wiederum bat, er möge von allen den vielen Ausdrücken der Dankbarkeit und Liebe erzählen, die er Herrn Jones über Herrn Allworthy habe äußern hören. „Über Herrn Allworthy das Allerbeste zu sagen", rief Nightingale, „ist weiter nichts als einfaches Pflichtgebot; darin kann kein Verdienst liegen, doch freilich muß ich sagen, kein Mensch kann ein tieferes Gefühl seiner Verpflichtung gegenüber einem so edlen Manne haben als der arme Jones. Ja, wirklich, Herr, ich bin überzeugt, daß nichts ihn so niederdrückt wie die Schwere Ihres Mißfallens. Oft hat er vor mir darüber geklagt und mir auf die feierlichste Art versichert, daß er nie mit Vorsatz gegen Sie gefehlt habe, ja er hat geschworen, lieber möchte er tausend Tode sterben, als daß ihm sein Gewissen einen unehrerbietigen, undankbaren oder pflichtwidrigen Gedanken gegen Sie vorwerfen sollte. Doch ich bitte um Verzeihung, Herr, ich fürchte, ich gehe zu weit, indem ich mich über einen so delikaten Punkt verbreite." – „Sie haben nur gesagt, was die Pflicht vom Christen verlangt", rief Frau Miller. „Wirklich, Herr Nightingale", antwortete Allworthy, „ich kann Ihrer großmütigen Freundschaft meinen Beifall nicht versagen, und ich wünsche, daß er diese um Sie verdienen möge. Ich gestehe, mich freut die Nachricht, die Sie mir über diesen unglücklichen jungen Herrn gebracht haben, und verhält es sich so, wie Sie berichten (und ich zweifle an nichts in Ihrer Darstellung), so könnte ich vielleicht mit der

Zeit dazu gebracht werden, wieder besser von dem jungen Mann zu denken, als ich das seit längerem getan habe; und diese gute Dame hier, ja alle, die mich kennen, werden bezeugen, daß ich ihn so herzlich liebte, als wäre er mein eigener Sohn. In der Tat habe ich ihn als ein Kind betrachtet, das die Vorsehung meiner Sorge anvertraute. Ich erinnere mich noch stets der unschuldigen, hilflosen Lage, in der ich ihn fand; mir ist, ich fühle in diesem Moment den sanften Druck seiner kleinen Hände. Er war mein Liebling, das war er gewiß!" Mit diesen Worten verstummte er, und Tränen standen in seinen Augen.

Da die Antwort, die Frau Miller hierauf gab, uns zu neuen Gegenständen führen wird, unterlassen wir hier weiteren Bericht über die sichtbare Änderung in Herrn Allworthys Gemüt und die Beschwichtigung seines Grolls, den er gegen Tom Jones hegte. Umschwünge dieser Art begegnen uns, das ist gewiß, häufig bei Geschichtsschreibern und dramatischen Schriftstellern, und zwar aus keinem anderen Grunde, als weil die Erzählung oder das Stück seinem Ende zueilt, und gerechtfertigt werden sie durch die Autorität des Verfassers. Doch obwohl wir auf die gleiche Autorität Anspruch zu haben glauben wie nur irgendein Autor, werden wir uns dieser Möglichkeit nur sehr sparsam bedienen und nur dann, wenn uns die Notwendigkeit dazu treibt, die dies gegenwärtig, wie wir sehen, in diesem Werk noch nicht tut.

Dieser Umschlag also in Herrn Allworthys Gesinnung war bewirkt worden durch einen Brief, den er eben von Herrn Square erhalten hatte und den wir dem Leser zu Beginn des nächsten Kapitels vorlegen wollen.

4. Kapitel

Enthält zwei Briefe in sehr verschiedenem Stil.

Mein würdiger Freund,

in meinem letzten Schreiben habe ich Sie davon unterrichtet, daß man mir den Gebrauch des Wassers verboten hat, da die Erfahrung zeigte, daß es die Symptome meiner Krankheit eher verschlimmert als verbessert. Jetzt muß ich Sie mit einem Umstand bekanntmachen, der, wie ich glaube, meine Freunde mehr betrüben wird, als er mich betrübt hat: Dr. Harrington und

Dr. Brewster haben mir erklärt, daß keine Aussicht auf eine Genesung besteht.

Ich habe irgendwo gelesen, der große Nutzen der Philosophie sei, daß sie uns lehrt, wie wir sterben sollen. Ich will mir nicht die Blöße geben, erstaunt zu tun, weil man mir zu einer Lehre rät, von der man denken könnte, ich hätte sie seit langem studiert. Doch die Wahrheit zu sagen, lehrt eine einzige Seite des Evangeliums diese Lehre besser als die gesamten Bände der alten und neueren Philosophen. Die Gewißheit, die es uns von einem andern Leben gibt, ist für ein unverdorbenes Gemüt eine bessere Stütze als alle Tröstungen, die sich aus den Notwendigkeiten der Natur, der Schalheit oder Wirklichkeit unserer irdischen Genüsse oder anderer Themata solcher Deklamationen ableiten lassen, die mitunter wohl die Gemüter mit einer starren Geduld zu wappnen vermögen derart, daß wir den Gedanken an den Tod ertragen, doch niemals sie zu dessen wirklicher Verachtung emporzuheben verstehen, und noch viel weniger dazu, uns glauben zu machen, daß er ein wirkliches Gut sei. Ich möchte hier nicht so verstanden sein, als wollte ich alle, die sich Philosophen nennen, mit dem schrecklichen Vorwurf des Atheismus oder gar dem des vollständigen Leugnens der Unsterblichkeit bedenken. Manche aus dieser Zunft, von den Alten sowohl als auch von den Modernen, haben dank dem Licht der Vernunft einige Hoffnung auf einen künftigen Zustand gewonnen; doch war dieses Licht in Wahrheit so schwach und dämmerhaft, und die Hoffnungen waren so ungewiß und schwankend, daß man mit Recht sich fragen kann, auf was sich ihr Glaube denn eigentlich richte. Platon selbst schließt seinen Phaidon mit der Erklärung, daß seine besten Beweisführungen nur bis zur Annahme einer Wahrscheinlichkeit führen könnten; und selbst bei Cicero finden wir eher den Wunsch zu glauben als den wirklichen Glauben an die Lehren von der Unsterblichkeit. Was mich selbst betrifft, um gegen Sie ganz aufrichtig zu sein, so hatte ich im Ernst diesen Glauben nicht, bis ich im Ernst ein Christ geworden bin.

Sie werden sich über diese letzte Behauptung vielleicht wundern; doch ich versichere Ihnen, erst in der allerjüngsten Zeit durfte ich mich in Wahrheit so nennen. Der Hochmut der Philosophie hatte meine Vernunft berauscht, und die erhabenste aller Weisheiten schien mir, wie den alten Griechen, eine Torheit zu sein. Doch Gott hatte die Gnade, mir meinen Irrtum noch rechtzeitig zu offenbaren und mich auf den Weg der Wahrheit zu bringen, bevor ich für immer in die äußerste Finsternis versank.

Ich fühle, wie ich schwächer werde, so will ich eilen, auf den Hauptzweck dieses Briefes zu kommen.

Wenn ich mir die Handlungen meines vergangenen Lebens vergegenwärtige, so finde ich nichts, was schwerer auf mein Gewissen drückte als die Ungerechtigkeit, deren ich mich gegen das arme Geschöpf, Ihren angenommenen Sohn, schuldig gemacht habe. In der Tat, ich habe nicht nur die Bosheit anderer schweigend zugelassen, sondern an jener Verfolgung tätig teilgenommen. Glauben Sie mir, mein lieber Freund, wenn ich es Ihnen auf das Wort eines Sterbenden sage, er ist auf die niederträchtigste Weise verleumdet worden. Was das Hauptfaktum betrifft, auf dessen verfälschte Darstellung hin Sie ihn verstoßen haben, so versichere ich Ihnen feierlich, er ist dessen nicht schuldig. Als Sie damals nach unserer Meinung auf dem Sterbebett lagen, war er der einzige Mensch im Hause, der wirklich Kummer empfand; was sich dann später zutrug, entsprang der unbändigen Freude über Ihre Genesung und – ich sage es ungern – der Niedrigkeit einer andern Person (doch meine Absicht ist allein, den Unschuldigen zu rechtfertigen, nicht, jemanden anzuklagen). Glauben Sie mir, mein Freund, dieser junge Mensch besitzt die edelste Großmut des Herzens, die vollkommenste Fähigkeit zur Freundschaft, den lautersten Sinn für Rechtlichkeit und tatsächlich jede Tugend, die einen Mann adeln kann. Er hat einige Fehler; unter diese zählen aber gewiß nicht der Mangel an Anhänglichkeit oder Dankbarkeit gegen Sie. Im Gegenteil, ich weiß gewiß: Als Sie ihn aus Ihrem Haus verwiesen, da blutete sein Herz mehr um Sie als um sich selbst.

Eigennützige Beweggründe waren die niedrigen und schändlichen Ursachen, deretwegen ich Ihnen dieses so lange verhehlte; und ich kann keine andern Gründe haben, Ihnen jetzt alles zu enthüllen, als das Verlangen, der Wahrheit zu dienen, dem Unschuldigen zu seinem Recht zu verhelfen und das, was ich vordem Übles angerichtet, nach Kräften wiedergutzumachen. So hoffe ich, diese Erklärung werde die gewünschte Wirkung haben und dem verdienstvollen jungen Mann Ihre Gunst und Liebe zurückgewinnen; das noch zu meinen Lebzeiten zu erfahren wäre der höchste Trost, Herr, für

Ihren Ihnen verbundenen, gehorsamst ergebenen Diener

Thomas Square.

Der Leser wird sich nach diesem Brief kaum mehr über Herrn Allworthys so sichtbare Veränderung wundern, ungeachtet eines zweiten, mit derselben Post angekommenen Briefes ganz anderer Art, der von Thwackum stammte; wir fügen ihn hier bei, da dies vermutlich das letzte Mal sein wird, daß wir Gelegenheit haben, den Namen dieses Herrn zu nennen.

Mein Herr,

Ich bin durchaus nicht erstaunt, von Ihrem würdigen Neffen etwas über Herrn Jones, des Atheistenschülers, neue Schandtat zu vernehmen. Ich würde mich über keinerlei von ihm begangene mörderische Verbrechen wundern; und ich bete zum Himmel, daß es nicht Ihr eigenes Blut sei, das schließlich seine Überweisung an den Ort, wo da ist Heulen und Zähneklappern, besiegelt.

Obgleich es an den inneren Stimmen nicht gefehlt haben wird, die Sie Ihr unverantwortliches Verhalten gegenüber diesem Elenden, das gleicherweise Ihrer Familie und Ihrem guten Ruf zum Nachteil gereichte, bereuen hießen – ich sage, obgleich anzunehmen ist, daß solche Ihr Gewissen noch rechtzeitig spornen und stacheln werden, so wäre es von mir doch pflichtvergessen, wenn ich es unterließe, Ihnen einige Ermahnungen zu geben, um Ihnen Ihre Irrtümer voll zum Bewußtsein zu bringen. Somit bitte ich Sie ernstlich, das Gericht ins Auge zu fassen, das diesen schlechten Kerl wahrscheinlich heimsuchen wird; und lassen Sie es sich wenigstens zur Warnung dienen, künftig die Ratschläge eines Freundes nicht zu verachten, der so unermüdlich für Ihr Wohlergehen betet.

Wäre meine Hand nicht immer wieder von der nötigen Züchtigung abgehalten worden, so würde ich viel von diesem teuflischen Geist aus einem Buben herausgepeitscht haben, bei dem ich schon in seiner frühesten Kindheit erkannte, daß er völlig vom Teufel besessen war. Doch derartige Überlegungen kommen jetzt zu spät.

Ich bedaure, daß Sie die Pfründe von Westerton so überstürzt vergeben haben. Ich hätte mich dafür früher gemeldet, wenn ich hätte denken können, daß Sie mich nicht zuvor von Ihren Maßnahmen unterrichten würden. Ihr Widerwille gegen das Innehaben mehrerer Pfründen ist übergewissenhaft. Wäre irgend etwas Schlimmes dabei, dann würde nicht so mancher gottesfürchtige Mann dem zustimmen. Sollte der Pfarrer von Aldergrove sterben (wir hören, daß es mit ihm abwärts geht), so werden Sie hoffentlich an mich denken, denn Sie müssen doch überzeugt sein, daß ich stets aufrichtig Ihr höchstes Wohlergehen im Sinn habe, eine Wohlfahrt, neben der alle weltlichen Erwägungen so nichtig sind wie die in der Schrift erwähnten kleinen Zehnten im Vergleich zu der gewaltigen Größe des Gesetzes.

Ich verbleibe Herr, Ihr aufrichtig ergebener Diener

Roger Thwackum.

Es war das erste Mal, daß Thwackum in solch herrischem Ton an Allworthy schrieb, und er hatte später allen Grund, das zu bereuen, wie es denen meistens geht, die den höchsten Grad der Güte für die tiefste Stufe der Schwäche halten. Allworthy hatte den Mann nie gemocht. Er kannte ihn als hochmütig und boshaft, auch wußte er, daß er sich als Geistlicher von seiner Leidenschaft hinreißen ließ, und das war wenig nach seinem Sinn; aber er war zugleich ein ausgezeichneter Gelehrter und beim Unterricht der beiden Knaben überaus eifrig gewesen. Dazu kam der Ernst in seiner Lebensführung und seinen Sitten, eine makellose Ehrlichkeit und seine echte Hingabe an die Religion. Und so konnte Herr Allworthy, der den Menschen weder sehr hochschätzte noch ihn liebte, es nicht über sich bringen, sich von dem Lehrer zu trennen, den Wissen und Fleiß so trefflich zu seinem Amte befähigten; und er hoffte, daß, so wie jene beiden Jungen in seinem eigenen Haus und unter seinen Augen erzogen wurden, er imstande sein werde, das, was in Thwackums Unterweisungen unrichtig war, zu verbessern.

5. Kapitel

In dem die Geschichte fortgesetzt wird.

Herr Allworthy hatte in seiner letzten Rede ein paar zärtliche Erinnerungen im Zusammenhang mit Jones wachgerufen, die dem guten Mann die Tränen in die Augen trieben. Frau Miller, die das bemerkte, sagte: „Ach ja, bester Herr, Ihre Güte gegen den jungen Mann ist bekannt, ungeachtet der Mühe, die Sie sich geben, das zu verhehlen; doch an dem, was jene üblen Burschen sagen, ist auch nicht ein wahres Wort. Herr Nightingale ist der Sache auf den Grund gekommen. Es scheint, daß die

Kerle von einem gewissen Lord, der des armen Herrn Jones Nebenbuhler ist, angestellt waren, um ihn zum Seedienst zu pressen und auf ein Schiff zu bringen. Aber ich hoffe, sie werden das Pressen für einige Zeit bleibenlassen. Herr Nightingale hier hat den Offizier, der ein sehr feiner Mann ist, selbst gesprochen, und der hat ihm alles erzählt; er bedauert, was er unternommen hat, und sagt, er hätte dies nie getan, wäre ihm bekannt gewesen, daß Herr Jones ein Gentleman ist; doch man hatte ihm gesagt, er sei ein ganz gewöhnlicher Vagabund und Landstreicher."

Herr Allworthy machte zu allem große Augen und erklärte, er begreife von dem, was sie sage, kein Wort. „Ja, Herr, das glaube ich wohl", antwortete sie, „die Geschichte klingt ja so auch ganz anders, als die Kerle sie dem Advokaten erzählt haben."

„Welchem Advokaten, Madam? Was wollen Sie damit sagen?" fragte Allworthy. „Ja, ja", sagte sie, „das gleicht Ihnen ganz, daß Sie Ihr Wohltun verheimlichen wollen, aber Herr Nightingale hat ihn gesehen." – „Gesehen? Wen, Frau Miller?" – „Nun, Herr, Ihren Anwalt, den Sie so gütig waren hinzuschicken, damit er sich über diese Sache erkundige." – „Auf Ehre, mir bleibt noch alles dunkel", sagte Allworthy. „Nun denn", rief sie, „mein Lieber, so erzählen Sie's ihm selbst." – „Wirklich", begann Herr Nightingale, „ich habe diesen selben Advokaten, der Sie verließ, als ich ins Zimmer trat, in einem Bierhaus in Aldersgate gesehen, in Gesellschaft zweier von den Kerlen, die Lord Fellamar beauftragt hatte, Herrn Jones zu schnappen und gewaltsam auf das Schiff zu bringen, und die daher bei dem unglücklichen Zusammenstoß zwischen ihm und Herrn Fitzpatrick Zeugen gewesen sind." – „Ich gestehe Ihnen, Herr", sagte jetzt Frau Miller, „als ich diesen Herrn Advokaten zu Ihnen aufs Zimmer kommen sah, da sagte ich zu Herrn Nightingale, daß ich vermutete, Sie hätten ihn hingeschickt, um sich über das Vorgefallene unterrichten zu lassen." Allworthys Gesicht drückte größtes Erstaunen aus, und eine Weile blieb er völlig stumm. Endlich wandte er sich an Herrn Nightingale und sagte: „Ich muß Ihnen bekennen, Herr, daß ich über das, was Sie mir da sagen, mich mehr wundere als über irgend etwas in meinem ganzen Leben. Sind Sie ganz gewiß, daß dieser Herr mein Anwalt war?" – „So gewiß, wie ich es nur sein kann!" – „In Aldersgate? Und waren Sie wirklich in der Gesellschaft dieses Anwalts und dieser beiden Gesellen?" – „Ganz gewiß, Herr, fast eine halbe Stunde lang." – „Gut, Herr, und wie hat sich der Anwalt dabei betragen? Hörten Sie alles, was zwischen ihm und den zwei Werbern gesprochen wurde?" – „Nein, Herr!" antwortete Nightingale. „Sie haben schon, bevor ich kam, zusammengesessen. In meiner Gegenwart sprach der Anwalt nur wenig; als ich die Kerle mehrmals ausgefragt hatte und sie sich auf eine Darstellung versteiften, die genau das Entgegengesetzte war von dem, was ich von Herrn Jones gehört hatte und was, wie ich nachher von Herrn Fitzpatrick erfuhr, eine offensichtliche Lüge war, da ermahnte der Anwalt die Leute, nichts zu sagen als die reine Wahrheit, und er schien in solchem Grad zugunsten des Herrn Jones zu sprechen, daß ich, als ich später diesen selben Mann bei Ihnen sah, daraus schloß, Sie hätten sich durch Ihre Güte bewegen lassen, ihn dorthin zu schicken." – „Und haben Sie ihn wirklich nicht hingeschickt?" fragte Frau Miller. „Nein, wahrhaftig nicht!" versicherte Herr Allworthy. „Ich wußte auch bis zu diesem Augenblick nicht, daß er einen solchen Auftrag ausgerichtet hat." – „Oh, ich sehe schon alles!" rief Frau Miller. „Bei meiner Seele, ich sehe es! Kein Wunder, daß sie jüngst die Köpfe so zusammengesteckt hatten. Lieber Schwiegersohn, bitte, laufen Sie sogleich zu diesen Kerlen hin – forschen Sie nach ihnen, wenn sie noch über dem Erdboden sind. Ich will selbst auch hinlaufen." – „Beste Dame", sagte Herr Allworthy, „gedulden Sie sich, und tun Sie mir den Gefallen und schicken Sie einen Bedienten zu Herrn Dowling hinauf; wenn er noch im Hause ist, so lasse ich ihn herunterbitten; wenn nicht, dann soll Blifil kommen." Frau Miller ging und murmelte etwas vor sich hin, kam aber bald mit der Antwort zurück, Herr Dowling sei ausgegangen, doch der andere (so nannte sie ihn) werde gleich kommen.

Herr Allworthy war in einer kühleren Verfassung als die gute Frau, deren sämtliche Gemütskräfte zur Verteidigung ihres Freundes Jones in Waffen standen. Indessen war er doch nicht ganz ohne Argwohn, der in seiner Art dem ihrigen ziemlich nahekam. Als Blifil ins Zimmer trat, fragte er ihn mit sehr ernster Miene und mit einem weniger freundlichen Blick, als der andere je an ihm gesehen hatte, ob er etwas davon wisse, daß Herr Dowling mit der einen oder andern jener Personen gesprochen habe, die bei dem Duell zwischen Jones und einem fremden Herrn zugegen gewesen seien.

Nichts ist so gefährlich wie eine plötzliche Frage an einen

Menschen, dessen Geschäft es ist, die Wahrheit zu verhehlen oder eine Unwahrheit zu verteidigen. Darum geben sich denn auch die würdigen Männer, deren edler Beruf darin besteht, das Leben ihrer Mitmenschen im großen Verhör vor dem Galgen zu retten, durch häufige Übung im Examinieren die größte Mühe zu erraten, welche Fragen am ersten Gerichtstag ihren Klienten gestellt werden dürften, damit sie diese mit raschen und zweckdienlichen Antworten im voraus versehen, wie sie ihnen die fruchtbarste Erfindungskraft im Augenblick nicht eingeben könnte. Zudem ruft der unerwartete und heftige Stoß im Blut, der durch eine derartige Überraschung bewirkt wird, oft eine solche Veränderung der Gesichtsfarbe hervor, daß der Mensch gezwungen ist, gegen sich selbst zu zeugen. Und von solcher Art war auch die Veränderung, die Blifil in der Farbe seines Gesichts durch die unerwartete Frage erlitt, so daß wir Frau Miller den Eifer nicht verargen können, mit dem sie alsbald ausrief: „Schuldig, bei meiner Ehre! Schuldig, bei meiner Seele!“

Doch Herr Allworthy gab ihr wegen dieses Ungestüms einen scharfen Verweis; hierauf sagte er, zu Blifil gewandt, der aussah, als wollte er in die Erde versinken: „Was besinnst du dich so lange auf eine Antwort? Du hast es ihm doch gewiß aufgetragen, denn aus freien Stücken würde er ein solches Geschäft nicht auf sich genommen haben, in keinem Fall, ohne mir vorher etwas zu sagen.“

Darauf antwortete Blifil: „Ich gestehe, Herr, daß ich hier einen Fehler begangen habe, doch hoffe ich auf Ihre Verzeihung.“ – „Meine Verzeihung?“ versetzte Allworthy unwirsch. „Ja, Herr“, antwortete Blifil. „Ich dachte, Sie würden es übelnehmen; aber gewiß doch wird mein bester Onkel die Wirkungen der liebenswürdigsten aller menschlichen Schwächen verzeihen. Mitleid für solche, die es nicht verdienen, das ist, ich gestehe es, ein Vergehen; und doch ist es ein Vergehen, von dem Sie selbst noch nicht völlig frei geworden sind. Ich weiß, mehr als einmal habe ich es mir demselben Menschen gegenüber zuschulden kommen lassen, und ich bekenne, ich schickte Herrn Dowling dorthin, nicht aus eitler und unfruchtbarer Neugier, sondern um die Zeugen herauszufinden und damit er versuche, ihr Zeugnis so weit wie möglich zu mildern. Und dies, Herr, ist die Wahrheit, die ich, obwohl ich sie vor Ihnen verbergen wollte, nun nicht leugnen mag.“

„Ich bekenne“, sagte Herr Nightingale, „daß mir alles, nach

dem Verhalten von Herrn Dowling zu schließen, ebenso erschienen ist."

„Nun, Madam" sagte Herr Allworthy, „ich denke, Sie werden einmal in Ihrem Leben zugeben, daß Sie einen falschen Verdacht geschöpft hatten und daß Sie meinem Neffen nicht mehr so böse sind, wie Sie es waren."

Frau Miller schwieg, denn obwohl sie Blifil, in dem sie den Urheber von Jones' Unglück sah, nicht so rasch wieder gut werden konnte, so hatte er sie doch in dieser besonderen Sache jetzt ebenso hinters Licht geführt wie die übrigen alle; einen so restlosen Beistand leistete der Teufel seinem Freund. Und ich halte wirklich dafür, daß man in der volkstümlichen Meinung, „daß der Teufel häufig seine Freunde in der Tinte sitzen läßt", eine schwerwiegende Schmähung des Charakters dieses Herrn zu sehen hat. Er mag wohl mitunter solche Menschen verlassen, die bloß seine zufälligen Bekannten sind oder die ihm höchstens zur Hälfte angehören; doch im allgemeinen hilft er seinen völlig ergebenen Dienern durch dick und dünn, bis zum Erlöschen ihres Vertrags.

Wie eine niedergeschlagene Rebellion eine Regierung festigt, oder wie die Gesundheit durch die Genesung von einer Krankheit dauerhafter wird, also gibt der Zorn, wenn er beseitigt worden ist, der Zuneigung neues Leben. Dies war bei Herrn Allworthy der Fall; denn nachdem Blifil den schweren Verdacht niedergerungen hatte, sank der geringere, durch Squares Brief erweckte, von selbst in sich zusammen und war vergessen; und Thwackum, über den er so sehr erzürnt war, wurde allein von der Anklage betroffen, die Square gegen Jones' Feinde erhoben hatte.

Was den jungen Mann anbelangt, so legte sich der Unwille Herrn Allworthys gegen ihn mehr und mehr. Er sagte zu Blifil, er wolle ihm nicht allein die außerordentlichen Bemühungen seines guten Herzens verzeihen, sondern ihm außerdem das Vergnügen machen, seinem Beispiel zu folgen. Darauf wandte er sich an Frau Miller, und mit einem Lächeln, das einem Engel wohl angestanden hätte, rief er: „Was meinen Sie dazu, Madam? Wollen wir eine Mietkutsche nehmen und alle miteinander unserem Freund einen Besuch abstatten? Ich kann Ihnen versichern, es wäre nicht mein erster Besuch in einem Gefängnis."

Ich glaube, jeder Leser wäre imstande, für die würdige Frau zu antworten. Doch um zu fühlen, was sie bei dieser Gelegenheit empfand, müßte einer sehr viel Gutmütigkeit besitzen und mit der Natur der Freundschaft recht vertraut sein. Dagegen, hoffe ich, sind nur wenige imstande nachzufühlen, was sich jetzt in Blifils Seele vollzog; aber die, die es sind, werden gestehen, daß es ihm unmöglich war, einen Einwand gegen diesen Besuch zu finden. Fortuna jedoch, oder der oben bezeichnete Herr, stand ihm bei und bewahrte ihn vor dieser Prüfung, denn in ebendem Augenblick, als nach dem Wagen geschickt werden sollte, kam Partridge an, und nachdem er Frau Miller zu sich herausgerufen hatte, machte er sie mit der schrecklichen Enthüllung bekannt, und als er von Herrn Allworthys Vorhaben hörte, bat er sie inständig, doch etwas zu ersinnen, um ihn davon abzuhalten. „Denn", sagte er, „vor ihm muß die Sache unter allen Umständen geheim bleiben, wenn er jetzt dorthin ginge, so fände er Herrn Jones und seine Mutter (die eben kam, als ich ihn verließ) im Jammer über die schreckliche Schuld, die sie unwissend begangen haben."

Die arme Frau, die bei dieser Nachricht fast von Sinnen kam, war nie weniger fähig gewesen, etwas zu erfinden, als eben jetzt. Aber doch sind die Weiber mit solchen Erfindungen rascher bei der Hand als die Männer. Sie bedachte sich also kurze Zeit und sagte: „Sie werden sich freilich wundern, Herr Allworthy, gerade von mir einen Einwand zu vernehmen gegen Ihr gütiges Vorhaben, von dem Sie sprachen; aber mir ist vor seinen möglichen Folgen bang, wenn Sie es jetzt ausführen wollten. Überlegen Sie nur, Herr, daß all der Jammer, von dem der junge Mann in der letzten Zeit heimgesucht worden ist, sein Gemüt auf das tiefste niedergedrückt haben muß. Wenn wir alle nun den Unvorbereiteten überfielen, würde die heftige Freude, die Ihr Besuch, das weiß ich, bei ihm auslösen würde, für ihn doch vielleicht geradezu unheilvoll sein, zumal mir sein Bedienter, der eben draußen steht, sagt, daß er sich nicht wohl befinde."

„Sein Bedienter ist draußen?" rief Allworthy. „Bitte, lassen Sie ihn hereinkommen. Ich will ihn über seinen Herrn einiges fragen."

Partridge fürchtete sich anfangs, vor Herrn Allworthy zu treten, ließ sich aber schließlich überreden, nachdem Frau Miller, die seine ganze Geschichte öfter aus seinem Mund gehört hatte, ihm versprochen hatte, daß sie ihn einführen werde.

Allworthy erinnerte sich Partridges, sowie dieser im Zimmer erschien, obgleich manches Jahr verflossen war, seit er ihn zuletzt gesehen hatte. Somit hätte Frau Miller ihre Ansprache, in der sie freilich ein wenig wortreich war, sparen können, denn der Leser, glaube ich, wird bereits bemerkt haben, daß die treffliche Frau neben anderen Gaben, die sie in den Dienst ihrer Freunde stellte, auch eine allzeit bereite Zunge besaß.

„So seid Ihr also", sagte Herr Allworthy zu Partridge, „der Bediente des Herrn Jones?" – „Ich kann nicht eben sagen, daß ich im eigentlichen Sinne sein Bedienter wäre, aber mit Ihrer gnädigen Erlaubnis lebe ich jetzt mit ihm", sagte Partridge. „*Non sum qualis eram**, wie Euer Gnaden wohl wissen."

Herr Allworthy stellte hierauf mancherlei Fragen über Herrn Jones. Er wünschte von dessen Befinden und anderem zu wissen. Partridge antwortete auf alles, ohne sich zu kümmern, wie die Dinge tatsächlich lagen, vielmehr so, wie er wollte, daß sie scheinen möchten; eine strikte Anhänglichkeit an die Wahrheit nämlich gehörte nicht zu den Artikeln der Moral oder der Religion dieses ehrlichen Burschen.

Während ihres Gespräches verabschiedete sich Herr Nightingale, und bald nach ihm verließ Frau Miller das Zimmer, worauf Allworthy auch Blifil wegschickte. Denn er dachte, Partridge würde, wenn er mit ihm allein wäre, unbefangener reden als vor einer größeren Gesellschaft. Kaum waren sie darum unter vier Augen, als Herr Allworthy begann, wie es das folgende Kapitel schildert.

6. Kapitel

In dem die Geschichte weiter fortgesetzt wird.

„Wahrhaftig, guter Freund", sagte der treffliche Mann, „Ihr seid das seltsamste Menschengeschöpf, das ich auf Erden kenne. Nicht nur daß Ihr, wie es Euch früher erging, wegen des starrköpfigen Beharrens auf einer Unwahrheit Not und Schmach auf Euch nehmt, sondern Ihr besteht noch bis zuletzt darauf, als der Bediente Eures eigenen Sohnes zu gelten! Welchen Nutzen habt Ihr davon? Was kann Euch zu all dem antreiben?"

„Ich sehe", sagte Partridge und fiel auf die Knie, „Euer Gnaden sind gegen mich eingenommen und entschlossen, meinen Worten nicht zu glauben; was vermögen da meine

* Ich bin nicht der, der ich war (Anmerkung des Übersetzers).

Beteuerungen? Aber doch ist einer über uns, der weiß, daß ich nicht dieses jungen Mannes Vater bin."

„Wie?" sagte Allworthy, „Ihr wollt nun das ableugnen, dessen Ihr durch so unwiderlegbare, so offenkundige Beweise überführt worden seid? Ist denn nicht der Umstand, daß Ihr Euch jetzt gerade bei diesem Manne befindet, eine Bestätigung von dem, was vor zwanzig Jahren gegen Euch sprach? Ich dachte, Ihr hättet die Grafschaft verlassen, ja ich hielt Euch schon lange für tot. – Wie konntet Ihr etwas von dem jungen Manne erfahren? Wie mit ihm zusammentreffen, wenn Ihr keinerlei Verbindung mit ihm unterhieltet? Leugnet nicht! Ich gebe Euch mein Wort, es wird meine gute Meinung von Euerm Sohn nur erhöhen, wenn ich weiß, daß er den Sinn für die kindliche Pflicht in solchem Maße besitzt, daß er seinen Vater so viele Jahre heimlich unterstützte."

„Wollten Sie, Herr, die Geduld haben, mich anzuhören", antwortete Partridge, „so will ich Ihnen alles erzählen." Und als ihm geboten wurde zu reden, fuhr er fort: „Als ich mir damals, Herr, Ihren Unwillen zuzog, richtete mich der bald darauf zugrunde, denn ich verlor meine kleine Schule; der Pfarrer, der, vermute ich, dachte, Ihnen damit einen Gefallen zu erweisen, enthob mich auch meines Küsteramtes; es blieb mir zum Broterwerb nur meine Barbierstube, die aber in einem kleinen Flecken wie jenem herzlich wenig abwirft. Als dann meine Frau starb (denn bis dahin hatte ich jährlich zwölf Pfund Pension erhalten von einer unbekannten Hand, die, wie ich glaube, Ihre eigene war, denn ich habe noch von keinem andern Menschen gehört, der im stillen solche Wohltaten übte) – doch, was ich sagen wollte, als sie starb, ging ich dieser Unterstützung verlustig. Da ich zwei oder drei Menschen eine kleine Summe schuldete und diese Leute mich zu drängen begannen (besonders war darunter ein Posten, den der Advokat* durch die Gerichts- und Anwaltsgebühren von fünfzehn Schilling auf dreißig Pfund zu treiben verstand) und als ich erkannte, daß

* Eine Tatsache, von der ich weiß, daß sie einem armen Geistlichen in Dorsetshire dank der Schlechtigkeit eines Advokaten widerfuhr, der, nicht zufrieden mit den exorbitanten Kosten, die er dem armen Mann durch einen einzigen Prozeß aufgebürdet hatte, ihn später auch noch zu einer Berufung veranlaßte – ein Vorgehen, das häufig angewandt wird, um die Armen niederzuhalten und um die Taschen der Anwälte zu füllen, zur Schmach des Gesetzes, der Nation, der Christenheit und selbst der menschlichen Natur.

mir alle ehrlichen Mittel, meinen Lebensunterhalt zu verdienen, genommen waren, da packte ich meine Habseligkeiten und machte mich davon.

Der erste Ort, an den ich gelangte, war Salisbury, wo ich in den Dienst eines Herrn trat, der dem Richterstand angehörte und einer der besten Menschen war, die ich je gekannt habe, denn er war nicht allein gut zu mir, sondern ich könnte von tausend mildtätigen und menschenfreundlichen Handlungen berichten, die er während der Zeit, da ich bei ihm war, getan hat. Oft habe ich ihn ein Geschäft zurückweisen sehen, weil es ihm zu erbärmlich oder zu grausam erschien." – „Ihr braucht nicht ausführlicher zu sein", sagte Allworthy, „ich kenne diesen Herrn; er ist ein sehr würdiger Mann und eine Ehre seines Standes." – „Gut, Herr", versetzte Partridge und erzählte weiter. „Von da begab ich mich nach Lymmington und stand dort über drei Jahre im Dienst eines andern Anwalts, der in seiner Art gleicherweise ein sehr guter Mann war, dazu einer der lustigsten Herren in ganz England. Nun wohl, Herr, nach dem Ablauf dieser drei Jahre machte ich eine kleine Schule auf, und alles schien gut gehen zu wollen, hätte sich nicht etwas sehr Unglückliches ereignet. Ich hielt mir ein Schwein, und eines Tages wollte es das Mißgeschick, daß dieses Schwein ausbrach und, wie sie sagen, unbefugt fremdes Eigentum betrat, das heißt den Garten eines meiner Nachbarn, der ein hochnäsiger, rachsüchtiger Herr war und zu einem Advokaten lief, einem . . . einem . . . ich kann mich seines Namens nicht entsinnen; doch er schickte mir eine Vorladung und nahm mich vor Gericht. Gott, was mußte ich da von den Anklägern alles hören! Da war einer, der tischte meinem Herrn die dicksten Lügen über mich auf; er sagte, ich pflegte meine Schweine in anderer Leute Gärten zu treiben, um sie später mit gutem Gewissen auf dem Markt absetzen zu können. Man hätte wahrhaftig glauben können, ich, der ich nur ein einziges Schweinchen besaß, sei der größte Schweinehändler Englands. Nun wohl . . ." – „Ich bitte Euch", sagt Allworthy, „geht nicht so ins einzelne; von Eurem Sohn hab ich noch kein Wort gehört." – „Oh, es dauerte eine ganze Anzahl von Jahren, bevor ich meinem Sohn, wie Sie ihn zu nennen belieben, begegnete. Ich ging nach diesen Begebnissen nach Irland und war Schullehrer in Cork (denn dieser eine Prozeß ruinierte mich wieder vollständig, und ich lag sieben Jahre zu Winchester im Gefängnis)." – „Nun also", sagte Allworthy, „übergeht das und kommt wieder nach England." – „Dann, Herr, landete ich vor etwa einem halben Jahre in Bristol, wo ich einige Zeit blieb und nichts zu tun fand; doch hörte ich von einem Ort zwischen Bristol und Gloucester, wo eben der Barbier gestorben sei, und ich ging dorthin. Nachdem ich da zwei Monate gearbeitet hatte, erschien am selben Ort Herr Jones." Er gab nun Herrn Allworthy einen sehr ausführlichen Bericht von dieser ihrer ersten Begegnung und von allem, was sich von da bis zum heutigen Tag ereignet hatte, so gut ihm sein Gedächtnis dabei diente; dabei spickte er seine Erzählung häufig mit Lobsprüchen auf Jones und vergaß nicht, auf die große Liebe und Achtung anzuspielen, die dieser für Herrn Allworthy bezeigt habe. Er schloß mit den Worten: „Nun, Herr, habe ich Ihnen die reine Wahrheit gesagt." Sodann wiederholte er die feierlichste Beteuerung, daß er ebensowenig Jones' Vater sei wie der Vater des Papstes in Rom; und die entsetzlichsten Verwünschungen wolle er auf sich nehmen, wenn er nicht die Wahrheit gesagt hätte.

„Was soll ich von dieser Sache nun denken?" rief Allworthy. „In welcher Absicht leugnet Ihr hartnäckig eine Tatsache, die zu gestehen Euch größeren Vorteil brächte?" – „Je nun, Herr", antwortete Partridge (denn er konnte nicht länger an sich halten), „wenn Sie mir nicht Glauben schenken können, so werden Sie bald andere Berichte erhalten. Und ich wünschte, Sie hätten sich in der Mutter dieses jungen Mannes ebenso geirrt, wie Sie sich in seinem Vater geirrt haben." Auf die Frage, was er damit meine, erzählte er mit allen Zeichen des Entsetzens in Stimme und Mienen die Geschichte, die er kurze Zeit vorher Frau Miller zu verschweigen so nachdrücklich gebeten hatte.

Herr Allworthy war von dieser Enthüllung fast ebenso erschüttert wie Partridge, als er sie erzählte. „Um Gottes willen!" sagte er, „in was für erbärmlichen Jammer doch Laster und Unvorsichtigkeit die Menschen verstricken! Wie weit führen die Wirkungen der Ausschweifung über unsere Absichten hinaus!" Er hatte diese Worte kaum ausgesprochen, als hastig und unvorhergesehen Frau Waters ins Zimmer trat. Sowie Partridge sie gewahrte, rief er laut: „Hier, Herr, da ist die unglückliche Frau ja selbst, das ist die Mutter des Herrn Jones. Und ich bin gewiß, sie wird mich vor Euer Gnaden freisprechen. Bitte, Madam."

Ohne im geringsten auf Partridges Reden zu achten und fast

ohne ihn zu sehen, ging Frau Waters auf Herrn Allworthy zu. „Ich glaube, Herr", sagte sie, „es ist schon so lange her, seit ich die Ehre hatte, Sie zu sehen, daß Sie sich meiner nicht erinnern werden." – „Allerdings", antwortete Allworthy, „Sie haben sich in mancher Beziehung so verändert, daß ich Sie nicht wiedererkannt haben würde, hätte mir dieser Mann hier nicht bereits gesagt, wer Sie sind. Haben Sie eine besondere Angelegenheit, Madam, die Sie zu mir herführt?" Allworthy äußerte dies kühl und zurückhaltend, denn der Leser wird vielleicht verstehen, daß er mit dem Lebenswandel der Dame nicht besonders zufrieden gewesen war, weder nach dem, was er früher von ihr gehört, noch nach dem, was er nun durch Partridge vernommen hatte.

Frau Waters antwortete: „Gewiß, Herr, habe ich eine ganz besondere Angelegenheit für Sie, und sie ist von solcher Art, daß ich sie nur Ihnen selbst anvertrauen kann. Ich muß Sie darum um die Gunst bitten, ein Wort mit Ihnen allein sprechen zu dürfen; ich versichere Ihnen, was ich Ihnen zu sagen habe, ist von der größten Wichtigkeit."

Partridge wurde bedeutet, das Zimmer zu verlassen; doch bevor er ging, bat er die Dame, Herrn Allworthy zu überzeugen, daß er vollkommen unschuldig sei. „Seien Sie unbesorgt, Herr", antwortete sie, „darüber werde ich Herrn Allworthy nicht im geringsten Zweifel lassen."

Partridge ging, und das, was zwischen Herrn Allworthy und Frau Waters sich abspielte, wird im nächsten Kapitel zu lesen sein.

7. Kapitel

Fortsetzung der Geschichte.

Da Frau Waters vorerst noch ein paar Augenblicke schwieg, konnte Herr Allworthy nicht umhin zu bemerken: „Es tut mir leid, Madam, daß ich aus dem, was ich gehört habe, erkennen mußte, welch schlechten Gebrauch Sie . . ." – „Verehrtester Herr Allworthy", fiel sie ihm ins Wort, „ich weiß, ich habe meine Fehler, doch Undank gegen Sie gehört dazu nicht. Nie kann oder werde ich Ihre Güte vergessen, wiewohl ich gestehe, daß ich sie wenig verdient habe. Belieben Sie jedoch, alle Vorwürfe, die Sie mir jetzt zu machen hätten, aufzuschieben, da ich

Ihnen etwas Wichtiges mitzuteilen habe, was diesen jungen Mann betrifft, dem Sie meinen Mädchennamen Jones gegeben haben.“

„Hätte ich denn wirklich unwissend in der Person dessen, der eben das Zimmer verließ, einen Unschuldigen bestraft? War er nicht der Vater des Kindes?“ fragte Allworthy. „Wahrhaftig, das war er nicht!“ sagte Frau Waters. „Sie werden die Güte haben, Herr, sich daran zu erinnern, daß ich Ihnen ehemals versicherte, eines Tages sollten Sie es erfahren, und ich bekenne mich einer grausamen Versäumnis schuldig, daß ich es Ihnen nicht schon offenbart habe. Freilich konnte ich nicht wissen, daß es so notwendig sei.“ – „Sehr wohl, Madam“, sagte Allworthy, „ich bitte Sie, fahren Sie fort.“ – „Sie dürften sich, Herr Allworthy, eines jungen Mannes namens Summer erinnern.“ – „Oh, sehr gut!“ rief Allworthy. „Der Sohn eines Geistlichen von großer Tugend und Gelehrsamkeit, dem ich in herzlicher Freundschaft zugetan war.“ – „So schien es wirklich, Herr“, antwortete sie, „denn ich glaube, Sie ließen den jungen Menschen erziehen und sorgten für seinen Unterhalt auf der Universität; von dort kam er, nachdem er sein Studium beendet hatte, zu Ihnen ins Haus. Einen vollkommeneren Mann, so muß ich sagen, hat die Sonne nie beschienen, denn er war nicht nur der schönste Mensch, den ich je gesehen habe, sondern äußerst liebenswürdig, und er hatte so viel Witz und gute Lebensart.“ – „Der arme gute Herr“, rief Allworthy, „wirklich, er wurde unzeitig früh weggerafft, und ich hätte nicht gedacht, daß er Sünden dieser Art zu verantworten hätte; denn es ist mir klar: Sie wollen mir sagen, er sei der Vater Ihres Kindes.“

„In Wahrheit“, erwiderte sie, „er war es nicht.“ – „Wie?“ sagte Allworthy, „wozu dann diese ganze Vorrede?“ – „Zu einer Geschichte, bei der es mir leid tut, daß mich das Los trifft, sie Ihnen anzuvertrauen. O Herr, seien Sie darauf gefaßt, nun etwas zu erfahren, was Sie überraschen und schmerzen wird.“ – „Reden Sie“, sagte Allworthy, „ich bin mir keines Vergehens bewußt und brauche mich nicht zu fürchten, alles zu hören.“ – „Also, Herr, dieser Summer“, sagte sie, „der Sohn Ihres Freundes, der auf Ihre Kosten erzogen und der ein Jahr in Ihrem Hause gehalten wurde, als wäre er Ihr eigener Sohn, und der dort an den Blattern starb, den Sie innig beklagten und begraben ließen wie Ihren eigenen Sohn; dieser Summer, Herr Allworthy, war der Vater des Kindes.“ – „Wie das?“ sagte Allworthy. „Sie widersprechen sich selbst!“ – „Das tue ich nicht; er war in Wahrheit der Vater dieses Kindes, aber nicht durch mich.“ – „Geben Sie acht, Madam“, sagte Allworthy, „machen Sie sich nicht, um einen Verdacht von sich abzuwälzen, einer andern Unwahrheit schuldig. Bedenken Sie, es ist einer über uns, vor dem Sie nichts verbergen können und vor dessen Gericht Falschheit nur Ihre Schuld vergrößern müßte.“ – „Wirklich, Herr, ich bin seine Mutter nicht; um die ganze Welt möchte ich mich nicht dafür halten.“ – „Den Grund dazu kenne ich“, erwiderte Allworthy, „und ich werde mich nicht minder freuen als Sie, es anders zu finden; aber Sie müssen sich erinnern, daß Sie selbst es früher vor mir bekannt haben.“ – „Daran ist so viel wahr, daß diese Hände das Kind in Ihr Bett gelegt, daß sie es auf Befehl seiner Mutter dorthin gebracht haben; auf ihren Befehl auch machte ich mein Geständnis und wurde durch ihre Großmut für meine Verschwiegenheit wie für meine Schande reichlich belohnt.“ – „Aber wer war denn nun diese Frau?“ fragte Allworthy. „Ich zittere davor, ihren Namen zu nennen“, antwortete Frau Waters. „Nach Ihren endlosen Vorbereitungen muß ich schließen, daß sie mit mir verwandt war“, rief er. „Allerdings, sie war nah mit Ihnen verwandt. Sie hatten eine Schwester, Herr Allworthy.“ – „Eine Schwester“, wiederholte er und war starr vor Bestürzung. „Bei aller Wahrheit im Himmel“, rief sie, „Ihre Schwester war die Mutter des Kindes, das Sie zwischen Ihren Bettüchern fanden.“ – „Kann so etwas möglich sein?“ stammelte er. „Großer Gott!“ – „Haben Sie Geduld, und ich werde Ihnen die ganze Geschichte enthüllen“, sagte Frau Waters. „Kurz nachdem Sie nach London gereist waren, kam Ihre Schwester, Fräulein Bridget, eines Tages in das Haus meiner Mutter. Es beliebte ihr zu sagen, sie habe ungewöhnlich viel Rühmliches von mir gehört, von meinem Wissen wie von meinem hellen Verstand, was mich vor allen jungen Mädchen in der Gegend auszeichne; so beliebte es ihr zu sagen. Sie ersuchte mich dann, zu ihr ins Herrenhaus zu kommen, wo ich als ihre Vorleserin beschäftigt wurde. Sie fand großen Gefallen an meinem Vorlesen, war sehr gütig zu mir und machte mir viele Geschenke. Endlich begann sie mich über meine Verschwiegenheit auszuhorchen, worüber ich ihr so befriedigende Antworten gab, daß sie mich, nachdem sie ihr Zimmer verschlossen hatte, in ihr Kabinett nahm, dieses ebenfalls verschloß und sagte, sie wolle mir einen Beweis ihres großen

Vertrauens zu meiner Redlichkeit geben und mir ein Geheimnis entdecken, bei dem ihre Ehre und folglich ihr Leben in Frage stehe. Sie hielt inne und schwieg mehrere Minuten, während welcher Zeit sie sich oft die Augen wischte; darauf fragte sie, ob ich glaubte, man könne sich meiner Mutter mit Sicherheit anvertrauen. Ich antwortete, für ihre Treue wollte ich mit meinem Leben bürgen. Da teilte sie mir das große Geheimnis mit, das in ihrem Busen arbeitete und das preiszugeben ihr, glaube ich, mehr Pein bereitete als später ihre Geburtsnöte. Es wurde ausgemacht, daß in ihrer schweren Stunde nur meine Mutter und ich selbst ihr beistehen sollten. Jungfer Wilkins wollte sie nicht um sich haben; sie wurde daher in einen entfernten Teil von Dorsetshire geschickt, um sich über die Eignung einer Magd, die zu mieten war, zu erkundigen, denn vor etwa drei Monaten hatte die Dame ihr eigenes Zimmermädchen entlassen; während dieser Zeit hatte ich dessen Dienst versehen müssen, probeweise, wie sie sagte, wiewohl sie später erklärte, ich sei für diese Art Arbeit nicht geschickt genug. Dies und manches andere, was sie über mich zu sagen pflegte, wurde ausgestreut, um jedem Verdacht vorzubeugen, den Jungfer Wilkins später einmal fassen könnte; denn sie dachte, es würde niemand glauben, daß sie einer jungen Person, die sie so verächtlich behandelte, ein solches Geheimnis hätte anvertrauen können. Doch werden Sie sich denken können, Herr, daß ich für diese Herabwürdigung gut entschädigt wurde, womit ich dann auch, zumal mir die wahren Ursachen bekannt waren, sehr wohl zufrieden sein konnte. Tatsächlich war die Lady gegen niemanden so mißtrauisch wie gegen Jungfer Wilkins; nicht, als hätte sie ihr eine Abneigung entgegengebracht, aber sie hielt sie für unfähig, ein Geheimnis zu bewahren, vor allem vor Ihnen, Herr Allworthy. Ich habe Fräulein Bridget oft sagen hören, sie glaube, wenn Jungfer Wilkins einen Mord begangen hätte, so würde sie das Ihnen ohne weiteres anvertrauen. Endlich kam der erwartete Tag, und Jungfer Wilkins, schon seit einer Woche reisefertig, doch immer wieder unter diesem oder jenem Vorwand zurückgehalten, damit sie nicht zu bald wiederkommen möchte, wurde abgefertigt. Dann wurde das Kind nur in meiner und meiner Mutter Gegenwart geboren und von meiner Mutter geheim in ihrem Hause gehalten bis zu dem Abend, da Sie wiederkamen und ich es auf Fräulein Bridgets Geheiß in Ihr Bett legen mußte, wo Sie es fanden. Und jeder Verdacht wurde später durch das kluge Verhalten Ihrer Schwester von vornherein zerstreut, denn sie tat, als hätte sie für den Knaben nichts übrig und als erzeigte sie ihm nur Ihnen zu Gefallen einige Güte.

Frau Waters bekräftigte hierauf die Wahrheit dieser Geschichte durch viele Beteuerungen und schloß ihren Bericht mit den Worten: „Also, Herr, habe ich Ihnen nun wenigstens zur Entdeckung Ihres Neffen verholfen, denn ich bin gewiß, daß Sie ihn fortan als solchen ansehen, und ich zweifle nicht, er wird Ihnen unter diesem Namen Ehre und Freude machen."

„Madam", sagte Allworthy, „ich brauche Ihnen schwerlich zu sagen, wie groß mein Erstaunen ist über das, was Sie mir enthüllt haben, und doch hätten Sie so manche Umstände nicht zusammensetzen wollen oder können, um eine Unwahrheit glaubhaft zu machen. Ich gestehe, daß ich mich einiger Vorkommnisse in Beziehung auf diesen Summer erinnere, die mich vermuten ließen, daß er meiner Schwester nicht gleichgültig sei. Ich machte eine Anspielung in diesem Sinn, denn ich hatte eine solche Hochschätzung für den jungen Mann wie für seinen Vater, daß ich zu einer Verbindung zwischen ihnen gerne meine Einwilligung gegeben hätte; doch sie zeigte sich äußerst entrüstet über meinen unziemlichen Verdacht, wie sie das nannte; also sprach ich in der Folge nie wieder davon. Gütiger Himmel! Doch der Herr lenkt alle Dinge. – Gewiß aber war es doch unverantwortlich von meiner Schwester, aus der Welt zu scheiden und dieses Geheimnis mit sich zu nehmen." – „Herr, ich versichere Ihnen, daß sie immer das Gegenteil im Sinne hatte und mir oft sagte, sie beabsichtige, es Ihnen eines Tages zu entdecken. Freilich sagte sie mir auch, sie freue sich mächtig über das gute Gelingen des Planes, und da Sie selbst zu dem Kinde eine solche Zuneigung gefaßt hätten, sei es vorläufig unnötig, eine ausdrückliche Erklärung abzugeben. Ach, Herr, hätte diese Dame es erlebt, wie der junge Mann gleich einem Landstreicher aus Ihrem Hause gewiesen wurde; hätte sie erfahren, daß Sie selbst einen Advokaten beauftragten, ihn zu verfolgen wegen eines Mordes, den er nicht beging – verzeihen Sie mir, Herr Allworthy, doch ich muß sagen, das war nicht gütig. Man hat Sie gewiß hintergangen, denn er hat dies niemals verdient." – „Allerdings", erwiderte Allworthy, „ich bin hintergangen worden durch die Person – wer es auch nun war –, die Ihnen solches hinterbracht hat." – „O nein, Herr", rief sie, „ich möchte nicht mißverstanden werden: Ich würde mir nicht anmaßen, Sie eines Unrechts zu beschuldigen. Der

Herr, der zu mir kam, behauptete auch dergleichen nicht; er sagte nur (denn er hielt mich für die Frau des Herrn Fitzpatrick), wenn Herr Jones meinen Gatten erstochen hätte, dann sollte ich mit so viel Geld, wie zu seiner gerichtlichen Verfolgung nötig wäre, von einem sehr angesehenen Herrn versehen werden, der, so sagte er, sehr wohl wisse, mit was für einem nichtswürdigen Schurken ich es zu tun hätte. Und von diesem selben Mann erfuhr ich, wer Herr Jones ist; und dieser Mann, dessen Name Dowling lautet, ist, wie ich von Herrn Jones erfuhr, Ihr Anwalt. Ich entdeckte diesen Namen durch einen merkwürdigen Zufall; er selbst wollte ihn mir nicht nennen. Aber Partridge, der ihn sah, als er zum zweitenmal in meine Wohnung kam, kannte ihn noch von Salisbury her."

„Und sagte Ihnen dieser Herr Dowling", fragte Allworthy, und sein Gesicht drückte größtes Erstaunen aus, „daß ich zu dieser Verfolgung die Hand reichen würde?" – „Nein, Herr, ich will ihn nicht fälschlich bezichtigen", erwiderte sie. „Er sagte, man werde mir beistehen, doch nannte er keinen Namen. Aber Sie werden mir verzeihen, Herr Allworthy, wenn ich unter diesen Umständen dachte, nur Sie könnten es sein." – „Wirklich, Madam", sagte Allworthy, „unter diesen Umständen bin ich nur zu sehr überzeugt, daß es ein anderer war. Gütiger Gott! Auf was für wunderbaren Wegen doch manchmal die schwärzeste und versteckteste Bosheit an den Tag kommen muß! – Darf ich Sie bitten, Madam, so lange noch zu verweilen, bis die Person, von der Sie gesprochen haben, hier ankommt; ich erwarte den Mann jede Minute, ja vielleicht ist er bereits im Hause."

Allworthy ging zur Tür, um einem Bedienten zu rufen, als – nicht Herr Dowling hereintrat, sondern der Herr, der im nächsten Kapitel zu sehen sein wird.

8. Kapitel

Weitere Fortsetzung.

Der Herr, der nun hereinkam, war niemand anders als Herr Western. Er hatte Herrn Allworthy kaum erblickt, als er ohne *die geringste* Rücksicht auf Frau Waters folgenderweise loslegte: „Eine prächtige Wirtschaft ist das in meinem Hause! Eine nette Bescherung, der ich nun schließlich auf die Spur gekommen bin! Wer zum Teufel wollt mit einer Tochter geplagt sein?" – „Was gibt es denn, Herr Nachbar?" fragte Allworthy. „Was es gibt? Mehr als genug!" entgegnete Herr Western. „Als ich dachte, 's wär alles im Lot, ja nachdem sie mir fast versprochen hatte, zu tun, was ich wollte, und ich dachte, nun hätt ich bloß noch zum Notar zu schicken, um alles zu Papier zu bringen, und Schluß; was glauben Sie, was ich da rausgefunden hab? Daß die kleine Katze mich die ganze Zeit über zum Narren gehabt und mit Ihrem Bankert Briefe gewechselt hat. Schwester Western, mit der ich ihrethalben gezankt hab, hat mich's wissen lassen, und ich gab Befehl, während sie schlief, ihre Taschen zu durchsuchen, und da fanden wir einen Brief, unterzeichnet mit des Hurensohns eignem Namen. Ich nahm mir nicht die Zeit, ihn auch nur halb zu lesen, denn er ist länger als des Pfaffen Supples Predigten; aber das sah ich klar, 's geht alles nur um Liebe, was sollt es auch sonst sein? Ich hab sie wieder ins Zimmer eingeschlossen, und morgen früh geht's aufs Land zurück, und wenn sie sich nicht gleich zur Trauung entschließt, soll sie bei Brot und Wasser leben. Und je eher ihr das Herz bricht, um so besser; aber verdammt noch mal, ich glaub, es ist zu zäh, und sie wird lang genug leben, um mich zu quälen." – „Herr Western", erwiderte Herr Allworthy, „Sie wissen, ich war immer gegen die Anwendung von Gewalt, und Sie selbst haben zugestimmt, daß keinerlei Zwang mehr gebraucht werden sollte." – „Ja, schon", rief jener, „wenn sie mir gehorchen wollt ohne Zwang. Beim Teufel und Doktor Faust! soll ich nicht tun mit meiner Tochter, was ich will, wo ich noch dazu nichts will als ihr Bestes!" – „Herr Nachbar", sagte Allworthy, „wenn Sie mir dazu die Erlaubnis geben, so will ich versuchen, noch einmal mit der jungen Dame ernsthaft zu reden." – „Wollen Sie? Nun, das ist wirklich freundlich und freundnachbarlich! Und vielleicht erreichen Sie bei ihr mehr als ich, denn ich versichere Ihnen, sie hält große Stücke auf Sie." – „Nun wohl, wenn Sie jetzt nach Hause gehen und das Fräulein aus seiner Gefangenschaft befreien, so will ich ihm innerhalb der nächsten halben Stunde meine Aufwartung machen." – „Ja, nur", sagte Western, „wenn sie mittlerweile mit ihm davonliefe? Denn der Advokat Dowling sagt mir, daß man nicht hoffen kann, daß der Bursche gehängt wird, denn der andere Mann lebt und scheint sich zu erholen, und er glaubt, Jones sei nun bereits aus dem Gefängnis entlassen." – „Wie?" fragte Allworthy, „haben Sie ihn denn beauftragt, nachzuforschen oder sonst etwas in der Sache zu tun?" – „Das nicht, nein", erwiderte Western, „er sagte mir's vorhin, als ich herkam, von sich aus." – „Eben jetzt?" rief Allworthy. „Wo sahen Sie ihn? Ich müßte Herrn Dowling notwendig sprechen." – „Nun, Sie können ihn, wenn Sie wollen, in meiner Wohnung sehn, denn da kommt heut morgen eine ganze Advokatenversammlung zustand, wegen 'ner Hypothek. Meiner Treu! ich werd so zwei- oder dreitausend Pfund verlieren durch diesen Ehrenmann, den Herrn Nightingale." – „Nun wohl, Herr", sagte Allworthy, „ich werde innerhalb einer halben Stunde bei Ihnen sein." – „Und hören Sie wenigstens einmal auf eines Narren Rat", rief der Junker; „versuchen Sie nicht, bei ihr mit Freundlichkeit zum Ziel zu kommen; glauben Sie mir, das taugt hier gar nichts. Ich hab's lang genug versucht. Sie muß Angst bekommen, das ist der einzige Weg. Sagen Sie ihr, daß ich ihr Vater bin, was für 'ne schreckliche Sünde der Ungehorsam ist und wie schlimm die Strafe dafür in der andern Welt; und sagen Sie ihr, daß ihr droht, das ganze Leben in eine Dachkammer gesperrt zu werden, allein bei Wasser und Brot." – „Ich will alles tun, was ich vermag", sagte Allworthy, „denn an nichts wäre mir soviel gelegen wie an einer Verbindung mit diesem liebenswerten Geschöpf." – „Ja, dafür ist das Mädchen schon recht beschaffen", rief der Junker. „Ein Kerl könnte lange auf die Jagd gehen und doch ein viel geringeres Wild erjagen; das darf ich sagen, obwohl's meine Tochter ist. Und wenn sie mir nur gehorchen will, so gibt's schwerlich im Umkreis von hundert Meilen einen Vater, der seine Tochter mehr liebt als ich; doch ich seh, Sie haben mit der Dame hier zu reden, und somit Ihr gehorsamer Diener."

Sobald Herr Western gegangen war, bemerkte Frau Waters; „Herr Western erinnert sich augenscheinlich meines Gesichtes nicht mehr. Ich glaube, Herr Allworthy, auch Sie hätten mich nicht mehr erkannt. Ich hab mich ja wohl beträchtlich verändert seit dem Tag, da Sie mir den gütigen Rat gaben, der mich glücklich gemacht hätte, hätt ich ihn nur befolgt." – „Allerdings, Madam", gestand Allworthy, „war ich sehr betrübt, als ich zuerst das Gegenteil erfuhr." – „In Wahrheit", sagte sie, „wurde ich durch sehr gut ausgedachte üble Machenschaften zu Fall gebracht, die, wenn Sie sie kennten – obgleich ich nicht glaube, daß sie mich in Ihren Augen rechtfertigen –, doch meine Schuld etwas mildern und Sie dazu bringen könnten, mich zu bedauern. Sie haben jetzt nicht die Muße, meine ganze Geschichte anzuhören; aber das eine versichere ich Ihnen: Ich wurde durch die feierlichen Eheversprechungen überlistet, ja in den Augen des Himmels war ich ihm angetraut; denn nachdem ich vieles über diesen Gegenstand gelesen habe, bin ich überzeugt, daß besondere Zeremonien nur erforderlich sind, um der Ehe eine gesetzliche Sanktion zu geben, und sie nur den weltlichen Nutzen haben, einer Frau die Privilegien einer Gattin zuzusichern, daß jedoch eine Frau, die nach einer feierlichen, wenn auch geheimen Zusage beständig mit einem Mann zusammenlebt, wie immer die Welt sie nennen mag, vor ihrem eigenen Gewissen nicht viel zu verantworten hat." – „Es tut mir leid, Madam", entgegnete Allworthy, „daß Sie keinen besseren Gebrauch von Ihrer Gelehrsamkeit machen. Es wäre besser gewesen, Sie hätten die Dinge entweder viel gründlicher studiert oder Sie wären im Zustand gänzlicher Unwissenheit geblieben. Und doch fürchte ich, Sie haben sich für mehr als diese eine Sünde zu verantworten. "– „Solange er lebte", erwiderte sie, „und das dauerte mehr als ein Dutzend Jahre, hatte ich das nicht, das kann ich Ihnen versichern; und erwägen Sie, bester Herr Allworthy: Steht es in der Macht einer Frau, der ihr guter Name genommen und die von allen Mitteln entblößt ist, ob die wohlgesinnte Welt das verirrte Schaf wieder auf den Weg der Tugend gelangen lassen will, auch wenn sie es noch so sehnlich wünscht? Wäre dem so, so hätte ich diesen Weg gewählt. Doch die Not trieb mich in die Arme des Hauptmanns Waters, mit dem ich, wiewohl ungetraut, viele Jahre als Ehefrau lebte und dessen Namen ich führte. Ich begleitete diesen Herrn auf seinem Zug gegen die Rebellen bis Worcester, und dort wurde ich durch Zufall mit Herrn Jones bekannt, der mich aus den Händen eines Schurken befreite. Er ist ein höchst würdiger Mensch! Ich glaube, kein junger Herr seines Alters ist freier von Lastern, und wenige haben auch nur den zwanzigsten Teil seiner Tugenden; ja, was für Fehler er auch gehabt haben mag, ich bin überzeugt, er hat jetzt den Entschluß gefaßt, sie abzulegen." – „Ich hoffe das", sagte Allworthy, „und ich hoffe, daß er diesem Entschluß treu bleiben wird. Und ich muß sagen, ich hoffe dasselbe auch für Sie selbst. Die Welt, darin bin ich mit Ihnen einig, pflegt bei solchen Gelegenheiten fast grausam zu sein, doch können Zeit und Beharrlichkeit diese, wie ich es nennen möchte, Abneigung gegen das Mitleiden überwinden. Denn obwohl die Welt nicht, wie der Himmel, dem bußfertigen Sünder entgegenkommt, so erhält doch andauernde Reue Verzeihung selbst von ihr. Und dessen, Frau Waters, können Sie versichert sein, daß es Ihnen, wenn ich sehe, daß Sie's mit Ihren guten Vorsätzen wirklich ernst meinen, an keinem Beistand fehlen soll, den ich zu leisten vermag."

Da fiel Frau Waters vor ihm auf die Knie, und unter Tränen dankte sie ihm leidenschaftlich für seine Güte, die, wie sie nicht mit Unrecht sagte, mehr der himmlischen als der irdischen Natur verwandt war.

Allworthy hob sie auf und redete in den sanftesten Ausdrükken, die er nur zu ihrem Troste finden konnte, mit ihr, als er durch die Ankunft des Herrn Dowling unterbrochen wurde, der, als er bei seinem Eintritt Frau Waters sah, stutzte und einigermaßen in Verwirrung geriet; er faßte sich jedoch, so schnell und so gut er es vermochte, und sagte, er sei in höchster Eile, zu einer juristischen Beratung in Westerns Wohnung zu kommen; indessen habe er es für seine Pflicht gehalten, bei Herrn Allworthy vorzusprechen und ihn über die Meinung der Rechtsgelehrten zu dem Fall, den er ihm vorgelegt habe, zu unterrichten. Diese Meinung sei, daß die Klage auf Diebstahl nicht erhoben werden könne, nur die auf Fundunterschlagung. Könnte vor Gericht dargetan werden, daß das Geld dem Kläger gehöre, dann hätte der Kläger freilich ein Urteil zu seinen Gunsten zu erwarten.

Allworthy, ohne hierauf mit einem Wort zu erwidern, schloß die Tür, ging mit strengem Blick auf Dowling zu und sagte: „Mögen Sie's eilig haben, Herr, erst müssen Sie mir ein paar Fragen beantworten. Kennen Sie diese Dame?" – „Diese Dame, Herr?" erwiderte Dowling zögernd. Doch jetzt sagte Allworthy mit sehr feierlicher Stimme zu ihm: „Sehn Sie, Herr Dowling, wenn Ihnen an meiner Gunst etwas gelegen ist oder daran, auch nur einen Augenblick länger in meinem Dienst zu bleiben, so machen Sie keine Umschweife, sondern antworten Sie mir wahrheitsgemäß auf jede meiner Fragen." – „Ja, Herr, ich habe die Dame gesehen." – „Wo, Herr?" – „Bei ihr, in ihrer Wohnung." – „In welcher Angelegenheit sind Sie dorthin gegangen, Herr, und wer schickte Sie zu ihr hin?" – „Ich ging zu ihr, um mich nach den Angelegenheiten des Herrn Jones zu erkundigen." – „Und wer schickte Sie mit diesem Auftrag hin?" – „Wie, Herr? Nun, Herr Blifil gab mir den Auftrag." – „Und was sagten Sie über diese Sache zu dieser Dame?" – „Nun, Herr Allworthy, es ist nicht möglich, sich auf jedes einzelne Wort zu besinnen." – „Dann haben Sie vielleicht die Güte, dem Gedächtnis dieses Herrn aufzuhelfen?" – „Er sagte mir, Herr", berichtete Frau Waters, „daß, wenn Herr Jones meinen Mann getötet hätte, man mir mit allem nötigen Geld beistehen wolle, um ihn gerichtlich zu verfolgen; ein sehr würdiger Herr habe sich dazu erboten, der sehr wohl wüßte, mit was für einem nichtswürdigen Bösewicht ich es zu tun hätte. Dieses, ich kann es unbedenklich beschwören, sind die Worte, die er gesprochen hat." – „Waren das Ihre Worte, Herr?" fragte Allworthy. „Ich kann mich nicht so ganz auf mein Gedächtnis verlassen", rief Dowling, „aber ich glaube, ich habe ungefähr in diesem Sinn gesprochen." – „Und hat Herr Blifil Sie beauftragt, so zu reden?" – „Allerdings, Herr Allworthy. Aus freiem Antrieb wäre ich nicht dorthin gegangen, und mit Wissen würde ich in einer derartigen Sache meinen Auftrag nicht überschritten haben. Wenn ich dies sagte, so muß ich auch Herrn Blifils Anweisung so verstanden haben." – „Nun merken Sie auf, Herr Dowling", sagte Allworthy, „vor dieser Dame verspreche ich, Ihnen das, was Sie auf Blifils Befehl in dieser Sache getan haben, zu verzeihen, vorausgesetzt, daß Sie mir nur die reine Wahrheit sagen. Ich glaube Ihnen so viel, daß Sie in dieser Angelegenheit nicht aus eigenem Antrieb und ohne bestimmten Auftrag gehandelt haben. So war es denn auch mein Neffe Blifil, der Sie zum Aushorchen der beiden Werber nach Aldersgate schickte?" – „Das tat er, Herr." – „Gut! Und welche Instruktionen gab er Ihnen? Besinnen Sie sich, so gut Sie können, und wiederholen Sie mir so genau wie möglich die Worte, die er gebrauchte." – „Nun, Herr, er sandte mich hin, die Personen herauszufinden, die Augenzeugen bei diesem Zweikampf gewesen sind. Er sagte, er fürchte, sie könnten von Herrn Jones oder von einigen seiner Freunde bestochen werden. Er sagte, Blut verlange Blut; und nicht nur solche, die einen Mörder verbergen, sondern alle, die etwas versäumen, was in ihrer Macht stünde, ihn dem Gesetz auszuliefern, hätten teil an der Blutschuld. Er sagte, er meine, Sie selbst hätten den lebhaften Wunsch, den Bösewicht dem Gericht zuzuführen, obgleich es sich nicht schicke, daß Sie sich diesen Anschein gäben." – „Das hat er gesagt?" rief Allworthy. „Ja, Herr", sagte Dowling. „Ich wäre gewiß keinem Menschen zulieb in dieser Sache so weit gegangen, wenn mich nicht die Rücksicht auf Sie selbst dazu bewogen hätte." – „Wie weit gingen Sie, Herr?" – „Nun, Herr, ich bitte Sie, nicht zu denken, daß ich aus irgendeinem Grund an einer Bestechung oder an einem Meineid schuld sein möchte! Doch gibt es zweierlei

Art, ein Zeugnis abzulegen. Ich sagte also den Leuten, wenn ihnen ein Angebot von der andern Seite gemacht werden sollte, möchten sie es zurückweisen, und sie könnten gewiß sein, nicht dabei zu verlieren, wenn sie ehrlich seien und die Wahrheit sagten. Sodann sagte ich ihnen, wir hätten vernommen, Herr Jones habe den andern Herrn zuerst angegriffen; wenn das die Wahrheit sei, so sollten sie's bestätigen; und ich deutete an, das werde nicht zu ihrem Schaden sein." – „Mich dünkt, daß Sie freilich weit gegangen sind", bemerkte Allworthy. „Aber, Herr, ich habe von den Kerlen doch gewiß nicht verlangt, daß sie falsches Zeugnis ablegen sollten; auch hätte ich niemals gesagt, was ich gesagt habe, wäre es nicht Ihnen zu Gefallen geschehen." – „Ich glaube, Sie hätten nicht gedacht, mir gefällig zu sein, wenn Sie gewußt hätten, daß dieser Herr Jones mein Neffe ist." – „Ich weiß, Herr, es würde mir nicht wohl anstehen zu tun, als wüßte ich etwas, was Sie, nach meiner Meinung, geheimzuhalten wünschten." – „Wie?" rief Allworthy, „Sie haben es also gewußt?" – „Nun, Herr", antwortete Dowling, „da Euer Gnaden mir gebieten, die reine Wahrheit zu sagen, will ich es auch tun. Ich habe es tatsächlich gewußt, denn es waren dies die letzten Worte, die Frau Blifil in ihrem Leben zu mir sprach, als ich allein neben ihrem Bett stand und sie mir den Brief übergab, den der gnädige Herr von mir erhalten hat." – „Was für einen Brief?" rief Allworthy. „Den Brief, Herr, den ich von Salisbury mitbrachte und den ich Herrn Blifil ausgehändigt habe." – „Um Himmels willen! Doch welches waren ihre Worte? Was sagte Ihnen meine Schwester?" – „Sie faßte mich bei der Hand, und nachdem sie mir den Brief gegeben hatte, sagte sie: ‚Ich weiß kaum, was ich geschrieben habe. Sagen Sie meinem Bruder, daß Herr Jones sein Neffe ist – er ist mein Sohn. Gott segne ihn!' Dann fiel sie zurück, als sollte sie im Augenblick verscheiden. Ich rief sogleich Leute herbei, doch sie sagte kein Wort mehr zu mir und starb nach wenigen Minuten." Allworthy stand eine Weile still, die Augen zum Himmel erhoben; darauf wandte er sich an Dowling mit den Worten: „Wie kamen Sie dazu, mir diese Botschaft nicht auszurichten?" – „Gnädiger Herr, Sie werden sich erinnern, daß Sie zu jener Zeit bettlägerig waren; und da ich in großer Hast war, wie stets, vertraute ich Brief und Botschaft Herrn Blifil an, der mir *versprach*, beides auszurichten. Später sagte er mir, er habe dies getan, indessen wünschten Euer Gnaden, teils aus Freundschaft zu Herrn Jones, teils aus Rücksicht auf das Andenken Ihrer

Schwester, daß nicht davon gesprochen werde, und Sie wollten es vor der Welt verborgen halten. Darum, Herr, wenn nicht Sie selbst es gesagt hätten, würde ich gewiß nie daran gedacht haben, daß es meine Sache wäre, das geringste zu irgendwem darüber zu äußern."

Wir haben bereits an einer Stelle bemerkt, daß es einem Menschen möglich ist, eine Lüge durch Worte der Wahrheit zu übermitteln; das war hier der Fall. Blifil hatte tatsächlich Dowling gesagt, was dieser jetzt erzählte; doch hatte er ihn nicht getäuscht noch auch nur geglaubt, daß er fähig sei, ihm etwas vorzumachen. In Wahrheit waren die Versprechungen, die Blifil Dowling gegeben hatte, die Beweggründe, die diesen zum Schweigen veranlaßten; und da er jetzt deutlich erkannte, daß jener sie doch nicht zu halten vermöchte, hielt er es für geraten, dieses Geständnis abzulegen, das nun Allworthys Versprechen der Verzeihung zusammen mit seinen Drohungen, seiner Stimme, seinen Blicken und seinen bereits gemachten Entdeckungen ihm abzwangen; er war zudem von allem so überrascht worden, daß er keine Zeit fand, sich auf Ausflüchte zu besinnen.

Allworthy schien von dieser Erzählung befriedigt, und nachdem er Dowling gebeten hatte, über das Vorgefallene strenges Stillschweigen zu bewahren, begleitete er den Ehrenmann selbst zur Tür, damit er nicht die Gelegenheit hätte, Blifil aufzusuchen, der in sein Zimmer zurückgekehrt war und sich dort über seine letzte List, mit der er seinen Onkel hereingelegt zu haben glaubte, freute, nicht ahnend, was sich in dem Stockwerk unter ihm zutrug.

Als Allworthy in sein Zimmer zurückkehren wollte, traf er unten an der Treppe auf Frau Miller, die mit blassem, verängstigtem Gesicht zu ihm sagte: „O Herr, ich sehe, diese unselige Person ist bei Ihnen gewesen, und Sie wissen nun alles. Doch lassen Sie bitte darum diesen armen jungen Menschen nicht im Stich. Bedenken Sie doch, daß er nicht wußte, daß es seine eigene Mutter war; und die Entdeckung allein wird ihm höchstwahrscheinlich das Herz brechen, auch ohne Ihre Ungnade."

„Madam", antwortete ihr Allworthy, „ich bin noch so voller Staunen über das, was ich gehört habe, daß ich Ihnen wirklich nichts Befriedigendes zu sagen weiß; doch kommen Sie mit auf mein Zimmer. Wahrhaftig, Frau Miller, ich habe wunderbare Entdeckungen gemacht, und Sie sollen bald davon hören."

Die arme Frau folgte ihm zitternd; aber jetzt ging Allworthy auf Frau Waters zu, faßte sie bei der Hand, dann kehrte er sich gegen Frau Miller und sagte: „Wie kann ich dieser Dame die Dienste, die sie mir erwiesen hat, lohnen? Ach, Frau Miller, Sie haben mich gewiß tausendmal den jungen Mann, dessen treue Freundin Sie sind, meinen Sohn nennen hören. Aber wenig dachte ich damals daran, daß er mir wirklich in irgendeinem Sinn verwandt sein könnte. – Ihr Freund, Madam, ist mein Neffe; er ist der Bruder dieser bösen Schlange, die ich so lange an meinem Busen genährt habe. – Sie selbst wird Ihnen die ganze Geschichte erzählen, und wie es kam, daß der Jüngling für ihr Kind gelten konnte. Ich bin wirklich vollkommen überzeugt, Frau Miller, daß ihm Unrecht geschehen ist und daß ich betrogen wurde, betrogen von einem, den Sie nur allzu richtig im Verdacht hatten, ein Bösewicht zu sein."

Die Freude, die Frau Miller jetzt empfand, beraubte sie der Sprache und würde sie vielleicht überhaupt ihrer Sinne beraubt haben oder gar des Lebens, wäre ihr nicht ein erleichternder Tränenerguß zur rechten Zeit zu Hilfe gekommen. Als sie sich endlich so weit erholt hatte, um wieder reden zu können, rief sie: „Und ist also wirklich mein guter Herr Jones Ihr Neffe und nicht der Sohn dieser Dame? Und sind Ihnen endlich die Augen über ihn geöffnet worden? Und werde ich es noch erleben, ihn so glücklich zu sehen, wie er es verdient?" – „Er ist ganz gewiß mein Neffe", sagte Allworthy, „und alles übrige hoffe ich auch." – „Und diese liebe gute Dame ist der Mensch", rief sie, „dem wir alle diese Enthüllungen verdanken?" – „Das ist sie freilich." „Ja, dann", rief Frau Miller auf den Knien, „möge der Himmel seinen köstlichsten Segen auf dieses Haupt herniederströmen lassen und ihr für diese eine gute Tat alle ihre Sünden vergeben, und wären es noch so viele!"

Frau Waters sagte ihnen nun, sie glaube, Herr Jones werde über kurzem aus der Haft entlassen werden, denn der Wundarzt sei in Begleitung eines Zeugen von hohem Adel zu dem Richter gegangen, der Jones gefangengesetzt habe, um dort Bericht zu erstatten, daß Herr Fitzpatrick außer aller Gefahr sei, und damit die Freilassung des Gefangenen zu erwirken.

Allworthy erklärte, es sollte ihn freuen, bei seiner Rückkehr seinen Neffen vorzufinden; im Augenblick aber verlangten ihn wichtige Geschäfte. Hierauf befahl er einem Bedienten, ihm eine Sänfte zu verschaffen, und er ließ bald hernach die beiden *Frauen miteinander* allein.

Herr Blifil, der hörte, daß eine Sänfte geholt wurde, kam herabgeeilt, um seinem Onkel seine Aufwartung zu machen;

er pflegte solche Höflichkeitsbezeigungen niemals zu verfehlen. Er fragte den Oheim, ob er einen Ausflug vorhabe, was eine höfliche Art ist, einen Menschen zu fragen, wohin er gehe. Als der andere hierauf keine Antwort gab, wünschte er zu wissen, wann er zurückzukehren beliebe. Allworthy antwortete auch darauf nicht, bis er einstieg. Dann schaute er sich um und sagte zu ihm: „Hör einmal, junger Mann, sieh zu, daß du bis zu meiner Rückkehr den Brief findest, den mir deine Mutter auf ihrem Sterbebett geschrieben hat.“ Allworthy wurde dann fortgetragen, und Blifil blieb in einer Verfassung zurück, um die ihn nur ein Mensch beneiden kann, der eben zum Richtplatz geführt wird.

9. Kapitel

Weitere Fortsetzung.

Allworthy machte sich die Gelegenheit zunutze, in der Sänfte den Brief von Jones an Sophia zu lesen, den Western ihm überlassen hatte; darin standen Worte über ihn selbst, die ihm die Augen mit Tränen füllten. Er kam endlich in Herrn Westerns Wohnung an und wurde zu Fräulein Sophia geführt.

Als die ersten Komplimente gewechselt waren und der Herr und die Dame Platz genommen hatten, folgte eine Stille von mehreren Minuten, währenddessen die junge Dame, die von ihrem Vater auf den Besuch vorbereitet worden war, mit ihrem Fächer spielend dort saß und in Gesicht und Betragen alle Merkmale der Verlegenheit zeigte. Endlich begann Allworthy, der selbst ein wenig verwirrt war, seine Rede und hob an: „Ich fürchte, verehrtes Fräulein, meine Familie war für Sie die Ursache großer Unruhe; und ich habe darin ohne Schuld mehr beigetragen, als in meiner Absicht lag. Seien Sie versichert, Madam, hätte ich früher gewußt, wie unangenehm Ihnen dieser Vorschlag war, ich hätte es nicht geduldet, daß man Sie so lange damit verfolgte. Ich hoffe darum, Sie werden nicht denken, der Zweck dieses Besuches sei, Sie mit weiteren Bitten dieser Art zu bestürmen; er ist einzig, Sie davon zu befreien.“

„Herr“, sagte Sophia mit einem kleinen bescheidenen Zögern, „Ihr Verhalten ist so überaus gütig und großmütig, wie ich es nur von Herrn Allworthy erwarten konnte; doch da Sie so freundlich waren, dieses Umstandes zu gedenken, werden

Sie mir auch verzeihen, wenn ich Ihnen sage, daß er mir freilich viel Unangenehmes eingetragen hat und die Ursache davon war, daß ich eine sehr grausame Behandlung von einem Manne ertragen mußte, der sich bis zum Beginn dieser unglücklichen Angelegenheit als der zärtlichste und liebevollste Vater erwiesen hat. Ich bin überzeugt, Herr, Sie sind zu gütig, zu großmütig, um mir die Zurückweisung der Hand Ihres Neffen zu verargen. Unsere Neigungen unterstehen nicht unserer Gewalt, und wie groß immer seine Verdienste sein mögen, ich kann die Liebe zu ihm nicht erzwingen." – „Ich versichere Ihnen, allerwerteste junge Dame", sagte Allworthy, „das kann ich Ihnen nicht verargen, und wäre der Betreffende mein eigener Sohn und erfreute er sich meiner höchsten Wertschätzung. Sie sagen ganz richtig, Madam, wir können uns zu keiner Neigung zwingen; noch viel weniger können uns Neigungen befohlen werden." – „Ach, Herr", antwortete Sophia, „ein jedes Ihrer Worte ist ein Beweis des edlen, großen, menschenfreundlichen Charakters, den die Welt Ihnen beilegt. Wahrhaftig, nichts Geringeres als die sichere Aussicht auf künftiges Elend hätte mich dazu bewegen können, mich dem Befehl meines Vaters zu widersetzen." – „Das glaube ich Ihnen aufrichtig, Madam", sagte Allworthy, „und ich beglückwünsche Sie zu Ihrer weisen Voraussicht, da Sie durch diesen so entschuldbaren Widerstand in der Tat großes Elend vermieden haben!" – „Sie reden jetzt, Herr Allworthy, mit einem Zartgefühl, dessen nur wenige Männer fähig wären! Doch gewiß müßte es nach meiner Meinung ein elender Zustand sein, sein Leben zusammen mit einem Menschen zu führen, der uns gleichgültig ist. Vielleicht würde solches Elend noch vermehrt werden, wenn wir an dem Gegenstand, den wir nicht lieben, Verdienste entdeckten. Hätte ich Herrn Blifil geheiratet . . ." – „Verzeihen Sie, Madam, daß ich Sie unterbreche", erwiderte Allworthy, „aber ich muß diese Voraussetzung hier ausschalten. Ich versichere Ihnen, Fräulein Western, ich freue mich von Herzen, ich bin glücklich darüber, daß Sie dem entgangen sind. Ich habe den Buben, um dessentwillen Sie alle die Grausamkeiten Ihres Vaters erdulden mußten, als einen Schurken entlarvt!" – „Wie, Herr? Glauben Sie mir, daß ich überrascht bin!" – „Ich bin davon nicht weniger überrascht, Madam, und ebenso wird die Welt darüber staunen. Doch habe ich Ihnen die reine Wahrheit gesagt." – „Nichts Unwahres kann von Herrn Allworthys Lippen kommen, davon bin ich überzeugt", erwiderte Sophia. „Aber, Herr, eine so plötzliche, so unerwartete Neuigkeit! Entlarvt, sagen Sie – möchte jede Schlechtigkeit so aufgedeckt werden!" – „Sie werden schon bald mehr von der Geschichte vernehmen", sagte Allworthy; „für jetzt aber lassen Sie uns einen so verhaßten Namen nicht nennen. Etwas anderes von sehr ernster Natur habe ich Ihnen vorzubringen. Oh, Fräulein Western, ich kenne Ihren hohen Wert und kann von meinem ehrgeizigen Wunsch, mit Ihnen verwandtschaftlich verbunden zu sein, nicht so leicht ablassen. Ich habe einen nahen Verwandten, Madam, einen jungen Mann, dessen Charakter nach meiner Überzeugung das gerade Gegenteil von dem dieses Elenden ist und dessen äußere Lage ich ebenso gut gestalten will, wie die jenes andern hätte werden sollen. Dürfte ich, Madam, hoffen, daß Sie seinen Besuch empfangen?" Sophia schwieg zunächst, dann antwortete sie: „Ich will mich gegen Herrn Allworthy mit vollkommener Offenheit verhalten. Sein Charakter und die Freundlichkeit, mit der er mich soeben beehrt hat, erfordern das. Ich bin indessen entschlossen, keinen derartigen Vorschlägen, von welcher Seite sie auch kommen mögen, Gehör zu schenken. Mein einziger Wunsch ist, die Liebe meines Vaters zurückzugewinnen und wiederum die Führung seines Haushaltes zu übernehmen. Dieses hoffe ich, Herr, Ihnen verdanken zu dürfen. Ich bitte Sie, ich beschwöre Sie bei all der Güte, die ich und andere, die Sie kennen, durch Sie erfahren haben, da Sie nun mich von einer Verfolgung befreiten, setzen Sie mich nicht im selben Augenblick wieder einer andern aus, die mir gleiches Elend bringen und ebenso fruchtlos sein müßte." – „Nun, wirklich, Fräulein Western", erwiderte Allworthy, „eines solchen Verhaltens bin ich unfähig; und wenn das Ihr Entschluß ist, so wird er die schwere Enttäuschung ertragen müssen, welche Qualen er auch dabei leiden mag." – „Da muß ich nun wirklich ein wenig lächeln, Herr Allworthy", antwortete Sophia, „wenn Sie von den Qualen eines Mannes reden, den ich nicht kenne und der infolgedessen nur sehr wenig von mir wissen kann." – „Verzeihen Sie, meine liebe junge Dame, ich fürchte, daß er für die Ruhe seiner künftigen Tage nur zuviel von Ihnen weiß; denn wenn je ein Mann einer aufrichtigen, heftigen und edlen Leidenschaft fähig gewesen ist, so bin ich gewiß, mein unglücklicher Neffe empfindet sie für Fräulein Western." – „Ihr Neffe, Herr Allworthy?" antwortete Sophia. „Das ist doch seltsam. Ich habe bisher nie von diesem Neffen gehört." – „In der Tat, Fräulein Western", rief Allworthy, „nur der Umstand, daß er mein Neffe ist, war Ihnen unbekannt, und er war auch bis zum heutigen Tag für mich selbst ein Geheimnis. Herr Jones, der Sie schon lange geliebt hat, er ist mein Neffe!" – „Herr Jones Ihr Neffe? Ist das möglich?" – „Er ist das gewiß, Madam", rief Allworthy, „er ist der Sohn meiner eigenen Schwester, und als solchen werde ich ihn stets anerkennen und mich dieser Anerkennung niemals schämen. Viel mehr schäme ich mich meines früheren Verhaltens gegen ihn; doch von seinen Verdiensten wußte ich so wenig wie über seine Geburt. Wirklich, Fräulein Western, ich habe ihn grausam behandelt – wirklich grausam!" Hier wischte der gute Mann sich die Augen und fuhr dann nach einer kurzen Pause fort: „Ich werde niemals imstande sein, ihm seine Leiden zu entgelten ohne Ihre Beihilfe. Glauben Sie mir, allerliebenswürdigste junge Dame, ich muß eine hohe Meinung von diesem Anerbieten haben, wenn ich es an Ihrem Wert zu messen wage. Ich weiß, er hat sich verschiedentlich vergangen, doch in seinem Herzen ist er von Grund auf gut. Glauben Sie mir, Madam, das ist er." Er schwieg und schien eine Antwort zu erwarten, die er auch von Sophia erhielt, sowie sie sich ein wenig von der Verwirrung erholt hatte, in die sie durch eine so seltsame und unverhoffte Eröffnung gestürzt worden war. „Ich wünsche Ihnen aufrichtig Glück, Herr Allworthy, zu einer Entdeckung, die Ihnen so große Freude zu machen scheint. Ich zweifle nicht, sie wird Ihnen all den Trost gewähren, den Sie sich davon versprechen können. Der junge Herr hat gewiß tausend gute Eigenschaften, und so ist es unmöglich, daß er sich einem solchen Onkel gegenüber nicht gebührend verhalten sollte." – „Ich hoffe, Madam", sagte Allworthy, „er hat auch diejenigen guten Eigenschaften, die ihn zu einem guten Ehemann machen müßten. Er müßte wahrhaftig der verworfenste aller Männer sein, wenn eine Dame von Ihrem Verdienste sich herabließe . . ." – „Ich bitte Sie um Verzeihung, Herr Allworthy, daß ich einen Antrag dieser Art nicht anhören kann. Herr Jones, davon bin ich überzeugt, hat viele Verdienste, doch werde ich Herrn Jones niemals empfangen als einen, der mein Mann werden kann – auf meine Ehre! ich werde das niemals." – „Verzeihen Sie, Madam, wenn mir das nach dem, was ich von Herrn Western gehört habe, nicht ganz verständlich ist. – Ich will doch nicht glauben, der unglückliche junge Mann habe etwas getan, wodurch er sich Ihre gute Meinung verscherzte, wenn er je die Ehre hatte, sich ihrer zu erfreuen? Die gleichen verleumderischen Zungen, die auch mich betrogen, könnten Ihnen von ihm eine falsche Darstellung gegeben haben. Dieselbe Bosheit kann seinen Ruf überall geschädigt haben. Er ist kein Mörder, wie man von ihm gesagt hat, das versichere ich Ihnen." – „Herr Allworthy", erwiderte Sophia, „Sie haben meinen Entschluß gehört. Ich wundere mich nicht über das, was Ihnen mein Vater vielleicht erzählt hat; doch welche Ängste und Befürchtungen er gehabt haben mag, so gab ich dazu keinen Anlaß, wenn ich mein Herz kenne, denn nie wankte ich in meinem Grundsatz, ohne Vaters Einwilligung nicht zu heiraten. Das ist, denke ich, die Pflicht eines Kindes gegen seine Eltern, und diese Pflicht, so hoffe ich, außer acht zu lassen, dazu hätte nichts mich überreden können. Ich kann freilich der Ansicht nicht beipflichten, daß die Gewalt eines Vaters uns zwingen dürfe, ganz gegen unsere Neigung zu heiraten. Um einer derartigen Nötigung, die zu erwarten ich Grund hatte, zu entgehen, verließ ich meines Vaters Haus und suchte anderswo Schutz. Das ist die Wahrheit meiner Geschichte; und wenn die Welt oder mein Vater meine Absicht sich anders zurechtdeuten, so rechtfertigt mich vor mir mein Gewissen." – „Ich höre Sie, Fräulein Western", rief Allworthy, „voller Bewunderung, ich bewundere die Richtigkeit Ihrer Überlegungen, aber gewiß muß sich da noch etwas anderes begeben haben. Ich möchte Ihnen nicht gern zu nahe treten, bestes Fräulein; aber wäre denn alles, was ich bis dahin gesehen und gehört habe, nur ein Traum? Und haben Sie durch Ihren Vater solche Grausamkeit erlitten um einen Mann, der Ihnen gleichgültig war?" – „Ich bitte Sie, Herr Allworthy, legen Sie nicht Wert darauf, meine Gründe zu erfahren. Ja! ich habe wirklich gelitten; ich will es nicht verhehlen. Ich will ganz aufrichtig gegen Sie sein. Ich gestehe Ihnen, Herr Allworthy, ich hatte eine hohe Meinung von Herrn Jones – ich glaube – ich weiß, was ich für meine Schätzung gelitten habe: ich bin hart behandelt worden, von meiner Tante sowohl wie auch von meinem Vater. Doch das ist nun vorbei – ich bitte, daß man nicht weiter in mich dringe; denn was auch immer gewesen ist, mein Entschluß steht nun fest. Ihr Neffe, Herr, hat manche Tugend – er hat große Tugenden, Herr Allworthy. Ich zweifle nicht, er wird sich in der Welt Ehre erwerben und Sie glücklich machen." – „Ich wollte, ich könnte ihn glücklich machen, Madam", erwiderte Allworthy; „doch mich zu überzeugen, daß ich das vermag, steht einzig in Ihrer Macht. Und es ist diese Gewißheit, die mich so ernstlich Fürsprache für ihn einlegen ließ." – „Sie sind getäuscht worden, Herr, Sie haben sich getäuscht", sagte Sophia. „Ich hoffe, nicht durch ihn. Es genügt, daß es mir so ging. Herr Allworthy, ich muß darauf dringen, daß man mich mit dieser Angelegenheit nun verschone. Es würde mir leid tun – nein, ich möchte ihn in Ihrer Gunst nicht herabsetzen. Ich wünsche Herrn Jones das Beste. Aufrichtig wünsche ich ihm dies, und ich wiederhole nochmals: Was er auch gegen mich verschuldet haben mag, ich bin gewiß, er hat viele gute Eigenschaften. Ich verleugne meine früheren Gefühle für ihn nicht, aber nichts kann sie wiederherstellen. Gegenwärtig wüßte ich keinen Mann auf Erden, den ich entschiedener ausschlagen würde als Herrn Jones; selbst Herrn Blifils Anträge wären mir weniger unangenehm."

Western, schon lange wegen des Ausgangs dieser Unterredung ungeduldig geworden, war jetzt eben zum Horchen an die Tür gekommen; als er diese letzten Beteuerungen seiner Tochter vernahm, verlor er jede Fassung, riß die Tür auf, stürzte in das Zimmer hinein und schrie in voller Wut: „Es ist 'ne Lüge, 'ne verdammte Lüge! Alles ist dieses verflixten Lumpen Jones seine Schuld. Und könnt sie 'n bekommen, sie nähme ihn gleich auf der Stelle." Hier legte sich Herr Allworthy ins Mittel; mit einigem Ärger im Blick wandte er sich an den Junker und sagte: „Herr Western, Sie haben Ihr Wort nicht gehalten. Sie versprachen mir, sich aller Gewalttätigkeit zu begeben." – „Wie denn, so hielt ich's doch, solang es möglich war; aber 'ne Dirne so verdammt lügen zu hören! Beim Hagel! glaubt, sie kann andre Leut so zum Narren halten, wie sie mich zum Narren gemacht hat? Nein, nein, dann kenn ich sie besser als Sie." – „Es tut mir leid, Ihnen sagen zu müssen, Herr", bemerkte Allworthy, „daß man nach Ihrem Verhalten gegenüber dieser jungen Dame nicht den Eindruck erhält, daß Sie sie überhaupt kennen. Ich bitte um Verzeihung für das, was ich sage, aber ich glaube, unsere Vertrautheit, Ihre eigenen Wünsche und der gegenwärtige Anlaß geben mir das Recht dazu. Sie ist Ihre Tochter, Herr Western, und ich denke, Sie macht Ihnen Ehre. Wäre ich des Neides fähig, so würde ich eher Sie darum als irgendeinen andern Mann um irgend etwas beneiden." – „Gotts Blut!" rief der Junker, „ich wollt, sie gehörte Ihnen, das wünsche ich von Herzen – wären wohl *bald froh*, sie mit der ganzen Plackerei los zu sein." – „Wirklich, guter Freund", antwortete Allworthy, „Sie selbst sind die Ursache all des Verdrusses, über den Sie sich beklagen. Setzen

Sie in die junge Dame das Vertrauen, das sie so durchaus verdient, und ich bin gewiß, Sie werden der glücklichste Vater auf Erden sein." – „Vertrauen in sie?" rief der Junker. „Gotts Blut! Was für Vertrauen kann ich in sie haben, wenn sie nicht tun will, was ich will? Würd sie nur zustimmen zu heiraten, wie ich's von ihr haben möchte, dann hätt ich Vertrauen zu ihr, so wie Sie's zu mir haben könnten." – „Sie haben nicht das Recht, Herr Nachbar", erwiderte Allworthy, „auf einer solchen Zustimmung zu beharren; das Neinsagen wird Ihnen von Ihrer Tochter zuerkannt, und Gott und Natur haben es für richtig gehalten, Ihnen nicht mehr als das zu gestatten." – „Neinsagen!" rief der Junker. „Ach so! Da sollen Sie sehen, wie ich nein sagen kann. Geh hinaus, geh in dein Zimmer, du halsstarriges ..." – „Wirklich, Herr Western", sagte Allworthy, „Sie gehen wahrhaftig grausam mit ihr um – ich kann das nicht mit ansehen – Sie sollen, Sie müssen sie freundlich behandeln. Sie bedarf der schonendsten Sorge." – „Jawohl", rief der Junker, „ich weiß, wessen sie bedarf, nun sie gegangen ist; ich will's Ihnen zeigen. Sehn Sie das, Herr, da ist ein Brief von meiner Kusine Lady Bellaston, worin sie mir gütig mitteilt, daß der Geselle aus dem Gefängnis entlassen ist; und hier empfiehlt sie mir, auf das strengste die Dirn zu überwachen. Den Teufel auch! Nachbar Allworthy, Sie wissen nicht, was das heißt, 'ne Tochter zu regieren."

Der Junker schloß seine Rede mit einigen Komplimenten an seinen eigenen Verstand; hierauf erstattete Allworthy ihm nach einer förmlichen Einleitung Bericht über die ganze Entdeckung, die er, Herrn Jones betreffend, gemacht hatte, über seinen Zorn auf Blifil und über alle andern Einzelheiten und Umstände, mit denen der Leser in den vorigen Kapiteln bekannt gemacht worden ist.

Menschen von überheftiger Gemütsanlage pflegen meist auch veränderlich zu sein. Western war kaum von Herrn Allworthys Absicht, Jones zu seinem Erben einzusetzen, unterrichtet, als er in jedes Lob, das der Oheim dem Neffen zollte, kräftig einstimmte und nun so begierig war auf eine Heirat seiner Tochter mit Tom Jones, wie er früher auf eine Verbindung mit Blifil gewesen war.

Herr Allworthy war nun wiederum gezwungen, ihm abzuwinken und ihm zu erzählen, was sich zwischen ihm und Sophia zugetragen hatte, worüber er seine größte Verwunderung bezeigte.

Der Junker sann einen Augenblick nach und sah ganz wild und benommen aus von dieser Nachricht; endlich schrie er: „Was, was will das nun heißen, Nachbar Allworthy? Lieb hat sie 'n gehabt, darauf leist ich 'nen Eid. – Den Teufel, ich hab's. Hab's so sicher wie nur je den Fuchs auf 'm Korn. Auch da ist's wieder die Schwester. Da ward in dem Ding ein Gelüst nach diesem Hurensohn von einem Lord geweckt. Ich fand sie beisammen bei meiner Kusine Lady Bellaston. Der hat ihr den Kopf verdreht, das ist sicher. Doch ich will verdammt sein, wenn er sie kriegt! Ich mag keine Lords und kein Hofgesindel in meiner Familie haben."

Allworthy hielt ihm nun eine lange Rede, in der er ihn von neuem an seinen Entschluß mahnte, alle gewaltsamen Maßnahmen zu vermeiden, und Herrn Western sehr ernstlich ein sanftes Vorgehen empfahl; so vermöchte er sicherlich seine Tochter am besten nach seinem Willen zu lenken. Er nahm nun Abschied und kehrte zu Frau Miller heim, war aber genötigt, zuvor noch auf die dringenden Bitten des Junkers hin zu versprechen, daß er Herrn Jones noch am selben Nachmittag zu einem Besuch mitbringen werde, damit er, wie er sagte, alles mit dem jungen Herrn wieder ins reine bringen könne. Als Allworthy sich erhob, versprach ihm Western, seinen Rat wegen seines Benehmens gegen Sophia zu befolgen. Er sagte: „Ich weiß nicht, woran das liegt, doch weiß der Teufel, Allworthy, immer muß ich gerade das tun, was Sie wollen, und dabei sind meine Güter nicht kleiner als Ihre, und ich bin Friedensrichter so gut wie Sie."

10. Kapitel

In dem die Geschichte beginnt, sich gegen das Ende zu neigen.

Als Herr Allworthy wieder in seiner Wohnung anlangte, vernahm er, daß Herr Jones kurz vor ihm angekommen sei. Er eilte alsbald in ein leerstehendes Zimmer, wohin er Herrn Jones allein zu ihm zu bringen befahl.

Unmöglich kann man sich eine zärtlichere und ergreifendere Szene denken als dieses Wiedersehen zwischen Onkel und Neffen (denn Frau Waters hatte ihm, wie der Leser sich leicht denken kann, bei ihrem letzten Besuch das Geheimnis seiner Geburt entdeckt). Die erste Hingerissenheit durch die Freude auf beiden Seiten vermag ich nicht zu beschreiben und unterlasse darum auch den Versuch. Als Allworthy Jones, der sich zu seinen Füßen niederwarf, aufgehoben und in seine Arme genommen hatte, rief er aus: „O mein Sohn! Wie war ich zu tadeln! Welches Unrecht hab ich dir angetan! Was vermag ich, um dich den unbegründeten, lieblosen Verdacht vergessen zu machen, den ich gegen dich gefaßt hatte, wie kann ich dir die Leiden, die ich dir damit verursachte, vergüten?" – „Ist mir jetzt nicht schon alles vergütet?" rief Jones. „Meine Leiden, wären sie auch zehnmal größer, sind sie jetzt nicht vollauf belohnt? Oh, mein teurer Onkel, diese Güte, diese Zärtlichkeit überwältigt, erdrückt, vernichtet mich. Ich kann das Entzücken nicht ertragen, das mich so mächtig überströmt. Mich wieder Ihrer Gegenwart zu erfreuen, in Ihrer Gunst zu sein, von neuem von meinem großen, meinem edelmütigen Wohltäter freundlich aufgenommen zu werden!" – „Wahrhaftig, Kind", rief Allworthy, „ich bin grausam gegen dich gewesen." Er erklärte ihm hierauf alle die Verrätereien Blifils und wiederholte die Versicherungen seiner großen Betrübnis, weil er sich durch solche Machenschaften habe verleiten lassen, ihn so zu mißhandeln. „Oh, reden Sie nicht so!" entgegnete Jones; „in Wahrheit, Herr, haben Sie edel an mir gehandelt. Der Weiseste könnte so hintergangen werden, wie Sie betrogen worden sind; und unter dem Zwang solcher Täuschung müßte der Beste ganz so handeln wie Sie. Ihre Güte zeigte sich ja noch zu der Zeit, da Sie mir zürnten, was nur zu berechtigt schien. Dieser Güte, deren ich mich so wenig würdig gezeigt habe, verdanke ich alles. Treiben Sie mich nicht zu Selbstanklagen dadurch, daß Sie Ihre Großmut allzu frei walten lassen. Ach, Herr! Ich bin nicht härter bestraft, als ich es verdiente; und es soll die ganze Aufgabe meines künftigen Lebens sein, das Glück zu verdienen, mit dem Sie mich jetzt beschenken; denn glauben Sie mir, teuerster Onkel, die Züchtigung an mir war nicht nutzlos; und war ich auch ein großer, so war ich doch kein verstockter Sünder. Ich danke dem Himmel, daß ich Zeit hatte, über mein vergangenes Leben nachzudenken, in dem ich, wenn ich mir auch keine große Schandtat vorwerfen kann, doch genügend Laster und Torheiten gewahre, um sie zu bereuen und darüber zu erröten, Torheiten, die schreckliche Folgen für mich selbst nach sich zogen und mich an den Rand des Verderbens brachten." – „Ich freue mich, liebes Kind", antwortete Allworthy, „dich so verständig reden zu hören;

denn da ich überzeugt bin, daß Heuchelei – guter Gott, wie bin ich durch die Heuchelei anderer getäuscht worden! – nie zu deinen Fehlern gehörte, so kann ich ohne Zögern alles glauben, was du mir sagst. Du siehst nun, Tom, welchen Gefahren bloße Unvorsichtigkeit die Tugend (denn daß du Tugend in hohem Grade liebst, davon bin ich nun überzeugt) aussetzen kann. Vorsicht ist wirklich eine Pflicht, die wir uns selber schulden; und wenn wir in solchem Maß unsere Feinde sein sollen, daß wir sie vernachlässigen, dann dürfen wir uns nicht wundern, wenn die Welt es an der Erfüllung ihrer Pflicht gegen uns ermangeln läßt, denn wenn ein Mensch den Grund zu seinem eigenen Verderben legt, werden andere, fürchte ich, nur gar zu geneigt sein, darauf zu bauen. Du sagst indessen, du hast deine Irrtümer erkannt und willst sie wiedergutmachen. Ich glaube dir unbedingt, liebes Kind, und darum sollst du von jetzt an nie mehr daran erinnert werden. Erinnere du selbst dich daran nur insofern, als sie dich lehren, sie künftig zu meiden. Erinnere dich aber auch zu deinem Trost des großen Unterschiedes zwischen den Fehlern, die man ohne Harm der Unbesonnenheit zuschreiben, und jenen, die man nur aus der Lasterhaftigkeit herleiten kann: die ersten sind es vielleicht gerade, die einen Mann am häufigsten ins Verderben stürzen. Wenn er sich aber bessert, so wird sein Ansehen endlich völlig wiederhergestellt; die Welt wird sich, wenn auch nicht unmittelbar, sondern erst im Verlauf der Zeit, wieder mit ihm versöhnen, und er kann mit einer Beimischung von Vergnügen auf die Gefahren zurücksehen, denen er entgangen ist. Aber Schlechtigkeit, mein Junge, wenn sie einmal als solche erkannt worden ist, ist untilgbar; die Flecken, die sie hinterläßt, wird keine Zeit wegwaschen. Das Urteil der Menschen wird den armen Wicht verfolgen, ihr Hohn ihn öffentlich bloßstellen, und wenn die Schande ihn in die Verborgenheit treibt, so wird er sich dorthin zurückziehen, so verängstigt, wie ein ermüdetes Kind, das sich vor Kobolden fürchtet, die Gesellschaft verläßt und sich allein zu Bett begibt. Hier aber wird ihn sein erwürgtes Gewissen plagen. Die Ruhe wird ihn verlassen wie ein ungetreuer Freund. Wohin er die Blicke richtet, wachsen Schrekken auf; schaut er hinter sich, so folgt ihm vergebliche Reue auf den Fersen; sieht er vorwärts, so starrt ihm unheilbare Verzweiflung ins Gesicht, bis er, ein verurteilter Gefangener in seinem Verlies, seine gegenwärtige Lage verflucht und doch die Stunde fürchtet, die ihn daraus befreien wird. Sei getrost, mein Kind, sag ich dir, denn dies ist nicht dein Fall, und danke freudig Ihm, der dich deine Irrtümer erkennen ließ, noch ehe sie dieses Unheil über dich gebracht haben, die das Verharren in diesen Irrtümern dir sicher zugezogen hätte. Du bist ihnen entkommen, und die Aussicht, die sich vor dir aufgetan hat, ist so, daß nun das Glück in deiner eigenen Macht zu stehen scheint." Bei diesen Worten stieß Jones einen tiefen Seufzer aus, was Herr Allworthy ihm jedoch verwies. Da sagte er: „Liebster Onkel, ich will Ihnen nichts verhehlen; ich fürchte, es gibt eine Folge meiner Fehltritte, die ich niemals zu beheben imstande sein werde. Ach, Sie bester Freund! Ich habe einen Schatz verloren." – „Du brauchst nichts mehr zu sagen", antwortete Allworthy, „ich will ganz deutlich mit dir sprechen. Ich weiß, worum du klagst; ich habe die junge Dame besucht und habe deinetwegen mit ihr gesprochen. Auf diesem einen aber muß ich bestehen, als auf einem Beweis deiner Aufrichtigkeit und der Festigkeit deines Entschlusses, daß du mir darin gehorchst: daß du's bei der Entscheidung der jungen Dame bewenden läßt, ob sie nun für oder gegen dich ausfällt. Sie hat bereits genug solcher Werbungen über sich ergehen lassen, an die zu denken ich hasse, Sie soll meiner Familie wegen keinen weiteren Zwang erdulden; ich weiß, ihr Vater wird jetzt ebenso bereit sein, sie deinetwegen zu quälen, wie er das früher eines andern wegen war. Doch ich bin entschlossen, sie soll keine Einsperrung, keine Gewalt, keine kummervollen Stunden mehr erleiden." – „Ach, mein bester Onkel", antwortete Jones, „legen Sie mir, ich bitte Sie, Gebote auf, deren Befolgung für mich ein wirkliches Verdienst wäre. Glauben Sie mir, Herr, das einzige, in dem ich Ihnen nicht gehorsam sein könnte, wäre, wenn Sie wünschten, daß ich meiner Sophia auch nur einen Augenblick Unruhe bereiten sollte. Nein, Herr, war ich so unglücklich, ihr ohne Hoffnung auf Verzeihung zu mißfallen, so ist das allein, mit dem schrecklichen Gedanken, sie elend zu machen, genug, um mich niederzudrücken. Sophia die Meine zu nennen ist das größte und nun das einzige Glück, das der Himmel mir noch gewähren kann; doch ist es ein Glück, das ich allein ihr verdanken muß." – „Ich will dir nicht schmeicheln, Kind", sagte Allworthy, „ich fürchte, deine Sache steht zum Verzweifeln schlecht, denn nie habe ich bei irgendeinem Menschen stärkere Anzeichen eines unabänderlichen Entschlusses wahrgenommen, als sie in ihren heftigen Erklärungen, deine Werbung nicht anzunehmen, zutage traten.

Den Grund hierfür kennst du vielleicht besser als ich." – „O Herr, ich kann mir das nur zu gut erklären. Ich habe mich gegen sie vergangen, über alle Hoffnung auf Vergebung hinaus; und so schuldig ich bin, so scheint ihr mein Vergehen doch zehnmal schwärzer, als es seiner wirklichen Farbe nach ist. Ach, teurer Onkel, ich sehe, meine Torheiten sind nicht wiedergutzumachen, und alle Ihre Güte wird mich vor dem Untergang nicht retten können."

Ein Bedienter kam und meldete, Herr Western sei unten im Hause, seine Begierde, Herrn Jones zu sehen, konnte den Nachmittag nicht erwarten. Worauf Jones, dessen Augen voll Tränen standen, seinen Onkel bat, Herrn Western eine Weile zu unterhalten, bis er wieder ein wenig die Fassung gewonnen hätte. Der gute Mann war es zufrieden und ging, nachdem er befohlen hatte, daß man Herrn Western ins Empfangszimmer führe, zu ihm hinab.

Frau Miller hatte kaum gehört, daß Jones allein sei (denn seit seiner Entlassung hatte sie ihn noch nicht gesehen), als sie unverzüglich in sein Zimmer kam, auf Jones zuging und ihm zu seinem neugefundenen Onkel und der Versöhnung mit ihm herzlich Glück wünschte. Sie fügte hinzu, sie wollte, daß sie ihm noch zu anderem ihre Glückwünsche sagen könnte, doch habe sie noch nie solche Unerbittlichkeit gesehen.

Jones fragte sie mit scheinbarem Erstaunen, wovon sie rede. „Nun", sagte sie, „ich bin bei der jungen Dame gewesen und habe ihr alles so deutlich auseinandergesetzt, wie mein Sohn Nightingale es mir erklärt hat. Wegen des Briefes kann sie nicht länger im Zweifel sein, des bin ich gewiß; denn ich sagte ihr, mein Sohn Nightingale sei bereit, einen Eid abzulegen, wenn sie dies verlangen sollte, daß alles seine eigene Erfindung und der Brief von ihm erdacht worden sei. Ich sagte ihr, daß die Ursache, die Sie bewog, den Brief abzuschicken, Sie ihr noch lieber machen müßte, denn aus Liebe zu ihr sei es ja geschehen und ein voller Beweis dafür, daß Sie den Entschluß gefaßt hatten, sich künftig keine Liederlichkeit mehr zu gestatten; daß Sie, seit Sie sie in der Stadt wußten, ihr nicht ein einziges Mal untreu gewesen seien. Ich fürchte, hier ein wenig viel gesagt zu haben, doch der Himmel mag mir verzeihen! Ich hoffe, Ihr künftiges Betragen wird mich rechtfertigen! Ich kann Ihnen versichern, alles, was ich sagen konnte, habe ich gesagt, aber das alles führte zu nichts. Sie läßt sich nicht bewegen. Sie sagt, sie habe Ihrer Jugend manche Fehler vergeben, doch sie bekundete einen solchen Abscheu gegen den Charakter eines Wüstlings, daß sie mich damit zum Schweigen brachte. Ich versuchte mehrmals, Sie zu entschuldigen; doch auf die Richtigkeit ihrer Anklagen vermochte ich nichts mehr zu erwidern. Auf meine Ehre, sie ist ein liebenswertes Menschenkind und eines der süßesten und verständigsten Geschöpfe, die ich je sah. Für eine Äußerung, die sie tat, hätte ich sie wohl küssen mögen. Es war ein Ausspruch, der eines Seneca oder eines Bischofs würdig wäre. ‚Ehemals meinte ich, Madam', so sagte sie, ‚ich hätte an Herrn Jones eine große Herzensgüte entdeckt, und dafür, ich gestehe es, hatte ich eine große Achtung; aber vollkommene Zügellosigkeit verdirbt schließlich das beste Herz von der Welt; und alles, was ein gutherziger, ausschweifender Mensch erwarten kann, sind ein paar Körnchen Mitleid, die wir unserer Verachtung und unserm Abscheu beimischen.' Sie ist ein engelhaftes Wesen, und das ist die Wahrheit." – „Ach, Frau Miller!" antwortete Jones, „kann ich den Gedanken ertragen, daß ich einen solchen Engel verloren habe?" – „Verloren? Nein", rief Frau Miller, „ich hoffe, daß Sie sie noch nicht verloren haben. Geben Sie Ihre Laster auf, so können Sie noch hoffen, ja, und dann, wenn sie unerbittlich bliebe, ist eine andere junge Dame da, eine hübsche, süße, junge Lady mit einem riesigen Vermögen, die vor Liebe zu Ihnen vergeht. Ich habe davon heute morgen gehört und sprach davon zu Fräulein Western; ja, ich bin dabei ein wenig jenseits der Wahrheit geblieben, denn ich sagte ihr, Sie hätten sie abgewiesen; denn in der Tat wußte ich, daß Sie sie abweisen würden. Und da kann ich Ihnen nun etwas Tröstliches sagen: Als ich den Namen dieser jungen Dame nannte, die keine andere ist als die hübsche Witwe Hunt, da wurde sie, glaube ich, bleich; als ich jedoch sagte, Sie hätten sie abgewiesen, so möchte ich schwören, war ihr Gesicht im Augenblick von Scharlach überflutet; und dieses waren ihre Worte: ‚Ich will es nicht abstreiten, ich glaube, daß er eine gewisse Neigung für mich hat.'"

Jetzt wurde die Unterredung durch Herrn Western unterbrochen, der sich selbst durch die Autorität Allworthys nicht länger vom Betreten des Zimmers abhalten ließ, wiewohl dieser, wie wir öfter gesehen haben, eine außerordentliche Macht über ihn besaß.

Western ging sogleich auf Jones zu mit dem Ausruf: „Mein alter Freund Tom, ich freu mich von ganzem Herzen, dich zu sehen! Was vorbei ist, ist vergessen. Im Ernst wollt ich dir ja keinen Schimpf antun, denn, wie Allworthy hier weiß, nein, wie du selbst weißt, ich hielt dich für eine andere Person; und wo einer nichts Schlimmes meint, was tut da 'n übereiltes Wort? Ein Christ muß vergessen und dem andern vergeben." – „Ich hoffe, Herr", antwortete Jones, „ich werde nie die Verpflichtungen, die ich Ihnen gegenüber habe, vergessen; was jedoch Beleidigungen, die Sie mir zugefügt haben sollen, betrifft, so ist mir davon nichts bekannt." – „Nicht?" sagte Western. „Dann gib mir die Hand; bist doch 'n tüchtiger und ehrlicher Kerl wie nur irgendeiner im Königreich. Komm, geh mit mir; ich werd dich gleich zu deiner Braut hinbringen." Hier erhob Allworthy Einspruch, und der Junker, der weder den Onkel noch den Neffen überreden konnte, war nach einigem Hin und Her genötigt, seine Absicht, Jones zu Sophia zu führen, auf den Nachmittag zu verschieben, um welche Zeit Allworthy, aus Mitleid für Jones wie auch aus Nachgiebigkeit gegen Westerns dringenden Wunsch, sich zu dem Versprechen bewegen ließ, bei ihm Tee zu trinken.

Das nun folgende Gespräch war angenehm genug. Hätte es früher in unserer Geschichte stattgefunden, so hätten wir den Leser damit unterhalten; da wir jedoch nur noch gerade so viel Muße haben, uns mit dem Wesentlichsten abzugeben, begnügen wir uns damit, zu sagen, daß, nachdem wegen des Nachmittagsbesuchs alles vereinbart worden war, Herr Western nach Hause ging.

11. Kapitel

Die Geschichte rückt dem Schluß immer näher.

Als Herr Western gegangen war, fing Jones an, Herrn Allworthy und Frau Miller zu erzählen, daß seine Freiheit durch zwei Edelleute erwirkt worden sei, die zusammen mit zwei Wundärzten und einem Freund des Herrn Nightingale, den Richter, der ihn gefangengesetzt hatte, besuchten. Vor diesem versicherten die beiden Ärzte unter Eid, die verwundete Person sei völlig außer Gefahr, worauf der Beamte ihn freigab.

Nur den einen der beiden Lords, sagte Jones, habe er zuvor gesehen, und das auch nur ein einziges Mal; der andere aber habe ihn höchlich dadurch überrascht, daß er ihm Abbitte leistete wegen einer Beleidigung, deren er sich ihm gegenüber schuldig gemacht habe, die indessen nur dank der Unkenntnis von Jones' Person hervorgerufen worden sei.

Die Tatsache, die dem zugrunde lag und wovon Jones erst später erfuhr, war nun diese: Der Leutnant, den Lord Fellamar auf Lady Bellastons Rat beauftragt hatte, Jones als einen Landstreicher zum Seedienst zu pressen, sprach, als er zur Berichterstattung zu Seiner Lordschaft kam, über Jones' Verhalten in jeder Beziehung überaus günstig; er versicherte dem Lord, er müsse sich geirrt haben, denn dieser Jones sei zweifellos ein Gentleman; das sagte er mit solchem Nachdruck, daß Seine Lordschaft, selbst ein Mann von Ehre, der um keinen Preis eine Handlung begehen wollte, die von der Welt allgemein verurteilt würde, wegen des befolgten Rates bald sehr bekümmert war.

Einen oder zwei Tage darauf speiste Lord Fellamar zufällig mit dem irischen Pair, der in einer Unterhaltung über das Duell seine Gesellschaft mit Fitzpatricks Charakter bekannt machte; er wurde ihm freilich nicht völlig gerecht, zumal nicht in dem, was er über seine Dame erzählte. Er sagte, sie sei die unschuldigste, meistgekränkte Frau von der Welt und aus bloßem Mitgefühl habe er ihre Sache zu der seinen gemacht. Dann erklärte er, er habe vor, Fitzpatrick am folgenden Morgen zu besuchen, um ihn, wenn möglich, zu überreden, in die Trennung von seiner Frau einzuwilligen, die, sagte der Pair, für ihr Leben fürchten müßte, wenn sie je wieder unter die Gewalt ihres Gatten geriete. Lord Fellamar war bereit, mit ihm zu gehen, weil er so mehr über Jones und über die Umstände des Duells zu erfahren hoffte. Denn es war ihm nicht gleichgültig, welche Rolle jener dabei gespielt hatte. In dem Augenblick, da Seine Lordschaft eine Andeutung machte, daß er bereit sei, an der Befreiung der Dame mitzuwirken, wurde das von dem andern Edelmann, für den vieles von Lord Fellamars Ansehen abhing, begierig aufgenommen, denn er dachte, das werde kräftig dazu beitragen, Fitzpatrick nachgiebig zu machen; und vielleicht hatte er recht, denn der arme Ire hatte kaum begriffen, daß die beiden vornehmen Pairs sich der Sache seiner Frau annahmen, als er klein beigab, und bald waren die Scheidungsartikel ausgefertigt und von beiden Parteien unterzeichnet.

Fitzpatrick, der durch das, was Frau Waters über die Unschuld seiner Frau im Hinblick auf Jones in Upton geäußert hatte, zufriedengestellt worden war (oder vielleicht auch noch aus andern Gründen), war in dieser Beziehung jetzt so gleichgültig geworden, daß er vor Lord Fellamar laut zu Jones' Gunsten sprach, alle Schuld auf sich nahm und sagte, der andere habe sich als Gentleman und als ein Mann von Ehre betragen. Und auf dieses Lords weitere Erkundigung über Jones erzählte ihm Fitzpatrick, er sei der Neffe eines vornehmen Edelmannes von großem Vermögen, welche Auskunft er kurz zuvor von Frau Waters, nach ihrer Unterredung mit Dowling, erhalten hatte.

Lord Fellamar dachte nun, es gezieme ihm, alles zu tun, was er vermöge, um einem Gentleman Genugtuung widerfahren zu lassen, den er so gröblich verletzt hatte, und uneingedenk jeder Nebenbuhlerschaft (denn er hatte nun jeden Gedanken an Sophia aufgegeben) beschloß er, Herrn Jones die Freiheit zu verschaffen, da er nun sowohl durch Herrn Fitzpatrick als auch durch dessen Wundarzt überzeugt worden war, daß die Wunde nicht tödlich sei. Er brachte es also über sich, den irischen Pair an den Ort zu begleiten, wo Jones gefangen saß, und benahm sich ihm gegenüber, wie wir das bereits erzählt haben.

Als Herr Allworthy wieder nach Hause kam, nahm er Jones sogleich mit in sein Zimmer und machte ihn mit allem bekannt, mit dem, was ihm durch Frau Waters, wie mit dem, was ihm durch Herrn Dowling entdeckt worden war.

Jones bekundete hierüber das größte Erstaunen und kein geringeres Bedauern, doch ohne darüber eine Bemerkung zu machen. Und jetzt wurde eine Botschaft von Herrn Blifil gebracht, der zu wissen wünschte, ob sein Onkel Zeit habe, seinen Besuch zu empfangen. Allworthy stutzte und verfärbte sich; darauf befahl er dem Bedienten in einem heftigeren Ton, als er, glaube ich, je etwas befohlen hatte, er solle Blifil sagen, er kenne ihn nicht. „Bedenken Sie doch, lieber Onkel", rief da Jones mit zitternder Stimme. „Ich habe bedacht!" war Allworthys Antwort. „Und du selbst sollst dem Bösewicht überbringen, was ich ihm zu sagen habe. Niemand ist besser geeignet, das Verderben, das nun ihn ereilt, anzukündigen, als der Mann, dem er selbst mit teuflischer Bosheit den Untergang vorbereitet hat." – „Verzeihen Sie mir, lieber Herr", erwiderte Jones, „ein Augenblick der Überlegung wird Sie, dessen bin *ich gewiß, vom* Gegenteil überzeugen. Was aus einem andern Mund vielleicht Gerechtigkeit wäre, würde aus meinem zur Kränkung, und das gegen wen? Gegen meinen eigenen Bruder und Ihren Neffen. Auch hat er mich nicht so barbarisch behandelt – was allerdings unverzeihlicher wäre als alles, was er sonst getan hat. Reichtum mag Menschen von schlechter Gesinnung in Versuchung führen, unrecht zu tun, aber die Freude am Kränken entsteht nur aus einem schwarzen und rachsüchtigen Gemüt und kann keine Versuchung zu ihrer Entschuldigung vorbringen. Lassen Sie mich bitten, in Ihrem jetzigen Zorn nichts gegen ihn zu unternehmen. Vergessen Sie nicht, lieber Onkel, auch ich wurde ja nicht ungehört verdammt." Allworthy stand einen Augenblick betroffen da und schwieg; darauf warf er sich Jones an den Hals und rief, und Tränen stürzten ihm aus den Augen: „O mein Sohn, gegen was für ein gütiges Herz bin ich so lange blind gewesen!"

Nach einem leisen Klopfen, das nicht bemerkt worden war, trat in diesem Augenblick Frau Miller ins Zimmer, und als sie Jones so in den Armen seines Onkels sah, fiel die gute Frau, von Freude überwältigt, auf die Knie und schickte die begeistertsten Dankesworte für das, was geschehen, zum Himmel; darauf lief sie auf Jones zu, umarmte ihn weinend und sagte: „Mein lieber Freund, ich wünsche Ihnen tausend- und abertausendmal Glück zu diesem gesegneten Tag." Dann erhielt auch Herr Allworthy diese Glückwünsche, auf die er antwortete: „Wirklich, wirklich, Frau Miller, ich kann kaum sagen, wie glücklich ich bin." Nachdem von allen Seiten noch weitere Worte des Entzückens gefallen waren, bat Frau Miller die beiden zu sich zum Essen ins Wohnzimmer, wo, sagte sie, eine sehr fröhliche Gesellschaft von Leuten versammelt sei, nämlich Herr Nightingale, seine junge Frau und dessen Kusine Harris mit ihrem Mann.

Allworthy entschuldigte sich, daß er an der Mahlzeit dieser Gesellschaft nicht teilnehmen könne; er habe ein paar Kleinigkeiten in seiner eigenen Wohnung auftragen lassen, da es für sie nun mancherlei Geschäftliches zu verhandeln gebe; doch lehnte er nicht ab, als die gute Frau ihn bat, er und Jones möchten ihr und der Gesellschaft dafür beim Abendessen die Ehre erweisen.

Frau Miller fragte hierauf, was nun mit Blifil geschehen solle. „Denn wirklich", sagte sie, „mir ist nicht wohl, solange ein so schlimmer Mensch unter meinem Dach wohnt." Allworthy antwortete, er sei aus demselben Grund nicht weniger unruhig als sie. „Oh", rief sie, „wenn dem so ist, dann überlassen Sie die Sache mir; ich werde ihm bald zeigen, wie die

Haustür von außen aussieht, verlassen Sie sich drauf. Da unten wohnen zwei oder drei stämmige Kerle." – „Es wird nicht nötig sein, Gewalt anzuwenden. Wenn Sie ihm eine Botschaft von mir überbringen wollen, so wird er, daran zweifle ich nicht, sich von selbst auf den Weg machen." – „Ob ich will?" sagte Frau Miller. „Ich hab in meinem Leben noch nie etwas so gern getan." Jetzt mischte sich Jones ein und sagte, er habe sich die Sache überlegt und möchte, wenn Herr Allworthy dem zustimme, selbst der Bote sein. „Ich weiß", bemerkte er, „bereits recht wohl, wie Sie es getan haben möchten, Herr, und bitte nur um die Erlaubnis, es ihm mit meinen eigenen Worten bekanntgeben zu dürfen. Lassen Sie mich bitten, Herr", fügte er hinzu, „an die furchtbaren Folgen zu denken, wenn man ihn zur heftigen und plötzlichen Verzweiflung triebe. Und wie wenig, ach, ist dieser Mann in seiner gegenwärtigen Verfassung zum Sterben bereit." Diese Andeutung machte auf Frau Miller keinen geringen Eindruck. Sie verließ das Zimmer mit den Worten: „Sie sind zu gut, Herr Jones, unendlich viel zu gut für diese Welt." Tiefer jedoch hatte sie Herr Allworthy getroffen. „Mein lieber Sohn", sagte er, „ich bin gleich erstaunt über die Güte deines Herzens wie über deinen raschen Verstand. Da sei der Himmel davor, daß diesem Armseligen Zeit und Mittel zur Reue und Besserung versagt würden! Solche Überlegung muß uns freilich ängstigen. Geh also zu ihm und handle nach deiner besten Einsicht; nur schmeichle ihm nicht mit der Hoffnung auf meine Vergebung; denn in der Verzeihung der Schlechtigkeit werde ich nie weiter gehen, als die Religion mir das befiehlt, und auf unsere Wohltaten oder unseren persönlichen Umgang erstrecken sich ihre Befehle nicht."

Jones ging in Blifils Zimmer hinauf, den er dort in einer Lage vorfand, die sein Mitleid erregte, obwohl sie in manchem Betrachter eine weniger sanfte Empfindung hätte erwecken können. Er hatte sich auf ein Bett geworfen, wo er sich rückhaltlos der Verzweiflung überließ und in Tränen schwamm; nicht in Tränen, die aus der Zerknirschung fließen und die Schuld wegwaschen von solchen Seelen, die nur verführt sind oder sich unversehens, entgegen ihrer bessern Natur, haben hinreißen lassen, wie es zuweilen aus menschlicher Schwachheit selbst den Guten widerfährt; nein, es waren Tränen, wie sie der geängstigte Dieb auf dem Weg zum Galgen vergießt und die in Wahrheit eine Folge jenes Mitleids sind, das auch ganz verwilderte Naturen selten ermangeln mit sich selbst zu empfinden. Es wäre schließlich unerfreulich und abstoßend, wenn ich diese ganze Szene ausmalte. Sei es damit genug, wenn wir sagen, des Herrn Jones Benehmen war gütig bis zur Übertreibung. Er bot seine ganze Erfindungskraft auf, um Blifil aufzurichten, bevor er ihm den Entscheid seines Onkels mitteilte, daß er das Haus noch am Abend verlassen sollte. Er bot ihm an, ihn mit so viel Geld zu versehen, wie er bedürfe, und versicherte ihm, daß er ihm alles, was er ihm angetan, von Herzen verzeihe und später versuchen wolle, als ein Bruder mit ihm zu leben, und daß er nichts unversucht lassen werde, um eine Aussöhnung mit ihrem Onkel herbeizuführen.

Blifil blieb anfänglich finster und stumm und erwog, ob er nicht alles leugnen sollte. Als er aber schließlich erkannte, daß die Beweise deutlich gegen ihn sprachen, verlegte er sich aufs Bekennen. Er bat seinen Bruder inständig um Verzeihung, warf sich vor ihm nieder und küßte seine Füße; kurz, er zeigte sich jetzt ebenso niedrig, wie er sich früher gewissenlos gezeigt hatte.

Jones konnte seine Verachtung nicht so weit unterdrücken, daß sie sich nicht beim Anblick dieses Ausmaßes von Kriecherei ein wenig in seinen Mienen gezeigt hätte. Er hob seinen Bruder eilig vom Boden auf und ermahnte ihn, sein Ungemach wie ein Mann zu tragen; gleichzeitig wiederholte er ihm sein Versprechen, alles, was in seiner Macht stehe, zu tun, um es zu vermindern, wofür ihm denn Blifil unter vielen Beteuerungen seiner Unwürdigkeit einen Schwall von Dankesworten hervorsprudelte, und nachdem er noch erklärt hatte, daß er sofort in eine andere Wohnung ziehen wolle, verließ ihn Jones und kehrte zu seinem Onkel zurück.

Unter anderem erzählte nun Allworthy Jones auch von der Entdeckung hinsichtlich der fünfhundert Pfund in Banknoten, die er gemacht hatte. „Ich habe bereits", sagte er, „einen Rechtsgelehrten um Rat gefragt. Er erklärt mir zu meinem großen Erstaunen, daß auf einer Betrügerei dieser Art keine Strafe stehe. Allerdings, wenn ich den schwarzen Undank dieses Kerls gegen dich betrachte, so finde ich, mit ihm verglichen ist ein Straßenräuber ein harmloses Geschöpf."

„Gütiger Himmel!" rief Jones. „Ist so etwas möglich? Diese Neuigkeit entsetzt mich über die Maßen. Ich hielt ihn für den ehrlichsten Kerl von der Welt. Der Versuchung einer so großen Summe konnte er nicht widerstehen; denn kleinere Beträge sind durch ihn sicher in meine Hand gelangt. Wirklich, lieber Onkel. Sie müssen mir gestatten, dies einfach Schwäche zu nennen statt Undankbarkeit, denn ich bin überzeugt, der arme Kerl hat mich gern, und er hat mir Gefälligkeiten erwiesen, die ich nie vergessen kann, ja ich glaube, er hat seine Tat schon bereut, denn es ist nicht mehr als ein paar Tage her, als meine Verhältnisse ganz verzweifelt schienen, da besuchte er mich in meiner Haft und bot mir Geld an, soviel ich bedürfte. Überlegen Sie doch, Herr, was für eine Versuchung es sein muß für einen Mann, der die bitterste Not gekostet hat, eine Summe in seinen Besitz zu bringen, die ihn und seine Familie für alle Zukunft vor solcher Not bewahren könnte."

„Kind", entgegnete da Allworthy, „du treibst es in deiner Neigung zum Vergeben zu weit. Derart falsch verstandene Güte ist nicht allein Schwäche, sie grenzt an Ungerechtigkeit und ist für die Gesellschaft verderblich, da sie das Laster ermuntert. Die Unehrlichkeit dieses Burschen hätte ich vielleicht verziehen, seine Undankbarkeit niemals. Und erlaube mir, dir zu sagen: Wenn wir zugeben, daß irgendeine Versuchung einen Diebstahl verständlich machen könne, so sind wir so verzeihend und barmherzig, wie wir sein sollen, und so weit, das bekenne ich, bin ich gegangen; denn ich habe oft das Schicksal eines Straßenräubers bedauert, wenn ich im Geschworenengericht saß, und ich habe mehr als einmal beim Oberrichter ein Wort für jene eingelegt, in deren Fall sich mildernde Umstände aufzeigen ließen. Wo aber Diebstahl von noch schwärzeren Verbrechen, wie Grausamkeit, Totschlag, Undank, begleitet ist, da werden Mitleid und Verzeihung zu Fehlern. Ich bin überzeugt, der Mensch ist ein Übeltäter, und er soll bestraft werden, wenigstens soweit ich ihn zu strafen vermag."

Diese Worte wurden in so entschiedenem und strengem Ton gesprochen, daß es Jones nicht für ratsam hielt, noch etwas zu erwidern; zudem rückte die von Herrn Western bestimmte Stunde so nahe heran, daß ihm kaum noch Zeit blieb, sich anzukleiden. Darum endete hier das gegenwärtige Gespräch, und Jones zog sich in ein anderes Zimmer zurück, wo ihm Partridge, der Abmachung gemäß, seine Kleider bereithielt.

Partridge hatte seinen Herrn seit der glücklichen Entdeckung noch kaum gesehen. Der arme Kerl war ebenso unfähig, sein Entzücken zu meistern, wie ihm Ausdruck zu geben. Er benahm sich vollkommen närrisch und beging bei dem Geschäft des Ankleidens von Herrn Jones so viele Mißgriffe, wie ich das weiland bei einem Harlekin gesehen habe, der sich auf der Bühne selbst ankleiden wollte.

Sein Gedächtnis hingegen erwies sich als durchaus tüchtig. Er erinnerte sich jetzt mancher Ahnungen und Vorzeichen dieses glücklichen Ausgangs, von denen er einige schon zu ihrer Zeit erwähnt hatte, doch anderer gedachte er erst jetzt. Er vergaß auch die Träume nicht, die er in der Nacht geträumt, ehe er mit Jones zusammentraf, und meinte schließlich: „Ich hab's Euer Gnaden immer gesagt, es schwante mir längst in meinem Sinn, daß es eines Tages noch in Ihrer Macht stehn werde, mein Glück zu machen." Jones antwortete ihm, diese Ahnung sollte sich ebenso gewiß für ihn bewahrheiten, wie die Verwirklichung aller andern Vorzeichen sich vollzogen hätte. Diese Zusicherung vermehrte das Entzücken, in das der gute Mensch über seinen Herrn geraten war, nicht wenig.

12. Kapitel

Wir nähern uns immer mehr dem Ende.

Als Jones nun völlig angekleidet war, begleitete er seinen Onkel in Herrn Westerns Wohnung. Er war wirklich eine der schönsten Gestalten, die man jemals gesehen hatte, und seine äußere Erscheinung allein würde schon den größten Teil der Frauenwelt bezaubert haben. Wir hoffen indessen, es habe sich in dieser Geschichte bereits gezeigt, daß die Natur, als sie ihn bildete, sich nicht, wie sie das zuweilen tut, einzig auf dieses Verdienst verließ, um ihr Werk zu empfehlen.

Sophia, die sich, so zornig sie war, gleichfalls auf das vorteilhafteste gekleidet hatte (ich überlasse es meinen Leserinnen, die Gründe dafür zu finden), trat jetzt in so außerordentlicher Schönheit herein, daß selbst Allworthy, als er sie erblickte, sich nicht enthalten konnte, Western ins Ohr zu raunen, er glaube, sie sei das schönste Geschöpf auf der Welt. Worauf Western mit einer Flüsterstimme, die alle Anwesenden verstehen konnten, antwortete: „Dann um so besser für Tom; denn ich will verdammt sein, wenn Tom sie nicht beim Schlafittchen bekommen soll." Sophia errötete über und über bei diesen Worten, während Tom im Gesicht entsprechend blaß wurde und fast von seinem Stuhl gesunken wäre.

Der Teetisch war kaum fortgetragen, als Junker Western

Herrn Allworthy aus dem Zimmer zerrte; er habe ihm etwas Wichtiges zu sagen, müsse darum, ehe er es wieder vergäße, mit ihm reden, versicherte er.

Die Liebenden waren nun allein, und es wird, woran ich nicht zweifle, manche meiner Leser seltsam bedünken, daß zwei, die sich so viel zu sagen hatten, als Gefahren und Schwierigkeiten ihre Beziehungen umdrohten, die so begierig schienen, sich in die Arme zu stürzen, als so viele Schranken sich auf ihrem Wege zeigten, nun, da sie volle Freiheit hatten, sich zu sagen, was sie wollten, eine ganze Weile stumm und bewegungslos verharrten, so daß ein Fremder von nur mäßigem Scharfblick wohl den Schluß hätte ziehen können, sie seien einander ganz gleichgültig; denn so war es nun, wie wunderbar das auch scheinen mag. Beide saßen mit zur Erde gerichteten Blicken da und bewahrten für Minuten vollkommenes Schweigen.

Herr Jones versuchte während dieser Frist ein- oder zweimal zu sprechen, was ihm aber gar nicht gelang; er murmelte oder vielmehr seufzte bloß ein paar abgebrochene Worte, bis Sophia endlich, teils aus Mitleid mit ihm, teils um das Gespräch von dem Gegenstand abzulenken, auf den er, wie sie wohl wußte, zu kommen bemüht war, sagte: „Sie sind sicher durch diese Entdeckung jetzt der glücklichste Mann von der Welt, Herr Jones." – „Können Sie mich wirklich, Madam, für so glücklich halten", erwiderte Jones seufzend, „da ich mir doch Ihr Mißfallen zugezogen habe?" – „Ja, Herr Jones, was das betrifft, so wissen Sie am besten, ob Sie es verdient haben." – „Sie sind, Madam, ebensogut von allen meinen Fehltritten unterrichtet wie ich selbst. Frau Miller hat Sie mit der ganzen Wahrheit bekannt gemacht. Ach, meine Sophia, werde ich niemals auf Verzeihung hoffen dürfen?" – „Ich denke doch, Herr Jones, ich kann mich ganz auf Ihren Gerechtigkeitssinn verlassen. Sie werden sich selbst das Urteil über Ihr Betragen sprechen können." – „Ach, teuerstes Fräulein, ich flehe um Ihre Gnade, nicht um Gerechtigkeit. Gerechtigkeit, das weiß ich, muß mich verdammen – doch nicht wegen des Briefes, den ich an Lady Bellaston gesandt habe. Davon, das muß ich Ihnen feierlich erklären, haben Sie den wahrheitsgetreuen Bericht erhalten." Er beharrte sodann mit Nachdruck bei den Versicherungen, die ihm Nightingale gegeben hatte: er werde ihm einen triftigen Vorwand zum Abbrechen liefern, wenn wider Erwarten Lady Bellaston seinen Antrag hätte annehmen wollen; er bekannte auch, eine große Unvorsichtigkeit begangen zu haben, indem er einen solchen Brief in ihre Hand gab. „Dafür habe ich", sagte er, „sehr teuer bezahlt durch die Wirkung, die er auf Sie hatte." – „Ich will und kann von diesem Brief nicht anders denken, als Sie das von mir wünschen", sagte sie. „Mein Verhalten zeigt Ihnen deutlich, daß ich nicht glaube, es sei viel an dieser Sache gewesen. Aber doch, Herr Jones, habe ich nicht sonst noch Ursache genug, Ihnen zu zürnen? Nach dem, was sich in Upton zugetragen hat, sich unverweilt in einen neuen Liebeshandel mit einer andern Frau einzulassen, wo ich mir einbildete und Sie vorgaben, daß Ihr Herz meinetwegen blute! Sie haben sich wirklich merkwürdig betragen. Kann ich denn die Leidenschaft für mich, zu der Sie sich bekennen, für aufrichtig halten? Oder, wenn ich das kann, welches Glück darf ich mir von einem Manne versprechen, der solcher Unbeständigkeit fähig ist?" – „O meine Sophia", sagte er, „zweifeln Sie nicht, zweifeln Sie nicht an der Aufrichtigkeit der reinsten Empfindung, die je leidenschaftlich in einer Brust gelodert hat. Denken Sie, verehrungswürdiges Wesen, an meine unglückliche Lage, an meine Verzweiflung. Hätte ich mir damals, meine Teuerste, nur mit der leisesten Hoffnung schmeicheln können, daß es mir vergönnt sein würde, mich so wie jetzt Ihnen zu Füßen zu werfen, es hätte nicht in der Macht eines andern weiblichen Wesens gestanden, mir einen einzigen Gedanken einzuflößen, den die strengste Züchtigkeit hätte verwerfen müssen. Unbeständigkeit gegen Sie? O Sophia, wenn Sie in Ihrem Herzen so viel Güte finden, um mir das Vergangene zu verzeihen, dann lassen Sie grausame Besorgnis wegen der Zukunft nicht Ihr Mitleid gegen mich verschließen. Noch nie ist eine Reue so aufrichtig gewesen. Oh, gewähren Sie, daß sie sich dem Himmel in diesem mir so teuern Busen vereine!" – „Aufrichtige Reue, Herr Jones", antwortete sie, „erwirkt Verzeihung für einen Sünder; doch er erhält sie von einem, der ein vertrauenswürdiger Richter dieser Aufrichtigkeit ist. Der Verstand eines Menschen kann betrogen werden; es gibt kein unfehlbares Mittel, das zu verhindern. Sie müßten darauf gefaßt sein, daß ich, wenn Ihre Reue mich dazu brächte, Ihnen zu verzeihen, auf den stärksten Proben von der Aufrichtigkeit dieser Reue bestünde." – „Nennen Sie mir jeden Beweis, jede Probe, die in meinem Vermögen wären!" rief Jones lebhaft. „Die Zeit, nur die Zeit allein, Herr Jones, kann mich überzeugen, daß Sie wirklich reuig sind und entschlossen, dieses ausschweifende Leben aufzugeben, deswegen ich Sie verabscheuen müßte, hielte ich Sie für fähig, darin zu verharren." – „Oh, glauben Sie das nicht", rief Jones. „Auf meinen Knien bitte ich Sie, flehe ich Sie an um Ihr Vertrauen, ein Vertrauen, das zu verdienen ich mir zur Aufgabe meines Daseins machen will." – „So lassen Sie es denn die Aufgabe eines Teils Ihres Daseins sein, mir zu beweisen, daß Sie es verdienen. Ich glaube, ich habe mich deutlich genug erklärt mit der Versicherung, daß, wenn ich sehe, Sie verdienen mein Vertrauen, Sie dieses auch erhalten sollen. Doch können Sie, Herr Jones, nach allem, was geschehen ist, erwarten, daß ich Ihnen aufs bloße Wort hin glaube?"

Er entgegnete: „Nein, glauben Sie mir nicht auf mein bloßes Wort, ich habe ein besseres Unterpfand, einen Bürgen für meine Beständigkeit; den können Sie unmöglich sehen und dann noch zweifeln." – „Welchen Bürgen?" fragte Sophia nicht ohne Verwunderung." – „Den zeig ich Ihnen, allerbewundernswerteste Sophia", rief Jones, ergriff ihre Hand und führte sie vor den Spiegel. „Da, sehn Sie hin, da ist er: in dieser anmutigen Gestalt, in diesem Gesicht, diesem Wuchs, diesen Augen, dieser Seele, die aus ihnen spricht! Der Mann, den der Besitz von all dem beglückt, kann der noch unbeständig sein? Doch unmöglich, meine Sophia. Den leichtsinnigsten Dorimant oder Rochester würde dies zur Treue bekehren. Könnten Sie durch andere als durch Ihre Augen sehen, Sie würden nicht daran zweifeln." Sophia errötete und lächelte halb, zwang darauf aber ihre Stirn wieder in Falten und sagte: „Wenn ich aus dem Vergangenen auf das Künftige schließen soll, so wird mein Bild, wenn ich außer Sicht bin, ebensowenig in Ihrem Herzen haften, wie es in diesem Spiegel bleibt, wenn ich aus dem Zimmer gehe." – „Beim Himmel, bei allem, was mir heilig ist!" sagte Jones, „es ist keinen Augenblick aus meinem Herzen gewichen. Die Zartheit der Empfindungen Ihres Geschlechts kann sich die gröbere Beschaffenheit der unsrigen nicht vorstellen, auch nicht, wie wenig gewisse Arten von Liebschaften mit dem Herzen zu tun haben." – „Ich werde", versetzte Sophia sehr ernsthaft, „mich nie mit einem Mann verheiraten, der sich nicht bis zu dem Grade in seinen Gefühlen verfeinert hat, daß es ihm so wie mir selbst unmöglich ist, einen solchen Unterschied zu machen." – „Ich will es lernen", sagte Jones. „Und ich habe es bereits gelernt. Der erste Augenblick der Hoffnung, daß Sophia meine Frau werden könnte, hat es mich sogleich gelehrt; und alle übrigen Angehörigen Ihres Geschlechts haben von diesem Augenblick an aufgehört, der Gegenstand meiner sinnlichen Begier wie der Leidenschaft meines Herzens zu sein." – „Nun wohl", sagte Sophia, „den Beweis muß mir die Zeit erbringen. Ihre Lage, Herr Jones, hat sich jetzt geändert, und ich versichere Ihnen, ich bin über diese Veränderung sehr erfreut. Es wird Ihnen künftig an der Gelegenheit nicht fehlen, um mich zu sein und mich zu überzeugen, daß auch Ihre Gesinnung sich geändert hat." – „Ach, Engel, wie soll ich Ihrer Güte danken?" rief Jones. „Und Sie sind so freundlich zu gestehen, daß Sie sich über mein Glück freuen? Glauben Sie, ja, glauben Sie mir, Madam, Sie erst haben dieses Glück für mich schmackhaft gemacht, da ich ihm die teure Hoffnung verdanke. Ach, meine Sophia, lassen Sie es keine entfernte Hoffnung sein. – Gern will ich Ihren Befehlen gehorchen. Ich will es nicht wagen, auf irgend mehr zu dringen, als Sie mir erlauben. Doch lassen Sie mich bitten, legen Sie mir keine zu lange Prüfungszeit auf. Oh, sagen Sie mir, wann darf ich erwarten, daß Sie von dem, was so feierlich wahr ist, überzeugt sein wollen?" – „Da ich freiwillig so weit gegangen bin, Herr Jones, erwarte ich, daß Sie mich nicht weiter drängen; das verbitte ich mir." – „Oh, machen Sie nicht ein so unfreundliches Gesicht, meine Sophia! Nein, ich dränge nicht, ich wage nicht zu drängen. Doch erlauben Sie mir, daß ich noch einmal Sie bitte, eine Zeit zu bestimmen. Oh, erwägen Sie doch die Ungeduld der Liebe!" – „Also, vielleicht ein Jahr." – „Ach, meine Sophia, Sie nennen ja eine Ewigkeit." – „Vielleicht auch etwas eher. Sie dürfen mich aber nicht quälen. Wenn Ihre Liebe zu mir so ist, wie ich sie mir wünsche, dann dürften Sie jetzt beruhigt sein." – „Beruhigt? Sophia, nennen Sie die überschwängliche Freude über mein Glück nicht mit einem so kalten Wort. Ach, entzückender Gedanke! Bin ich doch gewiß, der gesegnete Tag wird kommen, da ich Sie mein nenne, da keine Furcht mehr sein wird, da ich die teure, die unermeßliche, die entzückende Genugtuung erleben werde, meine Sophia glücklich zu machen!" – „Ganz gewiß, Herr, diesen Tag zu sehen steht in Ihrer Macht." – „Ach, mein teurer, mein göttlicher Engel, diese Worte machen mich toll vor Freude. Aber ich will, ich muß diesen Lippen danken, die mir ein so liebevolles Urteil gesprochen haben." Damit faßte er sie in seine Arme und küßte sie mit einer Heftigkeit, wie er das nie zuvor gewagt hatte.

In diesem Augenblick stürmte Western, der einen Augenblick horchend vor der Tür gestanden hatte, in das Zimmer, und mit seiner Jägerstimme und seinem Weidmannshallo begann er zu schreien: „Frisch drauf, mein Junge, hussa drauf! So recht, ihr Honigkinder! So ist's gut! Nun ist schon alles geschehn. Hat sie den Tag bestimmt, Junge? Was? Ist's morgen? Nein? Ist's übermorgen? Keine Minute länger soll's verschoben werden, das schwör ich." – „Lassen Sie mich bitten, bester Herr", sagte Jones, „ich möchte nicht die Ursache sein, daß . . ." – „Bitten – Ursach!" schrie Western. „Ich dacht, du wärst ein Kerl von anderm Korn, als daß dich so 'n paar Weiberfaxen umlegten! Ich sage dir, 's ist alles Firlefanzerei. Sapperment! Der wär die Hochzeit noch heut abend von Herzen lieb. Möchtest nicht, Sophia? Komm, gesteh und sei einmal 'n ehrliches Mädchen. Was? Bleibst stumm? Hast's Reden verlernt?" – „Was sollte ich bekennen, Herr", sagte Sophia, „da es scheint, daß Sie mit meinen Gedanken so eng vertraut sind?" – „So spricht 'n gutes Mädchen", rief er, „du sagst also ja?" – „Nein, Herr, ich habe noch nicht ja gesagt." – „Und willst ihn also nicht haben, nicht morgen und nicht übermorgen?" – „In der Tat, das ist nicht meine Absicht, Herr." – „Nun kann ich dir aber sagen, warum nicht; grad nur, weil dir's Spaß macht, ungehorsam zu sein und deinen Vater zu ärgern und zu plagen." – „Ich bitte Sie, Herr", wollte nun Jones sich ins Mittel legen. „Ach, du neugebornes Karnickel!" rief Western. „Als ich ihr's verbot, da war das ein Geseufze und Geflenn, ein Geschmacht und Geschreibe; und da ich für dich bin, ist sie gegen dich! Sie hat 'n Widerspruchsgeist, nur das ist's. Sie ist darüber hinaus, von ihrem Vater geleitet und regiert zu werden, das ist die ganze Wahrheit. Alles nur, um mich zu kränken und mir zuwider zu sein." – „Und was möchte mein Papa denn, daß ich tun soll?" fragte Sophia. „Was ich möcht, daß du tun sollst?" sagte er, „Nun, sofort in diesem Augenblick gib ihm deine Hand!" – „Nun, Herr, ich werde Ihnen gehorchen. Hier, Herr Jones, nehmen Sie meine Hand." – „Gut, und willigst du ein und magst ihn haben, morgen früh?" fragte Western. „Ich will Ihnen gehorchen, Papa." – „Also denn, morgen früh soll's sein." – „Morgen früh soll's sein, Papa, da Sie's so wollen." Jones fiel auf seine Knie und küßte ihr im Übermaß der Freude die Hand, während Western sich hüpfend und tanzend im Zimmer drehte und dann schrie: „Wo zum Teufel steckt denn nun Allworthy? Ist wohl draußen bei Dowling, dem Rechtsverdreher, hätt aber nun doch anderes zu tun." Darauf stürzte er hinaus, ihn zu suchen, und ließ die Liebenden ein paar zärtliche Minuten allein.

Doch bald kehrte er mit Allworthy zurück, zu dem er sagte: „Wenn Sie mir nicht glauben wollen, so fragen Sie sie selbst. Hast du nicht eingewilligt, Sophia, dich morgen trauen zu lassen?" – „So war Ihr Befehl, Papa, und ich wage nicht, mich des Ungehorsams schuldig zu machen." – „Ich hoffe, Madam", sagte Allworthy, „mein Neffe wird sich so vieler Güte würdig erweisen und stets, so gut wie ich selbst, der großen Ehre eingedenk sein, die durch Sie meiner Familie zuteil geworden ist. Eine Verbindung mit einer so anmutigen, so vortrefflichen jungen Dame würde der größten Familie im Königreich hohe Ehre machen." – „Jawohl", rief Western, „aber wenn ich ihr Hin und Her länger angesehn hätt, so hätten Sie auf die Ehr noch eine gute Weile warten dürfen. Ich mußt schon ein wenig väterliche Autorität an den Tag legen, um sie dazu zu bringen." – „Ich hoffe nicht, Herr", rief Allworthy, „ich hoffe nicht, daß der geringste Zwang angewendet wurde!" – „Nun das wieder! So lassen Sie sie meinetwegen alles widerrufen. Dein Versprechen tut dir herzlich leid, nicht, Sophia?" – „Wahrhaftig, Papa, es reut mich nicht, und ich glaube auch nicht, daß ich jemals eine Zusage, die ich Herrn Jones gegeben habe, bereuen werde." – „Dann, Neffe", sagte Herr Allworthy, „wünsche ich dir von Herzen Glück; ich denke, du bist der glücklichste Mensch auf Erden. Und, Madam, so werden auch Sie mir erlauben, Ihnen meine guten Wünsche bei dieser freudigen Gelegenheit zu sagen; ich glaube wirklich, Sie haben sich einem Mann geschenkt, der Ihren hohen Wert erkannt hat und der wenigstens sein Bestes tun wird, um Ihrer nicht ganz unwert zu sein." – „Sein Bestes tun?" rief Western. „Ja, das wird er, da wett ich! Nun, Allworthy, ich wette mit Ihnen fünf Pfund gegen eine Krone, wir haben morgen über neun Monden einen strammen Buben; doch ich bitt Sie, was wollen Sie haben? Burgunder, Champagner, oder was? Denn, gefall's Jupiter, einen vergnügten Abend wollen wir uns machen, wie's noch keinen gab." – „Wirklich, lieber Herr", erwiderte Allworthy, „Sie müssen mich entschuldigen, denn ich und mein Neffe, wir haben uns beide für den Abend versprochen, da wir die Nähe eines solchen Glücks nicht voraussahen." – „Versprochen?" rief der Junker. „Hören Sie mir auf. Heut abend laß ich euch auf keinen Fall los. Ihr sollt mit uns essen, auf

Gotts Gnade!" – „Wirklich, mein lieber Nachbar. Sie müssen mir verzeihen, ich habe meine feierliche Zusage gegeben, und Sie wissen, daß ich diese niemals breche." – „Nanu! so bitt ich, sagt wenigstens, wem habt ihr euch versprochen?" rief der Junker, und Allworthy sagte es ihm und nannte ihm auch die Gesellschaft. „Nun, beim Hagelstrahl!" antwortete der Junker, „so will ich mit euch gehn, und mitkommen soll auch Sophia! Denn den Abend muß ich mit euch zusammensein; und 's wär barbarisch, Tom und das Mädchen jetzt auseinanderzureißen." Dieses Anerbieten wurde von Allworthy sogleich angenommen, und Sophia willigte ein, nachdem sie von ihrem Vater zuvor das Versprechen erhalten hatte, er werde von ihrer Verlobung kein Wort erwähnen.

Das letzte Kapitel

Mit dem die Geschichte schließt.

Der junge Nightingale hatte an diesem Nachmittag, der Verabredung gemäß, seinen Vater besucht, der ihn viel freundlicher empfing, als er das erwartet hatte. Dort traf er zugleich seinen Onkel, der in die Stadt zurückgekehrt war, um nach seiner neuvermählten Tochter zu suchen.

Diese Heirat war das glücklichste Ereignis, das dem jungen Herrn hätte widerfahren können; denn die Brüder lebten in einem dauernden Zustand des Streites über die Erziehung ihrer Kinder, wobei jeder die Methode des andern zutiefst verachtete. Jeder versuchte daher, so gut er dies vermochte, die Untugenden seines eigenen Kindes zu beschönigen und das Entsprechende beim andern zu verschlimmern. Der Wunsch, über seinen Bruder zu triumphieren, zusammen mit den vielen von Allworthy vorgebrachten Argumenten wirkten auf den alten Herrn so nachhaltig ein, daß er seinen Sohn lächelnden Gesichts begrüßte und sogleich zustimmte, diesen Abend mit ihm bei Frau Miller zu speisen.

Was den andern anbelangt, der seine Tochter tatsächlich maßlos liebte, so hielt es nicht schwer, ihn einer Versöhnung geneigt zu machen. Kaum hatte er von seinem Neffen vernommen, wo seine Tochter und ihr Mann sich befänden, als er erklärte, sie sogleich aufsuchen zu wollen. Und als er dort ankam, hatte sie sich kaum vor ihm auf die Knie geworfen, als er sie schon aufhob und so zärtlich küßte, daß alle Anwesenden ergriffen zusahen; und in weniger als einer Viertelstunde war das Einvernehmen mit ihr wie auch mit ihrem Gatten so restlos hergestellt, wie wenn er selbst ihre Hände ineinander gelegt hätte.

So weit waren die Dinge gediehen, als Herr Allworthy mit seiner Begleitung anlangte, um Frau Millers Glückseligkeit noch zu vermehren. Sie hatte Sophia kaum erblickt, als sie alles erriet, was sich ereignet hatte, und so groß war ihre Freundschaft für Jones, daß das Entzücken, das sie über das Glück ihrer eigenen Tochter empfand, dadurch noch einen erklecklichen Zuschuß erhielt.

Ich glaube, nicht viele Beispiele gibt es dafür, daß von einer Gruppe, die sich zusammengefunden hat, jeder einzelne sich so vollkommen glücklich fühlte wie die Menschen in dieser Gesellschaft. Unter ihnen erfreute sich nur der Vater des jungen Nightingale nicht der unbedingten Zufriedenheit, denn ungeachtet der Liebe zu seinem Sohn, ungeachtet der Zusprüche Allworthys und dessen Autorität und aller andern obenerwähnten Motive, vermochte ihn die Wahl seines Sohnes nicht so recht zu befriedigen; und vielleicht trug Sophias Gegenwart einiges dazu bei, seine Besorgnis zu steigern und zu vermehren, da ab und zu der Gedanke in ihm aufstieg, sein Sohn hätte diese Lady heimführen sollen oder eine gleichen Ranges. Nicht, daß einer von den besondern Reizen, die Sophias Äußeres oder Inneres schmückten, diese Beunruhigung hervorgerufen hätte; es war der Inhalt von ihres Vaters Truhen, der sein Herz sehnsüchtig stimmte. Das waren die Reize, von denen er sich bekümmert sagen mußte, sein Sohn habe sie Frau Millers Tochter geopfert.

Beide Frauen waren sehr hübsch, doch so vollständig wurden sie durch Sophias Schönheit in den Schatten gestellt, daß, hätten sie nicht beide zu den gutartigsten Geschöpfen auf Gottes Erde gehört, sicherlich Neid in ihrer Brust hätte erwachen müssen; denn keiner der Gatten konnte den Blick lange von Sophia lassen, die da am Tisch saß wie eine Königin, die Ehrenbezeigungen entgegennimmt, oder besser, wie ein höheres Wesen, dem von allen Seiten Anbetung entgegengebracht wird. Doch war es eine Anbetung, die sie ihr freiwillig zollten, nicht eine, die sie forderte; denn Bescheidenheit und Leutseligkeit zeichneten sie ebenso aus wie alle ihre übrigen Vorzüge.

Der Abend wurde in ungetrübter Fröhlichkeit verbracht. Alle waren glücklich, doch am meisten die, die früher am unglücklichsten gewesen waren. Ihre vormaligen Ängste und Leiden erhöhten ihre Glückseligkeit so, wie das selbst Liebe und Reichtum in ihrer Fülle ohne den Gegensatz dieses Vergleichs nicht vermocht hätten. Wie nun aber große Freude, insbesondere nach plötzlichem Wandel und völliger Änderung der äußern Umstände, zu schweigen liebt und eher im Herzen als auf der Zunge Wohnung nimmt, so schienen Jones und Sophia am wenigsten heiter von allen in der Gesellschaft. Junker Western bemerkte dies mit großer Ungeduld und rief oft zu ihnen hinüber: „Warum sagst du nichts, Junge? Was sitzt du so ernst da? Hast deine Zunge verloren, Mädchen? Trink noch 'n Glas Wein; sollst Wein trinken." Und um sie noch besser aufzumuntern, stimmte er lustige kleine Lieder an, die auf die Ehe und die verlorene Jungfernschaft anspielten. Ja, er würde damit wohl noch erreicht haben, daß er sie aus dem Zimmer vertrieben hätte, wenn ihn nicht Herr Allworthy ab und zu durch einen Blick und ein- oder zweimal durch ein „Pfui, Herr Western!" in Schach gehalten hätte. Einmal begann er allerdings sich dem zu widersetzen und zu behaupten, es sei sein gutes Recht, mit seiner eigenen Tochter so zu reden, wie ihn das gut dünke; doch da er damit keinen Beifall fand, sah er sich hierdurch bald zur Ordnung gewiesen.

Trotz diesem kleinen Zwang, zu dem er sich bequemen mußte, war er doch, bei der Fröhlichkeit und heitern Laune der Gesellschaft, so vergnügt, daß er darauf bestand, sie sollten am nächsten Tag in seiner Wohnung alle wieder zusammenkommen. Das geschah, und die liebenswürdige Sophia, die nun heimlich auch getraut worden war, waltete als Zeremonienmeisterin oder, vornehmer ausgedrückt, sie machte die Honneurs an der Tafel. Sie hatte an diesem Morgen Jones ihre Hand gegeben, in der kleinen Kapelle zu Doctors Commons; als Zeugen waren einzig Herr Allworthy, Herr Western und Frau Miller zugegen.

Sophia hatte ihren Vater ernstlich gebeten, niemandem von der Gesellschaft, die zum Mittagstisch geladen war, etwas von dieser Trauung zu verraten. Frau Miller war für diesen Tag dieselbe Verschwiegenheit auferlegt worden, und Jones *verbürgte sich für* Herrn Allworthy. Das versöhnte einigermaßen Sophias Zartgefühl mit dieser allgemeinen Mahlzeit, die sie sich, sehr wider ihren Wunsch, aus Nachgiebigkeit gegen den

Willen ihres Vaters gefallen lassen mußte. Im Vertrauen auf diese Geheimhaltung gelang es ihr, sich den Tag hindurch ganz gut zu halten, bis der Junker, der mit seiner zweiten Flasche nun schon recht weit gekommen war, sich in seiner Freude nicht länger bemeistern konnte, ein Kelchglas bis zum Rand füllte und auf die Gesundheit der jungen Frau trank. Alle Anwesenden taten augenblicklich Bescheid, zur großen Bestürzung unserer armen, errötenden Sophia, und ihrethalben zur großen Betrübnis des armen Jones. Die Wahrheit zu sagen, hatte durch diese Eröffnung niemand von der ganzen Gesellschaft etwas Neues erfahren; denn Frau Miller hatte es ihrer Tochter ins Ohr geflüstert, ihre Tochter hatte es ihrem Mann zugeraunt, der Mann seiner Schwester und diese allen übrigen Damen.

Sophia zog sich nun bei der ersten Gelegenheit mit den Damen zurück; der Junker blieb fest bei seinen Gläsern und wurde so allmählich von der ganzen Gesellschaft verlassen, bis auf den Oheim des jungen Nightingale, der ein ebenso großer Liebhaber der Flaschen war wie Herr Western. Diese beiden also hielten sich den ganzen Abend und lange über die glückliche Stunde hinaus, welche die reizende Sophia den begierigen Armen ihres entzückten Jones überliefert hatte, unentwegt weiter an ihren Wein.

Und also, lieber Leser, haben wir denn endlich unsere Geschichte zu einem Abschluß gebracht, und gegen deine Erwartung vielleicht, doch zu unserem großen Vergnügen, erscheint Herr Jones als der glücklichste unter allen Sterblichen; denn was für ein Glück die Welt gewähren könnte, das dem Besitz eines so holden Weibes wie Sophia gleichkäme, habe ich bis jetzt nicht in Erfahrung bringen können.

Was die übrigen Personen angeht, die in diesen Begebnissen eine Rolle von irgendwelcher Bedeutung gespielt haben, so wollen wir, da der eine oder andere vielleicht noch etwas mehr von ihnen wissen möchte, in so wenig Worten wie möglich diese Neugier befriedigen.

Allworthy hat sich bis jetzt noch nicht bewegen lassen, Blifil wieder bei sich zu empfangen. Doch hat er auf die Bitten des Herrn Jones, die Sophia unterstützte, ihm zweihundert Pfund im Jahr ausgesetzt; dem hat Jones heimlich ein drittes Hundert hinzugefügt. Von diesen Einkünften lebt er in einer der nördlichen Grafschaften, ungefähr vierzig Meilen von London entfernt, und legt jährlich zweihundert Pfund davon auf die Seite, um sich bei den nächsten Parlamentswahlen in einem benachbarten Flecken die Stimmen dafür zu kaufen, worüber er sich mit einem Anwalt geeinigt hat. Er ist überdies vor kurzem Methodist geworden, in der Hoffnung, eine sehr reiche Witwe und Angehörige der Sekte zu heiraten, deren Güter in diesem Teil des Königreichs liegen.

Square starb, bald nachdem er den früher mitgeteilten Brief geschrieben hatte. Was Thwackum betrifft, so verrichtet er weiter seine Pfarrgeschäfte. Er hat viele vergebliche Versuche unternommen, Allworthys Vertrauen wiederzugewinnen oder sich bei Jones in Gunst zu setzen, indem er beiden ins Gesicht schmeichelt und sie hinter ihrem Rücken verlästert. Doch an seiner Statt hat Herr Allworthy jüngst Herrn Abraham Adams ins Haus genommen, für den Sophia bald eine so große Vorliebe gewann, daß sie erklärt, er müsse den Unterricht ihrer Kinder übernehmen.

Frau Fitzpatrick ist von ihrem Gatten geschieden und verwendet den kleinen Rest ihres Vermögens für sich. Sie genießt ein gutes Ansehen, lebt im vornehmen Viertel der Stadt und ist eine so treffliche Wirtschafterin, daß sie dreimal soviel ausgibt, wie ihr Vermögen abwirft, und dabei doch keine Schulden macht. Sie unterhält die engsten Beziehungen zu der Gemahlin des englischen Pairs; durch solche Freundschaft zahlt sie ihr all die Verbindlichkeiten zurück, die ihr Gatte ihr auferlegt hat.

Fräulein Western war bald mit ihrer Nichte Sophia wieder ausgesöhnt; sie hat bereits zwei Monate bei ihr auf dem Lande zugebracht. Lady Bellaston machte Sophia bei deren Rückkehr in die Stadt eine Anstandsvisite, wobei sie sich benahm, als wäre Jones für sie ein völlig Unbekannter, und ihm mit ausgesuchter Höflichkeit zu seiner Heirat Glück wünschte.

Herr Nightingale hat für seinen Sohn in Jones' Nachbarschaft ein Gut gekauft, wo der junge Herr, seine Frau, Frau Miller und deren kleine Tochter wohnen, und zwischen den beiden Familien besteht das angenehmste Verhältnis.

Was die Personen von minderem Belang betrifft, so ist Frau Waters aufs Land zurückgekehrt; sie erhält durch Herrn Allworthy eine Jahresrente von sechzig Pfund und ist mit Pfarrer Supple verheiratet, dem Herr Western auf Sophias dringende Bitten eine ansehnliche Pfründe verschafft hat.

Black George nahm Reißaus, als er vernahm, welche Entdeckung gemacht worden war, und niemand hat seither etwas von ihm gehört; und Jones verteilte das Geld unter seine Familie, zwar nicht zu gleichen Teilen, denn Molly erhielt weit mehr als die andern.

Was Partridge angeht, so hat ihn Jones mit einem Jahrgeld von fünfzig Pfund bedacht; er hat wiederum eine Schule gegründet, mit der er bedeutend mehr Glück hat als vordem, und es ist eine Heirat zwischen ihm und Molly Seagrim im Werden, die wahrscheinlich durch Sophias Vermittlung zustande kommen wird.

Wir kehren nun zurück, um von Herrn Jones und Sophia Abschied zu nehmen, die innerhalb weniger Tage nach ihrer Hochzeit Herrn Western und Herrn Allworthy auf das Land zurückbegleitet haben. Western hat seinen Familiensitz und den größten Teil seiner Güter seinem Schwiegersohn übertragen und für sich ein kleineres Haus bezogen, das er in einer andern Gegend besaß, wo die Jagdverhältnisse günstiger sind. Doch ist er sehr häufig zu Besuch bei Herrn Jones, der ebenso wie Sophia unsägliche Freude darin findet, alles zu tun, was in seinem Vermögen steht, ihm das Leben angenehm zu gestalten. Und diese Bemühungen haben solchen Erfolg, daß der alte Herr erklärte, nie zuvor sei er glücklich gewesen, er sei es erst jetzt. Er hat hier seinen Salon und sein Vorzimmer, wo er sich betrinkt, mit wem es ihm gefällt, und seine Tochter ist noch ebenso bereit wie früher, ihm auf dem Klavier vorzuspielen, wenn er es verlangt; denn Jones hat ihr versichert, nebst dem, ihr zu gefallen, bestehe sein größtes Vergnügen darin, zum Glück des alten Mannes etwas beizutragen. Und so macht die große Liebe, die sie ihrem Vater bezeigt und bekundet, ihm seine Gattin fast ebenso teuer wie die Liebe, mit der sie ihn selbst beglückt.

Sophia hat ihm bereits zwei schöne Kinder geschenkt, einen Knaben und ein Mädchen, die der alte Herr so unbändig liebt, daß er einen großen Teil seiner Zeit in der Kinderstube zubringt, wo ihm, so erklärt er, das Babbeln seiner nun anderthalbjährigen Enkelin eine süßere Musik dünkt als das Bellen der schönsten Jagdhunde Englands.

Herr Allworthy zeigte sich gleicherweise gegenüber Jones bei dessen Vermählung sehr freigebig und ließ keine Gelegenheit vorübergehen, ihm und seiner jungen Frau seine große Zuneigung in Erinnerung zu rufen, und sie lieben ihn wie einen Vater. Was immer Jones noch von fehlerhafter Natur an sich haben mochte, wurde durch den beständigen Umgang mit diesem guten Manne und durch seine Vereinigung mit der liebenswürdigen und tugendreichen Sophia getilgt. Auch hat er durch Nachdenken über seine früheren Torheiten in einem Maße an Besonnenheit und Umsicht gewonnen, wie das bei einem so lebhaften Geblüt ganz ungewöhnlich ist.

Zum Schluß sei noch gesagt: So wie man einen würdigeren Mann und eine würdigere Frau nicht finden kann als dieses liebevolle Paar, so kann man sich auch kein glücklicheres denken. Sie hegen füreinander die reinste und innigste Liebe, eine Liebe, die durch gegenseitige Zärtlichkeit und Hochachtung täglich wächst und noch an Stärke gewinnt. Auch ist ihr Verhalten gegen ihre Verwandten und Freunde nicht weniger liebenswürdig als ihr Betragen im Verkehr miteinander. Und so groß ist ihre gütige Herablassung, ihre Nachsicht und ihr Wohltun gegen Menschen niedrigeren Standes, daß da kaum ein Nachbar, ein Pächter oder Bedienter lebt, der nicht dankbar den Tag segnet, da Herr Jones mit seiner Sophia verbunden wurde.

INHALT

ERSTES BUCH

Enthält von der Geburt des Findlings so viel, wie nötig und geziemend ist, dem Leser zu Beginn dieser Geschichte anzuvertrauen.

ZWEITES BUCH

Enthält Bilder ehelicher Glückseligkeit auf verschiedenen Lebensstufen und mancherlei andere Vorkommnisse während der beiden ersten Jahre nach der Heirat von Hauptmann Blifil und Fräulein Bridget Allworthy.

DRITTES BUCH

Verzeichnet die merkwürdigsten Begebenheiten, die sich in Herrn Allworthys Familie ereigneten nach der Zeit, da Tommy Jones sein vierzehntes Jahr erreicht hatte, bis zu seinem neunzehnten Altersjahr. Diesem Buch kann der Leser einige Fingerzeige über die Erziehung der Kinder entnehmen.

VIERTES BUCH

Umfaßt die Zeit eines Jahres.

FÜNFTES BUCH

Umfaßt einen Zeitraum von etwas mehr als einem halben Jahr.

SECHSTES BUCH

Umfaßt ungefähr drei Wochen.

SIEBENTES BUCH

Umfaßt zwei Tage.

ACHTES BUCH

Umfaßt etwa zwei Tage.

NEUNTES BUCH

Umfaßt zwölf Stunden.

ZEHNTES BUCH

In dem die Geschichte um etwa zwölf Stunden vorrückt.

ELFTES BUCH

Umfaßt ungefähr drei Tage.

ZWÖLFTES BUCH

Umfaßt ungefähr die gleiche Zeit wie das vorige.

DREIZEHNTES BUCH

Umfaßt den Zeitraum von zwölf Tagen.

VIERZEHNTES BUCH

Umfaßt zwei Tage.

FÜNFZEHNTES BUCH

In dem die Geschichte um etwa zwei Tage vorrückt.

SECHZEHNTES BUCH

Umfaßt einen Zeitraum von fünf Tagen.

SIEBZEHNTES BUCH

Umfaßt drei Tage.

ACHTZEHNTES BUCH

Umfaßt ungefähr sechs Tage.

Alle Rechte, einschließlich derjenigen des auszugsweisen Abdrucks und der photomechanischen Wiedergabe, vorbehalten.
Verlegt 1965 im Winkler Verlag, München. Druck: Buchdruckerei C. Brügel & Sohn, Ansbach, Bindearbeiten: Großbuchbinderei G. Lachenmaier, Reutlingen. Gedruckt auf Persia-Bibeldruckpapier der Papierfabrik Schoeller & Hoesch, Gernsbach/Baden.

Printed in Germany 1975